DAS BUCH

Wir schreiben das Jahr 1999: Der hochbegabte Wissenschaftler Michael Kearney ist mit der Arbeit an einem neuen Quantencomputer beschäftigt, als ihm eine unwirkliche Erscheinung – genannt der Shrander – zu schaffen macht und ihn zu den fürchterlichsten Verbrechen antreibt. Um seinem Dilemma zu entkommen, versucht er, gemeinsam mit seinem amerikanischen Kollegen Brian Tate in die Zukunft zu fliehen. Vierhundert Jahre später hat Käpten Seria Maú Genlicher, deren Bewusstsein mit ihrem eigenen Raumschiff verbunden ist, mit genau demselben Problem zu kämpfen – ebenso wie der Weltraum-Pirat Ed Chianese. Der Shrander durchzieht die Struktur des gesamten Universums, und eine Flucht scheint unmöglich. Doch dann machen die drei eine unfassbare Entdeckung, die nicht nur ihre Rettung sein könnte, sondern das Schicksal der Menschheit für immer verändern wird …

Bombastische Weltraumpanoramen verbunden mit packenden Abenteuern und überraschenden Wendungen – M. John Harrisons bahnbrechende *Licht-Trilogie* erstmals in einem Band.

DER AUTOR

M. John Harrison wurde 1945 in Warwickshire, England, geboren und zählt seit Jahrzehnten zu den führenden Autoren auf dem Gebiet der Science-Fiction und Fantasy. Etliche seiner Romane und Erzählungen wurden preisgekrönt. Der Autor lebt und arbeitet in London.

Mehr über M. John Harrison und seine Romane erfahren Sie auf:

diezukunft.de

M. JOHN HARRISON

Licht

DIE TRILOGIE

ROMAN

WILHELM HEYNE VERLAG
MÜNCHEN

Titel der amerikanischen Originalausgaben:

LIGHT, NOVA SWING, EMPTY SPACE

Deutsche Übersetzung von P. H. Linckens und Jakob Schmidt

MIX
Papier aus verantwor-
tungsvollen Quellen
FSC® C014496
FSC
www.fsc.org

Verlagsgruppe Random House FSC® N001957
Das für dieses Buch verwendete
FSC®-zertifizierte Papier *Salzer Alpin*
liefert Salzer Papier, St. Pölten, Austria.

2. Auflage
Deutsche Erstausgabe 09/2014
Redaktion: Birgit Herden
Copyright © 2002, 2006, 2012 by M. John Harrison
Copyright © 2014 der deutschsprachigen Ausgabe
by Wilhelm Heyne Verlag, München,
in der Verlagsgruppe Random House GmbH
Printed in Germany 2014
Umschlaggestaltung: Nele Schütz Design, München,
unter Verwendung eines Motivs von thinkstock/Hemera
Satz: Schaber Datentechnik, Wels
Druck und Bindung: GGP Media GmbH, Pößneck

ISBN 978-3-453-31559-4

www.diezukunft.de

ERSTES BUCH

Licht

Für Cath in Liebe

1 · Desillusioniert vom Faktischen

1999:

Kurz vor Torschluss fragte jemand Michael Kearney: »Und, wie werden Sie wohl die erste Minute des neuen Millenniums verbringen?« Das also verstand man in der trostlosen Kleinstadt in den Midlands, wo er seinen Vortrag gehalten hatte, unter einer netten Abendgestaltung. Schneeregen schlug an die Fenster des privaten Esszimmers und rann im orangefarbenen Schein der Straßenlaterne an den Scheiben herunter. Antworten folgten einander rings um den Tisch, mit geradezu nachtwandlerischer Vorhersehbarkeit, manche mit Hintergedanken, manche sittsam, alle optimistisch. Man wollte trinken bis zum Umfallen, miteinander schlafen, sich das Feuerwerk anschauen oder aus dem Fenster eines Flugzeugs den endlosen Sonnenaufgang verfolgen.

Dann gab jemand zu: »Mit den Scheißkindern vermutlich.«

Das sorgte für brüllendes Gelächter, und gleich darauf sagte ein anderer: »Mit jemandem, der jung genug ist, um eins von meinen Kindern zu sein.«

Mehr Gelächter. Allgemeiner Beifall.

Von dem Dutzend rings um den Tisch gaben die meisten etwas Ähnliches zum Besten. Kearney hatte keine hohe Meinung von den Leuten und wollte, dass sie es erfuhren; er war böse auf die Frau, die ihn hergelotst hatte, und wollte, dass sie das ebenfalls erfuhr. Also sagte er, als die Reihe an ihn kam: »Am Steuer eines fremden Wagens zwischen zwei Städten, die ich nicht kenne.«

In dem sich anschließenden Schweigen ließ er seine Worte eine Weile nachwirken, eher er bedächtig hinzufügte: »Es müsste allerdings ein anständiges Auto sein.«

Vereinzeltes Lachen.

»Du liebe Zeit«, sagte eine Frau. Sie sah lächelnd in die Runde. »Wie freudlos.«

Jemand wechselte das Thema.

Kearney ließ es dabei bewenden. Er zündete sich eine Zigarette an und dachte über seine Idee nach, die ihn selbst ziemlich überrascht hatte. In dem Augenblick, in dem er sie ausgesprochen hatte – in dem er sie sich eingestanden hatte –, war ihm ihre zersetzende Wirkung bewusst geworden. Nicht bloß wegen der Einsamkeit, der Egozentrik dieser Vorstellung, hier in dieser Schonung aus akademischer und politischer Selbstzufriedenheit – nein, vielmehr wegen ihrer Kindlichkeit. Die Freiheiten, für die sie stand – die Wärme und Leere des Automobils; der Geruch nach Plastik und Zigaretten; das leise spielende Radio bei Nacht; das grüne Leuchten der Armaturen; bei jeder Kurve das Gefühl zu haben, über ein Instrument zu verfügen oder eine Reihe instrumenteller Entscheidungen zu treffen – diese Freiheiten waren ebenso infantil wie befriedigend. Sie beschrieben sein bisheriges Leben.

Als man aufbrach, sagte seine Begleiterin: »Na ja, eine reife Leistung war das nicht.«

Kearney hätte nicht jungenhafter lächeln können. »Sag bloß?«

Sie hieß Clara. Sie war Ende dreißig, rothaarig und körperlich noch ziemlich jung, aber erste Falten und ein abgehärmtes Gesicht verrieten, dass es ihr zunehmend schwerfiel, Schritt zu halten. Die Karriere forderte Einsatz. Sie musste alleinerziehend und erfolgreich sein. Sie musste jeden Morgen sieben Kilometer joggen. Sie musste gut im Bett sein, sie musste Sex brauchen, ihn genießen und in der Lage sein, nachts »Oh. Da. Ja, so!« zu winseln. Brachte es sie durcheinander, hier in einem viktorianischen Hotel aus roten Ziegeln und Terracotta mit einem Mann zusammen zu sein, der das alles offenbar nicht zu schätzen wusste? Kearney war sich nicht sicher. Er sah sich um. Die cremeweiß glänzenden Korridorwände erinnerten ihn an die Schulen seiner Kindheit.

»Eine schreckliche Bruchbude«, sagte er.

Er nahm sie bei der Hand, sodass sie mit ihm die Treppe hinunterlaufen musste, zog sie in einen menschenleeren Raum, in dem zwei oder drei Billardtische standen, und tötete sie so rasch, wie er all die anderen getötet hatte. Sie sah zu ihm auf, und noch bevor ihre Augen glasig wurden, schlug die Erwartung darin in Verwirrung um. Er kannte sie seit etwa vier Monaten. Anfangs hatte sie ihn als »seriell monogam« eingestuft. Vielleicht erkannte sie nun ja die Ironie dieser Bezeichnung, wenn schon nicht die durch sie zum Ausdruck gebrachte sprachliche Inflation.

Draußen auf der Straße – achselzuckend, sich mit einer Hand rasch und wiederholt über den Mund wischend – glaubte er eine Bewegung, einen Schatten an der Wand zu sehen, die Ahnung einer Bewegung im orangefarbenen Schein der Straßenlaterne. Regen, Schneeregen und Schnee, alles schien auf einmal herunterzukommen. Dazwischen meinte er, Dutzende von kleinen Lichtflecken zu erkennen. Funken, dachte er. In allem waren Funken. Dann schlug er den Mantelkragen hoch und ging rasch davon. Auf der Suche nach seinem Wagen hatte er sich bald in dem Labyrinth aus Straßen und Fußgängerzonen verlaufen, das zum Bahnhof führte. Also nahm er stattdessen den Zug und kehrte erst nach einigen Tagen zurück. Der Wagen stand noch da, wo er ihn geparkt hatte, ein roter Lancia Integrale, in den er ziemlich verknallt gewesen war.

Kearney setzte sein Gepäck – einen alten Laptop, zwei Bände von *A Dance to the Music of Time* – auf die Rückbank des Integrale und fuhr nach London zurück, wo er ihn in einer Straße in South Tottenham abstellte, nicht ohne sich noch einmal zu vergewissern, dass die Türen unverschlossen waren und der Zündschlüssel steckte. Dann nahm er die U-Bahn zu seiner Forschungssuite, seinem Hauptarbeitsplatz. Finanzielle Verquickungen, zu kompliziert, um sie aufzuschlüsseln, waren der Grund, warum diese Suite in einer Seitenstraße zwischen Gower Street und Tottenham Court Road lag. Dort hausten er und ein Physiker namens Brian Tate in drei langen Zimmern mit lauter Beowulfsystem-Computern, die ihrerseits mit Apparaturen verschraubt waren, die, so hoffte Tate, eines Tages in der Lage sein würden, die Interaktionen von Ionenpaaren aus dem magnetischen Rauschen zu isolieren. Theoretisch würde ihnen das erlauben, Daten in Form von Quantenereignissen zu codieren. Kearney hatte seine Zweifel; doch Tate war von Cambridge über das MIT und, was vielleicht noch wichtiger war, über Los Alamos gekommen, sodass er durchaus gewisse Erwartungen hegte.

Als die Suite noch ein Team von Neurobiologen beherbergt hatte, das mit lebenden Katzen arbeitete, war sie wiederholt von extremistischen Tierrechtlern in Brand gesteckt worden. An nassen Vormittagen roch sie noch schwach nach verkohltem Holz und Plastik. Kearney, der sehr wohl um die moralische Entrüstung der Wissenschaftsgemeinde über diesen Vorfall wusste, hatte jedermann wissen lassen, dass er die Tierrechtsbewegung unterstützte; und dann hatte er noch Öl ins Feuer gegossen, indem er ein Paar orientalischer Katzen importiert hatte, die eine schwarz und männlich, die andere weiß und weiblich. Mit ihren langen Beinen und bedrohlich dünnen Leibern schlichen sie rastlos wie Mannequins umher, warfen sich in bizarre Posen und behinderten Tate bei der Arbeit.

Kearney nahm das Weibchen hoch. Es wehrte sich kurz, dann schnurrte es und ließ sich auf seiner Schulter nieder. Der Kater beäugte Kearney, als habe er ihn noch nie gesehen, legte die Ohren an und duckte sich unter eine Werkbank.

»Die beiden sind nervös heute«, sagte er.

»Gordon Meadows war hier. Sie wissen, dass er sie nicht leiden kann.«

»Gordon? Was wollte er?«

»In Erfahrung bringen, ob wir uns einer Präsentation gewachsen fühlen.«

»Hat er sich so ausgedrückt?«, fragte Kearney und fuhr, als Tate lachte, fort: »Für wen denn?«

»Ein paar Leute von Sony, glaub ich.«

Jetzt war es an Kearney, zu lachen.

»Gordon ist ein Dummkopf«, sagte er.

»Gordon«, sagte Tate, »ist unser Kapital. Muss ich dir das buchstabieren? Erst K und dann A …«

»Du kannst mich auch mal«, sagte Kearney. »Sony bräuchte nur ein Glas Wasser, um Gordon zu schlucken.« Er sah sich zwischen den Apparaturen um. »Die müssen verzweifelt sein. Haben wir diese Woche Fortschritte gemacht?«

Tate zuckte die Achseln.

»Es ist immer dasselbe Problem«, sagte er.

Er war ein ziemlich großer Mann mit sanften Augen, der seine Freizeit, soweit er sie denn hatte, darauf verwandte, sich ein komplexitätsorientiertes architektonisches System auszudenken, das voller Formen und Kurven war, die er als »natürlich« beschrieb. Er wohnte in Croydon, und seine Frau, die zehn Jahre älter war als er, hatte zwei Kinder aus erster Ehe mitgebracht. Vielleicht als Erinnerung an seine Zeit in Los Alamos hatte Tate eine Vorliebe für Bowlinghemden, Hornbrille und einen sorgfältigen Haarschnitt, mit dem er wie Buddy Holly aussah.

»Wir können das Tempo verringern, mit dem die Qubits Phase aufnehmen. Wir sind da schon besser als Kielpinski – ich hatte diese Woche Faktor 4 und mehr.«

Er zuckte die Achseln.

»Darüber nimmt das Rauschen zu. Kein Qubit. Kein Quantencomputer.«

»Und das ist alles?«

»Das ist alles.« Tate nahm die Brille ab und rieb sich den Nasenrücken. »Oh. Eins noch.«

»Was?«

»Komm und sieh's dir an.«

Ganz hinten im Raum auf einem niedrigen Schrank hatte Tate einen superflachen Dreißig-Zoll-Schirm installiert. Er betätigte eine Tastatur, und der Bildschirm leuchtete eisblau auf. Irgendwo tief in seinen parallelen Labyrinthen begann das Beowulfsystem den dekohärenzfreien Teilraum – den Kielpinski-Raum – eines Ionenpaars zu modellieren. Die zarten, energetischen Schleier erinnerten Kearney an Nordlichter. »Das kennen wir schon«, sagte er.

»Pass trotzdem auf«, sagte Tate. »Kurz bevor er zerfällt. Ich hab es gut eine Million mal verlangsamt, aber es ist trotzdem noch schwer zu sehen – da!«

Eine Kaskade von Fraktalen wie eine Vogelschwinge, so winzig, dass Kearney es kaum wahrnahm. Doch die weibliche Katze, die ihren Wahrnehmungsapparat anderen biologischen Umständen verdankte, war im Nu von seiner Schulter. Sie näherte sich dem leeren Bildschirm und kratzte über das Glas, wobei sie gelegentlich innehielt und auf ihre Vorderpfoten hinabblickte, als erwarte sie, etwas gefangen zu haben. Schließlich kam der Kater aus seinem Versteck hervor und machte Anstalten, sich zu beteiligen. Zornig fauchend sah sie auf ihn hinunter.

Tate lachte und schaltete den Bildschirm ab.

»Das macht sie jedes Mal«, sagte er.

»Sie sieht mehr als wir. Da ist noch etwas im Gange, wenn wir schon nichts mehr sehen.«

»Eigentlich ist da überhaupt nichts.«

»Lass noch mal laufen.«

»Das ist nur ein Artefakt, weiter nichts«, beharrte Tate. »Es stammt nicht aus dem eigentlichen Datenmaterial. Sonst hätte ich es dir überhaupt nicht gezeigt.«

Kearney lachte.

»Das ist ermutigend«, sagte er. »Lässt es sich noch weiter verlangsamen?«

»Käme auf einen Versuch an. Aber wozu die Mühe? Es ist ein Fehler.«

»Trotzdem«, sagte Kearney. »Nur zum Spaß.« Er streichelte die Katze. Mit einem Satz saß sie wieder auf seiner Schulter. »Braves Mädchen«, sagte er geistesabwesend. Er zog ein paar Sachen aus der Schreibtischschublade, darunter das verblasste Lederbeutelchen mit den Würfeln, die er dem Shrander vor dreiundzwanzig Jahren gestohlen hatte. Er schob die Hand hinein. Die Würfel fühlten sich warm an. Kearney fröstelte, als ihm plötzlich das kristallklare Bild der Frau aus den Midlands vor Augen trat, wie sie mitten in der Nacht auf dem Bett kniete und zu sich selbst flüsterte: »Ich möchte so gerne kommen.« Zu Tate sagte er: »Könnte sein, dass ich für eine Weile weg muss.«

»Du bist eben erst zurückgekommen«, erinnerte ihn Tate. »Wir kämen schneller voran, wenn du öfter da wärst. Die Kaltgasleute sind uns dicht auf den Fersen. Die erreichen stabile Zustände, wo es bei uns noch kriselt: Wenn die noch mehr Fortschritte machen, stehen wir bald ziemlich dumm da, weißt du?«

»Ich weiß.«

Kearney, der schon an der Tür war, hielt ihm die weiße Katze hin. Sie wand sich in seinen Händen. Ihr Bruder konnte sich noch immer nicht von dem inzwischen leeren Bildschirm trennen.

»Hast du schon Namen für die beiden?«

Tate sah verlegen drein.

»Nur für sie«, sagte er. »Ich dachte, wir könnten sie Justine nennen.«

»Passt sehr gut«, sagte Kearney anerkennend. An diesem Abend wollte er nicht in ein leeres Haus zurückkehren und rief Anna, seine erste Frau, an.

2 · Goldgräber von 2400 A. D.

K-Käpten Seria Maú Genlicher befand sich mit ihrem Schiff *White Cat* oben im Halo und fischte nach Kundschaft.

Dort oben, tausend Lichtjahre vom Zentrum der Milchstraße entfernt, treibt der Kefahuchi-Trakt über den halben Himmel, unsichtbare, weit ausladende Fahnen dunkler Materie hinter sich herziehend. Seria Maú gefiel es da draußen. Sie mochte den Halo. Sie mochte die ausgefransten Ränder des Trakts, die jedermann den *Strand* nannte, wo die zerfressenen uralten vormenschlichen Observatorien ihre chaotischen Umlaufbahnen woben, Instrumentenplattformen und Laboratorien, vor Jahrmillionen von Wesen aufgegeben, die keine Ahnung mehr hatten, wo sie sich befanden – die vielleicht nicht einmal mehr wussten, *was* sie waren. Sie alle hatten sich den Trakt näher besehen wollen. Einige hatten ganze Planeten in Position gebracht und waren dann verschwunden oder ausgestorben. Manche hatten ganze Sonnensysteme hierherbugsiert, um sie dann sich selbst zu überlassen.

Selbst ohne dieses ganze Zeug wäre der Halo ziemlich unwegsam gewesen. Und genau das machte ihn zum lohnenden Jagdrevier für Seria Maú, die zurzeit in einem nicht-Newton'schen Stillstand innerhalb eines klassischen Orbitalgewirrs Weißer Zwergsterne verharrte und auf Beute lauerte. Solche Momente gefielen ihr am besten. Der Antrieb war abgeschaltet. Der Bordfunk war abgeschaltet. Alles war abgeschaltet. Sie lauschte.

Ein paar Stunden zuvor hatte sie einen kleinen Konvoi – drei Dynaflow-Frachter, Zivilschiffe mit »archäologischen« Artefakten aus einem auf zwanzig Lichtjahren parallel zum *Strand* verlaufenden Bergbau-Gürtel, vorangescheucht von einer schwer bewaffneten

Jolle namens *La Vie Féerique* – an diesen düsteren Ort gelockt und ihn dort zurückgelassen, derweil sie sich anderswo zu schaffen machte. Die Mathematik der *White Cat* wusste genau, wie die Schiffe wiederaufzufinden waren: Letztere, auf die normalen Tate-Kearney-Transformationen angewiesen, konnten sich mit Mühe und Not auf das Datum verständigen. Als Seria Maú zurückkehrte, hatte die von so viel Verantwortung überforderte Jolle ihre Frachter in den Schatten eines alten Gasriesen dirigiert und versuchte verzweifelt, einen Fluchtweg zu berechnen. Seria Maú beobachtete den Konvoi neugierig. Sie war gelassen, die anderen nicht. Sie belauschte ihren Sprechverkehr. Man begann, Verdacht zu schöpfen, argwöhnte, sie sei in der Nähe. Die *La Vie Féerique* hatte Drohnen ausgeschickt. Winzige aktinische Lichtscheibchen verrieten, wo dieselben auf Minenfelder stießen, die Seria Maú Tage zuvor in die unterschwelligen Gravitationsströmungen des Clusters gesät hatte.

»Ah«, sagte sie, als könne man sie hören. »Ihr solltet vorsichtiger sein hier draußen in der Leere.«

Die Worte waren noch nicht verklungen, als die *White Cat* durch eine Wolke nicht-baryonischer Trümmerpartikel tauchte, die leicht auf sie reagierten und wie mit Geisterfingern über den Rumpf strichen. Im verwaisten Menschenquartier erwachten ein paar Anzeigen der manuellen Back-up-Systeme zum Leben, tanzten und fielen auf null zurück. Als Materie war die Wolke kaum vorhanden, aber die Schattenoperatoren reagierten. Sie sammelten sich an den Bullaugen und arrangierten das einfallende Licht so, dass sie – sich im Spiegel betrachtend, wispernd, mit dünnen Fingern über den Mund oder durchs Haar fahrend und mit den trockenen Schwingen raschelnd – ein möglichst tragisches Bild abgaben.

»Wärst du nur so gewachsen, Aschenputtel«, wehklagten sie in der alten Sprache.

»*Wär* das schön«, sagten sie.

Das muss jetzt ja wohl echt nicht sein, dachte sie.

»Geht wieder auf eure Posten«, befahl sie, »oder ich lasse die Bullaugen entfernen.«

»Wir sind immer auf unseren Posten …«

»Wir wollten dich nicht kränken, Liebes. Bestimmt nicht.«

»… immer auf unseren Posten, Liebes.«

Als sei dies ein Signal gewesen, geriet die *La Vie Féerique*, die sich rasch der lokalen Sonne näherte, in ein Minenfeld.

Die Minen – zwei Mikrogramm Antimaterie, die von Hydrazintriebwerken, eingeätzt in Silikonscheibchen von einem Quadratzentimeter, an ihren Bestimmungsort gebracht wurden –, diese Minen waren nicht viel intelligenter als eine Maus; aber sobald sie wussten, dass man da war, war man tot. Das alte Dilemma. Man darf sich nicht bewegen, und man darf auch nicht stillstehen. Die Besatzung der *La Vie Féerique* wusste, was ihr widerfuhr, auch wenn alles sehr schnell ging. Seria Maú hörte sie schreien, als die Jolle der Länge nach aufriss und auseinanderbrach. Kurz darauf stießen zwei der Frachter zusammen, als sie sich mit ihren Dynaflowtreibern ins Raumgefüge krallten, um einen überstürzten und unzulänglich berechneten Fluchversuch zu wagen. Der dritte Frachter stahl sich zwischen die Trümmer rings um den Gasriesen, schaltete alles ab und richtete sich aufs Warten ein.

»Nein, nein, mein Dickerchen«, sagte Seria Maú. »So haben wir nicht gewettet.«

Wie aus dem Nichts tauchte sie backbord achtern auf und ließ sich entdecken. Das hatte eine jähe Zunahme des internen Funkverkehrs sowie einen vergnüglichen Versuch des Frachters zur Folge, sich in Sicherheit zu bringen; beidem setzte sie mit ein paar schwereren – wenn auch nicht ganz so intelligenten – Waffen ein Ende. Das Flackern der Explosion beleuchtete etliche kleine Asteroiden und ganz kurz das Wrack der Jolle, die – im Bann des lokalen chaotischen Attraktors und in ein wunderschönes radioaktives Glühen gehüllt – im endlosen Salto vorüberzog.

»Was heißt das eigentlich?«, fragte Seria Maú die Schattenoperatoren: »*La Vie Féerique?*«

Keine Antwort.

Wenig später glich sie ihre Geschwindigkeit der des Wracks an und hing im Raum, während es sich langsam überschlug: verbogene

Rumpfplatten, gigantische Teile des Dynaflowantriebs, die aussahen wie kilometerlange, sich träge schlängelnde Kabel. »Kabel?«, lachte Seria Maú. »Was ist das denn für eine Technik?« Draußen am *Strand* gab es allerlei Merkwürdigkeiten zu sehen, eine Million Jahre alte Ideen, die man modifiziert hatte, um mit ihrer Hilfe kleine, rundbäuchige Schiffe wie dieses aufzumotzen. Unterm Strich lief es darauf hinaus, dass *alles* funktionierte. Wo man auch hinsah, man wurde fündig. Das war der schlimmste Albtraum überhaupt. Das machte es so aufregend. Derart in Gedanken versunken, manövrierte sie die *White Cat* behutsam näher heran, dorthin, wo die Leichen umhertrudelten. Es waren Menschen, die an ihrem Bug vorübertrieben. Männer und Frauen in ihrem Alter, aufgebläht, gefroren, mit sonderbar gespreizten Gliedmaßen. Seria Maú schob sich dazwischen, forschte in den Mienen, die voll stumpfer Furcht und Schicksalsergebenheit waren, ohne genau zu wissen, wonach. Nach einer Spur. Einer Spur ihrer selbst.

»Spur von mir«, grübelte sie laut.

»Sieh dich doch um«, wisperten die Schattenoperatoren und bedachten sie mit schwermütigen Blicken aus den Lücken zwischen ihren filigranen Fingern. »Und guck mal da!«

Jemand hatte in einem Druckanzug überlebt; die klobige weiße Gestalt ruderte wild mit den Armen und versuchte vergebens, durch das Nichts zu laufen, spreizte und krümmte sich wie eine Art Meerestier, aus Schmerz oder auch nur aus Furcht, Verstörtheit und Unglauben. Vermutlich, dachte Seria Maú, während sie der Übertragung aus dem Helm lauschte, schließt man einfach die Augen und sagt sich: »Ich komme hier raus, wenn ich nur die Ruhe bewahre.« Dann öffnet man sie und weiß mit einem Mal wieder ganz genau, wo man ist. Das wäre Grund genug, so zu schreien.

Sie überlegte noch, wie sie ihm den Rest geben sollte, als sie ein Stück eines Schattens streifte. Es war ein fremdes Schiff. Es war riesig. Das gesamte K-Schiff schlug Alarm. Schattenoperatoren schwärmten aus. Die *White Cat* löste sich vollkommen auf; in einem Schaum aus Quantenereignissen, nicht-kommutativen Mikrogeometrien und kurzlebigen exotischen Vakuumzuständen verschwand sie aus dem lokalen Raum, um, alle Systeme einsatzbereit, einen Kilometer von ihrer ursprünglichen Position entfernt wiederaufzutauchen. Entsetzt stellte Seria Maú fest, dass sie sich immer noch im Schatten des Störenfrieds befand. Er war derart groß, dass er nur ihren Arbeitgebern gehören konnte. Für alle Fälle setzte sie ihm einen Schuss vor den Bug. Der nastische Kommandant ließ sein Schiff nervös von ihr abrücken. Gleichzeitig schickte er sein holografisches Double zur *White Cat*. Es hockte vor dem Tank, in dem Seria Maú lebte; aus den Gelenken der zahlreichen gelblichen Beine sickerte des Realismus halber Flüssigkeit. Weshalb es von Zeit zu Zeit zirpte, blieb Seria Maú ein Rätsel. Der knochig wirkende Schädel besaß mehr Fühler, Facettenaugen und Schleimgehänge, als ihr lieb war. Diesen Anblick konnte man nicht so leicht ignorieren.

»Du weißt, wer wir sind«, sagte der Kommandant via Double.

»Hältst du es für klug, ein K-Schiff so zu erschrecken?«, schimpfte Seria Maú.

Das Double schnalzte nachsichtig.

»Wir wollten dich nicht in Verlegenheit bringen«, sagte der Kommandant. »Wir haben uns nicht angeschlichen. Du hast unsere Sendungen einfach überhört, weil du …« – er suchte nach Worten und schloss nervös – »… *hiermit* beschäftigt warst.«

»Das war gerade eben erst.«

»Das war vor fünf Stunden«, sagte der Kommandant. »So lange versuchen wir schon, mit dir Kontakt aufzunehmen.«

Seria Maú war so erschüttert, dass sie die Verbindung unterbrach. Derweil das Double sich in ein braunes, rauchartiges Transparent seiner selbst verwandelte, versteckte sie die *White Cat* in einem fernen Asteroidenschwarm; sie brauchte Zeit zum Nachdenken. Sie schämte sich. Warum hatte sie sich so verhalten? Wo war sie mit ihren Gedanken gewesen, dass sie sich derart ausgeliefert hatte und fünf Stunden lang nicht ansprechbar gewesen war? Während sie sich zu erinnern versuchte, begann sich die Mathematik des nastischen Schiffes mit zwei oder drei Milliarden Positionsschätzungen pro Nanosekunde anzupirschen. Nach ein oder zwei Sekunden ließ Seria Maú sich finden. Das Double wirkte im Nu wieder solide.

»Was«, fragte Seria Maú den Kommandanten, »würdest du unter der Frage nach einer *Spur von mir* verstehen?«

»Nicht viel«, sagte der Kommandant. »Hast du das *deswegen* getan? Um eine Spur von *dir* zu hinterlassen? Bei uns fragt man sich, warum du deine eigene Art so unbarmherzig tötest.« Seria Maú bekam diese Frage nicht zum ersten Mal gestellt.

»Sie sind nicht von meiner Art«, sagte sie.

»Es sind Menschen.«

Sie quittierte dieses Argument mit dem Schweigen, das es verdiente, und sagte dann: »Wo ist das Geld?«

»Ah, das Geld. Wo es immer ist.«

»Ich will keine lokale Währung.«

»Wir benutzen fast nie lokale Währungen«, sagte das Double des Kommandanten, »auch wenn wir manchmal Geschäfte darin machen.« Seine größeren Gelenke traten in Erscheinung, um irgendwelche Gase abzulassen. »Bist du wieder kampfbereit? Am *Strand*, vierzig Lichtjahre von hier, hätten wir mehrere Missionen im Angebot. Du müsstest es mit Kriegsschiffen aufnehmen. Die Einsätze wären Teil des Krieges, nicht solche Versteckspielchen mit Zivilisten.«

»Oh, euer Krieg«, sagte sie achtlos. Fünfzig Kriege, große und kleine, wurden allein hier draußen in Sichtweite des Kefahuchi-Trakts geführt; doch es gab nur einen Kampf, den Kampf um die Überreste. Sie hatte sie noch nie gefragt, wer ihr Feind war. Sie wollte es nicht wissen. Die Nastischen waren ihr ohnehin schon fremd genug. Im Allgemeinen war es unmöglich, die Motive von Aliens zu verstehen. Motive, dachte sie angesichts des Konglomerats aus Beinen und Augen, das vor ihr hockte, Motive sind eine Sache des Sinnesapparats. Motive sind eine Sache der Umwelt. Der Katze fällt es schwer, sich die Motive der Stubenfliege in ihrem Mund vorzustellen. Sie dachte nach. Der Stubenfliege fällt es noch schwerer, entschied sie.

»Ich habe, was ich will«, erklärte sie dem Double des Kommandanten. »Ich will nicht mehr für euch kämpfen.«

»Und wenn wir das Angebot erhöhen?«

»Das wäre zwecklos.«

»Wir könnten dich zwingen.«

Seria Maú lachte.

»Ich bin schneller hier weg, als dein Schiff denken kann. Wie willst du mich finden? Das ist ein K-Schiff.«

Der Kommandant ließ eine wohl kalkulierte Pause verstreichen.

»Wir wissen, wo du hinwillst.«

Diese Bemerkung erzeugte bei Seria Maú ein Gefühl von Kälte, das aber nur den Bruchteil einer Sekunde währte. Sie hatte bekommen, was sie von den Nastischen gewollt hatte. Sollen sie tun, was sie nicht lassen konnten. Sie unterbrach den Kontakt und betrat den mathematischen Raum der *White Cat*.

»Schau her!«, wurde sie von der Mathematik empfangen. »Wir können *dorthin*. Oder *dorthin*. Oder *dorthin*. Wir können *egal* wohin. Lass uns einfach irgendwohin gehen!«

Alles lief genauso, wie sie es vorhergesehen hatte. Ehe das nastische Schiff reagieren konnte, hatte Seria Maú sich ihrer Mathematik und diese sich irgendeiner Realitätsdoublette bedient, und die *White Cat* war aus diesem Raumsektor verschwunden, nichts als einen sich verflüchtigenden Wirbel aus geladenen Teilchen hinterlassend. »Siehst du wohl?«, sagte Seria Maú. Die restliche Reise verlief so langweilig wie immer. Die mächtigen Sensoren der *White Cat* – Antennen, die eine Astronomische Einheit lang waren, fraktal zusammengefaltet auf anderthalb Dimensionen und als gerade einmal zwanzig Meter langer Belag auf der äußeren Hülle angebracht – entdeckten nichts weiter als das Flüstern von Photinos. Ein paar Schattenoperatoren sammelten sich piepsend und fuchtelnd an den Bullaugen und starrten in das Dynaflow hinaus, als hätten sie dort etwas verloren. Vielleicht hatten sie das ja. »In diesem Augenblick«, verkündete die Mathematik, »bin ich dabei, die Schrödinger-Gleichung für jeden Punkt auf einem Gitter von zehn räumlichen und vier zeitlichen Dimensionen zu lösen. Das kann nur ich.«

3 · New Venusport, 2400 A. D.

Tig Vesicle betrieb eine Tankfarm in der Pierpoint Street.

Er war der typische *Neue Mensch*, groß, blass und mit dem charakteristischen orangeroten Haarschopf, der die Vertreter seiner Gattung aussehen lässt, als fühlten sie sich unentwegt vom Leben überrascht. Seine Tankfarm war zu weit oben in der Pierpoint Street, um viel abzuwerfen. Sie lag in den oberen Siebenhundertern, wo die Banken von Bekleidungsgeschäften, Schneidereien und zwielichtigen Chopshops abgelöst wurden, deren Inhaber veraltete Cultivare und lebendige Tattoos verhökerten.

Und das hieß: Vesicle musste noch andere Eisen im Feuer haben.

Er kassierte Mieten für die Cray-Schwestern. Er fungierte gelegentlich als Mittelsmann bei sogenannten »Off-World-Importen«, bei denen es um Waren und Dienstleistungen ging, die von der *Earth Military Contracts Inc.* untersagt waren. Er handelte mit kleinen Mengen Heroin, das mit Nebennierenprodukten aus der hiesigen Tierwelt verschnitten war. Nichts von alledem nahm besonders viel Zeit in Anspruch. Seine Tage verbrachte er größtenteils auf der Farm und onanierte dabei etwa alle zwanzig Minuten vor den holografischen Pornoshows; die *Neuen Menschen* waren hervorragende Masturbierer. Er kontrollierte die Tanks. In der übrigen Zeit schlief er.

Wie die meisten *Neuen Menschen* schlief auch Tig Vesicle nicht gut. Es war, als würde ihm etwas fehlen, etwas, das ein erdähnlicher Planet nicht zu bieten hatte und das sein Körper weniger brauchte, wenn er wach war. (Selbst in der Wärme und Dunkelheit des Geheges, das er als sein »Zuhause« betrachtete, zuckte und wimmerte er im Schlaf und trat mit den langen Storchenbeinen aus. Seiner Frau erging es nicht anders.) Er träumte schlecht. Am schlimmsten war

23

es, wenn er davon träumte, Geld für die Cray-Schwestern einzutreiben; aber es war die Pierpoint Street selbst, die ihn durcheinanderbrachte, im Traum war sie eine Straße, die ihn kannte, eine Straße voller Tücke und bösartiger Intelligenz.

Es war früher Vormittag, und schon waren zwei Polizisten dabei, ein Rikschagirl aus der Gabel ihres Vehikels zu zerren. Sie krümmte sich vor Lachen und fuchtelte herum wie ein gestürztes Pferd. Die Haut rings um ihren Mund lief blau an, als die Welt von ihr abrückte und schließlich verschwand. Auf ihrem persönlichen Soundtrack lief *Street Life*, und wieder einmal hatte *Café électrique* ein beherztes Menschenkind zerstört. Als er etwa auf halber Länge in die Pierpoint Street wollte, stellte Vesicle fest, dass die Gebäude keine Nummern hatten, es gab nichts, was er wiedererkannte. Ging es nun rechts zu den hohen Nummern oder links? Er kam sich vor wie ein Idiot. Diese Anmutung ging nahtlos in Panik über, und er fing an, ungeachtet des Verkehrs immer wieder die Richtung zu wechseln. Folglich entfernte er sich nie weiter als ein, zwei Blocks von der Seitenstraße, aus der er gekommen war. Nach einer Weile bekam er flüchtig die Cray-Schwestern selbst zu Gesicht, wie sie vor einer Falafel-Stube posierten und auf ihre Mietzahlungen warteten. Sie mussten ihn gesehen haben. Er blickte in eine andere Richtung. Der Job musste bis Mittag erledigt sein, und er hatte noch nicht einmal damit begonnen. Schließlich ging er in ein Restaurant und fragte den Erstbesten, in welche Richtung er gehen müsse, nur um zu erfahren, dass das gar nicht die Pierpoint Street war. *Es war eine völlig andere Straße.* Er würde Stunden brauchen, um dahin zu gelangen, wo er eigentlich sein sollte. Er war selbst schuld. Er war zu spät losgegangen heute früh.

Vesicle wachte weinend auf. Unwillkürlich identifizierte er sich mit dem sterbenden Rikschagirl; schlimmer noch: Irgendwann zwischen Wachen und Träumen waren »Mieten« zu »Tränen« geworden, und das, so empfand er, brachte das Leben seiner ganzen Art auf den Punkt. Er stand auf, wischte sich den Mund am Mantelärmel ab und trat auf die Straße hinaus. Er hatte diesen komischen ungelenken Gang, den alle *Neuen Menschen* haben. Zwei Blocks weiter in Richtung Klinik für exotische Krankheiten kaufte er sich eine Portion Muranofisch in Curry, die er mit einer Einwegholzgabel aß, wobei er sich den Plastikbehälter dicht unters Kinn hielt und das Essen mit ungeschickten, gierigen Bewegungen in den Mund schaufelte. Dann kehrte er in seine Tankfarm zurück und dachte über die Cray-Schwestern nach.

Evie und Bella hatten mit digitalisierten Kunst-Retropornos angefangen – wobei sie sich auf Oberflächen spezialisierten, die derart realistisch wirkten, dass sie den Geschlechtsakt zu etwas Maschinellem und Interessanten verfremdeten –, um ihr Geschäft dann, nach dem Zusammenbruch des Haussemarkts von 2397, aufs »Tanken« und die damit verbundenen Gaunereien auszuweiten. Jetzt waren sie reich. Vesicle hatte eher Ehrfurcht als Angst vor den beiden. Er war jedes Mal ganz hin und weg, wenn sie in seinen Laden kamen, um die Mieten abzuholen oder die Einnahmen zu prüfen. Er kannte jede Handbewegung und jede Geste der Schwestern und versuchte immer so zu reden wie sie.

Nachdem er noch ein wenig länger geschlafen hatte, machte Vesicle einen Rundgang durch die Farm und kontrollierte die Tanks. Irgendetwas veranlasste ihn, bei einem davon stehen zu bleiben und die Hand daran zu legen. Der Tank fühlte sich warm an, als habe die Aktivität im Innern zugenommen. Wie bei einem Ei.

In dem Tank war Folgendes im Gange:

Chinese Ed wachte auf, und nichts in seinem Haus funktionierte. Der Wecker am Bett wollte nicht verstummen, der Fernseher rauschte, und der Kühlschrank antwortete einfach nicht. Es kam noch schlimmer: Nachdem er die erste Tasse Kaffee getrunken hatte, pochten zwei Burschen aus dem Büro des Staatsanwalts an die Tür. Sie trugen zweireihige Sharkskinanzüge mit offenen Jacketts, sodass man sehen konnte, dass sie bewaffnet waren. Er kannte sie aus der Zeit, als er selbst noch im Büro des Staatsanwalts gearbeitet hatte. Es waren Idioten. Sie hießen Hanson und Rank. Hanson war dick und ging die Dinge ruhig an, doch Otto Rank war wie Rost. Er schlief nie. Angeblich hatte er es selbst auf den Posten des Staatsanwalts abgesehen. Diese beiden saßen auf hochbeinigen Hockern an der Frühstücksbar in Eds Küche und Ed machte Kaffee.

»He«, sagte Hanson. »Chinese Ed.«

»Hanson«, sagte Ed.

»Also was weißt du, Ed?«, sagte Rank. »Es heißt, du wärst am Brady-Fall interessiert.« Er lächelte und beugte sich vor, bis er Ed direkt in die Augen blickte. »Wir sind auch daran interessiert.«

Hanson wirkte nervös. »Wir wissen, dass du am Tatort warst, Ed«, sagte er.

»Halt die Klappe«, fuhr Rank ihn an. »Darüber reden wir nicht mit ihm.« Er grinste Ed an. »Warum hast du ihn umgelegt, Ed?«

»Wen soll ich umgelegt haben?«

Rank blickte kopfschüttelnd zu Hanson, wie um zu sagen: Was soll man von diesem Scheißkerl halten?

»Leck mich, Rank. Willst du noch Kaffee?«, erwiderte Ed.

»He«, sagte Rank. »Leck du mich.« Er nahm eine Handvoll Messinghülsen heraus und kippte sie über die Frühstücksbar. »45er Colt«, sagte er. »Militärmunition. Dumdumgeschosse. Zwei verschiedene Kanonen.« Die Messinghülsen tanzten und kullerten. »Zeigst du mir deine Kanonen, Ed? Die zwei verdammten Colts, die du mit dir herumschleppst wie ein Fernsehdetektiv? Wetten, dass wenigstens einer passt?«

Ed fletschte die Zähne.

»Um das rauszufinden, musst du meine Kanonen erst mal haben. Du willst sie mir also abnehmen, jetzt und hier? Traust du dir das zu, Otto?«

Hanson wirkte besorgt. »So war das nicht gemeint, Ed«, sagte er.

»Wir können uns auch den verdammten Durchsuchungswisch holen, Ed, und dann kommen wir zurück und beschlagnahmen die Kanonen«, erwiderte Rank. Er zuckte die Achseln. »Wir können dich verhaften, dir dein Haus wegnehmen. Wir könnten deine Frau mitnehmen, wenn du noch eine hättest, und ihr mal zeigen, wo's langgeht bis Samstag. Willst du es auf die harte Tour, Ed, oder auf die sanfte?«

»Macht doch, was ihr wollt«, sagte Ed.

»Können wir aber nicht, Ed«, sagte Otto Rank. »Diesmal nicht. Mich wundert, dass du das nicht weißt.« Er zuckte die Achseln. »He«, fuhr er fort, »ich glaube, du weißt es ganz genau.« Er hob den Finger vor Eds Gesicht, zielte wie mit einer Pistole. »Bis später.«

»Rutsch mir den Buckel runter, Rank«, sagte Ed.

Er wusste, dass etwas nicht stimmte, als Rank lediglich lachte und ging.

»Scheiße, Ed«, entgegnete Hanson. Er zuckte die Achseln. Dann ging er auch.

Nachdem Ed sich vergewissert hatte, dass sie fort waren, ging er hinaus zu seinem Wagen, einem 47er Dodge, in den jemand den 409 eines 52er Caddy gestopft hatte. Er ließ den Motor an, saß einen Moment lang am Steuer und hörte zu, wie der Doppelvergaser Luft ansaugte. Er betrachtete seine Hände.

»Macht doch, was ihr wollt, ihr Vollidioten«, flüsterte er. Dann ließ er die Kupplung los und fuhr in die Stadt.

Er musste herausfinden, was Sache war. Er kannte eine Tussi aus dem Büro des Staatsanwalts, Robinson hieß sie. Er überredete sie zu einem Mittagessen in Sullivans Diner. Sie war eine große Frau mit einem breiten Lächeln, ordentlichen Titten und einer Art, sich die Mayo aus dem Mundwinkel zu lecken, die erahnen ließ, dass sie das Gleiche auch ziemlich gut bei jemand anders konnte. Er hätte sich selbst vergewissern können, aber im Moment interessierte er sich mehr für den Brady-Fall und dafür, was Rank und Hanson wussten.

»He«, sagte er. »Rita.«

»Lass das Gesülze, Chinese Ed«, sagte Rita. Sie trommelte mit den Fingern und sah zum Fenster hinaus auf die stark befahrene Straße. Sie war aus Detroit hierhergekommen, weil sie sich eine Veränderung gewünscht hatte. Doch das hier war bloß eine weitere Schwefeldioxydstadt, eine Stadt ohne Hoffnung und voll rußiger Abgase. »Du musst kein Süßholz raspeln«, säuselte sie.

Chinese Ed zuckte die Achseln. Er war schon wieder halb zur Tür hinaus, als er sie sagen hörte: »He, Ed. Vögelst du noch?«

Er drehte sich um. Der Tag wirkte mit einem Mal vielversprechender. Rita Robinson grinste, und er kam auf sie zu, als etwas Verrücktes passierte. Die Türöffnung von Sullivans Diner verdunkelte sich. Rita, die den Grund dafür sehen konnte, starrte in einer Art erwachender Furcht an Ed vorbei; Ed, der es nicht konnte, wollte sie fragen, was denn los sei. Rita hob die Hand und zeigte zur Tür.

»Himmel«, sagte sie. »Sieh mal, Ed.«

Er wandte den Kopf. Eine riesige gelbe Ente zwängte sich mühsam in den Diner.

4 · Herzensangelegenheiten

»Du rufst doch nie an!«, sagte Anna Kearney.

»Ich rufe jetzt an«, antwortete er wie zu einem Kind.

»Du kommst nie vorbei.«

Anna Kearney wohnte in Grove Park, in einem Straßengewirr zwischen Eisenbahn und Fluss. Sie war eine dünne Frau, die ständig Gefahr lief, magersüchtig zu werden, und ständig einen verwirrten Ausdruck im Gesicht hatte; sie hatte seinen Namen behalten, weil sie ihren eigenen nicht mochte. Ihre Wohnung, früher eine Sozialwohnung, war dunkel und unaufgeräumt. Es roch nach billiger Seife, Earl Grey und saurer Milch. Damals, zu Beginn des Mietverhältnisses, hatte sie Fische an die Badezimmerwände gemalt und die Rückseiten der Türen mit Briefen von ihren Freunden tapeziert, mit Polaroidfotos und Memos. Es war eine alte Gewohnheit, doch viele der Memos waren jüngeren Datums.

Wenn du es nicht tun willst, dann musst du es nicht tun, las Kearney. *Tue nur, was du kannst. Lass alles andere bleiben.*

»Du siehst gut aus«, sagte er.

»Du meinst, ich bin dick geworden. Immer, wenn das jemand sagt, weiß ich, dass ich zu dick bin.«

Er zuckte die Achseln.

»Na ja, es ist jedenfalls nett, dich zu sehen«, sagte er.

»Ich nehme gerade ein Bad. Ich habe es mir einlaufen lassen, als du angerufen hast.«

In einem Hinterzimmer hob sie ein paar Dinge für ihn auf: ein Bett, einen Stuhl und eine kleine grün gestrichene Kommode, auf der zwei, drei gefärbte Federn, der Stummel einer dreieckigen Duftkerze und eine Handvoll Kiesel lagen, die immer noch entfernt nach dem Meerwasser rochen, das sie einst umspült hatte, hübsch arrangiert vor einem gerahmten Foto, das ihn mit sieben Jahren zeigte.

Obwohl es doch sein eigenes Leben war, von dem diese Dinge erzählten, kam es ihm verschlossen und fremd vor. Nachdem er sie einen Moment lang angestarrt hatte, rieb er sich mit den flachen Händen durchs Gesicht und zündete die Kerze an. Er schüttelte die Würfel des Shranders aus dem Lederbeutelchen und warf sie mehrmals. Ungewöhnlich groß, aus einem polierten bräunlichen Material, das er für menschlichen Knochen hielt, schlitterten und kullerten sie zwischen die übrigen Gegenstände und ergaben Muster, mit denen er nichts anzufangen wusste. Bevor er die Würfel gestohlen hatte, hatte er Tarotkarten gelegt. Irgendwo in der Kommode mussten noch zwei oder drei Spiele liegen, schmutzig vom Gebrauch, aber noch in den alten Schachteln.

»Willst du etwas zu essen?«, rief Anna aus dem Bad. »Ich könnte dir was machen, wenn du möchtest.«

Kearney seufzte. »Das wäre nett von dir«, sagte er.

Er warf die Würfel erneut, dann steckte er sie wieder weg und sah sich im Zimmer um. Es war klein, mit rohen, unbehandelten Dielen und einem Fenster, das auf die dicken schwarzen Abwasserleitungen anderer Wohnungen hinausging. An die gebrochen weiße Wand über der Kommode hatte Kearney vor Jahren mit farbiger Kreide ein paar Diagramme gemalt. Auch mit denen konnte er nichts anfangen.

Nachdem sie gegessen hatten, zündete sie Kerzen an und überredete ihn, mit ihr ins Bett zu gehen. »Ich bin wirklich müde«, sagte sie. »Echt am Ende.« Sie seufzte und schmiegte sich an ihn. Ihre Haut war noch feucht und gerötet vom Bad. Kearney ließ die Finger zwischen ihre Pobacken gleiten. Sie atmete scharf ein, und dann rollte sie sich auf den Bauch und erhob sich halb kniend, damit er besser eindringen konnte. Ihre Scham fühlte sich an wie ganz weiches Wildleder. Er rieb, bis sich ihr ganzer Leib versteifte; sie kam mit einem winzigen hustenden Stöhnen. Zu seiner Überraschung bekam er eine Erektion. Er wartete, bis sie abgeklungen war, was ein paar Minuten dauerte, dann sagte er: »Ich muss wahrscheinlich weg von hier.«

Sie starrte ihn an. »Und was ist mit mir?«

»Anna, ich habe dich vor langer Zeit verlassen.«

»Aber du bist immer noch hier. Du kommst gerne, und du vögelst mich gerne; dafür kommst du doch, oder?«

»Du bist diejenige, die das will.«

Sie packte seine Hand. »Aber ich sehe doch dieses Ding«, sagte sie. »Ich sehe es jetzt jeden Tag.«

»Wann siehst du ihn? Hinter dir ist er doch sowieso nicht her. Das war er nie.«

»Ich bin so erledigt heute. Ich weiß wirklich nicht, was mit mir los ist.«

»Wenn du mehr essen würdest …«

Sie kehrte ihm abrupt den Rücken zu.

»Ich weiß nicht, warum du herkommst«, flüsterte sie. Nachdrücklicher fügte sie hinzu: »Ich habe ihn gesehen. Ich habe ihn in diesem Zimmer da gesehen. Er steht da drinnen und starrt aus dem Fenster.«

»Himmel«, sagte er. »Warum hast du mir das nicht gleich gesagt?«

»Warum sollte ich dir überhaupt etwas sagen?«

Sie fiel kurz darauf in Schlaf. Kearney rückte von ihr ab und lag da, starrte an die Decke und lauschte dem Verkehr auf der Chiswick Bridge. Es dauerte lange, bis er einschlief. Als er schlief, erlebte er im Traum ein Stück seiner Kindheit.

Alles war sehr deutlich. Er war drei Jahre alt, vielleicht nicht ganz, und er las Kiesel auf am Strand. Die ganzen visuellen Reize des Strandes waren geschönt, wie in einem Werbeprospekt; die Dinge schienen ein bisschen zu scharf, ein bisschen zu strahlend, ein bisschen zu klar umrissen. Die Sonne glitzerte auf der weichenden Flut. Der in einem sanften Bogen verlaufende Sand hatte die Farbe von Leinenrouleaus. Auf der nahen Buhne hockten die Möwen in Reih und Glied. Michael Kearney saß inmitten der Kiesel. Noch nass und durch den Brandungssog nach Größe geordnet, lagen sie ringsumher wie Edelsteine, Trockenfrüchte und beinerne Knollen. Er ließ sie durch die Finger gleiten, wählte, verwarf, wählte und verwarf. Er sah cremefarbene, weiße, graue; er sah tigerfarbene. Er sah rubinrote. Er wollte sie alle haben! Er blickte kurz auf, um sich zu vergewissern, dass er die ungeteilte Aufmerksamkeit seiner Mutter hatte, und als er wieder nach unten sah, nahm er die Dinge plötzlich anders wahr: Er sah deutlich, dass die Lücken zwischen den größeren Steinen zu ganz ähnlichen Gestalten verschmolzen wie die Lücken zwischen den kleineren Steinen. Je länger er hinsah, umso klarer wiederholte sich das Muster. Mit einem Mal begriff er, dass das eine ganz wichtige Eigenschaft der Dinge war – wenn man die Muster der Wellen sehen könnte, die Muster von einer Million weißer Wölkchen, dann würde man sie sehen, die brodelnde, unerklärliche, schwindelerregende Ähnlichkeit aller Vorgänge in der Welt, lautlos dahintosend in immer sich verschiebenden Wiederholungen, immer das Gleiche und nie zwei Dinge, die sich gleichen.

In diesem Augenblick war es um ihn geschehen. Aus dem Sand, dem Himmel, den Kieselsteinen – aus dem, was er später für die gewollte Fraktalität der Dinge halten würde – tauchte der Shrander auf. Michael Kearney hatte damals noch keinen Namen für den Shrander gehabt. Und der Shrander hatte keine Gestalt für ihn. Doch von da an war er in Kearneys Träumen vorgekommen, als Hohlraum, als Abwesenheit, als Schatten an der Tür. Er erwachte aus dem jüngsten Traum, vierzig Jahre später, und es war ein blasser, regnerischer Morgen mit Nebel in den Bäumen auf der anderen Straßenseite. Anna Kearney schmiegte sich an ihn und sagte seinen Namen.

»War ich schrecklich letzte Nacht? Mir geht es jetzt viel besser.«

Er besorgte es ihr noch einmal, dann ging er. An der Wohnungstür sagte sie: »Es heißt, es wäre eine Dummheit, allein zu leben, aber das ist nicht wahr. Dumm ist es, mit jemandem zusammenzuleben, weil man dann alle anderen aussperrt.« An der Rückseite der Tür hing eine Notiz: *Jemand liebt dich.* Sein Leben lang hatte Kearney Frauen den Männern vorgezogen. Es war eine Wahl, die er bereits früh getroffen hatte, aus dem Bauch oder aus den Genen heraus.

Frauen besänftigten ihn im selben Maße, in dem er sie erregte. Deshalb vermutlich waren seine Beziehungen zu Männern rasch peinlich, unproduktiv und unerquicklich geworden.

Was hatten ihm die Würfel geraten? Er war sich nicht sicherer als sonst. Er nahm sich vor, Valentine Sprake zu finden. Sprake, der ihm im Laufe der Jahre immer mal wieder geholfen hatte, wohnte irgendwo in Nord-London. Obwohl Kearney eine Telefonnummer von ihm hatte, war er sich nicht sicher, ob sie noch stimmte. Er versuchte es jedenfalls, und zwar von Victoria Station aus. Am anderen Ende der Leitung herrschte Stille, dann sagte eine weibliche Stimme: »Hier spricht der BT-Mobilfunk-Anrufbeantworter.«

»Hallo?«, sagte Kearney. Er kontrollierte die Nummer, die er gewählt hatte. »Sie telefonieren doch nicht von einem Handy«, sagte er. »Das ist keine Handynummer. Hallo?« Das Schweigen am anderen Ende dauerte an. Er bildete sich ein, jemanden atmen zu hören. »Sprake?« Nichts. Er unterbrach die Verbindung und ging zum Bahnsteig der Victoria Line hinunter. Bei Green Park stieg er um, und noch einmal bei Baker Street; er arbeitete sich im Zickzack auf das Stadtzentrum zu; wenn sich irgendwo etwas über Sprake in Erfahrung bringen ließ, dann bei den Nachmittagstrinkern im Lymph Club an der Greek Street.

Der Soho Square wimmelte von Schizophrenen. Im sozialen Netz treibend, mit schmutzigen Hündchen im Schlepptau und Klamottenbeuteln in den Händen, sammelten sie sich an Orten wie diesem, wo Bewegung, Gedränge und Betriebsamkeit herrschten. Neben dem unechten Tudorschuppen in der Mitte des Platzes hatte eine Frau mittleren Alters eine Bank in Beschlag genommen und ließ mit lebhaftem, aber ziellosem Interesse den Blick schweifen; ihr Akzent kam Kearney irgendwie bekannt vor. Von Zeit zu Zeit zog sie die Oberlippe hoch, und ihrem Mund entwich ein sonderbarer, planloser Laut, mehr als ein Ausruf, weniger als ein Wort. Als Kearney sich schnellen Schritts aus Richtung Oxford Street näherte, trat von einer Sekunde auf die andere ein wissender Ausdruck in ihre Augen, und sie verfiel in ein lautes Selbstgespräch. Sie redete unzusammenhängendes, wirres Zeug. Kearney eilte vorbei, doch dann machte er aus einem Impuls heraus kehrt.

Er hatte Worte gehört, die er nicht verstand.

Kefahuchi-Trakt.

»Was heißt das?«, fragte er. »Was meinen Sie damit?«

Offenbar fühlte die Frau sich angegriffen, denn sie verstummte und starrte zu Boden. Sie trug eine komische Mischung aus hochwertigen Mänteln und Strickjacken, grüne Gummistiefel und selbst gestrickte fingerlose Handschuhe. Im Gegensatz zu den anderen hatte sie kein Gepäck dabei. Ihr Gesicht, gegerbt von Abgasen, Alkohol und dem Wind, der unablässig um den Sockel des 35-stöckigen Centre-Point-Gebäudes wehte, wirkte seltsam gesund und rustikal. Als sie schließlich aufblickte, sah Kearney in zwei blassblaue Augen. »Ob Sie mir wohl Geld für eine Tasse Tee geben könnten?«, sagte sie.

»Sie bekommen noch mehr«, versprach Kearney. »Erklären Sie mir einfach, was Sie da gesagt haben.«

Sie blinzelte.

»Warten Sie hier«, sagte er. Im nächsten Subway kaufte er dreimal Frühstück und einen großen Milchkaffee und steckte alles in eine Tüte. Die Frau auf dem Soho Square hatte sich nicht von der Stelle gerührt; sie saß da, blinzelte in die schwache Sonne und rief den Passanten gelegentlich etwas zu; vor allem schien sie sich aber für die zwei oder drei Tauben zu interessieren, die vor ihr herumtrippelten. Kearney reichte ihr die Tüte.

»Jetzt«, sagte er, »erzählen Sie mir, was Sie sehen.«

Sie lächelte vergnügt. »Ich sehe nichts«, sagte sie. »Ich nehme meine Medizin. Ich nehme sie immer.« Einen Moment lang hielt sie die Papiertüte in der Hand, dann gab sie sie zurück. »Ich möchte das nicht.«

»Doch, doch«, sagte er und zeigte ihr Stück für Stück den Inhalt. »Sehen Sie mal! Frühstück für jede Tageszeit!«

»Futtern Sie das«, erwiderte sie.

Er setzte die Tüte auf die Bank und nahm die Frau bei den Schultern. Er wusste, sie würde etwas prophezeien, wenn er nur die richtigen Worte fand. »Hören Sie«, versicherte er ihr so nachdrücklich wie möglich, »ich *weiß*, was Sie wissen. Verstehen Sie?«

»Was wollen Sie? Sie machen mir Angst.«

Kearney lachte.

»Ich bin derjenige, der Angst hat«, sagte er. »Hier, trinken Sie. Essen Sie.«

Die Frau besah sich den Becher und das Sandwich in seinen Händen, dann blickte sie über die linke Schulter, als habe sie jemanden gesehen, den sie kannte.

»Ich will nicht. Ich will das nicht.« Verkrampft hielt sie den Blick von ihm abgewandt. »Ich will jetzt aufstehen und gehen.«

»Was sehen Sie?«, beharrte er.

»Nichts.«

»Was sehen Sie?«

»Etwas fällt vom Himmel. Feuer fällt vom Himmel.«

»Was für ein Feuer?«

»Lassen Sie mich gehen.«

»Was für ein Feuer ist das?«

»Lassen Sie mich gehen. Ich will jetzt gehen.«

Kearney ließ von ihr ab und ging. Mit achtzehn hatte er einen Traum gehabt, in dem er selbst am Ende eines solchen Lebens gestanden hatte. Krank vor Offenbarungen war er durch eine Gasse getaumelt. Er war alt und voller Kummer, doch schon seit Jahren hatte sich etwas seinen Weg von tief in seinem Innern nach außen gebrannt, und jetzt barst es ihm unkontrollierbar aus den Fingerspitzen, aus Augen, Mund und Penis, und setzte seine Kleidung in Brand … Später hatte er begriffen, wie unwahrscheinlich diese Vorstellung war. Egal, was er war, wahnsinnig war er nicht, er war auch kein Alkoholiker, ja, er war nicht einmal unglücklich. Er warf einen Blick zurück auf den Soho Square, wo seine Sandwiches von Hand zu Hand gingen und die Schizophrenen sie auseinandernahmen und den Belag untersuchten. Als habe er in einer Suppe gerührt. Wer wusste schon, was dabei ans Licht kommen würde? Im Grunde taten sie ihm leid, er fand sie sogar liebenswert. Doch die Praxis sah anders aus. Sie waren so enttäuschend wie Kinder. Man sah das Feuer in ihren Augen, doch es war bloß ein Irrlichtern. Letztlich wussten sie weniger als Brian Tate, und der wusste *gar nichts*.

Valentine Sprake, der behauptete, genauso viel zu wissen wie Kearney, vielleicht sogar mehr, war nicht im Lymph Club; seit einem Monat hatte ihn dort niemand mehr angetroffen. Kearney musterte die vergilbten Wände, die Nachmittagstrinker und den Fernseher über der Bar und bestellte einen Drink. Er überlegte, wo er sich als Nächstes umhören sollte. Draußen war der Nachmittag regnerisch geworden, und die Straßen waren voller Leute, die mit Handys telefonierten. Wohl wissend, dass er früher oder später in seine menschenleere Wohnung zurückkehren musste, seufzte er missmutig, schlug den Jackettkragen hoch und machte sich auf den Heimweg. Dort angekommen, voller Unbehagen, aber zermürbt von dem, was er für die emotionalen Ansprüche eines Brian Tate, einer Anna Kearney und dieser Frau vom Soho Square hielt, machte er alle Lichter an und schlief im Lehnstuhl ein.

»Gleich kommen deine Cousinen«, verkündete Kearneys Mutter.

Er war acht. Er war derart aufgeregt, dass er, sobald sie eintrafen, weglief, quer über die Felder hinter dem Haus und quer durch den Waldstreifen, bis er zu einem Weiher oder seichten See kam, der von Weiden umstanden war. Hier war sein Lieblingsort. Hier kam sonst niemand hin. Im Winter trat braunes Schilf aus der dünnen weißen Eisschicht am Rand; im Sommer summten die Insekten zwischen den Weiden. Michael stand eine ganze Weile da, lauschte auf die sich verlierenden Schreie der anderen Kinder. Sobald er Gewissheit hatte, dass sie ihm nicht folgen würden, überkam ihn eine hypnotische Ruhe. Er ließ die Shorts herunter, stellte sich breitbeinig in die Sonne und sah an sich hinab. In der Schule hatte ihm jemand gezeigt, wie man ihn rieb. Er wurde groß, aber mehr konnte Michael nicht aus ihm herauskitzeln. Schließlich fand er das Ganze zu öde und kletterte an einem geborstenen Weidenstamm über den Weiher. Er lag im Schatten und blickte ins Wasser, in dem es von richtigen Fischchen wimmelte.

Sich anderen Kindern auszusetzen war ihm unmöglich. Sie erregten ihn zu sehr. Sich seinen Cousinen auszusetzen war ihm ebenfalls unmöglich. Zwei oder drei Jahre später sollte er das Haus erfinden, das er *Stechginsterland*, manchmal auch *Heideland* nannte, wo er seine lüsternen und dennoch irgendwie verklärenden Träume von ihnen freimütig ausleben konnte.

In *Stechginsterland* war stets Hochsommer. Von der Landstraße aus sah man nur Bäume, schwer mit Efeu bekleidet, ein paar Meter moosbewachsene Zufahrt, das Namensschild am alten Holztor. Jeden Nachmittag hockten die blassen, frisch gebackenen Teenager, zu denen seine Cousinen herangereift waren, im warmen, lichtgesprenkelten Halbdunkel – die schmutzigen Füße ein wenig auseinander, die zerschrammten Knie und die hochgerafften Röcke dicht vor der Brust – und rieben rasch und geschickt den straffen weißen Stoff zwischen ihren Beinen, derweil ihnen Michael Kearney von den Bäumen aus zusah, was ihm vorne in den grauen Schulshorts und der dicken Unterhose wehtat.

Wenn sie Verdacht schöpften, blickten sie plötzlich auf, total verlegen!

Was immer ihn derart in die Brachen des Lebens verschlug, hatte dafür gesorgt, dass er bereits mit acht für die kleinen Aufmerksamkeiten des Shranders empfänglich war. Wie der Shrander damals die Kiesel am Strand sortiert hatte, so schwamm er jetzt im Schatten der Weide mit den Fischchen um die Wette. Der Shrander wohnte jeder Landschaft inne. Die Aufmerksamkeiten hatten anfangs aus Träumen bestanden, in denen Michael auf der grünen, flachen Wasseroberfläche des Kanals gewandelt war oder gespürt hatte, dass in dem Turm aus Legosteinen etwas Grässliches hauste. Drachen wurden als Qualm aus Motoren ausgespien, während sich die mechanischen Teile der Motoren mit einer widerlichen, öligen Trägheit drehten, und Kearney wachte auf und fand im Waschbecken ein klitschnasses Gummiding.

Hinter alledem steckte der Shrander.

5 · Onkel Sip, der Schneider

Ein Großteil des Halo besteht aus Schlacke, aus Abfallprodukten der frühen galaktischen Evolution. Junge Sonnen sind eine Seltenheit, aber es gibt sie. Da sie immer noch genügend Wasserstoff im Gepäck haben, empfangen sie den menschlichen Besucher mit angenehmer Wärme, so wie es den mythischen Wirtshäusern der Antiken Erde nachgesagt wird. Zwei Tage später erschien die *White Cat* just neben einer solchen auf der Bildfläche, schaltete ihre Dynaflowtreiber ab und parkte respektierlich über dem vierten Planeten, den man zu Ehren seiner großzügigen Einrichtungen *Motel Splendido* getauft hatte.

Nach den Maßstäben menschlicher Habitate gehörte das *Motel Splendido* zu den ältesten Felsbrocken auf diesem Abschnitt des *Strands*. Das Klima war aufgeräumt, es gab Ozeane, und die Luft hatte noch niemand versaut. Auf beiden Kontinenten gab es Raumflughäfen, manche mehr, manche weniger öffentlich. So einige Expeditionen hatten den Planeten seinerzeit angesteuert – ausgebildet, ausgerüstet und in den zersetzenden Schein des Kefahuchi-Trakts geschickt, der wie ein Strahlenkranz am Nachthimmel toste. Und auch so einige Helden hatten diesen Planeten besucht und taten es immer noch. Die Goldgräber von 2400 A. D., die beim Würfeln alles riskierten. Sie hielten sich für Wissenschaftler, hielten sich für Forscher und waren in Wirklichkeit Diebe, Spekulanten und intellektuelle Cowboys. Sie waren die Erben einer Wissenschaft, wie sie sich vor vierhundert Jahren etabliert hatte. Sie waren Strandgutjäger. Sie gingen eines Morgens als Versager los und kehrten abends als Firmenchefs zurück, die Taschen voller Patente: Das war die typische Laufbahn auf *Motel Splendido*. Das war der Lauf der Dinge. Folglich war auf diesem Planeten das Geld zu Hause. In seinen Wüsten wurden zwei oder drei rätselhafte Artefakte unter Quarantäne gehalten, Wüsten, die noch keine gewesen waren, als vor vierzig Jahren ein zwei Millionen Jahre altes gentherapeutisches Programm entwichen war, das jemand am *Strand* aufgelesen hatte, in einem treibenden Wrack weniger als zwei Lichtjahre von hier. Das war die ganz große Entdeckung jener Generation gewesen.

Große Entdeckungen waren »in« auf *Motel Splendido*. Jeden Tag, in jeder Bar, erfuhr man von der neuesten. Immer hatte jemand zwischen dem ganzen außerirdischen Müll etwas gefunden, was die Physik oder die Kosmologie oder das ganze Universum auf den Kopf stellen würde. Doch die Antworten auf die wirklich großen Fragen lagen im Trakt – wenn sie überhaupt irgendwo lagen. Und von dort war noch niemand zurückgekehrt.

Und es würde auch nie jemand von dort zurückkehren.

Die meisten kamen nach *Motel Splendido*, um Geld oder Anerkennung zu ernten. Seria Maú Genlicher war nur auf der Suche nach einem Hinweis. Sie war gekommen, um einen Deal mit Onkel Sip, dem Schneider, zu machen. Sie besprach sich von ihrem Parkplatz in der Umlaufbahn aus mit ihm, per Double. Die Schattenoperatoren hatten sie dazu überreden wollen, den Planeten leibhaftig zu betreten.

»Die Oberfläche?«, fragte sie mit einem reichlich ausgelassenen Lachen. »*Moi?*«

»Aber du würdest es so sehr genießen. Sieh doch!«

»Hört auf damit«, warnte sie: Aber die Schattenoperatoren führten ihr trotzdem vor, wie viel Spaß sie haben würde, dort unten, wo Carmody, ein alter, längst zum Raumhafen umfunktionierter Seehafen, seine feuchten, duftenden Schwingen in der hereinbrechenden Nacht auffächerte …

In den lächerlichen Glastürmen, die überall dort aus dem Boden schießen, wo der männliche Mensch Geschäfte macht, gingen die Lichter an. Die Hafenstraßen zu ihren Füßen waren erfüllt von einem warmen, freundlichen und dunstigen Zwielicht, in dem alle intelligenten Lebewesen von Carmody unterwegs waren, unterwegs durch Moneytown und auf der Küstenstraße zu den dampfenden Nudelbars auf der Free Key Avenue. Cultivare und kostspielige Schimären aller Art – riesig und mit Fangzähnen bewehrt oder stark verkleinert und getönt, mit wahren Elefantenpimmeln, mit Libellen- oder Schwanenflügeln, auf der nackten Brust die neuesten lebendigen Tattoos von Schatzkarten – stolzierten auf den Gehsteigen und beäugten die intelligenten Piercings der anderen Passanten. Rikschagirls, deren Waden und Quadrizepsmuskeln auf die Ausdauer einer Stute und das ATP-Transport-Protokoll eines rasenden Geparden getrimmt waren, spurteten hier und da zwischen den Müßiggängern, vom hiesigen Opium getröstet und aufgeputscht mit *Café électrique*. Und überall Schattenboys, wie immer. Schneller, als man gucken konnte, flackerten sie in Nischen auf, materialisierten sich in Gassen und flüsterten unentwegt ihre Angebote:

Wir besorgen dir alles, was du willst.

Die Code-Salons, die Tattoo-Salons – alle von sechzigjährigen einäugigen Poeten geführt, die mit Carmody Rose Bourbon abgefüllt waren –, die an der Straße gelegenen Schneidereien und Chopshop-Läden, die winzigen Schaufenster, vollgestopft mit animierten Musterstücken, als da waren Briefmarken oder Orden aus imaginären Kriegen oder Tüten mit harmlos bunten Süßigkeiten – in all diesen Läden drängten sich bereits die Kunden; während aus den firmeneigenen Enklaven oberhalb der Küstenstraße Männer und Frauen in Designerklamotten gemächlich auf die Hafenrestaurants zusteuerten, erhobenen Hauptes in Erwartung der Cuisine Terrestre, Hafenlichter auf der weindunklen See, dann spätnachts noch nach Moneytown – die Reichtumserzeuger, die Wohlstandsmacher, nach eigenem Dafürhalten ein bisschen zu gut für das alles, dennoch seltsam inspiriert von allem, was billig und geschmacklos war. Stimmen erhoben sich. Gelächter stieg empor. Überall Musik, der *Transformation Dub* misshandelte die Ohren, die aggressiven Bässe waren noch zwanzig Kilometer weit draußen auf See zu hören. Über diesen Lärm erhob sich das scharfe, aufdringliche Pheromon menschlicher Erwartung – ein Duft, der weniger von Sex, Habgier oder Aggression erzählte als von Drogenmissbrauch, billiger Falafel und teuren Parfums.

Seria Maú kannte Gerüche, gerade so, wie sie optische und akustische Eindrücke kannte.

»Ihr tut gerade so, als sei mir das total neu«, erklärte sie den Schattenoperatoren. »Aber dem ist nicht so. Rikschagirls und Tattooboys. Leiber! Ich war schon da, ich hab all das gesehen und ich mag es nicht.«

»Du könntest wenigstens ein Cultivar benutzen. *So hübsch* sähst du aus.«

Sie zeigten ihr ein Cultivar. Es war die siebenjährige Seria Maú. Sie hatten dem Kind mit Henna raffinierte Spiralen auf die bleichen Händchen gemalt und es in ein bodenlanges weißes Satinkleid mit applizierten Musselinranken und cremefarbenem Spitzenbesatz gesteckt. Es starrte scheu auf seine Füße und sagte kaum hörbar: »Was man aufgegeben hat, kehrt zurück.«

Seria Maú verscheuchte die Schattenoperatoren.

»Ich will keinen Körper«, schrie sie ihnen nach. »Ich will nicht hübsch aussehen. Ich will die Gefühle nicht, die ein Körper hat.«

Das Cultivar fiel rücklings gegen ein Schott und rutschte mit verdutzter Miene aufs Deck. »Willst du mich nicht?«, sagte das Kind. Sein Blick kippte immerzu hoch und nach unten, es rieb sich zwanghaft durchs Gesicht. »Ich weiß nicht, wo ich bin«, sagte es. Als ihm die Augen schließlich zufielen und jede Bewegung erstarb, schlugen sich die Schattenoperatoren ihre schmalen Pfoten vors Gesicht und zogen sich in die Nischen und Ecken zurück – das Geräusch, das sie machten, hörte sich an wie »Zzh zzh zzh«.

»Verbindet mich mit Onkel Sip«, sagte Seria Maú.

Der Salon, von dem aus Onkel Sip, der Schneider, sein Geschäft betrieb, lag in der Henry Street unten an der Hafenmole. Er war zu seiner Zeit berühmt gewesen, seine Zuschnitte wurden damals in jedem größeren Hafen verkauft. Ein dicker, rastloser Mann mit hervorquellenden graublauen Augen, feisten weißen Wangen, Lippen, die an eine Rosenknospe erinnerten, und einem Bauch so hart wie eine Wachsbirne – der Mann behauptete, den Ursprung des Lebens entdeckt zu haben, codiert in fossilen Proteinen in einem Sonnensystem in der sogenannten *Radio Bay*, kaum zwanzig Lichtjahre vom Rand des Traktes entfernt. Ob man ihm das glaubte, hing davon ab, wie gut man ihn kannte. Als er auszog, war er nur begabt gewesen, und als er zurückkam, hatte er gewusst, was er wollte: So viel stand fest. Was immer er gefunden hatte, es hatte ihn nicht reicher gemacht als jeden anderen guten Schneider. Mehr habe er auch nicht gewollt, so oder ähnlich pflegte Onkel Sip zu sagen. Er wohnte mit seiner Familie über den Geschäftsräumen, das Leben folgte gewissen Ritualen. Seine Frau trug leuchtend rote Flamencokostüme. Seine Kinder waren lauter Mädchen.

Als Seria Maú mitten im Salon erschien, spielte Onkel Sip gerade den Alleinunterhalter.

»Das sind nur ein paar Freunde«, sagte er, als er sie zu ihren Füßen sah. »Du kannst bleiben und ein bisschen dazulernen. Oder du schaust später noch mal vorbei.«

Er spielte Akkordeon. Er hatte sich herausgeputzt: weißes Anzughemd und schwarze Hosen, deren Bund ihm bis unter die Achseln reichte. Der runde rosige Rougefleck auf jeder kreideweißen Wange ließ ihn wie eine riesige schweißglasierte Porzellanpuppe aussehen. Sein Instrument, eine kunstvoll gearbeitete Antiquität mit elfenbeinfarbenen Tasten und glitzernden Chromknöpfen, blitzte und flirrte im Neonlicht von Carmody. Beim Spielen stampfte er von einem Fuß auf den anderen, um den Rhythmus nicht zu verlieren. Er sang in einem reinen und explosiven Contratenor. Hätte man ihn nicht gesehen, hätte man sich gefragt, ob da eine Frau oder ein kleiner Junge sang. Später erst hätte einen die kaum gebändigte Aggressivität der Stimme davon überzeugt, dass sie einem männlichen Menschen gehörte. Sein Publikum, drei oder vier dünne, dunkelhäutige Männer in engen Hosen, Lurexhemden und mit pechschwarzen Pompadourfrisuren, tranken und redeten, als interessierten sie sich nicht besonders für ihn, wiewohl sie ihm jedes Mal ein dünnes beifälliges Lächeln schenkten, wenn er sein hohes, zorniges Vibrato schmetterte. Gelegentlich kamen zwei oder drei Kinder an die offene Salontür und stachelten ihn an, klatschten und riefen ihn Papa. Onkel Sip stampfte und spielte und schüttelte sich den Schweiß von der Porzellanstirn.

Als er schließlich genug hatte, entließ er sein Publikum, das mit der höflichen, gewandten Anmut der Hipster in der Nacht von Moneytown verschwand, als sei es nie da gewesen. Schwer atmend setzte er sich auf einen Schemel. Dann wedelte er mit einem dicken Finger zu Seria Maú Genlicher hinüber.

»He«, sagte er. »Du kommst als *Hologramm?*«

»Verschone mich«, sagte Seria Maú. »Das ist zu Hause schon Dauerthema.«

Das Hologramm sah aus wie eine Katze. Es war eines von den billigeren Modellen, deren Farbe man je nach Gemütszustand wechseln konnte. Ansonsten ähnelte es einer altirdischen Hauskatze – klein, nervös, spitzes Gesicht und mit der Neigung, den Kopf an allerhand Dingen zu reiben.

»Das ist ein Affront für den Zuschneider: *ein Hologramm.* Komm leibhaftig zu Onkel Sip oder bleib weg.« Er betupfte sich die Stirn mit einem riesigen weißen Taschentuch, lachte sein hohes, vergnügtes Lachen. »Du willst also eine Katze sein«, erklärte er ihr. »Ich mache dich dazu, kein Problem.« Er beugte sich vor und fuhr mit der Hand mehrmals durch das Hologramm. »Was ist das? Ein Gespenst, junge Frau. Ohne Körper bist du ein Photino, du bist ein armseliges Reagenz für diese Welt. Ich kann dir nicht mal einen Drink anbieten.«

»Ich habe schon einen Körper, Onkel«, rief ihm Seria Maú leise in Erinnerung.

»Warum bist du also zurückgekommen?«

»Die Einheit funktioniert nicht. Sie will nicht mit mir reden. Sie will nicht mal herausrücken, wozu sie da ist.«

»Ich habe dir erklärt, wie komplex so was ist. Ich habe dir gesagt, dass es Probleme geben kann.«

»Dass die Einheit nicht von dir ist, hast du nicht gesagt.«

Auf Onkel Sips weißer Stirn begann sich ein Anflug von Unmut abzuzeichnen.

»Ich habe gesagt, dass sie von mir ist«, räumte er ein. »Aber nicht, dass ich sie auch *gemacht* habe. Tatsächlich habe ich sie von Billy Anker bekommen. Der Bursche hielt sie wohl für modern. Er hielt sie für K-Tech. Für ein militärisches Produkt.« Er zuckte die Achseln. »Solche Leute legen ihr Wort nicht auf die Goldwaage.« Er schüttelte den Kopf und spitzte abwägend die Lippen. »Obschon dieser Bursche Billy für gewöhnlich sehr helle und sehr verlässlich ist.« Der Gedanke half ihm nicht weiter, er zuckte die Achseln. »Er hat das Ding aus der *Radio Bay*, kam aber nicht dahinter, wozu es gut ist.«

»Bist du dahintergekommen?«

»Die Handschrift des Zuschneiders war nicht auszumachen.« Onkel Sip besah sich seine gespreizten Hände, musterte sie eingehend. »Aber ich habe das Schnittmuster in einem Tag durchschaut.« Er war stolz auf seine dicken, kurzen Finger und die sauberen spatelförmigen Nägel, so stolz auf ihren Tastsinn als schneide er die Gene direkt zu, wie ein Schuster das Leder. »Völlig durchschaut, von einem Ende bis zum anderen. Es ist genau das, was du brauchst: keine Sorge.«

»Aber warum funktioniert es dann nicht?«

»Du solltest es herbringen. Vielleicht schau ich es mir noch mal an.«

»Es fragt mich dauernd nach einem Dr. Haends.«

6 · Im Traum

Auf den ersten Blick hätte man meinen können, die Cray-Schwestern bedienten sich eines Einwegcultivars. Doch dafür gaben sie viel zu sehr auf sich acht. Nichtsdestoweniger waren sie schwer und legten diesen sinnlichen, Ich-bin-lebendiger-als-lebendig-Blick an den Tag, den Cultivare haben, weil sich ihre Benutzer nicht darum scheren, ob ihnen etwas zustößt. Sie hatten große, mächtige Hinterteile, die sie mit kurzen schwarzen Nylonröcken bedeckten. Und sie hatten dicke, kurze Beine mit ausgeprägten Waden, die von einem Leben mit zehn Zentimeter hohen Absätzen geformt waren. Die breiten Schultern ihrer kurzärmligen weißen Sekretärinnenblusen waren gepolstert und mit Volants besetzt. Rings um die fleischigen Oberarme ringelten und räkelten sich Schlangentattoos.

Eines Tages kamen sie in den Laden, und Evie fragte Tig Vesicle, ob er in einem der Tanks einen Twink namens Ed Chianese habe. Der Twink sei ungefähr so groß (ihre Hand schwebte fünf Zentimeter über ihrem Kopf), mit einem schon etwas rausgewachsenen wasserstoffblonden Irokesenschnitt und ein paar billigen Tattoos. Er sei ziemlich muskulös, meinte sie. Zumindest sei er das gewesen, bevor ihn das Tankleben erwischt habe.

»So einer ist mir noch nie begegnet«, log Vesicle.

Der Schreck war ihm in die Glieder gefahren. Wenn es sich vermeiden ließ, log man die Cray-Schwestern nicht an. Jeden Morgen benutzten sie weißes Make-up und zogen ihre breiten roten Lippen nach, was sinnlich, böse und komisch zugleich wirkte. Mit diesen Mündern erpressten sie die gesamte Pierpoint Street. Sie verfügten über unzählige Söldner, Schattenboys in Cultivaren, schäbige Teen-Punks mit Kanonen. In der antiken Aktentasche oder der großen weichledernen Handtasche führte jede der Schwestern eine Chambers-Raketenpistole spazieren. Zunächst wirkten sie wie ein ganzes Paket von Widersprüchen, aber schon bald begriff man, dass dem nicht so war.

In Wahrheit war dieser Chianese-Twink Tig Vesicles einziger Stammgast. Wer suchte schon eine Tankfarm in den hohen Siebenhundertern der Pierpoint auf? Niemand. Das Geschäft lief ganz unten am anderen Ende, wo es jede Menge Investmentbanker gab, auch Frauen, deren Lieblingshund vor zehn Jahren gestorben war, worüber sie niemals hinwegkamen. Das Mittagsgeschäft lief ganz unten in den mittleren und niedrigen Nummern. Ohne Chianese, der, sofern er sich's leisten konnte, drei Wochen am Stück twinkte, wäre Vesicle aufgeschmissen gewesen. Er hätte sich den ganzen Tag auf der Straße herumtreiben und versuchen müssen, AbH und Terra-Speed unter die Kids zu bringen, die nur an Do-it-yourself-Genpflastern interessiert waren, die sie von einem Burschen hinter dem Halo bekamen, einem gewissen Onkel Sip.

Die Schwestern bedachten Tig Vesicle mit einem Blick, der sagte: *Wenn du diesmal lügst, dann lösen wir dich auf und verkaufen dich als Protein.*

»Ehrlich«, sagte er.

Schließlich zuckte Evie Cray die Achseln.

»Wenn dir so ein Bursche über den Weg läuft, sind wir die Ersten, die es erfahren«, sagte sie. »Die Ersten.«

Sie besah sich die Tankfarm, den nackten grauen Boden und die Ballerposter, die sich von den Wänden lösten, und bedachte Vesicle mit einem mitleidigen Blick. »Lieber Himmel, Tig«, sagte sie. »Könntest du diesen Ort nicht noch ein klein wenig unfreundlicher gestalten? Was meinst du?«

Bella Cray lachte.

»Würdest du ihr diesen Gefallen tun?«, sagte sie.

Als sie fort waren, setzte Vesicle sich auf seinen Stuhl: »Würdest du ihr diesen Gefallen tun?« und »Wenn dir so ein Bursche über den Weg läuft, sind wir die Ersten, die es erfahren.« Er wiederholte die

Sätze so lange, bis er mit Tonfall und Satzmelodie zufrieden war. Dann ging er zu den Tanks hinüber, nahm einen Lappen aus dem Schrank und begann Staub zu wischen. Er staubte gerade den Tank von Chianese ab, als ihm bewusst wurde, dass es der warme war. »Wer ist der Bursche?«, fragte er sich. »Auf einmal sind die Cray-Schwestern wild auf ihn. Bis jetzt hat niemand nach ihm gefragt.« Er versuchte sich zu erinnern, wie Chianese aussah. Vergebens. Die Twinkies sahen alle gleich aus.

Er ging zur nächstbesten Imbissbude und holte sich noch eine Portion Fisch in Curry. »Wenn dir so ein Bursche über den Weg läuft«, sagte er versuchsweise zu der Bedienung, »sind wir die Ersten, die es erfahren.«

Die Frau sah ihn groß an.

»Die Allerersten«, sagte Vesicle.

Neue Menschen, dachte sie, während sie ihm nachsah, wie er, ein Bein komisch abwinkelnd, die Pierpoint hinaufging. *Auf was für Drogen sind die eigentlich?*

Angezogen von den Radio- und Fernsehspots des zwanzigsten Jahrhunderts, die als wabernde Fetzen und Spinnweben (aber voller mysteriöser, befremdlicher Vitalität) bei ihnen angekommen waren, hatten die *Neuen Menschen* um die Mitte des zweiundzwanzigsten Jahrhunderts die Erde überschwemmt. Sie waren Zweibeiner, humanoid – wenn man ein Auge zudrückte – und allesamt groß und weißhäutig und mit einem flammenden roten Haarschopf. Es gab irische Junkies, die ihnen zum Verwechseln ähnlich sahen. Die Geschlechter ließen sich bei ihnen nur schwer auseinanderhalten. Ihre Gliedmaßen wirkten irgendwie knetbar und schwächlich. Zum einen waren sie sehr optimistisch und tatkräftig. Alles an der Erde versetzte sie in Staunen. Sie übernahmen das Steuer, und weil sie alles falsch verstanden, fuhren sie den Karren auf eine liebenswürdige, paternalistische Weise in den Dreck. Es handelte sich offenbar um den groß angelegten Versuch, die menschlichen Belange auf der Grundlage einer Coca-Cola-Reklame von 1982 zu begreifen. Sie stellten Nahrung her, die niemand essen konnte, sie ächteten die Politik zugunsten einer Form von Bürokratie, wie man sie bei bezuschusster Kunst findet, und sie verlegten enorme technische Anlagen in die untere Erdkruste, was Millionen das Leben kostete. Danach zogen sie sich beschämt aus der Öffentlichkeit zurück, nahmen Zuflucht zu Drogen, Popmusik und Twinktanks, die damals eine aufregende und alles andere als zuverlässige Freizeittechnologie waren.

Von da an verbreiteten sie sich mit der Menschheit, wie eine Art verzerrter Kommentar auf deren Expansion und Freihandel. Man fand sie nicht selten in den unteren Etagen des organisierten Verbrechens. Ihr Ziel war es, sich einzugliedern, doch sie waren auf fatale Weise rückwärts gerichtet. Immerzu sagten sie: »Ich find eure Cornflakes hier echt gut, Mann. Verstehst du?«

Vesicle kehrte zur Tankfarm zurück. Die Kopfenden der Tanks ragten etwa einen Meter aus den schulterhohen Sperrholzkabinen heraus, als handle es sich um albern barocke, mit billigen Schnörkeln verzierte Messingsärge. SEI, WAS IMMER DU WILLST, versprach das Reklameposter an der Rückwand jeder Kabine. Der Tank von Chianese hatte sich weiter erwärmt. Vesicle sah, warum: Dem Twink ging das Geld aus. Wie Vesicle den Anzeigen an der Kabine entnahm, blieb dem Burschen noch ungefähr ein halber Tag, ehe er wieder in die kalte Welt hinaus musste. Das Tankproteom, ein Schleim aus Nährstoffen und maßgeschneiderten Hormonen, war dabei, den Körper des Probanden wieder auf das richtige Leben vorzubereiten.

Halb vier an einem grauen Freitagnachmittag im März. Der East River hatte die Farbe von kalter Eisenschmelze. Bereits seit Mittag staute sich der von der Honaluchi-Brücke kommende Verkehr. Chinese Ed steckte den Kopf aus dem Seitenfenster seines Rambo-Dodge und äugte in dem Geruch nach verbranntem Diesel und Blei nach Westen. Nichts. Irgendein Straßenaufbruch, die Beleuchtung war aus, jemand hatte einen Schwächeanfall; die Leute da vorne waren überlastet – zu viel Arbeit, zwei Komma vier Kids zu viel, zu viel Verdauung. Sie hatten ihre Autos verlassen und boxten stumpf und sinnlos aufeinander ein. Wer wusste schon, was da passiert war?

Es war das alte Lied. Ed schüttelte über diese verblödete Menschheit den Kopf, schaltete den städtischen Verkehrsfunk ab und wandte sich stattdessen Rita Robinson zu.

»He, Rita«, sagte er.

Zwei, drei Minuten später war der pfefferminzgrün und weiß gestreifte Rock auf ihrer Taille gerafft.

»Sachte, Ed«, mahnte Rita. »Wir haben viel Zeit.«

»Hatte ich es jemals eilig mit dir?«, erwiderte Ed grinsend.

Rita lachte. »Jetzt hab ich es langsam eilig, Ed.«

Rita hatte recht – sie hatten wirklich viel Zeit.

Zwei Stunden später standen sie immer noch im Stau.

»Das ist doch echt das Letzte«, sagte die Frau aus dem rosa Mustang, der zwei Wagen weiter vor Eddies Dodge stand.

Ihr Blick fand Rita, die den Rock wieder runtergestreift und ihren Hüfthalter zurechtgerückt hatte und sich eben mit einer Art verdrießlich-professionellen Pingeligkeit im heruntergeklappten Kosmetikspiegel musterte; die Frau schien ihre Frage vergessen zu haben. »Oh, hi, Liebes«, sagte sie. »Sie machen sich gerade frisch?« Alle hatten den Motor abgestellt. Straßauf, straßab vertraten sich die Leute die Beine. Ein Hotdog-Verkäufer klapperte die Schlange Richtung Westen ab, bewegte sich in Etappen von zehn oder zwölf Fahrzeugen voran. »Ich hätte nicht gedacht, dass es so schlimm ist«, sagte die Frau aus dem Mustang. Sie lachte, pflückte sich einen Tabakkrümel von der Unterlippe und musterte ihn eingehend. »Vielleicht sind ja die Russen gelandet.«

»Da könnten Sie recht haben«, sagte Ed. Sie lächelte ihn an, trat ihre Zigarettenkippe aus und kehrte zu ihrem Wagen zurück. Ed schaltete das Radio ein. Die Russen waren nicht gelandet. Die Marsmenschen auch nicht. Es gab absolut nichts Neues.

»Also. Diese Brady-Sache«, sagte er zu Rita. »Was erzählt man sich im Büro des Staatsanwalts?«

»He, Eddie«, sagte Rita. Sie sah ihn einen kurzen Moment lang an, dann schüttelte sie den Kopf und wandte sich wieder dem Spiegel zu. Sie hatte eben den Lippenstift gezückt. »Dachte schon, du würdest nie mehr fragen«, sagte sie in nüchternem Tonfall. Der Lippenstift schien die falsche Farbe zu haben, denn sie steckte ihn mit einer gereizten Geste weg und blickte aus dem Fenster auf den Fluss hinaus.

»Ich dachte, du würdest nie mehr fragen«, wiederholte sie bitterlich.

Genau in dem Augenblick begann die große gelbe Ente, ihren Kopf durch Eddies offenes Seitenfenster in den Wagen zu zwängen. Diesmal schien Rita keine Notiz von ihr zu nehmen, obwohl die Ente redete.

»Hör mal, Nummer Sieben«, sagte die Ente. »Deine Zeit ist um.«

Ed langte in seine Baseballjacke, auf der hinten *Lungers 8-ball Superstox* stand, und nahm einen der beiden Colts heraus.

»He«, sagte die Ente. »Ich mache Spaß. Nur eine Mahnung. Du hast noch für elf Minuten Geld auf dem Konto, dann wird der Tank runtergefahren. Ed, als guter Kunde unserer Organisation darfst du Geld nachschießen, oder du machst aus dem Rest das Beste.«

Die Ente legte den Kopf schief und musterte Rita aus einer ihrer glänzenden Knopfaugen.

»Ich wüsste, was ich täte«, sagte die Ente.

7 · Auf der Suche nach Gott

Als Michael Kearney erwachte, war es tiefe Nacht. Das Licht war aus. Er hörte rasselndes Atmen.

»Wer ist da?«, blaffte er. »Lizzie?«

Das Geräusch verstummte.

Ein minimal möblierter Raum mit strohfarbenem Hartholzboden, abgeteilter Kochnische und einem Schlafzimmer im Zwischengeschoss; das Apartment gehörte seiner zweiten Frau Elisabeth, die nach der Scheidung in die USA zurückgekehrt war. Die oberen Fenster blickten über Chiswick Eyot bis nach Castelnau. Kearney rieb sich das Gesicht, erhob sich aus dem Lehnstuhl und stieg die Treppe hinauf. Oben war niemand. Ein Lichtschauer tränkte das zerwühlte Bett, und in der Luft spukte noch der schwache Geruch von Elisabeths Kleidung. Er ging wieder nach unten und machte das Licht an. Auf dem Rücken des Heals-Sofas balancierte ein körperloser Kopf. Er war ausgezehrt und sah schlimm aus. Das Fleisch hatte sich an die markanten Stellen des Gesichts zurückgezogen, sodass sich die Knochen scharf unter der gräulichen Haut abzeichneten. Kearney konnte nicht sagen, wem der Kopf gehörte, nicht einmal, welches Geschlecht der oder die Betreffende hatte. Sobald ihn der Kopf sah, begann er heftig zu schlucken und die Lippen zu befeuchten, als habe er nicht genug Speichel zum Reden.

»Ich weiß nicht, wo ich anfangen soll, um die ganze Verdrießlichkeit meines Lebens zu beschreiben!«, rief der Kopf urplötzlich. »Kennst du das, Kearney? Hast du dein Leben jemals als fadenscheinig empfunden? Hast du es jemals mit diesem verschlissenen Vorhang verglichen, der kaum noch in der Lage ist, Wut, Eifersucht und Versagen zu verbergen, all den zerfressenden Ehrgeiz und die Gelüste, die sich nie ans Licht trauen?«

»Um Gottes willen«, sagte Kearney zurückweichend.

Der Kopf lächelte verächtlich.

»Es ist sowieso schon ein ziemlich ramschiger Vorhang. Empfindest du das nicht auch so? Wie das Zeug an den Fenstern hier, dieser scheußliche orange-rote Stoff, der schon nach einem Tag einen Alterspelz hatte.«

Kearney wollte etwas sagen, doch sein Mund war wie ausgetrocknet. Schließlich brachte er heraus: »Elisabeth hat nie Vorhänge aufgehängt.«

Der Kopf leckte sich die Lippen. »Na ja, ich will dir eins sagen, Kearney: Er hat dich sowieso nicht verborgen! Dahinter hat sich dein schrecklich dürrer Leib vierzig komische Jahre lang gewunden und posiert, gelacht und Grimassen geschnitten (o ja, Grimassen geschnitten, Kearney!) und den riesigen beardsleyesken Schwanz geschüttelt, hat alles getan, um bemerkt zu werden. Alles, um respektiert zu werden. Aber du willst es nicht sehen, oder? Denn hast du den Vorhang einmal weggezogen, wird dich die schiere zurückgestaute Energie zu Schlacke verbrennen.«

Der Kopf stierte erschöpft umher. Nach ein, zwei Herzschlägen sagte er weniger laut: »Kennst du das, Kearney?«

Kearney überlegte.

»Nein.«

Das Gesicht von Valentine Sprake schien von innen her fahl zu leuchten. »Nein?«, sagte er. »Na ja.«

Er stand auf und kam hinter dem Sofa hervor, wo er die ganze Zeit gehockt hatte, ein dynamisch wirkender Mann von vielleicht fünfzig Jahren mit hängenden Schultern, rotblondem Haar und Spitzbart. Der farblose Blick wirkte konzentriert und abwesend zugleich. Er trug eine braune Vliesjacke, die ihm zu lang war, enge alte Levi's, die seine dünnen Säbelbeine betonten, und Merrel-Wanderstiefel. Er roch nach selbst gedrehten Zigaretten und billigem Whisky. In der einen Hand – deren Fingerknöchel durch jahrelange Arbeit oder Krankheit vergrößert waren – hielt er ein Buch. Er tat bestürzt, als er auf das Buch hinunterblickte, dann hielt er es Kearney hin.

»Sieh dir das an!«

»Nein.« Kearney wich zurück. »Nein, ich will nicht.«

»Schon wieder reingefallen«, sagte Valentine Sprake. »Es stand da drüben im Regal.« Er riss ein paar Seiten aus dem Band – der, wie Kearney jetzt sah, Elisabeths geliebte dreißig Jahre alte Penguin-Classics-Ausgabe von *Madame Bovary* war – und begann sie in verschiedene Taschen seiner Jacke zu stopfen. »Ich kann mich nicht mit Leuten abgeben, die sich selbst nicht kennen.«

»Was willst du von mir?«

Sprake zuckte die Achseln. »Du hast mich angerufen«, sagte er. »Wie mir zu Ohren kam.«

»Nein«, erwiderte Kearney. »Irgendein Anrufbeantworter hat sich gemeldet, aber ich habe keine Nachricht hinterlassen.«

Sprake lachte.

»Na klar hast du. Alice hat sich an dich erinnert. Alice hat dich ziemlich gern.« Er rieb sich die Hände. »Wie wär's denn mit 'ner Tasse Tee?«

»Ich bin mir nicht mal sicher, ob du überhaupt da bist«, sagte Kearney und blickte ängstlich zum Sofa hinüber. »Hast du irgendwas von dem verstanden, was du eben gesagt hast?« Dann sagte er: »Er hat mich wieder eingeholt. In den Midlands, vor zwei Tagen. Ich dachte, du weißt vielleicht Rat.«

Sprake zuckte wieder die Achseln.

»Du weißt, was zu tun ist«, deutete er an.

»Ich hab das so satt, Valentine.«

»Dann solltest du besser aussteigen. Ich glaube sowieso nicht, dass du ungeschoren davonkommst, egal, was du tust.«

»Es funktioniert nicht mehr. Ich frage mich, ob es je funktioniert hat.«

Sprake schenkte ihm ein kleines farbloses Lächeln. »Und ob«, sagte er. »Du bist eben ein Wichser.« Er hielt eine Hand hoch, als könne Kearney Anstoß nehmen. »Nur Spaß. Nur Spaß.« Er ließ sein Lächeln für zwei, drei Atemzüge stehen, dann setzte er hinzu: »Was dagegen, wenn ich mir eine Zigarette drehe?« Auf der Innenseite des linken Handgelenks trug er ein selbst gemachtes Tattoo, das Wort FUGA, in verblasster, schwarz-blauer Tinte. Kearney zuckte die Achseln und ging in die Kochnische. Derweil Kearney Tee aufschüttete, ging Sprake nervös rauchend und sich Tabakkrümel von der Unterlippe pflückend mit großen Schritten durch die Wohnung. Er löschte das Licht und wartete mit entspannter Miene, dass sich die Wohnung mit dem Schein der Straßenlaterne füllte.

Irgendwann sagte er: »Die Gnostiker müssen sich geirrt haben.« Dann, als Kearney nichts sagte: »Über dem Fluss zieht Nebel auf.«

Es entstand eine ziemlich lange Pause. Kearney hörte zwei, drei kleine Bewegungen, als ob jemand ein Buch aus dem Regal nehme; dann ein Luftholen. »Hör dir das an …«, begann Sprake, um gleich wieder zu verstummen. Als Kearney aus der Kochnische kam, stand die Haustür offen, und außer ihm war niemand mehr in der Wohnung. Zwei, drei Bücher lagen auf dem Boden, umgeben von herausgerissenen Seiten, die wie Flügel aussahen. An der leeren weißen Wand über dem Sofa, in einem hellen Parallelogramm aus Natriumlicht, dräute der Scherenschnitt eines mächtigen geschnäbelten Kopfes – irgendein Schatten, der von draußen hereinprojiziert wurde. Er sah überhaupt nicht nach dem Schatten eines Vogels aus. »Himmel«, entfuhr es Kearney, sein Herzschlag erschütterte den ganzen Oberkörper. »Himmel!« Der Schatten begann sich zu drehen, als drehe sich sein Urheber, der um zwei Uhr morgens zwei Stockwerke über einer Straße in Chiswick schwebte – als drehe er sich, um ihn, Kearney, anzusehen. Oder schlimmer noch – als handle es sich gar nicht um einen Schatten.

»Herr im Himmel, Sprake, er ist hier!«, schrie Kearney und lief aus der Wohnung. Irgendwo voraus hörte er die dumpfen Schritte von Sprake, doch Kearney holte nicht auf.

Central London, 3.00 Uhr morgens:

Fraktale quollen über eisblaue Bildschirme und entwickelten sich zu etwas, das an die ruckartige Einzelbild-Zeitlupe eines viel älteren

Mediums erinnerte. Brian Tate rieb sich die Augen und starrte. Die Suite hinter ihm lag im Dunkeln. Es roch nach Fastfood und kaltem Kaffee. Der Kater stöberte in dem Durcheinander aus gebrauchten Styroporbechern und Hamburgerschachteln rings um Tates Füße. Die Katze saß still auf Tates Schulter und beobachtete in einer Art geselliger Komplizenschaft das mathematische Monster, das sich über die Schirme ergoss. Hin und wieder langte sie mit der Pfote aus, miaute ungeduldig, als wolle sie Tate auf etwas aufmerksam machen, das er verpasst hatte. Sie wusste, wo die Musik spielte. Tate nahm die Brille ab und legte sie vor sich auf den Tisch. Selbst bei dieser Geschwindigkeit war nichts auszumachen.

Oder fast nichts. In Los Alamos hatte ihn – obwohl er das nie zugeben würde – das ewige Gerede über Physik und Geld derart gelangweilt, dass er den größten Teil seiner Freizeit auf dem Zimmer verbracht hatte; dort hatte er vor dem leise eingestellten Fernseher gehockt und rastlos von einem TV-Kanal zum nächsten geschaltet. Was ihn veranlasst hatte, über das Phänomen »Entscheidung« nachzudenken. Die »Entscheidung«, überlegte er, konnte man zeitlich sehr genau lokalisieren als den Moment, in dem das Bild aufflackerte, zerfiel und durch das nächste ersetzt wurde. Wenn man die Dinge auseinanderpflückte und den exakten Moment des Übergangs erwischte, was würde man dort finden? Er hatte sich ausgemalt, dass vielleicht eine unbekannte Station etwas in diese Lücke, genau in den Moment der »Entscheidung« hineinsende – hoffentlich etwas Erträglicheres als Wiederholungen von *Buffy – Im Bann der Dämonen* –, und versucht, mit dem Videorecorder eine Reihe von Kanalwechseln aufzunehmen und sie im Einzelbildmodus abzuspielen. Das hatte sich als unmöglich erwiesen.

Er langte nach hinten, um der Katze die Ohren zu streicheln. Sie wich aus, sprang auf den Boden und fauchte den Kater an, bis der sich unter Tates Stuhl verkroch.

Tate nahm indessen den Telefonhörer ab und wählte Kearneys Privatnummer. Es meldete sich niemand.

Er hinterließ eine weitere Nachricht.

8 · Maßgeschneidert

Als er Seria Maú die Worte »Dr. Haends« sagen hörte, erstarrte Onkel Sip für den Bruchteil einer Sekunde, dann zuckte er die Achseln. »Du solltest es noch mal herbringen«, wiederholte er. Das war seine Art sich zu entschuldigen. »Ich will ein Auge zudrücken.«

»Onkel Sip? Kennst du einen Dr. Haends?«

»Nie gehört«, sagte Onkel Sip rasch, »und ich kenne jeden Schneider von hier bis zum Zentrum der Milchstraße.«

»Meinst du, es ist vom Militär?«

»Nein.«

»Was Neumodisches?«

»Nein.«

»Was soll ich also machen?«

Onkel Sip seufzte. »Sagte ich doch. Es noch mal herbringen.«

Etwas in Seria Maú sträubte sich. Ihr kam es vor, als sollte sich ihr an diesem Punkt noch eine weitere Möglichkeit eröffnen. Sie sagte: »Du hast deine Glaubwürdigkeit verloren …«

Onkel Sip warf die Hände hoch und lachte.

»… und ich will mit diesem Kerl, diesem Billy Anker sprechen.«

»Wie komme ich eigentlich dazu, mit einem Hologramm zu diskutieren!« Er sah sie groß an, immer noch amüsiert, doch plötzlich auf der Hut. »Erstens ist Billy Anker nicht dafür bekannt, dass er Sachen zurücknimmt«, sagte er leise. »Und zweitens ist er *mein* Geschäftspartner und nicht der deine. Zum Dritten ist er kein Zuschneider. Verstehst du? Was gibt es bei ihm zu holen, das du nicht auch von mir bekommst, junge Frau?«

»Weiß ich nicht, Onkel. Irgendwas. Keine Ahnung. Aber du weißt mehr, als du sagst. Und irgendwo muss ich anfangen.«

Er musterte sie noch einen Moment lang eindringlich, und es war ihm anzusehen, dass er nachdachte.

Dann sagte er betont beiläufig: »Okay.«

»Ich habe Geld.«

»Dafür nehme ich kein Geld«, sagte Onkel Sip. »Wenn ich es recht bedenke, könnten wir alle davon profitieren. Sogar Billy.« Er lächelte in sich hinein. »Also gut. Billy gehört dir. Vielleicht tust du mir auch mal einen Gefallen.« Er machte eine wegwerfende Geste. »Nichts Besonderes, keine Sorge.«

»Ich würde lieber zahlen.«

Onkel Sip erhob sich würdevoll.

»Einem geschenkten Gaul schaut man nicht ins Maul«, riet er ihr rundheraus. »Geh auf meinen Vorschlag ein. Ich werde dir verraten, wo du Billy finden kannst. Vielleicht auch, was er gegenwärtig für Ambitionen hegt.«

»Ich brauche Bedenkzeit.«

»He, aber denk nicht zu lange nach.«

Im Sitzen hatte er das Akkordeon auf den mächtigen Oberschenkeln balanciert. Jetzt nahm er es zur Brust, streifte sich die Gurte über die Schulter und quetschte einen langen einleitenden Akkord heraus. »Was ist schon Geld?«, sagte er. »Geld ist nicht alles. Ich gehe ins Zentrum, das sind fünfhundert Lichtjahre Geld. Geld auf Schritt und Tritt. Man hat ganze Planetensysteme zur Freihandelszone erklärt. Man hält sich ein Heer von Frauen, die nach zwei Schulungstagen im Akkord lausige kleine Do-it-yourself-Gensplicing-Kits herstellen, und wozu? Damit ihre Kids was zu futtern haben. Ach ja, und damit *Terra*-Kids für das Fünffache ein legales Genpflaster bekommen. Die öffnen dann die versiegelten Codes und geben sich Samstagnacht den Stoffwechselkollaps. Weißt du, was diese Firmentypen sagen?«

»Was sagen sie, Onkel Sip?«

»Geld kennt keine Moral, sagen sie in einem Tonfall, dass man kotzen möchte. Und sie sind auch noch stolz drauf.«

Es war 2.00 Uhr morgens in Carmody, und am Himmel glitzerte der Kefahuchi-Trakt so munter wie Onkel Sips Akkordeon. Er spielte noch einen Akkord und dann eine Reihe von ausgelassenen, ineinander übergehenden Arpeggios. Er blähte die Backen und begann, mit den Füßen zu stampfen. Nach und nach schlüpfte sein Publikum zurück in den Salon, nicht ohne sich bei Seria Maús Hologramm mit dem Anflug eines Lächelns zu entschuldigen. Es war, als hätte man irgendwo in der Henry Street, in einer Bar nicht weit von hier, auf das Wiedererwachen des Akkordeons gewartet. Sie brachten Flaschen in braunen Tüten mit, und diesmal waren auch ein paar schüchterne Frauen dabei, die Onkel Sip flüchtige Blicke aus den Augenwinkeln zuwarfen. Ein Lied hörte sich Seria Maú noch an, dann verpuffte sie zu einem braunen Wölkchen.

Oberflächlich betrachtet war Onkel Sip in Ordnung. Er machte Geschäfte mit allem, was hier durchkam: Cultivare zum Vergnügen, lebendige Tattoos und jede Art von Genkosmetik, die nur wirkte, wenn man daran glaubte – wie zum Beispiel das Glücksgen von Elvis für das Erstgeborene. Jeden Nachmittag drängten sich nervöse schwangere Frauen in seinem Laden, die mehr oder weniger genaue Vorstellungen davon hatten, mit welchen Talenten ihr Baby ausgestattet sein sollte. »Alle wollen reich sein«, beschwerte er sich. »Ich habe eine Million Genies gemacht. Obendrein wollen sie alle Buddy Holly, Barbra Streisand und Shakespeare sein. Ich will Ihnen was sagen: Niemand weiß, wie diese Menschen ausgesehen haben.« Das war kaum illegal zu nennen. In seinen Augen war es einfach nur ein kleiner Spaß. Aber er konnte nur soundso weit gehen. Wie er es darstellte, war es das moderne Äquivalent zu einem albernen Hut, den man an irgendwelchen Feiertagen trug. Oder wie diese alten Tattoos, wie es sie damals gab. Im Labor stückelte er allerdings für jedermann. Er stückelte fürs Militär, er stückelte für die Schattenboys. Er stückelte für Virenjunkies, die ganz versessen auf das neueste Patch für ihr bevorzugtes Hirnleiden waren. Er verschnitt mit außerirdischer DNS. Es war ihm gleich, womit und für wen er herumbastelte, solange sie nur zahlen konnten.

Was sein Publikum betraf, so handelte es sich um Cultivare: Allesamt – selbst die scheuen jungen Frauen in den schwarzen hautengen Kostümen – waren sie aus seinen Stammzellen geklont, jener tiefgefrorenen Lebensversicherung, die er damals abgeschlossen hatte, als es ihn zur *Radio Bay* zog. Sie waren sein jüngeres Ich – aus einer Zeit, als er sein großes Geheimnis noch nicht entdeckt hatte – und sie kamen zweimal pro Nacht, um am Schrein seines Erfolges zu beten.

Unter der *White Cat* drehte sich, die Nachtseite nach oben, *Motel Splendido* um seine Achse. Seria Maú schaute aus dem Parkorbit nach unten. Carmody kam in Sicht, ein schummriger, verkürzter Lichtfleck von unbestimmbarer Farbe und Ausdehnung auf einer Insel am südlichen Horizont. Sie streunte via Hologramm durch die magisch erleuchteten Straßen. Der Stadtkern, das waren schwarze und goldene Türme, Designerwaren in verlassenen pastellfarbenen Malls, stummes Neonlicht, das sich in den präzisen Formen matter Kunststoffoberflächen brach, die Wolken aus Spitze und austernfarbenem Satin. Aus den Bars am Meer pulste *Transformation Dub, Saltwater Dub,* der Soundtrack menschlichen Lebens, mit Liedern wie »Dark Night, Bright Night«. Menschen! Sie roch förmlich die Erregung, die es bedeutete, da unten zwischen den Sehenswürdigkeiten im warmen, dunklen Herzen der Dinge zu leben. Sie roch förmlich die Schuld dieser Menschen. Wonach suchte sie? Sie wusste es nicht. Sie wusste nur eins: Onkel Sips Scheinheiligkeit ließ ihr keine Ruhe.

Plötzlich dämmerte der Morgen herauf, und in einer Ecke des Hafendamms, wo Stufen hinunterführten zu etwas, das jetzt frisch gewaschener, menschenleerer Sandstrand war, der unter dem ersten Schimmer des Tages ergraute, da stieß sie auf drei Schattenboys. Sie liefen auf Einwegcultivaren – Züchtungen mit einer Verfallszeit von vierundzwanzig Stunden: Fangzähne und übel riechende Muskeln, ärmellose Jeansjacken, Wunden von arglosen Rempeleien –, hockten in der frühen Brise, spielten auf einer Decke das Schiffsspiel, grunzten, wenn die beinernen Würfel kullerten und purzelten, und tauschten gelegentlich High-Speed-Datenströme aus, die sich wie wütendes Quieken anhörten. Komplizierte Wetten wurden abgeschlossen, weniger auf den Spielverlauf als auf die Möglichkeiten der

Welt ringsum: auf den Flug eines Vogels, die Höhe einer Welle, die Farbe des Sonnenlichts. Nach jedem Würfeln wurde gefuchtelt und pantomimisch gekämpft und Papiergeld von einem zum anderen geworfen, gelacht und geschnieft.

»He«, sagten sie, als Seria Maús Hologramm hinzutrat. »Na komm, miez-miez-miez!«

Sie konnten ihr nichts anhaben. Sie hatte nichts zu befürchten. Es war, als habe sie drei große Brüder. Eine Weile warfen sie die Würfel mit atemberaubender Schnelligkeit. Dann sagte einer von ihnen, ohne aufzublicken: »So *unwirklich* zu sein, wird euch das nicht langweilig?«

Sie konnten vor Lachen nicht weiterspielen.

Seria Maú verfolgte das Spiel, bis die *White Cat* sie mit einem leisen Klingeln heimlotste.

Kaum war sie weg, nahmen sich zwei der Schattenboys den dritten vor und schnitten ihm wegen Mogelns kurzerhand die Kehle durch; dann, überwältigt von dem schier existenziellen Moment, schaukelten sie seinen Kopf im warmen goldenen Licht der Sonne, den Kopf, der ins Nichts lächelte und sie über und über mit seinem Leben besprengte, als sei es Weihwasser. »He du«, trösteten sie ihn, »du kannst es doch noch mal versuchen. Diese Nacht versuchst du es noch mal, ja?«

Wieder im Parkorbit, seufzte Seria Maú und wandte sich ab.

»Siehst du«, sagte sie zu ihrem menschenleeren Schiff. »So endet das immer. Die ganze Vögelei und Rangelei führt doch zu nichts. Das ganze Geschubse und Gedränge. Alles, was sie einander schenken. Na ja, einen Moment lang dachte ich …« Ob sie noch weinen konnte? »Die hübschen Jungs in der Morgensonne«, sagte sie völlig zusammenhangslos. Da fiel ihr ein, was sie zu dem nastischen Kommandanten gesagt hatte, draußen im Schatten seines idiotisch großen Schiffes. Und dann fiel ihr die Einheit ein, die Onkel Sip ihr verkauft hatte, und was sie damit vorhatte. Und das erinnerte sie an Onkel Sips Angebot, und sie stellte die Verbindung her.

»Okay, sag mir, wo ich diesen Billy Anker finde.« Sie lachte und fügte, den Schneider imitierend, hinzu: »Und worauf er es zurzeit abgesehen hat.«

Onkel Sip lachte auch. Dann machte er ein Pokergesicht.

»Du hast zu lange gewartet«, erklärte er. »Ich habe meine Meinung geändert.«

Er saß auf einem Schemel im vorderen Zimmer über dem Laden. Er trug einen kurzärmligen Matrosenanzug mit Hut. Die weiße Segeltuchhose über den gespreizten Oberschenkeln war zum Zerreißen gespannt. Auf jedem Oberschenkel saß eine Tochter, wohlgenährte kleine Mädchen mit roten Gesichtchen, blauen Augen, glänzenden Bäckchen und blonden Ringellöckchen, erstarrt wie in einem Schnappschuss, lachend und die Händchen nach dem Hut gestreckt. Alle Haut in diesem Bild wirkte prall von Leben und wie poliert. Alle Farben waren geschönt und satt. Die dicken Arme von Onkel Sip schlugen einen Bogen um seine Töchter, eine Hand in jedem Kreuz, als handle es sich um die beiden Enden seines Akkordeons. Das Zimmer hinter ihm war rot und grün lackiert, und in den Regalen hatte er seine Sammlung aus glänzenden Motorradteilen und anderem Tinnef aus der irdischen Geschichte zur Schau gestellt. Was immer man zu Gesicht bekam in Onkel Sips Haus, seine Frau war nie dabei; sie blieb so unsichtbar wie das Rüstzeug seines Berufs. »Und den Kerl«, sagte er, »findest du …«

Er nannte ihr ein Sonnensystem und einen Planeten.

»Er wird als *3-Alpha-Ferris VII* geführt. Die Einheimischen, von denen es nicht viele gibt, nennen ihn *Redline.*«

»Aber das ist doch in der …«

»… *Radio Bay.*« Er hob die Schultern. »Wer hat gesagt, das Leben sei einfach, Kleines. Du entscheidest, wie sehr du willst, was du willst.«

Seria Maú unterbrach die Verbindung.

»Tschau, Onkel Sip«, sagte sie und ließ ihn mit seiner teuren Familie und seiner billigen Rhetorik allein.

Zwei oder drei Tage später verließ das K-Schiff *White Cat*, als Freibeuter aus *Venusport, New Sol*, registriert, den Parkorbit um *Motel*

Splendido und glitt in die lange Nacht des Halos hinaus. Sie hatte Treibstoff und Kriegsmaterial geladen. Nach der Inspektion durch die Hafenbehörde hatte sie in eine kleine Wartung der Hülle eingewilligt und den skandalösen Preis dafür gezahlt. Sie hatte ihre Gebühren bezahlt. Im letzten Moment, aus Gründen, die ihr Käpten kaum nachvollziehen konnte, hatte sie auch noch Passagiere aufgenommen: ein selbstständiges Team aus Exogeologen samt Ausrüstung, das nach *Suntory IV* wollte. Zum ersten Mal seit einem Jahr brannte im Menschenquartier Licht. Die Schattenoperatoren schnitten Gesichter. Sie lungerten in Nischen herum, flüsterten und falteten die Hände in knöchernem Entzücken.

Wer oder was waren sie eigentlich? Sie waren Algorithmen mit Eigenleben. Man traf sie in Raumschiffen an, im Herzen der Städte, überall wo Leute waren. Sie taten die Arbeit. Hatte es sie immer schon gegeben in der Galaxis? Warteten sie bloß darauf, dass Menschen irgendwo Fuß fassten? Waren sie Aliens, die sich in den leeren Raum geladen hatten? Uralte Computerprogramme, von ihrer Hardware enteignet, die umherstreiften, halb verloren, halb brauchbar, Ausschau haltend nach jemandem, dem sie zur Hand gehen konnten? Innerhalb weniger Jahrhunderte hatten sie sich unentbehrlich gemacht. Ohne sie funktionierte nichts mehr. Sie konnten sogar auf lebendem Gewebe laufen, als Schattenboys, böse und schön und getrieben von unergründlichen Motiven. Sie konnten, wenn sie wollten, so hörte Seria Maú sie zuweilen wispern – sogar auf *Röhren* laufen.

9 · Das ist Ihr Weckruf

Tig Vesicle betrieb eine Tankfarm, doch er selbst benutzte das Zeug ebenso wenig, wie er sich den Arm voll AbH pumpte. Er sah das so: Sein Leben war Scheiße, aber es war ein Leben. Also waren die Pornos, die er sich reinzog, billige, langweilige, holografische Massenware. In der Reklame nicht selten als Voyeur-Porno bezeichnet. Die Grundidee war: Das Zimmer einer Frau war ohne ihr Wissen mit Mikrokameras gespickt. Man konnte sie bei allem beobachten, wobei die Sache für gewöhnlich darauf hinauslief, dass ein Cultivar mit Hauern und Pferdepimmel die Frau in der Dusche überraschte. Bei dem Teil schaltete Vesicle oft ab. Meistens sah er eine Serie aus dem Halo, in der es um ein Mädchen namens *Moaner* ging, die angeblich in einer Firmenenklave irgendwo auf *Motel Splendido* lebte. Die Geschichte ging so: Ihr Mann war ständig unterwegs (obschon er nicht selten unerwartet zurückkam, und zwar mit fünf Geschäftspartnern, unter denen auch eine Frau war). Moaner trug kurze pinkrosa Latexröcke, schulterfreie Elastiktops und weiße Söckchen. Sie hatte eine kleine, feine Schamhaarmatte. Sie langweilte sich, hieß es in der Geschichte, und war obendrein klug und verwöhnt. Vesicle zog es vor, wenn sie alltäglichen Verrichtungen nachging, wenn sie sich zum Beispiel nackig die Fußnägel lackierte oder versuchte, sich über die Schulter im Spiegel zu betrachten. Eins musste man Moaner lassen: Auch wenn sie ein Klon war, ihr Körper sah realistisch aus. Sie war nicht irgendein Nachbau. Man bewarb sie mit dem Slogan »Sie war noch nie beim Schneider«, und er fand das glaubhaft.

Mit ihr hatte es noch eine andere Bewandtnis: Sie nahm einen wahr, auch wenn sie nicht wissen konnte, dass man da war.

Ließ sich dieser Widerspruch auflösen? Vesicle glaubte, ja. Falls es ihm jemals gelang, würde ihm das etwas über das Universum verraten oder, was nicht minder wichtig war: über die Menschen. Ihm war, als wisse sie, dass er da sei. *Sie ist kein Pornostar!*, sagte er sich jedes Mal.

Er träumte seinen billigen, trostlosen Neue-Menschen-Traum – derweil Moaner gähnte und nagelneue gelbe Mickymaus-Shorts mit dicken Knöpfen und passenden Hosenträgern anprobierte –, als die Tür der Tankfarm aufflog und einen kalten grauen Windstoß und sechs oder sieben Winzlinge hineinließ. Sie hatten kurzes schwarzes Haar und straffe, wütende asiatische Gesichter. Schnee schmolz von den Schultern ihrer lackschwarzen Regenmäntelchen. Das älteste der Kinder, ein Mädchen, war vielleicht acht. In das kurz geschorene Haar über ihren Ohren waren Blitze rasiert, und sie umklammerte mit beiden Händen einen Nagasaki-HiLite-Selbstlader. Die Kinder schwärmten aus und durchkämmten die Farm, schrien und brabbelten mit klebrigen Stimmen und zogen die Stromkabel, sodass die Tanks auf Not-Weckruf schalteten.

»He!«, sagte Tig Vesicle.

Sie hielten inne und wurden still. Die Älteste kreischte und gestikulierte wild vor ihnen. Sie blickten wachsam zwischen ihr und Vesicle hin und her, dann fuhren sie fort, zwischen den Kabinen herumzustöbern. Als sie ein Brecheisen fanden, begannen sie, den Deckel von Tank sieben aufzuhebeln. Indessen kam das Mädchen zu Vesicle und baute sich vor ihm auf. Sie war vielleicht halb so groß wie er. *Café électrique* hatte ihre kleinen unregelmäßigen Zähne bereits faulen lassen. Sie war so vollgepumpt, dass ihr die Augen vor dem Kopf standen. Die Handgelenke zitterten unter dem Gewicht des Nagasaki; aber es gelang ihr, die Mündung so weit anzuheben, dass der Zielpunkt irgendwo in der Gegend seines Zwerchfells tanzte; dann sagte sie etwas wie: »Kennsen nagivierzisch? Wng?«

Es hörte sich an, als esse sie die Wörter beim Aussprechen. Vesicle stierte auf sie hinunter.

»Tut mir leid«, sagte er. »Ich hab dich nicht verstanden.«

Das schien sie über alle Maßen zu ärgern. »Vierzisch!«, kreischte sie.

Verzweifelt nach einem Ausweg suchend, fiel Vesicle etwas ein, das ihm der Chianese-Twink einmal erzählt hatte. Es gehörte zu einer Anekdote aus der Zeit, als der Twink noch richtig gelebt hatte, bla, bla, bla, sie taten alle so, als könnten sie sich noch daran erinnern. Vesicle, gelangweilt von der Geschichte, aber fasziniert davon, welche Bandbreite an Erfahrungen man in einem einzigen Satz unterbringen konnte, hatte ihn munter auswendig gelernt. Er brauchte einen Moment, um sich die exakte Gebärde in Erinnerung zu rufen, mit der Chianese die Worte garniert hatte, dann blickte er auf das Mädchen hinunter und sagte: »Ich habe solche Angst, dass ich nicht weiß, ob ich lachen oder mir in die Hose machen soll.«

Ihre Augen traten noch weiter aus dem Kopf. Er sah, wie sie am Abzug des HiLite zerrte. Er öffnete den Mund, fragte sich, was er sagen sollte, um die neuerliche Wut zu dämpfen, doch es war zu spät. Es gab eine gewaltige Detonation, die seltsamerweise von irgendwo neben der Ladentür kam. Die Augen des Mädchens traten noch weiter aus ihren Höhlen, dann sprangen sie bis auf Sehnervlänge aus dem Kopf, der im selben Augenblick zu einer grauroten Maische verkochte. Vesicle taumelte zurück, ziemlich bekleckert von dem Zeug, fiel auf den Rücken und fragte sich, was hier eigentlich los war.

Das war los:

Draußen in der Pierpoint-Nacht standen die Einwegcultivare Schlange. Zehn oder zwölf von ihnen warteten im Schneegestöber, stampften mit den Füßen auf und hielten den Finger am Abzug ihrer kurzen Rückstoßwaffen. Sie trugen Lederboleros und speckige Lederhosen, die außen längs eines zehn Zentimeter breiten freien Streifens geschnürt waren. Ihr Atem kondensierte an der frostigen Luft wie der Atem großer, verlässlicher Tiere. Selbst ihre Schatten hatten Hauer. Die gewaltigen Arme waren blau vor Kälte, doch ihre Besitzer waren so rotzgeil, dass ihnen das egal war. »He«, sagte der eine zum anderen. »Du kannst mir glauben, am liebsten würd ich noch was ausziehen.« Die Formation, in der sie in den Twink-Salon eindrangen, sah so aus: Sie stürmten zu zweit durch die Tür, und die Knirpse hinter den Särgen ballerten sie nieder.

Gleich nachdem sie das HiLite-Mädchen getötet hatten, brach drinnen die Hölle los: die flachen zischenden Lichtbögen der Raketengeschosse, Rauch, das Geflacker von Laserpeilstrahlen und der deftige Geruch nach menschlichen Körperflüssigkeiten. Das Fenster zur Straße lag in Scherben. In den Wänden qualmten Löcher. Zwei Tanks waren von ihren Gestellen gekippt; die übrigen heizten unter dem lebhaften pinkfarbenen Alarm der Messgeräte rasch auf. Tig Vesicle wurde das Gefühl nicht los, dass sich alles um Tank sieben drehte. Die Kids hatten es aufgegeben, ihn aufzubrechen, wollten ihn aber nicht aufgeben. Vesicle, der das früh begriffen hatte, war so weit wie möglich von Nummer sieben fortgekrabbelt und kauerte in einer Nische, die Hände vor den Augen, derweil Cultivare durch den Rauch stürmten und brüllten: »He, trefft mich doch, trefft mich doch!«, und weggeputzt wurden. Die Kids waren taktisch im Vorteil: Aber wenn man Pech und keine Feuerkraft mehr hat, ist man aufgeschmissen. Sie kreischten in ihrem klebrigen Jargon. Sie zogen neue Kanonen aus ihren Regenmäntelchen. Während sie über die Schulter blickten und nach einem Ausweg suchten, wurden sie ins Bein oder ins Rückgrat getroffen und waren bald in einem Zustand, den kein Schneider mehr kurieren konnte. Es stand schlecht um sie, als zweierlei passierte:

Jemand traf Tank sieben mit einer schnell zündenden Granate.

Und in der Türöffnung erschienen die Cray-Schwestern und langten kopfschüttelnd nach den Schießeisen in ihren Handtaschen.

Irgendwo in der Vegetation hinter der brennenden Waschstraße waren Chinese Ed und Rita Robinson auf der Flucht. Ed ging davon aus, dass Hanson und der Staatsanwalt tot waren: Aus dieser Ecke war also keine Hilfe zu erwarten. Und Otto Rank hatte sich den Platz auf dem Dach gesichert. Er war im Besitz des 30-06, die er aus Hogfat Wisconsins Küche mitgenommen hatte; zuvor hatte er Hogfats kleine Tochter gefoltert und getötet. *Die Art, wie er sie aufgebahrt hatte, das hätte mir auffallen müssen,* dachte Ed, *aber nein, ich hatte ja alle Hände voll zu tun, den erfolgreichen Schnüffler herauszukehren. Ich habe nicht kapiert, dass das noch zwei weitere Leben kosten würde;* auch wenn eins davon nur sein eigenes war.

Eds Kopf lugte zu weit aus dem Gestrüpp heraus. Der flache Knall und Pfiff des 30-06 schnitt durch den schläfrigen Nachmittag. Am Flussufer, einige Hundert Meter entfernt, stoben ein paar Vögel auf.

Sechzehn Schuss, dachte Ed. Vielleicht geht ihm die Munition aus.

Der Rambo-Dodge stand da, wo Ed ihn geparkt hatte, auf der Stichstraße hinter dem Grundstück. Das war unmöglich zu schaffen. Rita war angeschossen. Er war auch angeschossen, aber weniger schlimm. Immerhin steckten in einem der Colts noch zwei Patronen. Er lief schneller, aber dann begann Ritas Wunde stärker zu bluten.

»He, Ed«, sagte sie. »Komm, leg mich hin. Lass uns vögeln.«

Sie lachte, doch ihr Gesicht war grau und ohne Hoffnung.

»Himmel, Rita«, sagte Ed.

»Ich weiß. Es tut dir leid. Aber das sollte es nicht, Ed. Ich wurde zusammen mit dir erschossen, das passiert nicht vielen Mädchen.« Sie wollte wieder lachen. »Willst du nicht mit mir vögeln, gleich hier im Gras?«

»Rita …«

»Ich bin müde, Ed.«

Sie sagte nichts mehr, und ihr Gesichtsausdruck blieb unverändert. Schließlich legte er sie ins Gras und fing an zu weinen. Nach ein, zwei Minuten brüllte er: »Otto, du verdammtes Drecksschwein!«

»Ganz meinerseits!«, rief Rank.

»Sie ist tot.«

Stille. Dann sagte Rank: »Gibst du auf?«

»Sie ist tot, Otto. Du bist der Nächste.«

Lachen.

»Wenn du aufgibst …«, hob Rank an und begann laut nachzudenken. »Was werde ich dann tun?«, rief er. »He, hilf mir auf die Sprünge,

Ed. Oh, warte, nein, ich hab's: *Wenn du aufgibst, sorge ich dafür, dass du einen fairen Prozess bekommst.«* Er schoss auf die Stelle, wo er Eds Kopf vermutete. »Weißt du was?«, rief er, als die Echos sich verloren hatten. »Ich hab auch was abgekriegt, Ed. Rita hat mich mitten ins Herz getroffen, das war lange vor deiner Zeit. Diese Frauen! Aus kürzester Entfernung, Ed. Was sagt dir das?«

»Dass du ein gottverdammtes mieses Stück Scheiße bist!«, erwiderte Ed.

Er richtete sich auf, tat es so cool, wie er konnte. Er sah Otto Rank auf der Dachtraufe der Waschstraße, Rank kniete in der klassischen Infanteriehaltung, das 30-06 im Anschlag, die Schlaufe fest um den Ellbogen. Ed hob bedächtig und mit beiden Händen den Colt. Er hatte noch zwei Schuss, und es war wichtig, dass er den ersten verzog. Er blinzelte den Schweiß aus den Augen und drängte die Mündung unmerklich ab. Der Schuss ging zehn, zwölf Fuß daneben, und Ed ließ den Revolverarm sinken. Otto, der überrascht gewesen war, Ed einfach so aus dem Gestrüpp auftauchen zu sehen, machte seiner Erleichterung mit wüstem Gelächter Luft.

»Du hast die falsche Kanone, Ed!«, brüllte er.

Er stand auf. »He«, rief er. »Du hast noch einen Schuss frei, was sagst du dazu?«

Er warf die Arme auseinander. »Keiner trifft auf achtzig Meter mit einem .45er Colt.«

Ed hob den Revolver und schoss.

Rank wurde am Kopf erwischt und hintenüber geworfen. Er stürzte vom Dach in die Vegetation. »Fahr zur Hölle, Ed!«, kreischte er, doch er hatte bloß noch ein halbes Gesicht und war bereits tot. Chinese Ed sah auf seinen Colt hinunter. Er machte eine Handbewegung, als wollte er ihn wegwerfen. »Es tut mir leid, Rita«, hob er an, als der Himmel hinter der Waschstraße eine stahlgraue Farbe annahm und aufriss wie ein billiges Druckerzeugnis. Diesmal war die Ente wahrhaft riesig. Etwas stimmte nicht mit ihr. Das gelbe Federkleid sah schmierig aus, und seitlich aus dem Schnabel hing eine schlaffe menschliche Zunge.

»Wir haben leider eine Betriebsstörung«, sagte sie. »Guten Kunden …«

In diesem Augenblick zerriss das Bewusstsein von Chinese Ed und das unwirtliche, peinvolle Universum nahm sich seiner an. Seine Welt verlor ihre Farben und mit ihnen ihre hübschen, einfachen Doppelbödigkeiten, und dann wurde sie Schicht um Schicht abgeräumt, bis er, so sehr er sich auch mühte, nichts weiter als die käsigen Leuchtstoffröhren in Tig Vesicles Tankfarm erblickte. Er fuhr jählings aus dem Wrack von Tank sieben, halb ertrunken und sich vor Verwirrung und Entsetzen erbrechend. Sein stierer Blick fand nur treibenden Rauch, die toten Kinder und wie betäubt dreinblickende Cultivare. Proteom troff träge an ihm herunter wie Eiweiß aus einem fauligen Ei. Die arme, tote Rita war ein für alle Mal dahin, und er war nicht einmal mehr Chinese Ed, der Detektiv. Er war Ed Chianese, der Twink.

»Das ist mein *Zuhause*«, sagte er. »Ihr Burschen hättet ruhig anklopfen können.«

In der Türöffnung wurde gelacht.

»Du schuldest uns Geld, Ed Chianese«, sagte Bella Cray.

Sie musterte nachdenklich die beiden restlichen Kids. »Diese Punks sind nicht von mir«, sagte sie zu Tig Vesicle, der sich aufgerappelt und hinter dem schäbigen Sperrholztresen verschanzt hatte.

Evie Cray lachte.

»Sie sind auch nicht von mir«, sagte sie.

Sie zielte mit ihrer Chambers-Pistole und schoss den beiden mitten ins Gesicht, dann entblößte sie die Zähne. »Und so wird es dir ergehen, Ed, wenn du nicht zahlst«, erläuterte sie.

»He«, sagte Bella. »Das wollte *ich* doch besorgen.«

»Diese Punks gehören Fedora Gash«, erklärte Evie an die Adresse von Tig Vesicle. »Wieso hast du sie reingelassen?«

Vesicle zuckte die Achseln. Ich hatte keine Wahl, deutete das Achselzucken an.

Die Cultivare räumten jetzt die Farm, ihre Toten und Verwundeten im Schlepptau. Letztere guckten an sich hinunter, beschmierten sich die Hände und sagten Sätze wie: »Du, am liebsten würd ich den ganzen Tag den Kugelfänger spielen, verstehste?« Ed Chianese sah sie vorbeidefilieren und schauderte. Er kletterte aus dem kaputten Tank, pflückte sich die Gummikabel aus der Wirbelsäule und versuchte, das Proteom mit bloßen Händen abzuwischen. Er spürte bereits die dunkle Stimme des Entzugs, als redete jemand weit hinten in seinem Kopf auf ihn ein.

»Ich kenne euch nicht«, sagte Ed. »Ich bin euch nichts schuldig.«

Evie schenkte ihm ihr großes Lippenstiftlächeln.

»Dein Dokument haben wir Fedy Gash abgekauft«, erläuterte sie. Sie besah sich die Trümmer der Tankfarm. »Sieht ganz so aus, als hätte sie nur ungern verkauft.« Sie schenkte ihm ein weiteres Lächeln. »Trotzdem. Ein Twink wie du ist jedem etwas schuldig, Ed. Ein Twink ist nichts weiter als ein Körnchen Protoplasma im Ozean.« Sie zuckte die Achseln. »Was soll man machen, Ed? Wir sind nichts weiter als Fische.«

Ed wusste, dass sie recht hatte. Er wischte hilflos an sich herum, dann, als er Vesicle hinter dem Ladentisch sah, ging er zu ihm und sagte: »Hast du irgendwo Papiertücher oder so was in der Art?«

»He, Ed«, sagte Vesicle. »Ich hab das hier.«

Vesicle nahm den HiLite-Selbstlader heraus, den er dem toten Mädchen abgenommen hatte, und feuerte in die Decke. »Ich hab solche Angst, dass ich mir in die Hose machen könnte!«, brüllte er die Cray-Schwestern an. Sie blickten bestürzt drein. »Damit ihr's wisst: *Verpisst euch!*« Er sprintete ruckartig hinter dem Tresen hervor, jede Nervenzelle ein Zufallsgenerator. Er hatte kaum noch Gewalt über seine Glieder. »He, zum Teufel, Ed. Mach ich das gut?«, brüllte er. Ed, ebenso bestürzt wie die Cray-Schwestern, starrte ihn an. Jeden Augenblick konnten Bella und Evie aus ihrer überraschten Lähmung erwachen. Sie würden sich den heruntergerieselten Putz von den Schultern wischen, und dann würde es ziemlich ernst werden.

»Himmel, Tig«, sagte Ed.

Nackt, nach lebenserhaltenden Flüssigkeiten stinkend und zwecks Verbindung mit dem Tank an »neurotypischen Energiepunkten« punktiert, lief ein ausgezehrter Erdenmensch mit einem rausgewachsenen Iro und zwei Schlangentattoos auf die Straße hinaus. Die Pierpoint lag verlassen da. Jetzt erhellten Explosionen und Lichtblitze die Fenster der Tankfarm. Tig Vesicle torkelte rückwärts aus der Tür, die Jackenärmel von der Rückschlagzündung des HiLite in Brand gesetzt, und schrie: »He, zum Teufel!« und: »Ich bin der heiße Scheiß!« Sie stierten einander entsetzt und erleichtert zugleich an. Chianese schlug die Flämmchen mit bloßen Händen aus. Die Arme einander um die Schultern gelegt, stolperten sie in die Nacht hinaus, kurzzeitig trunken von den Stoffen, die ihre Körper ausgeschüttet hatten, und von ihren kameradschaftlichen Gefühlen …

10 · Agenzien des Glücks

Drei Uhr morgens: Der Wind und die Nacht hatten Valentine Sprake verschluckt. Michael Kearney stolperte am Nordufer der Themse entlang, dann versteckte er sich zwischen ein paar Bäumen, bis er eine Stimme zu hören glaubte, was ihn erneut in Angst und Schrecken versetzte, sodass er den ganzen Weg nach Twickenham rannte, bevor er sich wieder in der Gewalt hatte. Dort versuchte er nachzudenken, doch alles, was ihm in den Sinn kam, war das Bild des Shranders. Erst wollte er Anna anrufen, dann wollte er ein Taxi rufen. Aber seine Hände zitterten derart, dass er nicht telefonieren konnte, also tat er am Ende keines von beidem und nahm stattdessen den Treidelpfad zurück Richtung Osten. Eine Stunde später machte Anna ihm auf; sie trug ein langes Baumwollnachthemd und wirkte erregt. Er spürte ihre Körperwärme auf einen halben Meter Entfernung.

»Tim ist bei mir«, sagte sie nervös.

Kearney starrte sie an.

»Wer ist Tim?«

Anna blickte zurück in die Wohnung.

»Alles in Ordnung, es ist Michael«, rief sie. Zu Kearney sagte sie: »Könntest du nicht morgen früh wiederkommen?«

»Ich brauche bloß ein paar Dinge«, sagte Kearney. »Es dauert nicht lange.«

»Michael …«

Er schob sie beiseite. Die Wohnung roch stark nach Weihrauch und Kerzenwachs. Das Zimmer, in dem er seine Sachen aufhob, lag hinter Annas Schlafzimmer, dessen Tür halb offen stand. Tim, wer immer das war, saß am Kopfende des Bettes, an die Wand gelehnt, das Dreiviertelprofil im gelben Schimmer zweier Kerzen. Er war Mitte dreißig, mit reiner Haut und leichter, aber athletischer Statur, gute Voraussetzungen für eine jungenhafte Erscheinung bis weit in die vierzig. Er starrte nachdenklich in das Glas Rotwein, das er in der Hand hielt.

Kearney musterte ihn von oben bis unten.

»Wer, zum Teufel, ist das?«, fragte er.

»Michael, das ist Tim. Tim, das ist Michael.«

»Hi«, sagte Tim. Er streckte die Hand aus. »Ich stehe nicht extra auf.«

»Himmel noch mal, Anna«, sagte Kearney.

Er ging schnurstracks ins Hinterzimmer, wo eine kurze Suche eine saubere Levi's und eine alte schwarze Lederjacke zutage förderte, die ihm damals zu schade zum Wegwerfen gewesen waren. Er zog die Sachen an. Dann nahm er eine Fahrradkuriertasche mit Marin-Logo auf der Klappe, in die er den Inhalt der kleinen grünen Kommode lud. Als er dabei aufblickte, fiel ihm auf, dass Anna die Kreidediagramme von der Wand gewischt hatte. Warum? Er hörte sie im Schlafzimmer reden. Immer, wenn sie etwas zu erklären versuchte, nahm ihre Stimme kindische, drängende Züge an. Eben schien sie aufzugeben und sagte scharf: »Natürlich *nicht!* Was hast *du* denn gedacht?«, Kearney entsann sich, dass sie ihm gegenüber oft ähnliche Erklärungsversuche unternommen hatte. Es gab ein Geräusch vor der Tür, und Tim steckte den Kopf herein.

»Lassen Sie das«, sagte Kearney. »Ich bin schon nervös genug.«

»Kann man helfen?«

»Nein, danke.«

»Verstehen Sie mich nicht falsch, aber es ist fünf Uhr morgens, und sie schneien schlammverkrustet hier rein.«

Kearney zuckte mit den Schultern.

»Das ist mir schon klar«, sagte er. »Ich verstehe.«

Anna stand verärgert an der Tür und passte auf ihn auf. »Pass auf dich auf«, sagte er so freundlich wie möglich. Er war auf dem dritten Absatz der Steintreppe, als er ihre Schritte hinter sich hörte. »Michael«, rief sie. »Michael.« Als er nicht reagierte, folgte sie ihm hinaus auf die Straße. Barfuß stand sie im weißen Nachthemd da und rief. »Bist du gekommen, weil du noch mal vögeln wolltest?« Ihre Stimme hallte rechts und links aus der leeren Vorortstraße zurück. »War das der Grund?«

»Anna«, sagte er, »es ist fünf Uhr morgens.«

»Ist mir egal. Bitte komm nicht wieder her, Michael. Tim ist sehr nett und er liebt mich.«

Kearney lächelte.

»Da bin ich aber froh«, sagte er.

»Nein, bist du nicht!«, rief sie. »Nein, bist du nicht!«

Hinter ihr kam Tim aus dem Gebäude. Er war angezogen, und er hatte die Autoschlüssel in der Hand. Ohne Anna oder Kearney eines Blickes zu würdigen, überquerte er den Bürgersteig und stieg in sein Auto. Er kurbelte das Seitenfenster herunter, als wollte er einem von ihnen etwas sagen, doch dann schüttelte er nur den Kopf und fuhr los. Anna sah ihm verstört nach, dann brach sie in Tränen aus. Kearney legte ihr den Arm um die Schulter. Sie lehnte sich an.

»Oder bist du gekommen, um mich umzubringen«, sagte sie leise. »So wie du es mit all den anderen gemacht hast?«

Kearney ließ sie stehen und schlug die Richtung zur U-Bahn-Station in Gunnersbury ein. Das Handy zirpte, doch er ignorierte den Anruf.

Heathrow, Terminal 3, still geworden nach der langen Nacht, bot noch einen Rest von trockener Wärme. Kearney kaufte Unterwäsche und Toilettenartikel, setzte sich in eines der Cafés vor der Abflughalle, las den *Guardian* und nippte an einem doppelten Espresso.

Die Frauen hinter dem Tresen debattierten etwas aus den Nachrichten. »Ewig leben fände ich schrecklich«, sagte die eine. Lauter fügte sie hinzu: »Hier ist Ihr Wechselgeld.« Kearney, der erwartet hatte, auf Seite zwei seinen Namen zu lesen, hob den Kopf. Sie lächelte ihm zu. »Vergessen Sie nicht Ihr Wechselgeld«, sagte sie. Er hatte lediglich den Namen der Frau gefunden, die er in den Midlands getötet hatte; niemand scherte sich um einen Lancia Integrale. Er faltete die Zeitung zusammen und musterte ein Rinnsal von Asiaten, das sich seinen Weg durch die Abflughalle suchte. Sie wollten nach LA. Sein Handy zirpte schon wieder. Er nahm es heraus: Sprachmitteilung.

»Hi«, sagte Brian Tates Stimme. »Versuche schon die ganze Zeit, dich zu Hause zu erreichen.« Er klang gereizt. »Vor zwei Stunden hatte ich eine Idee. Ruf mich zurück.« Es entstand eine Pause, und Kearney dachte schon, die Nachricht sei zu Ende. Dann setzte Tate noch hinzu: »Ich mach mir ein bisschen Sorgen. Nachdem du weg warst, war Gordon wieder hier. Also ruf an.« Kearney schaltete das Handy ab und starrte es an. Im Hintergrund hatte die weiße Katze mit Nachdruck miaut.

Justine braucht Ansprache, dachte er lächelnd.

Er kramte in der Kuriertasche, bis er die Würfel des Shranders fand. Er hielt sie in der Hand. Sie fühlten sich immer warm an. Die Symbole darauf gehörten zu keiner Sprache und zu keinem Zahlensystem, das er kannte, ob vergangen oder gegenwärtig. Auf einem Paar gewöhnlicher Würfel erschien jedes Symbol zweimal; hier nicht. Kearney sah zu, wie sie über die Tischplatte kullerten und in dem verschütteten Kaffee neben der leeren Tasse zur Ruhe kamen. Er musterte sie einen Moment lang. Dann wischte er sie mit der freien Hand in den Beutel zurück, stopfte Zeitung und Handy in die Kuriertasche und ging.

»Ihr Wechselgeld!«

Die Frauen sahen ihm nach, dann einander an. Eine zuckte die Achseln. Inzwischen war Kearney schon auf der Toilette, fröstelte und übergab sich. Als er herauskam, sah er, dass Anna auf ihn wartete. Heathrow war zum Leben erwacht. Hastig eilten die Leute zu ihren Maschinen, telefonierten, drängelten sich vor. Anna stand zerbrechlich und teilnahmslos mitten im Treiben und sah jedem ins Gesicht, der sie streifte. Jedes Mal, wenn sie ihn zu sehen glaubte, hellte sich ihr Gesicht auf. Kearney erinnerte sich an Cambridge. Kurz nach ihrer ersten Begegnung hatte ihm ein Freund von ihr erklärt: »Einmal hätten wir sie fast verloren. Du passt doch auf sie auf, oder?« Er hatte nichts mit dieser Warnung anzufangen gewusst – mit der Vorstellung, Anna könne ihm wie ein Koffer abhanden kommen –, bis er sie dann einen Monat später im Bad gefunden hatte, wo sie heulend ihre Handgelenke ausgestreckt hielt.

Jetzt blickte sie ihn an und sagte: »Wo sonst hättest du sein sollen?«

Kearney starrte sie ungläubig an. Er fing an zu lachen.

Auch Anna lachte. »Ich wusste, ich würde dich hier finden«, sagte sie. »Ich hab dir ein paar Sachen mitgebracht.«

»Anna …«

»Du kannst nicht immer und ewig davor weglaufen.«

Sein Lachen klang erst härter, dann verstummte es.

Wie ein Traum war Kearneys Jugend verflogen. War Michael nicht auf den Feldern, dann war er in dem imaginären Haus, das er *Stechginsterland* nannte, *Stechginsterland* mit seinen Piniengehölzen, den jähen sandigen Heidelandschaften, den steilwandigen Tälern voller Blumen und Felsen. Hier herrschte ewiger Sommer. Bei Tagesanbruch beobachtete er seine Cousinen, wie sie nackt am Strand spazierten, langbeinig und anmutig; er hörte sie in der Dachstube flüstern. Vor lauter Onanieren war er ständig wund. In *Stechginsterland* gab es immer noch mehr; und immer noch mehr. Angehaltener Atem, ein plötzlicher salziger Geruch in einem leeren Zimmer. Ein Murmeln der Verwunderung.

»Die ganze Träumerei bringt dich nicht weiter«, sagte seine Mutter.

Das sagten sie alle. Aber inzwischen hatte er die Zahlen entdeckt. Er hatte begriffen, dass die Struktur eines Spiralnebels denselben Zahlenfolgen gehorcht wie die Struktur eines Schneckenhauses. Zufälligkeit und Bestimmtheit, Chaos und Ordnung: die neuen Werkzeuge der Physiker und Biologen. Jahre bevor Computerprogramme wohlfeile Kunst aus dem Monster im Apfelmännchen machten, hatte Kearney es gesehen: schäumend und strömend und wirbelnd im

Kern der Dinge. Zahlen halfen ihm, sich zu konzentrieren: Sie machten ihn hellwach. Was ihm die Schule mit ihrer Mischung aus Langeweile und Rohheit vergällt hatte, jetzt wusste er es zu schätzen. Ohne das alles, das machten die Zahlen ihm klar, würde er nicht nach Cambridge gehen, um sich mit den wirklichen Strukturen der Welt zu befassen.

Er hatte die Zahlen entdeckt. In seinem ersten Jahr am Trinity zeigte ihm jemand das Tarotspiel.

Sie hieß Inge. Er ging mit ihr ins Brown's und auf ihre Bitte hin ins Kino, und zwar in den Film *Schwarze Katze, Weißer Kater* von Emir Kusturica. Sie hatte lange Hände und ein aufreizendes Lachen. Sie besuchte ein anderes College. »Nun guck schon!«, befahl sie. Er beugte sich vor. Karten flatterten über das alte Chenille-Tischtuch, schimmerten im Licht des Spätnachmittags, jede ein Fenster mit Blick auf das herrliche, schäbige Treiben der Symbole. Kearney staunte.

»Das habe ich noch nie gesehen«, sagte er.

»Pass auf«, befahl sie. Die Große Arkana öffnete sich wie eine Blume, und während Inge redete, verknüpften sich die Karten zu Bedeutungen.

»Aber das ist albern«, sagte er.

Sie wandte ihm ihre dunklen Augen zu und sah ihn ohne mit der Wimper zu zucken an.

Mathematik und Prophetie: Kearney hatte gleich gewusst, dass diese beiden Gebärden zusammenhingen, aber wie, das konnte er nicht sagen. Dann, als er am nächsten Morgen auf die Zugverbindung nach King's Cross wartete, entdeckte er eine Beziehung zwischen dem Flattern der Karten, die in einem stillen Zimmer ausgelegt wurden, und dem Flattern der mechanischen Fahrtzielanzeiger im Bahnhof. Diese Ähnlichkeit beruhte zugegebenermaßen auf einer Metapher (denn während ein Tarotwurf – wie es aussah – vom Zufall bestimmt wurde, war die Abfolge von Bestimmungsorten – wie es aussah – vorherbestimmt): Trotzdem beschloss er, sogleich eine Reihe von Reisen zu unternehmen, die durch Tarotwürfe bestimmt werden sollten. Ein paar einfache Regeln würden die Zielorte bestimmen, aber reisen wollte er – vielleicht zu Ehren der Metapher – nur per Zug.

Er versuchte, Inge seine Absicht zu erklären.

»Ereignisse, die wir als zufällig ansehen, sind es oft gar nicht«, sagte er und sah zu, wie ihre Hände mischten und austeilten, mischten und austeilten. »Sie sind nur unvorhersagbar.« Ihm lag etwas daran, dass sie den Unterschied verstand.

»Das ist doch nur so zum Spaß«, sagte sie.

Schließlich war sie mit ihm ins Bett gegangen und hatte sich gewundert, dass er ihn nicht reinstecken wollte. Daraufhin hatte sie mit ihm Schluss gemacht. Für Kearney war Inge allerdings der Anfang von allem anderen gewesen. Er hatte sich sein eigenes Tarotspiel gekauft – Crowley-Karten, deren Metaphorik prallvoll mit dem Testosteron dieses alten Visionärs war –, und jede Reise, die er danach unternahm, alles, was er tat, und alles, was er lernte, hatte ihn tiefer in die Arme des Shranders getrieben.

»Woran denkst du?«, fragte Anna nach der Landung in New York.

»Wie Sonnenlicht alles verwandelt.«

Tatsächlich hatte er daran gedacht, wie Furcht alles verwandelte. Ein Glas Mineralwasser, Haare auf einem Handrücken, Gesichter in den Straßen der Stadt. Furcht ließ ihn solche Dinge als so real wahrnehmen, dass sie vorübergehend unbeschreiblich wurden. Selbst die kleinen Unvollkommenheiten des Trinkglases, seine Flecken und winzigen Kratzer, existierten eher als solche und weniger als Gebrauchsspuren.

»O ja«, sagte Anna. »Woran auch sonst?«

Sie saßen in einem Restaurant am Rand von Fulton Market. Sechs Stunden an der Luft hatten Anna schwierig wie ein kleines Kind gemacht. »Du solltest immer die Wahrheit sagen«, sagte sie mit dem gleichen hohlwangigen, strahlenden Lächeln, das ihn damals so in ihren Bann geschlagen hatte, als sie noch zwanzig gewesen waren. Sie hatten vier Stunden auf den Flug warten müssen. Den

Löwenanteil der Reise hatte sie verschlafen, war aufgewacht und müde gewesen und übellaunig. Kearney fragte sich, was er in New York mit ihr anfangen sollte. Er fragte sich, warum er einverstanden gewesen war.

»Woran hast du wirklich gedacht?«

»Wie ich dich loswerden kann«, sagte Kearney.

Sie lachte und berührte seinen Arm.

»Das ist nicht besonders witzig, also wirklich.«

»Nein, nicht besonders«, sagte Kearney. »Sieh mal!«

In einem uralten Zentralheizungssystem unter der Straße war eine Dampfleitung leck. Ecke Fulton Street rauchte das Pflaster. Der Asphalt schmolz. Ein alltäglicher Anblick, doch Anna umklammerte Kearneys Arm und rief entzückt: »Wir sind mitten in einem Tom-Waits-Song.« Je strahlender ihr Lächeln, umso näher schien sie am Abgrund zu stehen. Kearney schüttelte den Kopf. Dann nahm er den Lederbeutel heraus, in dem sich die Würfel des Shranders befanden. Er löste die Zugschnur und kippte sich die Würfel in die hohle Hand. Anna hörte auf zu lächeln und bedachte ihn mit einem freudlosen Blick. Sie streckte ihre langen Beine aus und suchte Abstand von ihm, indem sie sich weit zurücklehnte.

»Wenn du diese Dinger hier wirfst«, sagte sie, »dann bin ich weg. Dann sieh zu, wie du alleine zurechtkommst.«

Die Drohung klang ernster, als sie gemeint war.

Kearney betrachtete erst sie, dann die rauchende Straße. »Ich spüre ihn nicht in meiner Nähe«, räumte er ein. »Sei's drum. Vielleicht brauche ich sie ja gar nicht.« Er ließ die Würfel bedächtig in den Beutel zurückfallen. »In Grove Park«, sagte er, »in deiner Wohnung, in dem Zimmer, wo ich meine Sachen verwahrt habe, über der grünen Kommode, da waren Kreidezeichen an der Wand. Warum hast du sie weggemacht?«

»Was weiß ich?«, sagte sie wegwerfend. »Vielleicht war ich es leid, sie ewig zu sehen. Vielleicht dachte ich, es wär höchste Zeit. Michael, was haben wir hier verloren?«

Kearney lachte. »Keine Ahnung«, sagte er.

Er war fünftausend Kilometer gereist und nun, da die Angst nachließ, hatte er keine Ahnung, weshalb er ausgerechnet hier und nicht anderswo war.

Später am selben Nachmittag in Morningside Heights bezogen sie das Apartment eines Freundes von Kearney. Sofort rief Kearney Brian Tate in London an. Als in der Forschungssuite niemand abhob, wählte er Tates Privatnummer. Auch da meldete sich nur der Anrufbeantworter. Kearney legte auf und rieb sich nervös das Gesicht.

In den ersten Tagen kaufte er sich bei Daffy's neue Sachen zum Anziehen, Bücher bei Barnes & Noble und in einem Outlet in der Nähe des Union Square einen günstigen Laptop. Auch Anna kaufte ein. Sie besuchten die Mary Boone's Galerie und das mittelalterliche Cuxa-Kloster im Ableger des *Metropolitan Museum of Art* in Fort Tryon Park. Anna war enttäuscht. »Irgendwie habe ich es mir älter vorgestellt«, sagte sie. »Abgenutzter.« Als ihnen die Sehenswürdigkeiten ausgegangen waren, saßen sie einfach am Westend Gate und tranken New Amsterdam Bier. Nachts in der braunen Hitze des Apartments seufzte Anna und ging launisch hin und her, um sich an- und auszuziehen.

11 · Maschinenträume

Billy Ankers Aufenthaltsort, wie Onkel Sip Seria Maú erklärt hatte, lag von *Motel Splendido* aus etliche Tage strandabwärts. Das Navigieren war ein Kinderspiel und würde erst schwierig werden, wenn es galt, den komplexen Gravitationsklippen und ätzenden Partikelstürmen der *Radio Bay* zu trotzen. Nachdem Seria Maú die Funktionstüchtigkeit ihres audiovisuellen Supercargosystems gecheckt hatte, hatte sie Leerlauf. Die Mathematik der *White Cat* übernahm das Kommando und schläferte sie ein. Sie hatte keine Kraft zu widerstehen. Wie heißer Teer brodelten Träume und Nachtmahre aus ihrem Innersten empor.

Am häufigsten träumte sie von einer Kindheit. Es war vermutlich die ihre. Diese Traumbilder waren in ein seltsames Licht getaucht, aber trotzdem klar zu erkennen, und zogen an ihr vorbei wie altertümliche Fotos auf einem Klavier. Menschen und Ereignisse. Ein schöner Tag. Ein Schmusetier. Ein Boot. Gelächter. Nichts fügte sich ins andere. Ein Gesicht dicht vor dem ihren, Lippen, die sich aufdringlich bewegten, fest entschlossen, ihr etwas zu erzählen, das sie nicht hören wollte. Etwas versuchte sich ihr mitzuteilen, wie eine Geschichte sich mitzuteilen versucht. Das letzte Bild sah so aus: ein Garten, beschattet von Lorbeer und dicht stehenden Silberbirken, und eine Familie, die sich um eine attraktive schwarzhaarige Frau mit runden, aufrichtigen braunen Augen scharte. Ihr Lächeln war beides: vergnügt und ironisch, das Lächeln einer lebensfrohen Studentin, die ziemlich überrascht war, sich als Mutter zu ertappen. Vor ihr standen zwei Kinder, sieben und zehn Jahre alt, ein Junge und ein Mädchen, die unübersehbar ihre Augenpartie besaßen; der Junge hatte tiefschwarzes Haar und hielt ein Kätzchen. Und hinter den dreien, die Hand auf ihrer Schulter und mit leicht unscharfem Gesicht, stand ein Mann. War er der Vater? Woher sollte Seria Maú das wissen? Es schien sehr wichtig zu sein. Sie studierte die Fotografie so eingehend, wie sie ein Gesicht studiert hätte; dabei löste sich das Bild allmählich in treibenden grauen Rauch auf, von dem ihre Augen tränten.

Der zweite Traum war wie ein Kommentar zum ersten:

Seria Maú blickte auf eine leere Innenwand, die mit gerüschter hellrosa Seide bespannt war. Nach einer Weile beugte sich der Oberkörper eines Mannes in den Bilderrahmen. Er war groß gewachsen und dünn; schwarzer Frack, gestärktes weißes Hemd, weiße Handschuhe. Eine Hand hielt den Zylinder bei der Krempe, die andere einen kurzen ebenholzfarbenen Spazierstock. Das pechschwarze Haar war mit Gel an den Kopf gekämmt. Durchdringende hellblaue Augen, schwarzes Oberlippenbärtchen. Ihr war, als verbeuge er sich. Nach einer ganzen Weile, als er sich so weit in ihr Blickfeld gebeugt hatte, wie es ihm möglich war, ohne es vollends zu betreten, lächelte er ihr zu. In dem Moment wurde der Hintergrund aus gerüschter Seide durch drei Bogenfenster ersetzt, die auf den herrschaftlichen Glanz des Kefahuchi-Traktes blickten. Das Bild, das sie sah, war aufgenommen in einem Zimmer, das durch den Raum stürzte. Langsam richtete der Mann im Frack sich wieder auf, sodass er aus dem Bild verschwand.

Falls der Traum dazu gedacht gewesen war, den vorangegangenen zu erhellen, hatte er seinen Zweck nicht erfüllt. Seria Maú wachte in ihrem Tank auf und durchlebte einen Augenblick völliger Leere.

»Ich bin zurück«, erklärte sie der Schiffsmathematik verstimmt. »Warum schickst du mich dahin? Was soll das Ganze?«

Keine Antwort.

Die Mathematik hatte sie aufgeweckt, trat die Kontrolle über das Schiff wieder ab und schlüpfte still und leise in ihr Reich zurück, wo sie anfing, vermittels einer Technik, die man stochastische Resonanz nennt, die Quanten zu sortieren, die aus signifikanten Navigationsereignissen in den nichtlokalen Raum sickerten. Und Seria Maú wusste mit ihrem Ärger und ihrem Gefühl von Unzulänglichkeit nichts Rechtes anzufangen. Die Mathematik konnte sie nach Gutdünken zum Schlafen verdonnern. Sie konnte sie nach Gutdünken wecken. Die Mathematik war das Herz des Schiffes, und das auf eine Weise, die Seria Maú auf immer verwehrt war. Seria Maú hatte keinen Schimmer, worum es sich bei der Mathematik handelte, was sie gewesen war, bevor die K-Technik sie auf alle Zeit miteinander vernetzt hatte. Die Mathematik war wie ein Kokon – freundlich, geduldig, liebenswürdig, nichtmenschlich, so alt wie der Halo. Die Mathematik würde immer für sie sorgen. Doch ihre Beweggründe waren unergründlich.

»Manchmal hasse ich dich«, sagte sie.

Durch Aufrichtigkeit gezwungen räumte sie ein: »Manchmal hasse ich mich selbst.«

Mit sieben hatte Seria Maú zum ersten Mal ein K-Schiff gesehen. Trotz ihres kindlichen Alters war sie von der funktionalen Formgebung so beeindruckt gewesen, dass sie aufgeregt geschrien hatte: »So eins will ich nicht *haben*. Ich will so eins *sein*.« Sie war ein stilles Kind gewesen, das sich bereits mit seinen inneren Regungen auseinandersetzte. »Guck doch mal. *Guck!*« Wie ein Kissen wurde sie gepackt und durchgeschüttelt; ein Gefühl durchrieselte sie, das sich letztlich all ihre anderen Gefühle unterwerfen sollte. Ja, das hatte sie unbedingt gewollt, damals.

Jetzt, da sie ihre Meinung geändert hatte, befürchtete sie, dass es zu spät sein könnte. Onkel Sips Einheit war der blanke Hohn, ein einziges leeres Versprechen. Eine innere Stimme hatte ihr geraten, sie vom Rest des Schiffes zu isolieren.

Der sichtbare Anteil der Einheit lag am Boden eines Kabuffs im Menschenquartier, und zwar in einer flachen, roten, mit grünem Glanzband verschnürten Pappschachtel. Onkel Sip hatte ihr die Einheit auf seine unverkennbare Art überreicht: mit einer Autogrammkarte, auf der Putten, ein Lorbeerkranz und brennende Kerzen zu sehen waren; dazu ein Dutzend langstieliger Rosen. Die Rosen lagen jetzt verstreut auf den Deckplatten, die losen schwarzen Blätter regten sich leise wie unter einem kalten Luftzug.

Um die Schachtel selbst ging es allerdings überhaupt nicht. Alles in ihr war uralt. Onkel Sip konnte diese Sachen verpacken, wie er wollte, es änderte nichts daran, dass niemand wusste, welchem Zweck sie ursprünglich gedient hatten. Solche Artefakte hatten manchmal eine eigene Identität, mit Erwartungen, die seit einer Million Jahren überholt waren. Sie waren entweder wahnsinnig, kaputt oder dazu gedacht, das Unvorstellbare zu tun. Man hatte sie vergessen, sie hatten ihre ursprünglichen Benutzer überlebt. Jeder Versuch, sie zu verstehen, gipfelte in einer mehr oder weniger begründeten Vermutung. Männer wie Onkel Sip mochten Softwarebrücken installieren, aber wusste man denn, was auf der anderen Seite lauerte? Es gab einen Code in der Schachtel, und das allein gab schon zu denken: Doch es gab auch ein Nanotech-Substrat, auf dem er laufen sollte. Der Code sollte etwas herstellen. Aber wenn man ihn aufrief, ertönte ein freundlicher Gong. Etwas wie weißer Schaum quoll heraus und ergoss sich über die Rosen, und eine sehr ferne weibliche Stimme fragte nach Dr. Haends.

»Kenne ich nicht«, erklärte Seria Maú gereizt. »Ich kenne keinen Dr. Haends.«

»Dr. Haends bitte«, wiederholte die Einheit, als gäbe es keine Seria Maú.

»Ich weiß nicht, *was du willst*«, sagte Seria Maú.

»Dr. Haends in die Chirurgie!«

Die Schaumlache wurde immer größer, bis Seria Maú die Software abschaltete. Hätte sie riechen können, dachte sie, hätte der Schaum stark nach Mandeln und Vanille gerochen. Einen Moment lang erinnerte sie sich so deutlich an diese Gerüche, dass ihr schwindelig wurde. Ihr gesamtes Sensorium schien seine zwanzigjährige Verbindung mit der *White Cat* zu zerreißen und hilflos im Sog der Finsternis zu trudeln. Seria Maú ruderte mit allen vieren in ihrem Tank. Sie war blind. Sie hatte zu viele Füße. Sie hatte entsetzliche Angst, sich zu verlieren, zu sterben und gar nichts mehr zu sein. Die

Schattenoperatoren kamen besorgt zusammen, hefteten sich wie Spinnweben in die Ecken, tuschelten und wisperten, falteten die Hände. »Das bereits Getane«, erinnerte einer den anderen, »und das, was noch getan werden muss.«

»Sie macht nicht viel Arbeit«, sagten sie unisono.

Der Schrei, mit dem Seria Maú antwortete, war bis zum Bersten angefüllt mit Leid, Selbstekel und aufgestauter Wut. Was immer sie im Parkorbit um *Motel Splendido* zu ihnen gesagt hatte, inzwischen hatte sie sich eines Besseren besonnen. Seria Maú Genlicher wollte wieder Mensch sein. Wenn sie sich allerdings die Passagiere besah, wollte ihr nicht mehr einfallen, weshalb.

Sie waren zu viert oder fünft. Anfangs waren sie nicht leicht zu zählen gewesen, denn eine der Frauen war der Klon einer anderen. Selbstsicher und entspannt waren sie mit fast einer Tonne Feldgeneratoren plus Zubehör an Bord geschlendert. Ihre Kleidung sah praktisch aus, bis einem auffiel, wie weich sie war. Die Frauen trugen Bürstenschnitt mit einer Spur von Schaumfestiger als Fanal ihrer Weiblichkeit. Die Männer trugen unaufdringliche Markenlogos, animierte Implantate, als Tribut an die großen Firmen der Vergangenheit. Die *White Cat* mit ihrem Spuk und ihrer unverhohlen militärischen Provenienz sprach das Kind im Manne an. Keiner von ihnen hatte je zuvor mit einem K-Käpten gesprochen. »Hi«, sagten sie scheu und wussten nicht, wohin sie blicken sollten, wenn Seria Maú redete.

Und dann, sowie sie sich alleine wähnten: »He! Jau! Verrückt, oder?«

»Bitte, haltet die Kabinen sauber«, unterbrach Seria Maú die Menschen.

Sie überwachte ihr Treiben, besonders ihre nahezu unausgesetzte sexuelle Aktivität. Die Bilder der Nanokameras, die in Nischen oder Textilfalten nisteten oder wie Staubkörnchen durch das Menschenquartier trieben, glichen fast ausnahmslos lichtschwachen Unterwasseraufnahmen: Die Menschen aßen, tranken, trainierten und schieden aus. Sie kopulierten und wuschen sich, um gleich wieder zu kopulieren. Seria Maú verlor den Überblick über die Kombinationen aus erhobenen Hintern und gespreizten Beinen. Wenn sie die Lautstärke aufdrehte, hörte sie immer jemanden »Ja« flüstern. Alle Männer fickten eine von den Frauen; dann fickte die Frau unter den Augen der Männer ihren Klon. Im Alltag zeigte sich der Klon nachgiebig und empfindlich und neigte zu plötzlichen zornigen Weinkrämpfen und dazu, jedermann um finanziellen Rat zu bitten. Sie sei so unsicher, sagte sie. In allen Belangen. Sie fickten sie, schliefen und fragten Seria Maú später, ob sie die künstliche Gravitation abschalten könne.

»Ich fürchte, nein«, log Seria Maú.

Sie war angewidert und fasziniert zugleich von ihnen. Die niedrige Auflösung der Nanokameras verlieh dem Treiben etwas, das sie an ihre Träume erinnerte. Gab es da eine Verbindung?

Sie übte das Murmeln von »O ja, so!«.

Gleichzeitig nahm sie die im Frachtraum verstaute Ausrüstung in Augenschein. Soweit sie das beurteilen konnte, hatten die Sachen wenig mit Exogeologie zu tun und dienten vielmehr dazu, kleine Herden von Isotopen zu hüten, die in mehr als exotischen Zuständen waren. Die Passagiere waren Prospektoren. Wie alle anderen hier am *Strand* waren sie auf der Suche nach ihrem ganz persönlichen Goldesel. Sie wurde aus unerfindlichen Gründen böse, worauf die Schiffsmathematik sie gleich wieder einschläferte.

Wenige Momente später wurde sie erneut geweckt.

»Sieh dir das an«, sagte die Mathematik.

»Was?«

»Vor zwei Tagen habe ich achtern Teilchendetektoren aufgestellt«, sagte die Mathematik (musste aber zugeben, dass der Begriff »achtern« angesichts der involvierten Geometrien so gut wie bedeutungslos war), »und begonnen, signifikante Quantenereignisse zu zählen. Das ist das Resultat.«

»Vor zwei *Tagen?*«

»Stochastische Resonanz braucht Zeit.«

Seria Maú bekam die Daten in Form eines Verlaufsdiagramms in ihren Tank übertragen und studierte sie. Was sie sah, war begrenzt durch die Fähigkeit der *White Cat*, einen zehndimensionalen Raum vierdimensional darzustellen: eine erhellt wirkende graue Leere, in der man unweit der Mitte ein paar verknotete, geisterhaft gelbe Lichtschlangen sah, die sich dauernd veränderten, pulsierten, sich gabelten und die Farbe wechselten. Man konnte verschiedene Gitter über das Modell legen, die unterschiedlichen Systemen und Analysen Rechnung trugen.

»Was ist das?«, fragte sie.

»Ein Schiff, denke ich.«

Seria Maú studierte das Bild noch einmal. Sie spulte Vergleichsstudien ab. »Das müsste ein Schiffstyp sein, den ich nicht kenne. Ist das Schiff alt? Was hat es da draußen zu suchen?«

»Das kann ich nicht beantworten.«

»Warum nicht?«

»Ich bin mir noch nicht ganz sicher, wo ›da draußen‹ ist.«

»Verschone mich«, sagte Seria Maú. »Weißt du überhaupt was Nützliches?«

»Es hält unsere Geschwindigkeit.«

Seria Maú starrte auf den Umriss. »Das ist unmöglich«, sagte sie. »Es ähnelt nicht mal ansatzweise einem K-Schiff. Was wollen wir tun?«

»Weiterhin Quanten sortieren«, sagte die Mathematik.

Seria Maú öffnete eine Leitung zum Menschenquartier.

Dort hatte einer der Männer ein holografisches Display eingeschaltet und hielt den anderen offensichtlich gerade einen Vortrag. Der weibliche Klon saß in einer Ecke und lackierte sich die Fingernägel, machte unpassende Bemerkungen und quittierte alles, was der Mann sagte, mit einem leicht boshaften Lachen.

»Ich verstehe nur nicht«, sagte sie, »wieso *sie* das nie zu tun braucht. *Ich* muss es tun.«

Das Display ähnelte einem dunstigen Kubus und zeigte Nahaufnahmen vom *Radio-Bay*-Haufen, unter anderem auch von *Suntory IV* und *3-Alpha-Ferris VII*. Durch wallende und wirbelnde Tieftemperaturgaswolken blinkerten heruntergebrannte, alte Braune Zwerge wie Betrunkene, die einen Highway bei Nebel überquerten. Ein Planet wurde herangezoomt, champignonfarben mit samtweichen schwefelgelben Bändern. Dann Bilder der Oberfläche: Wolken, chaotisch strömender Regen, mehr Chemie als Wetter. Lauter exotische Gebäude, seit zweihunderttausend Jahren verlassen: etwas, das aussah wie ein Labyrinth. Sie hinterließen oft solche Labyrinthe. »Was wir hier sehen, ist alt«, folgerte der Mann. »Sehr alt vermutlich.« Unversehens sprang die Kamera zu einem Asteroiden direkt unter den Augen des Traktes, der aus dem Display funkelte wie Modeschmuck auf schwarzem Samt.

»Ich denke, das sparen wir uns für später auf«, sagte er.

Alle lachten, mit Ausnahme des Klons; sie spreizte die Hände. »Warum hasst ihr mich so«, sagte sie und blickte ihn über die hellroten Fingernägel hinweg an, »dass *ich* es tun muss und *sie* nicht?«

Er ging zu ihr und zog sie sanft auf die Füße. Er küsste sie. »Wir möchten, dass *du* es tust, weil wir dich lieb haben«, sagte er. »Wir alle haben dich lieb.« Er nahm ihre Hand und begutachtete die Fingernägel. »Das ist sehr historisch«, sagte er. Das Display zwinkerte, dehnte sich aus, bis es vier oder fünf Fuß Seitenlänge hatte, und zeigte plötzlich das Gesicht des Klons mitten in sexueller Erregung. Ihr Mund stand offen, die Augen waren geweitet, ob vor Schmerz oder Lust, konnte Seria Maú nicht sagen. Man sah nicht, was mit ihr gemacht wurde. Alle saßen sie da und sahen zu, schenkten dem Hologramm ihre volle Aufmerksamkeit, als handle es sich immer noch um Bilder aus der *Radio Bay*, von alten exotischen Artefakten, ganz großen Geheimnissen, den Dingen, die sie am meisten mochten. Nicht lange, und sie fickten wieder.

Seria Maú, die sich schon eine Weile fragte, ob sie die wirklichen Beweggründe kannte, aus denen die Menschen an Bord waren, sah ihnen noch ein paar Minuten lang argwöhnisch zu. Dann unterbrach sie die Verbindung.

Die Träume hörten nicht auf, sie zu quälen.

Sie gaben ihr das Gefühl, eine Art bösartiges Origamiobjekt zu sein, ein Raumabschnitt zur Ziehharmonika gefaltet, um mehr zu enthalten als möglich oder ratsam schien, so angefüllt mit unsichtbarer Materie wie der Halo selbst. Träumten Menschen so, wenn sie von sich träumten? Sie hatte keine Ahnung.

Nach zehn Reisetagen träumte sie von einer Bootsfahrt auf einem Fluss. Der *New Pearl River* war, wie die Mutter ihnen erklärte, fast zwei Kilometer breit. Von jeder Uferböschung hing gutartige, aber exotisch zugeschnittene Vegetation ins Wasser, dessen gekräuselte Oberfläche hart und perlmuttartig wirkte und nach Mandeln und Vanille roch. Die Mutter liebte den Fluss so sehr wie die Kinder. Sie pflügte mit bloßen Füßen durch das kühle perlige Wasser und lachte. »Sind wir nicht glücklich?«, sagte sie immer wieder. »Sind wir nicht glücklich?« Die Kinder liebten ihre braunen Augen. Sie liebten ihre Begeisterung für alles und jedes in der Welt.

»Sind wir nicht glücklich?«

Die Worte hallten durch die Finsternis des Szenenwechsels in den lorbeerbeschatteten Garten hinüber.

Es war Nachmittag. Es regnete. Der alte Mann – er war der Vater, und man sah ihm an, wie sehr ihn die Verantwortung verunsicherte, ja regelrecht Anstrengung kostete –, der alte Mann hatte ein Feuer entzündet. Die beiden Kinder standen da und sahen zu, wie er Dinge hineinwarf. Schachteln, Papiere, Fotografien, Kleidung. Der Rauch blieb in langen, flachen Schwaden über dem Garten liegen, die Inversion des Spätherbsttages ließ ihn nicht abziehen. Die Kinder starrten in den heißen Kern des Feuers. Der Geruch, nicht anders als der von anderen Feuern, erregte sie mehr, als ihnen lieb war. Sie standen, hübsch verpackt in Mäntel und Schals und Handschuhe, traurig und schuldbewusst im kalten, zur Neige gehenden Nachmittag, starrten in die Flammen und husteten im grauen Rauch.

Er sei zu alt für die Vaterrolle, schien er zu seiner Verteidigung vorzubringen. Einfach zu alt.

Gerade als der Traum unerträglich wurde, raffte ihn jemand beiseite. Seria Maú starrte in ein erleuchtetes Schaufenster. Die Auslage bestand aus lauter Retrosachen. Sie stammten von der Erde: Zauberutensilien, Kinderkram aus Billigkunststoff, Federn und Latex, ursprünglich lauter triviale Dinge, die heute hohen Sammlerwert besaßen. Es gab falsche Lakritzschnecken. Ein Valentinsherz, das dank seiner Liebesdioden erglühte. Röntgenbrillen und kosmetische Schuhe. Eine dunkelrot lackierte Dose, in die man eine Billardkugel tat, die man dann nicht wiederfand, obgleich man sie rumpeln hörte. Da war die Tasse, an deren Boden sich ein Gesicht spiegelte, das sich als das eines anderen erwies. Da waren die Eheringe und Handschellen, die man nicht mehr abbekam. Während sie die Auslage musterte, beugte der Mann im Frack – den Zylinder hatte er aufgesetzt – langsam den Oberkörper ins Fenster. Die weißen Glacéhandschuhe hatte er ausgezogen und hielt sie in derselben Hand, die schon den schönen ebenholzfarbenen Spazierstock hielt. Sein Lächeln war unverändert, warm und dennoch voll funkelnder Ironie. Er war ein Mann, der zu viel wusste. Langsam und mit einer ausholenden, generösen Geste nahm er mit der freien Hand den Zylinder vom Kopf und fuhr damit durchs Fenster, als wolle er Seria Maú die ausgelegte Ware offerieren. Gleichzeitig schien er sich selbst zu offerieren. Er war gewissermaßen die Auslage. Das Lächeln blieb unverändert. Langsam setzte er sich den Zylinder wieder auf den Kopf, richtete sich auf und verschwand.

Eine Stimme sagte: »Tagtäglich muss sich das Leben des Traumes bemächtigen und ihn enterben.« Dann sagte die Stimme: »Obwohl du nie herangewachsen bist, ist dies das Letzte, was du als Kind gesehen hast.«

Seria Maú wachte zitternd auf.

Sie zitterte und zitterte, bis die Schiffsmathematik sich erbarmte, den Tank abließ und bestimmte Bereiche ihres Proteoms mit komplexen synthetischen Proteinen flutete.

»Hör zu«, sagte die Mathematik. »Wir haben ein Problem.«

»Zeig her«, sagte Seria Maú.

Und wieder bekam sie das Verlaufsdiagramm zu sehen. In seiner Mitte – falls man bei der vierdimensionalen Darstellung eines zehn-dimensionalen Raums von einer Mitte sprechen kann – rückten die Spuren des Möglichen so dicht zusammen, dass sie einen Körper bildeten: eine träge walnussförmige Masse, deren Konturen sich kaum noch veränderten. Seria Maús erster Gedanke war, dass man zu viele Vermutungen angestellt hatte. Das ursprüngliche, sich ad infinitum komplizierende Signal war zu diesem stochastischen Nugget kollabiert und jetzt unlesbarer denn je.

»Das ist unbrauchbar«, beschwerte sie sich.

»Scheint so«, sagte die Mathematik gleichmütig. »Aber wenn wir ein System benutzen, das die Dynaflow-Veränderung ausgleicht, und N ganz hoch ansetzen, dann bekommen wir das hier …«

Es tat einen jähen Sprung. Zufälligkeit gerann zu Ordnung. Das Signal vereinfachte sich und zerfiel in zwei, wobei die schwächere tiefviolette Komponente in raschem Wechsel sichtbar und unsichtbar wurde.

»Was habe ich da vor mir?«, wollte Seria Maú wissen.

»Zwei Fahrzeuge«, erläuterte die Mathematik. »Die stabile Spur ist ein K-Schiff. An seine Mathematik phasengekoppelt ist ein schwerer nastischer Mitstreiter, vermutlich ein Kreuzer. Ein klarer Vorteil ist, dass niemand ihre Kennung identifizieren kann, aber das nur am Rande. Der Kern der Sache ist der: Sie benutzen ein K-Schiff als Navigationsinstrument. Ich habe so etwas noch nie erlebt. Wer immer den Code geschrieben hat, er ist fast so gut wie ich.«

Seria Maú starrte auf das Display.

»Was machen die da?«, fragte sie leise.

»Oh, sie folgen uns«, sagte die Mathematik.

12 · Das Kaninchengehege

Während sein Adrenalinspiegel sank, pendelte Tig Vesicle zwischen Resignation und einem Zustand angespannter Passivität. Er war verloren, wollte sich aber nicht damit abfinden. Ed Chianese, noch das ferne Gewisper von Dämonen im Ohr, fiel nichts Besseres ein, als ihm zu folgen. Er hatte Hunger und schämte sich ein wenig. Nach ihrer Flucht vor den Cray-Schwestern waren sie durch die Straßen östlich der Pierpoint geirrt, bis sie sich auf einer Anhöhe Ecke Yulgrave und Demesne fanden. Von dort konnten sie die Stadt überblicken, wie sie sich, ihr Licht an den größeren Kreuzungen sammelnd, auf breiter Front zu den Docks hinabschwang. In einer Geste neuer Zuversicht hatte Vesicle die Arme ausgebreitet.

»Das Kaninchengehege!«

Sie stürzten sich hügelab in das Labyrinth aus Licht und Dunkel, hatten gleich wieder die Orientierung verloren und streiften ziellos durch die Straßen, als ihnen plötzlich der Wind ins Gesicht blies. Er tat dies, bis sie sich in der finsteren, hallenden, völlig verlassenen Yulgrave wiederfanden, die sich scheinbar endlos zwischen Lagerhäusern und Güterbahnhöfen hinzog. In dieser Straße wurden sie Zeuge eines Ereignisses, das so befremdend war, dass Chianese es verdrängte – von jetzt auf viel später. Auf zu viel später, wie sich herausstellen sollte.

Als es passierte, dachte er nur dies: Das ist nicht wahr.

Dann dachte er: Es ist wahr, aber ich bin noch immer im Tank.

»Ich bin noch im Tank«, sagte er laut.

Keine Antwort. Er dachte: Vielleicht bin ich jemand anders.

Es fiel noch immer Schnee, aber warme Luft von der Clinker Bay, geschwängert von den küstennahen Bohrinseln und undichten

Fabrikanlagen, hatte ihn zu Schneeregen verwässert, der wie Funkengarben von einem unsichtbaren Amboss durch den Schein der Quecksilberdampflampen fiel. Durch die Funkengarben kam ihnen eine kleine, rundliche, orientalisch aussehende Frau in einem bis zum Oberschenkel geschlitzten Blattgold-Cheongsam entgegen. Ihr Gang hatte die hektische Gereiztheit, die durch hohe Absätze bei schlechtem Wetter entsteht. Chianese hätte schwören können, dass sie gerade nicht da gewesen war: Im nächsten Augenblick war sie wieder da. Er blinzelte. Er wischte sich mit der Hand übers Gesicht. Rückblenden, Halluzinationen, die üblen Träume eines Twinks.

»Siehst du sie auch?«, fragte er Vesicle.

»Ich weiß nicht«, sagte Vesicle teilnahmslos.

Ed Chianese blickte auf die Frau hinunter, und sie blickte zu ihm auf. Etwas an ihrem Gesicht stimmte *überhaupt* nicht. Einmal sah es auf seine orientalische Art (oval und hohe Wangenknochen) ausgesprochen schön aus. Dann drehte sie oder Ed den Kopf ein wenig, und es schien zu verschwimmen und sich in ein gelbes, runzliges Greisengesicht zu verwandeln. Es war dasselbe Gesicht. Gar keine Frage. Aber es war immer im Fluss, immer verschwommen. Manchmal war es gleichzeitig jung und alt. Der Effekt war außergewöhnlich.

»Wie machen Sie das?«, flüsterte Ed.

Ohne sie aus den Augen zu lassen, streckte er eine Hand nach Tig Vesicle aus. »Gib mir die Knarre«, sagte er.

»Warum?«, sagte Vesicle. »Es ist meine.«

Betont langsam sagte Ed: *»Gib mir die Knarre!«*

Die Frau zückte ein kleines goldenes Etui, öffnete es und nahm eine Zigarette mit ovalem Querschnitt heraus.

»Haben Sie Feuer?«, sagte sie. »Ed Chianese?«

Sie blickte zu ihm auf, und ihr Gesicht verschwamm und veränderte sich, verschwamm und veränderte sich. Ein plötzlicher Schneeregenschauer fegte um sie beide herum, heiße orangerote Funken vom Amboss des Augenblicks. Ed nahm den HiLite-Selbstlader aus Tig Vesicles Händen und feuerte aus kürzester Entfernung.

»Direkt zwischen die Augen«, sollte er später sagen. »Ich schoss ihr aus kürzester Entfernung direkt zwischen die Augen.«

Im ersten Moment geschah gar nichts. Sie stand weiterhin da und blickte zu ihm auf. Dann schien sie in einen goldenen Strom aus winzigen, elektrisch geladenen Teilchen zu zerfallen, die von der Einschussstelle fortflossen, um sich den Regenfunken anzuschließen. Der Kopf löste sich zuerst auf, dann der Körper. Sie brannte ganz langsam ab, wie ein Feuerwerkskörper, der sich verzehrt, um Licht und Bewegung zu erzeugen. Die Auflösung vollzog sich völlig lautlos.

Dann vernahm Ed ihre Stimme, ein hallendes Flüstern.

»Ed«, sagte sie. »Ed Chianese.«

Die Frau war verschwunden. Ed blickte auf die Waffe in seiner Hand und von der Waffe zu Tig Vesicle auf, der in den Himmel starrte, den Kopf so weit in den Nacken gelegt, dass es ihm in den offenen Mund regnete.

»Lieber Himmel«, sagte Ed.

Er steckte die Waffe ein, und beide liefen los. Nach ein, zwei Minuten hielt Ed inne und lehnte sich an eine Mauer. »Ich kapier das alles nicht«, sagte er. »Und du?« Er wischte sich über den Mund. »Dieser verdammte trockene Brechreiz, ich hasse das.« Schwindlig, wie ihm war, blickte er zu den Sternen empor. Noch mehr Funken, die über den Himmel jagten und kreiselten, um genau über dem Lagerhausdach mit dem rosaroten Fleck des Kefahuchi zu verschmelzen. Das erinnerte Ed an etwas, das er schon die ganze Zeit hatte fragen wollen. »He«, sagte er. »Auf welchem Planeten bin ich eigentlich?«

Vesicle starrte ihn an.

»Nun komm schon«, sagte Ed. »Sei fair. Das kann jedem mal passieren.«

New Venusport, der ursprüngliche Vorposten der Erde im Halo.

Die Militärstädte wucherten auf der südlichen Hemisphäre. Genau genommen handelte es sich um EMC-Camps, in Zusammenarbeit mit dem Erdmilitär errichtete Freihandelszonen. Sie zogen Wanderarbeiter von jenseits des Halo an wie Schwarze Löcher das Gas aus der Akkretionsscheibe. Sie zogen die besiegten Rassen an. Sie zogen die Schwachen und die Dummen an. Sie zogen die *Neuen Menschen* an wie das Licht die Motten. Man kam nach *New Venusport*, wenn man sonst nirgends hin konnte.

Die südliche Hemisphäre von *New Venusport* war im Grunde genommen ein gigantisches Wartungsunternehmen. K-Schiffe bevölkerten den Himmel oder stiegen mit Mach 50 in den Orbit. Tag und Nacht hockten sie in den Docks, wo Bogenlicht auf ihren dunkelgrauen Flanken glänzte. Sie waren rastlos. Sie flackerten zwischen Unsichtbarkeit und Sichtbarkeit, während ihre Navigationssysteme zehn räumliche Dimensionen durchkämmten. Sie stellten nie ihre Abwehr- und Zielerfassungssysteme ab, sodass die Luft in ihrer Nähe vor Gammastrahlen und Mikrowellen und derlei mehr kochte. Wer in ihrer Nähe arbeitete, tat es im Bleianzug. Selbst der äußere Anstrich war tödlich. Die Docks waren nur ein Teil der Wartungsindustrie; woanders fraß sich der Rohstofflieferant von EMC durch den Regolith der Hemisphäre, und zwar in Tagebauarealen von Nationalstaatengröße, mit Maschinen, die noch von der alten fremden Technologie unterhalten und gesteuert wurden. Man setzte sie in Betrieb, trat zurück und sah einander mit einer Mischung aus Entzücken und Argwohn an.

»He, das Ding könnte einen *ganzen Planeten schälen*!«

In den Städten waren Luft und Nahrung verpestet, und man hatte keine Ahnung, was mit dem Regen alles herunterkam. Die *Neuen Menschen*, eingepfercht in den Gehegen, Freiwild für das übliche Sortiment an Kriminellen, für renommierte politische Fanatiker und die EMC-Polizei, gingen im Morgengrauen zur Arbeit, hustend und fröstelnd und abgestumpft, verstört den Kopf einziehend. Doch wo viel Schatten ist, da ist auch Licht. Die »Neuen Richtlinien für die Sicherheit am Arbeitsplatz«, vom Arbeitgeber erlassen und überwacht, hatten die Lebenserwartung des männlichen Arbeiters um zwei Punkte auf vierundzwanzig Jahre angehoben. Wer wollte bestreiten, dass das ein Fortschritt war.

Unterdessen etablierten sich die über die nördliche Hemisphäre verstreuten Firmenenklaven nach dem Vorbild der Alten Erde.

Sie bevorzugten kleine Städte – mit kleinen Marktplätzen –, die *Saulsignon* oder *Brandett Hersham* hießen; kleine, schmucke Eisenbahnen, die durch parzelliertes, schokoladenfarbenes Ackerland fuhren. Die Männer von EMC nahmen sich groß gewachsene, schöne Frauen und schenkten ihnen honigfarbene Pelzmäntel. Die Frauen nahmen sich Männer aus dem oberen Management, die sie mit feuriger, wilder, echter Hingabe liebten, und schenkten ihnen schöne Kinder mit honigfarbenem Haar. Es gab graue Steinkirchen mit Hexenhuttürmen, Schlösser und Jagdhütten. Auen säumten die Nebenflüsse des *New Pearl River* – sommertags Feuchtwiesen mit Wildblumen, wintertags weite Eisflächen, auf denen man Schlittschuh laufen konnte. Man kam nach *New Venusport*, wenn man ein Glückspilz war und hart arbeiten konnte. Die Firma schickte einen, damit man seinen Job tat, aber man ging hin wegen des blauen, vom Regen klar gespülten Himmels und der weißen Kumuluswölkchen. Wegen der Pferde, die so herrlich gepflegt waren. Wegen des Freiluftsports. Und in Saulsignon gab es so leckere Sachen – allein schon all die *Käsesorten!*

New Venusport, glaubte man den Werbebroschüren, war »ein Planet erster Wahl«.

Das Gehege beanspruchte einen ganzen Block, der auf zwei Seiten von den Docks begrenzt wurde, auf der dritten vom Müllplatz eines alten Industrieunfalls und auf der vierten von der Straint Street, der westlichen Begrenzung des Bekleidungsviertels.

Das Gehege war inwendig immer erhellt, aber nur durch die Holo-Programme und die Lampen, die speziell für die Augen der *Neuen Menschen* gemacht waren: Alles in allem herrschte eine Art graublaues Zwielicht, wie es manche antike Monitore verbreitet hatten. Das Gehege war überfüllt und heiß, ein Gewirr aus offenen Sperrholzkabuffs. Die Abteile waren nicht durch Flure verbunden. Man wusste nie, wo man war. Um von einem Abteil zum nächsten zu gelangen, ging man durch ein drittes. Man konnte durch dreißig solcher Kabuffs gehen, bis man zu einer Außentür kam. Manchmal waren die Abteile noch weiter unterteilt.

»Hier fühlt man sich gleich zu Hause«, sagte Tig Vesicle.

Ed Chianese, zitternd vom Tankentzug, sah sich um.

»Hübsch«, sagte er. »Ganz hübsch hier.«

In den Abteilen hielten sich jeweils acht, neun Leute auf, die kochten oder Wäsche wuschen. Manchmal taten sie auch mehr. Sie verströmten einen Geruch, der schwer zu beschreiben war: eine Mischung aus Zimt und Schmalz. Sie schliefen auf Matratzen, die direkt auf dem Boden lagen. Die Männer traten auf ihre sperrige Art aus, sodass es unmöglich war, nicht über ihre Füße zu stolpern, wenn man sich seinen Weg suchte: Sie blickten für einen Moment vom Masturbieren auf, die Augen im sonderbaren grauen Licht leer und nachdenklich wie die von Tieren. Die Frauen trugen das Haar in einem flauschigen, kurzen Tuff über dem durchaus schönen ovalen Schädel. Sie trugen ärmellose Baumwollkittel in Ockertönen, die schmucklos von den Schultern hingen. Ihre Körpersprache sagte: Immer schön in Bewegung bleiben, sonst fällt dir plötzlich auf, wo du hier bist. Überall rannten Kinder herum, die so taten, als wären sie K-Schiffe. An den Wänden klebten die beliebten Poster vom Kefahuchi-Trakt. Die *Neuen Menschen* huldigten einer Art Kult, in dem sich alles um die Vorstellung drehte, dass sie dort ihren Ursprung hatten. Das war so traurig wie alles an ihnen. Jedes Kind wusste, woher sie kamen, jedenfalls nicht von dort.

In einem Kabuff, das aussah wie all die anderen, hielt Tig Vesicle unschlüssig inne.

»Ja, hier bin ich zu Hause«, sagte er.

Eine Frau, die teilnahmslos in das Hologramm oben in der Ecke des Kabuffs starrte, sah genauso aus wie er.

»Das ist Neena«, sagte Tig Vesicle. »Meine Frau.«

Ed sah auf sie hinunter. Ein breites Grinsen trat auf sein Gesicht.

»He«, sagte er. »Freut mich, Sie kennenzulernen, Neena. Kriegt man hier was zu essen?«

In jedem Kabuff stand ein einfacher Herd. Die *Neuen Menschen* aßen für gewöhnlich eine Art Nudelsuppe. (Manchmal schwammen darin Dinge herum, die an Eiswürfel erinnerten, aber lauwarm und bläulich waren.) Ed blieb vier Wochen in dem Gehege. Er schlief auf der Matratze. Tagsüber, wenn Tig Vesicle in der Stadt war – hier ein bisschen ABH verschob, dort ein bisschen überteuerten Speed, und sich bemühte, den Cray-Schwestern aus dem Weg zu gehen –, zog Ed sich die Hologramme rein und futterte, was Neena kochte. Die Zeit verging größtenteils langsam. Er war auf Entzug. Es war schmerzhaft; hinzu kam, dass die Realität meistens auf Distanz blieb und dass die schlichte Ungereimtheit, unter *Neuen Menschen* zu leben, das alles nur noch schlimmer machte. Er versuchte unentwegt, sich zu erinnern, wer er wirklich war. Er konnte sich nur an den fiktiven Ed erinnern, eine Montage aus glasklaren Ereignissen, die nie geschehen waren. Am Nachmittag des dritten Tages kniete Neena Vesicle sich zu ihm auf die Matratze.

»Kann ich irgendwie helfen?«, fragte sie.

Ed sah zu ihr auf.

»Doch ja, ich denke schon.«

Er langte hoch, legte ihr die Hände rechts und links an die Rippen und wollte sie mit leichtem Seitwärtsdruck dazu bewegen, sich über ihn zu knien. Sie brauchte einen Moment, um zu begreifen, worauf er hinauswollte. Dann versuchte sie unbeholfen und konzentriert, seinem Wunsch nachzukommen. »Ich bin ganz Arm und Bein«, sagte sie. Eben noch hatte sie so gut wie gar nicht gerochen, doch jetzt, da er sie berührte, verströmte sie einen schweren süßen Duft. Jedes Mal, wenn er sie an einer neuen Stelle berührte, zuckte ein Bein oder sie hielt den Atem an und schrie gleichzeitig auf oder erschauerte und rollte sich halb zusammen. Sie sah auf Eds Hände hinunter, die ihr den Baumwollkittel in die Taille schoben.

»Oh«, sagte sie. »Schau an.« Sie lachte. »Ich meine, schau *mich* an.«

Ihre Rippen benahmen sich auf eine Weise, die er nicht ganz verstand.

Später sagte sie. »Ist das gut so? Wir machen es falsch herum für dich. Ein bisschen falsch herum.« Sie fauchte. Sie fuhr sich mit einer Hand von unten her über Gesicht und Schädel. »Ist das gut só?« Tankentzug saß in den Knochen. War zellulär, organisch. War aber auch so etwas wie Trennungsangst. War der anhaltende Schrei dessen, der zurückwollte in eine verlorene Welt, die er geliebt hatte. Eine Heilung gab es nicht, aber Sex half. Twinks auf Entzug waren versessen auf Sex. Sex wirkte wie Morphium auf sie.

»Das tut gut«, sagte Ed. »Ah ja. Das ist schön.«

In den vier Wochen, die er im Gehege verbrachte, ahmten sie ihn alle nach. Hatten sie jemals mit einem Menschen so auf Tuchfühlung gelebt? Was genau bedeutete das für sie? Sie kamen an die Schwelle des Kabuffs und besahen ihn mit einer Art düsterer Passivität. Eine typische Geste oder ein Sprachmuster von ihm machte binnen einer Stunde die Runde. Die Kinder rannten von Abteil zu Abteil und imitierten ihn. Neena Vesicle imitierte ihn, noch während er sie vögelte.

»Ein bisschen weiter machen«, sagte sie, oder: »Jetzt komm ich rein«, dann lachte sie. »Ich meine dich, du. O Gott. O ja. Mach! *Mach!*«

Sie war perfekt für ihn, denn sie war ihm fremder als er sich selbst. Als sie fertig waren, lag sie linkisch in seinen Armen, sagte: »Oh nein, es war schön, es war ganz leicht.« Sie sagte: »Wer bist du, Ed Chianese?« Darauf gab es mehrere Möglichkeiten zu antworten, doch sie hatte ihre Vorlieben. Sagte er: »Ich bin nichts weiter als ein Twink«, wirkte sie regelrecht sauer. Nach ein paar Tagen spürte er, wie er sich vom Tank entfernte. Er war weit weg, und dann kam er näher, und die Stimmen des Entzugs zogen sich zurück. Er fing an, sich an den richtigen Ed Chianese zu erinnern.

»Ich habe Schulden«, erklärte er. »Wahrscheinlich gibt es im ganzen Universum keinen, dem ich nichts schulde.« Er sah auf sie hinunter. Sie sah kurz zu ihm auf, dann wandte sie plötzlich den Blick ab, als sei es ihr peinlich. »Sch, sch«, machte er geistesabwesend. Dann: »Vermutlich wollen mich alle abkassieren oder übers

Ohr hauen. Das, was in der Tankfarm passiert ist, war mehr als ein Ballerspiel.«

Neena legte ihre Hand über die seine.

»Das bist du nicht«, sagte sie.

Einen Atemzug später sagte er: »Ich war einmal ein Kind.«

»Und weiter?«

»Ich weiß nicht, meine Mutter starb, meine Schwester ging fort. Ich hatte nur eins im Kopf: Ich wollte Raketenschiffe fliegen.«

Neena lächelte.

»Das möchten kleine Jungs«, sagte sie.

13 · Monster Beach

Kearney und Anna blieben eine Woche in New York, wo ihm zu guter Letzt noch der Shrander begegnete. Es passierte bei der Cathedral Parkway Station auf der Hundertzehnten, an einem toten Punkt, in einer Art Lücke im Tagesablauf. Die Bahnsteige lagen verlassen da, obwohl man spürte, dass es hier eben noch vor Menschen gewimmelt hatte; die schwer vernieteten Mittelträger reihten sich zu beiden Seiten und verloren sich in der hallenden Düsternis. Es war Kearney, als höre er zwischen ihnen das Flattern eines Vogels. Als er aufblickte, hing da der Shrander, oder jedenfalls sein Kopf.

»Versuch, dir«, hatte er einmal zu Anna gesagt, »so etwas wie einen Pferdeschädel vorzustellen. Wohlgemerkt, nicht den Kopf«, hatte er erläutert, »nur den *Schädel*.« Der Schädel eines Pferdes sieht überhaupt nicht wie sein Kopf aus, vielmehr wie eine gewaltige, gebogene Schere oder wie ein mächtiger knöcherner Schnabel, dessen Hälften sich nur an der Spitze treffen. »Stell dir ein boshaftes, intelligentes, nichtsnutziges Ding vor, das anscheinend nicht sprechen kann«, hatte er erklärt. »Ein paar Streifen Fleisch baumeln und flattern an ihm herum. Selbst der Anblick seines Schattens ist unerträglich.« Für jemanden, der allein auf dem Bahnsteig von Cathedral Parkway stand, war der Anblick noch unerträglicher. Kearney sah nur für einen kurzen Moment nach oben, bevor er losrannte. Er hatte keine Stimme vernommen, aber der Shrander hatte zweifellos etwas zu ihm gesagt. Als er wieder zur Besinnung kam, stolperte er im Central Park herum. Es regnete. Er fror und hatte sich mit Erbrochenem besudelt. Wenig später war er wieder im Apartment.

»Was ist passiert?«, fragte Anna. »Was, zum Kuckuck, ist los mit dir?«

»Packen«, sagte er nur.

»Zieh dich wenigstens um.«

Er zog trockene Sachen an, und sie packte; und sie mieteten sich bei Avis ein Auto; und Kearney fuhr so schnell, wie die Umstände es erlaubten, zum Henry Hudson Parkway und verließ von dort aus die Stadt in Richtung Norden. Der Verkehr war aggressiv, die Schnellstraßen dunkel und schmutzig, ein Maschendraht aus Kreuzungen ganz wie Kearneys Nerven, und nach weniger als einer Stunde musste Anna wohl oder übel übernehmen, denn Kopfschmerzen und das grelle Licht des Gegenverkehrs machten ihn nahezu blind. Selbst das Wageninnere schien angefüllt mit Nacht und Wetter. Die Rundfunksender da draußen blieben namenlos und sonderten lediglich Gangsta Rap als das neue Lebensgefühl ab. »Wo sind wir?«, riefen Kearney und Anna einander über die Musik hinweg zu. »Links abbiegen! *Links!*« – »Ich fahre rechts ran.« – »Nein, nein, fahr weiter!« Sie kamen sich vor wie Freizeitsegler im Nebel. Kearney starrte ratlos durch die Windschutzscheibe, dann kletterte er plötzlich auf den Rücksitz und schlief ein.

Stunden später wachte er auf einem Rastplatz an der Interstate 93 auf. Er hatte einen schaurigen, animalischen, wehklagenden Laut vernommen. Er stammte von Anna, die auf dem Beifahrersitz kniete, den Rücken zur Windschutzscheibe, und wahllos Seiten aus dem AAA-Straßenatlas riss, der zum Inventar des Mietwagen gehörte. Während sie jede einzelne zusammenknüllte und in den Fußraum warf, flüsterte sie immerzu: »Ich weiß nicht, wo ich bin, ich weiß nicht, wo ich bin.« Der schäbige blaue Pontiac füllte sich derart mit Wut und Elend – denn Anna hatte sich zeitlebens nicht zurechtgefunden und würde sich auch diesmal nicht zurechtfinden –, dass Kearney gleich wieder einschlief. Das Letzte, was er sah, war ein Interstate-Schild gut vierhundert Meter voraus, das im Wechselbad der vorbeifahrenden Truckscheinwerfer zum Vexierspiel wurde. Dann war es heller Tag, und sie waren in Massachusetts.

Anna trieb in *Mann Hill Beach* südlich vor Boston ein Motelzimmer auf. Sie schien ihre nächtliche Verzweiflung überwunden zu haben. Im blassen Sonnenschein stand sie auf dem Parkplatz, blinzelte gegen die gleißende See und wedelte mit den Zimmerschlüsseln vor Kearneys Gesicht herum, bis er gähnte und aus dem Wagen kletterte.

»Komm, guck mal!«, lockte sie. »Ist doch hübsch, was meinst du?«

»Ein Motelzimmer«, räumte Kearney ein und musterte misstrauisch die Vorhänge aus Gingan-Imitat.

»Ein *Bostoner* Motelzimmer.«

In *Mann Hill Beach* blieben sie länger als in New York. Jeden Morgen gab es Küstennebel, doch er verlor sich frühzeitig, und für den Rest des Tages lag alles wie ausgebleicht unter der klaren Wintersonne. Nachts konnte man jenseits der Bucht die Lichter von Provincetown sehen. Niemand kam ihnen zu nahe. Anfangs durchsuchte Kearney das Zimmer alle zwei Stunden und konnte nur schlafen, wenn die Lampe am Kopfbrett brannte. Schließlich wurde er gelassener. Anna machte unterdessen Strandspaziergänge und las mit zielloser Begeisterung auf, was das Meer so anschwemmte; oder sie fuhr mit dem Pontiac vorsichtig nach Boston, wo sie kleine Mahlzeiten in italienischen Restaurants zu sich nahm. »Du solltest mitkommen«, sagte sie. »Es ist wie Ferien. Es würde dir gut tun.« Dann, während sie sich im Spiegel besah: »Ich habe zugenommen, was meinst du? Bin ich zu fett?«

Kearney blieb auf dem Zimmer, der Fernseher lief und der Ton war heruntergedreht – etwas, das er sich von Brian Tate abgeguckt hatte. Oder er hörte einen lokalen Sender, der sich auf Musik aus den Achtzigern spezialisiert hatte. Das gefiel ihm besonders, weil er dann im Halbschlaf das Gefühl hatte, auf dem Weg der Besserung zu sein. Dann, eines Nachts, spielten sie den Tom-Waits-Song *Downtown Train*.

Er hatte diesen Song nie besonders gemocht; aber beim ersten Akkord wurde er so voll und ganz in eine frühere Version seiner selbst zurückgeschleudert, dass ihn eine entsetzliche Verwirrung überkam. Er konnte nicht begreifen, wieso er so grausam gealtert war, und wie es kam, dass er mit jemandem in einem Motelzimmer war, den er nicht kannte, dem er erst noch begegnen musste, einer Frau, die älter war als er, die ihn, wenn er ihre dünnen Schultern berührte, von der Seite ansah und lächelte. Tränen traten ihm in die Augen. Es war nur eine ganz kurzlebige Bestürzung, aber diese Anmutung hatte etwas Raubtierhaftes. Kearney ahnte, dass er ihr von nun an ausgeliefert war – ausgeliefert, nur weil er sich auf sie eingelassen hatte. Von nun an würde sie ihm so unbarmherzig folgen, wie es der Shrander tat. Sie würde immer und überall auf ihn lauern. In gewisser Hinsicht war diese Anmutung vielleicht der Shrander und würde ihn, Kearney, wenn er nichts unternahm, nach und nach verzehren. Am folgenden Morgen, als Anna noch schlief, stand er auf und fuhr mit dem Pontiac nach Boston.

Und kaufte sich eine *Sony Handycam*. Es dauerte eine Weile, bis er diesen weichen, mit Kunststoff ummantelten Draht gefunden hatte, den Gärtner oft verwendeten; recht schnell dagegen fand er ein Küchenchefmesser aus C-Stahl. Einem Impuls folgend ging er nach *Beacon Hill*, wo er zwei Flaschen Montrachet auftrieb. Auf dem Weg zum Wagen blieb er einen Augenblick an der Südseite des *Charles River Basin* stehen und blickte zum MIT hinüber, dann folgte er wieder einem Impuls und rief Brian Tate an. Niemand meldete sich. Wieder im Motel fand er Anna nackt und mit hochgezogenen Knien auf dem Bett sitzend und heulend vor. Es war zehn Uhr morgens, und sie hatte bereits ihre Zettel an Türen und Wände geheftet. *Warum machst du dir Sorgen?*, stand auf ihnen und: *Tue niemals mehr, als du kannst.* Die Zettel waren wie Leuchtfeuer für den Freizeitkäpten, der sich selbst in vertrauten Gewässern verirrte. Der Parfümgeruch im Bad konnte den Geruch nach Erbrochenem nicht restlos verschleiern. Sie sah schon wieder dünner aus. Er legte ihr den Arm um die Schultern.

»Kopf hoch«, sagte er.

»Du hättest mir sagen können, dass du weggehst.«

Kearney hielt die Sony hoch. »Na? Wie wär's mit einem Spaziergang am Strand?«

»Ich rede nicht mit dir.«

Doch Anna liebte es, gefilmt zu werden. Den Rest des Tages, derweil die Seevögel über die Untiefen huschten oder wie Papierdrachen über dem Strand standen, lief sie, saß sie, wälzte sich, posierte aufs Meer hinausblickend vor dem weißen Sandstrand, der sich im klaren Küstenlicht erstreckte. »Lass sehen!«, verlangte sie. »Lass sehen!« Dann kreischendes Gelächter, als sich die Bilder wie ein Schwall von Juwelen über den kleinen Monitor ergossen. Sie wollte nicht warten, um sie sich auf dem Fernsehschirm anzusehen. Sie war so ungeduldig wie eine Vierzehnjährige – dass es ihr nicht vergönnt gewesen war, vierzehn zu bleiben, war, wie sie sich zuweilen anmerken ließ, ihre ganz persönliche Tragödie.

»Ich weiß etwas, das du nicht weißt«, sagte sie. Sie setzten sich für einen Moment auf eine Düne, und sie erzählte ihm von dem Monster von *Mann Hill* …

November 1970: Dreitausend Pfund faulenden Fleisches werden auf den Sand von Massachusetts gespült. Den ganzen nächsten Tag sammeln sich Scharen von Menschen, kommen mit Autos und Motorrädern von Providence herauf und von Boston herunter. Eltern starren verblüfft auf die wabbligen Flossen. Die Kleinen flitzen dicht genug heran, um echte Angst zu erleben. Doch das Ding ist zu verwest, als dass man es noch identifizieren könnte; und obwohl das Knochengerüst dem eines Plesiosaurus ähnelt, verständigt man sich darauf, dass der Sturm nichts Außergewöhnlicheres als die Überreste eines Riesenhais angeschwemmt hat. Letztlich gehen alle nach Hause, doch man spricht noch dreißig Jahre später über den Vorfall …

»Wetten, dass du das nicht wusstest?«, sagte Anna, lehnte sich rücklings an Kearneys Brust und ermutigte ihn, sie in die Arme zu schließen. »Obwohl du gleich das Gegenteil behaupten wirst.« Sie gähnte und ließ den Blick über die Bucht schweifen, die inzwischen dunkler wurde wie die feine Kruste auf einem Quecksilbertropfen. »Ich bin völlig erschöpft, aber auf so eine *schöne* Art.«

»Du solltest früh zu Bett gehen«, sagte er.

An diesem Abend trank sie viel Wein, lachte viel und zog sich aus und schlief ganz plötzlich auf dem Bett ein. Kearney deckte sie zu, zog die Vorhänge aus Gingan-Imitat zu und verband die Handycam mit dem Fernseher. Er löschte das Licht und ließ lustlos die Videos ablaufen, die er am Strand aufgenommen hatte. Er rieb sich die Augen. Anna schnarchte plötzlich, sagte etwas Undeutliches. Die letzten Bilder, unterbelichtet und körnig, zeigten Anna in der Ecke des Zimmers. Sie wollte eben ihre Jeans aufknöpfen. Ihre Brüste waren schon entblößt, und sie drehte den Kopf, als habe Kearney etwas zu ihr gesagt, die Augen geweitet, der Mund süß, aber müde und schicksalsergeben, als wisse sie bereits, was auf sie zukam.

Er hielt das Video bei diesem Bild an, suchte sich eine Schere und schnitt zwei, drei armlange Stücke von dem Draht ab, den er am Morgen gekauft hatte. Er legte sie griffbereit auf den Nachttisch. Dann zog er sich aus, entfernte die Plastikhülle von dem Küchenmesser, schlug die Bettdecke zurück und blickte auf sie hinunter. Sie lag zusammengerollt da, einen Arm locker um die Knie gelegt. Rücken und Schultern waren so mager und unmuskulös wie bei einem Kind, die Wirbelsäule ein gekrümmtes verwundbares Relief. Ihr Profil wirkte scharf, ausgehöhlt, als sei Schlaf keine Erholung von ihrem zentralen Problem, Anna zu sein. Kearney stand über ihr, durch die Zähne zischend, hauptsächlich aus Zorn über alles, was sie hierherverschlagen hatte, was ihn hierherverschlagen hatte. Er wollte es schon tun, als er sich entschied, die Würfel des Shranders zu werfen, nur um sicherzugehen.

Sie musste das beinerne Kullern auf dem Nachttisch gehört haben, denn als er sich wieder umwandte, war sie wach und sah zu ihm auf, träge und mürrisch vom Schlaf, ihr Atem säuerlich vom Wein. Ihre Augen gewahrten das Messer, den Draht, Kearneys ungewohnte Erektion. Unfähig zu begreifen, was hier geschah, langte sie mit einer Hand hoch und versuchte, ihn zu sich herunterzuziehen.

»Heißt das, du willst mich jetzt vögeln?«, flüsterte sie.

Kearney schüttelte den Kopf, seufzte.

»Anna, Anna«, sagte er und versuchte sich zu befreien.

»Ich hab's gewusst«, sagte sie in einem anderen Tonfall. »Ich habe immer gewusst, dass du es eines Tages tun würdest.«

Kearney löste sich sanft. Er legte das Messer auf den Nachttisch. »Knie dich hin«, flüsterte er. »Knie dich hin.«

Sie kniete sich unbeholfen hin. Sie schien verstört.

»Ich habe noch meinen Schlüpfer an.«

»Pst.«

Kearney hielt sie mit der Hand. Sie schaukelte unmerklich, gab ein kleines Geräusch von sich und begann augenblicklich zu kommen.

»Ich will, dass du kommst!«, sagte sie. »Ich will, dass du auch kommst!«

Kearney schüttelte den Kopf. Er ließ seine Hand bei ihr in der Stille der Nacht, bis sie ihr Gesicht ins Kissen grub und nicht mehr versuchte, sich zu beherrschen. Er holte die Flasche Wein, schenkte ihr ein halbes Glas ein, dann lagen sie auf dem Bett und schauten sich an, was der Bildschirm zu bieten hatte. Erst Anna am Strand, dann Anna, wie sie sich auszog, während die Kamera langsam seitlich an ihrem Körper herabfuhr, nur um an der anderen Seite wieder emporzufahren … und als Anna sich zu langweilen begann, ein Ausschnitt aus den CNN-Nachrichten. Kearney drehte den Ton gerade noch rechtzeitig auf, um die Worte zu hören: »… Kefahuchi-Trakt, benannt nach seinem Entdecker.« Aus wabernden Farben, die nicht natürlich sein konnten, erschien auf dem Schirm ein kosmisches Objekt, das schwerlich einzuordnen war. Es machte nicht viel her. Ein Schleier aus rosarotem Gas mit einem Quäntchen mehr Helligkeit in der Mitte.

»Es ist schön«, sagte Anna erschüttert.

Kearney, der plötzlich schwitzte, drehte den Ton ab.

»Manchmal denke ich, die ganze Welt besteht aus solchem Mist«, sagte er.

»Es ist trotzdem schön«, hielt sie dagegen.

»Es sieht so nicht aus«, erklärte Kearney. »Es sieht überhaupt nicht aus. Es sind lauter Daten von einem Röntgenteleskop. Bloß ein paar Zahlen, aus denen man ein Bild herauskitzelt. Sieh dich um«, sagte er ruhiger. »Mehr ist das alles nicht. Nur Statistik, nichts weiter.« Er versuchte, ihr die Quantentheorie zu erklären, doch sie wirkte bloß verwirrt. »Macht nichts«, sagte er. »Es ist nur so, dass da in Wirklichkeit nichts ist. Etwas, das man Dekohärenz nennt, hält die Welt so zusammen, wie wir sie sehen; aber Leute wie Brian Tate sind einer Mathematik auf der Spur, die einen Blick hinter die Kulissen erlaubt. Jeden Tag kann es passieren, dass wir auf dem Rücken dieser Mathematik um die Dekohärenz herumsehen können, und dann wird uns das alles …« – er machte eine Handbewegung, die den Fernseher und die Schatten im Zimmer umfasste – »… so viel bedeuten, wie es einem Photon bedeutet.«

»Wie viel ist das?«

»Nicht viel.«

»Das klingt schrecklich. Worauf soll man sich denn noch verlassen? Das klingt, als würde alles bloß …« – sie machte eine unbestimmte Geste – »… herumblubbern, herumspritzen.«

Kearney blickte sie an.

»Das tut es schon die ganze Zeit«, sagte er. Er rollte sich auf den Ellbogen und trank einen Schluck Wein. »Dort unten herrscht nichts als Unordnung«, musste er zugeben. »Raum scheint nichts zu bedeuten, und das heißt, dass Zeit auch nichts bedeutet.« Er lachte. »Das ist, wenn man so will, das Schöne daran.«

Sie fragte mit zaghafter Stimme: »Wirst du mich noch mal vögeln?«

Am Tag darauf bekam er Brian Tate ans Telefon und fragte ihn: »Hast du den Mist im Fernsehen gesehen?«

»Wie bitte?«

»Dieses Röntgenobjekt, was immer es ist. Ich hörte jemanden aus Cambridge über Penrose und die Idee einer Singularität ohne Ereignishorizont reden, irgend so etwas …«

Tate wirkte besorgt. »Ich weiß von keinem Objekt«, sagte er. »Hör mal, Michael, ich muss mit dir reden …«

Dann war die Leitung tot. Kearney starrte verärgert auf das Telefon und dachte daran, wie Penrose den Ereignishorizont definiert hatte: nicht als Beschränkung menschlichen Wissens, sondern als *Schutz* vor dem Zusammenbruch der physikalischen Gesetze, der sonst das Universum kontaminieren würde. Er schaltete den Fernseher ein. Das Gerät war noch immer auf CNN eingestellt. Nichts.

»Was ist?«, fragte Anna.

»Ich weiß nicht«, sagte er. »Sag mal, wie wär's, wenn wir heimflögen?«

Er stellte den Pontiac im *Logan International* ab. Drei Stunden später stiegen sie an Bord eines Standby-Flugs über der Küste von Neufundland auf, die aus dieser Höhe einer Haut aus Schimmel glich. Sie stießen durch eine Wolkenschicht und brachen ins grelle Sonnenlicht hinaus. Anna schien die Ereignisse der vergangenen Nacht verdrängt zu haben. Einen Großteil der Flugzeit verbrachte sie damit, auf das Wolkenmeer hinabzustarren, ein leises, fast ironisches Lächeln um den Mund; einmal allerdings fasste sie nach Kearneys Hand und flüsterte: »Hier oben gefällt's mir.«

Doch Kearney war mit den Gedanken ganz woanders.

In seinem zweiten Jahr in Cambridge hatte er vormittags gearbeitet und nachmittags auf seinem Zimmer Karten gelegt.

Er ließ sich immer durch den *Narren* vertreten.

»Die treibende Kraft«, hatte Inge ihm erklärt, noch bevor sie jemanden fand, der sie richtig vögeln wollte, »ist der tief ausatmende Akt des Verlangens. Wie der *Narr* ständig von seiner Klippe weg ins Leere tritt, so sind wir Anwesenheiten, die die Abwesenheit füllen, die uns hervorgebracht hat.« Damals hatte er keine Ahnung gehabt, was sie damit meinte. Er hatte es für eine Art Tarot-Chinesisch gehalten, das sie sich angeeignet hatte, um die Sache interessanter zu machen. Doch er begann mit diesem Selbstbildnis im Kopf: sodass jede Reise im wahrsten Sinne des Wortes ein »Trip« sein würde.

Er musste den *Narren* aus dem Spiel entfernen, bevor er austeilen durfte. Am späten Nachmittag, als es im Zimmer dunkler wurde, legte er die Karte auf die Armlehne des Sessels, von wo sie zu ihm emporschimmerte, mehr Ereignis als Bild.

Nach einfachen Regeln bestimmte der Kartenwurf das Ziel der Reise. Zum Beispiel: Wenn die aufgedeckte Karte ein *Spazierstock* war, würde Kearney nach Norden fahren, aber nur, wenn der Ausflug in der zweiten Jahreshälfte stattfinden sollte oder wenn die nächste aufgedeckte Karte ein *Ritter* war. Weitere Regeln, deren Klauseln und Gegenklauseln er bei jedem Legen und Neulegen der Karten intuitiv erfasste, deckten Süden, Westen und Osten ab; das Gleiche galt für den Bestimmungsort und die Kleidung, die er tragen würde.

Er legte niemals die Karten, wenn er bereits unterwegs war. Es gab zu viel, was ihn in Anspruch nahm. Wann immer er aufsah, hatte die Landschaft etwas Neues zu bieten. Stechginster stürzte sich vom Hang eines kleinen, steilen Hügels, auf dem eine Farm lag. Fabrikschornsteine verschwammen im Gleißen der Sonne, sodass er sich geblendet abwenden musste. Vorne im Waggon wurde eine Zeitung geöffnet, was wie ein Regenschauer klang, der vom Wind gegen das Fenster gedrückt wird. In die Lücken zwischen den Ereignissen ergoss sich, so nahtlos wie goldener Sirup, seine Träumerei. Er fragte sich, wie wohl das Wetter in Leeds oder Newcastle sein mochte, wandte sich an den *Independent* und las: *Weltwirtschaft kränkelt voraussichtlich weiterhin.* Plötzlich gewahrte er die Armbanduhr der Frau auf der anderen Seite des Mittelgangs. Eine Plastikuhr mit durchsichtigem Zifferblatt, sodass man das komplizierte Innenleben sah und vor lauter grünlichen, flimmernden Zahnrädchen die Position der Zeiger aus dem Auge verlor.

Wonach suchte er? Er wusste nur, dass ihn die makellose gelbe Front eines Intercity in Erregung versetzte.

Morgens arbeitete Kearney. Nachmittags legte er die Tarotkarten. An den Wochenenden fuhr er Zug. Manchmal traf er Inge in der Stadt. Er erzählte ihr von den Karten; in einer Art reumütiger Zuneigung berührte sie seinen Arm. Sie war freundlich wie immer, wenn auch ein wenig verstört. »Das ist doch nur zum Spaß«, wiederholte sie jedes Mal. Kearney war neunzehn Jahre alt. Die theoretische Physik öffnete sich ihm wie eine Blume und enthüllte ihm seine Zukunft. Doch Zukunft reichte ihm nicht. Wenn er beim Reisen immer den Karten gehorchte, so glaubte er damals, würde sich ihm eine Art »fünfte Richtung« auftun. Vielleicht würde sie ins richtige *Stechginsterland* führen; dahin, wo jene Träume seiner Kindheit aufgeführt wurden, in denen alles noch von Zuversicht und Vorherbestimmung und Licht erfüllt gewesen war.

»Michael!«

Kearney starrte hierhin und dorthin, wusste nicht gleich, wo er war. Licht verändert alles: einen Plastikbecher voll Mineralwasser, die Haare auf einem Handrücken, die Tragfläche einer Linienmaschine achttausend Meter über dem Atlantik. Das Licht kann all diese Dinge rehabilitieren und ihnen für einen Moment ihre wahre Gestalt zurückgeben. Die Flugbegleiter gingen schnellen Schrittes die Gänge auf und ab und räumten die ausgeklappten Tabletts leer. Kurz darauf heulten die Triebwerke auf, als die Maschine in Schräglage ging und in die Wolkendecke tauchte. In den Turbulenzen an den Tragflächenspitzen wurde Wasserdampf aufgewirbelt, dann kam die Landebahn in Sicht, und der helllichte Tag verwandelte sich plötzlich in den nassen, windgepeitschten Flughafen *London Heathrow*.

»Wir landen!«, sagte Anna aufgeregt.

Sie packte seinen Oberarm und starrte aus dem Fenster. »Wir landen!«

Am Ende seiner Reisen hatte selbstverständlich immer der Shrander gestanden. Der Shrander hatte jedes Mal auf ihn gewartet, ihm keinen Vorsprung gegönnt.

14 · Die Geisterkarawane

Seria Maú setzte sich mit dem Quartier in Verbindung. Die Menschen umlagerten wieder das Holo-Display. Diesmal ging es um die komplizierten Geräte im Laderaum der White Cat, die vor Ort in Betrieb waren, inmitten einer Wüste aus olivgrünem Sand und niedrigen Steinhaufen, die wie geschmolzen und erstarrt aussahen, sich aber bei näherem Hinsehen als Ruinen entpuppten.

»Die Burschen wussten, wie man eine Party feiert«, sagte einer der Männer. »Das Zeug ist mit mindestens zwölftausend Kelvin aus irgendeiner gigantischen Gammaquelle gefallen. Sieht aus, als hätte man den Ausstoß eines kleinen Sterns hierhergeschleust«, sagte er. »Vor Jahrmillionen, und dabei haben sie um Vermögenswerte gekämpft, die noch einmal so alt waren wie das da. Himmel, schaut euch das doch mal an!«

»Himmel«, wiederholte der weibliche Klon apathisch, »ist das scheißlangweilig.«

Alle lachten und sammelten sich um das Display. Die beiden Frauen, die die gleichen hautengen pinkrosa schimmernden Kleider trugen, hielten hinter dem Rücken Händchen.

Seria Maú starrte die Menschen wütend an. Sie gingen ihr auf die Nerven. Es wurde einmal mehr gevögelt und gestritten und geschubst. Geredet wurde nur über Geschäfte mit Gewinnbeteiligung, Kunstereignisse, die man erlebt hatte, und über Ferien im Zentrum der Milchstraße. Und über den Krempel, den man sich gekauft hatte oder noch kaufen wollte. Wem nutzten sie? Nutzten sie sich wenigstens selbst? Was hatten sie an Bord gebracht? »Was habt ihr an Bord gebracht?«, fragte sie lauthals. Sie fuhren zusammen, tauschten Blicke, schuldbewusste vermutlich. Sie sahen sich nach der Quelle der Stimme um. »Warum habt ihr das Zeug an Bord gebracht?«

Ehe jemand antworten konnte, unterbrach sie die Verbindung und widmete sich wieder dem Verlaufsdiagramm. Da war das K-Schiff, und daran angebunden wie ein blindes Kamel am kurzen Strick der nastische Schlachtkreuzer. Sie hatte ihn eben identifizieren können, indem sie die Kennung mit den Musterkatalogen in der Datenbank abgeglichen hatte. Ein Frontkreuzer namens *Touching the Void*, dessen Kommandant für den *Vie-Féerique*-Hinterhalt gelöhnt hatte. »Wir wissen, wo du hinwillst«, hatte er gesagt. Bei diesem Gedanken fröstelte sie in ihrem Tank.

»Was tun sie?«, fragte Seria Maú.

»Bleiben, wo sie sind«, berichtete die Mathematik.

»Sie folgen mir auf Schritt und Tritt!«, keifte Seria Maú. »Ich kann das nicht ausstehen! *Ich hasse das!* Niemand kann uns folgen, *keiner* kann das.«

Die Mathematik dachte nach.

Und kam zu dem Schluss: »Ihr Navigationssystem ist fast so geschickt wie ich. Ihr Pilot ist militärisch ausgebildet. Er ist dir überlegen.«

»Sieh zu, dass du sie loswirst«, verlangte sie.

»*Ihr* seid schuld«, beschuldigte sie die Menschen. Die Männer machten besorgte Mienen. Sie warfen flüchtige Blicke hierhin und dorthin, als sei sie wirklich irgendwo bei ihnen in der Kabine. Die beiden Frauen falteten die Hände und flüsterten miteinander. Wer das Cultivar war, war momentan nicht auszumachen. »Stellt das Ding ab!«, befahl Seria Maú. Sie schalteten das Display ab. »Nun erklärt mir, zu was ihr taugt.« Derweil die Menschen über eine Antwort nachdachten, lief ein kleiner Schauder durch die Struktur der *White Cat*. Gleich darauf bimmelte eine Glocke.

»Zu was?«, hakte Seria Maú ungeduldig nach.

»Sie nähern sich«, konstatierte die Mathematik. »Ein halbes Lichtjahr in den letzten dreißig Nanosekunden. Im Moment haben wir noch Alarmstufe drei, aber das kann sich ändern.«

»Ein *halbes* Lichtjahr? Das glaube ich nicht.«

»Was soll ich deiner Meinung nach tun?«

»Die Geschütze scharfmachen.«

»Vorerst scheinen sie nur …«

»Setze irgendwas zwischen uns und sie. Etwas Großes. Und sorge dafür, dass es die ganze Teilchenpalette ausstößt. Ich will, dass sie blind sind. Brenn ihnen eins auf den Pelz, wenn du kannst, Hauptsache, sie können uns nicht sehen.«

»Ein viertel Lichtjahr«, sagte die Mathematik. »Alarmstufe zwei.«

»Okay«, sagte Seria Maú. »Er ist tatsächlich gut.«

»Er ist schon da. Kilometerbereich.«

Sie sagte: »Uns trennen fünfundneunzig Nanosekunden von der Katastrophe. Wo bleiben die Geschütze?«

Der Rumpf begann leise zu klingen. Draußen in der faden grauen Leere explodierte ein gewaltiges Fanal. In dem Bemühen, ihre Hardware-Peripherie zu schützen, setzte die *White Cat* ihre massive Feuerkraft für anderthalb Nanosekunden außer Betrieb. Bis dahin hatten die Geschütze bereits im langwelligeren Bereich gefeuert. Röntgenstrahlen ließen die Temperatur des lokalen Raums kurzzeitig auf 25 000 Kelvin steigen, während die übrigen Partikel ausnahmslos alle Sensoren blendeten und temporäre Teilräume aus der waffenfähigen Singularität zu fraktalen Dimensionen verdampften. Wie Engelschöre sangen Druckwellen durch das Dynaflow-Medium, so ähnlich mussten sich die ersten Gesänge im zähen Substrat des frühen Universums fortgepflanzt haben, noch ehe Proton und Elektron ihre innige Verbindung eingegangen waren. Im Schutz dieses Augenblicks – nicht so sehr der Anmut als des schieren Irrsinns und der Metaphysik in des Wortes buchstäblicher Bedeutung – schaltete Seria Maú die Treiber ab und ließ ihr Schiff in den Normalraum fallen. Zehn Lichtjahre abseits von Irgendwo kehrte die *White Cat* flackernd zur Existenz zurück. Sie war allein.

»Siehst du«, sagte Seria Maú. »So gut war er doch nicht.«

»Leider hat er den Stöpsel etwas früher gezogen als wir«, konstatierte die Mathematik. »Schwer zu sagen, ob er das nastische Schiff hat mitnehmen können.«

»Ist er zu sehen?«

»Nein.«

»Bring uns in irgendein Versteck«, sagte Seria Maú.

»Egal, wohin?«

Seria Maú wälzte sich in ihrem Tank, sie war wie gerädert.

»Fürs Erste, ja«, sagte sie.

Achtern – falls das Wort in zehn räumlichen und vier zeitlichen Dimensionen auch nur die geringste Aussagekraft hat – verebbte noch immer die Explosion wie eine Art hartnäckiges Nachbild im Auge des personifizierten Vakuums. Die gesamte Kampfhandlung hatte sich in vierhundertfünfzig Nanosekunden abgespielt. Niemand im Quartier hatte etwas bemerkt, gleichwohl schienen die Menschen überrascht zu sein, dass Seria Maú so unvermittelt aufgehört hatte, mit ihnen zu schimpfen.

In einem zweiten oder ergänzenden Teil ihres Traums befand Seria Maú sich wieder im Garten.

Wochen nach dem Feuer war das Haus noch voll davon. Der Rauch war durch jede Ritze gedrungen, haftete allen Dingen an. Die ganzen alten Sachen, die der Vater verbrannt hatte, kamen in Gestalt ihres Rauchs zurück und legten sich auf die Regalbretter, die Möbel und Fensterbänke. Sie kehrten als Geruch zurück. Die beiden Kinder standen in ihren Mänteln und Schals am runden Aschefleck, der sich wie eine schwarze Lache ausnahm. Sie ließen ihre Zehen genau bis an den Rand kriechen und blickten auf sie hinunter. Sie sahen einander in einer Art feierlichem Staunen an, derweil der Vater im Haus hinter ihnen hin und her lief. Wie hatte er das nur tun können? Wie hatte er nur einen so großen Fehler begehen können? Sie fragten sich, was als Nächstes passieren würde.

Das Mädchen wollte nicht essen. Es weigerte sich, etwas zu sich zu nehmen. Der Vater sah mit ernster Miene auf sie herab. Er hielt ihre Hände, sodass sie ihm in die Augen blicken musste. Seine Augen waren von einem Braun, so hell, dass es an Orange grenzte. Solche Augen wussten zu gefallen. Sie baten um einen Gefallen.

»Du musst jetzt die Mutter sein«, sagte er. »Kannst du uns helfen? Kannst du die Mutter sein?«

Das Mädchen lief bis ans Ende des Gartens und weinte. Sie wollte niemandes Mutter sein. Sie wollte, dass jemand ihre Mutter war. Wenn dieses Ereignis Teil ihres Lebens war, dann mochte sie dieses Leben nicht. So einem Leben traute sie nicht. Es würde sich in Nichts auflösen. Sie lief im Garten auf und ab, die Arme ausgebreitet, und machte laute Geräusche, bis ihr Bruder lachte und mitmachte und der Vater herauskam und sie nötigte, in seine traurigen braunen Augen zu blicken und sie erneut fragte, ob sie die Mutter sein würde. Beharrlich wich sie seinem Blick aus. Sie wusste, was für einen großen Fehler er gemacht hatte: Wenn es schon schwerfällt, von einem Foto loszukommen, dann fällt es erst recht schwer, von einem Geruch loszukommen.

»Wir könnten sie zurückbekommen«, schlug sie vor. »Wir könnten sie als Cultivar zurückbekommen. Das ist einfach. Das wäre ganz leicht.«

Der Vater schüttelte den Kopf. Er erklärte, warum er das nicht wollte. »Dann will ich nicht sie sein«, sagte das kleine Mädchen. »Ich will was Besseres sein.«

Die Mathematik fand ein hübsches Versteck. Sie trieb sogar eine kleine Sonne vom G-Typ für sie auf, die zwar schon etwas müde funzelte, aber eine Reihe von Planeten aufwies, die in der Ferne leuchteten wie Bullaugen bei Nacht.

Das Denkwürdige an dem System, das auf den Namen *Perkin's Rent* hörte, waren die unzähligen Fremdschiffe, die dichtauf in einer lang gezogenen Kometenumlaufbahn hingen, deren Aphelium auf halbem Weg zum nächsten Stern lag. Die Schiffe waren ein bis dreißig Kilometer lang, hatten stumpfgraue Hüllen, so zäh und dick wie Speckschwarten, und waren so unregelmäßig geformt wie Asteroiden – kartoffelförmig, hantelförmig, exzentrisch mit Löchern. Jedes Einzelne war von einer halbmeterdicken Staubschicht aus einer berechenbaren und schon länger zurückliegenden stellaren Katastrophe bedeckt. Staub des Lebens, obwohl es hier kein Leben gab. Wem immer die Schiffe gehörten, dieser Jemand hatte sie aufgegeben, als es noch keine Proteine auf der Erde gab. Ihre weitläufigen, nautiloiden Innenräume waren so sauber und leer, als hätte niemand je in ihnen gelebt. Von Zeit zu Zeit stürzte ein Teil dieser Karawane in die Sonne oder tauchte Schiff um Schiff in die Methanmeere des hiesigen Gasriesen: Aber irgendwann einmal hatten sie ein makelloses Bild geboten.

Diese Geisterkarawane war das wirtschaftliche Schwungrad von *Perkin's Rent.* Man behandelte die Schiffe wie andere Rohstoffquellen auch: Man baute sie ab. Niemand wusste, was die Schiffe hier sollten, woher sie kamen oder wie sie funktionierten; also zerlegte man sie, schmolz sie ein und verkaufte sie über einen Dienstleister an ein Unternehmen im Zentrum der Milchstraße. Eine solide kleine Systemwirtschaft. Was wäre naheliegender gewesen? Um die dergestalt abgebauten Schiffe trieben unberechenbare Wolken aus Abfall: Schlacke, bedeutungslose Innereien aus Metallen, die niemand wollte oder auch nur annähernd verstand, Abfallprodukte der automatischen Schmelzöfen. In einer solchen Wolke fand die *White Cat* ein schnuckeliges Plätzchen unter lauter Bestandteilen, die zwei- bis dreimal so groß waren wie sie selbst. Sie überließ sich dem lokalen chaotischen Attraktor, schaltete die Triebwerke ab und war ab sofort unidentifizierbarer Teil der Statistik. Seria Maú Genlicher erwachte wütend aus ihrem jüngsten Traum und aktivierte das Supercargosystem.

»Hier ist Endstation«, erklärte sie ihnen.

Sie schmiss die Ausrüstung der Menschen aus dem Frachtraum, dann öffnete sie das Quartier. Die Luft machte ein sattes, pfeifendes Geräusch, als sie ins Vakuum entwich. Gleich darauf hatte das K-Schiff eine eigene kleine Wolke, bestehend aus gefrorenen Gasen, Gepäck und Stofffetzen. Dazwischen trieben fünf blaue dekomprimierte Körper. Zwei hatte es beim Vögeln erwischt, sie waren noch miteinander verquickt. Den Klon loszuwerden erwies sich als überaus schwierig. Die Frau klammerte sich an die Inneneinrichtung, erst kreischend, dann die Lippen aufeinander pressend. Die Luft fauchte an ihr vorbei, doch sie wollte nicht loslassen, nicht mitgerissen werden. Nach einer Weile tat sie Seria Maú leid. Sie schloss die Luken und setzte das Quartier wieder unter Druck.

»Draußen sind fünf Leichen«, instruierte sie die Mathematik. »Unter den Männern muss auch ein Klon gewesen sein.«

Keine Antwort.

Die Schattenoperatoren hingen in den Nischen, die Hände vor den Mündern, Gesichter abgewandt.

»Seht mich nicht so an«, sagte Seria Maú barsch. »Diese Leute haben irgendeinen Transponder an Bord geschmuggelt. Wie sonst hätte man uns folgen können?«

»Es war kein Transponder an Bord«, sagte die Mathematik.

Die Schattenoperatoren regten sich und bewegten sich wie Unterwasserpflanzen in der Strömung. »Was hat sie getan, was hat sie getan?«, raunten sie mit sterbenskranken, dünnen Stimmen. »Sie hat sie alle getötet, alle getötet.«

Seria Maú ignorierte sie.

»Da *muss* etwas gewesen sein«, sagte sie.

»Da war nichts«, versicherte ihr die Mathematik. »Diese Leute waren einfach nur Leute.«

»Aber ...«

»Es waren nur Leute«, sagte die Mathematik.

»Du liebe Zeit«, sagte Seria Maú nach einem Augenblick. »Niemand ist unschuldig.«

Die geklonte Frau kauerte in einer Ecke, die Arme um den Oberkörper geschlungen. Der Drucksturz hatte ihr fast alles vom Leib gerissen. Die Haut war fiebrig gerötet und mit Striemen von der entweichenden Luft bedeckt. Hier und da an ihren mageren, waschbrettartigen Seiten zeigten sich schwärzliche Blutergüsse, wo Gegenstände auf ihrem Weg ins Vakuum abgeprallt waren. Ihr Blick war glasig und verstört, voller Hysterie, die durch den erlittenen Schock, die Verwirrung und die Unfähigkeit, das eben Erlebte in seiner ganzen

Tragweite zu erfassen, im Zaum gehalten wurde. Die Kabine roch nach Zitronen und Erbrochenem. Die Wände waren zernarbt, wo sich die Einrichtungsgegenstände losgerissen hatten. Als Seria Maú zu reden begann, starrte die Klonfrau panisch umher und versuchte, sich noch weiter in ihre Ecke zu zwängen.

»Lass mich in Ruhe«, sagte sie.

»Na ja, jetzt sind sie tot«, sagte Seria Maú.

»Was?«

»Warum hast du das mit dir machen lassen? Ich habe zugesehen. Ich habe gesehen, was sie mit dir gemacht haben.«

»Verpiss dich«, sagte die Klonfrau. »Ich glaube es einfach nicht. Ich kann nicht glauben, dass irgendeine Scheißmaschine mir Vorträge hält, die gerade jeden umgebracht hat, den ich kannte.«

»Du hast dich benutzen lassen.«

Die Klonfrau schlang die Arme fester um sich. Tränen perlten über ihre Nasenflügel. »Woher willst *du* das wissen? Du bist doch bloß eine Scheißmaschine.«

Sie sagte: »*Geliebt* habe ich sie.«

»Ich bin keine Maschine«, sagte Seria Maú.

Die Klonfrau lachte.

»Was bist du dann?«

»Ein K-Käpten.«

Im Gesicht der Frau zeichneten sich Ekel und Überdruss ab. »Ich würde alles tun, um den Rest meiner Tage nicht so verbringen zu müssen.«

»Ich auch«, sagte Seria Maú.

»Tötest du mich jetzt?«

»Möchtest du das?«

»Nein!«

Die Frau betastete ihre geschwollenen Lippen. Sie sah sich mit düsterem Blick in der Kabine um. »Von meinen Kleidern hat vermutlich kein einziges überlebt«, sagte sie. Plötzlich begann sie zu zittern und still zu weinen. »Sie sind alle da draußen, nicht wahr? Bei meinen Freunden? Die ganzen guten Sachen!«

Seria Maú ließ es wärmer in der Kajüte werden.

»Das können die Schattenoperatoren richten«, sagte sie aus dem Stegreif. »Kann ich sonst noch etwas für dich tun?«

Die Klonfrau überlegte.

»Du kannst mich irgendwohin bringen, wo es richtige Leute gibt«, sagte sie.

Der bewohnte Planet des Systems hieß offiziell *Perkin's IV*, aber seine Bewohner nannten ihn *New Midland*. *New Midland* war durch ein eher oberflächliches Terraforming bewohnbar gemacht worden. Eine Landwirtschaft nach traditionellem Muster, ein paar freihandelszonentypische, abgeschottete Montagewerke und einige Städte mit fünfzig- bis sechzigtausend Einwohnern, alles auf einem eingeebneten Kontinent in der nördlichen Hemisphäre. Die Landwirtschaft favorisierte Rüben, Kartoffeln und eine lokale Kürbisart, die sich weiter oben am *Strand* gut verkauft hatte, bis irgendein Zuschneider herausgefunden hatte, wie man sie billiger herstellen konnte; so erging es seit dreieinhalb Jahrhunderten allen traditionellen Landwirtschaften. Die größte Stadt bestand zu einem guten Teil aus Kinos, Verwaltungsgebäuden und Kirchen. Die Leute hier betrachteten sich als ganz gewöhnlich. Mit Genschneiderei hatten sie nicht viel im Sinn, wohl aus dem unbestimmten Gefühl heraus, dass es sich dabei um etwas Unnatürliches handelte. Ihre Religion war nicht unbedingt freudlos, aber doch recht nüchtern. In der Schule lernte man alles Nützliche über die Geisterkarawane und die Abbaumethoden.

Am ersten Montag eines frühen, stürmischen Frühlings spielten einige jüngere Kinder das Spiel »Ich gehe auf den Partikelmarkt und kaufe mir …«

Sie kamen bis »… ein Higgs-Boson, ein paar neutrale K-Mesonen und ein langlebiges, neutrales Kaon, das durch CP-verletzende Prozesse in zwei Pionen zerfiel«, als eine tonlose Erschütterung an den Fensterscheiben rüttelte und ein mattgraues, keilförmiges Objekt, übersät mit Ansaugöffnungen, Sturzflugbremsen und Antriebsbuckeln,

über der Stadt dahinschoss und von jetzt auf gleich in knapp dreißig Metern Entfernung aufsetzte. Es war die *White Cat*. Die Kinder
stürzten ans Fenster, schrien und jubelten.

Seria Maú öffnete eine Ladeluke und setzte den Klon an die Luft.
»Mach's gut«, sagte sie.

Sie ignorierte Seria Maú. »Ich hab sie geliebt«, sagte sie laut zu
sich selbst. »Und sie mich auch, das weiß ich genau.«

Das sagte sie nun schon seit fünf Stunden vor sich hin. Sie besah
sich die Verwaltungsgebäude, den Traktorparkplatz und den staubigen Schulhof, über den der Wind Papierabfälle blies.

Was für eine Müllkippe, dachte sie. *Perkin's Rent!* Sie lachte, entfernte sich ein Stückchen vom K-Schiff, zündete sich eine Zigarette
an und wartete am Straßenrand darauf, dass jemand vorbeikommen und sie mitnehmen würde. »Genauso sieht es hier aus«, sagte
sie. »Der Name sagt alles.«

Sie fing wieder an zu heulen, was man aber von jenseits des
Schulhofs nicht erkennen konnte, wo die Kinder noch an den Scheiben klebten und die Mädchen mit neidvollen Blicken an ihrem
engen pinkrosa schimmernden Kleid, den lackledernen Stöckelschuhen und den karminroten Fingernägeln hingen, derweil die Jungen
sie nur aus den Augenwinkeln musterten. Wenn ich mal groß bin,
dachten die Jungs, werde ich dich drüben im Zentrum der Milchstraße aus den Fängen der Genpfuscher und missratenen Cultivare
befreien. Und du wirst dankbar sein und mir zur Belohnung deine
Titten zeigen. Ja, mich sogar mal anfassen lassen. Wie schön und
warm sich diese Titten anfühlen mussten, wenn sie einem in den Händen lagen.

Kann sein, dass die Klonfrau diese Gedanken erahnte, denn sie
machte kehrt und trommelte an die Außenhülle der *White Cat*.

»Lass mich wieder rein«, rief sie.

Die Ladeluke ging auf.

»Du solltest dich entscheiden«, sagte Seria Maú.

Ein, zwei Minuten später tauchten die lokalen Abfangstaffeln auf,
die gestartet waren, als das K-Schiff die äußere Atmosphäre berührt

hatte. Nach hinreichender Nahaufklärung formierten sie sich zu einem Angriff. »Guck dir diese Idioten an«, sagte Seria Maú. Dann über Funk: »Habe ich nicht *klipp und klar* gesagt, ich würde nicht bleiben?« Sie schoss auf einem dünnen, aber sichtbaren Schweif aus ionisiertem Gas in den Himmel und verließ lotrecht mit nicht ganz Mach 40 den Gravitationstrichter. Die Kinder jubelten. Grollender Donner umrundete *Perkin's IV*, um sich auf der anderen Seite selbst zu begegnen.

Von jenseits der Atmosphäre nahm sich *Perkin's Rent* wie ein erblindendes Auge aus. Der Klon saß in seiner Kabine und starrte apathisch auf das System hinunter, umringt von lauter Schattenoperatoren, die sie zwar nicht berührten, aber ihre Finger auch nicht bei sich behalten konnten, und ständig ihre leidvollen Phrasen von Schuld und Bedauern raunten. »Besser, ihr hört auf, bevor ihr damit anfangt«, drohte Seria Maú Genlicher. Mit einer relativ simplen Vorrichtung verjagte sie zwei orbitale Abfangjäger, dann zog sie die Mathematik zurate, warf die Dynaflowtreiber an und überantwortete ihr Schiff der ewigen Nacht.

Ein paar Dutzend Nanosekunden später stahl sich ein wohlvertrautes Objekt aus der Geisterkarawane und heftete sich an ihre Fersen. Narben auf seinem Rumpf zeugten von einem Hochtemperaturereignis in allerjüngster Zeit.

15 · »Bring ihn um, Bella!«

Ed achtete darauf, sich nicht nur mit Neena, sondern auch mit Tig zu unterhalten.

Die Straße war ein harter Job. Überall war Polizei. Überall waren die Cray-Schwestern. (Ed witterte sie, wie sie da draußen im nächtlichen *New Venusport* ihren Groll nährten, kalt wie Fische. Er fühlte sich viel zu sicher im Gehege, wo sich nur Plankton seines Schlages ansammelte, knapp unter der Oberfläche im trübblauen Halbdunkel.) Tig kam immer später nach Hause. Er hatte immer Hunger, aber keine Zeit zum Essen. Wenn er müde war, wurde sein Gang noch abgehackter und ungelenker.

»Ich bin's, Tig«, sagte er auf der Schwelle, als betrete er das Kabuff nur ungern ohne Eds Erlaubnis.

In manchen Nächten ging Ed mit ihm nach draußen. Sie blieben im Außenbezirk und dealten um Kleingeld. Eckensteherei, ein bisschen hier, ein bisschen da. Sollte Tig den Verdacht hegen, dass Ed es mit Neena trieb, so ließ er sich jedenfalls nichts anmerken. Nach einer stillschweigenden Übereinkunft blieben auch die Cray-Schwestern unerwähnt. Viel mehr hatten sie aber nicht gemeinsam, also redeten sie die meiste Zeit über Ed. Das konnte Ed nur recht sein. Reden half. In der dritten Woche hatte er dank Neenas Großzügigkeit begonnen, große Stücke seiner Vergangenheit zurückzugewinnen. Das Problem war, dass sie sich nicht zusammenfügten. Sie wurden plötzlich aufgerührt – Bilder, Orte, Ereignisse, eingefangen von einer wackeligen Kamera unter schlechten Lichtverhältnissen. Das verbindende Gewebe fehlte. Sie hätten Eds Geschichte erzählen sollen, aber sie taten es nicht.

»Ich kannte ein paar tolle Typen«, begann er eines Nachts in der Hoffnung, durch Reden ein bisschen Licht ins Dunkel zu bringen.

»Wie soll ich sagen, richtig irre Typen. Lauter Leute mit sieben Leben.«

»Was für Leute?«

»Na ja, es gibt sie überall in der Galaxis«, versuchte Ed, es zu erklären. »Typen, die es einfach *tun!* Man begegnet ihnen immer wieder. Die haben ihren Spaß.«

»Was tun sie?«, fragte Tig.

Es verwirrte Ed, dass Tig das nicht wusste. »Na ja, *alles* eben«, sagte er. Sie standen Ecke Dioxin und Photino. Es war halb zwei oder halb drei in der Frühe, und die Straßen waren so gut wie leer. Über allem der sternengesprenkelte Nachthimmel. Wie ein Triefauge funkelte aus dem Abseits der Kefahuchi-Trakt. Ed machte eine gedankenlose, allumfassende Geste. »Einfach alles«, sagte er.

Was er meinte, war Folgendes:

Von jungen Jahren an war Ed Chianese eine Art sensualistischer Wanderer zwischen den Welten gewesen. Er konnte sich nicht entsinnen, von welchem Planeten er stammte. »Vielleicht ist es ja der hier!« Er lachte. Er hatte die Heimat ganz früh verlassen. Nichts hatte ihn halten können. Er war ein großes, schwarzhaariges, unbedarftes Kind gewesen, das Katzen mochte, immerzu grundlos aufgedreht war und sich weniger nach Freiheit als nach Selbstständigkeit sehnte. Drei Jahre lang flog er mit Dynaflow-Schiffen von Planet zu Planet, bis es ihn an den *Strand* verschlug. Dort ließ er sich mit Typen ein, für die das Leben erst lebenswert war, wenn es auf der Kippe stand. Und das hieß, den Kefahuchi-Boogie tanzen. Das hieß, Expeditionen ins Ungewisse planen. Das hieß, mit Einmannbooten durch stellare Gashüllen surfen, sogenannten Tauchschiffen, die hauptsächlich aus Mathematik, Magnetfeldern und einem intelligenten Kohlenstoff bestanden. Das trauten sich nicht mehr viele.

Das hieß, die alten exotischen Labyrinthe durchlaufen, die über die künstlichen Systeme des Halo verstreut waren. Darin war Ed gut. Er hatte Cassiotone 9 in Al Hartmeyers Bestzeit geschafft, einem Typ aus dem alten *Heavyside Layer*, den man zu Lebzeiten für einen ausgemachten Narren gehalten hatte. Noch nie war jemand weiter in das

Labyrinth auf Askesis vorgedrungen als Ed, weil nur Ed wusste, wo es sich befand. So was machte man entweder für Geld, weil man einen Vertrag mit irgendeiner bescheuerten Tochtergesellschaft von EMC unterschrieben hatte. Oder man machte es aus sportlichem Ehrgeiz. Ed trieb sich jedenfalls jahrelang mit diesen extremen Typen herum, *Entradistas*, Himmelsakrobaten, Teilchenjockeys und Draufgängern, die inmitten gewaltiger, schwer durchschaubarer, exotischer Maschinen dem großen Fund nachjagten. Manche dieser Typen waren Frauen. An dem Tag, da Liv Hula in ihrem Hypertaucher *Saucy Sal* aus der Photosphäre der örtlichen Sonne zurückgekehrt war, hatte Ed sich im Hotel Venedig auf *France Chance IV* aufgehalten. Noch nie war jemand so tief vorgedrungen. Kaum war sie wieder in Sicherheit gewesen, hatte man den Jubel noch in einem Lichtjahr Entfernung hören können. Sie war die Erste, die so tief vorgedrungen war: Sie war die *Allererste* gewesen! Er hatte vier Wochen lang in einem Frachter im Parkorbit von *Tumblehome* gehaust, derweil Dany LeFebre den Verlauf der unbekannten Krankheit abwartete, die sie sich auf der Oberfläche zugezogen hatte. Er hatte sie schließlich da herausgeholt. Halbwahnsinnig war sie gewesen. Halb tot. Dabei hatte er sie kaum gekannt.

Überall, wo ein Kick wartete und sich bestimmte Leute einfanden, um ihn sich zu holen, war auch Ed zur Stelle. Geh tief rein, hieß die Parole: Geh tief, hörst du? Dann war etwas passiert, woran er sich nicht mehr erinnerte und woraufhin er von alledem Abstand genommen hatte. Vielleicht lag es an jemandem, den er kannte; vielleicht lag es an etwas, das er getan hatte; vielleicht lag es doch an Dany, die zu ihm aufgeblickt hatte, ohne je wieder sprechen zu können. Eine einzige Träne war ihr über das Gesicht gelaufen. Danach schien es mit Ed ein wenig bergab zu gehen, auch wenn in seinem Leben immer noch eine Menge los war. Auf *Badmarsh* schluckte er Proasavin-D-2, und in den Orbitalstädten des *Kauffman Cluster* drückte er ein Terra-Heroin, das mit den Ribosomen eines maßgeschneiderten Krallenaffen verschnitten war. Als ihm das Geld ausging, betätigte er sich im kleineren Rahmen als Dieb, Dealer und Zuhälter. Na ja, der Rahmen durfte auch schon mal etwas größer sein. Doch sein Herz unter der nicht mehr ganz so weißen Weste lechzte nach Leben, und wo lebte es sich intensiver als auf der Schwelle zum Tod. Davon war er schon als Kind überzeugt gewesen, genauer, seit seine Schwester ihn verlassen hatte. Und Ed landete am *Strand* in *Sigma End*, wo er sich mit Typen wie dem legendären Billy Anker einließ, der damals von *Radio RX-1* besessen war.

»Mann«, sagte Ed zu Tig, »ich kann dir gar nicht sagen, was der alles durchgezogen hat.« Er grinste. »Ein paarmal war ich mit von der Partie«, sagte er. »Aber das war lange nicht das Größte.«

Vesicle schwirrte der Kopf. Er hatte Kinder. Er hatte Neena. Er lebte ein Leben. Alles, was Ed ihm da erzählte, kam ihm so sinnlos vor. Er wurde nicht klug daraus. Was hatte aus Ed einen Twink gemacht, wo doch ein Twink das genaue Gegenteil von alledem war? Warum sollte man sich in irgendeinem Tank billigen Fantasien hingeben, wenn man schon mal auf dem Ereignishorizont eines Schwarzen Lochs gesurft hatte?

Ed grinste sein schlaues Grinsen.

»Ich sehe das so«, sagte er: »Wenn du alles Lohnenswerte getan hast, dann bleibt dir nur noch das zu tun, was sich nicht lohnt.«

Er wusste also keine Antwort. Vielleicht war er von Natur aus ein Twink, und das Twinken hatte die ganze Zeit auf der Lauer gelegen. Hatte nur auf den richtigen Augenblick gewartet. Dann eines Tages bog er um eine Ecke – auf welchem Planeten eigentlich? – und da hatte es gestanden: SEI, WAS IMMER DU SEIN WILLST. Er hatte bisher nichts ausgelassen, warum sollte er jetzt eine Ausnahme machen? Von da an hatte ihn das *Sein, was er wollte* wenn nicht alles, so doch das Meiste gekostet. Schlimmer noch: Wenn schon damals, in seinen wilden Jahren, eigentlich nicht viel an ihm dran gewesen war, dann traf das jetzt um so mehr zu.

Er tröstete sich mit dem Vorsatz, das Twinken aufzugeben, sobald er wieder bei Kasse war.

So konnte es nicht weitergehen. Das wusste Ed. Er hatte Schuldträume. Wenn er nachts aufwachte, bekam er Panikattacken. Dann, eines frühen Abends, während er Neena vögelte, geschah alles auf einmal.

Jeden Tag durchlief das Gehege einen Zyklus, in dem die Geschäftigkeit unmerklich der Stille wich und diese wiederum der Geschäftigkeit. Das wiederholte sich drei- oder viermal am Tag. Für Ed hatten die Stilleperioden etwas Gespenstisches. Ein kühler Durchzug vernetzte die Kabuffs. Wie Ikonen schimmerten die Bilder vom Kefahuchi-Trakt von den billigen Postern. Die Kinder schliefen oder waren draußen auf dem Müllplatz zwischen hier und der Werft. Ab und zu nieste oder seufzte jemand: Das machte es nur noch schlimmer. Man kam sich gottverlassen vor. So war das immer am frühen Abend und an diesem Abend war es, als hätten alle Menschen aufgehört zu leben, im ganzen Universum, nicht bloß hier drinnen.

Alles, was Ed hörte, war das heftige Atmen von Neena. Sie lag in einer unbequemen Haltung da: mit dem Bauch nach unten auf einem Knie, eine Wange gegen die Wand gepresst. »Stoß fester«, nuschelte sie immer wieder. Was Ed, der voller Erinnerung und Melancholie war, veranlasste, seine Position zu korrigieren, und dazu führte, dass er über ihren langen weißen Rücken hinweg den dunklen Schemen auf der Türschwelle sah, der ihn und Neena beobachtete. Erst glaubte Ed, seinen Vater zu halluzinieren. Etwas wie pure Düsternis ergoss sich über ihn, eine Erinnerung, die er nicht identifizieren konnte. Dann schauderte er (»Ja«, sagte Neena. »O ja!«) und blinzelte.

»Himmel. Bist du das, Tig?«

»Ja. Ich bin es.«

»Sonst kommst du nie so früh.«

Vesicle spähte unsicher in das Kabuff, schien eher verwirrt als verletzt. »Bist du das, Neena?«, sagte er.

»Natürlich bin ich das.« Sie klang verärgert und ungeduldig. Sie stieß Ed beiseite und sprang auf, strich ihren Kittel glatt, fuhr sich mit den Fingern durchs Haar. »Wen hast du erwartet?«

Tig schien zu überlegen.

»Keine Ahnung.« Im nächsten Augenblick sah er Ed offen ins Gesicht und sagte: »Ich habe niemanden erwartet. Ich dachte …«

»Ich glaube, ich geh jetzt besser«, bot Ed an und verkniff sich jede Geste. Er hatte Mühe, seinen Steifen in die Hose zu stopfen.

Neena starrte ihn an. »Was? Nein«, sagte sie. »Wegen mir musst du nicht gehen.« Plötzlich kehrte sie beiden Männern den Rücken zu und machte sich am Herd zu schaffen. »Mach einer Licht«, sagte sie. »Es ist kalt hier.«

»Wir können uns nicht mit ihnen fortpflanzen, weißt du«, sagte Tig.

Ihre linke Schulter schien aus eigenem Antrieb zu zucken. »Willst du Nudeln?«, fragte Neena. »Wir haben nämlich nichts anderes.«

Inzwischen hatte sich Eds Puls beruhigt, seine Konzentration war zurückgekehrt, und das Gehege machte wieder Geräusche. Zunächst klang alles ganz normal – das Quengeln von Kindern, Holo-Soundtracks, Klappern, Scheppern, Alltagsgeräusche eben. Dann vernahm er lautere Stimmen. Schreie, die näher kamen. Dann zwei, drei laute, dumpfe Detonationen.

»Was ist das?«, fragte Ed. »Da laufen welche. Hört ihr?«

Neena blickte Tig an. Tig blickte Ed an. Die drei blickten von einem zum anderen.

»Das sind die Cray-Schwestern«, sagte Ed. »Sie kommen wegen mir.«

Neena widmete sich wieder dem Herd, als ginge sie das alles nichts an.

»Willst du *Nudeln?*«, fragte sie ungeduldig.

Ed sagte: »Her mit der Kanone, Tig.«

Vesicle öffnete etwas, das aussah wie ein Fliegenschrank, und nahm die Waffe heraus. Sie war in einen Lappen gewickelt. Er wickelte sie aus, besah sie einen Augenblick und reichte sie Ed.

»Was sollen wir machen?«, flüsterte er.

»Wir hauen hier ab«, sagte Ed.

»Und was wird aus den Kindern?«, schrie Neena plötzlich. »Ich lass doch meine Kinder nicht im Stich.«

»Ihr könnt später zurückkommen«, erklärte Tig. »Hinter mir sind sie her.«

»Wir haben noch nichts *gegessen!*«, sagte Neena.

Sie hielt sich am Herd fest. Schließlich konnten sie sie losreißen und machten sich durch das Gehege in Richtung Straint Street davon. Es sollte ewig dauern. Sie stolperten über abgestreckte Glieder durchs bläuliche Halbdunkel. Sie konnten immer nur ein paar Schritte laufen. Neena tat alles, um abgehängt zu werden, und wollte immer wieder die falsche Richtung einschlagen. Immer, wenn sie in ein Kabuff platzten, stießen sie irgendetwas oder irgendjemanden um. Jedes Kabuff schien mit jedem anderen verbunden zu sein. Wenn das Gehege dem Irrgarten eines billigen Albtraums ähnelte, dann passte die Verfolgungsjagd genau ins Konzept: Ein ums andere Mal schien sie abzuflauen, nur um gleich wieder aufzuflammen, aus einer anderen Richtung und heftiger als zuvor. Es entwickelte sich eine Schießerei, die sich entfernte und wieder verstummte. Man hörte Schreie und Detonationen. Wer schoss auf wen inmitten der Echos in einem rauchgeschwängerten Kabuff? Bewaffnete Minipunks in Lackmäntelchen. Einwegcultivare mit dreißig Zentimeter langen Stoßzähnen. Silhouetten von Männern, Frauen und Kindern, die mit Marionettenbewegungen vor dem plötzlichen Mündungsfeuer auseinanderstoben. Neena Vesicle blickte zurück. Ein Schaudern durchlief sie. Sie lachte mit einem Mal.

»Ich bin ewig nicht mehr so gelaufen«, schnaufte sie.

Sie schnappte sich Eds Arm. Ihre Augen, lebhaft und leicht schielend vor Aufregung, fanden die seinen. Ed kannte das. Er lachte zurück.

»Ruhig Blut, Kleines«, sagte er.

Kurz darauf wurde das Licht grauer. Die Luft wurde kälter. Sie zerstreuten jemandes Abendessen über den Boden – Ed gewahrte einen Bogen aus Flüssigkeit, ein Keramiknapf kreiselte wie eine Münze auf der Kante, in einem Holo-Display glitzerte der Kefahuchi-Trakt zu getragener Orgelmusik – im nächsten Augenblick waren sie draußen auf der Straint Street, keuchend und einander ins Kreuz klopfend.

Es schneite wieder. Straint, ein räumliches Bild aus Mauern und Straßenlaternen, erstreckte sich vor ihnen wie eine Schlucht voller

Konfetti. An den Wänden hingen politische Plakate, die lose im Wind flatterten. Ed fröstelte. Funken, dachte er plötzlich: In allem waren Funken. *Mist,* dachte er.

Ein paar Atemzüge später begann er zu lachen.

»Wir haben es geschafft«, sagte er.

Auch Tig Vesicle begann zu lachen. »Wie sieht's aus?«, fragte er.

»Wir haben es geschafft«, sagte Neena versuchsweise. Sie wiederholte es noch ein-, zweimal. »Wir haben es *geschafft*«, sagte sie.

»Du ganz bestimmt, meine Liebe«, pflichtete ihr Bella Cray bei.

Ihre Schwester sagte: »Wir konnten uns denken, dass ihr hier rauskommt.«

»Um ehrlich zu sein, haben wir fest damit gerechnet, meine Liebe.«

Die beiden standen mitten auf der Straße im wirbelnden Schnee, wo sie schon die ganze Zeit gewartet hatten. Sie waren komplett geschminkt und hielten die großen Handtaschen an den Busen gepresst wie Frauen, die um sieben Uhr abends am Rand des Bekleidungsviertels unterwegs waren, um sich zu amüsieren, und nicht abgeneigt, Geistreiches zu trinken, Drogen zu nehmen und sich auf alles einzulassen, was die Welt zu bieten hatte. Weil es so kalt war, trugen sie zur Kombination aus schwarzem Rock und Sekretärinnenbluse noch hüftlange Jäckchen aus Pelzimitat. Bella trug außerdem noch ein Pillbox-Hütchen aus dem gleichen Material. Die bloßen Beine über den schwarzen wadenhohen Winterstiefeln waren gerötet und aufgesprungen. Evie Cray hatte den Reißverschluss ihrer Handtasche halb aufgezogen, als sie aufblickte.

»Oh, du kannst gehen, meine Liebe«, sagte sie zu Neena als sei sie überrascht, sie noch zu sehen. »Wir brauchen dich nicht.«

Neena Vesicle blickte von Ed zu ihrem Mann. Sie machte eine verlegene Geste.

»Nein«, sagte sie.

»Geh schon«, sagte Ed sanft. »Mich wollen sie haben.«

Neena schüttelte stur den Kopf.

»Du kannst gehen«, sagte Ed.

»Ihn wollen wir«, pflichtete Evie Cray ihm bei. »Du gehst jetzt, meine Liebe.«

Tig Vesicle nahm Neenas Hand. Sie ließ sich ein, zwei Schritte fortziehen, doch Körper und Augen blieben Ed zugewandt. Ed schenkte ihr sein freundlichstes Lächeln. *Geh,* formten seine Lippen lautlos. Dann laut: »Und danke für alles.«

Neena lächelte unsicher zurück.

»Übrigens«, sagte Evie Cray, »deinen lausigen Gatten wollen wir auch.«

Sie griff in ihre Handtasche, doch Ed hatte bereits den HiLite-Selbstlader in der Hand und hielt ihn Evie so dicht vors Gesicht, dass die Mündung unter dem linken Augen aufsetzte und die Haut eindrückte. »Lass die Hand in der Tasche, Evie«, riet er ihr. »Und mach auch sonst keinen Mucks.« Er musterte sie von oben bis unten. »Es sei denn, du führst ein Cultivar spazieren.«

»Wirst du nie erfahren, du Idiot«, sagte sie.

»Bring ihn um, Bella!«, sagte sie.

Ed starrte über ihren Kopf hinweg geradewegs in die Mündung von Bella Crays schwerer Chambers-Pistole. Er zuckte die Achseln.

»Drück ab, Bella!«, sagte er.

Tig Vesicle beobachtete die Pattsituation und ging dabei langsam rückwärts. Er ließ Neenas Hand nicht los. »Mach's gut, Ed«, sagte er. Er drehte sich um und lief die Straße hinunter. Anfangs musste er Neena mitziehen, doch dann schien sie aufzuwachen und fing an, mutig mit allen vieren zu rudern. Die beiden erinnerten an einen riesigen, linkischen Vogel. Der Schnee hatte ein Einsehen und verwirbelte ihren hampelnden Laufstil. Ed Chianese fiel ein Stein vom Herzen, denn er hatte den beiden eine Menge zu verdanken. Hoffentlich rückten sie die Dinge zurecht, besannen sich auf ihre Kids und wurden glücklich.

»He«, sagte er geistesabwesend, »geht tief rein, hört ihr?«

»Idiot«, sagte Evie Cray.

Es tat einen lauten Knall, als die Waffe in ihrer Handtasche losging. Die Tasche explodierte, und ein Chambers-Raketengeschoss surrte die Straße entlang. Ed fuhr vor Schreck zusammen und schoss Evie in die linke Gesichtshälfte. Sie erstarrte und kippte ihrer Schwester rückwärts auf die Chambers, sodass Bella ihr, ohne es zu wollen, auch noch in den Hinterkopf schoss. Evie sackte zu Boden, und Ed trat um sie herum und setzte Bella die Mündung der HiLite unters Kinn.

»Ich hoffe, es war ein Cultivar«, sagte er. Dann drohend: »Lass die Kanone fallen, es sei denn, du führst auch eins spazieren!«

Bella blickte auf ihre Schwester hinunter, dann sah sie Ed an.

»Du verdammtes Stück Scheiße«, sagte sie. Sie ließ die Pistole fallen. »Du wirst keine Ruhe mehr haben. Du wirst nie wieder Ruhe finden.«

»Also kein Cultivar«, sagte Ed. Er zuckte die Achseln. »Tut mir leid.«

Er wartete, bis er sich sicher sein konnte, dass Tig und Neena Vesicle entkommen waren. Dann las er die Waffen auf und floh damit in entgegengesetzter Richtung. Er hatte keine Ahnung, wohin. Der Schnee ging bereits in Regen über. Hinter sich hörte er Bella nach ihren Söldnerpunks schreien. Er warf einen Blick über die Schulter und sah, wie sie sich damit abmühte, ihre Schwester in eine sitzende Position zu bringen. Unter dem Licht der Straßenlaterne schlappten die Reste von Evies Kopf wie nasse Stofffetzen vor und zurück. Aus kürzester Entfernung, dachte er. Direkt zwischen die Augen.

16 · Risikokapital

Wieder in London, sperrte er noch am selben Tag das Haus in Chiswick ab und zog in Annas Wohnung.

Viel brachte er nicht mit, was ein Glück war, denn Dinge anzuhäufen war eine von Annas Strategien, sich gegen ihre Gedanken abzuschotten. Die Wohnung war ohnehin schon eine ziemlich Höhle: Die Zimmer waren schlauchförmig aneinandergereiht, und fast jedes hatte andere Abmessungen und war nur über die anderen zu erreichen. Man wusste nie, wo man sich gerade befand. Tageslicht gab es nur wenig. Sie hatte das wenige noch gedämpft, indem sie die Wände toskanisch gelb gestrichen und anschließend mit einer Spezialrolle in blassen Terrakotta-Tönen marmoriert hatte. Küche und Klo waren winzig, die Wände des Letzteren mit blau-goldenen Fischen bemalt. Überall gab es Masken, Wimpel, chinesische Lampenschirme, staubige Vorhangstücke, abgesplitterte Glaskandelaber und riesige getrocknete Früchte aus Ländern, die sie nie besucht hatte. Ihre Bücher quollen förmlich aus den gebogenen Weichholzregalen über dem melassefarbenen Boden.

Kearney hatte vorgehabt, auf dem Futon im Hinterzimmer zu schlafen, doch sobald er dalag, bekam er Herzrasen und wurde von unerfindlichen Ängsten gequält. Nach zwei Nächten flüchtete er sich in Annas Bett. Das war vielleicht ein Fehler.

»Es ist, als wären wir wieder verheiratet«, sagte Anna, als sie eines Morgens aufwachte und ihn mit einem peinlich strahlenden Lächeln beglückte.

Als Kearney aus dem Bad kam, hatte sie verlorene Eier mit altbackenem Toast gemacht; auch die Croissants waren altbacken. Es war neun Uhr morgens, und der Tisch war hübsch mit Platzdeckchen und brennenden Kerzen gedeckt. Im Großen und Ganzen schien es ihr aber besser zu gehen. Im Waterman's Arts Centre belegte sie einen Yogakurs. Sie hörte auf, sich Zettel zu schreiben, obwohl sie die alten an der Rückseite der Schlafzimmertür hängen ließ, wo sie Kearney mit vergessenen emotionalen Pflichten konfrontierten. *Jemand liebt Dich.* Jede Nacht starrte er lange in das Streiflicht an der Zimmerdecke und lauschte dem murmelnden Verkehr auf der Chiswick Bridge. Sobald er sich eingewöhnt hatte, fuhr er nach Fitzrovia, um mit Tate zu reden.

Es war ein nasskalter Montagnachmittag. Der Regen hatte die Straßen östlich der Tottenham Court Road geleert.

In die Forschungssuite – ein Nebengebäude des Imperial College, das man vor Kurzem der freien Marktwirtschaft überantwortet hatte – gelangte man durch einen tristen, aber sauberen Kellervorhof mit mattiertem Namensschild und frisch aufgearbeiteten schwarzen Eisengittern. Ein paar Straßen weiter östlich hätte das gleiche Gebäude eine Literatur-Agentur beherbergt. Die Ventilatoren waren offen und laut, und hinter den Mattglasscheiben war Bewegung. Die Geräusche eines Radios sickerten nach draußen. Kearney ging die Steintreppe hinunter und tippte auf dem Keypad neben der Tür seinen Zugangscode ein. Als das nichts half, drückte er den Knopf der Sprechanlage und wartete. Die Sprechanlage knisterte, aber niemand meldete sich und niemand betätigte den Türöffner.

Ein paar Atemzüge später rief er: »Brian?«

Er drückte wieder den Summer, hielt den Knopf mit dem Daumen gedrückt. Keine Antwort. Er stieg auf Straßenniveau zurück und spähte durch die Gitter. Diesmal war keine Bewegung zu sehen, und zu hören waren nur noch die Ventilatoren.

»Brian?«

Schließlich sagte er sich, dass alles nur Einbildung gewesen war. In dem Labor war niemand. Kearney schlug den Kragen seiner Lederjacke hoch und marschierte in Richtung Centre Point. Er war noch nicht am Ende der Straße, als ihm der Gedanke kam, Tate zu

Hause anzurufen. Tates Frau meldete sich. »Ganz recht, nicht hier«, sagte sie. »Und ich sage das nicht ungern. Er ist fort, als wir noch schliefen.« Sie überlegte einen Augenblick lang, ehe sie trocken hinzufügte: »Falls er überhaupt nach Hause gekommen ist letzte Nacht. Wenn Sie ihn sehen, richten Sie ihm aus, dass ich die Kinder wieder nach Baltimore mitnehme. Und das ist keine leere Drohung.« Kearney starrte auf das Handy und versuchte sich an ihren Namen oder ihr Aussehen zu erinnern. »Na ja«, sagte sie, »das ist mir jetzt so rausgerutscht.« Als er nicht antwortete, sagte sie mit scharfer Stimme: »Michael?«

Kearney war sich einigermaßen sicher, dass sie Elisabeth hieß, aber Beth genannt wurde. »Tut mir leid«, sagte er. »Beth.«

»Siehst du?«, sagte Tates Frau. »Ihr seid alle gleich. Warum schlägst du nicht so lange an die verdammte Tür, bis er aufwacht?« Dann sagte sie: »Meinst du, er hatte 'ne Frau bei sich? Da wär ich nämlich froh. Das würde ihn so menschlich machen.«

Kearney sagte: »Hör mal, bleib am Apparat, ich …«

Er hatte sich umgedreht und sah, wie Tate die Stufen heraufkam, innehielt, nach links und rechts blickte und sich mit raschen Schritten Richtung Gower Street entfernte. »Brian!«, rief Kearney. Das Handy reagierte auf seine Stimme, und hektisches Geplärre drang heraus. Er legte auf, rannte hinter Tate her und brüllte »Brian! Ich bin's« und »Brian, was zum Teufel ist los mit dir?«.

Tate reagierte nicht. Er stopfte die Hände in die Taschen und zog den Kopf ein. Inzwischen regnete es heftiger. »Tate!«, rief Kearney. Tate blickte über die Schulter, erschrak und begann zu laufen. Bis Kearney ihn am Bloomsbury Square eingeholt hatte, waren sie beide außer Atem. Kearney packte Tate bei den Schultern der grauen Snowboarderjacke und riss ihn herum. Tate tat einen keuchenden Schluchzer.

»Lass mich in Ruhe«, sagte er. Mit einem Mal gab er sich geschlagen und stand einfach da, während das Wasser ihm übers Gesicht strömte.

Kearney ließ ihn los.

»Ich verstehe dich nicht«, sagte er. »Was ist los?«

Tate rang für einen Moment nach Luft, dann sagte er atemlos: »Du stehst mir bis hier.«

»Was?«

»Ich bin es leid mit dir. Ich habe es satt, verstehst du? Wir wollten die Sache zusammen durchziehen. Aber du bist nie da, du meldest dich nicht, und jetzt will dieser dämliche Gordon neunundvierzig Prozent von uns an eine Handelsbank verkaufen. Von finanziellen Dingen verstehe ich nichts. War auch nie meine Absicht. Wo warst du in den letzten vier Wochen?«

Kearney nahm ihn bei den Unterarmen.

»Sieh mich an«, sagte er. »*Alles* ist in Ordnung.« Er rang sich ein Lachen ab. »Himmel noch mal, Brian«, sagte er. »Du bist manchmal eine harte Nuss.« Tate musterte ihn verdrießlich, dann lachte er auch.

»Weißt du was?«, sagte Kearney. »Lass uns auf einen Drink in den Lymph Club gehen.«

Doch so leicht war Tate nicht umzustimmen. Er hasse den Lymph Club, erwiderte er. Außerdem hätten sie ja wohl genug zu tun. »Weißt du was? Wir gehen jetzt zusammen ins Labor zurück.«

Kearney erlaubte sich ein Lächeln und willigte ein.

Die Suite roch nach Katzen, verdorbenen Nahrungsmitteln und massenhaft Bier. »Die meisten Nächte schlafe ich hier am Boden«, entschuldigte sich Tate. »Ich habe nicht mal Zeit, nach Hause zu gehen.« Unter seinem Arbeitsplatz stöberten die Katzen in einem Wust aus Burgerschachteln. Ihre Köpfe fuhren hoch, als Kearney hereinkam. Der Kater war im Nu bei ihm und scharwenzelte um seine Füße, doch die Katze blieb, wo sie war, setzte sich und wartete, wobei das Licht eine transparente Korona aus dem weißen Fell zauberte. Kearney fuhr ihr mit der Hand über den kleinen spitzen Kopf und lachte.

»Ein Haus voller Primadonnen.«

Tate sah verwirrt drein. »Sie haben dich vermisst«, sagte er. »Aber komm mal mit.«

Er hatte die normale Lebensdauer eines Qubits auf das Acht- bis Zehnfache gesteigert. Sie räumten ganz hinten im Raum den Abfall rings um den niedrigen Schrank beiseite und setzten sich vor einen der großen Flachbildschirme. Die Katze schlich mit aufgestelltem Schwanz umher oder hockte auf Kearneys Schulter und schnurrte ihm ins Ohr. Die Testergebnisse entwickelten sich nacheinander wie Schübe synaptischer Aktivität im dekohärenzfreien Raum. »Es ist kein Quantencomputer«, sagte Tate, nachdem Kearney ihm gratuliert hatte, »aber ich glaube, momentan sind wir dem Kielpinski-Team um eine Nasenlänge voraus. Verstehst du jetzt, warum ich dich hier brauche? Ich will nicht, dass Gordon uns in dem Augenblick verramscht, in dem man uns alles zahlt, was wir haben wollen.« Er langte nach der Tastatur. Kearney hielt ihn zurück.

»Was ist mit der anderen Sache?«

»Welcher anderen Sache?«

»Die Störung in dem Modell oder was das war.«

»Ach das«, sagte Tate. »Na ja, ich habe mein Möglichstes damit versucht.« Er tippte auf ein paar Tasten. Ein neues Programm startete. Polarblaues Licht huschte über den Schirm; die Orientalin auf Kearneys Schulter versteifte sich; dann erblühte vor ihnen das besagte Testergebnis, während das Beowulfsystem mit der Raumsimulation begann. Diesmal war die Illusion viel langsamer und deutlicher. Irgendwo hinter dem Code raffte sich etwas zusammen, um gleichsam vor ihm aufzusprießen – auf dem ganzen Schirm. Millionen farbiger Lichter, schäumend und Haken schlagend wie ein verstörter Fischschwarm. Die weiße Katze stürzte sich so heftig von Kearneys Schulter auf den Schirm, dass das Gerät verrutschte. Bestimmt eine halbe Minute lang strömten und ruckten die Fraktale über den Schirm. Dann war mit einem Mal alles vorbei. Die Katze, deren Fell den eisblauen Schein des Bildschirms reflektierte, tänzelte noch eine Weile herum, verlor das Interesse und fing an, sich affektiert zu putzen.

»Was hältst du davon?«, fragte Tate. »Kearney?«

Kearney saß wie gebannt da, starrte ins Leere und kraulte die Katze auf seinem Schoß. Kurz vor dem fraktalen Feuerwerk, gerade als das Modell kollabiert war, da hatte er noch etwas anderes gesehen. Gab es denn keine Rettung für ihn? Wie passte das alles zusammen? Schließlich brachte er heraus: »Es ist wahrscheinlich doch ein Artefakt.«

»Sag ich doch«, sagte Tate. »Daran weiterzubasteln ist sinnlos.« Er lachte. »Die Katze sieht das vielleicht anders.« Als Kearney nicht darauf einging, machte er weiter und setzte einen anderen Test in Gang.

Nach etwa fünf Minuten sagte er, als setze er eine begonnene Unterhaltung fort: »Ach, und irgendein Verrückter war hier, der dich sprechen wollte. Mehr als einmal. Strake hieß er.«

»Sprake«, sagte Kearney.

»Sag ich doch.«

Kearney kam es vor, als sei er mitten in der Nacht aufgewacht, todunglücklich. Er setzte die weiße Katze vorsichtig auf den Boden und sah sich in der Suite um. Wie hatte Sprake hierhergefunden?

»Hat er was mitgenommen?« Er zeigte auf den Monitor. »Hat er das auch gesehen?«

Tate lachte. »Du machst Witze. Ich lass doch niemanden hier rein. Er ist im Vorhof auf und ab gegangen, hat wild mit den Armen gestikuliert und mir in irgendeinem Kauderwelsch eine Standpauke gehalten.«

»Hunde, die bellen, beißen nicht«, sagte Kearney.

»Nach dem zweiten Besuch hab ich den Türcode geändert.«

»Hab ich gemerkt.«

»Man kann nie wissen«, sagte Tate zu seiner Verteidigung.

Ungefähr fünf Jahre, nachdem Kearney die Würfel gestohlen hatte, war er Sprake begegnet. Es war in einem überfüllten Pendlerzug geschehen, der über Kilburn nach Euston fuhr. Die Wände des Kilburn-Durchstichs waren voller Graffiti in strahlendem Rot und Purpur und Grün, ausgeführt mit Sorgfalt und Übermut, in Formen wie von abbrennenden Feuerwerkskörpern, Formen so üppig wie feuchte tropische Früchte, Spielereien mit glänzenden Oberflächen. *Eddie,*

Daggo, Mince – mehr Bilder als Namen. Nachdem man das gesehen hatte, fand man alles andere hier bedrückend und öde.

Der Bahnsteig in Kilburn war wie leergefegt. Trotzdem wartete der Zug dort besonders lange. Und tatsächlich kam da ein Mann herbeigeeilt. Er hatte rotes Haar, blasse harte Augen und einen alten gelben Bluterguss, der sich über die ganze linke Wange zog. Er trug einen gegürteten Armeemantel ohne Jacke oder Hemd darunter. Obwohl sich die Türen jetzt schlossen, rührte sich der Zug nicht von der Stelle. Kaum war der Mann im Abteil, drehte er sich eine Zigarette und begann genussvoll zu rauchen, lächelte und nickte den anderen Passagieren zu. Die Männer starrten auf ihre polierten Schuhe. Die Frauen musterten die Unmenge an sandfarbenem Brusthaar und wechselten verärgerte Blicke. Obwohl sich die Türen geschlossen hatten, blieb der Zug, wo er war. Nach ein, zwei Minuten streifte der Mann den Ärmel zurück und sah auf die Uhr, wobei das Wort FUGA sichtbar wurde, das auf die Innenseite des schmutzigen Handgelenks tätowiert war. Er grinste und wies mit dem Kinn nach draußen auf die Graffitis.

»Sie nennen es *Sprühen*«, sagte er an die Adresse einer Frau. »Wir sollten auch so leben.« Augenblicklich entfaltete sie ihren *Daily Telegraph*.

Sprake nickte, als habe sie etwas erwidert. Er nahm die Zigarette aus dem Mund und besah sich das flach gedrückte, poröse, speichelgefleckte Ende. »Pack«, sagte er. »Jawohl, ihr seht aus wie ein Haufen selbstzufriedener Tyrannen.« Lauter Angestellte im IT-Bereich und Immobilienmakler, alle um die fünfundzwanzig, die mit Designerkrawatte oder Schulterpolstern den gefürchteten Wirtschaftsprüfer aus der Stadt mimten. »Braucht ihr das wirklich?« Er lachte. »Wir sollten unsere Namen an die Gefängniswände sprühen«, brüllte er. Sie rückten von ihm ab, bis nur noch Kearney übrig war.

»Was dich angeht«, sagte er und blickte interessiert zu Kearney auf, den Kopf nach Vogelart zurück und zur Seite gekippt und die Stimme zu einem kaum hörbaren Murmeln gesenkt: »Du musst einfach weitertöten, nicht wahr? Weil du es dir nur so vom Leibe halten kannst, hab ich recht?«

Die Begegnung hatte bereits den gleichen Kick des Unbehagens – diese Aura, diese gesteigerte epileptische Vorahnung –, den viele Ereignisse im Kielwasser des Shranders angenommen hatten, gerade als werfe diese Entität ein besonderes, aus ihr selbst kommendes Licht auf die Dinge. Doch zu der Zeit betrachtete Kearney sich noch als Anfänger oder Suchenden. Er hoffte noch immer, etwas Positives zu erreichen. Er wollte noch immer seinen Rückzug vom Shrander von einer Gegenkraft begleitet wissen – einer Bewegung *hin* zu ihm –, von der so etwas wie eine transformierende Begegnung ausgehen konnte. Doch in Wahrheit hatte er bis zu seiner Begegnung mit Sprake die Würfel entscheiden lassen und zufallsbestimmte Reisen unternommen, die ihn nirgendwohin geführt hatten – und das ging nun schon seit Ewigkeiten so. Er spürte einen kurzen Schwindel (der womöglich daher rührte, dass der Zug anzog und weiterfuhr nach Hampstead South, langsam zuerst, dann schneller und schneller) und langte, weil er zu fallen glaubte, Halt suchend nach Sprakes Schulter.

»Woher wissen Sie das?«, sagte er. Die eigene Stimme klang heiser und bedrohlich in seinen Ohren. Sie hörte sich an wie etwas, das lange nicht benutzt worden war.

Sprake beäugte ihn, dann kicherte er in die Runde der Wirtschaftsprüfer.

»Ein Schubs«, sagte er, »ist so gut wie ein Augenzwinkern. Für ein blindes Pferd.«

Er war absichtlich abgerückt, als Kearney Halt suchte. Kearney fiel halb in die Frau, die sich hinter ihrem *Daily Telegraph* versteckte, kam mit einer Entschuldigung wieder auf die Füße und begriff im selben Augenblick, wie gut sich der Körper auf Metaphern verstand. Schwindel. Er war im Fall. Mit dieser Sache würde es niemals ein gutes Ende nehmen. Seit ihm die Würfel in die Hände gefallen waren, befand er sich im freien Fall. Er stieg zusammen mit Sprake aus, und sie durchquerten die lärmende, gewienerte Bahnhofshalle und traten zusammen auf die Euston Road hinaus.

In den folgenden Jahren entwickelten sie ihre Theorie über den Shrander, die gleichwohl kein Element einer Erklärung enthielt und so gut wie nie artikuliert wurde, außer durch ihre Handlungen. Eines Samstagnachmittags in einem Zug nach Leeds hatten sie in dem zugigen Bereich zwischen zwei Waggons eine alte Frau ermordet und ihr, bevor sie sie in die Toilettenkabine stopften, mit einem roten Gelstift in die Achselhöhle geschrieben: *Schick mir ein Herz aus fernen Zeiten / Und suche es in deiner Brust.* Es war ihre erste gemeinsame Leistung. Später dann, in einer ironischen Verkehrung der üblichen Stoßrichtung, liebäugelten sie mit Brandstiftung und dem Töten von Tieren. Zunächst erfuhr Kearney eine gewisse Erleichterung, wenn auch nur durch die damit verbundene Kameradschaft – oder Komplizenschaft. Sein Gesicht, das inzwischen so eingefallen war wie das eines Toten, entspannte sich. Er verwandte mehr Zeit auf seine Arbeit.

Doch letztlich zeigte sich, dass wirklich nicht mehr als Komplizenschaft dabei heraussprang. Trotz solcher versöhnlicher Erfahrungen blieb seine Lage unverändert: Der Shrander war nicht abzuschütteln. Inzwischen beanspruchte Sprake mehr und mehr von seiner Zeit. Seine Karriere verlor an Schwung. Seine Ehe mit Anna scheiterte. Mit dreißig war er vor Sorge wie gelähmt.

Wann immer er sich eine Pause gönnte, machte Sprake ihm Dampf.

»Du glaubst immer noch, es wäre nicht real«, konnte er plötzlich auf seine nachsichtige, anzügliche Tour sagen. »Hab ich recht?«

Und dann: »Nun komm schon, Mick. Mickey. Michael. Mir kannst du es doch sagen.«

Valentine Sprake war bereits in den Vierzigern und lebte noch zu Hause. Seine Familie betrieb in Nord-London einen Second-Hand-Laden für Bekleidung. Da war eine alte Frau mit einem leichten mitteleuropäischen Akzent, die ihre Zeit damit verbrachte, in einer kraftlosen Trance zu einem sonderbar verrenkten Exemplar religiöser Wandkunst hochzublicken. Sprakes Bruder, ein Junge von ungefähr vierzehn, saß tagaus, tagein hinter der Ladentheke und kaute etwas, das nach Anis roch. Alice Sprake, die Schwester, mit ihren schweren Gliedern und ihrem leeren, begriffsstutzigen Lächeln, ihrem olivgrünen Teint und dem dunklen Flaum unter der Nase betrachtete Kearney aus großen braunen Augen. Wann immer kein Dritter zugegen war, setzte sie sich neben ihn und legte ihm die feuchte Hand zärtlich auf den Penis. Er bekam augenblicklich eine Erektion, und sie entblößte ihre schlechten Zähne zu einem besitzergreifenden Lächeln. Zwar wurden sie dabei nie beobachtet, doch wie beschränkt die Familie ansonsten auch sein mochte, besaßen die Sprakes doch allesamt eine durchdringende emotionale Intelligenz.

»Du hättest wohl gerne einen Fick mit ihr?«, sagte Sprake. »Schieb mit ihr 'ne heiße Nummer, Mickey, alter Junge. Mir soll's recht sein, aber …« – er brüllte vor Lachen – »… die beiden anderen sind bestimmt dagegen.«

Es war Sprake, der ihn mit Europa bekannt machte.

In Frankfurt brachten sie türkische Prostituierte um, in Antwerpen einen mailändischen Modedesigner. Gegen Ende der sechsmonatigen Orgie saßen sie in einem guten italienischen Restaurant gegenüber dem Kurhaus-Hotel in Den Haag und speisten zu Abend. Über der See kam ein Wind auf, blies Sand in den Vorhof und legte sich wieder. Die Lampe über dem Tisch pendelte, und die Schatten der Weingläser auf dem Tischtuch benahmen sich ähnlich verzwickt wie die Kern- und Halbschatten in einem Planetensystem. Dazwischen bewegte sich Sprakes Hand, um sich dann wie erschöpft auf die Tischplatte zu legen.

»Wir sitzen hier wie Bären in der Grube«, sagte er.

»Meinst du, wir wären besser nicht gekommen?«

»Crespelle und Ricotta«, sagte Sprake. Er pfefferte die Speisekarte auf den Tisch. »Was, zum Teufel, ist das?«

Nach ein, zwei Stunden schlenderte draußen im Zwielicht ein Junge vorbei. Er war vielleicht einen Meter fünfundsiebzig groß und sechsundzwanzig Jahre alt. Sein Haar war nach hinten gestrafft und zu einem festen Zopf geflochten, er trug gelbe Hosen mit hoher Taille und angesetzten, hinten gekreuzten gelben Hosenträgern. Das

Stofftier, das er bei sich trug, war auch in passendem Gelb gehalten. Obwohl der Junge eine schmächtige Statur hatte, wirkten Schultern, Hüften und Oberschenkel wohlgerundet. Sein Gesicht trug den selbstzufriedenen und irgendwie aufsässigen Ausdruck von jemandem, der seine Fantasie öffentlich auslebt.

Sprake grinste Kearney an.

»Sieh dir das an«, raunte er. »*Er* will, dass du ihn wegen seiner Sexualität in ein Todeslager steckst, und *du* willst ihn erwürgen, weil er ein Schafskopf ist.« Er wischte sich den Mund ab und erhob sich. »Vielleicht könnt ihr zwei euch einigen.« Später auf ihrem Hotelzimmer sahen sie auf das hinab, was sie dem Jungen angetan hatten. »Siehst du das?«, fragte Sprake. »Wenn dir das nichts sagt, ist dir nicht mehr zu helfen.« Als Kearney ihn lediglich anstarrte, zitierte er mit der tiefen Empörung des Meisters über seinen Lehrling:

»Es war ihnen ein großes Geheimnis, dass sie seit jeher im Vater waren, ohne davon zu wissen.«

»Wie bitte?«, sagte der Junge. »Was?«

Bei diesen Verständigungsversuchen kam nie viel heraus. Obwohl ihre Verbindung nie ganz den Anschein erweckte, so etwas Positives wie ein Fehler zu sein, erwies sich Sprake im Laufe der Jahre als unzuverlässiger Komplize, dessen Motive so unergründlich waren – übrigens auch für ihn selbst – wie die Metaphysik, die ihm angeblich die Erklärungen für alles, was sich zutrug, lieferte. An jenem Nachmittag im Zug nach Euston hatte er nur Anschluss gesucht, den *folie à deux*, der seinen eigenen emotionalen Wünschen entgegenkam. Trotz der vielen Worte, die er machte, wusste er so gut wie nichts.

Es war schon spät, Kerzenschein flackerte an den Wänden von Anna Kearneys Apartment, wo sie sich im Schlaf wälzte, die Arme von sich streckte vor sich hin murmelte. Aus Hammersmith rollte spärlicher Verkehr auf die A316, kam über die Brücke und summte nach Westen und Süden davon. Kearney würfelte. Die Würfel kullerten und purzelten. Seit zwanzig Jahren waren sie sein geheimes Vexierspiel, Teil des Rätsels, um das sich sein Leben drehte. Er pflückte sie vom Teppich, wog sie in der Hand und warf sie erneut, nur um sie purzeln und springen zu sehen wie Insekten in einer Hitzewelle.

Und so sahen sie aus:

Trotz ihrer Farbe waren sie weder aus Elfenbein noch aus Knochenmaterial. Jede Seite war kreuz und quer von hauchfeinen Sprüngen durchzogen, sodass Kearney einmal gedacht hatte, sie könnten vielleicht aus Porzellan sein. Sie hätten aus Porzellan sein können. Sie hätten uralt sein können. Aber sie waren wohl eher nichts von beidem. Ihr Gewicht und ihre Griffigkeit hatten ihn von Zeit zu Zeit an Pokerwürfel erinnert oder an die Spielsteine des chinesischen Mah-Jongg. Jede Seite trug ein tief eingraviertes Symbol. Diese Symbole waren gefärbt. (Manche Farben, besonders Blau und Rot, wirkten bei jeder Beleuchtung zu hell. Andere zu dunkel.) Die Symbole waren nicht zu entziffern. Mal hielt er sie für Zeichen eines piktografischen Alphabets, dann für Elemente eines Zahlensystems. Dann glaubte er, sie hätten sich von Zeit zu Zeit zwischen zwei Würfen geändert, als beeinflusse das Resultat eines Wurfes das System an sich. Bald wusste er nicht mehr, was er denken sollte. Aber er hatte den Symbolen Namen gegeben: *Voortman-Kombination, Ausgelassener Drache, Großes Hirschgeweih*. Er hatte keinen Schimmer, welcher Teil seines Unterbewusstseins diese Namen abgesondert hatte. Alle verursachten ihm Unbehagen, doch bei den Worten *Großes Hirschgeweih* bekam er eine Gänsehaut. Es gab ein Symbol, das wie eine Küchenmaschine aussah. Ein anderes sah wie ein Schiff aus, ein altes Schiff. Blickte man so, war es ein altes Schiff. Blickte man anders, erinnerte es an gar nichts. Das Betrachten war also keine Lösung: Woher sollte man wissen, wann man richtig blickte? Im Laufe der Jahre hatte Kearney in den Symbolen Pi gesehen. Er hatte die Planck'sche Konstante gesehen. Er hatte ein Modell der Fibonacci-Reihe gesehen. Er glaubte, einen Code für die Anordnung von Sauerstoffverbindungen in den einfachen Proteinmolekülen der autokatalytischen Gruppe gesehen zu haben.

Jedes Mal, wenn er die Würfel aufhob, wusste er so wenig wie beim ersten Mal. Jeden Tag begann er von vorne.

144

Er saß in Anna Kearneys Schlafzimmer und würfelte.

Woher sollte man wissen, wie man blicken musste?

Mit einem Frösteln sah er, dass er das *Hirschgeweih* gewürfelt hatte. Er drehte es schnell auf die Unterseite und schaufelte die Würfel in den Lederbeutel zurück. Ohne sie, ohne die Regeln, die er sich ausgedacht hatte, um ihre Kombinationen zu beherrschen, ohne *irgendetwas* war er nicht mehr in der Lage, Entscheidungen zu treffen. Er legte sich neben Anna, stützte sich auf den Ellbogen und sah ihr zu, wie sie schlief. Sie sah ausgezehrt aus, aber friedlich, wie jemand, der sehr alt war. Er flüsterte ihren Namen. Sie wurde nicht wach, murmelte aber und bewegte die Beine ein wenig auseinander. Sie sonderte eine greifbare Wärme ab.

Zwei Nächte zuvor hatte er ihr Tagebuch gefunden und darin diese Passage gelesen:

Ich sehe mir das Video aus Amerika an, das Michael von mir gemacht hat, und ich kann diese Frau schon nicht mehr ausstehen. Da starrt sie vom Monster Beach auf die Bucht hinaus, beschattet die Augen mit der Hand. Da zieht sie sich aus, betrunken; oder liest Treibholz auf, lächelt und lächelt. Sie tanzt im Sand. Jetzt sieht man sie vor einem leeren Kamin rücklings auf den Ellbogen liegen, in hellbunter Hose und weichem Wollpullover. Die Kamera wandert über ihren Körper. Sie lacht dem Liebhaber hinter der Kamera zu. Sie hat die Knie angezogen, leicht geöffnet. Ihr Körper wirkt entspannt, aber überhaupt nicht sinnlich. Deshalb wird ihr Liebhaber enttäuscht sein: mehr noch, weil sie so gut aussieht. Ob es an diesem Zimmer liegt? Dieser Kamin hintergeht sie, er liefert einen zu deutlichen Rahmen, er kippt sie ins Hochrelief. Ihre Energie wird aus dem Bildbereich hinausprojiziert. Sie sucht Blickkontakt. Es ist eine Katastrophe. Er ist an ein schmaleres Gesicht gewöhnt, an hohle Wangen, an eine Körpersprache, die sich abwechselnd der Grammatiken von Kummer und Sex bedient. Weder selbstverloren noch zitternd vor Entbehrung ist sie nicht mehr die Frau, die er kennt. Er ist größeren Hunger gewöhnt.

Zu jemandem, der so glücklich ist, fühlt er sich nicht hingezogen.

Kearney wandte sich von der schlafenden Frau ab. Hatte sie recht mit dem, was sie da schrieb? Er dachte darüber nach, was er diesen Nachmittag auf Tates Flachbildschirm gesehen hatte. Er musste unbedingt wieder mit Sprake reden; darüber fiel er in Schlaf.

Als er aufwachte, kniete Anna über ihm.

»Erinnerst du dich noch an meinen russischen Hut?«, sagte sie.

»Was?«

Kearney starrte schlaftrunken zu ihr auf. Er sah auf die Uhr. Zehn Uhr morgens, und die Vorhänge waren aufgezogen. Das Fenster stand offen. Das Zimmer war lichtdurchflutet, Geräusche von Leuten, von Verkehr. Anna hielt einen Arm auf dem Rücken und stützte sich vornüber auf den anderen. Der Ausschnitt des weißen Baumwollnachthemds hing so, dass er ihre Brüste sehen konnte, die zu berühren·sie ihn aus einem unerfindlichen Grund nie ermutigt hatte. Sie roch nach Seife und Zahnpasta.

»Wir wollten ins Kino nach Fulham, es war ein Film von Tarkowski, ich glaube er hieß *Der Spiegel*. Aber ich ging zum falschen Kino, und es war bitterkalt, und ich saß draußen auf den Stufen und habe auf dich gewartet, bestimmt eine Stunde. Als du kamst, konntest du nur meinen russischen Hut sehen.«

»Ich erinnere mich an den Hut«, sagte Kearney. »Du hast gemeint, er mache dein Gesicht zu dick.«

»Breit«, sagte Anna. »Ich sagte, er macht mein Gesicht zu *breit*. Und du hast ohne zu zögern gesagt: ›Er macht aus deinem Gesicht dein Gesicht. Das ist alles, Anna: dein Gesicht.‹ Weißt du, was du noch gesagt hast?«

Kearney schüttelte den Kopf. Er wusste nur noch, dass sie ihr zuliebe die Kinos von Fulham abgeklappert hatten.

»Du hast gesagt: ›Jede Sekunde, die man damit verbringt, sich zu entschuldigen, ist eine verlorene Sekunde.‹«

Sie sah still auf ihn herab. Dann: »Ich kann dir gar nicht sagen, wie sehr ich dich dafür geliebt habe.«

»Freut mich.«

»Michael?«

»Ja?«

»Ich möchte, dass du mich in meinem russischen Hut fickst.«

Sie nahm den Arm aus dem Rücken, und da war er in ihrer Hand, ein seidig schimmerndes graues Pelzding von der Größe einer Katze. Kearney musste lachen. Auch Anna lachte. Sie setzte den Hut auf und sah auf der Stelle zehn Jahre jünger aus. Ihr Lächeln war breit und hübsch und so verwundbar wie ihre Pulsadern. »Ich habe nie verstanden, warum jemand einen russischen Hut aufsetzt, um sich einen Tarkowski anzusehen«, sagte er. Er schob ihr das Nachthemd ins Kreuz und langte hinunter. Sie stöhnte. Er war noch imstande zu denken, was er oft dachte: Vielleicht ist es jetzt gut, erlöse mich endlich, stoße mich durch die Wand zwischen mir und mir.

Er dachte: Vielleicht wird sie das vor mir retten.

Später erledigte er einen Anruf mit dem Ergebnis, dass er am Nachmittag desselben Tages Valentine Sprake traf, der am Taxistand Victoria Station auf und ab ging, derweil ihm zwei, drei schwarze Tauben immerzu zwischen die Füße liefen. Lahme, hinkende Tiere. Sprake sah missmutig drein.

»Ruf mich nie wieder unter dieser Nummer an«, sagte er.

»Wieso?«, fragte Kearney.

»Weil ich es, verflucht noch mal, nicht will.«

Er zeigte mit keinem Wort, dass er sich entsann, was bei ihrer letzten Begegnung passiert war. Ihr Erlebnis mit dem Shrander – ihre Flucht, sofern der Begriff auf Sprakes Verschwinden zutraf, war etwas ganz Privates, so privat wie Wahnsinn: ein derart verinnerlichter Dialog, dass man ihn nur unvollständig und unzuverlässig aus der Summe ihrer Handlungen folgern konnte. Kearney bugsierte ihn in ein Taxi, und sie fuhren durch den geronnenen Verkehr von Central London hinaus zum Lea Valley, wo die Shopping Parks und Industriegebiete noch eingebettet waren in ein verkümmerndes Netz aus Wohnstraßen, weder schmuck noch schmutzig, weder neu noch alt, in denen Mittagsjogger und halb tote herrenlose Katzen hausten. Sprake starrte mürrisch aus dem Fenster auf die Leichtmetallfassaden und leer stehenden Gebäude. Er schien in sich hineinzuflüstern.

»Hast du dieses Kefahuchi-Ding gesehen?«, fragte Kearney zögerlich. »In den Nachrichten, meine ich?«

»Was für Nachrichten?«, sagte Sprake.

Plötzlich zeigte er auf ausgestellte Blumen auf dem Gehsteig vor einem Floristen. »Und ich dachte, es wären Kränze«, sagte er mit einem freudlosen Lachen. »Düster und trotzdem farbenfroh«, setzte er hinzu. Danach hellte seine Laune sich auf, auch wenn er immer wieder leise und verächtlich »Nachrichten!« sagte, bis sie die Geschäftsstelle von MVC-Kaplan erreichten, die zum Ende des Arbeitstags still, warm und menschenleer war.

Gordon Meadows hatte seine Karriere mit Gen-Patentierung begonnen und kam dann, nach einer Reihe spektakulärer Markteinführungen für ein Pharmaunternehmen mit Sitz in der Schweiz, quasi durch die Nebentür und mühelos zu Geld. Er spezialisierte sich auf Ideen, Innovationen und Forschungsergebnisse aus erster Hand. Seine Methode bestand darin, eine reine, schwerelose Blase aufsteigen zu lassen: Kapitalisierung ankurbeln, eine Gesellschaft gründen, Aktie hochjubeln und Gewinnmitnahme ein, zwei Etappen, bevor das Produkt auf den Markt kam. Und kam es nicht so weit, landete es auf der Abraumhalde. Mit dem Ergebnis, dass *Meadows Venture Capital* die ganze seltsame Konstruktion aus verschraubtem Glas einnahm, die ein wenig zerbrechlich anmutend zwischen den maßgeschneiderten Leichtmetallfassaden eines »Exzellenz-Industrieparks« in Walthamstow glitzerte; und niemand kannte mehr Kaplan, einen zerstreuten Intellektuellen, der vor der freien Marktwirtschaft kapituliert hatte, dann zur Molekularbiologie zurückgekehrt war, nur um kurz darauf als Lehrer an einer Gesamtschule in Lancashire anzuheuern.

Meadows war groß und so schlank und elastisch wie eine Gerte. Als Kearney ihn kennenlernte, hatte er gerade seine Pharmatriumphe hinter sich und trug vorzugsweise die gnadenlos kurze safrangelbe Frisur und den Spitzbart eines Internet-Unternehmers. Jetzt hatte er Anzüge von Piombo, und sein Arbeitsplatz – mit dem tristen Ausblick auf die Bäume, die den Treidelpfad der alten Lea Valley Fahrrinne säumten – hätte einer Ausgabe von *Wallpaper* entstammen können. Sitzmöbel von *B&B Italia* um einen Schreibtisch, der aus einer einzigen Platte aus umgeschmolzenem Glas bestand und auf dem, als hätten sie eine wie auch immer geartete Beziehung zueinander, eine Kaffeekanne von *MacCube* und eine von *Sottsass* standen. Dahinter saß er, ein verhaltenes Lächeln im Gesicht, und beäugte Valentine Sprake.

»Du musst uns bekannt machen«, wandte er sich an Kearney.

Sprake, der sich im Lift regelrecht in Erregung gesteigert hatte, stand jetzt mit beiden Ellbogen und Händen bäuchlings gegen die Glaswand gelehnt und starrte auf zwei kühlschrankgroße Klötze Verpackungsmaterial hinunter, die in der hereinbrechenden Dämmerung den Kanal hinunterschwammen.

»Lass uns später von ihm reden«, empfahl Kearney. »Er hat eine großartige Idee für ein neues Medikament.« Er saß am Ende von Meadows Schreibtisch. »Brian Tate sorgt sich deinetwegen, Gordon.«

»Tut er das?«, sagte Gordon. »Das täte mir leid.«

»Er sagt, du würdest uns unter Druck setzen. Du wolltest uns an Sony verkaufen. Das wollen wir aber nicht.«

»Ich glaube, Brian ist …«

»Soll ich dir sagen, warum wir das nicht wollen, Gordon? Wir wollen das nicht, weil Brian eine Primadonna ist. Eine Primadonna muss das Gefühl haben, dass man ihr vertraut. Versuch's mal mit folgendem Gedankenexperiment.« Kearney hielt seine Hände auf. Er blickte auf die Linke. »Kein Vertrauen«, sagte er, dann blickte er auf die Rechte, »kein Quantencomputer.« Er wiederholte das Spiel. »Kein Vertrauen, kein Quantencomputer. Bist du intelligent genug, um den Zusammenhang zu erkennen, Gordon?«

Meadows lachte.

»So naiv, wie du tust, bist du nicht«, sagte er. »Und Brian ist bestimmt nicht so nervös, wie er vorgibt. Jetzt wollen wir mal nachsehen …« Er tippte ein paar Tasten. Auf dem Monitor erblühte eine

Wildwiese an tabellarischen Übersichten. »Ihr verbrennt ziemlich viel Kapital«, stellte er nach einer Weile fest. Er hielt die Hände auf und blickte wie Kearney von der einen zur anderen. »Kein Geld«, sagte er, »keine Forschung. Wir brauchen frisches Kapital. Und ein Schachzug wie dieser – solange er der Wissenschaft nicht abträglich ist – würde unseren Spielraum vergrößern und nicht eingrenzen.«

»Wer ist *wir*?«, fragte Kearney.

»Du hörst nicht zu. Brian hätte seine eigene Abteilung. Das wäre Teil des Pakets. Er fragt sich, ob *du* genug Einsatz zeigst, Michael. *Das* macht ihm Sorge.«

»Ich glaube, du willst uns fallen lassen. Ein guter Rat: Versuch's erst gar nicht.«

Meadows studierte seine Hände.

»Du bist paranoid, Michael.«

»Stell dir vor.«

Valentine Sprake löste sich vom Anblick der Abenddämmerung und ging mit schnellen, ruckartigen Schritten durch den Raum, als habe er draußen im Sumpfland etwas Verblüffendes gesehen. Er lehnte sich über den Schreibtisch, nahm die Kaffeekanne und trank direkt aus der Tülle. »Letzte Woche«, sagte er zu Meadows, »erfuhr ich, dass der Miesepeter Urizen wieder unter uns ist, und er heißt *Old England*. Wir treiben wie Schiffbrüchige im Meer von Zeit und Raum. Denken Sie auch darüber mal nach.« Er stolzierte, die gefalteten Hände vor der Brust, aus dem Büro.

Meadows sah amüsiert drein.

»Wer *ist* das, Michael?«

»Frag nicht«, sagte Kearney geistesabwesend. Auf dem Weg hinaus sagte er: »Und mach Brian keinen Stress.«

»Ich kann euch beide nicht ewig in Watte packen«, rief Meadows ihm nach. In dem Moment wusste Kearney, dass Meadows sie bereits an Sony verkauft hatte.

Leichte Trennelemente in Pastellfarben sorgten in dem sonst öden Glasgehäuse von MVC-Kaplan für eine gewisse Privatsphäre. Das Erste, was Kearney außerhalb von Meadows Arbeitszimmer sah, war der Schatten des Shranders, der irgendwie aus dem Innern des Gebäudes auf eine dieser Trennwände projiziert wurde. Lebensgroß, anfangs ein bisschen unscharf und diffus, dann schärfer und deutlicher werdend und sich träge um die eigene Achse drehend wie eine Insektenpuppe, die in der Hecke hängt. Während sich der Schemen drehte, war ein Rascheln zu hören, wie Kearney es seit zwanzig Jahren nicht mehr vernommen hatte. Ein Geruch, den er nicht vergessen hatte. Sein ganzer Körper wurde kalt und steif vor Angst. Er machte ein paar Schritte rückwärts, dann warf er sich herum und rannte ins Büro zurück, packte Meadows bei den Jackettaufschlägen, zerrte ihn über den Glasschreibtisch und schlug ihm ein paarmal rasch hintereinander auf den rechten Backenknochen.

»Himmel«, sagte Meadows mit belegter Stimme. »Ah.«

Kearney zerrte ihn ganz über das Möbel und schleifte ihn über den Boden zur Tür hinaus. Zur selben Zeit kam der Lift an, und Sprake stieg aus.

»Ich hab ihn gesehen, ich hab ihn gesehen«, sagte Kearney.

Sprake entblößte die Zähne. »Hier ist er aber nicht.«

»Nun beweg dich, verdammt noch mal. So nah war er mir noch nie. Er will, dass ich irgendwas mache.«

Gemeinsam schafften sie Meadows in den Lift und drei Stockwerke nach unten. Er schien aufzuwachen, als sie ihn durchs Foyer und nach draußen ans Kanalufer schleiften. »Michael?«, sagte er immer wieder. »Bist du das? Stimmt was nicht mit mir?« Kearney ließ ihn los und fing an, auf seinen Kopf einzutreten. Sprake schob sich dazwischen und hielt Kearney zurück, bis er sich beruhigt hatte. Sie schleiften Meadows ans Wasser und ließen ihn mit dem Gesicht nach unten hineinfallen. Während sie ihm die Beine festhielten, machte Meadows einen hohlen Rücken, um den Kopf über Wasser zu halten, gab dann aber mit einem Stöhnen auf. Blasen stiegen auf. Der Darm entleerte sich.

»Himmel«, sagte Kearney und taumelte beiseite. »Ist er tot?«

Sprake grinste. »Ich würde sagen, ja.« Er legte den Kopf in den Nacken, bis er geradewegs in die kraftlosen Sterne über Walthamstow blickte, hob die Arme auf Schulterhöhe und tänzelte langsam den Treidelpfad nach Edmonton entlang.

»Urizen!«, rief er.

»Scheiß drauf«, sagte Kearney. Er lief in die entgegengesetzte Richtung, den ganzen Weg bis nach Lea Bridge, dann nahm er sich ein Minitaxi nach Grove Park.

Jeder Mord erinnerte ihn an das Haus des Shranders, das er in gewisser Hinsicht nie verlassen hatte. Sein Sündenfall hatte dort begonnen, sein zutiefst sündiges Wissen hielt ihn dort gefangen. Ja, seine Verfolgung durch den Shrander in den Jahren darauf *war* dieses Wissen: Sie war der permanente Sturz in das Wissen um sein Stürzen. Wenn er tötete, besonders wenn er Frauen tötete, fühlte er sich erlöst von dem, was er wusste. Ihm war für einen Moment, als sei er wieder entkommen.

Nackte graue staubige Dielen, Netzvorhänge, kaltes graues Licht. Ein langweiliges Haus in einer langweiligen Straße. Der Shrander, intakt, unanfechtbar, unermüdlich, stand oben in seinem Zimmer und starrte herrisch aus dem Fenster, wie der Käpten eines Schiffs. Kearney lief vor ihm weg, denn mehr als alles andere fürchtete er den *Mantel* des Shranders. Fürchtete er den Geruch nach nasser Wolle. Dieser Geruch sollte seine letzte unschuldige Empfindung bleiben.

Der Schnabel öffnete sich. Worte wurden gesprochen. Panik – es war die seine – füllte das Zimmer wie eine klare Flüssigkeit, wie Eiweiß oder Fischleim, so dickflüssig, dass er gezwungen war, kehrtzumachen und durch die offene Tür zu schwimmen. Seine Arme bewegten sich wie beim Brustschwimmen, derweil die Beine unter ihm laufen wollten, es aber nur zu nutzlosen Schritten in Zeitlupe brachten. Er stolperte auf den Treppenabsatz hinaus, strauchelte die Treppe hinunter und – voller Entsetzen und Ekstase, die Würfel in der Hand – auf die regennasse Straße hinaus. Er musste jemanden töten. Er wusste, er würde erst gerettet sein, wenn er es tat. Eine Art seitlicher Gravitation kam ihm zustatten: Er *stürzte* den ganzen Weg vom Haus des Shranders bis zum Bahnhof. Wegfahren, hoffte er, würde sein wie *Wegstürzen* vom Stürzen, und zwar in einem Winkel, der erträglicher und barmherziger war.

Es war ein später, nasser Winternachmittag. Die Züge schienen nur widerwillig zu fahren, sie waren überheizt und leer. Alles war träge, träge, träge. Er nahm einen Nahverkehrszug, der sich aus London hinaus und in Buckinghamshire hineinschleppte. Jedes Mal, wenn er auf die Würfel in seiner Hand hinabsah, schlingerte die Welt, und er musste den Blick wieder abwenden. Er saß da und schwitzte, als zwei oder drei Haltestellen nach Harrow-on-the-Hill eine gebräunte, aber müde aussehende Frau in sein Abteil stieg. Sie trug einen schwarzen Straßenanzug. In der einen Hand hatte sie eine Aktentasche, in der anderen eine Plastiktüte von Mark & Spencer. Sie machte viel Aufhebens mit ihrem Handy, blätterte durch ein Selbsthilfe-Buch, das allem Anschein nach *Warum sollte ich nicht bekommen, was ich will?* hieß. Zwei Stationen weiter nördlich verlangsamte der Zug seine Fahrt und hielt. Sie stand auf und wartete darauf, dass sich die Tür öffnete, starrte auf den dämmrigen Bahnsteig mit dem erleuchteten Fahrkartenschalter dahinter. Sie klopfte mit dem Fuß. Sie schaute auf die Uhr. Ihr Mann würde auf sie warten, im Saab auf dem Parkplatz, und sie würden gleich weiter ins Fitnessstudio fahren. Zugauf, zugab gingen die Türen auf und zu, Leute eilten davon. Sie sah nervös nach rechts und links. Sie sah Kearney an. In der überheizten Leere des Abteils zog sich ihre Fahrt wie Kaugummi in die Länge, das plötzlich riss.

»Entschuldigen Sie«, sagte sie. »Man will mich wohl nicht rauslassen.«

Sie lachte.

Kearney lachte auch.

»Mal sehen, was wir tun können«, sagte er.

Fünf oder sechs Goldkettchen, jedes mit einem Anhänger, der entweder ihre Initialen oder ihren Vornamen trug, schmiegten sich um die markanten Sehnen ihres Halses. »Mal sehen, was wir tun können, Sophie.« Als er hinunterlangte, um mit der Fingerspitze das Make-up zu berühren, das sich im zarten blonden Flaum ihres

Mundwinkels verfangen hatte, fuhr der Zug langsam an. Als sie fiel, lagen ihre Einkäufe bereits am Boden verschüttet. Etwas – vermutlich ein eingeschweißter Kopfsalat – rollte aus der Tragetasche und durch das ganze Abteil. Der Bahnsteig fiel zurück und machte dem Dunkel der Nacht Platz. Die Tür des Abteils hatte sich nicht geöffnet.

Kearney, der jeden Moment damit rechnete, dass die Polizei bei ihm auftauchte, lebte von einer Nachrichtensendung zur nächsten: Doch nie wurde Meadows erwähnt. Die obere Hälfte einer Leiche, die man in der Nähe von Hungerford Bridge aus der Themse gefischt hatte, erwies sich als weiblich und bis zur Unkenntlichkeit zersetzt. In Peckham wurde wieder ein nigerianischer Junge tot aufgefunden. Sonst keine besonderen Vorkommnisse. Kearney betrachtete den Bildschirm mit wachsendem Unglauben. Er konnte nicht begreifen, wieso er jedes Mal davonkam. Einen Risikokapitalgeber kann niemand besonders gut leiden, grübelte er eines Nachts, aber das ist einfach lächerlich.

»Und nun«, sagte die Moderatorin strahlend, »zum Sport.«

Er musste feststellen, dass er mehr Angst vor dem Shrander hatte als davor, entdeckt zu werden. Reichte Meadows, um den Shrander in Schach zu halten? Er wurde hin und her gerissen zwischen Optimismus und Pessimismus. Ein Geräusch auf der Straße reichte aus, um seinen Puls jählings aufzuscheuchen. Er ignorierte das Telefon, das nicht selten zwei- oder dreimal am Morgen klingelte. Die Anrufe wurden von der Mailbox aufgezeichnet, aber er traute sich nicht, sie abzuhören. Stattdessen würfelte er wie besessen und sah zu, wie die Würfel am Boden Reißaus nahmen, kleine hüpfende Artefakte aus menschlichem Gebein. Er konnte nichts essen, und beim kleinsten Temperaturanstieg brach ihm der Schweiß aus. Er konnte nicht schlafen, und wenn doch, dann träumte er, sich selbst umgebracht zu haben. Wachte er aus diesem Traum auf – in einer Mischung aus Niedergeschlagenheit und Beklemmung, die sich genauso wie Kummer anfühlte –, dann war es wegen Anna, die weinend und heftig flüsternd auf ihm lag: »Es ist ja gut. Oh, bitte. Es ist ja gut.«

Linkisch und ungeübt hielt sie ihn mit Armen und Beinen umklammert, als gelte es, seine Schreie zu ersticken. Der Versuch, jemanden zu trösten, sah ihr gar nicht ähnlich. Weshalb Kearney sich beinah entsetzt von ihr befreite, um sich gleich wieder in den Traum zu stürzen.

»Ich verstehe dich nicht«, beklagte sie sich am nächsten Morgen. »Vor ein paar Tagen warst du noch so nett zu mir.«

Kearney starrte wachsam in den Spiegel im Bad, aber etwas Außergewöhnliches konnte er dort nicht erkennen. Er hatte Säcke unter den Augen und Falten im Gesicht. Hinter sich sah er durch den Dampf hindurch Anna, die ein Bad nahm, das nach Rosenöl und Honig duftete. Ihre Haut war durch die Hitze gerötet, ihre gereizte Miene verriet, dass sie fieberhaft nach einer Erklärung suchte. Er legte sein Rasiermesser ab, beugte sich über die Wanne und küsste sie auf den Mund. Er fuhr ihr mit der Hand zwischen die Beine. Anna wand sich, versuchte sich zu drehen und sich anzubieten, sie schnaufte, Wasser schwappte über den Rand der Wanne. Kearneys Handy meldete sich.

»Lass es«, sagte Anna. »Geh nicht ran. Oh.«

Später zwang Kearney sich, die Mailbox abzuhören.

Die meisten Anrufe stammten von Brian Tate. Tate hatte zwei- bis dreimal täglich angerufen, manchmal nur die Nummer der Forschungssuite hinterlassend, als befürchtete er, Kearney könne sie vergessen haben; manchmal redete er, bis das Zeitlimit ihm das Wort abschnitt. Erst klang er verletzt, duldsam, anklagend; bald wurde sein Tonfall drängender. »Michael, um Himmels willen«, sagte er: »Wo steckst du denn? Ich dreh noch durch hier.« Der Anruf war um acht Uhr abends getätigt worden, und im Hintergrund waren Lachsalven zu hören, was vermuten ließ, dass Tate aus einer Kneipe anrief. Tate legte plötzlich auf, doch schon nach fünf Minuten ging der nächste Anruf ein, er kam von seinem Handy.

»Die Verbindung ist *beschissen*«, sagte er, dann folgte etwas Unverständliches, und dann: »Die Daten sind wertlos. Und die Katzen …«

Nach zwei oder drei Tagen schienen sich die Dinge zuzuspitzen. »Wenn du nicht kommst«, drohte er, »schmeiß ich alles hin. Ich hab es satt, den ganzen Kram allein zu machen.« Nach einer Pause: »Michael? Es tut mir leid. Ich weiß, du wolltest …«

Danach gab es keine Anrufe mehr, bis auf den allerjüngsten. Und der lautete nur: »Kearney?« Es gab ein Hintergrundgeräusch, das sich wie Regen anhörte. Kearney wollte zurückrufen, doch Tate hatte wohl sein Handy abgeschaltet. Als er den Anruf noch einmal abhörte, vernahm er durch das Regengeräusch noch einen Ton, wie eine Rückkopplung, die sich abrupt selbst verschlang. »Kearney?«, sagte Tate. Regen und Rückkopplung. »Kearney?« Sein zögerlicher, furchtsamer Tonfall war schwer zu beschreiben.

Kearney schüttelte den Kopf und zog den Mantel an.

»Ich wusste, dass du noch mal weggehst«, sagte Anna.

Kaum hatte sich die Tür geöffnet, als der schwarze Kater buckelnd und miauend auf ihn zulief. Doch Kearney streckte die Hand zu plötzlich aus, und das Tier fiel in eine defensive Hocke, als habe er es geschlagen, und lief davon.

»Schh«, machte Kearney geistesabwesend. »Schh.«

Er lauschte. Eigentlich sollten Temperatur und Luftfeuchtigkeit der Suite automatisch geregelt werden, doch er konnte die Ventilatoren der Entfeuchter nicht hören. Er drückte auf den Schalter, und die Leuchtstoffröhren flammten auf; ihr lautes Surren unterstrich die Stille. Er blinzelte. Alles bis auf die Möbel war sorgfältig in Kisten verpackt und fortgeschafft worden. Auf dem Teppich waren Reste von Plastik-Packmaterial und Heißklebefolie verstreut. In einer Ecke lagen zwei kaputte Umzugskartons mit dem Logo *Blaney Research Logistics*. Die Arbeitstische waren leer bis auf den Staub, der sich in den Monaten ihrer Benutzung angehäuft hatte und in dem die Leerstellen unter den abgeräumten Installationen schaltplanartige Muster bildeten.

»Mieze?«, sagte Kearney. Seine Fingerkuppe malte im Staub.

Auf dem niedrigen Schrank fand er einen gelben Klebezettel mit einer Telefonnummer und einer E-Mail-Adresse. *Sorry, Michael,* stand daruntergekritzelt.

Kearney sah sich um. Alles, was Gordon Meadows über Tate gesagt hatte, kam ihm wieder in den Sinn. Er schüttelte den Kopf. »Brian«, murmelte er, »du hinterhältiger Scheißkerl.« Er fand das Ganze beinahe lustig.

Tate hatte sich mit seinen Ideen zu Sony geflüchtet, mit oder ohne Zutun von MVC-Kaplan. Er musste den Plan schon vor Wochen gefasst haben. Aber hier war noch etwas anderes passiert, etwas weniger leicht Verständliches. Wieso hatte er die Katzen im Stich gelassen? Warum hatte er die Flachbildschirme ausgesteckt, sie auf den Boden geworfen und mit wüsten Fußtritten zerstört? Tate und Wut wollten nicht zusammenpassen. Kearney schob mit dem Fuß die Stücke herum. Sie lagen im normalen Wust aus Junkfoodverpackungen und anderen Abfällen, die teilweise über eine Woche alt waren. Die Katzen hatten den Müll als Klo benutzt. Der Kater kauerte in den Trümmern und starrte zu ihm hoch wie ein kleiner lebendiger Wasserspeier.

»Schh«, machte Kearney.

Er langte jetzt behutsamer nach unten, und diesmal rieb sich der Kater an seiner Hand. Die Flanken des Tiers zitterten, und es war ausgemergelt, sein Kopf schmal und scharf wie ein Axtblatt, die Augen herausgetreten vor widersprüchlichen Empfindungen – Argwohn und Erleichterung, Angst und Dankbarkeit. Kearney nahm den Kater auf den Arm.

Er kraulte ihm die Ohren, rief die weiße Katze beim Namen, sah sich suchend um. Kein Lebenszeichen.

»Ich weiß, dass du da bist«, sagte er.

Kearney löschte das Licht und setzte sich auf den niedrigen Schrank. Wenn sie sich damit angefreundet hatte, dass er hier saß, würde sie schon aus ihrem Versteck kommen. Inzwischen hörte ihr Bruder auf zu zittern und begann zu schnurren, auch wenn der Laut mehr wie ein Rasseln klang, unstet und heiser wie etwas Mechanisches. »Das ist aber ein komisches Geräusch«, sagte Kearney, »für ein Tier von deiner Größe.« Dann sagte er: »Ich könnte mir vorstellen, dass er dich zu guter Letzt Schrödinger genannt hat. Hat er? Ist er so dumm?« Der Kater schnurrte erst weiter, dann hörte er auf und versteifte sich plötzlich. Er spähte hinab in den Wust aus technischen Trümmern und Burgerschachteln.

Kearney folgte seinem Blick.

»Hallo?«, hauchte er.

Er rechnete damit, dass die Katze zum Vorschein kommen würde, und tatsächlich war da ein weißlicher Schimmer zu seinen Füßen; aber es war nicht die Katze. Es war eine Lache aus Licht, das wie eine Flüssigkeit aus einem der zerplatzten Displays trat und über den Boden bis an seine Füße leckte. »Himmel!«, rief er. Er stieß sich von dem Schrank ab. Der Kater fauchte erschrocken und wand sich aus seinen Armen. Kearney hörte ihn landen und ins Dunkel flüchten. Aus dem kaputten Schirm ergoss sich unausgesetzt Licht, Millionen Lichtpunkte, die sich zu einem kalten fraktalen Tanz um seine Füße sammelten und zu der Gestalt auftürmten, die er am meisten fürchtete. Jeder einzelne Punkt – und alle Punkte, aus denen er sich zusammensetzte, und alle Punkte, aus denen sich diese Punkte zusammensetzten – hatten ebenfalls die Form dieser Gestalt. »Und so weiter«, murmelte Kearney. »Ohne Ende.« Plötzlich übergab er sich: Er taumelte drauflos, stieß im Dunkeln mit allerlei Dingen zusammen, bis er den Ausgang gefunden hatte.

Tate hatte die Monitore nicht aus Wut zerstört; er hatte es aus Angst getan. Ohne sich umzublicken, lief Kearney auf die Straße hinaus.

17 · Tödliche Expeditionen

Die Menschen, die dem Mysterium des Kefahuchi-Trakts verfallen waren, erreichten seine Schwelle zweihundert Jahre nach Beginn der terrestrischen Raumfahrt.

Sie waren dreiste Neuankömmlinge, getrieben von der Begeisterung für alles Unbekannte, die ihre Cowboy-Ökonomie mit sich brachte. Sie hatten keinen Schimmer, was sie suchten oder wie sie es in die Finger bekommen sollten. Sie wussten nur eins: Sie würden es schaffen. Sie hatten auch keine Ahnung, wie sie sich benehmen sollten. Aber sie ahnten, dass hier Geld zu machen war. Sie stürzten sich Hals über Kopf ins Abenteuer. Sie brachen Kriege vom Zaun. Fünf der sechs Fremdspezies, die sich die Milchstraße teilten, waren wie paralysiert, mit der wehrhaften sechsten – die sie aufgrund einer Fehlübersetzung des nastischen Wortes für »Weltraum« die *Nastischen* nannten – schlossen sie einen argwöhnischen Waffenstillstand. Danach bekriegte man sich.

Hinter dem ganzen Fehlverhalten steckte eine Unsicherheit von grandiosem Ausmaß und metaphysischer Natur. Der Weltraum war groß, und die Jungs von der Erde waren eingeschüchtert von den Dingen, die sie darin fanden, ob ihnen das nun passte oder nicht. Schlimmer noch: Ihre Wissenschaft stand Kopf. Jede Spezies, der man auf dem Weg durchs Zentrum begegnete, verfügte über einen interstellaren Antrieb, der auf einer eigenen Theorie beruhte. Und alle diese Theorien funktionierten, selbst wenn ihre Grundannahmen einander ausschlossen. Man hätte meinen können, um von Stern zu Stern zu reisen genüge es vollauf, ein paar Grundannahmen zu formulieren. Setzte die Theorie eine schaumartige Struktur des Raumes voraus – galt es, eine Welle zu erwischen –, so hinderte das einen anderen Antrieb, der auf einer völlig glatten Einsteinfläche basierte, nicht daran, denselben Raumabschnitt zu befahren. Es war sogar möglich, Antriebe auf der Basis von diversen Superstringtheorien zu bauen, die ihr vierhundert Jahre altes Versprechen, die Welt zu erklären, nie ganz hatten einlösen können.

Diese Entdeckung war ein Affront. Als die Erdlinge sich am Rand des Trakts einfanden, ihm ins Auge sahen und die ersten Unglücksexpeditionen auf den Weg brachten, hofften sie nicht zuletzt, ein paar Antworten zu finden. Man fragte sich, warum ein Universum, das oberflächlich betrachtet so unnachgiebig erschien, sich bei näherem Hinsehen als derart beliebig entpuppte. Alles funktionierte. Wohin man auch sah, es war überall das Gleiche. Man hoffte, den Grund dafür herauszufinden. Und während die Expeditionsteilnehmer Tode starben, die jeder Beschreibung spotteten, vom Trakt selbst zermalmt, geröstet, aufgeblasen oder reduziert zu Teilchenwolken, widmeten sich die kleineren Helden voller Enthusiasmus dem *Strand*, wo sie auf die *Radio Bay* stießen. Sie fanden neue Technologien. Sie fanden die Hinterlassenschaften uralter Völker, mit denen sie umsprangen wie ein Bullterrierwelpe mit einem alten Knochen.

Sie fanden künstliche Sonnen.

Irgendwann in ferner Vergangenheit hatte der Raum dicht am Trakt derart hoch im Kurs gestanden, dass es im *Radio-Bay-Haufen* bald mehr künstliche als natürliche Sonnen gab. Manche waren von woanders importiert, andere an Ort und Stelle erzeugt worden. Man hatte Planeten herbeigeschafft und in Umlaufbahnen bugsiert, die eigens darauf ausgelegt waren, dass man den Trakt möglichst gut am jeweiligen Nachthimmel sah. Getrimmte Magnetfelder und aufgepeppte Atmosphären schützten sie vor Strahlung. Zwischen den Planeten, unter dem wütenden Hagel von Lichtteilchen, hangelten sich verwegene Monde durch ihre fantastisch komplizierten Orbits.

Hierbei handelte es sich weniger um Sonnensysteme als um Leuchtfeuer, und weniger um Leuchtfeuer als um Laboratorien, und weniger um Laboratorien als um Experimente an sich: gigantische Detektoren, konstruiert, um auf die unvorstellbaren Kräfte zu reagieren, die sich aus einer entfesselten Singularität ergossen, wie man sie mit an Sicherheit grenzender Wahrscheinlichkeit im Zentrum des Trakts vermutete.

Ein hochenergetisches Objekt, umgeben von 50 000 Kelvin heißen Gaswolken, das Ströme und Schäume ausstieß, Hybriden aus baryonischer und nichtbaryonischer Materie. Seine Gravitationseffekte waren selbst noch im Zentrum der Milchstraße nachzuweisen. Es war mit den Worten eines Kommentators: »Ein Objekt, das bereits alt gewesen ist, als in der unsäglichen Finsternis des frühen Universums die ersten großen Quasare zu verbrennen begannen.« Was immer es war, es hatte den Trakt ringsum in eine Region aus Schwarzen Löchern, riesigen natürlichen Attraktoren und Materieschrott verwandelt – in eine Brühe aus Raum und Zeit und wogenden Ereignishorizonten; in einen unberechenbaren Ozean aus Strahlungsenergie, aus Licht im allerweitesten Sinne. Wo die Naturgesetze, so es sie dort je gegeben hatte, außer Kraft gesetzt waren, war nichts unmöglich.

Keines der Völker vermochte in den Trakt einzudringen und mit seinen Erkenntnissen zurückzukehren; versucht haben es alle. Alle haben versucht, dem Geheimnis auf den Grund zu gehen … Als die Menschen eintrafen, trieben am Rande des Trakts bis zu fünfundsechzig Millionen Jahre alte Objekte und Artefakte, manche offenbar von Zivilisationen hinterlassen, die um Längen fremdartiger oder intelligenter gewesen waren als alles, was man heutzutage antraf. Alle hatten ihre Theorie im Gepäck, kamen mit einer neuen Geometrie, einem neuen Antrieb, einer neuen Methode. Tag für Tag stürzten sie sich ins Feuer und verbrannten zu Asche.

Orte wie *Redline* waren ihre Basis.

Wer immer *Redline* gebaut hatte, wer immer seine aktinische, wütende Sonne gebaut hatte, konnte nicht einmal im entferntesten Sinne menschlicher Natur gewesen sein. Hinzu kam, dass der Kunstplanet aufgrund seiner eigentümlichen Umlaufbewegung, die dazu diente, das Artefakt an seinem Südpol dauerhaft auf einen Ort tief im Zentrum des Kefahuchi-Trakts auszurichten, höchst unbekömmlichen Fliehkraftschwankungen ausgesetzt war. Auf *Redline* wurde es zweimal in fünf Jahren Frühling, in den nächsten zwanzig Jahren dauerte er ein volles Jahr; dann wurde es jeden zweiten Tag Frühling. Wenn der Frühling kam, hatte er die Farbe und Anmutung von schmuddeligem Neonlicht. Dampfende radioaktive Dschungel und dämmrig blaue, von UV-Licht überspülte Wüsten hinderten die Menschen an den meisten unmittelbaren Unternehmungen hier. (Obwohl die Unerschrockenen, die Pechvögel und die moralischen Analphabeten sich – als eine Art derbe Metapher auf die Erforschung der *Radio Bay* selbst – nach wie vor Hals über Kopf in schlecht vorbereitete Expeditionen stürzten. Auf der Suche wonach? Wer weiß. Im Handumdrehen verirrten sie sich in den Nebeln zwischen den stinkenden Ruinen. Diejenigen, die zurückkehrten, die ihre Sichtscheiben zertrümmert hatten, um ihre Funde besser untersuchen zu können, prahlten noch ein, zwei Wochen in den Hafenbars von *Motel Splendido* herum, ehe sie, der Tradition solcher Abenteuer folgend, an einer undefinierbaren Krankheit starben.)

Seria Maú zog ihre Bibliothek zurate. *Das südpolare Artefakt,* wusste der Eintrag zu berichten, *widersetzt sich der Analyse, ist aber allem Anschein nach eher ein Empfänger als ein Sender …* Und an späterer Stelle: *Es gibt auf* Redline *durchaus einen Wechsel von Tag und Nacht, aber er folgt einem schwer durchschaubaren Algorithmus.* Das war der Ort, der unter ihr lag, so rein und unzweideutig, dass es eine Freude war, ihn zu betrachten. Und dort lag auch ihr Schicksal, in gewisser Hinsicht zumindest. Sie stellte eine Verbindung her.

»Billy Anker«, sagte sie. »Ich möchte mit Ihnen reden.«

Nach einer Weile antwortete eine Stimme, zerhackt und leise und von Statik gerahmt: »Sie wollen landen?« Auf einmal war sie nervös.

»Ich schicke ein Double.« Sie spielte auf Zeit.

Billy Anker hatte ein schmales, stoppeliges Gesicht, das dunkle Haar war zu einem brutal kleinen grau melierten Pferdeschwanz gerafft. Alter ungewiss, Haut von abertausend Sonnen gedunkelt. Augen grünlich grau, tief liegend: Mochte er dich, verweilten sie bei dir und bekamen nicht selten einen warmen, vergnügten Glanz; andernfalls wanderte ihr Blick sofort weiter. Sonst verrieten sie nichts. Billy Anker war aus Begeisterung in der *Radio Bay*, und er war immer auf der Suche. (Manche meinten, er sei dort geboren, aber was wussten sie schon? Sie waren Draufgänger und Teilchenjockeys, die immer nur das eigene Garn spannen – mit tonloser Stimme, die ein mit den Ribosomen heimischer Fledermäuse veredelter Carmody Bourbon zerstört hatte.) Er war unnachsichtig mit denen, die nicht so empfanden wie er. Oder nicht wenigstens *etwas* empfanden.

»Wir sind hier, um zu sehen«, konnte er sagen, »und zu staunen. Wir bleiben nicht lange. Seht euch um. Seht ihr das? Seht es euch an!«

Er war ein drahtiger, lebhafter kleiner Mann, der immer dasselbe trug: die untere Hälfte einer uralten Jagdfliegermontur, zwei Lederjacken übereinander und ein rot-grünes Halstuch, das zu einem schrulligen Knoten gebunden war. An der rechten Hand fehlten zwei Finger; sie waren bei einer unsanften Landung auf *Sigma End* verloren gegangen, am Rand der Akkretionsscheibe des berüchtigten Schwarzen Lochs mit dem Namen *Radio RX-1* (ganz in der Nähe lag der Eingang zu einem künstlichen Wurmloch, das, wie er damals glaubte, dasselbe Ziel anpeilte wie das Artefakt am Südpol von *Redline*). Er hatte nie daran gedacht, die Finger ersetzen zu lassen.

Als Seria Maú vor seinen Füßen erschien, musterte er sie eingehend.

»Wie sehen Sie in Wirklichkeit aus?«, fragte er.

»Nicht der Rede wert«, sagte Seria Maú. »Ich bin ein K-Schiff.«

»Allerdings«, sagte Billy Anker mit einem Blick auf die Displays. »Jetzt verstehe ich. Und? Sind Sie damit zufrieden?«

»Geht Sie nichts an, Billy Anker.«

»Kein Grund, aggressiv zu werden«, erwiderte er. Nach einem kurzen Moment fuhr er fort: »Also, was gibt es Neues im Universum? Was haben Sie gesehen, das ich noch nicht kenne?«

Seria Maú war belustigt. »Das fragt jemand, der in so einer beschissenen Bruchbude haust«, sagte sie und blickte sich ostentativ in seiner Unterkunft um, »und einen Handschuh trägt?« Sie lachte.

»Eine ganze Menge, wenn Sie so wollen, auch wenn ich noch nie im Zentrum der Milchstraße war.« Sie zählte ihm ein paar der Dinge auf, die sie gesehen hatte.

»Ich bin beeindruckt«, gestand er.

Er wippte mit dem Sessel. Dann sagte er: »Ihr K-Schiff. Es kommt ziemlich tief. Sie wissen, was ich mit ›tief kommen‹ meine? Ich habe gehört, dass so ein Schiff überallhin gelangt. Haben Sie jemals an den Trakt gedacht? Jemals daran gedacht, hineinzufliegen?«

»Wenn ich mal lebensmüde bin.«

Sie lachten beide, dann sagte Billy Anker: »Eines Tages müssen wir den *Strand* verlassen. Wir alle. Erwachsen werden. Den *Strand* verlassen und auf Tauchfahrt gehen.«

»Wozu leben wir denn?«, sagte Seria Maú. »Das wollten Sie doch sagen. Wie viele Menschen habe ich das sagen hören. Und wissen Sie was, Billy Anker?«

»Was?«

»Alle hatten sie bessere Jacken am Leib als Sie.«

Er starrte sie an.

»Sie sind nicht nur ein K-Schiff, Sie sind die *White Cat*«, sagte er. »Sie sind das Mädchen, das die *White Cat* gestohlen hat.« Sie war überrascht, weil er sie so schnell durchschaut hatte. Er lächelte, weil er sie überrascht hatte. »Was kann ich für Sie tun?«

Seria Maú wandte den Blick ab. Sie mochte es nicht, wenn man sie so rasch durchschaute, zumal auf so einem Schrotthaufen in der *Radio Bay*, am Arsch der Welt. Außerdem, selbst virtuell kam sie mit diesen Augen nicht zurecht. Sie kannte sich aus mit der Leibhaftigkeit, egal, was ihre Schattenoperatoren sagten. Das war Teil des Problems. Und als sie dem Blick von Billy Anker begegnete, war sie froh, jetzt nichts zu besitzen, was hätte schwach werden können.

»Der Schneider schickt mich«, sagte sie.

In dem schmalen Gesicht dämmerte es.

»*Sie* haben die Dr.-Haends-Einheit gekauft«, sagte er. »Jetzt verstehe ich. Sie also haben sie gekauft, von Onkel Sip. *Mist.*«

Seria Maú unterbrach die Verbindung.

»Ein hübsches Kerlchen«, sagte die Klonfrau.

»Das war eine private Unterredung«, wies Seria Maú sie zurecht. »Oder hast du Sehnsucht nach dem Vakuum?«

»Hast du die Hand gesehen? Wow.«

»Dann kann ich dir nämlich weiterhelfen«, sagte Seria Maú. *Der Kerl ist zu schlau,* sagte sie sich und fuhr laut fort: »Gefiel dir die Hand denn? Ich fand es übertrieben.«

Der Klon lachte sarkastisch.

»Hat damit zu tun, dass du in einem Tank lebst.«

Seit sie ihre Meinung auf *Perkin's Rent* geändert hatte, war Mona oder Moehne oder wie diese Klonfrau hieß in eine hektische, bipolare Unruhe verfallen. Wenn es mit ihrer Stimmung aufwärts ging, hatte sie das Gefühl, ihr ganzes Leben werde sich ändern. Ihre Kleider wurden pinker und kürzer. Sie sang den ganzen Tag vor sich hin, *Saltwater Dub* wie »Ion Die« und »Touch-out Hustle« oder die schönen alten *Outcaste Beats* aus dem Zentrum. Wenn sie ein Tief erlebte, hing sie im Quartier herum und knabberte an den Fingernägeln oder masturbierte zu irgendwelchen Holo-Pornos. Die Schattenoperatoren vergötterten und bemutterten sie in einem Ausmaß, das Seria Maú schon peinlich fand. Sie ließ sich von ihnen kostümieren, wie es Onkel Sips Töchtern zur Hochzeit angestanden hätte; sie ließ sie das Quartier mit Spiegeln im Toleranzbereich astronomischer Instrumente ausstaffieren. Ganz besonders war den Schattenoperatoren daran gelegen, für ihr leibliches Wohl zu sorgen. Die Klonfrau wiederum war gescheit genug, die Bedürfnisse der Schattenoperatoren zu durchschauen und ihnen zu entsprechen. Wenn das Stimmungsbarometer ein Hoch anzeigte, dann deshalb, weil sie sie allesamt um den kleinen Finger gewickelt hatte. Sie ließ sich von ihnen ihr Elvis-Essen und ihre Lurex-Oberteile machen, die ihre Brustwarzen zur Geltung brachten. Sie überredete sie dazu, ihr mit einer kosmetischen Ruckzuck-Operation die Beckenbreite zu verändern. »Wenn du das so willst, Liebes«, sagten sie. »Wenn du meinst, es hilft.« Sie schienen zu jeder Schandtat bereit, nur um sie aufzumuntern. Sie taten alles, damit die Klonfrau nicht wieder in ihrem vorne bekleckerten Morgenrock herumlief; sie ermutigen sie sogar zum Tabakrauchen, was selbst in den Freihandelszonen seit siebenundzwanzig Jahren verboten war.

»Ich habe nicht mit Absicht zugehört«, sagte sie.

»Dieser Frequenzbereich ist ab sofort tabu für dich«, sagte Seria Maú genervt. »Und mach was mit deinem Haar.« Zehn Minuten später schickte sie ihr Double wieder nach *Redline* hinunter.

»Wir haben hier starke Interferenzen«, sagte er klugerweise. »Vielleicht wurden wir deswegen getrennt.«

»Gut möglich.«

Was immer Billy Anker getan hatte, was immer ihn berühmt gemacht hatte, zurzeit tat er kaum etwas in dieser Richtung. Er hauste in seinem Schiff, der *Karaoke Sword*, die sich vermutlich nie mehr von *Redline* trennen würde. Die Neon-Vegetation, bläulich, bleich und üppig, wucherte über den knappen Kilometer, den das Schiff lang war, wie radioaktiver Efeu über eine kannelierte Steinsäule. Die *Karaoke Sword* bestand vom Scheitel bis zur Sohle aus exotischen Metallen, zernarbt von zwanzigtausend Flugjahren und zehn Jahren *Redline*-Regen. Ihre Vorgeschichte lag im Dunkeln. Innen waren die Originalinstrumente mit terrestrischem Zeug überbrückt. Bündel von Kabelrohren, Drahtnester, Geräte, die aussahen wie vierhundert Jahre alte zugestaubte Fernsehschirme. Das war keine K-Tech. Das war so altmodisch wie Schrauben mit Muttern, aber alles andere als nostalgischer Tinnef. Außerdem gab es an Bord der *Karaoke Sword* keine Schattenoperatoren. Wenn etwas getan werden musste, dann musste man es selber tun. Billy Anker misstraute den Schattenoperatoren, wollte aber nie sagen, warum. Stattdessen saß er in etwas, das wie ein uralter Schleudersitz aussah, hing an Drähten und Schläuchen mit farbigen Flüssigkeiten und konnte immer, wenn ihm danach war, den Helm aufsetzen.

Er sah zu, wie Seria Maús Double im Durcheinander zu seinen Füßen herumschnüffelte, und sagte: »Seinerzeit habe ich mit diesem Zeug so einige verrückte Reisen unternommen.«

»Kann ich mir vorstellen«, sagte Seria Maú.

»He, ich bin zufrieden, wenn eine Sache gut ist.«

»Billy Anker, ich bin hier, um Ihnen mitzuteilen, dass die Dr.-Haends-Einheit nicht funktioniert.«

Billy wirkte im ersten Moment überrascht, im zweiten nicht mehr. Ein verschmitzter Ausdruck stahl sich auf sein Gesicht. »Sie wollen Ihr Geld zurück?«, rief er. »Nun, wer mich kennt, der weiß ...«

»... dass Sie nichts zurückerstatten. Okay. Aber das hier ...«

»Das ist ein Grundsatz, Schätzchen«, sagte Billy Anker. Er zuckte leidvoll die Achseln, auch wenn seine Miene überhaupt nicht leidvoll wirkte. »Was soll ich sagen?«

»Ausnahmsweise einmal nichts. Sind Sie deshalb mit dem ganzen historischen Schrott hier allein, weil Sie nicht zuhören können? Ich bin nicht hier, weil ich mein Geld zurückwill. Da hätte ich mich an Onkel Sip halten können. Nur dass ich ihm nicht traue.«

»Vernünftiger Standpunkt«, räumte Billy Anker ein. »Was wollen Sie also?«

»Ich will wissen, woher Sie das Ding haben. Die Einheit.«

Billy Anker dachte nach.

»Das ist nicht üblich«, war seine Antwort.

»Trotzdem.«

Sie betrachteten einander ohne Überheblichkeit. Die Finger seiner intakten Hand tanzten auf der Armlehne des Pilotensessels. Die Bildschirme vor ihm leerten sich, dann zeigten sie Planeten. Mächtige Planeten. Sie fuhren rasch auf den Betrachter zu, schwollen an und erblühten wie etwas Lebendiges, bevor sie nach rechts oder links aus dem Bild verschwanden. Sie waren von wirbelnden Wolkenbändern umgeben, magenta, grün, schmutzigbraun und gelb.

»Diese Aufnahmen habe ich selbst gemacht«, sagte Billy Anker. »Hier, auf einem ersten Durchflug, kurz nachdem man das System entdeckt hatte. Sehen Sie, wie komplex dieser ganze Wahnsinn ist? Und den Leuten, die das gebaut haben, stand nicht mal eine Sonne zur Verfügung. Sie schleppten einen alten Braunen Zwerg herbei und bliesen ihm neues Leben ein. Sie kannten sich mit so was aus, und aus dem Zwerg wurde eine Sonne, die in keine astrophysikalische Schublade passt. Dann importierten sie sage und schreibe *acht* Gasriesen und noch sechzig kleinere planetenartige Objekte und schickten *Redline* auf den kompliziertesten Schwereslalom aller Zeiten. Den Rest besorgte so etwas Ähnliches wie Resonanzlibration.« Er dachte darüber nach. »Das waren keine Freizeitarchitekten. Allein dieses Projekt muss sie Jahrmillionen gekostet haben. Warum leiert man ein solches Projekt an und lässt dann alles stehen und liegen?«

»Billy Anker, das ist mir jetzt ziemlich egal.«

»Vielleicht langweile ich Sie nur, und Sie verlieren den Faden. Aber da ist noch etwas: Wenn man das alles fertigbringt, wenn man die innere Kraft aufbringt, das alles in Bewegung zu setzen, nur um so etwas wie ein wissenschaftliches Instrument zu bauen, wie *unverschämt* ernst muss man nehmen, wonach man damit fahndet? Haben Sie sich das jemals gefragt? *Warum* diese Leute es auf sich nahmen, ihre ganze Zeit darauf zu verwenden?«

»Billy …«

»Wie dem auch sei, das und andere wichtige historische Aspekte machen das System zum Albtraum jedes Teilchenjockeys. Interferenzen, sagt der astrografische Eintrag, sind hier die Normalität. Der Grund wahrscheinlich, warum unsere Verbindung neulich abgerissen ist. Erinnern Sie sich? Was ich zutiefst bedauert habe …«

Er schaltete die Bildschirme ab und blickte auf Seria Maús Double hinunter.

»Verraten Sie mir, wie Sie die *White Cat* gestohlen haben«, forderte er sie auf.

Der Kontrollraum der *Karaoke Sword* roch nach verbranntem Staub. Die Monitore knisterten, wenn sie abkühlten, oder schalteten sich gänzlich unmotiviert wieder ein. (Sie zeigten die Oberfläche von *Redline*, hier ein erodiertes Tafelland, dort eine Ruine, dazwischen nichts Nennenswertes; immer wieder kehrten sie zu dem Artefakt am Südpol zurück, nur undeutlich auszumachen in der Einöde aus radioaktivem Schnee.) Ein Flackern wanderte über die Wände des

Kontrollraums, die Originalschriftzeichen ähnlich den uralten terrestrischen Hieroglyphen trugen. Geistesabwesend massierte Billy Anker seine rechte Hand, als wolle er den Phantomschmerz der fehlenden Finger lindern.

Seria Maú war sich darüber im Klaren, dass sie etwas geben musste, um etwas zu bekommen, und zögerte die Antwort hinaus; dann sagte sie: »Ich war es nicht. Die Mathematik hat sie gestohlen.«

Billy Anker lachte ungläubig.

»Die *Mathematik?* Wie hab ich mir das vorzustellen?«

»Ich weiß nicht«, sagte sie. »Woher auch? Sie hat mich eingeschläfert. Das kann sie. Als ich aufwachte, waren wir abertausend Lichtjahre von wer weiß wo und blickten auf den Halo hinunter.« Sie war aus den üblichen, verwirrenden Träumen erwacht – in denen allerdings der Mann in Frack und Zylinder noch keine tragende Rolle gespielt hatte – und fand sich mitten im Nichts. Bei dieser Erinnerung schauderte sie in ihrem Tank. »Überall leerer Raum«, sagte sie. »Ich war vorher noch nie im leeren Raum. Sie haben ja keine Ahnung. Sie haben einfach keine Ahnung.« Sie erinnerte sich nur an den übergangslosen Ortswechsel, an Panikgefühle, die eigentlich nichts mit ihrer Situation zu tun hatten. »Wissen Sie«, sagte Seria Maú, »ich glaube, sie wollte mir etwas zeigen.«

Billy Anker lächelte.

»Das Schiff war also der Dieb«, sagte er mehr zu sich selbst. »*Sie* wurden gestohlen.«

»Es sieht ganz so aus«, sagte sie. »Ich war verdammt glücklich, dass man mich gestohlen hatte. EMC hatte ich sowieso satt. Die ganzen Polizeiaktionen in den Freihandelszonen! Die Erdpolitik stand mir bis hier. Vor allem hatte ich mich selbst satt …« Jetzt musterte er sie interessiert, also hielt sie inne. »Ich hatte noch eine Menge anderer Dinge satt, die Sie aber nichts angehen.« Sie suchte nach Worten. »Und trotzdem, auch wenn mich das Schiff gestohlen hatte – einen Plan hatte es nicht. Es hing da. Es hing einfach nur stundenlang im leeren Raum. Nachdem ich mich beruhigt hatte, brachte ich es in den Halo zurück. Wir fuhren volle Kraft voraus, monatelang.

In den Monaten hab ich dann wirklich die Seiten gewechselt. Damals fing ich an, meine eigenen Pläne zu schmieden.«

»Sie wurden zur Einzelgängerin«, sagte Billy Anker.

»Sieht man das so?«

»Sie agieren für jeden, der zahlt.«

»Ach, und *das* macht mich so anders? Jeder muss seine Brötchen verdienen, mein Lieber.«

»EMC will Sie zurückhaben. Für die sind Sie nur ein Aktivposten.«

Jetzt war es Seria Maú Genlicher, die lachte. »Die müssen mich erst mal fangen.«

»Und wie lange brauchen die?«, fragte Billy Anker. Er wackelte mit den Fingern der intakten Hand. »Gar nicht mehr lange. Als Sie hier ankamen, haben meine Systeme einen Blick auf Ihren Rumpf geworfen. Sie hatten vor Kurzem ein ziemlich großkalibriges Gefecht. Die Partikelspuren zeugen von einer leistungsstarken Röntgenkanone.«

»Kein Gefecht«, sagte Seria Maú. »Nur ich habe gefeuert.« Sie lachte grimmig. »Nach achtzig Nanosekunden waren die eine Gaswolke.«

Jede Wette, dachte sie.

Er zuckte die Achseln, um zu zeigen, dass er zwar beeindruckt, aber noch nicht zufrieden war.

»Und wer sind *die*? Sie sind Ihnen dicht auf den Fersen, Kindchen.«

»Was wissen Sie?«

»Es geht nicht darum, was *ich* weiß. Es geht darum, was *Sie* wissen, aber nicht wahrhaben wollen. Sie schwitzen es aus jeder Pore. Schon wie Sie reden …«

»*Was wissen Sie, Billy Anker?*«

Er hob die Schultern.

»Die *White Cat* fängt keiner!«, schrie sie hysterisch. »*Keiner*, ist das klar?«

In diesem Augenblick spazierte mitten aus den Wandhieroglyphen Mona, der Klon, heraus. Ihr Double, eine billige Mini-Mona, flackerte wie eine defekte Neonreklame. Es trug rote Ficki-ficki-Pumps mit fünfzehn Zentimeter hohen Absätzen, einen wadenlangen Latexschlauch – lindgrün – und ein Bolero aus pinkrosa Angorawolle. Das Haar war mit passendem Band zu lauter Sträußen gewickelt.

»Oh, holla, hoppla«, sagte Mona. »Ich muss wohl die falsche Taste erwischt haben.«

Billy Anker schien genervt.

»Sie müssen besser aufpassen, Kindchen«, riet er ihr. Sie maß ihn vom Scheitel bis zur Sohle, nur um ihn gleich wieder zu ignorieren.

»Ich habe nach Musik gesucht«, sagte sie zu Seria Maú.

»Raus hier!«, sagte Seria Maú.

»Ich kann einfach nicht damit umgehen«, beklagte sich der Klon.

»Falls du vergessen hast, wie es deinen Freunden ergangen ist«, drohte Seria Maú, »kann ich dir das Video zeigen.«

Die Klonfrau stand da und biss sich auf die Lippe. In ihrem Gesicht rangen Empörung und Verzweiflung miteinander, und dann kullerten die Tränen – Mona zuckte die Achseln und verpuffte zu braunem Rauch. Billy Anker zeigte kalkuliertes Desinteresse, das Intermezzo hatte ihn natürlich neugierig gemacht. Dann sagte er zu Seria Maú: »Sie haben dem Schiff einen anderen Namen gegeben. Warum?«

Sie lachte. »Weiß nicht«, sagte sie. »Warum macht man so was? Wir hingen da in der Finsternis, das Schiff, die Mathematik und ich. Es gab nichts, woran wir uns hätten orientieren können – abgesehen vom fernen Trakt, der wie ein Triefauge herüberblinzelte. Da fiel mir plötzlich die Legende von den alten Raumfahrern ein, die vor Aberhunderten von Jahren zum ersten Mal die Tate-Kearney-Transformationen benutzt haben, um von einem Stern zum anderen zu reisen. Wie sie in den langen Nachtstunden manchmal in ihren Navigationshologrammen eine *geisterhafte Erscheinung von Brian Tate* gesehen hatten, der mit seiner weißen Katze auf der Schulter durchs All trudelte. Damals hab ich mich für *White Cat* entschieden.«

Billy Anker stierte sie an.

»Himmel«, sagte er.

Seria Maú versetzte ihr Double auf die Armlehne seines Sessels und sah ihm in die Augen. »Wollen Sie mir jetzt verraten, woher Sie die Dr.-Haends-Einheit haben?«

Bevor er antworten konnte, wurde sie von der *Karaoke Sword* ab- und zur *White Cat* zurückgezogen. Leiser, hartnäckiger Alarm erfüllte das Schiff. In den Ecken unter der Decke rangen die Schattenoperatoren die Hände.

»Irgendetwas geht hier vor«, sagte die Mathematik.

Seria Maú wälzte sich unruhig in der Enge ihres Tanks. Was ihr an Gliedern geblieben war, machte fahrige, nervöse Bewegungen.

»Wieso, schieß los.«

Die Mathematik präsentierte das Verlaufsdiagramm eines fünf- oder sechshundert Nanosekunden alten Ereignisses: undeutliche graue Finger, die sich vor einer geisterhaften Helligkeit verknoteten und entknoteten. »Warum sieht das immer wie *Sex* aus?«, beschwerte sich Seria Maú. Da die Mathematik nicht wusste, was sie sagen sollte, sagte sie gar nichts. »Probier ein anderes Raster«, befahl Seria Maú gereizt. Die Mathematik wählte ein anderes Raster. Dann wieder ein anderes. Dann ein drittes. Das war, als wechsle man so lange die Farbe der Brillengläser, bis man sah, was man sehen wollte. Das Bild flackerte und änderte sich wie uralte Ferienschnappschüsse in einem Diabetrachter. Schließlich begann es, regelmäßig zwischen zwei Zuständen hin- und herzupendeln. Wenn man genau wusste, wie man in die Lücke dazwischen zu blicken hatte, konnte man – wie bei schwach reagierender Materie – den Hauch eines Ereignisses ausmachen. In einer Entfernung von zwei Astronomischen Einheiten, tief in einem Gürtel aus Gas und Asteroidentrümmern, hatte sich etwas bewegt, um gleich wieder stillzuhalten. Die Nanosekunden verflogen, und nichts weiter geschah.

»Hast du gesehen?«, fragte die Mathematik. »Da ist etwas.«

»Das System ist schwer einzusehen. Das geht auch eindeutig aus der Bibliothek hervor. Und Billy Anker meint ...«

»Das ist mir schon klar. Aber du musst doch zugeben, dass da etwas ist.«

»Ja, da ist was«, gab Seria Maú zu. »Aber *die* sind es jedenfalls nicht. Die Salve hätte einen ganzen Planeten geschmolzen.« Sie überlegte kurz.

»Lassen wir es gut sein«, sagte sie dann.

»Ich fürchte, das geht nicht«, wandte die Mathematik ein. »Hier geschieht etwas, und *gut* ist es vermutlich nicht. *Die* sind genau wie wir in der ersten Nanosekunde nach dem Abfeuern auf und davon. Wir müssen davon ausgehen, dass sie es sind.«

Seria Maú warf sich in ihrem Tank hin und her.

»Wie konntest du das zulassen?«, kreischte sie. »Nach achtzig Nanosekunden waren die eine Gaswolke!«

Noch während sie kreischte, verabreichte ihr die Mathematik ein Beruhigungsmittel. Sie hörte sich in Richtung Stille davondopplern wie eine akustische Illustration der Allgemeinen Relativitätstheorie. Dann träumte sie, wieder im Garten zu sein, einen Monat bevor sich der Tod ihrer Mutter jähren sollte. Es herrschte ein feuchter Frühling mit irdischen Osterglockenbeeten unter den Lorbeerbüschen, mit irdischem Himmel, blassblau zwischen weißen Wolkentürmen. Das Haus, das nach dem langen Winter seine Türen und Fensterläden nur widerstrebend öffnete, hatte sie alle drei ausgeatmet wie den Atem eines alten Mannes. Ihr Bruder entdeckte eine Nacktschnecke. Er bückte sich und knuffte sie mit einem Stöckchen. Dann nahm er sie auf und lief mit ihr herum und rief immerzu: »Joi joi joi.« Seria Maú, neun Jahre alt, adrett in ihrem roten Wollmäntelchen, wollte ihn nicht ansehen und wollte nicht lachen. Den ganzen Winter lang hatte sie von einem Pferd geträumt, einem weißen Pferd mit einem so anmutigen Gang! Es würde aus dem Nichts kommen und ihr überallhin folgen und sie mit seinen weichen Nüstern anstupsen.

Traurig lächelnd sah der Vater ihnen zu.

»Was wünscht ihr euch?«, fragte er sie.

»Ich will die Schnecke!«, rief der Bruder. Er plumpste hin und streckte die Beine aus. »Joi joi.«

Der Vater lachte.

»Und du, Seria Maú?«, fragte er. »Du kannst haben, was du willst!«

Den ganzen Winter über hatte er zurückgezogen gelebt, oben in seinem kalten Zimmer Schach gespielt, die Hände in fingerlosen

Handschuhen. Er weinte jeden Mittag, wenn Seria Maú ihm das Essen brachte. Er wollte nicht, dass sie das Zimmer verließ. Er legte ihr die Hände auf die Schultern und zwang sie, ihm in die wunden Augen zu sehen. Sie wollte nicht, dass das ein Leben lang so weiterging. Sie mochte seine Tränen nicht; sie mochte auch seinen Garten nicht, nicht den Aschefleck und nicht den Geruch nach Verlust unter den Birken. Und trotzdem mochte sie den Vater! Sie hatte ihn lieb. Sie hatte auch ihren Bruder lieb. Und trotzdem wollte sie ihnen weglaufen und auf dem *New Pearl River* davonfahren.

Sie wollte schnurstracks irgendwohin, wo nur sie zu Hause war, und in die Mähne eines großen weißen Pferdes greifen, dessen edler Atem nach Mandeln und Vanille roch.

»Ich will nicht wie die Mutter sein«, hatte Seria Maú ihm geantwortet.

Ihr Vater machte ein langes Gesicht. Er wandte sich ab. Und sie stand im Regen vor dem Schaufenster eines Retroladens.

Hinter der beschlagenen Scheibe lagen Aberhunderte von Artikeln. Bei allen handelte es sich um Lügen. Falsche Zähne, falsche Nasen, künstliche rote Lippen, Perücken, Röntgenbrillen, die nie funktionierten. Altes, trügerisches Zeug aus Blech oder Plastik, das nur einen Zweck hatte: sich, sobald man es in die Hand nahm, als etwas anderes zu entpuppen. Ein Kaleidoskop, das einem das Auge schwärzte. Puzzles, die sich, wenn man sie einmal auseinandergenommen hatte, nie wieder zusammensetzen ließen. Dosen mit doppeltem Boden, die lachten, wenn man sie anfasste. Musikinstrumente, die furzten, wenn man hineinblies. Lauter Schwindel. Die ganze Auslage ein einziges Paradigma der Unzuverlässigkeit. Und in der Mitte residierte Onkel Sips Geschenkkarton mit dem grünen Satinband und seinem Dutzend langstieliger Rosen.

Es hörte auf zu regnen. Der Deckel des Kartons lüftete sich ein wenig. Ein nanotechnisches Substrat, das aussah wie weißer Schaum, quoll heraus und begann das Schaufenster zu fluten, derweil der freundliche Gong ertönte und die ferne Frauenstimme sagte: »Dr. Haends? Dr. Haends bitte. Dr. Haends in die Chirurgie!«

Von innen klopfte es sachte aber bestimmt an die Scheibe. Der Schaum verzog sich und enthüllte ein Schaufenster, das nunmehr leer war – fast leer. Am Hintergrund aus rosafarbenen Satinrüschen lehnte ein steifer weißer Karton mit der flotten Skizze eines Mannes in Frack und Zylinder, der im Begriff war, sich eine türkische Zigarette mit ovalem Querschnitt anzustecken. Seine Manschetten waren mit einem Schnörkel bestickt. Auf dem Rücken seiner langen weißen Hand hatte er den Tabak festgeklopft. Festgehalten in diesem Moment, war der Mann die Eleganz in Person. Die schwarzen Augenbrauen beschrieben einen ironischen Bogen. »Wer weiß, was als Nächstes geschieht?«, schienen sie zu sagen. Vielleicht verschwand die Zigarette. Oder der ganze Zauberer. Mit dem ebenholzfarbenen Spazierstock würde er sich den Zylinder aus der Stirn schieben und sich langsam zu Nichts verflüchtigen, derweil der Kefahuchi-Trakt wie eine billige viktorianische Halskette über die gerüschte Satinleere schlitterte und das Licht der Straßenlaterne – ting! – einen winzigen Blitz aus einem seiner makellosen Schneidezähne schlug. Alles würde verschwinden.

Unter der Skizze stand in fetter Jugendstilschrift:

DR. HAENDS, PSYCHOCHIRURG
Zwei Vorstellungen pro Abend

Seria Maú wachte auf, sie war durcheinander; der Tank war mit besänftigenden Hormonen geflutet. Die Mathematik hatte ihre Meinung geändert. »Ich glaube jetzt doch, dass wir alleine sind«, sagte sie und zog sich, noch bevor Seria Maú etwas sagen konnte, in ihre ureigenen Gefilde zurück. Seria Maú musste wohl oder übel die relevanten Displays aufrufen, um sich genauer zu informieren.

»Jetzt bin ich mir nicht mehr so sicher«, sagte sie.

Keine Antwort.

Stattdessen kam ein Anruf vom Planeten.

»Also, was war los?«, wollte Billy Anker wissen. »In der einen Minute reden Sie, in der nächsten sind Sie verschwunden?«

175

»Diese Interferenzen!«, sagte Seria Maú unbekümmert.

»He, nur keine Gefälligkeiten«, murrte er. »Wenn Sie die Geschichte dieser Einheit erfahren wollen, kann ich vielleicht helfen. Aber vorher müssen Sie mir einen Gefallen tun.«

Seria Maú lachte.

»Für Ihre Garderobe bin ich nicht zuständig, Billy Anker; damit das von vornehrein klar ist.«

Diesmal war es an Billy Anker, die Verbindung zu unterbrechen.

Sie schickte ihr Double. »He, Mann«, sagte sie, »das war ein Scherz. Was soll ich für Sie tun?«

Man sah ihm an, dass er seinen Stolz hinunterschlucken musste. Anscheinend hatte er gute Gründe, sie bei der Stange zu halten. »Ich möchte, dass Sie mitkommen«, sagte er. »Sich ein paar Dinge auf *Redline* ansehen, das ist alles.« Sie war gerührt, bis seine Stimme die Färbung bekam, die sie bereits kannte. »Nichts Außergewöhnliches. Oder nur so außergewöhnlich wie alles andere hier draußen am Rand …«

»Worauf warten wir«, unterbrach sie ihn.

Doch es kam anders. Alarm ertönte. Die Schattenoperatoren stoben durcheinander. Die *White Cat* fuhr auf volle Bereitschaft. Ihre Zeitgeber, auf null zurückgestellt, begannen die Femtosekunden abzuzählen. Letzter Halt vor der unergründlichen Echtzeit des Universums. Inzwischen wurden Triebwerke und Waffensysteme mit Fusionsmaterial versorgt und, gleichsam als vorbeugendes Störmanöver, der Kontakt mit dem Dynaflow so zufällig wie das Flackern einer Flamme bei Zugluft gestaltet. Dieses Verhaltensmuster sagte Seria Maú, dass die Lage ernst war.

»Was denn?«, rief sie der Mathematik entgegen.

»Sieh selbst«, erwiderte die Mathematik und intensivierte die Vernetzung zwischen Seria Maú und der *White Cat*, bis beide in wesentlichen Zügen identisch waren. Seria Maú war das Schiff. Ihre Zeit war die Schiffszeit. Ihr Bewusstsein das Bewusstsein des Schiffes. Ihre Verarbeitungsgeschwindigkeit schlug die lumpigen vierzig Sekundenbits eines Menschen um etliche Größenordnungen. Ihr

Sinnesapparat, abgeglichen, um vierzehn Dimensionen zu repräsentieren, hallte wider von Kopien seiner selbst wie eine Kathedrale im Bran-Raum. Seria Maú erlebte, dachte und handelte jetzt auf eine Weise – und mit einer Geschwindigkeit –, die sie ausbrennen würde, sollte sie länger als anderthalb Minuten anhalten. Als vorbeugende Maßnahme bespülte die Mathematik das Tankproteom mit Endorphinen, Adrenalinhemmern und Abkühlhormonen, die mit biologischer Geschwindigkeit arbeiteten und deshalb erst nach Beendigung des Feinkontakts Wirkung zeigen würden.

»Ich habe mich geirrt«, sagte die Mathematik. »Siehst du? Da!«

»Ja«, sagte Seria Maú. »Ich sehe die Bande!«

Es war EMC. Um das zu wissen, brauchte sie keine Verlaufsdiagramme oder Datenbankrecherchen. Sie kannte sie. Sie kannte ihre Umrisse. Sie kannte sogar ihre Namen. Eine Herde von K-Schiffen – kreischender vorgetäuschter Funkverkehr, multidimensionale Köder – schlitterte auf einer möglichst unberechenbaren Bahn den Gravitationstrichter von *Redline* entlang. Von Augenblick zu Augenblick antizipiert, erschien dieses Ereignis im Sensorium der *White Cat* wie Neonschrift, die sich periodisch vor der Schwärze des Halos wiederholte. Die *Krishna-Moire*-Herde, die von *New Venusport* aus auf Langstreckeneinsätze geschickt wurde, verdankte ihren Namen dem Leitschiff *Krishna Moire;* hinzu kamen die *Norma Shirike*, die *Kris Rhamion*, die *Sharmon Kier* und die *Marino Shrike*. Sie befanden sich im Anflug, wobei ihre vernetzten Mathematiken dafür sorgten, dass sie andauernd in einer Art chaotisch geflochtenem Zopf ihre Positionen tauschten. Ein klassisches K-Schiff-Manöver. Doch die zentrale Strähne des Zopfes (obwohl »zentral« unter diesen Umständen ein sinnloser Begriff war) entpuppte sich als ein Objekt, das Seria Maú kannte: ein Objekt mit einer seltsam verketteten Kennung, halb nastisch, halb menschlich.

Während sie auf die *White Cat* niederfuhren, flackerte und flatterte diese, mimte Unsicherheit und vielleicht einen gebrochenen Flügel. Sie verschwand aus ihrer Umlaufbahn. Das entging der Herde nicht. Man konnte ihr sarkastisches Gelächter förmlich hören. Sie verwendeten nur einen Bruchteil ihrer Intelligenz darauf, die *White Cat* zu finden, und blieben unbeirrt auf Kurs. Seria Maú – ihre Kennung umfrisiert auf die eines verlassenen Satelliten am L_2 von *Redline* – brauchte keinen weiteren Beweis. Auch ihre Intuition war vierzehndimensional.

»Ich weiß, wo die hinwollen.«

»Na und?«, sagte die Mathematik. »In achtundzwanzig Nanosekunden sind wir über alle Berge.«

»Nein. Um uns geht es nicht!«

In der oberen Atmosphäre von *Redline* zeigte sich ein Stachel aus weißem Licht, wie von einem Mittelstreckengeschoss, abgesetzt im Dynaflow – noch bevor der Angriff begann –, um Billy Ankers Minenfelder und Satelliten aus der Reserve zu locken. Drunten auf der Oberfläche im strömenden Regen begann es der *Karaoke Sword* zu dämmern, was sich über ihr zusammenbraute, der Bordfunk erwachte nur widerwillig zum Leben, die Maschinen wärmten sich auf, alle eingeleiteten Gegenmaßnahmen schienen geblendet vom Tageslicht: ein Raketenschiff, das an einem zehnjährigen Kater litt und als gequälter, fauler Wurm aus Licht in Seria Maús Wahrnehmung auftauchte.

Viel zu langsam!, dachte sie. Viel zu alt.

Sie stellte eine Verbindung her. »Viel zu langsam, Billy Anker!«, rief sie. Keine Antwort. Der Abenteurer, der in Panik auf den Armlehnen seiner Andruckliege herumtippte, hatte sich den linken Zeigefinger verrenkt. »Ich komme!«, sagte Seria Maú.

»Ist das vernünftig?«, wollte die Mathematik wissen.

»Trenne mich«, sagte Seria Maú.

Die Mathematik dachte nach.

»Nein«, sagte sie.

»Du sollst mich trennen. Wir sind Randfiguren. Das ist kein Überfall, das ist eine Polizeiaktion. Sie gilt Billy Anker, und der weiß sich nicht zu helfen.«

Zweihundert Kilometer über *Redline* tauchte die *White Cat* wieder auf. Ringsherum barsten Geschosse. Jemand hatte ausbaldowert, dass sie genau *jetzt* und *hier* erscheinen würde. »O ja«, sagte Seria Maú, »sehr schlau. Du mich auch.« Sie vergalt Gleiches mit Gleichem, indem sie eine Mine vom Feinsten hochgehen ließ, die sie der Schiffsherde in den Weg geschmuggelt hatte. »Die war ein bisschen früher da als ihr«, sagte sie. Die Herde barst auseinander, die Schiffe waren vorübergehend geblendet und stoben in mehreren Richtungen davon. »Das werden sie uns nachtragen«, prophezeite sie der Mathematik. »Das sind arrogante Schweine, dieses Geschwader.« Der Mathematik fiel dazu nichts ein, sie nutzte den Aufschub, um das Verhältnis zwischen Seria Maú und der *White Cat* zu normalisieren. Seria Maú erlebte die Trennung, als kollabiere ringsherum das Schiffssensorium. Alles wurde jählings abgebremst. »Rein und raus jetzt«, befahl sie. »So schnell wie möglich.« Die *White Cat* kippte in die Eintrittsposition. Bremstriebwerke loderten und stemmten sich gegen die Fallbeschleunigung. Draußen wichen die Farben des Weltraums seltsam verschmierten Rot- und Grüntönen. Seria Maú fuhr alle Landeklappen in die dichter werdende Atmosphäre und verwandelte Geschwindigkeit in Hitze und Schall, bis ihr Schiff als weithin sichtbarer Feuerball über den Nachthimmel donnerte. Es war ein wilder Ritt. Die Schattenoperatoren schwammen durchs Schiff, die zarten Flügel raschelten hinterher, die langen Hände bedeckten das Gesicht. Mona, der Klon, hatte aus einem Bullauge geblickt, als das Schiff sich auf die Nase stellte, und übergab sich nach Kräften.

Die *White Cat* brach bei fünfzehnhundert Fuß durch die Wolkendecke, unmittelbar über der *Karaoke Sword.* »Das glaube ich nicht«, sagte Seria Maú. Das alte Schiff hatte sich ein paar Meter aus dem Morast gehoben und wandte sich zögerlich mal hierhin und mal dorthin, bebend wie eine billige Kompassnadel. Eine Fusionsflamme schoss aus dem Heck, steckte die nahe Vegetation in Brand und erzeugte Schwaden aus radioaktivem Dampf. Nach zwanzig Sekunden sackte der Bug plötzlich ab, das ganze Ding plumpste mit einem Ächzen in den Morast zurück und brach etwa hundert Meter vor den Triebwerken auseinander. »Liebe Güte«, flüsterte Seria Maú. »Bring uns runter.«

Die Mathematik sträubte sich.

»Bring uns runter. Ich lass ihn hier nicht zurück.«

»Du lässt ihn doch nicht hier zurück, oder?«, rief Mona, der Klon, besorgt aus dem Quartier.

»Bist du taub?«, sagte Seria Maú.

»Ich hätte es dir glatt zugetraut.«

»Klappe!«

Die *Krishna-Moire*-Herde hatte begriffen, was Sache war, preschte heran, schwärmte aus und hängte sich in den Parkorbit, so provozierend lässig wie Schattenboys, die in ihren Einwegcultivaren auf Türschwellen lungerten, um zu spucken, zu spielen und sich die Nägel mit der Kopie eines unbezahlbaren antiken Schnappmessers zu reinigen. Man konnte es sich leisten zu warten. Unterdessen, um die Dinge voranzutreiben, nahm die *Krishna Moire* höchstpersönlich Verbindung mit der *White Cat* auf. Er hatte jünger angeheuert als Seria Maú, und sein Double hatte den fordernden Mund eines Jungen, obwohl es zwei Meter groß und im eleganten Stil von EMC gekleidet war: schwarze Stiefel, hoch taillierte Reithose und taubengrauer zweireihiger Smoking mit Epauletten.

»Wir wollen Billy Anker«, sagte er.

»Nur über meine Leiche«, sagte Seria Maú einladend.

Moire wirkte nicht mehr so sicher. »Du vergehst dich, wenn du uns Widerstand leistest«, klärte er sie auf. »Ganz zu schweigen von den anderen Vergehen, die dir angelastet werden. Um dich geht es aber nicht. Noch nicht.«

»Mir angelastet?«, sagte Seria Maú. »Vergehen, die *mir* angelastet werden?«

Draußen pflügten Explosionen durch den Morast, es regnete Steine und Vegetation. Teile der Herde, ungeduldig ob der halben Minute Aufschub, waren in die Atmosphäre getaucht und beschossen planlos die Oberfläche. Seria Maú seufzte.

»Scher dich zum Teufel, Moire, und nimm Sprachunterricht!«

»Du bist nur deswegen noch am Leben, weil EMC sich so oder so nicht für dich interessiert«, sagte er, während er sich hier und da in braunen Rauch aufzulösen begann. »Man könnte dort seine Meinung ändern. Dieser Einsatz hat höchste Priorität.« Das Double flackerte und verschwand, um plötzlich für eine Nachbemerkung wieder Gestalt anzunehmen. »He, Seria, ich habe jetzt meine eigene Herde!«, sagte Moire.

»Wusste ich. Und?«

»Bei unserer nächsten Begegnung«, versprach er, »lass ich die Maschine sprechen.«

»Blödmann«, sagte Seria Maú.

Inzwischen hatte sie die Frachtluke geöffnet. Billy Anker, der in einem total veralteten Raumanzug steckte, kämpfte sich, den Kopf gesenkt, mit der ganzen grimmigen Ausdauer des körperlich Unterlegenen voran. Er fiel auf die Knie, rappelte sich auf, fiel wieder. Er wischte sich über die Sichtscheibe. Oben in der Stratosphäre kam Bewegung in die *Krishna-Moire*-Herde, jedes Schiff schien eine andere Witterung aufzunehmen; während das Hybridschiff hoch oben im Parkorbit den Ausgang der Operation abwartete, seine ambivalente Kennung so undurchschaubar wie die Ereignisse, die tief unten ihren Lauf nahmen. Wer war *noch* da oben?, fragte sich Seria Maú. Wer noch außer dem Kommandanten der *Touching the Void*? Wer leitete diese verpfuschte Operation? Unten an der Frachtluke feuerte Mona, der Klon, Billy Anker an. Sie lehnte sich hinaus, packte seine Hand und zog ihn ins Schiff. Die Rampe klappte zu. Als sei dies ein Signal gewesen, rasten Kondensstreifen steil aus der Wolkenbasis. Billy Ankers Schiff zerbarst. Die Triebwerke explodierten in einem Seufzer aus Gammastrahlen und sichtbarem Licht.

»Los!«, befahl Seria Maú der Mathematik. Die *White Cat* schlug einen niedrigen, flammenden Bogen über den Südpol, sendete Phantomkennungen und feuerte Köder und Partikel-Kläffer ab.

»Da unten!«, schrie Billy Anker. »Da ist es!«

Unter ihnen blitzte das südpolare Artefakt. Ehe es achtern verschwinden konnte, erhaschte Seria Maú einen flüchtigen Blick – eine nichtssagende bronzefarbene Stufenpyramide. Grundriss quadratisch, acht Kilometer Kantenlänge. Alter unvorstellbar. »Es öffnet sich«, schrie Billy Anker. Dann fügte er mit ehrfürchtig gesenkter Stimme hinzu: »Ich kann hineinsehen. Drinnen ist …« Hinter ihnen wurde der Himmel blendend weiß, und Billy Ankers Stimme erstickte zu einem verzweifelten Klagelaut. Um auf ihre Kosten zu kommen, hatte die Herde das Artefakt mit einer Waffe aus der untersten Schublade ihres Arsenals beschossen, einer Monsterwaffe. Einer EMC-Waffe.

»Was haben Sie gesehen?«, wollte Seria Maú wissen, als die *White Cat* sich drei Minuten später am L_2 von *Redline* herumdrückte, derweil ihre Mathematik an einer Möglichkeit knobelte, den Verfolgern eine lange Nase zu drehen.

Billy Anker rückte nicht damit heraus.

»Wie kann man so etwas nur tun?«, grämte er sich. »Das war ein einzigartiges historisches Objekt, das außerdem noch in Betrieb war. Es empfing nach wie vor Daten von irgendwo im Trakt. Etwas *lernen* können hätten wir von dem Ding.« Er saß im Menschenquartier, die obere Hälfte des schlammverschmierten Raumanzugs nach hinten gestreift, rang nach Luft und wischte sich alle paar Augenblicke mit dem Halstuch den Adrenalinschweiß aus dem kalkweißen Gesicht. Die Schattenoperatoren umringten ihn gurrend und schwänzelnd und versuchten seinen verrenkten Finger zu richten, doch er hielt sie sich mit der anderen Hand vom Leib. »Diese alten Artefakte«, sagte er, »sind alles, was wir haben. Sie sind unser ganzer Reichtum!«

»Wer suchet, der findet«, erwiderte sie. »Es gibt noch mehr davon. Es gibt noch viel, viel mehr davon, Billy Anker.«

»Trotzdem, alles, was ich herausbekommen habe, verdanke ich diesem Ding.«

»Und was haben Sie herausbekommen, Billy Anker?«

Er tippte sich mit dem Finger an die Nase.

»Das wüssten Sie gerne«, sagte er und lachte, als zeige diese Erwiderung, wie scharf und makellos seine Intuition war. »Aber das behalte ich für mich.« Er war ein Strandgutjäger, und entsprechend erodiert war seine Persönlichkeit. Seine große Entdeckung baute ihn auf. Er *musste* davon ausgehen, dass Seria Maú ein brennendes Interesse daran hatte, egal, wie trivial die Einsicht war, die er dieser Entdeckung zu verdanken glaubte. »Ich kann Ihnen wohl verraten, was EMC will«, erbot er sich.

»Weiß ich doch längst. Die wollen Sie. Die sind mir den ganzen Weg von *Motel Splendido* gefolgt, nur um Sie zu finden. Und da ist noch etwas, das mir zu denken gibt: Die *Moire*-Herde wollte sich mit mir anlegen. Die halten sich für ziemlich clever. Aber wer immer in diesem anderen Schiff war, er hat sie zurückgepfiffen, aus Sorge, *Sie* könnten in dem Kreuzfeuer zu Schaden kommen, Billy. Deshalb hat *Krishna Moire* Ihr Artefakt torpediert. Er ist stocksauer auf seine Vorgesetzten.«

Billy Anker grinste sein schlaues Grinsen.

»Und, sind sie clever genug?«, sagte er. »Um sich mit Ihnen anzulegen?«

»Was meinen *Sie*?«

Billy Anker dachte über die Antwort nach, sie gefiel ihm. Er sagte: »EMC ist nicht hinter *mir* her. Sie suchen das, was ich gefunden habe.«

Seria Maú fröstelte in ihrem Tank.

»Befindet es sich an Bord meines Schiffes?«

»Sozusagen«, räumte er ein. Er machte eine Geste, die die ganze *Radio Bay* umschloss, vielleicht sogar den ganzen weiten *Strand*. »Es ist auch da draußen.«

18 · Der Zirkus von Pathet Lao

Ein paar Stunden nachdem er Evie Cray erschossen hatte, kam Ed Chianese auf dem Müllplatz hinter dem Gehege der *Neuen Menschen* zur Besinnung.

Hier draußen herrschte pechschwarze Finsternis, die nur von den grellen Irrlichtern in den Docks erhellt wurde. Ab und zu ritt ein K-Schiff auf seinem langen flammenden Dorn aus Fusionsprodukten in den Himmel, und Ed konnte sekundenlang niedrige Hügel, Gruben, Teiche und haufenweise Maschinenschrott sehen. Das ganze Areal stank nach Metall und Chemie. Aus den Werkhöfen krochen Dämpfe, die aussahen wie Bodennebel. Ed übergab sich wieder, und in seinem Kopf spukten erneut die Stimmen aus dem Tank. Er warf die Waffen in den erstbesten Tümpel. Ein Leben wie das seine – und am Ende hatte er jemanden umgebracht! Er musste unwillkürlich daran denken, wie er sich vor Tig Vesicle gebrüstet hatte:

Wenn du alles Lohnenswerte getan hast, dann bleibt dir nur noch das zu tun, was sich nicht lohnt.

Aus dem Tümpel kräuselte hier und da ein wenig Rauch, als sei das Wasser darin nicht bloß Wasser. Kurz nachdem Ed sich der Waffen entledigt hatte, stieß er auf eine verlassene Rikscha. Sie ragte urplötzlich vor ihm auf, ungewohnt schräg, aus dem Zusammenhang gerissen, das eine Rad in einem überfluteten Loch. Seine Annäherung registrierend, begann Werbung über die Seiten des Verdecks zu kriechen, um in der Luft darüber zu gespenstischen Lichtern zu verschmelzen. Musik setzte ein. Eine Stimme hallte über den Müllplatz:

»Sandra Shens Observatorium und die Original-Karma-Pflanze: der Zirkus von Pathet Lao.«

»Danke, nein«, sagte Ed. »Ich gehe zu Fuß.«

Im Widerschein des nächsten Raketenstarts entdeckte er das Rikschagirl. Sie kniete in der Gabel, vornübergebeugt, und atmete – ein heiseres Pfeifen beim Luftholen und ein tiefes Knurren beim Ausatmen. Von Zeit zu Zeit ballte sich ihr Leib wie eine Faust zusammen und begann heftig zu zittern. Dann wieder schien sie sich zu entspannen. Ein-, zweimal lachte sie in sich hinein und sagte: »He, Mann.« Sie war so mit dem Sterben beschäftigt, wie sie es mit dem Leben gewesen war, mit derselben Ausschließlichkeit. Ed kniete sich zu ihr. Ihm war, als kniete er neben einem zusammengebrochenen Pferd.

»Halte durch«, sagte er. »Nicht sterben. Du kannst es schaffen.«

Sie lachte gequält.

»Du kennst dich aus, was?«, ächzte sie.

Er spürte, wie die Wärme aus ihr wich. Es kam ihm vor, als strömte sie ihr aus allen Poren, bis sie schließlich für immer versiegen würde. Um das zu verhindern, wollte er das Mädchen in die Arme nehmen. Doch dafür war sie zu groß, sodass er sich mit ihrer Hand zufriedengab.

»Wie heißt du?«, fragte er.

»Was schert dich das?«

»Wenn du mir sagst, wie du heißt, kannst du nicht sterben«, erklärte Ed. »Das wäre ein bisschen so, als hätten wir was miteinander. Dann würdest du mir was schuldig sein und so weiter, du weißt schon.« Er überlegte. »Für mich ist es wichtig, dass du nicht stirbst«, sagte er.

»Mist«, sagte sie. »Andere scheiden in Frieden dahin. Und mir kommt ein Twink in die Quere.«

Ed war bass erstaunt.

»Woher weißt du das?«, sagte er. »Das kannst du unmöglich wissen.«

Sie holte rasselnd Luft.

»Sieh dich an«, verriet sie ihm. »Du bist so tot wie ich, *inwendig*, verstehst du?« Sie verengte ihre Augen. »Du bist von oben bis unten

voll Blut, Mann«, erklärte sie ihm. »Ganz voll Blut. An mir klebt
wenigstens kein Blut.« Das schien sie irgendwie aufzumuntern. Sie
nickte und lehnte sich zurück.

»Ich heiße Annie Glyph«, sagte sie. »*Noch.*«

»Besuchen Sie uns noch heute!«, dröhnte urplötzlich der Rikscha-
reklamechip. »Sandra Shens Observatorium und die Original-Karma-
Pflanze: der Zirkus von Pathet Lao. Ein Blick in die Zukunft: Weis-
sagen – Wahrsagen – Ätherlesen.«

»Fünf Jahre hab ich diese Stadt beackert, mit *Café électrique* und
ganz auf mich gestellt«, sagte Annie Glyph. »Das sind zwei Jahre länger als die meisten.«

»Was ist *Ätherlesen?*«, fragte Ed.

»Weiß der Teufel.«

Er starrte auf die Rikscha. Primitive Speichenräder und orange-
roter Kunststoff, ganz Pierpoint Street. Die Rikschagirls trabten achtzehn Stunden täglich, um sich das Speed leisten zu können. Und das
Opium, um dem Speed die Schärfe zu nehmen. Dann waren sie ausgebrannt. *Café électrique* und Power, das war ihr ganzer Stolz. Was
ihnen blieb, war ein Mythos. Sie waren nicht kaputt zu kriegen –
und das machte sie kaputt. Ed schüttelte den Kopf.

»Wie kannst du damit leben?«, sagte er.

Doch genau das tat Annie Glyph nicht mehr. Ihre Augen waren
ausdruckslos, und sie war zur Seite gekippt, und mit ihr die Rikscha.
Es wollte ihm nicht in den Kopf, dass etwas so Lebendiges wie Annie
sterben konnte. Ihr mächtiger Leib glänzte noch vor Schweiß. Das
grobknochige Gesicht, zu klein im Verhältnis zu Nacken- und Schul-
termuskulatur, vermännlicht durch das inwendig getragene Testos-
teronpflaster, das der Zuschneider als Teil des billigen Umwand-
lungssets verwendet hatte – war von einer Art herben Schönheit. Ed
betrachtete es ein, zwei Atemzüge lang, dann beugte er sich vor, um
ihr die Augen zu schließen. »He, Annie«, sagte er. »Schlaf jetzt …«
Das letzte Wort hatte seinen Mund noch nicht ganz verlassen, als
etwas Unheimliches geschah. Ihre Backenknochen kräuselten sich
und ruckelten hin und her. Er führte das auf den unruhigen Wider-

schein der Rikschawerbung zurück. Doch dann verschwamm ihr ganzer Kopf und schien sich in lauter Lichter aufzulösen.

»Scheiße«, sagte Ed, sprang auf die Füße und fiel hintenüber.

Es dauerte eine Minute, vielleicht auch zwei. Die Lichter schienen in den sanft erhellten Bereich aufzusteigen, wo die Rikschareklame wie durch Zauberhand in der Luft erblühte. Dann strömten Lichter und Werbung in Annies Gesicht zurück, das sie aufsaugte wie ein trockener Schwamm die Tränen. Ihr linkes Bein zog an, um sich gleich darauf galvanisch zu strecken. »Zum Teufel«, sagte sie. Sie räusperte sich und spuckte aus. Indem sie sich mit Füßen und Händen in den Morast stemmte, konnte sie sich und die Rikscha wieder aufrichten. Sie schüttelte sich und starrte auf Ed hinunter. Von ihrem Kreuz stieg Dunst in die kalte Nacht. »So was ist mir noch nie passiert.«

»Du warst tot«, flüsterte Ed.

Sie zuckte die Achseln. »Zu viel Speed. Dagegen hilft nur eins: noch mehr Speed. Willst du irgendwohin?«

Ed stand auf und wich zurück.

»Nein danke.«

»He, nun steig schon ein, Mann. Du hast dir eine Fahrt verdient.« Sie blickte zu den Sternen empor, dann sah sie sich auf dem Müllplatz um, als sei sie sich nicht sicher, wie sie hierhergekommen war. »Ich bin dir was schuldig, auch wenn ich nicht mehr weiß, warum.«

Es sollte die verrückteste Fahrt werden, die Ed je erlebt hatte.

2.30 Uhr in der Frühe: Die Straßen lagen verlassen da, die Stille wurde nur durch das leise, gleichmäßige Geräusch von Annies Schritten gebrochen. Die Gabel tanzte auf und ab, aber die Rikscha besaß einen Chip, der die Schaukelbewegungen dämpfte. Für Ed war es wie Gleiten und Stillstand in einem. Alles, was er von dem Rikschagirl sah, waren die gewaltigen Rückenmuskeln und Hinterbacken (über denen der stahlblaue Lycra-Anzug wie eine große, lückenlose Tätowierung wirkte). Ihr Gang war ein energiesparender Schleifschritt. Sie war gemacht, um bis in alle Ewigkeit zu laufen. Hin und wieder schüttelte sie den Kopf, und ein Sprühregen aus Schweiß flog in die schummrige, unstete Korona der Werbespots. Annies Hitze hüllte ihn ein und schirmte ihn gegen die Nacht ab. Auch von allem anderen fühlte er sich abgeschirmt; als Annies Passagier schien er sich aus der Welt zurückziehen zu können, um sich von ihren Rätseln zu erholen.

Sie lachte, als er ihr das sagte.

»Twinks!«, sagte sie. »Euch erholen ist alles, was ihr Wichser könnt.«

»Ich hab früher mal ein Leben geführt.«

»Das sagen sie alle. He, schon mal gehört, dass man mit 'nem Rikschagirl nicht reden soll? Ich brauch meine Puste für was anderes.«

Die Nacht glitt vorüber, das Bekleidungsviertel mündete erst in den Union Square, dann in den East Garden. Überall EMC-Propaganda. »*Krieg!*«, verkündeten die Hologrammtafeln. »*Bist du bereit?*« Annie wählte kurz entschlossen die Pierpoint stadtwärts, die so verlassen lag, als habe der Krieg schon stattgefunden. Alle Tanksalons und Chopshops waren geschlossen. Hier und da eine verwaiste Bar, in der ein Verlierer Rosenwhiskey trank und über den Unterschied zwischen Leben und dem, was nur so aussah, grübelte, derweil ein Cultivar in Schürze den Tresen mit seinem schmutzigen Lappen wischte. Das taten die Verlierer bis zum Morgengrauen, um dann ohne Antwort heimzugehen.

»Was hast du denn in deinem anderen Leben so gemacht?«, fragte Annie plötzlich. »In deinem ›Ich-war-nicht-immer-ein-Twink‹-Leben?«

Ed zuckte die Achseln.

»Eins hab ich bestimmt gemacht«, fing er an. »Tauchschiffe geflogen …«

»Das sagen sie alle.«

»He«, sagte Ed. »Unterhalten verboten.«

Annie lachte vor sich hin. Sie bog links ab in die Impreza und dann noch einmal links Ecke Impreza und Skyline. Jetzt trabte sie gegen einen Kilometer Steigung an, ohne dass sich ihre Atmung merklich veränderte. Hügel, verkündete ihre Körpersprache, waren für ein Rikschagirl die kleinen Wechselfälle des Lebens.

Nach einer Weile sagte Ed: »Da fällt mir ein, ich hatte eine Katze. Aber da war ich noch klein.«

»Ach ja? Und welche Farbe hatte sie?«

»Schwarz«, sagte Ed. »Es war eine schwarze Katze.«

Er sah sie noch vor sich, wie sie in der Diele mit einer bunten Feder spielte. Egal, was man ihr gab – Papier, Feder, einen bemalten Korken –, die nächsten zwanzig Minuten war sie mit Leib und Seele bei der Sache, dann verlor sie schlagartig jedes Interesse und schlief ein. Sie war schwarz und mager gewesen, mit nervösen, geschmeidigen Bewegungen, einem spitzen kleinen Gesicht und gelben Augen. Und sie war immer hungrig gewesen. Ed hatte sie deutlich vor Augen, aber sein Elternhaus, das war ihm abhandengekommen, wie ausgelöscht. Stattdessen hatte er eine Menge Tankerinnerungen, die, wie er wusste, nicht real waren, weil sie so blitzblank und vollkommen waren, so perfekt ineinandergriffen. »War da nicht noch eine Katze?«, sagte er. »Eine Schwester.« Doch nach einigem Nachdenken verwarf er diese Vermutung.

»Wir sind da«, sagte Annie plötzlich.

Die Rikscha hielt mit einem Ruck an. Ed, aus seinem unsichtbaren Kokon in die Welt geschleudert, sah sich ratlos um. Zäune und Gatter, die von Kondenswasser troffen und an denen ein anlandiger Wind rüttelte. Dahinter lief ein unfreundlicher Betonstreifen durch Salzsumpf und Sanddünen auf eine Überkrustung mit schäbigen, vom Meer ausgelaugten hölzernen Hotels und Bars hinaus.

»Wo sind wir?«, sagte er. »Scheiße.«

»Nennt der Kunde kein Ziel, bring ich ihn hierher«, erklärte Annie Glyph. »Gefällt es dir hier nicht? Der Zirkus gibt mir Prozente. Da drüben. Siehst du?« Sie lenkte seine Aufmerksamkeit auf eine Ansammlung von Lichtern und bedachte ihn, als er keine Miene verzog, mit einem bangen Blick. »So übel ist das nicht«, sagte sie. »Hier gibt es Hotels und auch Stoff. Das ist der freie Raumhafen.«

Ed starrte über den Zaun.

»Scheiße«, sagte er wieder.

»Ich kriege Provision, wenn ich Kundschaft bringe«, sagte Annie. »Wenn du willst, kann ich dich reinbringen.« Sie hob die breiten Schultern. »Oder ich bring dich woanders hin. Aber das kostet.«

»Ich gehe zu Fuß«, sagte Ed. »Kein Geld.«

»Kein Geld?«

Er zuckte die Achseln. »Auch sonst nichts«, sagte er.

Sie starrte ihn mit einem Ausdruck an, den er nicht zu deuten wusste.

»Ich hab da draußen im Sterben gelegen«, sagte sie. »Und du hast dir Zeit genommen für mich. Also fahr ich dich in die Stadt zurück.«

»Die Sache ist die«, sagte Ed, »dass ich auch keine Bleibe habe. Kein Geld. Keine Bleibe. Keine Daseinsberechtigung.« Sie gab sich sichtlich Mühe, das Gehörte zu verarbeiten. Während sie ihn ansah, machten ihre Lippen winzige Bewegungen. Mit einem Mal begriff er, dass sie ein gutes Herz hatte, und das machte ihm Sorgen. Das bedrückte ihn. »He«, sagte er. »Na und? Du bist mir nichts schuldig, ich hab die Fahrt genossen.« Er maß ihren mächtigen Körper vom Scheitel bis zur Sohle. »Und du bist topfit.«

Verdutzt starrte sie ihn an; sah dann an sich hinunter; und dann über den Maschendrahtzaun und das windgerüttelte Gatter zu den Lichtern am Ufer hinüber. »Ich hab ein Zimmer da drüben«, sagte sie. »Ich bringe Kundschaft, und die lassen mich da wohnen. Das ist ausgemachte Sache. Kommst du mit?«

Das Gatter klapperte, die Seeluft kühlte ein wenig ab. Ed dachte an Tig und Neena. Was wohl aus ihnen geworden war?

»Okay«, sagte er.

»Du könntest dich gleich heute nach einem Job erkundigen.«

»Ich wollte schon immer in einem Zirkus arbeiten.«

Während sie das Gatter öffnete, sah sie ihn von der Seite an.

»Kinderträume«, sagte sie nur.

Das Zimmer war kaum größer als Annie. Die billigen Holzfaserwände knarrten und gaben dem Wind nach, der vom Meer herüberblies.

Sie waren cremeweiß und boten einem wackligen Regal Halt. Die durchscheinende Plastikkabine in der einen Ecke beherbergte Toilette und Dusche. In der anderen Ecke gab es einen Induktionsherd mit ein paar Töpfen und Pfannen. Am Fuß der Wand lag ein aufgerollter Futon. Das Kabuff war so wohnlich, wie man es empfand, und roch nach in Öl geschmortem Reis und Schweiß. *Café-électrique*-Schweiß. Rikschagirl-Schweiß. Im Regal lagen ein paar persönliche Gegenstände, wie sie die wenigsten ihrer Profession ihr Eigen nannten: zwei Lycra-Anzüge zum Wechseln, drei alte Bücher und ein paar Seidenpapierblumen.

»Hübsch«, sagte Ed.

»Warum lügen«, sagte sie. »Die Bude ist Scheiße.« Sie zeigte auf den Futon. »Ich könnte uns was zu essen machen«, sagte sie, »oder willst du dich lieber gleich hinlegen?«

Ed musste wohl kein so glückliches Gesicht gemacht haben.

»He«, sagte sie. »Ich bin sanft. Verletzt hab ich noch keinen.«

Sie hatte recht. Sie nahm ihn behutsam in die Arme. Ihre olivfarbene Haut mit dem zarten Flaum verströmte einen seltsam strengen Geruch wie von Gewürznelken und Eis. Sie berührte ihn zärtlich, schützte ihn vor ihren Zuckungen, indem sie irgendwo tief in ihrem Innern kam, und ermutigte ihn, so hart zuzustoßen, wie er wollte. Als er in der Nacht wach wurde, stellte er fest, dass sie sich so umständlich um ihn herumdrapiert hatte, als sei sie keinen Zweiten auf ihrem Futon gewöhnt. Draußen war Flut. Ed lag da und lauschte den Steinen, die in der Widersee kullerten. Der Wind fauchte. Die bläuliche Dämmerung kündigte sich an. Er spürte, wie der Zirkus ringsum zu erwachen begann, ahnte allerdings noch nicht, was das für ihn bedeutete. Annie Glyphs friedlicher Tablettenatem, das Auf und Ab ihres mächtigen Brustkorbs, ließen ihn rasch wieder einschlafen.

Wer brauchte heutzutage einen Zirkus? Der Halo war ein einziger Zirkus. Auf den Straßen herrschte Zirkus. In den Köpfen war Zirkus. Feuerschlucken? Alle waren sie Feuerschlucker. Alle hatten sie frisierte Gene und eine Geschichte zu erzählen. Lebendige Tattoos machten jeden zum illustrierten Mann. Alle standen sie ganz oben auf einem fliegenden Trapez der besonderen Art. Es war der Flug ins Groteske. Das mit Fangzähnen bewehrte Cultivar auf der *Avenue électrique*, der wie ein Fötus eingerollte Twink in seinem Tank: Ob es ihnen nun bewusst war oder nicht, sie hatten alle Fragen, die das Universum derzeit erlaubte, gestellt und beantwortet. Und noch dazu waren sie ihr eigenes Publikum.

Eines konnte man allerdings nicht sein: ein Alien, deshalb hatte Sandra Shen ein paar von ihnen im Programm. Und Wahrsagerei war nach wie vor populär, weil keiner sie wirklich beherrschte. Doch angesichts des allgegenwärtig Grotesken war der Zirkus von Pathet Lao gezwungen, sich nach einem anderen wohlfeilen Kitzel für sein Programm umzusehen und – in einer Reihe atemberaubender Fantasienummern, ersonnen von Sandra Shen und manchmal auch unter ihrer direkten Mitwirkung – das längst verschwundene Normale zu zeigen.

Mit dem Ergebnis, dass Ed Chianese und seine Zeitgenossen ihre Kultur als das Gegenteil von *Beim Frühstück, 1950,* definieren konnten. Sie konnten sich für *Kauf eines Push-up-BHs, 1972,* oder für *Lesen eines Romans, frühe 1980er,* begeistern und über die perversen Nummern *Ein neues Baby* und *Toyota Previa mit West-Londoner Schulkindern,* beide 2002, kichern. Ganz außergewöhnlich – da exakt auf dem historischen Scheitelpunkt platziert – war die erstaunliche Nummer *Brian Tate und Michael Kearney betrachten einen Computermonitor, 1999.* Diese Prachttableaus – dargestellt hinter Glas und unter starkem Scheinwerferlicht, von den Klonen dickleibiger Herren, die auf einem Bahnsteig der Züricher Metro kurz vor einem Herzinfarkt standen, und denen magersüchtiger Frauen in Angelino-Sport-und-Fickklamotten von 1982 –, sie erweckten die ganze bizarre Behaglichkeit der Alten Erde zum Leben. Solche verzweifelten Fantasien waren die eigentlichen Zugpferde. Wie gute Feen hatten sie den Zirkus aus der Taufe gehoben und seine stürmischen Tourneen durch den Halo finanziert; jetzt halfen sie ihm, seinen Lebensabend in der Zwielichtzone von *New Venusport* zu fristen.

Erfolg kehrt sich nicht selten ins Gegenteil. Die Leute kamen nicht mehr, um zu schauen. Sie kamen, um sich Anregungen zu holen. Es genügte ihnen nicht mehr, die verschwundene Vergangenheit zu betrachten; sie wollten sie sein. Die Retro-Lebensstile, die aus den Firmenenklaven kamen, waren längst nicht so authentisch wie die Historientableaus von Sandra Shen, aber sie waren gewinnender, käuflicher. Freizeitlook. Das war das Ericsson-Handy und der italienische Wollsweater, den man um die Schultern hängte, die Ärmel locker nach vorne geknotet. Inzwischen, am radikalen Ende des Spektrums, sollte sich ein Genschneider und Exabenteurer von *Motel Splendido* mithilfe richtiger DNS zur exakten Kopie eines viktorianischen Varietéstars gemacht haben.

Angesichts solcher Konkurrenz spielte Madame Shen mit dem Gedanken, sich anderen Dingen zuzuwenden. Doch dafür gab es noch ganz andere Gründe.

Geht man zu tief rein, verbrennt man. Das ist nun einmal so. Ed träumte von einem Tauchschiff: Er sah es in der Photosphäre eines Sterns vom G-Typ auseinanderbrechen, ganz langsam wie in Zeitlupe. Das Tauchschiff war er selbst. Dann träumte er, er sei wieder im Twinktank, aber die Tankwelt sei aus den Fugen geraten, sodass er aus jedem Schrank, jeder Ecke und jedem Petticoat Stimmen hörte. Dann schreckte er aus dem Schlaf, und es war heller Tag, und er hörte auf der einen Seite der Dünen die See und auf der anderen den Zirkus. Er fand zwei in Fettpapier gewickelte Gemüse-Samosas, etwas Geld und einen Zettel, auf dem geschrieben stand: *Frag bei der Empfangschefin nach Arbeit.* Die Handschrift von Annie Glyph war so sorgfältig und ausgereift wie ihr Sex. Ed aß die Samosas und sah sich voll Wohlbehagen um: Das Kabuff war von marinem Licht erhellt und mit Seeluft gefüllt. Dann zerknüllte er den Zettel, duschte sich das Blut vom Leib und ging.

Sandra Shens Observatorium und die Original-Karma-Pflanze: der Zirkus von Pathet Lao beanspruchte knapp einen Hektar Betonfläche am Rand des freien Raumhafens.

Das Observatorium, untergebracht in einer Reihe bizarrer Druck- und Magnetbehälter, nahm knapp ein Viertel dieser Fläche ein, während der Zirkus selbst in einem einzigen Gebäude Platz fand, dessen Gemischtbauweise mit ihren Schwüngen und Schnörkeln einem historischen Zirkuszelt nachempfunden war. Der Rest waren Unterkünfte. Alles war erwartungsgemäß – Unkraut, salzgemaserte Metallverkleidungen, Blasen werfende Farbe, alte Zirkushologramme, die vergessen hatten, dass sie menschliche Abbilder waren, die welk, aber energiegeladen zum Leben erwachten, wenn man vorbeikam, und einen verfolgten, tyrannisierten und beschwatzten. So waren sie alle, die hier arbeiteten: springlebendig, aber entwurzelt. Ed kam sich nicht anders vor. Er musste durch das ganze Areal pilgern, um zum Hauptbüro zu finden, das sich in einem abgenutzten hellgrauen Holzbau unter einer defekten Leuchtreklame befand.

Die Empfangsdame trug eine blonde Perücke.

Dickes, platinblondes Haar, hoch aufgetürmt zum kleinen Preis. Sie saß vor einem holografischen Terminal, mit dem Ed sich nicht auskannte. Es ähnelte einem altmodischen Aquarium, in dem er, wenn ihn nicht alles täuschte, ab und zu eine dünne Kette aus Blasen aufsteigen sah, aus einer künstlichen Muschel, die sich vor einer Mini-Meerjungfrau öffnete. Die Empfangsdame hatte selbst etwas von einer Meerjungfrau. Älter als sie aussah, saß sie sittsam unter ihrer Frisur, eine kleine Frau mit eigenwilligem Humor und einem Akzent, den Ed nicht zuordnen konnte.

Als Ed seine Absicht kundtat, wurde sie merkwürdig formell. Sie fragte ihn nach seinen Personalien, die er bis auf seinen Namen frei erfand. Ja, was er denn so könne, wollte sie wissen. Das fiel ihm leichter.

»Ich kann jedes Schiff fliegen«, sagte er großspurig.

Die Empfangsdame tat so, als blicke sie aus dem Fenster.

»Einen Piloten brauchen wir momentan nicht«, sagte sie. »Wie Sie sehen, sind wir zurzeit sesshaft.«

»Sonnenjammer, Fernfrachter, Sternenschiffe, Tauchschiffe. Ich kenne sie wie meine Westentasche«, fuhr Ed fort, »und ich habe sie geflogen.« Es überraschte ihn selbst, wie nahe er damit der Wahrheit kam. »Vom Fusionstriebwerk bis zum Dynaflowtreiber. Bei manchen Sachen wusste ich nicht mal, was ich flog, weil sie aus Alien-Technik mit aufgepfropften Terra-Instrumenten bestanden.«

»Es tut mir leid«, sagte die Empfangsdame. »Aber können Sie sonst noch etwas?«

Ed dachte nach.

»Ich bin als Navigator auf Alcubierre-Schiffen gefahren«, sagte er. »Das sind die großen, die die Realität vor sich her schaufeln. Das ist wie eine Falte im Stoff.« Er schüttelte den Kopf, als er versuchte, sich ein Bild von der Alcubierre-Verwerfung zu machen. »Oder vielleicht doch nicht. Jedenfalls wird der Raum verzerrt, die Materie wird verzerrt, die Zeit und alles, was damit zusammenhängt, verliert an Bedeutung. Ganz dicht am Schiff kann man das gerade so überleben. Auf dem Teil der Welle surfen die Navigatoren. Sie parken ihre Außenbordkapseln in der Verwerfung und versuchen zu sehen, was als Nächstes passiert. Eins können sie von da aus sehen, ihr Leben nämlich, das sich vor ihrer Nase abspult.«

Jetzt, als er darüber redete, erschien ihm die Vorstellung trostlos. »Es ist die sogenannte Bugwelle«, erklärte er.

»Wir hätten da folgende Arbeiten …«, hob die Empfangsdame an.

»Als Navigator sieht man total verrückte Sachen. Es sieht aus wie die silbernen Aale, wenn sie zu Tausenden wandern. Man hat mir erklärt, dass das eine Art Strahlung sei, aber so kommt es einem nicht vor. Dein Leben schwärmt davon wie die Aale im Meer, und das Schönste ist, du siehst zu, wie es das tut. Nachher fragst du dich, warum du so einen Job überhaupt machst.« Ed besah sich seine Hände. »Ich bin auf dieser Welle gesurft und noch auf ein paar anderen. Egal, ich kann jedes Raumschiff fliegen. Bis auf K-Schiffe, versteht sich.«

Die Empfangsdame schüttelte den Kopf.

»Ich meine«, sagte sie, »können Sie so was wie Kisten stapeln oder hinter Tieren herputzen? Solche Arbeit?« Sie befragte ihr Terminal und setzte hinzu: »Oder hellsehen?«

Ed lachte. »Wie bitte?«

Sie betrachtete ihn gleichmütig.

»Die Zukunft voraussagen«, erklärte sie, als habe sie jemanden vor sich, der zwar den Begriff nicht kannte, aber gescheit genug war, ihn zu verstehen.

Ed beugte sich vor und blickte ins Terminal.

»Was tut sich da drinnen?«, sagte er.

Die Farbe ihrer Augen war verwirrend. Manchmal waren sie jadegrün, manchmal so grün wie eine Salzwasserwelle und manchmal beides auf einmal. In den Pupillen schwammen silberne Punkte, die aussahen, als wollten sie jeden Moment ins Freie. Mit einem Mal schaltete sie das Terminal ab und stand auf, als werde sie irgendwo erwartet und könne sich beim besten Willen nicht länger mit ihm unterhalten. Wie sie so dastand, sah sie größer und jünger aus, obwohl das zum Teil an den Schuhen lag und sie, um Blickkontakt aufzunehmen, immer noch aufblicken musste. Sie trug eine blasse Jeansjacke mit Cowboytaschen und Strassstickerei und einen schwarzen engen Lacklederrock. Sie strich den Rock auf ihren Oberschenkeln glatt und sagte: »Wahrsager können wir immer gebrauchen.«

Ed zuckte die Achseln. »Dafür habe ich mich nie interessiert«, sagte er. »Mir war es eher wichtig, die Zukunft *nicht* zu kennen.«

Sie schenkte ihm ein spontanes, herzliches Lächeln.

»Kann ich mir vorstellen«, sagte sie. »Gut, reden Sie mit ihr. Man weiß ja nie.«

»Reden? Mit wem?«

Als die Empfangsdame ihren Rock zur Genüge geglättet hatte, ging sie zur Tür. Ihre Wirbelsäule machte beim Balancieren der großen Perücke seitliche Ausgleichsbewegungen. Dadurch, fand Ed, bekam die Frau eine für ihr Alter durchaus interessante Gangart. Das Merkwürdige war, er hatte das Gefühl, diesen Gang zu kennen. Er folgte ihr nach draußen, blieb auf der obersten Stufe stehen und beschattete die Augen. Es war inzwischen heller Morgen. Eine feine Gischt aus maritimem Licht und warmer Luft hing über dem nackten Beton, geeignet, den Unachtsamen zu blenden und zu stören.

»Mit wem reden?«, wiederholte er.

»Madame Sandra«, sagte sie, ohne sich umzudrehen.

Aus irgendeinem Grund ließ ihn der Name frösteln. Er sah der Empfangsdame nach, die die Richtung zu der blendend weißen Zeltkonstruktion des Zirkus von Pathet Lao einschlug.

»He! Und wo finde ich die?«, rief er.

Die Empfangsdame ging weiter.

»Madame Sandra findet Sie, Ed. Sie findet Sie schon.«

Am späten Vormittag stand er auf einer Düne und blickte aufs Meer hinaus. Das Licht war grell und violett. Zu seinen Füßen flitzten kleine Rothalseidechsen durchs Helmgras. Er hörte die Bässe des *Saltwater Dub*, die einem Cocktailsalon weiter unten auf der Zufahrtsstraße entwichen. Vor ihm ragte ein Holzpfosten schräg aus dem Sand. Der verwitterte Wegweiser sagte *Monster Beach*. Schwer zu sagen, wohin er zeigen sollte, doch Ed entschied, er zeigte nach oben. Er grinste. Da muss ich passen, murmelte er; dabei dachte er weniger an den Wegweiser als an die mysteriöse Sandra Shen. Er war schon wieder hungrig. Auf dem Weg zu Annie Glyphs Bleibe vernahm er ein paar Laute, die aus der separaten Bar des verwaisten *Dunes Motel* kamen, einem Holzschuppen auf einem mit Unkraut durchsetzten Flecken aus Austernmuschelsand.

Ed steckte den Kopf durch den Türspalt, aus der schmorenden Sonne in das kühle Dunkel, und gewahrte drei magere alte Männer mit weißen Kappen und viel zu großen Bundfaltenhosen aus bronzefarbenem Polyester. Sie saßen am Boden und würfelten auf einer Decke.

»He«, sagte Ed. »Das Schiffsspiel.«

Sie blickten gleichgültig auf und sofort wieder nach unten. Ihre Augen erinnerten an dunkelbraune Polsternägel, das Weiß geronnen vom Alter. Adrette, gebeizte Schnurrbärte. Die Haut kaffeebraun von der Sonne. Schmale, dick geäderte Hände, die zerbrechlich wirkten, es aber nicht waren. Leben, das immer träger wurde, getränkt und konserviert mit Black-Heart-Rum. Schließlich sagte einer wie aus weiter Ferne: »Willst du spielen, musst du zahlen.«

»Sagt das Kapital«, dichtete Ed und langte in seine Tasche.

Das Schiffsspiel …

Auch bekannt als *Entreflex* oder *Gobetween* mit seinem Stecher-Jargon; den Knochenstückchen, die an menschliche Fingerknöchel erinnerten; den zwölf farbigen Bildzeichen, deren Bedeutung keiner mehr richtig kannte – dieses Spiel, eine innige Verquickung von Kartenlesen und Würfelspiel, gab es überall. Es wurde in der ganzen Galaxis gespielt. Manche meinten zu wissen, dass es mit den *Neuen Menschen* gekommen war, an Bord ihres Flaggschiffs, der *Remove All Packaging*. Andere behaupteten, es sei auf den uralten, quälend langsamen Unterlichtgeschwindigkeitsschiffen der *Icenia Credit* entstanden. Es war ein Zeitvertreib mit vielen Spielarten. In der hiesigen – einer ironischen Anspielung auf alles, was sich im Weltraum ereignete – sollten die Bildzeichen und die Namen, die ihnen die Spieler gaben, das berüchtigte *N=1000-Gefecht* darstellen: eine frühe Begegnung von Menschen und Nastischen, in deren Verlauf der EMC-Admiral Stuart Kauffman angesichts der unüberschaubar vielen Ereignisse und Bedingungen im Kampfgebiet – so viele Schiffe und so viele Dimensionen, die man allzu leicht verwechseln konnte; so viel Physik, um sich zu tarnen; so viele Nanosekundenstrategien, die einander überlagerten und durchsetzten – die Tate-Kearney-Transformationen verwarf und schlicht und einfach würfelte, um seine Schritte zu entscheiden. Ed, der in dem Spiel eher eine Einkommensquelle als eine Metapher sah, hatte es sein ganzes Erwachsenenleben hindurch gespielt, von seiner ersten Reise als blinder Passagier bis zum letzten Mal, da er sich von Bord eines Schiffes gestohlen hatte. Die leisen Stimmen der alten Männer füllten die Bar.

»Ich brauch ein *Overend*.«

»Du hast sie nicht alle.«

»Und was sagst du *dazu*?«

»Ich bleib dabei.«

Ed blätterte sein Geld hin. Er lächelte über die Decke hinweg und setzte auf *Veganische Schlangenaugen*.

»Das kann sich hören lassen«, lenkten die alten Männer ein.

Er blies auf die Würfel – sie lagen schwer und kühl in der Hand und bestanden aus irgendeinem intelligenten Alien-Knochenmaterial, das einem die Wärme aus den Fingern zog, die kinetische Energie, um die Bildzeichen beim Fallen zu verändern. Sie stoben auseinander und überschlugen sich, sprangen wie Grashüpfer. Symbole fluoreszierten für Bruchteile von Sekunden – Interferenzmuster, uralte Holografien in Blau, Grün und Rot –, wenn sie einen schräg einfallenden Lichtstrahl durchquerten. Ed meinte, das *Pferd* zu sehen, den *Trakt*, einen Klipper in aufgetürmten Wolken. Dann die *Zwillinge*, die ihm einen jähen Schauder über den Rücken jagten. Einer von den alten Männern hustete und langte nach seinem Rum. Ein paar Minuten später, als Geld den Besitzer zu wechseln begann, herrschte dabei eine ebenso wortkarge wie andächtige Atmosphäre.

Ed trieb sich tagelang am Zirkus herum, bevor sich etwas tat. Annie Glyph kam und ging auf ihre scheue, ruhige Art. Sie schien sich zu freuen, wenn sie ihn nach getaner Arbeit antraf. Immer brachte sie ihm etwas mit. Immer tat sie ein bisschen erstaunt, dass er noch da war. Er gewöhnte sich allmählich an den riesigen Leib, der sich hinter dem Duschvorhang bewegte. Sie war so behutsam! Nur nachts, wenn sie das *Café électrique* ausschwitzte, nahm er vorsichtshalber Abstand.

»Gefällt dir jemand, der so groß ist wie ich?«, fragte sie nicht zum ersten Mal. »Alle, die du bisher gevögelt hast, waren klein und hübsch, oder?«

Das ärgerte ihn, aber er wusste nicht, wie er ihr das beibringen sollte.

»Du bist okay«, sagte er. »Du bist schön.«

Sie lachte und wandte den Blick ab.

»Ich darf nicht viel im Zimmer haben«, sagte sie, »sonst werf ich noch was um.«

Morgens war sie immer schon fort. Er schlief lange, frühstückte im Café Surf an der Strandpromenade, wo er auch die Nachrichten verfolgte. Der Krieg kam jeden Tag näher. Die Nastischen töteten

Frauen und Kinder an Bord von Zivilschiffen. Weiß der Teufel, warum sie das taten. Die Wracks füllten die Holo-News. Irgendwo draußen in der Nähe von *Eridani IV* trudelten Kinderkleider und Alltagsgegenstände durchs Vakuum wie durchgerührt. Irgendein bedeutungsloser Hinterhalt, drei Frachter und eine bewaffnete Jolle, *La Vie Féerique*, zerstört. Besatzungen und Passagiere innerhalb von achtzig Nanosekunden atomisiert. Was war davon zu halten? Nach dem Frühstück durchkämmte Ed den Zirkus auf der Suche nach Arbeit. Er sprach eine Menge Leute an. Alle waren sie hilfsbereit, konnten ihm aber nicht helfen.

»Es ist wichtig, dass Sie erst mit Madame Shen reden«, hieß es immer wieder.

Nach ihr zu suchen wurde zur fixen Idee bei ihm. Jeden Tag pickte er sich von Weitem jemanden heraus, der Madame Shen sein sollte, jemanden, dessen Geschlecht nicht auszumachen war, der nur undeutlich zu sehen war im grellen Auflicht des Betons. Abends fragte er dann Annie Glyph aus: »Ist sie heute hier oder nicht?« Annie lachte immer.

»Ed, sie hat zu tun.«

»Aber ist sie hier heute?«

»Sie hat immer zu tun. Sie trägt Verantwortung für andere. Du wirst ihr bald begegnen.«

»Okay also: Da hinten, ist sie das?«

Annie amüsierte sich. »Das ist doch ein Mann!«

»Gut: Und da, ist sie das?«

»Ed, das ist ein *Hund!*«

Ed genoss das geschäftige Treiben im Zirkus, hatte aber Probleme mit den Exponaten. Er stand vor *Brian Tate und Michael Kearney* und war lediglich verwirrt vom manischen Glanz in Kearneys Augen, der über die Schulter seines Freundes auf einen Monitor starrte; verwirrt auch von der seltsamen Gebärde, mit der Tate auf- und nach hinten sah, während in seinen abgespannten Zügen das Begreifen dämmerte. Interessant allerdings war die Kleidung der beiden.

Mit den Aliens verhielt es sich ähnlich. Die riesigen bronzefarbenen Druckbehälter oder Sarkophage, die mit einer öligen Elastizität drei, vier Fuß über dem Boden schwebten und schon bei der leisesten Berührung auf simple, durch und durch Newton'sche Art reagierten, waren ihm nicht geheuer. Er fürchtete sich vor den versenkten Schaltkreisen und vor den barocken Rippen, von denen er nicht wusste, ob sie dekorativer oder technischer Natur waren. Es machte ihm Angst, wie sie mittags fernab im trügerischen Küstenlicht ihren Betreuern über das Gelände folgten. Am Ende konnte er sich kaum überwinden, in das winzige Panzerglasfenster zu blicken, um den angeblichen *MicroHotep* oder *Azul* oder *Hyperon* zu sehen. Die Behälter summten leise und gaben zuweilen kaum sichtbare Blitze ionisierender Strahlung ab. Er redete sich ein, dass da hineinzusehen so ähnlich war, wie durch ein Teleskop zu blicken. Die Behältnisse erinnerten ihn an Twinktanks. Er hatte Angst, sich selbst zu sehen.

Annie Glyph lachte bei diesem Geständnis.

»Ihr Twinks habt immer Angst, euch selbst zu sehen«, sagte sie.

»He, einmal hab ich reingeguckt«, sagte er. »Einmal war genug. Es sah aus, als ob da drin ein Kätzchen gewesen wär, ein schwarzes Kätzchen.«

Annie lächelte vor sich hin.

»Du siehst also aus wie ein schwarzes Kätzchen?«, sagte sie.

Er starrte sie an. »Was ich meine«, erklärte er geduldig, »ist, dass ich in so ein Messingding geguckt hab.«

»Trotzdem: ein Kätzchen, Ed. Ich finde das süß.«

Er zuckte die Achseln.

»Man konnte fast gar nichts sehen«, sagte er. »Es hätte alles Mögliche sein können.«

Madame Shen war sein tägliches Phantom. Nichtsdestoweniger ging Ed davon aus, sie von Weitem spüren zu können: Sie würde kommen, wenn sie es für richtig hielt, und dann würde er Arbeit haben. In der Zwischenzeit schlief er lange, trank Black Heart aus der Flasche, kauerte bei den alten Männern am Boden der Dunes-Motel-

Bar und würfelte und verfolgte die sprunghaften Satzfetzen. Ed gewann mehr, als er verlor. Seit er von Zuhause fort war, war ihm dieses Glück treu geblieben. Doch er würfelte immer wieder die *Zwillinge* und das *Pferd*, und folglich wurden seine Träume so unruhig wie die von Annie. Die beiden schwitzten und wälzten sich, wachten auf und taten das Einzige, was ihnen weiterhalf. »Fick mich, Ed. Fick mich so hart, wie du willst.« Ed war inzwischen richtig scharf auf Annie. Sie war sein Bollwerk gegen die Welt.

»He, konzentrier dich, sonst hängst du bald hinterher«, riefen die Alten schadenfroh.

Arbeitete Annie länger, spielte er auch länger. Die Alten machten niemals Licht. Der Neonschein des Kefahuchi-Trakts, der durch den Türspalt sickerte, war ihnen hell genug. Ed glaubte, dass sie jenseits von Gut und Böse waren. Eines Abends so um zehn, als er gerade die Würfel schüttelte, fiel ein Schatten über das Spiel. Er sah hoch. Es war die Empfangsdame. Diesmal trug sie einen mit Fransen besetzten, leicht ausgewaschenen Jeansrock. Ihr Haar war hochgesteckt, und ihr aquariumähnliches Terminal hatte sie sich wie ein eben erst gekauftes Haushaltsgerät unter den Arm geklemmt. Ihr Blick ruhte auf dem Geld, das auf der Decke lag.

»Ihr nennt euch Spieler?«, forderte sie die Alten heraus.

»Ganz richtig!«, war die einmütige Antwort.

»Na ja, ich nenne mich nicht so«, sagte sie. »Gebt mir mal die Würfel, ich will euch zeigen, wie man spielt.«

Sie nahm die beinernen Würfel in ihre kleine Hand und warf aus dem Handgelenk. Zweimal *Pferd*.

»Ihr meint, das wär schon was?«

Sie warf wieder. Und wieder … Zweimal *Pferd* und das sechsmal hintereinander.

»Na ja«, gab sie zu. »Daraus *könnte* was werden.«

Dieser Trick, offenbar nicht unbekannt, machte die Männer so munter, wie Ed sie noch nie erlebt hatte. Sie lachten und prusteten und schüttelten ihre Finger, als hätten sie sich verbrannt. Sie stießen einander an und grinsten.

»Jetzt wirst du was erleben«, versprachen sie Ed.

Doch die Empfangsdame schüttelte den Kopf. »Ich bin nicht hier, um zu spielen«, sagte sie. Die Alten waren sichtlich bestürzt. Die Empfangsdame warf Ed einen vielsagenden Blick zu. »Ich habe heute Abend nämlich anderes zu erledigen.« Sie nickten, als hätten sie verstanden, dann wandten sie die Köpfe ab, um ihre Enttäuschung zu verbergen. »Aber Jungs«, sagte sie, »euren Rum gibt's auch in der *Long Bar*, und ihr wisst doch, wie euch die Mädels da gefallen. Was meint ihr?«

Die Alten zwinkerten und grinsten. Da könne sie recht haben, räumten sie ein und zogen im Gänsemarsch aus der Tür.

»Na klar doch, ihr alten Böcke!«, rief ihnen die Empfangsdame hinterher.

»Ich komme nach«, rief Ed. Ihm war nicht wohl bei dem Gedanken, hier mit ihr allein zu sein.

»Sie bleiben«, riet sie ihm leise. »Falls Sie wissen, was gut für Sie ist.«

Die alten Männer waren kaum fort, da schien der Raum dunkler zu werden. Ed starrte die Empfangsdame an und sie ihn. Hier und da ein schwaches Glimmen im Aquarium unter ihrem Arm. Sie drückte ihr Haar an. »Was für Musik hören Sie?«, sagte sie. Ed gab keine Antwort. »Ich höre viel *Oort Country*«, sagte sie, »was Sie nicht überraschen dürfte. Besonders die späten Lieder.« Wieder standen sie schweigend da. Ed sah beiseite, tat so, als mustere er das alte, kaputte Mobiliar der Bar, die Jalousien. Eine Brise wehte von den Dünen herauf, befingerte wie ein Blinder die Gegenstände im Raum.

Nach ein, zwei Minuten sagte die Empfangsdame leise: »Wenn Sie sie sprechen wollen, sie ist jetzt hier.«

Ed sträubten sich die Nackenhaare. Er hielt den Blick hartnäckig abgewandt.

»Alles, was ich brauche, ist ein Job«, sagte er.

»Und den haben wir für Sie«, sagte eine andere Stimme.

Von irgendwo außerhalb seines Blickwinkels ergoss sich ein Strom aus winzigen Lichtern in den Raum. Er konnte sich denken, woher sie kamen. Allerdings war damit nichts gewonnen: Ein solches Eingeständnis konnte alles versauen. Ich habe viel erlebt, sagte Ed sich, aber die Schattenoperatoren sollen sich aus meinem Leben heraushalten. Die Empfangsdame hatte das Aquarium auf den Boden gesetzt. Aus Nase, Mund und Augen ergoss sich ein weißer Funkenregen. Etwas zwang Eds Kopf herum, sodass er wohl oder übel Zeuge dieses Ereignisses wurde: Verleih ihm Realität, indem du es anerkennst. Die Lichtpunkte waren wie Schaum und Diamantsplitter. Sie machten eine Art Musik, als höre sich so der Algorithmus selbst an. Im Nu war da keine Empfangsdame mehr, nur noch der Operator, der sie hatte laufen lassen und nun eifrig zugange war, an der kleinen Orientalin zu basteln, die Ed auf der Yulgrave Street erschossen hatte. Es galt, das Jeanskostüm gegen ein geschlitztes Cheongsam zu tauschen, den schleppenden Oort-Country-Akzent gegen martialisch gezupfte Augenbrauen und das zarteste Verschlucken der Konsonanten. Als die Metamorphose abgeschlossen war, wetterleuchtete ihr Gesicht, erst sah es alt aus, dann jung, dann wieder alt. Befremdend, dann vollkommen. Sie hatte das Charisma eines unwirklichen, nichtmenschlichen Wesens, ein Charisma mächtiger als Sexappeal, auch wenn man es so empfand.

»Hier ist alles total versaut«, murmelte Ed. »Zum Glück kann ich einfach abhauen.«

Sandra Shen lächelte zu ihm auf.

»Ich fürchte, das geht nicht, Ed«, sagte sie. »Wir sind nicht in einem Tanksalon. Hier draußen hat alles seine Konsequenzen. Wollen Sie den Job oder nicht?« Ehe er antworten konnte, fuhr sie fort: »Wenn nicht, möchte Bella Cray mit Ihnen reden.«

»He, das ist eine Drohung.«

Sie schüttelte kaum merklich den Kopf. Ed blickte zu ihr hinunter und versuchte herauszufinden, welche Farbe ihre Augen hatten. Sie belächelte seine Ängstlichkeit.

»Ich möchte Ihnen etwas über Sie erzählen, Ed«, schlug sie vor.

»Oha. Jetzt mal im Ernst. Wie können Sie so viel über mich wissen, wenn Sie mich noch nie gesehen haben?« Er grinste. »Ich frage mich die ganze Zeit«, sagte er und versuchte einen Blick an ihr vorbei auf das am Boden stehende Terminal zu werfen, »was in diesem Aquarium ist.«

»Der Reihe nach. Ed, ich verrate Ihnen ein Geheimnis über sich. Sie langweilen sich ziemlich schnell.«

Ed pustete auf seine Finger, als habe er sich verbrannt.

»Potztausend«, sagte er. »Der Gedanke ist mir noch nie gekommen.«

»Nein«, sagte sie. »Nicht solche Langeweile. Nicht die Langeweile, gegen die ein Tauchschiff oder Twinktank hilft. Nicht die, hinter der sie die wirkliche Langeweile ein Leben lang versteckt haben.« Ed zuckte kaum merklich die Achseln und wollte sich abwenden, doch irgendwie gelang es ihr, seinen Blick mit ihren Augen festzuhalten. »Sie haben eine gelangweilte Seele, Ed; man hat sie Ihnen in die Wiege gelegt. Hungrig auf Sex, Ed? Damit wollen Sie ein Loch stopfen. Sie vermissen den Tank? Er hat das Loch gestopft. Sie lieben den Kitzel, richtig? Sie sind nicht vollständig, Ed; der Kitzel ist ein Lückenbüßer. Jeder merkt Ihnen das an, sogar Annie Glyph: *Ihnen fehlt etwas.*«

Er hatte das öfter zu hören bekommen, als sie ahnte, aber meistens unter anderen Umständen.

»So?«, sagte er.

Sie trat beiseite.

»Da, jetzt können Sie die Nase ins Aquarium stecken.«

Ed öffnete den Mund. Er machte ihn wieder zu. Er wusste nicht, wieso, aber er kam sich vor wie ein Trottel. Er wusste, er würde es tun, aus genau jener Langeweile heraus, von der sie gesprochen hatte. Er linste seitwärts ins Licht, das durch die offene Tür sickerte. Kefahuchi-Licht, in dem Sandra Shen nicht besser, sondern schlechter zu sehen war. Er machte den Mund auf, um etwas zu sagen, doch sie kam ihm zuvor. »Ed, die Show braucht einen Wahrsager.« Sie machte Anstalten, sich abzuwenden. »Das ist die Vakanz. So kommen wir ins Geschäft. Und Annie Glyph könnte ein bisschen Bares gebrauchen. *Café électrique* kostet ein Vermögen.«

Ed schluckte.

Hinter den Dünen raschelt die See. Eine verwaiste Bar voll Staub und Kefahuchi-Licht. Am Boden kniet ein Mann, den Kopf in einer Art Aquarium, unfähig sich zu befreien, als ob ihn die trübe, aber eiskalte Substanz darin gepackt habe und verdauen wolle. Die Hände zerren an dem Becken, die Armmuskeln schwellen. Schweiß rinnt in Bächen, die Füße beharken die Dielen und der Mann – man hat den Eindruck, er schreit – gibt ein unendlich leises, dünnes Winseln von sich.

Minuten vergehen, bis seine Aktivität erlahmt. Die Orientalin, die ihn eingehend beobachtet, zündet sich eine Zigarette ohne Filter an. Sie raucht eine Weile, pflückt sich einen Krümel von der Lippe und gibt ihm das Stichwort: »Was sehen Sie, Ed?«

»Aale. Sieht aus wie Aale, die von mir wegschwimmen.«

Eine Pause. Seine Füße trommeln wieder auf den Dielen. Dann sagt er mit belegter Stimme: »Es kann viel zu viel passieren, verstehen Sie?«

Die Frau stößt den Rauch aus, schüttelt den Kopf.

»Das Publikum will mehr, Ed. Versuchen Sie es noch einmal.« Sie macht eine umfassende Geste mit ihrer Zigarette. »Alles, was passieren *könnte*«, erinnert sie ihn, als habe sie ihn vorhin schon mal erinnert: »Das *eine*, was passiert.«

»Aber der *Schmerz*.«

Der Schmerz scheint sie nicht zu kümmern. »Machen Sie weiter.«

»Zu viel kann passieren«, wiederholt er. »Viel zu viel, verstehen Sie?«

»Und ob ich das verstehe.« Sie klingt verständnisvoller. Sie bückt sich, um flüchtig und geistesabwesend seine verkrampften Schultern zu tätscheln, wie jemand, der ein Tier beruhigt. Sie kennt dieses Tier sehr gut, hat beträchtliche Erfahrung mit ihm. In ihrer Stimme schwingt das sexuelle Charisma alter, nichtmenschlicher Fiktionen. »Und ob ich das verstehe, Ed, glauben Sie mir. Aber versuchen Sie in mehr als vier Dimensionen zu sehen. Weil das nun mal Zirkus ist, mein Bester. Hören Sie? Zirkus ist Unterhaltung. Wir müssen den Leuten etwas bieten.«

Als Ed Chianese wieder zu sich kam, war es drei Uhr früh. Bäuchlings hingestreckt auf der dem Meer zugewandten Rückseite des
Dunes Motel betastete er vorsichtig sein Gesicht. Es war nicht so
klebrig, wie er erwartet hatte: Die Haut fühlte sich aber glatter an als
sonst und ein bisschen wund, wie manchmal, wenn er vor einem
nächtlichen Streifzug ein billiges Peelingmittel benutzt hatte. Er war
müde, aber alles – die Dünen, die von der Flut angehäuften Pflan-
zenreste, die Brandung – wurde von Augen, Nase und Ohren mit un-
gewöhnlicher Schärfe wahrgenommen. Er wähnte sich schon allein,
als er sie sah. Madame Shen stand über ihm, die kleinen schwarzen
Schuhe halb im Sand versunken, hinter ihr der Trakt, dessen Feuer
den Nachthimmel verschlang.

Ed stöhnte. Er schloss die Augen. Sofort überfiel ihn Schwindel,
ein Nachbild des Trakts, das vor der Schwärze des Nichts um seine
Mitte rotierte.

»Warum tun Sie mir das an?«, flüsterte er.

Ihm war, als zucke sie die Achseln. »So will es der Job«, sagte
sie.

Ed wollte lachen. »Kein Wunder, dass ihn niemand will.«

Er rieb sich wieder durchs Gesicht, befühlte sein Haar. Nichts.
Wusste aber, dass er nie vergessen würde, wie es sich anfühlte, das
Zeug, das an ihm gesaugt hatte. Und zwar, weil es eigentlich nicht *in*
dem Becken gewesen war. Oder wenn doch, dann war es auch noch
irgendwo anders gewesen …

»Was hab ich denn gesagt? Hab ich gesagt, ich hätte irgendwas
gesehen?«

»Es war ein vielversprechender Anfang.«

»Was ist das für ein Zeug? Hab ich es noch an mir? Was hat es mit
mir angestellt?«

Sie kniete sich kurz neben ihn, strich ihm das Haar aus der Stirn.
»Armer Ed«, sagte sie. Er spürte ihren Atem auf der Haut. »Wahrsagerei!«, sagte sie. »Heute noch schwarze Magie und *Sie* stehen
an vorderster Front, Ed. Halten Sie die Ohren steif und vergessen Sie
nie: Alle verlaufen sich. Gewöhnliche Leute gehen die Straße entlang

und verlaufen sich: Jeder muss seinen Weg finden. Das ist nicht so schlimm. Das passiert täglich.«

Einen Atemzug lang sah es so aus, als wolle sie noch mehr sagen. Dann tätschelte sie ihm den Rücken, nahm das Aquarium, klemmte es sich unter den Arm und stapfte damit die Dünen hinauf in Richtung Zirkus. Ed krabbelte durchs trockene Gras irgendwohin, wo er sich in aller Ruhe übergeben konnte. Er stellte fest, dass er sich auf die Zunge gebissen hatte; passiert sein musste das, als er versucht hatte, sich das Becken vom Kopf zu stemmen.

Er hatte sich bereits entschlossen: Er würde die Ohren steif halten und das Zeug, das er darin gesehen hatte, vergessen. Verglichen damit war Tankentzug ein Zuckerschlecken.

19 · Glocken der Freiheit

Nach dem Verlassen des Labors wollte Michael Kearney nur eines –
in Bewegung bleiben.

Es begann zu regnen. Es wurde dunkel. Alles schien von einer
präepileptischen Korona umgeben, ähnlich dem Geflacker alter Neon-
röhren. Seine Zunge schmeckte nach Metall. Erst lief er ziellos durch
die Straßen, ihn schwindelte vor Übelkeit, er packte immer wieder
die Parkgitter …

Dann stolperte er in die Russel Square Station und fuhr wahllos
mit der U-Bahn. Der abendliche Stoßverkehr hatte eingesetzt. Pendler drehten sich nach dem Mann um, der in einer Biegung der schmutzigen gekachelten Passage oder in einer Nische des Bahnsteigs hockte,
die Schultern schützend vorgezogen, während er die Würfel des Shranders im Hohlraum zwischen den Händen schüttelte; drehten sich
rasch wieder weg, wenn sie sein Gesicht sahen oder das Erbrochene
auf seiner Kleidung rochen. Nach zwei Stunden im U-Bahn-System
flaute seine Panik ab: Es fiel ihm noch schwer, an einem Ort zu bleiben, aber sein Puls hatte sich beruhigt, und er konnte zum ersten
Mal wieder denken. Auf einem Rückweg durchs Zentrum genehmigte er sich einen Drink im Lymph Club, behielt ihn bei sich, bestellte ein Essen, das er nicht essen konnte. Danach lief er noch eine
Weile, dann nahm er einen Jubilee-Line-Zug nach Kilburn, wo Valentine Sprake am Ende einer langen Straße aus nichtssagenden,
dreistöckigen, viktorianischen Normziegelbauten wohnte; die im
Müll erstickenden Kellervorhöfe und die mit Brettern vernagelten
Fenster zogen ein wechselndes Publikum von Dealern, Kunststu-
denten und Wirtschaftsflüchtlingen aus dem ehemaligen Jugosla-
wien an.

An den Laternenpfählen hingen politische Plakate. Nicht eines der bemalten und rostigen Autos, die zwischen Abfallpapier und Hundekot halb auf dem Gehsteig parkten, war jünger als zehn Jahre. Kearney pochte an Sprakes Tür, einmal, zweimal, dann ein drittes Mal. Er trat zurück und rief ungeachtet des Regens, der ihm in die Augen fiel, an der Fassade empor: »Sprake? Valentine?« Seine Stimme hallte durch die Straße. Ein paar Atemzüge später wurde seine Aufmerksamkeit auf eines der Fenster im obersten Stockwerk gezogen. Er verrenkte sich fast den Hals, konnte aber nichts als einen grauen Vorhang und den schmutzigen Widerschein der Straßenbeleuchtung ausmachen.

Kearney streckte die Hand nach der Tür aus, als diese wie auf Kommando nach innen schwang, und wich plötzlich einen Schritt zurück.

»Himmel!«, sagte er. »Himmel!«

Einen Moment lang hatte er geglaubt, ein Gesicht hätte um die Tür geblickt. Es war vom Laternenlicht verwischt und unerwartet dicht über dem Boden; als hätte man ein kleines Kind geschickt.

Drinnen hatte sich nichts geändert, nicht seit den siebziger Jahren; und auch in Zukunft würde sich hier nichts ändern. Die Tapete an den Wänden hatte die gelbliche Farbe von Fußsohlen. Energiesparlampen gaben einem zwanzig Sekunden, bevor sie die Treppe wieder in Dunkelheit hüllten. Vor dem Klosett roch es nach Gas, nach abgestandenem Eintopf aus den Zimmern im zweiten Stock. Dann überall Anisgeruch, der die Nasenschleimhäute verklebte. Am Ende des Treppenhauses ließ ein Oberlicht das zornige Orange der Londoner Nacht ein.

In einem der oberen Zimmer lag im trüben Neonlicht Valentine Sprake, hingestreckt in einem Lehnstuhl, der seinerseits in einem weißen Kreis stand, der mit Kreide auf die nackten Dielen gemalt war. Sein Kopf hing schräg hintenüber, als sei Sprake eben erst erschossen worden. Er war splitternackt und schien sich mit irgendeiner öligen Substanz eingerieben zu haben. Es glitzerte im spärlichen rotblonden Haar zwischen seinen Beinen. Der Mund stand offen, und der Ausdruck auf dem Gesicht war gequält und friedlich zugleich. Er war tot. Alice, seine Schwester, saß auf einem kaputten Sofa außerhalb des Kreises, die Beine von sich gestreckt. Kearney erinnerte sich undeutlich an die jugendliche Alice mit ihren trägen Bewegungen. Sie war zu einer großen Frau um die dreißig herangewachsen: schwarzes Haar, schneeweißer Teint und ein leichter, flaumiger Lippenbart. Ihr Rock war hochgerutscht und entblößte weiße, fleischige Oberschenkel; sie stierte über Valentines Kopf hinweg auf ein Bild an der gegenüberliegenden Wand. Aus diesem eigenartigen, billigen Exemplar religiöser Kunst, einem halb plastischen Leidensbild in Grün und Blaugrau, renkte sich die obere Hälfte von Christus in einer sehr unbequemen, aber entschlossenen Geste des Umarmens ins Zimmer hinein.

»Alice?«, sagte Kearney.

Alice Sprake machte: »Joi. Joi joi.«

Kearney hielt sich die Hand vor den Mund und tat ein paar Schritte ins Zimmer.

»Alice, was ist hier passiert?«

Sie starrte ihn ausdruckslos an; dann an sich hinunter; dann wieder zu dem Bild an der Wand. Geistesabwesend fuhr sie mit den Fingern in ihre Scham und fing an, zu masturbieren.

»Lieber Gott«, sagte Kearney.

Sein Blick flog zu Valentine. Sprake umklammerte mit der einen Hand einen alten Elektrokocher und hielt in der anderen eine broschierte Ausgabe von *Hodos Chameliontos* von Yeats. Eben noch mochte er in der hieratischen Geste einer Tarotfigur die beiden Sachen mit ausgebreiteten Armen emporgehalten haben. Der Boden vor ihm war übersät mit Gegenständen, die ihm anscheinend aus dem Schoß gefallen waren. Muschelschalen, der Schädel eines kleinen Säugetiers: serbischer Zigeunerschmuck, der seiner Mutter gehört hatte. Kearney konnte sich des Gefühls nicht erwehren, dass sich in dem Zimmer noch etwas anderes tat. Trotz der Unabänderlichkeit dessen, was passiert war, konnte durchaus noch mehr passieren.

Alice Sprake sagte: »Er war ein – guter Kerl.«

Sie stöhnte laut. Die kaputten Sofafedern knarrten, dann war Stille. Einen Atemzug später stand sie auf und streifte ihren Rock wieder über die Schenkel. Sie war bestimmt eins achtzig, wenn nicht größer, überlegte Kearney. Ihre Größe wirkte beruhigend auf ihn, und sie schien das zu spüren. Sie roch überwältigend nach Sex.

»Ich kümmere mich schon darum, Mikey«, sagte sie. »Aber du musst jetzt gehen.«

»Ich bin gekommen, weil ich Hilfe brauchte.«

Die Erklärung schien ihr keine Befriedigung zu verschaffen.

»Du bist schuld, dass es so gekommen ist. Du hast ihn in den Wahnsinn getrieben. Er hatte sich so viele wunderschöne Sachen vorgenommen.«

Kearney sah sie mit großen Augen an.

»Valentine?«, sagte er ungläubig. »Redest du von deinem Bruder Valentine?« Er lachte laut auf. »Als wir uns kennengelernt haben, war er ein von allen guten Geistern verlassenes Großmaul in einem Zugabteil. *Er hat sich mit einem Bic-Stift Tattoos gemalt.*«

Alice Sprake richtete sich zu voller Größe auf.

»Er war einer der fünf mächtigsten Magier Londons«, sagte sie ohne jedes Pathos. Dann setzte sie hinzu: »Ich weiß, wovor du dich fürchtest. Wenn du jetzt nicht gehst, hetz ich es dir auf den Hals.«

»Nein!«, sagte Kearney.

Schwer zu sagen, wozu sie fähig war. Er starrte in Panik zwischen ihr und dem Toten hin und her, dann lief er aus dem Zimmer, die Treppe hinunter und auf die Straße.

Anna schlief, als er in die Wohnung zurückkehrte. Sie hatte sich ins Federbett gewickelt, sodass nur das Haar herausschaute; überall hingen neue Zettel. *Probleme anderer sind nicht deine Probleme.* Oder: *Du bist nicht verantwortlich für die Probleme anderer.*

Kearney ging leise ins Hinterzimmer, machte kein Licht und fing an, die Kommode zu leeren, stopfte Kleidung, Bücher, Spielkarten und persönliche Gegenstände in die Marin-Kuriertasche. Das

Zimmerfenster ging in den zentralen Schacht des Wohnblocks. Es dauerte nicht lange, und Kearney hörte den Widerhall von Stimmen aus einer der unteren Etagen. Es hörte sich an, als ob ein Mann und eine Frau stritten, zu verstehen war nichts, zu spüren waren Verlust und Gefahr. Er stand auf und zog die Vorhänge zu. Die Stimmen sickerten immer noch ins Zimmer. Als er hatte, was er brauchte, wollte er die Tasche schließen. Der Reißverschluss hakte. Kearney blickte nach unten. Die Tasche samt Inhalt war von einer dicken, weichen, gleichmäßigen Staubschicht bedeckt. Diese Metapher seines Lebens, das ihm durch die Finger rann, erfüllte ihn erneut mit Entsetzen. Im anderen Zimmer wachte Anna auf.

»Michael?«, sagte sie. »Bist du das? Du bist das doch, Michael, oder?«

»Schlaf weiter«, riet ihr Kearney. »Ich hol mir nur ein paar Sachen.«

Sie brauchte eine Minute, um das zu verarbeiten. Dann sagte sie: »Ich mach dir einen Tee. Ich wollte eben schon Tee machen, bin aber eingeschlafen. Ich war so fertig, dass ich einfach eingeschlafen bin.«

»Das ist wirklich nicht nötig«, sagte er.

Er hörte das Bett knarren, als sie aufstand. Sie kam und lehnte sich in ihrem langen Baumwollnachthemd in den Türrahmen, gähnte und rieb sich das Gesicht. »Was machst du?«, sagte sie. Sie musste das Erbrochene auf seiner Jacke riechen, denn sie sagte: »War dir nicht gut?« Sie machte plötzlich Licht. Kearney machte eine hilflose Geste mit der Tasche in der Hand. Sie standen da und blinzelten einander an.

»Du gehst?«

»Anna«, sagte Kearney. »Es ist besser so.«

»Wie, zum Teufel, kannst du so was sagen!«, schrie sie. »Wie, zum Teufel, kannst du sagen: Das ist besser so?«

Kearney wollte etwas sagen, dann zuckte er die Achseln.

»Ich dachte, du willst bleiben! Gestern hast du noch gesagt, dass es gut war; du hast gesagt, es war gut.«

»Wir haben gevögelt, Anna. Davon war die Rede.«

»Ich weiß. Ich weiß. Es *war* gut.«

»Dich zu vögeln war gut«, sagte er. »Mehr hab ich nicht gemeint.«

Sie rutschte am Türrahmen hinunter, bis sie mit angezogenen Knien dasaß.

»Du hast so getan, als wolltest du bleiben.«

»Das hast du dir nur eingebildet«, versuchte Kearney ihr einzureden.

Sie starrte zornig zu ihm auf. »Und ob du bleiben wolltest!«, beharrte sie. »Du hast es mir praktisch gesagt.« Sie schniefte, wischte sich mit dem Handrücken über die Augen. »Na schön«, sagte sie. »Männer sind immer so dumm und feige.« Sie schauderte plötzlich. »Ist es kalt hier? Jetzt bin ich einmal wach. Trink wenigstens noch einen Tee. Ich brauche keine Minute.«

Es dauerte länger. Anna kramte herum. Sie überlegte laut, ob sie noch genügend Milch hatte. Sie fing an zu spülen, dann hörte sie wieder auf. Sie überließ es Kearney, den Tee aufzugießen, derweil sie im Bad die Wasserhähne auf- und zudrehte. Danach hörte er sie irgendwo in der Wohnung rumoren. Schubladen wurden auf- und zugemacht. »Neulich hab ich Tim getroffen«, rief sie. Das war so durchsichtig, dass Kearney es ignorierte. »Er hat sich an dich erinnert.« Kearney stand in der Küche, starrte auf die Sachen im Regal und trank von dem dünnen Earl Grey, den er aufgegossen hatte. Er ließ die Kuriertasche nicht aus der Hand; sie abzusetzen hätte seine Position unweigerlich geschwächt. Ab und zu begann sich tief in seinem Stammhirn eine Welle der Angst aufzubauen, als nehme ein sehr alter Teil von ihm den Shrander viel eher wahr, als es Ohren und Augen taten.

»Ich muß gehen«, sagte er laut vernehmlich. »Anna?«

Er ging zur Spüle und kippte seine Tasse aus. Als er die Tür erreichte, war Anna schon da und versperrte ihm den Weg. Sie war fertig angezogen, mit einer langen Zopfmusterstrickjacke und einem unechten Versace-Rock, zu ihren Füßen stand eine Reisetasche. Sie sah seinen Blick. »Was du kannst, kann ich auch«, sagte sie. Kearney zuckte die Achseln und griff über ihre Schulter hinweg nach dem Knauf des Yale-Schlosses.

»*Warum* vertraust du mir nicht?«, sagte sie, als sei bewiesen, dass er es nicht tat.

»Darum geht es überhaupt nicht.«

»O ja, darum geht es. Ich will dir helfen …«

Er machte eine ungeduldige Geste.

»… aber du sperrst dich.«

»Anna«, sagte er schnell, »*du* brauchst Hilfe. Du trinkst. Du bist magersüchtig. Die meiste Zeit bist du krank und an guten Tagen ist dir der Gehsteig noch zu beschwerlich. Du bist immer in Panik. Du lebst in einer Welt, die wenig mit der unseren zu tun hat.«

»Du Mistkerl.«

»Was also kannst du für mich tun?«

»Mit dir gehen«, sagte sie. »Ohne mich kommst du nicht aus der Tür.«

Sie versuchte, ihn abzudrängen, wurde handgreiflich.

»Himmel, Anna.«

Er bekam die Tür auf und riss sich los. Auf der Treppe holte sie ihn ein, kriegte den Kragen seiner Jacke zu fassen und ließ auch dann nicht los, als Kearney sie mit die Treppe hinabzerrte.

»Ich hasse dich«, sagte sie.

Er blieb stehen und starrte sie an. Sie waren beide außer Atem.

»Und warum lässt du mich dann nicht gehen?«

Sie schlug ihm ins Gesicht.

»Weil du keine Ahnung hast«, schrie sie. »Weil dir sonst niemand helfen kann. *Du* bist zu nichts zu gebrauchen, *du* bist kaputt. Bist du wirklich so blöd, dass du das nicht siehst? Bist du so blöd?«

Plötzlich ließ sie ihn los und plumpste auf die Stufe. Sie blickte flüchtig zu ihm auf und dann wieder beiseite. Tränen liefen ihr übers Gesicht. Ihr Rock war hochgerutscht, und Kearney war, als habe er nie zuvor ihre langen, dünnen Schenkel gesehen. Als sie seinen Blick bemerkte, blinzelte sie ihre Tränen weg und streifte den Rock noch weiter nach oben. »Lieber Gott«, flüsterte Kearney. Er drehte sie um und drängte sie in die kalten Steinstufen, während sie sich fest in seine Hand drückte, immerzu schniefend und weinend.

Als er sich nach zehn Minuten losriss und sich auf den Weg zur U-Bahn-Station machte, lief sie einfach hinter ihm her.

Er war ihr in Cambridge begegnet, vielleicht zwei Jahre nachdem er die Würfel gestohlen hatte. Er war auf der Suche nach einem Opfer, ließ sich aber von Anna mit aufs Zimmer nehmen. Dort saß er auf dem Bettrand, derweil sie eine Flasche Wein entkorkte, ihm Fotos vom letzten Mal zeigte, als sie knapp an der Magersucht vorbeigeschrammt war, und nur mit einer langen Strickjacke bekleidet nervös umherlief. Sie erklärte ihm: »Ich mag dich, aber ich will keinen Sex. Einverstanden?« Kearney – verstrickt in seine Stechginsterlandfantasien und angeödet von den Ausflüchten, die er in solchen Situationen gewöhnlich machen musste – hörte sich nicht selten selbst so reden und war einverstanden. Immer, wenn sich die Strickjacke auftat, schenkte er Anna ein diffuses Lächeln und sah höflich beiseite. Das schien sie nur nervöser zu machen. »Würdest du einfach nur neben mir liegen und schlafen?«, bat sie, als er anstandshalber gehen wollte. »Ich mag dich wirklich, aber ich will keinen Sex.« Eine Stunde lang lag Kearney ausgestreckt neben ihr, dann, so um drei in der Früh, suchte er das Bad auf und onanierte heftig ins Waschbecken. »Bist du okay?«, rief sie mit dumpfer, verschlafener Stimme.

»Du bist so süß«, sagte sie, als er zurückkam. »Nimm mich in die Arme.«

Er starrte sie im Dunkeln an. »Hast du überhaupt geschlafen?«

»Bitte.«

Sie wälzte sich gegen ihn. Sowie er sie anfasste, stöhnte sie, rollte sich frei, hob den Hintern und grub das Gesicht ins Kissen, während er sie mit einer Hand stimulierte und sich mit der anderen. Erst wollte sie sich beteiligen, doch er ließ sie nicht. Er hielt sie in der Schwebe. Ein ums andere Mal winselte sie ins Kissen und holte tief und schluchzend Luft. Er sah ihr dabei zu, bis er vom Zusehen so hart wurde, dass es ihm wehtat. Dann erlöste er sie mit zwei, drei winzigen, kreisenden Bewegungen der Fingerkuppe und besprengte ihren Rücken. Näher schien ihm Stechginsterland nie gewesen zu sein. Noch nie hatte er sich so autark gefühlt. Sie fühlte sich vermutlich autark, indem sie so etwas einfädelte.

Mit dem Gesicht im Kissen nuschelte sie: »Ich wollte das wirklich erst in dem Moment, als ich es getan hab.«

»Glaubst du wirklich?«, sagte Kearney.

»Du hast mich klebrig gemacht.«

»Bleib so, bleib so«, sagte er, »nicht bewegen«, und holte ein Papiertuch, um ihren Rücken trocken zu wischen.

Danach folgte er ihr auf Schritt und Tritt. Ihre raffinierte Art sich zu kleiden, ihre spontanen Lachsalven, ihr verstohlener Narzissmus, das alles zog ihn an. Mit neunzehn war ihre Zerbrechlichkeit nicht mehr zu übersehen. Sie hatte ein gestörtes Verhältnis zu ihrem Vater – ein Akademiker im Norden –, der gewollt hatte, dass sie eine Universität besuchte, die nicht so weit von zu Hause entfernt war. »Er hat mich irgendwie verstoßen«, sagte sie und sah, als sei es gestern passiert, mit einem leisen, dämmernden Verwundern zu Kearney auf. »Kannst du mir sagen, warum jemand so etwas tut?« Sie hatte zweimal versucht, sich das Leben zu nehmen. Ihre Kommilitonen, wie Studenten so sind, waren beinah stolz darauf; sie kümmerten sich um Anna. Kearney, wurden sie nicht müde anzudeuten, trage auch Verantwortung für sie. Anna selbst schien nur peinlich berührt, vergaß man sie aber für eine Minute, begann sie zu schwächeln. »Ich glaube, ich esse nicht viel«, hörte man sie hilflos am Telefon sagen. Sie verhielt sich wie jemand, dessen Persönlichkeit ohne tägliche, tatkräftige Hilfe zu zerbröseln drohte.

Kearney fühlte sich von alledem zu ihr hingezogen (oder auch von einer Galanterie, die er auf einer Ebene unter diesen ganzen Gesten der Panik und Selbstvereitelung entdeckte, wo eine Frau existierte, die fest entschlossen war, sich vom Leben zu nehmen, was ihr die Dämonen davon ließen). Doch es war ihre Art von Sex, die ihn bleiben ließ. Wenn Kearney nicht unbedingt ein Voyeur war, so war Anna nicht unbedingt eine Exhibitionistin. Keiner wusste vom anderen, mit wem genau er es zu tun hatte. Jeder blieb dem anderen ein Rätsel.

Das allein sollte später genügen, um sie beide in Rage zu versetzen: Doch diese frühen Begegnungen waren wie Wasser in der Wüste. Zwei Tage nach seiner Promotion heirateten sie standesamtlich – er hatte sich extra einen Paul-Smith-Anzug gekauft. Danach blieben sie zehn Jahre zusammen. Sie blieben kinderlos, obwohl sie behauptete, welche zu wollen. Er stand ihr bei zwei Therapien und drei weiteren Magersuchtattacken zur Seite und bei einem letzten, fast nostalgischen Versuch, sich umzubringen. Sie sah zu, wie er dem Geld von Universität zu Universität folgte und den, wie er es nannte, »Mac-Science« für die Unternehmen spielte, sich in der neuen Disziplin *Komplexität und emergente Eigenschaften* auf dem Laufenden hielt und immer am Ball blieb, was den Shrander und das Morden betraf. Falls sie etwas ahnte, ließ sie es unausgesprochen. Falls sie sich jemals gefragt hatte, warum sie so oft umzogen, behielt sie es für sich. Eines Nachts dann, als er im Chelsea & Westminster Hospital auf ihrer Bettkante saß und auf ihre bandagierten Handgelenke starrte und sich fragte, wie es so weit hatte kommen können, da erzählte er ihr alles.

Sie lachte und nahm seine Hände in die ihren. »Jetzt haben wir uns aber am Hals«, sagte sie; noch im selben Jahr ließen sie sich scheiden.

20 · Das Dreikörperproblem

Zwei Flugtage von *Redline*, und die *White Cat* änderte alle zwölf Nano-sekunden ihren Kurs. Der Dyneraum hüllte das Schiff in eine meta-phorische, unermessliche Schwärze, aus der die behutsamen Fin-ger schwach reagierender Materie griffen. Die Schattenoperatoren hingen bewegungslos an den Bullaugen und tuschelten in den alten Sprachen. Sie hatten ihre normale Gestalt angenommen, die einer Frau, die zutiefst besorgt auf ihren Fingerknöchel biss. Billy Anker mied ihre Nähe. »He«, sagte er, »was weiß *ich*, was *die* wollen!« Er versuchte sie aus dem Quartier für Menschen auszuschließen, doch wenn er schlief, krochen sie wie Rauch durch die Ritzen und häng-ten sich oben in die Ecken und sahen ihm zu, wie er seine abgestan-denen Träume träumte.

Auch Seria Maú beobachtete ihn. Fest stand, dass sie bald Auf-schluss haben würde: über den Mann und über dieses Objekt, das sie von Onkel Sip gekauft hatte. Bis dahin wollte sie sich mit der Schiffsmathematik unterhalten, um zu verstehen, was hinter ihr im Gange war, wo sich in einer Entfernung von etlichen Lichtjahren die *Krishna-Moire*-Herde auf chaotische Weise um die seltsame hybride Kennung des nastischen Schiffes wickelte, um alles in allem eine einzelne, verwässerte und unzuverlässige Spur auf dem Display zu erzeugen.

»Bei der Distanz fällt es schwer, sich bedroht zu fühlen.«

»Vielleicht will man uns gar nicht in Panik versetzen«, speku-lierte die Mathematik. »Oder …« – mit dem Äquivalent eines Ach-selzuckens – »… vielleicht doch.«

»Können wir sie abschütteln?«

»Nein.«

Diese Vorstellung fand sie unerträglich. Eine Einschränkung! Als wär man wieder ein Kind. »*Tja, dann unternimm doch was!*«, schrie sie. Nach einigem Nachdenken schläferte die Mathematik sie ein. Was Seria Maú diesmal begrüßte.

Sie träumte wieder von der Zeit, als sie alle noch glücklich gewesen waren. »Lasst uns wegfahren!«, sagte die Mutter. »Habt ihr Lust?« Seria Maú klatschte in die Hände, während ihr Bruder im Wohnzimmer auf und ab lief und rief: »Wegfahren! Wegfahren!«, doch als es so weit war, kriegte er einen Koller, weil er sein schwarzes Kätzchen nicht mitnehmen durfte. Sie nahmen den *Rocket Train* Richtung Norden, nach Saulsignon. Es war eine lange Fahrt in einer verlorenen Jahreszeit – nicht Winter, nicht Frühling –, abwechselnd öde und aufregend. Der kleine Junge rannte im Mittelgang auf und ab und rief: »Wenn das ein *Rocket Train* ist, dann muss er doch schneller fahren!« Der Himmel war ein blaues Band über langen einschläfernden Linien, die der Pflug gezogen hatte. Am Nachmittag des nächsten Tages stiegen sie in Saulsignon aus. Der Bahnhof war winzig, schmiedeeiserne Pfosten und Kübel mit Erdblumen, alles funkelte und glänzte von den kurzen Regenschauern, die durchs Sonnenlicht fielen. In einer Nische leckte die Bahnsteigkatze ihr schildpattfarbenes Fell, der *Rocket Train* fuhr ab, und die Sonne ertrank in einer weißen Wolke. Draußen vor dem Bahnhof ging ein Mann vorbei. Als er stehen blieb, um zurückzublicken, fröstelte die Mutter, raffte die honigfarbene Pelzjacke enger um den Leib und hielt mit einer langen weißen Hand den Kragen zusammen.

Dann lachte sie, und die Sonne kam wieder zum Vorschein. »Kommt mit, ihr beiden!« Und da, nur Augenblicke später, wie es schien, sahen sie das Meer!

Hier endete der Traum. Seria Maú wartete gespannt auf einen Refrain oder einen zweiten Akt, in dem der Zauberkünstler in Frack und Zylinder auftauchte. Als nichts dergleichen geschah, war sie enttäuscht. Kaum war sie wach, machte sie im gesamten Menschenquartier Licht. Die Schattenoperatoren, die sich bekümmert über den schlafenden Billy Anker beugten, stoben in alle Richtungen davon.

»Billy Anker«, rief Seria Maú. »Aufwachen!«

Minuten später stand er blinzelnd und die Augen reibend vor der Dr.-Haends-Einheit in dem flachen roten Geschenkkarton.

»*Das?*«

Er schien verwirrt. Tastete hinter der Schachtel herum. Er nahm eine von Onkel Sips Rosen zur Hand und schnupperte daran. Vorsichtig hob er den Deckel der Schachtel an (ein Gong ertönte, von oben fiel sanftes Scheinwerferlicht) und beäugte den langsam und irgendwie planvoll aufquellenden weißen Schaum. Wieder der Gong. Eine weibliche Stimme sagte wie aus weiter Ferne: »Dr. Haends. Dr. Haends, bitte.« Billy Anker kratzte sich den Kopf. Er machte die Schachtel zu. Er machte sie wieder auf. Er streckte den Finger nach dem weißen Zeug aus.

»Nicht!«, warnte Seria Maú.

»Sch«, machte Billy Anker abwesend, zog aber seinen Finger zurück. »Ich gucke hinein«, sagte er, »und ich kann beim besten Willen nichts sehen. Und Sie?«

»Ich kann auch nichts sehen.«

»Dr. Haends in die Chirurgie, bitte«, insistierte die ferne Stimme.

Billy Anker legte den Kopf schief, lauschte, dann machte er die Schachtel wieder zu. »So was hab ich mein Lebtag noch nicht gesehen«, sagte er. »Wir wissen natürlich nicht, was Onkel Sip damit gemacht hat.« Er drückte das Kreuz durch und ließ die Knöchel der unversehrten Hand knacken. »Was *ich* gefunden habe, hat jedenfalls so nicht ausgesehen«, sagte er. »Es sah aus, wie K-Tech eben aussieht. Klein, glitschig, aber kompakt.« Er zuckte die Achseln. »Verpackt in diesem dünnen, schmiegsamen Metall, das man damals hatte, schön wie eine Muschel. Es hatte überhaupt nichts Theatralisches.« Er lächelte ein Lächeln, das sie nicht deuten konnte, und blickte in eine imaginäre Ferne. »Das ist Onkel Sips Handschrift, wenn Sie so wollen«, sagte er mit einer bitteren

Miene. Das Double von Seria Maú strich nervös um seine Fuß-knöchel.

»Wo haben Sie es gefunden?«, wollte sie wissen.

Statt zu antworten, ließ Billy Anker sich auf ihre Augenhöhe herab; mit Dreitagebart und zwei Lederjacken am Boden zu sitzen schien für ihn die selbstverständlichste Sache der Welt zu sein. Er starrte dem Double eine Weile in die Augen, als wolle er das Original dahinter sehen, dann sagte er zu ihrer Überraschung: »Gegen EMC können Sie auf Dauer nicht gewinnen.«

»Die sind nicht hinter *mir* her«, erinnerte sie ihn.

»Egal«, sagte er. »Am Ende ziehen Sie den Kürzeren.«

»Schauen Sie sich um: diese Abermillionen Sterne. Welcher sagt Ihnen am meisten zu? Hier draußen geht man im Nu verloren.«

»Sie sind bereits verloren gegangen«, sagte Billy Anker. »Imponiert mir, dass Sie ein K-Schiff gestohlen haben. Wem würde das nicht imponieren. Aber Sie haben sich verloren und finden sich nicht wie-der. Das sieht doch ein Blinder. Sie tun das Falsche. Wachen Sie auf.«

»Wie können Sie so etwas sagen?«, fuhr sie ihn an. »Wie kommen Sie dazu, mir so die Stimmung zu verderben?«

Darauf hatte er keine Antwort.

»Was soll ich Ihrer Meinung nach tun, Billy Anker? Mein Schiff auf irgendeinem Arsch der Welt parken und zwei knarrende Jacken tragen? Ach, und mir was drauf einbilden, dass ich nicht der Typ bin, der seine Ware zurücknimmt?« Sie bedauerte ihre Worte so-gleich. Er wirkte gekränkt. Von Anfang an hatte er sie an jemanden erinnert. Es lag nicht an seiner Kleidung oder dem ganzen Theater mit den antiken Konsolen und der Technik von vorgestern. Nein, es musste sein Haar sein. Es hatte mit seinem Haar zu tun. Sie beäugte ihn aus unterschiedlichen Winkeln, um herauszufinden, an wen es sie erinnerte. »Tut mir leid«, sagte sie, »ich kenne Sie viel zu wenig, um so etwas zu sagen.«

»Tja«, sagte er.

»Es war falsch«, sagte sie, nachdem sie ihm vergebens Zeit gelas-sen hatte. »Es war falsch von mir.«

Er zuckte die Achseln.

»Also. Was dann? Was soll ich Ihrer Meinung nach tun? Sie sagen es mir, Sie mit Ihrer emotionalen Intelligenz, auf die Sie offenbar so stolz sind.«

»Tauchen Sie mit dem Schiff unter«, sagte er. »Bringen Sie es in den Trakt.«

»Wieso rede ich überhaupt mit Ihnen, Billy Anker?«

Er lachte.

»Ich musste es versuchen«, sagte er. »Okay, also, so habe ich die Einheit gefunden. Doch erst müssen Sie sich ein bisschen was über K-Tech anhören.«

Sie lachte.

»Ein Billy Anker will *mir* etwas über K-Tech erzählen?« Doch er fuhr unbeirrt fort.

Vor zweihundert Jahren stolperte die Menschheit über die Reste der buchstäblich ältesten Halo-Zivilisation. Verglichen mit manchen war sie nur schwach vertreten, verstreut über fünfzig Kubiklichtjahre und einem halben Dutzend Planeten, mit Außenposten so sehr auf Tuchfühlung mit dem Trakt, dass sie als Kefahuchi-Kultur oder K-Kultur in die Geschichte einging. Ihrer Architektur nach mussten diese Wesen kleinwüchsig gewesen sein; weitere Anhaltspunkte für ihr Aussehen gab es nicht. Die Ruinen wimmelten von einem Code, der sich als eine Art intelligentes Interface zu den technischen Errungenschaften dieser Zivilisation entpuppte.

Maschinen, Geräte, Apparaturen, die nach sage und schreibe fünfundsechzig Millionen Jahren immer noch funktionierten.

Doch niemand wusste etwas damit anzufangen. Die Forschungsabteilung von *Earth Military Contracts Inc.* streckte ihren Arm aus. Man zog einen Kordon um das sogenannte »Verbreitungsgebiet«, stampfte ganze Kolonien von Habitaten aus dem Boden und begann aus allerhand Schattenoperatoren Tools zu fabrizieren, die mit nano- und biotechnischen Substraten betrieben wurden. Mit diesen Tools versuchte man, den Code direkt zu manipulieren. Es war eine Katastrophe. Die Bedingungen in den Habitaten waren brutal. Forscher und Forschungsobjekte lebten direkt über den Sicherheitsanlagen. »Sicherheit« war auch so ein leerer EMC-Begriff. Es gab keine Firewalls, keine Masken, nur eine Klasse-IV-Zelle. Das Ganze erinnerte an eine Virenfabrik. Es gab Unfälle mit irreversiblen Freisetzungen, es kam zu ungeplanten Kreuzungen. Stigmatisierte Männer, Frauen und Kinder, die über die *Carling Line* aus den um Cor Caroli kreisenden Gefängniskolossen eingeflogen wurden, nahmen rein zufällig die Substrate mit der Nahrung auf, schrien die ganze darauffolgende Nacht und redeten am nächsten Morgen in einer Sprache, die keiner verstand. Es war, als stehe man vor einer Maschine, aus der eine Armee intelligenter Insekten hervorbricht, einem den Arm hinauf- und, ehe man sich's versieht, in den Mund hineinschwärmt. Es kam zu spontanen Verhaltensmustern, die so unbegreiflich waren, dass es sich nur um Plagiate religiöser Rituale der K-Kultur selbst handeln konnte. Tanz. Sex- und Drogenkulte. Hymnenartige Gesänge.

Nach der Tampling Praine Epidemie von 2293, die aus dem Halo entkam und Teile der Milchstraße selbst erfasste, wurden die Versuche, direkt mit dem Code oder der von ihm gesteuerten Technik zu experimentieren, eingestellt. Die neue Strategie hieß Schadensbegrenzung und Anschluss des menschlichen Operators mittels eines Systems aus Puffern und cybernetischen sowie biologischen Kompressoren; dieses System hatte sich daran zu orientieren, wie das menschliche Bewusstsein seinen ureigenen sensorischen Input von elf Millionen Bit pro Sekunde verarbeitete. Der Traum von der Eins-zu-eins-Echtzeitverbindung mit der Mathematik verblasste, und eine Generation nach den ersten Entdeckungen begann EMC damit, die Resultate in hybride Schiffe, Antriebe und Waffen einzubauen, vor allem aber in hybride Navigationssysteme, die zuletzt vor fünfundsechzig Millionen Jahren gearbeitet hatten.

Die Habitate wurden gesprengt, das Schicksal der darin Lebenden totgeschwiegen.

Die Geburtsstunde der K-Tech.

»Und?«, sagte Seria Maú. »Das ist nichts Neues.«

Das alles war ihr bekannt, aber es laut ausgesprochen zu hören war ihr peinlich. Sie fühlte sich mitschuldig am Tod dieser Menschen. Sie lachte. »Mir ist das nun wirklich nicht neu«, sagte sie. »Kapiert?«

»Na klar doch«, sagte er und fuhr fort: »Im Grunde waren die Habitate auch die Wiege von EMC. Bis dahin war das nur ein lockeres Kartell von Security-Firmen gewesen, das so gestrickt war, dass die neoliberalen Demokratien Subunternehmern die Schuld für jede Polizeiaktion in die Schuhe schieben konnten, die außer Kontrolle geriet. Also konnten einem alle die jugendlich und wirklich nett aussehenden Präsidenten aus dem Holodisplay in die Augen blicken und mit ihren Predigerstimmen behaupten: ›Wir brechen keine Kriege vom Zaun‹, um dann reihenweise ›Terroristen‹ töten zu lassen. Nach K-Tech dauerte es nicht lange und, na ja, da war EMC allerorten die Demokratie: Nimm nur das kleine Arschloch, mit dem wir eben gesprochen haben.« Er grinste. »Aber jetzt kommt die gute Nachricht. K-Tech ist ausverkauft. Eine Zeit lang herrschte Goldgräberstimmung. Es gab immer etwas Neues. Die frühen Prospektoren lasen das Zeug mit bloßen Händen auf. Doch als Onkel Sips Generation daherkam, da war nichts mehr übrig. Jetzt wird gefeilt und getüftelt, aber nur am menschlichen Interface. Wir können keinen neuen Code stricken, und wir können die alten Maschinen nicht nachbauen.

Verstehen Sie? Wir haben es hier nicht mit einer Technologie zu tun, sondern mit fremden Artefakten: eine Ressource, die abgebaut wurde, bis sie erschöpft war.« Er sah sich um und machte eine Geste, die sich auf die *White Cat* bezog. »Das ist vielleicht eines der letzten gewesen«, sagte er. »Und wir wissen noch nicht einmal, wozu es da war.«

»He, Billy Anker«, sagte sie. »Ich weiß, wozu sie da ist.«

Er blickte ihrem Double in die Augen, und sie war sich nicht mehr so sicher.

»K-Tech ist ausverkauft«, wiederholte er.

»Wenn das die gute Nachricht ist, warum sind Sie dann so mies drauf?«

Billy Anker stand auf und vertrat sich die Beine. Er besah sich noch einmal die Dr.-Haends-Einheit. Dann kam er zu ihr zurück und kniete sich hin.

»Weil ich einen ganzen Planeten davon gefunden habe.«

Das Schweigen dehnte sich wie die Abstände zwischen den Datenpaketen in einem Kabel im Menschenquartier. Unter dem trüben Schein der Leuchtstofflampen tuschelten die Schattenoperatoren mit zur Wand gedrehten Gesichtern. Billy Anker saß am Boden und kratzte sich die Wade. Seine Schultern waren gekrümmt, das stoppelige Gesicht so faltig wie die Lederjacken. Seria Maú musterte ihn eingehend. Jede der winzigen Kameras, die in der Kabine schwebten, zeigte ihn aus einer anderen Perspektive.

»Vor zehn Jahren«, sagte er, »war ich besessen von diesem Sigma-End-Wurmloch. Ich wollte unbedingt dahinterkommen, wer es wie da hingepflanzt hatte. Mehr noch, ich wollte um jeden Preis wissen, was am anderen Ende des Wurmlochs war. Ich war nicht der Einzige. Für ein, zwei Jahre klebte jeder Hitzkopf, der eine Theorie hatte, an der Akkretionsscheibe und führte sogenannte wissenschaftliche Experimente mit irgendeinem Stück Schrott durch, das er weiter unten am *Strand* gefunden hatte. Eine ganze Reihe von ihnen endete als Plasma.« Er lachte leise. »Unzählige Himmelsakrobaten, Entradistas und Verrückte. Tolle Typen wie Liv Hula und Ed Chianese. Damals dachten wir alle, *Sigma End* wäre das Tor zum Trakt. Ich fand heraus, dass dem nicht so war.«

»Wie?«

Billy Anker kicherte. Sein Gesicht war wie ausgewechselt.

»Ich bin durch«, sagte er.

Sie sah ihn groß an. »Aber …«, setzte sie an und dachte an alle, die das nicht überlebt hatten. »Einfach so?«

Er zuckte die Achseln. »Ich war neugierig«, sagte er.

»Billy Anker …«

»Oh, es ist nicht zum Reisen gemacht«, sagte er. »Ich wurde ramponiert. Mein Schiff wurde ramponiert. Dieser seltsame Lichtstrudel hängt da wie ein Riss im Nichts. Er hebt sich kaum von den Sternen ab: Aber wenn du hindurchfegst, ist das, als ob ...« Er befingerte seine kaputte Hand. »Schwer zu sagen, wie das ist. Alles wird anders. Was dort drin passiert ist, kann ich nicht in Worte fassen. Es war, als wär ich wieder ein Kind, wie in einem bösen Traum, in dem man durch einen endlosen, finsteren Flur rennt. Durch den Rumpf habe ich Dinge gehört, die ich mir nicht erklären kann. Aber, he, ich war da draußen! Verstehen Sie?« Die Erinnerung daran ließ ihn vor Aufregung hin und her schaukeln. Er sah zwanzig Jahre jünger aus. Die Falten rings um den Mund waren verschwunden. Die grünlich-grauen Augen, deren Blick schwerer zu ertragen war als sonst, leuchteten vor Witz, Erzähltalent und verwegener Selbstinszenierung; zugleich ließen sie ihn verwundbar und menschlich erscheinen. »Ich war da, wo noch keiner von uns war. Zum ersten Mal war ich der Erste. Können Sie sich das vorstellen?«

Konnte sie nicht.

Sie dachte: Wenn du nicht aufhörst, anderen Leuten auf diese Weise zu imponieren, Billy Anker, dann nur, weil es dir an Selbstachtung fehlt. Wir wollen den Menschen, aber alles, was du herausrückst, ist ein Herzbube. Dann fiel ihr plötzlich ein, an wen er sie erinnerte. Der Pferdeschwanz, auch wenn er nicht mehr schwarz war; das schmale, dunkelhäutige Gesicht, auch wenn es müde wirkte und verbrannt war von den Strahlen ferner Sonnen: Nichts von beidem hätte auf der Party im Schneidersalon deplatziert gewirkt – in der Henry Street, in Carmody-City, in der schwülen, feuchten Nacht von *Motel Splendido* ...

»Sie sind einer von Onkel Sips Klonen«, sagte sie.

Erst meinte sie, jetzt müsse er vor lauter Verblüffung mit etwas Neuem herausrücken. Tatsächlich grinste er nur und tat ihre Bemerkung mit einem Achselzucken ab. »Die Persönlichkeit hat nicht angeschlagen«, sagte er.

»Er hat Sie maßgeschneidert.«

»Er wollte sozusagen eine Vertretung. Seine wilden Jahre waren vorbei. Wie der Vater, so der Sohn, dachte er wohl. Doch ich bin ich«, sagte Billy Anker. Er zwinkerte. »Ich sage das jedem, aber es stimmt.«

»Billy …«

»Wollen Sie denn nicht wissen, was ich gefunden habe?«

»Und ob«, sagte sie. Obgleich ihr momentan überhaupt nicht danach war, so betroffen war sie von seinem Los. »Und ob ich das will.«

Er schwieg eine Zeit lang. Er setzte ein paarmal an, aber ihm schienen die Worte zu fehlen. Schließlich fand er einen Anfang: »Dieser Ort: Er rückt dem Trakt so nah auf die Pelle, dass man meint, ihn brausen und tosen zu hören. Du stürzt aus dem Wurmloch, überschlägst dich, alle Instrumente sind im roten Bereich, und da ist es: Licht. Strahlendes Licht. Springbrunnen, Kaskaden, wallende Vorhänge aus Licht. Alle vorstellbaren Farben und ein paar unvorstellbare. Gebilde, wie man sie damals durch die Lichtteleskope auf der Alten Erde gesehen hatte. Sie wissen schon: Gaswolken, Sternhaufen; nur dass sie sich im Zeitraffer entwickeln. Sich aufbauen und zerlaufen wie Brandung.« Wieder schwieg er eine Weile, blickte in sich hinein, als habe er Seria Maú vergessen. Dann sagte er: »Der Ort ist klein, müssen Sie wissen. Ein ausgedienter alter Mond, den diese Aliens zu welchem Zweck auch immer durch das Wurmloch geschickt haben. Keine Atmosphäre. Sichtbar gekrümmter Horizont. Und kahl. Gerade mal weißer Staub auf einer Oberfläche, die sich wie Beton ausnimmt …

Wie Beton«, fuhr er leise fort. »Singender Beton. Choräle. Resonanz des K-Codes.« Er hob die Stimme. »Oh, lange bleiben wollte ich da nicht«, sagte er. »Dazu war ich nicht in der Verfassung. Das war mir sofort klar. Dazu hatte ich viel zu viel Angst. Der Schiffsleib vibrierte vor Code; ich hörte, wie das Licht auf mich herabregnete. Ich spürte den Trakt im Rücken, als beobachte mich jemand. Ich konnte nicht glauben, dass sie ein Wurmloch zu so einer durchgeknallten Region gebohrt hatten. Ich schnappte mir ein paar Dinge –

was mir gerade unter die Augen kam – gerade so wie die alten Prospektoren – und hab mich so schnell wie möglich aus dem Staub gemacht.«

Mit dem Daumen deutete er hinter sich über die Schulter auf die Dr.-Haends-Einheit.

»*Das* unter anderem«, sagte er und erschauerte leicht. »Ich habe die *Karaoke Sword* von dem Mond heruntergebracht, aber es sollte dauern, bis ich irgendwohin konnte. Wir hingen da in der Dünung des Lichts. Selbst das Schiff schien eingeschüchtert. Ich konnte mich nicht überwinden, in das Wurmloch zu fliegen. Ein Wurmloch ist ein Lotteriespiel. Das macht man nur einmal in seinem Leben, da bin ich keine Ausnahme. Schließlich gelang es mir, mithilfe der stehenden Gravitationswelle und der nicht ganz so zuverlässigen Anisotropie des gesamten Universums meine ungefähre Position zu bestimmen. Dann kehrte ich per Dynaflow im großen Bogen zurück. Da ich völlig pleite war, griff ich mir ein paar von den Sachen, die ich mitgebracht hatte, und schwatzte sie anderen auf. Ein Fehler. Mir war klar, dass ich nun die ganze Milchstraße auf den Fersen hatte. Also ging ich auf Tauchstation.«

»Aber Sie haben ihn wiedergefunden, diesen Trabanten«, sagte Seria Maú. Sie vergaß zu atmen.

»Ja«, sagte er.

»Dann bringen Sie mich hin, Billy Anker. Bringen Sie mich zu dem Trabanten!«

Er sah auf seine Hände hinab; nach einer Weile schüttelte er den Kopf. »Wir dürfen Sie nicht dorthin führen«, sagte er, »das sehen Sie doch sicher ein.« Er hob die Hand, um ihrem Widerspruch zuvorzukommen. »Aber das ist nicht der Grund. Oh, ich würde Sie trotzdem hinbringen, weil ich merke, wie viel Ihnen diese Einheit bedeutet. Unter uns gesagt, wir würden die Verfolger schon abhängen …«

»Warum bringen Sie mich dann nicht hin?«

»Weil das kein Ort für uns ist, für keinen von uns.«

Seria Maú ließ ihr Double durch eine Außenwand davonspazieren. Billy Anker war verdutzt. Als er ihre Stimme das nächste Mal hörte, war es die Stimme der *White Cat*. Sie schien von allen Seiten zu kommen. »Ich durchschaue Sie, Billy Anker«, sagte sie und ließ ein paar missbilligende Laute hören. »Das ganze Gerede von wegen den *Strand* verlassen und zu viel Angst haben vor dem Schwimmen.«

Erst wirkte er verärgert, dann störrisch. »Das ist kein Ort für Menschen«, beharrte er.

»Ich bin kein Mensch!«

Er lächelte. Sein Gesicht hellte sich auf und legte die Jahre ab, und sie merkte, dass er niemand anders als er selbst war.

»O doch«, sagte er, »das bist du.«

21 · Krieg

Ed Chianese setzte seine Ausbildung zum Seher fort.

Madame Shen arbeitete gerne im Observatorium, vorzugsweise mitten unter den Historienbildern. Sie hatte eine Vorliebe für *Brian Tate und Michael Kearney betrachten einen Computermonitor, 1999.* Ed, beunruhigt von den starren Blicken und dubiosen Mienen der beiden vorsintflutlichen Wissenschaftler, hielt sich lieber im Hauptbüro oder in der Bar vom *Dunes Motel* auf.

Seine Lehrmeisterin blieb unberechenbar. Manchmal kam sie als sie selbst; manchmal als die Empfangsdame mit den Dolly-Parton-Titten und dem Oort-Country-Akzent; manchmal als übellauniger Hermaphrodit namens Harryette, der, um die Rosinen seiner kleinen Brüste zu betonen, schwarze Trikothemden trug und dazu eine farbige Polyurethan-Strumpfhose, die sich im Schritt beängstigend wölbte. Manchmal kam sie erst gar nicht, und Ed konnte wieder zu den Alten gehen und weiterwürfeln. (Obwohl er jetzt regelmäßig verlor. Wer versucht, in die Zukunft zu blicken, der verwirkt sein Glück, meinten die Männer und strichen gackernd sein Geld ein.) Als was sie auch kam, Sandra Shen war klein. Sie trug kurze Röcke und rauchte die einheimischen Zigaretten aus Tabak und Fledermausdung, ovaler Querschnitt, beißender Rauch. Er gab sich Mühe, in ihr einen Menschen zu sehen: bekam keine Gelegenheit, sie besser kennenzulernen. Sie war nicht mehr jung, so viel stand fest. »Ich bin müde, Ed«, klagte sie nicht selten. »Ich mache das schon zu lange.« Was, sagte sie nicht, doch er glaubte zu wissen, dass sie den Zirkus von Pathet Lao meinte.

Ihre Gemütsverfassung war so unberechenbar wie ihre Erscheinung. An einem Tag, hocherfreut über seine Fortschritte, versprach sie ihm eine eigene Show: »Eine Show im Hauptzelt, Ed. Eine richtige Show.« Am Tag darauf schüttelte sie den Kopf, warf ihre Zigarette weg und sagte mit professioneller Empörung: »Ein Kind sieht besser in die Zukunft als du. Das ist unzumutbar.«

Eines Nachmittags in den Dünen sagte sie: »Weißt du, was dein Pech ist, Ed? Du bist wirklich ein Hellseher.«

Sie hatten schon eine Stunde gearbeitet, und Ed saß wie ein Häufchen Elend in der Ecke, so müde, dass ihm war, als müsse er jeden Moment durch den Boden hindurchrutschen. Um zu verschnaufen, hatte er sich das Aquarium vom Kopf gestemmt. Draußen über dem Strand krächzten und kreisten die Seevögel. Grellviolettes Licht fiel durch die Schlitze der Jalousien und machte aus Sandra Shens smaragdgrünem Cheongsam das gestreifte Fell eines Dschungelräubers. Sie pflückte sich einen Tabakkrümel von der Unterlippe. Schüttelte den Kopf.

»Das ist auch mein Pech«, gab sie zu. »Auch meins.«

Wenn Ed erwartet hatte, von ihr Näheres über das Prozedere zu erfahren, hatte er sich getäuscht. Es schien sie nicht minder zu verwirren.

»Ich will wissen«, sagte er, »wo ich meinen Kopf reinstecke.«

»Vergiß das Aquarium, Ed«, sagte sie. »Da ist nichts drin. Ich möchte, dass du das endlich mal kapierst: Gar nichts ist da drin.« Als sie merkte, wie wenig ihn das beruhigte, schien sie nicht mehr weiterzuwissen. Einmal sagte sie: »Denk immer daran, beim Hellsehen stößt man unweigerlich auf sein Herz.« Schließlich empfahl sie ihm: »Du musst dich da kopfüber reinstürzen. Es ist ein voll und ganz darwinistisches Milieu. Du musst schnell sein, um Beute zu machen.«

Ed zuckte die Achseln.

»Das beschreibt aber nicht, was ich erlebe«, sagte er.

Er hatte nicht die geringste Ahnung, was mit ihm geschah, wenn sein Kopf im Aquarium war, aber es war weder hektisch noch aggressiv. Vermutlich brach hier ihr Temperament durch. Ihre Beschreibung verriet mehr über sie als über Wahrsagerei. »Egal«, sagte er,

»mit der Orientierung hatte ich immer Probleme. Mit der Schnelligkeit nie.«

Aus einem unerfindlichen Grund fügte er hinzu: »Neulich hab
ich wieder schlecht geträumt.«

»Das Leben ist eins der schwersten, Ed.«

»Danke vielmals.«

Sandra Shen grinste ihn an. »Rede mit Annie«, riet sie ihm. Ein
paar weiße Lichtpünktchen schienen aus ihren Augen zu entwei-
chen. Unsicher, ob sie ihm damit drohen oder nur einen Witz machen wollte, riss er sich von ihrem Anblick los und steckte den Kopf
wieder ins Aquarium. Nach zwei, drei Herzschlägen hörte er sie sagen:
»Ich habe es satt, den Leuten die Vergangenheit zu verkaufen, Ed.
Ich möchte in die Zukunft einsteigen.«

»Sage ich irgendwas, wenn ich hier drin bin?«

Je länger er mit dem Aquarium arbeitete, desto schlimmer wurden
seine Träume.

Raum, aber nicht leer. Eine unvollständige Finsternis, um sich
selbst gewickelt wie die Bugwelle einer Alcubierre-Verwerfung, aber
schlimmer noch. Das kalte Wasser eines bedeutungslosen, nicht salzigen Meeres, der Informationsäther, Substrat eines universellen Algorithmus. Lichter, die zersplitterten und sich in Schwärmen davon-
schlängelten. Das war der Job, den Sandra Shen ihm gegeben hatte:
Hellsehen oder Dunkelsehen, solange sich nichts offenbarte; eine
Reise ohne Ende, dann urplötzlich eine Pause, in der er die Dinge
aus der Vogelperspektive sah.

Einzelheiten einer Landschaft, doch vor allem ein Haus. Eine feuchte
Gegend, ein ziemlich alter Bahnhof, Hecken, ein leicht hochgekipp-
tes Feld, dann dieses Haus, streng, viereckig, aus Stein. Es war, als
hätten sich diese Dinge eben erst zusammengefunden. Dass sie in
einem gewissen Sinne real waren – oder gewesen waren –, daran
hatte er keinen Zweifel. Immer näherte er sich dem Haus von schräg
oben, als komme er mit dem Flugzeug: ein hohes Haus, gedeckt mit
lilagrauem Schiefer, flämische Giebel, ausgedehnter düsterer Gar-

ten, in dem Lorbeerbäume und Rasen immer unbeschadet über den Winter kamen. Nicht weit davon wuchsen weiße Birken. Es regnete nicht selten oder war neblig. Der Morgen graute. Dann war es später Nachmittag. Augenblicke später betrat Ed das Haus, und an dieser Stelle wurde er sozusagen vom Kielwasser seines eigenen Verzweiflungsschreis geweckt.

»Psst«, machte Annie Glyph. »Psst, Ed.«

»Ich erinnere mich an Sachen, die ich nie gesehen habe«, schrie Ed.

Er klammerte sich an sie, lauschte ihrem Herzen, das höchstens dreißigmal pro Minute schlug. Es war immer da, wenn es galt, ihn zu zähmen, dieses riesige, verlässliche Herz, ihn aus der stehenden Welle seiner Panik zu befreien. Unglücklicherweise besänftigte es ihn derart, dass er beinah augenblicklich wieder einschlief, um eines Nachts dann weiterzuträumen und genau dort zu sein, wo er um keinen Preis sein wollte: in diesem Haus. Er sah die Treppe. Lauerte seiner Schwester im Flur auf. »*Waraaa!*«, schrie er, und sie ließ das Tablett mit dem Lunch fallen. Beide stierten sie sprachlos auf das Malheur am Boden. Ein gekochtes Ei kullerte in eine Ecke hinein. Jede Hilfe kam zu spät. Er blickte seiner Schwester ins Gesicht und fand dort eine Wut, die er nicht benennen konnte. Er nahm schreiend Reißaus.

»Als sie fort war, trat unser Vater auf das Kätzchen«, erzählte er Annie am nächsten Morgen. »Es starb. Er hat das nicht gewollt. Aber damals hab ich mir vorgenommen, auch zu gehen.«

Sie lächelte. »Um die Milchstraße zu bereisen.«

»Und die Schiffe zu fliegen«, sagte er.

»Und alle Muschis zu bumsen, die du kriegen konntest.«

»Das und noch mehr«, sagte Ed grinsend.

Als Annie zur Arbeit gegangen war, blieb er noch ein paar Minuten sitzen und hing seinen Gedanken nach.

Das also war das schwarze Kätzchen, an das ich mich erinnere; doch da war noch mehr. Als die Schwester noch da gewesen war. Er glaubte, einen Fluss zu sehen, das Gesicht einer Frau. Finger furchten durchs Wasser.

Eine Stimme, die mit Begeisterung, aber in weiter Ferne sagte: »Sind wir nicht glücklich? Sind wir nicht glücklich, dass wir das alles haben?«

Damals waren wir alle zusammen, dachte Ed.

Bei seinem ersten Auftritt trug Ed einen Smoking.

Danach wollte er sich aus naheliegenden Gründen mit einem einfachen blauen Overall aus pflegeleichtem Material begnügen: Doch zum ersten Mal strahlte Ed. Sie bauten eine enge, kleine Bühne für ihn zwischen *Brian Tate und Michael Kearney betrachten einen Computermonitor, 1999* und *Toyota Previa mit West-Londoner Schulkindern, 2002*, erleuchtet mit antiken farbigen Scheinwerferbatterien und ein paar sparsamen holografischen Effekten, die zur Atmosphäre passten. Mitten auf der Bühne stand der nackte Holzstuhl, auf dem Ed sitzen sollte, während er mit dem Aquarium arbeitete; das Mikrofon war so alt wie die Scheinwerfer.

»Es wird nicht wirklich angeschlossen«, sagte Harryette. »Mit dem Ton halten wir es wie immer.«

Die hermaphroditische Erscheinung wirkte nervös. Den ganzen Nachmittag war sie nicht zur Ruhe gekommen. Sie hatte sich aufs Bühnenmanagement spezialisiert und wurde nicht müde zu beschreiben, wie sie sich von einer einfachen Bühnenhilfe hochgearbeitet hatte. Es war Harryette, die auf dem Smoking bestanden hatte. »Du sollst Respekt einflößend aussehen«, sagte sie. Sie war stolz auf ihre Ideen. Ed fand das Ganze fast schon albern. Mit ihrem kahl rasierten Schädel, den lebendigen Tattoos und dem buschigen rötlichen Achselhaar hielt er sie für Sandra Shens unansehnlichste Manifestation. Am liebsten hätte er ihr gesagt: »Hör mal, du bist ein Schattenoperator, du kannst auf jedem Körper laufen. Warum ausgerechnet der?« Aber er fand nicht die richtige Gelegenheit. Er war sich auch nicht sicher, wie ein Algorithmus auf diese Art von Kritik reagieren würde.

Inzwischen musste er sich anhören, was sie, auf die Historienbilder rechts und links der winzigen Bühne zeigend, zu sagen hatte:

»Wir platzieren uns am Scheitelpunkt, um Gedanken an Vergänglichkeit und dauerndem Wandel wachzurufen.«

»Ja, das leuchtet mir ein«, sagte Ed.

Was ihm nicht einleuchtete, war der holografische Hintergrund. Wie auf Satin projiziert schimmerte dort der Kefahuchi-Trakt. Doch als er Harryette darauf ansprach, wechselte sie sofort das Thema, nahm die Gestalt von Sandra Shen an und riet ihm: »Du musst dich darauf einstellen, Ed, dass man dich tot will. Die ganze Hellseherei ist ein Vorausschicken. Für das Publikum musst du tot sein.«

Ed sah sie groß an.

Am Abend war er sich nicht sicher, was die Zuschauer von ihm erwarteten. Leise raschelnd betraten sie den Vorführraum, eine bunte Auswahl der Bewohner von *New Venusport*. Angestellte aus den Enklaven, angezogen nach dem Vorbild der Historienbilder seitlich der Bühne; komische Vögel und Cultivare aus der Pierpoint Street; kleine perfekte Hafennutten, die nach Vanille und Honig dufteten; Rikschagirls, Tanksüchtige, achtjährige bewaffnete Punks und ihre Buchprüfer. Es kamen ziemlich viele *Neue Menschen* mit ihren biegsam wirkenden, weißhäutigen Gliedern und ihrer unangemessenen Mimik. Die Leute waren leiser, als man es von einem Zirkuspublikum vermutet hätte, und sie hatten sich weniger Fastfood und Getränke gekauft, als Ed erwartet hatte. Sie waren beängstigend aufmerksam und erweckten nicht den Eindruck, dass sie ihn lieber tot gesehen hätten. Er saß unter dem farbigen Scheinwerferlicht im Smoking auf dem Holzstuhl und starrte die Zuschauer an. Ihm war heiß und ein bisschen übel. Die Kleidung fühlte sich zu eng an.

»Äh«, sagte er.

Er hustete.

»Meine Damen und Herren«, sagte er. Reihenweise weiße Gesichter starrten ihn an. »Die Zukunft. Was ist das?«

Ihm fiel nichts ein, was er noch hätte hinzufügen können, also beugte er sich vor, packte das Aquarium, das zwischen seinen Füßen am Boden stand, hob es auf und setzte es sich auf den Schoß. Ed hatte die Aufgabe, zu sehen. Und zu sprechen. Er hatte keine Ahnung, ob Hellsehen Unterhaltung war oder eine Dienstleistung. Madame Shen hatte ihn darüber im Unklaren gelassen.

»Wie wäre es, wenn ich mein Gesicht mal hier reinstecke?«, schlug er vor.

Sein Leben hatte ein Leck, Silberaale verließen ihn, Ed schwamm hinterher wie ein warmer Strom im kalten Meer. Er erlebte im Aquarium, was er jedes Mal darin erlebte, abgesehen vielleicht von einer zusätzlichen klebrigen Distanz zu allem. Und anstrengender war es. Eine gute Stunde später kam er auf dem Betonboden des Raumhafens zu sich. Vom Meer blies ein salziger Nachtwind herüber. Ihm war schlecht, er fror. Annie Glyph kniete neben ihm. Er hatte das Gefühl, dass sie da schon eine ganze Weile kniete. Dass sie darauf eingerichtet war, so lange auszuharren, bis er wieder auf den Füßen war. Er hustete und übergab sich. Sie wischte ihm den Mund ab.

»Ist ja gut«, beruhigte sie ihn.

»Himmel«, sagte Ed. »He, wie war ich?«

»Es war ein kurzer Auftritt. Du hattest dir kaum das Aquarium übergestülpt, da bekamst du einen Krampf. So hat es jedenfalls ausgesehen.« Annie lächelte. »Man war nicht überzeugt«, fuhr sie fort, »bis du vom Stuhl aufgestanden bist.« Er sei aufgestanden, erzählte sie, und habe bestimmt eine Minute lang bei wechselndem Licht vor dem Publikum gestanden und dabei gezittert und sich langsam eingenässt. »Es war ein echter Twinkmoment, Ed. Ich war stolz auf dich.« Danach seien ein paar gedämpfte Laute aus der rauchig aussehenden Substanz im Aquarium gedrungen. Er habe dann plötzlich einen schrillen Schrei ausgestoßen und versucht, sich das Ding vom Kopf zu stemmen. Dann sei er ohnmächtig geworden und der Länge nach in die vorderste Reihe des Publikums gestürzt. »Die waren gar nicht glücklich und haben uns ein paar Probleme gemacht. Du weißt schon, die Angestellten aus den Enklaven haben für die Loge bezahlt, und dann kotzt du ihnen auf die guten Klamotten. Madame Shen hat mit ihnen geredet, doch sie schienen enttäuscht. Wir mussten dich zur Hintertür rausziehen.«

»Ich kann mich nicht erinnern.«

»Es sah nicht besonders aus. Du hast deinen Smoking versaut, als du dich in deiner Pisse gewälzt hast.«

»Aber habe ich denn nichts gesagt?«

»Oh, du hast prophezeit. Das hast du gut gemacht.«

»Was hab ich gesagt?«

»Du hast von Krieg geredet. Du hast Dinge gesagt, die keiner hören wollte. Blau angelaufene Babys, die aus einem zerstörten Schiff ins All hinaustreiben. Gefrorene Babys im Raum, Ed.« Sie schauderte. »So was will doch keiner hören.«

»Es gibt gar keinen Krieg«, bemerkte Ed. »Noch nicht.«

»Aber er kommt, Ed. Das hast du gesagt: ›Krieg!‹«

Das war ihm einerlei. Denn nach der Geschichte mit den Aalen hatte er nicht seine Kindheit in dem grau gedeckten Haus gesehen, sondern sich mit sechzehn, als er mit einem breiten arroganten Grinsen im Gesicht sein erstes Raketenschiff abschritt – einen kleinen fassförmigen Dynaflow-Frachter namens *Kino Chicken* –, und zwar auf dem ausgedörrten Boden seines ersten Alien-Planeten. Er war süchtig. Süchtig nach jeder Idee, die sich mit grenzenlosem Reisen und leerem Raum befasste. Er bekam den Hals nicht voll. Er stand oben auf der Laderampe und brüllte: »He, fremder Planet!« Bereue nichts, hatte er sich damals da oben auf der Rampe geschworen. Kehre nie zurück. Suche sie nie wieder auf, die Mütter und Väter und Geschwister, die dich im Stich lassen. Zwischen dieser Einstellung und dem Tod von Dany LeFebre, der ihm so nahegegangen war, gab es nicht den geringsten Bruch. Sein Weg von der *Kino Chicken* übers Hypertauchen zum Twinktank war vorgezeichnet gewesen.

Das erzählte er Annie Glyph, während sie über den Beton zu Annies Kabuff gingen.

»Damals hieß ich anders«, sagte er.

Plötzlich war ihm, als müsse er sich wieder übergeben. Er kauerte sich hin und nahm den Kopf zwischen die Knie. Er räusperte sich. Annie berührte seine Schulter. Nach einem Weilchen fühlte er sich besser und blickte zu ihr auf. »Ich habe das Publikum heute Abend enttäuscht«, sagte er. Sie bewies ihm ihre gewaltige, stille Geduld, wie sie es immer tat. Er warf sich dagegen, weil sie alles war, was er hatte.

»Wenn ich die Zukunft voraussage«, sagte er verzweifelt, »wieso sehe ich dann immer die Vergangenheit?«

22 · Hartnäckige Entitäten

Die Nacht war nass und windig. Wer die Restaurants und Kinos verließ oder aufsuchte, tat es mit eingezogenem Kopf und eiligen Schrittes. Die Züge fuhren noch. Michael Kearney öffnete den Reißverschluss der Jacke und zückte sein Handy. Ohne den Schritt zu verlangsamen, versuchte er Brian Tate zu erreichen, erst privat, dann über die Sony-Geschäftsstelle in Noho. Niemand meldete sich, wenn man von der Aufzeichnung bei Sony absah, die ihn in das Labyrinth automatischer Firmenauskünfte locken wollte. Er steckte das Handy wieder weg. Anna holte ihn zweimal ein. Zuerst in Hammersmith, wo er sich ein Ticket kaufen musste.

»Du kannst mir nachlaufen, so lange du willst«, erklärte ihr Kearney. »Es ist zwecklos.«

Sie sah ihn erhitzt und hartnäckig an, dann drängte sie sich durch die Schranke zu dem Bahnsteig durch, wo die Züge nach Osten hielten, und stellte ihn – eine defekte Neonbeleuchtung ließ ihre obere Gesichtshälfte grell flackern – zur Rede: »Wozu war dein Leben gut? Mal ehrlich, Michael: Wozu ist es gut gewesen?«

Kearney packte sie bei den Schultern, wie um sie zu schütteln; sah sie aber nur an. Wollte etwas Hässliches sagen; ließ es bleiben.

»Du machst dich lächerlich. Geh nach Hause.«

Sie kniff die Lippen zusammen.

»Siehst du?«, sagte sie dann. »Du weißt nicht, was du sagen sollst. Du weißt keine Antwort.«

»Geh jetzt nach Hause. Ich komm schon zurecht.«

»Das sagst du immer. Ist doch so? Und sieh dich an. Sieh nur, wie verängstigt und verstört du bist.«

Kearney zuckte die Achseln.

»Ich habe keine Angst«, sagte er und ging weiter.

Ihr ungläubiges Lachen folgte ihm den Bahnsteig hinunter. Als sie einstiegen, blieb sie in dem überfüllten Wagen so weit wie möglich zurück. Im nächtlichen Gewühl am Victoria verlor er sie kurz aus den Augen, doch sie entdeckte ihn wieder und kämpfte sich grimmig durch einen Trupp lachender japanischer Teenager. Er biss die Zähne zusammen, stieg zwei Haltestellen früher aus und ging so schnell er konnte einen guten Kilometer zu Fuß, hinein ins helle und quirlige West Croydon und hinaus in die Vorstadtstraßen. Immer wenn er zurückblickte, war sie etwas weiter zurückgefallen: Aber irgendwie blieb sie immer in Sichtweite, und als er an Brian Tates Tür klopfte, hatte sie ihn zum zweiten Mal eingeholt. Das Haar klebte ihr am Kopf, ihr Gesicht war gerötet, ihre Miene aufgebracht, doch sie blinzelte sich den Regen aus den Augen und bedachte ihn mit ihrem strahlenden, angestrengten Lächeln, als wolle sie sagen: »Siehst du?«

Kearney pochte wieder an die Tür, und da standen sie nun in einer wütenden Waffenruhe mit ihrem Gepäck in den Händen und warteten darauf, dass etwas passierte. Kearney kam sich wie ein Trottel vor.

Das Haus von Brian Tate lag an einer stillen, hügeligen und von Bäumen gesäumten Straße mit einer Kirche an dem einen und einem Seniorenheim am anderen Ende. Es hatte stattliche vier Etagen, eine kurze Kiesauffahrt zwischen Lorbeerbäumen, halb Kieselputz halb holzverschalt im Tudorstil. An Sommerabenden konnte man beobachten, wie im Garten dahinter zwischen den mit Flechten überwachsenen Apfelbäumen Füchse herumschnupperten. Das Haus machte den Eindruck, als sei es zeitlebens schonend und reichlich genutzt worden. Hier waren Kinder großgezogen und auf Schulen geschickt worden, die zu Kindern aus solchen Häusern passten, und diese Kinder hatten Karriere gemacht als Makler, um dann selbst Kinder in die Welt zu setzen. Es war ein bescheidenes, erfolgreiches Haus, doch jetzt haftete ihm etwas Düsteres an, als sei ihm Brian Tate nicht bekommen.

Als niemand auf das Klopfen reagierte, setzte Anna Kearney ihre Reisetasche ab und stellte sich in einem Blumenbeet auf die Zehenspitzen, um durch ein Fenster zu blicken.

»Da drinnen ist jemand«, sagte sie. »Hör mal.«

Kearney lauschte, doch er konnte keine Geräusche ausmachen. Er ging um das Haus herum und lauschte noch einmal, doch alle Fenster waren dunkel und nichts rührte sich. Der Garten flüsterte im Regen.

»Er ist nicht zu Hause.«

Anna fror. »Drinnen ist jemand«, wiederholte sie. »Ich habe gesehen, wie er hergeblickt hat.«

Kearney klopfte an die Scheibe.

»Siehst du?«, rief Anna aufgeregt. »Er hat sich bewegt.«

Kearney zückte sein Handy und wählte Tates Nummer. »Klopf noch einmal an die Tür«, sagte er und nahm das Handy ans Ohr. Es meldete sich ein altmodischer Anrufbeantworter, und Kearney sagte: »Brian, wenn du da bist, heb ab. Ich bin draußen vor dem Haus und muss mit dir reden.« Das Band lief eine halbe Minute, dann hielt es an. »Himmel noch mal, Brian, ich kann dich da drinnen sehen.« Kearney wählte die Nummer erneut, als Tate die Tür aufmachte und unsicher nach draußen spähte. »Das ist zwecklos«, sagte Tate. »Das Telefon steht ganz woanders.« Er trug irgend so einen silbrigen, schwer isolierten Parka, Cargohosen und ein T-Shirt. Ein Schwall Wärme kam aus der Tür. Die Kapuze des Parkas verdunkelte Tates Gesicht, doch Kearney konnte erkennen, dass es eingefallen und unrasiert war und müde wirkte. Er blickte von Kearney zu Anna und von Anna zu Kearney.

»Wollt ihr reinkommen?«, fragte er mit einer unbestimmten Geste.

»Brian …«, setzte Kearney an.

»Geh nicht rein«, sagte Anna plötzlich. Sie stand noch immer im Blumenbeet unter dem Fenster.

»Du brauchst ja nicht mitzukommen«, sagte Kearney.

Sie funkelte ihn an. »O doch, das tue ich.«

Im Haus war es stickig vor Wärme und Feuchtigkeit. Tate führte sie in ein kleines Hinterzimmer.

»Könntet ihr die Tür hinter euch schließen?«, sagte er. »Damit die Wärme drinnenbleibt.«

Kearney blickte sich um.

»Brian, was zum Teufel machst du hier?«

Tate hatte leichten Kupfermaschendraht an Wände und Decke genagelt und so das Zimmer in einen Faradayschen Käfig verwandelt. Als zusätzliche Vorsichtsmaßnahme hatte er das Fenster mit Alufolie abgedeckt. Nichts Elektromagnetisches konnte von außen nach innen oder von innen nach außen gelangen. Niemand konnte herausfinden, woran er hier drinnen arbeitete, wenn er denn an etwas arbeitete. Überall Schachteln mit Nägeln, Alufolie und Maschendrahtrollen. Die Zentralheizung war voll aufgedreht. In der Mitte des Zimmers, in der Nähe eines resopalbeschichteten Küchentischs nebst Stuhl, brausten zwei Propangasöfen vor sich hin. Auf dem Tisch standen sechs parallel geschaltete G_4-Server, eine Tastatur, ein Monitor mit Staubschutzhaube und ein paar Peripheriegeräte. Außerdem gab es noch einen Elektrokocher, Instantkaffee und Plastikbecher und überall am Boden verstreut die obligatorischen Fastfoodschachteln. Das Zimmer war unsäglich kahl und manisch. Es stank.

»Beth ist gegangen«, erklärte Tate. Er fröstelte und hielt die Hände über einen der Gasöfen. Sein Gesicht war kaum zu erkennen in der Kapuze. »Sie ist zu Davis zurück. Sie hat die Kinder mitgenommen.«

»Tut mir leid, das zu hören«, sagte Kearney.

»Es tut dir leid«, sagte Tate. »Ja, davon bin ich überzeugt.« Er sprach plötzlich lauter. »Also«, sagte er, »was willst du? Das Telefon steht woanders, musst du wissen. Ich habe hier zu tun.«

Inzwischen sah sich Anna Kearney mit großen Augen um, als könne sie das alles nicht glauben. Ab und zu wanderte ihr Blick mit der stillen Verachtung des einen Neurotikers für den anderen zu Tate, und sie schüttelte den Kopf. »Was ist das denn?«, sagte sie plötzlich. Die weiße Katze war vorsichtig unter dem Tisch hervorgekommen. Sie blickte zu Michael Kearney auf und machte einen kleinen Satz beiseite. Dann streckte sie sich in einer Art behutsamer

Selbstsorge und ging, den Schwanz in der Luft, schnurrend auf und ab. Sie schien die Hitze zu genießen. Anna kniete sich nieder und streckte die Hand aus. »Hallo, Kleines«, sagte sie. »Hallo, mein Kleines.« Die Katze sah gar nicht hin, sprang federleicht auf die Hardware und von dort auf Tates Schulter. Sie sah dünner aus als je zuvor, der Kopf erinnerte mehr denn je an die Klinge einer Axt, Ohren durchscheinend, das Fell eine Korona aus Licht.

»Ich lebe nur in diesem einen Zimmer«, sagte Tate.

»Was ist passiert, Brian?«, sagte Kearney lammfromm. »Hast du nicht gesagt, es wäre nur eine Störung gewesen?«

Tate drehte die hängenden Hände nach außen.

»Ich habe mich geirrt.«

Er suchte in dem Durcheinander aus USB-Kabeln, gestapelten Peripheriegeräten und schmutzigen Plastikbechern, das sich auf dem Tisch breitmachte, herum und winkte schließlich mit einer externen 100 GB-Platte in einem glänzenden Titaniumgehäuse. Er reichte sie Kearney, der sie vorsichtig in der Hand wog.

»Was ist das?«

»Die Resultate des letzten Durchlaufs. Er war eine volle Minute lang dekohärenzfrei. Es gab Qubits, die sage und schreibe eine volle Minute lang überdauerten, ehe es zur Interferenz kam. Da unten ist das so viel wie eine Million Jahre. Das ist, als wäre die Unschärferelation außer Kraft.« Tates Lachen klang gezwungen. »Sind eine Million Jahre lang genug für uns, was meinst du? Kann das klappen? Aber dann … ich weiß nicht, was dann passiert ist. Die Fraktale …«

Kearney spürte, dass das eine Sackgasse war. Solche Resultate waren höchstwahrscheinlich falsch, zudem konnten sie nicht erklären, was er im Labor gesehen hatte.

»Warum hast du die Monitore zertrümmert, Brian?«

»Weil es keine Physik mehr war. Die Physik war beurlaubt. Die Fraktale fingen an …« – er suchte nach einem Wort, das wenigstens einigermaßen beschrieb, was sich vor seinem geistigen Auge abspielte – »… auszulaufen. Dann ging die Katze rein und setzte ihnen nach. Sie spazierte einfach durch den Bildschirm und in die Daten hinein.« Er lachte und sah dabei von Kearney zu Anna. »Ob ihr's mir glaubt oder nicht«, sagte er.

Alledem – seiner unerklärlichen Furcht, seiner Verrücktheit und seinem schlechten Gewissen, das Projekt erst an Meadows, dann an Sony verhökert zu haben, lag zugrunde, dass Tate nichts weiter als ein Teenager mit einer guten Note in Physik war. Seine Entwicklung war nicht über den neuesten Haarschnitt und die Vorstellung hinausgekommen, er sei durch sein Talent zu Höherem berufen und werde es auch erreichen, vorausgesetzt, die Erwachsenen ließen ihm alles durchgehen. Seine Frau hatte es ihm nicht mehr durchgehen lassen. Schlimmer noch, die Physik selbst stellte ihm auf eine ebenso unerträgliche wie unergründliche Weise nach.

Kearney empfand Mitleid, bemerkte aber lediglich: »Die Katze ist hier, Brian. Sie sitzt auf deiner Schulter.«

Tate warf einen Blick auf Kearney, dann auf seine Schulter. Er schien die weiße Katze nicht zu sehen, die dort hockte und schnurrend das Material seines Parka knetete. Er schüttelte den Kopf.

»Nein«, sagte er todunglücklich. »Sie ist fort.«

Anna starrte Tate an, dann die Katze, dann wieder Tate.

»Ich gehe«, sagte sie. »Ihr habt sicher nichts dagegen, wenn ich mir ein Taxi rufe.«

»Hier drinnen bekommst du keine Verbindung«, antwortete Tate, als rede er zu einem Kind. »Das ist ein *Käfig*.« Dann fuhr er leise fort: »Ich hatte keine Ahnung, wie sehr Beth darunter gelitten hat.«

Kearney berührte seinen Arm.

»Wozu brauchst du diesen Käfig, Brian? Was ist wirklich passiert?«

Tate fing an zu weinen. »Ich weiß es nicht«, sagte er.

»Wozu brauchst du den Käfig?«, wiederholte Kearney beharrlich. Er zwang Tate, ihn anzusehen. »Hast du Angst, dass etwas hier rein will?«

Tate wischte sich die Augen. »Nein, ich habe Angst, es könnte nach draußen gelangen«, sagte er. Er fröstelte und wandte sich mit einer merkwürdigen halben Drehung von Kearney ab, wobei er die

Hand hob, um den Reißverschluss des Parka bis zum Anschlag hochzuziehen; die Drehung konfrontierte ihn unmittelbar mit Anna. Er fuhr zusammen, als habe er ganz vergessen, dass sie da war. »Ich friere«, flüsterte er. Er tastete mit einer Hand hinter sich, zog das Sitzmöbel hinter dem Tisch hervor und ließ sich hineinfallen. Die ganze Zeit über hockte die weiße Katze auf seiner Schulter, ohne die Balance zu verlieren, schnurrend. Tate blickte zu Kearney empor und sagte: »Ich friere die ganze Zeit.«

Er schwieg zwei Atemzüge lang, dann sagte er: »Eigentlich bin ich gar nicht hier. Keiner von uns ist hier.«

Tränen rollten in die dunklen Furchen, die seinen Mund rahmten.

»Michael, kein Einziger von uns ist hier.«

Kearney trat rasch vor und zog, noch ehe Tate reagieren konnte, die Kapuze des Parka zurück. Das Neonlicht war unbarmherzig: Tate hatte einen Stoppelbart, sein Gesicht war von Erschöpfung gezeichnet, es wirkte gealtert, die Augen waren rot gerändert, als habe er ohne Brille gearbeitet oder die ganze Nacht geweint. Wahrscheinlich, dachte Kearney, traf beides zu. Die blassblauen Augen weinten und waren leicht blutunterlaufen. Die Augen hatten an sich nichts Merkwürdiges, abgesehen von den Tränen, die sich in einem silbrigen Strom aus den Innenwinkeln ergossen. Es waren zu viele für Tates Kummer. Jede Träne bestand aus ganz ähnlichen kleineren Tränen und jede dieser kleineren Tränen aus ganz ähnlichen noch kleineren Tränen. In jeder Träne war ein winziges Bild. Wie tief man auch ging, wusste Kearney, es würde immer da sein. Erst hielt er es für sein Spiegelbild. Als er sah, was es wirklich war, packte er Anna beim Oberarm und versuchte, sie aus dem Zimmer zu zerren. Sie wehrte sich mit dem Mut der Verzweiflung, schlug mit der Tasche nach ihm und verfolgte mit Entsetzen, was mit Brian Tate geschah.

»Nein«, sagte sie ernüchtert. »Nein, sieh nur. Wir müssen ihm helfen.«

»Himmel, Anna! Los, *komm!*«

Er sah, dass auch die weiße Katze weinte. Sie hatte ihm den dünnen, wilden, kleinen Kopf zugewandt, und ihre Tränen strömten wie

Lichtpunkte in den Raum. Sie strömten und strömten, bis die Katze sich aufzulösen begann und wie eine zähe, glitzernde Flüssigkeit von Tates Schulter auf den Boden troff. Tate schaukelte hin und her und machte: »Äh äh äh.«

Auch er begann zu schmelzen.

Eine Stunde später saßen sie in einer Flirtbar Ecke Cambridge Circus und Old Compton Street, dem hellsten Ort, den sie im Zentrum von London offen vorgefunden hatten. Es war nicht gerade das, was sie gesucht hatten, aber immerhin war es so weit weg wie möglich von den kalten, endlosen Vororten und den Straßen mit den achtbaren, klotzigen Börsenmaklerheimen, von denen nur ein einziges erleuchtetes Zimmer zwischen Lorbeer und Rhododendron zu erkennen war. In der Bar gab es Snacks – hauptsächlich Tapas –, und Kearney hatte versucht, Anna zum Essen zu bewegen, doch sie hatte nur einen Blick auf die Karte geworfen und geschaudert. Sie schwiegen beide, starrten nur hinaus auf die Straße, genossen die Wärme und die Musik und das Gefühl, in der Nähe anderer Menschen zu sein. Soho war noch hellwach. Paare, meist schwule, eilten Arm in Arm am Fenster vorüber, lachend und sich angeregt unterhaltend. Man empfand etwas menschliche Wärme, wenn man sein Glas mit beiden Händen hielt und die Passanten beobachtete.

Schließlich trank Anna aus und sagte: »Ich will gar nicht wissen, was da vorhin passiert ist.«

Kearney zuckte die Achseln. »Ich weiß nicht mal, ob sich das überhaupt so zugetragen hat«, log er. »Ich glaube da eher an eine Sinnestäuschung.«

»Was machen wir jetzt?«

Auf diese Frage hatte Kearney gewartet. Er zückte die externe Festplatte, die Tate ihm gegeben hatte, wog sie in der Hand und legte sie zwischen sich und Anna auf den Tisch, ein seidig schimmernder, intelligent konstruierter Gegenstand, nicht viel größer als eine Zigarettenschachtel. Titanium sah irgendwie besonders aus, dachte er. Derzeit ein beliebtes Metall.

Er sagte: »Nimm das an dich. Wenn ich nicht zurückkomme, übergibst du es Sony. Sag ihnen, es ist von Tate, die wissen dann schon Bescheid.«

»Aber das Zeug«, sagte sie. »Das ist doch da drin.«

»Ich glaube nicht, dass es mit den Daten zu tun hat«, sagte Kearney. »Tate irrt sich da. Ich glaube, dieses Ding hat es auf mich abgesehen, und ich glaube, es ist dasselbe Ding, das es seit jeher auf mich abgesehen hat. Es hat lediglich einen neuen Weg gefunden, mit mir zu kommunizieren.«

Sie schüttelte den Kopf und schob die Platte von sich.

»Ich lasse dich nicht gehen«, sagte sie. »Wo willst du hin? Was willst du tun?«

Kearney küsste sie und lächelte sie an.

»Es gibt ein paar Dinge, die ich noch probieren kann«, sagte er. »Ich habe sie bis zuletzt aufgehoben.«

»Aber …«

Er schob den Stuhl zurück und erhob sich.

»Anna, ich komme da schon raus. Willst du mir helfen?« Sie öffnete den Mund, um etwas zu sagen, doch er hielt ihr die Finger an die Lippen. »Geh einfach nach Hause, pass auf das Ding auf und warte auf mich. Bitte. Ich bin morgen früh zurück, versprochen.«

Sie blickte zu ihm auf, die Augen scharf und klar. Dann wandte sie sich ab. Vorsichtig berührte sie die Festplatte, ehe sie sie nahm und in ihre Jackentasche steckte. Sie schüttelte den Kopf, als habe sie nichts unversucht gelassen und überantworte ihn nun der Welt. »Gut«, sagte sie. »Wenn es das ist, was du willst.«

Kearney fiel ein Stein vom Herzen.

Er verließ die Bar und nahm ein Taxi nach Heathrow, wo er einen Platz im ersten verfügbaren Flug nach New York buchte.

Zu so später Stunde war der Flughafen wie betäubt. Kearney saß in einer leeren Sitzreihe, gähnte, verfolgte durch das Spiegelglas der Abflughalle die riesigen Flossen der manövrierenden Flugzeuge und würfelte beim Warten auf das Morgengrauen zwanghaft mit den Würfeln des Shranders. Seine Tasche stand auf dem Nebensitz. Er flog nicht nach Amerika, weil er das wollte, sondern weil die Würfel ihm dazu geraten hatten. Er hatte nicht die geringste Ahnung, was er dort sollte. Er sah sich schon durch die Staaten geistern und bei Nacht versuchen, eine AAA-Karte zu lesen; oder wie jemand in einer Richard-Ford-Story aus dem Abteilfenster stieren, wie jemand, dessen Leben sich vor langer Zeit in eine üble Richtung gewendet hatte und nun vom eigenen Gewicht in dieser Lage festgehalten wurde. Alle seine Strategien waren gescheitert. Sie waren vor Jahren schon durch eine ständige innere Panik ausgehöhlt worden. Doch alles, was jetzt mit ihm passierte, war irgendwie neu. Alles schien sich einem Höhepunkt zu nähern. Er würde einmal mehr davonrennen, nur würde er diesmal wahrscheinlich erwischt werden und herausfinden, wozu sein Leben gut gewesen war. Was er sonst noch zu Anna gesagt hatte, war gelogen. Sie musste das geahnt haben, denn knapp vor fünf Uhr früh lehnte sie sich von hinten über ihn, küsste ihn und schloss ihre schmalen Hände über die seinen, sodass er nicht mehr würfeln konnte.

»Ich wusste, ich würde dich hier finden«, flüsterte sie.

23 · Vom Pech verfolgt

Der Kommandant der *Touching the Void* suchte per Double Kontakt mit Seria Maú aufzunehmen.

Irgendetwas stimmte nicht mit seinem Signal. Bevor es bei ihr ankam, war es teilweise verloren gegangen oder hatte sich mit etwas anderem vermischt, vielleicht einer Handvoll barocker Materie des Universums. Eine volle Minute lang kauerte das Double vor ihrem Tank, versuchte Gestalt anzunehmen, verblasste und versuchte es von Neuem … dann erlosch es. Es war viel kleiner, als sie es von ihren früheren Kontakten her in Erinnerung hatte – ein Bündel gelblicher Glieder, kaum größer als ein menschlicher Kopf, das anscheinend in einer klebrigen Pfütze hockte. Seine Haut hatte den Glanz eines Brathuhns. Sie fragte sich schon, ob da etwas nicht stimmte, und nicht bloß mit dem Signal, sondern mit dem Kommandanten selbst. Sie holte die Meinung der Mathematik ein.

»Kontakt abgerissen«, sagte die Mathematik.

»Mein Gott«, stöhnte Seria Maú, »da wär ich nicht draufgekommen.«

In den nächsten zwei Tagen wiederholte sich dieses Phänomen im Ein- oder Zweiminutentakt an verschiedenen Stellen im Schiff, von den vagabundierenden Kameras als kurzes, unterschwelliges Flackern wahrgenommen. Die Schattenoperatoren trieben das Double in die Enge, bis es total verrückt spielte. Schließlich flackerte es vor Seria Maús Tank, von wo es, sich rasch stabilisierend, aber immer noch zu klein, Seria Maú geduldig aus zu vielen Augen betrachtete und mehrmals zum Sprechen ansetzte.

Seria Maú musterte es widerwillig.

»Wie bitte?«, sagte sie.

Schließlich brachte es ihren Namen zustande: »Seria Maú Genlicher, ich …« – Interferenzen. Statik. Echos des Nichts im Nichts – »… zu warnen, was deine Position betrifft«, sagte es, als erreiche es damit das Ende einer Schlussfolgerung, deren Anfang Seria Maú verpasst hatte. Das Signal wurde für einen Moment schwächer und dann gleich wieder lauter. »… die Dr.-Haends-Einheit modifiziert«, sagte das Double. Mit aufgeregt wedelnden Fühlern begann es sich in braunen Rauch aufzulösen; falls es weiterredete, bekam sie es nicht mit.

Als der Kontakt beendet war, zog Seria Maú die Mathematik zurate: »Was tut sich da hinten?«

»Nichts Neues. Die *Moire*-Herde ist ein Stück zurückgefallen. *Touching the Void* ist nach wie vor phasenstarr zu einem unbekannten K-Schiff.«

»Kannst du dir darauf einen Reim machen?«

»Leider nein«, gab die Mathematik zu.

Was denkt ein Alien überhaupt? Was macht es für einen Gebrauch von der Welt? Kaum hatten die Nastischen einen Planeten entdeckt, stifteten sie die einheimische Bevölkerung zu Ausschachtungsarbeiten riesigen Ausmaßes an. Sie brauchten Silos von anderthalb Kilometer Durchmesser und sieben Kilometern Tiefe. Wenn dann die Lithosphäre mit diesen Silos durchsetzt war, schwebten sie zu Abermillionen darüber, mit Flügeln, die so billig und nagelneu aussahen wie Haarspangen aus Plastik. Niemand wusste, wozu das gut war. Am einleuchtendsten war noch die Vermutung, das Ganze könnte religiös motiviert sein. Wollte man sich mit ihnen über mehr als praktische Angelegenheiten unterhalten, hörte man sie bald Bemerkungen wie diese machen: »Die Arbeit misslingt nur, wenn der Arbeiter sie aus den Augen lässt.« Oder: »Am Morgen blicken sie nach innen wie der Mond.« Die nastischen Kolonien, groß an der Zahl, schwärmten vom Rand der Milchstraße in Richtung Zentrum, ihr Einzugsgebiet sah aus wie das Stück eines Kreisdiagramms. Was den Schluss nahelegte: Sie kamen von außerhalb. Wenn das aber zutraf, wie hatten sie dann die damit verbundenen Entfernungen zurückgelegt? Ihre Mythen, denen zufolge der Urschwarm ganz ohne Schiffe auskam und flügelschlagend einer lichten Bruchstelle des Kontinuums gefolgt war, mal gewärmt, mal geröstet von der Strahlung, halfen da auch nicht weiter.

Weitere Kontaktversuche blieben aus. Die *White Cat* floh durchs All, derweil sich ihre Verfolger wie gewiefte Jagdhunde zurückfallen ließen. Was strategische Überlegungen nicht eben leichter machte.

Inzwischen füllte Billy Anker das Schiff. Er verrichtete die gewöhnlichsten Dinge auf zu platzgreifende Weise. Seria Maú, gleichzeitig angezogen und abgestoßen, beobachtete mithilfe der versteckten Kameras eingehend, wie er sich wusch, aß, unter den Armen kratzte, während er auf dem Klo saß, den unteren Teil der Jagdfliegermontur um die Knie. Billy Anker roch nach Leder, Schweiß und noch etwas anderem, das sie nicht identifizieren konnte, bei dem es sich aber um Maschinenöl handeln mochte. Nie legte er den fingerlosen Handschuh ab.

Schlaf war kein Trost für ihn. Träume ließen ihn vor Furcht die Zähne fletschen; morgens schielte er in den Spiegel. Was gab es da zu sehen? Was für innere Reichtümer konnte er bei einem so durchschnittlichen Start ins Leben besitzen? Fabriziert und in Bewegung gesetzt als Erweiterung seines Vaters, hatte er sich in die Leere gestürzt, um sich zu beweisen. Er hatte diese und viele andere Verrücktheiten begangen und sich derart verschlissen, dass er sich verkrochen und zehn Jahre gebraucht hatte, um sich zu regenerieren, während der Krieg näher gerückt war und die großen Geheimnisse sich immer unzugänglicher gezeigt hatten und die Milchstraße ein wenig mehr auseinandergedriftet und alles noch ein bisschen unbestimmbarer geworden war …

Gib das alles auf, Billy Anker, wollte sie ihn beschwören. Jagst du nach der großen Entdeckung, dann fütterst du nur den Vielfraß in dir. Alles, was du findest, macht ihn nur dicker und fetter.

»Gib das alles auf, Billy Anker, und komm mit mir«, wollte sie ihn überreden.

Was meinte sie damit? Ja, *was* bloß? Sie war ein Raumschiff und er ein Mann. Sie dachte darüber nach. Sie wachte über ihn, während er schlief, und hatte ihre eigenen Träume.

In Seria Maús Träumen, die sich im erweiterten Sinnesapparat der *White Cat* ebenso vage ausnahmen wie ihre Erinnerungen, kniete Billy Anker über ihr, endlos auf sie herablächelnd, derweil sie zu ihm emporlächelte. Sie war verliebt, hatte aber nicht die geringste Ahnung, was sie wollen sollte. Verstört und benommen, wie sie war, ließ sie sich einfach betrachten. So viel stand fest, sie wollte das Gewicht seines Blickes spüren – in einem lichtdurchfluteten Zimmer an einem Nachmittag im Sommer. Doch ihre Fantasie wurde von einer Art Schattenversion dieses Ereignisses belagert, was die Dinge zuweilen absurd erscheinen ließ – es war fröstelig im Haus, auf einem Tablett wurde Essen kalt, die Dielen waren nackt, sie war so viel kleiner als er; alles, was sie empfand, war Verlegenheit und so etwas wie ein mechanisches Reiben … Um herauszufinden, wie sie sich verhalten sollte, sah sie sich Aufzeichnungen an, auf denen die Gefährten von Mona, dem Klon, zu sehen waren, bevor sie sie zur Luftschleuse rausgeworfen hatte. Von diesen Aufzeichnungen lernte sie, in einem ungeduldigen Tonfall zu sagen: »Ja, ich will es. Ich will vögeln.« Doch am Ende fand Seria Maú es abwegig, dass jemand in sie eindringen sollte; ja, sie fand diese Vorstellung auf geradezu bestürzende Weise absurd.

Auch Mona, der Klon, begutachtete sich je nach Gemütslage neugierig oder besorgt im Spiegel. Sie war an ihrem Körper interessiert, an ihrem Gesicht, und sie war geradezu besessen von ihrem Haar, das zu dem Zeitpunkt, als sie Billy Anker von *Redline* geborgen hatten, eine lange rosa-blonde seidige Mähne gewesen war, die dauernd nach Pfefferminzshampoo gerochen hatte. Sie türmte die Mähne so und anders, betrachtete sich aus diesem und jenem Winkel, bis sie sie mit einem Ausdruck des Ekels fallen ließ und sagte: »Ich bringe mich um.«

»Lass es gut sein, Schatz, und iss jetzt ein bisschen«, sagten die Schattenoperatoren teilnahmslos.

»Ich tu's wirklich«, drohte Mona.

Sie und Billy Anker bewohnten das Menschenquartier wie zwei Tierarten dasselbe Gehege. Wenn es darauf ankam, hatten sie sich nichts zu sagen. Das war von Anfang an klar gewesen. Mona ließ sich von den Operatoren herrichten: weiße lederne Uniformjacke mit passendem Rock, eng, wadenlang, mit kurzer Schrittfalte hinten, schmaler goldener Gürtel und dazu transparente Polyurethansandalen mit Blockabsatz. Sie sah gut aus, und das wusste sie. Sie pochierte einen Seebarsch mit wildem Zitronengras, eine Küche, die sie in den Enklaven des mittleren Managements von *Motel Splendido* gelernt hatte, und erzählte ihm – bei einem Dessert aus frischen Sommerbeeren, eingetaucht in Grappa – von sich. Ihre Geschichte sei denkbar einfach, meinte sie. Es sei eine Erfolgsstory. In der Schule hatte sie sich im Synchronschwimmen hervorgetan. Ihre Position in der Firma verdankte sie ihrem ausgesprochenen Geschick im Umgang mit anderen. Ihre Herkunft hatte sie nie als belastend empfunden, sie war nie eifersüchtig auf ihre Schwester-Mutter gewesen. Ihr Leben sei auf einem guten Kurs, vertraute sie ihm an, und außerdem habe es eben erst begonnen.

Sie fragte ihn, ob er die *White Cat* fliegen könne.

Die Frage schien an ihm vorbeizugehen. Er kratzte sich die Stoppeln unterm Kinn.

»Was für ein Leben, Kleines?«, fragte er unbestimmt.

Obwohl nur einen Meter voneinander entfernt, sahen sie aus, als hätte man sie in verschiedenen Räumen aufgenommen. »Hier ist *mein* Reich«, ließ sie ihn am Tag darauf wissen: »Und da ist deins.«

Ihre Hälfte des Menschenquartiers ließ sie sich von den Schattenoperatoren so umgestalten, dass sie wie eine Frühstücksbar oder eine Imbissstube aus der fernen Erdvergangenheit aussah, mit sauberem Schachbrettboden und antiken Milchmixgetränkemaschinen, die freilich kein Innenleben hatten. Billy Anker ließ seine Hälfte so, wie sie war. Er saß jeden Morgen splitternackt am Boden – ohne Militärklamotten nur mehr ein dürres Gestell mittleren Alters – und absolvierte die Übungen einer komplizierten buddhistischen Satori-

Meditation. Mona sah sich in ihrem Bereich Holos an. Billy ver-brachte die meiste Zeit des Tages damit, Löcher in die Welt zu starren und zu furzen. Furzte er zu laut, kam sie in die Kommunikationsöffnung zwischen den Bereichen und sagte angeekelt: »Himmel noch mal!«, als wolle sie jemand Drittes auf sein Treiben hinweisen.

Seria Maú verfolgte diesen alltäglichen Wahnsinn mit einer Mischung aus Belustigung und Toleranz. Es war, als hätte sie Haustiere. Die skurrilen Verhaltensweisen der beiden erwiesen sich als probates Mittel gegen Melancholie, schlechte Laune und Koller, vor allem, wenn die Hormonapotheke der *White Cat* mit ihrem Latein am Ende war. Neues erwartete sie nicht von Mona und Billy.

Umso überraschter war sie, die beiden vier oder fünf Tage nach *Redline* in Monas Schlafzimmer zu erwischen.

Die Beleuchtung imitierte Nachmittagssonne, die durch fast geschlossene Rouleaus sickerte, und zwar irgendwo in den gemäßigten Zonen der Erde. Es herrschte Happy-Hour-Atmosphäre. Am Bett stand ein Gefäß mit Rosenwasser, in das Billy Anker die Finger tauchen konnte, wenn er zu früh zu kommen drohte. Mona trug einen auf die Taille hochgeschobenen kurzen grauen Seidenunterrock und hatte eine Unmenge Lippenrot aufgelegt, damit es so aussah, als habe sie sich blutig gebissen. Sie umklammerte mit beiden Händen das verchromte Kopfende des Bettes. Der Mund war offen, und durch das Gitter gesehen hatten ihre Augen einen verträumten Blick. Eine Brust hatte sich aus dem Unterrock befreit.

»Ah ja, popp mit mir, Billy Anker«, sagte sie plötzlich.

Billy Anker, über sie gekrümmt wie die Personalunion aus Beschützer und Raubtier, wirkte jünger als bisher. Seine Unterarme waren lang und braun, das gelbe Licht meißelte Adern und Muskeln heraus. Das aufgelöste Haar baumelte rechts und links von seinem Gesicht; nach wie vor trug er den fingerlosen Handschuh. »Oh, fick mich durch die Wand«, sagte Mona. Er hielt inne, dann zuckte er die Achseln, verlor seinen nach innen gekehrten Blick und fuhr mit dem fort, was er schon die ganze Zeit machte. Mona lief rosarot an und gab einen aufgeregten, zarten kleinen Schrei von sich. Den Tropfen, der Billys Fass zum Überlaufen brachte. Nach einer Reihe von Spasmen stöhnte er laut und sackte auf Mona hinunter. Sie glitten augenblicklich auseinander und lachten. Mona zündete sich eine Zigarette an und ließ zu, dass er sie ihr ohne zu fragen aus dem Mund nahm. Er setzte sich gegen das Kopfende, einen Arm um Mona. Sie rauchten eine Zeit lang, dann sah sich Billy Anker nach etwas Trinkbarem um. Schließlich löschte er seinen Durst mit Rosenwasser.

Seria Maú sah ihnen eine Weile still zu, dachte nach. Hätte er das so auch mit ihr gemacht?

Dann übernahm sie die Kontrolle über das Menschenquartier. Sie senkte die Temperatur in Zehnerschritten. Sie fuhr die Helligkeit herauf, bis es so hell war wie unter einer OP-Lampe. Sie leitete Desinfektionsmittel in die Klimaanlage. Mona warf den Arm über die Augen, dann, als sie ahnte, was los war, schubste sie Billy Anker von sich. »Geh weg hier, bevor es zu spät ist«, sagte sie. »O Gott, hau ab!« Sie krabbelte aus dem Bett in eine Ecke des Zimmers, wo sie sich, vor Furcht bebend, mit beiden Händen an den nächstbesten fest installierten Teil der Einrichtung klammerte und immer wieder flüsterte: »Ich war es nicht. Ich war es nicht.«

Billy Anker stierte sie völlig verwirrt an. Er wischte sich das Desinfektionsspray aus dem Gesicht. Blickte auf seine Handfläche hinunter. Lachte.

»Was ist los?«, fragte er.

Seria Maú studierte ihn eingehend. Bei dieser Helligkeit sah er aus wie ein gerupftes Huhn. Sein Fleisch war so grau wie sein Haar. Sie war sich nicht mehr sicher, was sie an ihm gefunden hatte.

Mit Schiffsstimme sagte sie: »Hier ist deine Haltestelle, Billy Anker.«

Die Klonfrau wimmerte, klammerte sich mit der Kraft der Verzweiflung an die Einrichtung und kniff die Augen ganz fest zu. »Und nicht wieder aufmachen«, riet ihr Seria Maú. »Das ist auch deine Haltestelle.« Sie stellte zur Mathematik durch.

»Luftschleuse öffnen«, befahl sie.

Sie überlegte einen Moment.

»Nein, warte«, sagte sie.

Zwei Minuten später stemmte sich an einer entlegenen Biegung des *Strands* und am Rand eines namenlosen Systems etwas aus dem Nirgendwo. Leerer Raum zuckte konvulsivisch. Ein sprühendes Feuerwerk aus Partikeln organisierte sich binnen ein, zwei Millisekunden zu den unansehnlichen Konturen eines K-Schiffes, dessen Triebwerke bereits feuerten – die *White Cat* schoss ins System, die lange Nadel aus Fusionsprodukten im spitzen Winkel zur Ekliptik.

Fünfzig Jahre nachdem die Menschheit den *Strand* erreicht hatte, hatten Erkundungen des Systems ein einzelnes festes Objekt zutage gefördert, das sich in einem gewagten orbitalen Eiertanz gegen die Gasriesen behauptete. Es handelte sich zweifelsfrei um einen Mond, einen ungewöhnlich großen allerdings. Die durch Gezeiten hervorgerufene Kernerwärmung hatte die Oberflächentemperatur in die Nähe der irdischen gehoben und eine flüchtige, dünne Atmosphäre aus lebenserhaltenden und lebensverträglichen Gasen erzeugt. Über dem komischen grünlichen Schein dieses Gasgemischs thronte der nahe lachsrosa Gasriese. Eine einzelne fraktale Struktur hatte den ganzen Trabanten in Beschlag genommen. Obwohl die Struktur von Weitem wie Vegetation aussah, war sie weder lebendig noch tot. Sie war nichts weiter als ein verrückter alter Algorithmus, der, freigesetzt von einem vorüberkommenden Navigationssystem, derart ins Kraut geschossen war, dass er alle Rohstoffe verbraucht hatte. Das Resultat waren unendlich viele Pfauenfedern in Millionen von Größen: ein raffiniertes, dreidimensional gewuchertes Muster. Mathematik, die nicht sterben wollte.

Plüschig und samtig, umgeben von einem verschwindend dünnen Nebel ihrer selbst, überforderte sie das Auge aus jedem Blickwinkel. Sie hatte einen merkwürdigen und absorbierenden Einfluss auf das Licht. Sie lag spröde und schuppig da, zu einem kristallinen Zustand ihrer selbst zersplitternd, eine nutzlose alte Berechnung, die rein zufällig zum Milieu geworden war. Sie war Teil eines Bioms: Zwischen ihren wunderlichen Deckblättern und Stängeln regten sich einheimische Lebensformen; sie bewegten sich auf eine Weise, die man mit verstört oder verstohlen hätte beschreiben können. Die Logik dieses Bioms war unklar, seine Fauna provisorisch. In der Morgen- oder Abenddämmerung zeigte sich zuweilen ein Mittelding zwischen Vogel und Krallenaffe, das sich mit peinlicher Sorgfalt bis zur Spitze einer riesigen Feder vorarbeitete, um ängstlich zu dem Gasriesen emporzustarren, bevor es die Augen schloss und damit begann, ein heimisches Abendlied zu flöten. Mehr wusste niemand; keiner hatte sich lange genug hier aufgehalten.

Die *White Cat* brannte eine Lichtung in den Federnwald, blieb einen Moment in der Schwebe und ließ sich dann langsam nieder. In den nächsten paar Minuten passierte sonst nichts. Dann öffnete sich eine Ladeluke und zwei Gestalten platzten heraus. Sie drehten sich um und schienen mit dem Schiff zu streiten, dann eilten sie die bereits einfahrende Rampe hinunter und standen wortlos am Boden. Sie waren nackt, abgesehen von ein paar Partykleidern und der unteren Hälfte eines alten Jagdfliegeranzugs, die sie unter sich aufgeteilt hatten. Sie sahen zu, wie die *White Cat* aus dem Stand heraus in den Himmel schoss und verschwand, ein leichtfüßiger und routinierter Abgang.

Mona, der Klon, sah sich hilflos um.

»Sie hätte uns wenigstens in der Nähe einer Stadt absetzen können«, sagte sie. »Die Hexe.«

In eine Bewusstlosigkeit geworfen, zu der die Mathematik der *White Cat* diesmal nicht beigetragen hatte, träumte Seria Maú Genlicher, Pilotin der Raumrouten, sie sei wieder zehn Jahre alt: In einem Augenblick lächelte ihre Mutter und war aufgeregt; im nächsten war sie tot und nur noch eine Fotografie, die an diesem feuchten Nachmittag in grauen Rauch aufging.

Der Vater konnte nichts ertragen, was ihn an seine Frau erinnerte. Diese Fotografie sei zu schwer zu ertragen, meinte er. Einfach zu schwer zu ertragen. Den ganzen Winter über schloss er sich in seinem Arbeitszimmer ein, und wenn ihm Seria Maú das Tablett mit dem Mittagessen brachte, berührte er ihre Wange und weinte. Bleib doch noch, drängte er sie. Sei für einen Augenblick die Mutter. Das machte sie so verlegen, dass sie nicht wusste, was sie sagen sollte. Sie blickte zu Boden, was es nur noch schlimmer machte. Er küsste sie zart auf den Kopf, dann legte er ihr einen Finger unters Kinn und zwang sie sanft, ihn wieder anzusehen. Du siehst ihr ähnlich, sagte er. Du siehst ihr so ähnlich. Er rang ganz kurz nach Luft. Setz dich her, nein hierher, so. So. Er schob seine Finger zwischen Seria Maús Beine, rang wieder nach Luft und brach in Tränen aus. Seria Maú nahm das Tablett und ging aus dem Zimmer. Warum tat er das? Sie kam sich so steif und unbeholfen vor wie jemand, der das Gehen lernte.

»*Waraaa!*«, machte ihr Bruder, der ihr auf dem Treppenabsatz aufgelauert hatte. Sie ließ das Tablett fallen, und beide stierten sie sprachlos auf das Malheur am Boden. Ein gekochtes Ei kullerte in eine Ecke hinein.

Diesen ganzen Winter über donnerten K-Schiffe im Tiefflug über den *New Pearl River*. Sie schlugen jähe schmutzig weiße Bögen am Himmel. Der Vater nahm Seria Maú und ihren Bruder mit zur Basis, um zuzusehen, wie die Schiffe hereinkamen. Es herrschte Krieg. Es herrschte Frieden. Wer wusste schon, was da draußen am Rand der Milchstraße herrschte, während die Nastischen nur drei Systeme entfernt waren und im Kuiper-Gürtel ungeahnte Ressourcen in Gestalt schmutziger Eisklumpen ein herrenloses Dasein führten. Die Kinder fanden es toll. Es sollte danach die schönste und zugleich schlimmste Zeit werden, gekennzeichnet durch Paraden und Märsche, Börsenkräche, politische Reden und das Scheitern wissenschaftlicher Paradigmen: Täglich wurde Neues berichtet. Damals hatte Seria Maú sich entschieden. Damals hatte sie begonnen, ihr Leben selbst in die Hand zu nehmen. Wie andere Mädchen Kosmetika sammelten, so sammelte sie Hologramme – kleine schwarze Würfel voller Sterne, rosa getönter Nebel und treibender Gaswolken. »Das ist Eridon Omega«, erklärte sie ihrem Bruder, »südlich der *Weißen Reuse*. Da regiert die *Vittor-Neumann*-Herde. Da werden die Nastischen sich hüten!« Ihre Augen glühten. »Sie haben Waffen, die sich fortpflanzen, Generation um Generation, in einem Medium *außerhalb* des Schiffes. Da stehen ganze Welten auf dem Spiel!« Sie besah sich im Spiegel, als sie das sagte, und hatte keine Ahnung, woher diese wilde Begeisterung kam. Am Morgen ihres dreizehnten Geburtstags heuerte sie an. EMC suchte immer Rekruten, und für die K-Herden waren die Jüngsten und Schnellsten gerade gut genug.

»Du solltest stolz auf mich sein«, sagte sie zu ihrem Vater.

»Ich bin stolz«, sagte ihr Bruder. Er brach in Tränen aus. »Ich will auch ein Raumschiff werden.«

Aus Saulsignon war inzwischen ein Ausbildungslager geworden. Überall Drahtzäune. Der kleine Bahnhof hatte den Charme der Antiken Erde eingebüßt, die Blumenkübel, die getigerte Katze, die ihr Bruder nicht mochte, weil sie ihn an sein schwarzes Kätzchen erinnerte. Da standen sie nun, zu dritt an ihrem letzten Tag, unbeholfen in Wind und Regen.

»Wirst du Urlaub bekommen?«, fragte der Vater.

Seria Maú lachte triumphierend.

»Nie und nimmer!«, sagte sie.

Im selben Augenblick schien jemand die Beleuchtung der Traumbühne auszuschalten. Als sie wieder anging, beschien sie das magische Schaufenster. Rubinrote Plastiklippen. Hellorange und grün gefärbte Federn. Bündel farbiger Tücher, die sich im glänzenden Zylinder des Zauberers in lebendige weiße Tauben verwandeln würden. Solche Sachen konnten manchmal ganz nett sein, waren aber immer nur Schwindel: nur gemacht, um an der Nase herumzuführen und zu täuschen. Seria Maú wartete vor der Scheibe, aber der Zauberkünstler erschien nicht. Sie wollte sich gerade abwenden, als sie einen leisen Gong hörte und eine Stimme flüsterte: »Wann kommen Sie mich holen, Dr. Haends?« Sie sah sich überrascht auf der verwaisten Straße um. Es gab keinen Zweifel. Es war ihre Stimme gewesen. Als sie aufwachte, hatte sie im ersten Moment das Gefühl, jemand beuge sich über sie: Gleichzeitig wurde sie Zeuge, wie sie Billy Anker und Mona, den Klon, im Schatten des Gasriesen aussetzte. Eine so miese Erinnerung war schwer zu verkraften.

»Wieso hast du mich nicht daran gehindert?«, sagte sie.

Die Mathematik tat, was einem Achselzucken am nächsten kam. »Du wolltest nicht hören.«

»Ich will dahin zurück.«

»Davon würde ich abraten.«

»Bring uns zurück.«

Die Antriebsflamme der *White Cat* erlosch. Das Schiff fiel still wie ein aufgegebenes Wrack zwischen den Gasriesen. Kursänderungen wurden in winzigen Schritten vollzogen, durch kleine aber starke pSi-Triebwerke, die Sauerstoff auf poröse Siliziumverbindungen bliesen. Unterdessen durchforsteten die Teilchendetektoren und mächtigen Antennen, die sich wie das Adersystem in einem Blatt verästelten, das Vakuum nach der Spur der *Krishna-Moir*-Herde. »Und einschalten«, wies die Mathematik seelenruhig an. »Und abschalten.« Was von Seria Maús Körper übrig war, bewegte sich ungeduldig in seinem Tank. Sie hatte ein Bedürfnis, Billy Anker aufzusuchen, das jeder andere als körperlich beschrieben hätte. Hätte sie sich noch erinnert, wie man das macht, hätte sie sich auf die Lippe gebissen. »Warum habe ich das getan«, fragte sie sich. Die Schattenoperatoren schüttelten den Kopf: Früher oder später musste es ja so kommen, fanden sie. Schließlich war die *White Cat* nahe genug herangekommen, um den Trabanten unter die Lupe zu nehmen. Zwischen den Federn rührte sich etwas. Es hätte jedwedes Lebewesen sein können, das sich da unten aufhielt; es hätten uralte Berechnungen sein können, die zu Staub zerbröselten.

»Was ist das?«, fragte die Mathematik.

»Nichts«, sagte Seria Maú. »Ich will da runter! Und das heute noch.«

Sie fand Billy Anker und Mona daliegen, halb von den langen kobaltblauen Schatten bedeckt. Mona war schon tot, der schöne blonde Kopf ruhte an Billys Schlüsselbein. Er hatte den Arm um ihre Schulter gelegt. Mit der anderen Hand strich er ihr immer noch übers Haar. Sterbend hatte sie ihm aufmerksam ins Gesicht geschaut und ein Bein zwischen die seinen gelegt, um dem Leben noch einen letzten Trost abzugewinnen. Die Anweisungen des alten Algorithmus befolgend – der, so unverhofft mit frischem Rohmaterial für seine endlose Wiederholung versorgt, unmerklich von den Strukturen über ihnen auf sie herabgerieselt war –, verwandelten sich die Zellen der beiden in Federn. Die Beine von Billy Anker erinnerten an die eines gefiederten Satyrs. Mona bestand bis zum Zwerchfell aus lauter blauschwarzen, staubigen Federn, die sich zu verändern und zu wachsen und Seltsames mit dem Licht anzustellen schienen.

Seria Maús Double – unter diesen Bedingungen kaum mehr als ein Schatten – tigerte nervös vor den Liebenden herum. Wie habe ich das nur tun können?, dachte sie, während sie laut sagte: »Billy Anker, kann ich irgendwie helfen?«

Billy Anker hörte nicht auf, der Toten übers Haar zu streichen oder sie anzusehen.

»Nein«, sagte er.

»Hast du Schmerzen?«

Billy Anker lächelte in sich hinein. »Kind«, sagte er, »es ist angenehmer, als es aussieht. Wie ein gutes Beruhigungsmittel.« Er lachte plötzlich. »He, nichts geht über das Wurmloch, weißt du? Das geht mir nicht mehr aus dem Kopf. So wollte ich sterben.« Er schien zu grübeln. »Es war – ich kann es nicht beschreiben. Ja, einfach unbeschreiblich«, sagte er. Dann fuhr er fort: »Ich kann hören, wie das Ding zählt. Oder ist das Einbildung?«

Seria Maú kam so nahe heran, wie sie konnte.

»Ich höre nichts, Billy Anker; tut mir leid, was ich getan habe.« Er biss sich auf die Lippe und löste dann doch noch seinen Blick von Mona.

»He«, sagte er. »Vergiss es.«

Er zuckte krampfartig. Staubwölkchen traten aus der sich unmerklich verändernden Oberfläche seines Körpers. Der Algorithmus ließ keine Größenordnung aus. Das blanke Entsetzen stand ihm in den Augen. Damit hatte er nicht gerechnet. »Es frisst mich auf!«, schrie er. Er ruderte mit den Armen, griff nach der Toten, als könne sie ihm helfen. Er langte auch nach Seria Maú, vergebens. Dann fasste er sich wieder. »Je mehr du die Kräfte in deinem Innern verleugnest, Kind, desto mehr kontrollieren sie dich«, sagte er. Seine Hand ging durch sie hindurch wie durch Rauch. Er starrte auf die Hand. »Ist das ein Traum?«, fragte er.

»Billy Anker, was soll ich tun?«

»Dein Schiff. Lass es verschwinden. Bring es in den Trakt.«

»Billy, ich …«

Über ihnen jagten violette Ionisationsstreifen über die Scheibe des Gasriesen. Es pfiff, dann gab es eine heftige, schlagartige Luftverdrängung, die sich wiederholte; es folgte ein mächtiger smaragdgrüner Feuerball irgendwo in der Umlaufbahn, als die *White Cat* sich zur Wehr setzte, höchstwahrscheinlich gegen die Avancen der *Krishna-Moire*-Herde. Plötzlich war Seria Maú halb oben bei ihrem Schiff und halb unten bei Billy Anker. Das ganze Kontinuum zwischen diesen beiden Zuständen war ein einziger schriller Alarm, während die Mathematik versuchte, das Double hereinzuholen.

»Lass mich!«, schrie sie. »Ich will bei ihm bleiben. Jemand muss doch bei ihm bleiben!«

Billy Anker lächelte und schüttelte den Kopf.

»Mach, dass du wegkommst, Kind. Das da oben ist Onkel Sip. Geh, solange du noch kannst.«

»Billy Anker, ich habe sie auf deine Fährte gesetzt!«

Er sah müde aus. Er schloss die Augen.

»Das habe ich selbst besorgt, Kind. Los, verschwinde. Geh tief rein.«

»Adieu, Billy Anker.«

»He, Kind …«

Doch als sie sich umdrehte, war er schon tot.

Ich bin darauf hereingefallen, dachte sie verzweifelt. Das ganze Gepoppe und Geballere. Trotz aller guten Vorsätze bin ich drauf reingefallen.

Dann dachte sie: Onkel Sip! Panische Angst zerriss die Verbindung: Sie hatte den dicken Mann gewaltig unterschätzt, seine Intelligenz, seine Reichweite. Von dem Moment an, da sie sich mit ihm eingelassen hatte, hatte er sie in der Hand gehabt.

Was jetzt?

24 · Die Würfel fallen

»Wenn ich die Zukunft voraussage, wieso sehe ich dann immer die Vergangenheit?«, fragte Ed.

Sandra Shen zuckte knapp die Achseln, das war alles. Sie konnte ihm da genauso wenig helfen wie Annie Glyph.

»Ich denke, wir brauchen Übung, Ed«, sagte sie. Sie zündete sich eine Zigarette an und musterte amüsiert einen nicht vorhandenen Gegenstand in der Ecke des Zimmers. »Ich denke, wir müssen härter arbeiten.«

Ed wusste ihren abwesenden Blick nie zu deuten. Wenn sie an etwas Freude hatte, dann vermutlich an dem Debakel im Hauptzelt. Es schien sie förmlich zu beflügeln: Die anderen Projekte lagen auf Eis, und sie war täglich vor Ort. Sie warf die alten Männer ein für alle Mal aus der Bar des *Dunes Motel*. Er kam dazu, als sie dabei war, den Raum mit ihren eigenen Sachen auszustatten, die sie nachts in unbeschrifteten Kisten herbeischaffte. Das Zeug war ausnahmslos alt. Auffallend die mit Textilien umkleideten elektrischen Kabel, die Bakelitgehäuse und die Skalen, auf denen winzige Nadeln nach links und rechts tanzten. Und es gab so etwas wie einen Verstärker, der mit Röhren arbeitete.

»Himmel«, sagte er. »Das ist ja *echt!*«

»Hübsch, was?«, sagte Sandra Shen. »Um die vierhundertfünfzig Jahre alt. Ed, es ist Zeit, dass wir es anpacken. Teamarbeit, verstehst du? Erst einmal muss ich dir diese Riemen um die Handgelenke schnallen …«

So, wie sie es sich vorstellte, sollte Ed mit Armen und Beinen an einen schweren, klobigen Holzstuhl geschnallt dasitzen, der Teil der herbeigeschafften Ausrüstung war, während Sandra Shen sich an den Röhrenverstärker anschloss. Dann wollte sie Ed das Aquarium über den Kopf stülpen und ihm so lange Fragen stellen, bis sie eine Antwort erhielt, die ihr passte … Ihre Stimme war ganz nahe und intim, als sei sie bei ihm da drinnen, bei ihm und den Aalen auf ihrer verrückten, ermüdenden Reise am Grund der Alcubierre-See, mit Kurs auf eine unangenehme Enthüllung aus seiner Jugend. Die Fragen waren ohne Bedeutung für Ed.

»Ist das Leben Scheiße oder nicht, Ed?« Oder: »Kannst du bis zwölf zählen, Ed?«

Er konnte seine eigenen Antworten ohnehin nicht hören. Der Teil von ihm, der sich im Aquarium befand, schien in keiner Verbindung mit dem außerhalb zu stehen. Die Bar des *Dunes Motel* lag in der glühenden Nachmittagshitze. Ein einziger Sonnenstrahl zerteilte die Finsternis im Innern. Die Orientalin lehnte an der Bar, rauchte und nickte vor sich hin. Bekam sie eine Antwort, die ihr passte, drehte sie eine Kurbel an ihrem Apparat. Seltsame bläuliche Lichtblitze zuckten ohne erkennbaren Grund aus den Kathoden. Der Mann im Stuhl erlitt Krämpfe und schrie.

Ed gab nach wie vor seine Abendvorstellung. Er war erschöpft. Das Publikum schrumpfte. Schließlich schaute ihm nur noch Madame Shen in einem freizügig dekolletierten smaragdgrünen Cocktailkleid zu. Ed begann zu argwöhnen, dass es ihr gar nicht um das Publikum ging. Er hatte keinen Schimmer, was sie von ihm wollte. Wollte er sie vor der Show zur Rede stellen, fand sie immer nur beschwichtigende Worte. Sie saß in der Loge, rauchte, applaudierte mit den weichen Schlägen ihrer kleinen, kräftigen Hände. »Bravo, Ed. Gut gemacht.« Danach trugen ihn zwei oder drei Bühnenarbeiter hinaus. Oder wenn Annie zufällig in der Nähe war, hob sie ihn mit einer Art zärtlicher Belustigung auf und trug ihn in ihr Kabuff.

»Warum tust du dir das an, Ed?«, fragte ihn Annie eines Nachts.

Ed hustete und spuckte in den Ausguss.

»Es ist ein Auskommen«, sagte er.

»Oh, geradezu tolldreist«, sagte sie sarkastisch. »Erzähl mir noch mal von den Tauchschiffen, Ed, und was für harte Kerle ihr gewesen seid. Erzähl mir, wie du die berühmte Pilotin gevögelt hast.«

Ed zuckte die Achseln. »Ich weiß nicht, was du meinst.«

»Doch, das weißt du.«

Annie hatte selten so verärgert gewirkt. Sie ging nach draußen, sodass sie sich Luft machen konnte, ohne etwas zu zerbrechen.

»Was weißt du über sie, Ed?«, rief sie über die Schulter nach drinnen. »Nichts. Warum verlangt sie das von dir? Was, zum Kuckuck, sollst du *sehen?*« Als er nicht antwortete, sagte sie: »Das ist doch nur wieder ein Tank. Ihr Twinks steckt den Kopf in jeden Scheißehaufen, nur um den Tatsachen nicht ins Auge sehen zu müssen.«

»He, du hast mich doch überhaupt erst da hingeschickt.«

Das ließ sie verstummen. Nach einer Weile versuchte sie es anders.

»Die Nacht ist so schön, Ed. Lass uns über die Dünen laufen. Ab und zu muss sie dir doch mal eine Verschnaufpause gönnen. Ich nehme dich mit in die Stadt, Ed! Ich mache abends früher Schluss und fahr dich rüber. Wir könnten uns eine Show ansehen.«

»Ich bin eine Show«, sagte Ed.

Dennoch sah er ein, dass sie recht hatte. Er ging jetzt öfter in die Stadt. Nachts zog er los und mied Pierpoint und Straint wie der Teufel das Weihwasser. Auf keinen Fall wollte er Tig oder Neena begegnen. Und schon gar nicht Bella Cray. Er verbrachte die Nacht in *East Dub*, einem Viertel, wo die engen Straßen vor lauter Rikschas erstickten und die Tankfarmen von ihren animierten Ballerpostern nach ihm riefen. Ed ließ sie links liegen. Stattdessen landete er beim Schiffsspiel, hockte auf der Straße im Geruch von Falafel und Schweiß mit Cultivaren, die doppelt so groß waren wie er. Diese Burschen waren immer gewaltbereit, wenn ihnen jemand in die Arme lief, der etwas zu verlieren hatte. Die Würfel fielen und kamen zur Ruhe … Ed zog sich ungeschoren zurück und war froh, dass sie ihn ausgenommen hatten. Sie verfolgten seinen Rückzug mit einem monströsen Grinsen, das ihre Fangzähne bis aufs Zahnfleisch entblößte. »Jederzeit, Mann.«

Als Madam Shen dahinterkam, bedachte sie ihn mit einem merkwürdigen Blick.

»Ob das so klug ist?«, war alles, was sie sagte.

»Jeder verdient mal eine Pause«, erwiderte er.

»Aber da ist immer noch Bella Cray.«

»Was weißt du von Bella?«

Als sie die Achseln zuckte, tat er es auch.

»Hast du Angst vor ihr?«, sagte er. »Ich nicht.«

»Halt die Augen auf, Ed!«

»Ich pass schon auf«, sagte er. Doch Bella Cray hatte ihn längst im Visier.

Eines Nachts folgten ihm zwei Burschen, die mit ihren apricotfarbenen und locker um die Schulter geknoteten Pullovern wie Angestellte aus den Enklaven aussahen. Er führte sie eine halbe Stunde lang an der Nase herum, durch krumme Gassen und Arkaden, um schließlich in einer Falafelbude zu verschwinden und sie zum Hinterausgang zu verlassen.

Hatte er die beiden abgehängt? Sicher war er sich nicht.

Tags darauf meinte er, dieselben zwei Burschen auf der Betonfläche des freien Raumhafens herumlaufen zu sehen. Es war Mittag, weißer Glast loderte über dem Beton, und die beiden gaben vor, sich für eines der exotischen Exponate zu interessieren, kreisten um das winzige Sichtfenster, wandten sich ab und taten so, als müssten sie kotzen. Bezeichnend war, dass der eine immer das Gelände im Auge behielt, während sich der andere über das Bullauge beugte. Ed war noch gut zwanzig Meter entfernt, als er seelenruhig abbog und sich unter die Leute mischte. Doch sie mussten ihn bemerkt haben, denn in der Nacht darauf in *East Dub* versuchte ihn eine Bande bewaffneter Knirpse, die sich die *Skeleton Keys of the Rain* nannten, mit einer Nova-Granate zu töten.

Ihm blieb nicht viel Zeit zum Nachdenken. Es tat einen dumpfen, klatschnass klingenden Schlag. Zur selben Zeit schien alles gleichzeitig heller und blasser zu werden. Direkt vor seinen Augen erwischte es die halbe Straße, und trotzdem verfehlten sie ihn.

»Himmel«, flüsterte Ed und wich in eine Schar von Prostituierten zurück, die auf das Aussehen und Gebaren von angeblich sexgeilen sechzehnjährigen Japanerinnen im Internet des späten zwanzigsten Jahrhunderts zugeschnitten waren. »Musste das sein?« Er betastete sein Gesicht. Es fühlte sich heiß an. Die Prostituierten torkelten mit nervösem Gekicher umher, die Kleider in Fetzen, die Haut krebsrot. Als er wieder denken konnte, suchte Ed im Laufschritt das Weite. Er lief, bis er nicht mehr wusste, wo er war, außer dass er sich auf einem mitternächtlichen Müllplatz befand. Der Kefahuchi-Trakt nahm beinahe den ganzen Himmel ein und wuchs und wuchs, je länger man hinsah, wie ein Dschinn aus der Flasche, allerdings ohne wirklich größer zu werden. Der Trakt sei eine Singularität ohne Ereignishorizont, hieß es; dort seien die falschen Naturgesetze auf freiem Fuß. Von dort könne alles Mögliche ausgehen, aber es unterblieb. Es sei denn, überlegte Ed, was hier draußen vor sich geht, ist bereits eine Auswirkung dessen, was da drinnen passiert … Er starrte nach oben und dachte lange und eingehend über Annie Glyph nach. Es war eine Nacht wie diese, als er ihr begegnet war, flackernder Kefahuchi über Müllkippen. Er hatte nur »Annie« gesagt, und das hatte sie ins Leben zurückgeholt. Jetzt war er für sie verantwortlich.

Er kehrte zum Zirkus zurück. Annie schlief. Das Kabuff war angefüllt mit ihrer trägen, friedvollen Wärme. Ed legte sich neben sie und grub sein Gesicht in die Beuge zwischen Hals und Schulter. Zwei, drei Atemzüge später wachte sie halb auf und machte ihm Platz in der Bucht ihres Körpers. Er legte ihr die Hand auf den Bauch, und sie gab ein großes, wohliges Knurren von sich. Bevor ihr seinetwegen etwas zustieß, würde er *New Venusport* verlassen müssen. Er würde sie zurücklassen müssen. Wie sollte er ihr das beibringen? Er wusste es nicht.

Sie musste seine Gedanken gelesen haben, denn ein paar Nächte später kam sie von der Arbeit und sagte: »Was ist los, Ed?«

»Ich weiß nicht«, log er.

»Wenn du es nicht weißt, dann solltest du es herausfinden«, sagte sie.

Peinlich berührt sahen sie einander an.

Am kühlen, hellen Morgen wanderte Ed gerne auf dem Zirkusgelände umher; wechselte vom Salzgeruch der Dünen in den des warmen, staubigen Betons zwischen den Zelten und Pavillons.

Warum hatte Sandra Shen sich ausgerechnet den Freihafen ausgesucht? Hier landete, wer keine Referenzen vorzuweisen hatte. Wer hier abhob, hatte niemanden, der ihm die Daumen drückte. Der Hafen war ein Durchgangslager, in dem EMC Flüchtlinge auf ihre Eignung testete, ehe man sie zu den Minen verschiffte. Der Papierkram konnte ein Jahr Freihafen bedeuten, ein Jahr, in dem die eigene Dummheit die Gelegenheit beim Schopfe packen würde, um daraus zehn zu machen. Das Schiff rostete, das Leben rostete. Aber man konnte den Zirkus besuchen. Und genau das gab Ed zu denken. Was war mit Madame Shen? Saß sie auch hier fest?

»Ist dieser Laden jemals unterwegs gewesen?«, fragte er sie. »Ich meine, das gehört sich doch für einen Zirkus. Immer mal wieder eine andere Stadt.«

Sandra Shen bedachte ihn mit einem nachdenklichen Blick, ihr Gesicht alterte und verjüngte sich und alterte, abgesehen von den Augen, als seien die der einzige Fixpunkt ihrer Persönlichkeit (falls es einen Sinn ergab, dieses Wort auf einen Algorithmus anzuwenden). Sie sahen aus wie Augen, die aus Spinnweben blickten. Neben ihr stand ein frischer Drink. Der kleine Körper lehnte rücklings an der Bar, Ellbogen auf dem Tresen, einen von zwei roten Stöckelschuhen in das Fußgeländer aus Messing gehakt. Der Rauch stieg in einer exakten, dünnen Säule aus der Zigarette, bis er jählings verwirbelte. Sie lachte und schüttelte den Kopf.

»Schon Langeweile, Ed?«, sagte sie.

Am nächsten Abend saß Bella Cray im Zuschauerraum.

»Liebe Güte!«, flüsterte Ed. Er sah sich nach Sandra Shen um. Vergebens; sie musste anderweitig beschäftigt sein. Ed saß fest im grellen Schein der alten Theaterbeleuchtung, im kalten weißen Glitzern von Bella Crays Lächeln. Da war sie in der ersten Reihe, keine zwei Meter von ihm entfernt, Knie zusammen, Handtasche im Schoß. Die weiße Sekretärinnenbluse hatte in den Achseln kleine Schweißsättel, doch das Rouge auf den Lippen war hell und frisch, und Bella formte Worte mit diesen Lippen, die er nicht richtig ablesen konnte. Ihm fiel ein, was sie gesagt hatte, kurz bevor er ihre Schwester erschossen hatte: »Was soll man machen, Ed? Wir sind nichts weiter als Fische.«

Um sich von ihr loszureißen, stieß er den Kopf ins Aquarium. Als die Welt erlosch, hörte er Bella rufen: »He, Ed! Hals- und Beinbruch!«

Als er erwachte, war sie fort. Sein Kopf war angefüllt mit einem hohen, reinen, hallenden Laut. Annie Glyph trug ihn in die Dünen, wo sie ihn absetzte. Es war kühl. Der anlandige Wind trug das Geräusch der Brandung heran. Er legte den Kopf in ihren Schoß und hielt ihre Hand. Sie erzählte ihm, er habe wieder Krieg prophezeit, das und Schlimmeres; dass er Bella Cray unter den Zuschauern gesehen hatte, verschwieg er ihr. Er wollte sie nicht beunruhigen. Außerdem hatte er eine zermürbende Stunde im Aquarium hinter sich. Er hatte zugesehen, wie die Sachen seiner toten Mutter in einem Reisigfeuer aufgingen, erlebt, wie seine Schwester zu anderen Welten aufbrach, hatte seinen Vater für dessen Mittelmäßigkeit und Schwäche verachtet und war schließlich selbst zu anderen Welten aufgebrochen. Dann war er über seine Vergangenheit hinausgeführt worden, in einen völlig unbegreiflichen Zustand. Er war fix und fertig.

»Es tut gut, dass du da bist«, sagte er.

»Du solltest damit aufhören, Ed. Es lohnt sich nicht.«

»Glaubst du etwa, man lässt mich? Glaubst du, sie lässt zu, dass *ich* aufhöre? Jeder außer dir will mich umbringen oder benutzen. Möglichst beides.«

Annie lächelte und schüttelte langsam den Kopf.

»Das ist albern«, sagte sie.

Sie starrte aufs Meer hinaus. Schließlich sagte sie in einem anderen Tonfall: »Ed, wünschst du dir nicht manchmal jemanden, der kleiner ist? Sei ehrlich? Jemanden, der hübsch und klein ist, nicht bloß zum Schmusen, nein, überhaupt – als Partner fürs Leben?«

Er drückte ihre riesige Hand.

»Du bist wie ein Fels in der Brandung«, sagte er.

Sie schubste ihn von sich und ging zum Wasser hinunter.

»Himmel noch mal, Ed«, rief sie in den Wind. »Du saublöder Twink.«

Ed sah zu, wie sie mit großen Schritten an der Wasserlinie auf und ab ging, große Steine und Treibholzstücke auflas und weit übers Meer schleuderte. Er erhob sich vorsichtig und überließ sie ihren Dämonen.

Der Raumhafen lag verwaist. Alle waren längst zu Hause. Die Nacht war nichts weiter als das Rasseln des Maschendrahtzauns, der Geruch der Flut, eine Stimme, die irgendetwas aus einem Motelkabuff rief. Das Licht der Quecksilberdampflampen verfremdete alles. Leere Hallen, stoßweiser Verkehr. So war es die meisten Nächte. Stundenlang nichts, dann vier Schiffe in zwanzig Minuten – zwei fassförmige Frachter, die aus dem Zentrum kamen; der Tender eines gewaltigen Alcubierre-Schiffes, das wie ein frisch eingefangener Trabant im Parkorbit hing; ein halb selbstständiger Kurzstreckentransporter, der in Geschäften unterwegs war, von denen man besser nichts wusste. Es gab Flammenstöße, so orangerot wie der Haarschopf eines x-beliebigen *Neuen Menschen*, dann Dunkelheit und kalter Wind bis in den Morgen. Ed hatte keine Lust, Annies Kabuff aufzusuchen, bevor sie nicht schlief. Er wanderte ziellos umher, blieb zwischen den Wartungshallen stehen, blickte an den riesigen Schiffen empor und genoss die Gerüche von gequältem Metall und verbranntem pSi-Treibstoff.

Nach einer Weile bemerkte er eine Gestalt, die eine fahrbare Mülltonne langsam über den Beton in seine Richtung schob. Es war Bella Cray. Seit dem Tod ihrer Schwester saßen ihre Röcke enger. Bella schminkte sich für zwei, kombinierte verschiedene Lidschatten und hatte Lippen, die an aufgepumpte Rosenknospen erinnerten. Das Erste, was man auf sich zukommen sah, waren diese Lippen, ging sie fort, war sie ein einziger Hintern. Irgendwo dazwischen befand sich die Handtasche mit den Waffen.

»He, Ed«, sagte sie, »Sieh mal!«

Die Mülltonne war fast so groß wie sie. Hineingepfercht, die langen Beine über den Rand gehängt, waren Tig und Neena Vesicle. In ihre Gesichter stand Verwirrung geschrieben. Sie waren tot. Aus dem Behälter stieg der bittere und hoffnungslose Geruch nach unirdischen Flüssigkeiten. Neenas Augen standen noch offen, sie blickte in den Kefahuchi-Trakt, so wie sie Ed beim Vögeln angeblickt hatte, aber sie lachte nicht atemlos und sagte auch nicht: »Oh, es ist so gut mit dir!« Tig Vesicle sah nicht einmal mehr aus wie Tig.

Bella Cray gluckste.

»Wie gefällt dir das, Ed?«, sagte sie. »Das wird dir auch passieren. Aber erst passiert es allen, die du kennst.«

Die langen Beine von Neena Vesicle hingen aus der Mülltonne. Bella Cray stopfte sie wieder hinein, als brauchte sie dringend Beschäftigung. »Wenn man das Miststück nur ein *bisschen* mehr zusammenstauchen könnte«, sagte sie. Sie lehnte sich über den Rand, bis sie den Boden unter den Füßen verlor, dann gab sie auf. »Die sind tot genauso ungelenk wie lebendig, deine Freunde«, sagte sie. Sie zerrte an Rock und Bluse herum, bis sie wieder ihren alten Sitz hatten. Sie drückte ihr Haar an den Kopf.

»Tja, Ed«, sagte sie.

Ed verfolgte ihr Gebaren. Er fror. Er wusste nicht, was er fühlte. Jetzt war Annie an der Reihe, so viel stand fest. Annie war der einzige Mensch, den er noch kannte.

»Wie wär's denn mit Cash?«, sagte er.

Bella zog ein Spitzentaschentuch aus der Handtasche, um sich die Hände abzuwischen. Währenddessen prüfte sie ihr Aussehen in einem goldenen Schminkspiegelchen. »Igitt!«, sagte sie. »Bin *ich* das?« Schon war der Lippenstift zur Hand. »Ich will dir was sagen, Ed«, sagte sie beim großzügigen Auftragen. »Das hier ist mit Geld nicht zu regeln.«

Ed schluckte.

Er warf noch einmal einen Blick in die Tonne. »Das hätte nicht sein müssen«, sagte er. Bella Cray gluckste.

In dem Moment kam Annie Glyph, die ihren Ärger erfolgreich abgearbeitet hatte, aus dem Dunkel und rief: »Ed?, Ed, wo bist du?« Sie sah ihn dastehen. »Ed, es ist viel zu kalt; du solltest so nicht mehr drau-ßen sein.« Jetzt schien sie den Inhalt der Mülltonne zu gewahren. Sie stierte verstört hinein und dann auf Bella Cray und dann auf Ed; in ihren Zügen dämmerte so etwas wie ein träger, bedächtiger Zorn herauf. Schließlich sagte sie an Bellas Adresse: »Diese Leute haben keine Lobby, sie leben in einem Gehege, sie sind immer die Verlierer. Wer gibt Ihnen das Recht, sie auch noch in eine Mülltonne zu stecken?«

Bella Cray schmunzelte.

»*Wer gibt Ihnen das Recht*«, äffte sie. Sie starrte interessiert zu Annie empor, die gut doppelt so groß war wie sie, dann widmete sie sich wieder der Schminkarbeit. »Wer ist dieses Pferd?«, fragte sie Ed. »Warte, lass mich raten. Ich wette, du vögelst sie, Ed. Ich wette du vögelst dieses Pferd!«

»Hören Sie«, sagte Ed. »Ich bin es, den Sie wollen.«

»Du bist ein kluger Kopf, Ed. Wer hätte das gedacht.«

Bella legte das Schminketui in die Handtasche zurück und machte Anstalten, den Reißverschluss zuzuziehen. Dann schien ihr etwas einzufallen.

»Wartet«, sagte sie. »Das muss ich euch unbedingt zeigen …«

Sie hatte die Chambers-Pistole halb herausgezogen, als sich Annie Glyphs Hände um die Waffe schlossen – Hände mit dicken Knö-cheln und Schwielen von fünf Jahren an der Rikschagabel. Ed liebte diese klobigen Hände, die ein klein wenig zitterten von dem vielen *Café électrique*, Hände, die er von dieser Seite noch nicht kennenge-lernt hatte. Es gab ein beinahe unmerkliches kurzes Ringen, dann reichte ihm Annie die Pistole. Er prüfte die Ladung, die einer schwar-zen öligen Flüssigkeit ähnelte, in Wirklichkeit aber der von Magnet-feldern gezähmte Albtraum jedes Teilchenjockeys war. Er forschte in der Dunkelheit nach Hinweisen auf bewaffnete Punks, meistens Regenmäntel, Schuhe mit ganz dicken Sohlen, nach jemandem mit einer Nova-Granate oder einem schlechten Haarschnitt. Annie hatte immer noch eine Hand über die beiden Hände von Bella geklam-mert: Diesen schlichten Griff benutzte sie, um Bella langsam aber sicher vom Boden zu trennen.

»Jetzt können wir uns auf gleicher Augenhöhe unterhalten«, sagte sie.

»Was soll das?«, sagte Bella. »Willst du ins Guinessbuch der Rekorde? Denkst du, das wird nicht bestraft?« Sie erhob ihre Stimme. »He, Ed, glaubt ihr wirklich, ich wär allein gekommen?«

»Das ist ein triftiges Argument«, sagte Ed an Annies Adresse.

»Da draußen ist keiner«, sagte Annie. »Nur die Nacht.«

Annies freie Hand kam hoch, krümmte sich um Bellas Hals, bis Daumen und Finger sich begegneten. Bella machte ein Geräusch. Ihr Gesicht lief rot an, sie drosch wie ein Baby mit den Armen. Ein Schuh fiel ihr vom Fuß.

»Lieber Himmel, Annie«, sagte Ed. »Lass sie runter. Wir müssen weg von hier.«

Feststand, dass es ihn mit tiefer Sorge erfüllte, eine von den Cray-Schwestern so behandelt zu sehen. Seine neue Persönlichkeit verdankte er der Tatsache, Opfer zu sein. Bella war allgegenwärtig. In dieser Stadt zumindest war sie auf Breitband, landesweit. Sie verdiente an jedem, der vorbeikam. Sie hatte überall ihre Finger im Spiel, ob Terra-Heroin oder Geschenkpapier. Bella kaufte bewaffnete Punks und Kinder der Liebe. Zur Entspannung trug sie ein Pflaster, das ihr jederzeit einen Orgasmus besorgen konnte, der darin gipfelte, dass sie ihren Mister Lucky wie eine Gottesanbeterin genüsslich verspeiste. Das war die Frau, die ihm Rache geschworen hatte, Rache für den Mord an ihrer Schwester. Wenn man sie in ihrem eigenen Revier so leicht ausstechen konnte, was sagte das dann über Ed? Außerdem belegte der Inhalt der Mülltonne mit Nachdruck, dass bei Bella Cray niemand allzu lange den Spieß umdrehen konnte. Er schauderte.

»Es zieht Nebel auf, Annie«, sagte er.

Annie las Bella die Leviten: »Weißt du überhaupt, was das für Folgen hat? Du lebst nicht in einem Twinktank.« Sie zwang Bella, in die Mülltonne zu blicken. »Ich will, dass du kapierst, was du anrichtest«, sagte sie. »Was du *tatsächlich* anrichtest!«

Bella versuchte zu lachen. Heraus kam: »Gack, gack, gack.«

Annie packte fester zu. Bellas Gesichtsfarbe wurde dunkler. Ein weiteres gequetschtes »Gack«, und Bella erschlaffte. Im selben Augenblick schien Annie das Interesse an ihr zu verlieren. Sie ließ Bella fallen und nahm stattdessen die Handtasche auf. »He, Ed, guck mal! Lauter Geld!« Die großen Hände bündelten das Geld, hielten es hoch, und Annie lachte wie ein Kind. Annies Freude war immer unbändig. Sie war ein Rikschagirl. Was sie auch tat, sie tat es mit Leib und Seele. In einer anderen Zeit hätte man sie für naiv gehalten, doch das war sie ganz und gar nicht. »Ed, so viel Geld hab ich noch nie gesehen!« Während sie es zählte, rappelte sich Bella Cray vom Beton auf und humpelte rasch in den Nebel davon. Sie schien ein wenig Schlagseite zu haben.

Ed hob die Chambers – zu spät. Bella war nicht mehr zu sehen. Er seufzte.

»Mir schwant nichts Gutes«, sagte er.

»Mir schon«, sagte Annie. Sie rollte das Geld zusammen. »Bei mir ist es besser aufgehoben als bei der kleinen Kuh. Wirst schon sehen.«

»Sie gibt keine Ruhe, bis du genauso tot bist wie die beiden.«

Als es schon dämmerte, zog das ungleiche Paar die Mülltonne vom Beton in die Dünen hinaus, wo Ed Tig und Neena im Sand begrub und zu guter Letzt das Monster-Beach-Schild auf den Hügel pflanzte. Annie stand noch einen Moment lang im Nebel, ehe sie sagte: »Tut mir leid, das mit deinen Freunden, Ed«, dann ging sie nach Hause, um sich schlafen zu legen. Ed blieb, bis sich der Nebel lichtete, die Seevögel ihre Stimme erhoben und der anlandige Wind das Helmgras zauste, und dachte an Neena Vesicle und wie sie, wenn er in ihr war, gezittert und gesagt hatte: »Stoß fester. Oh. Mich.« Für Ed änderte sich in dieser Nacht etwas. In der nächsten Vorstellung träumte er sich geradewegs durch seine Kindheit hindurch an einen anderen Ort.

25 · Von der Gottheit verschluckt

Michael und Anna Kearney, mit ihrem britischen Akzent, der sorgfältigen Kleidung und dem leicht verwirrten Ausdruck im Gesicht, fuhren wieder von New York City aus nach Norden. Diesmal hatten sie es nicht eilig. In den Außenbezirken mietete Kearney einen kleinen grauen BMW; sie machten einen Abstecher in den Norden von Long Island, fuhren aufs Festland zurück und folgten der Küste in Richtung Massachusetts.

Egal, was ihnen ins Auge sprang, sie hielten an und nahmen es in Augenschein. Alles, worauf die Highway-Schilder hinwiesen, mochte von Interesse sein. Abgesehen vom Meer gab es allerdings nicht viel Sehenswertes. Mit der Miene eines Mannes, der plötzlich imstande ist, seine Vergangenheit zu akzeptieren, durchkämmte Kearney die Flohmärkte und Secondhandläden jeder Stadt, durch die sie kamen, und grub gebrauchte Bücher aus, alte Videobänder und CD-Remasterings von Alben, die er einmal gemocht, zu denen er sich aber nie bekannt hatte. Sie trugen Titel wie *The Unforgettable Fire* und *The Hounds of Love*. Anna besah ihn von der Seite, amüsiert, verwirrt. Sie aßen dreimal am Tag, häufig in Fischrestaurants am Wasser, und Anna nahm anstandslos zu. Sie übernachteten mal hier, mal dort, mieden Motels, suchten stattdessen nach malerischen Pensionen, die von rot lackierten Lesben im Ruhestand oder von ausgestiegenen Brokern Mitte vierzig geführt wurden. Echte englische Marmelade! Der Anblick von Möwen, Treibholz, umgedrehten Booten. Saubere Plätzchen mit Meerblick.

Auf solcherart Umwegen kehrten sie zum *Monster Beach* zurück, wo Kearney ihnen ein holzverschaltes Ferienhäuschen mietete, das über eine schmale Straße und ein paar Dünen hinweg auf den Ozean hinausblickte. Es war inwendig so kahl wie der Strand, keine Vorhänge an den Fenstern, geschrubbte Holzböden, Sträuße von getrocknetem Thymian in den Ecken. Draußen im Seewind hingen noch ein paar Reste eines blassblauen Anstrichs an den grauen Brettern.

»Aber wir haben Fernsehen«, sagte Anna. »Und Mäuse.« Später sagte sie: »Warum sind wir hier?«

Kearney war um eine Antwort verlegen.

»Ich würde sagen, wir verstecken uns.«

Nachts träumte er immer noch von Brian Tate und der weißen Katze, die in der stinkenden Hitze des Faradayschen Käfigs wie Talg dahinschmolzen: Doch jetzt erlebte er sie zunehmend in Situationen, die keinen Sinn ergaben. Bizarre, förmliche Sitzhaltungen einnehmend, entfernten sie sich trudelnd vor einem abgrundtief schwarzen Hintergrund. Die Katze, obwohl sie täuschende Ähnlichkeit mit einer gewöhnlichen Fayence hatte, war mannsgroß. (Dieses merkwürdige selbstreferenzielle Detail des Traums bewirkte bei Kearney einen Ausbruch lähmender, totaler, unglaublich deprimierender Trübsal.) Immer noch trudelnd wurden sie kleiner und kleiner, um vor dem Hintergrund träge explodierender Sterne und Sternnebel hieratisch gestikulierend zu entschwinden.

Verglichen damit nahm sich der Tod von Valentine Sprake, gleichwohl unvermindert grotesk in der Erinnerung, wie eine Episode am Rande aus.

»Ja, wir verstecken uns«, wiederholte Kearney.

In seinem dritten Jahr in Cambridge – er war Anna noch nicht begegnet und hatte noch niemanden ermordet – hatte er eines Tages auf dem Weg ins Trinity College flüchtig in das Schaufenster eines Schreibwarenhändlers geblickt. Im Vorübergehen war es ihm gewesen, als seien die ausgestellten, kostbar geprägten Hochzeitskarten für einen Moment ununterscheidbar mit den vielen achtlos weggeworfenen Bustickets und Geldautomatenquittungen auf dem Gehsteig verschmolzen. Das Innere und das Äußere, ging es ihm auf, die Auslage und die Straße, waren nur Erweiterungen des jeweils anderen.

Er unternahm immer noch Fahrten unter der Schirmherrschaft der Tarotkarten. Zwei oder drei Tage später, irgendwo zwischen Portsmouth und Charing Cross, wurde sein Zug zuerst durch Gleisarbeiten aufgehalten, dann durch einen Triebwagenschaden. Kearney döste, dann wachte er jäh auf. Die Räder standen still, und er hatte keine Ahnung, wo er war. Der Zug musste in einem Bahnhof stehen; draußen war es bitterkalt, Passagiere streiften umher, unter ihnen zwei Geistliche mit jenem einheitlich schlohweißen Haar, dessen Fülle man den Laien geopfert hatte. Er fiel wieder in Schlaf und träumte kurz von den verlorenen Freuden in *Stechginsterland*, um plötzlich in der schrecklichen Gewissheit aufzufahren, dass er laut im Schlaf gerufen hatte. Das ganze Abteil hatte ihn gehört. Er war zwanzig Jahre alt, doch seine Zukunft war ein aufgeschlagenes Buch. Wenn er weiter so reiste, würde aus ihm jemand werden, der im London-Express schlief und Geräusche von sich gab, ein Mann in den mittleren Jahren mit schlechten Zähnen und einer Aktentasche aus Stoff, den Kopf unbequem in der Ecke zwischen Wand und Rückenlehne, während sich der Verstand auftrennte wie ein Pullover und alles unleserlich wurde.

Das war die letzte seiner Visionen. In ihrem Licht nahm sich das Tarot, der Erzeuger von Visionen, wie eine Falle aus. Die Karten sahen nach dem schnödesten aller Lebensläufe aus. Reisen – unendlich viele vielleicht – waren darin eingebettet wie fraktale Dimensionen, doch das Medium war für ihn so durchsichtig geworden wie die Schaufensterscheibe des Schreibwarenhändlers, und die Reisen waren allzu leicht zu entpacken. Er war zwanzig Jahre alt und fand die glatte gelbe Stirnseite eines Intercity, der im Sonnenschein auf den Bahnsteig zubrauste, ganz und gar nicht mehr aufregend. Er hatte in allzu vielen überhitzten Räumen geschlafen, in allzu viel Bahnhofscafés gegessen. Hatte auf allzu viele Verbindungen gewartet.

Er stand, ohne sich dessen bewusst zu sein, vor seiner nächsten großen Metamorphose.

»Verstecken wir uns wirklich?«, fragte Anna.

»Ja.«

Sie kam und stellte sich vor ihn, ganz nahe, sodass er die Wärme ihrer Haut spüren konnte.

»Bist du sicher?«

Vielleicht war er sich nicht sicher. Vielleicht wartete er. Jede Nacht, wenn sie schlief, saß er draußen am *Monster Beach*. Falls er auf seinen Rachegott wartete, wurde er enttäuscht: Diesmal ließ er sich nicht blicken. Zwischen ihnen hatte sich etwas geändert, ein für alle Mal. Zum ersten Mal – obwohl es ihn bei dem Gedanken vor Furcht schüttelte – ermunterte er den Shrander, ihn einzuholen. Spürte er ihn innehalten? Den Kopf wenden, um ihm jetzt und hier so verständig wie ein Vogel zuzuhören? Ob er sich wunderte, dass Kearney ihm mit einem Mal auf die Pelle rückte?

In den Nächten da draußen auf den Dünen wartete er lediglich und sah zu, wie die Wellen unter dem kühlen Glanz der Sterne pausenlos heranrollten und sich verliefen. Kalte Winde griffen in den Sand und ließen ihn fauchend zwischen das Helmgras rieseln. Dann eine zitternde Lumineszenz ... Kearney hatte eine Neigung, alles ins Endlose zu projizieren: Der Strand wurde ihm zur Metapher für eine ganz andere Übergangszone oder Grenze, für einen Strand, an dem sich das ganze Universum brach. Was für Monster mochten dort angeschwemmt werden? Jedenfalls kein Riesenhai, dessen halb verwester Kadaver 1970 hier angeschwemmt worden war. Auch kein Plesiosaurus, für den man ihn im ersten Übereifer gehalten hatte. Die meisten Nächte kehrte er ins Haus zurück und nahm die Festplatte heraus, auf der Brian Tates letzte Daten gespeichert waren. Meistens drehte und wendete er sie eine Zeit lang im kalten blauen Schein des Fernsehschirms, ehe er sie zurücklegte. Einmal hatte er sie mit seinem Laptop verbunden, ohne jedoch eines der Geräte einzuschalten. Stattdessen war er ins Schlafzimmer gegangen und hatte sich angezogen neben Anna ausgestreckt, die Hand über ihre Scham geschoben und sanft gedrückt, bis sie schlaftrunken gestöhnt hatte.

Tagsüber ließ er die alten Aufnahmen laufen oder zappte durch die TV-Kanäle auf der Suche nach Nachrichten aus Wissenschaft und Technik. Alles schien ihn zu amüsieren. Anna wusste nicht, was sie davon halten sollte. Eines Morgens beim Frühstück, da wollte sie es wissen: »Wirst du mich töten, was meinst du?«

»Ich denke nein«, gab er zur Antwort. »Nicht jetzt.« Dann sagte er: »Ich weiß nicht.«

Sie legte ihre Hand über die seine.

»Du wirst es tun, das weißt du«, sagte sie. »Letztlich wirst du dich nicht zurückhalten können.«

Kearney starrte aus dem Fenster aufs Meer hinaus.

»Ich weiß es nicht.«

Sie nahm ihre Hand fort und kapselte sich den ganzen Morgen ab. Ausflüchte brachten sie immer durcheinander und machten sie, wie er fand, böse. Das hatte mit ihrer Kindheit zu tun. Im Grunde hatte sie dasselbe Problem mit dem Leben wie er; ohne große Zuversicht hatte sie etwas gesucht, das ihr anspruchsvoller erschien. Aber das war nicht die ganze Erklärung. Sie hatten die Normen ihrer Beziehung hinter sich gelassen, sie hatten keine Ahnung, was sie mit dem jeweils anderen anfangen sollten. Er wollte nicht, dass sie gesund war. Sie wollte nicht, dass er zuverlässig oder gutmütig war.

Nachts umkreisten sie einander auf der Suche nach einer Schwachstelle, auf der Suche nach weniger normalen Verhaltensweisen, um sie einander aufzudrängen. Anna verstand sich darauf. Aus dem Hinterhalt ihres strahlenden, verletzlichen Lächelns überraschte sie ihn mit der Einladung: »Möchtest du deinen Schwanz bei mir reinstecken?«

Sie hatten die Patchworksteppdecke vom Bett genommen und vor den Kamin gelegt, in dem Treibholz zu purer weißer Asche herunterbrannte. Anna, fast genauso weiß, lag halb auf der Seite im Schein des Feuers. Er blickte nachdenklich auf die Mulden und Schatten ihres Körpers hinunter.

»Nein«, sagte er. »Ich glaube nicht, dass ich das möchte.«

Sie biss sich auf die Lippe und kehrte ihm den Rücken zu.

»Was stört dich denn an mir?«

»Du hast es nie gewollt«, sagte er vorsichtig.

»Und ob ich gewollt habe«, sagte sie. »Ich habe es von Anfang an gewollt, aber du hast es einfach nicht getan. Jedes zweite Mädchen in Cambridge wusste das. Du hast es ihnen mit der Hand gemacht, ohne jemals selbst zu kommen. Inge Neumann – die mit den Tarot-karten? – konnte es gar nicht fassen.« Jetzt sah er so gedemütigt aus, dass sie lachen musste. »Immerhin habe *ich* es geschafft, dass du gekommen bist«, sagte sie.

Das Einzige, womit er sich wehren konnte, war, ihr von *Stechginsterland* zu erzählen.

»Von der Straße aus konnte man das Haus unmöglich sehen«, sagte er. Er beugte sich vor, als könne er sich so besser erinnern. »Es lag so versteckt. Nur Bäume voller Efeu, ein paar Meter Zufahrt mit dicken Moospolstern und das Namensschild.« Am Boden war es überall kalt und schattig, bis auf die Stellen, wo die Sonne durchbrach und aus der Wiese einen Lichtteich machte. »Es sah so real aus.« Das gleiche Licht fiel in ein Zimmer im zweiten Stock, wo es in der Hitze unter dem Dach immer später Nachmittag war und immer ein nach innen gewandtes Atemgeräusch zu hören war, wie von jemandem, der im Koma lag. »Dann kamen meine Cousinen und begannen sich auszuziehen.« Er lachte. »So jedenfalls hab ich mir das vorgestellt.« Als Anna ihn fragend ansah, sagte er: »Ich habe ihnen zugesehen und onaniert.«

»Aber das war nicht real?«

»O nein. Es war nur Fantasie.«

»Dann verstehe ich nicht …«

»In Wirklichkeit hatte ich nie etwas mit ihnen.« Es hatte nicht einen einzigen Annäherungsversuch gegeben. Sie waren ihm viel zu kraftvoll, zu roh gewesen. »Die Stechginsterfantasie hat mir alles verdorben. Als ich nach Cambridge kam, war ich wie paralysiert.«

Er zuckte die Achseln.

»Ich weiß nicht, wieso«, gab er zu. »Ich konnte das nicht vergessen. Es war so vielversprechend gewesen.«

Sie starrte ihn an.

»Aber das ist so egoistisch«, sagte sie, »andere für etwas zu benutzen, das sich immer nur innen in einem selbst abspielt.«

»Ich bin vor den Dingen weggelaufen, die ich wollte …«, versuchte er zu erklären.

»Nein«, sagte sie. »Das ist schrecklich.«

Sie nahm die Steppdecke beim Zipfel und zog sie hinter sich her ins Schlafzimmer. Er hörte das Bett knarren, als sie sich daraufwarf. Er schämte sich, kam sich erbärmlich vor.

Er sagte kleinlaut, aber immerhin halbwegs überzeugt davon: »Ich habe immer gedacht, der Shrander sei die Strafe dafür.«

»Geh weg!«

»Du hast *mich* benutzt«, sagte er.

»Nein. Nie!«

26 · 50 000 Kelvin

»Wir hatten natürlich ein Riesenglück«, räumte Onkel Sip ein.

Als Seria Maú in den Orbit zurückgekehrt war, hatte die *Moire*-Herde sie von allen Seiten umgeben wie ein billiger Anzug. Die *White Cat* hatte sich, nicht ohne ihre Visitenkarte zu hinterlassen, schleunigst abgesetzt. Jetzt lag sie versteckt zwischen Gravitationsklippen und -untiefen und kommunizierte über ein zufällig wechselndes Netz aus Proxysendern mit Onkel Sip. Die *Moire*-Herde – diese Vorsichtsmaßnahme als Herausforderung betrachtend und heilfroh, einem Kampf entgangen zu sein, den Onkel Sip sie nicht gewinnen lassen würde – hatte ihre Wunden geleckt, ihre Mathematik gebündelt und war dabei, das Proxynetz mit einer Geschwindigkeit von zehn Millionen Kombinationen pro Nanosekunde aufzurollen. Derweil Seria Maús Double zu Onkel Sip empor- und der zu ihr herabblickte. Was sie von ihm zu Gesicht bekam, war im Wesentlichen ein wippender dicker Bauch, der eine weiße Segeltuchhose an einem zwanzig Zentimeter breiten schwarzen Ledergürtel aufspannte; die modische Weste und das meerschaumfarbene Gesicht kamen nur selten zum Vorschein. In der einen Hand hielt er etwas, das einem Fernrohr aus Messing ähnelte, und in der anderen ein uraltes Papierbuch mit der Aufschrift *Die Galaxis und die Sterne in ihr*. Auf dem flachen Strohhut auf seinem Kopf stand in Kursivschrift *Kiss Me Quick*.

»Glück muss man eben haben«, sagte er.

Passiert war Folgendes: In der Hast, sich bei der Verfolgung der *White Cat* gegenseitig zu überbieten, war es im Parkorbit von *Motel Splendido* zwischen Onkel Sip und dem Kommandanten des schweren nastischen Kreuzers *Touching the Void* zur Kollision gekommen. Die Kollision ereignete sich, als Onkel Sips Fahrzeug, das K-Schiff

El Rayo X – zusammen mit der *Krishna-Moire*-Herde eine inoffizielle Leihgabe von EMC – bereits auf rund fünfundzwanzig Prozent der Lichtgeschwindigkeit beschleunigt hatte. Dreißig oder vierzig Sekunden später steckte *El Rayo X* tief unter der grünlichen rindenartigen Hülle des nastischen Schiffes und hatte die spiraligen Innereien bis zur Höhe des Kommando- und Kontrollzentrums durchdrungen. *Touching the Void* hatte den Zuwachs an Energie nach Newton'scher Manier in Wärme, Schall und eine geringfügige Beschleunigung in Richtung der *Kleinen Magellan'schen Wolke* verwandelt. Im Nu hatten sich Scharen von Schattenoperatoren eingefunden, um die Schäden an der Hülle in Augenschein zu nehmen. Ein Schwarm aus winzigen Reparaturmaschinen – einfach gestrickten Programmen, die sich eines Substrats aus intelligentem Keramikklebstoff bedienten – fingen an, das Loch zu verschließen.

»In der Zwischenzeit«, sagte Onkel Sip, »stelle ich fest, dass der Bursche als solcher schon tot ist, obwohl ihn seine Schiffsmathematik als eine Art Double am Leben erhält. Ich sage: ›He, wir können trotzdem zusammenarbeiten. Diese Art von Tod ist doch kein Hindernis.‹ Und er pflichtet mir bei. Zusammenzuarbeiten sei vernünftig. Zusammenarbeit ist eben manchmal genau das Richtige.«

Das war die Situation. Onkel Sips Schattenoperatoren, in der korrekten Annahme, dass weder die *Touching the Void* noch die *El Rayo X* aus eigener Kraft irgendwo hinkonnten, begannen zwischen der Mathematik des K-Schiffs und dem Antriebssystem seines neuen Wirts Softwarebrücken zu stricken. Das hatte noch nie jemand versucht: Doch binnen Stunden war man wieder flott und der *White Cat* auf den Fersen, Nationalität, Position und Motive durch jene Doppelkennung verschleiert, die Seria Maú so zu schaffen gemacht hatte. »Eine Menge Glück war im Spiel«, wiederholte Onkel Sip. Diese Vorstellung schien ihm zu gefallen. Er spreizte zufrieden die Hände. »Auch wenn das eine oder andere schiefgelaufen ist. Hauptsache, wir sind am Ziel.«

Er blickte auf sie herab. »Du und ich, Seria Maú«, sagte er, »wir sollten ebenfalls zusammenarbeiten.«

»Da kannst du lange warten, Onkel Sip.«

»Wieso das?«

»Aus tausend Gründen. Vor allem aber, weil du deinen Sohn getötet hast.«

»He«, sagte er. »Das warst *du*. Nun guck nicht so!« Er schüttelte den Kopf. »Schöne Sache, wenn man so rasch vergessen kann.«

Seria Maú fühlte sich überrumpelt.

»Aber *du* hast mich auf ihn angesetzt«, sagte sie. »*Du* hast mich scharfgemacht und mich losgeschickt. Und warum überhaupt die Aufregung, wo du doch wusstest, wo Billy steckte? Du hast es die ganze Zeit gewusst, sonst hättest du es mir ja nicht sagen können. Du hättest ihn jederzeit aufsuchen können. Warum der Aufwand?«

Onkel Sip überlegte, was er ihr antworten sollte.

»Ja, das stimmt«, gab er schließlich zu. »Ich hätte ihn nicht erst suchen müssen. Aber ich wusste auch, dass er nie mit seiner mysteriösen Quelle herausrücken würde. Zehn Jahre hat er da unten in dieser gottverlassenen Waschküche gehockt und gehofft, ich würde ihn fragen, nur, damit er dann Nein sagen kann. Also hab ich ihm geschickt, was er brauchte: eine traurige Geschichte nämlich. Ich hab ihm gezeigt, dass man auf der Welt noch Gutes tun kann. Ich habe ihm jemanden geschickt, der schlimmer dran war als er, jemanden, dem er helfen konnte. Ich rede von dir, verstehst du? Ich wusste, er würde dir anbieten, dich hinzubringen.«

Er zuckte die Achseln.

»Ich wollte euch folgen«, sagte er.

»Du bist ein Mistkerl, Onkel Sip.«

»Das höre ich nicht zum ersten Mal.«

»Tja, Billy hat mir letztlich überhaupt nichts verraten. Du hast ihn falsch eingeschätzt. Er ist nur an Bord gekommen, um es mit Mona zu treiben.«

»Ah«, machte Onkel Sip. »Alle wollen es mit Mona treiben.«

Er lächelte versonnen.

»Mona war auch ein Kind von mir«, sagte er. Dann schüttelte er traurig den Kopf. »Seit Billy aus dem Brutkasten war, lief alles schief zwischen uns. So was soll es geben zwischen Vater und Sohn. Vielleicht hab ich ihn zu hart rangenommen. Aber er hat sich nie gefunden, verstehst du? Was schade war, denn er war mir so ähnlich – damals, bevor ich eine Expedition zu viel gewagt und mir diese Fettsache eingehandelt habe.«

Seria Maú unterbrach die Verbindung.

Das Heulen von Sirenen. Unter der zwischen Blau und Grau wechselnden Innenbeleuchtung kam sich die *White Cat* verwaist und heimgesucht zugleich vor. Schattenoperatoren hingen unter der Decke des Menschenquartiers, zeigten auf Seria Maú und tuschelten miteinander wie ihre hinterbliebenen Schwestern. »Du liebe Zeit, was ist denn jetzt schon wieder?«, fragte Seria Maú. Man hielt einander die Hand vor die geschwollenen Lippen. Die *Moire*-Herde hatte die meisten Proxysender aufgespürt und benahm sich wie eine Meute von Hunden im Hafenviertel von Carmody. »Uns bleibt ein Puffer von wenigen Nanosekunden«, warnte die Mathematik. »Wir sollten kämpfen oder türmen.« Die Mathematik überschlug blitzschnell. »Aber wenn wir kämpfen, ist es durchaus möglich, dass die anderen gewinnen.«

»Gut, dann nichts wie weg von hier.«

»Wohin?«

»Egal. Einfach abschütteln.«

»Die K-Herde könnten wir vielleicht abhängen, aber nicht das nastische Schiff. Sein Navigationssystem ist nicht so gut wie ich, aber sein Pilot ist besser als du.«

»*Ich will das nicht mehr hören!*«, schrie sie hysterisch. Dann lachte sie. »Was soll's? Die werden uns nichts tun – nicht, solange sie nicht wissen, welches Ziel wir haben. Nicht mal *dann*, vermutlich.«

»Und welches Ziel haben wir?«

»Willst du nicht wirklich wissen, oder?«

»Ohne Ziel kein Weg«, gab die Mathematik zu bedenken.

»Hochfahren!«, befahl Seria Maú. Augenblicklich entfaltete sich rings um sie her das vierzehndimensionale Sensorium der *White Cat*. Seria

Maú übernahm die Schiffszeit. Erste Nanosekunde: Sie roch das Vakuum. Zweite Nanosekunde: Sie spürte die hauchzarte Berührung dunkler Materie. Dritte Nanosekunde: Sie hörte die hiesige Sonne, nie beschriebene Klangbilder einer tobenden Kernfusion. Vierte Nanosekunde – und sie vernahm die in Echtzeit entschlüsselten Befehlssequenzen der *Moire*-Herde, die einem Medium entstiegen, das aus klaren flüssigen Schichten zusammengesetzt zu sein schien und nichts anderes als die Verschlüsselung war, in der der Text schwamm. Binnen fünf Nanosekunden wusste sie alles: Antriebsstatus, Durchsatzgeschwindigkeit, einsatzbereite Waffen. Welche Wunden man nach dem jüngsten Gefecht davongetragen hatte – wessen Hülle an einer kritischen Stelle durch Partikelabrieb geschwächt war, welche Arsenale erschöpft waren. Sie spürte förmlich die Nanomaschinen, die rastlos damit zugange waren, die Schwachstellen wieder zu verstärken. Die Piloten waren zu jung und zu unerfahren, um zu begreifen, wie es wirklich um sie stand. Nein, dachte Seria Maú, die Mathematik konnte sagen, was sie wollte, die *Moire*-Herde war zu schlagen. Sie hing eine weitere Nanosekunde in der vierzehndimensionalen Nacht und wärmte sich auf. Lichtschimmer und Lichtfasern kamen und gingen. Ferne Erscheinungen, die an Geräusche erinnerten. Sie hörte, wie Krishna Moire »Geschafft!«, sagte und wusste, dass er sich irrte.

Jetzt war sie in ihrem Element.

Es war das Element für Menschen, die nicht mehr wussten, wer oder was sie waren. Die es nie gewusst hatten. Für Onkel Sip war sie »eine traurige Geschichte«. Ihre Mutter war schon lange tot. Ihren Vater und ihren Bruder hatte sie seit fünfzehn Jahren nicht mehr gesehen. Mona, der Klon, hatte nur Verachtung für sie empfunden, und Billy Anker hatte selbst dann noch Mitleid mit ihr gehabt, als er den Tod starb, den sie ihm zugedacht hatte; hinzu kam, dass sie seinen grausamen Tod immer noch vor Augen hatte, gleichsam als Vorgeschmack auf das eigene Ableben. Dann redete sie sich ein, dass der ganze Problemkomplex des Menschseins in einer solchen Situation so durchsichtig war, dass sie ungetrübt durch ihn hindurchblicken konnte – direkt in den schlichten Code darunter. Sie konnte bleiben oder Reißaus nehmen – hier und jetzt nicht anders als im Leben. Sie war das Schiff.

»Mach mich scharf«, befahl sie der Mathematik.

»Hast du dir das auch überlegt?«

»Scharfmachen!«

Eben jetzt fand die K-Herde den letzten Proxysender und bekam den Faden in die Hand, der zur *White Cat* führte. Doch sie hörte mit, und die anderen dachten immer noch in Millisekunden. Jedes Mal, wenn man sie ortete, war sie wieder woanders. Dann, in dem Sekundenbruchteil, den sie brauchten, um zu kapieren, was Sache war, war sie mit ihnen auf Tuchfühlung.

Der Kampf musste binnen anderthalb Minuten beendet sein, oder Seria Maú würde verglühen. In dieser Zeit wollte sie ihre Gegenwart im Normalraum auf unberechenbare Weise fünfzig- oder sechzigtausendmal unterbrechen. Später würde sie sich kaum noch daran erinnern können, hier ein Bild, da ein Bild. Für K-Schiffe sah die Explosion einer exquisiten Gammabombe, die für endlose vierzehn Nanosekunden 50 000 Kelvin erzeugte, wie eine Blume aus. Ziele änderten sich unter dem Blick der Erfassungssysteme wie Diagramme, wurden in sieben Dimensionen um soundso viel Grad versetzt, bis auch sie wie Blumen erblühten. Aus Sicht der Ziele schien die *White Cat*, obwohl sie es nacheinander tat, gleichzeitig auf drei oder vier verschiedenen Bahnen aus dem Nichts zu kommen, und zwar in einem Nebel aus Ködern, falschen Signalen und frei erfundenen Befehlssequenzen, einem Schaum aus Code und Vernichtung, der keinen Zweifel ließ. »Jungs, eins ist klar«, sagte sie voller Selbstmitleid, »ich weiß selbst nicht, wo mir der Kopf steht.« Die *Norma Shirike*, verzweifelt bemüht, einen Treffer zu landen, zerstob zu einer Wolke aus Pixeln, wie ein Puzzle, das ein heftiger Windstoß vom Tisch fegt. Die *Kris Rhamion* und die *Sharmon Kier* ergriffen überstürzt die Flucht und stießen bei dem Versuch, einander nicht zu rammen, mit einem kleinen Asteroiden zusammen. Plötzlich trieb nur noch ein heilloses Durcheinander aus großen und kleinen Trümmern im

Nichts. Alles hatte zerfetzte Ränder. Nichts sah nach einem Menschen aus, egal bei welcher Vergrößerung. Der örtliche Raum kühlte ab, hatte aber immer noch Grilltemperatur, wetterleuchtete, glitzerte von exotischen Partikeln und Phasenzuständen. Es war wunderschön.

»Ich liebe diesen Zustand«, sagte sie.

»Dir bleiben noch drei Millisekunden«, warnte die Mathematik. »Und alle haben wir nicht erwischt. Ich glaube, einer hat das System verlassen. Aber Moire selbst lauert auch noch irgendwo.«

»Lass mich noch.«

»Das geht nicht.«

»Lass mich, oder alles war umsonst. Er hat die anderen als Köder benutzt und ist relativ spät auf Schiffszeit umgestiegen. Hat darauf gesetzt, dass er sich in den ein oder zwei Millisekunden, in denen ich verlangsame, auf mich stürzen kann.« Eine Bilderbuchtaktik, und sie war drauf reingefallen. »*Moire, du Mistkerl, ich weiß genau, was du vorhast!*« Zu spät. Sie agierte wieder in Normalzeit. Das Tankproteom, bespült mit Nährstoffen und hormonalen Tranquilizern, war bemüht, Seria Maú wieder instandzusetzen. Schlaf wollte sie übermannen. »Scheiße«, sagte sie mehr zu sich selbst als zur Mathematik. »Scheiße, Scheiße, Scheiße!« Auf den Radiofrequenzen kam Gelächter herein. Vor ihr flackerte flüchtig das Double von Krishna Moire auf, es trug die blassblaue Uniform der Sturmabteilung.

»He, Seria Maú«, sagte er. »Du fragst dich, was das soll? Jemand wünscht dir einen guten Abend, und für dich heißt es jetzt gute Nacht.«

»Da ist er«, sagte die Mathematik.

Moires Schiff flackerte im Slalom durch die Trümmer auf sie zu. Es sah aus wie ein Gespenst. Es sah aus wie ein Hai. Sie konnte nichts dagegen tun, was schnell genug gewesen wäre. Die *White Cat* drehte und wand sich in Panik, nicht anders, als es ihre Opfer getan hatten. Dann flammte ein Lüster aus abertausend Leuchtkugeln auf, und die *Krishna Moire* wurde hinweggefegt, eine schwarze Nadel, die sich vor der abflauenden Helligkeit der Explosion immer wieder überschlug. Im selben Augenblick wurde Seria Maú gewahr, dass sich etwas Riesiges neben der *White Cat* materialisiert hatte. Es war der nastische Kreuzer, seine weitläufige Außenhaut, die so schimmlig aussah wie faulendes Fallobst in einem Garten und auf der es noch immer von automatischen Reparatureinheiten wimmelte.

»Himmel«, sagte sie. »Er hat ihn weggepustet. Onkel Sip hat einen von seinen eigenen Leuten ausgeknipst.«

»Ich glaube nicht, dass es Onkel Sip war«, sagte die Mathematik. »Der Befehl kam von woanders im Schiff.« Ein trockenes Lachen. »Da drinnen herrscht ein Zweikammersystem.«

Seria Maú war gerührt, als sie das hörte.

»Der *Kommandant* war es«, sagte sie. »Er hat mich immer gemocht. Und ich hab ihn auch immer gemocht.«

»Du magst überhaupt niemanden«, sagte die Mathematik lakonisch.

»Normalerweise nicht«, gab Seria Maú zu. »Aber heute bin ich ziemlich aus dem Gleichgewicht. Ich weiß selbst nicht, was mit mir los ist.« Dann sagte sie: »Wo ist dieser Scheißkerl, dieser Moire?«

»Irgendwo in den äußeren Schichten des Gasriesen. Es ist ihm gelungen, auf der Verdünnungswelle zu surfen. Er ist beschädigt, aber sein Antrieb funktioniert noch. Willst du ihm nachsetzen?«

»Nein. Mach ihn alle!«

»Wie bitte?«

»Mach den Scheißkerl alle!«

»?«

»Willst du was erledigt haben«, seufzte Seria Maú, »mach es selbst. Da.« Eine der komplexen Außenaufbauten der *White Cat* klinkte eine Lenkwaffe aus; das Geschoss verharrte den Lidschlag, den es brauchte, um sein Triebwerk zu zünden, dann fegte es auf die Atmosphäre des Gasriesen zu. Die Gravitation versuchte, es zu zermalmen, doch zwischen hier und dort hatte es sich in die Stimme Gottes verwandelt. Der Gasriese fing Feuer, Blitze flackerten über sein Antlitz. Onkel Sip ließ sich mit der *White Cat* verbinden. Luft entwich aus den geblähten Backen. »He«, sagte er verärgert, »das wär doch alles nicht nötig gewesen. Die Jungs haben mich eine Stange Geld gekostet. Ich hätte schon dafür gesorgt, dass sie dir nichts tun.«

Seria Maú stellte sich taub.

»Besser, wir verduften«, sagte sie zur Mathematik und gähnte. »Das ist unser Ziel«, sagte sie und einen Lidschlag später: »Der Blödmann ist mir derart auf den Keks gegangen. Ich war es einfach leid.«

Als sie das System verließen, wurde hinter ihnen ein neuer Stern geboren.

Seria Maú schlief lange und anfangs traumlos. Dann stellten sich Bilder ein. Sie sah den *New Pearl River*. Sie sah den Garten, düster und verregnet. Sie sah sich selbst aus großer Entfernung, ganz klein, aber deutlich. Sie war dreizehn. Sie wollte sich zu den K-Schiffen melden. Sie sagte Vater und Bruder Lebewohl. Dies war der Schauplatz des Geschehens: der Bahnhof von Saulsignon, noch hübsch unter seinem Kriegshimmel, der sich kaum vom Kriegshimmel über dem Europa der Antiken Erde unterschied, blau, turbulent, durchzogen von Kondensstreifen, aber voller Zuversicht. Sie sah sich winken, sie sah den Vater die Hand heben. Der Bruder weigerte sich zu winken. Er wollte nicht, dass sie fortging, also weigerte er sich auch, ihr nachzublicken. Die Bilder verblassten allmählich. Danach bekam sie sich zum letzten Mal als Mensch zu sehen, flüchtig nur, auf dem Rand eines Bettes sitzend, fröstelnd, sich in eine Plastikschüssel übergebend, während sie gleichzeitig zu verhindern versuchte, dass das Baumwollhemd an ihrem Rücken auseinanderklaffte …

Wenn du zu den K-Schiffen willst, findest du dich in sterilen weißen, nur mäßig geheizten Räumen wieder; egal, was du anstellst, du frierst. Du musst nüchtern sein, bekommst aber trotzdem Brechmittel verabreicht. Du bekommst eine Spritze. Du wirst getestet. In Wahrheit geht es nur darum, die zwei, drei Tage zu überbrücken, bis die Spritze ihre Wirkung entfaltet. Inzwischen kooperiert dein Kreislauf mit ausgewählten Erregern, künstlichen Parasiten und maßgeschneiderten Enzymen. Du zeitigst Symptome von MS, Lupus vulgaris und Schizophrenie. Du wirst festgeschnallt und bekommst einen Gummiknebel zum Beißen. Jetzt ist der Weg bereitet für die Schattenoperatoren, die auf einem nanomechanischen Substrat im Submikrometerbereich laufen und nicht lange brauchen, um dein Sympathikussystem zu zerlegen. Man macht dir kontinuierlich Einläufe, um den Abraum zu entfernen. Man pumpt dich voll mit einer weißen Paste aus Fabriken im Zehnmikrometerbereich, die exotische Proteine züchten und deine internen Indikatoren überwachen. An vier Stellen der Wirbelsäule wirst du entkernt. Du bist immer bei vollem Bewusstsein, abgesehen von dem kurzen Augenblick, wo man dich mit dem K-Code selbst konfrontiert. Viele Rekruten scheitern an dieser Hürde, auch heute noch. Schaffst du es, sperrt man dich in den Tank. Inzwischen hat man dir fast sämtliche Knochen gebrochen und ein paar von deinen Organen entfernt: Du bist blind und taub, und alles, was du gewahrst, ist eine Übelkeit erregende Brandung, die unentwegt durch dich hindurchrollt. Man hat deinen Neokortex gelasert, damit er die Softwarebrücke akzeptiert, die ironischerweise mit *Einsteinkreuz* bezeichnet wird, weil du anfangs, wenn du sie benutzt, ein Kreuz siehst. Jetzt bist du nicht mehr einsam. Bald wirst du imstande sein, Milliarden von Milliarden Bits pro Sekunde zu verarbeiten, und zwar bewusst; nur gehen wirst du nicht mehr können. Du wirst zeitlebens weder lachen noch jemanden berühren oder von jemandem berührt werden, du wirst nie wieder Sex haben. Du wirst nie mehr etwas aus eigener Kraft tun können. Du wirst nicht einmal mehr nach Gutdünken scheißen können. Du bist rekrutiert. Und es schießt dir durch den Kopf, dass du zwar die Wahl hattest, deine Entscheidung aber endgültig und unwiderruflich ist.

In ihrem Traum sah Seria Maú sich von oben. Seither hatte sie immer wieder geweint über das, was sie sich angetan hatte. Ihre Haut war wie die eines Fisches. Sie lag zitternd im Tank wie ein geschundenes Versuchstier. Doch ihr Bruder hatte ihr zum Abschied nicht winken wollen. Das allein war Grund genug gewesen. Wer wollte schon ein Leben, in dem man die ganze Zeit die Mutter sein musste und der Bruder einem nicht mal zum Abschied winkte?

Urplötzlich blickte Seria Maú auf eine mit grauen Seidenrüschen verkleidete Wand. Nach einer Weile beugte sich der Oberkörper eines Mannes langsam in ihr Sichtfeld. Er war groß, schlank, in einen schwarzen Frack und ein gestärktes weißes Hemd gekleidet; in der einen weiß behandschuhten Hand hielt er einen Zylinder, in der anderen einen ebenholzfarbenen Spazierstock. Seria Maú fasste sofort Vertrauen zu ihm. Über dem bleistiftdünnen schwarzen Oberlippenbärtchen lachten zwei durchdringende hellblaue Augen; das pechschwarze, eng an den Kopf gekämmte Haar glänzte vor Pomade. Es kam ihr vor, als verbeuge er sich.

Nach einer ganzen Weile, als er sich so weit in ihr Blickfeld gebeugt hatte, wie er konnte, ohne es tatsächlich zu betreten, lächelte er ihr zu und sagte mit einer ruhigen, freundlichen Stimme: »Du musst dir das *alles* verzeihen.«

»Aber …«, hörte Seria Maú sich sagen.

In dem Moment wurden die Seidenrüschen durch eine Gruppe von drei Bogenfenstern ersetzt, die auf den stumpfen Glanz des Kefahuchi-Trakts blickten. Wodurch es den Anschein hatte, als purzele das Zimmer mit gemessenem, nicht-relativistischem Tempo durchs All.

»Du musst dir alles verzeihen«, sagte der Zauberkünstler.

Ohne Eile kippte er den Zylinder in ihre Richtung und zog sich aus ihrem Gesichtsfeld zurück. Bevor er ganz verschwunden war, bedeutete er ihr mit einer knappen Geste, ihm zu folgen. Sie wachte plötzlich auf.

»Schick mir die Schattenoperatoren«, befahl sie dem Schiff.

27 · Die Alcubierre-Pause

Im Aquarium erlebte Ed erneut, wie seine Schwester fortging.

»Du kommst doch wieder?«, flehte der Vater. Sie gab keine Antwort. »Du kommst wieder, ja?«

Ed renkte den Kopf so weit herum, wie es ging, begaffte alles – die Blumenkübel, die weißen Kumuluswolken, die getigerte Katze –, nur um keinen von den beiden ansehen zu müssen. Er wollte keinen Kuss von ihr. Er wollte nicht zum Abschied winken. Sie biss sich auf die Unterlippe und wandte sich ab. Ed war klar, dass es sich um eine Erinnerung handelte. Er wünschte, er könnte sie irgendwie in Zusammenhang bringen mit den anderen Erinnerungen, damit diese beschissene Retrospektive seines Lebens einen Sinn ergab. Doch das Gesicht seiner Schwester waberte wie hinter Wasser, unzusammenhängend und fremd, und plötzlich war er mitten hindurch und zur anderen Seite hinaus.

Alles schlingerte, als er hindurchdrang, und dahinter war nichts als Schwärze und das Gefühl ungeheurer Geschwindigkeit. Ein paar trübe Lichtpunkte. Ein chaotischer Attraktor, der in den kitschigen schillernden Farben einer 400 Jahre alten Computergrafik schäumte und gärte. Wie eine Wunde im Firmament.

»Ihr glaubt diesen Quatsch?«, sagte Ed.

Seine Stimme hallte. Dann war er auch dort hindurch, trudelte auf der anderen Seite für immer im leeren Raum und hörte die unverwechselbare, donnernde Brandung des Universums, die Brandung von Gesängen, die ineinander eingebettet waren wie fraktale Dimensionen …

… und dann wachte er auf und war noch immer auf der Bühne. Was ziemlich ungewöhnlich war; aber vielleicht war es ja dieses unerwartete Geräusch gewesen, das sein prophetisches Koma durchdrungen und ihn geweckt hatte, dieses auf- und abschwellende Geräusch, mit dem die Wellen an den *Monster Beach* rollten. Er öffnete die Augen. Das Publikum stand immer noch und applaudierte bereits drei geschlagene Minuten. Sandra Shen war als Einzige sitzen geblieben. Sie betrachtete ihn ironisch lächelnd aus der ersten Reihe, während ihre kleinen orientalischen Hände langsam Beifall klatschten. Ed beugte sich vor, weil er sie hören wollte, und verlor die Besinnung.

Als er das nächste Mal aufwachte, hatte er den Geruch von Salz in der Nase. Über ihm dräuten die nächtlichen Dünen. Darüber thronte der Hals der Nacht mit seinem kitschigen Geschmeide. Beides war tröstlicher als die Silhouette der Zirkusbesitzerin oder die rote Glut ihrer Fledermausdung-Zigarette. Sandra Shen schien bester Laune.

»Ed, du warst fabelhaft!«

»Was hab ich denn gesagt? Was ist passiert?«

»Sie lieben dich, Ed. Das ist passiert«, antwortete sie. »Du hast ins Schwarze getroffen. Ich würde sagen, du warst ihr Liebling.« Sie lachte. »Ich würde sagen, du warst auch mein Liebling.«

Ed wollte sich aufsetzen.

»Wo ist Annie?«

»Annie war verhindert. Aber *ich* bin da, Ed.«

Ed starrte zu ihr auf. Sie kniete hinter seinem Kopf, vorgebeugt, sodass sie ihm ins Gesicht sehen konnte. Ihr Gesicht stand für ihn auf dem Kopf, undeutlich, voll blasser Ahnungen. Ein paar Funken traten aus ihren Augen und wurden vom Wind davongetragen. Sie lächelte und strich ihm über die Stirn.

»Immer noch Langeweile, Ed? Das muss nicht sein. Der Zirkus gehört dir. Du bestimmst den Preis. Wir können anfangen, die Zukunft zu verkaufen. Ach, und Ed?«

»Ja?«

»In vierzehn Tagen brechen wir auf.«

Er fühlte sich erleichtert. Er fühlte sich verurteilt. Wie würde Annie das aufnehmen? Den ganzen Tag hing er in den Bars des Küstenstreifens herum und trank; oder er trainierte nachmittags – was ihm gar nicht ähnlich sah – freiwillig mit dem Aquarium. Er hätte das Schiffsspiel gespielt, doch die Alten mieden das *Dunes Motel*. Er hätte nur zu gerne gewinkt, aber in der Stadt war es ihm zu brenzlig. Unterdessen entfernte sich Annie aus seinem Leben. Sie arbeitete die halbe Nacht und betrat, wenn sie davon ausgehen konnte, dass Ed schlief, leise das Kabuff. Wenn sie sich doch einmal begegneten, hatte sie zu tun, schwieg, behielt sich für sich. Ahnte sie etwas? Sie wandte den Blick ab, wenn er lächelte.

Das machte ihn so unglücklich, dass er sagte: »Wir müssen reden.«

»Müssen wir das, Ed?«

»Solange wir uns noch kennen.«

Eine Woche, nachdem er das große Los gezogen hatte, kam sie überhaupt nicht mehr nach Hause.

Sie blieb drei Tage aus. In dieser Zeit traf Madame Shen ihre Vorbereitungen dafür, *New Venusport* zu verlassen. Die Exponate wurden zusammengeklappt. Die Attraktionen verpackt. Das große Zelt abgebrochen. An einem strahlend blauen Morgen stieg ihr Schiff, die *Perfect Low*, aus dem Parkorbit herunter – ein fassförmiger, messingfarbener kleiner Dynaflow-HS-SE-Frachter, vierzig oder fünfzig Jahre alt, ein kitschig fröhliches Modell mit spitzer Nase und langen, geschwungenen Heckflossen. »Na, Ed, was hältst du von der Rakete?«, wollte Sandra Shen wissen. Ed bestaunte die an eine reife Avocado erinnernde Geometrie des Rumpfes, der geschwärzt war durch all die aufrechten Landungen zwischen *Motel Splendido* und dem galaktischen Zentrum.

»Ein kauziges Ding«, sagte er. »Du wolltest meine Meinung.«

»Schon klar«, sagte sie. »Du hättest lieber einen Hypertaucher. Du wärst am liebsten wieder auf *France Chance IV* und würdest mit Liv Hula einen Tauchgang nach dem anderen unternehmen, in so einem Ei aus intelligentem Kohlenstoff. Ohne dich hätte sie es nicht geschafft, Ed. Später hat sie öffentlich zugegeben: ›Es war die Angst, Ed Chianese könnte mir zuvorkommen.‹«

Ed zuckte die Achseln.

»So war es«, sagte er. »Aber jetzt wär ich am liebsten bei Annie.«

»Oho. Jetzt, wo er fort kann, kann er sich nicht losreißen. Annie, die muss zurzeit eine Menge erledigen, Ed.«

»Für dich?«

Jetzt war es an Sandra Shen, die Achseln zu zucken. Sie starrte noch immer zu ihrem Schiff empor, dasselbe ironische Lächeln auf den Lippen. Schließlich sagte sie: »Willst du nicht wissen, warum ihnen deine Show so gefällt? Willst du nicht wissen, warum sie ihre Meinung über dich geändert haben?«

Ed fror. Er war sich nicht sicher, ob er es hören wollte.

»Weil du nicht mehr vom Krieg redest, Ed, und nicht mehr über irgendwelche Aale. Du hast ihnen stattdessen eine Zukunft gegeben. Du hast ihnen den Trakt gegeben, der vor ihren Augen glitzert wie etwas durchaus Erschwingliches. Du hast sie mitgenommen, du hast ihnen gezeigt, was sie da finden können und was es aus ihnen machen kann. Hier unten ist einfach die Luft raus, und das wissen sie. Du bist ihnen nicht mit der Vergangenheit gekommen, Ed. Du hast gesagt, es wär eben *nicht* alles schon einmal da gewesen. ›Geht tief rein!‹, hast du gesagt. Das war es, was sie hören wollten: Dass sie in absehbarer Zeit den *Strand* verlassen und nach Perlen tauchen können!«

Sie lachte. »Du warst sehr überzeugend. Aber dann ist dir schlecht geworden.«

»Aber ich bin noch nie im Trakt gewesen«, sagte Ed. »Da war noch keiner.«

Sandra Shen leckte nach einem Tabakkrümel, der ihr auf der Unterlippe klebte.

»Du hast recht«, sagte sie. »Da war noch niemand, oder?«

Er wartete auf Annie. Sie kam nicht. Es verging ein Tag, dann noch einer. Er putzte das Kabuff, räumte auf. Wusch ihren Ersatz-Lycra aus. Er starrte an die Wand. Plötzlich, als er gar nicht mehr fort und vergessen wollte, dass es ein Anderswo überhaupt gab, war im Hafen der Teufel los. Die ganze Nacht über flackerten die Dünen im Widerschein der Triebwerksfeuer. Rikschas kamen und gingen. Der Zirkus wurde verschifft, mit Ausnahme der Aliens in ihren barocken Sarkophagen, die man knapp nach Tagesanbruch weitab und zu welchem Zweck auch immer ihren Betreuern folgen sah. Am dritten Tag nahm Ed einen Klappstuhl aus Aluminium mit nach draußen und setzte sich mit einer Flasche Black Heart in die Sonne. Um halb elf vormittags erschien eine Pierpoint-Rikscha auf dem Hafengelände, sie kam aus Richtung Stadt und näherte sich im scharfen Tempo.

Ed sprang auf die Füße. »He, Annie! Annie!«, rief er. Der Stuhl kippte um, aber den Rum konnte er noch retten. »Annie!«

»Ed!«

Sie lachte. Den weiten Weg über den Beton hörte er sie seinen Namen rufen. Doch als die Rikscha vor ihm zum Stehen kam, in einer Wolke aus Reklame, die sich wie bunter Rauch und farbiges Seidenpapier ausnahm, da war es nicht Annie, die in der Gabel stand, sondern ein anderes Mädchen mit kräftigen Beinen, die ihn mit einem halben Lächeln im Mundwinkel von oben bis unten in Augenschein nahm.

»He«, sagte er. »Wer bist du?«

»Danke der Nachfrage«, sagte das Rikschagirl. Sie stieß den Daumen über die Schulter. »Ihr Herzchen ist da drin.«

Im selben Augenblick setzte Annie Glyph den Fuß auf den Beton. Sie hatte die letzten Tage genutzt: Annie hatte sich umarbeiten lassen – eine Investition, an der die gedemütigte Bella Cray nicht ganz schuldlos war. Der Zuschnitt war radikal. Frisches reines Fleisch wie durch Zauberei in des Schneiders Brühe gediehen. Die alte Annie war perdu. Was Ed zu Gesicht bekam, war dies: ein Mädchen, nicht älter als fünfzehn. Wadenlanger rosaroter Satinrock mit kurzer Schrittfalte hinten und ein Bolerooberteil aus lindgrüner Angorawolle, das ihre Brustwarzen zur Geltung brachte. Als Accessoire eine schmale goldene Hüftkette und an den Füßen transparente Polyurethansandalen mit Blockabsatz. Das blonde, seidendünne Haar war mit passendem Band zu lauter Sträußen gewickelt. Selbst mit Schuhen war sie kaum einen Meter sechzig groß.

»Hi, Ed«, sagte sie. »Gefällt es dir? Das Modell heißt Mona.«

Sie sah an sich hinab. Blickte zu ihm auf und lachte.

»Es gefällt dir doch, oder?«, sagte sie und fügte hinzu: »Ach Ed. Ich bin so glücklich.«

Ed wusste nicht, was er sagen sollte. »Muss ich dich kennen?«

»Ed!«

»Das war ein Scherz«, sagte er. »Jetzt sehe ich die Ähnlichkeit. Es ist hübsch, aber warum tust du so was? Ich mochte dich so, wie du warst.«

Annie hörte auf zu lächeln.

»Himmel noch mal, Ed«, sagte sie. »Ich hab es für *mich* getan, nicht für dich.«

»Ich kapier das nicht.«

»Ed, ich wollte kleiner sein.«

»Das ist nicht kleiner«, sagte Ed. »Das ist Pierpoint Street.«

»Na großartig«, sagte sie. »Verpiss dich! Ich *bin* Pierpoint Street.«

Sie kletterte in die Rikscha zurück. »Bring mich weg von diesem Idioten«, sagte sie zu dem Rikschagirl. Dann kletterte sie wieder auf den Beton hinaus und stampfte auf. »Ich liebe dich, Ed, aber es muss gesagt werden, du bist und bleibst ein Twink. Was, wenn ich lieber mit einem ins Bett gehen möchte, der größer ist als ich? Was, wenn *ich* genau das brauchte, um clean zu werden? Und weil du das nicht kapierst, Ed, deshalb bist du ein Twink.«

Ed starrte sie an. »Ich diskutiere mit jemand, den ich nicht mal wiedererkenne«, beklagte er sich.

»*Dann sieh mich an.* Du hast mir geholfen, als ich am Boden war, nur dass ich zu spät bemerkt habe, was der Preis dafür war: Du brauchtest eine Mutter. Twinks brauchen immer eine Mutter. Was, wenn ich die nicht mehr sein will?«

Sie seufzte. Sie sah ihm an, dass er nichts kapierte.

»Sieh mal«, sagte sie. »Was ist mein Leben für dich? Du hast mich gerettet, ja, und das werde ich dir nie vergessen. Aber ich habe meine eigenen Vorstellungen. Ich habe meine eigenen Wünsche. Und das nicht erst seit gestern. Du ziehst sowieso mit Madame Shen. O ja, du hast wohl gedacht, ich wüsste das nicht? Ed, ich war schon vor dir hier. Nur ein Twink kann so was übersehen …

Gegenseitig haben wir uns schon gerettet, Ed, nun ist es an der Zeit, uns selbst zu retten. Du weißt, dass ich recht habe.«

Eine lange, gekrümmte Woge von Trostlosigkeit raste auf sein Ufer zu: die Alcubierre-Pause vor der schwarzen Sturzsee; die aufgerollte Dünung des leeren Raums, die die bedeutsamen Ereignisse deines Lebens in sich hineinsaugt, eins ums andere, und wenn du nicht in die Gänge kommst, bleibst du dort hängen und starrst hinaus über nichts auf wieder nichts …

»Sicher«, sagte er.

»He«, sagte sie. »Sieh mich an!« Sie trat dicht an ihn heran, und ihre Augen suchten die seinen. »Ed, du kommst schon klar.«

Ihre maßgeschneiderten Pheromone raubten ihm den Atem. Allein ihre Stimme bewirkte eine Erektion. Er küsste sie. »Mmmm«, machte sie. »Das war schön. Bald bist du wieder da draußen und fliegst mit diesen berühmten Pilotenladys um die Wette. Auf die ich ganz schön eifersüchtig bin.« Ihre Augen hatten die Farbe von Ehrenpreis auf den Auen eines firmeneigenen Dorfes von *New Venusport*. Ihr Haar roch nach Pfefferminzshampoo. Trotz allem hatte sie völlig natürliche Züge. Es war Kunst, nicht Künstlichkeit. Nichts erregte auch nur den leisesten Verdacht, sie könne beim Schneider gewesen sein. Sie war Sex am Stiel, Mona der Klon, der Taschenporno.

»Ich habe bekommen, was ich wollte, Ed …«

»Ich bin froh«, zwang Ed sich zu sagen. »Doch, ehrlich.«

»… und dasselbe wünsch ich dir.«

Er küsste sie auf den Kopf. »Pass auf dich auf, Annie.«

Sie zeigte ihm ein Lächeln.

»Das werd ich«, sagte sie.

»Bella Cray …«

Annie zuckte die Achseln. »Wie soll sie mich erkennen, Ed? Wo nicht einmal du mich erkennst.«

Sie löste sich sanft von ihm und stieg wieder in die Rikscha. »Sind Sie sicher?«, fragte das Rikschagirl vorsichtshalber. »Ich meine, Sie sind schon einmal rein und raus.«

»Ich bin mir sicher«, sagte Annie. »Tut mir leid.«

»He«, sagte das Rikschagirl. »Keine Entschuldigung. Wer den Hafen beackert, ist nicht verwöhnt.«

Annie lachte. Sie schniefte und wischte sich die Augen.

»Pass du auch auf dich auf«, sagte sie zu Ed.

Und damit war sie fort. Ed sah der Rikscha nach, die auf das Tor des Raumhafens zuhielt und auf dem nackten Beton immer kleiner wurde, die Reklame wie eine Fahne aus bunten Seidenschals und Schmetterlingen hinter sich herziehend. Einen halben Atemzug lang kam Annies kleine Hand zum Vorschein und winkte, einsam und fröhlich zugleich. Er hörte sie rufen, was er später erst verstehen sollte: »Verbring nicht so viel Zeit in der Zukunft!« Dann bog sie zur Stadt ab, und er sollte sie in diesem Leben nicht wiedersehen.

Den Rest des Tages betrank Ed sich im *Café Surf;* als es dunkel war, schleppten ihn seine ehemaligen Spielkameraden vom *Dunes Motel* heim. Dort wartete Sandra Shen, das Aquarium unterm Arm. Die Alten lachten und pusteten sich auf die Finger, als hätten sie sich verbrannt. »Jetzt hast du ein Problem, mein Junge!«, prophezeiten sie ihm. Die ganze Nacht flimmerten in Annie Glyphs Kabuff blasse weiße Stäubchen; später dann draußen in den Dünen. Am nächsten Tag erwachte er erschöpft an Bord der *Perfect Low*. Er war allein, und das Schiff wärmte sich auf für den Start. Er spürte das Summen der Maschinen. Er spürte das Zittern in den Spitzen der Flossen. Von irgendwo tief unten drang das ölige Leerlaufwälzen der Dynaflowtreiber herauf, und seine Nackenhaare sträubten sich zum millionsten Mal, weil er hier und jetzt lebte und alles im Stich ließ, nur um da draußen sonst was zu finden.

Immer mehr. Und immer noch mehr.

Auch der kleine Frachter bebte vor Aufregung. Die *Perfect Low* suchte und fand ihr Gleichgewicht auf der Feuersäule und stürzte sich auf ihre drollige Art himmelwärts.

»He, Ed«, drang ein, zwei Minuten später die spröde Stimme von Sandra Shen an sein Ohr. »Sieh dir das an!«

Der Parkorbit von *New Venusport* wimmelte von K-Schiffen. Herden und Großherden so weit das Auge reichte, Hunderte von ihnen in rastlos sich schichtenden und umschichtenden Formationen. Sie tauchten in den und aus dem hiesigen Raum, spien Waffen aus, einander misstrauend wie Tiere, die Hüllen eine einzige sanft köchelnde Bouillabaisse aus Teilchen. Sie schimmerten vor lauter Navigationsfeldern, Verteidigungsschilden, Feldern zur Zielerfassung und Waffensteuerung, Feldern, die alles von Röntgenstrahlen bis Laserlicht ausspien. Der hiesige Raum neigte zu Spiegelungen, Geisterbildern und Verzerrungen. Sie stöberten und spürten, ohne sich von der Stelle zu bewegen. Ed meinte, das feindselige Pochen der Maschinen zu hören.

Krieg!, dachte er.

Die *Perfect Low* bekam Durchflugerlaubnis und schob sich zwischen ihnen aus dem Orbit.

28 · In allem sind Funken

Nach dem Disput mit Anna zog Michael Kearney sich an und fuhr mit dem Mietauto in die Innenstadt von Boston, wo er sich ein paar Bier genehmigte und es kurz vor Feierabend zu Burger King schaffte. Anschließend raste er vorsätzlich die Küstenstraße auf und ab, schoss durch dichte weiße Nebelbänke und vertilgte seinen doppelten Cheeseburger mit Speck und Pommes. Der Ozean, wenn er zu sehen war, war ein Silberstreifen weit draußen. Die Dünen am Südende der Bucht hoben sich schwarz davon ab. Selbst bei Dunkelheit gackerten Seevögel am Strand. Kearney parkte, stellte den Motor ab und lauschte dem Wind, der mit dem Gras spielte. Er stieg durch die Dünen hinunter, stand auf dem feuchten Sand und stocherte mit der Schuhspitze in den Strandkieseln, die die Flut nach Größe sortiert hatte. Einen Herzschlag später war ihm, als fege etwas Riesiges quer über die Bucht auf ihn zu. Das Monster kehrte an seinen Strand zurück. Vielleicht nicht das Monster selbst, sondern das, was dahintersteckte, eine Besonderheit der Welt, des Universums, der Dinge an sich, die finster ist, eine Offenbarung und letztlich eine Erleichterung – etwas, das man nicht wissen will, über dessen Bestätigung man aber wider Willen froh ist. Es kam direkt aus östlicher Richtung, geradewegs vom Horizont. Es fegte über ihn hinweg oder vielleicht auch in ihn hinein. Er fror und kehrte dem Strand den Rücken, stapfte über die Dünen zum Wagen zurück und erinnerte sich an die Frau, die er in den britischen Midlands getötet hatte, wo man unter einer netten Abendgestaltung verstanden hatte, einander zu fragen:

»Und, wie werden Sie wohl die erste Minute des neuen Millenniums verbringen?«

Er hatte eigentlich nicht sagen wollen, was er gesagt hatte. Er hätte am liebsten auch so etwas Salonfähiges und Optimistisches gesagt wie die anderen. Diese Erinnerung machte ihm deutlich, wie er zum Außenseiter geworden war. Er hatte sich sein Leben selbst zuzuschreiben. Auf der Heimfahrt ließ er das Seitenfenster herunterschnurren und pfefferte die Fastfood-Verpackung in die Nacht hinaus.

Als er heimkam, war es still im Haus.

»Anna?«, rief er.

Er fand sie im Vorderzimmer am Kamin. Der Fernseher lief, der Ton war leise gestellt. Anna war wieder samt Steppdecke umgezogen und saß im Schneidersitz darauf, die Hände ruhten, Handteller nach oben, auf den Knien. Die ein, zwei Pfund, die sie letzten Monat zugelegt hatte, ließen Oberschenkel, Bauch und Po glatter und jünger erscheinen, doch darüber war sie immer noch so mager wie ein Karrengaul. Ihm war, als gäbe es einen Zugang zu alledem, den er nur deshalb nicht sah, weil er noch nicht nahe genug heran war. Ihre Handgelenke waren so weiß, dass die Adern in ihnen wie Blutergüsse aussahen. Neben sich hatte sie das Küchenchefmesser aus Kohlenstoffstahl gelegt, das er gekauft hatte, als Anna und er zum ersten Mal am *Monster Beach* gewesen waren. Die Klinge und das ganze Zimmer flackerten im unsteten grauen Schein der Fernsehbilder.

»Ich versuche gerade, all meinen Mut zusammenzukratzen«, sagte sie, ohne den Blick vom Feuer zu lassen. Ihre Stimme klang artig. »Ich wusste, dass du mich nicht mehr wollen würdest, wenn ich gesund bin.«

Kearney nahm das Messer und legte es dahin, wo es weder in ihrer noch in seiner Reichweite war. Er beugte sich über sie und küsste ihr Rückgrat, wo es sich zwischen den dünnen Schulterblättern versteckte.

»Und ob ich dich will«, sagte er. Er berührte ihre Handgelenke. Sie waren heiß aber unblutig. »Warum tust du das?«

Sie zuckte die Achseln und lachte ein kleines, gekünsteltes Lachen. »Meine letzte Zuflucht«, sagte sie. »Eine Art Misstrauensvotum.« Kearneys Laptop lag offen auf dem Fernseher, er war auch eingeschaltet, zeigte aber nur einen Bildschirmschoner. Daran angeschlossen hatte Anna die externe Festplatte, die sie von Tate bekommen hatten. Von all diesen Gesten war das die gefährlichste. Als er ihr das sagte, zuckte sie die Achseln. »Das Allerschlimmste ist, dass du mich nicht mal mehr zu töten brauchst«, sagte sie.

»Willst du das denn? Dass ich dich töte?«

»Nein!«

»Was dann?«

»Ich weiß nicht«, sagte sie. »Vögel mich einfach mal richtig durch. Bitte!«

Sie hatten beide ihre Probleme damit. Anna, auf der Stelle feucht, hielt ihm sofort den Po hin; Kearney war nicht so sicher, wie genau er vorzugehen hatte. Als es ihm schließlich gelang, sie zu penetrieren, fand er es unglaublich heiß in ihr. Sie fingen an mit dem, was sie kannten, doch bald schon warf Anna sich herum und bedrängte ihn. »So bitte. So bitte. Ich will dich sehen, ich will dein Gesicht dabei sehen.« Dann: »Ist das besser so? Bin ich besser als sie?« Eine Sekunde lang hörte er das Gelächter seiner Cousinen; *Stechginsterland* tat sich auf, dann kränkte es und verflackerte für alle Zeiten. Er lachte. »Ja«, sagte er. »Ja!« Es dauerte nicht lange, aber sie seufzte und umarmte ihn und tat noch ein paar warme kleine lächelnde Seufzer, wie sie es noch nie getan hatte. Sie lagen eine Weile vor dem Kamin, dann ermutigte sie ihn, es wieder zu versuchen.

»Meine Güte«, sagte er versuchsweise. »Du bist vielleicht feucht.«

»Ich weiß. Ich weiß.«

Im Duster über ihnen zirpte der Fernseher ganz leise vor sich hin. Werbung zog über den Schirm, wurde durch das Logo einer naturwissenschaftlichen Sendung abgelöst, dann ein großartiges Bild rosaroter Staub- und Gasfahnen, übersät mit aktinischen Sternen, bewölkt und eingehüllt von samtener Schwärze, reich an jener schönen falschen Klarheit, mit der das Hubble-Teleskop bestach. »Der Kefahuchi-Trakt«, sagte der Off-Kommentar, »benannt nach seinem Entdecker, wird alle bekannten …« Dann war es, als laufe der Bildschirm plötzlich voll und quelle über. Stumme Funken ergossen sich ins Zimmer, hüpften und schäumten über die bloßen Dielen auf den Kamin zu, wo sie auf Anna Kearney trafen, die sich auf die Unterlippe biss und verträumt und nach innen gekehrt den Kopf hin und her bewegte. Sie flossen ihr ins Haar, die geröteten Wangen hinunter, über ihr Brustbein. Da sie sie für einen Teil dessen hielt, was sie fühlte, stöhnte sie ein bisschen und verrieb sie sich mit vollen Händen auf Gesicht und Hals.

»Funken«, flüsterte sie. »In allem sind Funken.«

Kearney öffnete, als er das hörte, die Augen und ließ entsetzt von ihr ab. Er riss das Messer an sich, stand nackt und unentschlossen da. »Anna!«, sagte er. »Anna!« Fraktales Licht ergoss sich aus dem Fernsehschirm, es erinnerte an das Rad eines Pfaus. Kearney lief einen Moment lang ziellos umher, bis er die Würfel des Shranders in ihrem geschmeidigen Hodensack gefunden hatte. Dann blickte er auf Anna, blickte auf das Messer. Er glaubte zu hören, dass sie ihn warnte: »Er kommt, er kommt.« Dann: »Ja, töte mich! Rasch!« Endgültig von sich angeekelt, warf er das Messer fort und stürzte aus dem Haus. Etwas Riesiges brauste aus der Nacht auf ihn herab, wie ein Schatten aus dem Himmel. Hinter sich hörte er Anna lachen.

»Funken. In allem sind Funken«, hörte er sie murmeln …

Als Anna Kearney am nächsten Morgen aufwachte, war sie allein. Es war halb sechs. Das Feuer war heruntergebrannt, das Strandhaus kalt. Der Fernseher summte vor sich hin, CNN berichtete von aktuellen Ereignissen: Krieg im Nahen Osten. Übergriffe in Fernost, Afrika und Albanien. Gewalt und Entbehrungen überall. Sie rieb sich das Gesicht, stand auf und sammelte nackt und frierend ihre verstreute Unterwäsche ein, nicht ohne zu lächeln. Hab ich ihn also doch noch dazu gebracht, dachte sie, konnte sich aber nur undeutlich daran erinnern. »Michael?«, rief sie. Das Strandhaus hatte nur eine Außentür, und die hatte er offen gelassen. Ein Gerinnsel aus strahlend weißem Sand lag diesseits der Schwelle. »Michael?« Sie zog Jeans und Pullover an.

Draußen am Strand war es bereits taghell. Möwen stießen herab und balgten sich auf einem Haufen Treibgut. Oben auf den Dünen fand Anna flach gedrücktes Helmgras, den Rückstand eines chemischen Geruchs und eine lange, flache Mulde, als habe sich hier etwas Gewaltiges niedergelassen. Sie blickte zum *Monster Beach* hinunter: keine Spuren.

»Michael!«, rief sie.

Nur die Schreie der Möwen.

In der kalten Brise fröstelnd, schlang sie die Arme um den Oberkörper. Dann kehrte sie zum Haus zurück, wo sie Eier und Würstchen briet, um sie mit Appetit zu essen. »Solchen Hunger hatte ich nicht mehr«, sagte sie zu ihrem Spiegelbild im Bad, »seit … seit …« Es war so lange her, dass sie es nicht mehr wusste.

Sie wartete drei Tage auf ihn. Sie spazierte auf den Dünen, fuhr in die Innenstadt, putzte das Strandhaus von oben bis unten. Sie aß. Einen Großteil der Zeit saß sie einfach nur mit untergeschlagenen Beinen in einem Sessel, lauschte dem Nachmittagsregen am Fensterglas und ließ alles Revue passieren, was mit Michael zu tun hatte. Immer mal wieder schaltete sie den Fernseher ein, doch meistens ließ sie ihn aus, starrte nachdenklich auf den Schirm und versuchte sich auszumalen, was sie in ihrer letzten gemeinsamen Nacht getan hatten.

Am Morgen des dritten Tages stand sie vor der Haustür und lauschte dem Gezänk der Möwen über dem Strand. »Du wirst vorerst nicht zurückkommen«, sagte sie und ging ins Haus, um ihre Sachen zu packen. »Du wirst mir fehlen«, sagte sie. »Wirklich, Michael.« Sie trennte die externe Festplatte von seinem Laptop und versteckte sie unter einer Lage Kleidung. Da sie nicht wusste, ob der Datenträger das Durchleuchten am Flughafen vertrug, nahm sie ihn gleich wieder heraus und ließ ihn in ihre Handtasche gleiten. Sie würde sich am Infoschalter erkundigen. Sie hatte nichts zu verbergen und ging davon aus, dass die Platte passieren konnte. Zurück in London, wollte sie Brian Tate ausfindig machen und ihn – egal, wie es um ihn stand – bitten, Michaels Arbeit fortzuführen. Falls Tate ablehnte, musste sie jemanden von Sony anrufen.

Sie schloss das Strandhaus ab und lud das Gepäck in den BMW. Ein letzter Blick wanderte die Dünen entlang. Wie sie dastand und der Wind ihr den Atem vom Mund riss, hatte sie eine glasklare Erinnerung an den zwanzigjährigen Michael, wie er in Cambridge mit einer fieberhaften Verwunderung zu ihr gesagt hatte: »Information ist vielleicht eine *Substanz*. Kannst du dir das vorstellen?«

Sie lachte laut auf.

»O Michael«, sagte sie.

29 · Chirurgie

Aus allen Teilen des Schiffs stoben die Schattenoperatoren zu Seria Maú. Sie verließen die finstern Winkel unter der Decke des Menschenquartiers, wo sie in lockeren Konglomeraten wie Spinnenweben in den Falten eines alten Vorhangs gehangen und um Billy Anker und sein Mädchen getrauert hatten. Sie verließen die Bullaugen, wo sie auf ihren dünnen Fingerknöcheln herumgebissen hatten. Sie kamen aus den Softwarebrücken und Hypertextarchiven, der malträtierten Hardware auf den intelligenten Platinen, auf denen sie gelegen hatten wie der Staub von zwei Wochen im Haus ihres Vaters. Sie hatten sich grundlegend gewandelt. Sie waren die reinsten Plaudertaschen, es knisterte und raschelte zwischen ihnen und immer wieder das silberhelle, farbige Flackern von Datensalven …

Sie sagten: »Hat sie …?«

Sie sagten: »Dürfen wir …?«

Sie sagten: »Will sie wirklich mit ihm ausgehen?«

Seria Maú beobachtete sie einen Moment lang, sie fühlte sich so konturlos wie der leere Raum. Dann befahl sie: »Verpasst mir das Cultivar, das ihr mir schon immer verpassen wolltet.«

Die Schattenoperatoren trauten ihren Ohren nicht. Sie zogen das Cultivar in einem Tank auf, der dem von Seria Maú nicht unähnlich war, und zwar in einem Standardproteom namens *Tailor's Soup*, individualisiert mit anorganischen Substraten, Code, der weder von Menschen noch von Maschinen stammte, einer Prise exotischer DNS und einem Quäntchen lebendiger Mathematik. Sie stellten das Cultivar trocken und musterten es kritisch. »Du wirst sehr hübsch aussehen, Liebes«, versprachen sie ihm, »du musst dir nur noch den

Schlaf aus deinen blauen Augen reiben. Sehr hübsch, du wirst schon sehen.« Sie begleiteten es in den Raum, in dem Seria Maú die Dr.-Haends-Einheit aufbewahrte.

»Da *ist* sie«, sagten sie. »Ist sie nicht allerliebst? Ist sie nicht entzückend?«

»Klamotten hätten nicht sein müssen«, sagte Seria Maú.

»Oh, aber Liebes! Etwas *muss* sie doch anhaben.«

Das Cultivar war sie selbst mit zwölf Jahren. Sie hatten seine blassen Hände mit Spiralen aus winzigen Staubperlen geschmückt und ihm ein bodenlanges Kleid aus polarweißem Satin angezogen, mit applizierten Musselinranken und cremefarbenem Spitzenbesatz. Die Schleppe wurde an jeder Ecke von einem schwebenden Babybübchen getragen. Es starrte scheu nach oben zu den Kameras in den Ecken und sagte leise: »Was man aufgegeben hat, kehrt zurück.«

»Auch so was muss nicht sein«, sagte Seria Maú.

»Aber du brauchst doch eine Stimme, Liebes …«

Sie hatte nicht die Zeit zu debattieren. Plötzlich wollte sie das Cultivar mit allem Drum und Dran. »Brückt mich rein«, sagte sie.

Sie brückten sie rein. Unter der Wucht dieses Vorgangs verlor das Cultivar die psychomotorische Kontrolle über sich und fiel rücklings gegen ein Schott. »Oh«, murmelte es. Es rutschte, verwirrt auf seine Hände starrend, zu Boden. »Bin ich ich?«, fragte das Mädchen. »Willst du nicht, dass ich ich bin?« Sein Blick kippte immerzu hoch und nach unten, es rieb sich zwanghaft das Gesicht. »Ich weiß nicht genau, wo ich bin«, sagte es, schüttelte sich, kam auf die Füße und war Seria Maú Genlicher. »Ahhh«, raunten die Schattenoperatoren. »Kann es Schöneres geben?« Jugendstil-Bodenleuchten fluteten den Raum mit einer perlmuttfarbenen Helligkeit, flackernd aber siegreich, derweil wiederentdeckte Choralwerke von Janáček und Philip Glass den Raum füllten. Seria Maú starrte umher. Sie fühlte sich nicht »lebendiger« als in ihrem Tank. Wovor hatte sie solche Angst gehabt? Körper waren ihr nicht neu und außerdem: Der hier hatte ihr noch nie gehört.

»Die Luft schmeckt nach nichts hier drinnen«, sagte sie. »Sie schmeckt nach nichts.«

Die Dr.-Haends-Einheit lag vor ihr auf dem Boden, eingesperrt in Onkel Sips roten Karton mit dem grünen Satinband – der, wie ihr aufging, eine Art Metapher war für den eigentlichen Verschlussmechanismus, den der Genschneider benutzt hatte. Sie betrachtete den Karton eingehend, als könne er, mit richtigen Menschenaugen betrachtet, vielleicht anders aussehen. Dann kniete sie sich hin und warf den Deckel zurück. Augenblicklich begann ein cremefarbener Schaum herauszuquellen. *The Photographer* von Philip Glass (eine Neubearbeitung anhand von fünf noch identifizierbaren Noten auf einer verdorbenen Audio-CD durch den Komponisten Onotodo-Ra, 22. Jahrhundert) verblasste zu der Berieselung, für die diese Musik sich so eignete. Darüber ertönte ein freundlicher Gong und eine weibliche Stimme rief: »Dr. Haends. Dr. Haends in die Chirurgie, bitte.«

Unterdessen bemühte sich in einer dunklen Ecke des Raums der Kommandant des nastischen Schiffes *Touching the Void* – der allerdings seit der Kollision mit Onkel Sips K-Schiff nach eigener Auslegung tot war – um eine stabile Erscheinungsform. Er sah nur mehr aus wie ein undichter Käfig aus Insektenbeinen, doch solange sein Schiff existierte, so lange trug er Verantwortung. Auch für Seria Maú Genlicher. Er fand es beeindruckend, dass sie zu noch sinnloserem Verhalten fähig war als die meisten Menschen ohnehin schon. Er hatte verfolgt, wie sie ihre eigenen Artgenossen getötet hatte; die Grausamkeit, mit der sie es getan hatte, verriet großen Kummer. Aber sie gehörte, wie er gleich bemerkt hatte, zu denen, die sich mehr als nötig plagten; und das fand seinen Respekt, ja, seine Bewunderung. Das war ausgesprochen nastisch. Und daher, wie er mit Erstaunen zur Kenntnis nahm, empfand er ihr gegenüber eine gewisse Fürsorgepflicht, der er seit seinem Tod nachzukommen versuchte. Er hatte getan, was in seiner Macht stand, um sie vor der *Krishna Moire* zu schützen. Noch wichtiger, er hatte sich bemüht, ihr mitzuteilen, was er wusste.

Er glaubte kaum, dass er sich noch an alles erinnern konnte. So hatte er zum Beispiel keine klare Vorstellung mehr, warum er ausgerechnet mit Onkel Sip zusammengearbeitet hatte; obwohl – hatte der ihm nicht versprochen, Billy Ankers Entdeckung mit ihm zu teilen? Ein ganzer Trabant voll unberührter K-Tech! Am Vorabend eines neuerlichen Krieges mit den Menschen war das ein zweifellos attraktives Angebot. Trotzdem mussten ihm nach dem Versuch, die Dr.-Haends-Einheit zu verkaufen, erste Zweifel gekommen sein. Onkel Sip hatte sich schwergetan. Er hatte lediglich etwas geweckt, was nur darauf gewartet hatte. Weder er noch die nastischen Schneider hatten eine Ahnung, um was es sich dabei handelte. Es war sehr viel intelligenter als alle seine Vorgänger. Es hatte ein Bewusstsein, das zu begreifen Jahre dauern mochte. Falls es früher einmal gewesen war, was es nach Ansicht von Onkel Sip war – ein Paket von Maßnahmen, das in der Lage war, die Brücke zwischen Operator und Code zuverlässig aufzuheben: eine Art Tool zum Abmustern oder Desertieren – dann war es das nun ganz und gar nicht mehr.

Es war lebendig und es war auf der Suche nach anderem K-Code: Es suchte Ansprache.

»Wenn die Einheit defekt ist«, sagte Seria Maú, »gibt es nur eine Möglichkeit, das herauszufinden.«

Sie lag noch immer auf den Knien, sie beugte sich vor und streckte die Arme aus, Handflächen nach oben. Die Schattenoperatoren hoben den roten Karton mit dem grünen Band auf und legten ihn Seria Maú auf Hände und Unterarme, dann stoben sie wie Fische im Aquarium nach allen Seiten davon.

»Dass mich nur ja keiner fragt, ob ich auch weiß, was ich tue«, drohte sie. »Nein, ich habe keinen blassen Schimmer.«

Sie stand vorsichtig auf und ging, die Schleppe hinter sich herziehend, langsam auf die nächstbeste Wand zu.

Schaum quoll aus der Schachtel.

»Dr. Haends …«, sagte die Einheit.

»Bring uns nach oben«, sagte Seria Maú zur Wand.

Die Wand tat sich auf und badete sie in weißes Licht. Seria Maú Genlicher trug die Einheit in den Navigationsbereich, wo sie das tun

wollte, was sie schon die ganze Zeit hätte tun sollen, nämlich die beiden – Einheit und Schiffsmathematik – miteinander bekannt zu
machen. Die Schattenoperatoren, die plötzlich Bedenken über diese
Entscheidung hatten, folgten ihr so zimperlich wie Spitzenstoff. Die
Wand schloss sich hinter ihnen.

Der nastische Kommandant sah aus seiner Ecke zu. Er unternahm noch eine letzte Anstrengung, Seria Maú auf sich aufmerksam
zu machen.

»Seria Maú Genlicher«, flüsterte er, »du musst unbedingt mal her-
hören …«

Doch – versunken, isoliert und ein bisschen aus dem Ruder, wie
es nur ein Mensch sein kann, der vom Schwindel vorsätzlichen Tuns
ergriffen ist – zeigte sie keinerlei Reaktion. Anders die Schattenoperatoren: Sie verscheuchten ihn aus lauter Angst, er könne sich in der
Schleppe ihres Kleides verheddern. Denn damit wäre alles verdorben gewesen.

Er hasste das Gefühl von Ohnmacht und Nutzlosigkeit.

Kurz darauf kamen ihm Ereignisse auf seiner eigenen Brücke in
die Quere. Onkel Sip, vom Lauf der Dinge verwirrt und mit einem
Mal argwöhnisch, ließ ihn restlos eliminieren.

Der Echtzeitspezialtrupp, der bereits unmittelbar nach der Kollision begonnen hatte, sich rücksichtslos durch das nastische Schiff
zu kämpfen, stürmte schließlich das Kommando- und Kontroll-
zentrum und machte gründlichen Gebrauch von seinen tragbaren
Gammalasern. Die Wände schmolzen wie Kerzenwachs. Die Computer verendeten. Der nastische Kommandant spürte, wie er ver-
blich. Es war ein Gefühl unwiderstehlicher Müdigkeit, plötzlicher
Kälte. Eine Nanosekunde lang hing er in der Schwebe, betört durch
den Splitter einer Erinnerung, den winzigkleinen Teil eines Traums.
Die papierenen Bauwerke seiner Heimat, ein einschläferndes Summen, eine komplexe Gebärde, die er einmal geliebt hatte: zu flüchtig,
um es festzuhalten. Es war schon merkwürdig, dass sein letzter Gedanke nicht diesen Dingen galt, sondern Seria Maú Genlicher, die,
an ihr schreckliches Schiff gekettet, nicht aufhören wollte, Mensch

zu sein. Dass ausgerechnet er diesen Gedanken dachte, entbehrte nicht einer gewissen Ironie.

Denn schließlich, rief er sich in Erinnerung, war sie der Feind.

Zwei Stunden später und gut tausend Kilometer weiter weg, im blauen Schein der Verlaufsdisplays im Menschenquartier der *El Rayo X*, saß Onkel Sip auf einem dreibeinigen Holzschemel, den er aus dem *Motel Splendido* mitgenommen hatte, und versuchte zu verstehen, was eigentlich Sache war.

Die *Touching the Void* war unter seiner Kontrolle. Aus dieser Richtung hatte er nichts mehr zu befürchten. Nichts lebte mehr da unten in diesem faulen Apfel, nichts außer seinen Entradistas. Wie ein gutes Team von Chirurgen hatten sie begonnen, ihn aus dieser versehentlich zustande gekommenen Verpfropfung mit dem nastischen Schiff herauszuoperieren. Es war das reinste Tiefbauprojekt, mit all den dumpfen Erschütterungen und jähen Lichtblitzen, die so etwas mit sich brachte. Dauernd meldete sich einer von den Jungs und sagte: *He, Onk, könntest du hier ein wenig mehr oder da ein bisschen weniger?* Sie wetteiferten um seine Aufmerksamkeit. Und die ganze Zeit versuchte sein Schiff, sich ganz sachte der Umarmung des Kreuzers zu entwinden. Onkel Sip stellte sich diese Umarmung als weiche, nasse Fäulnis vor, der zu entkommen sein momentan größter Wunsch war. Flimmernde Teilchencluster sickerten durch die Hülle der *El Rayo X*, entstanden bei der Zerstörung der nastischen Brücke. Da unten war es nach wie vor heiß. Das musste man ihnen lassen, die Jungs schufteten in einer gnadenlosen Umgebung. Sie starben nun schon zwei volle Stunden.

Die *Touching the Void* gehörte jetzt ihm. Doch was tat sich drüben in der *White Cat*? Dort herrschte totale Funkstille. K-Schiffe kannten keinen internen Sprechfunkverkehr. Trotzdem ließ sich normalerweise feststellen, ob drinnen jemand am Leben war. Nicht in diesem Fall. Dreizehn Nanosekunden nach dem Tod des nastischen Kommandanten hatte sich die *White Cat* abgeschaltet. Die Fusionstriebwerke waren abgeschaltet. Die Dynaflowtreiber waren außer Betrieb. Das Schiff redete nicht mal mehr mit sich selbst, geschweige denn mit Onkel Sip. »Ich habe keine Zeit für so was«, jammerte er. »Woanders warten Geschäfte auf mich.« Doch er ließ die *White Cat* nicht aus den Augen. Eine weitere Stunde verstrich, ohne dass etwas passierte. Dann, ganz allmählich, baute sich ein blasses, waberndes Glühen rings um die *White Cat* auf. Das Phänomen konnte ein Magnetfeld sein, das sich knapp über der Hülle abzeichnete; oder das schwache Abbild eines Superkavitationseffekts. Es war violett.

»Was ist das?«, fragte Onkel Sip.

»Ionisierende Strahlung«, sagte der Pilot gelangweilt. »Oh, und ich empfange internen Verkehr.«

»He, wer hat dich gefragt?«, sagte Onkel Sip. »Was für Verkehr?«

»Wenn ich es recht überlege, habe ich keine Ahnung.«

»Himmel noch mal.«

»Jetzt ist es sowieso wieder still. Da drinnen hat irgendetwas dunkle Materie produziert. Als ob der ganze Rumpf für eine Sekunde damit voll gewesen wäre.«

»So lange?«

Der Pilot befragte seine Displays.

»Hauptsächlich Photinos«, sagte er.

Die ionisierende Strahlung flaute ab, und es verstrichen weitere zwei Stunden, ohne dass etwas geschah. Dann machte die *White Cat* übergangslos einen Satz aus dem Koma auf volles Inferno. »Herr im Himmel!«, kreischte Onkel Sip. »Nichts wie weg hier!« Er dachte wohl, sie sei explodiert. Sein Pilot übernahm Schiffszeit und riss – die gedämpften Schreie der Bergungsteams im Innern überhörend – die letzten paar Meter der *El Rayo X* aus der Ruine des nastischen Schiffes. Er machte seine Sache gut. Sie kamen frei und blickten dabei genau in die richtige Richtung, um gerade noch zu sehen, wie die *White Cat* aus dem Stand heraus in weniger als vierzehn Sekunden auf achtundneunzig Prozent Lichtgeschwindigkeit beschleunigte.

»Dranbleiben«, sagte Onkel Sip leise.

»Keine Chance, Schätzchen«, sagte der Pilot. »Das ist kein Fusionsantrieb.« Die *White Cat* hinterließ heftige, ringförmige Druckwellen *eines nicht feststellbaren Mediums*. Druckwellen, die die Farbe von Quecksilber hatten. Ein paar Augenblicke später erreichte sie den Punkt, an dem Einsteins Universum nicht mehr mitmachen würde, und verschwand. »Die haben sich einen neuen Antrieb ausgedacht«, sagte der Pilot. »Und ein neues Navigationssystem. Vielleicht eine komplett neue Welttheorie. Da bin ich überfragt. Schätze, wir sind die Dummen.«

Onkel Sip saß dreißig lange Sekunden auf seinem Schemel und stierte auf die leeren Displays. Schließlich rieb er sich das Gesicht.

»Die wollen nach *Sigma End*«, mutmaßte er. »Und wir auch, so schnell wir können.«

»Schon unterwegs«, sagte der Pilot.

Sigma End, das alte Jagdrevier von Billy Anker, war eine Ansammlung von uralten Forschungsstationen und improvisierten Sprungbrettsatelliten an und in der Akkretionsscheibe von *Radio RX-1*. Alles war verwaist oder sah so aus. Etwas Neues erregte hier dieselbe Aufmerksamkeit wie das ferne nächtliche Lagerfeuer an einer sonst leeren Küste. Das war tiefe *Radio Bay*. An solchen Orten war die Erde außer Reichweite. Versagte jede Logistik. Versorgungslinien trockneten aus. Man nahm sich, was man wollte, und über allem toste die irrsinnige Energie der Akkretionsscheibe. Der Mahlstrom des Schwarzen Lochs riss unentwegt Materie aus seinem Begleiter *V404 StueckManibel*, einem greisen blauen Superriesen. Die beiden umarmten sich nun schon ein paar Milliarden Jahre lang. Das war der Abgesang: das Ende einer schönen alten Beziehung. Und jetzt schien alles den Bach runterzugehen.

»Was wohl auch der Fall sein dürfte«, meinte Onkel Sips Pilot. »Aber wem sag ich das?«

»Ich habe dich nicht um deine Meinung zum Thema Religion gebeten«, erwiderte Onkel Sip. Er starrte über die Scheibe, und die Andeutung eines Lächelns huschte über sein feistes weißes Gesicht.

»Im ganzen Universum gibt es kein effizienteres System zur Energieübertragung.«

Diese Scheibe war eine tobende Einstein'sche Untiefe. Die Gravitationsverwerfung durch *RX-1* hatte zur Folge, dass man sie komplett einsehen konnte, sogar die Unterseite, egal, von wo man sich ihr näherte. Alle zehn Minuten wurde sie von Übergangsstadien durchbebt, die nadelscharfe Ausbrüche im weichen Röntgenspektrum bewirkten, riesige Fontänen, die aus der Unter- und Oberseite schossen, um die weit verstreuten experimentellen Artefakte von *Sigma End* zu illuminieren. Kam man nahe genug heran, dann konnte man in diesem wahnwitzigen Licht Schwärme von fast luftleeren Schiffen ausmachen, die an undichte Badewannen erinnerten; jedes beherbergte eine missratene Hydrokultur und zwei bis drei verstrahlte Erdlinge mit trostlosen Augen, schlimmen Stoppelbärten und Geschwüren. Vielleicht bekam man Planeten mit uralten eingelassenen Massetreibern zu Gesicht, die ihre Stellung im letzten stabilen Orbit vor dem Schwarzschildradius behaupteten. Oder man stolperte über eine Gruppe von acht geometrisch perfekten Nickel-Eisen-Kugeln, jede so groß wie *Motel Splendido*, die sich auf eine Weise umkreisten, die selbst etwas von einer Maschine hatte. Doch der erste Preis, so Onkel Sip, gebühre zweifellos der folgenden Leistung: Zwanzig Millionen Jahre, bevor die Menschheit hier aufgetaucht war, hatte irgend so ein *Arschloch* ein Millionstel Prozent der Energie, die das *RX-1*-System ausstieß, abgezweigt und damit ganz in der Nähe ein Wurmloch in den Raum gestanzt, dessen Zielort niemand kenne. Die Betreffenden hatten keinerlei archäologisch relevante Spuren hinterlassen. Es gab keinen Hinweis darauf, wie man so etwas bewerkstelligte. Nur das Loch selbst.

»Mit allen Wassern gewaschen«, sagte er. »Echte Entradistas.«

»He«, unterbrach ihn der Pilot. »Ich habe sie.« Dann sagte er: »Mist.«

»Was ist denn?«

»Die gehen *rein*. Da. Siehst du?«

Vor dem dominierenden Sensorensignal der Akkretionsscheibe war das Wurmloch schwer auszumachen. Doch die *El Rayo X* war bestens gerüstet, und so war es auf den Displays, in den kochenden Gravitationsschnellen knapp außerhalb des letzten stabilen Orbits gerade noch zu erkennen: eine zerbrechliche Vulva aus Licht, in die sich die *White Cat* wie ein winziger Eissplitter bohrte, ringförmige Druckwellen hinterlassend, aus deren Zentrum die lange helle Nadel aus Fusionsprodukten stach.

30 · Radio RX-1

Seit Tagen schlängelte sich die *Perfect Low* durch den Halo. Sie summte vor Geschäftigkeit, ihr Rumpf platzte aus allen Nähten, ein warmes, miefiges Terrarium, das dem gigantischen Newton'schen Grinsen des leeren Raums trotzte. Drinnen herrschte Aufbruchstimmung. Standesbewusst und wetteifernd, wenn es eng wurde, waren die Zirkusleute nie mit ihrer Unterbringung zufrieden und zogen laufend mit Kindern und Tieren von einem Teil des Schiffes in den anderen. Ein paar Tage lang zwängte Ed sich die verstopften Treppen hinauf und hinunter; dann bandelte er mit einer exotischen Tänzerin namens Alice an.

»Ich will nicht, dass es kompliziert wird«, warnte er sie.

»Wer will das schon«, sagte sie mit einem Gähnen.

Alice hatte hübsche Beine und helle, ausdruckslose Augen. Sie lag auf den Ellbogen in seiner Koje und schaute zum Bullauge hinaus, während er mit ihr poppte.

»Hallo?«, sagte er.

»Guck mal«, sagte sie. »Was hältst du davon?«

Draußen im Vakuum, gut achtzig Meter vom Bullauge entfernt, hing ein Objekt, das Ed kannte: ein Sarkophag, vielleicht fünfzig Fuß lang, messingfarben und mit Kreuzblumen, Gratbögen und Wasserspeiern verziert, der stumpfe Bug wie ein Kopf geformt, den die Zeit zu Stromlinienform erodiert hatte. Ein Alien von Sandra Shen. Die Aliens wurden nie an Bord der *Perfect Low* genommen. Vielmehr waren sie, als der Zirkus von *New Venusport* abhob, aus eigener Kraft gestartet, mit ganz absonderlichen Triebwerken, die Nebel aus blauem Licht produzierten oder seltsam glupschige Impulse, die sich als Schall, Geruch und Geschmack manifestierten und dem Begriff

»Sicherheitsbehälter« eine ganz neue Bedeutung gaben. Seitdem folgten sie dem Schiff mit einer schonungslosen Leichtigkeit, flogen träge, komplexe Muster rings um den Kurs der *Perfect Low*, umkreisten sie, wenn sie stilllag, wie Eingeborene die Fremden bei Nacht in uralten Filmen.

»Was wollen die?«, fragte Alice. »Hast du eine Ahnung? Was geht in denen vor?« Und als Ed nur die Achseln zuckte: »Die sind ja nicht wie wir. Genauso wenig wie Madame Shen.«

Sie wandte ihre Aufmerksamkeit der Welt zu, die sie umkreisten und die man sehen konnte, wenn man den Hals ein bisschen verrenkte und das Gesicht oben ans Bullauge presste – ein länglicher Buckel, den eine Atmosphäre zierte.

»Sieh dir dieses Kaff an«, sagte sie. »Planet der Verdammten.«

Sie hatte recht. Der Kurs der *Perfect Low* war für Zirkusverhältnisse so unlukrativ wie unberechenbar. Von Anfang an hatten sie die Geldmetropolen des Halo gemieden – *Polo Sport, Anais Anais, Motel Splendido* – zugunsten von nächtlichen Landungen auf Agrarplaneten wie *Weber II* und *Perkin's Rent*. Nur wenige Vorstellungen wurden gegeben. Nach einer Weile merkte Ed, wie die Besatzung schrumpfte. Er bekam einfach nicht heraus, was los war. Sandra Shen war keine Hilfe. Manchmal sah er sie weit weg eine Auseinandersetzung zwischen Zirkusleuten schlichten. Bis er sich durchgedrängt hatte, war sie verschwunden. Er klopfte an die Tür des Kontrollraums. Keine Antwort. »Wenn ich nicht auftrete«, sagte er, »warum hast du mich dann so hart rangenommen?« Ed kehrte zu seiner Koje und den schweißtreibenden Rendezvous mit Alice zurück, derweil dunkle Materie mit ihren ausgedünnten Fingern über die Hülle der *Perfect Low* strich. Nachher sagte Alice verdrossen: »Diese Nacht ist wieder ein ganzer Verein gegangen.« Das Schiff leerte sich allmählich. Bei der nächsten Landung ging auch Alice.

»Wir kriegen keine Arbeit«, sagte sie. »Wir kriegen keine Shows.« Unter diesen Umständen war es sinnlos, zu bleiben. »Von hier krieg ich einen Weiterflug zum Zentrum«, sagte sie.

»Pass auf dich auf«, sagte Ed.

Am Tag darauf sah er sich um, und der Zirkus war fort: Alice war die Letzte gewesen. War sie seinetwegen geblieben? Wohl eher, weil sie die Ruhe weg hatte, überlegte er. Es war ein weiter Weg bis zum Zentrum.

Ein Frachtraum war noch voll mit den Exponaten von Madame Shen. Alles andere war fort. Ed stand vor *Michael Kearney und Brian Tate betrachten einen Monitor, 1999.* In ihrem Ausdruck lag etwas Wildes und Erschrockenes, als hätten sie ihre ganze Kraft darauf verwandt, den Geist aus der Flasche zu locken, und sähen sich nun mit der Frage konfrontiert, wie man ihn je wieder bewegen sollte, dorthin zurückzukehren. Ed fröstelte. In den anderen Frachträumen fand er nicht mehr als einen mit Pailletten besetzten Lycra-Body und eine Kindersocke. Die Treppenhäuser rochen immer noch nach Essen, Schweiß und Black Heart. Eds Schritte schienen den Rumpf zu füllen und Echos durch den leeren Raum zu schicken.

Wie jedes Schiff hatte auch die *Perfect Low* ihre Schattenoperatoren.

Wie staubige Spinnweben hingen sie in den Ecken; schienen eher verschüchtert und ängstlich als gelangweilt. Einmal oder zweimal, als Ed durch das verwaiste Schiff streifte, ließen sie los und flohen in Schwärmen hierhin und dorthin, als ob sie verfolgt würden. Sie drängten sich um die Bullaugen, wispernd und einander berührend, dann blickten sie über die Schulter auf Ed, als habe er vor, sie zu verraten. Sie flohen vor ihm, als er den Kontrollraum betrat, und drückten sich flach an die Wände.

»Hallo?«, rief Ed.

Seine Stimme weckte die Instrumente.

Drei Holofenster schlugen die Augen auf, das Dynaflow war nichtssagend und grau. Einen Piloten registrierend, boten sich Direktverbindungen an: zu den Treibern, zu den externen Sende- und Empfangsanlagen und zur Tate-Kearney-Mathematik.

»Kein Bedarf«, sagte Ed.

Er setzte sich in den Pilotensessel und sah dünne Bänder von Photinos vorüberwehen. Es gab keinen Hinweis auf ein Reiseziel. Keine Spur von Sandra Shen. Am Boden neben dem Sessel entdeckte er das Aquarium, wohlvertraut, aber wenig hilfreich, unscharf durch die Rückstände von Erinnerungen, Prophezeiungen und Applaus. Er hütete sich, es zu berühren: Dennoch – es schien zu wissen, dass er da war. Etwas verlagerte sich in dem Aquarium. Zugleich spürte Ed Veränderungen im Dynaflow-Medium. Der Kurs war korrigiert worden. Wie von der Tarantel gestochen sprang er aus dem Sessel.

Er rief: »Madame Shen? Hallo?«

Nichts. Im ganzen Schiff bimmelten die Alarmglocken. Die *Perfect Low* trat urplötzlich aus dem Dynaflow, und der Kefahuchi-Trakt füllte alle drei Schirme – wie ein triefendes Auge. Es funkelte aus nächster Nähe.

»Scheiße«, sagte Ed.

Er setzte sich wieder in den Pilotensessel. »Direktverbindung!«, befahl er. »Ich will die Kennungen!« Er starrte zu den Schirmen hoch. Sie verströmten Licht. »Hier war ich schon mal«, sagte er, »aber ich kann mich … Da! Rotieren lassen! Noch mal. Himmel, das ist die *Radio Bay!*«

Schlimmer noch. Er war in seinem alten Jagdrevier – das war die Gravitationsschneise bei *Radio RX-1*. Unter ihm tobte die Akkretionsscheibe, pausenlos erschüttert von den nadelspitzen Ausbrüchen im weichen Röntgenbereich. Er kam im steilen Winkel herein, volle Kraft voraus. Er empfing nichts als die Funkfeuer der verwaisten Forschungskolosse – *Easyville, Moscar 2, The Scoop:* Dann, sehr schwach, der legendäre Zungenbrecher von Billy Anker, seine Transsubstanziationsstation – uralte Mitteilungen, die Vergangenheit holte ihn ein, unvollständig, unzusammenhängend, ausgetwinkt. Er glaubte bereits die Gischt der Schwarzschildbrandung zu spüren, sah sich und seinen Frachtkahn bereits den finalen Black-Hole-Boogie tanzen … »Abdrehen!«, befahl er der Direktverbindung. Nichts geschah. »Erteile ich hier Befehle oder nicht?«, fragte er die Schattenoperatoren. »Seht ihr, wie sich meine Lippen bewegen?« Sie wandten den Blick ab und bedeckten ihre Gesichter. Dann gewahrte er am inneren Rand der Akkretionsscheibe eine diffuse, zarte Lichtspindel.

Er lachte auf. »O nein.«

Das war Billys Wurmloch.

»Nun komm, Billy«, sagte Ed, als sitze Billy Anker neben ihm und sei nicht bei genau diesem Abenteuer vor mehr als zehn Jahren ums Leben gekommen: »Sag mir, was ich tun soll?«

Etwas hatte die Schiffsmathematik unterwandert. Es befand sich innerhalb der Tate-Kearney-Transformationen, fraktal zusammengefaltet zwischen den Algorithmen. Es war riesig. Als Ed mit dem Ding reden wollte, wurden alle Systeme heruntergefahren. Die Bildschirme erloschen, die Schattenoperatoren, die es dort schon vor Tagen gespürt hatten, sausten in panischer Angst mal hierhin, mal dorthin, streiften Eds Gesicht wie uralte Musselinfetzen. »Das haben wir nicht gewollt«, erklärten sie ihm. »Du solltest hier nicht reinkommen!« Ed schlug mit den Händen nach ihnen. Dann flammten die Schirme wieder auf, und plötzlich sprang das Wurmloch ins Blickfeld, ganz deutlich und nahe, eine Spindel aus Nichts vor der unverhohlenen Grimasse von *RX-1*.

Der gesamte lokale Raum der *Perfect Low* hatte sich inzwischen in eine hektische purpurrote Wolke verwandelt, in der man die Sarkophage der Aliens ihre chaotischen Orbits weben sah, immer schneller und schneller wie die Schiffchen eines automatischen Webstuhls. Er spürte, wie das Schiff bis ins Mark erschüttert wurde, während es sich einem katastrophalen Ereignis näherte, dem Phasenwechsel, dem Sprung zum nächsten stabilen Zustand.

»Zur Hölle«, sagte Ed. »Was geht da draußen vor?«

Ein gutmütiges Lachen perlte in den Raum, dann sagte eine weibliche Stimme: »Sie sind der Antrieb, Ed. Was hast du denn gedacht?«

In der Stille, die dieser Erklärung folgte, halluzinierte Ed eine weiße Katze, die zu seinen Füßen hockte: Auf diese Weise dazu verleitet, nach unten zu blicken, gewahrte er stattdessen, wie eine Art Lichtschaum aus dem Aquarium quoll und seine Fühler nach ihm ausstreckte.

»He!«, schrie er.

Mit einem Satz war er aus dem Pilotensessel. Die Schattenoperatoren breiteten die Arme aus und wichen vor ihm zurück ins dunkle und verwaiste Schiff, raschelnd und knisternd vor Entsetzen. Es quoll immer noch mehr Lichtschaum aus dem Aquarium, Millionen Lichtpunkte, die sich zu einem kalten fraktalen Tanz um Eds Füße sammelten und zu einer Gestalt türmten, die ihm bekannt vorkam. Jeder einzelne Punkt (und alle Punkte, aus denen er sich zusammensetzte, und alle Punkte, aus denen sich diese Punkte zusammensetzten) bildeten dieselbe Gestalt.

»Und so weiter«, hörte er jemanden sagen. »Ohne Ende.«

Plötzlich übergab er sich. Vor ihm setzte sich allmählich das Wesen zusammen, das sich Sandra Shen nannte.

Was immer sie war, sie verfügte über Energie. Zuerst manifestierte sie sich als Rotschopf namens Tig Vesicle, der einen Happen Muranofisch in Curry von den Plastikzinken seiner Einweggabel aß. »Hi, Ed«, sagte Tig. »Wir sind ein Scheiß! Weißt du das?« Damit nicht genug, verwarf sie Tig Vesicle und manifestierte sich als Tigs Frau, halb nackt im Dunkel des Geheges. Ed war derart baff, dass er sagte: »Neena, ich …« Bevor er weiterreden konnte, wurden aus Neena die Cray-Schwestern. »Idiot«, sagten sie wie aus einem Mund und lachten. Vor jeder neuen Version tauchte Sandra Shen den Kontrollraum in ein Meer aus winzigen funkelnden Lichtern, wie in einem ihrer Historientableaus: *Spülmittelschaum in einem Plastikbecken, 1958*. Schließlich entschied sie sich für die Sandra, die ihm im Schneetreiben auf der Yulgrave so forsch entgegengekommen war – eine kleine, rundliche, orientalisch aussehende Frau in einem bis zum Oberschenkel geschlitzten Blattgold-Cheongsam, das vollkommen ovale Gesicht ständig im Fluss, mal jung, mal gelb und alt, die Augen verführerisch und unergründlich mit dem Charisma des ganz und gar nicht Menschlichen.

»Hallo, Ed«, sagte sie.

Ed stierte sie an. »Das warst immer du«, sagte er. »Keiner von denen war echt. Du warst sie alle, mit denen ich in diesem Teil meines Lebens zu tun hatte.«

»Leider ja, Ed.«

»Du bist nicht bloß ein Schattenoperator.«

»Nein, Ed. Das bin ich nicht.«

»Es hat nie einen Tig gegeben.«

»Hat es nicht.«

»Es hat auch keine Cray-Schwestern gegeben.«

»Theater, Ed, jede Sekunde war Theater.«

»Es hat auch keine Neena …«

»He, Neena hat Spaß gemacht. Dir nicht?«

Ihm fehlten die Worte. Er fühlte sich so benutzt und manipuliert – so zum Kotzen – wie noch nie. Er schüttelte den Kopf und wandte sich ab.

»Tut weh, oder?«, sagte Sandra Shen.

»Verpiss dich!«

»Das ist eine enttäuschende Reaktion, Ed, selbst für einen Twink. *Mehr* willst du nicht wissen? Willst du nicht wissen, *warum?*«

»Nein«, sagte Ed. »Will ich nicht.«

»Und dass du den Kopf ins Aquarium gesteckt hast?«

»Das ist was anderes«, sagte er. »Was sollte das überhaupt? Was ist da drinnen mit mir passiert? Was war das für ein Zeug, in das ich meinen Kopf stecken musste? Tag für Tag, das war eine verdammte Sauerei.«

»Ah«, sagte Sandra Shen. »Das war ich. Ich war da drinnen immer bei dir, Ed. Du warst nie allein. Ich war das Medium. Verstehst du? Wie das Proteom im Twinktank. Du bist durch mich hindurch in die Zukunft geschwommen.« Sie paffte genüsslich ihre Zigarette. »Das stimmt nicht ganz«, gab sie zu. »Ich habe ein bisschen geschummelt. Es ging mir eigentlich nicht darum, dass du in die Zukunft blickst – du solltest selbst die Zukunft sein. Wie gefällt dir diese Idee, Ed? Selbst die Zukunft sein? Alles verändern. Einfach alles.« Sie schüttelte den Kopf, als sei heute ein schlechter Tag, um sich zu rechtfertigen. »Sieh es doch mal so«, sagte sie. »Als du nach Arbeit gefragt hast, da hast du gesagt, du hättest jeden Schiffstyp geflogen. Bis auf einen. Welchen Typ hast du noch nie geflogen, Ed?«

»Wer bist du?«, sagte Ed leise. »Und wohin bringst du mich?«

»Das wirst du bald wissen, Ed. Sieh mal!«

Eine hauchzarte Sichel aus Licht, ein fast durchsichtiges vertikales, siebenhundert Kilometer hohes Lächeln hing über ihnen. Die *Perfect Low* erbebte und sang, als sich die Kräfte, die das Wurmloch offen hielten, mit Elementen von Sandra Shens improvisiertem Antrieb verschränkten. »Hier sind mehr physikalische Paradigmen im Spiel, als eure Philosophie sich träumen lässt«, klärte sie ihn auf. Draußen verdoppelten die Aliens ihre Anstrengungen, sausten schneller und in komplexeren Mustern um das Schiff. Mit einem Mal sprühten Madame Shens Augen vor Erregung. »Nicht viele haben das fertiggebracht, Ed«, erinnerte sie ihn. »Du bist jetzt ganz vorne mit dabei, Ed, das musst du zugeben.«

Unwillkürlich grinste Ed.

»Sieh dir das an!«, staunte er. »Wie die das wohl gemacht haben?« Dann schüttelte er den Kopf. »Apropos fertigbringen«, sagte er. »Den Preis hat Billy Anker schon geholt. Vor zwölf Jahren, ich hab es mit eigenen Augen gesehen. Wenn ich mich an etwas erinnere, dann daran.« Er zuckte die Achseln. »Billy ist nie zurückgekommen. Und kommst du nicht zurück, klopft dir keiner auf die Schulter.«

Irgendetwas an seiner unbedarften Philosophie ließ Sandra Shen bei sich lächeln. Sie schaute ein, zwei Lidschläge zu den Bildschirmen empor. Dann sagte sie leise: »He, Ed.«

»Hm?«

»Annie war Annie. Sie war echt.«

»Freut mich«, sagte Ed.

Das Wurmloch empfing ihn mit offenen Armen.

Während des Durchflugs fiel er in Schlaf. Er verstand nicht, wieso, obwohl er selbst im Schlaf noch argwöhnte, dass Madam Shen das so eingefädelt hatte. Er hing im Pilotensessel, den Kopf auf der Seite wie jemand, der vor dem Fernseher eingeschlafen ist. Er atmete schwer durch den Mund. Hinter geschlossenen Lidern tanzten die Augen den REM-Tanz, der einfachen, aber hastigen Figuren folgte.

Und das träumte Ed:

Er war wieder in dem Haus, in dem er groß geworden war. Es war Herbst – drückende, filzige Luft, Regen. Seine Schwester kam aus Vaters Zimmer, sie trug das Tablett mit dem Mittagessen. Er drückte sich auf dem düsteren Treppenabsatz herum, dann sprang er vor. »Haraaar!«, machte er. »Ups.« Zu spät. Im verregneten Licht des Fensters kippte ihr das Tablett aus den Händen. Ein hart gekochtes Ei kullerte in wunderlichen Kurven umher, bevor es treppab rollte. Ed lief ihm nach und machte: »Joi, joi, joi!« Seine Schwester war wütend. Danach redete sie nicht mit ihm. Wohl wegen dem, was er gesehen hatte, bevor er vorgesprungen war: Sie hatte das Tablett bereits mit nur einer Hand gehalten, während sie mit der anderen an ihren Sachen herumgezerrt hatte, als würden sie nicht richtig sitzen. Ihre Hände waren bereits nachgiebig, weich und kraftlos. Sie hatte da schon geweint.

»Ich will nicht die Mutter sein«, hatte sie vor sich hingemurmelt.

Von da an war alles schiefgelaufen in seinem Leben. Nichts danach war so schlimm gewesen, nicht einmal, dass sein Vater auf das schwarze Kätzchen getreten war; und wer behauptete, es sei schon vorher alles schiefgelaufen, der hatte nicht die geringste Ahnung.

Eine Stimme sagte: »Du musst dir verzeihen.«

Ed war halb wach, spürte, wie die weiche Innenseite des Wurmlochs das Schiff berührte, sich zusammenzog. Er lächelte albern, wischte sich mit dem Handrücken über die Lippen, schlief wieder, diesmal ohne zu träumen. Abgeschirmt durch den Feuereifer exotischer Maschinen, eingesponnen und verhätschelt vom ironischen Lächeln und den unergründlichen Motiven der Entität, die sich zurzeit Sandra Shen nannte, wurde er elegant und reibungslos durch einen Millionen Jahre alten Geburtskanal zur Welt gebracht. Und mit einem wahren Inferno an Licht empfangen, mit Lichtphänomenen, die jeder Beschreibung spotteten …

31 · Ich war hier

Nachdem er Hals über Kopf aus dem Strandhaus gerannt war, fand Michael Kearney sich ein letztes Mal zurückversetzt in seine Vergangenheit: Er war zwanzig und kehrte von seiner letzten harmlosen Bahnfahrt zurück.

Am Taxistand außerhalb Charing Cross Station, wo ihn die Tarotkarten abgesetzt hatten, patrouillierte eine untersetzte, ärmlich gekleidete Frau auf und ab. Mit der Rechten hielt sie einen Brief hoch und zeterte: »Du verfluchtes Stück Papier, du verfluchtes Stück Papier!«

Grau meliertes Haar hing in Strähnen rings um das breite, vor Anstrengung gerötete Gesicht. Der kastanienbraune Wollmantel, dick wie Teppichware, presste die großen Brüste zusammen. »Du verfluchtes Stück Papier!«, schrie sie. Als suche sie nach einer endgültigen, unstrittigen Vortragsweise, variierte sie die Betonung, bis schließlich jedes Wort der Anklage schlaglichtartig hervorgehoben war. Man spürte, dass sie von inneren Kräften in die Pflicht genommen wurde. Es war Arbeit für sie, Schwerstarbeit, es war wie ein Hustenreiz irgendwo tief drinnen. Kearney schauderte unwillkürlich. Aber niemand sonst schien sich daran zu stören: Im Gegenteil, man betrachtete sie mit vorsichtiger, ja geradezu liebevoller Belustigung, besonders von hinten. Als Kearney an die Spitze der Schlange rückte, blieb sie vor ihm stehen und suchte Blickkontakt. Sie war klein, korpulent. Ihr haftete ein Geruch nach leer stehenden Häusern, Altkleidern und Mäusen an. Ihre Theatralik, die halsstarrige Rohheit ihrer Emotion, zerrten an seinen Nerven.

»Stück Papier!«, schrie sie ihn an. Der Brief war alt, abgewetzt vom vielen Anfassen, brüchig in den Falzen, die ihn wie ein Gitter durchzogen. »Du verfluchtes Stück!« Sie hielt ihm den Brief hin. Kearney starrte wortlos in eine andere Richtung, gepeinigt von Verlegenheit. Er klopfte mit dem Fuß auf.

»Du verfluchtes *geschriebenes* Ding!«, sagte sie.

Er schüttelte den Kopf. Vielleicht wollte sie Geld.

»Nein«, sagte er, »ich …«

Ein Taxi brauste in den Vorhof von Charing Cross und bremste mit quietschenden Reifen. In den Regentropfen auf der Motorhaube tanzte die Sonne, geblendet verlor er die Frau für einen Moment aus den Augen. Im Nu war sie dicht an ihn herangetreten und hatte ihm den Brief geschickt in die Manteltasche gesteckt. Als er aufsah, war sie fort. Im Taxi stellte er fest, dass auf dem Papier lediglich eine Adresse in Cambridge stand, mit blauer Tinte geschrieben, Tinte, die so alt war wie er. Er hielt sich das Papier dicht vors Gesicht. Das Lesen schien ihn alle Kraft zu kosten. Als das Papier an den Knicken nachgab und in seinen Händen zu einem misslungenen Scherenschnitt zerfiel, sagte er dem Taxifahrer, dass er umdrehen sollte, erwischte noch einen Zug und fuhr nach Hause. Niedergedrückt, erschöpft und mit einer unüberwindbaren Abneigung dagegen, die Reisetasche auszupacken, fiel ihm auf, dass er sich die Adresse unwillkürlich gemerkt hatte.

Er versuchte zu arbeiten. Er saß da und teilte Karten aus, bis es dunkel wurde, und dann – vielleicht in dem verzweifelten Versuch, sich die Trivialität all dessen zu vergegenwärtigen – zog er von Bar zu Bar, trank und hoffte, Inge Neumann zu begegnen, um sie lachen und sagen zu hören: »Das ist doch nur zum Spaß.«

Am nächsten Nachmittag stand er da, wo ihn der vermeintliche Brief hingeführt hatte. Es regnete. Das solide, drei- oder viergeschossige Vorstadthaus auf der anderen Straßenseite stand in einem Park, der halb versteckt hinter einer schönen, verwitterten Ziegelmauer lag.

Er hatte keine Ahnung, warum er hier war.

Er stand da, bis er völlig durchnässt war, und machte keine Anstalten wegzugehen. Kinder rannten straßauf, straßab. Um halb fünf nahm der Verkehr kurz zu. Als sich der Regen verzog und das Licht gen Westen wanderte, nahm die Ziegelmauer ein warmes Orange an und schien ein wenig zurückzuweichen, als sei die Straße breiter geworden; gleichzeitig schien sie sich zu strecken, höher und länger zu werden. Ein wenig später kam die Frau in dem Wollmantel angewatschelt, sie atmete schwer und fuhr sich mit der Hand übers Gesicht. Sie überquerte die Straße, ging schnurstracks durch die Gartenmauer und war verschwunden.

»Warten Sie!«, keuchte Kearney und stürzte ihr nach.

Er hatte das Gefühl, etwas Membranartiges zu durchdringen, etwas, das sich wie eine zweite Haut über sein Gesicht legte. Dann hörte er jemanden sagen: »Sie entdeckten mit Verwunderung, dass sie seit eh und je in dem Garten waren, ohne es zu wissen.« Und war ab sofort überzeugt, dass Innen und Außen immer ein Einziges und Kontinuierliches waren. Er glaubte, überallhin zu können. Mit einem Jauchzer versuchte er sich gleichzeitig in jede erdenkliche Richtung zu bewegen; nur um zu seiner Bestürzung festzustellen, dass er sich bei der Umsetzung dieses Privilegs in die Tat für eine einzige Richtung entschieden hatte.

Sonderbare Einrichtungsgegenstände verweilten in dem Haus, als seien die letzten Mieter noch nicht ganz ausgezogen. Es war kalt hier drinnen. Kearney ging von Zimmer zu Zimmer, besah sich hier einen altmodischen Kaminvorsatz aus Messing, dort ein hölzernes Bügelbrett, das zusammengeklappt in einer Ecke lehnte und sich wie ein totes Insekt ausnahm. Ihm war, als höre er leise Stimmen in den oberen Zimmern; ein Lachen, abgeschnitten durch ein vernehmliches Luftholen.

Der Shrander erwartete ihn im sogenannten Elternschlafzimmer. Kearney sah die Frau durch die offene Tür, sie stand am Erkerfenster. Licht umfloss ihre aufgedunsene, monolithische Silhouette und verklärte den nackten Boden des Zimmers, ergoss sich über Kearneys Füße und den Treppenabsatz und beleuchtete die Staubwülste unter der cremefarbenen Fußleiste. Zurechtgelegt auf einem Tischchen mit Intarsien geradewegs hinter der Türöffnung: Streichholzbriefchen, in Folien verschweißte Kondome, fächerförmig ausgebreitete Polaroidfotos und ein Paar übergroße Würfel mit Symbolen, die Kearney nicht erkennen konnte.

»Du darfst reinkommen«, sagte der Shrander. »Nur zu.«

»Was soll ich hier?«

Im selben Augenblick flog draußen ein weißer Vogel an den drei Scheiben des Erkerfensters vorbei; der Shrander drehte sich um.

Der Kopf der Frau war nicht mehr menschlich. (Wieso hatte er ihn je dafür gehalten? Wieso hatte ihn überhaupt jemand in der Warteschlange dafür gehalten?) Es war ein Pferdeschädel. Kein Pferdekopf. Ein mächtiger gebogener, knöcherner Schnabel, dessen Hälften sich nur an der Spitze treffen und der überhaupt nicht wie ein Pferd aussieht. Ein boshaftes, intelligentes, nichtsnutziges Ding, das nicht sprechen kann. Es hatte die Farbe von Tabak. Es hatte keinen Hals. Ein paar bunte Stofffetzen – früher einmal mochten es rote, weiße und blaue Bänder voller Münzen und Medaillen gewesen sein – bildeten da, wo ein Hals hätte sein können, eine Art Vorhang. Dieses Ding kippte sich um die Längsachse und blickte Michael Kearney wie ein Vogel von schräg unten an. Man hörte es inwendig atmen. Der weibliche Körper darunter, eingeknöpft in den kastanienbraunen Wollmantel, der vor Flecken starrte und nach Eintopf roch, dieser Körper hob in einer besitzergreifenden, aber dennoch großzügigen Geste seine dick gepolsterten Arme.

»Schau hin«, befahl ihm der Shrander mit klarer, kindlicher Tenorstimme. »Schau nach draußen!«

Als Kearney tat, wie ihm geheißen, begann alles zu schlingern, und ringsumher war tiefe Finsternis, und er hatte das Gefühl, sich mit enormer Geschwindigkeit zu bewegen. Ein paar trübe Lichtfleckchen. Im nächsten Augenblick bildete sich ein chaotischer Attraktor, schäumend und brodelnd in den kitschigen, schillernden Farben von Computerkunst aus den Achtzigern. Christi Blut, das ins Firmament fließt, dachte Kearney. Er taumelte, ihm war übel, ihm war schwindlig, er suchte einen Halt: Doch er fiel bereits. Wo war er? Er hatte keine Ahnung.

»Hier findet die Wirklichkeit statt«, sagte der Shrander. »Glaubst du mir?« Mangels einer Antwort setzte er hinzu: »Das alles könnte dir gehören.«

Der Shrander zuckte die Achseln, als sei das Angebot doch nicht so attraktiv, wie er gedacht hatte. »Alles, wenn ihr nur wolltet. Ihr Menschen.« Er überlegte kurz. »Die Kunst ist natürlich, sich auch zurechtzufinden. Ich frage mich«, sagte er, »ob du weißt, wie nahe du davor stehst?«

Kearney starrte aufgewühlt aus dem Fenster.

»*Was?*«, sagte er. Er hatte kein Wort gehört.

Die Fraktale schäumten. Er wollte weglaufen. Wäre beinahe über das Intarsientischchen gefallen, packte es, fand sein Gleichgewicht wieder, merkte, dass er die Würfel des Shranders genommen hatte. Seine Panik erfüllte das Zimmer, so dickflüssig, dass er gezwungen war, kehrtzumachen und durch die offene Tür zu schwimmen. Seine Arme bewegten sich wie beim Brustschwimmen, derweil die Beine unter ihm laufen wollten, es aber nur zu nutzlosen Schritten in Zeitlupe brachten. Er stolperte auf den Treppenabsatz hinaus, strauchelte die Treppe hinunter – voller Entsetzen und Ekstase, die Würfel in der Hand …

Er hatte sie wieder in der Hand, jetzt, da er sich oben auf den Dünen des *Monster Beach* durch Sand und Helmgras kämpfte. Wenn er zurückblickte, sah er das Strandhaus, hinter den Fenstern das Kommen und Gehen eines milchigen Widerscheins. Der Himmel war schwarz und übersät mit strahlenden Sternen; der Ozean, versilbert in den Armen der Bucht, strich mit leise schleifenden Geräuschen über den Strand. Kearney, der kein großer Sportler war, schaffte gut einen Kilometer, ehe sein Verfolger ihn eingeholt hatte. Diesmal war der Shrander viel größer als er, obwohl seine Stimme auch jetzt wieder den hohen Tenor eines Jungen oder einer Nonne hatte.

»Kennst du mich denn nicht?«, fragte der Shrander von oben herab. Er war so groß, dass er die Sterne verdeckte. Er roch nach altem Brot und nasser Wolle. »In deinen Träumen habe ich oft genug mit dir geredet. Jetzt darfst du das Kind sein, das du warst.«

Kearney fiel auf die Knie, schob das Gesicht in den nassen Sand und gewahrte mit gläserner Klarheit und gänzlich unerwartet nicht bloß die einzelnen Körner, sondern auch die Formen dazwischen. Sie zeichneten sich so deutlich und filigran ab, dass er sich tatsächlich wieder wie ein Kind fühlte. Das Gefühl verflog. Er weinte, weinte, weil er sich selbst verloren hatte. Ich habe nicht gelebt, dachte er. Und was habe ich stattdessen getan? Das. Er hatte Dutzende von Menschen getötet. Er hatte sich mit einem Verrückten verbündet, um Schreckliches zu tun. Er hatte keine Kinder. *Anna hatte er nie verstanden.* Er stöhnte, nicht bloß aus Selbstmitleid, sondern auch, weil es ihn solche Anstrengung kostete, den Blick seines Rachegottes zu meiden; das Gesicht fest in den Sand gedrückt und den linken Arm steif nach hinten gekrümmt, bot er ihm das Beutelchen mit den gestohlenen Würfeln dar.

»Warum ich? Warum ich?«

Der Shrander schien verwirrt.

»Du warst mir irgendwie sympathisch«, erklärte er. »Auf Anhieb.«

»Du hast mein Leben ruiniert«, flüsterte Kearney.

»Du hast dein Leben selbst ruiniert«, sagte der Shrander mit einem Anflug von Stolz.

Dann sagte er: »Nur interessehalber, warum hast du die vielen Frauen ermordet?«

»Um dich von mir fernzuhalten.«

Der Shrander schien überrascht.

»Du liebe Zeit. Und du hast nicht gemerkt, dass es nicht funktioniert?« Dann sagte er: »Ein *richtiges* Leben war das ja nicht gerade. Und warum bist du so gerannt? Ich wollte dir nur etwas zeigen.«

»Nimm die Würfel«, bettelte Kearney, »und lass mich in Frieden.«

Stattdessen berührte der Shrander seine Schulter. Er fühlte sich emporgehoben und getragen, bis er über der Gischt hing. Er fühlte, wie seine Glieder mit fester Hand, aber nicht unsanft gestreckt wurden, als sei ein versierter Masseur am Werk. Er fühlte, wie er sich in der Luft drehte, flatternd wie eine Kompassnadel. »So herum?«, sagte der Shrander. »Nein, *so* herum.« Und: »Jetzt darfst du dir verzeihen.« Eine merkwürdige Empfindung – Eiseskälte, die zugleich warm war, wie bei der ersten Berührung mit einem Narkosespray – breitete sich auf seiner Haut aus, drang durch jede Pore und raste durch seinen Körper, öffnete jede Sackgasse, in die er sich in vierzig Jahren hineinmanövriert hatte, und lockerte den wunden, knotigen Klumpen aus Pein und Frustration und Ekel – unnütz wie eine zur Faust geballte Hand, aber ebenso eigenwillig und unverzichtbar –, lockerte diesen Klumpen, zu dem sein Selbst geworden war, bis er nichts mehr wahrnahm als eine weiche, samtene Dunkelheit, in der er gedankenlos zu treiben schien. Nach einer Weile zeigten sich ein paar trübe Lichtfleckchen. Bald gab es mehr davon und immer noch mehr. Funken. Er dachte an Annas sexuelle Verzückung. In allem sind Funken! Sie wurden heller, sammelten sich über ihm und begannen zu kreisen, rascher und immer rascher, bis sie von den wilden schäumenden Mustern des fremden Attraktors absorbiert wurden. Kearney stürzte hinein, löste sich auf und verlor sich. Er war nichts. Er war alles. Er ruderte mit Armen und Beinen, wie ein Selbstmörder, der den dreizehnten Stock passiert.

»Psch«, machte der Shrander. »Keine Angst mehr.« Er berührte Kearney und sagte. »Mach die Augen auf.«

Kearney fror.

»Mach die Augen auf!«

Kearney schlug die Augen auf. »Zu hell«, sagte er. Alles war zu hell, um es erkennen zu können. Das Licht stürmte schrankenlos auf ihn ein: Er fühlte es, er hörte es. Es war Licht, das alle Fesseln abgeworfen hatte, Licht von Substanz: echtes Licht. Majestätische Wände und Bögen und Blütenblätter aus purem Licht hingen da und flackerten, härteten aus, bewahrten für einen Moment ihre Gestalt, um gleich darauf zu schwanken und auf ihn herabzustürzen. Irgendwie fielen sie durch ihn hindurch und waren im nächsten Augenblick verschwunden, nur um durch neue ersetzt zu werden. Er hatte keine

Ahnung, wo er sich befand. Noch nie war er so überwältigt und entzückt gewesen.

Er lachte.

»Wo bin ich?«, fragte er. »Bin ich tot?«

Das Vakuum ringsum roch nach Zitronen. Es sah aus, wie Rosen aussehen. Es zerrte an ihm, von innen und von außen.

Da war ein Horizont, doch er schien zu krumm, zu nahe.

»Wo ist das? Sind das Sterne? Gibt es das irgendwo?«

Jetzt lachte auch der Shrander.

»So wie hier ist es überall«, sagte er. »Na, was hältst du davon?« Kearney blickte nach unten und fand ihn mit dem Gesicht auf der Höhe seiner Schulter stehend, ein kleines, dickes Ding in Frauengestalt, vielleicht einsfünfundsechzig groß, in den kastanienbraunen Wollwintermantel geknöpft, den gewaltigen knöchernen Schnabel zum tosenden und tobenden Himmel gehoben. Obgleich die Augenhöhlen leer waren, hatte Kearney das Gefühl, der Shrander blinzele. »Das ist das Einzige, was unsereins entgeht«, sagte der Shrander. »Wie entfaltbar das alles ist.« Bunte Bänder flatterten und wehten um seine Schulter, ohne dass ein Wind zu spüren war; der Saum des Mantels spielte mit dem Staub auf einer uralten, felsigen Oberfläche.

»Wohin du blickst, es entfaltet sich ohne Ende. Was immer du suchst, du findest es. Und ihr Menschen könnt das haben. Alles.«

Diese Großzügigkeit verwirrte Kearney, also beschloss er, sie zu ignorieren. Das Angebot ergab sowieso keinen Sinn. Dann, als er nach oben auf die kollabierenden und immer wieder nachwachsenden Türme aus Licht starrte, änderte er seine Meinung und überlegte, was er denn im Gegenzug anzubieten hatte. Woran er auch dachte, es schien unangemessen. Plötzlich fielen ihm die Würfel ein. Er hatte sie immer noch. Mit spitzen Fingern nahm er sie aus dem Ledersäckchen und hielt sie dem Shrander hin.

»Ich weiß nicht, warum ich sie genommen habe«, sagte er.

»Hab ich mich auch gefragt.«

»Na ja, da sind sie jedenfalls.«

»Das sind nur Würfel«, sagte der Shrander. »Menschen spielen ein Spiel damit«, setzte er vage hinzu. »Aber sie waren tatsächlich zu etwas nutze. Warum legst du sie nicht einfach hin?«

Kearney sah sich um. Die Oberfläche, auf der sie standen, beschrieb einen weiten Bogen unter dem Horizont. Weißer Staub bedeckte sie wie Puderzucker, und sie war zu hell, um lange hinzuschauen.

»Auf den Boden?«

»Ja sicher. Leg sie einfach auf den Boden.«

»Da?«

»Oder woanders«, sagte der Shrander mit einer lässigen, freizügigen Geste. »Hauptsache, man kann sie sehen.«

»Ich träume doch, oder?«, sagte Kearney. »Ich träume oder ich bin tot.«

Er legte die Würfel bedächtig auf den staubigen Felsboden. Einen Moment später, die Ängste seines alten Selbst belächelnd, ordnete er sie so an, dass sie von oben gesehen das Symbol des *Ausgelassenen Drachen* zeigten. Dann entfernte er sich ein Stück weit, stand allein da, legte den Kopf in den Nacken und stellte sich vor, zwischen den Sternhaufen und weißglühenden Gaswolken all die Dinge zu sehen, die sein Leben ausgemacht hatten. Er wusste, dass sie nicht da waren, doch es war sicher nicht falsch, sie sich vorzustellen. Er sah Kiesel an einem Strand. (Er war drei Jahre alt. »Lauf hierher!«, rief seine Mutter. »Lauf hierher!« In dem Eimerchen war Wasser, wolkig von Sand.) Er sah einen Teich im Winter, am Rand ragte braunes Schilf aus der dünnen Eisschicht. »Deine Cousinen kommen!« (Er sah sie über den Rasen laufen, vor einem ganz gewöhnlichen Haus, und zu ihm herüberlachen.) Er sah sogar Valentine Sprake, in einem Zugabteil, er sah beinah menschlich aus. Nur *Stechginsterland* kam nicht vor. Doch über allem glaubte er Anna Kearneys starkes, entschiedenes Gesicht zu sehen, das ihn durch die Untiefen ihrer beider Leben zur Selbsterkenntnis geführt hatte.

»Begreifst du?«, sagte der Shrander, der sich bis jetzt höflich zurückgehalten hatte und nun wieder neben ihn trat und fast brüderlich in den Himmel blickte. »Es wird immer mehr geben im Universum. Immer noch mehr. Ohne Ende.«

Dann räumte er ein: »Ich kann dich nicht mehr lange am Leben erhalten. Nicht hier.«

Kearney lächelte.

»Hab ich mir gedacht«, sagte er. »Mach dir nichts draus. Oh, sieh mal! Sieh!«

Er sah die tobende Herrlichkeit des Lichts. Er glitt davon und hinein, hier an diesem sagenhaften Ort. Er war so verblüfft. Er wollte es den Shrander wissen lassen. Der Shrander sollte die Gewissheit haben, dass er, Michael Kearney, begriffen hatte.

»Ich war hier und habe es gesehen«, sagte er. »Ich habe es mit eigenen Augen gesehen.«

Er spürte, wie ihn das Vakuum aussaugte.

Oh, Anna, ich habe es gesehen.

32 · Überall und nirgends

In der *White Cat* hatte sich Folgendes zugetragen:

Seria Maú war nach oben in die mathematischen Gefilde gestiegen, wo in einem separaten Bereich der K-Code lief, ohne Substrat, versteht sich. Hier schien das übrige Universum auf große Distanz zu gehen. Dinge beschleunigten und verzögerten sich gleichzeitig. Ein aktinisches weißes Licht – ohne Quelle und doch gerichtet – säumte die Ränder und Kanten aller bewegten Körper. Hier war ein Raum so klar und intensiv und bedeutungslos wie die Träume von Seria Maú.

»Warum bist du so angezogen«, fragte die Mathematik verdutzt.

»Ich will wissen, was mit der Schachtel ist.«

»Dass du so hier heraufkommst«, sagte die Mathematik, »bringt uns alle in große Gefahr.«

»… große Gefahr«, wiederholten die Schattenoperatoren.

»Papperlapapp«, sagte Seria Maú. »Aufgepasst.«

Sie hob die Arme und lüftete den Deckel.

»Du bringst dich in große Gefahr, Liebes«, sagten die Schattenoperatoren. Sie knibbelten an den Fingernägeln, spielten nervös mit dem Taschentuch.

Der Code schoss aus Onkel Sips Schachtel und verschmolz mit dem Code der *White Cat*. Der Karton mit allem Drum und Dran löste sich in Pixel und Lichtfahnen und Dunkelstellen auf, die an nichtbaryonische Materie erinnerten, und alles fegte mit fastrelativistischer Geschwindigkeit an Seria Maús nach oben gerichtetem Gesicht vorbei. Im selben Augenblick spürte sie, wie das Hochzeitskleid Feuer fing. Die Schleppe schmolz dahin. Die süßen Engelchen verpufften zu Pulverwölkchen. Die Schattenoperatoren, die Stimmen von unbekannten Dilatationseffekten entstellt, schlugen die Hände vors Gesicht und kreiselten umher wie verdorrte Blätter im Wind. Plötzlich war alles freigesetzt: Jeder Gedanke, den jemals jemand über das Universum gehabt hatte, war verfügbar, nutzbar und zur Hand. Alles funktionierte. Die Beschreibungssysteme waren zu einem System kollabiert, von dem sie alle abgeschrieben hatten. Die Supersubstanz der Information hatte sich befreit. Es war ein Moment der Wiedererfindung. Ein Moment so schwindelerregend, wie er schwindelerregender nicht sein konnte. Die Mathematik an sich war entfesselt, wie ein Zauberkünstler mit Zylinder, und nichts war mehr so wie zuvor.

Ein weicher Gong ertönte.

»Dr. Haends bitte«, sagte die sanfte, kultivierte Frauenstimme.

Und da kam er aus dem universellen Substrat, mit seinen weißen Handschuhen und dem ebenholzfarbenen Spazierstock mit Messingknauf. Der Frack hatte einen Samtkragen und Aufschläge mit fünf Knöpfen, und das enge schwarze Hosenbein wurde außen von einem schwarzen Satinstreifen geteilt. Den Zylinder hatte er aufgesetzt. Die schwarzen lackledernen Halbschuhe, die Seria Maú noch nie zu Gesicht bekommen hatte, liefen vorne ultraspitz zu. Jetzt erst bemerkte sie, dass Kopfbedeckung, Schuhe, Anzug, Handschuhe und Stock aus Ziffern bestanden, die derart dicht und schnell übereinander krabbelten, dass sie sich wie eine feste Oberfläche ausnahmen. Bestand die ganze Welt aus Ziffern? Oder nur Dr. Haends?

»Seria Maú!«, rief er laut. Er hielt ihr die Hand hin. »Willst du tanzen?«

Seria Maú zuckte zurück. Sie dachte an die Mutter, die ihr kleines Mädchen im Stich gelassen hatte. Sie dachte an den Vater und die schlimmen Sachen, die er von ihr verlangt hatte. Sie dachte an den Bruder, der ihr nicht hatte winken wollen, obwohl er wusste, dass er sie nie wiedersehen würde.

»Ich kann nicht tanzen«, sagte sie. »Ich habe es nie gelernt.«

»Und wessen Fehler ist das?« Dr. Haends lachte. »Wenn du nicht mitspielst, wie willst du dann den Preis gewinnen?«

Seine Hand beschrieb einen Viertelkreis, in dessen Mittelpunkt er selber stand. Seria Maú sah, dass sie im Schaufenster des Zauberladens standen, ein Klein-Mädchen-Cultivar im Hochzeitskleid und ein großer, hagerer Mann mit einem schmalen Lippenbärtchen und lebhaften blauen Augen. Ringsherum lagen all die Dinge, die sie aus ihren Träumen kannte – Retrosachen, Zauberartikel, Kinderkram. Rubinrote Plastiklippen. Hellorange und grün gefärbte Federn. Bündel von Seidentüchern, die sich im Zylinder des Zauberers in lebendige weiße Tauben verwandeln würden. Es gab falsche Lakritzschnecken. Ein Valentinsherz, das dank Liebesdioden erglühen konnte. Röntgenbrillen und kosmetische Schuhe; Eheringe und Handschellen, die man nicht mehr abbekam. Lauter Sachen, die man sich als Kind wünschte, solange es schien, als würde es immer mehr geben auf der Welt und immer noch mehr.

»Sag, was du haben willst«, lud Dr. Haends sie ein.

»Das ist doch alles nur Schwindel«, sagte Seria Maú standhaft.

Dr. Haends lachte.

»Ja, aber es ist auch alles echt. Das ist das Erstaunliche.«

Er ließ ihre Hand los und tänzelte elegant herum, rief dabei: »Joi joi joi!« Dann sagte er: »Du könntest alles haben, was du willst.«

Seria Maú wusste, dass er recht hatte. Voller Panik stürzte sie sich von dieser Idee wie vom höchsten Gesims des Universums in jede erdenkliche Richtung. »*Lass mich in Frieden!*«, schrie sie. Die Schiffsmathematik – die immer schon Dr. Haends gewesen war, zumindest ein beachtlicher Teil von ihm – schläferte Seria Maú ein und kümmerte sich rasch um ein paar andere Aspekte ihres Vorhabens (das unter anderem eine Reise in zehn räumliche und – vor allem – vier zeitliche Dimensionen erforderte). Dann, nachdem sie ihr Schiff ein wenig frisiert hatte, schlug sie den kürzesten Weg nach *Sigma End* ein und stürzte sich ins Wurmloch. Es gab noch viel zu tun.

Sigma End.

Onkel Sip sah mit verengten Augen zu.

»Nachsetzen«, sagte er.

»Zu spät, Onk. Die sind schon drin.«

Onkel Sip schwieg.

»Die sind tot«, sagte der Pilot. »Und wir auch, wenn wir da rein-gehen.«

Onkel Sip zuckte die Achseln. Er wartete.

»Dieser Ort ist nicht für Menschen gemacht«, sagte der Pilot.

»Aber willst du es denn nicht wissen?«, fragte Onkel Sip leise. »Bist du deswegen hergekommen?«

»Ach scheiß drauf, ja.«

Sich lautlos überschlagend wie ein Geisterschiff kam die *White Cat* am anderen Ende des Wurmlochs heraus. Die Maschinen schwiegen. Kein Funk, weder intern noch extern. Nichts rührte sich im Rumpf. Ein einsames blaues Ankerlicht, das sonst nur im Parkorbit benutzt wurde, blinkte sinnlos und stur ins Leere. Die Hülle – zernarbt und zerschrammt, erodiert durch den Kontakt mit einem unbeschreib-lichen Medium, als sei die Reise durch ein Wurmloch wie tausend Jahre in einer Kaffeemühle, die Bewegung so malträtierend wie die Fahrt in einem außer Rand und Band geratenen Zug – kühlte rasch herab über Rot und Pflaumenblau auf ihr normales brutales Grau. Ein Großteil der Außenanlagen fehlte. Der Ausgang des Wurmlochs, ein hauchzarter Kringel aus weißlichem Licht, fiel zurück. Über zwei, drei Stunden purzelte das Schiff außer Kontrolle durch die Leere. Dann stach die Fusionsflamme kurz in den Raum, und die *White Cat* gehorchte dem nicht-verbalen Befehl, schüttelte sich und ließ sich in den Orbit um das nächstbeste große Objekt fallen.

Kurz danach wachte Seria Maú Genlicher auf.

Sie war wieder in ihrem Tank. Es herrschte tiefes Dunkel. Sie fror. Sie war verstört.

»Displays!«, befahl sie.

Keine Reaktion.

»Gibt es sonst noch was außer mir?«

Stille. Sie bewegte sich nervös. Das Proteom fühlte sich leblos und schlabbrig an.

»Displays!«, sagte sie.

Diesmal spielte die Kommunikation visuelle Sequenzen ein, verzerrt, sprunghaft, überlappend und bunt gescheckt von Interferenzen.

Ausgestreckt am Boden im Menschenquartier eines K-Schiffs lag ein großes weißes Objekt, das die präzise kreisenden Nanokameras als teilweise verstümmeltes menschliches Wesen identifizierten. Die Kleidung, die ihm Gravitationskräfte vom Leib gerissen hatten, lag wie nasse Wäsche in die Ecken geklatscht, unter anderem auch ein Arm. Die Wände waren verschmiert und gerötet. Das zweite Display zeigte Onkel Sip, der Akkordeon spielte, während sein Schiff einen ewigen Salto durch das Wurmloch schlug. Lauter als die Musik hörte man den Piloten »Scheiße. O Himmel, Scheiße« schreien. Auf dem dritten Display war Onkel Sips Mund in Großaufnahme zu sehen, der immerzu die Worte wiederholte: »Wir kommen hier raus, wenn wir nur einen kühlen Kopf bewahren.«

»Warum zeigst du mir das?«, sagte Seria Maú.

Das Schiff schwieg. Dann sagte es urplötzlich: »Das alles passiert gleichzeitig. Das sind Echtzeiteinspielungen. Was immer mit ihm da drinnen passiert ist, es passiert immer noch. Es wird so weitergehen.«

Onkel Sip starrte aus dem Display auf Seria Maú.

»Hilfe«, sagte er.

Er übergab sich.

»Das ist eigentlich ganz interessant«, sagte die Mathematik.

Seria Maú sah noch einen Moment lang hin. Dann sagte sie: »Ich will hier raus.«

»Wohin willst du?«

Sie machte hilflose Bewegungen. »Nein, *hier* will ich raus.«

Und dann, als eine Antwort ausblieb: »Es hat nicht funktioniert, wie? Ich meine das, was passiert ist, bevor du mich eingeschläfert hast. Ich dachte, ich hätte den Zauberer gesehen, aber das war nur wieder ein Traum. Ich dachte …« Sie fühlte sich wie eine Dreizehnjährige, die mit den Achseln zucken will. Die Flüssigkeit im Tank schwappte träge hin und her. Seria Maú dachte an warme Spucke, die ihren Torso umspülte. An fünfzehn Jahre der Verzweiflung. »Ich dachte, dachte, dachte … egal, was ich dachte. Ich bin jetzt so verdammt müde. Ist mir egal, was ich tue. In bin es leid. Ich will nach Hause und dass das alles nicht wahr ist. Ich will wieder leben.«

»Soll ich dir was sagen?«, sagte die Mathematik.

»Was denn?«

»Display!«, sagte die Mathematik, und der Kefahuchi-Trakt schlug wie eine Blendgranate in ihren Kopf ein.

»So sieht die Welt wirklich aus«, sagte die Mathematik. »Wenn du meinst, die Welt sähe aus wie in Schiffszeit, dann hast du dich geschnitten. Wenn du meinst, Schiffszeit sei Weltzeit, bist du auf dem Holzweg: Schiffszeit ist gar nichts. Siehst du das? Das ist nicht bloß irgendein ›exotischer Zustand‹. Das sind Lichtjahre aus blauem und rosarotem Feuer, die aus dem Nichts heranbrausen und in echter Menschenzeit weiterstürmen. So läuft das. Und so bist du gestrickt.«

Seria Maú lachte verbittert.

»Sehr poetisch«, sagte sie.

»Sieh in das Feuer«, verlangte die Mathematik.

Sie gehorchte. Über ihr toste und seufzte der Trakt.

»Ich kann dir deinen Körper nicht zurückgeben«, sagte die Mathematik. »Du hattest dieses Feuer in dir, aber du hattest Angst davor. Was du mit dir hast machen lassen, ist unwiderruflich. Geht das in deinen Kopf?«

»Ja«, sagte sie leise.

»Gut. Aber das ist noch nicht alles.«

Im nächsten Augenblick schien sich der Trakt auf drei hohe Bogenfenster aufzuteilen, die in einer Wand saßen, die mit grauen Satinrüschen verkleidet war. Sie befand sich im Schaufenster des Zauberladens. Zur selben Zeit befand sie sich in ihrem Tank in der *White Cat*.

Sie begriff, dass es sich dabei schon immer um ein und denselben Ort gehandelt hatte. Sie sah ihren Tank, ein EMC-Patent auf den Herzenswunsch einer Dreizehnjährigen: ein Sarg, verziert mit lauter goldenen Reliefs von Elfen, Einhörnern und Drachen, die allesamt heroische Selbstaufgabe demonstrierten, als sei der Tod kein Dauerzustand und ein gebrochenes Herz etwas, das sich jederzeit überwinden ließ. Der Sarg hatte bündelweise Infusionsdocks und einen schweren Deckel mit Scharnieren – unmöglich von innen zu öffnen, als habe man immer schon befürchtet, sie könne herauswollen. Sie befand sich darüber, darinnen und auch dahinter: Sie befand sich in den winzigen Bordkameras, die wie Staub durch jeden Lichtstrahl fielen. Während sie zusah, beugte sich der Oberkörper von Dr. Haends langsam ins mittlere Fenster. Das weiße Hemd war frisch gestärkt; das pechschwarze Haar glänzte vor Pomade. Als Dr. Haends sich so weit in ihr Gesichtsfeld gebeugt hatte, wie er konnte, zwinkerte er ihr zu. Doch anstatt langsam wieder zu verschwinden, warf er diesmal ein langes elegantes Bein über die Fensterbank und kletterte in den Raum.

»Nein«, sagte Seria Maú.

»Ja«, sagte er.

Mit zwei großen Schritten war er bei ihr und riss den Deckel auf.

»*Nein!*«, sagte sie.

Was von ihr übrig war, zappelte und schlug um sich, sodass die Suspension, in der sie hing – dick und träge wie Schleim, um die Newton'schen Kräfte zu absorbieren, gegen die auch ein K-Schiff nie ganz gefeit war –, überschwappte und auf seine Lacklederschuhe platschte. Dr. Haends nahm keine Notiz davon. Er langte hinein und hob sie heraus. Über die Mikrokameras sah sie sich zum ersten Mal seit fünfzehn Jahren. Sie war dieses kaputte, gelbliche Ding, dessen Glieder in die falschen Richtungen zeigten, das sich kraftlos krümmte und streckte an der schmerzenden Luft. Was sie als verzweifelten Entsetzensschrei hörte, war nicht mehr als ein schwaches Röcheln. Die Haut spannte sich wie die gebräunte, konservierte Haut einer Moorleiche. Kein Fleisch zwischen ihr und den Knochen darunter. Die welken Lippen zogen sich von kleinen, ebenmäßigen Zähnen zurück. Die Augen funkelten aus teerschwarzen Höhlen. Als sie die dicken Kabel sah, die aus den Schlüsselstellen der seitlich verkrümmten Wirbelsäule hingen, erstarrte sie vor Ekel. Das Ding tat ihr unsäglich leid. Sie schämte sich unsäglich. Das war der eine Grund, warum sie sich so wehrte: Sie wollte einfach nicht, dass er sie so sah. Dann, als sie sah, was er tat, wehrte sie sich auch deswegen.

Er hatte das Schiff gelandet. Die Frachtrampe war ausgefahren. Er brachte sie nach draußen. Panik überschwemmte sie, Panik und das Licht des Kefahuchi-Trakts. Was sollte aus ihr werden, wenn sie nicht mehr die *White Cat* war?

»Nein! *Nein!*«

Hoch über ihr pulsierte der Trakt.

»Hier ist keine Luft«, jammerte sie. »Hier ist keine Luft.«

Der Himmel war ein einziges, grandioses Inferno.

»Das überstehen wir nicht! Darin kann man nicht leben!«

Doch Dr. Haends schien unbesorgt. Draußen auf der Oberfläche zwischen seltsamen niedrigen Erhebungen und im Meer der Zeit versunkenen Artefakten traf er seine Vorbereitungen zur Operation. Die weißen Handschuhe übergestreift. Die Ärmel hochgekrempelt. Während ihm aus Augen und Mund der weiße Schaum des K-Codes quoll, um aus nichts als Staub die erforderlichen Instrumente zusammenzusetzen. Dr. Haends sah auf. Er streckte eine Hand aus, Handfläche nach oben, als wolle er prüfen, ob es regne. »Kein Bedarf für zusätzliche Beleuchtung!«, entschied er.

Seria Maú weinte.

»Ich sterbe! Wie willst du mir hier einen neuen Körper machen?«

»Vergiss deinen Körper.«

Sie mussten schreien, um sich im lautlosen Toben des Trakts zu verständigen. Seine Frackschöße flatterten im Partikelwind. Er lachte. »Ist es nicht verblüffend, überhaupt am Leben zu sein?« Flackernd und tanzend wie aufgeregte Fischschwärme strömten die Schattenoperatoren aus dem Schiff.

»Sie wird schon wieder«, riefen sie einander zu. »Sie wird schon wieder.«

Dr. Haends hob sein Besteck.

»Vergiss dich«, verlangte er. »Du kannst jetzt sein, was du bist.«

»Wirst du mir wehtun?«

»Ja. Vertraust du mir?«

»Ja.«

Eine ganze Weile danach – es mochten Minuten oder Jahre vergangen sein – wischte sich Dr. Haends die Ziffern von der Stirn und trat von seiner Arbeit zurück. Sein Abendanzug hatte ein wenig gelitten. Die Arme waren blutig bis zu den Manschetten des Leinenhemds. Das Besteck, das zu Anfang vom Feinsten gewesen war, erschien ihm nun stumpf und für chirurgische Zwecke kaum noch geeignet. Er schüttelte den Kopf. Es war nicht einfach gewesen, wie er jetzt einräumte, sogar für ihn. Thermodynamisch gesehen war das der teuerste Job gewesen, den er je gemacht hatte. Es war ein Risiko gewesen. Aber was erreichte man ohne Risiko?

»Du kannst jetzt sein, was du bist«, wiederholte er.

Das, was er gemacht hatte, erhob sich und schlug unsicher mit den Flügeln. »Das ist schwer«, sagte es. »Soll ich denn wirklich so groß sein?« Es versuchte, auf sich zurückzublicken. »Ich kann mich ja gar nicht sehen«, sagte es. Es schlug wieder mit den Flügeln. Elektromagnetische Begleiterscheinungen hoben Staub von der Oberfläche. Der Staub blieb in der Schwebe, aber sonst geschah gar nichts.

»Ich denke mal, wenn du fleißig übst …«, machte Dr. Haends ihm Mut.

»Ich habe Angst«, sagte es. »Ich komme mir so blöd vor.«

Es lachte.

»Wie seh ich denn aus?«, sagte es. »Bin ich noch Seria Maú?«

»Ja und nein«, sagte Dr. Haends. »Dreh dich um. Lass dich ansehen. Joi, wie schön du bist. Du musst nur noch ein bisschen üben.«

Seria Maú drehte sich und drehte sich. Sie spürte, wie sich das Licht in ihren Flügeln verfing.

»Sind das *Federn?*«

»Nicht ganz.«

Sie sagte: »Ich weiß nicht, wie das funktioniert!«

»Es wird jede Gestalt annehmen, die du dir wünschst«, versprach Dr. Haends. »Du kannst das sein oder du kannst was anderes sein.

Du kannst eine weiße Katze sein und dich zwischen den Sternen tummeln. Oder warum nicht etwas Neues probieren? Mir gefällt es«, sagte er. »Ja! Und jetzt! Siehst du? Es geht doch!«

Sie stieg und kreiste unbeholfen über seinem Kopf. »Ich weiß nicht, wie man das macht!«, rief sie herunter.

»Ein paar Runden! Ein paar mehr! Siehst du?«

Sie drehte noch ein paar Runden. »Ich mach das gar nicht schlecht«, rief sie. »Ich glaube, das liegt mir.« Die Schattenoperatoren flogen zu ihr hinauf. Sie gesellten sich zu ihr, raunten vor Entzücken und klatschten mit ihren knochigen, zerschundenen Händen. »Ihr habt so gut auf mich aufgepasst«, gratulierte sie ihnen. Dann fasste sie die *White Cat* ins Auge.

»Die ganzen Jahre!«, staunte sie. »Bin *ich* das gewesen?«

Sie vergoss etwas, das Tränen hätten sein können, wenn man denn bei einem so bizarren Organismus – der so riesig und so zerbrechlich und in jedem Augenblick das Produkt seiner eigenen Wünsche war – von Weinen sprechen konnte. »Ach, du liebe Zeit«, sagte sie. »Ich weiß nicht, wie mir zumute ist.« Plötzlich lachte sie. Ihr Lachen füllte das Vakuum. Es war das Gelächter von Elementarteilchen. Sie lachte auf allen Ebenen. Sie probierte aus, was sie alles sein konnte: Da gab es so viel; da gab es immer noch mehr. »Gefällt dir das?«, rief sie nach unten. »Ich glaube, das andere gefiel mir besser.« Ihre Schwingen erinnerten nicht mehr an Gefieder, und das Kefahuchi-Licht lief wie ein Lauffeuer von Spitze zu Spitze. Seria Maú Genlicher lachte und lachte und lachte.

»Lebe wohl«, rief sie nach unten.

Urplötzlich stieg sie, schneller als selbst die Augen eines Dr. Haends waren. Ihr Schatten huschte über ihn hinweg und verschwand.

Als sie fort war, stand er noch eine Zeit lang zwischen dem verwaisten K-Schiff und den Überresten des Physikers Michael Kearney. Er war erschöpft, konnte aber noch keine Ruhe finden. Er bückte sich und hob die Würfel auf, die Michael Kearney hierhergelegt hatte. Er drehte und wendete sie bedächtig; legte sie wieder zurück. »Das war mühsam«, sagte er. »Die können mühsamer sein, als man denkt.« Nach einer Weile schlüpfte er in eine Gestalt zurück, in der er sich wohler fühlte, und stand eine ganze Zeit da und blickte zum Kefahuchi-Trakt empor, ein kleines, pummeliges Ding mit einem riesigen Krummschnabel und einem kastanienbraunen Wollmantel, besudelt mit Fett- und anderen Flecken.

»Na ja«, murmelte es, »Den Rest schaffen wir auch noch.«

33 · Ed Chianese würfelt ein letztes Mal

Die *Perfect Low* tauchte aus dem Wurmloch. Ihr Antrieb lief aus und zerfiel in seine Komponenten. Ein, zwei Minuten lang schien sie ihre Optionen zu überdenken, dann flitzte sie durch den lokalen Raum, um wenig später über einem Asteroiden direkt vor dem Kefahuchi-Trakt zu parken.

Ed Chianese hing mit offenem Mund und schwer atmend im Pilotensessel. Abgesehen von der Hand auf seinen Genitalien erinnerte seine Pose an das Gemälde *Der Tod des Thomas Chatterton;* und sollte er träumen, so gab es keinerlei Anzeichen dafür. Die kleine Orientalin mit ihrem goldenen, bis zum Oberschenkel geschlitzten Cheongsam blickte mit einem mütterlich ironischen Ausdruck auf ihn herunter. Sie zündete sich eine Zigarette an und paffte sie kopfschüttelnd. Sie ließ ihn nicht aus den Augen. Wäre sie eine richtige Frau gewesen, hätte man meinen können, sie versuche, sich einen Reim auf ihn zu machen.

»Tja, Ed. Zeit, in die Gänge zu kommen«, sagte sie schließlich.

Ein paar weißliche Stäubchen schienen aus ihren Augen zu treiben. »Na ja, jetzt bräuchten wir eigentlich Musik«, sagte sie. »Etwas Getragenes.« Sie hob die Hand. Die Geste ließ Ed sanft aus dem Sessel aufsteigen und beförderte ihn im Schritttempo zur nächstbesten Luke, die, als sie aufschwang, die Luft aus dem ganzen Schiff abließ. Nebst Ed. Er schien nichts davon mitzubekommen, was vielleicht ganz gut war. Ein wenig später lag er in der Luft – völlig horizontal, Beine zusammen, Hände auf der Brust gefaltet, ganz wie zum Begräbnis –, zwei oder drei Fuß über der Oberfläche des Asteroiden.

»Hübsch«, sagte Sandra Shen. »Du siehst hübsch aus, Ed.«

Sie hob ihr Gesicht zum grellen Inferno des Trakts, vor dem die *Perfect Low* nicht mehr als ein undeutlicher Schemen war.

»Dich brauche ich jetzt nicht mehr«, erklärte sie dem Schiff.

Es manövrierte für ein, zwei Sekunden; die knappen nadelscharfen Impulse der Fusionsprodukte machten für Augenblicke die Sarkophage der Aliens sichtbar. Kaum stand die Purpurwolke, verschwand das Gespann von der Bildfläche.

Sandra Shen schaute ihm nach. Einen Moment lang wirkte sie tieftraurig und verspürte anscheinend keinerlei Lust, irgendwelche Entscheidungen zu treffen. »Rauche ich noch eine Zigarette?«, fragte sie Ed. »Nein, lieber nicht.« Sie war unruhig, gereizt: nicht ganz sie selbst. Auch ihr Schatten wurde für ein, zwei Sekunden unruhig. Ihre Hände beschäftigten sich mit dem Kleid. Oder war es das Kleid? Vielleicht war es mehr als das. Einen Moment lang schien alles Funken zu verströmen. Sie seufzte ungehalten und wirkte dann mit einem Mal entspannt.

»Wach jetzt auf, Ed«, sagte sie.

Als Ed aufwachte, stand er auf der Krümmung einer kleinen Welt unter dem furiosen Lichtspektakel des Kefahuchi-Trakts.

Über ihm stiegen Feuersäulen auf und brandeten nieder; Farbfolgen, Farben, die nicht zusammengehörten, Buntglasfarben. Ein Stück weiter, auf eine unbeschreibliche Art und Weise ausgeleuchtet, lag ein K-Schiff, den Antrieb auf Parkschaltung, die Hülle schimmernd von der Anstrengung, seine Bewaffnung im Zaum zu halten. Und er bemerkte noch etwas: das vollständige Skelett eines Menschen, bräunlich, an den Knochen noch kleine Stofffetzen und teerschwarze Knorpelreste. An Eds Schulter stand – seltsam und ungewiss in dem wütenden, unbarmherzigen Licht, das allerdings nicht mehr so bedrohlich wirkte wie eben noch – die Entität, die zuweilen als »Sandra Shen«, zuweilen als »Dr. Haends«, doch für die allermeisten ihrer kurzfristigen Gefährten als »der Shrander« in Erscheinung getreten war. Ed sah sie von der Seite an. Er registrierte die kleine rundliche Figur, den kastanienbraunen Wollmantel, an dem die Knöpfe fehlten; den Kopf, der ein Pferdeschädel war, mit Augen wie Granatapfelhälften.

»Hoppla!«, sagte er. »Gibt es dich wirklich?«

Er betastete seinen Körper. Das Wichtigste zuerst.

»*Mich* auch?«, sagte er. Dann: »Wir sind uns schon einmal begegnet.« Er bekam keine Antwort, massierte sein Gesicht. »Ich weiß, dass wir uns schon mal begegnet sind.« Er machte eine unbestimmte Geste. »Das alles hier …«, sagte er.

»Toll, was?«, sagte sie. »Und so wie hier ist es überall.«

Das meinte Ed aber nicht. Er meinte, so weit, wie er gereist war, hatte er gar nicht vorgehabt zu reisen.

»Wo bin ich?«

»Das«, sagte sie mit einem Anflug von Vergnügen, »weiß ich auch nicht! Es gibt so viele Orte, findest du nicht?«

»He«, sagte Ed. »Du bist Sandra Shen.«

»Die auch, ja.«

Ed gab auf. Vorerst konnte er ruhig nachsichtig mit sich sein. Erst einmal alles verarbeiten. Doch der Shrander wirkte umgänglich und einfühlsam, und Ed fühlte sich schon bald viel sicherer als kurz nach dem Erwachen. Das wiederum ließ ihn einen zweiten Anlauf wagen. Nach kurzem Überlegen sagte er: »Du bist aus der K-Kultur, hab ich recht? Ihr seid gar nicht tot. Das ist des Rätsels Lösung.«

Er besah sie von der Seite, fast ehrfürchtig.

»Was bist du denn nun?«

»Ach«, sagte sie. »Ich glaube kaum, dass du die Antwort verstehen würdest. Was immer ich bin, ich bin der Letzte meiner Art. So viel steht fest.« Sie seufzte. »Alles Gute geht einmal zu Ende, Ed.«

Ed war sich nicht sicher, wie er darauf reagieren sollte.

»Wie kommst du damit zurecht?«, sagte er schließlich. »Innerlich, meine ich?«

»Gut. Kein Problem.«

»Fühlst du dich nicht einsam? Im Stich gelassen.«

»Oh, natürlich. Einsam. Ein bisschen wie auf dem Abstellgleis. Das würde jedem so gehen. Aber wir hatten unsere Zeit, Ed, und es war eine gute Zeit!« Sie sah zu Ed auf, quicklebendig, wie es ihm schien. »Ich wünschte, du hättest uns erlebt. Wir sahen genauso wie ich jetzt aus; wenn überhaupt, dann hatten wir mehr Bänder.« Sie lachte. »Ich werde dir nicht zeigen, was unter dem Mantel ist.«

»He«, sagte Ed. »Ich wette, du siehst hübsch aus.«

»Ich bin da unten keine Neena Vesicle.« Über diese Worte dachte sie vielleicht länger nach, als sie beabsichtigt hatte. »Wo war ich stehen geblieben?«

»Dass ihr eure Zeit hattet«, sagte Ed.

»Oh, die hatten wir, Ed, die hatten wir. Es lebte sich für unsereins, wie es sich für euch lebt, vielleicht auch besser. Eben noch so wohltemperiert wie ein Tanztee im Paradies; im nächsten Augenblick ratzfatz, halluzinierend, auf dem letzten Drücker, Echtzeit. Ach, du weißt schon: die absolute Hölle. Wir haben so einige Male ordentlich gegessen. Und, Ed, du hättest sehen sollen, was wir auf die Beine gestellt haben! Wir haben Sachen herumgeschoben wie kaum ein anderer. Wir hatten den Code ausgeknobelt und konnten all die Antworten herausfinden, auf die ihr scharf seid …«

Sie hielt inne und zeigte in den Himmel.

»Dann trafen wir auf *das* da. Ich will dir reinen Wein einschenken, Ed, wir waren genauso ratlos wie alle anderen auch. Es war schon alt, als wir kamen. Die Wesen, die vor uns hier gewesen sind, na ja, die waren schon alt, als es uns noch nicht einmal gab. Wir haben eifrig ihre Ideen geklaut, genauso, wie ihr es jetzt macht. Wir haben es versucht …« – sie schien die Achseln zu zucken – »… und sind gescheitert. Aber hallo, Ed, du hättest uns sehen sollen. Einige Sachen hatten wir ganz gut im Griff. Es war eine spannende Zeit. Aber letztlich ist bei dem ganzen Gerangel nichts rausgekommen.« Sie legte den Kopf in den Nacken und deutete mit dem gewaltigen Krummschnabel auf den Trakt. Im nächsten Moment richtete sie den Blick nach unten in den Staub zu ihren Füßen. »Ach«, sagte sie, »ich will mich nicht beklagen. Selbst das war schön. Ich meine, es war ein Abenteuer, es war *unser* Abenteuer. Es war ein Teil von dem, was unser Dasein ausmachte.

Und darum geht es, Ed. Dasein. Bis zum Hals in dem stecken, was man ist.«

»Du meinst, das fehlt dir?«, sagte Ed.

Die Entität seufzte. »Ja«, sagte sie. »Das fehlt mir.«

Sie sagte: »Wir hatten unsere Mitte verloren. Das macht der Kefahuchi mit einem. Man weicht davor zurück. Man zerbricht daran. Man verliert den Mut. Er hat uns geschlagen: unsere Intelligenz, unser Begriffsvermögen. Letztlich hatten wir einfach nicht genug auf dem Kasten.« Es entstand eine Pause, in der sie beide über Grenzen nachdachten, eine Vorstellung, die einem ehemaligen Entradista wie Ed vertraut war.

Als er den Augenblick für gekommen hielt, sagte er: »Und? Wie ging es weiter?«

»Man rafft sich auf, Ed. Man versucht, weiterzumachen. Wir mussten uns eingestehen, dass wir etwas übersahen. Aber genau das brachte uns auf die grandiose Idee. Für *uns* war der Kefahuchi eine Nummer zu groß; aber wir wollten etwas auf die Beine stellen, das ihm gewachsen war. Ich bin der Letzte meiner Art, Ed, du hast recht. Man hat mich hiergelassen, damit ich das Projekt in Gang bringe.«

Sie verstummte.

Nach einer Weile sagte sie müde: »Ich bin ziemlich überholt, Ed.«

Ed spürte die Last auf ihren Schultern. Er spürte ihre Einsamkeit. Was kann man für eine fremde Entität tun? Ihr den Arm um die Schulter legen? Ihr sagen: *Tut mir leid, dass du so alt bist?* Sie musste ihm seine Gefühle angesehen haben, denn sie beruhigte ihn: »He, Ed. Nun mach dir mal keine Gedanken darüber.« Sie sammelte sich und machte eine Geste, die die niedrigen Ruinen, die unerklärlichen Artefakte im Staub und das K-Schiff umfasste, das dahockte wie ein stählerner Dämon, dessen Systeme vor Strahlung kochten und das sinnlos mit seinen Waffen fuchtelte, weil es im Umkreis von Lichtjahrhunderten entlang des Strands potenzielle Gefahren witterte.

»Ich habe in diesen Ruinen und Objekten gehaust und in vielen anderen überall im Halo. Allem wohnte ein Teil von mir inne, und jeder Teil war das Ganze. Als EMC die K-Tech entdeckte, hauste ich im Navigationsbereich von diesem Schiff dort. Ich habe es gestohlen. Vom Innern der Mathematik über die Brücke bis in die Wetware standen mir zehn Raum- und vier Zeitdimensionen zur Verfügung. Ich war haloweit unterwegs, zeitlich hüpfte ich vorwärts und rückwärts wie ein Jojo. Ich konnte intervenieren.«

»Wozu?«

»Es ging um euch, Ed. Alles, was wir hatten, waren Aminosäuren, darauf haben wir aufgebaut. Wir haben uns überlegt, was uns fehlen könnte, und eure Vorfahren so geplant, dass sie sich zu dem entwickeln konnten, was wir allzu gerne gewesen wären. Es war ein Langzeitprojekt, eines von vielen hier draußen am *Strand*. Na ja, vielleicht nicht so augenfällig wie neue Sonnen bauen. Aber hat denn irgendeins von diesen Projekten wirklich funktioniert? Sieh dich um; ich würde sagen: nein. Wir dachten, unsere Investition hätte eine Chance, Ed. Das Projekt war preiswert und elegant dazu; interessanter noch: Wir haben das Universum mit ins Boot genommen und einiges dem Zufall überlassen. Und seither passe ich auf, verstehst du?«

Der Kefahuchi-Trakt.

Eine Singularität ohne Ereignishorizont. Ein Bereich, aus dem sich alle verletzten Gesetze des Universums ergießen, lauter schnöde Zauberutensilien, Magie, die funktioniert oder nicht, unzuverlässiges Zeug aus dem Fenster eines Retroladens. Mit solchen Ideen konnte man nichts anfangen, doch man konnte nicht aufhören, es zu versuchen. Man konnte nicht aufhören, sie in Betracht zu ziehen.

Eds visueller Kortex, angeregt wie ein Ionenpaar in einem Tate-Kearney-Apparat, halluzinierte in dem gigantischen Wetterleuchten Würfelsymbole. Er sah die *Zwillinge*, einen Pferdekopf, einen Klipper in aufgetürmten Wolken. Unter diesen Symbolen von Glück und Pech erstreckte sich, meist eben und unter einer Schicht aus feinem weißem Staub, die Oberfläche des Asteroiden (oder was immer es war). Hier und da waren Reste niedriger, rechteckiger Bauwerke zu sehen, die Fundamente auf drei Zentimeter abgetragen durch unbekannte Erosionskräfte, die vom Trakt ausgingen. Rings um dieses Geviert verstreut zeichneten sich in diesem Goldgräberparadies die Umrisse von kleineren Artefakten ab, die Kanten und Ecken vom Staub gerundet, jedes ein kleines Vermögen wert in den Chopshop-Labors von *Motel Splendido*.

Er versuchte sich vorzustellen, er sei selbst ein Artefakt.

Er ging auf die Knie und legte sein Ohr an die Oberfläche. Tief drunten hörte er den K-Code singen. Es hörte sich an wie ein Chor.

»Du bist immer noch dort unten«, flüsterte er.

»Dort unten und überall sonst. Also, was hast du nun vor, Ed?«

Ed richtete sich auf.

»Was ich vorhabe?«

Die Entität lachte. »Ich hab dich nicht hergebracht, nur damit du große Augen machst«, klärte sie ihn auf. »Wenn du wüsstest, was es aus thermodynamischer Sicht kostet, dich an diesem … diesem …« – sie suchte nach einem passenden Wort – »… diesem legendären Ort auch nur am Leben zu erhalten, du würdest erbleichen. Nein, ehrlich, Ed. Es wäre mir ein Vergnügen gewesen, dich einfach nur herzubringen, aber das allein würde nicht die Kosten rechtfertigen.«

»Und?«, sagte Ed. »Das heißt?«

»Sachte, Ed. Sei nicht naiv. In deinem Leben gibt es keinen Stillstand. Entweder du gehst weiter oder du gehst unter. Was darf es sein?«

Ed grinste. Jetzt hatte es bei ihm geklingelt. »Du bist auch im Twinktank gewesen«, sagte er. Er gluckste. »Rita Robinson!«, entsann er sich. »Ich wette, du warst auch Rita Robinson.« Er schlenderte zu der Stelle hinüber, wo das Gerippe lag, kniete sich in den Staub und berührte die bräunlichen Knochen. Er zog einen kleinen verblichenen Stoffstreifen von den Rippen, ließ ihn fallen und sah zu, wie ihn die schwache Schwerkraft zu Boden zog.

»Also zum Beispiel«, sagte er. »Was hat es damit auf sich?«

»Ach ja«, sagte die Entität. »Kearney.«

»Kearney?«, sagte Ed. »Lieber Himmel. Doch nicht *der* Kearney?«

»Das war nun wirklich mal jemand, der vor sich selbst davonlief«, sagte sie. »Übrigens genau das, wovon ich rede. Er war so vielversprechend als Kind, und trotzdem ein Feigling sondergleichen. Ich habe erlebt, wie er aus dem Nichts aufgelodert ist, nur um gleich wieder zu erlöschen. Als hätte jemand das Licht ausgeknipst. Oh, ich weiß, was du sagen willst, Ed. Er und Brian Tate haben dich und deinesgleichen hierhergebracht. Ohne ihn hättet ihr keine Quantenmaschinen. Auch keine leistungsfähigen Parallelprozessoren. Und ohne das alles hättet ihr euch nie zurechtgefunden. Doch letztlich war er eine Enttäuschung, Ed, glaub mir: Er hatte einfach zu viel Angst vor seinem Wissen. Ich hätte ihn nicht herbringen sollen, aber ich fühlte mich in seiner Schuld.«

Sie lachte. »Und das, wo er etwas von mir mitgehen lassen hatte und jedes Mal Reißaus nahm, wenn ich ihn danach fragen wollte.« Sie bückte sich und suchte mit ihren Patschhändchen im Staub.

»Da.«

»He«, sagte Ed. »Das Schiffsspiel.«

»Das sind die Originale, Ed. Sieh dir die Ausführung an. Wir haben nie herausgefunden, wie alt sie sind.« Sie besah sich die Würfel auf ihrem kleinen, dick gepolsterten Handteller. »Sie waren schon alt, als wir sie fanden.«

»Und wozu sind sie gut?«

»Auch da sind wir nicht dahintergekommen«, seufzte sie. »Ich habe sie aus Nostalgie aufbewahrt. Da. Nimm du sie.«

»Ich spiele nur damit.«

Er nahm die Würfel und drehte sie so, dass sie das Licht des Kefahuchi brachen. Nur so sollte man sie betrachten, dachte er. Sie sind nur ein weiteres Gerät, um den Ort zu verstehen, an dem die Gesetze ihr Ende finden. Die vertrauten Symbole flimmerten und zuckten unruhig, als wollten sie von den Würfelseiten springen und im Licht des Kefahuchi schmoren. Irgendwie fühlte er sich in ihrer Schuld.

»Was muss ich tun?«

»Du nimmst das K-Schiff. Und du gehst tief rein. Das ist der Kefahuchi-Boogie, Ed. Nase nach vorn und draufhalten. Auf voller Länge.«

»Warum ich?«

»Du eröffnest den Reigen, Ed. Du bist der Erste, der unseren Vorstellungen entspricht.«

»Kearney war der Schlaue«, erinnerte Ed. »Nicht ich.«

»Ich will nicht, dass du den Trakt verstehst, Ed. Ich will, dass du auf ihm *surfst*.«

Ed würfelte versonnen.

Er würfelte wieder.

Er sagte: »Immer schon wollte ich so ein Ding fliegen. Was wohl passiert, wenn ich es da reinbringe?«

»Mit dir?«

Ed warf die Würfel.

»Nein, überhaupt«, sagte er und machte eine knappe Geste, die sich auf das gesamte Universum zu beziehen schien.

Das Alien zuckte die Achseln.

»Wer weiß? Nichts bleibt, wie es ist.«

Ed würfelte ein letztes Mal. Über ihm tobte lautlos der Kefahuchi-Trakt. Strandauf, strandab brach aus lauter Solidarität Krieg aus. Er besah sich die Würfel, die im verstrahlten Staub lagen … Etwas an dem Wurf schien ihn zu amüsieren.

»Zum Teufel damit«, sagte er und richtete sich grinsend auf. »Vielleicht macht's ja Spaß.«

»Bestimmt, Ed.«

»Wo muss ich unterschreiben?«

Ein wenig später, querschnittsgelähmt, katheterisiert und das Nervensystem mit brandneuen Pharmaka vollgepumpt, spürte Ed Chianese, der Twink, wie das *Einsteinkreuz* sein Hirn erleuchtete, und übernahm die Kontrolle über das K-Schiff. Sandra Shen hatte ihn gut vorbereitet. Navigation ist ein Akt des Prophezeiens: ein paar Mutmaßungen, dieweil der Kopf in einem Becken voll prophylaktischer Gallerte steckt. Die aufwendigen parallelen Rechenvorgänge kann man getrost den Algorithmen und dem Quantencomputer überlassen. Nachdem die Mathematik ihn rekrutiert hatte, war sie nach oben in ihre Gefilde zurückgekehrt, wo sie auf Ed wartete.

»He«, sagte Ed.

»Was gibt es?«

»Einen Wunsch hätte ich. Ich hatte eine Schwester. Und ich habe mich dämlich benommen und ihr einfach den Rücken zugekehrt. Ich wünschte, wir könnten uns noch mal sehen. Ein einziges Mal nur. Kannst du das bewerkstelligen?«

»Das wird nicht gehen, Ed.«

»Dann möchte ich das Schiff umbenennen. Geht das?«

»Kein Problem.«

Ed dachte angestrengt über sein verpfuschtes Leben nach. »Wir sind die *Black Cat*«, sagte er. »Von jetzt an sind wir die *Black Cat*.«

»Ed, der Name gefällt mir.«

»Dann öffne die Ventile.«

Die Mathematik war entzückt. Ed übernahm die Schiffszeit. Zehn räumliche Dimensionen spreizten sich wie ebenso viele Beine; dazu die vier zeitlichen. Dunkle Materie brodelte und loderte. Im Niemandsland am Rand der Normalität löste sich die *Black Cat* von der Oberfläche des Asteroiden. Sie tanzte wie eine Kompassnadel, dann drehte sie sich um die Querachse, bis sie aufrecht stand. Während der nächsten dreißig Nanosekunden – die ganz unten, wo die Dinge sehr klein sind, so lange dauern wie eine Million Jahre – geschah überhaupt nichts. Dann brachen die Fusionsprodukte aus dem Heck. Ein mächtiger Dorn aus strahlend weißem Licht brachte die *Black Cat* mit einem gewaltigen Satz auf Kurs und hinterließ ein flüchtiges Loch im Nirgendwo.

»Freie Fahrt. Nase auf das verdammte Ding!«

»Genau, Ed.«

»Wo geht hier die Musik an?«

Der Asteroid war jetzt leer, bis auf die Ruinen, die beinernen Würfel und den toten Physiker. Die Würfel lagen so, wie sie für Ed Chianese gefallen waren; die Zeit berieselte sie mit Staub. Michael Kearneys Knochen wurden eine Nuance brauner. Seria Maú Genlicher kam etliche Male vorbei, manchmal glücklich, manchmal wie der leibhaftige Winter, blickte hinab und verschwand wieder. Jahre verstrichen. Jahrhunderte vergingen. Dann begannen sich die Farben des Himmels zu ändern, in allerfeinsten Nuancen und kaum merklich zuerst, dann schneller und ungestümer, als man es sich hätte träumen lassen.

DER BEGINN

ZWEITES BUCH

Nova

»Je tiefer du in die *Zone* vordringst,
desto näher kommst du dem Himmel.«

Boris & Arkadi Strugatzki, *Picknick am Wegesrand*

»Nostalgie und Science-Fiction sind sich
unheimlich nahe.«

A. A. Gill, *Sunday Times*

»Unser Leben ähnelt eher einem bruchstückhaften Traum
als der Inszenierung eines denkenden Ego.«

John Gray, *Straw Dogs – Gedanken über Menschen und andere Tiere*

1 · Die Bar in der Straint Street

Vic Serotonin saß in einer Bar in der Straint Street, knapp außerhalb der Aureole des Saudade-Ereignisses, und unterhielt sich mit einem dickleibigen Mann von einem anderen Planeten; der Mann nannte sich Antoyne. Sie hatten die ganze Nacht gewürfelt. Die Morgendämmerung stand kurz bevor. Braunes Licht, glänzend und trübe zugleich, kroch aus den Straßenlaternen.

»Ich war noch nie da drin«, gab der Dicke zu und meinte das Ereignisgebiet. »Aber ich finde …«

»Vorsicht, Antoyne, nicht noch mehr Blödsinn verzapfen.«

Der Dicke wirkte gekränkt.

»Komm, trink noch einen«, sagte Vic.

Die Bar lag etwa Mitte Straint, eine unübersichtliche, enge Straße aus zweistöckigen Gebäuden, von denen zwei Drittel mit Brettern vernagelt waren. Wie alle Straßen in diesem Teil von Saudade war auch die Straint voller Katzen, besonders zur Morgen- und Abenddämmerung, wenn sie das Ereignisgebiet aufsuchten oder verließen. Wie um dem Rechnung zu tragen, hieß die Bar Black Cat White Cat. Der verzinkte Tresen war ein bisschen zu hoch, um bequem zu sein. Eine Reihe Flaschen enthielt Flüssigkeiten abenteuerlichster Färbung. Ein paar Tische. Das lange Fenster beschlug zusehends, was nur Antoyne beunruhigte. Morgens roch die Bar nach dem Knoblauch der vergangenen Nacht. Manchen Morgen roch sie zusätzlich nach Moder, als habe sich im Dunkeln etwas aus der Ereignis-Aureole gestohlen und sei nach ein paar Anläufen, die Luft in der Bar zu atmen, unter einem Ecktisch verendet. Hoch oben im Winkel zwischen Wänden und Decke hingen wie Spinnweben die Schattenoperatoren. Es gab nicht viel zu tun für sie.

Vic – kurz für Vico, ein beliebter Name auf *Scienza Nuova*, wo Vic geboren war – hielt sich fast alle Tage hier auf. Er aß hier. Von hier aus führte er seine Geschäfte. Die Bar war sein Briefkasten, und hier machte er sich ein Bild von seinen Kunden: Tatsächlich war die Bar das, was man ein Sprungbrett nennt, gut positioniert, nicht zu weit vom Ereignisgebiet entfernt und nicht so nahe, dass man die Auswirkungen hätte fürchten müssen. Die Bar hatte noch einen Vorteil: Vic verstand sich gut mit Liv Hula, der Besitzerin, die nie einen Geschäftsführer eingestellt hatte und den Laden Tag und Nacht selbst am Laufen hielt. Die Leute hielten sie für die Barkeeperin, was ihr ganz recht war. Sie schien sich nie zu beklagen. Sie gehörte zu den Frauen, die sich ab vierzig auf sich selbst zurückziehen, klein, dünn, grauer Bürstenschnitt, auf den muskulösen Unterarmen ein paar fesche Tattoos, ein Gesichtsausdruck, als sei sie immer mit den Gedanken woanders. Sie sorgte für Musik in der Bar. Sie liebte *Outcaste Beats* und *Saltwater Dub*, Musik, die ein paar Jährchen älter war.

»He«, sagte sie jetzt zu Vic, »lass den Dicken in Frieden. Jeder hat ein Recht auf seine Meinung.«

Serotonin blickte zu ihr. »Darauf will ich erst gar nicht antworten.«

»Schlechte Nacht?«

»Solltest du wissen. Du warst dabei.«

Sie schenkte ihm einen Schuss Black Heart ein und dem Dicken das, was der Dicke bestellt hatte. »Ich würde sagen, du warst im Alleingang da draußen, Vic«, sagte sie. »Und nicht zu knapp.« Sie lachten beide.

Dann sah sie über seine Schulter zur offenen Tür hinüber und sagte: »Du bekommst vielleicht Kundschaft.«

Die Frau, die dort stand, war ein bisschen zu groß, um die Stöckelschuhe zu tragen, die derzeit in Mode waren. Sie hatte lange, schmale Hände. Auf ihrem Gesicht lag der zugleich ängstliche und friedvolle Ausdruck von vielen dieser Touristinnen. Sie hatte etwas Sondierendes an sich und wirkte zugleich anmutig und linkisch. Wenn sie wusste, wie man Kleider trug, dann hatte sie es lernen müssen, oder es war ein Talent, das sie nie voll entfaltet hatte. Man dachte unwillkürlich, sie habe sich verlaufen. Als sie an diesem Morgen in die Bar kam, trug sie unter ihrem langen honigfarbenen Pelzmantel ein schwarzes zweiteiliges Kostüm, das aus einem taillierten Jäckchen und einem wadenlangen Rock mit Gehfalte bestand. Verunsichert hielt sie in der Tür inne, den kalten Schein der Straint Street im Rücken und das halbe Gesicht im wenig schmeichelhaften Schlaglicht des Fensters, und das Erste, was man sie sagen hörte, war: »Entschuldigung, ich …«

Beim Klang ihrer Stimme entfalteten sich die Schattenoperatoren, schossen aus allen Ecken auf sie zu und umflatterten ihren Kopf wie Gespenster, Fledermäuse, Papierfetzen, Rauch oder alte Frauen, die antike Medaillons umklammerten, in denen sie Haarlocken verwahrten. Sie erkannten den Privilegierten, wenn sie ihn sahen.

»Meine Liebe«, wisperten sie. »Was für schöne Hände.«

»Können wir etwas für dich tun …«

»… Was können wir für dich tun, meine Liebe?«

»Was für wunder-wunderschöne Hände!«

Liv Hula schaute belustigt drein. »Mit mir haben sie noch nie so geredet«, gestand sie der Frau im Pelzmantel. Sie hatte plötzlich eine Vision ihres Lebens: hart errungen, roh ausgebuddelt aus nichts, was der Rede wert war, selbst die paar Male, da sie sich im Sturz- oder Steilflug gewähnt hatte.

»Sie suchen Vic, er ist da drüben«, sagte sie.

Immer wies sie auf ihn hin. Danach wusch sie ihre Hände in Unschuld. Diesmal hatte Vic gewartet. Die Arbeit war knapp, ein schleppendes Jahr, obwohl sich die Schiffe im Touristenhafen drängten. Vic hielt sich für intelligent und entschlossen; Frauen dagegen hielten ihn für schwach, zaudernd und – was sie auf einen misslungenen Feminisierungsversuch zurückführten – für attraktiv. Er hatte wochenlang mit dem dicken Antoyne und Liv Hula gezecht und sah immer noch zu jung aus für sein Alter. Er stand da, Hände in den Taschen, und die Frau hielt auf ihn zu, als wäre er ihr einziger Orientierungspunkt in diesem Raum. Je näher sie ihm kam, desto unsicherer schien sie zu werden. Wie die meisten dieser Leute hatte sie Schwierigkeiten damit, ein Gespräch zu eröffnen.

»Ich möchte, dass Sie mich begleiten«, sagte sie endlich.

Vic legte den Finger an die Lippen. Etwas weniger Unverblümtheit wäre ihm lieber gewesen. »Nicht so laut«, bedeutete er ihr.

»Tut mir leid.«

Er zuckte die Achseln und sagte: »Nicht so schlimm.«

»Hier sind nur Freunde«, sagte Liv Hula.

Vic bedachte Liv mit einem Blick, den er gleich darauf in ein Lächeln verwandelte.

Auch die Frau lächelte. »Zum Ereignisgebiet«, sagte sie, als bestünde auch nur der geringste Zweifel an ihrem Wunsch. Ihr Gesicht war glatt und überspannte Sehnsüchte, die Vic nicht ganz verstand. Sie sah ihn nicht an, wenn sie sprach. Das hätte ihm zu denken geben müssen. Stattdessen führte er sie zu einem Tisch, wo sie sich fünf Minuten lang leise besprachen. Nichts sei leichter, erklärte er ihr, als das, was sie vorhabe. Allerdings müsse sie sich über das Risiko im Klaren sein. Jeder Leichtsinn räche sich da drinnen. Ein Narr, wer ihr das verschweige. Unverzeihlich wäre das, sagte er. Geld wechselte den Besitzer. Nach einer Weile standen sie auf und verließen die Bar.

»Noch einer am Tropf«, sagte Liv Hula so laut, dass er in der Türöffnung stockte.

Antoyne behauptete, er sei als Navigator mit Chinese Ed geflogen. Die Ellbogen auf dem Tresen, verbrachte er die Tage damit, aus dem Fenster zu starren, auf die Kondensstreifen am Himmel über der anderen Seite der Straint Street, wo die K-Schiffe hereinkamen. Die meisten Leute hielten es für unwahrscheinlich, dass er mit irgendjemandem geflogen war, doch er konnte eine Nachricht überbringen und den Mund halten. Das Einzige, was er sonst noch über sich sagte, war: »Wen kümmert schon ein Fettkloß namens Antoyne?«

»Du triffst den Nagel auf den Kopf«, erklärte ihm Liv Hula des Öfteren.

Als Vic fort war, herrschte Stille in der Bar.

Die Schattenoperatoren scherten sich ringsum an die Decke zurück, sodass dort wieder das vertraute Bild herrschte. Antoyne blickte auf den Tisch vor sich, dann zu Liv Hula hinüber. Es schien, als wollten sie über Vic oder die Frau reden, doch am Ende wusste keiner etwas zu sagen. Der Dicke war mürrisch, weil Liv Hula ihn gegen Vic Serotonin in Schutz genommen hatte. Der Sessel schrammte über den Holzboden, als er zurückgestoßen wurde, Antoyne ging zum Fenster und wischte mit der flachen Hand ein großes Loch in den milchigen Beschlag.

»Noch dunkel«, sagte er.

Liv Hula musste ihm recht geben.

»He«, sagte er. »Da ist Joe Leone.«

Gegenüber der Black Cat White Cat gab es die üblichen Fronten, kaputt und schief, Gebäude, die das Vertrauen in ihre Bausubstanz verloren hatten und jetzt Schneidereien beherbergten, die auf Kosmetik oder Einwegcultivare spezialisiert waren. Man konnte diese Werkstätten schwerlich als »Salons« bezeichnen, dafür waren sie in jeder Hinsicht zu billig. Ein Rinnsal an Aufträgen sickerte aus den hiesigen Vertretungen von Onkel Sip und Nueva Cut. Sie arbeiteten auch für Schattenboys, und Joe Leone war ein Paradebeispiel. Eben jetzt schleppte er sich die Straint hinunter und benutzte Zäune und Mauern, um sich aufrecht zu halten. Seine Kräfte verhielten sich wie Ebbe und Flut. Er fiel, wartete eine Minute und kämpfte sich wieder hoch. Es sah nach Schwerstarbeit aus. Man konnte erkennen, dass er mit einer Hand unten etwas festhielt, derweil er sich mit der anderen auf den Zaun stützte. Je näher er kam, desto komischer sah er aus.

Antoyne formte mit feuchten Händen einen Trichter vor dem Mund und verkündete mit der Stimme eines Sportkommentators von Radio Retro: »… *und wird er es diesmal schaffen?*«

»Lass es uns bitte wissen, wenn du dich der Menschheit anschließt, Antoyne«, rief Liv Hula. Der Dicke zuckte die Achseln und wandte sich vom Fenster ab. »Keine Frage«, sagte er in seiner normalen Stimme. »Er hat es noch immer geschafft.«

Joe schleppte sich weiter die Straint hinunter. Inzwischen war zu erkennen, dass die Schneider etwas mit seinem Gesicht angestellt hatten: Es hatte einen groben, löwenähnlichen Zuschnitt. Es war weiß und schweißnass, bewegte sich aber nicht richtig. Es schien aus einem Stück zu sein, wie bei einer Maske; das schloss auch das nach hinten gekämmte, lange Haar ein, das aus der großen Stirn und den Wangenknochen trat. Schließlich fiel er vor einem der Chopshops hin und rührte sich nicht mehr. Etwa zwei Minuten später kamen zwei Männer von Joes Größe aus dem Laden und schleppten ihn nach drinnen.

Mit sieben hatte Joe zu kämpfen begonnen.

»Erhebe nie die Hand gegen einen anderen, mein Sohn«, pflegte sein Vater nachsichtig zu erklären, »denn der andere bist du.«

Joe Leone hielt sich nicht daran, selbst nicht mit sieben, als er, was niemand bestreiten wird, noch am gescheitesten war. Er kämpfte einfach gerne. Bis er zwölf war, war das Kämpfen mehr oder weniger sein Handwerk geworden. Er unterschrieb bei den Schattenboys. Seither lebte er in Einwegcultivaren. Er liebte Stoßzähne, lebendige Tattoos und seitlich geschnürte Hosen. Einen eigenen Körper besaß er nicht. Diese Cultivare zu betreiben war dermaßen teuer, dass er sich trotz Sparens nie würde zurückkaufen können. Jeden Abend stand er in der Arena und folgte demselben abgedroschenen Ritual. Auf die Dauer machte ihn das ziemlich fertig. »Ich weiß nicht mehr, wie oft ich schon meine eigenen Eingeweide gesehen habe. He, was soll's? Es ist nicht weiter schlimm, seine Innereien zu verlieren. Den Kampf zu verlieren, *das* ist schlimm.« Nach so einem Spruch lachte er immer und spendierte einem den nächsten Drink.

Jeden Abend schleiften sie das kaputte Cultivar aus der Arena, und tags darauf suchte Joe Leone den Schneider in der Straint auf und verließ frisch und neu die Werkstatt, um gleich wieder von vorne anzufangen. Es war ein ödes Leben, aber so gefiel es ihm. Liv Hula hatte ihm noch nie einen Drink berechnet. Sie hatte eine Schwäche für Joe, das war allgemein bekannt.

»Diese Kämpfe sind grausam und dumm«, erklärte sie eben dem Dicken.

Er war zu klug, um diesem Urteil zu widersprechen. Stattdessen suchte er einen anderen Zankapfel und sagte: »Was haben Sie denn vorher gemacht, ich meine, als Sie noch keine Barkeeperin waren?«

Sie setzte ein mattes, vielsagendes Lächeln für ihn auf.

»Einiges«, sagte sie.

»Und warum hab ich davon noch nichts gehört?«

»Da bin ich überfragt, Antoyne.«

Sie erwartete eine Erwiderung, doch eben lenkte etwas anderes seine Aufmerksamkeit auf sich. Wieder wischte er die Scheibe klar und drückte sein Gesicht ans Fenster. »Irene ist ein bisschen spät heute«, sagte er.

Liv Hula war plötzlich sehr beschäftigt hinter dem Tresen.

»Ach ja?«

»Ein, zwei Minuten«, sagte er.

»Was sind ein, zwei Minuten für Irene?«

Sein Geld mit Kämpfen zu verdienen war eine dumme Idee, so weit die Meinung von Liv Hula. Es war ein dummes Leben. Der ganze Ehrgeiz von Joe Leone war so dämlich gewesen wie seine Selbstdarstellung, bis er Irene getroffen hatte: Dann war alles noch schlimmer geworden. Irene war eine Mona, die den Freihafen beackerte und dabei einen guten Schnitt machte. Sie war das, was man zierlich nannte, eins sechzig samt Stöckelschuhen aus transparentem Polyurethan und ausgesprochen attraktiv mit ihrem seidenweichen Blondschopf. Wie alle diese Onkel-Sip-Produkte hatte sie etwas Organisches an sich, etwas Reales. Sie sah Joe Leone beim Kämpfen zu, und sobald sie sein Blut gerochen hatte, konnte sie nicht mehr von ihm lassen. Jeden Morgen, wenn er heim zur Schneiderwerkstatt kam, kam auch Irene. Zusammen verkörperten sie das Sex- und das Kampfgeschäft. Waren Joe und Irene unter sich, verwischten sich die Grenzen zwischen beiden Sparten. In gewisser Weise waren sie eine ganz neue Form der Unterhaltung.

Irene hämmerte an die Chopshoptür.

»Wie lange muss sie rufen, bis man ihr aufmacht, was meinen Sie?«, fragte Antoyne. Liv Hula hatte einen landkartenartigen Fleck auf dem verzinkten Tresen entdeckt und besah ihn eingehend.

»Ich weiß nicht, warum du mich das fragst«, sagte sie.

»Sie hat Gefühle für ihn«, sagte Antoyne, um die günstige Gelegenheit zu nutzen. »Das lässt sich nicht leugnen. Ganz ohne Frage. Liebe Güte«, setzte er bei sich hinzu, »guck sich einer die Titten an.«

Er versuchte sich Joe Leone vorzustellen, tot und verflüssigt, während sich Knochen und Organe wieder zusammensetzten und Irene ihm ihren Monamund reichte. Der Witz war, dass Irene die Dinge genauso wie Liv Hula sah. Jeden Morgen ließ sie sich einen alten Holzstuhl bringen und stellte ihn ans Kopfende von Joes Tank, wo der verblasste Slogan *Keine Schmerzmittel* stand. Sie saß da, ohne auf die pinkrosa blinkenden LEDs zu achten, die sowieso nur Show waren. Das Tank-Proteom schwappte wie warme Spucke: Kaskaden von Autokatalyse in einem Substrat aus vierzigtausend Molekülarten, das alle zwanzig Minuten abgelassen wurde, um die unerwünschten Stoffe mit sich zu nehmen, die die Chemikalien nicht eliminieren konnten. Irene hasste die saugenden Geräusche, die dabei entstanden.

Eines Tages wirst du nicht mehr zurückkommen, hielt sie dem »Löwen« immer wieder vor. Noch *ein* Kampf und du kannst mich mal. Doch Joe war jetzt ein Algorithmus irgendwo im Operatorengefilde. Er suchte sich im Katalog neue Fangzähne aus und ließ sich die glykolytischen Systeme tunen. Er konnte sie nicht hören.

»Oh, Joe, ich meine es ernst«, sagte sie jedes Mal. »Noch *ein* Kampf und wir sind geschiedene Leute.«

Manchmal sah auch Liv Hula den Raumschiffen zu.

Kurz vor Tagesanbruch sah man sie und den Dicken zusammen am Fenster stehen, während zwei fassförmige, messingfarbene Frachter vom Zollhafen abhoben. Dann stieg ein K-Schiff auf der scharfen weißen Linie seines *f*RAM-Antriebs aus den militärischen Wartungsgruben. Im Widerschein des Lichts trat ein unerwartet warmer Ausdruck in ihr Gesicht. Der Kefahuchi-Trakt verblasste bereits am

Himmel, der wie ein angehobener Deckel einen dünnen östlichen Bogen aus Blassgrün hereinließ, das Zodiakallicht. Bald würden Landwinde aufkommen, sich in der engen Röhre der Straint Street fangen und die tief liegenden Nebel am Ereignisgebiet aufwühlen. Für viele würde das das Signal sein, den Tag zu beginnen. Liv Hula und Antoyne, der Dicke, sahen das K-Schiff wie eine Schere durch den Himmel schneiden.

»Schon mal eins geflogen, Antoyne?«

Er blinzelte und drehte den Kopf weg. »Das war nicht nötig«, sagte er. »Dieser Sarkasmus war nicht nötig.«

Im selben Augenblick kam Vic Serotonin in die Bar zurück. Er ging schnell und sah sich mehrmals um. Er wirkte wie jemand, dessen Tag so früh am Morgen bereits entgleist war. Sein Gesicht war bleich, und eine Schramme auf seiner Backe schwitzte Blut. Er schien vor Kurzem durch öliges Wasser gewatet zu sein, und ein Ärmel seiner Gabardinjacke mit Reißverschluss war halb von der Schulter gerissen – als habe sich jemand im Fallen daran festgehalten, dachte Liv Hula sofort, ohne zu wissen, wie sie darauf kam.

»Himmel noch mal, Vic«, sagte sie.

»Jetzt brauch ich einen Drink«, sagte Vic Serotonin.

Er ging halb durch den Raum, als wolle er den Drink am Tresen nehmen, besann sich dann und setzte sich unvermittelt an den nächstbesten Tisch. Dort angekommen, wusste er offenbar nicht, was er als Nächstes tun sollte. Ein paar Schattenoperatoren lösten sich von der Decke, um ihn unter die Lupe zu nehmen; er starrte durch sie hindurch. »Scheiße«, sagte er immerzu leise und verblüfft. Nach einer Weile atmete er ruhiger.

Beim Anblick von Vic vergaß der Dicke seine verletzten Gefühle. Er zog sich einen Sessel heran und begann Vic eine Geschichte zu erzählen; in seiner Hingabe beugte er sich so weit vor, dass sein Schmerbauch dabei die Tischkante verschluckte. Er redete leise und eindringlich, und doch konnte man Wörter wie »Entradista«, »harte Röntgenstrahlung« oder »Chinese Ed« aufschnappen. Vic starrte auch durch Antoyne hindurch, dann sagte er: »Sei still, oder ich schieß dir ein Loch in den Kopf.« Der Dicke wandte mutlos den Blick ab. Er sagte, alles, was er in dieser Bar wolle, sei eine Chance, Vic solle ihm eine Chance geben. Er gab sich redlich Mühe, seine Tränen zurückzuhalten. »Tut mir leid«, sagte Vic, doch er dachte bereits über anderes nach, und als Liv Hula ihm den Drink brachte, sich setzte und sagte: »Black Heart, Vic, genau so, wie du ihn magst«, da schien er sie kaum wahrzunehmen.

»Scheiße«, sagte er wieder.

»Wo ist die Frau, Vic?«

»Ich weiß nicht«, sagte er.

»Sag mir nicht, dass du sie da gelassen hast.«

»Sie ist durchgeknallt und losgerannt. Sie ist irgendwo in der Aureole. Antoyne, geh raus, sag mir, wenn jemand auftaucht.«

»Ich will doch nur eine Chance, dazuzugehören«, sagte der Dicke.

»Ist ja gut, Antoyne.«

»Keiner versteht das«, sagte Antoyne.

Serotonin öffnete den Mund, schien aber Antoyne völlig zu vergessen. »So eine Panik hab ich noch nie erlebt«, sagte er. Er schüttelte den Kopf. »Wir waren ja noch nicht mal richtig drin. Es ist schlimm heute Morgen, aber so schlimm auch wieder nicht.« Er trank aus und hielt Liv Hula das Glas hin. Anstatt es zu nehmen, packte sie sein Handgelenk.

»Wie schlimm ist es also?«, sagte sie. Sie würde nicht loslassen, bis Vic damit herausrückte.

»Alles ist im Fluss«, räumte er ein. »Ich habe schon Schlimmeres gesehen, aber erst weiter drinnen.«

»Wo ist sie, Vic?«

Er lachte. So hatte er schon zu oft gelacht. »Wie gesagt, sie steckt irgendwo in der Aureole. Weiter sind wir nicht gekommen. Zwischen den Gebäuden rennt sie los, ich sehe Seidenstrümpfe und diesen beknackten Pelzmantel und dann nichts mehr. Sie hat noch von irgendwo nach mir gerufen, als ich schließlich aufgegeben habe«, sagte er. »Schenk mir noch einen Drink ein, Liv, sonst stell ich noch was Dummes an.«

»Du bist ihr nicht hinterher?«, sagte Liv Hula.

Er stierte vor sich hin.

»Du bist geblieben, wo es sicher war, hast ein paarmal gerufen und dann kehrtgemacht.«

»Das würde Vic niemals tun«, sagte der Dicke großspurig. Vic doch nicht. »He, Vic. Sag's ihr. Das würdest du niemals tun!« Er erhob sich aus seinem Sessel. »Ich geh nach draußen und halt die Augen offen, so wie du gesagt hast. Wenn Sie glauben, Vic Serotonin könnte so was tun«, sagte er zu Liv Hula, »dann kennen Sie Vic nicht.« Kaum war er fort, ging sie hinter den Tresen und schenkte Vic noch einen Black Heart ein, derweil Vic sich durchs Gesicht rieb wie jemand, der sehr müde ist und nicht mehr klar denken kann. Sein Gesicht schien gealtert, seit er die Bar verlassen hatte. Er wirkte verdrossen und bedrückt, und seine blauen Augen bekamen etwas Flehendes, etwas, das ihnen eines Tages zur zweiten Natur werden sollte.

»Du weißt nicht, wie es da drinnen ist«, sagte er.

»Wie könnte ich«, sagte sie. »Das weiß nur Vic Serotonin.«

»Die Straßen vertauscht, alles von jetzt auf gleich aus dem normalen Zusammenhang. Die Geografie funktioniert nicht. Auch die Architektur nicht. Nicht ein Quäntchen Verlässlichkeit in dem ganzen Scheiß. Verlässt man den Weg, den man kennt, ist man angeschmiert. Verirrte Hunde, die Tag und Nacht bellen. Alles muss sich abmühen, um den Kopf über Wasser zu halten.«

Sie war nicht geneigt, ihn so leicht davonkommen zu lassen.

»Du bist der Profi, Vic«, erinnerte sie ihn. »Die anderen sind die Kunden. Hier ist dein Drink, falls du ihn willst.« Sie stützte die Ellbogen auf den Tresen. »Du bist derjenige, der die Übersicht behalten muss.«

Das schien ihn zu amüsieren. Er kippte den Rum hinunter. Sein Gesicht bekam wieder Farbe, und sie sahen einander freundlicher an. Mit ihr fertig war er allerdings noch nicht. »He, Liv«, sagte er nach ein, zwei Atemzügen leise, »was ist der Unterschied zwischen dem, was du erlebt hast, und dem, was du bist? Du willst wissen, wie es da drinnen ist? Tatsache ist, man verbringt die ganzen Jahre damit, etwas daraus zu machen. Und dann, na was wohl, fängt es an, etwas aus dir zu machen.«

Er stand auf und ging zur Tür.

»Was zum Teufel treibst du denn da, Antoyne?«, rief er. »Ich sagte, *aufpassen*. Ich sagte, *Augen offen halten*.«

Der Dicke, der ein Stück die Straint hinaufgetrottet war, um im Frühwind einen klaren Kopf zu bekommen und durch eine Ritze in den vernagelten Fenstern des Chopshops einen Blick auf Irene, die Mona, zu erhaschen, kehrte grinsend und zitternd vor Kälte in die Bar zurück. »Antoyne hier kann uns alles darüber erzählen«, sagte Vic Serotonin. »Alles, was er weiß.«

»Lass Antoyne in Ruhe.«

»Warst du jemals da drin, wenn alles drunter und drüber geht, Antoyne?«

»Ich war noch nie da drin, Vic«, sagte Antoyne hastig. »Habe ich nie behauptet.«

»Alles kommt einem einfach abhanden und man hat keine Ahnung, was sich stattdessen einstellt? Die Luft ist wie nasser Blätterteig. Sie trägt keine Gerüche heran, sie ist ein Substrat. In jeder Ecke ist ein kaputtes Telefon an die Wand genagelt. Auf jedem steht *Sprechen*, aber sie sind nicht angeschlossen. Sie klingeln, aber niemand meldet sich.«

Liv Hula bedachte ihn mit einem Blick und zuckte die Achseln. An den Dicken gewandt sagte sie: »Vic hasst es ja so, einen Kunden zu verlieren.«

»Du kannst mich«, sagte Vic Serotonin. »Ihr könnt mich beide.«

Er stieß das Glas über den Tresen von sich und ging.

Als er fort war, herrschte wieder Stille in der Bar. Das Schweigen war so ohrenbetäubend, dass Liv Hula und der Dicke, die eigentlich lieber geredet hätten, sich nicht aus der Verstrickung ihrer Gedanken befreien konnten. Der auflandige Wind flaute ab. Derweil wurde es heller, bis sich nicht länger leugnen ließ, dass der Tag anbrach. Die

Frau spülte und trocknete das Glas, das Vic Serotonin benutzt hatte, und stellte es sorgfältig an seinen Platz hinter dem Tresen zurück. Dann ging sie nach oben auf ihr Zimmer, wo sie überlegte, ob sie sich umziehen sollte, doch am Ende nur in wachsender Panik auf das ungemachte Bett, die Betttruhe und die nackten weißen Wände starrte.

Ich sollte weiterziehen, dachte sie. Ich sollte nicht länger hierbleiben.

Als sie in die Bar zurückkehrte, hatte Antoyne wieder seinen Platz am Fenster eingenommen; die Hände auf der Fensterbank, stand er da und sah zu, wie eine Fracht nach der anderen vom Zollhafen abhob. Er drehte sich halb um, als wolle er etwas sagen, wandte sich aber, als er keine Ermutigung fand, wieder dem Fenster zu.

Auf der anderen Straßenseite öffnete jemand die Tür des Chopshops. Nach einem kurzen, stillen Ringen stolperte Irene, die Mona, heraus. Sie machte ein, zwei unsichere Schritte nach vorn, blickte kopflos die Straint hinauf und hinab, wie ein Betrunkener bei dichtem Verkehr, und setzte sich schließlich auf den Bordstein. Die Tür schlug hinter ihr zu. Ihr Rock rutschte hoch. Antoyne presste das Gesicht dichter ans Glas. »He«, flüsterte er bei sich. Irene setzte derweil ihr rot glänzendes Kosmetikköfferchen aus Polyurethan neben sich auf dem Gehsteig ab und begann mit einer Hand darin herumzuklauben. Zwei, drei Minuten später saß sie immer noch da, alles zeigend, was sie hatte, schniefend und sich die Augen wischend, als die Katzen in einer munteren stillen Flutwelle aus dem Saudade-Ereignisgebiet quollen.

Wer wusste schon, wie viele es gab. Und noch etwas: Nie war eine gescheckte Katze dabei, nur weiße oder schwarze. Wenn sie aus der Zone strömten, ähnelte das einem chaotischen Mischfluss: Wiewohl jede Bedingung determiniert ist, ist das Ergebnis nicht vorhersagbar. Schon bald füllten sie die Straint in beiden Richtungen, brachten ihre gebündelte Körperwärme mit und einen dumpfen, staubigen, aber nicht unangenehmen Geruch. Irene rappelte sich auf, aber die Tiere zollten ihr nicht mehr Respekt als einer Straßenlaterne.

Irene war auf einem Planeten namens *Perkin's Rent* geboren. Als sie ihm den Rücken kehrte, war sie aufgeschossen und knochendürr, hatte einen hölzernen Gang und große Füße. Beim Lächeln entblößte sie ihr Zahnfleisch, und sie fixierte ihr Haar in kupferroten Wellen, die so dicht und komplex waren, dass sie das Summen des Stromnetzes empfingen, das weiße Rauschen des Universums. Sie hatte eine reizende Art zu lachen. Als sie das Raumschiff bestieg, um *Perkin's Rent* zu verlassen, war sie siebzehn. Ihr Handkoffer enthielt ein gelbes, jugendstilinspiriertes Baumwollkleid, Tampons und vier Paar Stöckelschuhe. »Ich liebe Schuhe«, erklärte sie einem, wenn sie betrunken war. »Ich liebe Schuhe.« Damals konnte man sie zu ihrer besten Zeit erleben. Sie folgte einem für zwei Wochen überall hin, und dann folgte sie einem anderen. Für Raumschiffjockeys hatte sie eine Menge übrig.

Jetzt stand sie tränenüberströmt da und sah den Saudade-Katzen zu, die sie umwimmelten, bis Liv Hula umsichtig durch den Strom watete und sie in die Bar holte, wo sie sie hinsetzte und sagte: »Was kann ich dir bringen, Schätzchen?«

»Diesmal ist er tot«, platzte es aus Irene heraus.

»Ich kann's nicht glauben«, sagte Liv Hula. Augenblicklich räumte sie innerlich auf und plante, in ihrem Schneckenhaus zu bleiben und das Gehörte zu meiden. Doch Irene sagte es auf ihre chaotische Weise wieder und wieder: »Diesmal ist er tot, Punkt.« Es war schwer, sich da rauszuhalten. Irene nahm Liv Hulas Hand und drückte sie an ihre Wange. Ihrer Ansicht nach, sagte sie, seien Männer für den größten Teil des Lebens ungeeignet; worauf Liv Hula erwiderte: »Das hab ich auch immer gedacht.« Dann begann Irene wieder zu schluchzen und musste ihren Frisierspiegel herausholen. »Besonders für den besten Teil«, sagte sie unbestimmt.

Später, als Antoyne kam und mit ihr zu reden versuchte, sparte sie nicht mit ihren Reizen. Er spendierte ihr einen Drink, der die Farben ihres Rocks, Pink und Gelb, hatte und den man, so Antoyne, gut fünfzig Lichtjahre von hier auf irgendeinem blöden Planeten trank.

»Den kenne ich, Fat Antoyne«, sagte sie mit einem traurigen Lächeln.

Diese ursprüngliche Irene, überlegte Irene, kam allein nicht zurecht. Sie würde wo auch immer auf dem Bett sitzen, dem Regen lauschen und damit beschäftigt sein, ihre fünf Sinne beisammenzuhalten. Andererseits fehlte es ihr nicht an Ehrgeiz. Die Sterne im Halo waren wie ein großes Reklameschild für sie. Die Neonschrift lautete: *So viele Schuhe, wie du essen kannst.* Als sie die Monapackung kaufte, versprach ihr der Schneider, ihr Haar werde immer nach Pfefferminz-Shampoo duften. Sie hatte die Kataloge durchgesehen und gefunden, was sie wollte, und der Schneider hatte es eingearbeitet. Ihr ganz persönliches Verkaufsargument auf den Straßen von Saudade.

»Den kenne ich«, wiederholte sie zu Antoyne und ließ ihn Pfefferminzduft schnuppern. »Und im Moment bin ich einfach nur froh, jemanden gefunden zu haben, der auch schon mal da war.«

Das hätte jeden anderen Mann genauso ermutigt. Antoyne blieb sitzen, als sie schon ausgetrunken hatte, und versuchte, sie mit Geschichten aus der Zeit zu fesseln, als er noch mit Raumschiffen unterwegs gewesen war. Aber von welchem Ort er auch erzählte, Irene war bereits dort gewesen – und nicht bloß dort, dachte Liv Hula –, und Fat Antoyne hatte alles bekommen, was man für einen billigen Cocktail kaufen konnte. Liv blieb hinter dem Tresen und beobachtete die beiden, selbst so aufgewühlt, dass es ihr schnuppe war, was daraus wurde. Schließlich kapierte selbst Antoyne, was Sache war. Er schrammte seinen Stuhl zurück und suchte wieder seinen Fensterplatz auf. Wie spät war es? Was hatte ihn hierherverschlagen? Er blickte auf die Straint hinaus. »Es ist Tag«, sagte er und grummelte: »He, ich hatte wirklich Respekt vor dem Burschen. Oh ja.« Mittlerweile benahm sich die Flutwelle der Katzen wie eine Aufgabe in statistischer Mechanik: keinerlei Verlangsamung oder Ausdünnung, bis sie sich urplötzlich selbst den Hahn abdrehte und die Straint wieder leer war. Auf der anderen Straßenseite, vor der Schneiderklitsche, spülten sie Joe Leones Proteine in den Rinnstein.

Im Zivilhafen ragten die Kreuzfahrtschiffe, halb versteckt im Nebel, über die Gebäude empor; derweil in den engen Straßenschluchten ein Verkehr von Rikschagirls und Tattooboys eingesetzt hatte, der die Touristen vom *New Café Al Aktar* nach Moneytown, von der *Church on the Rock* zur *Rock Church* brachte, während rings um sie her die Fetzen und Schleier ihrer Schattenoperatoren Sprüche wisperten wie: »*Eine Sehenswürdigkeit, die sich niemand entgehen lässt, ein Diskurs der Gegensätze.*« Gegen acht wimmelte es in Saudade von Pelzmänteln in den Farben von Honig bis Rosskastanie, so veredelt, dass sie wehten wie weit leichtere Stoffe. Was war das für Geld? Woher kam es? Es kam von oben, von außerhalb. Es stammte von Kapitalgesellschaften. So rücksichtslos die Geschäfte auch sein mochten, die sie hervorbrachten, die Schönheit und Geschmeidigkeit dieser Mäntel ließ sich schwerlich leugnen.

Kurz, nachdem sich die letzte Katze in die City verdrückt hatte, kehrte Vics Klientin in die Bar zurück.

Im Gegensatz zu Vic hatte sie sich nicht schmutzig gemacht. Sie sah noch so aus wie vorher, nur dass ihre Schultern ein bisschen vorgekrümmt waren und das Gesicht keine Regung zeigte. Die Hände hatte sie in die Manteltaschen gesteckt. Nichts war ihr weggenommen worden: Doch sie hielt den Kopf bedächtiger als vorhin, sah immer nach vorn, als tue ihr der Nacken weh oder als wolle sie nicht wissen, was sich im toten Winkel abspielte. Diese Körpersprache war schwer zu deuten. Sie setzte sich bedächtig an einen Tisch nahe beim Fenster, schlug ein Bein über das andere und bestellte mit leiser Stimme einen Drink. Es dauerte nicht lange und sie sagte: »Ist hier vielleicht jemand, der dem Mann das restliche Honorar geben kann?«

Antoyne beugte sich dienstfertig vor.

»Ich kann das machen«, bot er an.

»Kannst du nicht«, warnte ihn Liv Hula. Zu der Frau im Pelzmantel sagte sie: »Vic sollte sich schämen. Er hat sie aufgegeben. Sie schulden ihm nichts.«

»Trotzdem«, sagte die Frau, »ich finde, das Geld steht ihm zu. Hier ist es. Und es ging mir gut, wirklich.« Sie starrte vor sich hin. »Ich war ein bisschen durcheinander, vielleicht weil es so – so unangenehm war.«

Liv Hula hob hilflos die Hände.

»Warum kommen die bloß hierher?«, fragte sie den Dicken mit lauter Stimme. Bevor er etwas erwidern konnte, setzte sie hinzu: »Sie verlassen die hübsche, sichere Tour ihres Reiseveranstalters, landen hier in dieser Bar und geraten am Ende immer an unseren Vic.«

»He, Vic ist schwer in Ordnung«, sagte der Dicke.

»Vic ist ein Witz, Antoyne. Und du auch.«

Antoyne wuchtete sich auf die Füße, um zu widersprechen, doch dann zuckte er lediglich die Achseln. Vics Klientin bedachte ihn mit einem schwachen, aufmunternden Lächeln, schien aber schon im nächsten Moment an ihm vorbeizusehen. Die Stille hielt zwei, drei Atemzüge an; dann schrammte ein Stuhl zurück und Irene, die Mona, steuerte auf den Tisch zu, an dem die andere Frau saß. Die kleinen Polyurethanschuhe klackten auf dem Holzboden. Sie hatte sich die Tränen getrocknet und die Lippen nachgezogen. Inzwischen hatte sie Joe den Löwen verschmerzt. Wie war sie überhaupt auf die beknackte Idee gekommen, all ihre Energien auf diesen Kerl zu richten? Irene hatte eine Zukunft vor sich, das zog niemand in Zweifel, und zwar eine gute, unbeschwerte. Sie hatte ihre Pläne, und auch die waren gut. Gleichwohl würde sie Joe viele Jahre in ihrem Herzen tragen, weil sie nun einmal so eine Art von Mädchen war, und das wusste sie auch.

»Das ist aber ein schöner Mantel«, sagte sie und streckte die Hand über den Tisch.

Einen Moment lang sah die Frau völlig überrumpelt aus. Dann schüttelte sie Irenes Hand und sagte: »Danke. Nicht wahr?«

»Sehr schön, und ich bewundere ihn so«, pflichtete Irene ihr bei. Sie machte einen kleinen Knicks, schien noch etwas sagen zu wollen, ging dann plötzlich an ihren Tisch zurück, setzte sich und spielte mit ihrem Glas. »Fass ihn nicht zu hart an, Schätzchen«, rief sie zu Liv Hula hinüber. »Er ist auch nur ein Mann.« Schwer zu sagen, welchen Mann sie meinte.

»Ich finde, das Geld steht ihm zu«, plädierte die Frau im Pelz-mantel. Als niemand antwortete, legte sie das Bargeld in großen Scheinen auf den Tisch. »Jedenfalls gehört es ihm«, sagte sie. Sie erhob sich so bedächtig, wie sie sich neuerdings zu bewegen pflegte. »Wenn er zurückkommt …«, hob sie an. Sie begab sich zur Tür, wo sie einen Augenblick stehen blieb und die Straint hinaufblickte, in Richtung Ereigniszone, als überlege sie noch, wohin sie sich wen-den solle. Die Zone lag still, wabernd und ungewiss im chemischen Smog. Schließlich lächelte sie den beiden anderen Frauen zu, sagte »Danke noch mal« und machte sich auf den Weg zurück zur City. Es kam ihnen vor, als könnten sie noch sehr lange das Klappern ihrer Absätze hören, während sie sich entfernte.

»Himmel«, war Liv Hulas Kommentar. »He, Antoyne«, sagte sie, »willst du noch einen Drink?«

Doch der Dicke war ebenfalls fort. Er hatte keine Lust, sich weiter so behandeln zu lassen. Er war einfach nur ein Mann, der dazuge-hören wollte, einer, der so viel erlebt hatte wie jeder andere auch und mehr als manch einer. Er war stocksauer, dass ihm niemand zu-hörte.

Zum Henker, dachte er. Nichts ist von Dauer.

Wenigstens war er jetzt aus der Bar raus, hinaus in den Morgen, wo er atmen konnte, Richtung Moneytown und zur Einkaufsmeile *Wonderland*, die südlich der Straint verlief, an den Raumhäfen vor-bei und hinunter zum Meer. In dem grellen Licht, das auf der fernen Wasserfläche glitzerte, kniff er die Augen zusammen, als könne er etwas ausmachen, was nicht dorthin gehörte, etwas, das er noch nicht verloren hatte. Vielleicht etwas, das man gar nicht verlieren konnte. Er suchte Arbeit. In den Häfen gab es immer welche.

2 · Die Long Bar im Café Surf

Ein paar Abende nach diesen Ereignissen betrat ein Mann, der Albert Einstein ähnelte, eine andere Bar, weit entfernt am begüterten Ende von Saudade, wo die Aureole, die sich wie der schraffierte Bereich auf einer Karte über die City legte, aufs Meer traf.

Anders als Liv Hulas Lokal besaß das *Café Surf* zwei Räume, die *Long Bar* und die *Short Bar*. Letztere diente als Anlaufstelle für eine Klientel, die ihre Drinks runterkippte und anschließend sofort wieder verschwand. Der Mann, der wie Einstein aussah, ging schnurstracks durch die Long Bar, bestellte sich einen doppelten Black Heart ohne Eis und ließ den Blick sichtlich zufrieden über das kostspielige Retrodekor schweifen: Marmorsäulen, Designerjalousien, Rattantische und chromglänzende Zapfstellen; von den Wänden lachten antike Filmstars aus gebürsteten Aluminiumrahmen, exotische Markenbiere funkelten in den Kühlregalen. Unter einem roten Neonschild spielte sich die Zweimannband des Café Surf – bestehend aus Keyboard und Tenorsaxofon – betulich durch den Mittelteil des Abends.

Das Ganze war eine originalgetreue Nachbildung von *Jeden Abend Live-Musik, 1989,* einer kleineren holografischen Arbeit der gefeierten Tableau-Künstlerin Sandra Shen. Das schien ihn gleichermaßen zu verwundern und zu amüsieren – etwas, das er mit der eigentlichen Klientel der Long Bar gemeinsam hatte, einer bunten Mischung aus selbstbewussten jungen Führungskräften der Unterhaltungsbranche, die aus den Firmenenklaven strandab in Doko Gin und Kenworthy kamen. Er war mittleren Alters, sah kultiviert aus und schien zu denen zu gehören, die Spaß hatten an Dingen, die anderen Spaß machten, solange er nicht mitmachen musste. Er lächelte vor sich hin und zündete sich die Pfeife an. Seit einem Monat hatte er die meisten Nächte hier gesessen. Er pflegte einen Sessel hervorzuziehen, sich zu setzen, wieder aufzustehen, um sein Zündholz sorgfältig zum Aschenbecher am Ende des Tresens zu bringen und sich wieder zu setzen. Er tat das alles mit einer akribischen Höflichkeit, als befinde er sich in jemandes guter Stube; oder als ob seine Frau daheim unausgesetzt von ihm verlangte, ihre Hausarbeit gebührend anzuerkennen. Er pflegte in die Pfeife zu starren. Man sah ihn eine Unterhaltung mit einem Mädchen beginnen, das seine Enkelin hätte sein können, und seine Brieftasche hervorziehen, um ihr – und ihrem Freund, der ein zerrissenes schwarzes Netztrikot und Schuhe vom Fließband trug – etwas zu zeigen, das im trügerischen Licht der Long Bar wie eine Visitenkarte aussah, die beide zu bewundern schienen.

In Wahrheit war er nicht so alt, wie er aussah; seine Frau war tot; und was immer er gerade zu tun schien, seine Aufmerksamkeit galt stets ungeteilt ihrem eigentlichen Gegenstand.

Er hieß Aschemann und war Fahnder.

In der zweiten Hälfte des ersten Abends, den er hier verbracht hatte, war Aschemann eine Ungereimtheit im Café Surf aufgefallen. Die Zweimannband, eine Idylle unter ihrem Neonschild und auf dem winzigen Podium zwischen Long Bar und Toilettentür, hatte neue Kräfte gesammelt. Sie richtete sich auf den Marathon ein und sampelte aus der ektoplasmischen Nachtluft einen bohrenden Bebop – Musik, die vier Jahrhunderte alt war und von einem anderen Planeten stammte. Zwischen den Nummern gab es Gelächter und Rufe; der Essensgeruch wurde vorübergehend stärker; ein Durcheinander von Giraffe-Bierflaschen und zerknüllten Servietten; dunkelroter Lippenstift an leeren Gläsern; Anaïs-Anaïs-Duft schwängerte die Luft. Noch waren die ersten Tische vor den Musikern nicht besetzt; und zwischen diesen Tischen und dem Podium tauchten andauernd Leute auf. Diese Leute schienen nicht hierher zu gehören: erschüttert dreinblickende Männer mit bleichen Gesichtern, groß gewachsen, in Regenmänteln; schmächtige, kahl rasierte Jungen, die aussahen wie Lagerinsassen; Frauen, die ein verzogenes Auge hatten: bemitleidenswerte, heruntergekommene Leute; Leute, die auf groteske Weise verunstaltet waren. Sie kamen aus der Toilette, schoben sich zwischen Piano und Tresen hindurch und streiften dann umher, blinzelten, wirkten für einen Moment verwirrt und erregt zugleich, vielleicht durch die Musik, vielleicht durch die Beleuchtung.

Auch wenn sie aus der Toilette kamen, so hieß das noch lange nicht – begriff Aschemann sofort –, dass sie sie auch aufgesucht hatten. Stattdessen war ihm einen Moment lang, während die Gestalten im orangefarbenen Licht erschienen, als zwinge die Musik selbst sie ins Dasein. Als gäbe es draußen hinter dem Café Surf, wo das Ereignisgebiet auf das Meer traf, so etwas wie eine ungeformte Dunkelheit, und die Band knete aus ihr wie aus nassem Sand diese unschönen Zweibeiner. Sie waren durchaus lebendig. Wenn sie sich einmal orientiert hatten, bestellten sie Drinks an der Bar, um anschließend unter Lachen und Zurufen hinaus auf die erleuchtete Straße zu ziehen. Nachdenklich sah ihnen der Mann, der wie Einstein aussah, hinterher.

Am Abend darauf brachte er seine Assistentin mit.

»Sehen Sie?«, sagte er.

»Hm«, sagte sie, »aber was wollen Sie unternehmen?«

Sie war eine adrette, ehrgeizige junge Frau aus dem uniformierten Zweig; sie absolvierte ihre einmonatige Probezeit, sprach fließend drei Halo-Sprachen, war verlinkt und mit den üblichen Accessoires ausgestattet. Das verrieten ihre Augen, die nicht selten unterschiedlich fokussiert waren; und der diskrete Code, der ähnlich wie intelligente Tattoos die Innenseite ihres Unterarms entlangkrabbelte. Wie sich herausstellte, hatte sie Erfahrung im Bereich Sportkriminalität (wobei die Kampfsparte, sagte sich Aschemann, hier irrigerweise unter »Sport« subsumiert wurde), und ihre Spezialität waren beschädigte Mysostatinblockerprotokolle in Chopshop-Proteomen. Sie hatte es von Anfang an versäumt, ihm die Komplexität oder wenigstens den Reiz dieser Disziplin zu vermitteln, andererseits waren solche Spitzfindigkeiten nicht gerade hilfreich für die Gebietskriminalität.

Sie standen außerhalb des Café Surf in der lauen Strandbrise und blickten auf die violetten Brecher und auf die merkwürdigen nächtlichen Dispersionsbilder hinaus, wo sich Wasser und Ereignis-Aureole begegneten. Sie sagte: »Glauben Sie, die stammen aus dem Ereignisgebiet?«

Für Aschemann lag das auf der Hand. Doch er wollte sie ermutigen, also sagte er nur: »Das habe ich mich auch schon gefragt.« Die Vorstellung behagte ihm nicht.Wenn ausschließlich mithilfe der Musik Leute aus dem Saudade-Gebiet kamen, die nie hineingegangen waren, bedeutete das eine tiefgreifende Veränderung.

»Wer oder was auch immer sie sind«, sagte er, »wir wollen sie hier nicht haben.«

»Ich werde ein Team anfordern«, sagte seine Assistentin.

Code huschte über ihren Unterarm. Ihre sonderbaren Augen, die die Farbe der Brandung hatten, starrten ins Leere, als sie die Verbindung herstellte. Ihre Lippen bewegten sich leicht, obwohl sie noch gar nicht redete. Aschemann legte ihr sanft die Hand auf den Arm. »Noch nicht«, mahnte er. Seine Stimme unterbrach den Wählvorgang. Sie sah ihn ausdruckslos an, als sei sie eben aus einem realistischen Traum erwacht.

»Ich pflege immer ein Weilchen zu beobachten, bevor ich etwas unternehme.«

Ein Anflug von Bedauern lag in seiner Stimme. Aschemanns Assistenten wechselten häufig, weil er sie allzu gerne belehrte: »Der richtige Fahnder beginnt im Zentrum des Labyrinths: Die Verbrechen finden schon zu ihm. Und vergessen Sie niemals: Im Herzen des Verbrechens entdeckt er sein eigenes Herz.« Eine weitere seiner Lieblingsweisheiten, noch verwirrender für junge Männer und Frauen, die darauf getrimmt waren, Antworten zu finden, war die folgende: »Alles, was wir haben, ist Ungewissheit. Darin liegt unser Vorteil. Sie ist die Tugend unserer Arbeit.«

Jetzt also saß er in der Long Bar, in seiner Lieblingsecke, und fragte sich, ob er genug beobachtet hatte.

Gerade, als er zu diesem Schluss gelangt war, änderte sich sein Eindruck von diesem Ort und vom hiesigen Geschehen. Die Tür ging auf und herein kam ein Mann, den er kannte: Antoyne Messner, genannt »der Dicke Antoyne«. Niemand scherte sich um den Dicken Antoyne. Er hatte eine bescheidene Schmugglerkarriere hinter sich, ein paar Lichtjahre von hier, in der *Radio Bay*. Er hatte die Nase vorn gehabt, weil er nur das leichteste Zeug transportiert hatte – exotische Isotopen, Cultivare gesperrter lokaler Spezies, Schnippelpackungen für die Kleinen. Aus den maroden Navigationsgeräten seines schrottreifen Dynaflow-HS-SE oder -SE2 leckte der illegale Tochtercode, mit dem er sich zwischen den komplexen Gravitationsattraktoren und Abfallströmen der *Bay* zurechtfand. Deshalb wurde ein Frachter nach höchstens zwei Fahrten ausgemustert und ersetzt. Der Code selbst war das Problem in diesem Geschäft. Kaum entspannte man sich, stieg er über Nacht aus den mathematischen Gefilden herab und kam einem in den Kopf. Solange die Hygiene stimmte, garantierte er eine Nasenlänge Vorsprung vor EMC, vorausgesetzt, man machte selbst den Piloten. Folglich war man ziemlichen Belastungen ausgesetzt. Antoyne tat überhaupt nichts mehr, seit es ihn nach Saudade verschlagen hatte, abgesehen von den Botengängen für Vic Serotonin; und wer ihn kannte, hielt ihn für ausgebrannt.

Der Dicke Antoyne bugsierte sich zwischen den Tischen hindurch und kletterte unbeholfen auf einen Chromhocker an der Long Bar. Er wirkte niedergeschlagen. Er brauchte ein paar Anläufe, um sich einen Drink zu bestellen, den der Barmixer schließlich mit übertriebener Sorgfalt vor ihn hinstellte und der sich zügig in zwei Schichten trennte, die eine pink, die andere gelb. Auf *Perkin's Rent* sei der Drink ein Dauerbrenner, erklärte er den Leuten in seiner Nähe. Zu überzeugen schien das niemanden. Aschemann sah zu, wie er das Glas in einem Zug halb leer trank, dann ging er rüber und sagte: »Das ist aber ein ganzes Ende bis zur Straint.« Dann, als der

Dicke ihn unsicher anstarrte: »Antoyne? Du erkennst mich wohl nicht. Vielleicht liegt es ja an der Beleuchtung.«

»Ich weiß, wer Sie sind«, sagte Antoyne.

Aschemann lächelte. »Müsstest du um diese Zeit nicht bei Liv Hula sein und dich mit Vic Serotonin betrinken?«

»Nur dass ich jetzt Arbeit habe. Vorläufig wenigstens.«

»Das hört man gerne, Antoyne!«

Der Dicke schien keine Ahnung zu haben, wie er auf eine so begeisterte Erwiderung reagieren sollte. »Ich weiß nicht, für wie lange«, sagte er.

»Und wie geht es Vic?«

Der Dicke Antoyne leerte sein Glas und rutschte vom Barhocker. »Wissen Sie«, sagte er, »die Beleuchtung hier finde ich prima. Ich habe immer gerne bei gedämpftem Licht getrunken. Es ist die Musik, die mir nicht gefällt.« Er wischte sich über den Mund und warf der Band einen Blick zu, den er dann auf Aschemann übertrug.

»Ich wollte sowieso gehen«, sagte er.

»Das brauchst du nicht«, beharrte der Fahnder. »Sieh mal, ich will nur hier sitzen und noch was trinken. Trink doch auch noch einen.« Er ließ durchblicken, dass er beleidigt sein würde, wenn Antoyne jetzt einfach ging. Aschemann zog seinen Barhocker neben den von Antoyne und setzte sich darauf zurecht. »Du hast doch nichts dagegen, wenn ich mich zu dir geselle«, sagte er. »Wir beide sind hier fehl am Platze, da können wir doch zusammensitzen?« Er ließ sich von dem Barmann ein Briefchen Zündhölzer geben – es zeigte ein winziges Hologramm des roten Neonschildes: *Jeden Abend Live-Musik.* Anerkennend drehte er das Briefchen hin und her und ließ sich noch einen Rum bringen. »Was dagegen, wenn ich meinen Mantel zusammenfalte und ihn hier auf die Bar lege?«, fragte er. Er hob seinen Drink ins Licht. Es gehörte zu seinen Gewohnheiten, den Leuten ringsum zuzulächeln, um zu zeigen, dass er den Abend so, wie er sich entwickelt hatte, genoss. Er trommelte mit den Fingern zur Musik, ein, zwei Minuten lang, ehe er sagte: »Was mich angeht, mich stört sie nicht. Aber was mir gefällt, ist dieser alte Neue Nuevo Tango.«

Der Dicke nahm diese Neuigkeiten teilnahmslos auf.

»Da sind Sie nicht der Einzige«, sagte er.

Aschemann nickte. »Wie ich höre, riskiert Vic mehr als nötig«, sagte er, als gehöre das zum Thema.

»Vic ist in Ordnung«, sagte Antoyne abwehrend.

»Trotzdem, Leute werden zu Schaden kommen.«

»Nicht bei Vic Serotonin. Soviel ich weiß, ist noch keinem was passiert.«

»Nun ja, aber er geht trotzdem im Gebiet ein und aus, wie all die anderen Leute auch. Wir können sie nicht daran hindern, neue Zugänge zu finden …« – hier gab Aschemann ein kleines Glucksen von sich –, »… und manchmal haben wir unsere Gründe, es nicht mal zu versuchen. Aber am Tag darauf ist er dann im Club Semiramide. Oder macht mit Paulie DeRaad gemeinsame Sache. Meinst du, solche Kontakte sind kein Risiko? Für jemanden in Vics Geschäft?« Nach kurzem Überlegen fügte er hinzu: »Alle diese Reiseführer haben eine leichtsinnige Ader, Antoyne. Die Probleme in Vics Leben rühren genau daher.«

Ihm schien etwas in den Sinn zu kommen. Er berührte plötzlich den Unterarm des Dicken.

»Antoyne, hat Vic dich irgendwie *verletzt?*«

Antoyne zuckte die Achseln.

»Ich schwärze Vic nicht an«, sagte er und ging.

»Das brauchst du auch nicht«, rief ihm der Fahnder leise hinterher. »Schmutzig macht er sich die Finger selber. Und zwar da drin.«

Antoyne gab keine Antwort, bugsierte sich stattdessen energischer zwischen den voll besetzten Tischen zur Tür hindurch. Letzten Endes trug ihm seine Fettleibigkeit eine gewisse Würde ein, die nicht im Mindesten darunter litt, dass er sich dauernd selbst ein Bein stellte und anscheinend immer wieder zurücksteckte, noch dazu in einer Gesellschaft, in der jeder sein konnte, was er wollte. Niemand verstand, warum Serotonin ihn ertrug, doch vielleicht war eben das der Grund. Einen Moment lang sann Aschemann darüber nach.

Dann zog er sich in seine Lieblingsnische zurück, wo er versuchte, wieder in den Rhythmus des Café Surf zu finden. Er ließ sich Zeit über einem neuen Rum, trank in kleinen Schlucken, die den Mund mit warmem Karamellgeschmack erfüllten. Er dachte über Vic Serotonin nach, auch über Paulie DeRaad, den er noch am wenigsten mochte. Er dachte über das Tourismusgeschäft nach, zumindest über den Sektor, der ihn beruflich interessierte.

Derweil er nachdachte, rief die Band zwei oder drei magere Bürschchen in weißen ärmellosen Trikots, mit Ohrringen und nietenbesetzten Ledergürteln ins Dasein. Aschemann beobachtete genau, wie sie sich aus der Toilettentür ins bunte Dispersionslicht zwängten. Sie wirkten bestürzt, fand er. Unfertig und bestürzt, sich hier wiederzufinden. Dann quetschte die Musik eine alte Frau mit Hut und blauem Kattunkleid ins Dasein, und einen Augenblick lang wankten die vier unbeholfen umher, wie im Takt zur Musik. Es gab eine Art Leerstelle, ein Klaffen, ein Krängen – einen Moment des Fallens, der sich zwischen ihnen ereignete, jedoch alle anderen in der Bar ansteckte; dann war das Café Surf wieder das alte. Die neuen Gäste genehmigten sich Drinks und strebten in die Nacht hinaus.

Aschemann stand an der Tür und sah ihnen nach. In der Nacht darauf ließ er einige von ihnen verhaften.

Es geschah gänzlich unerwartet. Zwei Meilen vom Café Surf wurden draußen hinter einem anderen Nachtlokal drei Frauen und ein Mann aufgegriffen, die sich offenbar alle Mühe gaben, Sex miteinander zu haben. Es sah ganz so aus, als wüssten sie nicht recht weiter, wollten es aber unbedingt lernen. Aschemann, der vom uniformierten Zweig über diesen Vorfall Kenntnis erhielt, setzte sich sofort mit seiner Assistentin in Verbindung und schickte sie los. »Lassen Sie sie in Verwahrung bringen«, ordnete er an. »Ich kann selber nicht hin.« Er hatte anderweitig zu tun – er ermittelte draußen am Rand des Freihafens in einer nicht abreißenden Serie von Verbrechen gegen Frauen –, aber trotzdem wäre es ihm unsinnig vorgekommen, diese Gelegenheit zu verpassen. »Kein Verhör«, ordnete er an. »Genau genommen ist nichts daran auszusetzen, dass jemand versucht, hinter einer Bar Sex zu haben, sonst säßen wir alle im Gefängnis. Wenn die Leute einquartiert sind, dann können Sie nach Hause gehen. Oh, und noch was.«

»Ja?«

»Stellen Sie sicher, dass ihnen kein Haar gekrümmt wird.«

Vielleicht eine Stunde später meldete sie sich zurück. Alles sei reibungslos verlaufen, sagte sie. Als hätten sie es mit Flüchtlingen zu tun gehabt. Obwohl sie seltsam gefügig seien, hätten sie lange gebraucht, um Namen zu nennen. Sie würden ein bisschen riechen. Sie schienen keiner fremden Spezies anzugehören. Sie schienen keinen Hunger zu haben. Laut Diagnostik der Verwahrungszelle schienen sie nicht verchipt zu sein; in der DNS würden außerdem die üblichen Marker fehlen; daher könne man ihnen keinen Ursprungsort im Halo zuweisen.

»Für was halten Sie sie denn?«, fragte Aschemann.

»Sie kommen mir wie Idioten vor«, sagte sie.

Gegen zwei Uhr früh hatte sie sie zuletzt gesehen. Die ganze Nacht standen sie in der Mitte der Zelle, verdattert, redeten selten mit ihren trägen, klebrigen Stimmen; und morgens waren sie fort.

»Es gibt keine Erklärung«, sagte sie.

Ihr Unterarm wimmelte von Daten. Es war wie Porenbluten. Aus Nervosität oder Zorn ballte und öffnete sie unentwegt die zugehörige Hand, als könnten die Muskeln die Mathematik antreiben. Er fragte sich, ob man ihr das beigebracht hatte oder ob es nur eine Angewohnheit war. »Sehen Sie sich die Aufzeichnung der Nanokameras an! Wir hatten volle Abdeckung. Da war kein Augenblick, wo die Leute nicht zu sehen waren. Je nach Beleuchtung scheint es auch jetzt noch eine Spur von ihnen zu geben. Und selbst als die Zelle leer war, stellte sich heraus, dass man sie in anderen Teilen der Anstalt gesehen hat.« Sie starrte auf ihren Arm, als hätte er sie im Stich gelassen. »Was kann da passiert sein? Es gab keinen einzigen Moment, in dem sie nicht da waren. Als hätten sie sich in Luft aufgelöst. Es gibt einfach keine Erklärung.«

Aschemann kratzte sich den Kopf. »Könnte sein, dass man weiter oben eine will«, sagte er. »Aber die müssen wir nicht aus dem Stegreif liefern.« Hilfsbereit fügte er hinzu: »Das war schlichtweg nicht vorherzusehen.«

Als Nächstes schlug sie eine Razzia im Café Surf vor.

»Noch nicht«, sagte er, »aber es ist ein schöner Tag. Wir können ja mal vorbeischauen.«

Sie blickte ihn an. »Wie bitte?«

»Fahren *Sie* doch mal zur Abwechslung«, sagte er und gab seinem üblichen Fahrer frei. Zwanzig Minuten später hatte sie ihn am Hals. Er saß mit verschränkten Armen auf dem Beifahrersitz und lächelte behaglich in den Tag, derweil das pinkfarbene Cadillac-Cabrio von seinem Büro aus losfuhr und zwischen den Moneytown-Palmen und den weißen Designer-Doppelhäusern von Maricachel Hill zur Küstenstraße rollte. In der Frühe hatte es geregnet, doch die Vormittagssonne war dabei, auch den letzten Rest an Feuchtigkeit zu verdampfen. Er ließ sich gerne fahren und war stolz auf den Wagen. Nach ein paar Minuten sagte er: »Sehen Sie? Sie fühlen sich schon besser. Lassen Sie sich Zeit.«

Sie sah ihn aus den Augenwinkeln an.

»Oho«, sagte Aschemann. »Jetzt habe ich Sie verärgert.«

»Ich kann nicht glauben, dass Sie so gelassen sind. Ich kann nicht glauben, dass Sie nicht wütend sind.«

»Ich bin wütend«, sagte er, »aber nicht über Sie.«

Er ließ ihr Zeit, das zu verdauen; dann, um das Thema zu wechseln, fing er an, ihr von der Mordserie im Freihafen zu erzählen. Vor einigen Jahren, am Schauplatz des ursprünglichen Verbrechens, hatte er zwei Zeilen eines Gedichts entdeckt, die in die Achselhöhle des Opfers tätowiert waren: *Schick mir ein Herz aus Neon / Entwaffnet mit mädchenhaftem Schritt.* »Sie war eine Mona, die fünf Lichtjahre strandauf gekommen war. Die übliche Jugendliche in taufrischen Polyurethanschuhen. Dieses Tattoo war ein Unikat«, sagte er, »weil es nicht lebendig war. Es war lediglich Tinte, auf irgendeine antiquierte Weise in die Haut verbracht. Die forensische Untersuchung ergab, dass die Tätowierung nach dem Herzstillstand erfolgt war. Außerdem verriet sie die Handschrift eines Künstlers, der inzwischen tot ist, aber ein, zwei Jahre vorher populär war.«

»Ist das möglich?«

Aschemann, der versuchte, seine Pfeife zu entzünden, warf das x-te verbrauchte Zündholz aus dem Cadillac. »Sehen Sie sich um«, riet er ihr. »Im Stadtzentrum sind wir keine zwei Meilen von der Ereignis-Aureole entfernt. Niemand weiß genau, was da drinnen passiert ist. Alles ist möglich. Was, wenn Verbrechen inzwischen unmotiviert sind, wie Gischtspritzer vom Wellenkamm der Ereignisse, nicht mehr und nicht weniger?«

»Eine erstaunlich poetische Idee«, sagte sie. »Aber die Morde?«

Der Mann, der wie Einstein aussah, lächelte vor sich hin. »Vielleicht erzähle ich Ihnen später mehr, wenn Sie gelernt haben, bessere Fragen zu stellen.«

»Ich glaube, wir sind da.«

Die Long Bar im *Café Surf* badete in vielfältig gebrochenem Sonnenlicht, die Luft war glasklar. Sand wehte durch die offene Tür und über den Boden; das Personal war schläfrig und nicht bei der Sache. Ein Kleinkind krabbelte zwischen den Rattantischen herum, es trug nichts weiter als ein T-Shirt mit der Aufschrift SURF NOIR. Die Aufschrift verspritzte lauter unvereinbare Bedeutungen, weil die toten Metaphern, die in der lebendigen hausten, endlos und elastisch kollidierten, voneinander abprallten und neue Positionen zueinander einnahmen. SURF NOIR, welches eine eigenständige neue Existenz ist; welches eine »Welt« im Behältnis zweier Wörter ist, verspritzt in einem Augenblick; SURF NOIR, welches Schaum auf dem erschreckenden Textmeer ist, auf dem wir treiben. »Welches wahrscheinlich«, so Aschemann, »der Name eines Aftershaves ist.«

Strahlend schaute er auf das Kind hinunter, das in Tränen ausbrach. »Zeigen Sie uns die Toiletten«, hörte er seine Assistentin am Tresen verlangen.

Sie gingen um das Podium herum und durch die Türöffnung. Der Linoleumboden dahinter hatte ein schwarz-weißes Schachbrettmuster, die Wände waren rot tapeziert und wurden ab und zu durch Repros von Plakatkunstobjekten der Antiken Erde belebt. Der Uringestank war künstlich. Intelligente Graffitis, die das Übliche versprachen oder forderten – Größe, Gewicht, bevorzugte Stoffwechselstörung. »Eine Toilette ist eine Toilette«, sagte Aschemann knapp, »auch wenn mir die hier etwas zu zeitgemäß sind. Hier gibt es nichts.«

Sie sah ihn überrascht an.

»Sie irren sich.«

»Plötzlich bin ich der Assistent«, beklagte er sich.

»Ich fühle es.« Sie legte den Kopf schräg, als lausche sie. »Nein. Der *Code* fühlt etwas. Wir sollten einen Operator hinzuziehen.«

»Ich arbeite nicht mit Operatoren.«

»Aber …«

»Das reicht jetzt«, sagte er mit Nachdruck. »Wir gehen.«

Sie zuckte die Achseln. »Sieht aus, als sei die Tür nie abgeschlossen.«

Draußen hinter der Bar erwartete sie ein baufälliger Pier. Rostige, zehn Meter hohe Pfeiler aus Gusseisen erstreckten sich weit in Richtung Meer, und der nasse Sand, aus dem sie ragten, war gekräuselt und voller Unkraut. Oben an den verrotteten Planken flackerte und kreise vom Wasser reflektiertes Licht. Irgendwo zwischen den Pfeilern begann die Ereignis-Aureole. Nie gab es eine klare Grenze. Eben war man noch hier, im nächsten Augenblick befand man sich auf der anderen Seite. Keine Vorwarnung, nur ein endloses Geschlinge aus rostigem Stacheldraht, das bei der leisesten Berührung zu Staub zerfiel. Man sah sofort, dass das Café Surf geradewegs in den eindunkelnden grünlichen Umfang der Aureole hineinragte. Weit draußen hörte man das zögerliche Plätschern des Wassers. Andere Geräusche waren nicht so leicht zu beschreiben. Für Aschemann klang es nach Kindern, die etwas aufsagten, draußen auf einem Spielplatz. Die Luft war kalt und still. Er bückte sich und presste eine Handvoll nassen Sand zu einem Klumpen, den er sich dicht vors Gesicht hielt.

»Was denken Sie?«, hörte er seine Assistentin sagen.

»Mich wundert, dass sie hier bauen durften«, erwiderte er. »Mich wundert, dass es hier nicht mehr Stacheldraht gibt. Ich frage mich, ob ich den Laden nicht dichtmachen und dieser Farce hier und jetzt ein Ende setzen sollte.« Es lag in seiner Verantwortung. Er ließ ihr den Klumpen Sand vor die Füße fallen, wo er lautlos zerplatzte. »Wie weit würden Sie sich denn reintrauen?«, fragte er.

»In das Gebiet?«

»Würde mich interessieren.«

Gerade als sie dastanden und einander ansahen, ging eine Welle durch sie hindurch. Für Aschemann fühlte es sich wie ein Temperatursturz an, und einen Herzschlag lang sah er den Strand hinter dem Café Surf zehn Grad aus der Horizontalen gekippt; und, sanft aus der Luft ins Wasser fallend, Schnee. Metallgeschmack im Mund – sehr kurz nur, irgendeine Erinnerung –, dann wirbelte Schnee oder etwas Ähnliches zwischen den Pfeilern, und dahinter erstreckte sich eine Reihe verwaister Häuser. Dann ein Zimmer, in das es stärker hineinschneite auf etwas Lebendiges, das er nicht ausmachen konnte, er war dicht davor und wollte zurückweichen, das Lebendige hatte, schüchtern wie ein fragendes Kind, den Kopf zur Seite geneigt. Menschlich? Vielleicht auch nicht.

Das war es, was er auf dem Höhepunkt der Welle sah: ein Zimmer im oberen Stock mit verschossener Rosentapete und offen zum Himmel. Etwas, das ein Kind hätte sein können. Doch es war rasch fort, und genauso schnell fand er sich im feuchten Sand sitzend und lauschend, worauf, das wusste er nicht, als seine Assistentin sich über ihn beugte und fragte: »Alles in Ordnung mit Ihnen? Was haben Sie gesehen?«

»Schnee!«, sagte er und blickte verzweifelt zu ihr auf. Er griff nach ihrem Arm, ließ ihn aber bei der Vorstellung, er könne den Datenstrom unter ihrer Haut spüren, augenblicklich wieder los. »Haben Sie auch etwas gesehen? Können Sie das bestätigen? Schnee auf Häusern? Ich …«

Doch sie hatte etwas ganz anderes gesehen.

»Ich war am Grund eines engen Tals, es war sehr warm. Alles war mit Moos bewachsen.« Sie fand sich vor einem Gebäude voller stillgelegter Turbinen stehen. »Ein Turbinenhaus, sehr alt«, sagte sie, »an einem Fluss. Es wich ins Dunkel zurück, auf jeder Seite Bogenfenster. Gewaltige Räder. Ganz rot verrostete Wellen, schuppig wie Blätterteig. Kreidemarkierungen. 6II/600 U/min.« Das ließ sie frösteln. »Es gab solche Kreidemarkierungen auf vielen Oberflächen«, sagte sie. Das Gebäude sei zum Himmel hin offen gewesen. Die einzige Besonderheit, in der sie mit ihm übereinstimme: ein Gebäude offen zum Himmel. »Durch das Dach konnte man sehen, wie der Talhang stieg und zurückwich bis hin zu üppig bewachsenen Kalksteinkuppen. Licht fiel in spitzen Winkeln auf die Maschinen. Aber es war schwül. Sehr feucht …«

Aschemann wollte aufstehen.

»Mir ist nicht gut. Würden Sie mir helfen?«

Sie taumelten den Strand entlang und kletterten in sein Auto.

»Lust auf einen Drink?«, bot er an. Er lachte brüchig. »Mit einem Drink würde ich mich sicherer fühlen.« Jetzt lachte sie auch, doch zurück in die Bar wollte keiner von ihnen.

»Das liegt nur an der Aureole«, sagte sie.

Die nächsten fünf Minuten fiel kein Wort zwischen ihnen. Dann tätigte Aschemann einen Anruf und forderte verstärkte Überwachung für Vic Serotonin an. »Schön, dann tun Sie, was Sie können«, hörte sie ihn sagen, ohne zu wissen, mit wem er sprach. »Was? Nein.« Er trennte abrupt die Verbindung. »Immer dasselbe«, beklagte er. »Ja, es war vielleicht ein Fehler, den Dicken Antoyne mit Glacéhandschuhen anzufassen«, gestand er ihr, »immerhin ist er das Bindeglied zwischen dieser Sache und Vic.«

»Sie können ihn jederzeit aufgreifen.«

Statt zu antworten, starrte Aschemann zum Café Surf hinüber. »Mein Mut kehrt zurück«, sagte er. »Was ist mit Ihnen?«

Sie zuckte die Achseln. Sie war sich nicht sicher.

»Wenn Sie sich besser fühlen, fahren Sie zum Büro zurück.« Er tätschelte ihr den Arm. »Nehmen Sie das schöne Auto, mir ist heute großzügig zumute.«

»Und was machen Sie?«

Er stieg aus dem Cadillac.

»Ein Gläschen trinken«, sagte er. »Vielleicht auch zwei.«

Sie fuhr die Küstenstraße zurück und wieder den Hügel hinauf. Der Verkehr war normal, bis auf die zahllosen Rikschas, die in der Stadtmitte unterwegs waren. Auf sich allein gestellt, schien sie weniger lebhaft zu sein. Hätte Aschemann sie beobachten können, er hätte ihren Gemütszustand als »nach innen gekehrt« beschrieben. Und wie nützlich war so eine Beschreibung? Wenn sie allein war, war sie sie selbst. Wenn sie allein war, tat sie einfach nur, was sie tat. Sie war eine Polizistin, die vorsichtig fuhr. Sie war eine Polizistin, die einen raschen Blick auf den Datenstrom an ihrem Unterarm warf, um gleich wieder auf die Straße zu blicken. Sie war eine Polizistin, die in den Rückspiegel sah, bevor sie ein verschwitztes Rikschagirl im stahlblauen Lycra-Anzug vorbeiwinkte. Sie stellte Aschemanns Wagen ins Parkhaus und ging ins Büro zurück; sie saß still da und wartete, dass sie innerlich zur Ruhe kam. Abgehärmt aus Mangel an Wertschätzung, stahlen sich Aschemanns Schattenoperatoren aus den Ecken, nahmen ihre gewohnte Form an und flüsterten: »Können wir irgendwie helfen, meine Liebe?« Sie kannten sie. Sie mochten sie. Sie war immer bemüht, ihnen etwas zu tun zu geben. Sie durften die Jalousien so einstellen, dass das Licht in einem präzisen Streifenmuster auf ihr Gesicht fiel.

Sie ließ sich von ihnen auf den neuesten Stand bringen. Nach einer kleinen Weile fragte sie: »Warum ist er bloß so?«

»Soweit wir wissen, meine Liebe«, sagten die Schattenoperatoren, »bringt man die Opfer, die er gebracht hat, nicht, ohne darunter zu leiden.«

»Ach nein, liebe Güte.«

»Er ist ein Heiliger, dieser Mann.«

»Ich hätte gerne Einblick in seine Aufzeichnungen.«

Im Café Surf wartete Aschemann den Abend ab. Sein Gesicht hatte wieder Farbe bekommen. Er aß eine Portion Falafel. Eifersüchtig verfolgte er, wie die Flecken aus Sonnenschein über den Boden krochen, ihre Form veränderten, zu einem Gelb wie von gemaltem Sonnenlicht eindunkelten und schließlich verschwanden. Draußen kam die Flut über den Sand und brachte jenen unverwechselbaren violetten Widerschein. Die ersten Abendgäste stellten sich ein, es wurde gelacht und geredet – erst leise, dann lebhafter.

Gegen sieben waren alle Tische besetzt, und die Bar war drei Mann tief umlagert. Das Café war brechend voll. Um halb acht flammte das Neonschild auf. Dann trafen die beiden Musiker ein, kippten einen Gin Rickey als Nervennahrung und überrollten sie alle. Der Bursche am Keyboard – zwanzig, blonde Stachelfrisur, verschmitzter, lebhafter Mund – trug einen bunt karierten Anzug im Londoner Schnitt. Er war ein Clown und ein Dieb. Ein verschrobenes Genie. Alles, was er heute Abend spielte, begriff das Publikum, würde ein Scherz auf Kosten einer anderen Melodie, eines anderen Musikers, einer anderen Musikrichtung sein. Die Leute waren begeistert. Sie gingen mit. Selbst der Saxofonist – ein älterer Mann, die Muskeln um den Mund durch das ewige Blasen zu zwei tiefen Furchen verkürzt – hörte hin und wieder auf zu spielen und lauschte: als habe er schon mal jemanden so gut spielen hören, aber vergessen, wer, wann und wo das gewesen war. Dann, seine Spekulationen über Bord werfend, nahm er einen scharfen Zug aus seiner Zigarette, warf einen raschen Blick auf das Saxofon und begann sich hier und da einzuklinken. Rhythmen schlugen Haken und rasten, verhedderten sich ineinander und trennten sich wieder. Sie stürzten sich kopfüber in *Parking Orbit*, *Entradista* und *New Venusport South*. Mit *Moonlight in Moneytown* glitt alles ein bisschen ins Sentimentale; dann ging es mit der wirklich großartigen Hard-Bop-Zerlegung und den dekonstruierten Chamamé-Beats von *Gravity Wave* wieder zur Sache, was mit Beifall und Pfiffen belohnt wurde.

Auf dem Gipfelpunkt der Woge wurden fünf Männer in Abendgarderobe aus der Café-Surf-Toilette gezwängt; dann zwei Dockboys mit gefärbtem Bürstenschnitt und stahlkappenbewehrten Stiefeln, Arm in Arm mit einer ausgemergelten Blondine, die sich immerzu mit ihrem elastischen weißen Unterarm die Nase wischte.

Aschemann beugte sich gespannt vor.

Sie wirkten unfertig, klebrig, wie frisch ausgeschlüpfte Schmetterlinge. Nach einer halben Stunde in der Musik waren sie getrocknet. Bald streiften sie ziellos die Küstenstraße entlang, sangen, bildeten Ketten und rannten plötzlich los, um gleich wieder in Schritttempo zu verfallen. Der Fahnder folgte ihnen, beobachtete, wie sie die von Nachtfaltern wimmelnden Lichtkegel unter den Straßenlampen bestaunten. Alles schien ihnen Ehrfurcht einzuflößen. Sie besuchten eine Bar namens *The Breakaway Station* und fanden von da aus zum Strand hinunter, wo die Blondine allein lostanzte, strauchelte und lachend in den schlammigen Sand fiel, derweil sich ihre neuen Freunde im Wind am Meeresufer aneinanderklammerten. Dann kehrten alle acht dem Meer den Rücken und stapften in der warmen, duftenden Luft feierlich den Maricachel hinauf, bis sie, wie sie vielleicht von Anfang an vorgehabt hatten, nach Carmody fanden.

Aschemann hatte dafür gesorgt, dass das Viertel mit Nanomaschinen vollgepumpt war, die wie Fischmilchwolken im Neonlicht trieben und auf zwei menschliche Pheromonmoleküle pro Kubikkilometer Luft ansprachen, die DNS einer Freitagnacht herausfiltern und jeden zufälligen Austausch von Flüssigkeiten in einem Frequenzbereich beleuchten konnten, der vom fernen Infrarot bis zu nahem Ultraviolett reichte. Die Resultate dieser kostspieligen, operatorintensiven Technik erreichten ihn als getrennte simultane Datenströme, aus denen er nach Gutdünken Phantombilder und Profile erstellte. Dennoch sollte er seine Zielobjekte zwischen Bars und transsexuellen Bordellen und Straßen, die nach Schweiß, Ölprodukten und Zitronengras stanken, beinah im Handumdrehen verlieren.

In der Stadtmitte waren sie noch eine Gruppe. Bis sich die Männer einer nach dem anderen, still und von Gier getrieben, absonderten. Zwar verstanden sie vieles nicht, aber sie wussten, was sie mochten. Frittüren, Sex, harte Drogen, intelligente Tattoos, Tanksalons, jedwede Musik von Chamamé bis Rockit-Dub. Gerade waren sie noch zu sehen gewesen, an Gebäuden hochglotzend, die wie Black-&-Gold-Zigarettenpackungen in den Himmel ragten: Im nächsten

Augenblick befanden sie sich in einer Gasse, stiegen eine Treppe hinauf, zahlten bar, um durch eine zernarbte Sicherheitstür geschleust zu werden. Sie waren irgendwie mit dem Leben ringsum verschmolzen. Sie waren nicht mehr da. Aschemann kam es vor, als hätten sie sich unter seinen Augen in Luft aufgelöst. Der Hardware erging es nicht anders.

Die Blondine sollte als Letzte verschwinden. Wo ihre Freunde Begierden hatten, hatte sie ein Selbstwertgefühl. Ihre Triebe verwirrten sie. Sie stand in ihrem kurzen weißen ärmellosen Satin-Abendkleid an der Kreuzung Montefiore/Bone Street und betrachtete lächelnd den vorübergehend abgeflauten Verkehr. Dann zog sie einen Schuh aus und rieb sich den Fuß. Sie zog den anderen Schuh aus und behielt beide in der Hand. Sie sah nach rechts, nach links, dann wieder nach rechts, und lächelte jedes Mal erwartungsvoll, als entdeckte sie immer etwas Neues. Aber nichts rührte sich mehr. Die Straße blieb leer, die Leuchtreklamen gingen an und aus. Das Lächeln verblasste. Aschemann sah nur für einen kurzen Moment nicht hin, da war sie fort.

»Könnt ihr das bestätigen?«, fragte er sein Team.

Konnten sie. Trotzdem hoffte er, aufblicken und sie in mittlerer Entfernung sehen zu können, als er entschlossen auf die nächste Bar zustapfte.

Etwas an der Blondine erinnerte Aschemann an seine Frau – vielleicht war es ihr erwartungsvoller Gesichtsausdruck oder etwas anderes, was er nicht genau benennen konnte. Er blieb noch eine Stunde in Carmody, in der Hoffnung, die Nanotech-Operation werde zu Resultaten führen. Die Hoffnung trog; und obwohl er ohne Weiteres zum Café Surf hätte zurückkehren können, um eine neue Gruppe verdächtiger Personen ins Visier zu nehmen, folgte er am Ende einem Impuls, winkte eine Rikscha heran und ließ sich zum Suicide Point bringen, wo seine Frau gelebt hatte.

Inzwischen war es kurz vor Tagesanbruch. An der betonierten Nebenstraße zwischen ihrem Haus und dem Strand standen Pointkids in losen Gruppen herum und warteten auf Kundschaft. Ein, zwei blickten nur kurz auf, als die Riksha vorbeirollte und ihre farbige Rauchfahne aus holografischer Schundreklame hinter sich herzog. Alle hatten kleine Köpfe und leere Gesichter. Sand wehte um Aschemanns Schuhe, als er vor der Haustür seiner Frau stand und die Hand hob, um anzuklopfen. Seine Knöchel schwebten dicht vor der Tür, als er sich mit klarer Stimme sagen hörte: »Was soll das?«

Er brauchte nicht anzuklopfen. Er hatte den Schlüssel. Er konnte jederzeit ins Haus, nichtsdestoweniger ging er zurück und nahm wieder in der Riksha Platz.

»Meine Frau ist tot«, erklärte er dem Rikshagirl.

»Ein Problem, das uns alle erwartet.«

»Hatte ich einen Moment lang vergessen.«

Er war verlegen. Das Rikshagirl, das aus der Gabel geklettert war und sich die Beine mit einem Pertex-Handtuch abrieb, schien gewillt, ihm zu verzeihen. »He, ich heiße Annie«, sagte sie. »Wie all die anderen vermutlich. Ich meine, ich weiß, dass Sie nicht gefragt haben.« Wie alle Annies hatte sie sich für die Extrempackung entschieden. Sie war auf Pony-Format aufgemotzt – überragte Aschemann noch in gebückter Haltung um fast einen halben Meter –, und der feuchte kandisfarbene Lycra-Anzug verströmte einen wohlig animalischen Duft. *Café electrique* und eine Fehlfunktion ihres inwendigen Testosteronpflasters waren schuld, dass sie ruhelos in einer Wolke ihrer eigenen Schweißabsonderungen herumstampfte. »Vielleicht sollten Sie es woanders versuchen?«, schlug sie vor. »Wo Ihre Frau tot ist, und überhaupt. Um diese Nachtzeit bring ich Sie überallhin.«

Aschemann erklärte, dass er nach Carmody zurück wolle.

Er machte eine unbestimmte Geste Richtung Meer, das man müßig am Sand hinter dem Haus schmatzen hörte. »Tagsüber ist es schöner hier«, sagte er. »Eigentlich komme ich nur hierher, um nachzudenken.«

»Die meisten besuchen einen Chopshop und besorgen sich ein Cultivar«, bemerkte das Rikshagirl. »So kriegt man die Person wieder, die man liebt.« Sie legte wieder die Gabel an und wendete ihr Vehikel nach bergauf. »Heutzutage muss man niemanden mehr verlieren«, sagte sie. »Warum machen Sie es nicht wie die anderen?«

Das hatte Aschemann sich auch schon gefragt.

»Sie hat hier allein gelebt«, sagte er. »Sie hatte sich zurückgezogen.« Er wusste nicht recht, wie er fortfahren sollte. »Bei ihr war es der Alkohol, wirre politische Ideen, alte emotionale Verstrickungen. Hilfe brachte sie nur aus dem Konzept.«

Zwei-, dreimal die Woche wollte sie sich mit ihm unterhalten, über ihr Leben und über seines, darüber, wie bei ihm das Wetter war und was für eine Aussicht man aus ihrem oder seinem Fenster hatte. »Siehst du das Boot da draußen in der Bucht? Siehst du es auch? Das blaue. Was ist das für ein Boot?« Dann ermutigte sie ihn: »Komm rüber! Es gibt Black Heart, deinen Lieblingsrum.« Er sagte immer ja. Doch am Ende fand er nur selten den Mut oder die Kraft, sie zu besuchen, denn wenn er es tat, dauerte es nie lange, bis sie seufzte: »Wir hatten so schöne Zeiten, bevor du dich mit dieser Schlampe aus Carmody eingelassen hast.«

»Zu Weihnachten«, erzählte er dem Rikschagirl, während die Riksha über den Suntory Boulevard glitt, rechts und links lauter Staubwedelpalmen und abblätternde pastellfarbene Strandhäuser, »hab ich ihr ein Parfüm gekauft, das sie gern hatte. *Ashes of Roses*.« Die übrige Zeit hatte er versucht, sich von ihr fernzuhalten. »Ich war nicht mehr in der Lage, auf sie aufzupassen, und sie tat es auch nicht. Ich hatte nicht nur Gewissensbisse, ich wurde auch immer gereizter.«

»*Ashes of Roses*«, sagte das Rikschagirl. »Nicht schlecht.«

Weil er meinte, hinten aus der Nebenstraße Stimmen zu hören, drehte er sich um und sah aus dem Rückfenster. Im Purpurlicht wehte Sand über den Beton. Da war niemand. Nicht mal Pointkids.

»Fahren Sie zurück!«, sagte er. Dann: »Tut mir leid.«

Das Rikschagirl zuckte die Achseln.

»He«, sagte sie. »Mir egal, wo Sie hinwollen.«

400

3 · Die ultramoderne Flüssigkeit

Nach dem Debakel mit seiner letzten Klientin schlief Vic Serotonin auffallend viel. Wie ein Toter, traumlos. Wenn man Zeit im Saudade-Gebiet verbringt, träumt man nicht. Aber beim Aufwachen fühlt man sich wie gerädert, und das wird von Mal zu Mal schlimmer – noch was, worauf man sich freuen konnte, wie Vic immer sagte. Nicht zu träumen war eine elende Strapaze.

Vics Zuhause waren zwei Zimmer mit Dusche ohne fließend Warmwasser in einem Gebäude ohne Fahrstuhl; er hatte die Wohnung (zusammen mit seinem Gewerbeschein) von Bonaventura geerbt, einem Entradista und Reiseleiter, der sich zur Ruhe gesetzt hatte. Vic aß oder kochte nie zu Hause, obgleich es einen Induktionsherd gab und es immer nach altem Essen roch. Es roch außerdem nach alten Klamotten, alten Mietverhältnissen und dem Staub von Jahren; aber er hatte es nicht weit zur Ereignis-Aureole, was ausschlaggebend war. Vic schlief in einem Bett, er saß in einem Sessel, er rasierte sich vor einem Spiegel; solche Sachen bekam man in dem Retroladen am Ende der Straße, und gekauft hatte er sie an dem Tag, als er hier eingezogen war. Seine Gabardine-Reißverschlussjacken und maßgeschneiderten Hemden von Inga Malink verwahrte er in einem Kleiderschrank, der von der Erde stammte, Rosenholzfurnier auf Buchsbaum circa 1932 A. D., so weit weg, so lange her. Aus einem Fenster hatte er ziemlich freien Blick auf eine Brücke, aus dem anderen konnte er ein Stück des Freihafens sehen, hauptsächlich Unkraut und Maschendraht.

Eines späten Nachmittags stand er auf, blickte in den Spiegel und dachte: Himmel, Vic.

Was immer passiert war, er sah wie fünfzig aus. Er hatte noch den Geschmack im Mund, den man jedes Mal mitbrachte, wenn man zurückkam, und er sah immer noch die Frau in der unheimlich überdehnten Dämmerung davonlaufen. Da war etwas an ihrer Panik, etwas an der Art, wie sie lief: Er konnte sich nicht erinnern, was es gewesen war, aber wenigstens war er nicht mehr wütend.

Inmitten des ihn umgebenden Chaos gab es ein Bakelittelefon mit Textilkabel und echter Klingel. Dieses Jahr hatten das alle; Vics Exemplar war billig, wie alles, was er besaß. Er war gerade mit Rasieren fertig, als es klingelte. Er hatte den Anruf erwartet, es war Paulie DeRaad, ein Schieber. Das Gespräch war knapp, und es veranlasste Vic, eine Schublade zu öffnen und zwei Gegenstände herauszuholen, die in Tücher eingeschlagen waren. Der eine war eine Pistole. Der andere war nicht so leicht zu beschreiben – Vic setzte sich ans Fenster und wickelte ihn im schwächer werdenden Licht vorsichtig aus. Das Ding war etwa achtzehn Zoll lang und schien sich, als es vom Tuch befreit war, zu bewegen. Das war eine Täuschung. Besonders flach einfallendes Licht konnte die Oberfläche derart streifen, dass das Ding für einen Moment in der Hand zu zucken schien. Es war halb knöchern und halb metallisch, oder beides gleichzeitig; vielleicht auch keines von beidem.

Er hatte keinen Schimmer, was es war. Als er es vor zwei Wochen irgendwo im Ereignisgebiet gefunden hatte, war es ein Tier gewesen, etwas Singuläres, das außer ihm nie jemand zu Gesicht bekommen würde, weiß, haarlos, mager, wie ein riesiger Windhund, das sich erst entfernte, um eine Bruchsteinböschung zu erklimmen, dann kehrtmachte und zurückkam, als hätte es seine Meinung geändert und sei auf Vic neugierig geworden. Es hatte riesige Menschenaugen. Wie es sich von einem Lebewesen in das verwandelt hatte, was er schließlich aufgehoben hatte, hergestellt aus dieser siliziumartigen synthetischen Substanz, die unter der einen Beleuchtung wie Titan und unter der anderen wie Knochenmaterial aussah – er wusste es nicht. Er wollte es auch nicht wissen.

»He«, sagte er ins Telefon, »ja, hab ich. Es ist noch da.«

Er hörte einen Moment lang zu. »Warum denn so umständlich?«, fragte er. Dann sagte er »Ja, meinetwegen« und legte auf. Er wickelte das Ding wieder ein und nahm es mit. »Ich mache das nicht aus Liebe«, beklagte er sich auf dem Weg nach unten, so als rede er noch mit Paulie DeRaad. DeRaad, ehemaliges Mitglied eines Raumkommandos, Berater und Mädchen für alles bei *Earth Military Contracts Inc.*, unterhielt eine Firma, den Club Semiramide, sichtbarer Teil weitläufiger Holdings, in die EMC-Tochtergesellschaften zuhauf verwickelt waren. »Abwarten und Teetrinken« war Paulies Devise, »Sicherheit kommt zuerst« sein Motto; und in diesem Fall, so Paulie, zog er es vor, dass Vic sich mit einem seiner Operatoren traf, der alles eingehend prüfte und den Handel nur dann abschloss, wenn die Ware gut war.

Vic war sich nicht sicher, wen er weniger leiden konnte, Paulie oder seine Operatoren. Dessen ungeachtet ging er durch Moneytown Richtung Ozean; nicht lange, nachdem er sein Apartment verlassen hatte, stand er im Halbdunkel eines ebenerdigen, gottverlassenen Leichtbetonkabuffs am Suicide-Point-Ende der Küstenstraße und wartete: Der Putz rieselte von den Wänden, und die Fenster waren mit Brettern vernagelt; hier mochte früher mal eine Bar gewesen sein oder ein Ort, an dem man günstige Finanzierungen mit absehbaren Konsequenzen kaufen konnte. Werbungen legaler Dienstleister huschten dezent um die Köpfe der Pointkids in ihren Gun-Punk-Outfits, die draußen in Gruppen zwischen den Staubwedelpalmen standen und diskutierten.

Vic wartete mit gespitzten Ohren. Es kam ihm lange vor, bis sich etwas tat. Dann brachte eine kalte Brise Bewegung in die Palmen, und ein silbriger Regen fiel schräg aus dem blauen Abend. Die Pointkids schrien und rannten für ein, zwei Minuten umher; dann waren sie fort. Als habe er auf diesen Moment gewartet, nahm Vic das Paket in die eine Hand und die Pistole in die andere. Der Raum roch nach stehendem Wasser, Elektrizität und Finsternis.

Vic stand da und sah dem Wetter zu, bis er eine sanfte Stimme hörte, die klang, als käme sie von draußen *und* von drinnen.

»Hallo, Vic.«

»Komm ins Trockne«, riet Vic.

»Das ist ulkig, Vic.«

»Wenn schon. Ich will mich ja nicht mit dem Wetter unterhalten.«

»Ich schicke jemanden.«

Vic zuckte die Achseln, als sei er um etwas gebeten worden, was er nicht herausrücken wollte. »Wenn hier was schiefläuft«, warnte er, »zerschieße ich die Ware. Vergiss das nicht.«

Noch ein Lachen.

Als der Operator von Paulie DeRaad hereinkam, tat er es als Pointkid, männlich, vielleicht zehn Jahre alt, im protzigen Gun-Punk-Chic von Suizid-Point: bis zum Kinn geknöpfter, verschossener Gabardinemantel, der lose hing und bis knapp unters Knie reichte. Der Junge kam aus eigener Kraft herein, begann heftig zu beben und fiel gegen die Wand. »Warum tust du mir das an?«, fragte er heiser. »Ich hab dich noch nie gesehen.« Er hustete, wischte sich mit dem Handrücken über den Mund und suchte Augenkontakt mit Vic Serotonin, der sich entschieden abwandte. Nach ein, zwei Atemzügen hörte Vic ein Seufzen. Draußen flackerte das Licht. Der Junge gab auf und rutschte an der Wand hinunter.

»Dreh dich jetzt um, Vic«, sagte der Operator.

Vic benetzte die Lippen.

»Du kannst dich ruhig umdrehen, versprochen.«

Vic drehte sich um. »Du siehst wie meine Mutter aus«, sagte er. Er hatte keine Ahnung, wieso ihm seine Mutter in den Sinn kam; jedenfalls war er sich nicht mehr sicher, welches Geschlecht das Pointkid hatte. Es stand ganz still da. Sollte es jemals auf die Idee kommen, sich zu bewegen, dachte Vic, zu gehen, zu laufen oder etwas ähnlich Plausibles zu tun, würde es das mit der Anmut eines Tänzers tun. Sein Gesicht schien größer. Auch die Augen – sie waren fast aufdringlich. In diesem Gesicht lag ein Morgenglühen, die ungeschlechtliche, nicht greifbare Persönlichkeit des Schattenboys dahinter, ein so nackter Optimismus, dass man nicht lange hinsehen konnte.

»Kommen wir zur Sache«, sagte Vic. »Ich lege Paulies Ware hier auf den Boden und du machst dein Ding, und falls mir etwas gegen den Strich geht, erschieße ich euch beide.«

»Du solltest dich entspannen«, empfahl der Operator.

Er lächelte verstört, bis Vic das Artefakt auf den Boden legte. Dann drang eine Art Musik aus seiner Kehle, drei oder vier dünne, klare Töne, die eher nach einem Musikinstrument als nach einer Stimme klangen: Woraufhin das Ding am Boden aufleuchtete, sein Schein gedämpft durch das Tuch, in das es eingewickelt war. »Das sieht sehr echt aus«, sagte der Schattenboy, als beschriebe er das Artefakt für eine Aufzeichnung. »Es ist sehr schöne Qualität.« In einem einzigen, übergangslosen Moment kniete er am Boden, lehnte sich vor und beschrieb mit den Armen einen Kreis, eine sonderbare, kindliche beschützende Gebärde, die etwas mehr Raum umfasste, als das Artefakt beanspruchte. Als Nächstes erbrach er eine Art elektromagnetisches Ektoplasma auf die Ware – Tausende winziger Teilchen, die aussahen wie violette Neon-Tapioka, seilten sich langsam ab. »Bevor wir weitermachen«, sagte der Schattenboy, »will ich wissen, um was es sich handelt.« Blendender Glanz von der Interface-Operation schlug ihm entgegen und löschte kurzzeitig seine Gesichtszüge aus. Die Wände flackerten auf, dann fielen sie ins Dunkel zurück. Vic hatte Graffiti, rieselnden Putz und offen liegende Armierung gesehen.

»Mir gefällt das nicht«, sagte Vic.

Es herrschte völlige Stille im Raum. Die Intelligenz war aus den Augen des Knienden gewichen und konzentrierte sich im zäh tröpfelnden Licht: der Austausch von Code.

»Das geht zu weit«, sagte Vic. »Mir gefällt das nicht.«

Eine leise Stimme antwortete. Sie gehörte Paulie DeRaad und wurde live vom Club Semiramide übertragen – auf einem Nanobruchteil der Bandbreite des Operators. »He, Vic«, sagte DeRaad, »ich brauche dich heute Nacht nicht mehr. Das Geld ist auf deinem Konto.«

»Wenn nicht, dann kannst du was erleben, Paulie.« Vic ging rückwärts ins Freie und hielt dabei in einer eher flehentlichen als aggressiven Gebärde die Pistole mit ausgestreckten Händen vor sich. Noch für mehrere Minuten drang flackerndes Licht und Summen aus der

Türöffnung, während der Operator sich Schritt für Schritt, Interface um Interface wieder von dem Objekt löste. Endlich tat es einen gedämpften Seufzer, der fast nach Erleichterung klang, dann blieb es dunkel.

Vic Serotonin war unterdessen schon Richtung Osten unterwegs, war über die Lagunenbrücke in den Touristenhafen marschiert, und betrat eine Bar namens *The World of Today*. Er ließ sich eine Flasche Black Heart zum Mitnehmen bringen, besann sich dann aber eines Besseren, suchte ein Abteil auf und bestellte sich etwas zu essen. Beim Essen rief er sein Konto auf. Sowie er sah, was ihm das Artefakt eingebracht hatte, schob er den Teller von sich. Der Appetit war ihm vergangen.

»Ich nehme doch die Flasche«, sagte er dem Barkeeper.

Vic wusste, dass er sein Glück nicht festhalten konnte. So viel Geld, sagte ihm die Erfahrung, geht seine eigenen Wege. So viel Geld schert sich keinen Deut um dich, auf so viel Geld ist kein Verlass. Er war noch keine zehn Schritte von *The World of Today* entfernt, als sich hart am Bordstein ein pinkfarbener Cadillac mit Faltverdeck an ihn heranschob. Der Wagen war digital überarbeitet, um sich dem stromlinienförmigen, modernistischen Revival anzupassen, das derzeit in einigen Saudade-Kreisen angesagt war. Vic kannte diesen Wagen so gut wie jeder andere Reiseleiter. Er gehörte Lens Aschemann, einem hohen Tier bei der Gebietskripo; ein Mann, der dem älteren Albert Einstein ähnelte und dessen Umgänglichkeit und unermüdliche Beharrlichkeit ein Mythos aus der Zeit waren, als die Artefakte zum ersten Mal Gegenstand polizeilicher Ermittlungen wurden. Aschemann hatte sie alle kommen und gehen sehen, angefangen bei Emil Bonaventura. Er nahm die Pfeife aus dem Mund und lächelte.

»He, Vic«, rief er, »bist *du* das?«

Vic blieb stehen.

Der Cadillac hielt an. »Das wissen Sie so gut wie ich«, sagte Vic.

»Vic, steig ein, fahren wir ein bisschen.«

»Nein, danke.«

»So ein schönes Auto. Ist das dein Ernst?«

Vic, der davon ausging, dass Aschemann ein Team dabei hatte, blickte sich hastig um: die Straße hinauf und hinab, zurück in die Bar und wieder in den Cadillac. Die Luft war rein. Es begann wieder zu regnen, gerade genug, um dem Gehsteig Glanz zu verleihen. Aschemanns Fahrer entpuppte sich als Frau, die Vic ein salziges Lächeln zuwarf, das Vic postwendend zurückschickte. Ihr Gesicht wurde aus mehreren verschiedenen Winkeln komplex beleuchtet: vom Armaturenbrett, der Straßenlaterne und dem Licht, das aus der Türöffnung des *The World of Today* fiel. Vic sah gute Schneiderarbeit und blondes, extrem kurz geschorenes Haar. Sie schaltete den Motor ab, stieg aus und kam rasch um den Kofferraum herum auf ihn zu. Sie war um einiges größer als Aschemann, was kein Wunder war, und sie war gut gebaut. Eine Art Datenbluten trieb asiatisch aussehende Ideogramme über die Innenseite ihres Arms.

»Sie wurden gebeten einzusteigen«, sagte sie.

Vic deutete ein knappes Achselzucken an. Mehr schien zur Zeit nicht angebracht. Sie betrachteten sich unverblümt, bis die Beifahrertür des Cadillac aufflog. Lens Aschemann bugsierte sich auf den Gehsteig, schwer atmend und mit seinem Regenmantel fuhrwerkelnd.

»Warten Sie!«, befahl er seiner Assistentin. »Sie machen mir Angst.«

Er tätschelte ihr den Arm. »Ruhig Blut«, sagte er, und dann zu Vic: »Wir können hier reden.«

»Dachte ich mir doch«, sagte Vic Serotonin.

»In der Bar oder hier draußen, ganz wie du willst«, sagte der Fahnder besänftigend. »Reden wir. Setzen Sie sich ans Steuer«, drängte er seine Assistentin. »Machen Sie schon. Wirklich, alles bestens. Tun Sie, was ich Ihnen sage, Vic macht keine Zicken. Vic, überzeugen Sie sie, dass Sie keine Zicken machen!«

Vic lächelte. »Bei mir haben Sie nichts zu befürchten.«

»Vic, die macht Kleinholz aus dir. Benimm dich also! Du müsstest mal sehen, was die mit ihren Reflexen angestellt haben.«

»Ich wäre sicher hin und weg.«

Die Frau bedachte Vic mit einem hochgezogenen verkniffenen Mundwinkel und ging um den Wagen herum zur Fahrertür. »Ihr seid wie Hunde, ihr jungen Leute«, rief Aschemann ihr nach. »So wird man keine dreißig.« Er legte Vic den Arm um die Schultern. »Ich weiß, dass ich alt werde, Vic. Vergangene Nacht hab ich ein Mandala geträumt. Es war einfach, ganz einfach. Nur vier oder fünf konzentrische Kreise, die einen nicht loslassen. Sie hatten die Farbe von Silber.«

»Sehr interessant«, sagte Vic.

Aschemann tat gekränkt. »Vic, so viel Zeit muss sein, dass du mir mal kurz zuhörst. Das Mandala bedeutet, dass man auf dem Weg der Besserung ist, menschlich gesehen. Man akzeptiert einen guten, wohldurchdachten Umzug aus einem großen Zimmer seines Lebens in das nächste.«

»Das bedeuten die Kreise?«

»Jawohl. Da darf ich doch stolz sein, findest du nicht? Vielleicht der richtige Zeitpunkt, mich zur Ruhe zu setzen.«

Serotonin hob die Flasche Rum ins Licht.

»Dann bin ich wohl auch gerade auf dem aufsteigenden Ast«, sagte er. »So was Ähnliches hab ich noch am Boden jeder Flasche gesehen.«

Aschemann lachte kurz auf.

»Du bist einfach zu schlau für mich. Aber sieh mal!« Mit dem Mundstück der Pfeife zeigte er in den Nachthimmel von Saudade, wo sich der Kefahuchi-Trakt wie eine Kette von Kunstedelsteinen ringelte. »Davon habe ich früher geträumt«, sagte er mit einem Schauder. »Nacht für Nacht, als ich jung war. Abwechslung der unerwünschten Art. Sieh nur, wie primitiv und sinnlos! Es heißt, dass von dort die falsche Physik ins Universum sickert. Verstehst *du* das? Ich nicht.« Er tätschelte Vics Unterarm, als glaube er, Vic habe nicht begriffen oder höre ihm nicht zu. »Jetzt ist sie auch hier unten angekommen. Wir haben keinen Schimmer, was im Ereignisgebiet passiert. Aber was immer herauskommt«, sagte er, »*ich* muss mich mit den Folgen befassen.«

Vic wusste nichts zu erwidern, also schwieg er.

Dadurch schien sich der Fahnder nur in seinen rätselhaften Gedankengängen bestätigt zu fühlen, denn er schüttelte den Kopf, machte kehrt und stieg mit Pfeife und Regenmantel hantierend in den Cadillac. »Tu mir einen Gefallen, Vic«, sagte er geistesabwesend, »und mach mir die Tür zu.« Als Vic das getan hatte, fuhr er fort: »Du bist ein Reiseleiter, na schön. Solange du's mir nicht förmlich unter die Nase reibst, interessieren mich die paar Touren nicht.« Er zuckte die Achseln. »Unter normalen Umständen würde ich sagen: Wenn du dich mit Paulie DeRaad einlässt, bist du selber schuld. Das ist eine Sache zwischen dir und ihm; wozu mich einmischen? Aber was ihr beiden da im Café Surf aussheckt, das ist etwas anderes.«

Vic hatte noch nie von einem Café Surf gehört.

»Ich weiß nicht, wovon Sie sprechen«, sagte er.

»Vic, wenn du irgendeine neue Art von Artefakten da rausschmuggelst, dann gnade dir Gott.«

»Ich habe noch nie von dem Café gehört!«, sagte Vic.

Doch Aschemann hatte sich bereits an seine Fahrerin gewandt und sagte etwas, das Serotonin nicht verstehen konnte. Sie antwortete, und dann lachten beide. Sie waren ein komisches Paar. Die Augen der Frau starrten für einen Moment in die Ferne, wurden zu flachen, rätselhaften Spiegeln im regennassen Licht; der Datenstrom floss pulsierend über ihren Arm. Sie warf Vic ein letztes dubioses Lächeln zu, das »Auf bald« zu sagen schien. Dann zündete sie den Motor und entfernte sich gemächlich vom Bordstein.

»He, Vic«, rief Aschemann über die Schulter, als der Cadillac davonrollte. »Grüß Emil Bonaventura von mir, falls du ihn siehst. Ich wünsche ihm alles Gute!«

»Also, was meinen Sie?«, fragte Aschemann seine Assistentin.

Sie saßen im warmen Kunstledergeruch des Autos, die Straßenbeleuchtung flackerte regelmäßig über ihre Gesichter. Die Hände der Frau lagen am Lenkrad. Ihre Füße ruhten auf den Pedalen. Ihre zielstrebige Art war Aschemann bereits öfter aufgefallen, nicht nur beim Fahren.

»Sie kennen ihn besser als ich«, sagte sie endlich.

»Gescheit von Ihnen, das einzusehen. Und weiter?«

»Er schien eher überrascht zu sein.«

»Das ist unser Vic«, sagte der Fahnder, »immer überrascht.«

»Was wollen Sie damit sagen?« Sie hielt den Blick auf die leere Straße gerichtet. Aschemann ließ ihr Zeit, mehr zu sagen, dann lächelte er in sich hinein. Wenig später löste er bedachtsam ein Streichholz aus dem Café-Surf-Briefchen. Er zog den Aschenbecher heraus, der einen bitteren Geruch verströmte, und legte das unbenutzte Zündholz hinein.

»Er hätte Sie verletzen können, das ist Ihnen doch klar?«, bemerkte er.

Jetzt war es an ihr zu lächeln. »Sie brauchen sich um mich keine Gedanken zu machen«, sagte sie selbstsicher. Eine Laufbahn in Sportkriminalität verschaffe einem Zugang zu Produkten, die zivile Schneider nur vom Hörensagen kannten. Das gehöre zu den Privilegien dieser Profession.

»Fahren Sie durch die Rosedale Avenue«, befahl Aschemann.

Alle Straßen in diesem Stadtteil wurden überwacht. Die interstellaren Kreuzfahrtschiffe überragten alles – die *Jayne Anne Phillips* von PanGalactic, die *Ceres* von Fourmyle, die *Pro Ana* von Beths/Hirston und ein halbes Dutzend andere, den gigantischen Rumpf mattgrau gescheuert vom flammenden Wiedereintritt, die Hülle auf Esspapierdicke verdampft von den unberechenbaren Gammastrahlenstürmen der *Radio Bay*. Bei jeder Landung auf einem Planeten wurde eine weitere Farbschicht weggebrannt; daran, wie deutlich das Metall durch die schwachen Rot- und Blautöne der Firmenlivree blinkte, war abzulesen, wie weit sie auf ihren Reisen schon gekommen waren. Derweil tief in den Maschinenräumen die Teilchenjockeys in ihren Bleianzügen daran bastelten, drei verschiedene Physiken miteinander zu vereinbaren – von denen jede ihre eigenen »unanfechtbaren« Grenzbedingungen hatte –, um wieder abzuheben, ohne das Wohlbefinden der Passagiere durch Trägheitseffekte zu beeinträchtigen.

Aschemann blickte auf die gewaltigen Rümpfe, die wie die Bäume eines Waldes aneinander vorbeizogen, während sie vorüberfuhren.

»Alle unsere Probleme kommen von da oben«, sagte er.

»Ich dachte, sie kämen aus dem Gebiet.«

Das führte ihm vielleicht doch zu weit, weswegen er das Thema wechselte. »Gestern Abend hab ich beim Semiramide vorbeigeschaut. Wen seh ich da? Vics Freund, den Dicken Antoyne, bei seinem widerlichen Lieblingsgesöff. Er hatte eine Mona am Arm.«

»Da haben Sie doch die Verbindung«, sagte sie.

Für sie lag es auf der Hand: Serotonin und Antoyne, DeRaad und Antoyne, Antoyne und das Café Surf. Doch Aschemann zuckte nur die Achseln. »Vielleicht hat es was zu bedeuten«, sagte er, »vielleicht nicht. Halten Sie mal.«

Ihm war etwas aufgefallen, am Maschendrahtzaun des Touristenhafens, eine Bewegung, ein Schatten. Es war fort, als er wieder hinsah. Hätte jemand sein können, der über den Zaun klettert, von draußen nach drinnen oder umgekehrt. »Fahren Sie weiter«, sagte er. »Da ist nichts.« Er hatte kein großes Vertrauen in den Zaun, der den Touristenhafen absperrte. »Ich verlasse mich prinzipiell nicht auf Zäune«, erklärte er seiner Assistentin. Die Häfen zogen Gesetzlose und geistige Wracks an, aber das war nicht der Grund, warum er etwas gegen sie einzuwenden hatte. Er lehne sie ab, weil sie auch wieder nur eine Verbindung mit dem Unverlässlichen, dem Zufälligen, dem Äußeren darstellten. Der Cadillac wandte sich schwerfällig Richtung Norden und dann dem Meer zu, wo sich die Staubwedelpalmen willfährig bogen und dem Landwind ihre Nacken zeigten. Es hatte aufgehört zu regnen. Aschemann schwieg eine Zeit lang.

Seine Assistentin sah ihn ein, zwei Mal von der Seite an, und schließlich, wie zur Antwort auf etwas, das sie überhaupt nicht gesagt hatte, murmelte er: »Vic Serotonin ist für niemanden eine Bedrohung außer für sich selbst. Aber vielleicht ist es an der Zeit, ein Wörtchen mit Paulie zu reden.«

Serotonin stand im Regen, als sie fort waren. Eine Rikscha raschelte vorbei, dezent gefärbte Schmetterlinge im Kielwasser. Zwei Türen weiter von *The World of Today* brandete Licht aus dem Schaufenster eines Onkel-Sip-Ladens und kitzelte alles, was ihm begegnete, mit dem Versprechen von Immanenz und augenblicklicher Transformation. Er blieb ein, zwei Minuten auf dem Gehsteig stehen, starrte auf die offenen Kataloge – Embleme, Markenlogos, intelligente Tattoos, Schnäppchenholos, die lauter Eigenschaften großer Männer und Frauen der Vergangenheit im Angebot hatten: das Genie von Michael Jackson, das Aussehen von Albert Einstein, die nahrhafte spirituelle Intelligenz von Paulo Coelho – und fragte sich, ob der Zeitpunkt gekommen war, seine Selbstdarstellung zu überarbeiten und den Planeten zu wechseln. Er hatte keinen Bock mehr auf Paulie DeRaad. Auch nicht auf Aschemann und die Soko für Saudade-Artefakte. Der Besitz eines Gegenstandes aus dem Ereignisgebiet konnte ihn zehn Jahre bis lebenslänglich kosten: Ihm wollte partout nicht einfallen, was ihn der Weiterverkauf durch einen Schattenboy kosten konnte.

Als gelte es, sich in diesem Lebensabschnitt das Ereignisgebiet vom Leib zu halten, hatte sich Emil Bonaventura, angeschlagen, wie er war, in den dritten Stock eines kleinen Hauses in Globe Town zurückgezogen, einem Dreieck aus ruhigen, engen, malerischen Straßen, das durch die Nähe zum Hafen prosperiert hatte. Hier im Schatten der großen interstellaren Schiffe versorgte ihn eine Frau, die sich seine Tochter schimpfte. Sie kümmerte sich um alles, wenn er seine Fieberanfälle hatte, tagelang halluzinierte oder seine ruhrartigen Erkrankungen und die anderen Spätfolgen seiner Zeit im Saudade-Gebiet durchlitt. Sie war unnachgiebig in ihrer Loyalität, auch wenn ihre Beweggründe undurchschaubar blieben. Ansonsten lebte sie zurückgezogen und allein im Parterre, und nach ihrem Verhalten zu urteilen mochte Emil sehr wohl wirklich ihr Vater sein.

»Ich habe eine Dummheit gemacht, Emil«, musste Vic zugeben, nachdem ihn die Frau hereingelassen und er die Treppe in den dritten Stock erklommen hatte. Er beschrieb, was sich zugetragen hatte, einschließlich der Rolle, die Paulie DeRaad und Paulie DeRaads Operator in diesem Zusammenhang spielten. Inzwischen, fügte er hinzu, sei Lens Aschemann irgendeiner anderen Betrügerei von Paulie auf die Spur gekommen, drüben auf der anderen Seite von Sau-dade in einer Bar, von der noch keiner gehört habe; und damit habe er ihn, Vic, auch schon in Zusammenhang gebracht.

»Wenn das so ist«, sagte Bonaventura, »bist du schlimmer dran als ich.«

»Als ob ich das nicht selbst wüsste«, sagte Vic.

Er hielt Bonaventura die Flasche hin, die er unter seiner Jacke heraufgeschmuggelt hatte. Bonaventura griff danach und starrte gierig auf das Etikett. Manchmal waren seine Augen so schlecht wie sein Gedächtnis: Ein körperliches Leiden war das allerdings nicht. »Ist das Black Heart?«, sagte er.

»Wenn nicht, hab ich zu viel bezahlt«, sagte Vic.

»Willst du einen Rat?«

»Nein.«

Bonaventura zuckte die Achseln, ließ sich in die Kissen zurück-fallen und hielt kraftlos die Flasche, als sei sie viel zu schwer, um dar-aus zu trinken. Er war in seinem sechzigsten Lebensjahr, sah aber älter aus, ein langer, aus den Fugen geratener Mann mit weißem Iro-kesenschopf, der im Profil Größe und Krümmung der Hakennase betonte. Schließlich brachte er die Flasche an den Mund und ließ sie eine Weile dort. Währenddessen besah Vic sich das Zimmer, die nackten Holzdielen, die saubere Bettwäsche; dann sagte er: »Ver-dammt, Emil, das war für uns beide gedacht.«

»Ich krieg einfach nicht genug zu trinken«, sagte Bonaventura. »Vic, lass nie etwas mitgehen von da«, flehte er plötzlich, als habe er das Thema selbst aufs Tapet gebracht. Er betrachtete Vic von der Seite, das Weiß in seinen Augen gelb vom Lampenlicht. »Versprichst du mir das?«

Vic lächelte. »Dazu ist es ein bisschen zu spät, Emil. Außerdem hast du ganze Wagenladungen rausgeschleppt.«

»Damals lagen die Dinge anders«, sagte Bonaventura, ohne ihn anzusehen.

Er war so gebrechlich, dass man sehen konnte, welchen Weg der Rum nahm, wie er von Blutgefäß zu Blutgefäß sickerte. Sein Haar hatte die Farbe von Zigarettenasche, und die weißen Stoppeln in den Runzeln des Gesichts schienen ihr Wachstum eingestellt zu haben. Er verließ das Haus nicht mehr. Er verließ kaum das Bett. An guten Tagen waren seine Augen hellblau und humorvoll, doch an einem Tag wie heute sahen sie wie gekocht aus. All seine Kraft wurde von einem parkinsonschen Zittern absorbiert, dem Summen eines leichten Fiebers, einer Art dauernder elektrischer Entladung unter der Haut, die ihr die Färbung einer Schwermetallvergiftung verlieh. An einem Tag wie diesem schien sogar sein Bettzeug infiziert zu sein. Er sah aus wie ein Sack Lumpen.

Er wollte noch etwas sagen, doch am Ende konnte er nur wiederholen: »Die Dinge lagen anders.«

»Darüber wollte ich mit dir reden«, sagte Vic bedächtig. »Irgendwas ist im Gange da drinnen.«

Der alte Mann zuckte die Achseln. »Irgendwas ist da drinnen immer im Gange«, sagte er. Dann, mit einer für seine Generation typischen Logik: »So weiß man erst, dass man nicht hier draußen ist.« Er ließ Vic einen Moment Zeit, seine Worte zu verdauen. »Hör auf meinen Rat«, fuhr er fort, »und mach es nicht wie die Kids, die meinen, sie hätten alles im Griff.«

»Was für Kids meinst du, Emil?«

Bonaventura schien die Frage zu überhören. »Die haben noch nie was von Kontingenz gehört«, sagte er, »darum geht es.« Er starrte auf das Etikett der Rumflasche, als hätte er das Lesen verlernt. »Diese Kids«, überlegte er laut, »was sind sie? *Entradista Light.* Sie denken, man könnte in diesem Geschäft eine ganz normale Laufbahn einschlagen! Sie haben eine Karte, die sie sich bei Onkel Sip gekauft haben, und eine Chambers-Pistole, die sie nie abfeuern. Und das ist gut so, denn diese Kanone ist ein Albtraum für jeden Teilchenjokey.«

»He, Emil«, sagte Vic. »Gib mir die Flasche.«

»Sie kostümieren sich für die Touristen. Sie reden wie schlechte Dichter. Sie erzählen nie von sich, können es aber auch nicht haben, wenn man nicht weiß, wer sie sind.«

»Von wem redest du, Emil?«

»Sie verirren sich nie da drinnen, Vic: Sie riskieren nichts.«

»Redest du von mir?«, sagte Vic Serotonin.

Er versuchte zu beschreiben, was ihm zuletzt in der Aureole widerfahren war, doch es kam ihm bereits wie ein Vorfall aus einer anderen Welt vor, und vielleicht war es das ja auch. Es war ein glasklarer, aber belangloser Vorfall aus einer anderen Welt, der sich bereits einstülpte und dabei nicht nur sich selbst verschluckte, sondern – schlimmer noch – gewisse andere Erinnerungen. Seine Klientin nahm Reißaus und rannte über einen Haufen teilweise überwucherter Gesteinstrümmer, mit offenem Pelzmantel gegen den Sprühregen. Zur selben Zeit kam das Artefakt, das er Paulie DeRaad verkauft hatte, im Zickzack die Böschung herunter, wie ein Tier, dessen Neugier die Oberhand gewann. Reh oder Pony, vielleicht ein riesiger Hund – taumelnd, aber anmutig, ein haarloses Tier mit Menschenaugen wie aus einem Cartoon. Dann war er wieder in Liv Hulas Bar und drohte, den Dicken Antoyne zu erschießen, nur weil der Dicke eine Vorgeschichte hatte. »Das Gebiet dehnt sich aus«, versuchte er Emil Bonaventura zu erklären: »Wir sind rein, weil sich da etwas tut, Emil, und keiner weiß, was er machen soll.« Damit meinte Vic sich selbst, denn wen kannte er schon? Jedenfalls keinen, der dumm genug war, täglich dort reinzumarschieren. Grund genug, Bonaventuras Meinung in Erfahrung zu bringen – aber ihn direkt zu fragen wäre ihm vorgekommen, als würde er zu viel verraten.

»Es bewegt sich wieder«, sagte er, »zum ersten Mal, seit ich denken kann.« Die Grenzen waren seit Kurzem elastisch; zur selben Zeit vollzog sich tief im Innern ein Wandel, und alles, was Vic dort drin passierte, schien für was anderes zu stehen. Es ist wie eine Metapher, Emil, wollte er sagen. Doch er hatte immer noch großen Respekt vor der Generation des alten Mannes und vor den Definitionen dieser Generation, sodass er lediglich sagte: »Ich glaube, das gibt ein böses Erwachen.«

Der alte Mann wollte nichts davon wissen. Er hob nur wieder die Flasche an den Mund, ließ sie aufs Bett fallen und stierte vor sich hin, das Gesicht stoppelig, bleiern, eingefallen. »Es ist verdammt lange her«, sagte er. »Jeder hatte seinen eigenen Kopf.«

»Du weißt mehr, Emil. Nun tu nicht so.«

Bonaventura schüttelte den Kopf. »Damals hatte jeder seinen eigenen Kopf«, wiederholte er. Dann schien er nachzugeben und fragte Vic: »Warst du jemals im Triangle? Bist du jemals so tief drin gewesen?« Als er merkte, dass Vic keine Ahnung hatte, wovon er redete, zuckte er die Achseln. »Weil Atmo Fuga eine Zeit lang dachte, da sei das Zentrum. Er ist einmal da gewesen: überall Schuhe. Kein Lüftchen regte sich, aber überall schwebten Schuhe herum, alte Schuhe, wie von einem starken Wind getragen. Als unterlägen Schuhe einer eigenen Gravitation. Atmo meinte, es hätte ausgesehen, als würden die Schuhe einem Herdentrieb folgen. Dreckige alte Schuhe, aufgeplatzt und faltig, mit klaffenden Sohlen. Er hat auch andere Sachen gesehen. Atmo hielt Triangle für das Zentrum.« Er zuckte die Achseln. »Aber wenn du nie da warst …«

»Ich bin weiter gekommen als alle, die ich kenne«, behauptete Vic mit Fug und Recht, »aber Schuhe sind mir noch nie begegnet.«

Bonaventura schien das nicht fassen zu können. Oder wollte es nicht. Er blinzelte und biss sich auf die Unterlippe, und Vic kam es vor, als verweigerte der Alte sich einer grundlegenden Erkenntnis über die Welt – etwas, das er sehr wohl wusste, aber nicht teilen wollte, weil er es nicht wahrhaben wollte. Einen Moment lang starrte er über Vics Schulter, wobei ihm Tränen in die Augen traten. »Die Kids wissen nicht das Geringste«, sagte er ins Zimmer, als gäbe es da noch jemanden, mit dem er redete. »Die Kids ziehen nur eine Show ab.«

»Du redest von *mir*«, sagte Vic. Trotz seiner guten Absichten spürte er, wie seine Miene sich verhärtete. »Du kannst mich mal, alter Mann.« Er zog seine Chambers aus der Jacke und ließ sie aufs Bett fallen, wo sie an der zerbrechlichen Gestalt lehnte, die sich unter dem Bettzeug abzeichnete, das Magazin ein mattschwarzer quirliger Partikelnebel, den eine Art Magnetfeld in der Schwebe hielt. »Ich bin vierzig, und du kannst mich mal.«

Bonaventura zuckte vor der Waffe zurück. Er rollte sich zusammen und hielt sich den Arm vor die Augen.

»Lass mich nicht zurück, Atmo!«, schrie er. »Nicht hier!«

»Du kannst mich«, sagte Vic Serotonin. »Warum sollte ich noch herkommen? Damit du mich beleidigst?« Er bedauerte sofort, was er gesagt hatte, nahm die Waffe wieder an sich und sicherte sie. »Tut mir leid, Emil«, sagte er und legte dem alten Mann die Hand auf die Schulter. »He, wenn du nur ab und zu helfen könntest«, sagte er. »Wenn Not am Mann ist.«

»Du hast eine niedrige Reizschwelle«, sagte Bonaventura schließlich.

Vic lachte. »So überlebe ich«, sagte er. »Komm schon, mach die Flasche leer. Man kauft keinen Black Heart, um ihn aufzuheben!«

Nachdem er den alten Mann besänftigt und ihn zum Schlafen gekriegt hatte, legte er die leere Flasche zu den anderen leeren Flaschen unters Bett und machte sich an den Abstieg ins Parterre, wo die Tochter des Alten ihn leise erinnerte: »Er hat dir sein Geschäft verkauft, Vic. Das macht ihn nicht zu deinem Vater.«

»Macht es ihn zu deinem?«

Sie zuckte die Achseln. »Sag, was du willst«, sagte sie. »Aus deinem Mund kommt eh nichts Gescheites.«

Sie war eine schwarzhaarige Frau mit breitem Becken und Hüftspeck, die schnell errötete unter ihrer olivfarbenen Haut. Was immer Vic dachte, sie war auf dem Weg hierher quer durch den Halo gereist, von Planet zu Planet, und angefangen hatte sie damit als Zweijährige in der Armbeuge von Emil Bonaventura. Er hatte sie Edith getauft, niemand wusste warum, und obwohl sie ihm überhaupt nicht ähnlich sah, hatte er immer sehr darauf geachtet, sie nicht fallen zu lassen. Das lag fast vierzig Jahre zurück. Sie hatte keine Ahnung, von wo sie losgezogen waren oder warum, doch sie entsann sich noch der zahllosen plumpen Dynaflow-Frachter, der Freihäfen, der Nachmittage in Erweckungsbars, der von ihr entzückten Monas und Barkeeper, die sie mit billigen Snacks und Milch abfüllten (die blau angelaufen war vor lauter Anstrengung, in Anbetracht ihres Aufenthaltsorts Milch zu bleiben). Dafür füllte Edith die Leere der anderen für einen Tag oder sogar darüber hinaus – als billige, verschwommene, lächelnde Erinnerung, die sie bewahren konnten, bis das, was sie nie hatten wahrhaben wollen, sie doch noch ereilte.

Damals war Edith hübsch und talentiert gewesen. Sie hatte geschickte Füße. Früh lernte sie Akkordeon spielen und auf dem Tisch tanzen, während sie den Balg quetschte. Sie war unermüdlich, besonders wenn es darum ging, vor Publikum aufzutreten.

»Du kannst sagen, was du willst, Vic Serotonin, aber wir waren weltbekannt. *Emil, der Entradista, und sein Akkordeon-Mädchen.*«

»Hab nie von euch gehört«, erwiderte Vic.

Manchmal, wenn er so was sagte, musste sie laut lachen. Heute erinnerte es sie an das elfjährige Mädchen, das sie einmal gewesen war.

»He, fühl dich wie zu Hause«, sagte sie. »Willst du einen Drink? Oder war der Rum genug?« Als Vic das Gesicht abwandte, sagte sie: »Meinst du, ich hätte nichts gemerkt? Du solltest ihn nicht zum Trinken animieren.«

Diese Ermahnung hörte er nicht zum ersten Mal, und umso mehr überraschte es ihn, als Edith plötzlich dicht an ihn herantrat und sagte: »Wenn ich dir sein Buch gebe, Vic, lässt du ihn dann in Frieden?«

»Mach keine Witze, Edith.«

Als Emil Bonaventura vor dreißig Jahren nach Saudade kam, schrieben hier alle auf Papier.

Auch so eine Sache. Urplötzlich waren hier alle ganz vernarrt in Papier gewesen. Die Nostalgie-Läden waren voll davon, alle Nuancen von weiß bis chamois, blanko oder fein liniert oder mit blassgrau gezogenen Quadrätchen, glatt und strahlend in den erleuchteten Fenstern, die sich ausnahmen wie religiöse Schreine oder Nischen. Es gab Notizbücher aller Art, Papier zwischen Deckeln, die man kaum für möglich hielt: von Holzrinde bis hin zu grauem Kunstfell oder holografischen Heiligenbildern der Antiken Erde, Hände und dummträgen Blick gen Himmel gerichtet oder lächelnd und ein Kreuz hebend, je nachdem, wie man das Notizbuch im Licht des Retroladens drehte.

So künstlich wie das Papier an sich – ein Onkel-Sip-Import aus einem fernen Chopshop – kamen auch diese Notizbücher daher, in allen Größen und mit allen erdenklichen Verschlüssen: Schnallen, Klettbänder, Magnete, Zahlenschlösser oder fusselige Schnüre, die man herumschlang und zu einer hübschen Schleife band. Manche Verschlüsse waren zeitgemäßer – so war zum Beispiel in unmittelbarer Nähe des Schnitts ein feines Flimmern zu sehen, von dem man als Unbefugter besser die Finger ließ!

Alle kauften diese Bücher, weil es schick war, seine Gedanken hineinzuschreiben – seine Gedanken, die Einkaufsliste, solche Sachen.

Manche schrieben: »Wer will ich heute sein?«

Andere führten Tagebuch.

Mit einem Mal waren alle wie verrückt nach Papier, keiner konnte sagen, warum; und bald würde man verrückt nach etwas anderem sein. Doch für manche hatten diese Bücher eine ganz praktische Bedeutung, und Emil Bonaventura nutzte sie noch, als andere sie längst vergessen hatten. Er schrieb alles auf, bis zu seinem letzten Besuch im Saudade-Gebiet. Denn er misstraute seinem Gedächtnis. Er war einmal zu oft im Gebiet gewesen. Das, worauf es ankam, war komplex – Lage, Position, Richtung, Anmerkungen. Lauter Informationen. Lauter Anhaltspunkte. Alles, worauf man in diesem Geschäft angewiesen war und was man keinem Operator anvertrauen konnte. Arbeite mit Schattenboys, sagte Emil immer wieder, und du traust keinem Algorithmus mehr. Nicht mal dem schlichtesten. Zwischen den Informationen beschrieb er seine Leistungen, von denen es nicht wenige gab. Er notierte Beobachtungen wie: *In Sektor 7 schneit es unaufhörlich. Egal, welche Jahreszeit draußen oder drinnen herrscht.* Er hatte das gesamte Gebiet in Sektoren unterteilt. Damals mussten sich die Entradistas auf Fakten verlassen, da konnte er heute sagen, was er wollte; sie mussten darauf setzen, dass sie mehr wussten als alle anderen.

Emil hielt alles in diesem wasserfleckigen Text fest – als müsse er sich selbst überzeugen –, in einem schrägen, unordentlichen Gekritzel, welches nicht seine Persönlichkeit spiegelte. Dann versteckte er das Buch. Er war so verschlossen wie alle Entradistas, und als er Vic seine Zulassung verkauft hatte, waren die Notizen nicht im Preis enthalten gewesen.

»Das ist kein Witz, Vic. Du rufst zu viele Erinnerungen bei ihm wach. Wenn ich dir das Buch gebe, lässt du ihn dann in Frieden?«

»Ich würde nicht wegbleiben«, sagte Vic.

Sie trat so nah an ihn heran, dass er ihre Körperwärme spürte. »Ach nein?«, sagte sie spöttisch. Serotonin versuchte sie zu küssen, aber sie war schneller als er. »Vic, wenn du das Buch hast, wirst du dich hier nicht mehr blicken lassen. Es ist sowieso dein Tod. Es war praktisch auch der seine. – Komm mit, Vic«, sagte sie, »ich zeig dir was.«

Zwei oder drei kleine Kinderstar-Kostüme mit kurzen, steifen Röckchen aus falschem Satin in knalligem Smaragdgrün. Lauter schwarze Lackschuhe mit Riemchen und Steppeisen paarweise in aufsteigender Größe. Akkordeons und Teile von Akkordeons. Welche, die sie gespielt hatte, bis sie kaputt gegangen oder zu klein geworden waren; welche, die sie sich später gekauft hatte, weil sie ihr gefielen. In allen Farben, von Stahlblau über das Knallgrün der Kostüme bis zu einem warmen Kastanienbraun, alle mit einem Hochglanz-Finish und Metallemblemen von Raketenschiffen, Sternschnuppen und schneebedeckten Gipfeln. Jedes Tastengrinsen entblößte das seltene Elfenbein außerirdischer Tierarten. Beim Anblick der kleinen Schuhe, gestand Edith, kamen ihr die Tränen. Wo immer sie wohnte, stellte sie diese Andenken in Regalen oder in Vitrinen aus, deren Glastüren kunstvoll geschliffene exotische Szenen der Antiken Erde zeigten. Heute gab es etwas zu sehen, das er noch nicht kannte.

»Darin bin ich auf *Pumal Verde* aufgetreten.« Eingeschlagen in gelbes Seidenpapier sah das Kleidungsstück aus wie die Uniform einer Blaskapelle, und eigentlich konnte sie sich nicht entsinnen, es getragen zu haben. »Ich war vierzehn Jahre alt.« Sie grub ihr Gesicht in das Bolerojäckchen, atmete Gerüche ein, an die sie sich nicht erinnerte. »Ich hätte dir gefallen, damals. Ich war so unschuldig, Vic. Willst du auch mal riechen?«

»Das ist unfair«, sagte Vic, der ihren Tonfall nicht mochte.

Edith lächelte in sich hinein und wandte sich dem Rock zu. Als sie ihn auseinanderfaltete, fiel etwas auf den Boden. »He, Vic«, sagte sie, »was ist das?«

Es war ein altes, in Leder gebundenes Notizbuch.

»Liebe Güte«, sagte Vic Serotonin.

Er bückte sich, als es oben im Zimmer des Alten einen dumpfen Rums tat. Er blickte unwillkürlich zur Decke, was Edith Zeit ließ, ihm das Buch vor der Nase wegzuschnappen. Ihre Blicke begegneten sich.

»Emil ist wach, Vic«, sagte sie. »Geh lieber nachsehen, ob er Hilfe braucht.«

»Darüber reden wir noch«, sagte er über die Schulter und war schon im Treppenhaus.

Edith sah ihm nach. Er würde immer für den alten Mann da sein. Was Edith betraf: In ihrem Kopf spielte immer noch das kleine Mädchen vor dicht gedrängtem Publikum, das wächserne Gesichtchen zum perfekten Abbild von Shirley Temple gesippt. Ein Akkordeon folgte dem anderen – größer und teurer, noch mehr Chrom und noch mehr seltenes, mit Japanlack überzogenes Holz –, Jahr um Jahr, während sie sich freimütig durch den Halo in ihre Jugend hineinspielte und Karriere im Neuen Nuevo Tango machte; immer bemüht, sich um Emil zu kümmern, der sich so sehr um sie kümmerte, folgte sie einem tröstlichen Schuldgefühl, das nun Alltag war, weil Emil sich nie mehr kümmern konnte, nicht einmal mehr um sich selbst. Die Augen zu und das Akkordeon tanzte, und sie fühlte sich wie ein Cultivar – eine Kette perfekter Kleinmädchenkörper in glänzenden Röckchen mit fliegenden Tüllpetticoats, weißen Söckchen und Lacksandaletten mit runden Kappen.

Mit diesen Bildern im Kopf folgte sie Vic Serotonin in den dritten Stock.

Und das war die Vita von Emil Bonaventura: Anfangs hatte er sich bei einem Zweig von *Earth Military Contracts Inc.* verpflichtet – für ein Projekt, welches lediglich unter der Nummer 121 bekannt war und über welches er nie ein Wort verlor. Danach raufte, soff und hurte er sich mit seiner kleinen Tochter im Schlepptau quer durch den Halo, bis er im Saudade-Gebiet landete und Edith erwachsen war. Das brachte den Zug zum Stehen. Er kam ins Grübeln. Als junger Mann war er wie alle jungen Leute. Er begehrte vieles, hatte aber keine Ahnung, wer er war. Und viele Jahre später fand Vic ihn hier in diesem Zimmer im dritten Stock am Rand des Touristenhafens halb im Bett liegend, ein feuchtes Laken um den weißen alten Oberkörper geschlungen, der Blutergüsse in allen Stadien und Farben hatte, die von ähnlichen Stürzen und Vorfällen herrührten. Sein Gesicht wurde vom Gewicht seines Oberkörpers gegen die Wand gepresst. »Hilf mir, Edith«, sagte es.

»Ich bin Vic«, sagte Vic.

»Los, pack mit an!«, sagte Edith.

Sie rangen ihn ins Bett zurück, dann sagte sie: »Ich lass euch wackere Entradistas mal reden.« Sie ging ans Fenster und starrte auf den Hafen hinaus, wo der Regen durchs Halogenlicht fiel.

»Vic«, flüsterte Bonaventura, sobald sie außer Hörweite war, »komm her. Setz dich. Ich habe nachgedacht. Über das, was du gesagt hast.«

»Was hab ich denn gesagt, Emil?«

»Hör zu, Vic, alle, die ich jemals mit reingenommen habe, ich habe in ihnen Erwartungen geweckt, die zu hochgesteckt waren …«

»Sie wollen rein, Emil. Auf Teufel komm raus.«

»Nein, hör zu!« Er packte Vics Arm. »Ich wusste es. Ich wusste es jedes Mal. Es gibt da drinnen etwas, aber es ist nichts. Das kapieren sie zu guter Letzt. Sie kapieren, dass du sie reingelegt hast.«

»Worauf willst du hinaus, Emil? Auf denselben alten Mist?«

Bonaventura schüttelte müde den Kopf.

»Ich will einfach nur wissen, wo du gewesen bist, Vic. Ich will wissen, welche Stellen wir gemeinsam haben.«

»Du willst einen Schwanzvergleich?«

»Weil du in Sektor 7 gewesen sein musst und das riesige weiße Ding gesehen haben musst, das wie ein Gesicht über den Dächern hängt ...«

»Lass gut sein, Emil.«

Doch Bonaventura wollte nicht geschont werden. »Hör mir zu!«, verlangte er. »Nur dieses eine Mal!« Welche marode Erinnerung ihn auch im Griff hatte, sie zog ihn ins Kissen. Alle aus seiner Generation hatten dasselbe Bedürfnis: alles immer wieder durchzuspielen, ihre Abenteuer zu vergleichen, alles am Leben zu halten, was sie da drinnen erschreckt hatte. Vic spürte, wie der ganze alte Leib von diesem Verlangen bebte. »Danach sind die Häuser nur noch Backsteinhaufen, diese verdammte äußere Backsteinwüste. Es gibt ein Echo, jedes Mal, wenn ein Dachziegel fällt, und das Gesicht besieht dich ...« Er bemerkte Vics Gesichtsausdruck, und mit einem Mal wich jede Anspannung von ihm. Er seufzte. »Was rege ich mich auf?« Er zuckte die Achseln. »Wenn du das nicht erlebt hast«, sagte er, »was hast du *dann* erlebt? Nichts.«

»Jetzt kommt's gleich wieder«, prophezeite Vic.

»Er will doch nur reden, Vic«, kam es müde vom Fenster.

»Immer auf der sicheren Seite bleiben«, riet Bonaventura der Welt im Allgemeinen und Vic im Besonderen. »Sei ein Tourist, wie die anderen auch.«

Vic warf die Hände hoch. »Alles wäre besser, als hier zu hocken.« Er wandte sich an die Tochter des Alten: »Ich könnte zum Beispiel im Club Semiramide sein.« Edith zuckte die Achseln. Sie sah ihn unverblümt an – Wenn du gehst, suggerierte der Blick, dann komm ja nicht wieder! –, dann fuhr sie fort, die Straße zu mustern, als gäbe es da unten eine Menge Sachen, die sie zwar kaum interessierten, die aber interessanter waren als Vic.

»Himmel noch mal!«, sagte Serotonin. Er sah plötzlich Paulie DeRaads Schattenboy vor sich und das Gesicht seiner unglücklichen Marionette, erhellt vom Widerschein des rätselhaften Vorgangs in dem Gemäuer von Suicide Point. »Was *ich* für Probleme hab, ist euch scheißegal«, beschwerte er sich. Er war aufgestanden und wollte gehen.

»Es tut mir leid«, sagte Bonaventura. »Vic, das Gelände ist groß. Vielleicht haben wir einfach verschiedene Teile gesehen.«

Vic sagte im Türrahmen: »Das glaube ich nicht.«

»Ich kann nicht träumen, Vic!«, rief Bonaventura. »Ich kann nicht träumen!«

»Du wusstest, dass es so kommen würde«, sagte Vic. Er wusste nicht, wie er ihm helfen sollte. »Du hast immer gewusst, dass es so kommen würde.«

»Warte nur, bis es dir passiert, Vic.«

»Ruhig«, machte Vic abwesend. »Gib Ruhe, alter Junge.«

Edith Bonaventura ertappte ihn im Parterre, wie er dasaß und mit eiskalter Miene Seiten aus dem Notizbuch des Alten riss.

»Ich dachte, ich hätte es wieder versteckt«, sagte sie unbekümmert.

»Es steht nichts drin.«

»Nicht? Dann muss es das falsche sein.«

»Du hast es gewusst«, sagte Vic.

Sie gab es lächelnd zu. »Selbst die, in die er reingeschrieben hat, sind nicht unbedingt die richtigen«, sagte sie. »Emil hat viel geschrieben. Willst du einen Drink?«

Serotonin ließ das Notizbuch einfach fallen und gähnte. »Ich sollte gehen«, sagte er. Sie brachte ihm trotzdem den Drink und blieb vor ihm stehen, während er austrank. »Was *ist* das?«, sagte er.

»Den guten Stoff hast du alle gemacht«, rief sie ihm ins Gedächtnis.

Serotonin wischte sich über den Mund. Er ließ den Blick durchs Zimmer schweifen, über das Regal voller Kleinmädchensouvenirs; er konnte die Edith, die er kannte, und die Edith, die diese Sachen verwahrte, nicht unter einen Hut bringen. Er setzte das Glas ab und zog sie so nahe zu sich heran, dass sie gezwungen war, sich auf sein Knie zu setzen. »Braucht er Geld?«, wollte er wissen. Edith sah beiseite und lächelte. Sie zog Vics Kopf heran und ließ sich von ihm den Nacken küssen.

»Wir brauchen immer Geld«, sagte sie. »Mm. Das ist schön.«

Als er fort war, lag sie auf dem Sofa und dachte über ihn nach. Serotonin erinnerte sie an die Männer, die ihr auf dem Weg durch den Halo begegnet waren. Damals hatten alle einen Traum ausleben wollen, der schon mit sechzehn nicht mehr einzulösen gewesen war.

Fairerweise musste sie sich dazuzählen. Auf *Pumal Verde* zum Beispiel hatte sie sich mit Dr. Thirsty's zugeschüttet und elf Stunden am Stück einen riesigen weißen Vogel halluziniert, der mit ausgreifenden und ekstatischen Flügelschlägen durch den leeren Raum flog. Ihr damaliger Freund meinte: »Edith, dieser Vogel ist *dein Leben*, und du bist gut beraten, ihm zu folgen.« Aus seinem eigenen Leben machte der Junge nicht besonders viel. Er heuerte wie die meisten bei EMC an und wurde Pilot eines Raumfighters: Dazu musste er sich vom Militärschneider ummodeln lassen, sodass am Ende ein Bündel Drähte aus seinem Mund kam, das wie ein Flussdelta in den Armaturen verschwand. Angeblich hatte man seinen Würgereiz paralysiert, und trotzdem fühlten sich die Drähte manchmal wie eine sehnige, faserige Masse an, die er nicht hinunterschlucken konnte. Wenn er in Panik geriet oder seine Konzentration nachließ, ertönte im Cockpit die ruhige und feste Stimme seiner Mutter, die ihm sagte, was zu tun war. Es war schwer, ihr nicht zu gehorchen. Sie sagte, er brauche keine Angst zu haben. Solle sich nicht ärgern. Er solle sich konzentrieren und dieses oder jenes auf die Reihe kriegen. Dann sei wieder alles im Lot. Damit war – soweit es Edith betraf – dann Schluss mit ihm gewesen.

Kurz bevor der Tag heraufdämmerte, ging Edith nach oben, um nach dem Rechten zu sehen.

Emil lag noch wach und stierte vor sich hin, als wohnte er einem Ereignis bei, das nur er sehen konnte; doch er musste sie bemerkt haben, denn er nahm ihre Hand und sagte: »Das Schlimmste, was wir da rausgebracht haben, waren die *Töchter*, so nannten wir die Dinger. Bring eine *Tochter* raus und du hast nichts als Ärger. Eine

Tochter verändert einfach so ihre Gestalt. Sie lebt nicht, sie ist auch nichts Technisches: Keiner weiß, was sie tut; keiner weiß, wozu sie gut ist.«

Edith drückte seine Hand.

»Das hast du mir schon erzählt«, sagte sie.

Er gluckste. »Ich war es, der die Dinger so genannt hat. Egal, was man da raus bringt, es darf nur keine *Tochter* sein.«

»Du hast mir das schon hundertmal erzählt.«

Er gluckste wieder, und sie drückte wieder seine Hand, und kurz darauf war er eingeschlafen.

Sie blieb bei ihm. Ab und zu wanderte ihr Blick durchs Zimmer, über die lackierte Holzvertäfelung, die im schwachen Lampenschein in einem warmen Cremeton glänzte, über das alte Bett mit den bunten Kissen, Farben, die ihr oder, wie sie annahm, dem alten Mann gefielen. Wir haben Schlimmeres gesehen als das, dachte sie. Vom Raketenfeld flammte Licht herüber, einmal, zweimal; es erhellte ihr markantes Profil und warf den Schatten an die Wand.

4 · Im Club Semiramide

Liv Hula öffnete die Bar spät morgens. Egal, wie viel sie letzte Nacht getrunken hatte, sie konnte nie mehr als zwei oder drei Stunden schlafen, dann fuhr sie aus Träumen auf, in denen sie in die Tiefe gesogen wurde, lag da und lauschte benommen, vernahm aber nichts als die üblichen Laute der Straint Street – eine Rikscha, die auf dem holprigen Pflaster hinunter nach Saudade rumpelte; eine Frau, die sang. Oder sie träumte von einem anderen Planeten, wachte auf und dachte: Wo war das? Das waren noch Zeiten. Spröde, kurze Eindrücke aus ihrer Vergangenheit, die ohne Zusammenhang blieben, auch nichts mit hier und heute zu tun hatten; in solchen Minuten sah sie sich zwischen den sauberen, nackten weißen Wänden des Zimmers um, stand plötzlich auf und kickte die abgelegte Kleidung über den Boden.

Das Parterre war leichter zu ertragen. Kehren, Tische herumschieben, Gläser spülen, die schale Luft atmen, die kalten Spritzer aus dem Barbecken. Man schloss auf, Tageslicht strömte schräg in die Bar, und wie große, fadenscheinige Nachtfalter flatterten die Schattenoperatoren ein, zwei Minuten darin herum, ehe sie sich in ihre Winkel zurückzogen. Etwa zur selben Zeit zog sich Liv Hula hinter den Tresen zurück. Sie stand immer an derselben Stelle. Polierte das Zinkblech mit den Ellbogen, machte die Geldschublade auf und zu. Die nachgiebigen Dielen hatten inzwischen eine Delle bekommen. Sie wollte nicht daran denken, wie viele Jahre sie nun schon hinter dem Tresen der Black Cat White Cat stand.

Vorrat prüfen, Essen bestellen, den Chopshop-Verkehr beobachten, zusehen, wie das Licht langsam um die Bar zog, und am frühen Nachmittag würde sich der erste Kunde einstellen. Sie freute sich auf jeden. Für gewöhnlich war es der Dicke Antoyne, doch der war seit dem Tod von Joe Leone ausgeblieben. Wenn es nicht Antoyne war, dann eben Vic Serotonin, der Reiseleiter, der momentan bestimmt nicht viel besser aussah als sie.

Heute war es keiner von beiden.

Als Vic Serotonin schließlich kam, tat er es auf seine versunkene Art – Hände in den Taschen, Schultern dauerhaft vorgekrümmt, bedürftige Augen in weite Ferne gerichtet –, als grüble er so angestrengt über sich nach, dass er nicht mehr wusste, in welchem Teil der Stadt er lebte. Er stützte sich auf den Tresen und sagte: »Rum.«

»Hi, Vic«, sagte Liv Hula. »Schön, dich zu sehen.«

Nach zwei Atemzügen sagte sie in einer passablen Imitation von Serotonins Stimme: »Schön, dich zu sehen, Liv.«

»Lass den Quatsch«, sagte Vic Serotonin.

»Wenn du die Zeche zahlst, ja«, säuselte sie. »Black Heart on the Rocks? Woher ich das nur wusste?« Sie ließ ihn austrinken – trat ein bisschen zurück vom Tresen, eine Mischung aus Befriedigung und Belustigung in den Augen –, dann sagte sie: »Deine Klientin ist wieder da, Vic.«

Vic sah sich um. Die Frau saß auf einem Barhocker am Fenster und starrte durch die beschlagene Scheibe auf die Straße hinaus. Sie musste schon länger da sitzen. Sie hielt den Kopf schräg, sodass ihr Gesicht gleichmäßig ausgeleuchtet war und milchig, beinahe durchscheinend wirkte, ohne dabei etwas preiszugeben. Vor ihr stand ein Becher heiße Schokolade. Sie schien noch gar nicht getrunken zu haben. In dem Moment, als Vic sie erblickte, gewahrte er andere Bilder, die von ihr fortwirbelten, zu schnell, als dass er sie hätte erkennen können. Laufen; ein Bretterzaun mit grünen Flechten im Regen; eine verwaiste Straße aus einem falschen Blickwinkel.

Normalerweise ging Vic allen Schwierigkeiten aus dem Weg. Klienten kamen zu ihm, er verschaffte sich einen Eindruck; er wusste, wann ihm jemand die Zeit stahl.

»Ich möchte Sie hier nicht mehr sehen«, sagte er.

Er ging leise auf sie zu, trat hinter ihren Hocker und sagte dicht an ihrem Nacken: »Ich möchte Sie hier nicht mehr sehen.« Er war erschrocken über die Schärfe seines Tonfalls.

Sie starrte ihn an, als spräche er eine Sprache, die sie nicht auf Anhieb verstand. Dann rutschte sie vom Hocker und fing an, in ihrer Tasche zu wühlen. Sie reichte ihm eine Visitenkarte und sagte: »Hier wohne ich. Ich wünschte, Sie würden mir helfen. Sollten Sie Ihre Meinung ändern: Ich glaube, ich möchte immer noch da rein.«

»Das ist das Problem«, sagte Vic.

»Wie bitte?«

Vic sagte: »Ich weiß, was ich will. Sie wissen nicht, was Sie wollen.« Er stand im Türrahmen und sah sie die Straint hinuntergehen. Diesmal trug sie einen schwarzen wadenlangen Tulpenrock, darüber eine kleine Silberpelzjacke mit Schößchen und leicht wattierten Schultern; darüber ein zur Jacke passendes Pillbox-Hütchen. Sie winkte eine Rikscha heran und stieg ein.

»Sie möchte, dass du ihr hilfst, Vic«, rief Liv Hula über den Tresen. Vic bestellte sich einen neuen Drink.

Auf dem Kärtchen, das die Frau ihm gegeben hatte, stand eine Adresse in Hot Walls, eine Gegend, die Vic als hohe, altmodische Stadthäuser erinnerte, die alles andere als Renditeobjekte waren; die Kapitalgesellschaften hatten sie vor zwanzig Jahren abgestoßen und das Geld in die zweckgebundenen Komplexe von Doko Gin investiert. Er wünschte, er hätte überhaupt nichts zu ihr gesagt, denn jetzt gab es eine Verbindung zwischen ihnen.

»Wie kommt eine Touristin nach Hot Walls?«, fragte er Liv Hula.

»Ich würde fragen, wie ist sie an deinen *Namen* gekommen, Vic?«

»Das auch.«

Liv sah ihn das Kärtchen zerreißen und die Schnipsel auf den Tresen werfen. Später allerdings sammelte er sie wieder ein und steckte sie in die Tasche.

Wieder bekam Vic einen Anruf von Paulie DeRaad.

DeRaad wirkte gereizt. Gleichzeitig blieb er aber distanziert und unbestimmt. Er wollte über das Artefakt reden, das er gekauft hatte. Meinte, er sei völlig durcheinander. Meinte, er wisse selbst nicht, was er da habe. Doch jedes Mal, wenn Vic ihn fragte, was denn los sei, schien er abgelenkt. »Tut sich was, ich meine da, wo du bist, Paulie?«, fragte Vic. »Wenn ja, dann mach doch mit, besonders wenn du mir nichts zu sagen hast.«

»He, schön artig, Vic«, riet ihm Paulie. Schließlich meinte er, Vic solle doch vorbeikommen, im Club Semiramide. Das sei das Beste. Da gebe es etwas, das er unbedingt sehen müsse; dann könne Vic sich ein Bild machen.

»Ich habe anderes zu tun«, meinte Vic.

»Bestimmt nichts Wichtigeres«, hielt DeRaad dagegen. »He, Vic, ich lass dich abholen, das erspart dir alle Mühe.«

»Das ist nicht nötig«, sagte Vic.

Der Club lag mitten in der Stadt und nahm sich aus wie ein Kreuzfahrtschiff am Pier, so platziert, um eine Mischung aus Touristen und lokalen Spielern anzulocken, wobei gesellschaftliche Stellung und Einkommen von Paulie höchstpersönlich bestimmt wurden. Als Vic um 18.30 Uhr eintraf, war gerade irgendwas im Gange. Das Etablissement war leer bis auf das übliche Fußvolk von DeRaad, ein Dutzend fest angestellter Gun-Kiddies, die um die rückwärtigen Tische saßen und aufgeregt ihre Waffen verglichen und würfelten. Das Mobiliar war teilweise umgekippt, und ein paar verkohlte Löcher in den Wänden verrieten, dass kürzlich jemand mit einer Rückstoßpistole herumgeballert hatte. Paulies Leute schienen weniger involviert zu sein als sonst.

»Paulie wird nicht glücklich sein, wenn du da reingehst«, meinte eine Gun-Punkerin, als Vic Anstalten machte, das Büro aufzusuchen.

»Na wenn schon«, sagte Vic und blickte auf sie hinunter.

Die Punkerin hieß Alice Nylon, war acht Jahre alt und trug einen bis zum Hals geknöpften lackblauen Regenmantel. Sie war noch keine sieben gewesen, da hatte *Café electrique* ihr bereits die Vorderzähne ruiniert und sie mit einem interessanten Sprachfehler ausgestattet. Sie kochte gern, liebte Wassergymnastik im hauseigenen Pool und verbrachte ihre Freizeit damit, ihre Steuererklärung selbst zu machen. »Vic«, erzählte sie, »du kannst dir nicht vorstellen, was für ein Überfall das war. Nein, ehrlich! *Hier* im Club.« Sie ließ den Kopf ungläubig von einer Seite zur anderen pendeln. »Diese Schwachköpfe von der Gebietskripo sind uns auf die Pelle gerückt wie ein billiges Holo vom Kefahuchi-Trakt. Der Kerl, der wie Albert Einstein aussieht! Wir sollten stark sein, meinte Paulie, und nicht tun, was wir am liebsten getan hätten. Wir sollten eine Faust in der Tasche machen.«

»Das hätte ich gern gesehen, Alice«, sagte Vic freundlich.

Alice zuckte die Achseln. Sie war ein Profi. Keine große Sache für sie.

»Wir hätten sie sonst kaltgemacht, Vic, und was machst *du* hier?« Sie bedachte ihn mit einem zerschlissenen kleinen Lächeln. »Wäre es nicht doch das Beste, wenn du hier wartest? Auf Paulie?«

Vic war einverstanden und suchte sich einen Tisch.

»He, Vic«, rief Alice ihm nach. »Heute Morgen hab ich Schokokuchen mit Nüssen gebacken, ganz allein!«

Vic hasste den Club.

Die Fassade war eine Beleidigung für jeden halbwegs intelligenten Menschen.

Ein guter Treffpunkt war er auch nicht.

Wenn man hineinging, wurde einem sofort klar, dass Paulie De-Raad sein Geld woanders verdiente. Es gab vierzig Tische mit je vier Sitzplätzen in einem runden Raum mit hoher Decke, der ursprünglich mal einen leicht durchschaubaren Technik-Schwindel irgendwelcher Aliens beherbergt hatte; ihr Unternehmen hatte sich FUGA-Orthogen genannt. (Das Startkapital der zwielichtigen Firma erschöpfte sich im Besitz von drei Bergbaumaschinen im Parkorbit eines Gamma-Emitters in der *Radio Bay*. Höchstwahrscheinlich kreisten sie dort schon seit einer Jahrmillion, und niemand wusste, wie sie funktionierten. »Was diese Jockeys ausbuddeln wollten, war auch nicht ganz klar«, pflegte Paulie mit dem Anflug eines Lächelns zu sagen.

»Also mussten wir sie ziehen lassen.«) Nach ihnen war Paulie De-Raad gekommen, der die Wände weiß kalken und mit bestimmten UV-Frequenzen illuminieren lassen hatte. Er liebte hochwertige Beleuchtung, weil sie ihn an seine Blütezeit erinnerte. Hologramme schwebten herum, lauter Reklame; Monas schwebten herum und nahmen Bestellungen für die Hinterzimmer entgegen, die behaglicher eingerichtet waren. Paulies Gäste konnten essen, konnten ein bisschen würfeln. Eine Band sorgte für musikalische Untermalung. Aber Paulie stellte seinen Gästen eine Bedingung: Sie mussten gut gekleidet sein. Er hatte, wie er offen zugab, eine Schwäche für die Reichen und Schönen.

Vic bestellte sich einen Drink.

Um die Zeit zu überbrücken, puzzelte er die Visitenkarte seiner Exklientin zusammen. Wieso unterhielt eine Touristin ein Apartment in Saudade? Eine Adresse in Hot Walls war zu vornehm, um billig zu sein, und nicht vornehm genug, um Kapital anzulocken.

Es war inzwischen 19.00 Uhr, und der Laden begann sich zu füllen, hauptsächlich mit Paaren, die einen Cocktail trinken wollten, um anschließend weiterzuziehen. Um 19.10 Uhr erblickte Vic zu seiner Überraschung Antoyne Messner, der auf einen Tisch im Hintergrund zusteuerte. »Antoyne!«, rief er, doch der Dicke nickte ihm nur zu und ging weiter. Er setzte sich zu den Gun-Punks und beteiligte sich am Würfelspiel. »Dann leck mich halt, Dicker Antoyne«, murmelte Vic.

In dem Moment ging die Bürotür auf und man hörte Paulie De-Raad rufen: »He, Vic, du inkompetenter Strohkopf! Wo steckst du?«

Paulie DeRaad war jünger als Vic Serotonin. Er hatte eine scharfe Nase und einen weißblonden Haarschopf mit Geheimratsecken, für die Paulie in seiner Militärzeit bekannt gewesen war; im Hauptraum des Semiramide liefen manchmal Hologramme mit den Highlights von damals.

Paulie war mit vierzehn im Cor-Caroli-System gewesen. Später war er einer der drei, die lebend aus dem K-Schiff *El Rayo X* geborgen wurden, nachdem es im Orbit mit dem schweren nastischen Kreuzer *Touching the Void* kollidiert war. Seitdem war er drahtig, unter Strom und verkrampft, und wenn er sich aufregte, schien die Haut über seinem Gesicht dünner und glänzender zu werden und das Blut zu dicht unter die Oberfläche zu treten. Letzteres war die Folge von Strahlenverbrennungen allgemeiner Hauterosion, Schäden, die er nicht reparieren ließ und wie einen Orden zur Schau trug. Paulie konnte nicht Schluss machen. Er wollte alles. Diesen Eindruck vermittelte er einem zumindest auf den ersten Blick; auf den zweiten merkte man, dass er im Grunde nur am Leben bleiben und Erfolg haben wollte.

»Würdest du dir das mal ansehen?«, fragte ihn Paulie.

Er meinte sein Büro, das schlimmer aussah als der Club. Es roch nach ionisierter Luft und Kohlendioxid, das Mobiliar lag verstreut. Hier hatte ein Kampf stattgefunden. In diesem kleinen Kabuff! Schlimmer für Paulie war allerdings, dass Aschemanns Team Ausrüstung mitgebracht hatte, die mit seinen Schattenoperatoren wie mit dem Inhalt eines Aktenschranks verfahren war. Jetzt hingen sie oben in den Ecken, so dicht zusammengekauert, dass es Tage dauern würde, um sie wieder da runter zu bekommen. Sie standen unter Schock. Sie fühlten sich vergewaltigt. All ihre Geheimnisse waren offengelegt. Auch Paulie sah schlimm aus. Er schwitzte, und sein Gesicht war rot wie rohes Fleisch.

»Weißt du etwas darüber?«

Vic verneinte.

»Zum Teufel, Vic, das solltest du aber.«

Vic kippte einen Sessel auf die Füße und setzte sich. Darauf schien Paulie gewartet zu haben, denn er setzte sich ebenfalls; er wischte sich übers Gesicht. »Irgendeine neue Art von Artefakt kommt aus dem Gebiet«, sagte er. »Darum geht es Aschemann. Er glaubt, wir hätten was damit zu tun.« Er steckte die Finger in den Mund, nahm sie raus und besah sie. »Guck mir in den Mund, Vic, und sag mir, ob mein Zahnfleisch blutet.«

»Verpiss dich, Paulie.«

DeRaad lachte. »Hat nicht viel gefehlt, Vic. Du warst schon halb vom Stuhl.« Er beruhigte sich, sah belustigt drein. Er freute sich wieder seines Lebens. Er sagte: »Du kennst diesen Laden namens Café Surf?«

»Nie gehört«, sagte Vic.

»He, mit mir kannst du offen reden, Vic, ich bin dein Freund.«

Falls Vic eine Überwachung durch Nanokameras befürchte, meinte Paulie, könne er ihn beruhigen. Die Ausrüstung der Gebietssoko sei das Letzte. Sie sei jetzt zehn Jahre alt. Betrieb und Wartung verschlängen ein Heidengeld. Die meiste Zeit sei das Zeug defekt. Außerdem, ließ er durchblicken, genieße er EMC-Tarnung. »Bei mir bist du unsichtbar.« Vic, der bis eben noch völlig sorglos gewesen war, starrte Paulie an, dann zuckte er die Achseln.

»Hast du mich deswegen herbestellt?«

Von einem Moment auf den anderen wirkte Paulie nicht mehr besonders belustigt.

»Nein«, sagte er. »Ich möchte dir etwas zeigen.« Er stand auf. »Nun komm schon«, sagte er. »Oder meinst du, ich verwahre es hier?«

»Weiß man's?«

DeRaad rief nach seinem Rikschagirl. Er winkte Vic. »Es ist nicht weit, aber warum zu Fuß gehen?« Der Abend war abgekühlt. Meeresluft wehte durch die City und kondensierte am Stadtmobiliar, an der Rikschagabel. Aus den Militärwerften drang Arbeitslärm. Gelegentlich hob ein K-Schiff ab, stieg bei Mach 40 in den Parkorbit und erfasste alles von der Straint bis zur Küstenstraße mit seiner brutalen Lichtfackel, lasierte das scharfe Profil von Paulie DeRaads Gesicht, sodass man für eine Sekunde die Illusion hatte, direkt in die Muskulatur zu blicken. Paulie lehnte sich aus der Rikscha. Er liebte alles, was militärisch war. »Schau dir das Teufelsding an, Vic! *Schau* es dir an!« Man musste einfach über Paulie schmunzeln; da zischte eine Silvesterrakete ab, und schon hatte der Mann gute Laune.

»He«, rief Paulie dem Rikschagirl zu, das in seiner Gabel ein strammes Tempo anschlug, »du brauchst dich nicht gleich zu Tode zu rennen.«

»Ich hab nur dieses eine Tempo, Paulie.«

»Es ist deine Beerdigung, Kleines«, erwiderte er und sagte dann zu Vic Serotonin: »Wir sind gleich da.«

Er hatte überall in Saudade Schlupflöcher. Dies hier war ein kahles Einzelzimmer abseits der Voigt Street, im Hinterhof des Kapitals. Bis auf das Feldbett, das er nie ungemacht zurückließ, und ein paar Andenken an seine Raumkommandotage sah es nicht anders aus als die anderen Schlupflöcher. Hier wickelte er zudem einen Teil seines Nachrichtenverkehrs ab; durch seine Überlicht-Uplinker und Orbitalrouter war er überall zu empfangen. Sowie er die Tür aufmachte, schlug ihnen ein übler Gestank entgegen. Nach Kot, Urin und abgestandenem Wasser.

»Himmel noch mal, Paulie«, sagte Vic.

»Das ist noch gar nichts«, meinte Paulie. Durch den Gestank war eine Art Blubbern zu hören. Auf Paulies Feldbett, teilweise aus den Kleidern, lag die Entität, die sich »das Wetter« nannte. Zuletzt war Vic ihr am Suicide Point begegnet. Sie hatte sich irgendwie an seinem Artefakt verschluckt, und die beiden waren auf eine Art miteinander verwachsen, die wohl nur ein anderer Schattenboy begreifen konnte. Eine Hochzeit hatte stattgefunden. Wer immer sie verheiratet hatte, hatte sie auch mit der Marionette verbunden. Die drei schienen unzertrennlich – wobei ihre gemeinsame Existenz angesichts des erbärmlichen Zustands des Pointkids wohl nicht besonders lange währen würde. Der Junge sah verängstigt und krank aus. Er hatte versucht, sich zu entkleiden und unter die Decke zu kommen, wohl um es bequemer und wärmer zu haben. Seine Shorts hingen fast in den Kniekehlen, seine Haut war fischblass im schwachen Lampenschein. Hin und wieder bäumte er sich hoch, und sein Mund klaffte auf und erbrach etwas, das wie kalte Tapioka aussah.

»Was ist das, Vic?«, wollte Paulie DeRaad wissen.

Das Pointkid hörte Paulies Stimme. Der Junge setzte sich zitternd auf und blickte von einem zum anderen. Bei Vic blieben seine Augen hängen. Er erkannte ihn. Vic sah das Pointkid und tief in ihm drin den Operator und in beiden das Artefakt, immer noch weiß und unkenntlich, etwas Tierähnliches, das im Ereignisgebiet auf ihn zu-lief. Es war nicht möglich, sich dieser Unmittelbarkeit zu entziehen: Was geschah, durfte nicht sein. Wo immer Vic und Paulie sich in dem Zimmer postierten, es gab kein Entrinnen. Immer erwischten sie etwas von dem verstörenden Zauber des Schattenboys. Einen Moment lang war die verpestete Luft voller Regen, der durch den Sonnenschein fiel, voller Meeresgeruch.

Und zwischen dem Aufstöhnen der Marionette und melodischen Codesalven hörten sie »das Wetter«: »Bin ich da?«, wandte es sich an Paulie. »Ich kann mich einfach nicht sehen.«

»Das ist nach zwei, drei Tagen passiert«, sagte Paulie zu Vic. »So was kann ich meinem Interessenten nicht zumuten. Ich selbst kann auch nichts damit anfangen, selbst wenn ich wüsste, was es ist. Das ist kein gutes Geschäft, Vic.«

»Ich verstehe«, sagte Vic. »Können wir hier raus?«

Das Pointkid lachte. »Niemand kommt hier raus«, flüsterte es unisono in drei getrennten Stimmen.

»Mir dreht sich der Magen um«, sagte Paulie DeRaad.

Er schloss das Pointkid wieder ein, und das Rikschagirl trabte sie zum Semiramide zurück, wo sich der Abend ein wenig erwärmt hatte. Es schwirrte vor Stimmen und Musik. Die Tische waren besetzt. Zwischen ihnen schwebten Monas auf Zehn-Zentimeter-Polyurethanabsätzen, die größtenteils nach Pfefferminz- oder Vanilleessenz rochen (nur wenige hatten beim Erwerb der Packung auf Zimt bestanden). Bilder von EMC-Operationen im Cor-Caroli-System und auf *Motel Splendido* huschten über die Wände, zusammen mit einer Sequenz, die zeigte, wie die *Hellflower*, das alte Schiff von Paulie DeRaad, nach dem Treffer eines nastischen Aufklärers der Spitzenklasse in einer lautlosen Tellerexplosion verging. Vic und Paulie setzten sich wieder ins Büro, und Paulie ließ Alice Nylon die Tür schließen, um den Lärm auszusperren. Sie tranken etwas, und Paulie sagte: »Du verstehst, worauf ich hinaus will. Ich muss dich das fragen, Vic: Hast du etwas Schlimmes eingeschleppt?«

»Alles da drin ist schlimm«, sagte Vic. »Du kennst das Risiko.«

»Ich bin der Käufer«, erinnerte ihn Paulie. »Der Profi bist du.« Er schien Schluckbeschwerden zu haben. Zum ersten Mal fiel Vic Serotonin auf, dass Paulies Hände nervös zitterten. »Das Risiko trägst du«, sagte Paulie. »Nicht ich. Was, wenn ich mir von dem Ding was eingefangen hab?«

»Na ja, das müsstest du doch merken. Ich kann nichts an dir finden, Paulie.«

»Aber ich«, sagte Paulie. »Ich habe seitdem erhöhte Temperatur. Ich habe keinen Appetit mehr. Hol eine Mona rein, und ich vergesse erst mal, dass sie überhaupt da ist. Ich bin unschlüssig. Was ist das für ein Leben?«

»Da gibt's nur eins«, riet Vic, »halt mit der Pistole drauf.«

Paulie machte große Augen.

»Hab ich doch. Aber es setzt sich wieder zusammen, Vic. Kleine weiße Lichter, die von überall auf dem Boden zusammenkullern. So was Unheimliches hast du noch nie gesehen. Die ganze Zeit heult und winselt es.« Als Vic aufstand und gehen wollte, fügte er hinzu: »Übrigens, dein Laufbursche Antoyne arbeitet jetzt für mich, du hast sicher nichts dagegen.«

23.00 Uhr, zu spät, um noch irgendwo hinzugehen, zu früh, um schon nach Hause zu gehen. Vic war durcheinander, schuld war alles, was er gesehen und gehört hatte. Er überlegte, ob er Emil und Edith Bonaventura besuchen sollte. Er überlegte, ob er nach Hause gehen und sich aufs Ohr hauen sollte. Am Ende tat er nichts von alledem. Auf dem Weg nach draußen blieb er an dem Tisch stehen, an dem der Dicke Antoyne Messner saß. Antoyne, nagelneuer königsblauer Drape Suit, gelbes Hemd, war inzwischen in Begleitung einer Club-Mona. Aus nächster Nähe entpuppte sich die Schönheit als Exbraut von Joe Leone. Irene saß so vorgebeugt, dass Antoyne tiefen Einblick in die Verheißungen ihrer wüstengelben mexikanischen Bluse hatte. Sie hatte die Finger an seinem Handgelenk, als fühle sie ihm den Puls, und sie nuckelten beide seinen gelbrosa Lieblingsdrink.

»Hi, Irene«, sagte Vic. »Der Dicke Antoyne! Hübscher Anzug!«

Er musste brüllen, um sich verständlich zu machen. »Wie wär's, wenn ich mich zu euch setze?«, schlug er vor. Als sie einander und dann wieder ihn ansahen und nichts erwiderten, machte Vic eine Was-soll-man-machen-Geste, als sei der allgemeine Geräuschpegel schuld, dass er nichts gehört hatte, und setzte sich einfach. Er bestellte drei Drinks.

»Jetzt arbeiten wohl alle für Paulie.«

»Es ist nur zwischendurch, Vic«, erwiderte der Dicke Antoyne rasch, als habe er die Frage erwartet.

»Es ist Arbeit«, stellte Irene richtig und sah Vic an. »Jeder muss arbeiten«, sagte sie. »Ich habe kein Problem damit, das geradeheraus zu sagen.«

Natürlich suche jemand mit Antoynes Fähigkeiten Arbeit im Hafen, in der Werft, fuhr Irene fort; aber den zivilen Werften ginge es lange nicht so gut, wie alle dächten. »Er hat es überall versucht, und wie es aussieht, konnte ich diesen Job für ihn auftun.« Das Leben sei hart, erinnerte sie Vic, und auf einem schrumpfenden Arbeitsmarkt konnte man sich nicht immer seinen Lieblingsjob aussuchen: Zum Glück habe Paulie DeRaad die Lücke füllen können. Sie kenne Paulie als fairen Arbeitgeber und außerdem zahle er gut. Das schneidige Outfit von Antoyne spreche doch für sich, meinte sie.

Da musste Vic ihr recht geben.

»Ich hatte da eigentlich keinen Platz«, sagte Antoyne unvermittelt und meinte damit Liv Hulas Bar. In seinen Augen war das das Problem. »Ich wollte einfach nur dazugehören, Vic.«

»Trotzdem«, sagte Vic. »Vermisst du nicht die Nächte, die wir mit Liv durchgesoffen haben?«

»Noch ein Vorzug ist, dass man mich hier mit meinem richtigen Namen anspricht. Das gefällt mir. Nicht mit ›Dicker Antoyne‹ wie in anderen Lokalen.«

»Toll, wie du abgenommen hast«, sagte Vic.

Für Irene mit ihren geschärften Mona-Instinkten hatte Vic Serotonin das Gesicht eines Mannes, der viel allein unterwegs war. Als er austrank und sich von beiden verabschiedete und für Irene höflich hinzufügte: »Und vor allem eine schöne Nacht«, da spürte sie alles, was Vic nicht über sich wusste, in ihren eigenen Nerven vibrieren. Sie sah, wie er sich seinen Weg durch den voll besetzten Club bahnte, an der Tür ein paar Worte mit Alice Nylon wechselte, und sagte traurig vor sich hin: »Ich kannte eine Million Männer wie ihn.« Sie müsse ja zugeben, dass er mit seinem schwarzen Haar und den traurigen, harten Augen wie der Neue Nuevo Tango persönlich aussehe. Aber er habe wohl keine Ahnung von anderen Menschen und nicht den blassesten Schimmer von sich selbst. Anders könne sie es nicht ausdrücken. Ein Mann, der so viel allein unterwegs sei und den andere besser kannten als er sich selbst ... Sie legte ihre Hand über die des Dicken Antoyne.

»Vic Serotonin«, sagte sie, »wird zu spät begreifen, wie die Welt wirklich beschaffen ist und wie kurz unser Auftritt hier ist.«

Der Dicke Antoyne zuckte die Schultern. »Wir müssen uns nicht den Kopf über ihn zerbrechen.«

Das war das Signal, das Gespräch wieder dort aufzunehmen, wo Vic es unterbrochen hatte. Es war die gleiche Unterhaltung, die sie jeden Abend seit Joe Leones Tod führten: Sie würden Saudade so bald wie möglich verlassen und wieder den Halo bereisen, aber diesmal zusammen. Was bestimmt, wie Irene betonte, die einfachste und direkteste Geste war, denn es war definitiv und in erster Linie das Reisen, das sie beide hierher und zusammengebracht hatte. »Ich habe mir so viele Planeten aus dem Haar gespült, warum nicht diesen?«, sagte sie. »Joe würde es so wollen. Ganz bestimmt!« Ihre Augen waren unbekümmert und strahlten. »Ach, Antoyne, wär das nicht schön?« Antoyne war sich da nicht so sicher, aber dass sie es sagte, gefiel ihm. Jedes Mal, wenn sie so redeten, fühlte er sich verpflichtet, Irene darauf hinzuweisen, dass sie dankbarere Reisegefährten finden könne als ausgerechnet ihn – und bessere Männer, obwohl er sein Licht nicht im Rückblick unter den Scheffel stellen wolle.

Darauf bekam er immer nur zu hören: »Dann tu das auch nicht, Antoyne.«

Wer sich kleinrede, warnte sie ihn, sei kein Mann für sie. Sie schätze sich glücklich, ihm in der schrecklichen Nacht von Joes Tod begegnet zu sein. Sie sei bekannt für ihr Motto, leben heiße, seinem Herzen folgen und sich nie kleinreden. Sie hätten jetzt eine strahlende Zukunft vor sich, was traurigen Männern wie Vic völlig entgehe.

Unberührt von dieser harschen Kritik pilgerte Vic Serotonin durch Moneytown zur Küstenstraße hinunter. Eine halbe Stunde später stand er im Dunkeln unter einem verwaisten Pier und blickte über den Sand aufs Meer hinaus. Es herrschte weder Flut noch Ebbe. Im Meer schwamm ein Licht, als gehe knapp hinterm Horizont etwas vor. Wo es am äußersten Rand des Ereignisgebiets zischte und dampfte, war die Brandung violett gefärbt und verbreitete wie ein leerer Tanzsaal die schwachen Düfte von Oxidantien und Aftershave.

Solche Schauplätze waren Vic nicht fremd. Er hatte ein Gefühl für all die Orte, die zwischen Ereignisgebiet und Stadt eingekeilt lagen. Dieser hier vermittelte ihm allerdings lediglich die Gewissheit, dass er hier nichts über die Grenze schmuggeln wollte. Die Stelle kam Vic weder wie ein guter Zugang noch wie ein guter Ausgang vor. Er rauchte eine Zigarette. Beobachtete und lauschte. Hinter ihm stampften und keuchten Rikschagirls auf dem mit gemahlenen Austernschalen bedeckten Parkplatz des Café Surf, verschwendeten ihren Atem an die kalte Nachtluft. Besucher eilten auf die Bar zu, lachten und schlugen nach den Werbungen, die ihnen ins Haar flatterten. Immer wenn jemand die Tür öffnete, quoll Musik heraus. Vics Musik war es nicht, doch er trat trotzdem ein.

Als er eine Stunde später ging, war er kein bisschen klüger. Imitiertes Sandra-Shen-Dekor. Nur Stehplätze. Überquellende Aschenbecher, Tische mit zerknüllten Servietten, halb leeren Tellern und Giraffe-Bier. Kochdämpfe aus der Küche. Und unter dem roten Neonschild *Jeden Abend Live-Musik* eine billige Zweimann-Kombo, die einen endlosen Bebop-Remix aus rührseligen Stücken vom Vorjahr herunterspielte. Man konnte nicht mal zur Toilette vordringen, so viele Leute kamen einem entgegen. Vic lehnte an der Bar, hörte der

Band zu und schüttelte den Kopf; dann drehte er sich plötzlich auf dem Absatz herum und schob sich Schulter voran zur Tür durch. Was sollte hier schon vor sich gehen?

Er nahm eine Rikscha zurück in die Stadt; in der Oberstadt ließ er vor dem Polizeirevier an der Kreuzung Uniment und Poe halten, wo Lens Aschemann ein Büro unterhielt. Es war nach Mitternacht, und feuchter Wind jagte Abfallpapier über das verwaiste Pflaster. Ein einzelnes Fenster im zweiten Stock war noch erleuchtet. Geriffelte Silhouetten kamen und gingen hinter der Jalousie. Es fiel nicht schwer, sich Aschemann vorzustellen, wie er Rum trinkend daran bastelte, Vic in ein Komplott zu verstricken, von dem Vic nicht das Geringste wusste. Worüber war die Gebietskripo im Café Surf gestolpert? Gingen Paulie DeRaads EMC-Verbindungen in Bezug auf Artefakte etwa eigene Wege? Aber was konnte Vic Serotonin für Paulies mangelndes Urteilsvermögen?

»He«, erinnerte ihn das Rikschagirl, »man bezahlt ein Pferd fürs Laufen.«

»Dann lauf!«, kommandierte Vic.

»Ich muss mich nämlich abreiben, wenn ich zu lange rumstehe. Das schnallt keiner.«

»Tut mir leid.«

»Ach was. Das Leben ist zu kurz, um zu bereuen.«

In South End, am Rand eines von Unkraut überwucherten Platzes ein paar Blocks vor seiner Wohnung stieg er aus, zahlte und ging auf einem Umweg nach Hause. Niemand folgte ihm, doch in der Eingangshalle des Gebäudes hatte er trotzdem das Gefühl, nicht allein zu sein. Ein Päckchen war für ihn hinterlegt worden. Als er es aufmachte, fand er ein kleines, in Leder gebundenes Buch. Auf dem Einband war die Strichzeichnung einer Hand, die ein paar Blumen hielt. Obwohl die Blumen alle den gleichen Stiel und die gleiche Form hatten, waren sie verschieden gefärbt. Einen Moment lang dachte er, Edith Bonaventura habe das Tagebuch ihres Vaters gefunden. Aber die Handschrift gehörte nicht Emil, und der erste Satz, den Vic las, lautete: *Bin ich verwirrt, wenn ich mich an die Zeit vor meiner Kindheit erinnere oder zu erinnern suche?* Serotonin starrte wütend auf die Worte, dann lief er treppauf in seine Wohnung, wo er kein Licht machte, sich im Dunkeln ans Fenster stellte und in die Straße hinunter sah. Zehn oder zwanzig Meter entfernt auf der anderen Seite blickte jemand zu ihm herauf. Es war die Frau aus Liv Hulas Bar, das Gesicht weiß im Licht der Quecksilberdampflampen, eingerahmt vom Kragen ihres Pelzmantels. Bis er das Fenster hochgezerrt hatte und rufen konnte, war sie fort.

Stunden später auf der anderen Seite der Stadt, am Meer, schloss der Mann, der wie Einstein aussah, den Bungalow seiner verstorbenen Frau auf.

Die von der salzigen Feuchtigkeit gequollene Haustür ließ sich nur öffnen, wenn man sie anhob; manchmal blieb sie trotzdem stecken. Sand fiederte über den Linoleumboden der Diele. Statt Licht zu machen, hielt Aschemann lieber inne und wartete, bis die Augen sich an das schwache Meeresglimmen gewöhnt hatten, das jede Oberfläche illuminierte. Er ging langsam in die Küche, wo er das Fenster freiwischte und den Ozean betrachtete. »Wie geht es dir?«, erkundigte sich die Stimme seiner Frau. »Siehst du das Schiff da draußen?« Es war die Küche eines leeren Hauses, leere Schränke, leere Regale, ein allgegenwärtiger, dünner, körniger Belag aus Staub und Sand. Aschemann ließ warmes Wasser aus dem Hahn laufen, formte mit den Händen einen Kelch, fing es darin auf und benetzte das Gesicht. Dann ging er in die Diele zurück und hörte, während er den Regenmantel auszog, die Stimme seiner Frau: »Siehst du dasselbe Schiff wie ich? Diese Lichter rechts von der Landzunge.«

Als seine Frau noch lebte, hatte sie ihm dauernd solche Fragen gestellt, ob er neben ihr stand oder mitten in der Stadt mit einer anderen im Bett lag. Aus irgendeinem Grund hatte sie nie ihren Augen getraut.

»Ich sehe das Schiff«, versicherte er ihr. »Es ist nur ein Schiff. Geh jetzt schlafen.«

442

Getröstet durch dieses Fragment eines Wortwechsels, das einer unzugänglichen Schublade seines Gedächtnisses entschlüpft war, setzte er sich aufs Sofa, knöpfte sich den Hemdkragen auf und rief seine Assistentin an. »Ich hoffe, Sie haben Gutes zu vermelden. Wir haben nicht gerade gepunktet seit neulich.« Er wusste, dass das vieles heißen konnte. Na wenn schon.

Nach der Razzia im Club Semiramide hatten sie im Wagen gestritten: »Ich mag es nicht, wenn geschossen wird«, hatte er ihr erklärt. »Jetzt muss ich mich bei Paulie entschuldigen.«

»Paulie ist ein widerlicher Hitzkopf.«

»Trotzdem. Schießen gehört nicht zu meinem Repertoire. Nichts finden und eine Wand in Brand schießen, ist das Polizeiarbeit? Den Kinderschreck spielen? Das Problem mit DeRaad bleibt immer dasselbe. Er ist nicht so gescheit, wie er denkt, und nicht so dumm, wie wir es gerne hätten. Das ist Paulie.« Er berührte ihren Arm. »Und fahren Sie langsamer«, sagte er. »Ich will das schöne Auto nicht verlieren. Verletzen will ich auch niemanden.« Sie blickte nach vorn und erweckte eher den Anschein, ein wenig zu beschleunigen. Ringsherum war Moneytown mit seinen Rikschas und Fußgängern, der Cadillac war eben noch eingebettet in frühabendlichen Verkehr, dann preschte er los. Anhalten, anfahren, anhalten, anfahren: Das schlug Aschemann auf den Magen.

»Das sind keine Kinder«, sagte sie.

»Sie sind wütend, ich kann das verstehen.«

Die Razzia im Semiramide hatte nichts gebracht. Er hatte nichts anderes erwartet – wer hob schon ein zweifelhaftes Artefakt im Hinterzimmer seines Tanzclubs auf? Nicht mal Paulie DeRaad. Seither war Aschemann, ohne recht zu wissen warum, wiederholt ins Café Surf zurückgekehrt. Von hier nimmt alles seinen Ausgang, sagte er sich. Und Beobachten ist alles, solange man keine Theorie hat. Er folgte den Bebop-Golems in die Nacht hinaus, observierte ihr Ausscheren und Untertauchen im bunten Treiben des Zentrums von Saudade. Es war wie ein Kartenkunststück. Jeder Zehnte hielt ein bisschen länger durch, manchmal lange genug, um den Preis für eine Übernachtung auszuhandeln. »Das gibt mir zu denken«, eröffnete er jetzt seiner Assistentin. »Zehn Prozent sind ungewöhnlich agil. Sie wollen etwas. Sind das noch Artefakte, wie wir sie kennen?«

Das alles, erwiderte sie, bestätige doch nur, was er schon wisse. Aschemann zuckte die Achseln. »Jetzt ist es drei Uhr früh«, sagte er, »und ich begreife nicht, wieso Sie Ihre Zeit darauf verschwenden, sich mit einem alten Mann wie mir zu unterhalten.«

»Vic Serotonin ist diese Nacht im Café Surf gewesen, eine halbe Stunde, nachdem Sie fort waren. Ich habe die ganze Zeit versucht, Sie zu erreichen.«

5 · Neunzig Prozent Neon

»Aha«, machte Aschemann.

»Ich kann nicht Bericht erstatten, wenn Sie abschalten.«

»Vermutlich nicht.«

»Sie schalten einfach ab und spazieren allein herum«, beschwerte sie sich. Als deutlich wurde, dass er darauf nichts erwidern würde, sagte sie: »Wir haben eine kleine Aufzeichnung. Wollen Sie sie sehen?«

Aschemann bejahte.

Das Haus ringsum schlingerte, dann war es verschwunden. Er blickte in die Aufzeichnung einer Nanokamera, auf ruckelnde Bilder von dicht gedrängten Leuten. Darüber schwebte die Stimme seiner Assistentin, der Halleffekt rührte von der Übertragungsart her. Die Polizistin schien näher, aber trotzdem nicht mit in dem Zimmer zu sein. »Gut so?«, sagte sie. »Dummerweise wird die Aufzeichnung durch irgendeine EMC-Leitung mit niedriger Priorität genudelt. Unser Netz ist wieder mal zusammengebrochen.«

»Die Verbindung ist gut. Das Material ist schlecht.«

»Auch das. Es gab technische Probleme.«

Es war alles andere als lebensecht. Der Bildfluss schwankte, stockte, kippte plötzlich in den Graustufenmodus, während schwarze Querbalken träge und Übelkeit erregend von oben nach unten durch Aschemanns Gesichtsfeld scrollten. Egal, wie viel Umgang man mit dieser Technik hatte, man musste sich früher oder später übergeben. Aber da, gut sichtbar, war Vic Serotonin, vielleicht acht Fuß von Aschemann entfernt, wie er sich mit einem Arm auf die Long Bar im Café Surf abstützte, die Gabardine-Jacke offen und den Hut auf den Hinterkopf geschoben, derweil sich die Leute um ihn her ruckartig unterhielten, als lebten sie in einer anderen Welt und würden schnell vorgespult. »Es sieht aus, als warte er auf jemanden«, sagte Aschemann und schüttelte gereizt den Kopf, wie um etwas zu verscheuchen, während seine Augen sich immer wieder auf einen Punkt im leeren Zimmer fokussierten. Die Leute versuchten nicht selten, hereinkommendes Bildmaterial auf diese Weise zu glätten. Man ertappte sie, wie sie schielten oder blinzelten oder sich an die Schläfe schlugen – eine verbreitete Reaktion, die aber nicht half.

»Haben Sie denselben Blickwinkel wie ich?«, sagte die Assistentin aufgeregt. »Ungefähr aus Hüfthöhe? Und da rechts an der Bar ist eine Frau im roten Kleid?«

»Das ist mein Blickwinkel.«

»Da ist er. Sehen Sie ihn? Er hat gesagt, er hätte noch nie vom Café Surf gehört, aber da ist er! Das ist genau das, was wir brauchen!«

Aschemann war sich da nicht so sicher. Er bat sie, die Übertragung abzuschalten, und als sich sein Blickfeld wieder normalisiert hatte, sagte er: »Alles, was ich sehe, ist ein Mann in einer Bar mit seinem Drink. Wenn das illegal ist, wären wir alle in der orbitalen Besserungsanstalt. Wo ist er danach hingegangen?«

»Das wissen die Techniker nicht.«

»Hilfreich.«

»Wenn man sich die ganze Aufzeichnung ansieht, dann gerät die Störung nach zweihundertachtzig Sekunden außer Kontrolle, und die Verbindung wird zur Reparatur unterbrochen.«

Aschemann bedankte sich für die Sequenz. »Gehen Sie jetzt nach Hause«, empfahl er. »Legen Sie sich aufs Ohr. Wir haben eine Menge Stoff zum Nachdenken bekommen.« Er rieb sich die Augen und ließ den Blick durch das Zimmer schweifen, in dem seine Frau gestorben war. Hier würde er bis zum Morgen bleiben, alle viere von sich gestreckt in einem fleckigen gelben Sessel, umgeben von ihren Dingen. Er würde ihre Stimme hören, die ihn nach seinem Tag fragte, ihm einen Drink anbot. Er verbrachte mehr Zeit in diesem Haus, als er vor seiner Assistentin zugeben würde; und vermisste seine Frau mehr, als er sich eingestand.

Irgendetwas in der Café-Surf-Sequenz war ihm aufgefallen, aber er konnte es nicht benennen. Dann, am nächsten Abend, als er an der Long Bar saß und der Zweimannband lauschte, setzte sich eine junge Frau auf den Hocker neben ihm und bestellte sich einen Cocktail namens *Neunzig Prozent Neon*. Auf den ersten Blick war sie eine Mona, eine Monroe-Doublette im roten Wickelkleid und auf Stöckelschuhen.

»Ich habe sie hier schon gesehen«, sagte Aschemann.

Sie beugte sich vor, als er sie ansprach. Fragte ihn nach einem Zündholz, Oberkörper ein wenig aus der Hüfte heraus vorgeneigt, den Kopf leicht in den Nacken gelegt, sodass ihr Kostüm sie darbot, eingehüllt in Seide, Jazz und Neonlicht vom *Livemusik*-Schild. Sie hätte bloß noch einen gebürsteten Aluminiumrahmen gebraucht, um glaubhaft zu machen, dass sie nichts weiter als erinnert und unwirklich war. Aschemann hatte dieses Kostüm in der Nano-Aufzeichnung gesehen. Noch wichtiger war vielleicht, dass er es schon vor vierzehn Tagen gesehen hatte, als sie aus der Toilette des *Café Surf* gewankt war, desorientiert von Neonlicht und Musik, als sei sie eben in die Welt geschubst worden. Sie hatte noch immer etwas Unausgegorenes, Labiles an sich. Ihr Lächeln war verhalten, doch das Kostüm war zu jeder Schandtat bereit.

»Ich bin oft hier«, sagte sie. »Die Band gefällt mir. Ihnen auch?«

Er zündete seine Pfeife an. Nahm einen Schluck Rum. »Die Jungs versündigen sich wie immer«, sagte er.

»Versündigen?«

»Hinter der Fingerfertigkeit dieses Pianisten verbirgt sich weder Intellekt noch Gefühl, sondern nur der Zwang. Wenn sonst niemand zur Verfügung steht, wird er gegen sich selbst spielen; und dann gegen das dadurch erschaffene Selbst, und dann gegen das folgende Selbst und so fort, bis alle festen Vorstellungen eines Selbst ihm entglitten sind und er sich für eine Sekunde im Scheinwerferlicht und Zigarettenqualm entspannen kann, wie jemand, den man flüchtig auf einem antiken Schwarz-Weiß-Foto eingefangen hat. Verstehen Sie?«

»Aber es ist doch nur Musik«, sagte sie.

»Vielleicht«, räumte Aschemann ein. Für den Fahnder, dachte er, ist nichts einfach nur, was es ist.

Er lud sie zu einem Cocktail ein, doch sie sah ihn nur unbestimmt an, als habe sie ihn gar nicht gehört, also fuhr er fort: »Der Ältere ist zu einer anderen Überzeugung gelangt, einer, die sein Freund für nichtssagend und trivial halten würde. Er glaubt, dass Musik überhaupt nur möglich ist, weil Musik nicht möglich ist.« Hier lächelte Aschemann kurz über seine eigene Gescheitheit. »Mit dem Ergebnis«, kam er zum Ende, »dass sich das Universum für ihn jetzt ständig neu erschafft, und zwar nach zwei oder drei unveränderlichen Regeln und mithilfe eines veralteten Musikinstruments namens Saxofon.«

»Aber versündigen? Reicht das denn, um sich zu *versündigen?*«

Der Fahnder zuckte die Achseln. »Sie verkaufen ihre Seele. Wie man es nimmt. Ich für meinen Teil bin mehr für den Neuen Nuevo Tango. Er hat mehr Gefühl.«

Sie sah ihn an, ließ sich vom Hocker rutschen und lachte auf eine nervöse Art, die Zähne blütenweiß bis auf die winzigen Schmierfleckchen von Lippenstift. Für einen Augenblick stieg ihm ihr Geruch in die Nase, stark, warm, ein bisschen ungewaschen, ein bisschen billig; auf eine Weise beruhigend.

»Ade«, sagte sie. »Vielleicht sehen wir uns ja wieder.«

Aschemann sah ihr nach, trank aus und folgte ihr ohne Hast hinaus in die warme Luft und das schwarze Herz der City. Er roch die Schuld und die Erregung, die ihr aus den Straßenrosten entgegenschlug. Er roch ihre Erregung, hier zu leben, in Saudade, unter den Verlockungen. Ahnte sie, dass er ihr folgte? Schwer zu sagen, wie sie die Welt sah, aber vergessen hatte sie ihn nicht. Da war er sich sicher, aber er wusste nicht, wie gefährlich sie war. Er folgte ihr zu einem Haus ohne Aufzug und Warmwasser hinter dem Flaschenmilchmarkt in Tiger Shore, spurtete die letzten paar Metallstufen der Außentreppe hinauf, um sie einzuholen und ihr die Hand auf die warme Schulter zu legen. Seine Tritte tönten und schürften, sie hantierte an der Tür, ließ den Schlüssel fallen. Hob ihn auf.

»Warten Sie«, befahl er. »Polizei. Nicht ohne mich hineingehen!«

Sie sah ihn betrübt an; dann blickte sie ihm über die Schulter: nicht so sehr, weil sie wissen wollte, ob er allein war, sondern eher der Stadt wegen. »Bitte!«, sagte sie. »Ich weiß nicht, was ich falsch gemacht habe.«

»Ich auch nicht.«

Egal, was gleich passieren würde, er wollte sichergehen, dass er dabei war.

Innen war es kahl: graue Dielen, nackte Glühbirne, ein einzelner Bugholzstuhl. Die Jalousie war heruntergelassen, der gerippte Schatten fiel vis-à-vis über ein Poster mit dem Logo *Surf Noir*. »He«, sagte sie. »Ich weiß: Setz dich doch …« Als sie sich aus der Hüfte vorbeugte, um ihm den Regenmantel aufzumachen, offenbarte ihm das rote Kostüm ihre Brüste in einem flimmernden Licht. Sie kniete sich hin, und er konnte sie atmen hören. Sie atmete ruhig. Wie jemand, der Schnupfen hat. Später hob sie den Saum ihres Kostüms und setzte sich rittlings auf ihn. So nah, dass er bemerkte, dass sich ihr Gang, ihr Lidschatten, die Make-up-Krümel, die in den feinen Härchen an den Mundwinkeln nisteten, sich unter dem Neonlicht des Café Surf verschworen hatten, sie älter erscheinen zu lassen, als sie tatsächlich war. Als er kam, flüsterte sie: »Ist gut. Ist gut.« Sie steckte seit einem Monat in diesem Kleid. Sie war ein Opfer. Aber wovon? Er wusste es nicht. Er hatte keine Ahnung, was sie war. Wieso hatte er ihre Erregung gerochen und die seine nicht? Er war erschöpft.

»Wo schläfst du?«, rätselte er. »Hier steht kein Bett.«

Diese Überlegung erzeugte einen Moment der Verwirrung, der aber nur kurz andauerte. Doch als Aschemann den Kopf schüttelte und sich umdrehte, um sie zu bezahlen, stand sie starr vor Panik in der Zimmerecke, mit dem Rücken zu ihm. Sie hatte genug gelernt, um zu wissen, was die Stadt von ihr wollte, aber nicht mehr. Neue Kleider lagen am Boden verstreut, völlig durcheinander, als habe sie versucht, sie zu tragen, sei sich aber nicht sicher gewesen, wie. Sie hatte auch Gegenstände zusammengetragen, eine noch ungeöffnete

Flasche *Neunzig Prozent Neon*, ein paar bunte Federn an einem Stab. Sie begann zu verblassen, während er hinsah, doch lange bevor dieser Prozess zu Ende war, lief er bereits draußen die Eisentreppe hinunter. Er kehrte an die Long Bar zurück, wo er so lange trank, bis er aufhörte zu zittern. In Musik und Licht badend dachte er: Spielt es denn eine Rolle, wer sie ist, wo hier jeden Abend die Welt verrückt spielt?

Sein Gewissen veranlasste ihn, seine Assistentin anzurufen: »Ich glaube, ich fange an zu begreifen, was hier vor sich geht.«

Zwei Tage später, die Hände in den Taschen, gegen Ende eines Nachmittags, den er mit seinem Freund Black Heart verbracht hatte, lümmelte sich Vic Serotonin im Eingang von Liv Hulas Bar herum und sah zu, wie die Katzen ins Ereignisgebiet zurückströmten. Er wartete bereits seit fünf Minuten, und die Straint wimmelte immer noch von ihnen.

»Bezahl irgendwann mal die Rechnung«, rief Liv Hula über den verzinkten Tresen.

»Klar«, sagte Vic.

Er stand noch ein, zwei Minuten länger da, ohne etwas zu sagen, dann schlug er den Kragen hoch und ging.

Liv Hula rieb an einem Flecken auf dem Tresen herum. Sie warf den Lappen in die Spüle. »Freu mich immer, dich zu sehen, Vic«, sagte sie leise vor sich hin. »Komm bald wieder.« Sie ging die Treppe hoch und drehte Radio Retro an, aber da wurden gerade die Kämpfe für heute Abend durchgegeben, und das erinnerte sie nur an Joe Leone.

Draußen war Saudade.

An einem Ende die hohen schwarz-goldenen Bürotürme und Touristenhotels, in denen die Lichter angingen und kryptische Zeichen auf die Fronten schrieben; am anderen Ende die Pastellfarben der Küstenstraße, die in einem Sonnenuntergang aus schmutziggrellen Pink- und Grüntönen versank. Dazwischen das Meer; und irgendwo hinter der gewaltigen Brandung, wie ein Kniff in einem taubengrauen Blatt Papier, der Horizont. Auflandiger Wind, so beharrlich wie eine Hand auf deinem Arm, kam vom Strand die Straßen herauf, las unterwegs die vielfältigen Gerüche von Meeresfrüchten und billigen Mixgetränken auf. Die Hotels leerten sich, die Bars füllten sich, aus jeder offenen Tür pochten die Basslinien des *Surf Noir*.

Vic Serotonin ging an alldem vorbei, die Schultern hochgezogen.

Er war verwirrt. In der einen Tasche hatte er ein in Leder gebundenes Tagebuch, in der anderen eine Chambers.

Er ging bis zur Kreuzung Straint/obere Neutrino, wo sich bereits zwei Rikschagirls und ihre Kunden in die Haare gerieten, dann wandte er sich nach links und folgte der Cahuenga, die ihn schließlich nach Hot Walls brachte. Danach brauchte er fünf Minuten, um die richtige Tür zu finden. Es war eines dieser hohen, schmalen Stadthäuser, sechs Geschosse, eingeteilt in Apartments. Vic klingelte. Es verging eine geraume Zeit, in der Vic noch ein paarmal klingelte. Dann sagte eine unsichere Stimme: »Wer ist da?«

»Erinnern Sie sich?«, sagte Vic. »Sie wollten mich sprechen. Sie wollten, dass ich Ihnen helfe.«

»Kommen Sie rauf, Mr. Serotonin.«

Er nahm immer zwei Stufen auf einmal.

Ihr Tagebuch hatte Vic ins Schleudern gebracht, aber er hatte es nicht aus der Hand legen können. *Ich habe Angst vor dem Unbekannten,* schrieb sie, *aber die Angst vor dem Bekannten ist noch viel schlimmer.*

So ging es seitenlang. Da war eine Liste von Ausgaben – eine Rikscha in die Innenstadt, Essen in vornehmeren Gegenden wie Els und Encientum, Unterwäsche von Uoest, kluge Bücher von Parker & Bright. Dann eine Beschreibung der Kämpfe – Naphthaflammen warfen eine Art Anti-Illumination über die Arena, es roch nach verbranntem Zimt, die Cultivare stolzierten herum, alle mit Stoßzähnen und Tattoos, die erigierten Schwänze so groß wie von Hengsten, das plötzliche Aufblitzen eines Acht-Zoll-Sporns, dann etwas Nassglänzendes und Strangartiges, ausgeschleudert und im Halbdunkel dampfend. *Das alles hat eine moralische Dimension, die anscheinend niemand zur Kenntnis nimmt,* schrieb sie abschließend über die Kämpfe. Na toll. Das hatte den Tiefgang einer Flaschenpost, was nur zu verständlich war. Mehr war von einem Reisebericht nicht zu erwarten. Doch dann war sie schon wieder unterwegs:

Das Bekannte überzieht die Welt wie eine Art Schmiere. Man möchte alles tun, um es zu vermeiden.

Sie war schwer unterzubringen. Mal erweckte sie den Anschein, als sei sie schon länger in Saudade; mal, als sei sie nur auf der Durchreise. Doch wenn sie an einen anderen Ort gehörte, gab es keinerlei Hinweis darauf. Man gewann den Eindruck einer wie auch immer privilegierten Frau, die einen Planeten weit über ihre Verhältnisse hinausgeschossen war und nun hier festsaß. Sie tat nichts als essen, einkaufen und sich durch die Stadt kutschieren lassen; ansonsten hockte sie in ihrer Wohnung und wurde nervös. Sie mochte die Wohnung, schrieb sie, doch ihre Beziehung zur Stadt war voreingenommen und unkonstruktiv. Trotz allem nahm sie nicht einfach ein Schiff und kehrte diesem Planeten den Rücken, wie es jeder andere Tourist getan hätte.

Ist es mein Los, so weiterzuleben?, fragte sie sich. *Geht es auch den anderen Geschöpfen so? Ist man hier dieser Auffassung?* Als eines dieser anderen Geschöpfe hätte Vic das auch gerne gewusst.

Doch Antworten waren nicht gefragt, und die Sprache des Tagebuchs war letztlich hohl, denn ihr wahrer Gegenstand – die Angst der Verfasserin – blieb immer gegenwärtig und unausgesprochen, sodass jede Feststellung mehr versprach, als sie halten konnte. Mit dem Ergebnis, dass manchmal das physische Objekt selbst codiert und decodierbar erschien. Steckte man buchstäblich die Nase ins Tagebuch, rochen die Seiten nach der Stadtmitte: Kaffee, Parfüm, Holzpolitur; dann ganz schwach nach Sex. Vic konnte sich das nicht vorstellen. Die Worte sprossen aus diesen Gerüchen, als seien sie ebenfalls Sinneseindrücke: *Ich träume nur in winzigen, verrückten Gemälden. Ein Mann scheint eine Schlange zu erbrechen. Jemand hilft ihm. Der Dachstuhl brennt. Sie weichen voreinander zurück, scheinen aber miteinander verstrickt, verbogen in den Figuren einer Körpersprache, die keine Bedeutung mehr hat.*

Wird es mir im Gebiet so ergehen? Träume ich, wie es da sein wird? Ich will da nicht hineingehen, ich muss. Da jeder Erklärungsversuch für diese Mischung aus Not und Ohnmacht ausblieb, blätterte Vic zum wiederholten Mal zu dem Eintrag zurück, den er zu allererst gelesen hatte. *Bin ich verwirrt, wenn ich mich an die Zeit vor meiner Geburt erinnere oder zu erinnern suche?* Dann, als sei das nicht genug:

Die Riesenschnaken, Segellibellen und Heuschrecken, die irgendwie mein damaliges Leben erfüllten, sie waren ein Sinnbild. Sie waren Aliens, Ikonen der Andersartigkeit; sie waren sondierend und furchtsam, aber auch furchterregend. Gewöhnlich versuchten sie zu sprechen, und zwar durch die Frau, die ich als das »Mädchen unter der Libelle« kannte. Sie übersetzte für sie, ganz Ohr, hingerissen, selbstvergessen, wie eine Marionette angesichts der Not dieser Insekten. Die Frau hatte kein eigenes Leben. Sie war ein Radio, ein Retro-Radio. Sie lag auf der durchnässten schwarzen Asche. Sie war ich. Sie standen über ihr in der Luft, vibrierend. Sie versuchten durch den Mund der Frau zu erklären, wie sehr alles verunglückt sei. Wie Umstände, auf die sie keinen Einfluss hatten, sie hierhergeweht hätten. Sie hätten gar nicht hier sein wollen. In einem gewissen Sinne waren sie meine Eltern, doch sie hatten nie vorgehabt, hier zu sein, in der Welt, wie wir sie damals kannten.

»Insect«, schrieb sie abschließend, *»ist ein Anagramm von ›Incest‹.«*

Das schien selbst für eine Kindheit auf einem anderen Planeten heftig.

Wenigstens wusste er jetzt, wie sie hieß. Quer über die ersten paar Seiten hatte sie noch ungelenk ihren Namen geschrieben; danach wurde ihre Handschrift immer flüssiger. Sie hieß Kielar. *Mrs. Elisabeth Kielar* hatte sie immer wieder geschrieben, wie ein Mädchen, das in der Geborgenheit einer teuren New-Venusberg-Schule künf-

tige Identitäten ausprobiert. *Elisabeth Kielar. Mrs. Kielar.* Vic hatte
nicht vor, ihn zu gebrauchen, aber es war ein Name. Sie stand hinter
der Türschwelle und sah ihn unsicher an. Den Pelzmantel, den Irene
so bewundert hatte, hatte sie locker übergezogen und der austern-
farbene Satin-Unterrock erlaubte der Garderobenlampe, das dünne
Schlüsselbein mit blauen Schatten zu hinterlegen.

»Tut mir leid«, sagte sie. »Ich …«

»Irgendwann«, sagte er, »ist Mitleid zu wenig.«

Er schob sich an ihr vorbei und marschierte in die Wohnung. Es
waren sieben oder acht Zimmer, eines hinter dem anderen, die Ver-
bindungstüren offen, sodass man bis hinten durchblicken konnte.
Linker Hand eine Reihe gleichförmiger Fenster bis ans Ende, die
alles derart erhellten, dass man den Eindruck eines einzigen, kunstvoll unterteilten Raums bekam, eines Restaurants oder einer Galerie. Vic spürte, dass sie hinter ihm stand, den Mantel über die Brüste
raffte und ihn mit ihrer dauernden verbindlichen Verwirrung beobachtete. Sie roch nach Anaïs-Anaïs und nach einer teuren blumigen
Seife.

»Sie wussten es«, beharrte er, ohne sich umzudrehen, »aber bis
jetzt brauchten Sie es nicht zuzugeben.« Er hielt das Tagebuch hoch.
»Warum haben Sie es ausgerechnet mir gegeben?«

Sie schloss leise die Wohnungstür.

»Sie sind verärgert«, sagte sie. »Warum nur?«

»Auf dieser Seite der Welt kann ich keine Ungewissheiten brauchen.«

»Möchten Sie vielleicht etwas trinken?« Diese Idee schien ihre
Lebensgeister zu wecken. »Ich war schon im Bett, als Sie geklingelt
haben«, sagte sie. »Bitte kommen Sie, trinken wir etwas.«

»Ich will wissen, was Sie von mir erwarten«, sagte Vic.

»Es hat nicht funktioniert, weil Sie so verärgert waren. Ich hatte
mehr Angst vor Ihnen als vor dieser Gegend.«

»Das kommt Ihnen jetzt so vor«, sagte Vic.

Was hätte er anderes tun sollen, als die Achseln zu zucken? Er
folgte ihr in das wunderliche, lineare Apartment, nahm den Drink

entgegen, setzte sich auf das eine Ende eines Sofas mit einem Überwurf aus grüner Chenille und sah zu, wie sie sich auf das andere Ende setzte, so weit von ihm entfernt wie irgend möglich. Sie zog die Knie hoch, sodass der Pelzmantel locker um sie fiel, und erwiderte Vics Blick. Vic deponierte das Tagebuch mit einer pantomimisch ausholenden Gebärde auf dem kleinen Tisch, was vielleicht seine Art war, zu sagen: »Das ist vorbei. Reden wir von etwas anderem.« Auf dem Tischchen stand eine schmale Glasvase. Jeden Morgen fiel das harsche Tageslicht durch sie und verwickelte ihren durchscheinenden Schatten in den des Fensterrahmens. »Ist das Ihr Lieblingsdrink?«, fragte sie. »Ist er so richtig?«

Nach einem kurzen Innehalten sagte er: »Als Sie in Liv Hulas Bar kamen, hielt ich Sie für eine Touristin. Das war ein Fehler. Ich habe uns beide in Gefahr gebracht.«

»Mr. Serotonin, ich …«

»Sehen Sie mich an«, drängte Vic. »Hören Sie. Ich will Ihnen etwas sagen. Am unzuverlässigsten sind die, die da drin etwas suchen. Diese Leute kommen mit ihrem Leben nicht zurecht. Jetzt hoffen sie, dass ihnen da etwas Gutes passiert, aber sie haben zu lange gehofft, und das macht sie gefährlich. Man weiß nie, was ihnen da zustößt. Wer dringend etwas sucht, der hat es hier auf dieser Seite leichter.« Das war die Standpauke, die er solchen Frauen für gewöhnlich in einer Ecke von Liv Hulas Bar oder in der Suite eines Touristenhotels hielt.

Er leerte sein Glas. Beugte sich vor.

»Verstehen Sie?«, sagte er.

Sie fröstelte und raffte plötzlich den Mantel wieder an sich. »Sie ärgern sich ja nur, weil Sie vor allem Angst haben«, sagte sie.

Vic zuckte die Achseln und lächelte.

»Es ist gut, wenn wir uns einig sind«, sagte er höflich.

Sie schürzte die Lippen und wandte das Gesicht ab, sodass die langen Sehnen ihres Halses hervortraten. Vic sah die Spannung darin. Ihre Haut war ein bisschen dunkler, als er sie in Erinnerung hatte. »Heute Morgen«, sagte sie leise, »habe ich eine ganze Stunde hier gesessen. Ohne mich zu bewegen. Ich brenne. Ich warte, dass etwas geschieht, und ich weiß nicht einmal, aus welchem Teil meines Lebens es sich nähern wird.« Plötzlich drehte sie ihm wieder das Gesicht zu und fragte: »Sind Sie jemals vom Weg abgekommen?« Ihre Augen, von einer seltsamen Farbe zwischen Grün und Braun, waren wie weit geöffnete Fenster. Er wagte es nicht, hineinzublicken, aus Angst, sie könnten ihn durchschauen.

»Müsste ich das wissen?«, sagte er.

»Leute verirren sich in einer Art Notwehr. Dann bekommen sie es mit der Angst zu tun und wollen den Weg unbedingt wiederfinden.«

Sie stand vom Sofa auf und stellte sich lächelnd vor ihn. »Kommen Sie«, sagte sie. »Gehn wir ans Fenster.« Als er nicht reagierte, ging sie ohne ihn und blickte hinaus. »Ich warte nicht auf Sie«, sagte sie. Dann: »Schauen Sie nur!«

Draußen war Saudade, lauter Dächer und Straßen, die sich im mild regnenden Dunkel verloren. Lichterketten. Taxis und Fußgänger, die unter dem Neonlicht flimmerten, Reklameströme wie Wanderzüge pastellfarbener Nachtfalter. Vereinzelte Schreie in der Ferne, Gelächter. Hinter all dem, hinter dem Touristenhafen und hinter den Wartungsgruben des Militärs, draußen an der Sichtgrenze, da war etwas zu sehen – ein weißlicher, schäumender Streifen wie Brandung, die Grenze des Ereignisgebiets, ein stationärer Dampf aus ungewisser Physik. Schön, aber sehr befremdend. Darüber der Kefahuchi-Trakt, der sich über den willfährigen schwarzen Himmel gestreckt hatte wie das Zeugungsprinzip einer alten Kosmologie. Vic Serotonin stand neben Mrs. Kielar. Er runzelte kurz die Stirn, als habe er da draußen etwas gesehen, dessen er sich vergewissern wollte. Schließlich sah er auf sie hinunter.

»Es ist ruhig heute Abend«, sagte er.

Sie lächelte in sich hinein. »Wirklich?«, sagte sie. »Warum sind Sie gekommen?«

»Ich weiß nicht.«

»Erzählen Sie das einem anderen, aber nicht mir.«

Der Pelzmantel stand offen. Stadtlicht sammelte sich hinter dem schmalen Schlüsselbein, und am Rand des Satin-Unterrocks hatte ihre Haut die Farbe von weicher Sahne. Eine unerwartete Wärme schlug ihm entgegen. Sie spürte den Moment, da er es spürte. Sie lachte leise und trat ein, zwei Schritte beiseite. »Sie hätten mich einfach vergessen können. Was kümmert Sie eine Touristin? Es liegt nicht am Tagebuch. *Ich* bin es.« Vic hatte bereits die Hände an ihren Schultern, sie waren klein und rund.

»Was soll das?«, sagte er. »Was ist los?«, und küsste sie.

Seine Lippen sicher auf den ihren, ging sie rückwärts zum Sofa und zog ihn über sich. Vic schälte sie aus dem Mantel und zerrte ihr den Unterrock über die Taille, spürte ihre Hitze im Gesicht; hatte durch seine eigene Erregung verrissene Eindrücke von Licht auf Haut. Sie gehörte zu den Frauen, die sich viel winden und werfen. Ein innerer Kampf, den sie mit sich austragen – genauso drängend wie ihre schmalen Knochen und ihre Muskeln unter der Haut –, bringt sie augenblicklich zum Schwitzen, wenn sie nur schon deine Kleidung berühren. Ihnen ist alles im Weg. Du weißt nicht, ob sie dich wollen oder nicht, aber irgendwas will nicht aufhören in ihnen. Sie biss Vic in den Arm. Ein Fuß stieß und trat ungeduldig nach dem Mantel, als sie sich zurechtlegte, dann hatte sie ihn in sich.

»Himmel«, sagte Vic.

»Das gefällt dir«, sagte sie. »Das gefällt dir.« Sie gab ein kleines Geräusch der Erregung von sich, als ob es ihr genauso gefiele. Für einen Augenblick lächelte sie zur Decke, dann warf sie die Beine hoch und fing an, mit entschlossener und dennoch meditativer Stimme im Rhythmus von Vics Stößen *Ja* zu sagen: »Ja. Ja. Ja. Ja. Ja«, bis er kam.

»Und wie du das gewollt hast!«, sagte sie.

So verwirrt, wie er es seit jeher war, versuchte er, sich von ihr herunterzuwälzen und aufzusetzen. Sie umfing ihn stattdessen mit den Beinen und hielt ihn bei den Schultern, bis er nicht umhinkam, ihr in die Augen zu sehen.

»Werden Sie mich ins Gebiet bringen, Mr. Serotonin?«

Er blickte sie an, schüttelte den Kopf. Entzog sich ihr. »Vic«, sagte er mit belegter Stimme – dann, auf dem Rand des Sofas sitzend und zum Fenster starrend, gleichermaßen an seine wie an ihre Adresse: »Ich heiße Vic.« Er fühlte sich benutzt. Er wusste nicht, was er fühlte. Eine halbe Stunde lang saß er da, mit dem Rücken zu ihr, gebogen wie ein Schild. Keiner von beiden sagte ein Wort, dann drehte er sich um und nahm sie noch einmal. Wegblickend, um sich ihm zu zeigen, flüsterte sie: »Du hast keine Ahnung, wer du bist.«

Als Vic aufwachte, war es noch Nacht, und er war allein.

Auf der Suche nach ihr pilgerte er durch das lange Apartment. Weiße Vertäfelung und Teppiche mit Ethno-Mustern wichen schulterhoher Marmorverkachelung über großen schwarzen und weißen Linoleumquadraten; dann folgten grüne Seidentapete und dunkle Holzdielen, unregelmäßig abgenutzt, aber auf Hochglanz gewienert. Überall Objekte – Federn eines toten Aliens; Musikinstrumente, die eckige Schatten warfen; drei Zeichnungen irgendwelcher Vorfahren in dünnen, mit Japanlack überzogenen Rahmen. Keramiken einer namenlosen Kultur, eintausend Lichtjahre den *Strand* und eine Million Jahre den Bach hinunter. Von Zimmer zu Zimmer war alles anders, bis auf die Fenster, und durch sie fiel das Licht der Stadt, fein säuberlich, die Farben dämpfend, die musealen Werte des Raums betonend und alles entleerend. Er freute sich über das leichte Frösteln auf seiner Haut. Es ließ ihn wissen, dass er am Leben war.

»Mrs. Kielar?«, rief er. Da war sie, hingekauert auf einem Fenstersitz, nackt, die Knie angezogen, leicht verdreht, sodass sie hinaussehen konnte. Die scharfen, verletzlichen Ellbogen auf dem Fensterbrett stützten den Oberkörper; die Hände waren vor dem Gesicht gefaltet. Sie schaukelte ein bisschen, vor und zurück. Vic berührte sie.

»Elisabeth?« Keine Antwort. Es war die Körpersprache einer Person, die das Schlimmste erwartet. »Ich brenne«, hatte sie ihm gesagt. »Ich brenne.«

»Ich bringe dich hin«, sagte er. »Bald.«

Auf der anderen Seite der City saugte der Mann, der aussah wie Einstein, genüsslich an der leeren Pfeife und nickte vor sich hin. »Diesmal hat die Technik funktioniert«, sagte er zu seiner Assistentin. »Jetzt haben wir ihn.«

Er nickte noch einmal. »Jetzt haben wir Vic«, sagte er.

»Mir ist nicht klar, warum.«

Gleich würde der Tag anbrechen, und sie hatte Kohldampf. Seit zehn Stunden hockten sie nun schon in Aschemanns Büro, derweil ein Aufnahmeteam der technischen Überwachung die veralteten Nanokameras bemutterte, die Vic Serotonin unwissentlich in Mrs. Kielars Apartment eingeschleppt hatte, auf dass sie sich dem Hausstaub, den Schweiß- und Atemaerosolen und den winzigen Schüppchen von Elisabeth Kielars zarter cremefarbener Haut hinzugesellten, die bereits dort herumschwebten. Am Ende hatte die übliche Reihe von Übertragungsfehlern den Datenstrom zersetzt und auf Mrs. Kielar eingefroren, die in unnatürlicher Haltung am Fenster saß, während der splitternackte Reiseleiter sich besorgt über sie beugte, den Mund geöffnet, um etwas zu wiederholen, in dem einen Auge einen seltsam unpassenden, punktförmigen Reflex, der ihn wie einen Halunken aussehen ließ.

»Fahren Sie mich nach Hause«, sagte Aschemann, »dann erzähle ich Ihnen vielleicht mehr.«

Als sie einmal im Auto saßen, änderte er seine Absicht und fing an, über seine Frau zu sprechen. Warum, war seiner Assistentin schleierhaft. Er bestand darauf, mit offenem Verdeck zu fahren. Er sah müde aus, aufgeräumt, ein bisschen zerbrechlicher als üblich, das weiße Haar vom kühlen Fahrtwind zerzaust. Als sie vorschlug, irgendwo zu frühstücken, machte er eine unwirsche Geste.

»Meine Frau«, sagte er, »litt an Agoraphobie. Das konnten Sie nicht wissen.«

Als seine Assistentin nicht reagierte und sich stattdessen aus ihrem Repertoire an besonnenen, praktischen Tätigkeiten bediente – in den Rückspiegel blicken, schalten, abbremsen, um eine Gruppe von Cultivaren über die Straße zu lassen, betrunken, total erledigt, fröhlich aus den Wunden blutend, die sie sich in der Arena zugefügt hatten –, sagte er: »Das zu wissen könnte nützlich für Sie sein. Sie sollten zuhören, wenn Sie verstehen wollen, was es mit den Neonherz-Morden auf sich hat.«

»Ich kann zuhören und dabei fahren«, stellte sie klar.

»Das sagen *Sie*.«

Nach einer Besinnungspause fuhr er fort: »Für Menschen, die an Agoraphobie oder Platzangst leiden, ist sogar ein Klopfen an der Tür zu viel. Zu viel von der Außenwelt. Jemand anders muss für sie reagieren. Aber sowie man über ihre Schwelle tritt, werden sie zu Monstern.«

In den Zimmern seiner Frau, erzählte er, sei jeder Quadratzentimeter mit irgendwelchen Sachen angefüllt gewesen, sodass man Probleme gehabt habe, von der Tür zum Sofa zu gelangen. »War man einmal angekommen, konnte man sich kaum umdrehen, es sei denn extrem vorsichtig. Alle raschen Bewegungen wurden von diesem Labyrinth gedämpft.« Hier lachte er. »Es gab sogar einen Code, drei-, viermal rasch an der Kordel ziehen, damit das Klolicht anging. Verstehen Sie, es geht weniger darum, dass sie sich draußen nicht wohlfühlen, als dass sie glauben, sich nur in ihren eigenen vier Wänden in der Gewalt zu haben.«

Er schien eine Reaktion zu erwarten, doch ihr fiel keine ein. Schließlich sagte sie: »Arme Frau. Wo möchten Sie einkehren?«

Aschemann verschränkte die Arme vor der Brust und starrte geradeaus.

»Mehr fällt Ihnen nicht ein? ›Arme Frau‹? Solche Probleme sind ganz leicht zu heilen, niemand sollte sich damit herumschlagen. Ist das Ihre Meinung?«

»Ich dachte, Sie könnten vielleicht Appetit haben.«

»Agoraphobie ist eine aggressive Territorialstrategie: Die Weigerung, nach draußen zu gehen, zwingt das Draußen hereinzukommen, dahin, wo man es dressieren kann. Auf dem Grund des Agoraphoben wandert man durch *sein* Labyrinth.«

»Ich verstehe nicht, was das mit den Morden zu tun hat.«

»Sie haben keine Geduld.«

Andere Verbrechen seien geschehen und in Vergessenheit geraten, sagte Aschemann, aber diese Morde würden nicht abreißen. »Bis auf den Tag nicht.« Er sagte das mit einer bitteren Genugtuung. Mit jedem Mord kämen neue Verszeilen ans Licht, und die Opfer scheine nichts weiter zu verbinden als die ausrasierte Achselhöhle und das Tattoo im Carmody-Stil. »Und natürlich«, wie Aschemann sie erinnerte, »die Ermittlungen selbst.« Vor langer Zeit schon habe er es der Kriminalpolizei untersagt, den Fall zu bearbeiten. Erfolgsbilanz und Dienstalter hätten ihn dazu autorisiert, das schiere Gewicht der gelösten Fälle und geschlossenen Akten. Das sei Aschemanns Fall, habe es seitdem geheißen. Und er solle ihn auch behalten, so die Meinung der überwiegenden Mehrheit.

»Und weiter?«

»Halten Sie hier«, befahl Aschemann. »Hier kann man gut frühstücken.« Sie hielten am Bordstein vor E. Pellici.

Ein berüchtigter Cholesterin-Laden Mitte Neutrino. Pellici offerierte Jugendstilwände und *Café électrique*. Wichtiger noch, so Aschemann, man könne das Essen im Tierfett qualmen hören. Zu dieser Morgenzeit war Pellicis Laden voller Rikschagirls in rosafarbenen und schwarzen Lycra-Anzügen, die sich mit simplen Kohlenhydraten vollstopften. Außerstande, die Sitzplätze zu benutzen, drückten sie sich vor dem Tresen herum und zogen ohne Not die Köpfe ein; es war ihnen peinlich, unter Leuten normaler Größe zu sein. Aschemann lächelte in die Runde, ein paar lächelten zurück. Einmal beim Essen, schien er seine Frau und die Morde zu vergessen. Erleichtert kam seine Assistentin wieder auf Vic Serotonin zu sprechen.

»Unser ach so wichtiger Vic«, sagte Aschemann, dessen gute Laune in dem Maße zurückkehrte, wie sein Blutzuckerspiegel stieg. »Ach, Vic«, schalt er, als sitze ihm Serotonin gegenüber. »Vic, Vic, Vic.« Er machte eine wegwerfende Handbewegung. »Vic hat nicht bloß ziemlich alltäglichen Sex mit dieser Kielar, er steckt auch mit ihr unter einer Decke, das können wir beweisen. Folglich gibt es jetzt ein Gebietsvergehen. Wir können ihn einsammeln und mit ihm plaudern.«

»Ich verstehe nicht, wie uns das weiterhelfen soll.«

»Und damit werden wir ihn konfrontieren: Warum sollte ein Vic Serotonin sorglos seinen Geschäften nachgehen, wo wir nicht bekommen, was wir dringend brauchen?«

»Das hätten Sie schon immer können.«

Aschemann zuckte die Achseln. Sein kleines Lächeln suggerierte, dass sie zwar recht, aber einen wichtigen Punkt übersehen habe, den er ihr aus purer Hochherzigkeit erläutern wolle.

»Vic war ein Nichts«, sagte er, »jetzt ist er wer.«

Er entzündete seine Pfeife und setzte sich zurück. »Essen Sie«, empfahl er, »bevor es kalt ist.« Er sah ihr aufmunternd zu, nickte und lächelte bei jeder vollen Gabel, die sie zum Mund führte, dann sagte er: »Die ganze Zeit haben sich Leute meiner Profession geirrt. Wir haben das Gebiet aus den falschen Gründen gefürchtet.« Damit konnte er sie nicht locken. Sie hielt den Blick fest auf ihren Teller gerichtet. »Seit sechzig Jahren versuchen wir nun schon zu kontrollieren, was da zu uns herauskommt – neuer Code, neuartige Artefakte, von denen wir gedacht haben, sie könnten sich selbstständig machen, das ganze exotische Zeug, von dem keiner weiß, was es in der nächsten Minute tun wird und von dem wir oft genug nicht mal wissen, was es überhaupt ist.

Wir haben nie daran gedacht, es könnte Gegenverkehr geben.«

Sie hielt überrascht inne und blickte ihn an.

»Nichts geht da rein«, sagte sie.

Aschemann lächelte und nickte. »Gute Antwort«, sagte er. »Und das wissen Sie mit Bestimmtheit?« Er reichte ihr eine Serviette. »Nehmen Sie das für die Lippen.«

Am Abend darauf besuchte Vic Serotonin die Kämpfe.

Nicht, dass er versessen darauf war. Man kann behaupten, und das tun nicht wenige, dass jeder Kampf anders sei. Aber diese Unterschiede erodieren zur Gleichheit. Das war Vics Meinung: Hast du einen Kampf gesehen, hast du alle gesehen. Doch sein Versprechen, Mrs. Kielar erneut ins Gebiet zu führen, ließ ihm keine Ruhe; er wollte noch einmal einen Versuch starten, an Emil Bonaventuras Tagebuch zu kommen – in der ziemlich vagen Hoffnung, darin eine Beschreibung, eine Karte des Gebiets zu finden, die eindeutiger und verlässlicher war als alles, was er bisher ausbaldowert hatte. Etwas, das ihm den einen oder anderen Vorteil verschaffte. Also hatte er Edith Bonaventura angerufen und sie zum Preter Cœur eingeladen.

»Ich weiß doch, wie gerne du da hingehst«, sagte er.

»Schön wär's, Vic«, sagte Edith. »Aber es geht ihm wirklich schlecht. Der Mann büßt für all seine Sünden! Und ich wollte mir auch die Haare waschen. Mach's gut und viel Spaß.« Und sie kappte die Verbindung.

Vic seufzte und wählte sie erneut an. »Du brauchst mal einen freien Abend, Edith«, versuchte er es wieder.

»Außerdem«, sagte Edith, als sei die Verbindung nie unterbrochen gewesen, »ist mir seit dem Tod von Joe dem Löwen der Spaß an den Kämpfen vergangen.« Sie lachte ziemlich derb. »Nenn mir ein Mädchen, dem das nicht passiert ist«, fügte sie hinzu, so leise, als rede sie mit jemandem, den Vic nicht sehen konnte. In die billige öffentliche Leitung gepfercht, hatte ihre Stimme ein sardonisches Echo bekommen. Im Hintergrund hörte er Akkordeonmusik, die Musik des Neuen Nuevo Tango, die Schritt für Schritt ihre eigene manierierte Präzision zur gemeinen Absurdität des Tangolebens hin dekonstruierte: Edith selbst, riet Vic, aufgenommen in ihrer Blütezeit. Dreizehn Jahre alt, und konnte sich schon ein Hologramm leisten!

»He, tut mir leid, Vic, aber du weißt ja, wie das ist.«

Diesmal kappte Vic die Verbindung. »Na, schön«, sagte er. »Vermutlich weißt du, was du willst.«

Edith rief gleich wieder zurück. »Vielleicht komme ich«, sagte sie.

Kämpfe wurden überall abgehalten; nach 18.00 Uhr konnte man sie an jeder Straßenecke sehen. Doch Preter Cœur war der beliebteste Austragungsort in Saudade. Er erstreckte sich mit seinen Schadstoffhalden und der heimischen Flora, die auf ihnen gedieh, am Ende einer Stichstraße, die vom Cahuenga Boulevard kam; eine von

Höhlen und unterirdischen Gewölben durchsetzte Brache aus zuge-
deckten Gruben und überdachten Betonflächen, die durch etliche
Morgen Land gegen die Ereignis-Aureole gepuffert war. Tagsüber
wehte der Regen zwischen die Stützpfeiler der vielen wandlosen Abschnitte, wehte durch schräg einfallende Lichtbalken, die auf Körper fielen – die Geschlagenen, die Schlafenden, die Berauschten, die
Toten. Hier war früher irgendeine Militärwerft gewesen, bevor EMC
umgezogen war. Jetzt erwachte die Gegend jeden Tag bei Einbruch
der Dunkelheit schlagartig zum Leben: so groß wie ein Stadtteil, selbstständig, souverän, eigene Polizei, autark, verstreut liegende Imbiss-
buden, billige Pensionen, Flohmärkte, Buchmacher, provisorische
Chopshops und Tattoobuden rings um jede Arena, aufgesucht von
Cultivaren und Doubles aller Art. Die Stimmen der Ansager von
Radio Retro, die durch eine raffinierte Tramp-Wellen-Technik aus
der schieren Luft kamen, brüllten die Wettchancen. Kichernde Gruppen von Monas beackerten die Rikschaschlangen. Sexuell erregte
Neue Männer wackelten vorbei, vollgetankt mit *Night Train* und
nach einer ruhigen Ecke suchend, wo sie abspritzen konnten. Alles
illuminiert von einer Mischung aus Naphthaflammen und unverschämt weißen Halogenlampen und allem, was dazwischen lag.
Im Preter Cœur traf einen der Schatten eines Pfeilers mit dem ganzen Gewicht des Pfeilers; im nächsten Moment verlor man das Gleichgewicht angesichts rauchiger Funken, die sprangen und wendeten
wie schwärmende Glühwürmchen. Überall waren Reklameströme
unterwegs, deren unerträgliche Leichtigkeit des Seins – deren schlichte
Zuversicht – einen ansteckte: bis die Krone aus Schmetterlingen um
den eigenen Kopf sich in eine Dornenkrone verwandelte und man
feststellen musste, dass man seine intimen Daten einem Twinkfarmer
vierzig Block weiter auf der Pierpoint verraten hatte.

Durch diese Flut aus Licht und Rauch und Zirkusatmosphäre,
von der man zwar den aktuellen Augenblick beschreiben konnte,
aber nie den nächsten im Voraus, bewegten sich die Kämpfer mit
einstudierter, raumgreifender Du-kannst-mich-Anmut, die Stimme
durch ein inwendiges Hormonpflaster sorgfältig heruntergetunt auf

das amüsierte, selbstsichere, unartikulierte Grollen jener, die uner-
schütterlich sind in ihrem Tun und die nie weniger sein werden als
das, was sie sind, und die immer mehr sein werden als du. Das Licht
fiel auf ihre stolzierenden Hahnenbeine, die Klauen und die Mes-
singschuppen. Es zeigte einem unversehens die verrückten Gelenk-
stücke an Knien und Hüfte; den riesigen, dauerhaft erigierten Schwanz,
der aus der Lederhose platzte; den zweiten Daumen, der zugleich
ein Messingsporn war, und das Glitzern der lebendigen Tattoos und
Schatzkarten, die wie Ankerlichter auf dem geschwärzten Rumpf
voller Schorf und Narben tanzten. Einen Tag alt, wenn überhaupt,
und schon ein Mythos, schon wieder tot.

Touristen fanden das herrlich. Hätte man nachts aus fünf- oder
sechshundert Fuß Höhe hinabgeblickt, man hätte alle Rikschas von
Saudade wie T-Zellen auf dem Weg zum Infektionsherd dort hin-
strömen und unter dem Neonschild *Onkel Sip's Preter Cœur* vorfahren sehen.

Edith Bonaventura fand es auch herrlich.

»Oh, Vic«, sagte sie, »sieh doch nur! Das ganze Licht!« Die Freude
legte sich wie ein Weichzeichner über ihre sonst so robuste Art, und
jeder vorbeikommende Kämpfer eroberte sofort ihr Herz. »Hast du
seinen Monsterpimmel gesehen?«

»Keiner von denen ist richtig am Leben«, sagte Vic. Er war überrascht, wie sehr das zutraf. »Das sind lauter Konfektionsartikel.«

»Oho«, lachte Edith. »Höre ich da Neid? Höre ich dich eifersüchtig? Vic, ich glaube, ja!« Doch Vic verspürte nicht so sehr Neid als
eine wohlwollende Verwirrung. Wie willst du Möhren in Stücke
schneiden, wenn dir der Schwanz im Weg ist? Wie in die und aus
der Badewanne kommen? Es stimmte, dass die Kämpfer trotz ihrer
Vitalität – die durchaus an die Lebenskraft eines Pferdes oder eines
vergleichbar großen Tieres erinnerte – alles andere als real waren,
ja, dass sie ein letztlich sinnloser Salto ihrer persönlichen Träume in
die Kongruenz mit den Erwartungen des Publikums waren. Träume,
dachte Vic, war eigentlich nicht das passende Wort. Träume waren
nach Schema F. Sie waren billig. Sie waren gesippt, wie alles hier im

Halo. Von wem konnte man heute schon behaupten, dass er wirklich einen eigenen Traum besaß? Abgesehen von den Monas. Aber Edith, mit ihrem breiten Becken und in ihrem besten Erwachsenenkostüm, selbst eine Springmaus seit dreizehn, wollte jetzt nicht philosophieren. Sie machten sich einen schönen Abend, sie hatte das Sagen. Sie klammerte sich an seinen Arm, strahlte, und er fühlte sich irgendwie wohl dabei.

»Du bist erregt«, sagte er.

Das brachte ihm einen Seitenblick ein, der rätselhaft und pragmatisch zugleich war.

»Da bist du Profi, was?«, sagte Edith. Worauf sie beide von einem Geruch nach Zimt und Adrenalin überschwemmt wurden, einem molekularen Reklamestrom, der – unter Umgehung des Neokortex direkt auf das Stammhirn zielend – Edith vor Entzücken aufschreien ließ.

»Ich will wetten! Ich will wetten!«

Es war eine Nacht der soliden Kämpfe, technisch ohne Überraschungen, aber mit viel Action. Der Geruch von Hämoglobin legte sich über die Arena, dicht wie Freilandnebel, gewürzt mit den jeweils individuellen chemischen Signaturen der Kämpfer, die traditionsgemäß den Aromen antik-terrestrischer Alcopops entlehnt waren, als da waren: *Two Dogs*, *JopaLume*, *Decoda*, *Yellow Fever* und das berühmte alte Standardgetränk, das Joe der Löwe höchstpersönlich populär gemacht hatte: *Alcola*. Edith war ganz versessen darauf. Ihre ersten beiden Kämpfer hatten gesiegt, in dreieinhalb beziehungsweise vier Minuten; der dritte schlug sich nicht so gut, aber das hatte sie noch nicht bemerkt. Ihre Laune war ungetrübt, und Vic sagte: »Ist dir dieses Tagebuch über den Weg gelaufen? Das alte Tagebuch von Emil?«

Edith starrte ihn verstört an, der Schein der Naphthaflammen loderte über ihr kleines Gesicht. Dann sagte sie: »Menschenskind, Vic, ich weiß nicht. Warum fragst du?«

»Ich gehe ins Gebiet.«

»Vic, das tust du jede Woche. Das ist dein Job.«

In der Arena war ihr neuester Favorit auf der Schlinge seines eigenen Dickdarms ausgerutscht, was für ihn das Aus bedeutete. Er schien glücklich mit seinen Verletzungen. Der Menge entfloh ein gutmütiges Hohngelächter, als sein Trainer ihn ins blaue Halbdunkel auf der anderen Seite der Arena schleifte, worauf Edith verwirrt den Kopf schüttelte und Vic scharf ansah. »Hast du mich hergelotst, um an Emils Buch zu kommen? Hast du mich deshalb eingeladen?« Sie lachte. »Jesus, Vic, das Geld hättest du dir sparen können! Nein hätte ich dir auch zu Hause sagen können, eine gemütliche Nacht, nur du und ich, bis Emil aus dem Bett fällt oder spuckt oder im Schlaf einen Erstickungsanfall hat, was jetzt ziemlich oft vorkommt.« Sie schüttelte ebenso langsam wie ungläubig den Kopf. »Vic«, sagte sie, »du bist ein Verlierer.«

»Hör mal«, sagte Vic, »ich …«

»Du hättest guten Sex haben können diese Nacht.«

»Edith …«

Sie marschierte schnurstracks in die Menge hinein. Er bekam sie noch einmal zu Gesicht, dann war sie weg. Im Preter Cœur herrschten schlechte Sichtverhältnisse. Diese Helligkeitsschwankung im Augenwinkel, man wusste nie, ob es ein Schatten war oder ein Schattenboy, ein Gangster-Algorithmus, dessen Humor sich zum Kuss des Profits spitzte. Vic Serotonin zuckte die Achseln. Er konnte es Edith nicht verdenken. Sie war selbstbewusst; wenn einer seine eigenen Bedürfnisse kannte, dann war es Edith. Früher oder später würde sie zurückkommen. In der Zwischenzeit kaufte er sich ein Programm und stellte fest, dass am nächsten Kampf jemand teilnahm, den er kannte, ein Junge von der Straint Street, dessen Outfit aus einem Chopshop unweit von Liv Hulas Bar stammte. Auf dem Papier war der Junge flink und schien ein sicherer Tipp zu sein. Zwanzig Minuten später und drei Kämpfe im Rückstand bei dem Versuch, seine Würde zu retten, fühlte Vic ein Zupfen an seinem Ärmel und sah nach unten: Da stand im Plastikregenmantel und mit roten Gummistiefeln Alice Nylon, die kleine Security-Chefin von Paulie DeRaad.

»He, Alice«, sagte Vic. »Bist du hier, um meine Pechsträhne zu beenden?«

Alice hatte zwei, drei von Paulies Söldnern als Verstärkung dabei, die ihre Gesichter vorsorglich zu einer infantilen Drohgebärde verzerrten. Alice machte einen langen Hals, um zu sehen, was in der Arena passierte, und zuckte zusammen. »Und, auf wen hast du bei dieser traurigen Angelegenheit dein Geld gesetzt, Vic?« Sie schüttelte, als er es ihr sagte, demonstrativ den Kopf. »Sieht aus, als wären wir zu spät gekommen, um dich vor dir selbst zu schützen.« Vic formte mit der Hand ein Schießeisen und zielte auf die Kiddies.

»Macht keine Dummheiten«, warnte er sie.

Alice seufzte. »Paulie will, dass du mitkommst«, sagte sie nicht ohne Mitgefühl. »Mit ihm ist heute nicht gut Kirschen essen.«

Nicht weit von dem kleinen Schauspiel sah Irene, die Mona, belustigt zu. Sie wirkte gespannt. Ihre Intuition war messerscharf. In dem unsteten Licht des Preter Cœur wirkte ihr Gesicht älter, und jeder, der die ursprüngliche Irene kannte – den Lifestyle-Flüchtling von einem spärlich besuchten Planeten –, hätte sie wiedererkannt, installiert sozusagen als der tektonische Unterbau der augenfälligeren Formen einer Mona-Packung. Möglich, dass es diese Irene war, die bemerkte, wie Edith Bonaventura auf und davon war, nur um augenblicklich von Alice Nylon ersetzt zu werden, als wären diese beiden die einzigen Alternativen in Vics Welt, sozusagen die Wegscheide des einsamen Wanderers.

Möglich, dass es diese Irene war, die bei sich dachte: Es ist leichter, in die Strömung hineinzukommen, als sie zu verlassen, Mädchen. Derweil sie zum Dicken Antoyne sagte: »Die Dinge werden Vic Serotonin immer einholen.«

»Da muss ich dir recht geben.«

Was er im Preter Cœur fast ausnahmslos tat. Zugegeben, wo andere Blut hatten, da hatte der Dicke Antoyne Honig: Doch die Kämpfe ermutigten ihn dazu, den Arm um sie zu legen und ein bisschen Geld auszugeben. Sie regten seinen sexuellen Appetit an … Was ihr am meisten gefiel, wenn sie Sex mit ihm hatte, war sein tapsiges und zauderndes Herummachen – er war so was von unprofessionell! Wenn er gekommen war und schnaufend dalag und »Tut mir leid« sagte, dann konnte sie seinen Kopf an ihre Brust drücken und »sch, sch« machen und sagen: »Ich mag es, wie es kommt. So bin ich gestrickt.« Wenn sie so mit dem Dicken Antoyne zusammen war, ging ihr das Herz auf, und sie träumte, ein Alphaweibchen der Antiken Erde zu sein.

Sie sah zu, wie Alice Nylon Vic abführte, packte den Dicken Antoyne am Arm und sagte: »He, vielleicht kann Vic uns helfen.«

»Vic anpumpen? Ohne mich«, sagte der Dicke Antoyne.

»Na ja, dann müssen wir das Geld eben irgendwie anders auftreiben … Und wenn wir was verkaufen?«

»Ich hab nichts zu verkaufen.«

»Jeder hat was zu verkaufen, Schatz. Ach, Antoyne, wir werden bald so glücklich und erfolgreich sein! Aber real. Wo immer wir hingehen, wir bleiben ganz real und gut und treffen nur die besten Entscheidungen da draußen zwischen den Abermillionen von Sternen. *Ich liebe die Liebe,* werden wir sagen. *Ich liebe mein Leben, weil wir da auf dem Großbildschirm so real sind!*« Derweil sie sich selbst ganz zutreffend beriet: Erst müssen wir ihn mal sippen lassen. Dann kauft er sich eine Packung, die ihn cool aussehen und rasch bei der Hand sein lässt, rasch, aber feinfühlig; und darunter wird er immer noch der Antoyne sein, den ich kenne und liebe. Für mich wird er immer Antoyne sein, der zu schnell kommt und nicht versteht, dass ich ihm verzeihen kann, weil mir nichts dergleichen fremd ist.

6 · Im Tank in der C-Street

Eine Stunde später, als Alice Nylon und ihre Punks Vic im rückwärtigen Büro des Club Semiramide ablieferten, lag Paulie DeRaad im selben Sessel, in dem Vic ihn zuletzt gesehen hatte, als hätte er sich in der langen Zwischenzeit nicht von der Stelle gerührt – und als wäre sein Gesundheitszustand noch schlechter geworden. Alice meinte, er sitze da schon mindestens einen ganzen Tag lang. Sie habe ihm Drinks von der Bar gebracht, aber er zeige kaum noch Interesse daran. Tatsächlich scheine er an nichts mehr interessiert. »Weißt du, er ist nicht mehr er selbst«, sagte sie. »Sonst holst du ihm einen *Night Train*, er kippt ihn in einem Zug runter und zerquetscht die Dose an seinem Kopf, alles in einer einzigen fließenden Bewegung. Tja, und heute hat er noch gar nichts getrunken. Dann ist er plötzlich wach und fragt nach dir.«

»Wie hat er sich ausgedrückt?«

»Na ja, er sagt, geh und hol mir diesen blöden Scheißkerl her«, rief sich Alice ins Gedächtnis. »Dann ist er gleich wieder weggetreten. Ich meine, guck ihn dir an.«

Paulie hatte die Beine weit von sich gestreckt, der Kopf war zurückgeworfen, als habe der Sessel eine Kopfstütze, die er aber nicht hatte, denn er war nur ein unbequem geformtes Sitzmöbel. Sein ganzer Körper war irgendwie steif. Wo die Haut nicht die bläuliche Farbe von Milch angenommen hatte, zeigte sie den Anflug einer Schwermetallvergiftung, besonders deutlich da, wo der Abrieb am stärksten war: um Wangen und Stirn herum. Die Augen waren geschlossen, obwohl man irgendwie den Eindruck gewann, die Lider könnten jeden Moment zu flattern beginnen. Es war schwer zu sagen, wie krank Paulie war, und Paulie selbst gab keine Auskunft.

Er lächelte glücklich wie ein kleines Mädchen. Das eine oder andere Lächeln war schon erstaunlich, erstaunlich sexy nämlich. Als wolle Paulie einem etwas mitteilen. Manchmal hatte man fast den Eindruck, dass er einem zuzwinkerte. Vic Serotonin wollte gar nicht wissen, was Paulie so dringend mitteilen wollte. Das war jedenfalls kein richtiges Lächeln: So lächelte man, wenn es nichts mehr zu lächeln gab.

»Scheiße, Paulie«, sagte Vic.

»Manchmal wird er wach und keiner versteht, was er sagt.«

Vic ging zur Bürotür und öffnete sie einen Spalt weit. Der Club Semiramide lag unter einer Decke aus Rauch, Musik und Alkoholdunst, alles nahm seinen gewohnten Lauf. Niemand sah her. Er zog sie wieder ins Schloss. »Weiß sonst jemand davon? Seine EMC-Kontakte?« Alice verneinte, auch wenn sie sich nicht ganz sicher war. »Dann belassen wir es dabei«, sagte Vic. »Diese Arschlöcher brauchen nichts davon zu erfahren. Einverstanden?« Alice war einverstanden. »Gut«, sagte Vic. Als er sich wieder zu Paulie umdrehte, prallte er regelrecht zurück: Paulie war hellwach und stand beinah auf Tuchfühlung vor ihm, das hellrot aufgepumpte Gesicht vorgereckt, die blauen Augen weit aufgerissen.

»*Was hast du mir angetan, du Scheißkerl?*«, schrie er.

Vic spürte, wie sich die Haare in seinem Nacken aufstellten. »Liebe Güte, Paulie«, sagte er. »Ich weiß es nicht.« Bevor er noch etwas hinzusetzen konnte, hatte Paulie ihn beiseitegestoßen und kniete sich vor Alice Nylon hin.

»Bist du mein hübsches, kleines Mädchen?«, sagte er.

»Ja«, sagte Alice.

»Dann schenk mir dein schönstes Lächeln!«, bettelte er. »Da! Siehst du? Schon geht es uns besser!«

Paulie stand auf und fing an, rastlos im Zimmer umherzuwanken, aus der Hüfte heraus, mit steifen Knien. Er schien sich mal für dieses und mal für jenes zu interessieren, um dann wieder stehen zu bleiben und tatenlos an die Wand zu stieren. Nachdem er eine Zeit lang so herumgeirrt war und seine persönlichen Sachen untersucht hatte, als versuche er herauszufinden, wer er war, blieb er vor dem Hologramm stehen, das ihn und die anderen Jungs zeigte, die lebend dem Wrack der alten *El Rayo X* entkommen waren. Sie sahen ein bisschen sonnenverbrannt aus und steckten noch in den unteren Hälften ihrer Raumanzüge, grinsten aber übers ganze Gesicht, zeigten mit dem Daumen der einen Hand nach oben und schwangen in der jeweils anderen diverse Waffen und Werkzeuge. »Wer sind diese Männer?«, fragte Paulie, doch als Vic es ihm sagte, zeigte er keinerlei Reaktion. Das Blut war wieder aus seinem Gesicht gewichen. Vic blickte Alice an, und Alice zuckte die Achseln.

»Das ist nicht der Paulie, den wir kennen.«

Schwach drangen Gelächter und Applaus vom Club herüber. Teil zwei des Unterhaltungsprogramms hatte mit dem modernistischen Klassiker *Jordan V-10* begonnen. Vic Serotonin überlegte kurz.

»Gibt es noch einen anderen Ausgang?«

»Da, die Hintertür geht auf eine Gasse.«

»Hol sein Rikschagirl«, sagte Vic. »Und zu keinem ein Wort.«

Als Alice fort war, durchsuchte er Paulies Taschen, bis er den Schlüssel zu dem Zimmer fand, in dem das Artefakt eingesperrt war. Das wäre für jeden anderen ein alarmierender Vorgang gewesen, doch Paulie hielt still, den Kopf leicht in den Nacken gelegt, um das Holo von sich und den beiden Kameraden sehen zu können. Seine Augen waren wieder geschlossen. Ein paar Minuten später duckte sich das Rikschagirl durch die Hintertür ins Büro.

»Das ist Annie«, sagte Alice, die ihr auf den Fersen folgte.

»Oh, Junge, du siehst nicht gut aus«, sagte die Annie zu DeRaad. Zu dritt bugsierten sie ihn nach draußen und in die Rikscha. Alice Nylon saß auf Vics Knie. Vic saß eingequetscht neben Paulie und versuchte, einen klaren Gedanken zu fassen. Er wünschte, er hätte Edith Bonaventura ein wenig besser behandelt, denn das Tagebuch ihres Vaters hätte ihm vielleicht Aufschluss über Paulies Zustand geben können. War er gerade dabei, einen neuen Fehler zu begehen?

»Ich kann nicht glauben, dass das Paulie DeRaad ist«, sagte das Rikschagirl nach ein oder zwei Meilen. »Ich meine, ist er tot?«

»Nach rechts in die Voigt«, rief Vic.

»Vergiss die Frage, Mann.«

»Sind wir schon da?«, fragte Alice.

In dem Zimmer abseits der Voigt Street hatte sich nicht viel verändert. Paulie wachte auf, sein Kopf fuhr hoch, die Nasenlöcher weiteten sich. Er witterte den Gestank aus zwanzig Metern Entfernung. Er blieb passiv auf den Eingangsstufen stehen, während Vic mit der Tür beschäftigt war und sich das Trapsen des Rikschagirls im nächtlichen Hinterhof des Kapitals verlor. Aber so viel war deutlich: Paulie DeRaad war interessiert.

Und interessiert war auch der Junge im Zimmer. Als sie eintraten, hatte er sich vom Feldbett geschleppt und presste sich nun in eine Zimmerecke. Er war nackt. Er beobachtete sie mit einem milden Lächeln, während seine Hand scheue, schiebende Bewegungen in Richtung Paulie machte. Auch Paulie lächelte. Der ganze Leib des Jungen erschauerte einmal von Kopf bis Fuß: Er war milchig und wächsern unter dem Schmutz und schien ein bisschen geschrumpft, als sei inwendig etwas verbraucht worden. »Ich will dich nicht«, sagte er in dieser Drei-Ton-Stimme, die eher elektronisch denn menschlich klang. Ein paar Lichtstäubchen rieselten aus dem einen Auge. Unversehens stürzte er zur Tür, doch Paulie langte zu und bekam seinen Oberarm zu fassen. Das Bewegungsmoment des Jungen riss sie beide herum. »He«, sagte Paulie, »gehört sich das?« Sie kamen ins Torkeln, suchten Halt aneinander und fielen aufs Bett, wo sie atemlos und Auge in Auge liegen blieben. Ein breites, sanftes Lächeln trat auf Paulies Lippen, er legte seine Wange an die des Jungen; er wisperte etwas. Der Junge sah an die Decke, erst ausdruckslos, dann begann auch er zu lächeln.

Vic hatte keine Ahnung, was hier vor sich ging.

»Wir müssen dem ein Ende machen!«, sagte er.

Alice hielt das nicht für nötig. »Paulie wird ihm schon nichts tun«, sagte sie. »Guck doch. Sie sind Freunde.«

»Das ist es ja, was mir Angst macht«, sagte Vic.

Die Situation blieb vielleicht zwei Minuten lang unverändert, dann leuchtete das Gesicht des Jungen buchstäblich auf, gerade so, als sei in seinem Schädel eine Lampe angeknipst worden. Sein Mund öffnete sich langsam, und Licht strömte ins Zimmer und über Paulie DeRaad, so grell und aggressiv wie die Strahlung, die ihm damals die Haut verbrannt hatte. Es war Licht, das man hören konnte. Es hatte Orgelqualität. Es kam aus dem Mund des Jungen, wurde aber so blitzschnell von den Wänden reflektiert, dass es von überall her zu kommen schien. Vic und Alice hielten sich die Augen zu, doch sie sahen das Licht unverändert, und sie meinten eine Hitze zu verspüren, die es nicht gab. Dann war es vorbei, und das Zimmer lag wieder still und dunkel da, und der Junge auf dem Bett war nur mehr ein Pointkid, das verstört und nackt in seinem Dreck und seinen verknäulten Sachen lag.

Daneben lag Paulie DeRaad, die Augen starr und weit, und schrie seinen alten Freund Vic an: »Du Scheißkerl! Du Arschloch!«

»Paulie, ich …«

»Es ist Tochtercode, Vic. Du hirnverbrannter Stümper, du hast mir eine *Tochter* gebracht, und jetzt laufe ich herum wie ein Zombie!«

Er lief überhaupt nicht herum. Paulie lag auf dem Rücken, regungslos bis auf bestimmte Gesichtspartien, vor allem Augen und Mund. Vor Anstrengung, etwas in Schach zu halten, waren ihm die Augen aus den Höhlen getreten. Er biss die Zähne so fest zusammen, dass sich seine Stimme anhörte, als käme sie über eine schlechte Funkverbindung aus der Umlaufbahn. Seine Zähne krachten. Seine Hände zupften an seiner Kleidung. »Das bin ich nicht«, sagte er. »Bin ich das?« Plötzlich lachte er. Es war das typische DeRaad-Lachen, man bekam es von *Cor Caroli* bis *Motel Splendido* zu hören, wann immer die Zeiten schwierig wurden. »He, Vic! Wie in alten Tagen!« Dieser Gedanke schien ihn zu entspannen. Er seufzte und wandte das Gesicht dem Jungen zu; wie kalte Tapioka begann der Code, aus dem Mund des Jungen zu strömen. Vic und Alice zerrten die beiden auseinander. Der Junge krampfte, wälzte sich fort, rollte sich ein, bis er dalag wie ein riesiger, in drei verschiedenen Stimmen murmelnder Fötus. Paulie DeRaad hatte schon wieder das Bewusstsein verloren. Vorher war es ihm noch gelungen, sich einiger Kleidungsstücke zu entledigen, und seine bloßen Arme sahen genauso wächsern und biegsam aus wie die des Jungen.

»Das war so ein *saublöder* Fehler«, sagte Vic. »Besser, wir bringen ihn wieder in den Club.«

Alice schüttelte den Kopf.

»Lass mich nur machen«, sagte sie. »Er muss jetzt für sich sein. Ich will nicht, dass die Leute etwas mitbekommen.«

»Was hast du vor?«

Alice lächelte unbestimmt. »Ich kümmere mich schon um ihn«, sagte sie. Sie verdrehte die Augäpfel, und Vic begriff, dass sie jemanden anrief. Dass Alice erst acht war, hieß noch lange nicht, dass sie keine große Hilfe war. Das Gegenteil traf zu, oder sie wäre nicht Paulie DeRaads bestes kleines Mädchen gewesen. Sie organisierte bereits alles. »Ja«, sagte sie, »zehn Minuten, Map Boy. Hinter der Voigt. Übrigens, eine Rikscha tut's nicht. He, verarsch mich nicht. Und komm nicht rein, es sei denn, du hast noch nicht genug Probleme.« Sie gab ein dünnes, kleines Glucksen von sich. »Ja, ja, halt die Fresse, das kenn ich doch alles.« Sie alberte noch ein bisschen mit Map Boy herum, dann wurden ihre Pupillen wieder sichtbar, und sie sagte: »Immer noch da, Vic? Um ehrlich zu sein, du stehst mir nur im Weg.«

Serotonin zuckte die Achseln und ging zur Tür. Er war halb draußen, als sie rief: »Hoffentlich weißt du, wie wir das in Ordnung bekommen, Vic.«

Es war inzwischen zwei Uhr früh, und alles interessierte ihn nur noch am Rande, insbesondere Paulie. DeRaad hielt Vic immer für einen Altersgenossen. Dabei war nichts falscher als das, denn soweit Vic wusste, war Paulie mindestens zehn Jahre jünger. Vic hatte das immer als ein Kompliment aufgefasst, das er sich vielleicht eines Tages verdienen mochte – so als würde man durch Paulies Auswahl in eine Generation aufgenommen, die sich besonders durch Wahnsinn und schlechten Geschmack auszeichnete. Zu Beginn ihrer Beziehung hatte Vic sich geschmeichelt gefühlt, doch schon seit geraumer Zeit hatte er nicht mehr die Absicht, so wie Paulie zu werden, oder wie einer von Paulies Freunden. Dass er ihm jetzt einen so verdammt schlechten Dienst erwiesen hatte, komplizierte seine Situation.

Die Straßen waren verwaist, und der dünne, salzige Nebel würde gegen Morgen in Nieselregen übergehen. Vic stand unentschlossen an der Ecke Voigt und Altavista; dann entschied er sich gegen eine Rückkehr in den Club Semiramide, schlug den Mantelkragen hoch und machte sich auf den Weg zur Straint und zu Liv Hulas Bar. Dort fand er Liv gähnend hinter dem verzinkten Tresen, und davor Mrs. Elisabeth Kielar, die sich mit wenig Erfolg um Konversation bemühte.

Etwa zur selben Zeit in seinem Büro auf der anderen Seite der City setzte Lens Aschemann, ein Mann, der dem älteren Einstein zum Verwechseln ähnlich sah, seine Assistentin in Kenntnis: »Schon die Oberfläche verrät, ob das Wasser tief ist oder nicht. Als Kind lernt man die Färbung, die Bewegung, das Lichtspiel zu deuten.« Hartes gelbes Straßenlicht spielte auf Aschemanns Oberflächen, derweil sich das Unbehagen seiner ungeliebten Schattenoperatoren in den oberen Gefilden des Büros in kleinen unsteten Bewegungen entlud. »Wir haben ein arteigenes Bedürfnis«, fuhr er fort, »solche Bewertungen anzustellen. Indem wir alles, was nicht da ist, mit einbeziehen – nicht bloß im Fall selbst, sondern auch in der Welt, zu der dieser Fall allem Anschein nach eine Beziehung hat –, weckt Verbrechen im Ermittler ein vergleichbares Bedürfnis.

Haben Sie verstanden? Nein. Tja, dann denken Sie mal drüber nach, während ich meinem Freund Emil Bonaventura einen Besuch abstatte.«

»Ich fahre Sie«, bot sie an.

»Ein Mann kann seinen alten Freund nicht besuchen, ohne die Polizei mitzubringen?«, sagte Aschemann. Er machte eine abwehrende Geste. »Nehmen Sie sich den Abend frei. Gehen Sie heim, und waschen Sie sich die Haare.«

Sie musterte ihn, als hätte sie ihn noch nie gesehen.

»Oh, nun hab ich Sie schon wieder beleidigt. Also, gehen Sie in ein Nachtlokal oder sonst wohin: Ich kann Ihnen eine Liste netter Bars geben, aber lassen Sie sich bloß nicht beim Sex hinter einem Nachtlokal erwischen.«

»Danke für den guten Rat«, sagte sie.

Das gefiel ihm. »Wir lernen uns allmählich kennen«, gab er zu. Er bot ihr noch die Schlüssel für den Cadillac an. Nach der Razzia im Club Semiramide hatte er ihr strikt verboten, sich dort oder im Café Surf allein blicken zu lassen.

Kaum war er fort, verlangte sie von den Schattenoperatoren Einblick in seine Aufzeichnungen. Verstört durch die Unangemessenheit dieses Begehrens wuselten sie herum und wisperten: »Können wir sonst noch etwas für dich tun, meine Liebe?«, derweil sie sich in Aschemanns Ledersessel fläzte und ins Leere starrte wie jemand im Frühstadium sexueller Erregung; ihre Lippen bewegten sich sanft, während die Rohdaten die Innenseite ihres Arms hinunterrieselten. Da war eine Notiz zum Tod seiner Frau. Sie kehrte immer wieder zu ihr zurück, denn obwohl sie den Eindruck hatte, dass diese Notiz der Schlüssel zu ihm war, hatte sie keine Ahnung, wie sie ihn im Schloss drehen musste. »Sitzt du auch gut?«, fragten die Schattenoperatoren. »Es sieht so furchtbar unbequem aus.«

»Alles bestens«, sagte sie. Später fuhr sie in Aschemanns Cadillac zur Küstenstraße hinunter und parkte mit Sicht aufs Meer.

Die Nacht war ruhig, die Wolken hingen tief, knapp über dem Horizont klaffte ein grünlicher Lichtspalt. Ein auflandiger Wind peitschte den Sand rings um die Staubwedelpalmen auf und zischte über die Karosserie des Wagens. Sie wanderte die Zufahrtsstraße hinunter zu dem Bungalow, in dem Aschemanns Frau gelebt hatte. Hier unten war es feuchter. Die Luft im Bungalow roch schal, nicht richtig nach Essen oder Besuch. Sie stand mit geschlossenen Augen in der Küche, im Flur, im einzigen Wohnzimmer, in der kobaltblauen

Nacht und vor dem leise rauschenden Meer und wartete, dass sich Aschemann und seine Frau materialisierten. Nichts dergleichen geschah. Der eine war abwesend und die andere tot: Sie würden sich niemals zu erkennen geben. Sie musste sie schon suchen, in den alten Möbeln, den muffigen Teppichen. Sie begann mit den Briefbündeln, die sich im improvisierten Büro stapelten.

So glücklich zu sein, hatte Aschemann seiner Frau geschrieben, kurz, nachdem sie sich kennengelernt hatten, *einen anderen so tief in sich hineinblicken zu lassen, das habe ich nie für möglich gehalten.* Damit gab er sich eine prophetische Blöße. Aschemann wurde nie sesshaft. Er ging vom ersten Augenblick ihrer Ehe an fremd, nachmittags in Touristenhotels, nachts hinter Nachtlokalen. Sie verzieh ihm über die Jahre, aber er selbst verzieh sich nie; plötzlich las man von ihm: *Ein Teil von mir hat die Geduld mit uns verloren. Dieser Teil will ins Leben zurück. Am Ende ist einer enttäuscht, weil er immer mehr gibt als der andere.* Er hatte sie verlassen, weil sie sich nicht durchsetzen konnte, aber das machte ihn genauso unglücklich wie sie. *Am späten Nachmittag hat es geregnet,* schrieb er ihr aus der Third Street. *Ich habe mich ganz einsam gefühlt ohne Dich und war völlig aus dem Gleichgewicht. Für einen Augenblick wollte ich nur nach Hause und unter den Dingen sein, die ich kenne, als sei das Leben, das ich hier führe, nur ein Besuch, bei dem Du nicht mitgekommen bist.* Sie hieß Prima, doch aus unerfindlichen Gründen nannte er sie öfters Utz oder Utzie. Liebe Utz. Hallo, Utzie. Nach der Trennung schrieb er nichts mehr über sich, schrieb ihr stattdessen von der Stadt. Er schrieb ihr von alltäglichen Dingen. Er schrieb ihr von seinem Job. Um den Verbrecher zu entlarven, schrieb er, müsse man tief in sich hineingehen: Da fände man ihn.

Die ganze Korrespondenz hindurch, wenn es denn eine war, hatte er ein dünnes, fast transparentes Papier bevorzugt, hellblau und so vorgefalzt, dass man die Rückseite zum Umschlag falten konnte. Die ältesten Briefe, voller Kosenamen und kleiner Zeichnungen vom Sex, den sie miteinander hatten (als müsse er sich so beweisen, dass er noch bei ihr war), waren spröde, aber noch intakt; während die späteren, unbarmherzigen, in den Knicken auseinanderfielen, als seien sie täglich in die Hand genommen und gelesen worden.

Warum hatte er ihr Briefe geschrieben, wo sie doch in derselben Stadt lebten, im selben Haus? Hatte Prima sie je beantwortet? *Ich werde immer kurzsichtiger,* hatte er drei Tage vor ihrem Tod geschrieben, *aber meine Träume sind so greifbar wie Reklame.*

Aschemanns Assistentin las alle Briefe noch einmal, dann trat sie ans Fenster. Draußen vor dem Bungalow hörte man die Geräusche der Wellen, nahm den Geruch nach Salz und Strandhafer wahr, den treibenden Nebel, alles dickte zu einer einzigen Substanz ein, einem Block aus wolkigem Kunststoff. Nichtsdestoweniger meinte sie draußen etwas zu hören: Schreien oder Lachen. Während sie zum Wagen zurückpilgerte, schälte sich eine Gruppe von Kids aus der Dunkelheit, zusammengekauert in ihren glänzenden Gun-Punk-Regensachen, Gemurmel austauschend, einander mit den Ellbogen anstoßend, die Passantin unverhohlen musternd. »Na, versucht's ruhig mal mit mir«, lud sie die Kids ein und lächelte derart aufmunternd, dass sie sich kopfschüttelnd im Nebel verdrückten. »Geht doch«, flüsterte sie. Auf dem Heimweg sah sie in den Rückspiegel, in die Seitenspiegel, schaltete mit Bedacht: eine Polizistin, pragmatisch und ruhig, aber immer in Aktion. Sie wunderte sich, dass sie weder Aschemann noch seine Frau verstand; beide hatten das Unheil von Anfang an kommen sehen und sich offenen Auges von ihm überrollen lassen. Wenn sie nur die Hälfte nachvollziehen konnte, war es viel.

Aschemann beschrieb seine Beziehung zu Edith Bonaventura immer als zweischneidig. »Er meint damit«, pflegte Edith zu sagen, »dass ich ihn nicht leiden kann.« Seit es die Gebietskripo von Saudade gab, waren Aschemann und ihr Vater Freunde und Sparringspartner zugleich. Emil hatte kaum seinen Fuß auf den Boden des Freihafens gesetzt, vom Halo gebräunt und mit einer Tochter, die ein angehender Akkordeonstar war, da war Aschemann schon unterwegs gewesen, um ihn festzunehmen. »Das war die gute alte Zeit«, erinnerte

Bonaventura seine Edith immer wieder, als habe sie mit dreizehn noch nicht die Reife besessen, selbst zu dieser Einsicht zu gelangen. »Damals sah man alles lockerer.«

Daran hatte Edith schon mit dreizehn ihre Zweifel gehabt, war aber immer loyal geblieben. »Ich mag keinen Mann, der meinen Vater verhaftet«, sagte sie eben zu Aschemann. »Egal, aus welchem Grund.«

Der Fahnder saß auf einem Holzstuhl in Ediths Zimmer und ließ lächelnd den Blick über die Hologramme und Trophäen schweifen, die an die Wand gepinnten Kostüme mit den hübschen Röckchen, aufgefächert, als steckte sie noch darin. Akkordeons wie alte Hunde, kurzatmig, die Zähne entblößt im geriffelten Tangolächeln, gafften ihn aus Regalen und Vitrinen an. »Trotzdem«, sagte sie und reichte ihm den Black Heart, »trinken Sie etwas, bevor Sie nach oben gehen. Den hat uns dieser Tage jemand mitgebracht, Vic Serotonin, um genau zu sein.« Aschemann, der Nanokam-Material von dem Streit zwischen Edith und Vic im Preter Cœur gesichtet hatte, glaubte ihr nicht; doch es war nicht unerfreulich, dass Vics Name so unverhofft aufs Tapet kam.

»Dieser Vic«, sagte er lächelnd. Er schüttelte den Kopf, als sei der Charakter des Reiseleiters eine Bürde, die man gemeinsam schultern sollte.

Edith besah ihn gleichmütig. »Vic meint es gut mit seinem alten Freund, gerade so wie Sie.«

»Alle mögen Emil«, sagte Aschemann. »Das bringt der Ruhm so mit sich.« Er trank aus. »Vic hat einen guten Geschmack«, gratulierte er.

»Möchten Sie noch einen?«

»Nein, danke.«

»Noch ein Black Heart und Sie bringen den Mut auf, Emil einen tüchtigen Knuff zu verpassen. Er ist oben, wie immer. Ein bisschen schwächer heute, macht aber keine Umstände.«

Aschemann brauchte einen klaren Kopf. »Schade, dass Vic sich da in was verstrickt hat.«

»Sind wir nicht alle in irgendwas verstrickt?«

»Vic hat eine Tür geöffnet, vielleicht ohne es zu wollen. Neuartige Artefakte sind im Umlauf.«

Edith zog eine Grimasse. »Und was ist so neu daran?«

»Sie spazieren herum«, hörte Aschemann sich zu seinem Erstaunen sagen, »als wären sie hier zu Hause.«

Edith war an dem Wörtchen »neu« hängen geblieben. Heutzutage wollte alles und jedes »neu« sein, mit dem Ergebnis, so wurde argumentiert, dass nichts wirklich »neu« war. Das hatte sie auf einer Mauer gelesen. Ihre Philosophie: Neu waren wir doch alle mal.

»Mag sein«, sagte sie.

»Und noch was: Paulie DeRaad hängt da mit drin und ist plötzlich spurlos verschwunden. Unsere Überwachungsgeräte sehen ihn nicht. Die Technik ist gut, ein bisschen antiquiert vielleicht, aber jemand hat in einer Sprache mit ihr gesprochen, die unsere Mittel übersteigt. Vielleicht ein Militärcode. Vielleicht werden uns seine Freunde von EMC bald Fragen stellen, auf die wir keine Antworten wissen.« Jetzt entschloss sich Aschemann doch noch zu einem zweiten Glas. Während er sich einschenkte, sagte er: »Solange ich im Dunkeln tappe, kann ich unmöglich zulassen, dass Vic wieder ins Gebiet geht. Edith, wenn du etwas weißt, dann solltest du nicht länger schweigen. Das hat nichts mehr mit Tourismus zu tun. Das ist nicht bloß ein kleiner Kick für ein überkandideltes Mädchen, das zu viel Zeit hat.«

Ediths Gesicht wechselte mehrmals den Ausdruck, wobei Verachtung das Leitmotiv blieb.

»Sie *wissen* doch schon alles«, sagte sie anklagend.

Sie nahm ihm das Glas ab, leerte es in die Flasche zurück und stellte die Flasche fort. »Zu meinem Vater geht's die Treppe hoch«, sagte sie. »Schon vergessen?«

»Hoffentlich kann er mir helfen.«

»Wie sollte er? Er hat vor so langer Zeit aufgegeben. Sie und Vic sind alles, was er noch hat, aber wenn er Sie sieht, macht es das nur noch schlimmer …« Edith hielt plötzlich inne. Sie blickte zu den

Instrumenten in ihren Schaukästen hoch wie jemand, der sich einmal mehr den Randbedingungen seines Lebens stellt. Dann sagte sie müde: »Ich werde nicht gegen Vic aussagen, das können Sie vergessen.«

Aschemann hatte nichts anderes erwartet.

»Was hältst du davon, jetzt zu Emil zu gehen?«, sagte er, als käme er jetzt zum ersten Mal auf den Gedanken.

Der Alte schlief halb aufrecht an die weiß getünchte Wand über dem Kopfende gelehnt. Die Kissen hatten sich selbstständig gemacht, sodass sein ausgezehrter Rumpf eine schlaffe S-Form bildete. Er starrte ausdruckslos in die entfernteste Zimmerecke. An der linken Seite seines Mundes hatte sich die Oberlippe von den Zähnen gezogen, aber dieser Ausdruck hatte bestimmt nichts mit dem zu tun, was in seinem Kopf vorging. Als er Aschemann sah, trat ein Glanz in seine Augen.

»Hi, Vic!«, sagte er.

»Ich bin nicht Vic«, sagte Aschemann.

Das Leben wich wieder aus Emils Gesicht. »Dann verhafte mich doch«, sagte er kraftlos. Danach sah es aus, als würde er einschlafen.

»Ist das etwas Neues?«, wandte sich Aschemann an Edith.

»Nein«, sagte sie knapp. »Es ist immer noch die alte Sache, Lens: Ihr Freund liegt im Sterben. Er hat einen Krebs, den niemand beschreiben, geschweige denn heilen kann. Er verwildert inwendig; der Körper schießt ins Kraut, als ob er versuchte, etwas anderes aus sich zu machen, aber keinen Plan dafür hat. Die Organe funktionieren nach dem Zufallsprinzip, die Knochen produzieren keine Blutplättchen mehr. Das Neueste ist ein Hybridvirus, das sich in den Zellen aus zwei oder drei verschiedenen RNS und einem gestrickten Gen zusammenbaut, das keiner identifizieren kann. Das ist an sich nicht so schlimm«, sagte sie. »Das Schlimmste ist, er kann noch immer nicht träumen. Ich lasse Sie jetzt mit ihm allein. Ich hab ihn rund um die Uhr, ich bin froh, wenn er mal Besuch hat.«

»Ich mag ihn gar nicht sehen in diesem Zustand«, sagte Aschemann.

Er setzte sich auf den harten Stuhl, der am Bett stand, und wartete ab. Nichts geschah. »Ich muss mit dir reden, Emil«, sagte er. »Das Gebiet macht Probleme.« Dann: »Du könntest mir dabei helfen; es macht nichts, dass wir Gegner sind. Ich hab da was spitzgekriegt, was keiner von uns wusste.« Bonaventura bewegte sich ruhelos im Schlaf. »Komm mir nicht zu nahe damit«, sagte er, und der Fahnder beugte sich unwillkürlich vor; doch es war nur das Fieber, das aus dem Alten sprach. Emils Atem roch, als sei er schon tot, als ob ihn all die Albträume, die er nicht träumen konnte, wie eine Gaswolke umgaben. »Tut mir leid, Emil«, sagte Aschemann schließlich. »Ich weiß, es hätte dich interessiert, ganz bestimmt.«

Im Erdgeschoss saß Edith am Boden und durchforstete einen Karton voller Notizbücher, große, kleine, dicke, dünne, vollgekritzelt und angefüllt mit vielfarbigen Diagrammen, Wasserflecken auf den ausgeblichenen Einbänden. Anscheinend waren sie nicht besonders gut behandelt worden: Man hatte sie in zu kleine Taschen gequetscht und fallen gelassen, sie waren unter die Füße geraten, nass geworden, verloren gegangen und wiedergefunden worden, und zwar über Jahre hinweg. Sie nahm eines heraus, schlug es an zwei oder drei beliebigen Stellen auf, ließ es wie ein Daumenkino ablaufen, als hoffte sie, etwas zu entdecken, dann steckte sie es in den Karton zurück. Es roch nach richtigem Staub. Als Aschemann auftauchte, drückte sie den Deckel auf den Karton und schob ihn beiseite. Er hatte den Eindruck, dass sie jetzt besser aufgelegt war. »Bleib sitzen, Edith«, sagte er. »Ich muss weiter.«

»Wollen Sie nicht doch noch Ihren Drink?«

»Nein. Aber das ist für euch.«

Edith sah ihn böse an. »Es gibt Wichtigeres als Geld«, sagte sie. Sie stellte sich zwischen Aschemann und die Tür. »Wissen Sie noch, wie ich früher auf Ihrem Schoß gesessen habe, als Emil mich das erste Mal nach Saudade brachte? Das waren noch Zeiten! In Ihrem Privatbüro auf Ihrem Schoß sitzen.« Sie lachte spöttisch, aber es war nicht klar, wem das Lachen galt. »Sie hätten sich nicht bequatschen lassen sollen. Sie hätten ihn für immer wegsperren sollen, dann wäre ihm viel Leid erspart geblieben.«

Aschemann fiel keine Antwort ein.

»Ich rufe mir eine Rikscha«, sagte er.

Sie zuckte die Achseln und gab ihm den Weg frei.

»Was anderes noch«, rief sie ihm hinterher. »Ich mag es nicht, wie Sie Vic nachstellen. Er ist ein Schwachkopf, aber er könnte keiner Fliege was zuleide tun.« Nach kurzem Innehalten räumte sie ein: »Jedenfalls nicht mit Absicht.« Doch da war der Fahnder schon fort.

Aschemann hatte Bonaventuras Generation immer bewundert, obwohl seine Bewunderung mit den Jahren verwässert war. Sie hielten sich für ungeschliffene Diamanten, während sie in Wahrheit Alkoholiker, Junkies, Raumpiloten und Entradistas waren. Doch zu ihrer Zeit war der Sturz des Gebiets auf die Erde noch nicht lange her gewesen. Bis zu einem gewissen Grad war es kartografisch nicht erfassbar. Niemand kannte eine verlässliche Route durch die Aureole, die damals aktiver war als heute; und niemand wusste, wo im Innern man rauskam, falls man es doch schaffte. Man war sich nicht einmal sicher, ob Begriffe von Drinnen und Draußen in diesem Zusammenhang überhaupt anwendbar waren. Trotzdem begaben sie sich täglich hinein: zu Fuß, durch die Luft, auf dem Wasser und in allen möglichen billigen Benzinkutschen. Drei Wochen später kamen sie heim, wenn sie denn heimkamen, nur um festzustellen, dass draußen nur zwölf Stunden vergangen waren. Ebenso oft verhielt es sich umgekehrt. Auf Zeichnungen, Daten oder Messungen aller Art war kein Verlass.

Und was die Artefakte anging, so klaubten sie sie in krasser Missachtung des gesunden Menschenverstands mit beiden Händen vom Boden auf. Sie buddelten sie aus Erde, die üppig wie reifer Käse roch, erlegten sie mit Betäubungsgewehren oder leichten Partikelstrahlwaffen. Mit dem Ergebnis, dass viele von ihnen an seltsamen Krankheiten oder bei unerklärlichen Unfällen starben, nicht bloß innerhalb, sondern auch außerhalb des Gebiets; sie hinterließen Testamente, die so überschwänglich formuliert waren, dass niemand sie verstand, manche davon auf den Hintern tätowiert. Diese Schatzkarten, eingeordnet auf nicht minder unzuverlässige Merkmale des nächtlichen Kefahuchi-Trakts, erwiesen sich immer wieder als wertlos.

»Aber he«, mochte Emil Bonaventura im Ton eines Überlebenden sagen, dem es darum ging, seine ganze Erfahrung und die der anderen in die Waagschale zu werfen … nur um nach längerer Pause ratlos mit den Achseln zu zucken, weil er vergessen hatte, worum es gerade ging.

Aschemann ließ sich zum Bungalow seiner Exfrau fahren. »Am Freihafen vorbei«, wies er die Annie an. Es herrschte mäßiger Verkehr. Im Hafen war erfreulich wenig Betrieb, die Umzäunung unter den Halogenlampen schien intakt. Als er Suicide Point erreichte, hatte der nächtliche ablandige Wind eingesetzt und blies den Nebel aufs Meer zurück. Das Wasser erschien leicht ölig, und von hinter der Krümmung der Bucht war zu hören, wie ein Schiff beladen wurde. Ein paar Pointkids, aufgeputscht von Adrenochrom-Aktivatoren, rannten ziellos am Strand herum. Aschemann sprach kurz mit ihnen, was zur Folge hatte, dass er umgehend seine Assistentin anrief.

»Ich finde es einigermaßen erstaunlich, dass Sie ohne mein Wissen hier aufkreuzen.«

Die Polizistin fühlte sich überrumpelt. Sie kam sich vor wie in Sirup. Sie hatte die dienstfreie Nacht in einer Tankfarm der C-Street zugebracht. Buchstäblich eingetaucht in die Rolle einer Hausfrau der modernistischen Welt von 1956 A. D. hatte sie einen Boden geputzt und den Jahrmarkt besucht, wo sie im *Meteorit* gefahren war; anschließend hatte sie in einer dritten unerklärlichen Episode nur mit einem lockeren transparenten Satinhöschen bekleidet vor einem Garderobenspiegel posiert. Sie hatte schwere Brüste mit großen braunen Warzenhöfen; ansonsten war sie – gemessen an den Erwartungen ihrer Gegenwart – etwas zu mollig. Nach einer Weile fuhr sie mit einer Hand geschickt an den Schritt ihres Höschens, fing an zu reiben und sagte: »Oh, Robert, es ist so schön, wenn du in mir bist. Willst du mit mir poppen, Robert? Vögelst du mit mir, ja?«, bis sie dann urplötzlich kam und ein scharfer blauer Lichtspalt in ihr Gesichtsfeld sprang und sie sich erschöpft fühlte. Schön, es war eine Abwechslung gewesen, auch wenn sie sich mehr davon versprochen hatte. Es war eine »künstlerische« Erfahrung. Am besten fand sie noch den *Meteorit*, der aus einer riesigen, flachen skelettierten Trommel bestand, die von einem knallroten Stahlarm siebzig oder achtzig Grad aus der Horizontalen gestemmt wurde. War man eingestiegen, fing der *Meteorit* an, sich zu drehen, immer schneller und schneller. Und man wurde von simplen, aber unerbittlichen physikalischen Kräften förmlich an die Wand gepresst.

»Ich habe mich geirrt«, entschuldigte sie sich bei Aschemann. »Ich dachte, Sie hätten gesagt, Sie würden da sein.« Sie warf einen schnellen Blick auf die Daten, die endlos ihren Arm hinauf- und hinunterflossen; einen Moment lang wusste sie trotz ihrer Ausbildung nichts mit ihnen anfangen. Ich habe nur versucht, Sie zu verstehen, hatte sie erklären wollen; doch am Ende riet sie ihm lediglich: »Sie sollten noch ein bisschen schlafen«, und kappte die Verbindung.

Als Aschemann fort war, stieg Edith Bonaventura die Treppe hoch, ging ins Zimmer ihres Vaters und besah sich minutenlang die blauen Höhlen hinter seinem Schlüsselbein, dann nahm sie ihn bei den Schultern und rüttelte ihn wach. »Hör zu, Emil«, sagte sie. »Hör zu! Sieh mich an und hilf mir!« Er hustete plötzlich. »Tut mir ja leid, Emil«, sagte sie. Sie zog ihn nach vorn, sodass er schlaff gegen sie fiel, schwerelos und übel riechend, das Kinn auf ihrer Schulter trug wie bei einem Baby das Gewicht des Kopfes, während sie herumtastete, zuerst unter den Kissen, dann unter seinem heißen knochigen Hintern. »Ich brauche es, und es muss hier irgendwo sein.« Plötzlich schubste sie ihn fort und begann, seine Brust mit den Fäusten zu traktieren. »Ich meine es ernst«, sagte sie. »Ich meine es ernst, Emil.« Emil machte lahme Abwehrbewegungen.

»He«, sagte er heiser. »Das kannst du dir sparen.«

»*Wo ist es?*«

Er reagierte nicht, und sie dachte schon, er sei wieder weggetreten, als er plötzlich lachte.

»Es ist unterm Bett.«

»Du Blödmann, Emil. Du Miststück.«

»Es ist unterm Bett zwischen den Flaschen. Da war es immer«, sagte Emil. »Du hättest nur mal gucken müssen.« Sein Lachen wurde leiser und verstummte. »Es wird ihm nichts nützen«, warnte er. »Vic hat nichts davon.« Was er dann sagte, klang verächtlich: »Warum? Weil er ein Tourist ist.« Er beugte sich artig über die Bettkante und erbrach einen dünnen Faden Galle auf den Boden. »Entschuldige«, keuchte er. Er hing erschöpft da, das Gesicht dreißig Zentimeter über den Dielen, während intelligente Tattoos wie Läuse nach Deckung zwischen den wunden Stellen und Schatten seiner Rippen suchten. Seine Haut verströmte einen Geruch, den Edith sich nicht erklären konnte. Sie hievte ihn ins Bett zurück und wischte auf. Mit einem nassen Waschlappen wusch sie ihm das Gesicht, das einmal die Macht gehabt hatte, all ihre Probleme zu lösen, und das jetzt nur noch aus Knochen und Stoppeln bestand und das die leidenden Augen eines Jungen hatte. Ein Gesicht, das immer schon Sehnsucht verriet, aber keine Linderung. Emil hatte nie innegehalten, nie eine Zuflucht gesucht und wusste folglich auch nicht, wie das ging. Sie packte ihn, wiegte ihn. »Du warst nie zu gebrauchen«, sagte sie ihm. »Du warst ein unnützer Vater.« Sie fing an zu weinen. »Ich weiß nicht, was ich tun soll.«

»Es tut mir so leid«, flüsterte Emil.

Sie ließ ihn in die Kissen fallen und setzte sich angewidert zurück. »Willst du nicht *jetzt* wenigstens erwachsen werden?«, schrie sie mit erstickter Stimme.

Das Tagebuch lag tatsächlich unter dem Bett, so tief ins Dunkel geschoben, wie Emils Arm reichte; man konnte es überhaupt nur finden, wenn man die Hände in blindem Ekel wie Scheibenwischer bewegte. Was war noch alles unter dem Bett? Edith wollte es nicht wissen. »Wenn du mich bekotzt, während ich hier unten bin, dann bring ich dich um, ich schwör's.« Keine Antwort. Doch sobald sie das Buch hatte und sich zum Gehen wandte, packte er sie beim Arm und zog sie zu sich herunter. Sie staunte, wie stark er war – und verstand zum ersten Mal, warum ihn so viele bestaunt hatten.

»Wo ist Vic?«, sagte er.

»Vic ist nicht da, Emil.«

»Tiefer bin ich nie gewesen«, sagte er. »Das ist der absolute Rekord. Ein Jahr im Gebiet und dieses kleine Buch ist alles, was ich noch habe.«

»Emil …«

»Fünfzig von uns sind losgezogen, zwei kamen zurück. Wir sind bis zum Kern vorgestoßen. Und wo ist Vic Serotonin gewesen? Nirgends, sag ich dir.«

»Emil, du tust mir weh.«

»Das war es wert«, sagte er.

Sein Blick ging plötzlich in weite Ferne, und er ließ ihren Arm los. »Ein Jahr verging da drinnen, Billyboy«, rief er, »nicht mal ein Tag hier draußen. Wie erklärst du dir das?«

Nachdem sie ihn beruhigt hatte, brachte sie das Tagebuch ins Parterre. Bei Licht betrachtet sah es schlimm aus. Die Abenteuer ihres Vaters hatten es genauso altern lassen, wie sie ihn hatten altern lassen. Der Einband war abgewetzt und schmierig; das Rückgrat war zerschunden, wie das von Emil. Die Seiten waren fleckig, voller Spritzer, zerfleddert; manche waren der Länge nach abgerissen, sodass merkwürdige Wortgruppen geblieben waren – »akutes Verhalten«, »Sonnenuntergang der Amygdila«, »Output für Input«. Doch das war lediglich eine Frage der Leserlichkeit. In einem elektromagnetischen Albtraum waren Tinte und Papier noch die zuverlässigsten Datenträger, doch wie verfasst man die knappe Beschreibung eines Ortes, der unausgesetzt damit beschäftigt ist, nicht bloß die Tinte, mit der du schreibst, zu verändern, sondern auch die Dinge, die du beschreiben willst? Das Geschreibsel ihres Vaters torkelte in diesen Sturm hinein, taumelte über den Rand der Seite, um – was für ein Glück – auf der nächsten zu landen.

Er versuchte, nicht die Nerven zu verlieren. Über den misslungenen Versuch, vom Meer aus mit Schlauchbooten vorzustoßen, schrieb er: *Zwei Meilen vom [unleserlich] Point tauchen zur Gezeitenmitte Wracks aus dem Wasser auf.* Später: *Navi und gegisstes Besteck kann man vergessen, aber wenn Mutton Dagger und die stillgelegte Kraftstoff-Raffinerie hintereinanderbleiben, dann kommt man vielleicht durch. Ben Moran sagt, er hat voll draufgehalten und hatte bei Niedrigwasser noch zwei Fuß Bodenfreiheit.* Quer darübergeschmiert in einer Handschrift, die so krakelig war, dass sie von einem anderen hätte sein können, stand: *Vergiss es.* Dann weiter unten: *Billy wurde im Nebel aufgefressen. Von was? Wir verloren [unleserlich] & mussten zu Fuß zurück. Wir waren vier Tage im Gebiet, draußen ist eine Woche vergangen.*

Und dann: *Woher wissen wir, dass wir dahin zurückkehren, von wo wir aufgebrochen sind?*

An dieser Stelle klappte Edith das Tagebuch zu. Mehr zu lesen würde bedeuten, zu viel über Emil zu erfahren. *Woher wissen wir, dass wir dahin zurückkehren, von wo wir aufgebrochen sind?* Wohl eher ein Schrei des Triumphes als des Entsetzens. Knallhart gesagt war ihr Vater nur lebendig, wenn er da drin war, wo alles toxisch und undefinierbar war und man sich nehmen konnte, was man wollte. Was immer er darüber sagte – was immer er über sich selbst sagte –, es war die Angst, die er liebte. Er liebte das Halbdunkel, die krummen Wege, die das Licht nahm, die Unberechenbarkeit. Folglich war das, was er ins Tagebuch schrieb, nicht zu vergleichen mit der zuversichtlichen Miene, die er der Welt zeigte oder gar sich selbst, und deshalb wirkte seine Handschrift auch so ungelenk, so kritzelig, so hingesaut. Und Vic Serotonin war genauso. Trotz der schlechten Meinung, die Emil von ihm hatte, waren sie aus dem gleichen Holz geschnitzt: Also, schloss sie messerscharf, konnte Vic das Buch vielleicht doch ganz gut gebrauchen. Vielleicht verschaffte es ihm nach allem, was passiert war, den entscheidenden Vorteil gegenüber Lens Aschemann und Paulie DeRaad. Wie immer dieser Vorteil aussehen mochte.

»Vic, du Schwachkopf«, sagte Edith zärtlich, als sei er ebenfalls im Zimmer.

Als sie aufsah, begegnete sie dem starren Blick der Akkordeons an den Wänden; durchs Fenster sah sie die Straße voller Katzen, das weiße und schwarze Fell unberührt von den goldglänzenden Nadeln des Regens, die aus den Straßenlaternen fielen. Trotz dieser Vorzeichen steckte Edith das Buch ein, zog ihren kastanienbraunen Wollmantel über und suchte ihren Schirm. »Ich gehe aus!«, rief sie ins Treppenhaus. Es kam keine Antwort.

Dann, gerade als sie die Haustür zuschlagen wollte, rief Emil, der, seit sie das Tagebuch an sich genommen hatte, hellwach und mit einem lauernden Lächeln dagelegen hatte: »Es wird ihm nichts nützen. Hör auf mich, und gib es Aschemann, der Mann ist wenigstens zuverlässig.«

»Aber an Vic liegt dir etwas, Emil!«

Darüber musste ihr Vater lachen; das Lachen ging sofort in Husten über. »Na und?«, fragte Emil Bonaventura die Zimmerdecke, als er wieder Luft bekam. An einer Enttäuschung könnte einem durchaus etwas liegen.

Früher am selben Abend hatte Vic Serotonin Liv Hulas Bar gerade rechtzeitig betreten, um zu hören, wie Liv zu Mrs. Kielar gesagt hatte: »Manchmal könnte ich darauf verzichten.«

Er hatte keine Ahnung, worüber sie sich unterhielten. Durch die Deckenstrahler auf das Wesentliche reduziert, die Köpfe über dem verzinkten Tresen zusammengesteckt, entstand zwischen den beiden Frauen eine Rubin-Kelch-Illusion, die ihre Unterschiede zwar nicht ausräumte, aber für eine flüchtige Gemeinsamkeit stand, die sich jedenfalls nicht in Elisabeth Kielars Tasse Schokolade erschöpfte, die auf dem Tresen stand und kalt wurde; die triftiger war als alles, was die Frauen mit Vic Serotonin verband. Vic staunte nicht schlecht, als er diesen Moment erwischte. Sie redeten noch einen Augenblick, bevor sie ihn bemerkten; dann lösten sie sich träge voneinander und brachen den Bann.

»Hi, Vic«, sagte Liv Hula. »Was darf's denn sein?« Dann, als hätte er keine Augen im Kopf: »Deine Klientin ist hier.«

Es war eine ruhige Nacht gewesen. In den Abendstunden waren ein paar Schneider aus den Marken-Chopshops der Straint gekommen, um einen Wettgewinn zu feiern; auf dem Rückweg vom Preter Cœur waren ihnen Touristen von einem Beths/Hirston-Schiff gefolgt – wahrscheinlich die *Pro Ana* auf ihrer halbjährlichen Kreuzfahrt entlang handverlesener *Strand*-Ziele, neben denen Saudade nicht mehr als eine Tankstelle war. Für zwanzig Minuten war das die Ursache heilloser Aufregung unter Livs Schattenoperatoren gewesen, doch dann war einem der Touristen der Name eines neuen Treffpunkts abseits des Antarctic Boulevards eingefallen, und mit einem Mal waren sie alle auf und davon gewesen.

So war mit wenigen Worten das Bargeschäft. Liv wischte die Tische ab, machte die Kasse, spülte die Gläser und ließ sich das warme Wasser über die Hände laufen. Sie dachte mit Trauer an ihr altes Leben, das so anders gewesen war. Heute Nachmittag war oben auf ihrem Zimmer zweierlei passiert.

Zuerst war sie sich zufällig im Spiegel begegnet. Wer sie da anblickte, glich viel zu sehr Liv Hula und viel zu wenig Elisabeth Kielar. Sie war es leid, nie einen Pelzmantel zu besitzen. Sie war es leid, immer nur zu sein, was sie war. Die Augen, aus denen sie blickte, waren unruhig. Oben im Halo war das alles kein Problem, dort konnte man mit so etwas fertig werden, sich etwas Neues ausdenken, sich immer wieder Feuer unterm Hintern machen. Denn der leere Raum ist nachsichtig. Alles ist verhandelbar dort draußen. Es gibt so wenig, womit man zusammenstoßen kann. Doch hier unten bist du selbst dein Zimmer.

Dann das noch: Aus einem leichten Schlaf erwacht, hatte sie auf der Bettkante gesessen und aus dem Fenster geblickt. Draußen gingen Arm in Arm Antoyne Messner und Irene, die Mona, vorbei. Irene war neu eingekleidet, kurz geschorenes Mohairbolero, Fahrradhose aus Latex, Stiftabsätze aus Acryl, alles im ach so beliebten Neotenie-Pink; während der Dicke den blassblauen Anzug trug, den sie ihn zu Beginn seiner Arbeit bei Paulie DeRaad hatte kaufen lassen; das Haar hatte sich Antoyne obenauf zu einer steilen, öligen Welle drapiert. Sie sahen lächerlich aus, aber eben auch auf geheimnisvolle Weise geadelt durch ihr schlichtes Zusammensein. Sie sahen aus wie König und Königin von Emotionien. Als sie die beiden in diesem ungewohnten Licht sah, war sie versucht gewesen, die Treppe hinunterzulaufen und sie zu fragen, warum sie denn nicht mehr in ihre Bar kämen. Jetzt, da sie zusah, wie Vic Serotonin seine Klientin zu einem Fensterplatz führte, wo sie sich niederließen und ein ernsthaftes Gespräch begannen, hatte sie die gleichen Gedanken wie beim Anblick von Antoyne und Irene: Diese beiden glauben, etwas Neues entdeckt zu haben. Viel Glück dann, ihr beiden.

Tatsächlich sagte Vic Serotonin gerade: »In vier Tagen könnten wir es riskieren«, und schon fing Mrs. Kielar an, den Kopf zu schütteln. Nein, das dauere ihr zu lange, sagte sie, damit habe sie überhaupt nicht gerechnet. Ihre Nerven würden nicht mehr mitspielen. Sie sei sich nicht mal sicher, ob sie noch bis morgen warten könne. »Ich bin mir nicht mal sicher, ob ich es noch eine *Stunde* aushalte.« Und es stimmte, dachte er. Was immer sie von innen her auffraß, hatte seinen Einsatz erhöht, seit er sie in dem Hot-Walls-Apartment gevögelt hatte.

»Sagen wir drei Tage«, schlug er vor.

Sie schüttelte den Kopf. Er nahm ihre Hand, die sie bereits anfing wegzuziehen, als er danach griff, und erklärte: »Es hat damit zu tun, dass hier Dinge passieren, die ich nicht verstehe.«

»Nein«, sagte sie.

»Zwei Tage«, sagte Vic. »Zwei Tage, Mrs. Kielar, so viel Zeit muss sein. Mit Paulie stimmt was nicht, im Gebiet stimmt was nicht, und die Polizei schikaniert uns, wo sie nur kann.«

Mrs. Kielar, die solchen Tatsachen auswich, wie man einem Boxhieb auswich, sprang so plötzlich auf, dass ihr Sessel hintenüberkippte. Sie stierte auf das Möbel hinunter, als sei ein umgestoßener Sessel mit das Schlimmste, was ihnen jetzt passieren konnte.

»Ich kann nicht«, flüsterte sie.

Jetzt wusste Vic nicht mehr weiter. Er wurde weder aus seinem eigenen Verhalten noch aus dem ihren schlau. Ich warte darauf, dass etwas geschieht, hatte sie in Hot Walls gesagt, und ich weiß nicht einmal, aus welchem Bereich meines Lebens es an mich herantreten wird. Er stand auf, legte den Arm um sie und stellte den Sessel wieder hin. »Geben Sie acht«, sagte er. »Hier. Sehen Sie? Alles gut. Kein Problem.« Der ganze schmächtige Apparat ihrer rechten Schulter fühlte sich steif an und zitterte. Er spürte die heißen Knochen; jeder einzelne war mit *Elisabeth Kielar* signiert. »Wir werden binnen achtundvierzig Stunden im Gebiet sein«, sagte er. »Versprochen.« Sie war wie ein Hologramm; bei näherer Betrachtung würde sich zeigen, dass jeder Teil von ihr das rätselhafte Ganze enthielt. Er konnte sie überreden, sich wieder hinzusetzen. Aber sie ließ ihn nicht los. Sie bestellten neue Drinks und saßen sich gegenüber, ohne zu reden, Händchen haltend. Viel später, als Edith Bonaventura kam, angetan mit ihrem kastanienbraunen Wollmantel, das Gebietstagebuch ihres Vaters in der Hand, fand sie die beiden so vor.

»Vic, du mieses Stück«, sagte Edith.

Sie ging an den Tresen und bestellte sich einen Drink. »Ich trinke ihn hier an der Bar«, sagte sie zu Liv Hula. »Nichts dagegen, wenn ich auf dem Hocker sitze und rede?«

»Sie sind der Gast«, sagte Liv Hula.

»Das ist gut, das ist schön«, sagte Edith. »Schön ist es, weil, wenn ich Sie ansehe, muss ich nicht den Mist da drüben am Fenster sehen.« Einen Moment lang begutachtete sie die Bar. »Ein hübsches Lokal haben Sie hier«, sagte sie zu Liv Hula, »aber alles ein bisschen trist. Es könnte mal neu eingerichtet werden. Ein Thema wäre gut, etwas Fröhliches.« Sie kippte, ohne zu schlucken, den halben Drink hinunter und wischte sich die Spuren aus dem feinen Flaum auf ihrer Oberlippe. »He, Vic«, rief sie und hielt das Tagebuch hoch über ihren Kopf, sodass es kein Vertun gab. »Emil hatte recht. Siehst du das? Ich bin quer durch die Stadt gepilgert, um es dir zu geben, aber jetzt kannst du mir gestohlen bleiben.«

»Lieber Himmel«, sagte Vic.

»Das Ding kannst du vergessen, Vic, weil du nämlich ein schäbiger Pisser bist, und wo bist du schon gewesen? Nirgends.« Edith trank und ließ sich vom Hocker rutschen. »Stimmt so«, sagte sie zu Liv Hula. »War mir eine Freude. Gute Nacht.«

Vic Serotonin war bereits auf den Beinen. Er erreichte als Erster die Tür und packte sie bei den Handgelenken.

»Edith, wir können reden«, sagte er.

Edith lachte kurz auf. »Können wir nicht, Vic«, sagte sie. »Da bist du gehörig im Irrtum.«

Vic überlegte, was er sagen sollte. »Hör mal«, fing er an, »egal, was Emil sagt, da drinnen verändert sich was.« Er sah schon, dass sie das nicht hören wollte, konnte aber nicht aufhören. »Unsere ganzen Erfahrungen mit dem Gebiet, *alles* könnte falsch sein.«

»Wie schön könnte es sein, wenn ihr endlich erwachsen würdet«, sagte sie versonnen.

»Edith …«

»Weißt du, woran mich das erinnert?«, fragte Edith mit einer Geste, die alles zu umfassen schien: Mrs. Elisabeth Kielar, Liv Hulas Bar, die Zentralperspektive der Straint, die nicht mal in ihrem Blickfeld lag, Saudade selbst, nur ein Sandkörnchen am *Strand*, ein Zwischenstopp zum Auftanken auf jemandes Kreuzfahrt. »Es erinnert mich an die Kämpfe.«

»Edith …«

»Es erinnert mich an diesen Abend im Preter Cœur«, sagte sie.

Sie besah sich die Hände, die ihre Handgelenke umspannten, dann sein Gesicht. »Es ist mir scheißegal, was sich da drinnen tut, Vic.« Unfähig zu antworten, ließ er sie los und in den Regen hinausgehen, wo sie noch einmal innehielt und ohne sich umzusehen hinzufügte: »Und damit du es weißt, hier geht es nicht um Emil.« Woraufhin das Geräusch ihrer Absätze, einer simplen, exakten, unausweichlichen akustischen Kurve gehorchend, immer leiser wurde. Vic sah ihr nach. Wieder in der Bar, stellte er fest, dass Mrs. Kielar ein Glas an der Wand zerschmissen hatte und nun zusammengekauert wie ein Kind auf den geschwärzten Dielen nahe beim Fenster saß und die Straint hinauf in Richtung Ereignis-Aureole starrte, die sich an der Sichtgrenze durch eine Front aus rostigen Wänden, zerbrochenen Fenstern und Stacheldrahtverhau zu erkennen gab; Mrs. Kielar gab auch auf Nachfrage keinen Ton von sich.

Liv Hula kehrte geduldig die Scherben auf.

»Darüber kann ich langsam nicht mehr lachen«, sagte sie zu Vic. »Vielleicht solltest du dir ein anderes Büro suchen.« Während sie bei sich dachte: Diesen Nachmittag war ich so was von deprimiert. Nachmittags sollte man nicht allein sein.

7 · Space Noir

Vic rief eine Rikscha und brachte Mrs. Kielar nach Hot Walls. Auf dem Heimweg am nächsten Morgen wurde er verhaftet. Er wurde geschickt überrumpelt: Ein Cadillac mit Faltverdeck, der leise gegen den Verkehr fuhr, bremste an der Bordkante, wobei die Beifahrertür gerade so weit aufschwang, dass Vic hineinlief. »He!«, entfuhr es ihm. Im Handumdrehen war Aschemanns Assistentin auf dem Gehweg, grinste ihm offen ins Gesicht und sagte: »Steigen Sie ein, Vic.« Der Tag war jetzt schon schön, und eine leichte Brise wehte vom Meer her. Aus dem einen Seitenspiegel züngelte Sonnenschein, schlüpfte über den makellosen Lack des Cadillacs und sprang Vic in die Augen. An diesem Morgen musste er wohl etwas Unberechenbares an sich haben, denn das Lächeln der Polizistin wurde breiter, und er sah, wie sich ihre Schneiderarbeit zuschaltete, ein feines Kräuseln von Nanoaktivität, subkutan und unterschwellig. Ihre Augen schienen zu vereisen. Daten strömten und wimmelten aufgeregt ihren Arm entlang …

»Vic Testosteron!«, sagte sie. »Sie können sich mit mir anlegen, ich kann auch das SEK anfordern …« – hier warf sie einen vielsagenden Blick in den Himmel –, »… oder Sie kommen einfach mit und niemand wird getötet, na?«

Vic zuckte die Achseln und stieg ein.

Sie starrte ausdruckslos auf ihn hinunter, dann schüttelte sie den Kopf und schloss die Tür.

»Benutzen Sie den Sicherheitsgurt«, riet sie ihm.

Vic ging davon aus, dass man ihn in eine Zelle stecken würde. Dass man ihn dem Haftrichter vorführen würde. Stattdessen fuhr sie ihn gut fünf Minuten im leichten Frühverkehr spazieren, lange genug, um ihn misstrauisch werden zu lassen, und sagte dann plötzlich: »Sie kennen Lens sicher schon lange.«

»Wen?«

»Haben Sie seine Frau gekannt?«

»Fragen Sie doch ihren Arm«, schlug Vic vor. »Vielleicht weiß er's ja.« Er wusste nicht, wovon sie sprach. Selbst wenn er es gewusst hätte, hätte er keine Lust gehabt, sich näher damit zu befassen. »Oder rufen Sie damit nur die Kampfergebnisse ab?«

»Er sitzt im Wagen«, sagte die Frau zu jemandem am anderen Ende der Leitung.

»Ein hübsches Auto«, sagte Vic wie zu einem dritten Insassen im Fond, »und ich liebe den Geruch von richtigen Ledersitzbänken.« Er drehte einen Chromknopf am Armaturenbrett, und Musik quoll heraus. Sender WDIA, Radio Retro, *Über den Äther zu Ihrem Planeten.* Aschemanns Assistentin, die immer noch telefonierte, langte herüber und stellte das Radio ab.

»Nein«, sagte sie, sah Vic ausdruckslos an und dann wieder auf die Straße, »er macht keine Probleme.«

In einem Büro im zweiten Stock des Polizeireviers an der Kreuzung Uniment/Poe wurde Vic etwa zehn Minuten lang allein gelassen. Hier war kürzlich der Geruch nach echter Möbelpolitur versprüht worden, die Jalousien waren heruntergelassen. Gleichwohl ließ das zwischen den Lamellen einfallende Licht die abgenutzten, unebenen, aber glänzenden Oberflächen des Inventars erkennen: den braunen Ledersessel, Schreibtisch und Aktenschrank – beides übel mitgenommene Stahlmöbel – und den gewienerten grünen Linoleumboden. Als Vic sich setzte, kamen zwei oder drei Schattenoperatoren, erschöpft vor Langeweile, aus den Ecken. »Er ist noch nicht zurück, mein Bester«, entschuldigten sie ihren Chef. »Möchtest du vielleicht einen Tee?« Vic begann, in den Schreibtischschubladen zu stöbern. Er fand ein paar Bündel Briefe, die auf dünnem blassblauem Papier geschrieben waren, so raffiniert gefaltet, dass die unbeschriebene Seite zum Umschlag wurde. Sie waren brüchig vom Alter. Einer fing an: *Mein liebster Lens,* doch ihm blieb nicht die

Zeit, ihn zu lesen, nur ihn zurückzustopfen und die Schublade zu schließen. Aschemann kam ins Zimmer.

»Vic, bleib sitzen«, verlangte er. »Gut, dich so entspannt zu sehen. Wenn die Operatoren lästig werden, ein Wort genügt.«

»Warum hat man mich verhaftet?«

»Ich hänge eben noch meinen Mantel an den Haken«, sagte Aschemann, »damit er uns nicht im Weg ist. Vic, du bist noch nicht verhaftet.«

Serotonin stand auf und ging zur Tür.

»Es war schön, Sie wiederzusehen«, sagte er.

»Du bist noch nicht verhaftet, aber das hier ist die Gebietskripo und keine Bar auf der Straint. Setz dich, rede, ist das so schwer?«

Vic setzte sich wieder, diesmal in den guten Ledersessel hinter dem Schreibtisch, sodass für Aschemann der harte Stuhl davor blieb. Falls der Fahnder über diese Verkehrung des Protokolls verstimmt war, so zeigte er es nicht; beim Hinsetzen lüftete er lediglich, um deren Kniepartien zu schonen, die hellbraunen Hosenbeine seines Anzugs: Die fadenscheinigen Aufschläge enthüllten schwarze Socken und weiße Wadenansätze mit beginnenden Unterschenkelgeschwüren. Er fragte: »Vic, sich *im* Gebiet aufhalten, wie hab ich mir das vorzustellen?«

»Das meinen Sie nicht ernst?«

Der Fahnder nickte vor sich hin, als habe er so etwas Ähnliches erwartet; als sei dies eine von mehreren möglichen Antworten, die es alle wert waren, dass man darüber nachdachte, letztlich womöglich alle von ähnlichem Gewicht. Es war ja auch keine besonders faire Frage gewesen. »Ich werde hier sitzen und mein Pfeifchen schmauchen, wenn du nichts dagegen hast«, sagte er. »Du denkst unterdessen nach.«

An einer Wand entspann sich schlechtes Schwarz-Weiß-Material, die tragende Rolle hatte Vic. Es war wie eine altantike Stummfilmvorführung, Vic Serotonin geht eine Straße in Hot Walls entlang, Vic Serotonin wettet mit einer pummeligen Frau am Arm bei den Kämpfen, Vic Serotonin kauft sich einen Hut. Vic geht seine Straße entlang, den Hut nach hinten geschoben. Sein Leben ist umfassend dokumentiert: In der einen Szene schlängelt er sich durch die VIP-Menge in Paulie DeRaads Semiramide-Club, bleibt stehen, um ein paar Worte mit Paulies Lieblingsmädchen zu wechseln; an der Tür zu Paulies Hinterzimmer reißt das Bild ab, und Vic ist jetzt am anderen Ende der Stadt an der Long Bar, wo man, vernebelt und verregnet durch nicht decodierbaren Datenmüll, die Zweimannband des Café Surf eine eigene Melodie spielen sieht, ein kleines Stück, das sie *Decoda* getauft haben … Die Aufzeichnung war intelligent, schlüssig und hervorragend geschnitten. Sie folgte Vic in die Toilette, schwenkte über abblätternde Farbe und Linoleum mit Schachbrettmuster und weiter nach draußen, wo sie ihn wieder einholte: Vic stand da und starrte verstört über den feuchten Sand hinter der Bar und über die Demarkationslinie hinweg ins Gebiet. Aschemann beobachtete, wie Vic sich beobachtete. Er paffte an seiner Pfeife. Nach ein paar Minuten hielt er die Aufzeichnung an.

»So«, sagte er. »Als Nächstes kommt, was fast jede Nacht in diesem Lokal passiert. Vic, du kommst in dieser Sequenz nicht vor, aber vielleicht könntest du trotzdem aufmerksam zuschauen.«

Oben an der Wand taumelten Gestalten im Halbdunkel herum, ihre Bewegungen ergaben keinen Sinn; schräg rechts eine Türöffnung, schräg links das Neonschild *Jeden Abend Livemusik;* eine weitere Türöffnung und dann das Meer. Wie Fischmilch schwärmten die Nanokameras im Licht der See. Vic sah, wie sich die nagelneu aussehenden Leute zaudernd vom Café Surf entfernten, unfertig, dynamisch, ihrer Sinne nicht mächtig, aber bis jetzt unversehrt, voller Erwartung.

»Vielleicht passiert es auch tagsüber, vielleicht sollten wir gründlicher überwachen.«

Zwei Jungen in Anzughemden. Ein Mädchen tanzt ungeschickt im Sand. Sie verketten die Ellbogen, gehen auf den Maricachel Hill Richtung Stadtmitte. Sie versuchen zu reden, aber es erweist sich als einfacher, die Köpfe zusammenzustecken und Melodiefetzen zu singen, die sie vor zwanzig Minuten im Café Surf aufgeschnappt haben.

Schließlich finden sie, wonach sie suchen, einer nach dem anderen: und verschwinden. Sie starren gedankenverloren auf die Neonschriften, sie betrachten milde und meditativ lächelnd die Straßenkreuzungen, dann schlüpfen sie in die Tattootreffs und Pornosalons. Eben noch im Blickfeld einer Kamera – einer Million Kameras –, dann hat die City sie verschluckt. Alle Kameras haben geblinzelt.

Aschemann schaltete abrupt ab.

»Sind das Artefakte oder Menschen?«, fragte er. »Vielleicht weißt du ja Rat, Vic, unsere Technik weiß keinen. Was immer sie sind, sie haben keinerlei Übung, als machten sie alles zum ersten Mal. Sie haben keine Beziehung zur Realität.« Er machte eine Pause. Dann beugte er sich vor, lehnte die Pfeife an den Aschenbecher, der auf dem Schreibtisch stand, und sagte: »Meine Frau war auch ein bisschen so.«

Vic machte große Augen: »Was?«

»Es gibt eine rasante Abnutzung, Vic, binnen einer Stunde sind die meisten restlos verschlissen, buchstäblich. Aber die, die überleben!« Aschemann schüttelte den Kopf. »Wie soll ich sagen? Sie lernen, wie man isst, wie man sich anzieht. Sie lernen, was die Stadt von ihnen will. Sie nehmen sich ein Zimmer …«

Er schüttelte bewundernd den Kopf.

»Vic, ich muss wissen, welche Rolle du dabei spielst.«

»Sie glauben doch nicht, dass Paulie und ich … dass wir diese Leute einschleusen? Das hat nichts mit uns zu tun!«

Aschemann zuckte die Achseln. Vic starrte ihn verstört an. Keiner sagte ein Wort. Oben unter der Decke hingen und ruckelten die Schattenoperatoren, zogen sich einer über den anderen wie eine Kolonie von Fledermäusen. Körnige Bilder huschten über die Bürowand: Man sah Vic Serotonin die Long Bar betreten, sah ihn den neuen Hut in den Nacken schieben und ein paar Worte mit dem Barkeeper wechseln. Man sah ihn durch den Waschraum nach draußen gehen und über den nassen Sand in die Ereignis-Aureole blicken, die von den Kameras als gräuliche Lumineszenz wiedergegeben wurde … Aschemann nickte mit dem Kopf, als seien die Bilder nicht bloß neue Beweismittel, sondern eine *Scienza Nuova*, eine neue Art des Sehens.

Dann sagte er: »Vic, ich muss mich entschuldigen. Dieser Film gibt mir unmissverständlich zu verstehen, dass du nie im Café Surf warst und schon gar nicht hinten raus an diesem rostigen Stacheldrahtzaun, knapp einen Steinwurf vom Gebiet entfernt, das du zugegebenermaßen mehr als einmal aufgesucht hast …«

Vic lachte böse.

»Ich bin erst zum Café Surf, nachdem Sie mir unterstellt haben, ich sei dort gewesen. Ich bin hin, um mir ein Bild zu machen. Glauben Sie mir, einen mieseren Zugang kann ich mir nicht vorstellen.«

Der Fahnder, beeindruckt durch die Professionalität dieser Erklärung, schien nachzudenken. Doch zu welchem Schluss er auch gelangte, er stellte ihn zurück und setzte einen früheren Gedankengang fort. »Angenommen, sie mischen sich tatsächlich unter uns, Vic? Warum? Was geschieht als Nächstes mit ihnen?« Er wusste keine Antwort, also saß er nur da und grübelte. Schließlich sagte er: »Vic, ich bin nicht der richtige Mann für so was. Ich brauche deinen Rat.«

»Ich bin nur ein Reiseleiter.«

Noch während er das sagte, was keiner von beiden auch nur dem Anschein nach ernst nahm, erlitt Vic eine Art Nachbeben seiner ersten Begegnung mit dem Artefakt, das er später Paulie DeRaad verkaufen sollte. Das Artefakt blickte ihn aus knapp zehn Meter Entfernung an. Es war nach wie vor nervös, hielt aber Augenkontakt. Vic hatte zwei oder drei Stunden für die Aureole gebraucht und war zu dieser Zeit vielleicht fünfhundert Meter ins eigentliche Gebiet vorgedrungen, stand unter einem Kirschbaum, der seines Wissens sechs Jahre am Stück geblüht hatte. Es herrschten die üblichen Gerüche, stinkend wie ausgelassenes Fett; die üblichen fernen Tierlaute. Die Musikfetzen, die einem bekannt vorkamen. Man glaubte eine Stimme zu hören, die etwas rezitierte. Man empfand alles, wofür man taub geworden war. Es war eine jener Erinnerungen, die sich schnell wieder einstülpten und verschwanden; doch sie gab Vic zu denken, und mit einem Mal wollte er nicht mehr im Büro des Fahnders sein.

»Schön, dass wir mal geplaudert haben«, sagte er. »Man sieht sich.«

Flink für einen so alt aussehenden Mann war Aschemann zwischen Vic und Tür. Er packte Vics Handgelenke. »Geh jetzt nicht, Vic«, sagte er beschwörend. »Da steckt mehr dahinter. Ich habe heute Emil besucht, aber er ist am Ende. Emil ist am Ende.«

»Was hat Emil damit zu tun?«

»Vic, dieses Material über dich lässt sich zu unser aller Zufriedenheit erklären. Ich kann alles vergessen, was du angestellt hast. Auch jetzt noch.«

»Was muss ich dafür tun?«

»Ich will ins Gebiet. Ich will, dass du mich führst.«

»Himmel noch mal«, sagte Vic. »Sie sind genauso beknackt wie ich.«

Er blickte dem Fahnder ins Gesicht, besah sich die eingesippten Charakteristika: die Backentaschen, das schlohweiße Haar und die liebenswürdigen Hängelider. Eine unerklärliche Erregung trieb Wasser in diese Augen, gab ihnen etwas Verletzliches; die Mundwinkel erschlafften. In vierzig Jahren war niemand durch das Geschneiderte bis zu Aschemann vorgedrungen, nicht seine Assistenten, nicht seine Vorgesetzten, nicht seine Frau. Jetzt offenbarte er sich aus unerfindlichen Gründen einem abgehalfterten Reiseleiter: früh am Vormittag in einem schäbigen, nichtssagenden Büro mit Schattenoperatoren in den Ecken, die zusammengerollt waren wie das Herbstlaub vom vergangenen Jahr. Alles, was ihn zum Fahnder machte, was ihn bei jeder sich bietenden Gelegenheit zu einem so verlässlichen Gegenspieler gemacht hatte, wurde dadurch untergraben. Die Leidenschaft, mit der er die Gebietskriminalität bekämpft hatte, entpuppte sich durch eine einzige simple Umkehrung als genau die gleiche Leidenschaft, die Emil Bonaventura und ihn, Vic Serotonin, aus der Bahn geworfen hatte. Eine innere Stimme warnte Vic, sich dieser Einsicht zu stellen. Er schob den alten Mann beiseite und ging aus der Tür … Er wollte nichts von Aschemanns Motiven wissen. Er wollte nicht wissen, was sich da so plötzlich geändert hatte. Er wollte nicht in eine Seele blicken, die so labil und offenkundig war wie seine; er musste die Oberhand behalten, brauchte seine Handlungsfreiheit.

»Nehmen Sie mich fest, oder lassen Sie mich gehen«, sagte er. »Das alles gefällt mir nicht.«

»Niemandem gefällt es hier draußen im Halo«, erinnerte ihn Aschemann. Er sah Vic nach, der den Flur hinunterging. »Du solltest von jetzt an auf der Hut sein«, rief er, »ich kann dich nicht ständig vor dir selbst beschützen.« Er rief seine Assistentin an. »Jede verfügbare Kamera auf ihn ansetzen«, befahl er. Doch die Orbitalkomponente des Überwachungssystems, ein intelligenter Nebel aus Mikrosatelliten, aufgekauft aus den Restbeständen eines kleineren Kriegs zehn oder zwölf Lichtjahre von hier, war außer Betrieb. »Diese pSi-Triebwerke haben ein Problem mit der Keramik, sie werden zu heiß«, klärte ihn seine Assistentin auf. Sie würden heute abgeschaltet bleiben, entschuldigte sie sich, und morgen auch noch; folglich sei der Betrieb eingeschränkt. Die Erfassung sei nicht mehr flächendeckend … Selbst, als Vic bei hellem Tageslicht an der Kreuzung Uniment/Poe eine Rikscha heranwinkte, verlor man ihn wie seinen Freund DeRaad ziemlich schnell aus den Augen.

»Ich dachte, wir würden ihn hierbehalten«, sagte die Polizistin.

»Wir haben unsere Meinung geändert.«

Polizeiarbeit, versuchte der Mann, der so aussah wie Einstein, seinen Untergebenen unentwegt einzutrichtern, ist eine Aktivität, die jeder Romantik entbehrt, aber trotzdem voller Geheimnisse und Rätsel ist. Polizeiarbeit, so glaubte er, war das genaue Gegenteil des Lebens, das seine Frau geführt hatte: Wiewohl er wusste, dass seine Fähigkeit, sich selbst mit aller Klarheit zu sehen – sich als Kontinuität zu begreifen –, schon ganz früh in ihrer Beziehung korrumpiert worden war, und zwar durch seine Anstrengungen, sie zum Mittelpunkt seines Lebens zu machen. War das jetzt noch von Belang, da er zu verstehen begann, was in der gärenden epistemologischen Lücke zwischen Saudade und dem Ereignisgebiet geschah?

Vom Polizeirevier ließ Vic Serotonin sich geradewegs zum Club Semiramide fahren, der nächstbesten Gelegenheit, sich einen Drink zu bestellen. So früh am Tag herrschte hier, wenn man vom Geruch nach hochwertigen Pheromonpflastern und billigem Fusel absah, die Atmosphäre eines Ersatzteillagers mit Kundenservice. Die Putzkolonne war zugange. Ein paar von Paulies Leuten, beunruhigt durch seine Abwesenheit, saßen an rückwärtigen Tischen, unter ihnen der Dicke Antoyne Messner und seine Herzallerliebste Irene, die sich über ein derzeit oder sonstwann im Halo angesagtes Thema unterhielten – und darüber, was sie aus ihrem Leben machen würden, wenn sie jemals von diesem Planeten loskämen. Irene konnte sich vorstellen, ein kleines Geschäft aufzumachen. Sie gestand, diesbezüglich so viele Ideen zu haben, wie sie Arten zu Lächeln kannte; aber sie wusste schon, wie sie das Etablissement nennen würde, egal, was ihr das Glück bescherte: *Nova Swing*. Der Name gefiel dem Dicken, im Grunde nahm er ihn so auf, wie er alles aufnahm, was Irene vorhatte, mit der Miene eines Mannes, den man nicht mehr zu überzeugen brauchte. Wenn es nach ihm ging, würden sie ein Raumschiff kaufen. *Nova Swing* tauge ebenso gut als Name für ein Schiff wie für eine Boutique; und ein Raumschiff sei, wie man es auch drehte und wendete, ein Geschäft. Er habe viele Ideen, wie sich mit einem Raumschiff Geld verdienen lasse. Woraufhin Irene über den Tisch nach seiner Hand langte und mit jeder Faser ihres Körpers lächelte.

»Wenn wir erst mal loslegen, Antoyne, dann gibt es kein Halten mehr!«

So traf Vic sie an.

»He, Dicker Antoyne!«, rief er und zog einen der vielen leeren Stühle heran, um sich dazuzusetzen. »Ich hab noch an dich gedacht unterwegs.«

Das kam der Wahrheit nahe, obwohl ihm eins nicht aus dem Kopf gegangen war, während das Rikschagirl durch ihr Vormittagstief getigert war: das Versprechen nämlich, das er Mrs. Elisabeth Kielar gegeben hatte. Jetzt war nicht der richtige Zeitpunkt, um mit einer Klientin ins Gebiet zu gehen. Andererseits hatte er keinen Zweifel, dass er bald überhaupt nicht mehr ins Gebiet konnte. Wovor hatte er mehr Angst: in irgendeine Operation verwickelt zu werden, die Paulie DeRaad über das Café Surf abwickelte (denn er war sich jetzt sicher, dass es Paulies Operation war, finanziert womöglich durch seine dunklen Hintermänner bei EMC); oder hatte er mehr Angst, in den Sog der Kernschmelze aus psychischer Verwirrung und professioneller Fehleinschätzung zu geraten, die Paulie bei der Gebietskripo ausgelöst hatte? Das viele Grübeln hatte Vics Selbstvertrauen erschüttert. Deshalb war er ganz froh, den Dicken Antoyne anzutreffen, obwohl ihn nur ein kurzer Moment des Nachdenkens von dem Angebot abgehalten hätte, das er nun machte.

»Mir ist eingefallen, wie sehr du dir immer gewünscht hast, mit ins Gebiet zu kommen«, sagte er. »Na ja, und nun kannst du mitkommen.« Er strahlte Antoyne an, der nichts erwiderte, und dann Irene, die ihn nicht gerade freundlich ansah und sagte: »Entschuldige, aber ich muss mal.«

»Es ist ein Job, Antoyne, falls du ihn noch willst.«

»Ich arbeite für Paulie«, stellte Antoyne klar. »Außerdem hab ich dich seit Tagen oder Wochen nicht zu Gesicht bekommen, und plötzlich willst du mich mit ins Gebiet nehmen. Immer hast du meine Hilfe abgelehnt.«

»Vielleicht war das taktlos von mir«, räumte Vic ein.

Antoyne erwiderte nur: »Immer hast du meine Hilfe abgelehnt.«

»Ich kann dich ja verstehen«, sagte Vic. Er wusste, dass das nicht genug war, aber er hatte keine Ahnung, was Antoyne noch hören wollte. Nach kurzem Zögern fuhr er fort: »Paulie geht es schlecht. Du hast sicher davon gehört.« Er schauderte. »Ich hab es von Paulie persönlich. So was willst du gar nicht sehen, Antoyne. Er sieht nicht gut aus. Das wird noch ein Weilchen hin sein, bevor es hier wieder was zu tun gibt. Sieh dich um.« Er wies mit dem Kinn auf die Gun-Kiddies, die einander halbherzig damit drohten, sich wegen eines

Würfelspiels namens *Hughie mit drei Schwänzen* gegenseitig niederzuschießen. Jedes Mal, wenn jemand hereinkam, blickten sie auf, die kleinen, sechs und sieben Jahre alten Gesichter erwartungsvoll, in der Hoffnung, dass es Alice Nylon mit Neuigkeiten sein würde. »Die Kiddies wissen Bescheid. He, wie wär's mit 'nem Drink?«

Vic lehnte sich zurück. Antoyne sah ihn an, als versuchte er angestrengt, sich zu überlegen, was er sagen sollte. Sie verharrten in dieser Position, bis Irene deutlich besser aufgelegt vom Damenklo kam und einen Cocktail akzeptierte, und zwar, wie sie es ausdrückte, zum Besten von ihr und Antoyne. »Ihr beiden Männer könnt doch trotzdem Freunde sein«, entschied sie, nachdem die Drinks eingetroffen waren. »Ihr müsst einander nur vertrauen. Ihr wisst, dass ich recht habe.« Sie versuchte, Vics Blick auf sich zu lenken.

»Das hast du schön gesagt, Irene«, sagte Vic, ohne sie anzusehen. »Das ist die lautere Wahrheit, nichts als die Wahrheit. Ich hatte vor, morgen ins Gebiet zu gehen«, sagte er zu Antoyne.

Es war noch Einiges zu bereden: Wo man sich treffen würde, wo und wann genau der Übergang stattfinden sollte, was für den Dicken Antoyne dabei herausspringen würde … Schließlich machte Vic sich auf den Heimweg. »Der Mann ist sehr einsam«, resümierte Irene, als sie und Antoyne ihm nachsahen. »Sein Weg ist immer ein Umweg. Antoyne, ich muss dich etwas fragen und ich möchte, dass du dir genau überlegst, was du antwortest, weil es so viel für unsere Hoffnungen und Träume bedeuten könnte.«

In einer Ecke von Vic Serotonins South-End-Wohnung stand eine niedliche, dunkelgrün lackierte Holzkommode, auf der fein säuberlich aufgereiht einige Dinge lagen, die er aus dem Gebiet mitgebracht hatte. Diese Dinge hatten nichts Unheilvolles an sich. Wende den Blick von einem Artefakt und du spürst jedes Mal für einen Augenblick, dass es noch ein anderes Leben lebt – dass es in der Tat *die Gelegenheit ergreift*, ein anderes Leben zu leben. Aber das hier waren keine Artefakte, und wenn sie es waren, trugen sie es nicht nach außen; es waren gewöhnliche Gegenstände, die er im Gebiet aufgelesen hatte – eine zehn Zentimeter lange Eidechse aus Messing; eine Schüssel voller knallbunter Glasperlen; ein paar verschmutzte Keramikkacheln mit Bildern von Früchten.

Vic nahm die Sachen kurz in Augenschein. Er fand es irgendwie beruhigend, wie sie sich von dem billigen Reprozeug abhoben, das sich hier breitmachte. Dann seufzte er, zog eine der Schubladen auf und wickelte seine Chambers aus dem weichen Tuch, in dem er sie verwahrte.

Er räumte die Kommode frei, breitete ein weiteres Tuch darüber und begann die Waffe auseinanderzunehmen und Stück für Stück auf das Tuch zu legen; er inspizierte die Stücke und säuberte sorgsam die mechanischen Teile, bevor er sie wieder zusammenfügte. Während des ganzen Prozederes ermahnte ihn die Waffe mit sanfter, beharrlicher Stimme, die nicht-mechanischen Teile unbedingt in Ruhe zu lassen. Ein Chip diente dazu, die beteiligte Physik unter Kontrolle zu halten, und trotzdem hatte die Chambers nicht von ungefähr den Ruf, ein Albtraum für Teilchenjockeys zu sein; sie wurde von Menschen und Aliens gleichermaßen gefürchtet. Vic hatte sie zum Spottpreis von Paulie DeRaad gekauft, und der hatte sie gratis mit einer ganzen Kiste anderer Sachen von einem EMC-Waffenmeister weiter oben an der Front bekommen; die beiden waren Kriegskameraden gewesen. Jedes Mal, wenn Vic sie säuberte, hörte er Paulies wohlmeinenden Rat: Behandle das verdammte Ding mit Respekt, dann wird es vielleicht nicht dich, sondern jemand anders umbringen.

Als Vic damit fertig war, schien er nicht zu wissen, was er als Nächstes tun sollte. Das Licht wanderte durchs Zimmer. Es wurde Nachmittag. Langsam kühlte es ab, und über dem entfernten Rand des Freihafens hing Nebel. Hin und wieder stand er auf, sah aus dem Fenster auf die Straße hinab, doch meistens saß er auf dem Bett und wickelte die Chambers aus und ein, bis es klopfte und er Mrs. Elisabeth Kielar aufmachte.

»Ich hatte solche Angst«, sagte sie. Sie blieb linkisch an der Tür stehen, als erwartete sie, dass er sie hereinbat. »Ich bin zu Fuß gekommen, ich weiß nicht, warum. Ich war in der Bar, aber dann fiel mir ein, dass du da nicht hinkommen würdest.« Ehe Vic etwas sagen konnte, fügte sie rasch hinzu: »Komme ich ungelegen?« Sie stellte den Mantelkragen hoch, dann klappte sie ihn wieder herunter, sodass das Licht vom Fenster die scharfe Kontur ihres Unterkiefers betonte. »Du hast doch zu mir gesagt, ich soll kommen.«

»Sagst du nie, was du willst?«

Er berührte sie da, wo das Licht hinfiel. Sie wurden beide sehr still, und sie sah verstört zu ihm auf.

»Wir wissen nie, was wir wollen«, sagte sie. »Wir leben es aus, von Augenblick zu Augenblick. Wir wissen nie, was wir wollen, bis es zu spät ist.« Dann, als Vics Fingerkuppen den Puls ihrer Halsschlagader fanden: »Warum poppst du nicht mit mir? Das wollen wir doch beide.«

Später im Dunkeln erwachte Vic aus einem dumpfen, ruhelosen Schlaf, halb überzeugt, ihn habe eben jemand angerufen, um ihm etwas mitzuteilen, was niemand gerne hörte – versäumter Termin, fällige Zahlung, Vater oder Mutter tot; die Sorte Mitteilungen, die im Jahre 2444 A. D. einzig und allein dazu geeignet war, einen von dem abzulenken, was einem ein Gefühl für die eigene Realität vermittelte. Die Unterwäsche von Elisabeth Kielar lag auf dem Bett, glatte, schlüpfrige Satinpfützen. Elisabeth kniete gleich daneben, drehte sich ein wenig aus der Hüfte heraus, halb auf den Füßen sitzend, jodfarbene Schatten unterlegten jeden Muskel, jede Rippe. Ein herber Geruch ging von ihr aus, den der erregte Vic für den Duft ihres Geschlechts hielt. Sie hatte ihr Tagebuch geöffnet und hielt es so in Richtung Fenster, dass das Licht der Straßenbeleuchtung auf die Seiten fiel. Als sie bemerkte, dass er wach war, lächelte sie.

»Warum mache ich das?«, fragte sie.

»Das kannst nur du beantworten.«

»Ich habe bei dir aus den Fenstern gesehen, während du geschlafen hast«, sagte sie. »Und ich habe überall herumgestöbert. Ist das schlimm?« Sie fröstelte und starrte wie in weite Ferne. »Ich schreibe, weil ich keine Erinnerung an mich habe. Erinnern Sie sich an Ihre Kindheit, Mr. Serotonin?«

»Vic«, sagte Vic.

Er streckte die Hand aus und berührte ihren Arm oberhalb des Ellbogens. »Du brauchst nicht solche Angst zu haben. Lies mir was vor.«

»Was wird morgen sein? Ich habe Angst davor«, sagte Elisabeth.

»Liest du das oder ist es das, was du wirklich fühlst?«

»Ich lese es, und es ist das, was ich wirklich fühle«, sagte sie.

»Du musst nicht ins Gebiet gehen«, meinte Vic, wohl wissend, dass er sie nicht davon abbringen konnte. Sie klappte das Tagebuch zu und ließ es aufs Bett fallen, begann sich anzuziehen. Vic schlug das Tagebuch wieder auf, roch an den Seiten und blätterte darin. Er spürte, dass sie ihm zusah und dass sie neugierig war, was er als Nächstes tun würde. Als er einen Eintrag fand, den er halbwegs verstand, las er laut: »*Mancher Seereisende verliert für immer seine Landbeine. Er kommt an Land, und von Stund an fällt ihm das Laufen so schwer, als liefe er auf einer endlosen Matratze. Noch schlimmer ist es, still zu sitzen oder einzuschlafen. Bewegung lindert zumindest die Symptome.*«

»Lass«, sagte sie. »Lass!«

»*Man nennt das* ›mal de débarquement‹«, las Vic.

Sie legte ihm die Hand über den Mund, damit er aufhörte. »Wonach riechen meine Finger?«

Vic lachte. »Nach Gischt«, sagte er.

»Na, dann spritz mich nass.«

Er drehte ihre Hand herum, leckte über die Innenseite der Finger und drückte sie auf ihre Scham. »Mach du …«, hob er an, als ein Anruf hereinkam und ohne Vorwarnung die Stimme von Alice Nylon in seinen Kopf platzte. »Hallo, Vic Serotonin«, sagte Alice, »ich stelle zu Paulie durch«, und dann meldete sich Paulie selbst. Vic schob Mrs. Kielar beiseite.

»He, Paulie«, sagte er.

Eines von Paulies Schlupflöchern war ein Apartment im obersten Geschoss des Beddington Gardens, eines strandseitigen Plattenturms im Retro-Sozialistischen Chic von 1965 A. D., die rissigen Innenwände detailgetreu bis hin zum zerknüllten Zeitungspapier, das die ursprünglichen Bauherren als Trennmaterial anstelle von Zement benutzt hatten. Ein kahler, rechtwinkliger Raum mit eingelassener Beleuchtung, das Fenster eine einzige Glasflucht, die die ganze Bucht bis zum Suicide Point überblickte; das Apartment war hypermodern möbliert und gestylt, an einem Ende eine Bar und am anderen etwas, das wie eine Kombination von historischen Fernsehkommoden aus Holzimitat aussah und mit den FTL-Routern verbunden war, durch die Paulie sich über seine Geschäfte in der *Radio Bay* auf dem Laufenden hielt.

Überall weißer Teppichboden.

Alice hatte ihren Boss vor zwei Tagen hierhergebracht und sich seitdem um ihn gekümmert. Zu essen machte sie, was sie konnte, hauptsächlich Falafel, die sie sich schicken ließ, und Brownies, die sie selbst buk; doch Paulie schien keinen Appetit zu haben. Sie mixte ihm Drinks, doch unerfindlicherweise trank Paulie nicht. Wenn er schlief, tupfte sie ihm die Stirn ab oder stand auf, ging auf Zehenspitzen herum und bestaunte seine Besitztümer. Am besten gefielen ihr die weißen Unterhemden und Unterhosen, die er fein säuberlich in einer Schublade verwahrte; beim ersten Mal grub sie ihr Gesicht hinein, ab dann, aus Sorge, sie zu beschmutzen, besah sie sich die Unterwäsche nur noch. Die übrige Zeit redete sie mit den Semiramide-Leuten, schaffte deren Probleme aus der Welt, sorgte für Ruhe und Ordnung im Club und versuchte abzuschätzen, wie kurz vor dem Durchdrehen alle standen. »Es geht ihm gut«, erklärte sie ihrem Freund Map Boy, dem gegenüber sie etwas offener sein konnte, weil er nicht zu ihren Leuten gehörte. »Andererseits will ich auf Abstand bleiben. Man weiß ja nie.«

In seinen wachen Momenten schenkte Paulie ihr wenig Aufmerksamkeit und ließ lieber seine interstellaren Verbindungen spielen. Dabei kam nicht viel herum, also war sie erst mal erleichtert, als er Vic an der Strippe hatte. Für den Fall, dass einer von beiden ihre Hilfe brauchte, blieb sie gleich in der Leitung, hoffte aber, dass das Gespräch für sie eine Entlastung bringen würde.

Diese Hoffnung wurde jäh enttäuscht, denn als Vic »He, Paulie« sagte, bekam er zur Antwort: »Komm mir nicht mit ›he‹. Was bildest du dir ein, mir mit ›he‹ zu kommen, du kleiner Scheißer?«

DeRaad stieß ein heiseres Lachen aus. »Ist das zu glauben, Alice?«, fragte er. Egal, wie schlimm es ihn erwischt hatte, er war helle genug, um zu wissen, dass sie noch in der Leitung war. Sicherheit ging ihm über alles.

Sie sagte: »Es ist nicht zu glauben, Paulie, wirklich.«

Als er Alice hörte, klang Vic erleichtert. »Wie geht es ihm denn?«, fragte er sie.

»Was fällt dir ein?«, brüllte Paulie. »Rede gefälligst mit mir und nicht mit Alice.« Niemand konnte es sich leisten, die Situation weiter eskalieren zu lassen, also herrschte erst mal Funkstille … »Blödmann«, sagte Paulie in diese Stille hinein, nicht zu Alice oder Vic, aber angesichts seiner Lage vielleicht zu sich selbst. Dann fuhr er ruhiger fort: »Was unternimmst du, um mir zu helfen, Vic? Ich verstecke mich vor meinen eigenen Leuten. Ich bin krank. Die Geschäfte gehen schlecht. Es ist in mir drin, Vic. Ich fühle es. Es will mit mir reden. ›Scheiß es aus‹, krieg ich zu hören; na großartig, wenn die Eingeweide sich nicht rühren. Noch mal, was unternimmst du, um mir zu helfen?«

»Paulie, ich weiß nicht, was ich darauf sagen soll.«

Es war nicht weiter schwer, die Situation zu beurteilen, in die Vic geraten war. Paulie hatte den Überblick verloren, das war Alice schon klar – sie war immer noch sein bestes Mädchen, doch es war unschwer zu erkennen, dass er den Überblick verloren hatte.

»Wenn ich dir eine *Tochter* verkauft habe«, sagte Vic gerade, »dann ist das ein Risiko, das du seit jeher eingehst.« Alice spürte, wie er fieberhaft nach weiteren Worten suchte, schließlich aber nur hervorbrachte: »Morgen nach Tagesanbruch bringe ich eine Klientin ins Gebiet, direkt hinter der Baltischen Börse. Vielleicht kann ich ja was auftun, was dir hilft«, und alle drei wussten, was das war: leeres Gerede. Wieder trat Stille ein, dann sagte Paulie DeRaad: »Vic, du bist für mich erledigt.« Und kappte die Verbindung.

»Alice?«, rief er. »Bist du noch immer meine Beste?«

»Das weißt du doch, Paulie.«

»Dann verbinde mich mit Lens Aschemann. Ich hab da ein paar Infos für ihn.«

In der ersten Nacht, die Alice im Beddington Gardens verbracht hatte, hatte Paulie geschlagene vier Stunden im Schlaf geschrien, während es aussah, als würden ihm Lichter an den Armen hoch und in den Mund krabbeln. Am Tag darauf hatte er sie zur Voigt geschickt, um den kranken Jungen zu holen, den er dort aufbewahrte, der an allem schuld sei und der radioaktives Blut oder sonst was habe. Sie brauchte den ganzen Vormittag, um den stinkenden, sich übergebenden Jungen herzuschaffen, der bisweilen aus der Rikscha fiel und in Einkaufszentren floh, wo er vor sich hin sang, derweil sein Gesicht vor Frohlocken glänzte – ein Frohlocken, um das ihn Alice nicht beneidete. Paulie hatte inzwischen einen Vorhang angebracht, der den Hauptraum halbierte. Von da an blieb er mit dem Jungen hinter dem Vorhang; Alice hatte keinen Zutritt und bekam ihn nicht mehr zu Gesicht. Hinter dem Vorhang gab es eine chemische Toilette. Alice musste ihnen alles blindlings um den Vorhang herum reichen. Einmal sah sie, dass das Bett schlüpfrig aussah und die beiden auch, wie von einer klaren, harzigen Flüssigkeit überzogen. Womöglich erbrachen sie das Zeug, und deshalb ließ Paulie alles stehen, was sie ihm machte. Nach gut acht Stunden begann sich ein Geruch zu verbreiten; außerdem hörte Paulie sich, seit er hinter dem Vorhang verschwunden war, ganz komisch an. Der Anfang eines Satzes klang dumpf, belegt, wie verkleistert, als müsse er sich tief unten aus dem Hals befreien, oder als habe Paulie Roquefort gegessen; dann, als der Satz halb heraus war, sprang er eine Oktave in einen melodischen Klang hinein, den Alice kannte, aber nicht mochte.

»Ich hab ihn«, sagte sie durch den geschlossenen Vorhang, als der Fahnder sich meldete. Diesmal blieb sie aus der Leitung. Man wusste nie, was die einem für Operatoren auf den Hals hetzten.

Vielleicht eine Stunde bevor Paulie Vic anrief, sicher nicht früher, ging Lens Aschemann forsch die Küstenstraße hinunter zum Café

Surf, wo er, statt die Long Bar und seinen gewohnten Ecktisch aufzusuchen, einen Bogen um das Lokal schlug und Schutz unter dem verrottenden Pier suchte; dort wartete er, mit der Hand den Rhythmus der Jazzmusik klopfend, die in die Nacht hinaussickerte, bis er Antoyne Messner über den Strand kommen sah.

»Na also«, rief er. »Einen wunderschönen guten Abend, Dicker Antoyne.«

»Nur Antoyne bitte«, sagte Antoyne.

Er sah verloren und durchnässt aus, als habe man ihn unterwegs ins Wasser geschubst. Das dünne Regencape, das sich bei jeder Böe aufblähte, bedeckte nur zum Teil den königsblauen Anzug. Das nächtliche Wetter hatte ihn von Bar zu Bar gejagt, von *The World of Today* bis *Breakaway Station*, und ihm das Haar ins gerötete Gesicht geklebt: Jedes Mal, wenn er irgendwo eingekehrt war, hatte der Regen nachgelassen; jedes Mal, wenn er weiterzog, begann es zu schütten. Jetzt blieb Antoyne kurz vor dem Pier stehen, besah sich die pockennarbigen gusseisernen Pfeiler und sagte: »Da stell ich mich nicht drunter, danke.« Und da ihn auch das Lächeln des Fahnders nicht ermutigte: »Ich patrouilliere hier schon seit Stunden auf und ab, nur um Sie nicht zu verpassen.«

»Um diese Zeit waren wir verabredet.«

»Ich hab's nicht so mit der Zeit. Da bin ich ziemlich neurotisch.« Plötzlich peitschte ihm der Regen ins Gesicht und Antoyne trat, ohne darüber nachzudenken, in den Schatten des Piers.

»Siehst du?«, murmelte Aschemann, als habe Antoyne ihm etwas bewiesen. »Ist doch gar nicht so schlimm.« Nachdenklich betrachteten sie den Plunder, der sich unter dem Pier angesammelt hatte, zu schwer, als dass die See ihn hätte forttragen können; dann die Grenzlinie aus rostigem Stacheldraht und die kaum wahrnehmbare Fluoreszenz im Osten des Ereignisgebiets.

»Macht dir das Angst, Antoyne?«

»Das Gebiet? Das geht mich nichts an.«

Aschemann tat so, als gebe ihm das zu denken. »Mir war, als hätte ich da drüben eine Bewegung gesehen«, sagte er. »Du bist sofort danach gekommen.« Schwer zu sagen, ob sich ein Stofffetzen oder Abfallpapier auf dem gefleckten Sand überschlagen habe, oder ob es lebendiger gewesen war. »Das geht uns alle an«, sagte er. »Worüber sollen wir sonst reden?« Antoyne zuckte die Achseln. Aschemann versuchte verzweifelt, seine Pfeife anzuzünden, dann gab er auf und schlug vor, da sich hier ohnehin nichts tue, in die Long Bar zu gehen. »Drinnen ist es wärmer, und wir könnten den Cocktail trinken, von dem du allen vorgeschwärmt hast.« Aber Antoyne wollte sich im Café Surf nicht blicken lassen.

»Ich bin hier, um gegen Vic auszusagen«, sagte er.

»Das macht die Sache schon reizvoller«, gestand der Fahnder. »Und mir fällt ein, dass dir die Musik nicht gefallen hat. Dann komm mit, wir sehen der Sache ins Auge. Du erzählst mir alles, was du weißt.« Er nahm Antoyne beim Arm, bedeutete ihm, über den alten Zaun zu blicken, und sagte voll Staunen: »Ein Stück des Kefahuchi-Trakts! Ein Stück aus dem Weltenherz ist auf den Planeten gestürzt! Ich fürchte mich davor, Antoyne, ich gebe es offen zu; es treibt mich um; deshalb meine Frage, ob es dir Angst macht.« Die einzige Antwort, die er bekam, war das Weiß in Antoynes Augen. Der Draht des Zauns war so verrostet, dass er zwischen den Fingern zerbröselte. Aschemann zerrieb den nassen Grieß und roch den starken Eisengeruch. »Das ist seitdem nicht mehr erneuert worden«, mutmaßte er. »Antoyne, warum willst du gegen ihn aussagen?«

»Hier gefällt es mir nicht«, sagte Antoyne plötzlich.

Aschemann hielt ihn zurück. »Aber du kennst doch die Gegend, ein Mann wie du. Das ganze Jahr ist Vic hier rein und raus.«

Antoyne lachte.

»Wer hier reingeht, der hat nicht alle Tassen im Schrank«, sagte er. »Was denken Sie denn? Dass Vic von hier aus ins Gebiet geht? Haben Sie denn keine Augen im Kopf?« Die Aureole war nicht der Rede wert, zwischen den verschiedenen Zuständen gab es nur einen hauchdünnen Übergang. Mit einem Bein noch hier und mit dem anderen schon drinnen, der reine Wahnsinn. »Sehen Sie die Luft da drüben?«

Es war wie Hitzeflimmern, nur kalt und finster, und die bloße Existenz dieses kalten und finsteren Hitzeflimmerns rief Antoyne das Fatale seines Standorts in Erinnerung. »Ich hänge hier an einem seidenen Faden«, beschwerte er sich. Er riss sich von Aschemann los, ließ den Zaun Zaun sein und eilte aus dem Schatten des Piers in Wind und Regen hinaus, das Regencape wild um ihn her flatternd und knallend. »Ich bin noch nie da drin gewesen, mit keinem, auch nicht mit Vic«, rief er über die Schulter.

Aschemann stolperte hinter ihm her, hörte kein Wort. Noch als sie geredet hatten, hatte sich auf der anderen Seite des Zauns etwas verändert; auf halbem Weg in die Geborgenheit des Café Surf wurden sie von der Wellenfront überrannt. Der Dicke Antoyne kniete im nassen Sand und japste nach Luft, derweil der Fahnder, seiner Beine noch nicht mächtig, innehielt und aufs Meer hinausstarrte, wo er antike, rostende Frachtkähne zu sehen glaubte, die dort bei hellem Tageslicht vertäut lagen. Ein elektrischer Strom schien durch seine zusammengebissenen Zähne zu laufen. »Es wird Irene nicht gefallen, was Sie mit Ihrem hübschen Anzug gemacht haben«, zwang er sich zu sagen. Antoyne hob das leichenblasse Gesicht in den strömenden Regen.

»Ich weiß, von wo er morgen losgeht. Und ich weiß, wen er mitnimmt. Ich stelle mir allerdings eine Belohnung vor.«

Aschemann starrte weiter aufs Meer hinaus.

»Darüber lässt sich reden«, räumte er ein.

Der Regen durchnässte Antoyne, strömte über sein Gesicht. Hände und Knie hinterließen große, fein geschwungene Vertiefungen im Sand, Raumzeitkurven auf einer Oberfläche, die elastisch vom Wasser war. »Nicht bloß reden«, sagte er und fuhr nach einer Denkpause fort: »Ich habe Vic immer unterstützt, wie alle *Black-Cat-White-Cat*-Leute. Aber das beruhte nicht auf Gegenseitigkeit, das habe ich jetzt gelernt, und es ist höchste Zeit, dass ich die Verantwortung für mein Leben selbst übernehme.« Er blickte zu Aschemann auf: »Es war vergeudetes Herzblut, als ich mich mit einem Einzelgänger wie Vic Serotonin anfreunden wollte. Das hier ist der erste und letzte Gefallen, den er mir tut.«

Doch Aschemann hörte gar nicht zu; er hatte die Augen zur Seite verdreht wie jemand, der einen Anruf entgegennimmt.

»Hallo, Paulie«, sagte er.

Nur kurze Zeit später, am anderen Ende der Stadt in Globe Town, erwachte Edith Bonaventura schuldbewusst aus einem Traum, in dem sie dreizehn Jahre alt und weltbekannt war; ein Traum wie das Funkeln von Akkordeonchrom im rauchgeschwängerten Licht; ein Traum, der schunkelnd schrumpfte und sich dehnte wie der Balgen der Ziehharmonika, ein Auf und Ab und Hin und Her, das nur in einer höchst vermittelten Beziehung zu der Musik zu stehen schien, die dabei herauskam: ein häufig wiederkehrender Traum, der es, wie sie mitunter dachte, trotz des Lärmens und Tanzens und nostalgischen Zaubers, nicht gerade gut mit ihr meinte. Das nächtliche Globe Town dagegen zeigte sich – zumindest der erwachenden Edith – von der stillen Seite, ein idyllisches Dreieck aus gutbürgerlichen Straßen in Hafennähe, das noch eine kürzliche Luftverdrängung und eine brutale Freisetzung von Energie ahnen ließ, wie sie entstanden, wenn eine Physik eine andere vergewaltigte. Ein Kreuzfahrtschiff (vermutlich, dachte Edith, die *Skeleton Queen* von Beths/Hirston mit Bestimmungsort *Santa Muerte*, den die Prospekte als »Planet der Alpha-Monde« priesen, gut fünfzig Lichtjahre strandab) hatte abgehoben und war vielleicht schon im Parkorbit.

Edith schwang die Beine über die Bettkante. »Wenn du meinst, ich glaube dir auch nur ein Wort«, verklickerte sie ihrem Traum, »dann bist du auf dem Holzweg.« Der Boden war kalt, ihr Nachthemd hatte sich um die Taille gewickelt, als ob das Akkordeonspielen im Schlaf genauso anstrengend sei wie im Wachzustand. Nicht die *Skeleton Queen* war schuld, dass sie aufgewacht war; eher waren Emils Nieren schuld. »He«, rief sie nach oben, »warte einfach, ich bin schon unterwegs. Ist ja gut. Lass mich nur machen. Ist schon okay, egal, was du gemacht hast.«

Keine Antwort.

»Ich komme«, rief sie.

Emil war unters Bett gekrabbelt und kam nicht wieder heraus. Er steckte mit den Hüften fest. Sie versuchte, ihn herauszuziehen. »He, versuchst du nachzuhelfen?«, sagte sie. »Lass das!«

»Wir sind aufgeschmissen, Billy. Die Dinger da draußen sind nicht menschlich. Egal, was wir tun, wir schaufeln unser eigenes Grab.«

»Komm schon, Emil, das war nur ein Kreuzfahrtschiff.«

»Guck dir den Scheißer an! Der ist besser als jeder schwebende Haufen Schuhe!«

Im Zimmer war es dunkel, bis auf die blauen und grünen Lichter, die wahllos über die Wände krochen: hartes Ultraviolett aus dem Stützstrahl des Kreuzfahrtschiffes, das von einem System fluoreszierender Schmetterlingsschuppenpigmente und maßgeschneiderter Bragg-Reflektoren in Emils intelligenten Tattoos absorbiert worden war und nun wieder ins sichtbare Spektrum emittiert wurde. Der Start der *Skeleton Queen* hatte außerdem einen milden Anfall ausgelöst, in dessen Verlauf sich anscheinend Emils Darm entleert hatte. Edith, erschöpft und mit einem Mal deprimiert, begann sich zu fragen, was sie hier tat – was sie alle beide jemals irgendwo getan hatten. Sie lag auf dem Boden nahe bei ihrem Vater und begann zu weinen. »Du sollst mir nicht helfen«, sagte sie und wandte sich ab wie eine genervte Ehefrau. »Ich muss das allein machen.« Wieder hinsehend fügte sie hinzu: »Wir sind von den Sternen herabgestiegen, Emil, aber die Sterne waren unser Zuhause. All den Spaß haben wir aufgegeben, damit du überschnappen konntest.«

Mit unruhigen Augen erwiderte Emil ihren bohrenden Blick. »Das ist nicht das erste Bett, unter dem ich liege.«

Edith wischte sich die Tränen aus dem Gesicht und lachte.

»Ich weiß«, sagte sie.

»Weißt du, warum ich diese Anfälle kriege?«, sagte er. »Meine Neuronen spielen verrückt. In Globe Town sind alle Gehirne getoastet. Im Ernst, wir sollten hier wegziehen. Solche Starts sind der Albtraum jedes Quantenjockeys.«

»Du kriegst diese Anfälle, weil du deinen Verstand im Gebiet gelassen hast.«

»Das auch«, gab er zu. Dann: »Wenn etwas wirklich schlimm ist, dann sind es die Landungen.«

»Liebe Güte, Emil, du riechst aber wirklich.«

»Wenn du an meinem Arm ziehst, kann ich mit dem anderen Bein nachhelfen.«

In dem unheimlichen verblassenden Licht, das seine Tattoos vom physikalischen Überschwang der *Skeleton Queen* gespeichert hatten, konnte sie ihn schließlich befreien. Sie wusch ihn, deckte frische Köperlaken auf und half ihm ins Bett zurück. Dann lehnte sie ihn gegen die Kissen und setzte sich neben ihn. Er sah gut aus.

»Du siehst gut aus«, sagte sie, »wie ein richtiger alter Mann. Du hast sogar das dünne weiße Haar, das die besten alten Männer haben.« Als sie sich vergewissert hatte, dass er schlief, ging sie nach unten, setzte sich in einen Sessel und blätterte in einem Band seines Gebietstagebuchs, auf dem ein Datum von vor fünfzehn Jahren stand. Es wurde kühl im Zimmer. Die Nacht dauerte an. Ediths Blick schweifte gelegentlich zu den Kinderkostümen, die sich an den Wänden reihten, Nachbilder ihres Egos in einem wissenschaftlich nicht erklärbaren Medium: Sie schien vergessen zu haben, wo oder in welchem Abschnitt ihres Lebens sie war. *Geh da rein und leg dich schlafen, du träumst nur in winzigen, verrückten Gemälden*, hatte Emil geschrieben. *Das habe ich letzte Nacht geträumt: Ein Mann erbricht eine Schlange, jemand hilft ihm. Sie verstricken sich ineinander, verbogen in den Figuren einer fremdartigen Körpersprache*. Sie döste über den Zeilen, als Vic Serotonin anrief.

»He, Edith«, sagte er.

»Komisch, dass ausgerechnet du das sagst«, entgegnete sie und kappte die Verbindung.

Als Vic wieder anrief und sich nach Emils Befinden erkundigte, was sie hatte kommen sehen, gab sie zur Antwort: »Gut geht es ihm. Er ist glücklich. Durch die Löcher in seinem Kopf sieht man ihn denken.« In der Leitung war ein ominöses, rhythmisches Krächzen zu hören, gekoppelt mit einer häufig auftretenden visuellen Interferenz, die alles seitlich ausbrechen ließ. Damit ihr nicht übel wurde, schloss sie die Augen; wollte sie etwas anblicken, entschlüpfte es ihr doch nur. So war ihr Leben. »Ich frage mich, warum du anrufst«, sagte sie. Und ehe Vic antworten konnte: »Sicher, du willst einfach sagen, dass es dir leidtut. Morgen gehst du ins Gebiet. Ob ich es mir vielleicht noch mal überlege und dir das Tagebuch doch gebe?«

»Edith …«

»Und wer geht mit, Vic? Siehst du, da schweigst du wieder.«

Diesmal war er es, der die Verbindung kappte.

»Dann also kein Tagebuch für dich, mein Junge«, flüsterte sie. Sie wartete ein bisschen, um ihm noch eine Chance zu geben und selbst einen klaren Kopf zu bekommen. Wind vom Meer trieb den Regen durch die Straßen Richtung Zollhafen. Ein kleineres Schiff hob ab, auf einem Lichtspeer, einem Setzriss in der Weltkulisse. Die Dinge hörten auf, ihr zu entschlüpfen.

Als er nicht wieder anrief, wählte sie eine andere Verbindung: »Ich möchte ein Gebietsverbrechen anzeigen.«

Oben hing Emil Bonaventura aufrecht in den Kissen wie ein Leichnam, die Haut gelb im Widerschein der Straßenbeleuchtung, die alten Rippen warfen scharfe Schatten. Die Energie war aus den intelligenten Tattoos gewichen, und dass er atmete, war nur noch zu erahnen. Edith beobachtete den Puls der Halsschlagader. Sie meinte, das Leben unter seiner Haut zu sehen, die Gedanken in seinem Kopf – was konnten sie anders sein als die Träume, die er nicht mehr träumen konnte? Wasserlachen auf gesprungenen schwarzen und weißen Fliesen, beiseitegeworfene Alltagsgegenstände, Bücher, Teller, Magazine; leere Tropftrichter, die nach Chemikalien rochen; ein schwarzer Hund, der ziellos um ihn herumtrottete auf einem dreckigen, aufgeweichten Boden, der zu keiner denkbaren Welt gehörte; derweil aus einem nicht allzu weit entfernten Haus das offenkehlige, wortlose Wehklagen einer Frau ertönte.

»Emil«, flüsterte sie. Sie meinte: *Ich bin hier*. Sie meinte: *Es ist alles in Ordnung*. Sie meinte: *Geh nicht, bleib*. Kurz darauf schlug er die Augen auf und lächelte.

»Wo ist Vic?«, wollte er wissen.

»Vic kommt uns nicht mehr besuchen«, sagte Edith.

Später in derselben Nacht flaute der Wind unten am Meer ab. Der Regen wurde zu einem Nieseln, bevor er ganz aufhörte; dafür stahl sich ein dichter Nebel auf die Küstenstraße und dämpfte das Lachen, die Musik, den Beifall aus dem Café Surf. Ein Mann, der aussah wie der ältere Albert Einstein, saß eine Zeit lang auf der kalten Kaimauer, ganz zufrieden, wie es schien. Er beobachtete das Kommen und Gehen der Rikschas auf dem mit gemahlenen Austernschalen bedeckten Parkplatz und plauderte ein bisschen mit den Monas in ihren lindgrünen Schlauchkleidern und orangefarbenen Kunstfellboleros. Er ließ gerne mit sich flirten und zeigte ihnen schließlich auch Bilder eines Mädchens, das sie für seine Enkelin hielten. Die Sichtweite betrug noch erfreuliche zwanzig bis dreißig Meter, wodurch ein gemütlicher bunter Raum entstand, der von zahlreichen intelligenten Werbefahnen erhellt wurde. Keiner, der nicht seinen Spaß hatte, als der rosafarbene 1952er Cadillac, ein maßgeschneiderter Roadster, auf den Parkplatz rollte, keiner, der nicht fluchte oder jauchzte, je nachdem, wie man zu dem riesigen, tiefer gelegten Vehikel mit den aufgemotzten Rücklichtern einer späteren, verfälschten Ästhetik stand, das sich mit seiner stumpfen Schnauze durch die Rikschas schob, die Reklamefahnen verscheuchte und in seiner echten mechanischen Federung wippend zum Stehen kam, während aus einem makellos weißen Lederinterieur die Klänge des WDIA, Radio Retro, *Über den Äther zu Ihrem Planeten*, drangen und in wuchtigen Sequenzen den hysterischen Kommentator im Preter Cœur niederwalzten.

»Sehr beeindruckend«, gratulierte Lens Aschemann seiner Assistentin. »Wenn Sie nichts dagegen haben, falte ich noch eben meinen nassen Regenmantel zusammen und verstaue das Ding auf der Rückbank.«

»Diese Monas scheinen Sie ja gut zu kennen«, sagte die Polizistin.

»Unsere Beziehungen sind rein karitativer Natur. Fahren wir ein bisschen, bevor Sie mich deswegen verhaften.« Er schnallte sich an. »Fahren Sie, wohin Sie möchten, denn wir schlagen ja nur die Zeit tot. Ach, übrigens«, sagte er, »arbeiten Sie wieder für die Abteilung Sportkriminalität? Wenn nicht, dann könnten wir uns diese triviale Musik für Kämpfer ersparen.« Er beugte sich zu ihr hinüber und drehte das Radio ab. »Später genehmigen wir uns ein ordentliches Frühstück, vielleicht wieder bei Pellici's, davon waren Sie doch letztens begeistert, oder? Danach können Sie tun, was Sie schon immer wollten, und sich Vic Serotonin zur Brust nehmen.«

Er gluckste. »Dieser Vic«, sagte er. »In einer Nacht dreimal betrogen. Da muss man sich ja das Lachen verkneifen.«

Sie nahmen die Küstenstraße. Anfangs sah sie ringsherum nur den perlmuttfarbenen Widerschein ihrer eigenen Frontscheinwerfer; ein Stück weiter geriet der Nebel aufgrund von Temperaturgefällen über dem Meer in Bewegung und riss auf. Sobald Aschemann sah, wo sie ihn hinbrachte, schlug seine Laune um. Er verschränkte die Arme vor der Brust und starrte auf die Straße. »Sie fahren zu schnell«, beklagte er sich. »Wie soll man da bei Laune bleiben?« Nach weiteren fünfzehn Meilen hatten sie perfekte Sichtverhältnisse. Kurz darauf bog die Polizistin ab, folgte einer Landzunge zu einem Aussichtspunkt und hielt den Wagen an.

»Das ist lange her, dass ich hier gesessen habe«, sagte Aschemann.

Es wurde kalt im Cadillac, doch er wollte nicht, dass sie das Verdeck schloss. Stattdessen erhob er sich, die Hände auf dem oberen Rand der Windschutzscheibe, und sah zu, wie die Ozeanwogen ihre Überreste in die Bucht schaufelten. Weit draußen sah die Polizistin das einsame blaue Flackern einer verirrten Rikschareklame: Ansonsten war die Landzunge rabenschwarz, waren Himmel und Meer zwei Grautöne. »Wurde diese Stelle erwähnt?«, sagte er schließlich. »Erstaunlich. Sie war nie Teil der Ermittlungen.«

»Sie sind gründlich«, sagte sie. »Alle sagen das. Sie waren hier an dem Tag, als sie gefunden wurde, also wurde es vermerkt.«

»Bei Tag sieht es hier schöner aus.«

Hier stockte er und starrte auf das Meer hinaus.

Nachbarn hatten die uniformierte Polizei gerufen, und man fand seine Frau, um sechs Uhr an einem heißen Sommerabend, hingestreckt zwischen demolierten Möbeln, Kleidertruhen, Stapeln der hiesigen Wettzeitschrift, Modemagazinen und alten Plattenalben, die den Boden des Bungalows in schmale, hüfthohe Gassen einteilten, welche zu dieser Tageszeit in das volle gelbe Licht getaucht waren, das durch die tausend Lamellen der Rollladen sickerte.

»Man hat mich sofort gerufen«, sagte Aschemann. »Heiß war es drinnen.« Schlimmer als der Leichengeruch schlug einem von all den vergilbten Seiten der stickige Geruch nach Staub und Salz entgegen. »Er war im Mund, er war in der Nase.« Sie war unglücklich gefallen, lag eingeklemmt halb auf der Seite, den einen Arm unter sich und den anderen über eine Ausgabe von *Harpers & Queen* drapiert, die linke Hand umklammerte einen leeren Becher, das billige, verschossene Kleid aus bedrucktem Stoff war verrutscht, sodass man den gelben Oberschenkel sah: Aber nichts von diesen Stapeln an Repromüll, merkten die Uniformierten an, war bei ihrem Sturz durcheinandergeraten. Es gab keinerlei Kampfspuren. Es war, als habe sich ihr Mörder hier drinnen genauso vorsichtig bewegt wie alle anderen. Eintätowiert in ihre Achselhöhle stand: *Schick mir ein Herz aus Neon / Und deine Liebe mit / Suche mich im Innern.*

Als man sie umdrehte, zeigte sich, dass sie in der anderen Hand einen Brief hielt, den Aschemann ihr in jungen Jahren geschrieben hatte. Hinzugezogen durch einen Ermittler, der mehrere Jahre sein Untergebener gewesen war, überdachte Aschemann diese Besonderheit kurz – kümmerte sich anscheinend weniger darum, *was* er geschrieben hatte als um das dünne blaue Papier, auf das er es vor so langer Zeit geschrieben hatte – und stellte sich verwirrt mitten in den Irrgarten. Die versammelten Uniformierten redeten leise und wichen seinem Blick aus. Er kannte das alles, doch es war, als sehe er es zum ersten Mal. Wenn er durch die Lamellen der Rollladen spähte, konnte er Carmody sehen, das wusste er, Carmody, die Hafenmole, die ganze Stadt rein und klar mit scharfem Violett in die Achselhöhle der Bucht tätowiert.

»Was hätte ich tun sollen?«, fragte er jetzt seine Assistentin.

»Es war richtig, dass man Sie nicht ermitteln ließ.«

»War es das?« Er zuckte die Achseln, als mache es ihm nach so langer Zeit nichts mehr aus. »›Macht eure Arbeit gut‹, habe ich gesagt. Ich habe gesagt: ›Und haltet mich auf dem Laufenden.‹ Dann habe ich mich hierherfahren lassen, von jemandem, der so aufgeweckt und ehrgeizig war wie Sie, der genauso viele Sprachen sprach. Ich stand unter Verdacht, obgleich ich nie in Carmody zu tun gehabt hatte und nicht wusste, wie man tätowiert.«

Er sah sich um.

»Bei Tag ist es schöner hier. Wunderschönes Licht.«

Wunderschönes Licht, ein warmer Wind am Rand der Klippe, das Flüstern der Flut tief unten. Ein Paar ausgezackte Grannenkiefern, ein Flecken entblößte rote Erde, festgetrampelt von Touristenfüßen. Ein Gefühl ungeahnter Freiheit, das er seither täglich bedauert hatte.

»Bringen Sie mich zurück«, wies er sie an. »Mit dem Frühstück, das wird wohl nichts mehr.«

Auf der Rückfahrt war er so in Gedanken versunken wie am vorigen Nachmittag, als Vic Serotonin sein Büro verlassen hatte. Am Bungalow blieb er stehen, den nassen Regenmantel über dem Arm, und sah zu, wie sie den Cadillac mit qualmenden Reifen wendete; dann machte er sich auf den Weg über den Maricachel Hill zurück ins Zentrum von Saudade.

»Sie haben meine Schattenoperatoren konsultiert«, warf er ihr vor, »das war clever. Ich hoffe, Sie haben gefunden, was Sie finden wollten.«

»Ich werde Sie nie verstehen.«

»Niemand versteht irgendwen«, sagte er. »Wir sollten uns ein wenig Ruhe gönnen.«

Was sie mit ihrem Hinterhalt erreicht hatte, war, ihn noch tiefer in sich hineinzutreiben, an einen Ort, den seine Assistentin für ein Labyrinth hielt, das weitaus vertrackter war als das, in dem seine Frau gelebt hatte. Anstatt heimzufahren, nahm sie den Umweg über die C-Street und die Tankfarm. Gegen alle Vernunft begann sie die vom Tank vorgeschlagene, ziemlich hirn- und konturlose Version ihres Selbst zu genießen. Sie machte sauber, wie man es in den 1950ern tat; sie trug die Konfektion der 1950er, besonders Seidenschlüpfer; und sie wartete, dass der 1950er Mann heimkam, und fragte sich, was er, wenn er denn etwas sagen sollte, zu ihr sagen würde. Meistens stellte sie sich seine stumpfen, nikotingelben Finger auf ihrem Körper vor. Das flexible Tankprogramm gestattete ihr, mit Aschemanns Cadillac einkaufen zu fahren; zuvor hatte sie dem Wagen eine gewalzte und belüftete Motorhaube mit steiler Mittelfalz verpasst, die Heckflossen und die tiefgezogenen Schürzen umgestaltet und ihn – nachdem sie authentische und nicht authentische Farbmuster zurate gezogen hatte – auf ein Lutschbonbon-Perlblau umgespritzt. Sie ließ das Lenkrad verchromen, beließ es dann aber bei verchromten Kotflügeln und Kühlergrill. Die vordere Sitzbank war so lang, dass sie sich auf dem Parkplatz des Jahrmarkts darauf ausstrecken und beim Masturbieren den *Meteorit* wie verrückt über sich rotieren sehen konnte: um nach zehn Minuten mit einem tiefen Seufzer zu kommen. Das tat genauso gut wie Schlafen.

Derweil sie all das Revue passieren ließ, saß Aschemann da, lauschte dem Meer und versuchte das, was er über sich und seine Frau wusste, mit dem in Einklang zu bringen, was er über das Ereignisgebiet wusste. Nachdem Edith Bonaventura Vic angezeigt hatte, war sie in eine Rikscha gestiegen und hatte ihm, Aschemann, die Gebietstagebücher ihres Vaters gebracht. Es gebe Dinge, die man tun müsse, hatte sie gesagt. Beim Blättern in den Tagebüchern (deren Inhalt ihn ein wenig überraschte, denn offenbar hatte Emil trotz all seiner Erfahrungen auf der anderen Seite nicht das begriffen, was Asche-

mann nun immer deutlicher wurde) nickte er ein, beinah versehentlich, und träumte zum ersten Mal in fünfzehn Jahren von etwas
anderem als von der toten Frau: Wasser floss so kühl wie das Licht
des jungen Tages über seine Füße und um seine Fesseln; Stimmen,
die vor Aufregung lachten. Vermutlich eine Kindheitserinnerung.

8 · Grenzwellen

Die Katzen kehrten wieder ins Ereignisgebiet zurück. Als sie unter dem gelben Fenster von Liv Hulas Black Cat White Cat die Straint hinaufströmten, hatte es längst wieder zu regnen begonnen. Es war fünf Uhr früh. Sobald die Straint frei war, würden erste Fußgänger auftauchen: Arbeiter, die die Straße als Abkürzung zum Ionenwerk benutzten; ein paar Verkäufer und Büroangestellte, die in der Nähe wohnten und in die Innenstadt mussten; ein paar Kämpfer, die vom Preter Cœur kamen. Doch normalerweise war die Straint verwaist, und jeden Morgen um diese Zeit schien sie sich auf die andere Seite zu drehen und einfach weiterzuschlafen. Liv Hulas Fenster war das einzige Lebenszeichen in diesem Teil von Saudade. Es beleuchtete den Gehweg. Von draußen gesehen konnten zwei oder drei betrunkene Nachtschwärmer, isoliert durch den rechteckigen Fensterrahmen, so als hätten sie nichts miteinander zu tun, durchaus als anheimelnde Gesellschaft erscheinen. Sie sahen aus wie Leute, die man gerne kennenlernen würde.

Liv, die zusah, wie die Katzen vorüberkamen, und sich fragte, warum ihr Leben wie ein Haufen mehr oder weniger ansehnlicher Einzelstücke wirkte, die sich noch nicht zu etwas Nennenswertem zusammengefügt hatten, fühlte sich diesem Bild zugehörig: Sie war eine Person, die man gerne kennengelernt hätte, wenn man die Straint entlangkam, wenn alles andere seine Farbe verloren hatte, die Bordsteine, die Katzen, die zweigeschossigen Häuser mit den abblätternden, verkarstenden Ladenfronten. Das war in einem Satz Liv Hula.

»Die Katzen werden nie nass«, sagte sie. »Schon bemerkt? Egal, was draußen für Wetter ist, sie werden einfach nicht nass.«

Vic Serotonin, der die Bar vor zehn Minuten betreten hatte, hielt die Ellbogen auf den verzinkten Tresen gestützt und stierte unverwandt auf seine Hände, als koste es ihn alle Kraft, am Leben zu bleiben. Seine Klientin war fünf Minuten vor ihm gekommen und saß allein an einem Tisch. Vic hatte eine kleine Tasche dabei und trug eine dunkle Rollstrickmütze. Mrs. Kielar trug eine kurze Kunstlederjacke mit Gürtel und eine dazu passende schwarze Leinenhose; sie sah müde aus. Sie tranken Kaffee mit Rum und taten wegen der Nanokameras so, als würden sie sich nicht kennen. Kein Aas wäre darauf reingefallen.

Als Vic nicht antwortete, schenkte Liv ihm frischen Kaffee ein, gab Milch aus dem geschlossenen Kännchen dazu und sagte: »Du bist heute früh dran, Vic. Gehst wohl wieder rein, was? Bist immer so früh, wenn du reingehst.«

Auch jetzt keine Antwort. Sie zuckte die Achseln und ging hinter den Tresen, den sie nachlässig mit einem Lappen wischte. Sie sah zu Mrs. Kielar hinüber und sagte lauter: »Halt bloß den Mund, Vic. Ich will nicht hören, was du über dich erzählst. Genug ist genug.« Sie schaltete die Lampen aus, dann wieder an, dann wieder aus. Ohne das Licht nahm die Luft in der Bar wieder ihren Sepiaton an – wobei die in ihm erkennbaren Gegenstände meist schon an sich farblos erschienen; und als wären sie von innen her erhellt. »Ist das hell genug für dich, Vic? Kannst du gut sehen bei dem Licht?«

Als Vic den Köder nicht schluckte, ging Liv nach hinten ins rückwärtige Dunkel der Bar.

Der Reiseführer und seine Klientin fuhren fort, sich auf ihre verräterische Weise zu ignorieren. Sie blieben noch eine Viertelstunde, dann schob Mrs. Kielar ihren Sessel zurück, schlug den grauen Pelzkragen ihrer Jacke hoch und ging, und Vic warf das Geld auf den Zinktresen und ging auch. Sobald er fort war, trat Liv Hula aus dem Dunkel und zählte nach. Ihre Hand fuhr an den Mund. Sie stürzte zur Tür und rief: »Vic, das ist die komplette Rechnung. Du musst nicht alles auf einmal zahlen!« Doch die beiden waren schon zu weit die Straint hinauf und folgten den schwarzen und weißen Katzen in die Aureole des Ereignisgebiets.

»Viel Glück, Vic!«, rief Liv Hula. »Viel Glück!« Aber keiner von beiden blickte sich um.

Was auf der Straint die Katzen waren, das waren am Suicide Point die Hunde: Kurz vor Tagesanbruch wachte Lens Aschemann auf und hatte dabei den verworrenen Eindruck, dass er sie bellen gehört hatte, als sie durch die Brandung sprangen. Ein Ausflug durch den Flur in die Küche, die den besten Ausblick aufs Meer bot, zeigte ihm, dass die Flut unter schnellen grauen Wolken zurückging; der Regen fegte mal hierhin, mal dorthin über den leeren Strand. Aschemann blieb minutenlang stehen und lauschte dem beiläufigen Schwappen und Klatschen; er hörte die Hunde immer noch, aber sie entfernten sich. War er überhaupt schon wach?

Dieser Gedanke brachte ihn zum Schmunzeln und dazu, seine Assistentin anzurufen. »Hören Sie Hunde?«, fragte er sie.

»*Was?*«

Unter seinen nackten Füßen klebte Sand, der über Nacht durch die Ritze der Küchentür geweht worden war. Mit der flachen Hand rieb er erst die eine Fußsohle, dann die andere ab. Mit wenig Erfolg. »Jede Jahreszeit«, erklärte er ihr, »ist angefüllt mit uneingestandenen Akten des Erinnerns, ausgelöst durch den Geruch der Luft, durch die Lichtverhältnisse. Können Sie mir folgen?« Schweigen. Vielleicht konnte sie es, vielleicht nicht. »Diese Hunde lauern überall. Sie sind nicht real, aber sie sind auch kein Spuk. Sie verfolgen uns beharrlich, die vergessenen Dinge.«

»Ich weiß nicht, ob ich …«

»Ich will damit sagen: Ein Ermittler darf das nicht außer Acht lassen. Je älter wir werden, umso lauter kläffen sie.« Sie machte erst gar keinen Versuch mehr zu antworten, also sagte er: »Na, wenigstens kläffen sie noch nicht in der Leitung.« Und dann bat er sie, die Nanoaufzeichnungen von der Straint abzuspielen, eine Bitte, der sie anscheinend mit Erleichterung nachkam. Nachdem er dem

Innenleben der Bar für einige Minuten gefolgt war, schüttelte er den Kopf.

»Ist das alles, was über Nacht passiert ist?«

»Zwischen drei und vier Uhr früh ist das System wieder ausgefallen. Die Aufzeichnungen sind nicht besonders informativ.«

»Das kann man wohl sagen.«

»Besser, wir hätten Leute vor Ort gehabt.«

»Wen hätten wir nehmen können? Diese Frau kennt jeden, der in ihre Bar kommt. Sie ist nicht blöd, nicht so blöd wie Vic.« Liv Hula stand bewegungslos am Zinktresen; sie stützte sich auf die Ellbogen. Die Aufzeichnung machte einen Sprung, und Liv Hula stützte sich wieder auf den Zinktresen. Sie starrte ins Leere. Müde sah sie aus. »Schalten Sie das um Gottes willen ab.«

Aschemann rieb sich über die sandigen Fußsohlen, als könne das sein Leben klären oder ihn auf den Boden der Tatsachen zurückholen. Zwei Stunden Schlaf im Lehnstuhl erklärten zwar seine Nierenschmerzen, aber nicht das Gefühl, dass etwas auf ihn zukam, auf ihn zuraste, aus welchem Bereich seines Lebens auch immer; auch nicht, dass seine Hände so steif waren, als habe er sie im Schlaf zusammengeballt. Das konnten einzig und allein die Hunde erklären. »Immerhin wissen wir, wohin sie gehen«, sagte er. »Dafür gibt es jede Menge Hinweise.« Erst kurz, bevor er die Verbindung kappte, um seiner Assistentin keine Zeit für eine Erwiderung zu lassen, sagte er: »Ach, haben Sie übrigens Ihr Schläfchen im Twinktank genossen?«

»Geben Sie auf Ihre kläffenden Hunde acht.«

Aschemann brachte seine Nieren zur Toilette, er gluckste. »Irgendwann versuche ich es auch einmal mit diesem Tank.«

»Woran merken wir, dass wir im Gebiet sind?«

Vic Serotonin wartete, bis seine Klientin aufgeholt hatte. »Manchmal merkt man es nicht«, sagte er sorglos.

Das Ereignis – der Einschlag oder Absturz, wie immer man es bezeichnen will – hatte sich vor gut einer Generation im alten Industrieviertel der Stadt ereignet, in einem Labyrinth aus Fabriken, Lagerhäusern, Hafenanlagen und Kanälen, die Saudade damals mit dem Ozean verbunden hatten. Von heute auf morgen kam der Handel zum Erliegen, doch die charakteristische Architektur des Viertels blieb als gut fünfhundert Meter tiefer Randbezirk erhalten, ein Irrgarten aus leer stehenden Gebäuden mit zusammenbrechenden, eingefallenen Dächern und geborstenen Fallrohren, die eisernen Fensterrahmen eingedrückt und ohne Glas. Ein, zwei Meilen nach Liv Hulas Bar verengte sich die Straint rapide, aus kopfsteingepflasterten Querstraßen wurden Industriegassen mit Schlaglöchern und Furchen; überall lagen Kabelschlingen und Bauhölzer herum; überall roch es nach Rost und Chemikalien. Die blau emaillierten Schilder an den Straßenecken waren längst zur Unleserlichkeit korrodiert. Elisabeth Kielar betrachtete sie und fröstelte.

»Ich werde es schon merken«, sagte sie.

»Warum fragst du mich dann?«

»Fühlen werde ich es.«

»Soll ich dir sagen, was letztes Mal passiert ist?«, fragte er geduldig. »Du hast einfach die Nerven verloren.« Ihre einzige Erwiderung war ein böser Blick, als sei *er* hier der Unberechenbare, dem nicht zu trauen sei.

Die Frage hatte Vic im Laufe der Jahre mehr beschäftigt, als sein Tonfall ahnen ließ. Seiner Ansicht nach wusste man, dass man in der Aureole war, wenn sich das Wetter änderte. Man bog im Winter zwischen zwei Fabrikhöfen um die Ecke: plötzlich schien die Sonne über dem Straßenschacht, während die Insekten ihren raschen, unsteten Flugbahnen aus dem messingfarbenen Licht in die Schatten der Gebäude folgten. Schien in Saudade die Sonne, dann trieben Nebelschwaden durch die Aureole. Oder der Wind wehte im Rinnstein ein paar kalte, weiche, kurzlebige Schneeflocken zusammen, wie eben jetzt. Egal, was sonst noch geschah, die Schatten fielen in für die Jahreszeit absurden Winkeln, als hinge die Umgebung alten Erinnerungen nach. »Die Trennlinien sind unscharf«, erklärte Vic. Man müsse diesbezüglich schon seine Intuition benutzen.

»Als der Kefahuchi-Trakt zum ersten Mal herunterkam, versuchte man ständige Kontrollpunkte zu installieren: Mauern, Gräben, Betonwälle. Doch das Zeug wurde über Nacht einfach aufgesogen.« Irgendetwas habe nicht mit der Luft gestimmt, und am nächsten Morgen sei der Grenzposten weg gewesen und man habe vor einem großen Platz gestanden, der mit Mogelkraut überwachsen und mit Betontrümmern zugedeckt gewesen sei; und dahinter sei etwas zu sehen gewesen, was sich wie ein riesiger, regungsloser, verwaister Rummelplatz im Regen ausgenommen habe. »Zurzeit geht man entspannter damit um. Hier den Stacheldraht aufziehen, da den Stacheldraht einrollen: Man nennt das eine ›weiche Grenze‹.« Da er immer noch den Drang hatte, sich zu rechtfertigen, und auch an seine komplizierte Beziehung zu Emil Bonaventura denken musste, setzte Vic hinzu: »Auch in der Aureole braucht man Glück. Ich gehöre nicht zu den Leuten, die glauben, dass wir da bis Mittwoch eine Straßenbeleuchtung haben.«

»Versteht ihr eigentlich überhaupt irgendwas?«, sagte sie aufgebracht. »Wenn ihr nichts wisst, warum tut ihr alle, als wüsstet ihr was?«

»Hier wimmelt es von Polizei. Also bleib dicht bei mir.«

Zwanzig Minuten später hellte es auf, und die erste Streife hatte sie eingeholt. Vic stieß Elisabeth durch die nächstbeste Tür und in ein baufälliges Warenhaus. Pfützen, rissiger Beton und Faulschlammgeruch; Löcher, in denen Kellerräume und Abwasserkanäle gähnten; alles, was von Wert war, hatte sich längst jemand geholt. Er riss sie zu Boden und hielt ihr den Mund zu. Elisabeth starrte zu ihm hoch, verstört, flehentlich, als könne sie nicht begreifen, warum sie auf der Suche nach sich selbst solche Demütigungen ertragen musste; draußen schoben sich indes die mattgrauen Fahrzeuge der Gebietskripo durch den Zufahrtsweg, riegelten wiederholt das Licht ab und ließen es wieder herein, angereichert mit dem Dampf, den die Abwärme der Nuklearantriebe aus dem stehenden Wasser kochte. Die Luft bebte vor Lärm; dahinter waren die Echtzeitrufe der Polizeistreifen zu hören, mit denen sie ihr Ausschwärmen koordinierten.

»Sie suchen nicht nach uns!«, schrie Vic ihr ins Ohr. Nichtsdestoweniger hielt er sie noch am Boden und lauschte, als die Kolonne und die Rufe längst weitergezogen waren. Dann verließen sie das Gebäude. Elisabeth klopfte gereizt ihre Sachen ab. Es nahm kein Ende. Rostige Schienen, geflutete Raketendocks mit gewaltigen, herrenlosen Maschinen, die sich knapp unter der Wasseroberfläche abzeichneten; das Meerwasser stank fürchterlich und war derart mit exotischen Kernchemikalien veredelt, dass es nachts schwach glühte. Sie kamen gut voran, und Vic Serotonin hatte seine helle Freude daran, wie professionell diesmal alles verlief. Doch im Vorübergehen schien sich alles – jede Gasse und jedes Silo, jede zusammengebrochene oder geschmolzene Kranbrücke, sogar die Streifen der Gebietskripo – irgendwie zu setzen, zu verlagern und unmerklich in etwas anderes zu verwandeln. Die Aureole war allgegenwärtig, wie eine Welle, die durch alles hindurchging. Alles stand zur Disposition. Eine halbe Stunde später, als sie am Rand des eigentlichen Gebiets vom Regen überrascht wurden – ein Schauer, der schräg herunterkam, sich im Gegenlicht wie Quecksilber ausnahm und in Minutenschnelle vorbei war –, meinte Vic, man könne nicht sicher sein, woher der Regen komme und wie er entstehe. Dabei nehme sich oberflächlich betrachtet alles so einfach aus.

Unabhängig von den Streifen tastete sich der pinkfarbene Cadillac von Lens Aschemann um die Schlaglöcher herum, wartete an jeder Einmündung, verließ dann, kurz, aber heftig beschleunigend, die Straße und rumpelte durch das hohe Unkraut eines Betonplatzes, als hätte der Fahrer die Kontrolle verloren. Mit dem Fahnder am Steuer änderte der Wagen seinen Charakter. Er wurde zu einem großen, schwerfälligen Tier, einer Spezies, die weder zur Pirsch noch zur Verfolgung ausgelegt, aber trotz ihrer darwinistischen Beschränktheit zum Dazulernen entschlossen war. Aschemann fuhr, als könne er nicht gut sehen, ans Lenkrad geklammert, die Nase an der Windschutzscheibe, derweil seine Assistentin im Beifahrersitz litt, sich mit beiden Händen abstützte und ihn mit einer Miene offener Feindschaft bedachte.

»Ich begreife nicht, warum Sie darauf bestehen«, sagte sie.

»Sie halten sich wohl für den einzigen Fahrer auf der Welt?«

»Überhaupt nicht.«

»Alle fahren. Wir fahren alle gern.«

»Das ist nur wegen gestern.«

»Um darauf zu antworten, bin ich mir nun wirklich zu schade. Manchmal sitzen wir eben am Steuer, manchmal auf dem Beifahrersitz.«

Aschemanns Gesicht sah mehr denn je wie das des älteren Einstein aus, die Augenlider noch ein bisschen schwerer, die Backentaschen auch, die Haut ins Graue spielend, weil ihm der Schlaf fehlte. Die Augen waren rot geädert und wässrig; sie verliehen ihm einen Ausdruck von verstörter Begeisterung. Die Vorderräder des Cadillac hoben kurz ab und landeten so hart, dass die Aufhängung aufsetzte. Sie schnappte unwillkürlich nach einem Halt am Rand der Windschutzscheibe, was den Datenfluss auf ihrem Unterarm zu einer Reaktion veranlasste. »Ist Ihnen ›NICHT LOKALISIERBAR‹ ein Begriff?«, fragte sie. Die Satellitensignale standen zur Verfügung, aber die Software konnte nicht mehr zwischen mehreren möglichen Quellen unterscheiden: Geisterechos, Partikelphantome, atmosphärische Störungen, ob real oder nicht. Eine Quelle zumindest schien im Gebiet selbst zu liegen. »Ab jetzt wissen wir nicht mehr, wo wir sind.«

Aschemann lächelte.

»Willkommen in der Aureole«, sagte er.

»Das ist wohl wegen gestern«, sagte sie vorwurfsvoll.

Er lehnte sich herüber und klopfte ihr auf die Schulter. »Können wir jemals behaupten, wir wüssten wirklich, wo wir sind?«

Im Orbit herrschte an diesem Morgen mehr Verkehr als üblich: Militär, Aliens, Überwachung. Bei näherem Hinsehen entdeckte man EMC-Schiffe zuhauf. Absolute Hightech in halsbrecherischen Umlaufbahnen, auserkoren, ein paar dubiose Investitionen des mittleren Managements im Auge zu behalten. Sie behielt ihre Anlagewerte selbst im Blick. Aufmerksam verfolgte sie die Daten, die endlos über ihren Arm strömten.

»Beide Hände ans Lenkrad«, sagte sie lakonisch.

Außer dem Gewerbeschein, einem guten Leumund und einer Bleibe in South End hatte Emil Bonaventura ihm noch die Nutzung eines Schlupflochs im obersten Geschoss der alten Baltischen Börse vererbt. Das Gebäude bot eine Aussicht über ein trostloses Betonfeld, den sogenannten *Vorplatz*, direkt ins Ereignisgebiet. Das viermal fünf Meter große Zimmer war früher ein Büro mit Raumteilern aus Milchglas gewesen. Vic hatte diesen Schlupfwinkel eine Zeit lang gegen andere Reiseleiter verteidigen müssen: Aus Rache hatten zwei oder drei von ihnen – angeführt von Jenni Lemonade, die in Saudade unter dem Namen *Memphis Mist* bekannt war – ihm mit einem tragbaren thermobarischen Gerät ein Loch mitten in den Boden geschnitten, das es einem ermöglichte, zehn Meter tief in stehendes Wasser zu fallen, wenn einem danach war. Dessen ungeachtet handelte es sich um einen ausgesprochen zweckdienlichen Arbeitsplatz, der einen Blick auf den Bereich des *Vorplatzes* bot, der sanft zur eindickenden, regennassen Luft der Grenzschicht anstieg. Der Ort war hervorragend dazu geeignet, abzuwarten und die Lage einzuschätzen. Einmal hatte Vic hier geschlafen; die Träume, die ihn heimgesucht hatten, waren Grund genug, es nie wieder zu tun.

Jetzt stand er am Fenster, das weder Rahmen noch Glas besaß, und war verwirrt, als er Elisabeth Kielar sagen hörte: »Haben Sie jemals Kinder gewollt?«

Der Ausblick machte ihr Angst. Als sie den Raum betreten hatten, hatte sie gleich den Kopf abgewandt und sich, das Loch nur ja nicht aus den Augen lassend, Zoll für Zoll an den Wänden entlang bis in die Ecke getastet, in der sie jetzt, die Arme um die Knie geschlungen, hockte. Wenn Vic redete, lächelte sie ihm verschwörerisch zu, als hätte er sie in einer noch würdeloseren Situation erwischt. Das bisschen graue, schräge Licht, das auf die Seite ihres Gesichts fiel, war eher angetan, Details zu nivellieren als zu entdecken. Nahe am Gebiet stimmte das Licht ohnehin nicht mehr; als würde es durch schwere, aber flüchtige Flüssigkeiten gebrochen, aromatische Öle knapp vor dem Verdunsten.

»Ich hatte Kinder«, sagte sie, »aber ich habe sie zurückgelassen.«

Sie lachte über seine Miene. »Um ehrlich zu sein, sie waren von Anfang an erwachsener als ich. Sie waren oft ungeduldig.« Sie war sichtlich nervös. Besah sich ihre Hände. »Ich habe sie zurückgelassen«, sagte sie, »weil ich sah, dass sie zurechtkamen.«

Vic wusste nichts damit anzufangen, also schwieg er. Kurz darauf fragte sie: »Wann geht es los?«

»Bald.« Ganz ohne Warten ging es nicht. Es war das Klügste, sich auf den Klienten zu besinnen und ihn beziehungsweise sie in dieser Hinsicht nicht zu überfordern: Doch alle sagten, dass Vic immer weit länger wartete, als die Vorsicht es gebot. Irgendein Adjektiv aus dem komplexen Vokabular dieses Ortes, eine Lichtveränderung oder eine Dichteschwankung in der Geräuschkulisse würde früher oder später den erhofften Ausschlag geben. Er war nicht ungeduldig, weil er ohnehin nichts unternehmen würde, bevor er dieses Signal erhielt. So machte man es als Profi. Wir warten schließlich nicht darauf, dass irgendwo eine Tür aufgeht, hatte Emil Bonaventura einmal gesagt. Eher auf etwas, das man als Erlaubnis bezeichnen könnte.

»Komm, und sieh dir das an«, forderte er Elisabeth Kielar auf.

»Ich weiß nicht«, sagte sie.

Vic zuckte die Achseln, als sei es ihm gleichgültig. Dann ordnete er die Erfahrung für sie in dem speziellen Tonfall ein, den er für Klienten reserviert hatte: »Das, Mrs. Kielar, wollten Sie sehen. Hier ist es.«

Wenig später ging sie pedantisch um das Loch herum und kam zu ihm, und beide starrten sie hinüber zum Ereignisgebiet. Man war sich nie sicher, was man da drüben sah. Hinter dem Stacheldraht, hinter den Überresten des ursprünglichen Walls mit seinen eingestürzten Beobachtungstürmen, wurden alle Umrisse von den Farben des Regenbogens überstrahlt. Man hatte ständig den Eindruck, dass sich der Boden aufwarf. Geräusche wie von großen fallenden Eisenträgern hallten herüber; dann wieder das Kreischen überlasteter Maschinen im Wettstreit mit dem jähen millionenfach verstärkten Summen einer ordinären Wespe. Es war wie eine Parodie auf die ursprüngliche Funktion dieses Raums hier oben. Es waren aber auch

Fetzen von Schlagern zu hören, die ineinander übergingen wie bei einem Radio, das mit einem simplen Rheostat betrieben wird. Man roch Öl, Eiscreme, Abfall, Birkenwald im Winter. Ein Baby schrie, oder etwas rasselte am Ende einer Straße – wie Erinnerungen, aber nicht ganz. Jähe Lichtausbrüche; dichte, künstlich wirkende rosafarbene und purpurrote Speere und Räder aus Licht; Vögel, die heimflogen, vor Sonnenuntergängen und anderen reizvollen Übergängen zwischen flüchtigen Lichtgeburten. Dann sah man Dinge, die in die Luft geschleudert wurden, was sich ausnahm, als sei es hundert Meilen weit entfernt. Maßstab und Perspektive gingen nicht zusammen, denn diese Objekte, die sich in Zeitlupe überschlugen – wenn man den Augen Glauben schenkte –, waren Dinge des alltäglichen Gebrauchs, nur hundertmal zu groß und aus einer anderen Zeit: Bügelbretter, Milchflaschen, Plastiktassen und Plastikuntertassen. Sie waren zu groß und zu gemalt, in flächigen Pastelltönen gehalten, die Form nur angedeutet, imstande, sich fließend zu verformen, während man hinsah. Oder sie waren zu klein und von hyperrealer Fotoqualität, als hätte man sie aus einem Lifestyle-Pornomagazin der Antiken Erde ausgeschnitten: eigenwillige Gebäude, Brücken, weiße Katamaran-Segler, und dann vollführte eine komplette Skyline ihren Salto zusammen mit Schwärmen grüner Papageien und Geschützlafetten, Doppelkommoden, einem Küchensieb und einem Spielzeugzug, der auf seinem Schienenkreis fuhr. Und jedes Objekt nahm auf seine Weise Einfluss. Jedes Objekt hatte eine normative Wirkung auf die anderen. Zu dieser Zeit, in diesem Moment des Zusehens und Zuhörens, in einem Moment, der sich wütend und rigoros der Deutung widersetzte, waren das die Dinge, die ein Leben aufwirbelte, vielleicht das eigene, vielleicht das eines anderen, den man gerade ansah. Vielleicht spürte man von nun an jeden Tag mehr oder weniger deutlich, dass die Dinge, die man gesehen hatte, als durchaus »real« zu beschreiben sind. Im Grunde war das aber keine Unterscheidung, die man vor dem Grenzübertritt zu treffen brauchte.

Jedes Mal, wenn er den *Vorplatz* sah, empfand Vic Serotonin nichts als Erleichterung. Hier war noch nichts entschieden, man konnte kehrtmachen und heimgehen. Aber man hatte auch die Möglichkeit, sich einzulassen; kurz gesagt: Man fand seinen Frieden, sein inneres Gleichgewicht. Man war erregt und entspannt zugleich.

»Es ist still heute«, sagte er.

Elisabeth lächelte unsicher. »Das ist schrecklich«, flüsterte sie. »Unerträglich.«

»Bist du diesmal stark genug?«

»Es wäre unerträglich, wenn es nicht so wäre.«

»Also«, sagte er, »dann lass uns gehen.«

Er ging gelassen und gut aufgelegt zur Tür, doch als er sich umsah, stand sie immer noch am Fenster. »He, jetzt ist der richtige Zeitpunkt«, ermunterte er sie. Als er sie bei den Schultern nahm, spürte er wieder diese permanente, eingefleischte, tiefsitzende Spannung, die etwas von einer inneren Membran hatte. Elisabeth verstand, warum er stutzte. Gefangen zwischen ihm und dem Fenster, drehte sie sich gegen ihn, zog sein Gesicht an das ihre und biss ihn heftig. »Verdammt«, sagte Vic. Er ließ sie los und hielt sich den Hals. Sie kniete sich hin, zerrte ungeschickt an seinen Sachen herum, dann an ihren. »Verdammt, Vic. Fick mich, Vic. Steck ihn rein«, sagte sie. »Bei mir muss jetzt was rein, Vic!«

Er starrte sie an.

»Himmel noch mal, Vic, kapierst du nicht? *Fick mich, während ich mir das ansehe.*«

So fand der Mann, der Albert Einstein ähnelte, die beiden vor. Er trat in die Türöffnung – aufgewühlt vom Cadillacfahren, ein bisschen außer Atem durch das Treppensteigen – und sagte zu seiner Assistentin, die halb neben ihm stand und Vic mit ihrem dünnen Lächeln bedachte: »Die sind vielleicht scharf, die beiden. Ich hab noch nie zwei gesehen, die so scharf waren.«

»Wir kriegen hier reichlich Vic-auf-Elisabeth-Material«, stimmte sie ihm zu. »Mädchen-auf-Mädchen-Material.«

Vic langte nach seiner Chambers. Binnen Millisekunden hatte sich die Schneiderarbeit der Polizistin zugeschaltet und machte sie zum wirbelnden Derwisch, der an mehreren Stellen zugleich war, bevor es zu einem aktinischen Blitz kam, in dessen Nachwehen Vic zuerst nur Aschemann sah, der um Jahre gealtert, kreidebleich und völlig verdattert an der Tür stand, und dann Elisabeth Kielar, die behände in das Loch im Boden sprang, um Augenblicke später tief unten wiederaufzutauchen und hakenschlagend über den *Vorplatz* Richtung Gebietsgrenze zu rennen. Aschemanns Assistentin trat seelenruhig ans Fenster und begann, auf sie zu schießen. Die kleinen Raketengeschosse wedelten gemächlich durch den Regen, gaben Geräusche wie Gasentladungen von sich und setzten die spärliche Vegetation in Brand.

»Schluss damit«, sagte Aschemann. Seine Stimmlage legte die Schneiderarbeit seiner Assistentin lahm. Sie funkelte ihn an.

»Alles klar?«, wandte er sich an Vic.

»Ja«, sagte Vic. Etwas war mit seinem Arm passiert; er war taub bis zur Schulter, dabei hatte Vic die Assistentin nicht mal kommen sehen.

»Vic, ich hab doch gesagt, die macht Kleinholz aus dir!«

Vic saß am Boden. Er blickte aus dem Fenster. Dass er eben verhaftet worden war, war so ziemlich alles, was er mit Sicherheit wusste. Elisabeth Kielar war nirgends zu sehen. *Fick mich, während ich mir das ansehe.* Das wollten die meisten Klientinnen (und männliche Klienten waren die Ausnahme). Sie kamen nur bis zum *Vorplatz.* Sie ließen sich hier am Fenster vögeln, mit freier Sicht auf das Ereignisgebiet – als ob sie es nicht als einen Zustand betrachteten, sondern als etwas Lebendiges, vielleicht sogar mit Bewusstsein Ausgestattetes. Sie wollten, dass es ihnen beim Orgasmus *zusah* – und auf dem Rückweg schwiegen sie sich aus. Sie suchten einen sexuellen Kick. Vic würde nie sagen, dass er mit dieser Art Sex seinen Lebensunterhalt verdiente; er hatte auch keinerlei Meinung dazu, aber trotzdem war das Risiko für alle Beteiligten bedeutend kleiner, wenn es den Klientinnen nur darum ging. Elisabeth war eine Ausnahme. Ihr Nervenkostüm war nicht das beste, sie war seelisch zerrüttet, und er begann zu bedauern, wie wenig er sich für ihre Selbsteinschätzung interessiert hatte.

Sie brachten Vic zum *Vorplatz* hinunter und schoben ihn auf die Rückbank des '52er Repro-Cadillac, derweil Aschemann vorne Platz nahm und seine Pfeife anzündete. Gleichzeitig rief er im Revier an. »Kein Problem«, sagte er, wedelte ein Zündholz aus, zog den Aschenbecher aus dem Armaturenbrett, lächelte und nickte Vic zu. »Ein größeres Problem ist das Wetter heute früh. Wir haben ihn, es geht ihm gut, es ist noch alles dran. Nein, das ist eine andere Sache.« Während er telefonierte, ging seine Assistentin ungeduldig auf und ab. Hin und wieder blieb sie stehen und spähte zum Ereignisgebiet hinüber, als habe sie etwas gesehen, was für andere unsichtbar war. Der Umriss ihres Körpers kräuselte sich ein bisschen, weil sich ihre Schneiderarbeit, aufgekratzt von der feindlichen Begegnung mit Vic, in einem fort zu- und abschaltete; rote und grüne Piktogramme, durchsetzt von kohlschwarzen orientalisch anmutenden Schriftzeichen, ruckelten ihren Unterarm entlang. Sie beugte sich in den Wagen und lächelte Vic freundlich ins Gesicht, als wolle sie eine Unterhaltung beginnen.

»Vic«, sagte sie, »Mein Zeug macht kurzen Prozess mit deinem Zeug. Kannst du mir folgen? Deshalb tut dir der Arm so weh.«

»Suchen Sie seine Klientin«, befahl Aschemann.

»Sie heißt Elisabeth«, sagte Vic. »Sie ist ziemlich durch den Wind; kann sein, dass sie Schwierigkeiten macht. Bitte nicht gleich schießen.« Die Polizistin funkelte erst ihn an und blickte dann auf den Datenstrom hinunter. Dann trabte sie durch den Regen davon.

»Gehen Sie nicht ins Gebiet«, rief Aschemann ihr nach.

Er unterzog den Pfeifenkopf einer gründlichen Untersuchung, dann – als seien beide in einem größeren Kontext durchaus gleichwertig – wandte er seine Aufmerksamkeit dem Ereignisgebiet zu. Eben stieg etwas Riesiges, Orangefarbenes in den Himmel, kaum zu sehen durch die Regenschlieren. Es hing kurz da, dann faltete es sich schrittweise ein und verschwand. Der ganze Vorgang hatte vielleicht vierzig Sekunden gedauert, und es war schlichtweg unmöglich, die Begleitgeräusche zu beschreiben. Aschemann starrte mit einer gewissen Anerkennung in den Regen. »Ein fader Tag heute«, sagte er. »Vor wenigen Stunden war es noch ganz anders. Unten am Café Surf hat es mich umgehauen.« Die Erinnerung schien ihn zu ergötzen. »Buchstäblich, physisch. Auch unseren Freund Antoyne. Heute denke ich, jetzt passiert es, und dann passiert nichts.«

Vic Serotonin zuckte die Achseln. »Drinnen würden Sie anders reden«, sagte er. Er wollte klarstellen, dass der Fahnder zwar das Recht auf eine eigene Meinung, er aber die Erfahrung hatte. »Wie geht es dem Dicken Antoyne?«

»Er dreht ein bisschen am Rad.«

»Antoyne ist empfindlicher, als man denkt.«

»Ich will immer noch ins Gebiet, Vic.«

»Warum?«

»Weil da meine Frau ist. Was wir hier erleben, ist der Lebenszyklus einer neuen Spezies von Artefakten, und ich glaube, meine Frau war so ein Artefakt.«

Damit wusste Vic so wenig anzufangen, dass ihm keine Erwiderung einfiel. Schließlich sagte er: »Was für eine Spezies?«

»Geh nachts im Zentrum von Saudade spazieren, geh in die Clubs, die Fixertreffs, die Musiktreffs. Diese Spezies meine ich. Sieh sie dir an in den Zellen, frisch vom Café Surf und noch wie Idioten umherstierend. Sich fragend, wie sie auf unserer Seite gelandet sind. Sie lieben Sex, Frittüren, harte Drogen. Wer nicht? Die Robusten, die Zähen machen, was jeder machen würde: nehmen sich ein Zimmer, tauchen unter, sitzen ihren Hunger aus, verpuppen sich; sie haben diesen waidwunden Blick, aber nur, weil sie nicht sind wie wir. Sie versuchen, Kontakt aufzunehmen, sie versuchen, mit unserer Welt ins Gespräch zu kommen, oder mit einem ihrer Bewohner. Sie sind wegen einer Zustandsänderung hier, aber wir sind viel zu sehr, was wir sind, um uns vorstellen zu können, worin die besteht. Da wir sie für menschlich halten, finden wir sie interessant, aber sie sind bloß verwirrt. Sie sind wie Insekten, Vic: Nach ein paar Jahren gewinnt derselbe Instinkt, der sie aus dem Gebiet vertrieben hat, erneut die Oberhand und treibt sie zurück.«

Mithin herrsche Gegenverkehr, meinte er, den Leute wie er aufgrund ihrer eigenen Ängste von Anfang an übersehen hätten. »Seit uns ein Stück vom Trakt auf den Kopf gefallen ist, glauben wir zu wissen, wie ein *Ausreißer* aussieht. Nicht menschlich. Wie eine Katastrophe. Das war doch klar, danach haben wir unsere Regeln geschrieben. Du kennst sie aus den Quarantänezentren, Vic: Halb Fleisch, halb Artefakt, sie fallen auseinander, lallen herum, während ihnen der Tochtercode wie eine Art flüssiges Licht aus dem Mund quillt und womöglich einen ganzen Häuserblock infiziert. Auf Subtileres waren wir nicht gefasst.«

»Ihre Frau ist tot«, sagte Vic. »Alle wissen das.«

Aschemann stockte. Tränen kullerten ihm übers Gesicht.

»Tut mir leid«, sagte Vic.

Sie blickten einander mit Unbehagen an.

»Dieser Regen«, sagte Aschemann und streckte die offene Hand aus dem Wagen. »Haben Sie jemals den Wunsch verspürt, auf einem anderen Planeten zu sein?« Er wischte sich den Regen aus dem Gesicht, er sah müde und ungepflegt aus. Dann machte er sich am vorderen Aschenbecher zu schaffen und besprach sich kurz mit seiner Assistentin. »Und kommen Sie zurück«, sagte er ihr schließlich. »Sie verschwenden nur unsere Zeit. Vic möchte seine Verhaftung hinter sich bringen und in eine hübsche Zelle eingeliefert werden.« Ein paar Minuten später tauchte sie lautlos aus dem Regen auf, Gesicht, Hände und Waffe übersät mit Wasserperlen. »Setzen Sie sich«, sagte er und klopfte auf den Fahrersitz. »Sie fahren doch so gerne. Schließen Sie das Verdeck, wenn Sie nass sind.«

»Wir sind alle nass«, sagte Vic.

»Mund halten, Vic.«

Sie verfolgten anerkennend, wie sich das Klappverdeck, das genauso weiß wie die Polsterung war, langsam über ihren Köpfen schloss. Dann sagte Aschemann: »Vic, diese Frau hier hatte das SEK angefordert, um dich dingfest zu machen.« Er gluckste. »Damit du weißt, wie wild entschlossen sie ist. Die stecken noch irgendwo da oben im Nebel und versuchen, heimzufinden. Sichtweite knapp zehn

Meter, und das Gebiet zerschießt ihnen den Funkkontakt. Sie dachte, du würdest mehr Schwierigkeiten machen. Ich auch, um ehrlich zu sein. Wie geht es deinem Arm? Die Taubheit wird nachlassen.«

Als die Antwort ausblieb, zuckte er die Achseln. »Der Grund für deine Verhaftung ist der: Du hast mir nicht gegeben, was ich dringend brauche. Und komm mir nicht damit, das sei kein ausreichender Grund.«

»Was ist mit der Touristin?«, wollte die Polizistin wissen.

»Wir müssen sie zurücklassen«, sagte Aschemann ohne großes Bedauern. »Die sind doch scharf auf das Risiko.« Er lehnte sich über die Rückenlehne und sagte zu Vic Serotonin: »Weißt du, ich wünschte mir, du wärst Emil. Emil hätte mehr Interesse. Er hat das Gebiet nie als ein Sprungbrett für seine Karriere betrachtet; es war immer nur ein Abenteuer, dem er sich nicht entziehen konnte. Davor habe ich Respekt. Vic, wie ging es Emil, als du ihn zuletzt gesehen hast?«

»Nicht gut.«

»Als ich zuletzt bei ihm war, ging es ihm auch nicht gut. Aber Edith war gut drauf.« Zu seiner Assistentin sagte er: »Los! Bringen wir ihn weg.«

Das war leichter gesagt als getan. Sie waren gerade mitten in einem weit ausgreifenden Wendemanöver, als am anderen Ende der Baltischen Börse eine Riksha um die Ecke schlingerte und auf sie zukam, eine Werbefahne im Schlepptau, deren Farben in der milden, nassen Luft nur so knisterten und die Pfützen rings um die stampfenden Füße der Annie bunt aufleuchten ließen. Sie legte sich voll in die Gabel und schnaubte wie ein Pferd. Vic hörte eine Stimme aus der Riksha rufen, verstand aber nicht, was sie sagte; nichtsdestoweniger hatte er das Gefühl, dass die Situation aus dem Ruder lief.

Am anderen Ende der Börse tauchten zwei Dutzend Gestalten auf, angetan mit dem unverkennbaren Ölzeug im Gun-Punk-Chic. Sowie die Polizistin sie sah, stieß sie Aschemann in den Fußraum des Beifahrersitzes, sodass sich der Motor zwischen ihm und der

Gefahr befand. Dann stieß sie die Fahrertür auf, war, eine Serie von Kommandos übermittelnd, mit einem Hechtsprung draußen und rollte sich auf dem glitschigen Beton ab. Ihre Schneiderarbeit hatte sich zugeschaltet, sodass die Frau nur mehr als zerfaserter Wirbel zu erkennen war. Aschemann, den Hals heftig verkrümmt, blinzelte den mit Teppich verkleideten Getriebebuckel an. »Was ist los?«, fragte er Vic. »Kannst du sehen, was los ist?« Unterdessen vollendete der Cadillac seine Drehung, kam zum Stehen und bot der sich nähernden Rikscha die Breitseite. Die Fahrertür stand weit offen, sodass Vic die kleine Alice Nylon sah, die auf dem Trittbrett saß.

»Das ist die reinste Katastrophe«, sagte er zu Aschemann. »Pfeifen Sie Ihre Verrückte zurück, sonst eröffnet sie noch das Feuer.« Er beugte sich vor und steckte den Kopf aus dem Fenster. »Alice«, schrie er. »Zum Teufel, Alice, ich bin es. Vic Serotonin!«

»Hi, Vic«, rief Alice. »Guck mich an!«

»Pfeif deine Kiddies zurück«, rief Vic. »Keiner will einen Zwischenfall. Und lass das Trittbrettfahren«, setzte er hinzu. »Das ist albern und gefährlich.«

Ehe Alice antworten konnte, kam die Rikscha zum Stehen.

»Drei Tabletten sind zwei zu viel«, sagte das Rikschagirl, »selbst für ein Pony von meinem Format.« Sie beugte sich vor, übergab sich durch die Gabel hindurch präzise zwischen ihre Füße und musterte das Ergebnis. »Nichts, was eine Dexamil nicht heilt«, entschied sie. »Hab 'ne Menge davon, falls einer was braucht.«

Ein belegtes, aber seltsam musikalisches Lachen kam aus dem Innern der Rikscha.

»Schönes Auto, Vic«, sagte der Insasse.

»Und ob das ein schönes Auto ist, Paulie«, bekräftigte das Rikschagirl. »Ein 1952er Roadster. Pushrod-V8, 447,5 Newtonmeter bei 2700 U/min, ein respektables Zugpferd.«

»Himmel«, sagte Paulie DeRaad. »Jeder ein Experte hier auf Retro-Radio. Mach das Ding auf, Alice, damit ich einen Blick auf meinen alten Freund werfen kann.«

»Paulie, bitte lass niemanden erschießen«, sagte Vic.

»›Paulie‹ nennst du mich auf eigene Gefahr«, drohte DeRaad. »Wo, zum Teufel, hast du deine Augen?«

Als Alice Nylon die solide Schürze der Rikscha entriegelte, quoll ein Fäkalgeruch heraus, und man sah sofort, dass es Paulie schlecht ging. Sie hatten ihn zusammen mit dem, was von dem Pointkid noch übrig war, da reingestopft; die beiden waren in einer Umarmung vereint, die linkisch wirkte, obwohl sie mittlerweile doch eine Menge Übung hatten. Sie atmeten einander sanft in die Augen. Keiner von beiden hatte viel an, und die heroinweißen Leiber waren mit einem dünnen, harzartigen Film überzogen, den man auf den ersten Blick für flüssig hielt, der aber fortwährend erhärtete und abplatzte wie etwas, das sie absonderten, um sich vor der Luft zu schützen. Paulie besaß im Großen und Ganzen noch seine alte Gestalt, doch der Junge wurde zusehends dicker, weicher und schwammiger. Er war um dreißig, vierzig Jahre gealtert, seit Vic ihn das erste Mal in diesem Leichtbetonkabuff auf Suicide Point gesehen hatte. Wie man ihn auch ansah, er wirkte unscharf. Er schien keine Ahnung zu haben, wo er war oder was mit ihm geschah. Trotzdem machte er den Eindruck, als sei er glücklich. Ab und zu flohen Lichtstäubchen aus seinem Mund, wie winzig kleine Nachtfalter, begleitet von ein, zwei melodischen Klängen.

Paulie, weniger zufrieden mit seinem Los, ruderte mit einem Arm herum. »Alice, Scheiße, er klebt wieder fest.«

Alice schälte die beiden sorgfältig auseinander, damit ihr Arbeitgeber aussteigen konnte; was ihm nicht leichtfiel, weil er es nicht über sich brachte, an sich hinunterzublicken. »Du musst mir auch helfen, Paulie«, flehte Alice; doch er blickte nicht nach unten, sondern weg von sich und damit auch weg von Alice. Er wollte nicht zugeben, dass er auf Hilfe angewiesen war. Schließlich hatte sie ihn auf den Beton des *Vorplatzes* und bis vor Vic Serotonin bugsiert. Paulie schwankte und stank und öffnete die Arme. Ein Teil seines Gesichts wurde unscharf und gleich wieder scharf.

»Hast du Augen im Kopf, Vic? Siehst du, was du aus mir gemacht hast?«

Lens Aschemann, der, seinen Mantel zuknöpfend, auf der Beifahrerseite aus dem Wagen kletterte, ersparte Vic die Antwort. »Dieser Regen«, beklagte sich der Fahnder, »scheint ja nie mehr aufzuhören. Sie sollten ihn meiden, Paulie, denn Sie machen mir keinen gesunden Eindruck.« Er bedachte Paulie mit einem dünnen Lächeln. »Noch besser gehen Sie zu einer Quarantänestelle, wo ich Sie gegebenenfalls finden kann.«

In Anbetracht dessen, was dort mit einem geschah, war Quarantäne keine realistische Option für DeRaad. Aschemann überließ ihn seinen Gedanken, ging zur Rikscha und starrte in einer Mischung aus Verstörtheit und wachsendem Zorn auf das Bild, das sich ihm bot. »Willst du mich nicht?«, rief das Pointkid dreistimmig. Der Junge spürte die Nähe des Fahnders. Er lachte. »Keiner will mich.«

Aschemann blieb eine Weile vorgebeugt stehen, wie ein alter Mann, der ein Baby betrachtet. »Was du hier getan hast, ist unverantwortlich«, sagte er laut und ohne aufzublicken zu Vic Serotonin. Auf dem betonierten *Vorplatz* herrschte ein argwöhnischer Waffenstillstand.

Die Gun-Punks von Alice Nylon gingen rastlos auf und ab, tuschelten in einer gedehnten Kampfsprache miteinander, einem Destillat aus den Kampfjargons des Preter Cœur. Aschemanns Assistentin scheute trotz ihrer Überlegenheit eine Auseinandersetzung mit den Kiddies. Ihr SEK saß – dank einer Verquickung aus Schlechtwetter und Hüben-Drüben-Interferenz – immer noch weiter oben fest; ein Zustand, der nicht ewig dauern konnte. Kommt Zeit, kommt Rat, dachte sie. In diesem Sinne hatte sie sich abgeschaltet und lehnte an der fahrerseitigen Heckflosse des Cadillac, von wo aus sie das eine oder andere höhnische Grinsen mit Alice Nylon wechseln oder mit belustigtem Ekel das betrachten konnte, was aus Paulie DeRaad geworden war. Sein Zustand schien hoffnungslos. Sollte er, was nicht sehr wahrscheinlich war, noch einmal zwölf Stunden durchstehen, würde ihn die Gesundheitspolizei in eine entsprechende orbitale Einrichtung verbringen. Dort würde man ihn über jede natürliche Körperöffnung (und ein paar zusätzliche) intubieren. Man würde ihm ein Bündel Drähte durch den Gaumen ins Hirn legen, in der Hoffnung, dass einem Hochleistungsoperator der Zugriff gelang und er den Code verschmoren konnte, bevor daraus ein waschechter *Ausreißer* wurde. So oder so war Paulie DeRaad dem Tode geweiht. Bis dahin stellte er eine Gefahr für seine Umgebung dar, und ohne Alice hätte er schon jetzt keine Freunde mehr gehabt.

»Pech gehabt, Paulie«, sagte die Polizistin.

»Wenn Sie Langeweile haben«, konterte Aschemann, »sollten Sie den Gefangenen im Auge behalten.« Er zollte DeRaad einen Blick des Bedauerns. »Was haben Sie davon, Paulie? Sie haben Vic ans Messer geliefert, und damit ist die Sache erledigt.«

Vic blickte erst Aschemann an und dann Paulie. »Du hast mich ans Messer geliefert? Das tut verdammt weh, Paulie.«

DeRaad beachtete ihn nicht. »Dass ich hier so auftauche, liegt sicher nicht in meinem Interesse«, sagte er zu Aschemann. »Ganz zu schweigen von den Qualen und Erniedrigungen, die ich erleide. Aber Vic geht los und holt Artefakte und verkauft sie. *Dir* tut es weh?«, schrie er Vic plötzlich an. Speicheltröpfchen flogen aus seinem Mund, und Vic wich zurück; was Paulie auch ausbrütete, er wollte es nicht abbekommen. »Du verfluchter, hirnverbrannter Idiot, *du hast mir eine Tochter gebracht.* Guck mich an!« Paulie hatte sich sichtlich verausgabt und schüttelte angewidert den Kopf. »Du hast mich versaut, Vic, also hab ich dich angezeigt. So viel zu unserer Freundschaft.«

»Du hast dich selbst versaut, Paulie«, sagte Vic. »Ich war nur der Überbringer dieses unangenehmen Zeitgenossen.«

Doch Paulie kehrte bereits zur Rikscha zurück, die im pitschnassen Regen wartete. Er stützte sich schwer auf die zierliche Schulter von Alice Nylon und hinterließ bei seinem Abgang den Eindruck, dass der Situation die Spitze genommen war. Aschemann hatte Vic, Paulie hatte seine Rache. Aschemanns Leute würden mit den Leuten reden, die sich um Paulie kümmerten, und das zusätzliche Problem, das Paulie darstellte, würde man auf anderer, höherer Ebene lösen. Das akzeptierte sogar Paulie. EMC würde einen Ersatzmann schicken, und Paulie würde nicht das Weite suchen, weil es wichtig für ihn war, seinen Mythos zu wahren – er war schließlich der Letzte aus dem Wrack der alten *El Rayo X*, was man allabendlich im Semiramide Club als echte holografische Aufzeichnung bestaunen konnte. Damit war auch der *Ausreißer* entschärft. Alle, die an diesem Morgen auf dem *Vorplatz* waren, konnten ohne Gesichtsverlust zurückstecken.

Dabei wäre es auch geblieben, wäre das Wetter nicht umgeschlagen. Wind von See her pellte die Wolkendecke in groben Hundert-Meter-Bänken ab. In den Wolken kam es zu sporadischen Böen und Wirbeln, die mal voller Regen und Tageslicht, mal voller Nassschnee und Nacht waren. Elektromagnetisch desorientiert und immer noch auf Instruktionen wartend, fand sich das SEK der Gebietskripo – bestehend aus Codejockeys, Waffenexperten und einer menschlichen Pilotin, die mit der DBH-Einsatzmaschine fest verdrahtet war – mit munteren dreißig Knoten quer zur Längsachse ins Ereignisgebiet treibend. Das war höchst unerwünscht. Die Pilotin wägte die Lage ab, zuckte die Achseln und scherte seitlich und blindlings in die erste Lücke, die sich bot. Dann meldete sie, dass sie definitiv aus der Sache raus war.

»Abbruch, Abbruch«, befahl Aschemanns Assistentin.

Das DBH durchbrach die Wolkendecke, streifte die Südostecke der Baltischen Börse, fegte mit seinen asymmetrischen, Kondenswirbel streuenden Waffenbuckeln über Aschemanns Cadillac hinweg und pflügte kurz darauf in den Beton des *Vorplatzes*.

Da es keine verbindliche Interpretation dieses Vorfalls gab, ergriffen alle die Initiative. Vic Serotonin duckte sich hinter den Cadillac. Die Gun-Kiddies von Alice Nylon griffen das SEK mit tragbaren thermobarischen Kanonen und Chambers-Pistolen an. Das SEK, zurzeit wehrlos, bat um Entlastung. Alice Nylon hatte einen Schuss auf Aschemanns Assistentin abgefeuert, doch die Polizistin hatte hochgeschaltet und sauste bereits über das Betonfeld Richtung DBH-Wrack, eine Reihe verrückter Nachbilder hinterlassend, die jedes Mal entstanden, wenn sie sich eins von den Kiddies vornahm, es unschädlich machte und wie eine kaputte Puppe wegwarf.

»Das hat keiner gewollt«, sagte Aschemann zu Paulie.

»Das bezahlt ihr Arschlöcher mit dem Leben«, sagte Paulie zu Aschemann.

Im DBH herrschte Chaos. Die Hülle war zu Bruch gegangen. Die Codejockeys waren tot. Das Gaumenimplantat der Pilotin war durch die Trägheitskräfte herausgerissen worden und hing von der Konsole, ein dicker Strang aus feinen Golddrähten, jeder einzelne mit frischer Hirnsubstanz am Ende. Bei dem Versuch, sich selbst zu retten, hatte das Schiff sich abgenabelt. Bei dem Versuch, die Pilotin zu retten, hatte es sie mit Adrenalin und selektiven Serotonin-Wiederaufnahmehemmern vollgepumpt, aber ihre Augen blickten in verschiedene Richtungen und ihr Lächeln war so abgerissen wie ihre Hardware. Am allerschlimmsten war, dass inzwischen Code durch die kompromittierten Firewalls der Navigation gesickert war und nun über die noch lebenden Besatzungsmitglieder krabbelte, die, behindert durch ihre Verletzungen, zappelten und schrien und ihm verzweifelt zu entkommen versuchten.

Aschemanns Assistentin stand in der größten Bresche und machte sich ein Bild. Die Verletzten sahen durch einen Vorhang aus treibenden Funken, wie sie den Datenstrom an ihrem Unterarm konsultierte. Sie bettelten und flehten. Hätte man sie ohne Umschweife nach der Miene der Einsatzleiterin gefragt, sie hätten sie als »leer« beschrieben. Aber was hieß das? Sie war eine Polizistin, die, bevor sie das Wrack mit einem Hochtemperaturbrandgeschoss abfackelte, die Überlebenden erschoss. Sie hatte ein Faible fürs Praktische. Sie war eine Polizistin, die meinte, dem dichten weißen Qualm ein, zwei Sekunden länger zusehen zu müssen, nur um sich zu vergewissern, bevor sie wieder ihre Schneiderarbeit zuschaltete und zur nächsten Aktion überging.

Sie hatten schon genug *Ausreißer* am Hals.

Annie, das Rikschagirl, trat auf der Stelle; sie war bestürzt, zumindest aber peinlich berührt vom Lauf der Dinge, und fragte sich, was ihr Fahrgast jetzt vorhatte. Da sie keinen Blickkontakt bekam, stieg sie aus der Gabel, ging hinter den Cadillac, der ihr schon überall aufgefallen war, besonders in der City, und versuchte mit dem Burschen namens Vic ins Gespräch zu kommen, der auf dem nassen Beton saß, die Beine vor sich ausgestreckt, und eine Kanone aus einem kleinen ölverschmierten Lappen wickelte.

»Ist das dein Wagen?«

»Nein.«

»Ich dachte nur, weil Paulie sich so ausgedrückt hat. Ist mir schon oft über den Weg gefahren. 1952. V8-Pushrod mit 5,4 Litern, Bohrung & Hub 3-$^{13}/_{16}$ × 3-$^5/_8$. Der beste Motor, der je gebaut wurde. Hübsche Karosserie.« Sie strich mit den Fingerspitzen über die Candy-and-Pearl-Lackierung der Heckflosse. »Und die breiten Weißwandreifen«, sagte sie versonnen. »Ich wär schon lieber ein Cadillac, als einen zu haben. Dann sind das hier deine Freunde?«

»Eigentlich nicht«, sagte Vic.

»Ich arbeite nur meistens für Paulie.«

»Keiner zahlt so gut wie Paulie«, sagte Vic, »solange er mit sich im Reinen ist. Zieh lieber den Kopf ein.« Er kroch auf allen vieren am Cadillac entlang und schob den Kopf um die vordere Stoßstange. Im selben Augenblick explodierte mit einem feuchtdumpfen Rumms die Brennstoffzelle des SEK-Vehikels, und jede Menge weiße Rauchfahnen schlängelten sich gen Himmel. Scheppernd fielen die Einzelteile zu Boden. Vic zuckte zurück, dann überwand er sich zu einem zweiten Blick. »Verflucht«, sagte er. »Die lebt ja immer noch.« Ein wenig später fügte er hinzu: »Ich glaube sogar, dass sie das Einzige ist, was da noch lebt.« Als er das sagte, schien er verwirrt zu sein, aber auch von Panik beschlichen zu werden. Er kroch zu Annie zurück. »Wenn sie rüberkommt«, riet er ihr, »solltest du dich verdünnisieren.«

»Ich habe keinen Fahrgast«, sagte sie. »Ohne Fahrgast fahr ich nicht.«

»Tu, was du willst.«

Unheimliches minzgrünes Licht brach durch die Wolkendecke und legte sich über den *Vorplatz*, wo die Polizistin, untypisch still, immer noch in das brennende Wrack starrte, als sei da etwas, das sie nicht begreife. Das machte Vic ebenso ungeduldig wie wütend, weshalb die Annie ihn abzulenken versuchte: »Paulie hat ein gutes Herz, aber er ist manchmal ein bisschen zu verbohrt, ja, so kann man sagen. Ich hasse Schießereien. Ich *würde* mich ja verziehen, aber da ist noch der Junge, den sie mir in die Kutsche gelegt haben, keiner weiß was mit ihm anzufangen. Ich fahr ihn schon seit Tagen spazieren.«

»Da hast du doch deinen Fahrgast«, sagte Vic.

»Das ist kein Fahrgast, das ist eine Zumutung«, sagte sie. »Riechst du das? Himmel noch mal.« Nun habe sie ja Mitleid mit ihm, meinte sie. Er sei im Grunde nur ein Pointkid, das niemandem etwas zuleide tue – obschon sie glaube, dass so eine Passivität immer zwei Seiten habe –, und nun frage sie sich, ob er allein nach Hause finde. Also waren Vics Worte wie eine Erlösung für sie. Niemand schien sich für sie zu interessieren – alle standen nur geschockt herum und warteten, was die Polizistin als Nächstes tun würde –, und so ging sie zu ihrer Karosse, stieg in die Gabel und machte einen Schwenk auf die Seite des Cadillac, wo Vic inzwischen wieder mit ausgestreckten Beinen am Boden saß.

»Dich könnte ich auch mitnehmen.«

Im selben Moment kam Alice Nylon ums Heck herum. »Paulie lässt ausrichten, dass er mit dir fertig ist, Vic«, sagte sie formell. Sie überlegte kurz. »Wir waren gute Freunde, du und ich, und es ist schade, dass ich das tun muss.« Obwohl Vic am Boden saß, musste sie mit ihrer Kanone nach oben zielen, beide Hände fest um den Griff geklammert und das Auge hinter der Visiereinrichtung zusammengekniffen. »Ich will so stark sein, wie ich kann.«

»Zum Teufel, Alice«, hörten sie Paulie rufen, »es geschieht ihm recht, leg ihn endlich um, den Betrüger.«

»Da liegt der Hund begraben, hörst du?«, sagte Vic zu Alice. »Paulie sollte längst auf dem Weg nach Beddington Gardens sein und sich so zukiffen, dass er vergisst, was mit ihm los ist.«

»Arschloch«, sagte DeRaad. »Das hab ich gehört.«

Eben noch war Paulie nervös herumgewandert, hatte geschwitzt und gestikuliert, oder für ein, zwei Minuten auf dem Beton gesessen, die Hände zwischen den Knien, und hatte alles um sich her mit ruhiger und wissender Miene verfolgt. Er blickte an der Baltischen Börse empor, dann auf seine Haut hinunter, die bleigrau und weiß zugleich war und glänzte, als sei sie mit Harz überzogen. Und ein einziges Mal nur hatte er über die Betonfläche in Richtung Gebiet geblickt. »Ich glaube, er ist jetzt in meinen Beinen. Ich spüre es.« Dann war er wieder auf den Füßen und taumelte herum, starrte Aschemann dem Fahnder ins Gesicht, mit dem er nur redete, wenn ihm das ständige höhnische Grinsen in Richtung Vic Serotonin zu viel wurde. »Du und ich, Lens, wir stehen über der ganzen Scheiße«, sagte er.

Er musterte noch einmal die in blaugraues Licht getauchte Fassade der Baltischen Börse, als gäben ihm die Eisenpfeiler und Fensterfluchten Rätsel auf. Dann setzte er hinzu: »Wir bewegen uns auf einem ganz anderen Niveau.«

Aschemanns Erscheinen hier hatte nichts mit Paulie DeRaad zu tun; und erst recht nichts mit DeRaads Mythologie. Als Paulie ihn nun derart ansprach, fiel ihm keine Erwiderung ein; und so stand er da, den Regen im weißen Haarschopf, und kam sich derangiert und leer vor, während ihm der Qualm vom Wrack in die Kehle drang und Paulie ihm ins Ohr brüllte. Nichts, was sich hier zutrug, bot Aschemanns Intelligenz eine Angriffsfläche; das war nicht seine Art von Situation. Im Handumdrehen konnten alle tot sein. »Paulie«, brachte er schließlich heraus, »hier läuft alles in die falsche Richtung, in die allerfalscheste.« Doch Paulies Aufmerksamkeit war eigene Wege gegangen. Seinem Profil war berufsbedingt ein gewisses Maß an ADHS eingeschrieben. Er zeigte auf die Polizistin, die draußen auf der Betonfläche in ihrem unerklärlichen Dämmerzustand verharrte; schüttelte den Kopf, um zu zeigen, dass er sich, trotz profunder Erfahrung, keinen Reim darauf machen konnte.

»Lens, diese Kniffe sind doch nichts Militärisches, oder?«

»Sie kommt von der Sportkripo«, räumte Aschemann ein, froh, etwas zu haben, worüber sie reden konnten. »Sie ist noch in der Probezeit. Weiß der Himmel, was sie sich da hat schneidern lassen.«

Paulie sah besorgt drein. »Scheiße«, sagte er.

»Ich muss fairerweise sagen, sie fährt gut und sie ist gut in Sprachen.«

»Ich habe Verbindungen, die sie abschalten könnten«, bot Paulie an. »Wenn das die Lösung ist.«

Aschemann hatte ein hübsches kleines Bild von DeRaads Verbindungen vor Augen, wie sie meilenweit über ihren Köpfen in rastlosen, fragmentarischen Umlaufbahnen schwebten und sporadisch abtauchten, damit ihre stochastische Resonanz-Software durch den elektromagnetischen Fallout des Ereignisgebiets blicken konnte. Ganz im Gegensatz zu ihm, Aschemann, wussten die exakt, wo sie waren; wo alles Erdenkliche war. Meilenweit entfernt war immer noch viel zu nah. »Paulie, Paulie, du machst mir Angst!«, sagte er, obwohl es eigentlich nicht Paulie war, der ihm Angst machte. »Danke, das wird nicht nötig sein«, lehnte er eilig ab. »Ich weiß dein Angebot zu schätzen, aber es wird nicht nötig sein.« Er rief seine Assistentin zum wiederholten Mal an. »Um Himmels willen, melden Sie sich«, flehte er. Er war schon dabei, eine zweite Verbindung zu öffnen, für den Fall, dass er Hilfe brauchte. Unterdessen nahm er DeRaad beim Oberarm, was eine beruhigende Geste sein sollte.

In letzter Zeit war Paulies Schneiderarbeit schwer beschäftigt; ihr Dialog mit dem Tochtercode lief nicht besonders gut. Nanopflaster, die man ihm in seinen ruhmvollen *El-Rayo-X*-Tagen aufs adaptive Immunsystem gepfropft hatte, konnten den Infekt nicht aufhalten. Jetzt fraß sich die *Tochter* durchs Immunsystem (gebremst lediglich durch die Entdeckung, dass die militärischen »Sips« bei Paulie nicht die üblichen Immunoglobine verwendet hatten, sondern Proteine mit leucinreichen Wiederholungen, die sich der DNS des Meerneunauges verdankten). Dennoch hatte die Schneiderarbeit insgesamt und zu ihrer Zeit hervorragend funktioniert und reagierte trotz der beschriebenen Probleme noch immer so hellwach auf Paulies Außenwelt, dass sie Aschemanns Motive fehlinterpretierte. Die Nervenimpulslaufzeiten wurden um den Faktor vier verkürzt; simple Instruktionen jagten in die zerfressenen Reste von Paulies Zentralnervensystem. Die Bewusstseinsprozesse laufen mit vierzig Bits pro Sekunde, die ZNS-Prozesse mit Millionen. Störungen sind enorm tiefgreifend. Ehe Paulie überhaupt wusste, was er tat, hatte er den Fahnder zweimal in die Rippen getreten und je einmal in den Hals und ans linke Ohr. Er blickte nach unten. Er war bestürzt. Er zuckte die Achseln und sagte: »Du blöder Hund.«

Dann sagte er: »He, das … das hab ich ehrlich nicht gewollt. Tut mir leid.«

Die Polizistin schreckte gerade rechtzeitig aus ihrem Dämmerzustand, um zu sehen, wie Aschemann zurücktaumelte und zu Boden ging. Sie brauchte eine satte Millisekunde zur Lageeinschätzung, dann verschwand sie im Regen, um urplötzlich vor Alice Nylon aufzutauchen.

»Oh-oh«, machte Alice.

Die Polizistin grinste und ließ ihre Schneiderarbeit spielen. Nachdem sie mit Alice fertig war, war sie wie ein Wirbelwind bei Paulie DeRaad und schickte auch ihn zu Boden. Sie war gleich wieder an Vics Seite, kniete sich Schulter an Schulter mit ihm, so nah, dass er ihre Haut auf der seinen spürte, und blickte in dieselbe Richtung wie er – sie zitterte am ganzen Körper, die Abwärme ihrer mitochondrischen Servos und der exotischen ATP-Protokoll-Upgrades hüllte sie in einen feinen, fingerdicken Dunstschleier. Sie schien exakt das sehen zu wollen, was Vic sah. Sie roch scharf und säuerlich wie ein Tierkäfig. Im Gesicht hatte sie einen Ausdruck, den Vic nicht deuten konnte. Die Polizistin lächelte. »Komm schon, Vic Testosteron«, flüsterte sie. »Probier's mal mit mir. Zeig mir, was du drauf hast.« Vic fröstelte. Er blieb so reglos wie möglich. Die Minuten verstrichen. Er schloss die Augen, bis er merkte, dass sich ihre Servos abschalteten. Sie lachte und strich mit der Fingerkuppe über den Puls an seinem Hals. »He, Vic, du hast nichts zu befürchten«, sagte sie und entfernte sich. Er sah sie wieder, nachdem sie Aschemann auf die Rückbank des Cadillac geschleift hatte, wo sie sich, ohne dem Wetter ausgesetzt zu sein, mit ihm befassen konnte. Abgesehen von dem Datenstrom, der ihr im Muster eines Damespiels den Unterarm entlangwieselte, kam sie ihm ganz normal vor. Sie war das Experiment oder der Jux irgendeines Schneiders bei der Sportkripo, der reinste Hinterhalt für Leute wie Vic. Sie war etwas Neues.

Vic hatte Mühe, auf die Füße zu kommen.

Er fror, seine Beine waren steif, er hatte zu lange im Regen gesessen.

Alice Nylon lag in einer flachen Pfütze, ein Arm war abgewinkelt, das blaue Regenmäntelchen blähte sich immer wieder im Wind und enthüllte eine pinkfarbene Fahrradhose. Ihr Hütchen war ihr vom Kopf gefallen. Ein Faden Blut lief aus ihrem linken Mundwinkel. Beim Hinfallen hatte Alice sich auf die Zunge gebissen, aber daher rührte das Blut nicht. Vic fand Verkrampfungen in Bauch- und Lendenmuskulatur – Alice war so hart wie eine Birne da unten. Das Weiße in ihren Augen war gelb. Seine Diagnose: Milzriss; auch andere Organe mussten verletzt sein. Kein sichtbarer Bluterguss, keine äußere Verletzung. Nur innen war alles püriert. Ihre Augen wirkten müde, die Zähnchen waren faul vom Speed, das verdorbene, spitzige, glatte Gesichtchen sah sehr alt aus.

»Verflucht, Alice«, sagte er.

Sie schlug die Augen auf. »Wo ist meine Kanone, Vic?«, wisperte sie.

»Paulie kauft dir eine neue.«

»Weißt du was?«

»Was denn, Alice?«

»Ich und Map Boy haben es gemacht. Wir haben gevögelt, Vic!«

Sie gluckste. Ein kleiner Krampf durchlief ihren Körper.

»Ich bin ein kleines bisschen jünger als er«, sagte sie, »also war ich nicht so versessen drauf. Aber er ist so hübsch, und ich musste es doch noch tun, bevor ich sterbe. Vic, hast du Map Boy schon mal gesehen?«

»Noch nie, nein.«

»Er ist süß. Vic?«

»Was?«

Keine Antwort.

»Alice?«

Paulie DeRaad kniete murmelnd auf dem Beton. Er schien zu telefonieren. Vic ging auf ihn zu und sagte: »Alice ist tot, und du bist mit schuld, Paulie.«

Die Begegnung mit Aschemanns Assistentin hatte ihm beide Schultergelenke ausgekugelt. Seine Arme gehorchten nicht, wodurch er Mühe hatte, Haltung zu wahren – jedes Mal, wenn er vornüberzukippen drohte, wartete er bis zum letzten Augenblick und wand dann seinen Rumpf in einer seltsam eleganten Bewegung zurück, sodass er aufrecht blieb. Trotzdem schien er weder aus der Fassung zu sein noch besonders an seinen Armen interessiert. Er ließ sie baumeln wie die Ärmel eines Mantels. Sein Gesicht war grau, auch wenn die roten Flecken glühten, wo alte Strahlenschäden die Haut hatten dünn werden lassen.

»Ich habe ein schlimmes Geschwür im Mund, ich weiß«, sagte er. »Zieh mir ruhig die Unterlippe runter, und überzeug dich.«

»Himmel noch mal, Paulie.«

»Dieser saublöde Kripomensch will mich nicht in Frieden lassen. Wohin ich auch gehe, er ist schon da. Er stellt Fragen, er nennt Namen. Erinnerst du dich noch an *Cor Caroli*, Vic? K-Schiffe in Flammen, überall im System. Wendy del Muerte versuchte auf einem Planeten zu landen, mit einem Alcubierre-Schiff, das noch beschleunigte? So was wie Wendy gibt's nicht noch mal.«

»Ich war nicht dabei«, sagte Vic.

»*Nein?* Ich liebe das!«, sagte Paulie und lachte, als habe Vic selbst ein paar Erinnerungen aufgetischt, an denen sie ihre Freude hatten. Seine Augen leuchteten auf, um sich sofort zu weiten. Er hatte vergessen, wer er war. »Ich liebe so was alles«, sagte er, beugte sich vor und übergab sich, aber nur ein bisschen, ehe er seitlings zu

Boden kippte. Vic vergewisserte sich, dass er noch lebte, und ließ ihn liegen.

»Du sollst wissen, dass ich mit dir fertig bin, Paulie«, rief er über die Schulter.

Paulie war reif für die Urne; Lens Aschemann, der sich auf der schmalen Rückbank seines Wagens wie eine riesige, achtlos abgelegte Marionette ausnahm, Kopf nach hinten gekippt, Mund geöffnet, wirkte dagegen wie der taufrische Morgen. Er war bei Bewusstsein und tupfte mit einem nassen Baumwolltaschentuch an seinem Ohr herum. Seine Augen folgten allem, was sein Gesichtsfeld durchquerte, doch seine Fassungslosigkeit war so offenkundig wie sein brauner Anzug, und zum Sprechen schien er keine Kraft zu haben. Paulies Tritte hatten ein geplatztes Trommelfell und ein paar angebrochene Rippen hinterlassen. »Gut, dich zu sehen, Vic«, sagte er, »und zu wissen, dass du das überstanden hast. Mach dir um mich keine Sorgen, ich bin vor allem erschreckt. Ein bisschen taub vielleicht. Vic, es ist gut, dass du nicht fortgelaufen bist.«

An dieser Stelle gab seine Assistentin ein kleines Lächeln zum Besten. »Vic läuft doch nicht weg«, sagte sie.

Achtzehn Meilen über ihren Köpfen zündete eine von DeRaads Verbindungen für ganze 7,02 Millisekunden ihr *f*RAM-Triebwerk, wälzte sich faul auf den Rücken und stürzte sich, bereits vom rötlichen Hauch verdrängter Atmosphäre umflackert, auf den Planeten. Was Paulie die Gewissheit gab, dass er sein Geld nach wie vor wert war. Der Himmel öffnete sich, eine flache Stoßwelle riss die Wolkendecke auf, ein einzelnes mattgraues keilförmiges Objekt mit diversen Einlässen, Gegenschuböffnungen und Waffenwülsten kam mit Mach 14 über den *Vorplatz* geschossen, um mit einem Bremsweg unterhalb der eigenen Länge vielleicht dreißig Fuß über der Baltischen Börse zum Stehen zu kommen. Teile des Dachs wurden weggefegt, ansonsten hielt das Gebäude stand. Das K-Schiff *Poule de Luxe*, das in der *Radio Bay* stationiert war und von dort aus verdeckte Einsätze flog, hing einen regungslosen Moment da, die Hülle durchgekocht von Gammastrahlen bis Mikrowellen, ehe es

sich um akkurate 180 Grad drehte, um die Nase prüfend auf Aschemanns Cadillac zu richten.

Paulie war auf den Beinen, tanzte auf dem Beton herum, schrie
und brüllte und versuchte vergebens, die *Poule de Luxe* einzu-
winken.

»Oh, Scheiße«, rief er. »*Hier* bin ich, ihr Idioten!«

Mit der Behutsamkeit eines Lebewesens kam das K-Schiff herab
und setzte sich vor DeRaad auf den Boden. Eine Ladeluke öffnete
sich. Paulie torkelte darauf zu, die Arme pendelten wie lose Taue.
»He, Vic«, rief er, »was hältst du von ihr? Das ist die alte *Warm
Chicken*. Ist sie hässlich, was meinst du?« Tränen rannen ihm übers
Gesicht. Er kämpfte sich die Laderampe hoch, drehte sich oben noch
einmal um. »Soll ich dir was sagen, Vic?«, rief er. »Kurz vor meinem
Abgang? Sogar die *Farbe* von diesem Kahn ist giftig.« Plötzlich zog
ihn jemand ins Schiff, und die Luke schloss sich.

Das K-Schiff hob sich ein wenig und glitt mit abgesenkter Nase
vorwärts, bis Letztere knapp über der Motorhaube des Cadillac hing.
Es gab ein brutzelndes Geräusch – Luft, die durchgekocht wurde –,
als das Schiff seine Waffen als Reaktion auf einen Regierungswech-
sel fünfzig Lichtjahre strandab aus- und wieder einfuhr. Im Cadillac
bekamen Aschemann und seine Assistentin die Hitze und den un-
verwandten Blick der *Poule de Luxe* zu spüren. Der K-Käpten, gepuffert und geschützt in seinem Proteomtank im Herzen des Schiffes, wusste genau, wann jeder von ihnen ausatmete. Er wollte, dass
sie wussten, dass er es wusste. Aus einer Minute wurden zwei, dann
drei. Während sie dasaßen und nicht wussten, was sie tun sollten,
erfasste er jede Faser ihrer DNS; zur selben Zeit berechnete seine
Mathematik die Planck-Niveau-Fluktuationen im Vakuum knapp
außerhalb der Fotosphäre des lokalen Sterns, wo sich der Rest der
De-Luxe-Herde versteckte. Er ließ ihnen Zeit, das grandiose Spektrum
seiner möglichen Verhaltensweisen zu würdigen. Dann erst wandte
er sich ab, zündete den Antrieb und verließ mit knapp Mach 42 auf
einem transparenten, aber sichtbaren Balken aus ionisiertem Gas
den Gravitationsschacht.

Lens Aschemann seufzte. »Wer schützt uns vor den Maschinen, Vic?«, sagte er.

Keine Antwort. Die Fahrertür pendelte im Wind.

Paulie DeRaads Rikschagirl, unterwegs in die Stadt und bereits ein paar Hundert Meter vom *Vorplatz* entfernt, hatte alles mit angesehen.

Sie wusste sich keinen Reim darauf. Der Gedanke, noch nie so etwas Gewaltiges oder Interessantes gesehen zu haben, kam ihr gar nicht in den Sinn. Im Jahre 2444 A. D. bekamen alle unentwegt Neues zu Gesicht. »Und wenn man für seine Brötchen laufen muss«, sagte sie zu ihrem Fahrgast, »kriegt man wirklich alles zu sehen.« Sie meinte damit die über die Betonfläche verstreuten Körper. Noch immer stieg weißer, dichter, körniger Qualm von der Absturzstelle auf. Zwei kleine Gestalten, Kiddies wahrscheinlich, halfen einander wegzukrabbeln. Sie war sich nicht sicher, was aus Paulie DeRaad geworden war, aber ein gutes Gefühl hatte sie nicht.

Erstens: Zur Abwechslung hatte der Wind aufgefrischt, und es bestand Aussicht auf besseres Wetter. Zweitens: Als das K-Schiff auf seinem Lichtspeer, jenem Setzriss in der Weltkulisse, beschleunigte, sprintete eine Gestalt mit schwarzer Rollstrickmütze vom Cadillac weg. Es war Vic, der Kerl, mit dem sie geredet hatte. »Der Kerl kann laufen«, musste sie zugeben. »Mit ein bisschen Training oder einer Extrempackung könnte er es echt bringen; das Zeug dazu hat er.« Aus dem Regen wurde Schneeregen, während er nach Westen zog, sodass die ohnehin schlechten Sichtverhältnisse für kurze Zeit noch schlechter wurden; trotzdem sah sie, dass er die Tasche auf der Schulter trug und in der Hand ein Schießeisen hatte. Nach ein, zwei Minuten wurde der Cadillac gestartet und rollte langsam über den Beton, als wolle er Vic folgen. Doch kaum war er angefahren, kam er schon wieder zum Stehen. Inwendig wurde es laut, eine Auseinandersetzung war im Gange. Die Fahrertür ging auf, und eine Frau stieg aus. Dann stieg sie wieder ein und schlug die Tür zu. Vic Serotonin brachte die Baltische Börse zwischen sich und den Cadillac und tauchte ins Ereignisgebiet. Ich hab mir nichts vorzuwerfen, dachte das Rikschagirl. Ich hab's ihm angeboten.

»Hast du das gesehen?«, fragte sie. »Er ist in die falsche Richtung gelaufen.«

Ihr Fahrgast, der zu allem Überfluss noch ein Problem mit seiner Stimme hatte, machte ein Geräusch, das sich anhörte wie drei musikalische Klänge, die gleichzeitig gespielt wurden. »Weil die Luft so leer war«, sagte er dreistimmig, »gesellten sich die Nachtfalter zu den Füchsen und flatterten ihnen ins Gesicht.« Er lachte. Ein paar trübe Lichtstäubchen wehten aus dem Rikschaverdeck und gesellten sich zum Schwarm ihrer Sponsorenwerbung. »Die Gesichter der Füchse sind ihre Blüten, sie kreisen immer näher.« Annie zuckte die Achseln. Manche Fahrgäste wollten, dass man redete, manche nicht. Auch das lernte man mit der Zeit.

»He, geht es jetzt weiter?«, wollte sie wissen. »Hier haben wir nämlich nichts verloren.«

»Es geht weiter«, sagten die drei Stimmen nacheinander.

»Ist deine Fahrt, Schätzchen.«

Sie warf noch einen Blick auf den pinkfarbenen Cadillac und seufzte. Das war wirklich ihr Lieblingswagen. Mit seinen raffinierten Farbmischungen und hohen schmalen Rücklichtern war er der bisherige Höhepunkt ihres Tages. »Ich möchte nur ein einziges Mal so schön sein«, sagte sie vor sich hin. Dann schwenkte sie die Rikscha herum und trabte in gleichbleibendem Tempo Richtung Saudade. »Nur keine Sorge«, beruhigte sie das Pointkid. »Ich weiß, wo du untergebracht bist.«

»Ziehen wir weiter.«

9 · Schwarz und Weiß

In Liv Hulas Zimmer an der Wand gegenüber der Tür war ein hellrosafarbenes Prinzessinnen-Waschbecken.

Kam man ins Zimmer, stand rechter Hand das weiß gestrichene Eisenbett mit seiner sauberen, grauen Überdecke und der schlichten hölzernen Betttruhe am Fußende. Linker Hand blickte man aus dem Fenster auf ansteigenden Boden, über nasse Dächer, enge Sträßchen und winzige Hinterhöfe hinweg auf zwei entfernte Fabriken und einen schmalen Ausschnitt des Ereignisgebiets.

Geradeaus sah man in den Spiegel über dem Waschbecken, etwa fünfzig Zentimeter im Quadrat, mit abgeschrägten Kanten, die obere Hälfte ziemlich korrodiert; das Becken war geriffelt und geformt wie eine Muschelschale, verfügte über ein Stück Lavendelseife und einen einzelnen Kaltwasserhahn. Im Becken, direkt unter dem Hahn, hatte man, sozusagen als i-Tüpfelchen, eine permanente Kalkablagerung simuliert, der Flecken hatte den Umriss einer Kaulquappe und das poröse Gelbgrau einer menschlichen Fußsohle. Liv besaß noch eine Menge anderer Dinge, aber wenn sie einen mit aufs Zimmer bat, war es dieser Kunstfleck, der einem auffiel, und es war geradezu gemein, ihr i-Tüpfelchen nicht gebührend zu bewundern. Bei ihrer Ankunft in Saudade war ihr dieses Zimmer das Bollwerk gegen alle Liv Hulas gewesen, die sie bereits gewesen war. Sie pflegte die Tür zu schließen, in den Spiegel über dem Waschbecken zu schauen und zu lächeln, während der billige Repro-Wasserhahn jedem ihrer früheren Selbstbildnisse eine kalte Dusche verpasste.

Liv stand noch draußen vor der Bar, nachdem Vic Serotonin und seine Klientin längst außer Sicht waren. Ab und zu stellte sie sich auf die Zehenspitzen und reckte den Hals, weil sie dachte, sie hätte sie in der Ferne gesehen. Als würden sich die beiden immer noch schnurgerade von ihr entfernen, und sie brauche sie nur auszumachen, sie irgendwie aus dem Hintergrund, mit dem sie verschmolzen waren, herauszulösen. Nach etwa einer Stunde kam die Sonne heraus. Der Verkehr auf der Straint nahm zu. Dann stieg aus der Aureole ein, zwei Grad nördlicher eine dichte weiße Rauchwolke empor, und Livs Unsicherheit wich Langeweile.

Ich kann nicht ewig hier stehen, dachte sie. Wie sieht das aus, wenn ich so auf der Straße herumstehe? Aber sie wollte auch nicht in der Bar sein. Es war zu früh für Kundschaft. Drinnen würde sie doch nur den Tresen wischen und die Flaschen zählen. Also ging sie auf ihr Zimmer und versuchte, das Waschbecken aus der Wand zu reißen. Staub rieselte zu Boden. Es tat einen knirschenden Knacks, und das Becken löste sich ein wenig. Doch Leitung und Abflussrohr hielten es fest. Obwohl ihre Muskeln das Erfolgserlebnis gebraucht hätten, diesen Gewaltakt aus eigener Kraft zu leisten, sah sie sich nach einem Hilfsmittel um. Etwa zu diesem Zeitpunkt vernahm sie den hallenden Donnerschlag eines aufsteigenden K-Schiffes, einen Donner, der sich anhörte, als wolle er um den ganzen Planeten rollen, nur um sich auf halbem Weg selbst zu begegnen. Durchs Fenster konnte sie das Schiff gerade noch sehen. Es war viel zu schnell weg! Ein Lichtstrich durch alles, dann nur noch das Nachbild, das von Violett über Purpur zu Schwarz wechselte, wieder aufflackerte, helles giftiges Neongrün, das sie blinzeln ließ, bis es endgültig verging. Liv Hulas Augen folgten versonnen diesem imaginären Strich. Mit zwei großen Schritten war sie beim Bett und riss das Laken herunter. Sie machte das Fenster auf und schleuderte es hinaus, wo es von einer Brise erfasst wurde, sodass es sich blähte und faltete und seitlich wegglitt. Dann ging sie wieder zum Becken und riss und zerrte daran. Nichts, außer dass sie sich im Spiegel sah, hochrotes Gesicht, das rasche Auf und Ab der Schultern.

Unter dem Bett verwahrte sie eine schwere Blechkassette, schwarz emailliert mit roten und gelben handgemalten Rosen, die an Zigeunerkunst erinnerten. Sie zerrte sie heraus, hob sie hoch und schlug damit auf das Waschbecken ein, bis es in drei große Stücke zerbrach, von denen zwei von der Wand fielen. Dann erst setzte sie sich auf die Bettkante und sah sich wütend um. Der Kasten lag, wo er hingefallen war. Ihr fiel jetzt nicht ein, wo sie seinen Schlüssel gelassen hatte. Sie saß da und ließ den Morgen verstreichen.

Vic Serotonin erreichte den verwaisten Kontrollpunkt am Rand des *Vorplatzes*. Er hörte, wie der Cadillac anfuhr und wieder anhielt. Geschafft! Egal, was ihn sonst noch erwartete, das Zurückliegende konnte er vergessen. Er folgte dem Zaun gut hundert Meter nach Norden, wo gebietsseitig Häuser eingestürzt waren und einen steilen Haufen aus Backsteinen und Fliesenscherben hinterlassen hatten, der dünn mit einheimischem Unkraut überwachsen war. Der Grenznebel schloss sich um ihn, feucht und saugend. Er hielt inne. Auf der anderen Seite konnte er Wasser tropfen hören; weiter weg das rhythmische Schlagen einer Tür im Wind. Er lächelte, machte die Augen zu und schob das Gesicht voran, als erwarte er, von der Luft geküsst zu werden. Es gab sanften Widerstand auf Wangenknochen und Lippen, als würden sie eine Membran dehnen; eine Membran so kühl wie der Nebel.

Die Wahrnehmung eines Zustands ist nicht der Zustand.

Was Emil Bonaventura ihm immer wieder eingeschärft hatte, als habe er das bei Vic für nötig gehalten, war die Phänomenologie des Gebietes: Was man von außen beobachten konnte, das traf man innen nur selten an; ob drinnen oder draußen, was man sehen, hören, riechen oder schmecken konnte, stand in keinerlei Beziehung zu den physikalischen Daten, die von den vielen, teuren orbitalen EMC-Sonden erhoben wurden. Folglich galt für Vic genauso gut wie für Emil – und all die anderen einstigen Entradistas mit ihren Partikelkanonen, ihren Narben und der Attitüde, etwas zu wissen, was sonst niemand wusste –, dass der Moment des Übergangs der Moment größter Ungewissheit und größter Gefahr war. Das war sein Kick, gab Vic bereitwillig zu: aber keiner, den man einfach auf Körperchemie und Temperament reduzieren konnte (obwohl beides immer mit von der Partie war). Es war auch nicht der Kick, den manche erlebten, wenn sie Verwundung, Wahnsinn, Tod oder plötzliche Entstellung in Betracht zogen (obwohl man mit allem rechnen musste); denn Konsequenzen schienen immer verhandelbar – ja, bis zu einem gewissen Grad sogar wiederverwendbar.

Worin bestand also sein Kick?

»Wie soll ich sagen?«, sagte Vic zu guter Letzt. »Am besten, man geht eines Tages rein und holt ihn sich.«

Als die Membran riss, roch es nach einem Stapel Wollmäntel, und in seinem Mund machte sich ein Geschmack wie von schlechter Avocado breit. Für Vic das untrügliche Zeichen, dass er im Gebiet war. Er machte die Augen auf. Der Hang war, wo er ihn erwartet hatte. Er war so öde und staubig, als seien die Häuser eben erst eingestürzt. Kein Nebel. Die Luft war kalt. Auf halbem Weg nach oben sah er den blühenden Kirschbaum. Weiße errötende Blütenblätter, in Licht gebadet. Ein Orgelklang.

Ein Windglockenspiel war gerade noch akzeptabel. Es lag im Toleranzbereich, doch wann immer die Kirschblüten in einem milden Eigenlicht erstrahlten, schlug man besser einen anderen Weg ein; oder man ließ das Gebiet Gebiet sein und kehrte in Liv Hulas Bar zurück. Andernfalls geschah etwas Schlimmes, und die Alternativen erloschen Zug um Zug. Vic kraxelte den Hang hinauf und löste mit jedem Schritt lange Klimperkaskaden aus. Jetzt und hier war Glück gefragt. Doch wenn man vom *Vorplatz* kam, die Augen schloss, unter dem Kirschbaum hindurchging und sich dreimal drehte, bevor man die Augen wieder öffnete, dann war es ziemlich wahrscheinlich, dass sich der Trümmerhaufen in eine kurze Treppenflucht verwandelt hatte.

Wasser rann unter sporadischen Lichtblitzen die vergilbte linksseitige Mauer herunter. Von einer Stufe zur anderen wurde aus Tag Nacht und aus Nacht Tag; derweil in dem Raum am Ende der Flucht immer Nachmittag war und Licht in unwirklich warmen Farben durchs offene Fenster strömte. Es stellte sich jedes Mal die Frage, was man darinnen zu Gesicht bekam, was wiederum vom Wochentag abzuhängen schien: So hatte Vic schon früh bemerkt, dass man den Raum, wenn man zum Beispiel an einem Mittwoch über den *Vorplatz* kam, verlassen vorfand, leer bis auf eine halb heruntergebrannte Zigarette in der Aussparung eines Aschenbechers auf der Fensterbank. Man konnte sich des Gefühls nicht erwehren, dass bis eben jemand hier gewesen war, dem man eigentlich auf der Treppe hätte begegnen müssen.

Heute tickte, ungewöhnlich langsam, eine mechanische Uhr in dem Raum. Jede waagerechte Fläche – der Klapptisch mit seiner grünen Chenilledecke, das schwere braune Mobiliar, der Kaminsims, die Wandbretter, alles außer dem Boden war mit schwarzen und weißen Katzen bedeckt.

Hier roch man den sauren Geruch der Katzen wie nirgends sonst in Saudade; er war so greifbar wie Talkumpuder. Sie saßen regungslos, zu dicht gedrängt, um sich bewegen zu können. Egal, wo Vic sich hinstellte, sie sahen immer in eine andere Richtung. Das würde selbst Emil Bonaventura unterschreiben: Kam man zwischen Morgengrauen und Abenddämmerung vom *Vorplatz* ins Gebiet, dann wimmelten die Randbezirke von Katzen. Die Berichte stimmten nie ganz überein: Doch nach Vics Erfahrung begegnete man im Laufe seines Lebens immer ein paar Katzen; und an manchen Stellen traf man so viele an, dass sie einem einzigen dicken Fell glichen, einem Katzendepot eben. Sie waren immer regungslos, hielten den Kopf immer abgewandt, hockten da, Gesicht zur Wand, Gesicht in die Ecke, in die Spinnweben, in den Nachbarn gedrückt. Als wollten sie einen ignorieren. Oder als bliebe ihnen nichts anderes übrig – wo immer man hinsah, sie mussten sich abwenden. Emil meinte, dieses (eher anekdotische) Phänomen könne man eines Tages vielleicht mit der Wissenschaft von draußen in Einklang bringen.

Vic Serotonin hatte keinerlei Theorie bezüglich der Katzen.

Er stand mitten im Raum.

Direkt unter Augenhöhe verlief von links nach rechts eine Straße. Unten herrschte reges Treiben. Gelächter. Die hohen Absätze von Frauen klackten hin und her. Rikschas klingelten. Hochsommermittag, und aus jeder offenen Tür drang der alte Neue Nuevo Tango. Es roch nach *Café electrique*, Calpol und anderen exotischen Stimulantien aus den Zeiten der Antiken Erde. Man hörte es hämmern und poltern, das Schürfen von Schaufeln durch nassen Zement, von Maurerkellen durch Mörtel, das Rattern von Baumaschinen. Alle da unten arbeiteten oder hielten Mittagspause (Birnen in Salzlake mit einem richtig interessanten kleinen Salat aus extraterrestrischen Blättern). So verhielt es sich immer, es sei denn, man ging ans Fenster und steckte den Kopf nach draußen. Dann hörten die Geräusche abrupt auf, und man sah, dass mit der Straße etwas nicht stimmte. Es handelte sich nur um eine Darstellung. Sie bog in beiden Richtungen scharf ab und führte in Richtung zweier identischer früher Sonnenuntergänge; die Büros und die Läden, die Straßencafés und die Straßenlaternen waren in unrealistische Sommersonnentöne *gekleidet*: fettes Plakatgelb mit Blau- und Rottönen verschnitten und kräftiges Schwarz für die Umrisse.

Die Straße war leer. Sie war still. Vic starrte hinaus.

Minuten später begann ein Akkordeon zu spielen, um nach einem halben Takt von *Hernando's Hideaway* wieder zu verstummen; dann, endlich, sah er Elisabeth Kielar, die sich mitten auf der Straße von ihm fortkämpfte. Die Zeit vergeht hier drinnen anders, und manchmal ist dabei das Glück auf deiner Seite, manchmal nicht.

»Elisabeth!«, rief er. »Elisabeth!«

Sie sah sich um, ihr Gesicht war weiß, ausradiert, ohne Züge. War sie es überhaupt? Doch er war schon auf der Straße, und Elisabeth war zwanzig Meter von ihm entfernt, sie ging schnell, als wolle sie fort von ihm, als sei Vic ein Teil dieses Ortes, nur ein weiteres unheimliches Ding, auf das kein Verlass war und mit dem man sich besser nicht einließ. Da unten war alles anders, aber das hatte Vic erwartet. Die Straße sah wieder real aus, aber auch älter und schmutziger. Zerrissene Markisen über den Schaufenstern. Verglaster Backstein mit Metalleffekt. Kam man an einer offenen Tür vorbei, roch es nach alten Teppichen, Ledersesseln, Möbelpolitur und irgendwelchen Körperlotionen und Arzneien, deren Namen man nicht kannte. Plötzlich blieb Elisabeth stehen und wartete auf ihn.

»Ich habe Angst. Wie bin ich hierhergekommen?«

»Und ich dachte schon, ich hätte dich verloren«, sagte Vic. Als er sie umarmen wollte, wich sie zurück.

»Nein«, sagte sie. »Hör zu, ich war an einem Strand. Und der ist jetzt eine Straße.« Sie wirkte gekränkt, als sie sich umblickte. »Dafür hab ich nicht bezahlt. Wo warst du?« Sie stopfte die Hände in die Manteltaschen. »Wo bin *ich* gewesen?«, fragte sie sich laut.

»Vielleicht sagst du mir mal, wie das ausgesehen hat«, sagte Vic.

»Ich kann mich nicht erinnern.«

»Erinnerst du dich überhaupt noch an etwas nach der Baltischen Börse?« *Ich habe dich gewarnt,* wollte er sagen. *Es ist gefährlich, hierherzukommen und nach irgendeinem Teil von sich zu suchen.*

»Es war an einem Strand«, sagte sie. »Ein Mann hat da zwei Hunde trainiert.« Sie habe zugesehen, wie er die Hunde rückwärts und vorwärts geführt habe, immer über dieselben zweihundert Meter am Meer entlang, obwohl meilenweit Strand zur Verfügung gestanden habe. Sein Spiegelbild habe mit dem der Hunde Schritt gehalten. Gelegentlich sei er stehen geblieben, habe eine hohle Hand gemacht und die Bäuche der Hunde mit Meerwasser bespritzt. »Sie waren so geduldig und verständig!« Sie hätten nach vorne gestarrt, egal in welcher Position sie zur Ruhe gekommen wären, und schließlich habe der eine sich zu einem strammen, schönen Bogen gekrümmt und versucht, seinen Darm zu entleeren. Danach seien sie alle drei davon- und eine steile Kiesdüne hinaufgehetzt, wobei der Regen eine einzige, wabernde Chiffre aus ihnen gemacht habe.

»Du bist ihnen gefolgt. Es war Abend, du hast Lichter gesehen.«

»Nein.«

»Du hast dich hier wiedergefunden«, sagte Vic.

»Die waren eingebildet wie Schulmädchen, diese Hunde«, sagte sie. »Ich musste so lachen. Ich habe mich wieder wie ein kleines Mädchen gefühlt.«

»Das war kein Strand. Das waren auch keine Hunde.«

Sie kehrte ihm den Rücken zu und ging zielstrebig weiter. »Ich gehe ins Gebiet, da kannst du sagen, was du willst.«

»Elisabeth, da bist du längst.«

»Wisst ihr *überhaupt* etwas, irgendeiner von euch? Auch nur das Geringste?«

Darauf blieb er ihr die Antwort schuldig.

Eine halbe Stunde, nachdem sich Vic Serotonin aus dem Staub gemacht hatte, stieg vom *Vorplatz* immer noch Qualm auf. Verrenkte Leiber lagen herum. Eines der überlebenden Gun-Kiddies war inzwischen gestorben. Das andere hatte aufgehört zu krabbeln und stimmte ein sonderbares, dünnes Wehklagen an; es hatte schwere Kopfverletzungen erlitten. Ein Großaufgebot der Gebietskripo rückte an, hauptsächlich lokale Uniformierte in ihren riesigen Streifenfahrzeugen, die wegen des ursprünglichen Zusammenstoßes kamen: aber auch Spezialteams von Hygiene, Quarantäne und Überwachung; Teams, die sich um die Koordination mit EMC kümmerten; Teams, die sich um die Koordination der Teams kümmerten. Man stand mit hochgeschlagenem Kragen im Regen und traf Absprachen über das weitere Vorgehen. Oder man stand da und starrte zum Dach der Baltischen Börse empor, das kurz nach dem Abgang der *Poule de Luxe* eingestürzt war. Eine Gruppe hatte sich um das Punk-Kiddie gesammelt, manche nahmen Wetten an, manche wiederholten mit lauter Stimme: »Hörst du uns?« oder: »Kannst du uns sagen, wer dir das angetan hat?«

Dann müde, einer zum anderen: »Könnt ihr vergessen, Jungs, da kommt jede Hilfe zu spät.«

Man mied Aschemanns Wagen, obwohl einige versuchten, den Blick seiner Assistentin auf sich zu ziehen, über die sie aus der einen oder anderen Quelle auf der Arbeit etwas gehört hatten. Was die Assistentin betraf, so hatte sie nichts zu sagen. Sie lehnte an der Heckflosse des Cadillac und ließ ihrem aufgeheizten Metabolismus Zeit, sich abzukühlen – wie die meisten modernen Preter-Cœur-Produkte konnte er bis zu vierzig Prozent des eigenen zellulären Abfalls verbrennen. Sie strafte alles, bis auf ihr Unterarmdisplay, mit Verachtung. Seit Vics Flucht hatte sie kein Wort mehr gesagt.

»Ich bin ziemlich erschüttert«, sagte Aschemann zu ihr.

Er legte die Hand auf ihren Arm. »Danke für alles«, sagte er. »Vielleicht könnten Sie demnächst ein paar Leute weniger töten.«

Sie zuckte die Achseln.

»Sind Sie böse?«, sagte er.

»Das war von vorneherein keine Ermittlungsarbeit. Das war ein einziges Fiasko.«

Ihre Augen wurden blicklos; sie telefonierte, redete leise und monoton. Sie hatte noch ein SEK angefordert; doch für Vic war es zu spät, und Paulie lag nicht in ihrem Verantwortungsbereich. Als Aschemann sie daran erinnerte, stieß sie sich wütend vom Wagen ab, blieb abseits stehen und blickte in jede Richtung, nur nicht in seine. Sie kniete sich neben Alice Nylon und pflückte ihr die Haare aus dem spitzigen, leblosen Gesichtchen. »Ich begreife nicht, warum das alles passieren musste!«, sagte sie zu Aschemann. »Ich begreife nicht, warum Sie so tun müssen, als wären Sie alt, und warum Sie sich in einem historischen Vehikel herumfahren lassen. Heutzutage muss keiner mehr alt sein.« Sie nahm Alice bei den Schultern, hob sie ein wenig an und schüttelte sie leicht – als sei Alice über einem Geheimnis eingeschlafen, das, hätte sie es mit ihr geteilt, zwei Leben hätte ändern können –, dann ließ sie die kleine Leiche wieder los. »Hier ist ein *Ausreißer* beteiligt«, sagte sie zu Aschemann. »Ich begreife nicht, warum Sie nicht so ermitteln wie alle anderen auch.«

»Tut mir leid«, sagte Aschemann.

Bei dieser Antwort kehrte sie zum Wagen zurück, blickte nachdenklich hinein und sagte: »Wie heißen Sie?«

»Wie bitte?«

»Wie Sie *heißen*.«

»Das sollten Sie wissen«, sagte er. »Aschemann.«

»Und so hat Ihre Frau Sie angeredet, richtig? Aschemann, reich mir den Hummus; Aschemann, lass mal den Stuhl rüberwachsen, damit ich mich draufstelle und die schwarze Flasche Rum da runterholen kann; Aschemann, wir sind alt und werden eines Tages sterben.«

Aschemann war gekränkt.

»Lens, natürlich.«

»Also gut, Lens, es war schön mit Ihnen. Sie haben mich nicht *einmal* nach meinem Namen gefragt, also hab ich Sie jetzt wenigstens nach Ihrem gefragt. Ich gehe.«

»Ich …«

»Ich lasse mich versetzen, sowie dieses Fiasko abgewickelt ist.«

Er schien nicht zuzuhören.

»Als ich Utzie verließ«, sagte er, »hat sie mich angerufen und gesagt: ›Die Leute meinen, es sei ein Fehler, allein zu leben, aber das stimmt nicht. Der Fehler ist zusammenzubleiben, nur weil man sich nichts anderes vorstellen kann.‹« Er gluckste. »Zwei Tage später hieß es dann: ›Rund um die Uhr mit sich selbst eingesperrt zu sein, das ist wie lebenslänglich ohne Aussicht auf Begnadigung. Lens, es gibt nichts Schlimmeres als in sich selbst zu sein, du willst ja gar nicht, dass man dich befreit. Doch so glücklich zu sein, wie wir es waren – einen anderen so tief in sich hineinblicken zu lassen –, das war zum Scheitern verurteilt.‹« Einmal habe sie angerufen, um von ihren Plänen zu erzählen: Dass sie hinter dem Bungalow einen Garten anlegen wolle – mit Goldlack, Mohn und Schwertlilien, die so modifiziert waren, dass sie nach Schokolade dufteten. Dann wieder, um ihm zu berichten, dass ihr Bruder an Darmkrebs gestorben sei. Wer war seit dem einundzwanzigsten Jahrhundert an Darmkrebs gestorben? Das war seine freie Entscheidung gewesen. Ihre ganze Familie hatte Unheil zum Lebensstil erkoren.

»Niemand muss jemanden verlieren heutzutage«, sagte Aschemann zu seiner Assistentin. »Vielleicht wollte ich wissen, wie sich das anfühlt. Utzie …«

»Ich weiß alles über Utzie«, fiel sie ihm ins Wort.

Aschemann blickte sie an. »Wer hat Sie für mich verantwortlich gemacht?«

»Sie machen jeden für sich verantwortlich.«

Er sah zu, wie sie wegging und mit den anderen Uniformierten ins Gespräch kam. Sie standen jetzt alle um das sterbende Kind herum; warum, konnte Aschemann nicht feststellen. »Sie waren eine gute Assistentin«, rief er ihr nach. »Wovor haben Sie Angst? Dass Sie dazulernen könnten? Aber wie sollten Sie, wo Sie doch schon alles wissen?« Er rutschte hinters Steuer und startete. Er durfte sich glücklich schätzen, so wie die Dinge sich entwickelt hatten. Er hatte zwar Vic verloren, hatte aber immer noch Emil Bonaventuras Notizbuch. Er fand, dass er das Verdeck einfahren sollte; der Tag war so schön. Er legte den ersten, dann den zweiten Gang ein, hübsche und wohlbedachte Handlungen, mit dem gemächlichen alten Motor weit unter seinem Leistungsvermögen. Trotzdem fuhr er bald schon mit achtzig, neunzig Stundenkilometern. Er drückte auf die Hupe, als er an Gruppen von Uniformierten vorbeikam. Die Leute begannen, laut zu telefonieren. Überall sah man mit wachsendem Unverständnis zu, wie der Roadster über die Betonfläche in den Grenznebel preschte. Aschemanns Assistentin, die, wenn sie sich nicht in die eigene Tasche log, die ganze Zeit etwas Ähnliches erwartet hatte, jagte ihre Schneiderarbeit auf grenzwertige Leistung, um ihm den Weg abzuschneiden; doch es war schon zu spät.

Vielleicht zehn Minuten, nachdem Vic sie eingeholt hatte, entdeckte Elisabeth Kielar auf der Straße eine herrenlose Schaufensterpuppe, die ein Kind von fünf oder sechs Jahren darstellte.

Die Puppe war nackt, kahl, von gräulichem Rehbraun und mit einem süßen, befremdlichen Ausdruck im Gesicht. Eines dieser Demo-Objekte in jedem Onkel-Sip-Ladenfenster, ausgestattet mit dem schwarzen Barett eines kürzlich glorifizierten interstellaren Krieges, der Rumpf krabbelte vor bunten, lebendigen Abzeichen, deren Proteine sich der DNS des Blattsteigerfrosches verdankten. Die Arme hatten Schultergelenke, um diverse Gebärden zu ermöglichen, ansonsten war die Puppe aus einem Stück. Wenn Vic sich recht erinnerte, lag sie dort schon seit anderthalb Jahren. Er musste Elisabeth Kielar überreden, sie liegen zu lassen.

Sie setzte eine rebellische Miene auf, dann lächelte sie und sagte: »Er ist bestimmt traurig, weil er keine Genitalien hat!«

Der Schatten eines unsichtbaren Vogels huschte über ein Fenster am Ende der Straße.

»Vic, lass uns hier langgehen!«

»Weißt du, warum du hier bist?«

Sie wollte es nicht sagen. Dickkopf, dachte er. »Es ist sicherer«, erklärte er, »wenn du nicht allzu viel erwartest.« Doch Elisabeth wählte den einzigen Ausweg, der ihr blieb, um ihren Willen zu bekommen: Sie ließ ihn stehen. Je weiter Vic von der gewohnten Route abwich, desto nervöser wurde er, und umso leichter war es, ihn zu überreden, die nächste falsche Abzweigung zu nehmen. Davor hatte er sich immer gefürchtet.

Die Landschaft veränderte sich laufend, mal ein verlassenes Wohngebiet (obwohl an der Ecke gut gekleidete Frauen warteten, lösten sie sich bei näherer Betrachtung in Luft auf), mal ein verwaistes Industriegebiet. Feuriges Flackern über einer fernen Kokerei (wenn es denn eine war). Aber aus der Nähe war alles eingestürzt und überwuchert. Aus alten Trenntanks wurden flache Seen mit kastanienbraun gemaserten Schlammbänken. Etwas Riesiges zog über den Himmel: Der Schatten ließ einen zusammenfahren, dann sah man, dass es sich um eine Spielzeugente handelte, die mit ihren intelligenten, hellblau gemalten Augen auf einen herunter- oder *in* einen hineinschaute. Ein Hypermarkt der Belanglosigkeiten, der, soweit Vic das beurteilen konnte, nur einen Fehler hatte: Man durfte keinen Wunschzettel haben. Genau das hatte Emil Bonaventura und seine Generation so irregeleitet und verwirrt: dass sie die Dinge bedarfsorientiert erfasst hatten. Es war sicherer, zu lernen, wie sie funktionierten, und danach sein Bündel an Verhaltensweisen zu schnüren (*scheinbar* psychotische Ticks), die für einen klaren Bezugsrahmen standen und den Reiseleiter vor Schaden bewahrten.

»Alles riecht nach Schwefel«, sagte Elisabeth. »Riechst du auch Schwefel?« Sie sagte: »Gehst du manchmal irgendwo rein, wenn du hier bist? Komm, Vic, lass uns in eins der Häuser gehen! Wir könn-

ten poppen da drin, das wär doch schön! Macht dich das nicht an?«
Er erklärte ihr, warum das keine gute Idee war. Bald darauf schlug
ihre Stimmung um. Sie schwieg lange, dann sprach sie bittere Worte,
mit müder, trauriger Stimme, als unterhalte sie sich mit einem Exfreund. »Siehst du nicht«, sagte sie, »dass ich jetzt nicht reden kann?
Hier?« Vic hatte sie nicht zum Reden aufgefordert. »Das Leben, das
ich jetzt führe«, sagte sie, »das Leben, das ich geführt habe: Das war
nicht ich, aber jetzt, das bin ich.«

Sie sagte: »Sie entfernt sich kein bisschen.«

»Was?«

»Die Fabrik. Siehst du, Vic, wir gehen darauf zu, aber sie entfernt
sich kein bisschen.«

»So was soll vorkommen«, sagte er, nur um etwas zu sagen.

Schließlich kamen sie durch den Regen und die hereinbrechende
Dunkelheit von der Straße ab. Vic war nicht versessen darauf, irgendwo hinzukommen, wo er sich nicht auskannte – man wurde so
rasch zum Spielball seiner schlimmsten Befürchtungen. Doch es war
Nacht, die Nacht von Saudade, und Elisabeth fror. Sie blickte in den
Regen hinauf, der ihr durch Schichten eines imaginären Leuchtens
entgegenkam und über ihre Kleidung perlte. »Ich friere, Vic«, sagte
sie und riss dabei die Augen auf. »Bring mich heim.« Irgendwie waren
diese Worte das am wenigsten Menschliche, was ihr an diesem Tag
über die Lippen gekommen war.

Überall, wo sie Zuflucht suchten, starrte es vor Katzen, die ihre
Gesichter abgewandt hatten, aufgereiht an den Wänden, auf den
Armlehnen von Sesseln balancierend, so dicht zusammengepfercht,
dass sie sich nicht mehr rühren konnten. Vic war erleichtert, sie in
solcher Dichte vorzufinden. »Das heißt, dass wir noch nicht sehr
weit drinnen sind.« Das Erdgeschoss des Gebäudes, für das er sich
entschied, besaß keine Trennwände mehr, nur noch Mauerstümpfe,
wo sie gestanden hatten. Eine Überschwemmung hatte unlängst
ihren Schmutz hier abgeladen, der kompakt und krustig wirkte,
bis man ihn berührte und er seine hohle, esspapierähnliche Struktur
preisgab und in farbig marmorierte Brösel zerfiel. Fünfzehn oder

zwanzig Fuß tiefer gab es eine Art Ausdehnungskammer, durch die sie in Abständen Wasser rauschen hörten. Ansonsten schien sie leer, bis auf die Echos. Elisabeth lauschte kurz, dann nickte sie, als schicke sie sich in das Unvermeidliche. »Ich erinnere mich, dass es ganz langsam geschneit hat«, sagte sie, »Flocken so groß wie Münzen. Im langen Garten, abends. Ich erinnere mich an festgetretenen Schnee draußen auf dem Pflaster. Dann erinnere ich mich an einen Flohmarkt, an eine tote Katze im Rinnstein.« Für Vic hörte es sich an, als beschreibe sie einen Prozess, eine Sequenz, nicht die Erinnerungen an sich. Er legte ihr seinen Mantel, dann seinen Arm um die Schultern. Sie kauerten an einer Wand, so weit wie möglich vom Geräusch des Wassers entfernt. Sie nahm sein Gesicht und fing an, ihn zu küssen, dann öffnete sie ihre Beine und führte ihm die Hand.

Später, als er fragte: »Wo bist du geboren?«, bekam er erwartungsgemäß zur Antwort: »Vic, ich weiß es nicht.«

Gut fünf Wochen, nachdem sie Vic Serotonin bei der Gebietskripo angezeigt hatten, saßen der Dicke Antoyne und Irene, die Mona, an der Long Bar im Café Surf. Antoyne trug einen neuen Anzug: einen gelben Zweireiher mit Hologrammknöpfen, die Irene zeigten, wie sie lachte und sagte, Antoyne sei für immer ihr Star. Sie tranken Boiru Black und zum Nachspülen etwas Einheimisches, das Irene zum ersten Mal trank und das sie *Dickweed* nannte, obwohl Antoyne sich nicht sicher war, ob er sich dabei verhört hatte. Es war früher Abend nach einem sonnigen Tag und Schauern entlang der Küstenstraße, herzzerreißend und herzerfrischend zugleich: ein Tag, wie Irene meinte, der einem das wahre, wunderschöne Gleichgewicht der Dinge zeige, indem er uns mit dem launischen Wetter sozusagen den Spiegel vorhalte.

»Es ist gut«, sagte sie gerade, »dass wir am großen Auf und Ab des Lebens teilhaben, aber vergiss nie, Antoyne, dass für dieses Mädchen das Positive überwiegen muss.«

Es war eine fade Nacht unter dem *Jeden-Abend-Livemusik*-Schild. Vor zwanzig Minuten, nachdem die Hardware installiert und der letzte Tropfen Gin Rickey auf der Zunge verteilt war, hatten die beiden

Musiker begonnen sich aufzuwärmen, indem sie zwanzig Minuten lang eine eigene Komposition ins Kreuzverhör nahmen, die sie *Fette Annie* nannten. Doch Annie wollte sich weder ihnen noch sonst jemandem erschließen. Das Saxofon bekam ein Solo angeboten und lehnte achselzuckend ab. Sie wechselten ein paar Viertakt-Passagen, formulierten das Thema um und verließen die Stadt mit dem nächsten Senkrechtstarter, während die zahlende Klientel weise die Häupter schüttelte und ihre letzten Reserven an gutem Willen mobilisierte. Band und Publikum sparten sich für später auf: ein Rezept für gegenseitiges Unverständnis. Antoyne und Irene klatschten so beiläufig wie alle anderen, und Antoyne bestellte neue Drinks.

»Ich bin deprimiert«, sagte er. »Ich gebe es zu.«

»Und ich weiß auch, warum, Antoyne«, sagte die Mona und legte ihre Hand auf seinen Unterarm. »Glaub ja nicht, ich wüsste es nicht. Ein bisschen Abwechslung«, sagte sie, »tut jedenfalls gut.«

Als Paulie DeRaads Verbindungen zwei Tage nach dem Verschwinden von Vic und Paulie nach Saudade kamen, übernahmen sie als Erstes den Club Semiramide. Ab sofort machte der Club weniger Spaß. Wie Irene sagte: Arbeit gebe es genug, aber man vermisse Paulie, der immer ein Wort für die Mädels gehabt habe. Die ganzen EMC-Burschen hätten nur eins im Sinn: Paulies Schlupflöcher aufzuspüren, über die aber niemand richtig Bescheid wisse. So wenig wie über Paulies Umtriebe nach seiner Erkrankung. Sie würden den ganzen Tag im rückwärtigen Büro hausen, das sie inzwischen mit FTL-Routern vollgestopft hätten. Und sie würden Paulies Schattenoperatoren mit Hochleistungssoftware zu Leibe rücken: Wonach sie suchten, sagten oder wussten sie nicht. Das alles sei ja gut und schön, meinte Irene, aber sie würden sich so gut wie nicht um das Geschäft kümmern, ganz im Gegensatz zu Paulie, als er noch gesund gewesen sei.

»So wenig sich dieser Mann geschont hat, so großzügig war er«, sagte sie abschließend. »Er gab einem das Gefühl, dass man gebraucht wurde.«

Antoyne starrte in seinen Drink.

»Man wird ihn vermissen«, war alles, was ihm dazu einfiel.

»Antoyne«, sagte die Mona, »du bist seitdem so freudlos. Wie kriegen wir das wieder hin, hm?«

Antoyne schüttelte den Kopf und blickte in die Ferne.

Die Bar trat die lange Reise in die Nacht an. Zusätzlich zur Schoko-Lasagne, dem Hausgericht, offerierte der Küchenchef Emmentaler & Kapern in Brandteig, gefolgt von einem Cappuccino aus Kichererbsen; Keyboard und Saxofon wollten nicht zurückstehen und fanden in einem Chamamé-Remix aus dem populären *Barking Frog Buzz* zu ihrer Bestform zurück. Gerüche, Musik und Küchenwärme: Jetzt bahnte sich der Umschwung an, scheu und keck zuerst, vereinzelt, dann katastrophenartig, unumkehrbar, allumfassend. Der Geräuschpegel stieg. Die Stammklientel, die es in den roten Neonschein des *Livemusik*-Schildes zog, begann ihren Massenkonsum von *Neunzig Prozent Neon* und Giraffe-Bier. Bald war es wie in jeder anderen Nacht im Surf. Die Band gab ihr Letztes, als sich zwischen ihr und der Bar die ersten Gestalten herauswanden. Sie waren zögerlich – unsicher, was von ihnen erwartet wurde oder was sie erwarten durften –, jung noch, formbar, labil, tanzbereit. Ihre Gesichter waren noch unbeschrieben, die Augen nur Reflexe der Barlichter, der Reflexe in Gläsern und Flaschen, Reflexe von Reflexen, warm zwar, aber von unbekanntem Ausdruck. Im ersten Augenblick hätte man sie für einen Spuk halten können, für eine Ausgeburt der Lichtverhältnisse – im nächsten wurde man eines Besseren belehrt. Sie hatten Gelüste, wussten aber noch nicht welche. Sie blinzelten ins Neonlicht, sie stillten ihren Durst an der Bar. Sie schlossen die arglosen Freundschaften von Kindern oder Tieren und wagten sich eingehakt in die Nacht hinaus.

Auf der Suche wonach?, wunderte sich Irene.

Liebe? Erfüllung? »Was meinst du, Antoyne?«

Er habe keine Meinung dazu, meinte Antoyne.

»Aber hoffst du denn nicht, dass sie das suchen?«

Er könne nur wiederholen, was er schon gesagt habe, sagte Antoyne. Dann stand er so plötzlich auf, dass der Hocker umkippte.

»Himmel noch mal«, flüsterte er bei sich. Trank in einem Zug aus, wischte sich mit dem Handrücken über den Mund und bahnte sich seinen Weg durch die überfüllte Long Bar nach draußen; er hielt nicht inne, bis er zitternd auf der Küstenstraße stand und zum Strand hinunterblickte, wo er einen Monat zuvor Vic Serotonin an die Gebietskripo verkauft hatte. Es war Flut. Auf dem schmalen Sandstreifen unter den Straßenlaternen versuchten zwei Frauen und ein Mann es mit einem flotten Dreier. Lachen perlte in die kalte Luft. »Hier! Nein, hier!« Jemand sang zwei, drei Takte Tangomusik. Das Gesicht des Mannes war ein weißer vergnügter Fleck, das schwarze Haar darüber war zurückgestreift. Antoyne wollte rufen, konnte aber nicht. Er fühlte sich wie eingefroren in einer anderen Art von Zeit. Dann sah er sie vom Strand hochkommen, ihre Kleidung richten und untergehakt ins Licht der Laternen wandern.

Irene fand ihn, wie er dastand und die Küstenstraße hinunter nach Saudade blickte. Tränen liefen ihm übers Gesicht.

»Antoyne, Liebling«, sagte sie, »was ist los?«

»Das war Vic. Ich habe ihn gesehen.«

»Liebling, wenn ich es dir sage. Vic ist jetzt fort, und er kommt nicht wieder. Er war zu introvertiert, um einen anderen Weg zu gehen. Tu dir das nicht mehr an! Vic Serotonin hatte kein Herz, aber du, Antoyne, hast tausend Herzen. Bitte, komm mit.« Antoyne schüttelte den Kopf, ließ sich aber von ihr in die Long Bar führen. Die Zweimannband spielte, die Leute hatten sich in den Raum gedrängt. Er sah, wie sie zum Ausgang strebten.

»Das Leben geht weiter, Antoyne. Es bleibt nicht stehen.«

Damit war seine Krise ausgestanden. Danach ging es mit Antoyne Messner bergauf, und er machte gute Fortschritte im Glücklichsein und Ansichglauben.

Der Schwung trug den Cadillac einen Wall aus irdenen Fliesenscherben empor und ließ ihn auf halbem Weg im Stich, sodass er kurz innehielt, bevor er ein Stück zurückrutschte, um sich in einer Staubwolke auf die Fahrerseite zu wälzen. Für ein, zwei Minuten, derweil sich der Hang infolge der immer schwächer und seltener werdenden Lawinen stabilisierte, unternahm der Mann, der wie Einstein aussah, nichts. Er ruhte sich aus und das, obwohl er unbequem im Sicherheitsgurt hing und sein Kinn ins Schlüsselbein gedrückt wurde.

Alles wurde von einem bläulichen Leuchten überzogen, alles schien miteinander vermischt zu sein. So wie Flüssigkeiten aus dem Wagen sickerten, sickerten allerhand Gedanken und Bilder aus seinem Hirn. »Das war von vorneherein keine Ermittlungsarbeit«, hörte er seine Assistentin sagen. Seine Frau sagte: »Aschemann, du würdest dich voll und ganz an die Welt verschenken – wenn du dich nur finden könntest.« Als er ihr zum ersten Mal begegnet war, hatte er das Gleiche von ihr gedacht. Das war an der Küstenstraße gewesen, an einem späten Nachmittag im Sommer, das Meer wie Flussstahl. Sie saß draußen vor einem Café, in einem gelben Seidenkleid und mit einer Sonnenbrille so dunkel, dass sie sie hochschieben musste, um ihn zu sehen. Sie aß ein Eis. Ihre Frisur war ein heilloses Durcheinander, und ihre Augen waren so verquollen, als würde sie schon mit ihm zusammenleben. Eine Stunde später saß sie im Fond einer Rikscha auf seinem Schoß, das Seidenkleid bis zur Taille hochgerafft.

Bei dieser Erinnerung lächelte Aschemann.

Er befreite sich aus dem Gurt und dann aus dem Cadillac.

Mit der Schuhspitze drehte er ein paar Fliesenscherben um. So, nun bist du drinnen, dachte er. Egal, was passiert, es kann nichts Gutes sein. Dann schlug er Bonaventuras Tagebuch irgendwo auf und fing an, es mit der Landschaft zu vergleichen, als könne er Emils Erinnerungen wie einen Kompass benutzen, um seine, Aschemanns, Beziehung zur Welt zu finden.

Das Fahrzeug blieb sofort liegen, hatte Bonaventura geschrieben. *Haben in dem alten Kanalrohr geschlafen. G. ist oft aufgewacht, hörte Ratten in der Nacht. Seine Geschwüre unverändert. Noch vier Liter Wasser!* Dazu gehörte ein Mittelding zwischen Karte und Zeichnung. Gepunktete Linien verbanden verschiedene grob skizzierte Besonderheiten, die ohne Perspektive angeordnet waren, die Höhe auf der

Seite stand für die Entfernung vom Standort. *Die Ausdehnungskammer wurde wiederholt geflutet & wir mussten unsere Spuren zurückverfolgen. Lupercu berichtet, hier »Insektenparlament«, habe aber nur Wald auf Anhöhe gesehen, und* [unleserlich]

»Emil, Emil«, schalt Aschemann, als stünde der alte Entradista neben ihm. »Wer handelt schon aus den richtigen Gründen?«

Er warf das Tagebuch fort und ging einfach der Nase nach, und das war zufällig bergauf. Danach schien er wochenlang herumzuwandern. Er wurde weder hungrig noch durstig, aber nachts fror er, und die Kleidung unterlag einem rapiden Zerfallsprozess. Was er für Verwüstung hielt, erstreckte sich unter einem Zwielicht, das er für Mondschein hielt. Wellen der Veränderung durchliefen die Landschaft, doch sie blieb mit Gebäuden bedeckt. Obwohl viele Gebäude noch intakt waren, hatten sie keine Türen und Fenster mehr; sie waren leer geräumt, bar alles Menschlichen. Man konnte in Untergeschosse blicken, in denen sich kompakte, abgeflachte Ansammlungen von großen knochenweißen Läusen drängten – oder eine ionisierte Suspension aus kaputten Werbebannern schwappte, die man leicht für Ektoplasma hätte halten können. Rinnsteine wurden von schwarzen und weißen Katzen gesäumt, die alle den Kopf abgewandt hielten. Ein Lied in einem leeren Fenster; eine Rikscha, die um eine Ecke verschwand; ein Lachen, obwohl niemand da war; über allem hing ein Geruch nach ausgelassenem Fett, was ihn an ein Gespräch mit Vic Serotonin erinnerte, diesen korrupten Seelenführer.

»Nur wer einfach gestrickt ist, behauptet, es sei einfach da unten«, hatte Vic gesagt. »Und was bringen diese Leute mit zurück? Den letzten Dreck. Keiner zahlt für ein Motelzimmer mit Bettlaken, die so aussehen. Es riecht nach Schweineschmalz. So riecht Code. Du siehst was, du brichst die Regeln, *puff*: Ende. Schlimmer als das: Nimm nie etwas an dich. *Lass nichts an dich heran.*« Wie zur Bestätigung oder zur Illustration lösten sich sterbende Werbebanner aus dem Kellerschlick, um ihm verstümmelte Versprechungen zu machen, Angebote, die nie jemand annehmen oder einlösen konnte:

*Wir führen alle Aphrodisiaka
in morphinäquivalenten Tagesdosen zum Sonderpreis.
99 % Erfolgsrate.
Um in den Genuss der zeitlich begrenzten
Preisreduzierung zu kommen, bitte nicht antworten.*

Das waren die Gezeitenhunde, die unerinnerten Erinnerungen an einen Ort, der nie zweimal derselbe war. Die Hartnäckigsten blieben ihm tagelang auf den Fersen, nahmen die Gestalt kleiner bunter Lampions an, manchmal auch von Zeichnungen kleiner bunter Lampions, die leichtfüßig hinter seiner linken Schulter tanzten. Die Abnutzungsrate war enorm. Bald war nur noch ein Banner übrig. *Eine wundervolle Frau wie Sie,* plärrte das Banner unermüdlich, *braucht einen so eloquenten Chronometer.* Und: *Sie können heute noch in den Besitz Ihres Zertifikates kommen.* Hatte er diese Sprüche zu nah an sich herangelassen? Der Fahnder zuckte die Achseln. Was hätte er tun sollen? Er hatte seine Assistentin verloren. Er hatte seinen Wagen verloren. Er hatte den Halt an der Normalität verloren. Dafür gab ihm das Gebiet diesen flatterhaften Begleiter, dessen Lebenskraft schwand, nicht aber seine Zähigkeit. Aschemann war sich nicht sicher, welche Gegenleistung von ihm erwartet wurde. Wenn er die ganze Nacht im Halbschlaf lag wie in einem seichten Bach, dann fand er Trost in der einfachen Melodie seines Gefährten und seinem Flimmern, das an mottenzerfressene Gaze erinnert; er verspürte eine ganz einfache, unkomplizierte Zuneigung zu dem Etwas.

Was ist eine Tochter?

Eines späten Abends, acht Wochen nach dem Verschwinden von Vic Serotonin und Lens Aschemann, zwängte sich Edith Bonaventura in das Kostüm, das sie mit siebzehn getragen hatte, und machte sich auf den Weg zu den Toren des Zollhafens von Saudade. Dort angekommen, öffnete sie auf dem betonierten Gehsteig den Akkordeonkasten, hängte sich das Instrument um und begann zu spielen. Kreuzfahrtschiffe von allen großen Gesellschaften waren gelandet und ragten empor wie die Skyline einer mobilen City. Die abgeschliffenen, verätzt wirkenden Rümpfe verjüngten sich bis an die tief hängende Wolkendecke. Zu dieser Nachtzeit regnete es nicht nur, es war auch neblig. Die Halogenlampen des Hafengeländes waren weiße, verschwommene Wintersonnen, das Pflaster war schwarz, glänzte seidenweich und bildete das Kreuz-und-Quer der Rikschas ab. Ediths Kostüm, steifes Satinimitat in glühendem Kastanienbraun, saß noch tadellos; wiewohl sie darin ein bisschen stämmig wirkte. Ungewohnte Erregung rötete Wangen und Oberschenkel. Ihren Vater hatte sie diesmal sich selbst überlassen. Er hatte die Wahl, aus dem Bett zu fallen oder darin liegen zu bleiben: Das, hatte sie ihm erklärt, liege heute Abend ganz bei ihm. Er habe die freie Wahl.

»Emil, du kannst zusehen, wie die Charterschiffe abheben, du kannst dich meinetwegen vollkotzen – ich für mein Teil bin in *The World of Today*, um mir einen Mann zu angeln.«

»Wenn es genehm ist, dann bringt mir doch gleich eine Flasche mit …«

»Das könnte dir so passen.«

»… und werd nicht immer so laut dabei.«

Emil schien gut drauf zu sein, vielleicht hatte er Vics Fahnenflucht verwunden. Warum tischte sie ihm diese Lüge auf? Sie wollte doch etwas ganz anderes. Spielen wollte sie. Sie hatte sich ein Akkordeon ausgesucht, das zu ihrem Kostüm passte: eine Mischung aus Kastanienbraun und Metallplättchen unter einer dicken Klarlackschicht, aufgeprägte Chromembleme von Raketenschiffen und Kometen, die das Halogenlicht des Raumhafens wie Spiegelchen einfingen. Als Kind hatte Edith manchmal gedacht, viel schöner als ein Akkordeon zu besitzen wäre es, selbst eines zu sein. Zusammengerollt im Innern des Instruments zu liegen, wie eine winzige Extradimension der Musik. Edith spielte *Abandonada*. Sie spielte *Tango Zen*. Sie spielte diesen alten Neuen Nuevo-Klassiker, *A Anibal Lectur*. Sie verstand es, rasch mit dem Flair der Nacht zu verschmelzen, ein Teil des Amüsements für den zahlenden Gast zu werden. Rings um sie her Rikschawerbung, ein flatternder Reigen in den Farben des Fuchsienstrauchs. Rikschagirls riefen ihr im Vorbeilaufen Wünsche zu; oder sie blieben stehen und lauschten bei gezügeltem Atem, verstört durch das plötzliche Innehalten. Derweil überall an den Rikschaschlangen die extraplanetaren Frauen fröstelten und ihre Pelze enger um sich zogen, während die traurig-feurigen Tangoweisen in ihrer billigen, aber endlos erfinderischen Sprache ihre sich selbst erfüllenden Prophezeiungen über die Verworrenheit und die Absurdität und die fieberhafte Kürze des Lebens machten. Es war das kürzeste *mal de débarquement.* Saudade! Schon der Name war wie eine Glocke, die sie heim zu ihren wahren, erfreulich komplexen Egos läutete! Lachend erwachten sie weit weg von ihrem Ausgangspunkt, einen Moment lang ratlos angesichts der Nacht und angesichts eines neuen Planeten; und doch hatten sie all die brandneuen Erfahrungen, die sie hier erwarteten, voll unter Kontrolle. Auf der Suche nach einer Geste, die diese Widersprüchlichkeiten erfassen, anerkennen und zelebrieren konnte, warfen sie Geld in das lachsrosa gefütterte Innere des offenen Akkordeonkastens dieser dicken, auffallend kleinen Straßenmusikantin. Manchmal trudelten die Banknoten, die sie warfen, um Edith herum wie Konfetti bei der Hochzeit von Erde und Luft, derweil sie *I Am You* spielte, *Motel Milongueros* und eine schnelle Version von *Wendy del Muerte*, die sie in einer Bar auf Pumal Verde gelernt hatte. Sie hatte wirklich keine Ahnung, warum sie zu den Toren gekommen war. Sie war zweiundvierzig. Sie war eine schwarzhaarige Frau mit breitem Becken und Hüftspeck, die es sich nicht leisten konnte, eine andere zu sein als die, für die sie sich mit elf entschieden hatte und die folglich rasch errötete unter der olivfarbenen Haut. Sie war eine Frau, die die Dinge im Blick behielt, eine Frau, von der Männer sagten: »Man kann ihr nichts vorwerfen. Edith weiß genau, was sie will.«

Als sich der Rikschaverkehr gelegt hatte und ihr nicht mehr nach Spielen zumute war, sammelte sie das Geld ein, packte das Instrument in den Kasten und zog sich, plötzlich fröstelnd, umständlich ihren alten kastanienbraunen Wollmantel über. »Der Wind der Erinnerung nähert sich dieser einsamen Ecke«, zitierte sie nicht ganz richtig. *The World of Today* war nur ein paar Seitenstraßen entfernt, allerdings, ein bisschen wie Edith selbst, nur mehr ein helles gelbes Fenster, hinter dem gähnende Leere herrschte. Edith zog sich einen Barhocker heran und zählte ihre Einnahmen. Es war mehr, als sie gedacht, und weniger, als sie sich beim Anblick der Pelzmäntel vorgestellt hatte, der Mäntel und der Kosmetik von Harvard und Pico-second und den maßgeschneiderten Nicky-Rivera-Reisesets aus diversen Fremdledern.

»Eine Flasche Black Heart zum Mitnehmen«, sagte sie zu dem Barkeeper; dann: »Andererseits, warum sie nicht gleich hier trinken?«

»Das ist Ihr Bier«, sagte der Barkeeper.

Später fragte sie, ob sie wohl zu alt sei für ein intelligentes Tattoo? Noch später, ohne sich an seine Antwort zu erinnern, fand sie sich auf dem Gehsteig zwei Türen weiter vor einem Onkel-Sip-Outlet stehen.

Onkel Sip, der Genschnippler, erwies sich als sein erfolgreichstes Produkt. Jahre nach seinem mysteriösen Verschwinden in dem Wurmloch bei *Radio RX-1* gab es auf jedem Halo-Planeten eine Onkel-Sip-Vertretung, oder auch zwei oder drei. Den Mann selbst fand man innen auf einem dreibeinigen Schemel sitzend und vor Energie schwitzend, ein fetter Klon mit dem Jargon eines Matrosen, der einen bei Tag verarztete und dann – der sprichwörtliche Patron des Akkordeons – die ganze Nacht seine Musik spielte. Sein Material war immer noch vom Feinsten. Er schneiderte für EMC, er schneiderte für die Reichen und die Schönen, und er schneiderte für die einfachen Leute; und man munkelte, er schneidere auch für diverse Aliens. Er agierte überall, sein Arm reichte bis zum Zentrum der Milchstraße. Sollte es eine Religion der *Strand*-Sterne geben, dann war Onkel Sip ihr Theologe, weil er einem bewies, dass es nie zu spät war, sich so oder so zu verändern; dass man kein altmodisches, starr fixiertes Wesen bleiben musste, und dass sich keiner mit den unerwünschten Nebenwirkungen der Gravitation abzufinden brauchte. Onkel Sip war lieb zu einem, wie er zu jedem lieb war, denn wenn man Kummer hatte, brauchte man nur in sein Fenster zu blicken, so wie Edith eben jetzt, und fließende neue Möglichkeiten für sich in tausend schwebenden Hologrammen zu entdecken, so wunderschön wie Lutschbonbons oder antike Briefmarken, die in den herrlichen Farben der Libellen und Pfeilgiftfrösche glühten. Das musste man einfach haben! Man konnte Prinzessin Diana sein und in einem durchsichtigen Givenchy-Gewand wie eine Bronx-Nachtigall bei der verhängnisvollen Kennedy-Spendenveranstaltung singen. Man konnte sich aus seinem eigenen Leben verabschieden als jemand, den keiner kannte, mit freundlicher Genehmigung einer x-beliebigen DNS aus einem Gefängniskoloss von *Cor Caroli*. Man könne sich zum halben Alien machen lassen, wurde gemunkelt, oder zu einem ganzen Haussschwein. Man konnte sich das billigste intelligente Tattoo kaufen (den traditionellen Fünfzehn-Dollar-Adler); oder man bekam neuronale Optimierungen, die so komplex und umfassend waren, dass man für eine Managerposition in der angebotsorientierten Sex-Ökonomie von *Radio Bay* prädestiniert war. Egal, was man wählte, das beinah spirituelle Licht, das aus Onkel Sips Schaufenster flutete, machte einen glauben, dass man das Geschäft nicht bloß runderneuert verlassen würde – nein, man würde herauskommen und jemand Neues sein und weit, weit weggehen.

Edith zuckte die Achseln.

Sie fragte sich, ob sie in ihrem Leben tatsächlich das Herz auf der Zunge getragen hatte. Die Antwort blieb aus. Du hattest deine Chance, ein neuer Mensch zu werden, sagte sie sich. Es ging ihr gut. Sie war so gut drauf, dass sie am liebsten heimgegangen wäre und zu Emil gesagt hätte: »Wenn du den Tochtercode nach mir benannt hast, dann bist du schwer im Irrtum. Er ist all das, was ich nicht bin. Ich bin ein Stück von dir! Warum musst du ins Gebiet gehen und nach Töchtern suchen?« Doch als sie nach Hause kam und sah, dass er in der blauen Dunkelheit seines Zimmers auf sie gewartet hatte, wie Väter es tun, wenn ihre Kinder unterwegs sind, da hatte sie nur gesagt: »Es regnet schon wieder.«

Über das Bett verstreut lagen die restlichen Bände seines Tagebuchs. Alle waren aufgeschlagen, manche lagen flach mit gebrochenem Rücken, bei anderen standen die vergilbten Seiten aufgefächert im Widerschein der Straßenbeleuchtung. Intelligente Diagramme in kräftig leuchtenden Rot- und Grüntönen. Exakte broschenartige Karten, die redeten, wenn man den richtigen Code kannte. Lagepläne für Dinge, die vor zwanzig Jahren – oder Sekunden – ihren Standort verändert hatten oder verschwunden waren, wenn denn überhaupt die Rede davon sein konnte, dass sie jemals wirklich irgendwo gewesen waren. Vieles davon erst nachträglich zu Papier gebracht, was, wie jeder in diesem Leben weiß, viel zu spät ist. Emils Augen waren entzündet vom mühsamen Entziffern seiner Vergangenheit; tiefer eingesunken; die Augenwinkel verkrustet. Im Laufe der letzten zwei Tage hatte sich auf einem Augenlid eine kleine Geschwulst gebildet. Sie war fantastisch grazil, eingerollt und gefältelt wie Blütenblätter aus Fleisch, die je nach Licht an eine Rose erinnerten.

Edith setzte sich auf die Bettkante, die Ellbogen auf den Knien. Sie war hundemüde.

»Also lies mir schon was vor von deinem Geschreibsel«, sagte sie.

»Du kannst lesen. Da steht ein halbes Leben drin, ich kann nicht mal meine eigene Handschrift entziffern. Hier, lies das mal.«

H. behauptet, er hätte in Sektor drei eine Zeichnung gemacht. Habe [unleserlich] erwartet und war überrascht. Ein weites, wogendes Grasmeer. Im Vordergrund vor einer Bank lag etwas im hohen Gras, das teilweise wie eine Frau & teilweise wie eine Katze aussah. Obwohl es erst unbeweglich schien, meinte H., es hätte sich langsam von der einen in die andere Gestalt verwandelt. H. sagte, diese Fähigkeit hätte ihm »den Atem verschlagen«. Ihn hätte plötzlich »ein beinah heiteres Gefühl für seine eigenen Möglichkeiten gepackt«. Die Katze war elfenbeinweiß.

Während sie las, wurde Emils Gesicht ganz locker und unscharf, wie ein Gesicht am Grund eines Baches. Schließlich sah sie, dass er weinte. Sie legte das Buch weg, nahm seine Hände in die ihren und brachte sie zusammen, sodass er mit sich selbst in Berührung kam.

»Seid ihr Entradistas immer so tapfer?«, fragte sie.

Emil versuchte zu lächeln, dann lenkte ihn etwas ab, ein Lichtblitz an der Wand, zu schnell für Edith, und sie wusste, dass er wieder im Gebiet war und alle Pläne zu Bruch gegangen waren, bevor er sie in die Tat umsetzen konnte. Er sagte: »Ich habe von Vic geträumt. Ich habe geträumt, er wäre zurückgekommen.«

»Du träumst doch gar nicht, Emil.«

Vic Serotonin und seine Klientin verbrachten ihre dritte gebietsseitige Nacht in einer verlassenen Cafeteria. Die Cafeteria war in einem merkwürdigen Zustand. Überall waren Stromkabel aus den Wänden gerissen und lagen in Schlingen am Boden; hier mussten brutale Kräfte am Werk gewesen sein. Die Bereiche aus rostfreiem Stahl und die Esskabinen mit ihren Glasfronten waren hingegen intakt und blitzsauber geblieben. Es schneite unablässig von knapp unter der Decke. In dem Zwischenraum erschien um Mitternacht für ein, zwei Stunden ein etwa achtjähriges Kind, das in einen gehäkelten Schal gewickelt war, sodass man nur sein Gesicht sehen konnte. Der Schnee erreichte nie den Boden. Elisabeth Kielar starrte unverwandt zu dem Kind empor. Danach fasste Vic sie mit Samthandschuhen an. In der Frühe flutete Sonne durch die zerbrochenen Fensterscheiben. Vic wachte auf und sah Elisabeth mitten auf dem schwarz-weißen Schachbrett aus Bodenfliesen knien und auf eine flache Lache aus klarem Wasser starren. Zuerst wirkte sie putzmunter. »Da, da, guck doch!«, rief sie aufgeregt. »Fische!« Sie hatte Schmutzflecken im Gesicht, aber sie strahlte. »Zwei winzige Fischchen!« Bis Vic bei ihr war, war die Sonne verschwunden, und er konnte in dem Wasser nichts weiter als sein Spiegelbild erkennen. Er sah müde aus, gestresst, und er hatte graues Haar bekommen. Er wandte den Blick ab, ehe noch etwas anderes mit seinem Spiegelbild geschah.

»Hübsch«, sagte er.

»Meinst du, wir könnten es trinken?«

»Wenn du Durst hast, trink das Wasser, das ich mitgebracht habe. Hier ist nichts, wonach es aussieht.«

»Aber die Fischchen trinken es.«

»Die Fischchen«, sagte Vic, »sind keine Fischchen.«

»Mit dem Wasser hab ich mich gewaschen. Wer oft vögelt, muss sich sauber halten.« Sie zuckte die Achseln. »Schwimmt eins nach rechts, schwimmt das andere auch nach rechts. Wusstest du, dass die Schwarmbildung immer vom selben einfachen Algorithmus gesteuert wird, überall, im ganzen Universum?«

Vic starrte sie an; er wusste nicht, was er sagen sollte.

Es war ein schwieriger Morgen. Sie ließ sich nicht überreden, etwas zu essen. Bevor sie die Cafeteria verlassen konnten, war das Kind wieder da, fest in seinen Schal gewickelt, und drehte sich hierhin und dorthin unter der Decke, wie die Schmetterlingspuppe in einer Hecke. Elisabeth hatte sich in die äußerste Ecke gekauert, und als er den Arm um sie legen wollte, biss sie nach seiner Hand. Das war ein Verhalten, das er von ihrem letzten Abstecher ins Gebiet kannte. Das einzig Vernünftige war, sie zurückzulassen und sich nach Saudade durchzuschlagen, aber sie waren schon zu weit vorgedrungen, und er hatte schon zu viele Regeln gebrochen. Er war ohne persönliche Ziele oder Absichten gekommen. Was immer Elisabeth ins Gebiet getrieben hatte, er war ihm ausgeliefert.

»Nimm dich in Acht, Vic. Ich bin eigentlich nicht hier.«

Vic stand auf und rieb sich die Hand. »Und wo bist du?«, sagte er.

»Ich weiß nicht.«

»Woher kommst du?«

Als sie nicht antwortete, nur zu ihm aufblickte, als müsste er die Antwort schon kennen, zuckte er die Achseln, ging nach draußen und setzte sich in den warmen Sonnenschein und die kühle Luft. Die Cafeteria, ein eingeschossiges weißes Bauwerk, das aussah, als sei es für irgendeine höhere Beanspruchung gebaut, lag am Ufer eines breiten Priels, der in einer kleinen Bucht zwischen bewaldeten Hügeln endete. Möwen, niedriges Grün, Sonnensprenkel auf dem weich gepolsterten Boden zwischen den Bäumen. Es war Ebbe, das Licht so gleißend auf dem entblößten Schlick, dass Vic die Augen abwenden musste. Die Bäume, die ans gegenüberliegende Ufer hinabstürzten, verloren sich in einem Scherbenhaufen aus Reflexen, in dem gestrandete Katamarane ruhten wie müde Insekten nach einem langen, aufreibenden Paarungsflug. Dahinter erstreckten sich drei oder vier Kilometer mit ausgetrockneten Chemietümpeln, danach die Wogen eines Grasmeers. Vic fühlte sich ausgehöhlt – als wolle ihn das Gebiet, wenn er nicht auf der Hut war, mit einem Selbst konfrontieren, mit dem er nicht konfrontiert werden wollte. Nach ein, zwei Stunden ging er wieder hinein, um Elisabeth zum Essen zu bewegen oder zum Aufbruch oder zu irgendeiner Entscheidung, zu der er Stellung beziehen konnte. Drinnen war es kalt. Elisabeth hatte eine Zeit lang damit zugebracht, sich mit wenig Erfolg in die Lücke zwischen zwei Esskabinen zu zwängen. Sie starrte immer noch an die Decke. Es geschah etwas mit dem Licht, das sie erreichte. Es wickelte sich um sie herum und machte ihr Gesicht glatt und wie ausradiert, weniger ausgeprägt, als man erwartet hätte. Ansonsten sah der Raum völlig normal aus.

»Elisabeth?«

»Halt dich fern von mir, Vic.«

Er packte sie bei der Hand, und kaum hatte er sie aus der Lücke gezerrt, da riss sie sich wieder los und kauerte sich in die entfernteste Ecke. Sie beobachtete ihn den ganzen Nachmittag über: Bleich, aber flink wie ein Wiesel, hielt sie Distanz zu ihm, floh immer in die nächste Ecke, wenn er näher kam. Vic gab Acht. Er befürchtete weniger, dass sie ihm etwas antat, als dass sie sich selbst etwas tat. Irgendwann musste sie müde werden, und was dann? Nichts, was er bereits über sie wusste, schien weiterzuhelfen. Nach ein, zwei Stunden begann sie sich auszuziehen, so unbeholfen, als hätte sie vergessen, wie man Kleider handhabe, oder als hätte sie es nie gewusst.

»Ich brauche das nicht«, sagte sie. »Warum sollte ich das brauchen?«

»Elisabeth«, sagte er. »Bitte.«

Sie lachte, dann hockte sie sich hin und urinierte mit Hingabe. »Nein«, sagte sie. »Du weißt zu wenig, um ungeschoren davonzukommen.«

»Elisabeth!«

»Dein Sperma hab ich eh schon.«

Bei Dunkelheit erinnerte ihre Haut an echtes Elfenbein, als sei jede nachgewachsene Schicht mit der Zeit mineralisiert und zu mattem Glanz gekommen. Sie roch nach Angst und unbekannten Hormonen. Sie lag da und keuchte vor Hitze, die Vic nicht spüren konnte, beobachtete ihn aus den Augenwinkeln, während sie Wasser von den schwarzen und weißen Fliesen schleckte. Das Licht in diesem Raum machte ihm Angst. Er war hier nichts weiter als eine Art Aufpasser. Wieder überlegte er, ob er gehen sollte; doch als er hinaussah, hatte sich der Priel auf- und weggerollt wie eine verborgene Dimension; zu sehen war eine Art Dünenlandschaft mit lauter Nebelinseln, aus denen Felsen ragten, und eine Streu aus weiß fluoreszierenden Knochen. Das Geflacker konnte von einem fernen Gewitter oder von startenden Raumschiffen am Horizont stammen. Sie rief ihn zurück. Ihre Stimme, die immer ein reiner Alt gewesen war, hatte eine Harmonik angenommen, als spreche jemand unisono mit ihr, aber nicht laut genug, um sich wirklich Gehör zu verschaffen. Sie hatte sich mitten im verwaisten Halbdunkel der Cafeteria postiert und probierte eine verzweifelte, offene Pose nach der anderen aus.

»Vic«, sagte sie, »Leute verirren sich in einer Art Notwehr. Dann bekommen sie es mit der Angst zu tun und wollen den Weg unbedingt wiederfinden.«

Sie stürzte an ihm vorbei, durch die Tür nach draußen, und lief in die treibenden chemisch verseuchten Nebel hinaus, in einer Gangart, die nicht mehr ganz menschlich war, ihre Haut fluoreszierend im trockenen, grellen Wetterleuchten.

»Elisabeth!«

Die ganze Nacht über lief sie ziellos kreuz und quer über die Dünen. Es war schwer zu sagen, wann genau sie zu etwas anderem wurde. Das Ding – es bewegte sich mit deutlich kreisenden Hüften auf allen vieren, die Handteller am Boden, der Kopf irgendwie zu klein und stromlinienförmig, um die großen, arglosen cartoonblauen Menschenaugen unterzubringen – rief seinen Namen. »Vic!«, rief es immer wieder. »Vic!« Schließlich hielt er sich die Ohren zu und ging nach drinnen. Am nächsten Morgen machte er sich auf, um den Spuren zu folgen, verlor sie aber sehr schnell, als die Dünen einem wogenden Meer aus purpurrotem Gras wichen.

Im Laufe der trostlosen Monate und Jahre des Suchens, die nun folgen sollten, drang Vic tiefer ins Gebiet ein als jemals zuvor und tiefer noch als je einer vor ihm. Die Chambers warf er fort. Er aß, was er fand. Er fristete sein Leben. Jeden Tag wanderte er, bis er einen einigermaßen sicheren Ort zum Schlafen fand, einen Ort, der ihm gefiel, und gewöhnte sich an das Chaos von Radios, die beliebig von Sender zu Sender schalteten; an das ohrenbetäubende Scheppern von fallenden Eisenträgern; das aufdringliche Gequake der Plastikente. Er hörte die Landschaften auseinanderschwingen und wieder zusammenknirschen. Die leeren Räume verloren ihren Faulgeruch. Er begegnete niemandem, obwohl er eines Morgens in einem verlassenen Rondell von der Stimme einer Frau geweckt wurde, die mit offener Kehle irgendein inbrünstiges Klagelied sang. Tauben stoben auf; stoben erneut auf. Die kalte Luft war vollkommen still, aber voller alter Schuhe – rissige und runzlige Schuhe mit losen Sohlen, die umeinanderkreisten, als würden sie von einem starken Wind getragen –, als ob Schuhe Organismen seien, die unter gewissen Bedingungen einem Herdentrieb folgten. Damals wusste Vic, dass Emil Bonaventura in einem Punkt recht behalten hatte; aber er begriff auch, dass man weder diesen noch einen anderen Ort einfach zum Zentrum von Werweißwas erklären durfte. Vic alterte. Wind und Sonne bleichten ihn aus. Seine Erinnerungen an Emil und Edith, seine Erinnerungen an die durchzechten Nächte in der Black Cat White Cat mit Liv Hula und Antoyne und am Ende auch seine Erinnerungen an Vic Serotonin verblassten. Doch seine Klientin vergaß er nie, und er suchte nach ihr bis zu seinem Tod.

Eine Woche lang folgte Aschemann, der Fahnder, einem leicht ansteigenden, schlackigen Boden, nur um zu guter Letzt an einen jähen, dreihundert Meter tiefen Abgrund zu gelangen, an dessen Fuß eine riesengroße Nachbildung der Long Bar vom Café Surf lag. Das fasste er als Metapher auf.

Er stand an der Kante. Hinter ihm blähte sich der Mantel in einem Sturmwind von Musik und Licht. Er drückte die Hand auf den Hut und blickte durstig auf den Black-Heart-Dosierer hinunter, der im warmen Barlicht glitzerte. Alles ringsherum schwankte am Rand der Verwandlung, doch als die Woge kam, war es Aschemann, den sie umwarf. Er sah eine Bauzeichnung. Kuchen. Polaroid-Schnappschüsse von Hunden. Eine Herrenarmbanduhr, riesig. Er sah Spielkarten. Einen hölzernen Spielzeugpinguin mit Gummifüßen. Dann seinen alten Freund und Sparringspartner Emil Bonaventura, schlafend auf einer Schlickbank, während das Wasser stieg. Er sah Berghüttensänger und Streifenhörnchen vor einem Sonnenuntergang. Mit dem Ergebnis, dass er einen Anfall erlitt; als er sich davon erholte, lag er ein paar Meter hangabwärts und konnte die Beine nicht bewegen. Etwas anderes war hier drinnen nicht zu erwarten, im Reich der Plattentektonik, wo sich die eine Realität ständig unter die nächste schob. Es war Nacht. Er untersuchte seine Beine: Gebrochen schien nichts zu sein, aber eigentümlich fühlten sie sich an. Von dem Marathon vielleicht?

»Etwas ist mit dir passiert«, sagte er. »Du darfst einfach nichts tun, solange du nicht weißt, was du tust.«

Ja, er konnte dazulernen. Er lag lange da. Aus Tagen wurden Nächte und umgekehrt. Genauso regelmäßige Pulsschläge der Veränderung liefen durch den Boden unter ihm. Von oben am Abgrund, nahe und tröstend, waren immer die Geräusche eines lebhaften Abends in der Long Bar zu hören. Er war zufrieden; doch das intelligente Werbebanner, das ihn bislang anstandslos begleitet hatte, bekam es allmählich mit der Angst. *Du kannst den Pe[nis] deiner Träume haben,* schlug es vor, und: *Rufe Gouranga sei glücklich.* Es streifte hangauf und zurück, zog immer weitere Kreise, verblasste zum gespenstischen Blau und Orange von brennendem Alkohol; ein Flämmchen so verloren wie sein Opfer, ein Irrlicht auf dem Rückzug.

Schließlich gab es auf und suchte das Weite.

»Schick mir ein Zeichen«, rief Aschemann. »Such mich im Innern.« Er musste unwillkürlich glucksen. Unterm Strich empfand er mehr Sympathie für das Banner als für sich. »Schick mir ein Herz aus Neon.«

Das ließ ihn über sein Verbrechen nachdenken. Über seine Frau, die von jedem aufgesucht werden wollte in ihrem Minotaurus-Käfig; auch über die Marilyn-Monroe-Doublette, die immer auf dem Hochseil balancierte, wenn sie ihr Zimmer verließ. Er dachte über den feuchten Sand hinter dem Café Surf nach, aus dem die unerbittlichen Kräfte der Long Bar – Improvisation, Bilderverehrung und rotes Neonlicht – Neuzugänge für die Stadt formten. Was, wenn er Teil dieses Kreislaufs war? Später sagte er sich einigermaßen überrascht: »Aschemann, ich glaube, du liegst im Sterben!« Er fühlte sich vergrößert – angeschwollen, aber genau genommen nicht krank. Irgendwann am dritten oder vierten Tag sah er an sich hinunter und stellte fest, dass sich der untere Teil seiner Beine in Abertausende grellweiße hochenergetische Funken auflöste. Er hatte keine Schmerzen. Trotzdem – und obwohl kein Geräusch den Prozess begleitete – hatte er eine lebhafte Vorstellung von sich als einem Teil dieser Nummer. Wie zu Silvester zischten und prasselten die Garben in die Dunkelheit hinaus. Er fragte sich, was wohl passierte, wenn das Feuer seinen Schwanz erreichte. Eine leichte Brise wehte die Funken hangaufwärts und über den Rand des Abgrunds hinaus und ließ sie hinunterregnen – vielleicht auf die Zweimannband unter ihrem Schild *Jeden Abend Livemusik*. Seine Beine hatten noch reichlich davon. Sie fuhren fort, ihre Ressourcen in Funken und illuminierten Rauch zu verwandeln. Mit solchen Beinen ließe sich ein schwunghafter Handel treiben. Schließlich sah er seine Frau, die sich den karstigen Hang hinaufquälte und winkte und lächelte. Sie rief ihn beim Namen. Sie trug das gelbe Seidenkleid, an das er sich so klar erinnerte. Und keine Schuhe.

»Aschemann, bist du das?«, rief sie. »Bist du das? Aschemann, immer was Neues! Du wirst dich nie mehr ändern!«

Was, wenn es nun doch keine andere Spezies gab, nur dieselbe alte Spezies, gefangen im immer gleichen Zyklus ihrer Wiedererfindung? Würde bald eine frischere Version von ihm die Küstenstraße entlangwanken auf ihrem Weg vom Café Surf in die Innenstadt, singend und voller Gelüste, bereit, sich in Erstaunen versetzen zu lassen? Oder war das schon passiert?

Was, wenn wir alle Code sind?

»Utzie, schnell!«, rief er. »Beeil dich, oder du kommst zu spät!«

Er war froh, dass er gelebt hatte.

10 · Die Nova Swing

In den folgenden Wochen besserte sich das Wetter in Saudade. Die Aprilfurien fegten die Straint vom Gebiet bis zur See hinauf und hinunter und rüttelten an den vernagelten Fenstern. Der Himmel war blauer als sonst, weiter und leerer, als den Gebäuden recht zu sein schien. Man konnte das Meer riechen. Die Leute atmeten tief durch, sie wollten ins Freie. In den Gehegen der *Neuen Menschen* wurde das Bettzeug gelüftet. Sogar die Chopshops machten die Türen auf und erlaubten einen schrägen Blick auf mattschwarze Trennwände, billige Ballerposter und die längst abgelaufenen Proteomtanks, die nur so wimmelten vor LEDs und Displays; derweil die Schneider auf dem Gehsteig *Hughie mit drei Schwänzen* spielten oder vorbeikommenden Monas ihre Kollektion zeigten.

Black Cat White Cat war nicht ausgenommen von diesen Veränderungen: Liv Hula gab sich einen Tag frei und ging erst mal nach oben.

In dem Blechkasten, mit dem sie das Prinzess-Becken zerschlagen hatte, zwischen dem ganzen Plunder, der sich in vierzig Lebensjahren angesammelt hatte, hob sie ein billiges Hologramm auf, das einige ihrer Großtaten aus der Zeit vor Saudade schilderte und dessen Offstimme so begann: »Liv Hula war haloweit im Gespräch, nachdem sie sich mit ihrem zerbrechlichen Tauchschiff, der *Saucy Sal*, fünftausend Kilometer weit in die Fotosphäre von *France Chance* vorgewagt hatte.« Das Holo fuhr in diesem fast dokumentarischen Stil volle neunzig Sekunden lang fort: Liv als Kind, Liv als junges Ding und Raketensportfan in der Bar des Hotels Venedig auf *France Chance IV;* dann eine Sequenz über das Boot (Schiff sei zu viel gesagt): Es hing im Parkorbit und kühlte aus, der Anstrich war total weggebrannt … Auch geschludert wurde reichlich: Abgesehen von Kleinigkeiten war die *Saucy Sal* zum Beispiel kein Tauchschiff (schon gar kein Boot), sondern der erste richtige Hypertaucher gewesen, mit ausgeklügelter Magnetfeldtechnik und einer speziellen Carbonschaum-Hülle, die einem (damals) ziemlich heißen Alienpatent zu verdanken war. In einer anderen Sequenz wurde Liv von Chinese Ed umarmt, dem sie mit ihrem Husarenstückchen zuvorgekommen war, was nett von ihm war, wenn auch nur, weil Ed – hochgewachsen und unzuverlässig, mit der üblichen Halobräune und dem passenden Kerbholz – schon zu Lebzeiten als Tauchschifflegende gehandelt wurde. Diese Aufzeichnung war nur kurz, was Liv nie bedauert hatte. »Geht tief rein!«, hatten sie für die Kameras gebrüllt, sie und Chinese Ed, Piloten der Zukunft, gemeinsam in den Halo hinausgrinsend; Raketensport war damals das Allergeilste gewesen. Es hatte sich gelohnt, irgendwie schon. Aber wie wird man ein Hologramm los? Liv, die nie in ein Tech-Pflaster investiert hatte, wusste nicht mal, woraus Hologramme bestanden. Sie würde es entsorgen – ins Meer.

Sie schloss erst den Kasten, dann die Bar ab und ging die Straint hinunter zum Freihafen, wo sie auf dem dicht mit Unkraut bewachsenen Grünstreifen am Maschendrahtzaun stehen blieb, im Morgenlicht und in den schwarzen Wickelsachen, und dem Kommen und Gehen der Raumschiffe zusah; für den restlichen Weg zum Strand nahm sie eine Rikscha.

»Die Vientiale wollen Sie sicher nicht«, warnte das Rikschagirl. »Gerammelt voll, es wimmelt nur so.«

»Vielleicht gefällt mir das?«

»Bestimmt nicht.«

Monster Beach war nicht besser: Nach einem Rundumblick auf die überfüllten Fischrestaurants und den Amüsierbetrieb an der Strandpromenade, die Schwärme schön zurechtgemachter Monas und den berüchtigten Wegweiser, der nicht auf den Sandstrand, sondern verrückterweise nach oben in den Parkorbit zeigte, da ließ sie sich lieber ans äußerste Ende der Bucht bringen. Hier konnte sie sich bis aufs Unterhemd und das schwarze Boyleg-Höschen ausziehen und den Kindern zusehen, die am Wasser herumliefen. Sie spielte das Hologramm noch einmal ab. Es war schwer zu sagen, was sie dachte, während sie zusah. Ihr Haar hatte sie damals genauso kurz getragen, nur die Farben waren schlimm. Sie blickte aufs Meer hinaus. Sie aß ein Eis. Sie las einen Mann auf. Das passierte, als sie mit leeren Händen vom Ozean zurückkam, sich plötzlich leicht fühlte und etwas brauchte, damit sie nicht abhob. Er war viel jünger als sie, hatte ein süßes, offenes Lächeln, ausgebleichtes gelbes Haar und ein nettes dreieckiges Fusselbärtchen unter der Unterlippe. Vielleicht, schlug er vor, hätte sie ja gerne ein Eis.

»Fabelhafte Idee«, sagte sie. »Aber du bist eingeladen.«

Während sie dahinschlenderten und ihr Eis aßen, sagte er: »Sonne und Schatten scheinen keine Rivalen zu sein. Beide spenden auf ihre Weise Licht. Und beide sind so großzügig.«

»Habe ich auch schon oft gedacht«, sagte Liv.

Jedenfalls nahm sie ihn mit zur Bar. Am späten Nachmittag sagte er vorsichtig: »Ich habe dich schon mal irgendwo gesehen. Muss ich dich kennen?«

»Heutzutage muss man doch jeden kennen.«

Auf ihrem Zimmer besah er sich das zertrümmerte Becken. Sie sah ihm an, dass er neugierig war. Mitten in der Nacht wachte Liv auf und konnte nicht mehr einschlafen. Sie besah sich seinen Körper, honigfarben und noch diesseits von schön. Tatsächlich sah er viel zu jung aus für jemanden, der sich so gut mit Sex auskannte. Wahrscheinlich ein Accessoire, das man heute an jeder Straßenecke bekam. Sie stand auf und stieg zur Bar hinunter, improvisierte ein Schild, auf dem **Zum Verkauf** stand, und stellte es ins Fenster, ganz unten rechts. Als sie wieder nach oben kam, war der Junge auf den Beinen. Das Becken bereitete ihm sichtlich Kopfschmerzen.

»Du hast doch da nicht reingepinkelt?«, sagte sie.

»Ich könnte es wieder herrichten.«

»Wer nicht? Ich will, dass es so bleibt. Kümmere dich lieber um mich, ich hab's nötiger.«

Er zog ganz langsam ein breites Lächeln, das sie an Ed erinnerte.

»Nein, wirklich«, beharrte er, »müsste ich dich kennen?«

Liv tat, als sehe sie sich in ihrem Zimmer um. »Würde irgendwer, den man kennen müsste, hier wohnen? Nun komm und popp mit mir.«

»Wie wär's damit: Ich poppe mit dir und komme?«

Doch, dachte sie mit einer gewissen Erleichterung, er war so jung, wie er aussah. Sie lachte. »Wo du schon so viel über Sonne und Schatten gefaselt hast …«, sagte sie, »unten am Strand?«

Am nächsten Morgen ging es ihr um vieles besser. Sie wischte den Tresen. Sie wischte die Tische ab. Auf die Rückseite einer alten Getränkekarte, die sie hinter der Bar fand, schrieb sie diesmal ordentlicher: *Zum Verkauf.* Ihr Elan war zurückgekehrt. Da kam auch schon der erste Kunde und bestellte heißen Mokka mit Sahne und Rum. Es war kein anderer als Antoyne Messner, alleine diesmal. »Ich bin schon mal hier vorbei«, sagte er. »Ich habe das Schild gesehen. Ich bin fasziniert.« Er sei unterwegs nach Carver Field, geschäftlich. Wie zur Untermauerung dieser Behauptung hatte er ganz neue Sachen an: eine Fliegerjacke aus braunem Leder; eine Tricotine-Khakihose mit dem teuren Originalgürtel. Er schien ganz gut zu verdienen. »Irene«, sagte er pflichtgemäß, »lässt dich schön grüßen. Sie kann nicht vergessen, wie sehr du ihr geholfen hast, Joe Leones Tod zu verschmerzen.«

»Wie geht es ihr?«

»Gut. Es geht uns beiden gut.«

An diesem Morgen schien die Welt entschieden anders zu sein. Liv fühlte sich leicht, wenn auch nicht so leicht, dass sie der Gravitation hätte entschweben können. Aber sie konnte ihre Leichtigkeit in Energie umsetzen. Sie putzte Scheiben. Sie putzte den Boden. Ihre Schattenoperatoren kauerten sich allesamt verstört um die Deckenventilatoren; dann, als sie Putzwasser in den Rinnstein kippte, kreiselten sie in geschlossener Formation durch die offene Tür ins Freie und wieder zurück. Auch der Dicke Antoyne schien voller Tatendrang zu sein. Seit er nicht mehr im Schatten von Vic Serotonin stand, war er viel unbefangener. Er ging direkter auf einen zu, er schien regelrecht befreit. Außerdem, wie sich nach ein paar Drinks herausstellte, hatte er ihr einen Vorschlag zu machen; der ihr, als sie ihn hörte, zu denken gab.

Edith Bonaventura, den Akkordeonkasten keck und irgendwie sexy über die Schulter gehängt, marschierte heim von ihrem inzwischen regelmäßigen Auftritt an den Toren des Zollhafens. Sie liebte Globe Town. Die Fenster waren erleuchtet. Später würde von den schmalen Straßen zwischen den hohen Häusern Nebel aufsteigen, aber noch war die Luft mild, ein sanfter Wind brachte Kochgerüche – Brasse in Meersalzkruste, geangelter Hering. Sie mochte müde aussehen, aber wenigstens konnte sie sich einen neuen Mantel leisten; der war zwar selbst offen über dem Kostüm getragen viel zu warm für den Abend, aber sie war nicht dazu aufgelegt, etwas so Hübsches vernünftig zu betrachten. Auch Ediths Schritt verriet Neues. Was, wusste sie selbst nicht recht. Das Talent, pflegte sie ihrem Publikum wortlos zu erklären, indem sie noch eine Zugabe spielte (*Carmen Sylva*, in der Version, die Olavi Virta populär gemacht hatte, der König des alten Neuen Nuevo Tango), ist jetzt grantig und hungrig. Es will sein Geld einsammeln und eine Fliege machen. Das Talent hat jetzt keine Lust mehr, aber vergesst nicht, es hat immer diesen ganz besonderen Glanz.

Es wurde ein kurzer Austausch. Ein Drink mit Curt, dem Barkeeper, in *The World of Today*, und Edith war zu Hause. Sie ging die Stufen hoch und in die Diele. Der Akkordeonkasten schürfte über den Boden.

»Emil«, rief sie ins Treppenhaus. »Was willst du essen?«

Als er nicht antwortete, lachte sie.

»Du bist ein böser alter Mann«, rief sie. »Emil, sag einfach, dass du sauer bist, wenn ich zum Hafen gehe. Nicht schmollen!« Sie steckte einen Bügel in den neuen Mantel und hängte ihn auf. »Sei lieb, Emil, ich nehme noch ein Bad, dann wird gegessen.« Eine halbe Stunde lag sie da, das heiße Wasser bis zum Kinn und bis zu ihren rosa Brustwarzen, und zählte im Geiste das Geld von heute Nachmittag. Sah sich am Hafentor, von außen gesehen, eine lebendige Installation, eine isolierte, aber energische Frau in einer Pfütze aus Halogenlicht, Regen oder Glanz. Emil schlief viel, während sie fort war. Sein Verfall schien inzwischen etwas schneller fortzuschreiten. Ab und zu erlitt er den Rückfall, ihr mitzuteilen, wie sehr er sie vermisse. Er hatte einen Unfall. Jeden Tag kam sie heim, machte ihn sauber, fütterte ihn, stöberte mit ihm in den Tagebüchern; jeden Tag hatte er seine Halluzinationen, seine Bewusstseinsstörungen, seine Phasen von Abwesenheit bis weit in die Nacht hinein. »Wir stecken bis zum Hals in der Scheiße, Atmo. Die Karte ist einen Dreck wert.« Oder: »Wo ist die verdammte Kanone?« Dann blieb sie bei ihm, um sich bei Tagesanbruch ein paar Stunden aufs Ohr zu legen und gegen Nachmittag wieder am Hafen zu sein und aufzuspielen.

Sie kletterte aus der Wanne.

»Emil, es ist jetzt Zeit, dass du mir vergibst!«

Ihr Vater saß abgestützt im Bett, die schrecklich dünnen Beine nach vorne gestreckt. Das Bettzeug war zerwühlt und gelb vor Schweiß. Er hatte versucht, etwas aufzuschreiben, und die Geduld verloren. Bücher waren vom Bett gerutscht und lagen da, wo sie hingefallen waren. Edith sammelte sie ein. *Ich sah etwas,* las sie, *das nie jemand zu Gesicht bekommen würde.* Emils Gesicht war wie graues Papier, zeigte ihn erschöpft und ausgeruht zugleich, als hätte er soeben aufgegeben, den Kopf an die Wand gelehnt und die Augen zugemacht.

»Emil?«

Er lächelte. »Sie sind zurückgekommen«, flüsterte er, »alle meine Träume, als du weg warst, alle auf einmal.« Edith drückte ihm die Hand. »Sie hätten dir gefallen«, sagte er.

»Emil, du hattest einen Schweißausbruch, du hast ein bisschen gespuckt, mach dir nichts draus.«

Er schlug die Augen auf. Ihr Blau war so vollkommen, so erregt, wie Edith es seit zwanzig Jahren nicht mehr erlebt hatte; und so blieben sie, als sähen sie etwas, das nie jemand zu Gesicht bekommen würde. Die intelligenten Tattoos krochen noch eine Weile durch das

Gestrüpp aus weißem Brusthaar, dann nicht mehr. Edith beugte sich vor, um sich eines genauer anzusehen, ehe es verblasste – keine Lageskizze, ein Satz in einfachen roten Buchstaben, die Zeile eines Gedichts vielleicht: *Schick mir ein Herz aus Äonen.* Das letzte Wort war etwas undeutlich geschrieben. »Emil?« Sie saß da, hielt bestimmt eine Stunde lang seine Hand, vielleicht länger, und wartete darauf, dass er aufwachte oder Notiz von ihr nahm oder was immer als Nächstes passieren würde. Nichts passierte. Ihr war zu warm vom Bad; dann zu kalt. Der Schein der Straßenbeleuchtung flutete das Zimmer.

»Emil, das war gemein«, sagte sie.

Er war mein Vater, dachte sie, als sie loslassen konnte: Er war mein lieber Vater, und ich vermisse ihn so sehr … Nach einer Weile ging sie nach unten und zog sich an. Sie holte das Geld heraus, das sie für ihre Aussage gegen Vic Serotonin bekommen hatte, und zählte es. Sie nahm den neuen Mantel vom Bügel und besah ihn sich. Als ich klein war, dachte sie, da kannte ich nur einen Wunsch: nicht mehr unterwegs sein. Ich wollte Zeit haben für jede neue Sache, jedes neue Gefühl, damit es richtig in der Schwebe bleiben konnte, bis sich Neues dazugesellte. Wenn man mir die Chance dazu gegeben hätte, hätte ich all diese schönen Dinge ohne große Mühe beisammenhalten können. Ich hätte so etwas wie eine Truhe sein können, in der sie auf ewig neu blieben. Aber stattdessen wurde alles älter und veränderte sich. Auch die Leute. Ich wollte ihn für mich allein, dachte sie. Ich wollte ihn für mich allein. Ganz allein sein, das konnte Edith noch nicht; deshalb ging sie wieder nach oben, hielt seine Hand und blieb die ganze Nacht bei ihm.

Als hinter ihr die schwarzen und weißen Katzen ins Zimmer strömten, wusste Edith, dass der Tag anbrach. Diese Katzen!, dachte sie. Sie kamen überall herein, wenn man die Tür zur Straße aufließ. Lautlos, fixiert, die Augen leer und etwas trocken Würziges im Geruch, drängten sie sich um das Bett ihres Vaters, umflossen es, rieben sich unbekümmert an jedem Stück Emil, dessen sie in dem dichten Gedränge habhaft werden konnten.

Er war mein lieber, lieber Vater.

Auf Carver Field stehen sie reihenweise zum Verkauf: alte, gebrauchte, undichte Schiffe. Selbst die unförmigsten ragen noch dreißig Meter empor. Sie weisen die leichte Patina ihres langen Stillstands auf. Sie tragen Namen wie *Radio Mary* und *Soft Error*. Sie haben schon immer ihren Wanst für andere zur Verfügung gestellt: geschleppt und gedealt und geschmuggelt und sich schlecht und recht durchs Leben geschlagen. Sie waren das Rückgrat des Handels, die Beute der Gesetzlosen. Über Tag sind sie radioaktiv. Über Nacht sickert primitiver Navigationscode aus den korrodierten Firewalls; ein Vorgang, der einem Komplott aus Marburger Fieber und einer Funkenspur ähnelt. Sie waren jemandes Traum gewesen, fünfhundert Lichtjahre von hier, und haben fünfzig Jahre gebraucht, um quer durch den Halo hierherzugelangen, wo sie ganz bestimmt wieder jemandes Traum geworden sind. Denn auch für diese plumpen, kleinen Schiffe findet sich immer jemand, der ruft: »So was Schönes hab ich noch nie gesehen!«

Es war fünf Uhr dreißig in der Früh, zwei oder drei Tage, nachdem Antoyne Messner bei Liv Hula vorbeigeschaut hatte. Die Tore waren schon entriegelt. Interessenten waren bereits unterwegs, reckten die Hälse, zeigten nach oben und erinnerten dabei aus der Ferne an die detaillierten Figürchen, die man Architekturmodellen hinzufügt, um die Größenverhältnisse zu veranschaulichen. Farbloses, grelles Licht bleiche die Werkstatthallen und den Verwaltungsblock mit der abblätternden modernistischen Fassade. Den ganzen Monat schon sprossen in Carver die Früchte einer extraterrestrischen Pflanze, die eine seidige, kupfrige, mohnähnliche Blüte ausbildete und sich ihren Weg durch den Beton bahnte, um im Licht der (für sie) fernen Sonne prächtig zu gedeihen.

Irene, die Mona, wie aus dem Ei gepellt in ihrem Metallic-Leinen-Bolero mit passenden Shorts und transparenten, seitlich geknöpften Halbstiefeln, sah ihren Begleiter von der Seite an. Ein Anflug von Besorgnis lag um ihren kleinen Mund.

»Ist es auch schön, Antoyne?«

Das Schiff sah nicht anders aus als hundert andere. Seine Hülle war genauso zerschunden. Die Streifen auf den drei Heckflossen und den Buckeln des Außenbordreaktors stammten zu gleichen Teilen von Vogelkot und Reibungshitze. Aber Antoyne und Irene hatten im Katalog gelesen, dass es einen guten Leumund hatte: Das Schiff hatte viele Jahre die Livree der berühmten Zirkus- und Alienshow Sandra Shens Observatorium und die Original-Karma-Pflanze getragen. Das hatte sie beeindruckt. Die Geschichte war die: Von Madame Shen hatte man viele Jahre nichts mehr gehört. Jetzt kümmerte sich ein Mann namens Renoko um den Zirkus, nachdem er das insolvente Unternehmen Lichtjahre strandabwärts billig aufgekauft hatte … Hier nun war das fragliche Schiff, ein gewöhnlicher Trampfrachter im vorgerückten Alter, ein Dutzend Mal umgetauft, dessen Motoren in Antoyne Messners Fantasie bereits warmliefen. Er spürte das Vibrieren in den Spitzen der Flossen. Er spürte das Mysterium des Schiffs. Von irgendwo unter Deck erreichte ihn zum millionsten Mal das ölige und buchstäblich haarsträubende Grollen der sich hochfahrenden Dynaflowtreiber …

Schön? Schwer zu sagen für Antoyne. Ihm fehle der Vergleich. »Sieht mir wie ein gutes Arbeitstier aus«, erklärte er Irene, obwohl ihm der Preis dafür ein bisschen hoch erscheine.

Irenes Blick ging einfach durch ihn hindurch und kam zur anderen Seite wieder raus.

Kennst du dich mit solchen Schiffen aus, hatte Antoyne mehr als einmal gesagt, dann ist dein Leben wahrscheinlich so verlaufen:

Mit dreizehn hast du in einer Orbitalfabrik geschuftet. Oder auf einem unermesslich weiten Farmplaneten, auf dem du nicht mal eine eigene Bude hattest. Oder du hast in einer Hafenstadt gelebt, die nach ihren grenzenlosen Bizarrheiten stank und dich deine ganze Kindheit hindurch verrückt gemacht hat mit … ja, womit eigentlich? – Vergnügen, Wonne, Lust und allem, was zu früh war für dich. Fernweh. Neugierde. Du warst dreizehn und hast älter ausgesehen. Du warst ein Mädchen, du warst ein Junge, dein Geschlecht war unbestimmt. Du wurdest von EMC zum Dienst gepresst. Oder dir ist eine Bergungsfachfrau von Nueva Cardoso begegnet. Du hast sie sofort geliebt, weil sie so wahnsinnig viel wusste; auch wegen ihrer zotigen Alien-Tattoos und ihrer raffinierten Armprothese. Sie machte dir ein Angebot, und so kam es, dass du Raumfahrer wurdest. Du bist mit Fedy von Gang geflogen, du bist mit Chinese Ed geflogen. Du hast fünf Jahre in einem Forschungspott in der Nähe von *Radio RX-1* gehaust, den Kefahuchi-Trakt im Nacken wie ein riesiges brodelndes Gesicht, gehäutet, roh, seufzend vor wer weiß was. Es hat Spaß gemacht. Und immer auch Kummer, viel Kummer. Im Grunde war man immer high.

Wessen Geschichte erzählte Antoyne?

Irene glaubte es zu wissen. »Antoyne«, musste sie ihn jetzt erinnern, »sieh mich an, ich bin schön, und du hast es verstanden, durch dieses dein Leben hierherzufinden, zu mir.«

»Egal«, meinte Antoyne, »wir müssen warten, bis wir mehr wissen.«

Sie mussten nicht lange warten. Schon bald wand sich Liv Hula aus der Menge der Schaulustigen und musterte die Schiffe wie jemand, der ganz in Gedanken versunken ist. Es sah wirklich so aus, als wolle sie einfach vorbeigehen, und als Antoyne ihren Namen rief, schien sie aus allen Wolken zu fallen. Ein Barkeeper, ob Mann oder Frau, wirkte immer verwundbar außerhalb der Bar. Liv Hula zeige sich, so meinte die Mona, oft zu abwehrend; doch als Liv das Schiff in Augenschein nahm – diese Gestalt einer reifen Avocado, die Hülle geschwärzt von den Senkrechtlandungen auf *Motel Splendido* und tausend anderen Planeten zwischen hier und dem Zentrum der Milchstraße –, da war sie das Kalkül in Person.

»Treu wie ein Hund«, sagte sie.

Antoyne gluckste. »Geh mal rein«, ermunterte er sie, »und erzähl mir was, das ich noch *nicht* weiß.«

Das Schiff roch nach abgestandenem Essen, Schweiß und Black Heart. Es roch nach Flüchtlingen, heißer Ware und Tieren. Man hatte den Eindruck, es sei eben evakuiert worden. Liv Hula war sich nicht sicher, ob sie hier allein sein wollte. Ihre Schritte füllten den trübe erhellten Rumpf, ehe die Echos durch die Hülle entwichen und sich im Ungewissen verloren. Schattenoperatoren klebten wie

Touristen an den Bullaugen, wisperten und stießen einander an, als sie vorbeikam. Hier drinnen war es deutlich kühler als draußen. Liv fand den verstaubten Pilotensitz und setzte sich hinein. Beim Klang ihrer Stimme erwachten die Instrumente zum Leben. Direktverbindungen in Gestalt einer Nanofasermasse boten sich an.

»Einverstanden«, sagte Liv.

Sie lehnte sich zurück und sperrte den Mund auf. Das System ließ sich geschickt durch den weichen Gaumen bis ins Hirn wachsen.

Das war früher ihre Profession gewesen. Ein Sonnentaucher wie die *Saucy Sal* bestand zum allergrößten Teil aus Mathematik. Ohne aktives Piloteninterface wusste so ein Schiff nichts mit sich anzufangen – ohne so ein Interface wären die Magnetfelder augenblicklich kollabiert und übrig geblieben wäre eine dünne Suppe aus Nanotech und intelligenten Kohlenstoffverbindungen. Solche Schiffe hatten etwas von erwachenden Artefakten, von neurotischen Maschinen. Einen Hypertaucher zu fliegen hieß im Grunde, ihn durch ein Programm zu hätscheln, das ihn ständig neu erfand. Man musste ihm eine Geschichte erzählen, in der er der Protagonist war. Lange bevor sie bei *France Chance* so tief eingetaucht war – im Grunde der Schlussstrich unter ihrer Karriere, weil sie dieses Kunststück nicht mehr hatte toppen können und von da an den Raketensport wie alle anderen absolvierte –, lange vorher hatte sie sich die besten Optimierungen zugelegt, die es für diese Sportart zu kaufen gab. So kam es jetzt zu dem kurzen, verworrenen Moment, in dem sie nicht mehr Liv Hula, sondern irgendeine stümperhafte Programmiererin aus *New Venusport* war, ehe sie die Mathematik des Frachters voll im Griff hatte und die Funktion eines Seelenklempners übernahm.

»Na also. Dann erzähl mir mal von dir.«

Navigationsholos – uninteressant. Sternenkarten und Musterkataloge – uninteressant. Fünfzig Jahre Ladungsverzeichnisse, Fahrtenbücher, Tankquittungen, Parkquittungen – uninteressant hoch vier. Auftragsbuch der verantwortlichen Firma (fehlte). Darstellungen der Infrastruktur. Kabinen und Mannschaftsquartiere. Frachträume (leer). Treibstofftanks (noch leerer). Die Mathematik konnte ihr eine Ansicht von Carver Field bieten, auf der sie mühelos die Modellfigürchen identifizieren konnte, die im richtigen Leben Irene und Antoyne hießen. Und sie konnte ihr über diverse Proxyserver und FTL-Uplinker aus unerfindlichen Gründen Echtzeitbilder ausgewählter Parkorbits zwischen drei und eintausend Lichtjahren strandabwärts liefern.

Liv nahm all das ohne große Begeisterung zur Kenntnis.

»Ich weiß nicht, warum du so scheu bist«, sagte sie. »Was du mir zeigst, ist kalter Kaffee.«

Sie wartete eine Nanosekunde, dann fügte sie hinzu: »Nach dem, was ich auf die Schnelle gelesen habe, hast du die außergewöhnlichsten Qualitäten. Du müsstest sie nur zeigen. Es wird dir zwar schnuppe sein, was ich sage, aber irgendwie hast du vergessen, dass es hier um *dich* geht. Und darum, wie du dich in Szene setzt.«

Nach gut zwanzig Minuten blinzelte sie ein bisschen benommen und ein bisschen wehmütig wieder in den Sonnenschein.

»Ich brauche mein Frühstück«, sagte sie und nahm ihre Freunde mit in die Straint zurück, wo sie für sich einen entspannenden Rum ohne Eis machte und zweimal den Lieblingsdrink von Irene und Antoyne mixte. Dann setzte sie sich an einen Tisch und gab die Informationen preis, für die Antoyne bezahlt hatte; sowie den Nutzen, den sie aus dieser Erfahrung gezogen hatte. »Ihr habt fünfzig Jahre Fledermausscheiße da drinnen«, gab sie ihnen zu bedenken. »Aber wem sage ich das? Außerdem wurde mit dem Code früher etwas betrieben, was meine Kniffe nicht kennen, etwas Extraterrestrisches, Draufgesatteltes. Vielleicht – das klingt verrückt, ich geb's zu – so etwas wie ein Außenbordmotor?« Das Gesagte verlangte, dass sie einen Augenblick dumm aus der Wäsche schaute, worauf sie sofort eine Geste machte, die besagen sollte: *Wer weiß schon was Genaues in der Welt, in der wir leben?* »Was immer es war, jetzt ist es weg, darum müsst ihr euch also keine Sorgen machen. Ansonsten ist das Schiff sauber. Die Navigation hat kein Leck. Gute Hygiene für das Alter. Und der Code selbst? Für mich ein Kinderspiel, aber nicht für jeden. Antoyne, du brauchst ein Upgrade oder er krabbelt dir eines Nachts in die Nase.«

An dieser Stelle machte Antoyne den Mund auf, um etwas zu gestehen. Hätte Liv ihm Zeit gelassen, hätte das womöglich ihre Meinung über den ganzen Deal, wie Antoyne ihn dargestellt hatte, geändert, doch sie ließ ihm keine Zeit. »Übrigens hab ich auch die Hardware-Berichte abgerufen. Vergiss es, Antoyne. Was *die* für Triebwerke hat? Mit *Stromkabeln* und großen Schwungrädern. Was ist das für eine Physik? – Antoyne, nun guck nicht so, ich nehm dich auf den Arm. Egal, sie werden zwei, vielleicht drei Ausflüge mitmachen.« Sie trank aus und raunte seitwärts zu Irene: »Guck, dass er die Bleihosen anhat; die Hülle ist so dünn wie Esspapier.«

Die Mona, die aus dem Fenster gesehen und an den armen Joe Leone gedacht hatte, wiederholte »Bleihosen« und lachte.

»Das krieg ich schon hin«, sagte Antoyne.

»Mit mir darfst du nicht rechnen«, sagte Liv.

Versteht man sich auf Schiffe, wie Antoyne eines kaufen wollte, kann man immer einen Kontakt knüpfen. Man kann in eine Bar auf *Motel Splendido* oder *New Venusport* gehen und trifft immer einen Bekannten. Einen, der einem Geld schuldig ist. Der einem einen Drink schuldig ist. Der einem eine Erklärung schuldig ist. Und tatsächlich ist man ihm auch etwas schuldig, Geld, einen Drink, eine Erklärung, was auch immer; genau genommen ist das der einzige Grund, warum man überhaupt ins Geschäft kommt.

Vielleicht ging Liv so etwas durch den Kopf, als sie bedächtig nickte und sagte: »Du musst auf jeden Fall deinen Namen ändern, Antoyne.«

Antoyne nahm Irenes Arm. Die beiden lächelten sich an.

»Das haben wir vor«, sagte die Mona.

Fünfzigtausend Meter über Liv Hulas Bar befand Paulie sich seit Kurzem im Quarantäneorbit.

Aber nicht der Paulie, den sie gekannt hatten. Die scharfe Nase; die lebhaften blauen Augen; der weißblonde Haarschopf, der die ausgeprägten Geheimratsecken langsam, aber sicher zur Halbglatze vereinte; die empfindliche, strahlengeschädigte Haut, die unter gewissen Lichtverhältnissen die Illusion vermittelte, man könne bis in die Gesichtsmuskulatur blicken – alles das gehörte der Vergangenheit an. Paulie war keine Ausnahme; alle Insassen des Schiffes, das ihn hierhergebracht hatte, waren nur mehr Phantome denn wirklich beschreibbare Personen. Die Stimmen, die aus dem Menschenquartier drangen, waren da schon besser zu unterscheiden. Doch solange Paulie in gewisser Hinsicht immer noch Paulie war – jemand, der sich nicht zurückhielt, der immer noch alles gern hatte und haben wollte, jemand richtig Lebendiges also –, lag es auf der Hand, dass er inzwischen kaum noch von den Mitgliedern des Vakuumkommandos zu trennen war, das ihn hierherverfrachtet hatte.

Was diese Verbindungen – allesamt Freiwillige – am häufigsten zu Paulie sagten, war: »He, du alter Sack, DeRaad. Du abgefuckter Touri.«

Die meisten Quarantäneschiffe waren riesige, pockennarbige Pötte, auf denen trübe Bakenlichter hin und her perlten und in deren Nähe es von Partikelgespenstern wimmelte. Typischerweise fanden sich hier rostige Pipeliner, die die *Carling Line* bedient hatten; veraltete, ihres Einsteintriebwerks beraubte Alcubierre-Verwerfer in Planetisimalgröße; alles, was eine dicke, robuste Hülle hatte und als Festung geeignet war. Die Quarantäneschiffe hatten noch mehr gemeinsam: Sie waren mit äußerst leistungsfähigen Spitzenprodukten aus dem EMC-Katalog vermint, und ihre Luken waren fest zugeschweißt. Niemand wusste genau, mit was für einer Atmosphäre sie geflutet waren, vorausgesetzt, sie hatten eine. Inwendig, egal wie alt, welchen Ursprungs oder in welchem Zustand sie von außen waren, hatten sie nur zwei Eigenschaften: Entweder herrschte pechschwarze Finsternis oder eine unerträgliche Helligkeit. So weit das Auge reichte, wälzten sich Hunderte dieser Kolosse durch ein Lianengeflecht aus Orbits, trieben aufeinander zu und trennten sich wieder. Alle sechs Monate gerieten sie infolge komplexer Resonanzeffekte auf Kollisionskurs. Sie schlugen Alarm. Ein Triebwerk feuerte für ein, zwei

Millisekunden. Für die nächsten ein, zwei Tage sah das Vakuum zwischen den Ungetümen ionisiert aus, während Phasenwechsel durch ein intelligentes Gas aus Nanogeräten liefen, die die Hüllenstärke, die Haut- und die Kerntemperatur sowie Emissionen aller Art überwachten, einschließlich – kurioserweise – Schallwellen, die auf nicht weiter beschriebene Ereignisse im Innern zurückgingen.

Wie viele Menschen vegetierten im Quarantäneorbit? Für wie viele *Ausreißer* standen sie?

Das wusste keiner.

Unübersehbar viele Kleinfahrzeuge trieben sich zwischen den Ungetümen herum. Sie waren recht munter. Ihr Kurs war unberechenbar. Ihre fragile, moderne Verschalung und das lebendige Inventar stellten eine Gefahr für die Allgemeinheit dar. Sie hatten sogar Fenster und leichtgängige Luken. Unter ihnen war das K-Schiff *Poule de Luxe*, stationiert in der *Radio Bay* und sonst nur verdeckt operierend, aber seit Kurzem abkommandiert in den Quarantäneorbit.

Die *Poule de Luxe*, die populärste Überlebende der Nastischen Kriege, trudelte ziellos, die Waffensysteme sinnlos aus- und einfahrend, die Ankerlichter abgeschaltet. Sie hatte einen langen Weg hinter sich, seit sie Paulie deRaad vom Beton in Saudade gepflückt hatte. Als die Besatzung kapierte, dass es zu spät war, um für DeRaad eine geeignete Quarantäne-Einrichtung zu finden – zu spät nicht bloß für Paulie, sondern für sie selbst, da hatten sie versucht, die *Poule de Luxe* zu stehlen. Immerhin schafften sie es durch den halben Halo, bevor der K-Käpten wieder das Kommando an sich riss. Es sollte ein langwieriger Rückflug werden. Es gab Probleme. Im Menschenquartier wurden spitze Schreie und Flüche laut, als man die ganze Tragweite der Bescherung begriff. Jetzt, wo ihre Mission erledigt war, hatte sich die Mathematik abgeschaltet. Der weibliche K-Käpten hatte im Hinblick auf eine spätere Bergung das Nämliche getan. Alle Systeme waren heruntergefahren.

Achtern im Mannschaftsquartier war es kalt, aber nicht finster. Verkohlte und verbeulte Schotts sperrten den *Ausreißer* ein, der sich wie die meisten *Ausreißer* als ein schlabbriges, leuchtendes Substrat

zeigte, das manchmal die Konsistenz von Reispudding oder Linsen-
suppe hatte und manchmal die visuellen Eigenschaften eines Chlor-
wassertümpels, der unter greller Sonne ganz leicht bebt; oft war das
Substrat zu hell, als dass man hätte hineinsehen können, und entwickelte unabhängig von äußeren Einflüssen verschlungene, innere
Strömungen. Falls es darin einen Code gab, wusste niemand, womit
er beschäftigt war. Niemand wusste, wie man sich das Substrat aus
Proteinen und Nanomech gefügig machte. Der *Ausreißer* sah herrlich aus, stank aber nach ausgelassenem Fett. Er konnte einen binnen Sekunden mit Haut und Haaren verschlingen. War das ein End-
stadium? War es ein neues Medium? Keiner wusste es. Die Kolosse
waren voll damit. Was sollte man damit tun? Keiner wusste, was
es war: Außer, dass es sich in diesem Fall – zu einem guten Teil –
um einen ehemaligen Saudade-Gangster und dessen EMC-Freunde
handelte.

Schockwellen durchliefen das Substrat. Zufällige Zustandsände-
rungen wurden beschleunigt. Mitunter sammelte es sich mühsam
zu einer Gestalt, die es diesmal irgendwie bis zum Bullauge schaffte
und mit kaum vernehmlicher Stimme wisperte: »Himmel auch. Seht
euch *das* an! Alcubierre, backbord voraus, da drüben! Seht ihr?«

Schwer zu sagen, ob es sich dabei um Paulie handelte; ob er so
viel von sich hatte bewahren können. Aber vielleicht ist nichts hoffnungslos, und er konnte sich – irgendwie – wieder seines Daseins erfreuen. Unterdessen brodelte der Rest der Suppe auf und sagte: »De-
Raad, du blöder Sack.«

Edith Bonaventura fand es in den Nachwehen von Emils Tod gar
nicht so leicht, allein zu sein. Sie beackerte das Hafentor und die
Touristenfallen. Besuchte jede Nacht eine andere Bar, ging dann
nach Hause, fest entschlossen, Emils Sachen rauszuwerfen, brachte
es nicht fertig, fand keinen Schlaf und saß schließlich am Boden und
las laut in seinen Tagebüchern, als sei er noch am Leben.

Das Gebiet, hatte er geschrieben, *benimmt sich wie ein Kind, das
ein Geheimnis hat. Keiner darf es wissen, aber jeder muss raten.*

Edith hatte andere Bedürfnisse, als ihren Vater wie ein Puzzle-stück durch ihr Leben zu schieben, bis sie ihn da hatte, wo er hin-passte – wenn es diese Stelle denn gab. Diese Bedürfnisse ließen sich nicht so leicht beschreiben. Sie führten Edith an lauen Sommer-abenden zum Preter Cœur, doch der Geruch nach Frittüren, Alco-pops und Hämoglobin war nicht mehr das, was er einmal gewe-sen war. (Nun kann man sagen, und das tun ja manche, dass jeder Kämpfer anders ist: Aber dieser Unterschied, so schwante Edith, verblasste angesichts der Gleichheit zur Belanglosigkeit: Hatte man einen Monsterpimmel gesehen, dann hatte man sie alle gesehen.) Sie führten sie in den Sonnenschein, der aus den Schaufenstern von Onkel-Sip- und Nueva-Cut-Läden fiel: Neu wollte sie sein, traute aber dem Neusein nicht; verreisen wollte sie, aber sie scheute den Abschied. Als sie eines frühen Abends auf der Suche nach einem bil-ligen, aber anderen Selbst die Schaufenster der Straint abgraste, kam sie an der Bar *White Cat Black Cat* vorbei und sah das kleine Schild im Fenster stehen; hinter dem Zinktresen stand die Frau in ihrer all-täglichen Trance.

»Wollen Sie die Bar wirklich verkaufen?«

Liv Hula, die den Vormittag damit zugebracht hatte, Halb- und Viertelkreise in eine zehn Jahre alte Schmutzschicht zu wischen, und den Nachmittag über im Bett gelegen hatte, gähnte und meinte: »Viel ist es nicht.«

»Das sehe ich.«

»Da, die Wand zum Beispiel war weiß, als ich herkam.«

Edith blendete die Frau aus. Sie schloss die Augen, um sie an das Halbdunkel zu gewöhnen. Das Erste, was sie danach sah, war das Licht, das wie Wasser über die schwarzen Dielen lief, von den Fla-schen hinter der Bar reflektiert wurde und im Rauputz der Wand versickerte, die gelb blieb, so sehr die Frau sich auch anstrengte. Sie sah die unterschiedlich hohen Tische mit ihren Chrombeinen und den bröselnden, marmorierten Platten; und in den Ecken darüber die spinnwebartigen Ansammlungen von Schattenoperatoren. Sie sah das nasse Wischtuch auf dem Zinktresen. Die zwei, drei Gäste an den Tischen konnte Edith auch ausblenden – ihr war klar, dass es Tageszeiten gab, da so gut wie niemand in die *White Cat Black Cat* kam, weil es zu spät für einen Imbiss und zu früh zum Abhängen war. Sie ging ans Fenster und sah die Straint Street hinauf und hinab, die sie sich einen Moment lang als ihr neues Globe Town vorstellte: Wenn sie ihre Bar eröffnet hatte, würden die Leute hier ihren Feierabend genießen oder wenigstens mal reinschauen, weil es hier mehr gab als bloße Kosmetik. Aber das traf es nicht ganz. Das war nicht das, was man von einer Bar erwartete.

Nichtsdestoweniger sagte sie: »Wissen Sie, was ich hier sehe?«

»Was.«

»Noch nichts. Aber ich höre Musik. Und die schon ziemlich deutlich.«

»Möchten Sie etwas trinken?«, fragte Liv.

Edith bejahte. Ein Rum sei nicht schlecht. »Wenn möglich mit Eis.« Mit einer raschen Bewegung schluckte sie den halben Drink weg, dann legte sie die Ellbogen auf den Tresen. »Wissen Sie, dass Ihnen die Schattenoperatoren jederzeit die Wände gereinigt hätten?«

»Das fände ich aber gar nicht authentisch.«

»So sentimental werde ich nie sein«, versprach Edith.

Sie tauschten sich über die Implikationen von »authentisch« und »sentimental« aus. Schließlich meinte Liv: »Vielleicht erinnern Sie sich nicht mehr. Sie waren schon mal hier.« Die Antwort blieb aus. »Ich fand es schade«, beeilte sie sich, »was mit Ihnen und Vic passiert ist.«

»Er interessiert mich nicht mehr«, sagte Edith leicht gereizt.

So unterhielten sie sich noch weitere fünf Minuten; unterdessen kam Livs Knuddelbär vom Strand herunter und lächelte Edith schüchtern an. »He«, sagte er, nahm sich ein Glas Leitungswasser, legte den Arm um Livs Taille und stillte seinen Durst. Dann stellte er sich vorne an die Tür, wo die schräg einfallende Straßenbeleuchtung seine Beine in der wadenlangen, ungebleichten Leinenhose zur Geltung brachte. Liv machte Drinks. Dann fragte Edith, wie viel Liv für die Bar haben wolle, und Liv sagte es ihr und setzte hinzu: »Oben ist noch eine Miniwohnung. Da muss aber erst noch der Klempner rein.«

Edith überlegte noch, dann sagte sie: »Einverstanden.«

»Meinetwegen können Sie morgen schon einziehen.«

»Eins noch«, sagte Edith. »Gehört er dazu?«

Sie lachten, und Edith zählte das Geld auf den Tresen und verließ die Bar, und damit war die Sache perfekt. Zehn Minuten später hatte Emil Bonaventuras Tochter, ihres Zeichens angehende Unternehmerin ohne ein plausibles Konzept, das ihrer blühenden Fantasie Grenzen gesetzt hätte, das gebietsseitige Ende der Straint erreicht. Dort blieb sie lange Zeit stehen und sah zu, wie sich die Sonne rot färbte – sie tut es bekanntlich so rasch, wie einem alles enteilt –, und dachte über Emil nach. Sie war zum ersten Mal hier. Sie war eifersüchtig, aber sie war auch aufgestört. Daran also hatte er all die Jahre Gefallen gefunden: Abenteuerspiele in kaputten Häusern und Fabriken. Trümmerhaufen wie nach einem Bombenangriff; verrostete Straßenschilder wie Signale aus dem Unbewussten; leere Betonfelder, die sich an stehenden Wellen aus Nebel verloren; atmosphärische Brechungen und andere Formen optischer Täuschungen. Da schien ja eine Menge los zu sein, aber es war kaum auszumachen. Sie hörte Musik, Musik wie von einem Rummelplatz. Dann erschien ein zweiter Sonnenuntergang, großartige Lichtkränze, die um ihre Mitte wirbelten und blitzschnell von Rot nach Grün und wieder zu Rot wechselten wie in einem Cartoon.

»Und das soll ich dir glauben?«, sagte Edith.

Als Edith Bonaventura fort war, fühlte Liv sich so leicht, dass es schon nicht mehr schön war. Sie spülte Gläser, nur um die Hände in warmem Wasser zu haben. Sie starrte auf das Geld. Dann zählte sie es wieder. Sie machte zwei Stapel, brachte den größeren zu einem der Ecktische und setzte ihn sorgsam ab.

»So, nun hab ich es geschafft«, sagte sie zu Antoyne Messner.

Nun war es an ihm, das Geld zu zählen. Als er fertig war, sah er nicht so erfreut aus, wie sie erwartet hatte.

»He, das ist richtiges Geld«, sagte sie.

Das wisse er.

»Aber?«

Seit sie sich das Schiff angesehen hatten, war er jeden Nachmittag vorbeigekommen, manchmal mit seiner Mona am Arm, manchmal ohne; doch es war nicht mehr so wie früher, als er mit Vic Serotonin die Nächte durchgezecht hatte. Antoyne war wortkarger geworden; seine Laune im Allgemeinen stabiler und forscher, seine Tiefs dafür umso tiefer. Er trank mehr. Die schöne Fliegerjacke wurde immer schäbiger, die Khakihose bekam Ölflecken. Er telefonierte immerzu, sagte etwas wie: »Himmel noch mal, Andrei, das sollte doch ein Gefallen sein.« Jetzt drehte er ihr halb den Rücken zu, wie um sich zu sammeln. Er blickte über die Schulter, spielte mit dem Glas, in dem noch ein Rest des Cocktails schwappte. Egal, wie wenig von dem Gesöff im Glas war, egal, wie oft man es kreisen ließ, intelligente, im Mixer deponierte Moleküle sorgten dafür, dass es immer noch aus präzisen pinkfarbenen und gelben Schichten bestand. Die Planeten, auf denen er seine Zeit verbracht hatte, waren für Antoyne das Höchste. Er trank aus und verzog das Gesicht.

»Ich kann nicht mehr fliegen«, gestand er. »Ich wollte es dir die ganze Zeit sagen.«

Er hatte die Dynaflow-Schiffe geflogen, er hatte so viel an so vielen Orten gesehen. *Gay Lung*, *Ambo Danse*, *Waitrose Two* und *Thousand Suns:* Er hatte sich wie leicht verdientes Geld an die *Strand*-Sterne bis nach *Radio Bay* verschleudert. Damals hatte er kein Risiko gescheut. Er hatte sogar auf der Alcubierre-Verwerfung gesurft. Er hatte die Raketenschiffe wie die Hemden gewechselt und sie aus lauter Einfallslosigkeit allesamt *Kino Chicken* getauft. Hatte dies und das geschmuggelt. Hatte immer eine Nasenlänge Vorsprung halten können vor EMC und dem vagabundierenden Code seines jeweiligen Navigationssystems. Doch am Ende war er leichtsinnig geworden, was Männern wie Antoyne oft passiert, und hatte auf *Santa Muerte* etwas eingeatmet, das sowohl seine Nasenscheidewand als auch seinen Orientierungssinn ruiniert hatte. Damit war der Raumpilot perdu gewesen. Von wegen nicht kaputt zu kriegen. Vergiss es, hatte er sich immer wieder gesagt, seit er in Saudade den Laufburschen für Vic Serotonin gespielt hatte: Nichts hält ewig. Er war einigermaßen überrascht, als er sich dabei ertappte, wie er feuchte Augen bekam.

»Es ist wie eine Sehschwäche – wie ein Hörsturz. Der Instinkt ist weg.«

Liv Hula betrachtete Antoyne und ließ ein, zwei Minuten verstreichen. Dann stand sie vom Tisch auf und hielt ihm die Fliegerjacke hin.

»Komm mit«, sagte sie.

Zehn Minuten später standen sie in Carver Field, es wehte ein milder Wind, grünliches Zwielicht sammelte sich an, die Halo-Sterne zeigten sich, scharfe, aktinische Punkte am Himmel. Die Rundungen ihres Frachters antworteten auf die verstreuten Halogenlichter des Hafens mit einem billigen Messingschimmer: Er war so gut wie flugbereit. Antoyne stopfte die Hände in die Taschen. Er zuckte die Achseln.

»Was sollen wir hier?«

»Uns an dem Luxusliner erfreuen, den du uns eingebrockt hast.«

Liv nahm seine Hände zwischen die ihren. Sie sah ihn beschwörend an. »Antoyne«, sagte sie, »ich habe Irene angerufen, damit sie herkommt. Später gehen wir zu mir und begießen unsere Zukunft. Und dann erklärst du mir noch mal diese dämlichen Maschinen. Aber jetzt, jetzt guckst du in den Himmel. Siehst du diesen roten Riesen da? Das ist *McKie*, fünfzehn Lichtjahre von hier. Da könnten wir hin. Oder dahin, nach *American Polaroid*. Oder dahin, *Du bist es wert*. Wir haben ein Schiff, Antoyne! Millionen Sterne winken uns!«

»Was meinst du, wo ich überall war?«, erwiderte er. »Was meinst du, wie viele Sterne ich beim Namen kenne?«

»Als du das erste Mal bei mir aufgekreuzt bist, hab ich gleich gewusst, dass du ein Leben lang Pilot warst und dass du damit abgeschlossen hast.« Antoyne wollte sich ihr entziehen, peinlich berührt, dass sie so etwas laut aussprach, dabei war weit und breit niemand zu sehen, dabei wusste sowieso jeder Bescheid. »Ich hatte immer Verständnis dafür«, sagte sie. Sie hielt seine Hände noch einen Augenblick, dann ließ sie los, denn ihr wurde klar, dass sie Saudade längst eine Million Lichtjahre hinter sich gelassen hatten. Als sie wieder zu ihrem Schiff aufsah, war es bereits zu einer bauchigen, tröstlichen Silhouette vor dem Abendrot geworden. »Unterm Strich, Antoyne, was macht es dir schon aus, hm?«

»Dass ich nur noch ein Niemand bin?«

»Das sind wir doch alle. Wir alle waren einmal wer und sind es nicht mehr. Aber wir können alle etwas anderes sein, und ich bin der glücklichste Mensch der Welt, wenn du sagst, wo es hingehen soll, und ich fliege uns hin; auch wenn du und Irene das Schiff *Nova Swing* getauft habt – ein dümmerer Name ist mir noch nicht untergekommen.«

Antoyne blickte sie an und dann an ihr vorbei. Seine Augen leuchteten auf.

»He«, sagte er, »da ist ja Irene.«

Buchprüfer der Gebietskripo waren der Spur des Geldes aus dem rückwärtigen Büro im Club Semiramide bis zu einem Zimmer in unmittelbarer Nähe der Voigt Street gefolgt, einem der vielen Schlupflöcher von DeRaad, die sie täglich fanden und versiegelten.

Die Voigt war voller Fahrzeuge und Blinklichter. Die SEKs waren ausgeschwärmt. Codejockeys arbeiteten an der verriegelten und verstärkten Tür. Quarantäne und Hygiene standen bereit, hauptsächlich Uniformierte mittleren Rangs, die sich telefonisch über Zuständigkeiten und Weisungsbefugnisse austauschten, derweil sie mit vorgetäuschter Geduld auf ihren Einsatz warteten. Es war die übliche Szenerie, mit einer Ausnahme: Die gesamte Operation wurde von einer großen, jungen, stark aufgemotzten Frau mit einem Unterarmdisplay geleitet. Alle wussten, wer sie war, aber niemand traute ihr oder verstand, wie es kam, dass sie so schnell und so weit die Karriereleiter hinaufgefallen war. Seit dem Debakel hinter der Baltischen Börse arbeiteten die SEKs ohnehin nicht gerne mit der

Gebietskripo zusammen, doch sowohl ihre Körpersprache als auch die der Frau verrieten, dass sie keine andere Wahl hatten.

Das Türschloss erwies sich als mechanisch, womit sich keiner auskannte. Also wurde gesprengt.

So wie die Teams hineingingen, wirkten sie siegesgewiss, aber nervös. Niemand wollte als Erster mit einem virulenten *Ausreißer* konfrontiert werden. Doch sie kamen zu spät. Etwas Unheimliches musste sich hier zugetragen haben, aber jetzt war es vorbei. Beschreiben ließe es sich so: Das Zimmer stank. Es war der gleiche widerwärtige Fettgeruch wie in den Quarantäne-Einrichtungen, allerdings weniger stark, weil sich die Moleküle eingelagert hatten – im nackten Boden; in den schmutzig grauen Bettlaken, die wie ein derangiertes Leichentuch aussahen; in den weiß getünchten Wänden mit ihrem Ballast aus getrockneten Ausscheidungen und unverständlichen Graffiti. Der Bewohner war ausgeflogen, sie hatten ihn knapp verpasst. Für die Gebietskripo nichts Neues. Mit dieser Art von Fakten waren sie vertraut. Hier hatte bis vor ganz kurzer Zeit etwas gehaust, doch wie sollte man dieses Etwas beschreiben? Wären sie nur vierundzwanzig Stunden eher hier gewesen, so viel stand fest, dann hätten sie sehen können, wie die hybride Entität, die früher unter dem Namen »das Wetter« bekannt gewesen war, ihr Versteck zum letzten Mal verlassen hatte. Die Tür hätte sich ohne den geringsten Kraftaufwand entriegelt, geschlossen und wieder verriegelt. Draußen wäre es still gewesen, abgesehen vielleicht von dem starken, beruhigenden Geräusch eines Sommerregens; von Kindern, die lachten und rannten, um sich irgendwo unterzustellen, oder vom dumpfen Knall, mit dem weiter unten in der Voigt eine Wagentür zuschlug. Diese Geräusche hätten für die Dauer einer Sekunde etwas zu durchdringend geklungen. Die Frau mit dem Unterarmdisplay überprüfte die Graffitis. Sie konsultierte den dezenten Codefluss, der endlos die Innenseite ihres Unterarms hinaufkletterte. Dann schüttelte sie nachdenklich den Kopf.

»Sie können hier oben weitermachen«, gab sie der Hygiene zu verstehen.

Sie fuhr alleine zurück in die Oberstadt, ins Revier Kreuzung Uniment/Poe. Im zweiten Stock sichtete sie Nanokam-Material des anderen großen, ungelüfteten Geheimnisses ihrer Laufbahn.

Diese einwandfreie Aufzeichnung, die der verschollene Fahnder selbst zusammengestellt hatte und die jetzt von seinen Schattenoperatoren an die Wände projiziert wurde, brachte sie der Lösung nicht näher. Ein paar Monate nach dem Tod seiner Frau hatte Aschemann die Ermittlungen im Fall der Neonherz-Morde wiederaufgenommen. Hier waren alle Einzelheiten. Aber sie summierten sich auf null. Er beobachtete, stellte Fragen und nannte Namen. Er ging an den Toren des Freihafens vorbei und witterte Geld und Gewalt. Er ging von Bar zu Bar. (»Dann und wann«, erzählte er den Kameras mit seinem spitzbübischen, introvertierten Lächeln, das seine Mitarbeiter allmählich einzuordnen lernten, »sieht jeder tapfere Mann den Himmel durch die Gitterstäbe eines Barcodes.«) Er war jeden Morgen mit seinem pinkrosa 1952er Cadillac Roadster zum Büro gekommen und jeden Nachmittag vom Büro weggefahren. Er saß in seinem Büro, die Füße auf seinem grünen Blechschreibtisch, und schrieb Briefe an Frauen und an Prima. Hatte er sie getötet? War er der Tattoo-Mörder? Tatsache war, überlegte seine ehemalige Assistentin, dass er es genauso wenig wusste wie sie. Er wusste lediglich, was Saudade von ihm erwartete: ein Fahnder zu sein und irgendeinen Plan zu haben. In jenem Jahr und in jedem darauffolgenden verhielt er sich wie ein Mann, der sich neu zusammensetzt – nicht zu etwas Neuem, sondern zu etwas, das nicht mehr ganz seinem bisherigen Bild entsprach. Seine Schuldgefühle hatten mit Primas Tod begonnen, aber seine Diskontinuität schon mit der Trauung.

»Alle Verbrechen«, fiel ihr seine Belehrung ein, »sind Verbrechen gegen die Kontinuität – die Kontinuität des Lebens, die Kontinuität der Besitzverhältnisse, die Kontinuität der Systeme.«

Sie seufzte.

»Abschalten«, befahl sie.

Noch nicht Mitternacht. Zu früh, um die Tankfarm in der C-Street aufzusuchen. Die Bürojalousien waren heruntergelassen und ließen launische Neonimpulse in Rosarot und grellem Giftblau ein. Die Möbel rochen nach echter Politur. Die Polizistin telefonierte hin und wieder. Oder die Schattenoperatoren umflatterten ihren Kopf und murmelten: »Wenn du das eben unterzeichnen würdest, meine Liebe.« Oder sie pflügten, um auf sich aufmerksam zu machen, durch den rosarot und giftblau gestreiften Papierwust auf dem Schreibtisch. Daten purzelten die Innenseite ihres Arms hinunter. Das war jetzt ihr Büro. Sie hatte es mit einem ausgewachsenen *Ausreißer* zu tun. Sie handelte auf eigene Verantwortung. Sie durfte eine Stunde verstreichen lassen, ehe sie den nächsten Schritt unternahm. Sie durfte auch zwei Stunden verstreichen lassen. Doch sie war nervös und hätte zu gerne gewusst, was sie jetzt, in dieser Minute, tun sollte. Draußen jagte ein feuchter Wind Abfallpapier über die Straßenkreuzung, auf die verirrte Blondine im kurzen weißen Abendkleid zu, die beide Schuhe in einer Hand trug und unbestimmt in die verwaiste Kreuzung lächelte.

Ein weiterer Monat ging ins Land, und die Instandsetzung der *Nova Swing* war so gut wie abgeschlossen. Sie hatten die Genehmigung der Hafenbehörde eingeholt. Die *Nova Swing* bekam einen neuen Anstrich. Sie hatten sich einen Firmennamen zugelegt: *Schwertransport*, den sich Antoyne stundenlang ausgedacht hatte; und Irene hatte ein Firmenmotto gefunden, das jetzt auf ihrem Medaillon stand: *Ziel: Die Zukunft.* Sie hatten das Triebwerk mit brandneuen Upgrades gefüttert. Früh an einem nassen Herbsttag, der Regen peitschte über Carver Field, ließ Liv Hula die Triebwerke warmlaufen, nahm mit der üblichen Mischung aus Optimismus und Selbstekel das Piloteninterface in den Mund, startete und zog durch bis in den Parkorbit.

»Donnerwetter«, sagte sie fünf Minuten später mit schauriger Lautsprecherstimme. »Sie funktioniert.«

»Das will ich meinen«, sagte Antoyne aus dem Sitz des Kopiloten und schnallte sich los.

Sie starrten kurz in den Raum hinaus, dann einander an: Es raubte ihnen den Atem. Weltraum! Die Tests der Infrastruktur bestätigten, was die Piloten schon wussten. »Sie ist ein Bierfass, aber sie funktioniert!« Verschreckt, in Jubellaune, ängstlich, aber auch auf ihre Fähigkeiten vertrauend, gingen sie umsichtig und häppchenweise wieder auf Grund. Zu Hause wartete Irene, die Mona, blass, aber glücklich, in rosaroten Fahrradhosen und bediente sich aus ihrem rot glänzenden Polyurethan-Kosmetikköfferchen: Sie war dabei, ihr Make-up aufzufrischen. »Funktioniert sie?«, wollte sie wissen. Während des Starts, gab sie zu, habe sie im Verwaltungsgebäude an der Bar gesessen, einen Eisbecher mit Früchten gegessen und sich nicht getraut, auch nur einen einzigen Blick zu riskieren. »Die Stichflamme hat jedenfalls alles hell gemacht, der Regen war wie Lametta. Ich habe für euch die Beine gekreuzt.«

»Ich kann es immer noch nicht glauben«, sagte Liv Hula.

Fortan wohnten sie nur noch im Schiff, alle drei, und unternahmen viele kleine Abstecher ins All. Obwohl sie nicht immer gleicher Meinung waren, kamen Liv Hula und Irene gut miteinander aus, solange sie sich, was Antoyne betraf, nicht gegenseitig behinderten. Antoyne war es recht, dass sie ihn an die Hand nahmen. Im Grunde hatte er sich immer an die Hand nehmen lassen, aber auf die Nase binden wollte er das seiner Mona nicht. Stoff zum Reden gab es genug. Antoyne und Irene unterhielten sich über ihre persönliche Entwicklung und ihre Sehnsüchte. Irene und Liv sprachen darüber, wie wichtig die richtige Selbstdarstellung war. Liv und Antoyne redeten über Vic Serotonin, der in vielerlei Hinsicht ihr gegenwärtiges Abenteuer herbeigeführt hatte.

»Ich hatte immer mit Leuten zu tun, die stärker waren als ich«, erzählte Antoyne. »Irgendwann war es wie eine Karrenspur. Man fährt ganz gut darin.«

Liv schauderte.

»Leute wie Vic sind für jeden zu stark.«

Doch als sie diese Ansicht Irene erzählte, erntete sie nur ein Schnaufen. »Vic Serotonin ist nicht der einzige schwache Mann, der mir über den Weg gelaufen ist«, erklärte Irene mit fester Stimme. »Glaub mir, da kommen ein paar zusammen.« Sie lachte. »Und ich hab mit ihnen allen gepoppt, bis auf Vic.«

Diese Unterhaltung wurde in knapp fünfzigtausend Kilometern Entfernung von Saudade geführt. Man müsse die *Nova Swing* zwar noch vom Strand in die Brandung schieben, meinte Antoyne, ansonsten scheine sie aber seetüchtig zu sein. Also wolle man jetzt die Dynaflowtreiber für ein, zwei Nanosekunden einschalten und prüfen, ob sie diese unverfrorene Provokation der Physik überstehen würden. Doch vorher mussten sie diese riesige, vermutlich geheim gehaltene Region durchqueren, in die sie geraten waren: lauter heruntergekommene Schiffe. Hinter einem intelligenten Nebel aus Nanotech, der an ionisiertes Gas erinnerte, flammten fräsende Lichtbögen auf, so hell wie feuernde pSi-Triebwerke. Schlepper schoben und zogen die rostigen Kolosse von hier nach dort. Diese Region war voller Aktivität und umgab den Planeten wie eine Schale, eine sich ausdehnende, bereits zwei- bis dreitausend Kilometer tiefe Wellenfront. Irene schaute aus dem Bullauge. Sie kenne die Menschen ein wenig, meinte sie, und das sei schon schwer genug, wo es doch so viele davon gebe; doch sie werde nie aufhören, die endlosen Wunder des Weltalls zu bestaunen.

»Was ist das bloß?«, flüsterte sie vor sich hin.

»Der Quarantäne-Orbit«, sagte Liv Hula. »Wird jeden Tag größer.«

Straint Street: Edith Bonaventura hatte Liv Hulas alte Zinkbar herausschlagen und an ihrer Stelle eine kleine Bühne einbauen lassen. Die Dielen waren herausgerissen und durch schwarze und weiße Fliesen ersetzt worden. Ein Einrichtungshaus vertäfelte die Wände mit Mahagoni, das Imitat hatte einen warmen, gebrannten Orangeton. Edith verzichtete auf die Deckenventilatoren und ließ stattdessen Lüster aufhängen. Sie hatte aus einem langen Block kunstvoll geschmolzenen Glases eine neue Bar anfertigen lassen, mit einem von hinten beleuchteten Glasregal.

Edith und ihre Erinnerungsstücke, mit denen sie nun eine andere, viel klarere, viel kreativere Beziehung einging, brauchten Licht, viel

Licht. Überall war Licht, vergoldete die Elfenbeintastaturen von knapp sechzig Akkordeons in ihren prachtvollen Koffern, die mit jedem Pinkton von Lachs bis Neotenie gefüttert waren; glitzerte wie auf flachem Wasser, von klarem Harz über Kastanienbraun bis Rötlich mit winzigen untergemischten Metallplättchen; narrte die Augenwinkel mit lauter überirdischen Reflexen und Interferenzmustern. Silberne Schnallen an Tragriemen fingen das Licht ein, sie und die Messingembleme von Raketenschiffen, die kunstvoll auf seidigen extraterrestrischen Hölzern appliziert waren: Doch die Chromembleme von Sternschnuppen waren in der Überzahl.

»Denn«, so erklärte Edith, »das war ich damals: eine Sternschnuppe.«

Zweimal die Woche stand sie auf der Bühne, spielte vor vollem Haus Tango-Klassiker und dann und wann kuriose und marginale Stücke, zur Abwechslung und um ihre technische Bandbreite zu demonstrieren. Manche davon – wie zum Beispiel *Lindie's Alcine Rein*, eine richtige Polka, geschrieben für ein fünf Millionen Jahre altes Instrument, von dem niemand genau wusste, wie es gespielt wurde – erfreuten sich mit der Zeit ebenfalls einer gewissen Beliebtheit. Trotz der verblassenden Werbebanner, die sie überall im Halo aufgetrieben hatte und jetzt hier kreisen ließ, Banner, die zu ihren zwanzig Jahre alten Auftritten einluden, erinnerte sich niemand an sie. Stattdessen sah man in ihrer Musikbar etwas ganz Neues und Überraschendes. Das wiederum beeindruckte Edith wenig, denn das hieß, dass sie kein Comeback feiern konnte, sondern sich frisch aus dem Hut zaubern musste. Sie stand geblendet im Scheinwerferlicht in ihren Lackschuhen mit Riemchen und Steppeisen, das Gesicht gelbgrau, das kurze Kostüm zu eng, vielleicht mit einem Country-Thema heute Abend, und kam sich fast wieder wie das dreizehnjährige Akkordeon-Mädchen in dem Hologramm vor. Ohne das Gewicht des Instruments neigte sie schon wieder dazu, ein Hohlkreuz zu machen. Nachmittags übte sie neue Stücke ein.

Edith war immer vor Ort, machte aber nicht den Barkeeper. Dafür hatte sie Livs Ex-Lover angeheuert, der sich doch tatsächlich Nicky Rivera nannte, weil er diese Nobelmarke für Reisesets über alles liebte. Nicky erwies sich als Glücksgriff. Er wohnte über der Bar, und das so leise, als stünde die Wohnung leer. Er hatte das Waschbecken repariert. Der Junge war unbezahlbar im Umgang mit Menschen. Er half ihr auch mit neuen Nummern aus: Edith las nämlich überall in der Stadt neue Musiker auf. Binnen Monaten war die Bar jeden Abend brechend voll.

Das Publikum hatte keinerlei Erfahrung mit Tangomusik; es war stolz auf sich, weil es so rasch lernte, wann es zu jubeln und wann es hingerissen zu lauschen hatte. Typisch für diese Klientel waren exquisite Cocktails, honigfarbener Pelz; die Unterwäsche, das konnte Nicky bestätigen, war von Uoest. Es war eine verwahrloste Gesellschaft, und wenn Edith gehofft hatte, das Niveau der Straint durch ihre Musikbar zu heben, sah sie ihre Erwartung enttäuscht. Doch es sollte sich auszahlen, dass sie in sich selbst investiert hatte: Der Ruf ihrer Musikbar drang über die Straint und sogar über Saudade hinaus bis zu den *Strand*-Sternen und quer durch den Halo, und das musste ihr genügen. Nicht viele Menschen bekommen gleich zwei Chancen, neu zu sein. Sie hörte auf, an den Toren des Zollhafens zu spielen. Dafür schaltete sie ihre eigenen Reklamebanner bei den Rikscha-Unternehmen und später bei den Chartergesellschaften.

Der Applaus am Ende eines Abends trieb ihr manchmal Tränen in die Augen. Dann pflegte sie mit leiser, etwas rauer Stimme zu sagen: »Diese Zugabe widme ich dem Menschen, der mir am meisten bedeutet hat, Emil, meinem Vater: *Le Tango du Chat*, den er ganz besonders mochte«, und dem Liv Hulas Bar ihren neuen Namen verdankte.

Eines Nachmittags vor Weihnachten konnte man die leibhaftige Liv und das Akkordeon-Mädchen zusammen an einem Tisch sitzen und Wodka mit Brillantine trinken sehen, ohne Eis. Draußen in der Straint hatten die Chopshops früh geschlossen. Kleine, heftige Windböen fuhren straßauf, straßab und trieben Schneeschauer vor sich her; derweil drinnen auf der staubigen, unbeleuchteten Bühne drei Mädchen standen; die Geschwister trugen paillettenbesetzte Einteiler und warfen Seitenblicke auf Nicky, den Barkeeper, der auf der

Bühnenkante saß und sich mit ihrem Manager unterhielt. »Sonne und Schatten scheinen keine Rivalen zu sein«, hörte Liv ihn sagen. »Beide spenden auf ihre Weise Licht.«

Bei diesen Worten lächelte das Akkordeon-Mädchen; dreißig Jahre durch die Bars zu tingeln hatte Ediths Sinne geschärft. Sie beobachtete Liv Hulas Gesicht.

»Na ja, wie findest du nun, was ich daraus gemacht habe?«, sagte sie.

Liv schwankte. Es war Weihnachten. Es wurde früh dunkel. Morgen schon würde sie wieder auf dem scharfen Grat ihres neuen Lebens sein, ein Raumschiffjockey, der Frachten ohne Frachtbrief beförderte: zu Häfen, die sie nicht kannte, auf Planeten, von denen sie noch nie gehört hatte; manche Ladungen erforderten mehr Verschwiegenheit als andere. Wochen zuvor, als Liv die *Le Tango du Chat* zum ersten Mal besucht hatte, war sie darauf vorbereitet gewesen, Veränderungen vorzufinden, aber auch nervös. Als sie die Bar betreten hatte, waren zehn Jahre ihres Lebens zu nichts zusammengeschnurrt, ähnlich wie es theoretische Dimensionen eines frühen Weltmodells taten. So ist das Leben. Ein einziger Augenblick scheint sich in alle Ewigkeit zu dehnen, und dann plötzlich reißt es einen heraus. Die Vorwärtsbewegung der Zeit dehnt die zähe, kleberartige Substanz, die einen festhalten will, bis sie jählings zerreißt. Man ist nicht die Person, die man vor diesem Augenblick war; man ist nicht die Person, die man in diesem Augenblick war: Das Unbarmherzige ist, begriff Liv, dass man aber auch keine völlig andere Person ist.

Grübelnd hörte sie sich sagen: »Du scheinst Erfolg zu haben.«

»Ich habe versprochen, nicht sentimental zu werden«, sagte Edith und holte Liv einen neuen Drink.

Heute waren Irene und der Dicke Antoyne mitgekommen, ihr erstes Mal in *Le Tango*. Irene war davon überzeugt, dass die Rückkehr in ein früheres Revier immer gemischte Gefühle mit sich bringe. Sie habe allerdings vergessen, räumte sie ein, wie die Black Cat White Cat damals ausgesehen habe; obwohl ein Teil ihres Lebens immer ein heilloses Durcheinander bleiben werde, könne sie ihn doch nicht einfach verleugnen. Der Dicke schaute derweil neugierig herum und ließ sich am Ende mit Nicky, dem Barkeeper, auf eine Runde *Hughie mit drei Schwänzen* ein. Niemand wusste, was in ihm vorging. Der Tag neigte sich dem Ende. Noch ein paar Drinks, dann brachen sie zu dritt nach Carver Field auf. Als Edith Liv Hula zur Tür brachte, meinte sie, es sei schade, dass Liv nicht sehen könne, wie es hier abends zugehe.

»Um diese Zeit war damals aber mehr zu tun.«

Als sie fort waren und man sie mit leiser werdenden Stimmen einander »He, der Schnee!« zurufen hörte, nahm Edith ihr derzeitiges Instrument zur Hand – ein abgenutztes, dreireihiges diatonisches Akkordeon in perlmuttartigem Minzblau mit einem kontrastierenden Balgen, der auseinandergezogen ein Herzass zeigte (oder eine gastfreundliche Vulva) – und spielte ein paar Noten. Sie hatte keine rechte Lust. Noch etwas trinken wollte sie auch nicht. Stattdessen nahm sie sich eines von Emils Notizbüchern vor, die sie immer dabeihatte, und blätterte darin. Siebzehn Uhr, eine große Frau betrat die Bar und setzte sich an einen Tisch gleich neben der Tür. Die Frau hatte kurz geschorenes blondes Haar und diese höllisch lässige Art, sich zu bewegen, die nur massiv aufgemotzte Leute beherrschten. Irgendwelche Daten, die an orientalische Ideogramme erinnerten, ruckelten ihren Arm entlang. Draußen am Bordstein parkte ihr 1952er Cadillac Roadster. Jedermann als Kommissarin der sogenannten Gebietskripo bekannt, war sie ein häufiger Gast im *Le Tango*. Man sah sie auch im Preter Cœur. Sie wusste, wo die Talente waren, kannte ihre Kniffe. Sie kannte die Straint. Sie kam früh und ging spät. Ihre Vorliebe: ein doppelter Black Heart auf Eis. Sie besah sich die Gäste, als würden diese sie zu gleichen Teilen verwirren und belustigen. An diesem Abend schickte sie Nicky, den Barkeeper, mit einem Lächeln vom Tisch, das vermittelte, dass sie ihn wahrscheinlich schon bald wiedersehen würde; dann nickte sie Edith Bonaventura zu.

»Gutes Buch?«, sagte sie. »Sie lesen immer darin.«

Diese Nacht sollte es hoch hergehen. Edith hatte eine Zweimanncombo von irgendeiner Surfbar unten an der Küstenstraße übernommen: ein alter Mann, der sich hatte sippen lassen, um wie Samuel Beckett auszusehen; ein junger Mann in einem Anzug, der eine Nummer zu groß war; Keyboard und Saxofon; Bebop-Jazz; komplizierte, gewitzte Dekonstruktionen einfacher Schlager, Zeug, das Edith nicht kapierte, aber klarer Favorit bei der Firmenklientel, die einmal die Woche herkam, um sich lautstark zu unterhalten und Giraffe-Bier zu verschütten. Um drei Uhr in der Früh war der Spuk vorbei. Die Zweimanncombo packte ihre Sachen, steckte ihr Geld ein und wurde von der Nacht verschluckt. Immer noch wurde trockener Schnee über die Straße geweht. Das Wetter kam nicht zur Ruhe. Nachdem der Barkeeper ihnen eine gute Nacht gewünscht hatte und nach oben verschwunden war, blieben nur Edith und die Kommissarin zurück. So ging es meistens. Sie saßen jede an ihrem Tisch. Hin und wieder mochte eine aufblicken und die andere anlächeln oder zur Tür gehen und die Straint hinauf in Richtung Ereignisgebiet starren. Ein Schiff stieg vom Freihafen auf und schnitt wie eine Schere durch den Himmel.

DRITTES BUCH

Raum

Nichts ist entscheidender als die Feststellung, dass der leere Raum nicht leer ist. Er ist das Fundament höchst stürmischer Physik.

John A. Wheeler

Alle Messgeräte haben ihre Grenzen. Da unser Wissen über die physische Wirklichkeit von dem abhängt, was wir messen können, werden wir nie alles wissen, was es zu wissen gibt … da ist es sehr viel besser, einzusehen, dass unser Wissen über die physische Realität notwendigerweise unvollständig sein muss …

Marcelo Gleiser

In gewisser Weise ist alles jederzeit überall.

A. E. van Vogt

1 · Organe

Anna Waterman hörte den ganzen Abend lang zwei kämpfenden Katzen zu. Um zehn ging sie raus in den Garten und rief nach dem Familienkater. Vor etwa zehn Jahren hatte ihre Tochter Marnie, dreizehn Jahre alt und damals schon unergründlich, ihm den Namen »James« gegeben. Unter dem sternenübersäten Himmel hing ein spätsommerliches grünes Nachglühen. Anna hatte einen lang gestreckten Garten, der etwa fünfzehn mal sechs Meter maß. Flechtenbewachsene Apfelbäume standen im ungemähten Gras, und ein schiefes Gartenhäuschen erinnerte an einen russischen Film aus den Siebzigern – es war halb zerfallen und von wild wuchernden Blumenbeeten umgeben, voller Gegenstände, die man aussortiert, aber nicht wegwirft. Die Blumenbeete waren von ungesunder Vitalität. Ob man sie pflegte oder nicht, sie brachten jedes Jahr ein dichtes Geflecht von einheimischen Unkräutern und Wildblumen hervor, und dazwischen standen – seit der Erwärmung Mitte der 2000er – exotische Pflanzen mit großen Blüten und fleischigen Blättern, deren Samen von sonstwo herbeigeweht worden waren.

»James!«, rief Anna.

James reagierte nicht, aber ebenso wenig gab irgendein Laut Anlass zu der Vermutung, dass er gerade etwas tötete oder getötet wurde. Das machte Anna Mut.

Sie fand ihn unter der Hecke am Rande des Gartens, wo er zwischen Wurzeln und trockenem Erdboden etwas gestellt hatte. Er stupste es mit der Nase an, langte behutsam mit der Vorderpfote danach und schnurrte vor sich hin. Sie streichelte ihn, doch er beachtete sie gar nicht.

»Du alter Dummkopf«, sagte sie. »Was hast du denn nun wieder gefunden?«

Ein paar wabblige Dinger, die locker mit dem Erdreich vermengt waren. Abgesehen von ihrer Größe und Farbe sahen sie aus wie innere Organe. Sie hatten die prallen Rundungen von Schweinenieren, und ein schwaches Leuchten ging von ihnen aus. Anna hob eines der Dinger auf und ließ es sofort wieder fallen – es war warm. Entzückt sprang der Kater darauf zu und stieß es mit den Pfoten umher.

»Du bist so eklig, James«, sagte Anna zu ihm.

Später zog sie sich Spülhandschuhe an, ließ zwei oder drei der Dinger in einen Plastikbeutel gleiten und nahm sie mit ins Haus. Dort schüttete sie sie in ein Glasschälchen. Wie sie so zusammengesunken auf der Arbeitsfläche lagen, sahen sie wie ganz normale Fleischabfälle aus, die es nicht gewohnt waren, sich aus eigener Kraft aufrecht zu halten. Farblich erinnerten sie an die Fläschchen mit Tinkturen, die man in Annas Jugend noch in den Apothekenschaufenstern hatte bewundern können – blau, grün und von einem üppigen Kaliumpermanganat-Violett – inzwischen ausgeblichen unter dem Halogenlicht, und sauer geworden. Anna holte ihr bestes Wüsthof-Messer aus dem Block, doch dann konnte sie sich doch nicht überwinden und steckte es zurück. Eine Weile betrachtete sie den Inhalt des Schälchens aus verschiedenen Winkeln und ging dann zum Telefon.

»Warum rufst du an?«, fragte Marnie nach fünf Minuten.

»Ich wollte dir wohl nur sagen, wie glücklich ich in letzter Zeit bin. In vielerlei Hinsicht.«

Auf den ersten Blick erschien das absurd, so viel war Anna klar. In ihren Zwanzigern war sie magersüchtig gewesen; sie hatte zwei gescheiterte Selbstmordversuche hinter sich. Ihr erster Mann, Michael, der es auch nicht viel besser erwischt hatte, war eines Nachts am Man Hill Beach, südlich von Boston, ins Meer gegangen. Seine Leiche hatte man nie gefunden. Er war brillant, aber labil gewesen. »Er war ein brillanter Mann«, erzählte sie den Leuten immer, »der sich alles zu sehr zu Herzen genommen hat.« Aber seither hatte sie erneut geheiratet, Marnie zur Welt gebracht und ihr Leben gelebt. Mit Marnies Vater hatte sie ein richtig nettes Leben gehabt, erst in London und dann in diesem ruhigen, teuren Haus am Fluss. Zu Michael hätte das nicht gepasst. Für ihn hatte das Leben eine Tortur sein müssen; eine Art Strafe.

»Keiner von uns wusste, wie man lebt«, sagte sie jetzt.

»Anna …«

»Er hatte gewisse Probleme …«

Das nahm Marnie schweigend zur Kenntnis.

»Du weißt schon«, sagte Anna. »Sexuelle Probleme. Dein Vater war da sehr viel ausgeglichener.«

»Anna, ich möchte das alles wirklich nicht hören.«

Marnies Zeugung war sowohl auf Annas Schuldgefühle als auch auf ihre Erleichterung über Michaels Verlust zurückzuführen – er war ihr in jener Nacht am Man Hill Beach buchstäblich abhandengekommen. Verwirrt war Anna nach London heimgeflogen und hatte mit dem ersten freundlichen Menschen gepoppt, der ihr über den Weg gelaufen war. Anders konnte man es nicht beschreiben, insbesondere jetzt, im Rückblick. Sie bereute es nicht, obwohl die Erinnerung daran ihr manchmal das Gefühl gab, ganz besonders nett zu Marnie sein zu müssen. Nun fiel ihr mit einem Mal ein, wie Michael sich in der Dunkelheit über sie gebeugt hatte und einer von ihnen etwas in der Art von »Funken! In allem sind Funken!« gesagt hatte.

»Anna? Anna, ich muss jetzt Schluss machen. Es ist spät. Es ist schon Mitternacht.«

»Tatsächlich, Liebes?«

»Du hast morgen einen Termin bei Dr. Alpert«, erinnerte sie Marnie.

»Ich fürchte, ich weiß gar nicht mehr genau, wann«, sagte Anna unbestimmt, aber aufsässig.

»Dann ist es ja gut, dass ich mir alles aufgeschrieben habe.«

Mit einem Mal überwältigt von Sorge und Liebe sagte Anna: »Ach Marnie, ich hoffe so sehr, dass du Spaß am Sex hast. Es wäre wirklich schrecklich, wenn dir etwas so Schönes entginge.«

»Ich fahre dich morgen früh zum Bahnhof. Schlaf gut, Anna.«

Warum *habe* ich eigentlich angerufen?, fragte sich Anna. Als sie keine Antwort erhielt, ging sie zur Küchentür und schaute hinaus. Über der unebenen Wiese zwischen Garten und Fluss lag eine dicke Nebeldecke. Darüber konnte sie gerade so eine Reihe Weidenbäume ausmachen. Sie rief den Kater; versprach ihm Futter mit Hasengeschmack; dann ging sie zu Bett, wo ihr Traum sie wie üblich um zehn nach vier in der Früh weckte, schweißgetränkt und mit einer Art bleiernem Summen in den Ohren. Oft versuchte sie Dr. Alpert zu erklären, dass es sich weniger um einen Ton als um ein Gefühl handelte. »Es ist ein Gefühl aus dem Traum«, sagte sie immer. Ein ganz körperliches Gefühl. »Ich bin mir nicht mal sicher, ob ich diejenige bin, die es empfindet.« Erschöpft und krank schleppte sie sich aus dem Bett und ging nach unten, um sich Wasser zu holen. Graues Licht kroch durch Küchenjalousien herein. Sie dachte darüber nach, sich die Organe in dem Schüsselchen – oder worum auch immer es sich handelte – noch einmal anzusehen, aber sie waren verschwunden. Gut möglich, dass James auf die Anrichte gesprungen war und sie gefressen hatte, aber Anna hatte das Gefühl, dass sie einfach zerschmolzen waren. Ein Tropfen Flüssigkeit war geblieben. Er sah aus wie ganz gewöhnliches Wasser, das man einfach in die Spüle kippen konnte. Sie beschloss, das Schüsselchen nicht mehr für Essen zu benutzen.

Jeden Abend, seit Michael ins Meer gegangen war, war Anna nach draußen getreten, um den Kater hereinzurufen, einen Stuhl vom Rasen zu holen, damit er nicht feucht wurde, oder um zu den Sternen emporzuschauen. Egal, wo sie wohnte, es war immer das Gleiche.

Sie dachte: Ich habe angerufen, um mit jemandem zu reden.

Am nächsten Morgen versetzte sie Dr. Alpert. In der Victoria Station in London stieg sie um und fuhr in absteigender Reihenfolge die Postleitzahlen ab, bis sie schließlich meinte, die Art und Weise wiederzuerkennen, in der die Straßen sich über eine Anhöhe wanden.

»Orchid Nails«, stand draußen auf dem Schild, und: »Minty Pearls Zahnklinik.« Anna stieg aus, spazierte in Gedanken versunken herum und schaute in die Fenster der leeren Häuser. Sie folgte keinem Plan. Am liebsten mochte sie ruhige Wohngegenden und eine bestimmte Art von kleinen Familienhäusern im historistischen Tudor-Stil, mit Lorbeerbüschen in den Vorgärten und schmalen Auffahrten. Je heruntergekommener ein Zuhause aussah, desto eher weckte es ihre Aufmerksamkeit. Am frühen Nachmittag vermutete sie, dass sie sich bereits in Sydenham Hill befand. Im glasigen Licht war sie kilometerweit gelaufen und hatte dabei die asphaltierten Auffahrten von einem Dutzend Mittelschichthäuschen überquert. Sie war erschöpft. Die Knöchel taten ihr weh. Sie hatte sich verlaufen. Es war nicht das erste Mal, dass sie das getan hatte.

Wie sich herausstellte, war sie nicht in Sydenham Hill gelandet, sondern in Norbiton, das nach einer fiktiven Vorstadt in einem Roman aus der Zeit Edwards VII. benannt war. Anna setzte sich bei einer Tasse Tee ins Bahnhofscafé und leerte ihre Handtasche auf den Tisch. Sie enthielt den üblichen Plunder – Stummel von Schminkstiften, einen einzelnen Handschuh, ein Adressbuch voller Namen von Leuten, mit denen sie nichts mehr zu tun hatte, ihr Telefon mit dem flachen Akku. Sie fand Quittungen, die zu sehr kleinen Rechtecken zusammengefaltet waren, ausländische Münzen und Münzen, die nicht mehr in Gebrauch waren. Außerdem fand sie eine kleine externe Festplatte. Die nahm sie in die Hand.

Sie maß etwa sechsmal zehn Zentimeter, hatte gerundete, organisch anmutende Kanten, und ihre glatte, stumpfe Oberfläche wurde an einem Ende von einer Reihe USB-Anschlüsse durchbrochen. Eines von den Dingen, die seinerzeit neu und aufregend gewesen waren und die jetzt so überholt aussahen wie eine Zigarrendose. Michael hatte sie ihr zusammen mit einer Reihe von Anweisungen hinterlassen. Sie hatten in einem Bahnhofscafé wie diesem gesessen, und er hatte seine warme Hand über die von Anna gelegt und eindringlich gesagt:

»Du wirst es doch nicht vergessen, oder?«

Heute erinnerte sie sich nur noch daran, dass sie Angst gehabt hatte. Wenn man vor allem Angst hat, insbesondere vor dem anderen, muss man einander verlassen; man muss den anderen an die Welt abtreten.

Anna war genau zwischen zwei Zügen in Norbiton angekommen. Sie trank eine zweite Tasse Tee und schaute mit leisem Wohlgefallen auf den leeren Bahnsteig hinaus, wo alles von einer dicken Schicht frischer Farbe überzogen war. Nach etwa zwanzig Minuten half eine Bahnangestellte einem alten Mann ins Café. Er hatte seine besten Jahre längst hinter sich. Sein kahler brauner Kopf wirkte zu groß für seinen Hals; seine Unterlippe, die die Farbe eines rohen Stücks Leber hatte, hing in erschöpfter Verblüffung darüber, dass es ihn immer noch gab, herab. Man setzte ihn an Annas Tisch, wo er mit seinem Stock zwischen ihren Beinen herumfuchtelte, den Inhalt ihrer Handtasche achtlos auf ihre Tischseite schob und, kaum dass er saß, anfing, Lachsbrote aus einer Papiertüte zu essen. Seine Hände waren von dicken Adern überzogen, die Haut darüber glänzend und schlaff. Er aß gierig, aber gleichzeitig mit einem seltsamen Desinteresse, als erinnere sein Körper sich an das Essen, er selbst jedoch nicht. Beim Essen führte er flüsternd Selbstgespräche. Nach einigen Minuten legte er die Papiertüte weg, beugte sich über den Tisch und tippte Anna fest auf die Hand.

»Autsch«, sagte Anna.

»Nichts ist wirklich«, sagte er.

»Wie bitte?«

»Nichts ist wirklich. Verstehen Sie? Es gibt nur Zusammenhänge. Und wohin führen die?« Er bedachte Anna mit einem eindringlichen Blick und atmete mehrmals schwer durch den Mund. »Zu weiteren Zusammenhängen natürlich!« Anna, die keine Ahnung hatte, was sie darauf erwidern sollte, starrte verärgert aus dem Fenster. Nach einer Weile sagte er, als richte er zum ersten Mal das Wort an sie: »Ich muss in den nächsten Zug einsteigen. Ob Sie wohl so freundlich wären, mir zu helfen?«

»Nein, das wäre ich nicht«, sagte Anna und sammelte ihre Sachen ein.

Es war beinahe dunkel, als sie zu Hause eintraf. Marnie hatte gereizte Nachrichten auf dem Anrufbeantworter hinterlassen. »Geh ran, Anna. Ich bin wirklich böse auf dich. Das ist nicht das erste Mal, dass du so was tust.« Anna machte sich ein Omelett und aß es stehend in der Küche, während sie sich zurechtlegte, was sie zu Marnie sagen würde. Am Himmel verblasste das letzte Tageslicht. Kater James sprang auf die Küchenanrichte und bettelte. Abgelenkt von ihren Schuldgefühlen gab sie ihm mehr von dem Omelett ab, als sie beabsichtigt hatte.

»Ich habe vergessen, hinzugehen«, wiederholte sie stur zu sich selbst. »Ich habe es einfach vergessen, Marnie.«

Später meinte sie, einen Lichtschimmer im Gartenhaus zu sehen. Vom Fluss her war dünner Nebel durch die Gartenhecke gesickert und hing nun zwischen den Apfelbäumen. Alles roch intensiver, einschließlich des Katers, der – sein Vertrauen in die Freigebigkeit der Welt bestätigt – mit aufgestelltem Schwanz vor Anna herlief, bis er schließlich etwas in der Hecke fand, was seine Aufmerksamkeit erregte. Anna zog die Tür zum Gartenhaus auf. Im Dunkel lag Gerümpel herum: Zwei Ledersessel, Marnies altes Pashley-Rad, ein Teppich, den ihr jemand aus Indien mitgebracht hatte. Als sie unter dem Fenster herumkramte, riss sie versehentlich einen Pappkarton auf, aus dem mehrere Schmuckstücke, Fotorahmen, Porzellan- und Seidenteile und Schellackplatten hervorpurzelten – Familienkram von Tim, der bis in die Zwanzigerjahre zurückreichte. Eigentlich hatte sie diese Sachen nach seinem Tod ausmisten wollen. Von jeder Generation bleibt eine angeschwemmte Ablagerung zurück, dachte sie, verstreut über Stadtteile und Anrichten, in Kleiderschränken, Musikautomaten, Trödelläden und an Orten wie diesem.

»Titan«, hatte Michael gesagt, als er ihre Finger über der Festplatte geschlossen hatte. »Das ist gerade das angesagte Metall.«

Vor all den Jahren hatte sie versprochen, das Ding einem seiner Mitarbeiter in South London zurückzubringen. Sie erinnerte sich noch an den Namen des Mannes: Brian Tate. Aber obwohl sie sich auch zu erinnern meinte, wie sein Haus ausgesehen hatte, wollte ihr nicht einfallen, wo es sich befand. Wenn sie es sah, würde sie es erkennen. Als sie das letzte Mal dort gewesen war, war etwas Schreckliches passiert oder hatte sich angekündigt. Wir sind nie wieder dorthin gefahren, sagte sie sich. Wir hatten zu viel Angst.

2 · Harte Ware

In einer Pissnacht in Saudade City ging ein Schieber namens Toni Reno über die Tupolev Avenue zum freien Raumhafen, von dem aus er seine kleinen, aber gewinnträchtigen Gaunereien betrieb.

Toni machte es nichts aus, durch den Regen zu gehen. Er konnte jederzeit den Kragen seiner Sadie-Barnham-Arbeitsjacke hochschlagen oder, wenn er genug davon hatte, eine Rikscha anhalten. Als er zwischen den Gebäuden emporschaute, sah er erste Lücken in der Wolkendecke, die den Blick auf Teile des Kefahuchi-Trakts freigaben, der sich wie ein Plan der Stadt über den klaren, nassen Himmel erstreckte. In einer halben Stunde würde es aufhören zu regnen, und der auflandige Wind würde die Straßen schnell trocknen. Bis dahin konnte Toni es genießen, das Wetter im Gesicht zu spüren. Er konnte das Lachen der Monas genießen, die ihm auf der Tupolev entgegenkamen, auf dem Weg zu der Bar, die sie Tango du Chat nannten, in ihre kurzen Pelzmäntel eingemummelt, stolz ausschreitend in diesen unpraktischen Schuhen, die sie so mochten. Nichts Neues, nichts Altes, so glaubte man zu Tonis Zeit auf dieser Welt: Alles befand sich auf jenem dünnen und doch endlosen Streifen des Erlebens zwischen Vergangenheit und Zukunft.

Während er an der Ecke Ninth Street an einer Straße wartete, wurde er von seiner Verladerin angerufen, einer Frau namens Enka Mercury, die schon länger am *Strand* war, als Toni lebte. Die Verbindung war schlecht, und Enka klang, als riefe sie aus dem Weltraum an.

»Die Waren, die du wolltest, sind im Hof«, sagte sie.

»Das ist gut, Enka.«

»Tatsächlich?«, fragte sie. »Das Scheißding hat mit mir geredet, Toni.«

Toni lachte. »Was hat es gesagt?«

»Kümmer dich um deinen eigenen Kram. Ich hoffe, du weißt, was du tust.«

»He, Kleines«, erwiderte Toni. »Das sagt die Richtige.«

Man kannte Toni Reno, ohne dass man ihn dazu gesehen haben musste. Der typische dreißigjährige Hipster mit einer Freundin im mittleren Management, ohne Verbindungen und ziemlich jung für jemanden, der auf eigene Faust im Geschäft war. Mit seinen fünf Prozent konnte er sich ein renoviertes Stadthaus in der Magellan'schen Leiter und handelsübliche, hochwertige Schneiderware leisten, die er von einer Kontaktperson beim Preter Cœur bekam. Zu jener Zeit, die sich später als die beste seines Lebens herausstellen sollte, verschob er überall am *Strand* Ware, wobei er ein gutes Scheibchen seines Gewinns mit interplanetaren Zollgefällen machte, die ihm – steil, komplex und schnell veränderlich, wie sie waren – unausweichlich schlaflose Nächte bereiteten. Wenn sie gerade nicht arbeiteten, verbrachten er und seine Freundin viel angenehme Zeit im Tank, in einer Erlebniswelt namens *Messingarmee*, die sie mit vielen Angehörigen ihres Jahrgangs in ganz Saudade teilten. Es war ein Laster, das sie weitgehend im Griff hatten.

»Verdammt, so was hab ich echt noch nie gesehen«, sagte Enka. »Man könnte meinen, es wäre …«

In diesem Moment brach die Verbindung ab.

»Ruf mich an, wenn du etwas brauchst«, sagte Toni Reno ins Leere, für den Fall, dass seine Verladerin ihn noch hören konnte. »Ich bin in zehn Minuten bei dir.«

Toni begutachtete nur selten die Fracht. Lebendware aus *Perkin's Rent* oder Petersburg, außerirdische Culturgegenstände aus Port Ferry, auf Eis gelegte, leibeigene Cultivare aus Silicon New Turk, es war ihm einerlei. Allerdings wollte er wirklich wissen, was Enka Mercury, eine mit allen Wassern gewaschene Frau, so aus der Fassung gebracht hatte, also rief er sich eine Rikscha. Mit Toni an Bord ratterte die Rikscha über die Cobain Street davon und legte sich dann in eine scharfe Rechtskurve, wobei sie einen Schweif aus Musik und Werbebannern in Pastell- und Neontönen hinter sich herzog, die an Motten im Weichzeichner erinnerten. Es hatte aufgehört zu regnen, aber Toni hatte den Eindruck, dass nach wie vor reichlich Wasser auf der Straße war.

Er fand die Fracht dort vor, wo er sie erwartet hatte, in einem lang gestreckten, ansonsten leeren Schuppen am Südzaun des Raumhafens. Es handelte sich um eine versiegelte Röhre, etwa zwölf Meter lang und mit einem Durchmesser von einem Meter. Ihr Querschnitt war nicht ganz rund, und an einem Ende hatte sie ein Bullauge, das erst kürzlich mit einem dicken Stopfen aus einem anderen Material zugeschweißt worden war. An der Außenseite befanden sich mehrere kaputte Leuchten. Sie schwebte aus eigener Kraft etwa hüfthoch über dem staubigen Betonboden und brachte dabei die umgebende Luft in einer Weise zum Flimmern, von der Toni zwar übel wurde, die ihn aber nicht davon abhielt, die Röhre zu berühren. Er ging um sie herum. Ihre Oberfläche war stumpf und abgerieben, als hätte sie viel Zeit im leeren Raum verbracht. Sie kam ihm alt vor, verfault, schuldig. Im Frachtbrief – den er von einem Überlicht-Router fünfunddreißig Lichtjahre entfernt am *Strand* heruntergeladen hatte – wurde sie als »Harte Ware« bezeichnet. Aber wenn man sie vor Augen hatte, erkannte man die unbeschriftete Röhre zweifelsfrei als illegales Artefakt.

Ein Herkunftsort war nicht verzeichnet.

»Enka!«, rief er. »Wo zum Geier steckst du?«

Er meinte, ein Rufen von irgendwo draußen auf dem windigen Asphaltplatz zu hören, zu weit entfernt, um eine Antwort zu sein oder irgendetwas mit ihm zu tun zu haben.

Toni Renos Prozente generierten sich aus einem finanziellen Spielraum, der nichts mit der physischen Transaktion an sich zu tun hatte. Allen Beteiligten an einem solchen Handel war klar, dass sie niemals erfuhren, wie ihr Teil der Abmachung mit den anderen in Beziehung stand. In diesem Fall, so ging es aus den Papieren hervor, endete seine Verantwortung, sobald die Ware sich im Frachtraum eines Schiffs namens *Nova Swing* befand. Als er also herausfand, dass er das Ding einfach bewegen konnte, indem er dagegendrückte, beschloss er, es selbst zu verladen.

Es war harte Arbeit, als hantierte man unter Wasser mit einem sperrigen Gegenstand. Nachdem er die Röhre aus dem Schuppen manövriert hatte, musste er noch zwei- bis dreihundert Meter zurücklegen. Im ganzen südlichen Bereich des Hafens waren die Lampen ausgeschaltet, und es hatte wieder zu regnen begonnen. In einem Moment war es bedeckt, im nächsten zogen die Wolken weiter, und der Trakt sandte sein bläuliches Licht herab. Immer wieder hielt Reno beim Schieben inne und rief: »Enka!« oder versuchte, sie anzurufen. Dann beugte er sich erneut vor, um Hände und Unterarme fast in einer Art Umarmung um das eine Ende der Röhre zu legen. Das war die richtige Haltung zum Schieben, eine Umarmung. Jedes Mal, wenn er schob, kippte die Röhre ein Stück und wippte auf ihrer Längsachse, bevor sie sich langsam und ölig weiterbewegte. Mal setzte sie einem mehr Trägheit entgegen als erwartet, und mal genügte ein Lufthauch, um sie von der Bahn abzubringen.

Das Schiff namens *Nova Swing* stach zwischen den anderen Frachtschiffen vor dem Nachthimmel heraus – fassbäuchig, mit drei Heckflossen und einem Rumpf, der aussah wie aus Messing. Seine Ladeplattform war ausgefahren. Ein Mann, der im Hafen als der Dicke Antoyne bekannt war, saß auf dem Geländer und trank aus einem großen Becher Black Heart. Seine offene Piloten-Lederjacke und seine Schmalzlocke flatterten im Wind. Als er Reno sah, winkte er. Langsam, mit heulenden Servomotoren, senkte die Plattform sich zwanzig Meter zum Boden, wo sie ruckartig zum Stehen kam. Reno nahm die Ware in eine letzte Umarmung und schob sie an Bord.

»Hallo, Dicker Antoyne«, sagte er.

Der Dicke Antoyne sagte auch Hallo. Dann fragte er: »Was ist das?«

Reno strich sich über den Sadie-Bernham-Mantel. »Keine Ahnung«, gab er zu.

Er spürte kühlen Regen im Nacken und auf der Kopfhaut. Die Oberfläche der Röhre wurde dunkler, so wie jede poröse Oberfläche, in die Wasser eindringt. Irgendwie war Reno davon überrascht. Es war seltsam, dass dieses Ding – das, wie er nun sah, schwache Reste aufgeprägter Muster aufwies, die längst zu kaum noch wahrnehmbaren Ausbuchtungen und formlosen Knubbeln abgeschliffen waren – von etwas wie Wetter beeinflusst wurde. Eine Weile betrachteten die beiden es, dann glichen sie ihre Unterlagen miteinander ab, um vielleicht mehr herauszufinden. Beim Dicken Antoyne stand »Mortsafe«. »Weißt du, was ein ›Mortsafe‹ ist?«, fragte er Toni Reno.

Reno gestand, dass er dieses Wort noch nie zuvor gehört hatte. Auf seinem Frachtbrief stand »Harte Ware«, mehr nicht.

Antoyne gluckste. »Harte Ware, allerdings«, sagte er. »Das kannst du schriftlich haben.« Aus der Nähe konnte man sehen, dass seine Khakihosen, die bequem aussahen und aus einer Art Drillich bestanden, Ölflecken auf der Vorderseite hatten. Er erklärte, dass er heute Abend allein sei. Seine Besatzung erhole sich in einer ihrer Lieblingsbars. Er selbst wolle dort nicht unbedingt hin. Er bot Reno etwas zu trinken an, aber Reno lehnte bedauernd ab.

»Mach's gut«, sagte Reno zu ihm.

Als Reno fort war, schraubte der Dicke Antoyne seine Flache wieder zu und steckte sie in die Jackentasche.

»Arschloch«, sagte er.

Er bugsierte die Röhre in Frachtraum 1. »Mortsafe«, sagte er glucksend. An das Wort konnte man sich gewöhnen. Als er die Röhre berührte, stellte er fest, dass sie kalt war. Er kniete sich hin und bewegte vorsichtig die Hände darunter hin und her. Er spürte den schwachen Widerstand, den man spürt, wenn man zwei Magneten zusammendrückt. Er begutachtete die Oberfläche mithilfe einer Lupe, die in drei verschiedenen Registern funktionierte, und schnalzte dabei mit der Zunge, als würde er angestrengt nachdenken. Dann zuckte er mit den Schultern – was wusste er schon? –, verstaute die Fracht sicher und ging. Nachdem die Lichter im Frachtraum ausgegangen waren, der Dicke Antoyne die Luke geschlossen hatte und seine Schritte sich im Innern des Schiffs entfernt hatten, schien die Röhre ein bisschen in ihren Gurten abzusacken. Einige Minuten vergingen, und dann noch einige. Dann erwachten einige der Lichter unter dem Bullauge flackernd zum Leben.

Als Reno in die Lagerhalle zurückkehrte, um sich noch einmal nach seiner Verladerin umzusehen, stellte er fest, dass sie zwei oder drei Meter über der Stelle, an der sich das Artefakt befunden hatte, in der Luft schwebte. Als er eintrat, schaute sie gerade in seine Richtung. Ihr Gesicht hing nach unten, und ihr Kreuz war durchgedrückt, als hätte er sie mitten in einem schwebenden Moment der Verzückung ertappt, bei einer Art ungeplantem Rückwärtssalto. Sie war nackt.

»Lieber Himmel, Enka«, sagte Reno. Er fragte sich, ob sie schon die ganze Zeit da gewesen war.

Obwohl das Licht brannte, war die Luft um sie herum dunkel und blau, und in diesem Bereich fielen die Schatten in falschen Winkeln, sowohl zueinander als auch im Vergleich zu den Schatten im restlichen Lagerhaus. Dadurch schien Enka der Welt, in der Menschen wie Reno lebten, entrissen, als wäre sie nun einer anderen, kälteren, komplexeren Ordnung unterworfen, als hätte sie auf der Suche nach Erleichterung den einen Satz Gesetzmäßigkeiten gegen einen anderen ausgetauscht. Ihre Arme und Beine bewegten sich noch. Das versetzte sie zwar in eine leichte Drehung, doch schwebte sie weiter an derselben Stelle; und auch ihre grundsätzliche Misere blieb unverändert. In ihrem Gesicht sah man das Begreifen, das langsame Heraufdämmern einer Erkenntnis, die im nächsten Moment in Panik umschlagen wird. Zu irgendeinem unbestimmten Zeitpunkt vor dem Einsetzen dieses Begreifens war etwas mit Macht diagonal von ihrer linken Achselhöhle bis zu den unteren Rippenbögen auf der gegenüberliegenden Seite eingedrungen. Ein langer, dreieckiger Gewebefetzen hing herab, der allerdings von einer weißlichen Fischfarbe war, die nicht zu einem menschlichen Lebewesen passte. Wenn er sich auf die Zehenspitzen stellte und die Hand ausstreckte, konnte Toni den untersten Zipfel davon erreichen, der sich jedoch gummiartig anfühlte und schwer festzuhalten war. Als er ihn schließlich gut genug im Griff hatte, um daran zu ziehen, schien das keine Wirkung zu haben. Ihr neuer Zustand mochte genug Grenzbedingungen mit der Normalität gemeinsam haben, um sie hier zu verankern, aber er war gleichzeitig hinreichend anders, damit Enka für Toni Reno unerreichbar blieb.

Toni hatte nicht die geringste Ahnung, wie es dazu hatte kommen können.

»Scheiße noch mal, Enka«, sagte er laut. »Warum reitest du dich bloß in so einen Mist rein.«

Wie zur Antwort sagte eine Stimme: »Mein Name ist Pearlant, und ich komme aus der Zukunft.«

Die Lagerhalle lag leer unter den Lichtbögen. Enka trieb durch ihre neue Realität hindurch rückwärts auf ihn zu, wie ein Mensch, der in einem billigen Hologramm schwebt.

Toni rannte aus der Lagerhalle, an der *Nova Swing* vorbei – deren Luken jetzt geschlossen waren, die Bullaugen dunkel – und quer durch den Freihafen in den Wind hinaus. Er wäre den ganzen Weg nach Hause zu seiner Wohnung in der Magellan'schen Leiter gelaufen, wenn sich nicht eine Frau – oder etwas, das er für eine Frau hielt – in einer Seitenstraße der Tupolev auf ihn gestürzt hätte. Sie kam sehr schnell und in einem seltsamen Winkel aus der Dunkelheit gerannt – als hätte sie bis zu Tonis Eintreffen in den Schatten am Fuß eines Gebäudes gelegen – und umklammerte seinen Oberkörper. Tonis Schneiderarbeit war erster Güte, aber eine oder zwei Millisekunden, nachdem sie angesprungen war, wurde sie durch die Schneiderarbeit der Frau irgendwie wieder abgeschaltet. Eigentlich war Toni voll in Fahrt – die Nervenleitgeschwindigkeit in seinem ganzen Körper auf Anschlag, seine Hämoglobin-Strukturen hatten sich innerhalb von Pikosekunden neu ausgerichtet, trotzdem landete er nicht einen Treffer. Er hatte das Gefühl, gegen eine Mauer gerannt zu sein. Er kam einfach nicht mit. Eben hatte er noch gesehen, wie sie sich vom Asphalt abstieß, da hatte sie ihren linken Arm schon beinahe liebevoll um seinen Kopf gelegt und ihm die Mündung einer Waffe in die Achselhöhle gedrückt.

»Und, was hast du als Nächstes vor?«, fragte sie ihn in einem Tonfall, der ernsthaft interessiert klang.

Als Toni den Kopf ein winziges Stückchen bewegte, um zu antworten, drückte sie ab, und das war es dann. Sehr früh am nächsten Morgen fanden ihn zwei B-Girls auf dem Rückweg von einem Abend an der Elfenbeinküste. Er war wohl von schwarzen und weißen Katzen umgeben gewesen. »Die standen uns bis zu den Knien«, sagte eines der B-Girls den Fahndern von der Polizei. »So was von süß. Und dann entdecken wir diesen Typen.« Als Tonis Freundin später davon erfuhr, wie plötzlich er gestorben war, sagte sie, dass er es so gewollt hätte. Sein Leben in dieser Welt habe ihm echt gefallen, aber daran festgeklammert habe er sich nicht. Toni sei davon überzeugt gewesen, sagte sie, dass man das Leben auf eine Ewigkeit ausdehnen könne, wenn man es auf einen Nanometer runterdrückte.

Sie fügte hinzu: »Natürlich nur, soweit man sich dafür interessierte.«

3 · Schwimmen mit Aalen

Saudade, Freitag, 4 Uhr nachmittags:

Zwei Agenten und ein Kabeljockey kümmerten sich in einer Arrestzelle im Keller des alten Gebäudes der Gebietskripo an der Uni-ment Ecke Poe Street um einen Klienten.

Es war ein kleiner, kalter Raum im Krankenhaus-Retrochic, mit gesplitterten weißen Kacheln und großen, aufwendigen Deckenlampen. Der Klient war mit Gurten auf einen Tisch aus Edelstahl geschnallt; in viele seiner Körperöffnungen waren Schläuche eingeführt. Sie hatten ein Kabel bis in sein Gehirn gelegt, und indem sie es bewegten, entlockten sie ihm ein paarmal ein warmes, tierartiges Kläffen und brachten seine Glieder leicht zum Zucken. Niemand erwartete viel. Sie befanden sich in einer Kalibrierungsphase. Immer mal wieder hob der Kabeljockey den Kopf von dem mit grünem Filz gepolsterten Okular seines Geräts und massierte sich das Steißbein. Er war müde, und er wusste nicht mal genau, was er suchte. Derweil probierte der Klient, ein Neuer Mensch mit dem charakteristischen leuchtend roten Haarschopf, bei jeder Bewegung des Kabels neue Gesichtsausdrücke aus.

Er war nackt, hatte einen kurzen Krampfanfall erlitten und schwitzte nun eine breite Palette von Pheromonen aus. Anscheinend war er eifrig darauf bedacht, zu gefallen. Dann und wann lachte er unsicher, um dann das Gesicht zu verziehen. Oder er verdrehte die Augen nach oben, als versuchte er, in seinen eigenen Kopf zu schauen, und sagte dazu mit erschöpfter Stimme, die er sich aus irgendeinem alten Film abgehört hatte: »Mein Gesicht sieht heute Abend wirklich furchtbar aus.«

»Wir sollten einen Operator rufen«, schlug der Kabeljockey vor. »Dann erfahren wir alles, was immer dieses Alien weiß.«

Die Agenten schauten einander an.

»Kümmer du dich darum«, sagte der eine.

Niemand wollte einen Operator holen. Das wäre ein Eingeständnis ihrer Niederlage gewesen. Beim Reden warfen sie immer wieder nervöse Blicke zu der vierten anwesenden Person.

Die Frau hatte diese höllisch lässige Art, sich zu bewegen, die nur massiv mit Schneiderarbeit aufgemotzte Leute beherrschten. Ihr weißblondes Haar war extrem kurz geschoren. Sie war von imposanter Statur und von einer Aura unverhohlener sexueller Langeweile umgeben, als wäre sie nur deshalb hier, weil sie an einem frühen Freitagabend nichts Besseres zu tun hatte. Sie hatte ihre Laufbahn ein oder zwei Jahre zuvor unter der Schirmherrschaft von Lens Aschemann begonnen, dem verstorbenen und legendären Fahnder der Gebietskripo. Obwohl sie es nie zu mehr als zu seiner Assistentin gebracht hatte, war sie auch nach seinem Tod im Ereignisgebiet von Saudade hier im Haus geblieben. Den Gerüchten zufolge hatte sie Verbindungen, aber niemand wusste, zu wem; und gegenwärtig wusste keiner der Agenten, warum sie sich mit ihnen im Keller aufhielt. Es machte ihnen nichts aus, sich ihr unterzuordnen; aber es gefiel ihnen nicht, wie die Frau belustigt in das helle Licht und die verpestete Luft über dem Kopf des Klienten schaute, weshalb sie erleichtert waren, als sie nach einer Stunde einen Anruf erhielt.

»Lassen Sie meinen Wagen vorfahren«, sagte sie und fügte an die Agenten gewandt hinzu: »Jungs, das sollten wir öfters machen. Nein, im Ernst.«

Sie war schon auf halbem Weg aus dem Gebäude, als der Klient seine Gurte zerriss und sich aufsetzte. Gleichzeitig hörten alle in der Arrestzelle eine sanfte Stimme, die sagte: »Mein Name ist Pearlant, und ich komme aus der Zukunft.«

Daraufhin änderte die Situation sich blitzartig. Die Schneiderarbeit der Assistentin schaltete sich zu und übernahm die Kontrolle über den Raum, indem sie sorgfältig alle elektromagnetische Aktivität bis auf die eigene unterdrückte. Die Lichter gingen aus. Das Signal des Kabeljockeys soff ab. Die Agenten stellten fest, dass ihre Schneiderarbeit den Dienst versagte. Sechseinhalbtausend Nanokameras, die wie Fischrogen in der Luft trieben, brannten gleichzeitig durch. Was hätten sie aufgezeichnet? Ein paar verschwommene, schleimartige Silberfäden, die verschiedene Bereiche des Raums miteinander verbanden und die sich bei näherer Analyse als die Signatur einer einzigen Frau erwiesen hätten, welche sich mit anormalen Geschwindigkeiten bewegte. Jedes Mal, wenn sie etwas berührte, verlangsamte sie sich für einen Sekundenbruchteil, sodass das Bild für einen Moment klar wurde und sie wie erstarrt in einer seltsamen Halbdrehung erschien; oder während sie über die Schulter in die obere Ecke des Raums blickte; oder den Kopf unmenschlich verdreht hielt, ein verklärtes, strahlendes Lächeln im Gesicht.

Fünfzehn Sekunden, nachdem sie das Gefecht begonnen hatte, stellte ihre Schneiderarbeit die Kampfhandlungen wieder ein. Die Agenten lagen in entgegengesetzten Ecken. Der Kabeljockey saß keuchend am Boden, die Beine steif von sich gestreckt. Eines seiner Okulare hing an seinem Gummiband herab, das andere war ihm anscheinend in den Schädel gedrückt worden. Der Körper des Neuen Menschen rollte langsam vom Tisch auf den Boden und landete zu Füßen der Assistentin. Sie blickte auf ihn hinab, als warte sie darauf, dass noch etwas passierte, und ging dann. Die Nanokameras sprangen wieder an. Eine Weile herrschte Stille in der Arrestzelle, dann erklang das leise Seufzen letzter Darmbewegungen – das war der Kabeljockey, der den Geist aufgab.

Heftiger Regen fiel vertikal in die von der Tupolev abzweigende Gasse, in der man einen Mann namens Toni Reno dabei beobachten konnte, wie er zweieinhalb Meter über dem Boden in seiner dunkelblauen Sadie-Barnham-Arbeitsjacke langsame, fischartige Bewegungen machte. Toni war tot. Die Uniformen waren bereits zugegen, unter der Leitung eines dünnen Polizisten namens Epstein. Toni schaute mit dem Gesicht von ihnen weg in den Regen. Sein Kreuz war durchgebogen, und seine Arme und Beine baumelten schlaff herab, als hätten sie keine Knochen. Wasser rann ihm von den Gliedmaßen. Die Polizisten in ihren Regenmänteln schüttelten es sich aus den Gesichtern, wie eine Herde großer, unförmiger Tiere starrten sie zu ihm empor.

»So habt ihr ihn gefunden«, mutmaßte die Assistentin.

»Am Anfang war er weiter unten.«

»Viel weiter unten als Toni kann man kaum sein.«

Darauf reagierte Epstein nicht. »Ich komme hier also an«, erklärte er, »und der Kerl liegt auf dem Boden wie jeder andere Tote. Dann steigt er auf. Nicht so schnell, dass man es sehen kann. Aber wenn man sich wegdreht, schwebt er das nächste Mal, wenn man hinschaut, ein Stückchen höher. Das Ganze dauert etwa zwanzig Minuten.« Die Assistentin sah ihn mit ziemlich ausdrucksloser Miene an.

Er zuckte mit den Schultern. »Allerhöchstens dreißig.«

Sie sagte: »Ich will in eines dieser Häuser.«

»Tote schweben nicht«, sagte Epstein.

Die Uniformierten bollerten an eine Tür, bis sie eingelassen wurden. Es ging vier Stockwerke durch ein Treppenhaus hoch, dem man mit großer Sorgfalt mittels glänzender brauner Papiertapeten und Kakerlakengeruch auf den Korridoren ein abgehalftertes Ambiente verpasst hatte. Westlich der Tupolev bis hin zur Radia Marelli waren alle Häuser so: ein Straßengewirr, das in die weitverzweigten Tunnel und gefluteten Keller darunter herabbröckelte, bevölkert von Verbrechenstouristen, die die Vorzüge der hiesigen Ökonomie genossen, mit ihren billigen Absteigen, Futurologie-Schuppen und Tankfarmen, in denen man mittels Raubkopien das Dasein einer Pflanze auf einem fernen Planeten erleben konnte. Die Assistentin ging in den zweiten Stock hinauf und öffnete ein Fenster, um auf die Leiche hinabzublicken.

»Was fällt Ihnen auf?«, fragte sie.

Unmittelbar über Toni Reno flimmerte die Luft in hellem Blau, es sah aus wie Neonlicht, das bei Nacht aus einer Nebenstraße kommt. Seine Sadie-Barnham-Jacke hing offen und gab den Blick auf seinen

Brustkorb frei, der sich deutlich vom Zwerchfell abhob. Man konnte sagen, was man wollte, aber Toni hielt sich in Form. Sein Gesicht wirkte wächsern, seine Miene überrascht. Es gab keinen Hinweis darauf, was ihn in der Schwebe hielt.

»Mir fällt auf, dass der Regen von ihm heruntertropft«, sagte Epstein, »aber nicht auf ihn drauffällt.«

Die Assistentin lächelte kurz. »Darauf hatte es Toni sein ganzes kurzes Leben lang abgesehen«, sagte sie. »Vielleicht gibt uns das Aufschluss über die Art von Verbrechen, mit der wir es zu tun haben.« Anscheinend in Gedanken versunken schaute sie noch ein, zwei Minuten auf die Leiche hinab. Schließlich sagte sie:

»Wenn möglich, holen Sie ihn da runter. Wenn das nicht geht, soll jemand hierbleiben und abwarten, was passiert. Ich schicke ein Team von der Gebietskripo her. Vielleicht auch einen Operator.«

Die Aussicht, mit einem Operator zusammenzuarbeiten, begeisterte Epstein nicht sonderlich. Die Uniformierten nickten einander zu. Sie hatten von Anfang an vermutet, dass es darauf hinauslaufen würde. Auf halbem Weg nach unten hielt die Assistentin inne, als habe sie etwas vergessen. »Geht schon mal weiter«, sagte sie zu Epstein. Sie wartete, bis die Uniformierten das Gebäude verlassen hatten, und betrat dann das nächstbeste Zimmer, wo eine Art zweibeiniges Alien, Bohrlöcher für Stromkabel im eulenhaften Kopf, inmitten von Haufen seiner eigenen Federn auf einer Pritsche lag. Mehrere kleine Gegenstände – darunter ein Paar Entreflex-Würfel, die Seite mit dem »Wolkenturm« nach oben gedreht; ein billiges Hologramm des Kefahuchi-Trakts; und eine Handvoll fein verzierter, dicker Titannadeln – waren auf dem Nachttisch arrangiert. Vor zwei oder drei Wochen, mutmaßte die Assistentin, hatte jemand begonnen, diese Gegenstände durch das Sensorium des Aliens aufzuzeichnen und dann das Interesse verloren. Ein muffiger Geruch hing in dem Zimmer, wie von Tauben unter einer Brücke. Die Assistentin erledigte zwei oder drei Anrufe, sprach kurz mit ihrem Büro und nahm dann die Haltung einer Person ein, die auf ein Gespräch mit einem holografischen Double wartet. Nichts geschah, abgesehen davon, dass für einen Moment ein nur halb geformter Umriss in einer der oberen Zimmerecken aufflackerte.

»Bist du da?«, fragte sie ermutigend.

»Ja«, flüsterte das Alien auf der Pritsche. Es zappelte kurz und ließ dabei eine Federwolke aufstieben. »Ich bin. Ich bin hier.«

Die Assistentin hatte nach wie vor ihr Büro in der fünften Etage der Polizeistation an der Uniment Ecke Poe. Sie hatte einen Mitarbeiterstab, ein Budget und einen mintblauen 52er Cadillac Roadster im Parkhaus; niemand wusste, wie sie zu solchem Erfolg gelangt war. Der Cadillac wurde regelmäßig vor der Bar namens Tango du Chat gesehen, in der sie oft ihre Abende verbrachte; zwei- bis dreimal die Woche verließ sie sie über den Bordstein an der C-Street und betrat das Cedar Mountain, eine vornehme Tankfarm, in der man mehrere personalisierte, immersive Kunsterlebnisse für sie gespeichert hatte, die auf dem Leben einer fiktiven Hausfrau des 20. Jahrhunderts namens Joan beruhten. Als Joan kochte die Assistentin Essen, verwendete »Reinigungsprodukte« und ließ ihren Mann über sich verfügen, wie es im Jahre 1956 üblich gewesen war, was meistens bedeutete, dass er viel schnaufte und schließlich auf ihrem Bein kam (trotz aller Exotik empfand sie diesen Teil der Erfahrung immer als zutiefst beruhigend). Doch heute entschied sie sich im Cedar Mountain für ein anderes ihrer Lieblingsszenarien: Das Fünf-Sterne-Erlebnis *Zimmer 121*, auf der Grundlage eines gleichnamigen Tableaus von Sandra Shen, in dem sie eine Frau verkörperte – namenlos, aber wahrscheinlich ebenfalls aus dem 20. Jahrhundert –, die sich »allein« in einem Hotel aufhielt.

Es war Nacht. Sie badete in der tropischen Hitze ihres Einzelzimmers. Sie stand am Fenster, eine hochgewachsene Frau mit blauen Augen, deren Alter schwer zu bestimmen war und deren Kleider – ein schwarzer Zweiteiler mit leicht aufgepolsterten Schultern, eine grau-schwarz gestreifte Bluse aus einem glänzenden Material – ihre unsaubere Sexualität kaum verhüllten. Sie machte nie besonders viel, während sie sich in dem Zimmer aufhielt. Sie trank Rum; sie schaute aus dem Fenster und dachte dabei, dass man immer den schwachen Schein von Flutlichtern hinter dem nächsten Dach sehen konnte, egal, wo in der Stadt man sich aufhielt. Das Radio spielte eine verträumte Version der beliebten »Rhapsody in Blue«. Das alles war, wie es sein sollte. Das alles führte zu dem Moment, in dem ihre Hände unpersönlich in ihre Unterwäsche fuhren und die Assistentin das Gefühl hatte, dass sie weniger mit sich selbst als vielmehr mit dem Zimmer Sex hatte, mit dem Lied, dem Hotel; mit jeder Einzelheit in dieser Inkarnation einer flüssigen Welt.

Doch diesmal wurde es dunkel im Zimmer 121, und es kippte zur Seite. Eine Million silberner Aale strömte zappelnd am Fenster vorbei. Geflüster erfüllte jeden verstaubten Winkel. Sie spürte, wie die sie umgebende Tankwelt zu dunklen, wirbelnden Pixeln zerfiel; kurz darauf hing sie im Parkorbit über einem rostigen außerirdischen Artefakt von der Größe eines braunen Zwergsterns. Alles war so anstrengend. Sie schwamm zwischen den Aalen, auf die pockennarbige, zerfurchte Oberfläche hinab. Irgendwo in dem fraktalen Labyrinth unter ihr lag auf dem Deck aus allotropischem Kohlenstoff eine Frau wie sie, der eine weiße Paste aus dem Mundwinkel quoll. Diese Frau war kaum menschlich zu nennen. Sie war weder bei Bewusstsein noch bewusstlos, weder tot noch lebendig. Etwas stimmte nicht mit ihren Wangenknochen. Sie wartete. Sie kam aus der Vergangenheit, sie kam aus der Zukunft. Sie würde gleich etwas sagen.

Die Assistentin schlug um sich. Verloren im All, versuchte sie, auf gleichen Abstand von allem im Universum zu gehen, hörte ihren eigenen leisen Schrei in der Finsternis und bewegte sich darauf zu. Gelbliche, ölige Flüssigkeit lief ihr in den Mund. Später hörte sie erschöpft zu, während der Twink-Tank sie zusammenflickte. In ihrer Angst, sagte der Tank, habe sie sich an der Tankflüssigkeit, dem »Proteom«, verschluckt. Sie habe sich das Hauptkabel herausgerissen. Sie verlöre Rückenmarksflüssigkeit, und im Laufe des Tages würde sie voraussichtlich einige kleinere Blutungen an neurotypischen Energiepunkten erleiden; all das sei nicht weiter schlimm.

»Da drin ist etwas geschehen«, sagte sie.

»Ist man einmal eingetaucht«, erinnerte sie der Tank mit einer täuschend mütterlichen Stimme, »sollte man nie versuchen, sich zu bewegen oder etwas zu rufen.«

»Ich hatte nicht damit gerechnet, so ein Gefühl zu erleben.«

Am anderen Ende der Stadt waren Epstein und seine Soldaten noch immer damit beschäftigt, Toni Reno auf den Boden zurückzuholen. Tonis Reaktion wirkte kokett, besonders für einen Toten. Jedes Mal, wenn sie ihn berührten, schwebte er sachte ein Stück fort, wobei er seltsam elastische Schwimmbewegungen in der Luft machte, den Rücken sauber durchbog und um eine unsichtbare Mittelachse kreiste, während die Uniformierten vier Meter unter ihm umhersprangen und mit den Armen wedelten. Er gab ihnen Rätsel auf. Seine Bewegungen schienen geradezu elegant. Der Regen hatte aufgehört. Der Frühverkehr verstopfte die Tupolev. In der Innenstadt standen die Wagen dicht an dicht.

4 · Givenchy

Sich selbst überlassen neigte Anna Waterman dazu, ihre Leiden mit nicht allzu teurem Rotwein zu behandeln. Eine Flasche davon, vor dem Schlafengehen eingenommen, machte am nächsten Tag alles noch schlimmer, sodass sie – voller Schuldgefühle, die sich wie ein Ball aus lebendigen, ineinander verschlungenen Aalen nicht entwirren ließen, ohne dass sie einem dabei einzeln und stumm ins Dunkel entschlüpften – in der Sprechstunde anrief, um zu fragen, ob bei Dr. Alpert jemand abgesagt hatte. Das war an einem Morgen um halb neun, eine oder zwei Wochen, nachdem sie ihren letzten Termin verpasst hatte.

Ihr erster Mann hatte einen Großteil der vorangegangenen Nacht damit zugebracht, vor ihr davonzulaufen, bis sie ihn schließlich in einem billigen Hotel am King's Cross in die Ecke gedrängt hatte. Im Traum hatte Michael ganz anders ausgesehen. Genau genommen hatten sie beide anders ausgesehen als sonst. Aber Anna hatte genau das empfunden, was sie auch damals empfunden hatte, als sie noch jung und er am Leben gewesen war: Erschöpfung und Wut. »Immer hast du Angst!«, versuchte sie ihm klarzumachen. »Immer versteckst du dich vor mir!« Als sie endlich zusammen in dem Hotelzimmer waren, trieben sie es in blinder Panik immer wieder, als wollten sie beide vermeiden, über etwas anderes nachzudenken. Anschließend nahmen die Dinge ihren üblichen, trostlosen Gang. Während sie schlief, erregte ihr Mann sich wieder mal über etwas und lief davon, wobei er ihr einen Zettel hinterließ, auf dem von seiner »großen Entdeckung« die Rede war. Im letzten Ausläufer des Traums fand sich Anna auf einer kalten, schwarzen, spiegelnden Oberfläche liegend wieder – diesmal beschrieb sie sie Dr. Alpert als etwas, das an einen Hotelbadezimmerboden erinnerte –, in einem hallenden Raum, den sie unmöglich näher beschreiben konnte. Es war ein sehr hoher Raum, »dunkel und hell zugleich«. Sie verspürte Entsetzen. Sie konnte nicht viel sehen; sie sah alles, aber sie wusste nicht, was es war. Sie hatte das Gefühl, sich in etwas zu verwandeln.

»Ist das Ihre deutlichste Erinnerung an den Traum?«

»O nein. Ich erinnere mich an das Kleid, das ich anhatte. Ist das absurd?«

»Nicht völlig«, antwortete Dr. Alpert, obwohl sie genau das dachte.

»Es war richtig schön.« Anna runzelte einen Moment lang konzentriert die Stirn, als könnte sie das Kleid dadurch herbeiholen. »Ein Givenchy, aus den frühen Sechzigern. Ein wundervolles Grau, aus einer Art glänzendem Satinstoff. Genauer kann ich es nicht sagen.« Sie blinzelte Dr. Alpert an. »Hat Givenchy jemals solche Kleider produziert? Klingt das nach ihm?«

»Um auf einen früheren Punkt zurückzukommen«, sagte die Ärztin, »ich frage mich, was Sie damit meinen, wenn Sie sagen, Ihre Schuld sei ›wie ein Ball von Aalen‹?«

»Wissen Sie, im Moment geht es mir eigentlich gar nicht um Schuld.«

»Mag sein.«

Als sie erkannten, dass sie an diesem Punkt unterschiedlicher Meinung waren, sahen die beiden Frauen einander nachdenklich an. Fürs Erste schien kein Weg an der Sache vorbeizuführen. Anna fummelte an der Schnalle ihrer Handtasche herum. Nach einer oder zwei Minuten machte sie ein neues Gesprächsangebot.

»Leider habe ich wohl die Testergebnisse vergessen, um die Sie mich gebeten haben«, sagte sie.

Helen Alpert lächelte.

»Machen Sie sich deshalb bitte keine Sorgen«, erwiderte sie. »Ihre Tochter hat das Krankenhaus dazu veranlasst, mir eine Kopie zu schicken. Sie hatte Angst, dass Sie sie vielleicht im Zug verlieren würden.«

Mit diesen Worten schob sie die Unterlagen – drei oder vier ausgedruckte Seiten in einer Plastikhülle – über den Tisch. Anna, die auf eine lange Geschichte verlorener Dokumente zurückblickte, schob sie zu ihr zurück, ohne sie eines Blickes zu würdigen.

»Das war nicht richtig von Marnie«, sagte sie. »Sie kontrolliert mich.« Weil sie mit einem Mal das Gefühl hatte, sich illoyal zu verhalten, erklärte sie: »Ich will keine Tests. Das sind Dinge, die ich nicht über mich wissen will. Ich will einfach nur mein Leben leben, bis es zu Ende ist. Marnie gehört zu einer Generation, die das nicht versteht.«

»Anna, neurologisch sind Sie in bester Verfassung. Sie sollten erleichtert sein. Es gibt Anzeichen für einige winzige Schlaganfälle. Ansonsten geht es Ihnen wunderbar.«

Aber Anna – die von Anfang an befürchtet hatte, dass die Dinge sich in diese Richtung entwickeln würden, sobald Marnie die Geduld verlor – erinnerte sich daran, wie Michael Kearney starr vor Angst in ihren Armen gezittert hatte, und konnte nur wiederholen: »So etwas will ich nicht über mich wissen.« Helen Alpert ordnete dieses Verhalten – möglicherweise zutreffend – als sture Abwehrhaltung ein. Ratlos starrten sie sich noch eine Weile schweigend an, bis Anna schließlich mit den Schultern zuckte, auf die Uhr sah und sagte: »Ich glaube, meine Zeit ist um.«

»Gibt es sonst noch etwas?«, fragte die Therapeutin.

»Meine Katze bringt die inneren Organe exotischer Tiere heim.«

»Ich meinte eigentlich, ob sie sich noch an sonst etwas aus dem Traum erinnern.«

Nachdem Anna fort war, lehnte die Therapeutin sich in ihrem Sessel zurück und rieb sich müde die Augen.

Helen Alpert war eine hochgewachsene Frau, die gerne enge Jeans und weiche Ledermäntel trug und die ihre Laufbahn mit der Behandlung der psychischen Auswirkungen chronischer Schmerzleiden begonnen hatte. Während ihrer problembehafteten zweiten Ehe hatte sie sich dann posttraumatischen Stresssyndromen und Trauma-Management zugewandt, um schließlich ihr Zuhause in einer Privatpraxis in Cheswick an der Themse zu finden, wo sie das

Seelenleben der Leute organisierte, die in den Produktionen der umliegenden BBC-Enklaven beschäftigt waren. Sie war vielleicht zehn Jahre jünger als Anna und hatte sich ihr Zuhause auf der gegenüberliegenden Seite des Flusses eingerichtet, in einer der ruhigen Straßen um Kew Green. Morgens joggte sie am Fluss. Am Wochenende ging sie im botanischen Garten spazieren oder fuhr mit ihrem launischen Citroën-XM der ersten Generation zu einem Häuschen in East Anglia, wo sie im Regen über den Kiesstrand stapfte und im ehemaligen Pub, der nun ein vom Michelin empfohlenes Restaurant war, Erbsenpüree mit Parmaschinken und Schalottendressing aß, gefolgt von Roastbeef mit Taubenconfit auf jungen Linsen an Parmentier-Kartoffeln mit Bratensaft. Trotz oder vielleicht aufgrund dieses Lebenswandels blieb sie Single. Anna Waterman war seit drei Jahren bei ihr in Behandlung. Es ging schleppend voran. Schicht um Schicht hatten sie Annas seltsamen Traum zu einer bedeutsamen und zufriedenstellenden Erzählung aufgebaut, die allerdings von sich aus keine einfache Lesart anbot; und irgendwie hatten sie anscheinend nie so recht zueinandergepasst.

Da sie wusste, dass Anna zu jung war, um jemals ein Givenchy aus den Sechzigern getragen zu haben, mutmaßte die Therapeutin, dass es sich bei dem Kleidungsstück um ein Symbol für einen Elternteil handelte, weshalb sie die Worte »Das ungedacht Gewusste?« in Annas Akte eintrug und sie dick unterstrich.

Dann blätterte sie die Akte einmal mehr durch. Manche Teile davon waren leichter verständlich als andere.

Geboren 1976 als Anne-Marie Selve, Kind eines Kleinstadtpaars, das damals bereits in den mittleren Jahren gewesen war, hatte sich Annas Persönlichkeit schon früh herauskristallisiert. Mit acht hatte sie sich auf eine akademische Laufbahn eingeschossen, mit vierzehn war sie davon besessen gewesen. Eine nur zu bekannte Geschichte. Sie schaffte es ein Jahr vor ihren Altersgenossinnen aufs Girton College und ließ ein weiteres Jahr verstreichen, bevor sie sich der Magersucht ergab. Darauf folgten Selbstverletzung und ihr erster Suizidversuch. Inzwischen waren ihre Eltern – die nie mehr als erfreute

Überraschung darüber empfunden hatten, plötzlich Eltern zu sein – zu alt, um ihr emotionalen Beistand zu leisten. Hinzu kam laut psychiatrischer Gutachten, dass eine nicht näher bestimmbare Spannung zwischen Vater und Tochter verblieben war. In Girton wurde Anna wieder zusammengeflickt. Mit ihren eigenen Worten war sie eine Weile lang »Jedermanns Lieblings-Selbstmörderin« gewesen. »Wenn die Leute den Eindruck hatten, dass es zu still in meinem Zimmer war, klopften sie an die Tür.« Doch schon bald wurde der Platz, den die Selves in ihrem Leben eingenommen hatten, von einem Gastprofessor für mathematische Physik beansprucht. Wie sich herausstellte, hatte Michael Kearney, ein unkommunikativer, narzisstischer und leicht in Depressionen verfallender Mann, ganz eigene Probleme. Die beiden heirateten schnell und ließen sich noch schneller wieder scheiden. Allerdings erwies sich ihre Beziehung als dauerhafter, als sie beide erwartet hatten, vielleicht wurde sie durch die erbitterte gegenseitige Manipulation aufrechterhalten. Die Dinge nahmen ihren wirren Gang, bis Kearney schließlich am Vorabend des neuen Jahrtausends allem ein Ende bereitet hatte, indem er etwas nördlich von Scituate, Massachusetts, in den Atlantik ging.

Von da an verlor sich die Spur des Mathematikers. Er hatte keine auffindbaren Verwandten; und Anna behauptete, »alles vergessen« zu haben und war sich nicht mal über sein Alter oder über seine Augenfarbe sicher. Als sie sich schließlich dazu bewegen ließ, über Kearney zu sprechen, wurde er zu einer sorgfältig konstruierten Fiktion. An einem Tag verschwommen, am nächsten sinnfrei detailliert, offenbarten Annas fortwährende Revisionen von Kearneys Gestalt ihn als eine Lücke in ihrem Leben, selbst wo er diese gefüllt hatte.

Ein wenig mehr ließ sich anhand seiner Veröffentlichungen herausfinden. Wahrscheinlich als Witz hatte er eine Broschüre über Zufall und das Tarot geschrieben. Ein bis zwei Jahre vor seinem Tod waren – angeregt durch Briefwechsel mit dem zurückgezogen lebenden Mathematiker Grigori Perelman – gewisse topologische Spekulationen von ihm erschienen, die ihm beim Fachpublikum verhaltene Anerkennung eingetragen hatten. Abgesehen davon bestand Michael Kearneys Beitrag zur Wissenschaft in einem unvollendeten Quantencomputer-Projekt, das in erster Linie von einem bescheidenen Experimentalphysiker namens Brian Tate umgesetzt worden war. Tate – frisch geschieden, nicht einmal dem kurzen Moment der Medienaufmerksamkeit um Kearneys Selbstmord gewachsen und von einem unbedeutenden Finanzierungsskandal im Zusammenhang mit der Risikokapitalgesellschaft MVC-Kaplan auf dem falschen Fuß erwischt – ging mit dem Schiff unter. Seine Ergebnisse erwiesen sich als nicht reproduzierbar. Nach dem Tod seines Kollegen und nachdem man seine Behauptung, einer Reihe primitiv modifizierter Desktop-PCs massive Parallelrechenkapazitäten entlockt zu haben, als wissenschaftlichen Blödsinn zurückgewiesen hatte, verschwand er innerhalb eines Monats von der Bildfläche. All das war bekannt.

Derweil waren Annas Eltern nur noch Tafeln an einer Kirchenwand irgendwo in East Cheshire. Sie hatte keine Freunde. Die Jahrtausendwende lag hinter ihr, das Feuerwerk war abgebrannt. Alle anderen wussten offenbar, was sie wollten. Zurück in London, kaufte Anna sich ein Selbsthilfebuch und lernte wieder zu essen. Sie fing Tim Waterman ein, und obwohl ihr zunehmender Selbsterhaltungstrieb sie immer noch verwirrte, machte sie sich daran, das Chaos in ihrem Leben zurückzudrängen. Waterman war ein nachsichtiger und erfolgreicher Mann, dessen Arbeit ihn oft ins Ausland führte. Als er zum ersten Mal auf Reisen war, fand Anna heraus, dass sie kochen konnte. Sie nahm zu, liebäugelte mit ehrenamtlichen Tätigkeiten und engagierte sich, nachdem sie ihren grünen Daumen entdeckt hatte, für die Stadtverschönerung. Tim, der sie während ihrer Zeit mit Michael Kearney flüchtig gekannt hatte, verfolgte all das anscheinend mit gelassener Belustigung. Auf die Erziehung ihrer Tochter verwendete sie Sorgfalt, so viel Wärme, wie sie aufbringen konnte, und empfand ein echtes Gefühl für den Wert dieser Erfahrung.

Aber letztlich, mahnte sich Helen Alpert, als sie die Akte weglegte und die Tür zum Sprechzimmer am Feierabend hinter sich schloss, ist alles Sprache.

Während sie sich mit ihrem alten Auto durch den dichten Verkehr einen Weg westwärts entlang der Themse bahnte, erinnerte sie sich an Annas Beschreibung davon, wie sie es »blind vor Angst« mit ihrem ersten Mann getrieben habe. »Genau genommen habe ich solchen Sex eigentlich immer gemocht«, hatte Anna hinzugefügt. »Es lässt ihn irgendwie bedeutsamer erscheinen, wie ein Weg, etwas Wichtiges über sich selbst zum Ausdruck zu bringen. Das Problem war immer nur, was danach geschehen konnte.« Als Helen Alpert daraufhin die Brauen hob, lachte Anna unvermittelt und riet ihr: »Sie sollten nur dann etwas tun, wenn Sie sich verirrt haben oder in Flammen stehen, Doktor. Wie wollen Sie sich sonst später daran erinnern?« In Mortlake blieb Dr. Alpert im Kreisverkehr stecken, und während sie gedankenverloren auf den kräftigen roten Sonnenuntergang hinter den ausgefransten Umrissen der Bäume hinausschaute, fragte sie sich, wie sie sich einen anderen Reim auf diese Worte machen sollte als den, dass ihre Patientin prahlen wollte. Anna Watermann hatte sich mit Beginn des Jahrhunderts selbst neu erfunden; jetzt stellte sie fest, dass das morsche Substrat dieser neuen Frau immer noch Anna Selve war. Was immer sie zu Michael Kearney hingezogen hatte, lag all ihren anderen Taten zugrunde.

In ihrem wiederkehrenden Traum, in ihrer Angst vor neurologischen Krankheiten, dem zunehmenden Gefühl, dass ihr Leben instabil sei – und der Verleugnung all dessen –, kam ihre alte Störung einmal mehr zum Vorschein.

Anna, die nichts von dieser Einschätzung wusste, kaufte auf dem Heimweg zwei Flaschen Fleurie und eine Packung Pistazieneis. Dann rief sie Marnie an und hatte einen kurzen, aber befriedigenden Streit mit ihr. Schließlich einigten sie sich darauf, dass sie die Gefühle des jeweils anderen im Allgemeinen stärker respektieren mussten, und Anna hörte sich noch das Neueste über den neuen Job von Marnies Exfreund an. Eigentlich hatte sie vorgehabt, den Rest des Abends vor ihrem Fünfzig-Zoll-Fernseher von Sony zu verbringen und das ganze Eis aufzuessen, während sie einem gealterten

Tiersendungsmoderator auf den Shetland-Inseln dabei zuschaute, wie er im trüben Wasser der Nordsee zwischen dem halben Dutzend angeschimmelt aussehender Kegelrobben herumsprang, die es dort noch gab. Doch da sich vier der Tiere in der vergangenen Woche das menschliche Noro-Virus eingefangen hatten, wurde das Spektakel abgeblasen. Anna streifte in der Wohnung umher. Nach ihrem Wortwechsel mit Marnie kam ihr das Haus heiß und stickig vor. Sie duschte. Dann stellte sie sich mit einem Glas Fleurie in der Hand in die Küchentür und schaute hinaus. Sie rief nach dem Kater. Er kam nicht.

»James, du deprimierendes Tier«, sagte sie.

Um neun klingelte das Telefon. Sie nahm in der Erwartung ab, Marnie zu hören, aber niemand meldete sich am anderen Ende. In dem Moment, in dem sie wieder auflegte, hörte sie ein elektronisches kratzendes Geräusch wie von Sperlingen in einer Regenrinne; eine entfernte Stimme, die klang, als riefe sie jemandem, der noch weiter weg war als Anna, etwas zu:

»Geh da nicht rein!«

Als der Kater um zehn Uhr immer noch nicht aufgetaucht war, ging sie raus, um ihn zu suchen.

Die Luft draußen kam ihr wärmer vor. Es stand kein Mond am Himmel. Stattdessen hingen die Sommersternbilder über der Feuchtwiese. Anna ging langsam über den Rasen und glaubte dabei zu sehen, wie die Augen des Katers unter der Hecke ironisch funkelten. »James?« Keine Antwort, nur die graue Erde war noch aufgewühlt und verstreut. Eine Reihe Obstbäume an einer Seite des Gartens, alte Apfelsorten, die man sich selbst überlassen hatte, sodass ihre Stämme sich in der Mitte gespalten hatten und die moosbewachsenen Äste bis zum Boden herabhingen. Nachts kauerte der Kater oft zwischen ihnen, wo er auf Wühlmäuse lauschte oder Motten nachjagte. Doch jetzt war er nicht da. Anna hängte ihr Weinglas in eine Astgabel und ging zum Gartentor hinaus. »James? James!«, rief sie und ging dabei quer über die Wiese bis zum Fluss, der im Sternenlicht schimmerte, suchte sich einen Weg zwischen Bruchweiden und Distelgestrüpp, das aus der weichen, braunen Erde wuchs. Überrumpelt und nachdenklich stand Anna da und starrte ins Wasser. Während es bei Tageslicht massiv und braun aussah, mit glasigen Verwirbelungen an der Oberfläche, wirkte es nun feinkörnig und schwerelos. Sie strich mit der Hand hindurch. Vergaß den Kater. Sie lachte. Unvermittelt setzte sie sich ans Ufer und zog die Schuhe aus, und gerade wollte sie auch die Kleider ausziehen, als etwas – sie war sich nicht sicher, was, vielleicht eine unmerkliche Veränderung des Lichterspiels auf den Weidenblättern – sie veranlasste, sich umzudrehen und zurückzublicken.

Ihr Gartenhaus brannte.

Riesige rote und goldene Flammenzungen leckten schräg aus dem kegelförmigen Dach hervor. Rauch gab es keinen; und obwohl die Flammen viel Licht erzeugten und lange Schatten über die Weide warfen, wirkten sie starr, idealisiert, wie ein Bild auf einer Tarotkarte. Einen Moment lang sah sie auch die Karte selbst, im Vordergrund, aber weit am Rand, sodass ihr Fokus auf dem brennenden Gebäude verharrte (das, wie sie nun erkannte, isoliert auf einem Feld stand, mit der Andeutung einer Hecke oder vielleicht einer Art Erdwall davor). Eine Frau, deren Alter schwer einzuschätzen war und die ein mit Blumenmustern bedrucktes Kleid aus den Dreißigern trug, rannte mit aufgerissenem Mund und einem paradoxen Gesichtsausdruck, einer Maske dissoziierten Entsetzens. Keine Schuhe. Ihr im Wind flatterndes Haar war als kompakte Masse gezeichnet. Sie bewegte die Lippen. »Geh weg. Geh weg von hier!« Die Flammen tosten lautlos und sandten goldene Funkenregen in den Himmel. Anna spürte, wie sich in der Hitze die Haut über ihren Wangenknochen spannte. Doch als sie das Gartentor erreichte, herrschte bereits wieder Dunkelheit; und trotz der Hitze war nichts verbrannt. Nicht einmal Rauch war zu riechen – obwohl sie durch die Fenster des Sommerhäuschens etwas erkannte, das wie Glut aussah, die im Innern knapp über den Boden stob.

Die Tür hing schon seit zehn Jahren schief in den Angeln. Anna zog sie auf. Sie sah genug Gartenmöbel und -geräte für zwei oder drei Häuser vor sich. Tim hatte gerne im Garten gearbeitet, und Marnie hatte ihm von Kindheit an gerne dabei geholfen. Sie waren gerne zusammen im Garten gewesen, zwischen den Blumenbeeten oder am nierenförmigen Teich, während Anna mit einem Drink in der Hand dabei zugesehen hatte. Liegestühle, Sonnenschirme, Astscheren mit langen Griffen. Marnies ziemlich teure Tischtennisplatte. Und weiter hinten in den Schatten Regalbretter voller halbverbrauchter Düngerpackungen. Die Gerüche nach Chemikalien, von Stäubchen und Pulvern, auf den Boden gerieselt oder in ihren Dosen und Tüten zu Blöcken verklumpt. Und der Geruch nach Pappkartons, feucht und schlaff, die mit allerlei Krimskram überquollen, von Fotoalben bis Nippes. Ein fantastisches Funkenspiel strömte von den Regalen! Es sah aus wie Feuerwerk! Langsam wurde der Schein schwächer, verblasste jedoch nicht ganz. Anna ging näher heran. Sie ließ die Funken auf ihre Handfläche rieseln. Setzte sich auf den Boden und rührte wie ein Kind darin herum. Licht tropfte von ihren Fingern, weiche Glutpartikel, kühle Gelbeutelchen in den Neonfarben der Organe, die der Kater angeschleppt hatte. Nach einer Weile verflüchtigten sich die Farben, genauso, wie sich die Hitze von Glut verflüchtigt hätte, und hinterließen eine kleine Ansammlung von Dingen, die sie im Dunkeln kaum erkennen konnte. Anna kramte in ihnen herum. Sie drehte und wendete sie verständnislos. Schließlich fand sie einen grünen Schuhkarton von einer verlässlichen Marke und schaufelte die Objekte hinein. Als sie die Tür des Gartenhäuschens öffnete, meinte sie, Geräusche zu hören: Gelächter, Musik, den Duft von Gebratenem, Alkohol und angeregte Menschen abends am Strand. Sie rieb sich mit der linken Handfläche über den rechten Daumen. Dann ging sie hinaus und ließ den Blick über die Wiese schweifen, in der sie beim Rennen eine unregelmäßige Spur auf dem feuchten Boden hinterlassen hatte.

»Michael?«, rief sie leise. »Michael?«, rief sie, »bist du das? Steckst du dahinter? Michael, das bist doch du, oder?«

Sie schlief fest und träumte nicht. Am nächsten Morgen trank sie eine Tasse schwachen grünen Tee; aß einen griechischen Joghurt mit einem Dessertlöffel Honig eingerührt; kippte den Inhalt des Schuhkartons und besah sich, was da über die Küchenanrichte purzelte. Es handelte sich lediglich um Krimskrams – ganz gewöhnliches, kitschiges Zeug, aber in leuchtenden Farben –, der wohl einmal Marnie gehört haben musste. Sie betrachtete die wie bunte Knöpfe über die Anrichte verstreuten Gegenstände. Einige davon *waren* Knöpfe verschiedener Größe und Form. Manche erinnerten eher an altertümliche Emaille-Broschen – Abzeichen einer militärischen Laufbahn oder eines Lebens als Krankenpflegerin oder Busfahrer, das in den frühen Siebzigern durch eine Bauchspeicheldrüsenentzündung oder einen Schlaganfall vorzeitig beendet worden war. Einige der Dinge erinnerten an Legosteine, die aus einem durchscheinenden Material bestanden, das zu massiv für Plastik war. Es gab zwei oder drei billige Ringe mit interessanten Symbolen darauf; einen Strauß winziger Porzellan-Rosenknospen, die man sich ans Kleid heften konnte; Murmeln, Glücksbringer, Bügeltattoos, gelbliche Würfel und Plastiklippen, die sich vorsichtig zum Kuss formten. Winzige Spielkarten in einer Pappschachtel. Es gab einen Plastikbecher mit einem Spiegel im Boden, in dem man beim Trinken das eigene Gesicht sah. Ein kleines rotes Valentinsherz mit Dioden, die selbst jetzt noch aufleuchteten, als Anna den winzigen Knopf an der Rückseite drückte – obwohl es Gott weiß wie alt sein musste. Die Sorte Dinge, die auf Flohmärkten auf den Grabbeltellern landete. Spielzeugschmuck, der vor dreißig Jahren aus einem Knallbonbon gefallen war. Anna konnte nicht anders. Sie rief Marnie an, und sie hatten eine weitere Meinungsverschiedenheit.

»Aber versuch doch mal, dich zu erinnern«, drängte Anna. »Kleine 3D-Bilder! Und Emaillebroschen wie die, die du in Cambridge getragen hast.«

»Anna«, sagte Marnie, »es ist fünf Uhr morgens.«

»Tatsächlich, Liebes?«, fragte Anna. »Ich dachte nur, dass Kinder genau solche Sachen sammeln«, versuchte sie sich zu erklären. »Ich dachte, das würde dich interessieren.

Weiß du was?«, fügte sie hinzu. »Einige dieser Dinger sind *warm!*«

»Leg auf, Anna«, bat Marnie. »Ich mache jetzt jedenfalls Schluss.«

Anna betrachtete die Gegenstände noch einige Minuten, als hätten sie ihrem Leben neuen Sinn verliehen. Dann holte sie ihre Handtasche aus dem Flur und fand nach kurzer Suche Michael Kearneys externe Festplatte. Sie legte sie zwischen die anderen Sachen, wo das Licht sich in ihrem glatten Titangehäuse spiegeln konnte. Während sie es betrachtete, kam Kater James herein und begann, ihr um die Beine zu streichen. Sein Schnurren klang ihr laut im Ohr, gleichzeitig kehlig und mechanisch. Unvermittelt ging er zu seiner Schüssel und fing an, Thunfisch daraus zu fressen, als hinge sein Leben davon ab. Der Milchmann brachte die Milch. Ein Zug fuhr durch das Tal. Das Telefon klingelte erneut. Sie überlegte, was in der vergangenen Nacht wirklich mit dem Gartenhaus geschehen war: Es war alles absolut still verlaufen, dachte sie, wie ein Feuer in einem schwer verständlichen Film. Sie fragte sich, was mit ihr passiert war. Schließlich schob sie die Sachen wieder in den Schuhkarton, steckte die Festplatte zurück in ihre Handtasche und nahm den nächsten Zug Richtung London, wo sie den Nachmittag damit verbringen würde, in die Häuser fremder Leute hineinzulinsen. Ausnahmsweise freute sie sich einmal darauf.

5 · Archiv-Stil

Zu seinen Glanzzeiten hatte der Dicke Antoyne Messner eine Reihe kleiner Lastesel wie die *Nova Swing* geflogen. Alle verfügten über illegale Antriebssysteme, große Frachträume und eine zwielichtige Vergangenheit; registriert waren sie auf Planeten mit frei erfundenen Namen. Er behauptete, diese Schiffe für verschiedene Halo-Berühmtheiten kommandiert zu haben: Ellie-Lou Parang, Impasse van Sant, Margot Fürstenberg, Ed Chianese. Wozu solche Raumsport-Stars und Entradistas die Dienste eines rostigen Frachters benötigten, wenn sie doch selbst bis über beide Ohren in intelligentem Kohlenstoff und BMG-Kompositrümpfen steckten, auf deren Pilotenkanzeln geborgene Alien-Maschinen außen angenietet waren, erklärte er nie. Vielleicht hatte er für sie Ersatzteile geschippert. Vielleicht fühlten sie sich wohler, wenn sie jemand Dickes um sich hatten.

Ob man seinen Behauptungen nun Glauben schenkte oder nicht, eines war sicher: Antoyne war nicht mehr der Verlierer, der irgendwo in Saudade City angeschwemmt worden war, von seinem Elend faselte, Black-Heart-Rum trank und geschäftlich bestenfalls als Botenjunge für billige Ganoven wie Vic Serotonin oder Paulie DeRaad mit von der Partie war. Er hatte ein eigenes Schiff. Er hatte ein Gespür für Geschäfte. Er war nicht mal mehr dick.

Um vier Uhr morgens, nachdem er sich mit Toni Reno getroffen hatte, erledigte Antoyne einige Überlichtanrufe, die dazu führten, dass er wenig später unten im Frachtraum 1 der *Nova Swing* stand und erneut die Ladung begutachtete, die Toni ihm überbracht hatte. Auf dem Frachtbrief stand: »Lieferung, Versicherung, Frachtgeld, Papiere bei Empfang«, was ziemlich wenig Information war. Aufgrund seiner bisherigen Laufbahn verspürte Antoyne eine natürliche Nervosität, wenn es um Zollpapiere ging. Über die Ladung selbst hatte die Technik ihm alles verraten, was sich in Erfahrung bringen ließ. Er konzentrierte sich also stattdessen auf das Bullauge, das sich am vorderen Ende befand und aus einer zehn Zentimeter dicken, opalfarbenen und ovalen Quarzglasscheibe bestand. Um keine Reflexionen zu erzeugen, hatte Antoyne die Halogenlampen abgeschaltet. Dann und wann musste er mit einem Putzlumpen Kondenswasser von der Scheibe wischen.

Wenn er die Hände um das Gesicht legte, dann konnte er ein grünliches Objekt im Innern erkennen, das aussah wie etwas Lebendiges, betrachtet unter einem schwachen Photovervielfacher. Es bewegte sich, oder vielleicht auch nicht. Das, was er da sah, gefiel Antoyne nicht. Es gefiel ihm nicht, zusammen mit diesem Ding im Dunkeln zu sein, und ebenso wenig gefiel es ihm, dass es im Frachtraum der *Nova Swing* plötzlich wärmer zu sein schien als sonst, und dass die karminroten LEDs entlang des Mortsafes immer wieder aufblinkten.

Zwei Jahre zuvor hatte Antoynes Firma – *Schwertransporte* aka *Dynadrive-DF* – einen Sechsmonatsvertrag für das Schleppen von Schiffen im Quarantäneorbit von *Vera Rubins Welt* ergattert. Antoyne ließ die Nova Swing zu Hause, mietete sich einen Weber-Schlepper aus der 18/42-Serie – die alte, aber verlässliche *Taschenrakete* – und erledigte seine Arbeit von einer Landefeld-Bar aus, die bei ihren Stammgästen als Naturschutzgebiet Ost-Ural bekannt war. Er nahm sich für die Dauer des Vertrags ein Zimmer, dass vom Landefeld aus ein Stück weiter an der Gravuley Street lag, und aß mit den ganzen anderen Quarantänehunden im Diner Faint Dime, wo ihm die Art gefiel, in der sich das Licht in der pseudoeleganten verchromten Täfelung hinter der Bar spiegelte. Früh am Abend saß er dann in seinem Zimmer am Fenster und starrte auf die neapolitanischen Schichten des späten Sonnenuntergangs, während er darauf wartete, dass die Neonlichter angingen. Es war ein zweistöckiges Städtchen auf einem Planeten, auf dem es nur um eines ging. Die hier vorherrschende Mode bestand aus gelben Argylls und schwarzen Schlappen. Die Gravuley Street schien sich ins Endlose zu erstrecken, insbesondere nachts.

Eine Woche nach seiner Ankunft hatte Antoyne etwas Seltsames aus einem vernagelten Haus unweit des Faint Dime kommen sehen: den nackten Leib eines Kleinkinds, aber in Erwachsenengröße und in demselben gräulichen Olivton wie die Fassade. Als er vom Bürgersteig in den zweiten Stock hochgeblickt hatte, hatte er es zuerst für eine Art ausgefallene Werbetafel gehalten. Aber wofür sollte man mit einem Riesenbaby werben? Er wusste es nicht. Jede Art von Kleinkind war Antoyne ein Rätsel. Er mochte sie nicht besonders. Dieses etwa drei Monate alte Kind kam in einem seltsamen Winkel zum Vorschein, sodass seine pummeligen Beine weit auseinander hingen. Es war ein Mädchen. Antoyne wandte den Blick ab, als hätte er eine Art von Pornografie gesehen, die nicht nach seinem Geschmack war. Er meinte ein leises, knatschendes Rumpeln zu hören; als er sich zwang, erneut hinzuschauen, sah er, dass sich das Baby einen oder zwei Millimeter weiter herausgezwängt hatte. Es arbeitete sich in Antoynes Welt vor. Eine Stimme neben ihm sagte ohne Vorrede: »Waren Sie jemals auf einem Quarantäneschiff?«

Die Stimme gehörte MP Renoko, einem Mann, den man oft im Naturschutzgebiet Ost-Ural traf, wo er Unterhaltungen üblicherweise mit den Worten begann: »Sie stimmen mir doch zu, dass keine Notwendigkeit dazu bestand, ein praktisches Werkzeug mit der Weltformel zu verwechseln?« Renoko kam und ging, aber er gab immer eine Runde aus.

»Es ist eine Erleichterung, Sie zu sehen«, sagte Antoyne. »Angesichts dessen.«

»Angesichts von was?«

»Davon«, sagte Antoyne und zeigte nach oben; doch das Baby war verschwunden. Er schaute sich um, drehte den Kopf: nichts.

Gravuley Street war keine Hilfe. Zur Linken lag Dunkelheit und der leere Planet; zur Rechten sah er das brutal hell erleuchtete Fenster des Faint Dime. Er konnte jedes einzelne Stück Einrichtung erkennen, ausgestanzt in makellosen Bonbonfarben. Jemand trank Ovomaltine mit Rum. Ein anderer bekam gerade ein großes Schinken-Roggensandwich mit Pommes vorgesetzt. Antoyne wischte sich über den Mund. Seine Nackenhaare stellten sich auf. Es war ein Uhr morgens, und ein leichter Wind blies Staubbänder die Straße entlang.

»Da war etwas«, versicherte er. »Wie wäre es, wenn wir was trinken?«

»Ich zahle«, sagte MP Renoko. »Es macht den Eindruck, dass Sie eine Art Schock erlitten haben.«

Renoko sah aus wie ein Foto von Anton Tschechow, wenn Tschechow älter geworden und sich ein kleines weißes Kinnbärtchen hätte stehen lassen. Ansonsten wurde sein Äußeres von einer gelungenen Kombination aus gebrauchten Regenmänteln und grauen, fünfzehn Zentimeter zu kurzen Kammgarnhosen geprägt. Sein Haar – weiß und auf den schmuddeligen Kragen zurückgekämmt – wirkte immer lichtdurchflutet. Er war von zierlichem Wuchs und starkem Auftreten. Seine Kleider waren mit veralteten Nahrungsmitteln wie Tapiokas und »Suppe« bekleckert. An den Füßen trug er rissige hellbraune Budapester ohne Socken, und die ungewaschenen Knöchel darüber gehörten zu seiner sorgfältig kalkulierten Gesamterscheinung. Sobald er und der Dicke Antoyne sich in der relativen Sicherheit des Naturschutzgebiets Ost-Ural niedergelassen hatten, wandte er sich wieder seinem ursprünglichen Thema zu, als wären sie nie davon abgekommen:

»›Jeder ist sein eigenes Evolutionsprojekt‹, sagen wir uns hier im Halo. Entschuldigen Sie, aber das kann nur ein Element kultureller Selbstinszenierung sein, selbst in Zeiten wie diesen.« Sein Lächeln bedeutete, dass er bereit war, das zu verzeihen. »Aber wenn es tatsächlich eine neue Spezies gibt«, sagte er, »vielleicht befindet sie sich dann dort oben in den Quarantäneschiffen.«

Der Dicke Antoyne gab zu, dass er das nicht kapierte.

Renoko lächelte. »Sie kapieren es sehr wohl«, sagte er.

Eine ausgebüchste Navigations-Nanoware oder ein elfdimensionaler Bildgebungscode kriecht jemandem nachts in den Hintern und stellt fest, dass es auch ein Proteinsubstrat als Hardware tut. In ähnlicher Weise entkommen Werbeslogans, Meme, Krankheiten und Algorithmen in die freie Wildbahn. Sie können auf deinen Neuronen laufen, in deinen Zellen. Sie führen eine Standardkonvertierung durch. Mit einem Mal sind die Bullen mit den Flüstertüten auf der Straße: »Bleiben Sie drinnen! Bleiben Sie im Haus!«, aber es ist zu spät: Alles in der Straße, im Haus bricht plötzlich zu planloser Nanotech-Grütze zusammen, zu halbgeschnitterten Viren und menschlichen Fetten – der Ehemann, die beiden kleinen Mädchen in ihren identischen Kleidern, man selbst. »Ganze Planetenbevölkerungen«, sagte Renoko, »verwandeln sich in dieses Zeug. Ist das ein Endzustand?« Er warf die kleinen Hände in die Höhe. »Niemand weiß es! Ist es ein neues Medium? Niemand ist bereit, das zu sagen! Es ist so schön wie Wasser in hellem Sonnenlicht, aber es stinkt wie ausgelassenes Fett und kann einen erwachsenen Menschen innerhalb von vierzig Sekunden absorbieren. Die Schiffe sind voll davon, und der Quarantäneorbit ist voller Schiffe. Männer wie Sie sorgen da oben für Sicherheit.« Veraltete Pipeliner, die die Carling-Strecke geflogen sind, ausgemusterte Alcubierre-Warpschiffe, die so groß sind wie Planetisimale, alles, was einen dicken Rumpf hat, vor allem, wenn es sich leicht weiter verstärken lässt. Der Dicke Antoyne hatte mit einem Mal ein klares Bild dieser pockennarbigen Relikte in der interplanetaren Finsternis vor Augen – verbrauchte Schiffe, über die die schwachen Lichter der Baken und Partikelhunde kriechen, während sie auf beinahe-chaotischen, operatorgesteuerten Bahnen trudeln.

Er schüttelte seinen Drink und schaute der Flüssigkeit dabei zu, wie sie sich wieder beruhigte. »Ich nicht«, sagte er. »Ich habe bloß einen Sechsmonatsvertrag dafür, die Dinger herumzuschieben.«

»Und, wie kann Ihnen das Spaß machen?«

Antoyne machte die universelle Geste für Geld. »Darum«, prahlte er. »Die meiste Arbeit macht allerdings meine Pilotin, die haben Sie hier schon gesehen. Sie hört auf den Namen Ruby Dip.« Mit einem Mal kam ihm eine Frage in den Sinn. »Warum führen wir dieses Gespräch?«

»Weil die Frage, die bleibt, wenn wir alle anderen gestellt haben, lautet: Was *will* diese neue Spezies?«

Renoko beugte sich vor und sah dem Dicken Antoyne eindringlich in die Augen.

»Würde Ihre Pilotin jemals einen Passagier mit in die Umlaufbahn nehmen? Wäre das denkbar?« Noch während er diesen Vorschlag machte, begann er zu lachen. Sie wussten beide, dass er zu weit gegangen war. Dort oben traktierte einen das Quarantäne-Amt mit allerlei Lizenzen und Papierkram. Dazu kam, dass sie von EMC-Spürhunden beaufsichtigt wurden, deren durchbrochene Umlaufbahnen so dicht wie die Linien eines an Verfolgungswahn leidenden Magnetfelds um *Vera Rubins Welt* gewickelt waren. »Bevor Sie diese Frage beantworten«, sagte Renoko, um die Anspannung zu lindern, »möchte ich Ihnen noch einen dieser seltsamen Drinks ausgeben, die Sie so mögen.«

Aber Antoyne schüttelte nur ablehnend den Kopf und stand auf. Manche sagten, dass MP Renoko ein Twink-Junkie und Orbital-Minenarbeiter war, dessen echter Name »Remy Kandahar« lautete und der auf all den ausgebrannten Planeten des Zentrums für seine Verbrechen gesucht wurde. Andere glaubten, dass er das letzte Überbleibsel des berüchtigten Zirkus von Pathet Lao war – auch bekannt als Sandra Shens Observatorium und die Original Karma-Pflanze –, den er seit Sandra Shens Verschwinden vor fünfzig Jahren ausschlachtete. Der Dicke Antoyne, der keiner dieser beiden Theorien anhing, holte eine Holo-Visitenkarte von *Dynadrive-DF* hervor. Er legte sie neben Renokos leeres Glas auf den Tisch und sagte: »›Wir transportieren alles‹, so lautet unser Motto. Suchen Sie uns am Carver-Feld in Saudade auf, falls Sie wirklich einmal so ein Geschäft abschließen wollen. Nehmen Sie einfach Verbindung zu uns auf.

Danke für den Drink, den habe ich gebraucht, nach dem, was ich gesehen habe.«

Später am selben Abend, nachdem er sich ohne weitere Zwischenfälle seinen Weg durch die unberechenbaren Aussichten der Gravuley Street zu Ruby Dips Zimmer gesucht hatte, sagte er: »Da kommt man ins Denken.«

»Ich weiß, wobei ich ins Denken komme«, sagte Ruby.

Ruby Dip war eine kleine, breitschultrige, muskulöse Frau im Alter von 50, deren Haut nicht nur mittels verrückter Tattoos wie »Tienes mi corazón« und »Sie kamen vom Planeten E!« die Geschichte eines Lebens im Halo erzählte, sondern auch Schatzkarten aufwies: Bruchstücke geheimer Codes, die einem großzügig interpretiert den Weg nach Hause weisen konnten; und intelligente rote Würmer aus Licht, die sich über ihre beachtlichen Titten und durch ihre Achselhöhlen bewegten wie die Glut am Rande eines brennenden Stücks Papier. Obwohl sie ihre Leidenschaften hatte, gefiel ihr das unterhaltsame Leben als Raketenjockey, und sie sah keinen Anlass, sich mehr zu wünschen. Ihr Haar bestand aus kadmiumblonden Stoppeln. Vorzugsweise trug sie abgeschnittene und ausgebleichte Jeans, sie roch nach *Taschenrakete* und sammelte antike spanische Tamburine, die über und über mit tiefroten Rosen und Notenblättern vollgesteckt und von innen erleuchtet waren. Mehrere Exemplare lagen derzeit über die billige Einrichtung verstreut oder hingen an den Wänden.

»Aber hast du jemals in ein Schiff hineingeschaut?«, fragte der Dicke Antoyne. Wenn er eines konnte, dann war das, im falschen Moment beharrlich zu sein.

Ruby gestand, dass sie verwirrt war.

»Schätzchen«, sagte sie. »Ich schubse die Dinger nur durch die Gegend.« Sie blickte zu ihm auf. »Und jetzt schubs du mich ein bisschen durch die Gegend, mein Dicker. Lass dich nicht aufhalten!« Außerdem, fragte sie, nachdem sie einander genug angeseufzt und angestöhnt hatten und Ruby sich weggedreht hatte, um zur Decke zu schauen, wie er überhaupt auf solche Gedanken käme? Sie setzte sich auf das Waschbecken in der Ecke, blieb dort eine Weile und stieg dann ungeduldig wieder herunter. Jetzt würde sie eine halbe Stunde lang nicht pinkeln können, sagte sie, und daran war nur Antoyne schuld.

»Ruby, versuch doch wenigstens mal, den Wasserhahn anzumachen.«

»Ich habe noch nie jemanden gesehen, der weniger an ein menschliches Wesen erinnert als MP Renoko.«

Wenn es nach Rubys Meinung ging, war der Kerl ein Schattenboy. Er gehörte zu den geheimnisvollen, beinahe metaphysischen Wesenheiten, die lange vor den Erdenmenschen im Halo geherrscht hatten und deren Motive bis heute undurchschaubar blieben. »Wenn die überhaupt in dem Sinne wie wir Motive haben.«

»Oder wenn es sie gäbe«, gab Antoyne zu bedenken.

Ruby Dip tat diesen Einwand mit einer Handbewegung ab.

»Warte, bis du diesen Jungs Geld schuldest«, sagte sie, »dann merkst du schon, dass es sie gibt! Und dein halbes Hirn wirst du ihnen dann auch noch schulden! Eines Tages holen sie dich und lassen dich zahlen«, versprach sie ihm. »Sie sind die Gangster und sie sind die Bullen; letztlich weißt du nicht, wer sie sind. Kapierst du es nicht? Sie sehen aus wie du und ich!«

Antoyne zuckte die Schultern. »He, kein Stress.«

Wenn Ruby Dip es so haben wolle, sagte er, sei das für ihn in Ordnung. Inzwischen lagen sie schon wieder auf dem Bett.

»Nein, so will ich es haben«, sagte Ruby Dip.

Wie sich herausstellte, rührte Rubys unverhältnismäßige Wut auf Renoko von einem Streit her, den sie irgendwann beim Mittagessen im Faint Dime mit ihm gehabt hatte. Es ging um die Natur des Kitsches. Renoko war der Meinung, dass der Kitsch Produkt eines Ereignisses war, das er als »postmoderne Ironisierung« bezeichnete; zuvor habe es ihn nicht geben können. Zuvor war alles, was man jetzt als Kitsch beschreiben könne, einfach Schrott gewesen. »Ohne die Einwirkung von Ironie auf Schrott gäbe es keinen Kitsch«, erklärte er beharrlich. In seinen Augen war die postmoderne Ironisierung mit dem Tod der Geschichte oder der heraufdämmernden Singularität vergleichbar. »Sie hat alles verändert. Nichts konnte je wieder sein, wie es war. Es war die unwiderrufliche Transformation einer Erleuchtung gewesen.« Er war der Meinung, dass sie selbst heute noch diese Qualitäten habe.

Ruby mit ihrer Sammelleidenschaft für Körperkunst und Tamburine konnte das nicht unwidersprochen stehen lassen. Ihrer Meinung nach hatte der Kitsch sich bereits vor dem Zeitalter der Ironie etabliert. »Er war die Vorstellung, die sich die niedere Kunst von der hohen Kunst machte«, erklärte sie – die Ästhetik von Menschen ohne Geschmack. Sein Grundton war Sentimentalität, nicht nur der Idee nach, sondern auch im Gebrauch. Schrott war für sie etwas ganz anderes, nämlich Trash, und damit fühlte sie sich wohl. Als wahre niedere Kunst war Trash die Ästhetik von Menschen, die keine Ästhetik hatten, und im Gebrauch konnte er als utilitaristisch beschrieben werden. »In all seinen Formen«, versicherte sie MP Renoko, »und in allen Medien ist Trash die Kunst, Sex zu zeigen und zu feiern – und vor allem, welchen zu bekommen. Er ist die Kunst des Samstagabends.«

Antoyne kratzte sich am Kopf. »Was ist passiert, nachdem du das gesagt hast?«

»Es gab eine Prügelei, in die schon bald alle Mittagsgäste des Faint Dime verwickelt waren und die noch zu Lebzeiten Legende wurde.«

»Aber das ist doch kein Grund«, sagte er.

»Und das, Dicker, ist der große Unterschied zwischen uns.«

Die Quarantänehunde, so glaubte Ruby, vertraten wegen ihrer seltsamen, grimmigen Arbeit ihre Ansichten so unnachgiebig und stolz: Es sei also zu erwarten gewesen, dass Antoyne die Sache nicht so ernst nahm wie sie. Deshalb sei es wohl auch am besten, dass ihre Liaison nur zeitweiligen Charakter habe.

Um neun Uhr fünfzehn standen sie draußen vor dem Faint Dime. Es roch nach Zimtkaffee – eine Spezialität des Hauses – und Eiern. Das Morgenlicht kroch über den rissigen Asphalt zwischen den Gebäuden heran. Der Rest der Gravuley Street lag in körnigem Schatten. Sie sah aus wie auf einer Schwarz-Weiß-Fotografie, mit Ausnahme der triumphalen Pressstahlelemente des Diners, die das Licht der Sonne einfingen und – mit Rubys Worten – glänzten »wie diese echte Zukunft, in der wir uns befinden, in ihrer unmöglichen 3D-Qualität, abgebildet durch algorithmische Oberflächenbeschaffenheit und Bildgebung!« Ein paar Wochen später war sein Vertrag abgelaufen. Antoyne sah weder *Vera Rubins Welt* noch das Naturschutzgebiet West-Ural oder Ruby Dip jemals wieder.

Auch das Riesenbaby sah er nie wieder, obwohl die Erinnerung daran Träume heraufbeschwor, in denen er die Gewissheit empfand, dass es letztlich durch die Mauern der Gravuley Street den Weg zu ihm gefunden hatte. Und letztendlich bereute er es, MP Renoko seine Visitenkarte gegeben zu haben. Auch diese Geste suchte ihn später heim, denn Renoko behielt die Karte und trat später über Toni Reno, diesen allseits bekannten Scheißkerl, mit ihm in Verbindung; und so kam der Dicke Antoyne zu dem Mortsafe.

Fünf Uhr in Saudade: nicht spät genug für den Morgen, zu spät für die Nacht. Der Dicke Antoyne stand auf der Ladeplattform und ließ den Blick über den freien Hafen schweifen. Die Dämmerung kündigte sich mit blassen grünen und lachsfarbenen Streifen über den markanten Umrissen der Rock Church an. Er wischte sich die Hände ab. Der Lumpen, der einmal ein kurzes weißes Baumwollunterhemd von Irene mit der Aufschrift *HIGGS* gewesen war, machte ihn gleichzeitig geil und gab ihm ein beinahe nostalgisches Schuldgefühl ein. Wie um seinen Gemütszustand zu bekräftigen, tauchte wenig später Irene selbst auf, breitbeinig über den windgepeitschten Zement taumelnd und Arm in Arm mit Liv Hula. Sie stützten sich aufeinander, um das Gleichgewicht zu halten – und beugten sich ein bisschen vor, als müssten sie einen starken Gegenwind ausgleichen – und sangen. Irene trug eine Vinci-Nintendino-Bolerojacke mit zwei je dreißig Zentimeter langen, rosa gefärbten außerirdischen Ansteckfedern. Mit einer Hand umklammerte sie ihre durchsichtige Kosmetiktasche, die sie immer dabeihatte; mit der anderen ein Paar rote Lacklederschuhe mit fünfzehn Zentimeter hohen Absätzen, die einen ganz eigenen anderweltlichen Glanz hatten.

»He«, rief der Dicke Antoyne.

Sie winkten und riefen: »He Dicker! Dicker Antoyne!«, als wäre es eine Riesenüberraschung, ihn um fünf Uhr morgens hier bei dem Raumschiff anzutreffen, das ihnen gemeinsam gehörte. Wieder an Bord schalteten die Frauen Radio Retro ein, und der Raum würde von alten Hits geflutet, darunter *Ya Skaju Tebe* und Frenchie Hayes zurückhaltende, aber stets beliebte Version von *Lizard Men from Deep Time*. Die beiden waren schläfrig, hatten aber dann und wann unerklärliche Ausbrüche von Schaffensdrang, in denen sie brandneue Ideen über alles Mögliche entwickelten. Mit gewichtigen Mienen, aber immer wieder kichernd, machten sie sich daran, die Fracht zu untersuchen.

»Das ist aber groß, Dicker«, stellte Irene schließlich fest.

»Findest du?«, fragte Liv Hula. »Ich hätte es mir größer vorgestellt.«

Der Dicke Antoyne sah die beiden an. »Ich könnte euch Eier machen«, sagte er. Die beiden Frauen rätselten oft darüber, wie es Antoyne gelang, sein neues, schlankes Aussehen beizubehalten, obwohl er die ganze Zeit am Essen war. »Wir könnten im Kontrollraum Eier essen. Und Kaffee und Rosinenbrötchen.«

Irene hängte sich mit den Armen an seinen Hals.

Sie sagte: »Oder – mein Dicker, hör zu! Hör zu, Liv! – wir fahren mit einer Rikscha in die Retiro Street und tanzen! Und essen Kuchen!«

Derweil beugte Liv sich vor und spähte in das Bullauge.

»Ermutige ihn nicht«, sagte sie.

»Ich bin dran«, sagte Irene und schob sie beiseite. »Was ist ein Mortsafe überhaupt?«

»Ich erkenne da drin nicht viel«, bemerkte Liv Hula. »Können wir das Licht anmachen?« Sie suchte den Frachtbrief heraus. »›MP Renoko‹«, las sie. »›Harte Waren. Frachtpapiere vor Ort.‹ Wo bringen wir das hin?«

»Zum Da Luz Field«, antwortete Antoyne. »Auf eine Welt namens *Planet X*. Fünfzig Lichtjahre abwärts.«

»Alles ist fünfzig Lichtjahre abwärts, Dicker.«

6 · Schädelradio

Die Assistentin wohnte zur Miete bei einer Bekannten, einer Frau namens Bonaventura, die auf der Straint Street nahe dem Ereignisgebiet eine Bar hatte. Nachts erleuchteten die Raketenstarts die warme Luft wie bei einem üblen Tank-Trip, und der psychische Rückstoß der Triebwerke schrieb die Gedanken und Gefühle derjenigen, die vor ihr hier gelebt hatten, erneut in das Zimmer ein. Sie wurden wie übereinandergeschriebenes Graffiti in Schichten wirbelnder Farben von den Wänden wieder ausgeschwitzt. Karten, Artefakte, Schmetterlinge aus einer anderen Welt, all so was. Aus irgendeinem Grund störte sich die Assistentin nicht daran. Sie war es gewohnt. Es bereitete ihr sogar Freude – obwohl sie das Wort »Freude« nicht gerade oft verwendete, um ihre Erfahrungen zu beschreiben. Manchmal fragte sie sich, wessen Träume sie hatte.

An dem Abend, nachdem sie zum ersten Mal das Wort »Pearlant« gehört hatte, kam ein Mann namens Gaines durch die Wand in das Zimmer. Ihr war sofort klar, dass es sich bei ihm um keine der alten Geschichten handelte. Sein Aussehen machte ihr Angst. Als Reaktion schaltete sich ihre Schneiderarbeit zu; doch etwas, was er tat – oder was er erst gar nicht tun musste –, schaltete sie wieder ab, sodass sie sich rasend schnell vom Bett erhob, nur um dann mitten in ihrem eigenen Zimmer zu verharren und sich nackt und fehl am Platze zu fühlen, wie ein Kind, das zu spät begreift, dass es etwas Dummes getan hat, während der Mann um sie herum ans Fenster trat, als wäre sie ein Möbelstück, etwas beinahe Interessantes in einem Geschäft, das ihn nicht weiter störte.

»Ein nettes Plätzchen zum Wohnen«, sagte er und schaute in die Straße hinab, die zu einem bis vor Kurzem recht angesagten Viertel gehörte, das nun wieder den Bach runtergegangen war. Es war schon spät. Allmählich öffneten die Bars und Nuevo-Tango-Läden mit ihren pulsierenden Neonfassaden. Werbebanner marschierten mit leisen Kinderstimmen über die Bordsteine. Raketendub-Basslines wummerten in den Wänden. Die Straße erblühte wie eine Glasanemone vor dem ansteigenden Nahrungsgradienten der Nacht. »Aber wünschen Sie sich bei diesem ganzen Kulturgeplapper da draußen nicht manchmal einfach Ihre Ruhe?«

»Die Leute wollen das eben«, sagte die Assistentin. Sie war sich nicht sicher, was die Leute wollten.

»Sie verwechseln es mit etwas Substanziellem.«

»Ich weiß nicht, was das heißen soll.«

Es hieße, dass sich unter all dem etwas verbarg, informierte sie Gaines. »Es heißt, dass die Welt nicht nur aus Zeichen und Oberflächen besteht.«

Sie deutete auf die Wände des Zimmers, von denen sich noch immer flackernde Halluzinationen schälten, schwerer Schweiß und gescheiterte oder verstümmelte Nachrichten von anderen Planeten. »Wie könnte es das geben?«, fragte sie. »Etwas Festgelegtes? Im Universum dieser Physik?«

Er löste sich vom Fenster und stellte sich dicht zu ihr. Mit neu erwachtem Interesse musterte er sie von oben bis unten. »He«, sagte er, »ich weiß es, weil ich es gesehen habe.«

Er lachte. »Und jetzt will es Sie sehen.«

Er gehörte zu der Sorte Männer, bei denen man nicht weiß, ob sie älter oder jünger sind, als sie aussehen. Er hatte gesunde Haut und ein Lächeln, das Befriedigung über all die Mängel der Welt vermittelte, wie sie sich ihm offenbart hatten. Eine tiefe, vernichtende Bitterkeit war ihm zu eigen, die er meinte verbergen zu können. Langes graues Haar kräuselte sich in seiner Halsbeuge, vielleicht von ein wenig Gel in Form gehalten. Dazu trug er Chinohosen, ein Polohemd und leichte, mit Pfeifenton geweißte Leinenschuhe – ein Aufzug, der etwas zu bedeuten hatte, das sah sie; ein Aufzug voller Anspielungen, die die Assistentin nicht verstand. Der sorgfältig geschnittene graue

Bart des Mannes erweckte den Eindruck, dass seine untere Gesichtshälfte vorragte. Auch seine Nase sah gut aus. Aber im Zwielicht und in der verblassenden Infloreszenz des Raketenstarts waren seine beiden wichtigen Merkmale sein Kinn und seine ruhigen blauen Augen.

»Sie sind vom EMC«, riet sie.

»Wenn Sie das glauben möchten.«

»Ich frage mich, ob Sie überhaupt hier sind.«

Diese Worte veranlassten ihn erneut zum Lächeln. »Ich melde mich«, erklang seine Stimme aus der leeren Luft.

Nachdem er fort war, ging sie ans Fenster und schaute in die Straße hinab, um herauszufinden, was er dort gesehen hatte. Heute war eine Mathematik aus dem Widderkopf-Regelkreis eines Kreuzfahrtschiffs entkommen, das hier haltgemacht hatte, ein großer Creda-Starliner. Tochtercode, der auf einem Substrat aus Nanotech und menschlichen Proteinen lief, war über Nacht in die vestibularen Lymphknoten eines Raketenjockeys eingedrungen, das arme Schwein. Er hatte es durch die Sicherheitskontrolle am Raumhafentor geschafft, bevor die Veränderung einsetzte, und hatte sich anschließend niesend und Drinks ausgebend in den Bars von Saudade herumgetrieben. Bei Morgengrauen würden bereits neue Verhaltensweisen ausgebrochen sein. Der Hafen war abgeriegelt, und die Uniformierten fuhren an seinem Nordrand entlang und forderten die Bewohner mit Flüstertüten auf, nicht das Haus zu verlassen.

»Wenn Sie nichts als sich selbst berührt haben, haben Sie keinen Grund zur Sorge. Sie müssen keine Angst haben, wenn Sie nur sich selbst berührt haben.«

Sie gaben eine Nummer aus, bei der man anrufen sollte, wenn man infiziert war und Hilfe brauchte; niemand wäre auf den Gedanken gekommen, persönlich die Hilfsstation aufzusuchen, denn das hätte auf mittlere Sicht einen Aufenthalt im Quarantäneorbit bedeutet.

Derweil erstattete Gaines seinen Kollegen vom Aleph-Projekt Bericht. Als EMC-Mittelsmann mit einem zufriedenstellend breiten Aufgabenbereich hielt Gaines sich in mehreren verschiedenen Arten von Raum gleichzeitig auf, von denen die meisten elektronisch waren; wobei seiner Aussage zufolge manches vom dem, was er tat, ein bisschen zu schnell für die üblichen Kanäle war. Manche seiner Fähigkeiten schienen wenig mit der physikalischen Welt zu tun zu haben. Aber wenn er beim Projekt Bericht erstattete, tat er es auf die ganz normale Art, als holografisches Double und über ein System privater Überlicht-Router.

»Sie steht nicht mit ihm in Verbindung«, schloss er seinen Bericht. »Und wenn es mit ihr in Verbindung steht, dann benutzt es dafür einen Teil seiner Persönlichkeit, den wir noch nicht weiter erforscht haben.«

Einen Moment lang lauschte er und starrte dabei ins Leere, dann lachte er. »Sie wohnt in diesem Zimmer«, sagte er. »Das solltet ihr sehen. Nein, sie hat keine Ahnung, was sie ist – eigentlich weiß ich das auch nicht. Sie hat eine zehn Jahre alte Datenstrom-Technologie, die auf der Innenseite ihres Arms Wahrscheinlichkeitsberechnungen anstellt. Wie? Ja, so ein billiges Ding, das die Polizei hier vor Ort benutzt. Wie war das? Tja, willkommen im Halo.« Er lachte erneut, und dann wurde sein Tonfall ausdruckslos.

»Nein«, sagte er. »Es ist zu früh, um sie zusammenzubringen.«

Doch am nächsten Morgen tauchte er erneut im Zimmer der Assistentin auf. Diesmal hatte er zwei Plastikbecher mit Kaffee – ein Mokka und ein Filterkaffee – und ein paar Gebäckstücke dabei. Er trug einen leichten, kurzen Regenmantel mit dunklen Tropfen darauf und darunter Cargohosen aus Drillich. Auf seiner nackten Brust wuchsen graue Haare, und die Haut um seine Brustwarzen war etwas schlaff, doch darunter lagen sehnige, kräftige Muskeln. Falls er jünger war, als er aussah, musste ihm Seltsames widerfahren sein.

»Also«, sagte er, »wie wär's, wenn wir uns hier aufs Bett setzen?«

Es fiel ihr schwer, sich einen Reim auf diese Worte zu machen. Sie schlief im Bett, sie saß auf dem Stuhl. Auf dem Bett saß sie nicht.

Nachdem er sich ihr schließlich verständlich gemacht hatte, gab er ihr einen Satz ziemlich komplizierter Koordinaten, die selbst der

Assistentin verrieten, dass es um ein Objekt ging, das Richtung Kefa-huchi-Trakt unterwegs war. »Wenn Ihnen irgendetwas Seltsames passiert«, sagte er, während sie das Gebäck aßen, »wenn auch nur irgendetwas Ungewöhnliches passiert, würden Sie mich dann ein-fach anrufen? Noch besser wäre es«, fügte er hinzu, »wenn Sie das hier benutzen.« Aus der Tasche seines Regenmantels holte er etwas, das aussah wie eine billige Blechdose mit einem Schädel darin. In eine Seite war ein Glas eingesetzt. Der Schädel war klein, als stamme er von einem Kind. Manchmal schien der Schädel einen Körper zu haben, der wie der eines Babys aussah, ein unvollständiger Homun-kulus, der weit hinten aus der Dose herausragt; manchmal nicht. »Ein Schädelradio«, erklärte er der Assistentin. »Empfängt die meis-ten wichtigen Schwingungen. Als würde man mit einem dicken Stroh-halm am Universum saugen. Wenn irgendetwas Ungewöhnliches pas-siert, rufen Sie mich damit an.«

»Wozu?«, fragte sie.

Gaines lächelte sie an. »Weil Sie sich selbst nicht verstehen«, sagte er. »Weil Sie sich langweilen. Ich lasse Ihnen den Mokka da, in Ord-nung?« Wenn er zufrieden war, wirkte er passiv und locker.

Die Assistentin sah zu, wie er wieder in der Wand verschwand. Die Regentropfen auf seinem Mantel waren während der ganzen Zeit nicht getrocknet, dachte sie. Sie waren frisch geblieben. Wie konnte ein holografisches Double ihr Kaffee bringen? Als er ganz verschwunden war, schob sie die Blechdose so weit weg von sich wie möglich, sodass sie vom Bett kippte. Das Ding missfiel ihr. Um sicherzugehen, dass Gaines auch wirklich weg war, wartete sie, bis ihre Schneiderarbeit wieder normal lief; dann trank sie den Mokka. Sie öffnete eine sichere Leitung zur Gebietskripo und wies einen ihrer Schattenoperatoren an, über den Namen Gaines zu recherchie-ren. »Und schickt mir den Wagen«, sagte sie. Sie nahm Anrufe ent-gegen, und einer davon hatte zur Folge, dass sie mit dem Cadillac quer durch die Stadt zum freien Raumhafen fuhr, den die Anwohner Carver Field nannten. Sie manövrierte zwischen den bauchigen klei-nen Herumtreiberschiffen durch, bis sie bei dem unter Polizeiverschluss stehenden Lagerhaus eintraf, wo sie, vierzig Stunden, nachdem das Verbrechen sich ereignet hatte, zu der Leiche von Toni Renos Verladerin emporstarrte.

Enka Mercury schwebte weitere anderthalb bis zwei Meter höher, seit Toni Reno sie entdeckt hatte; aber Epstein, der dünne Bulle, der eine Hebebühne geholt hatte, um sie sich näher anzusehen, meinte, dass ihre Aufstiegsgeschwindigkeit abnahm. Wie Toni kreiste sie noch immer fröhlich um ein unsichtbares Zentrum. Im Gegensatz zu ihm war sie etwas verblasst. Man könne beinahe zusehen, wie die Farbe aus ihr herausrann, sagte Epstein. Gleichzeitig werde sie durchsichtig. Gut möglich, dass sie in einem oder zwei Tagen verschwunden sein würde. Bei Enka war er kein bisschen erfolgreicher gewesen als bei Toni. Sie ließ sich nicht einfangen. Man konnte machen, was man wollte, sie blieb außer Reichweite. Hilflos mit den Schultern zuckend stand er im zugigen Warenhaus, deutete auf den Hautlappen, der aus der Achselhöhle des Opfers baumelte, und sagte:

»Immerhin sieht es so aus, als habe man sie erschossen.«

Die Assistentin trat in den Korb der Hebebühne und fuhr einmal um Enka Mercurys Leiche herum. In unregelmäßigen Abständen stießen die Ventile des Fahrzeugs Gaswölkchen aus. Nach fünf Minuten ließ sie sich wieder hinunter.

»Was haben Sie von dem Operator erfahren, den ich Ihnen geschickt habe?«, fragte sie Epstein.

Epstein zuckte mit den Schultern. Wie die anderen auch war er die ganze Zeit, während der Schattenoperator sich in der Seitengasse der Tupolev aufgehalten hatte, von Entsetzen erfüllt gewesen. Selbst die erfahrenen Uniformierten waren zurückgewichen und hatten ihn seine Arbeit machen lassen. Lieber standen sie den ganzen Tag an einer Straßenkreuzung im Regen, als einem Operator zu nahe zu kommen.

Als der Operator die Leiche gesehen hatte, war ihm blendendes Licht aus dem Mund gequollen. »Das ist wirklich interessant«, sagte er und beobachtete dabei Toni Reno, den gerade eine Reihe von Zuckungen durchlief, so gekonnt, als wäre er eine Art professioneller Darsteller. Der Operator erbrach noch etwas Licht und näherte sich dann Epstein. Er musste sich auf die Zehenspitzen stellen, um mit dem Polizisten zu sprechen. Widerwillig beugte sich Epstein vor, um besser zu hören. »Ich habe ein kleines Geheimnis«, flüsterte der Operator ihm ins Ohr. Nichts weiter. »Ich habe ein kleines Geheimnis«, und dann entfernte er sich durch die Gasse, drehte sich noch einmal um, um schüchtern zu winken – was wahrscheinlich mehr an Toni Reno gerichtet war als an die Bullen – und verschwand in einem der Gebäude. Die dunstige Luft schillerte kurz um ihn herum, als reagierte sie auf eine Art Phasenwechsel. An jenem Morgen lief der Schattenoperator auf einem siebenjährigen Mädchen – eine Kleine aus der Gegend, die ein traditionelles weißes Satinkleid mit Musselinschleifen und cremefarbener Spitze trug. Dazu hatte sie etwas an, bei dem es sich wahrscheinlich um die glänzenden, hochhackigen Pumps ihrer Mutter handelte. Ihre Stimme verfügte allerdings über drei oder vier separate Bestandteile, die meisten davon männlich.

»Wann hat schon mal einer was von einem Operator erfahren?«, fragte Epstein die Assistentin.

»Die leben nach ihren eigenen Regeln«, pflichtete ihm die Assistentin bei. »War es der, der sich *Das Meer* nennt?«

»Ich weiß nicht, welcher es war«, erwiderte Epstein und meinte damit, dass es ihn auch nicht interessierte.

Die Assistentin bedachte ihn mit einem schiefen Lächeln. »Er hatte rote Fick-mich-Pumps an«, riet sie. »Ein siebenjähriges Kind im Hochzeitskleid und Fick-mich-Pumps aus rotem Lackleder mit fünfzehn Zentimeter hohen Absätzen. Was sagen Sie dazu, Sie Riesenheld?«

Sie rief in ihrem Büro an und ließ sich ein holografisches Double von Toni Renos Leiche übermitteln, um Tony und seine Verladerin Seite an Seite zu vergleichen. Unter den gegebenen Umständen wirkte keiner von beiden besonders real. Enka Mercury war bis auf einen schwachen blauen Schimmer an Gesicht und Händen farblos.

Toni wirkte wie eine grob aus braunem, rotem und gelbem Ton zusammengeknetete Figur. Während sie so zurückhaltend wie eh und je daherkam, sah er konserviert und glänzend und wie aus Holz aus. Einer seiner handgeschusterten Fantin-&-Moretti-Mokassins war abgefallen. Die Leichen kreisten mit unterschiedlicher Geschwindigkeit, bis der Raum sich schließlich an ihre Bewegung anzupassen schien und sie in eine Synchronizität verfielen, die sie zu Lebzeiten nie erlebt hatten.

»Sehen Sie das?«, fragte Epstein. »Es ist, als wüssten sie voneinander.«

»Das bereitet Ihnen Unbehagen.«

Er zuckte erneut mit den Schultern. »Wie passiert so etwas?«

»Vielleicht ist es Liebe«, mutmaßte die Assistentin.

Dann sagte sie: »Neunzig Prozent von dem, was wir täglich sehen, sind Artefakte, Spuren von dem, was wirklich vorgeht.« Epstein wusste nicht, was er darauf erwidern sollte. »Glauben Sie nicht?«, fragte sie und fuhr fort: »Das muss man bei Ermittlungen immer berücksichtigen.«

Aus Geselligkeit stand sie einen Moment lang neben ihm, die Hände in die Hüften gestützt, und ließ den Blick durch den größtenteils leeren Raum schweifen, als seien der ölfleckige Boden und die fluoreszierenden Warnstreifen für sie von Interesse. Ihre Art, sich zu entspannen, gefiel Epstein nicht. Aus der Nähe fand er sie nicht weniger verstörend als den Operator. Es war zu schwer, ihr aus dem Weg zu gehen. Ihre Schneiderarbeit machte sich in der Lagerhalle breit wie eine zweite Persönlichkeit, die sich für alles interessierte, von einer kurzen Veränderung in Epsteins Atmung bis hin zum Geräusch von Schritten in einem Kilometer Entfernung. Jedes Mal, wenn ihre Aufmerksamkeit sich etwas Neuem zuwandte, stieg ihm der erregende Geruch von Hormongradienten in die Nase. Dahinter sah man sie lächeln, als erinnerte sie sich an eine gemeinsame sexuelle Erfahrung, während Piktogramme in chaotischen Mustern an der Innenseite ihres Arms entlang liefen, vom Ellenbogen bis zum Handgelenk, wie Gedrucktes in antiken Zeitschriften. So wie sie stellte sich irgendein drittklassiger Schneider die Zukunft vor.

»Geben Sie mir Bescheid, wenn Enka verschwindet«, sagte sie zu ihm.

Aus demselben Grund, erklärte sie, wolle sie ihm empfehlen, Toni Reno im Auge zu behalten. Sie sei der Meinung, dass sie es hier mit einer seltsamen Angelegenheit zu tun hätten. »Aber wir wissen nicht, wie seltsam, bis wieder etwas passiert.« Viel mehr konnten sie nicht tun, es sei denn, *Das Meer* hatte etwas herausgefunden. Sie erkundigte sich in ihrem Büro, ob es irgendwelche aktuellen Zollpapiere in Zusammenhang mit Reno gebe, und machte sich, als diese Frage bejaht wurde, auf den Weg, um der Sache nachzugehen. Epstein sah ihr nach und fragte sich dabei dasselbe wie ihre Kollegen an der Ecke Uniment und Poe. Der Unterschied? Epstein hatte einen anderen Blickwinkel auf die Assistentin als die Gebietskripo. Epstein hatte den Blickwinkel eines Bullen, und in seinen Augen kam sie ihm in erster Linie vor wie eine toxische Wegwerf-Persönlichkeit, wie die Kids sie an den Samstagabenden in Carmody runterluden.

Ohne sich dieses harschen Urteils bewusst zu sein, überquerte die Assistentin den regennassen Beton des Freihafens.

Toni Renos Spur aus Dokumenten – vor allem Zollabfertigungen und einige Transkripten von Überlicht-Anrufen – führte zu einem Schiff namens *Nova Swing*, einem HS-SE Kurzstreckenfrachter, der seiner Besatzung gehörte und den Hafenbehörden wohlbekannt als das war, was man dieser Tage einen »Lastesel« nannte. Wie all diese Lastesel konnte man die *Nova Swing* in jedem Strandhafen antreffen. Derzeit parkte sie auf dem Landeplatz am südlichen Ende von Carver Field, wo sie auf eine Ladung wartete, die von irgendeinem Ort in ein oder zwei Lichtjahren Entfernung kam. Die Besatzung des blechernen alten Dreiflossers kannte sie aus den Bars der Straint Street. Noch wichtiger war in den Augen der Assistentin allerdings, dass sie die kleinen Lichter bei Lens Aschemanns letztem Fall gewesen waren: eine Hafenhure namens Irene, die schon früh das Mona-Paket übernommen hatte und gut damit gefahren war; einen Ex-schmuggler, den immer noch alle den Dicken Antoyne nannten, obwohl er inzwischen schlank, gut in Form und gebräunt von all den fernen Sonnen war, die er besucht hatte; und Liv Hula, Raketen-jockey im Ruhestand. Mit diesem dritten Besatzungsmitglied traf sich die Assistentin, allein oben auf der Brücke, wo sie sich in eben diesem Moment in die Schiffsmathematik einstöpselte.

Die dünne, grauhaarige Frau von etwa fünfzig Jahren lag, ausge-zogen bis auf ein weißes Baumwollunterhemd und einfache Boxer-shorts, die ihr etwas zu groß waren, auf der Pilotencouch, während sich ihr ein fünf Zentimeter dickes Bündel farblich gekennzeich-neter Kabel in den Mund schob. Wie um das zu vereinfachen, war ihr Kopf zu einer Seite gedreht. Ihr Blick war passiv ins Leere gerich-tet. Die Kabel pulsierten und zuckten, während sie sich geschickt durch das weiche Gaumengewebe bohrten und in den unteren Hirn-bereich eindrangen. Als sie die Verbindung herstellten, durchlief ein Schaudern und Beben den Körper der Frau, als stünde sie kurz vor einem Orgasmus. Als Reaktion blinkten auf der Kontrollkonsole zwischen Bakelit und grauer Farbe in chaotischer Folge Lichter auf. Der Geruch erhitzter Isolierung erfüllte den Raum. Dann sagten die Schiffslautsprecher in einer verblüffend genauen Imitation von Liv Hulas Stimme:

»Wirklich, jeder sollte das mal probieren. Da funktioniert der Sex immer.«

»Für kein Geld der Welt«, erwiderte die Assistentin. »Erst verge-waltigt es einen durch den Mund, dann kriecht es einem nachts ins Ohr? Und man stirbt?«

Die Pilotin lachte. In einem gewissen phänomenologischen Sinne war sie nun das Selbst der *Nova Swing*, ihre Identität. Sie kontrol-lierte die Triebwerke und Systeme des Schiffs und verfolgte mit sei-nen Sinnen weit entfernte Geschehnisse. Das Schiff zu sein, sagte sie manchmal, befreie sie von der Bürde, selbst jemand zu sein. Der As-sistentin gegenüber prahlte sie: »Das hier sind die totalen Weichei-

Mathematiken. Sie sollten mal sehen, was die Ausgewachsenen von denen anrichten.« Während sie sprach, zündeten in den Außenbord-Fusionskapseln Ki-Gas-Ladungen. Das Geräusch der Servomotoren schwoll zu einem hohen Jaulen an und verstummte dann abrupt. »Scheiße«, klagte Liv Hula. »Grenzschichtturbulenzen. Antoyne?«, rief sie. »Bist du da unten? Dein alter Schrotthaufen ist mal wieder im Arsch.« Als keine Antwort kam, fragte sie die Assistentin: »Haben Sie vielleicht auf dem Weg durchs Schiff irgendwo Antoyne getroffen? Wie Sie sehen, bin ich nämlich beschäftigt, und im Moment könnte er Ihnen besser behilflich sein als ich.« Während sie redete, drang ein klebriges Brummen zwischen den Kabeln hervor, als versuchte sie nach wie vor, wie ein gewöhnlicher Mensch mit dem Mund zu sprechen. Mit den Händen machte sie kleine, zusammenhangslose Bewegungen. Ihr ganzer Körper wirkte erschöpft, eingefallen. »Könnten Sie etwas suchen, um mich zuzudecken? Mir ist kalt.«

Lächelnd nickte die Assistentin. In dem Kontrollraum war es vierzig Grad warm, und die Luft war feucht. Sie sagte:

»Es würde mich interessieren, in welcher geschäftlichen Beziehung Sie zu Toni Reno stehen.«

Liv Hula behauptete, dass sie mit diesem Geschäftsbereich nichts zu tun habe. Außerdem fügte sie hinzu, dass Toni Reno allgemein als Scheißkerl bekannt sei und einen miesen Geschmack habe, was Mode betraf. »Da müssen Sie schon Antoyne nach ihm fragen. Wenn Sie ihn nicht auf dem Weg nach hier oben gesehen haben, dann hat er wahrscheinlich gerade in seiner Kajüte Sex mit Irene. Das machen sie meistens zu dieser Tageszeit.«

»Käpten, ich wüsste gerne, ob Sie in letzter Zeit irgendwelche Fracht von Toni an Bord genommen haben.« Die Ki-Gas-Ladungen zündeten erneut. Diesmal sprangen die Fusionstriebwerke an, und ihr tiefes, selbstmitleidiges Ächzen brachte den von Gammastrahlung glatt geschliffenen Rumpf zum Schwingen. Liv Hula lachte. »Ich bin nicht der Käpten!« Sie schaltete die Triebwerke ab, und als wieder Ruhe herrschte, fügte sie hinzu: »Mein Vater gab mir den denkbar besten Rat: ›Sei weder Gefolgsmann noch Anführer.‹ Bei der *Nova Swing* haben wir beschlossen, auf eine Art Käpten zu verzichten. Diese Entscheidung haben wir alle gemeinsam getroffen.«

»Das hier sind Toni Renos Frachtpapiere. Vielleicht haben Sie die ja schon mal gesehen.«

»Könnten Sie etwas suchen, um mich damit zuzudecken?«, fragte Liv Hula erneut.

Die Assistentin verließ die Brücke und schaute draußen in beide Richtungen den Korridor entlang, als ließe sich dort vielleicht das Gewünschte finden. Wenn man in einem Raumschiff wie diesem etwas anfasste, dann hatte man hinterher klebrige Finger vom generischen Staub anderer Welten. »Ich habe Sie drei schon oft in den Bars in der Straint Street gesehen«, rief sie über die Schulter. »Sie kommen so gut miteinander aus. Man kann mich dort an zwei, drei Abenden die Woche antreffen. Seit Aschemann verschwunden ist, fallen diese Bars in meine Verantwortung.« Sie hatte sich auf Aschemann verlassen. Sein Geist, der unter den Schattenoperatoren lebte, die oben in den Zimmerecken ihres Büros hingen, war nicht zu besonders viel zu gebrauchen. Meistens handelte es sich bei ihm lediglich um ein Gesicht. Oft schien es sie vor irgendetwas warnen zu wollen. »Er hat mir beigebracht, im Innern zu suchen, an Orten wie dem Tango du Chat; und auch an Orten wie diesen, draußen bei den Sternen. Ich bin mir nie ganz sicher, was genau ich da sehe.« Schließlich fand sie eine rosafarbene Zellstoffdecke am Fuß der Kommandocouch. Sie roch, als hätte jemand ein Tier in sie eingewickelt. »Bitte, denken Sie daran, dem Dicken Antoyne zu sagen, dass er mich wegen dieser Sache mit Toni Reno anrufen soll. Ich bin immer erreichbar und immer gespannt, was Sie gerade treiben.«

Fürsorglich breitete sie die Decke über Liv Hulas Körper. »Ist es jetzt wärmer?«, fragte sie. An der Tür hielt sie noch einmal inne. »Ein Weltraum kann sich schönere Hosen leisten als Ihre, meine Liebe.«

Die Assistentin hielt sich für eine Frau, die keine Angst davor hatte, sich selbst ins Gesicht zu sehen. Sie tat es jeden Tag, entdeckte dabei aber nicht unbedingt etwas. Bei der Arbeit und in der Freizeit folgte sie vorhersehbaren Abläufen. Mittags traf man sie im Preter Cœur an, wo sie zwischen den Buden umherspazierte. Sie kannte die Namen der Kämpfer, ihre Schneider und ihre Kniffe auswendig. Für sie war das ein ähnliches Hobby wie für die Menschen alter Zeiten das Briefmarkensammeln. Früh morgens parkte sie ihren dicken rosafarbenen Oldtimer auf dem *Vorplatz*, wo das Ereignisgebiet von Saudade in seine eigene Aureole einsickerte und wo man oft etwas Großes, nicht ganz Sichtbares erahnen konnte, das zwischen den Nebelfetzen sein Gewicht verlagerte. Nachmittags ging sie dann in die Bars auf der Straint oder in die Tankfarm in der C-Street – oder sie saß in ihrem Zimmer in GlobeTown, schaute in den Spiegel, beobachtete, wie die Raumhafenphysik über die Wände kroch, und probierte Namen für sich aus.

Sie versuchte es mit »Sekhet«, mit »Süße«. Sie versuchte es mit »Rose«, »Radtke«, »Emily-Misere«. Sie versuchte es mit »Herzensbrecherin!« und »Imogen«.

Sie versuchte es mit »L1 Dominette«.

Sie blickte in den Spiegel und sagte: »Sie ist zu hübsch, um nicht zu heiraten.«

7 · England Calling

In London war das Wetter umgeschlagen. Anna Waterman stieg an der Clapham Junction um, nahm den Zug um zehn nach zwölf nach Epsom und stieg bei Carshalton Beeches aus. Von dort ging sie zu Fuß erst ostwärts und dann Richtung Süden, unter einem Himmel, der gleichzeitig Sonne und Regen versprach, durch weitläufige vorstädtische Aussichten, in denen die engen Reihen von Einzel- und Doppelhäusern – jedes mit Hundertquadratmetergarten und moosbewachsener alter Holzgarage – sich Richtung Banstead erstreckten. Nicht weit vom Frauengefängnis Downview spazierte sie in eine Straße, an die sie sich zu erinnern meinte, und betrat den Garten des ersten Hauses auf ihrem Weg. Es stand frei, hatte drei Stockwerke, eine Kieselrauputzfassade, oben Giebelfenster und im Erdgeschoss saubere Erkerfenster. Saubere Fenster waren falsch: Anna war sich sicher, dass das Haus, das sie suchte, schmutzige, verwahrloste Fenster hatte, als legte die dort lebende Person keinen besonderen Wert aufs Hinausschauen. Es würde ein nach innen gekehrtes Haus sein.

Dennoch holte sie die externe Festplatte aus ihrer Handtasche, nur für den Fall, und hielt sie in der Hand. Wenn man sie erwischte, wollte sie sie als Zeichen ihrer freundlichen Absichten hochhalten. »Ich bin hier, um das hier zurückzubringen«, konnte sie dann wahrheitsgemäß sagen. Inzwischen hatte sie sich daran gewöhnt, in den Gärten anderer Leute herumzuschleichen. Bislang hatte sie ohnehin noch nie jemand erwischt.

Eine kurze, unkrautüberwucherte Auffahrt führte zur Garage und dem Vorgarten, in dem Stechpalmen und alte Rosenbüsche im launischen Licht grünten. Sie stellte sich ans Erkerfenster, bildete mit den Händen einen Trichter um die Augen, um Reflexionen auszusperren, und sah in ein Zimmer voller halbausgepackter Kartons und alter Staubschichten, als hätte hier jemand vor Jahren damit begonnen, einzuziehen, ohne die Sache jemals zu Ende zu bringen. Einrichtungsgegenstände, darunter nicht zueinanderpassende Esszimmerstühle und ein Krankenhausbett, waren an die Wände geschoben, von der schmale, dreieckige Tapetenfetzen hingen, die steif von alter Farbe waren. Ausgestöpselte Stromkabel ringelten sich am Boden. Alle Oberflächen, von den Stufen der Trittleitern bis zu den Seiten der nackten Glühbirne, die aus der Stuckrosette an der Decke hing, waren von dem schmierigen Staub bedeckt, der sich in unbewohnten Londoner Häusern sammelt und sich über die Jahre verfestigt wie eine Spezialbeschichtung. Das Ganze erweckte den Eindruck eines Zimmers, das verlassen worden war, bevor es überhaupt jemand benutzt hatte. Weiter hinten stand eine Tür offen – weit genug, um etwas Licht einzulassen, aber nicht weit genug, um festzustellen, ob auf der anderen Seite ähnliche Verwahrlosung herrschte.

Anna zuckte die Schultern und wollte gerade weitergehen, als sie Schritte auf Asphalt hörte. Ein Junge von etwa sechzehn Jahren bog um die Ecke des Hauses und warf dabei einen Blick über die Schulter, als hätte er drinnen etwas angestellt. Er trug enge, an den Knöcheln umgeschlagene Jeans, ein zu kleines T-Shirt und hohe Schnürschuhe, die mit schwarzem und rosafarbenem Lack bekleckert waren. Sein kurzes, blondes Haar war mithilfe von Gel derart zerzaust worden, dass es wie eine alte Scheuerbürste aussah. Als er Anna bemerkte, zuckte er erschreckt zusammen und sagte hastig:

»Ich weiß ja nicht, was Sie denken, aber ich bin hier, um einer Frau vorzulesen, die hier wohnt. Manchmal bringe ich ihr auch einen Film vorbei, aber meistens lese ich ihr vor.«

Anna, die nicht wusste, was sie darauf erwidern sollte, schwieg. Der Junge sah sie erwartungsvoll an. Er war kleiner als Anna, und sein Gesicht war irgendwie wund, als lebte er in einem scharfen Wind, den niemand sonst spürte. Wohl in dem Versuch, sie zu überzeugen, hielt er ein Taschenbuch hoch, dick, wellig und an den Rändern vergilbt. »Sie ist eine alte Frau«, sagte er. »Sie lebt hier schon seit Jahren. Manche mögen sie, andere nicht. Einkaufen tut sie in Carshalton. Sie sieht gerne mal Filme, aber immer etwas Altmodisches, diese altmodischen Filme eben, die mag sie.« Er zuckte mit den Schultern. »Man wünscht sich eigentlich etwas Moderneres, nicht wahr? Aber vom Lesen ermüden meine Augen. Das liegt an dem Staub. Davon spannt sich die Gesichtshaut.«

»Ich bin hier, um etwas zurückzubringen«, sagte Anna versuchsweise.

Der Junge schien sie nicht zu hören. Er wischte sich mit dem linken Unterarm durchs Gesicht und fuhr fort: »Ich könnte Ihnen auch was vorlesen, wenn Sie möchten. Das ist doch mal eine Idee! Ich könnte zu Ihnen nach Hause kommen und Ihnen aus diesem Buch vorlesen.« Er hielt das Buch erneut in die Höhe, und voller Angst und Entsetzen stellte Anna fest, dass es sich um eine sehr alte Ausgabe von *Der verlorene Horizont* handelte. Die Seiten waren aufgequollen und wellig – offenbar hatte es jemand vor langer Zeit einmal in die Badewanne fallen lassen. Die hintere Umschlagseite fehlte. Gut möglich, dass es aus dem Zimmer stammte, in das sie gerade gespäht hatte.

»Ich glaube, das möchte ich lieber nicht«, sagte sie. »Auf Wiedersehen.«

»Die Toilette hier benutze ich nie«, rief der Junge ihr nach, »selbst wenn ich muss. Dafür ist mir die Alte zu schmuddelig.« Anna stolperte durch ein Blumenbeet und floh quer über den Rasen. Er stapfte hinter ihr her, obwohl er sich anscheinend nicht ernsthaft bemühte, sie einzuholen. Als sie die Straße erreichten, eilte er im Laufschritt Richtung Marsden-Krankenhaus davon. »Es ist ein gutes Buch«, hörte sie ihn noch sagen. »Ich habe es schon mehrmals gelesen.«

Sie ging rasch in die entgegengesetzte Richtung, bis sie schließlich atemlos die Carshalton Ponds erreichte. Die Teiche lagen unter bleischwerem Himmel, zwei seltsame, seichte, zwecklose und wie fabrikmäßig hergestellt aussehende Wasserflächen, die nur durch ein Geländer von der Straße getrennt wurden und zänkische Enten und Möwen beheimateten. Anna ging zweimal um sie herum. Ich beruhige mich jetzt, sagte sie sich, selbst überrascht darüber, wie gut sie die Sache verkraftet hatte. Er war nur ein Junge. Er war genauso schuldbewusst wie ich. Um sich ihrer Gelassenheit zur vergewissern – um sie zu inszenieren – kaufte sie sich im Supermarkt an der High Street einen Thunfisch-Wrap und einen Apfel. Sie setzte sich auf eine Bank am Teich und aß beides, während vor ihr die jungen Mütter ihre kleinen Kinder mehr oder weniger geduldig zum Entenfüttern ans Wasser brachten. Die Sonne kam und ging, aber dann fing es an zu regnen. Anna roch etwas Abgestandenes, vielleicht das Teichwasser, auf dem ein dünner, spinnwebartiger Belag schwamm, eine Schicht aus Staub, die von der Oberflächenspannung getragen wurde. Vielleicht waren es auch die Vögel, die vor ihr herumdümpelten. Sie hoffte, dass es nicht die Kinder waren.

Carshalton hat zwei Bahnhöfe. Um die Wahrscheinlichkeit zu verringern, dass sie dem Jungen noch einmal begegnete, entschied sie sich gegen Carshalton Beeches und ging stattdessen zum anderen in der North Street. Der war ohnehin näher.

Als sie eine oder zwei Stunden später zu Hause ankam, stand Marnie im Garten und betrachtete stirnrunzelnd den Inhalt des Blumenbeets vor dem Gartenhaus.

»Ich weiß nicht, wo die alle herkommen. Hast du die angepflanzt?«

Anna, die pikiert war, weil sie sich darauf eingestellt hatte, ihr Haus für sich alleine zu haben, behauptete zuerst, von nichts zu wissen. Dann fügte sie, weil sie das Gefühl hatte, dass sie ein gewisses Maß an Autorität zeigen musste und obwohl sie den Garten seit Jahren nicht gepflegt hatte, hinzu: »Das sind exotische Pflanzen, Liebes. Ich habe den Eindruck, dass sie sich ganz gut machen. Findest du nicht?«

Sie gediehen tatsächlich gut. Obwohl die Blumen allesamt nicht besonders groß waren, bevölkerten sie den schmalen Beetstreifen mit einer Art dicht wucherndem Selbstvertrauen. Vorherrschend waren schlaffe, mohnartige Blüten, aber es gab auch eine Art Silberblatt und etwas, das sich wahrscheinlich zu einer besonders großen Calla-Lilie entfalten würde. Die Blütenblätter der Mohngewächse waren von einer seltsamen, metallbraunen Farbe. Sie hingen schwer von den blassgrünen, fleischigen Stängeln, die sich oben krümmten wie Anemonen, als wären sie nicht dazu gemacht, Gewicht zu tragen. Dazwischen sah man, dicht wie Rasen, das Schamhaargewirr einer einzigen dunklen, farnartigen Pflanze – ein bisschen wie Schafgarbenblätter, aber zarter –, deren Bauplan sich auf jeder Ebene zu wiederholen schien; der Blick verirrte sich schnell darin. Es wäre sinnlos gewesen, zuzugeben, dass in dem Beet bis zu diesem Tag kein Mohn gewachsen war. »Sie sehen aus wie aus Papier«, sagte Marnie, während sie mit den Fingern die Blüten auseinanderschob, um zwischen ihnen hindurchspähen zu können – als hätte sie darüber nachgedacht, sie zu kaufen, es sich aber gerade anders überlegt. »Meinst du, dass sie duften? Die Farben wirken sehr künstlich.« Sie trat einen Schritt zurück, blickte zu dem Gartenhaus auf und schien noch etwas sagen zu wollen.

»Bevor du davon anfängst«, warnte Anna sie, »ich lasse es nicht renovieren, abreißen oder zum Omi-Häuschen umbauen.«

Marnie wirkte enttäuscht, doch ihr Schulterzucken verriet, dass sie sich nicht streiten wollte. Für ein Weilchen standen sie da und lauschten dem wabernden Abendgesang einer Amsel im Obsthain; dann trafen sie die unausgesprochene, aber einhellige Entscheidung, wieder ins Haus zu gehen. Auf dem Weg sagte Marnie: »Ich dachte, wir könnten Omeletts machen.«

»Ich hoffe, du hast Wein mitgebracht, Marnie, sonst kannst du dich verdünnisieren.«

Während ihre Tochter Omeletts briet, machte Anna Salat.

»Diese Kiste mit dem alten Kram, die du gefunden hast?«, sagte Marnie. »Die habe ich zurück ins Gartenhaus geräumt. Das waren nur alte Anstecker und College-Zeug.« Sie lachte. »Weiß der Himmel, wie ich damals drauf war. Eine Doktorarbeit über die Sozialwissenschaft der frühen Achtziger, fünfzig Jahre zu spät. Man sollte meinen, dass die Welt sich in all der Zeit mehr verändert hätte.« Ihre

Laufbahn in zeitgenössischer Wirtschaftsgeschichte ließ sie hinzufügen: »Aber das Geld war wohl weg.« Ihrer Überzeugung nach gab es ohne Veränderung kein Geld; ohne Geld keine Veränderung. Sie kramte hinten im Kühlschrank herum, wo Anna für Zeiträume von zwei bis drei Wochen sehr kleine Reste lagerte: eine halbe gekochte Frühkartoffel, zwei Dessertlöffel voll angetrockneter Tiefkühlerbsen auf einer Untertasse. »Was ist das in diesem scheußlichen Stück Papier?«

»Das ist Käse, Liebes. Bitte zieh nicht so ein Gesicht. Ich habe ihn wegen des Namens gekauft. Aber dann habe ich den Namen vergessen. Er klang wie ›Anderes Jahr‹«, erklärte sie. »Es ist Käse. Ich habe ihn im Käseladen im Dorf gekauft.«

Nach dem Essen tranken sie die Flasche Wein leer. Marnie schaltete den Fernseher ein und wechselte halbherzig zwischen den Programmen. Erst sah sie eine Realityshow über Leute, die für Sachen anstehen sollten, die sie sich nicht leisten konnten; dann *IceMelt!*, das inzwischen bei der fünfzehnten Staffel angelangt war. Schließlich entschied sie sich mit einem ungeduldigen Seufzer für die zweite Hälfte einer Dokumentation, in der es um den langsamen Niedergang der großen chinesischen Fabrikstädte der 2010er ging. Anna fühlte sich an die Bilder von Detroit und Prypjat erinnert, die zu Beginn des neuen Jahrtausends beliebt gewesen waren, damals, als Abstieg und Wiederaufstieg – langsam oder schnell, ökonomisch oder katastrophisch – den Leuten wie Übergangszustände erschienen waren, anomal und sogar ein bisschen aufregend. Lange, schräg einfallende Lichtbalken in Fabrikhallen, aus denen man selbst die Türen und Heizungsrohre mitgenommen hatte; rauchige Pastell-Sonnenaufgänge über verlassenen Vorzeigewohnprojekten, zwischen denen die Drogenabhängigen geduldig anstanden und auf ihren morgendlichen Schuss warteten; Vegetation, die durch das Pflaster von Ringstraßen brach, die man vor erst zehn Jahren für den Verkehr gesperrt hatte; verblasstes, unleserliches Graffiti; die verträumten Bilder der Verwahrlosung lullten sie langsam in den Schlaf.

»Als ich im Gartenhaus war«, sagte Marnie unvermittelt, »dachte ich, ich hätte jemanden gehört.«

»Dieser James«, murrte Anna.

»Ich glaube nicht, dass er es war. Ich habe ihn nicht gesehen, seit ich angekommen bin. Wenn dich das hier langweilt, können wir immer noch einen dieser alten Filme sehen, die du so magst, Anna.«

Anna erschauerte. »Nein, das möchte ich nicht, Liebes«, sagte sie.

Sie dachte sich, dass sie am besten den Kater reinrufen und zu Bett gehen sollte. Der Tag war viel zu lang für sie gewesen. Zum einen ging ihr der Junge mit dem Buch nicht aus dem Kopf – es kam ihr vor, als hätte sie ihn dabei ertappt, wie er vor ihrem eigenen Haus herumschlich – aber da war noch etwas …

Als sie an jenem Nachmittag mit eingezogenem Kopf auf dem Bahnsteig gesessen und auf den Zug von Carshalton zurück ins Zentrum gewartet hatte, war der Regen aus klarem Himmel gefallen, während ein Zug aus Richtung Waterloo auf der anderen Seite gehalten und ein Bahnbeamter angesagt hatte: »Carshalton, bitte einsteigen, Carshalton, bitte einsteigen.« Und als der Zug wieder losfuhr, ließ er ein halbes Dutzend Pendler zurück, unter denen sie auch den alten Mann sah, der ihr einige Tage zuvor in dem Café im Bahnhof Norbiton begegnet war.

Er wirkte desorientiert. Noch lange, nachdem die übrigen Fahrgäste fort waren, stand er zitternd auf dem Bahnsteig und blickte sich verwirrt und mit hängender Unterlippe um. Sein Regenmantel war offen. Mit der einen dickgeäderten Hand umklammerte er seinen Gehstock; mit der anderen eine feuchte Papiertüte, die er dann und wann der leeren Luft anzubieten schien, als rechnete er damit, dass jemand sie entgegennehmen würde. Schließlich näherten sich ihm zwei Männer und versuchten, ihm weiterzuhelfen. Er fing sofort an, sich mit ihnen zu streiten, obwohl er sie zu kennen schien. Während sie ihn dazu brachten, den Bahnsteig zu verlassen, ging Anna durch die Halle mit dem Fahrkartenautomaten hinaus und stellte sich auf den Bürgersteig. Sie hätte nicht erklären können, warum. Ein einzelnes Mini-Taxi wartete auf dem Parkplatz: Nach etwa fünf Minuten wurde der alte Mann, nun ohne Papiertüte, von einem Bahnangestellten hinausbegleitet, der ihn behutsam aber nachdrücklich auf den Rücksitz verfrachtete. Eine oder zwei Minuten lang geschah nichts, außer, dass er das Fenster hinunterkurbelte und in den Regen starrte.

»Haben Sie schon etwas Echtes gefunden?«, rief Anna aus einem Impuls heraus.

Er bedachte sie mit einem kalten, wachsamen Blick und kurbelte das Fenster wieder hoch. Der Fahrer drehte sich um und sagte etwas zu ihm, aber anscheinend gab der alte Mann keine Antwort. Das Taxi bog rechts in die North Street ein und blieb im Verkehr stecken. Sobald es weiterging, verschwand der Wagen Richtung Grove Park. Anna stellte sich vor, wie der alte Mann allein auf der Rückbank saß, hin und her schaute, während das Fahrzeug zwischen den Carshalton Ponds hindurchschlüpfte, und der leisen Geschäftigkeit seines eigenen Bluts lauschte. Sie fragte sich, wohin er unterwegs war. Sie stellte sich vor, dass er zu einem Haus wie dem zurückgebracht wurde, das sie am Nachmittag gesehen hatte. Sie stellte sich vor, wie er dort auf den Jungen mit der schlechten Frisur traf, und obwohl das Bild unstimmig schien, stellte sie fest, dass es sich ebenso unverrückbar in ihr Weltbild eingebettet hatte wie Carshalton selbst.

Nach einigen Minuten drang die Ansage aus der Bahnhofsvorhalle: »Carshalton, einsteigen bitte. Carshalton, einsteigen bitte«; es war eine nichtssagende Stimme und doch auf plumpe Weise affektiert, klar zu erkennen als die eines fiktiven Radiomoderators aus den Vierzigerjahren des 20. Jahrhunderts, der sich aufplusterte, angesichts eines so wichtigen und ungewöhnlichen offiziellen Mediums. Sie hatte geklungen, versuchte Anna Marnie zu erklären, als spräche er für eine Rolle in einem noch ungedrehten Powell-und-Pressburger-Film vor. Aber Marnie, die sich noch nie für Powell und Pressburger hatte begeistern können, schien das nicht zu interessieren.

»Können wir das ausmachen, Liebes«, sagte Anna pikiert. »Ich finde es nämlich ziemlich deprimierend.«

»Hier spricht Radio England«, diese Worte hatte sie von der Ansage erwartet. Hier spricht Radio England bei schlechtem Wetter und schlechtem Empfang. Hier fleht England, mit der verzweifelten, wenn auch kaum hörbar ansteigenden Betonung auf den letzten beiden Silben: »Ist da jemand?«

8 · Raketenjockeys

Die *Nova Swing* hatte ihre Geschichte. Im Innern bewahrte sie sich jene Sorte abgenutzten Lichts, die Besucher an eine Fotografie von der alten Erde erinnerte. Ihre Grundstruktur roch nach Metall, Elektrizität, Tieren. Für ein Schiff, das erst hundert Jahre alt war, hatte sich eine Menge Zeit angesammelt, die spürbare Residualzeit einiger unwahrscheinlicher, unvollendeter Reisen. Selbst wenn ihre Dynaflowtriebwerke nicht liefen, gab ihre Rumpfverschalung Übelkeit erregende Niederfrequenzvibrationen ab, als würde das Schiff unablässig von irgendwo her zurückkehren, damit seine Besatzung wieder an Bord gehen konnte. Von ihrem Leben hatte Liv Hula denselben Eindruck. Die frühen Lektionen waren immer noch dabei, zu ihr durchzudringen: Dadurch fühlte eine Handlung sich für sie oft gleichzeitig experimentell und abgeschmackt an, noch ehe sie vollendet war. Darüber hinaus sind ohnehin große Teile von einem selbst nach außen verlagert, wenn man Pilot ist – in das Schiff, in die Dyne-Felder –, und manchmal fällt es einem zunehmend schwer, den Weg nach Hause zu finden. »Nach Hause« im Sinne eines gesicherten Standorts der Persönlichkeit in Raum und Zeit. Vielleicht war es dieses Gefühl einer Verschiebung, das sie so empfindlich machte.

Ursprünglich war es nur als Unordnung in den Schemata zu erkennen gewesen. Während sie sich aufwärmte und sich des dicken, verbrauchten Geschmacks der Pilotenverbindung in ihrem Mund noch bewusst war, erhielt sie Fehlermeldungen von den Testläufen unwichtiger Systeme. Es gab kaum feststellbare Energiefluktuationen. »Wenn wir Drähte hätten«, sagte sie zum Dicken Antoyne, »dann hätten die Mäuse an ihnen geknabbert.« Später, als sie das Schiff aus dem Parkorbit steuerte, meinte sie zu sehen, wie jemand hinter ihr den Raum betrat – eine dunkle Gestalt, die sich fließend wie ein Ölfilm bewegte und herein und wieder hinaus war, ehe sie sie richtig ausmachen konnte, schnell, ohne dabei schnell zu erscheinen.

»Zum Henker noch mal, Antoyne«, sagte sie geistesabwesend.

»Was denn?«, fragte Antoyne, der dreißig Meter weiter unten im Schiff durch ein Bullauge hinaus auf den Kefahuchi-Trakt starrte und Irenes Flüstern lauschte:

»Ich kann mich gar nicht sattsehen an all den Dingen, die wir zu sehen bekommen!«

Während der Reise blieb die Erscheinung unten bei den Frachträumen. Die Bordkameras zeigten einen flüchtigen Schatten in der 4 oder 6, aber Liv kam immer zu spät, um das zu erwischen, was ihn geworfen hatte. Später verfolgte sie die Spur des Dings bis zu den Kajüten, aber nur in Form einer Verfärbung der Luft oder einer abgeriebenen Kritzelei, die irgendein gelangweilter Verlader vor vierzig Jahren hinterlassen hatte. Es waren isolierte Vorfälle. Der Flug von Saudade nach *Planet X* erwies sich als der übliche desorientierende, mühselige Trott. Irene poppte Antoyne. Antoyne poppte Irene. Draußen jenseits der Rumpfverschalung trieben Schleimfäden aus nichtbaryonischer Materie vorbei wie das Blut Christi am Firmament. Liv Hula schaltete auf den Halo-Sender, der niemals Gutes zu vermelden hatte. Nachdem sie zwei Tage unterwegs gewesen waren, kippte sie das Schiff, ließ es sauber weniger als hundert Meter von der Hafenbehörde auf Da Luz Field aufsetzen und blieb in der Pilotencouch liegen, zu müde, um sich auszustöpseln, lauschte, wie die Fusionstriebwerke knackend und ächzend abkühlten.

Als sie eine halbe Stunde später erwachte, war sie allein. Sie würgte die Pilotenverbindung aus, erbrach eine Handvoll Galle und saß mit vor dem Bauch verschränkten Armen niedergeschlagen auf der Couchkante. Bildschirme erwachten zum Leben. Die Nanokameras hatten eine Bewegung in der Dunkelheit an der Kreuzung zweier Korridore entdeckt: Das Ding wirkte halb fertig, als hätte jemand angefangen, einen Mann in die Luft zu malen und dann das Interesse verloren. Kopf, Oberkörper und Arme waren vorhanden, auch wenn die Feinheiten noch fehlten; unterhalb davon wurde die Gestalt skizzenhaft, bis schließlich um den Nabel herum nur noch einige bunte Fetzen blieben. Sie schwebte in der richtigen Höhe, um auf Beinen zu stehen, von denen aber nichts zu sehen war. Zumindest sah Liv Hula sie nicht. Als die Gestalt begann, sich in ihre Richtung zu drehen, sah sie, dass die Fetzen nicht aus Farbe waren, sondern dunkle Streifen herabhängenden Fleisches. Sie war echt. Sie war hohl. Sie war zerrissen und verkohlt. Die Arme vor sich ausgestreckt rannte Liv aus dem Kontrollraum und rief aus vollem Hals: »Irene! Antoyne!«

Niemand hörte sie, was ihr Gelegenheit gab, sich wie ein Trottel vorzukommen. Sie stand im grellen Licht auf der Ladebühne.

In jener Nacht träumte sie von ihrem alten Freund Ed Chianese, der unbestreitbar der größte Raketenjockey seiner Zeit gewesen war. In dem Traum war es der Morgen nach Livs großer Tauchfahrt. Ed lag neben ihr. Sie befanden sich im Hotel Venedig, das Raketensportler aller Couleur beherbergte, insbesondere aber Hypertauch-Jockeys zwischen zwei Versuchen, in die Photosphäre von *France Chance IV* einzudringen. Ein dichter Photonensprühnebel, der größtenteils aus eben jener Photosphäre stammte, ergoss sich in den Raum, flutete die gelben Wände und veranlasste Liv, laut zu überlegen, wie heute wohl das Wetter in den Bénard-Zellen war. Sie war so glücklich. Ed dachte übers Frühstück nach. Gleichzeitig stürzte er in dem Traum – so wie Liv selbst gestürzt war, nur geschützt von der papierdünnen Hülle der Saucy Sal – in *France Chance IV* hinein. »Ed!«, rief sie für den Fall, dass er es nicht wusste. »Ed, du fällst!« Um ihn herum toste das heiße Gas und warf harte Schatten unterhalb seiner hübschen Wangenknochen. Gefangen in einem Plasma-Abwind bei viereinhalbtausend Kelvin hatte sein Hypertauchschiff das Selbstvertrauen eingebüßt und brach auseinander. Diese Dinger waren fliegende Neurosen.

Ed wandte langsam den Kopf und lächelte ihr zu. »Ich werde niemals damit aufhören«, sagte er, »ich falle immer.«

Als Liv erwachte, war sie feucht.

Sie verbrachten einige Tage damit, auf Antoynes Kontakt zu warten.

Nach einem unerklärlichen Klimawandel und plötzlichen Veränderungen in der Verbreitung einheimischer Spezies war der einzige Kontinent auf *Planet X* von seinen Bewohnern verlassen worden und zu einem kommerziellen Niemandsland verkommen. Seine Pastell-Spintronikfabriken und EMC-finanzierten Radioobservatorien waren eingemottet, die Wohnheime für das untere Management und die Feriensiedlungen geschlossen. Da Luz Field war zwar immer noch in Betrieb, aber es wurden nur noch wenige Schiffe abgefertigt. Die Hafenbehörde verfügte nur noch über eine kleine Belegschaft. Die eine kleine Bar und Patisserie, L'Ange du Foyer, bestand aus nicht viel mehr als einer Handvoll gestanzter Aluminiumtische draußen in der gleißenden Sonne. An einem davon konnte man jeden Morgen nach dem Frühstück Irene die Mona antreffen, mit einer großen schwarzen Sonnenbrille auf der Nase und einem Eiskaffee mit Marzipangeschmack in der Hand. Toni Renos Frachtpapiere flatterten, beschwert von einer leeren Tasse, im warmen Wind. Nach drei Tagen waren sie abgegriffen und schmutzig und von braunen Ringen bedeckt; nach vier Tagen kamen sie einem wie eine längst überflüssige Verbindung zu einer anderen Welt vor.

Irene trank. Antoyne reparierte das Fusionstriebwerk. Alle langweilten sich. Liv Hula streifte ruhelos durchs Hinterland von Da Luz, das aus einigen wenigen Hektar sonnengebleichtem Buschland und unvollendeten, nie bezogenen Bauprojekten bestand. Dünne schwarze und weiße Katzen jagten hoch konzentriert zwischen Müll und Glasscherben. Liv fühlte sich ungewohnt zentriert, bei sich; doch gleichzeitig konnte sie das Gefühl nicht abschütteln, dass sie etwas heimsuchte. Im Norden, in der Hafenvorstadt, lebten noch ein paar Neue Menschen, die einstöckigen weißen Häuser Knotenpunkte in ihrem Gangsystem. Sie vermehrten sich fröhlich, blieben aber – leise und kleinlaut, unsicher, was sie als Nächstes tun sollten – innerhalb der Vorstadtgrenzen. Die Bevölkerung füllte sich lediglich wieder auf. Die männlichen Exemplare lagen den ganzen Tag auf den Veranden herum und masturbierten im erbarmungslosen Brand der Sonne.

Nachts schweiften sie durch die planvoll angelegten Straßen, wobei sie mit ihrem ausdauernden Schritt bei jedem Ausflug fünfzehn bis zwanzig Kilometer weit kamen. Sie wussten nicht genau, was sie suchten. Als die *Nova Swing* fünf Tage in Da Luz verbracht hatte, tauchte eine Gruppe Frauen am Raumhafen auf und stand geduldig vor dem Terminalgebäude herum – als warteten sie auf Touristen, die schon lange nicht mehr kamen, dachte Liv.

Als sie diesen Gedanken aussprach, lächelte Irene. »Wir sind die Touristen, Schätzchen.« Sie setzte ihre Sonnenbrille ab, schaute sich zufrieden um und schob sie sich dann wieder auf die Nase.

Die Frauen hatten einen Jungen dabei, den Liv auf sechs oder sieben Jahre schätzte, dünn und weiß, mit einem großen runden Kopf, auf dem die Gesichtszüge zu klein und zart aussahen. Er hatte große Augen und einen Gesichtsausdruck, der irgendwie gleichzeitig nach innen und nach außen gekehrt wirkte. Eine Weile schlenderte er durch den Staub auf der Landebahn, hob dann etwas auf, das nach einem toten Vogel aussah, kam herbei und stellte sich so dicht wie er sich traute an das L'Ange du Foyer.

»Hallo«, sagte Liv. »Wie heißt du?«

»Vorsicht, Süße«, sagte Irene.

Der Junge setzte sich vor sie hin und spielte mit dem Vogel, wobei er dann und wann wie Lob heischend aufblickte. Der Vogel war grau und ausgetrocknet, sein Schnabel starr und schmerzvoll geöffnet. Sein Kopf baumelte augenlos herab. Ausgebreitet zeigten seine Flügel schillernde Farbstreifen, grün und dunkelblau, und Hunderte winziger Parasiten krabbelten auf ihnen herum. »Liebe Güte«, sagte Irene. Die Frauen standen zwanzig Meter vom L'Ange du Foyer entfernt und beobachteten die Vorstellung in der Nachmittagshitze mit gelindem Interesse. Dann kam plötzlich eine von ihnen heran, nahm den Jungen unter den Achseln und schwang ihn fort, wobei sie etwas sagte, das Liv nicht verstand. Anscheinend versuchte sie, ihm den Vogel wegzunehmen. Der Junge versuchte verzweifelt, ihn festzuhalten, und rannte weg, kaum, dass man ihn abgesetzt hatte.

Später gingen sie alle. »Jetzt ist es kühler«, sagte Irene. »Wie wär's, wenn wir Eis essen?«

Noch später, als der Sonnenuntergang dicht über dem Zentralmassiv am Himmel hing, kam der Junge aus seinem Versteck hervor. Bevor Liv ein Wort sagen konnte, legte er ihr den Vogel zu Füßen und rannte davon. Ohne recht zu wissen warum, folgte sie ihm. Irene die Mona sah den beiden kopfschüttelnd nach.

Der Junge bewegte sich geschwind durch die Vorstadt. Dann und wann hielt er inne und winkte sie hinter sich her. Er war barfuß. Zwei oder drei Kilometer südlich von Da Luz lag eine Reihe steiler, unterhöhlter Felswände, die gelbbraunen Wächter eines uralten Fossilienstrands. Eine Weile rannte er vor ihnen hin und her und suchte den Weg nach oben; als er ihn schließlich gefunden hatte, drehte er sich um und wedelte mit den Armen. »Nicht so schnell!«, rief Liv. Der Junge verschwand. Die Felswände verschluckten den letzten Rest Tageslicht. Der Junge schaute zu ihr herab, während sie die Stufen in einer Rinne emporstieg. Sie konnte nur seinen Kopf sehen, der sich vor dem Himmel abzeichnete. »Infierno«, sagte er einmal leise. »Infierno.« Über den Felswänden erhoben sich lange Kämme aus gelber Erde bis zum trockenen Zentralmassiv, wo mittags die Hitze in den staubig duftenden Rinnen und über dem steinigen Pflaster sang. Jetzt waren es laue Nachtwinde in den Lavatunneln, die das Land wie offene Adern durchzogen. Sie stand am Rand eines solchen Kanals, lauschte, wie sich das Wasser zehn Meter weiter seinen Weg zwischen den herabgestürzten Felsbrocken suchte. Im Sternenlicht schimmerten Pfade, die in dem Gelände so übersichtlich angelegt waren, dass sie nach einer Weile das Gefühl hatte, den Weg auch ohne den Jungen finden zu können. Er führte sie zwar, aber seine Anwesenheit war nun weniger offensichtlich. Dann und wann begegnete sie ihm, wie er auf einem Felsen hockte, oder konnte ihn einen Kilometer weiter als blasses Flackern vor einem Hang ausmachen. Wenn der Weg schwieriger wurde, ließ er sich zurückfallen; ansonsten war sie unter den hell leuchtenden Sternen auf sich allein gestellt. So brachte er sie zu einem felsübersäten Plateau, auf dem nichts außer einer niedrigen, windschiefen, über einer der Rinnen errichteten Hütte stand – eine Ansammlung ausgebleichter, unverarbeiteter Holzstücke, übereinandergeschichteter Steine und einer Tür, die im Wind auf- und zuschlug.

»Da gehe ich nicht rein«, sagte Liv Hula.

Woraufhin der Junge sie anlächelte, sich abwandte, die Hosen runterließ, laut auf die Steine pinkelte und dabei dann und wann lächelte. Breitbeinig und mit angespannten Hinterbacken stand er da und schaute grinsend über die Schulter zu ihr. Es kam ihr ziemlich lange vor. Als er sich wieder umdrehte, hing sein kleiner weißer Penis noch heraus.

»Steck den ein«, sagte Liv.

Er lachte. »Hier«, sagte er, winkte sie heran und hielt die Tür auf.

»Ich gehe da nicht rein«, wiederholte sie. Dann – als wäre sie aus eben diesem Grund auf den *Planet X* gekommen; als hätte die Logik jeder Reise, die sie jemals angetreten hatte, einschließlich des kurzen, sinnlosen Abtauchens in die Photosphäre von *France Chance IV*, sie hierhergeführt – schob sie sich an ihm vorbei. Im Innern führten Stufen vom Rand der Rinne an den Rand eines Lavatunnels von etwa sieben Meter Durchmesser. Ein Neuer Mensch blickte mit weit ausgebreiteten Armen zu ihr empor. Er war groß und dünn, und sein dichtes rotes Haar stand ihm vom keilförmigen Kopf ab. Er hatte die für Neue Menschen charakteristischen Gliedmaßen, mit Gelenken, die mal hölzern, mal sehr flexibel waren. Er wirkte eifrig bemüht, wie jemand, der nach bestem Wissen und Gewissen versucht, entsprechend einem Gefühl zu agieren, das er nur in Form einer Reihe von Anweisungen kennt.

»Hallo?«, sagte sie.

»Komm runter!«, rief der Neue Mensch. »Komm herein.« Der Wind schlug die Tür hinter ihr zu und öffnete sie wieder. »Wenn du Schwänze willst, dann bist du hier richtig!«

Er hielt ihn in der Hand. Liv starrte darauf, hob den Kopf, um ihm ins Gesicht zu sehen, und ließ dann den Blick durch sein Haus schweifen, dessen unregelmäßige Wände, voller Nischen, mit Kalk verputzt und hier und da mit Bündeln von Pflanzenfasern verfugt, sauber und trocken aussahen. Er benutzte die Lavasimse als Regale. Es gab einen nackten Tisch mit einer weißen Schüssel und einem Wasserkrug darauf; einige der Dinge, die die Neuen Menschen sammelten, weil sie glaubten, dass sie von ihrem verlorenen Heimatplaneten stammten – vielleicht handelte es sich um Kunst, vielleicht auch nur um Spielzeug oder Schmuck. An einem Ende befand sich ein Vorhang, am anderen eine Matratze, und daneben lagen saubere Handtücher, Kerzen und handgemachte Tiegel mit Aromaölen standen bereit.

»Sie sind der Letzte im Tourismusgeschäft«, sagte sie.

»Ja«, antwortete er. »Sie kommen wegen unseren Schwänzen. Schau hier, schau hier. Unsere Schwänze sind etwas anders als eure.«

»Allerdings«, sagte Liv Hula.

»Aber sie funktionieren bestens. Sie funktionieren gut für euch.«

»Da bin ich mir sicher.«

»Wir können euch ficken«, sagte er, als zitierte er einen Werbeslogan.

Er hatte den harzigen warmen Neue-Menschen-Geruch, der ein bisschen an Teeröl erinnerte, aber nicht nur unangenehm war. Sein Schwanz war, wenn man sich daran gewöhnt hatte, einfach ein Schwanz. Was Liv gefiel, war die überraschende Ruhe, die er trotz seiner Ängste vermittelte. Es war eine Art vorübergehende Auslöschung ihres eigenen Lebens, die nichts mit Sex zu tun hatte – ihre Erinnerung an sich selbst wurde gelindert. *Vielleicht bin ich letztlich dafür hergekommen,* dachte sie. Als sie am nächsten Morgen erwachte, war der Lavatunnel leer. Hinter dem Vorhang tröpfelte Wasser herab, mit dem sie sich wusch. Sie ging an den Simsen entlang wie in einem Geschäft, nahm Dinge in die Hand und stellte sie wieder hin. Sie ließ Geld auf dem Tisch. Das Kind erschien wieder und führte sie zurück zum Raumhafen bei Da Luz, den sie mit einem Gefühl von Besitzerstolz schon von Weitem durch die kühle Luft und im weichen, mehligen Licht erkannte. Da stand die *Nova Swing* auf ihren

Heckflossen, wie das fliegende Strebwerk einer kleinen Blechkathedrale! Im Tageslicht war die Landschaft nicht so kahl und trostlos, wie sie gedacht hatte. Die Rinnen und Lavatunnel waren voll grüner Vegetation: Balken aus Sonnenlicht fielen auf die beständig dahinplätschernden kleinen Wasserläufe. Schon bald ließ sie den Jungen hinter sich, der abgelenkt wirkte.

Kurz vor Mittag, als sie den hitzeflimmernden Asphaltplatz überquerte, sah sie den Dicken Antoyne und Irene draußen vor dem L'Ange du Foyer mit einem kleinen, alt aussehenden Mann reden, von dem sie vermutete, dass es sich um MP Renoko handelte. Keiner der drei saß. Sie gestikulierten viel und sprachen laut. Antoyne fuchtelte mit Toni Renos Frachtpapieren herum und sagte etwas; der kleine Mann schüttelte den Kopf. Er trug einen kurzen, einreihigen Regenmantel über einem gelben Wollunterhemd und sich nach unten verjüngenden roten Hosen, die auf seinen Unterschenkeln endeten; dazu schwarze Slipper. Er sagte, er habe mit Toni Reno abgemacht, dass es kein Geld gäbe, bevor nicht alle Güter an einen noch unbestimmten Ort geliefert worden waren. Das zweite Frachtstück habe er hier. So lägen die Dinge nun einmal. Irene riss Antoyne das Blatt aus der Hand, sah MP Renoko in die Augen und riss es in der Mitte durch. Er zuckte lächelnd mit den Schultern. Sie legte die beiden Hälften mit übertriebener Sorgfalt auf den Aluminiumtisch und ging.

Liv Hula, die sich nicht einmischen wollte, wich den Blicken der anderen aus und betrat das L'Ange, wo sie sich ein Joghurteis bestellte.

Irene folgte ihr nach drinnen und sagte: »Für mich auch eines, aber meines bitte mit Wodka.« Sie setzten sich und sahen dem Dicken Antoyne und MP Renoko dabei zu, wie sie immer noch streitend in Richtung Landeplatz gingen.

»Für wen hält sich dieser kleine Scheißer?«, fragte Irene.

Liv antwortete, dass sie es nicht wisse. »Tja, ich weiß es aber«, erwiderte die Mona, als hätte sie soeben einen Streit gewonnen. »Ich schon.«

»Mir gefällt sein Bart nicht.«

»Wem gefällt der schon?«, sagte Irene. »Ich nehme an, du hast dich letzte Nacht gut amüsiert?«

Als Liv lächelte und auf ihr Eis herabschaute, war es bereits voller Fliegen. Später standen die drei im Hauptfrachtraum der *Nova Swing* und begutachteten das, was Renoko für sie hinterlassen hatte. Es handelte sich um einen weiteren Mortsafe, der ein oder zwei Meter länger war als der erste, ein paar Zentimeter höher über dem Boden schwebte, an beiden Enden spitz zulief und sehr viel verbeulter aussah.

»Eigentlich müsste es ein Sichtfenster geben«, sagte Antoyne, »aber ich finde es nicht.«

Laut MP Renoko hatte man diese Dinger in den alten Wanderzirkussen bewundern können. Es handelte sich um Drucktransportmittel. Den Geschichten der Schausteller zufolge enthielten sie Aliens. Die Menschen bezahlten dafür, hineinzuschauen, gelegentlich bollerten die Kinder auch mit einem Stock an den Behälter, und am Ende waren alle glücklich. Dieses Exemplar, das zusammengenietet war wie ein alter Zinkeimer, wies korrodierte und angesengte Streifen und Schwefelblumen an den Seiten auf, als wäre es vor Kurzem einem nicht allzu heißen Feuer oder einem missglückten Fertigungsprozess ausgesetzt worden; irgendetwas, sagte der Dicke Antoyne, das kaum genug Energie produziert hatte, um einen Topf Wasser zum Kochen zu bringen. Anschließend hatte man es offenbar feucht gelagert. Es war schwieriger zu bewegen als das erste Exemplar. Und wenn man die Hand darunter hielte – wovon Antoyne allen Anwesenden abriet –, würde sie mikrowellenerhitzt werden.

Liv Hula schauderte.

»Manchmal hasse ich es hier drin«, sagte sie.

Irene lachte düster. »Ein noch unbestimmter Ort«, wiederholte sie. »Dieser Scheißkerl Toni Reno hat uns mal wieder aufs Kreuz gelegt.«

9 · Chemisch kodierte emotionale Signale in Tränen

Als letzter Anwender einer im Aussterben begriffenen Technik, mit Schwerpunkten in Diplomatie, Militärarchäologie und Projektentwicklung, hatte R. I. Gaines – den seine jüngeren Kollegen als Rig kannten – sich als assoziierter Informationsspezialist bei einem der vielen kleinen Kriege des EMCs einen Namen gemacht. Er war davon überzeugt, dass die Organisation zwar von Wissenschaft angetrieben wurde, aber ihr Motor die pure Vorstellungskraft war. »Und verborgen in dieser Metapher«, sagte er oft zu seinem Team – einer bewusst bunt gemischten Truppe aus Verwaltungsangestellten, Ex-Entradistas und einem breiten Spektrum von Wissenschaftlern – »findet man immer Politik. Handeln ist politisch, ob es das nun sein will oder nicht.«

Für manche Projekte musste er nur elektronisch anwesend sein. Andere verlangten, dass er sich mit mehr Leidenschaft engagierte. Diesmal war Gaines im Bodeneinsatz auf *Panamax IV*, wo die örtliche Mitarbeiterin Alyssia Fignall etwas entdeckt hatte, das auf den ersten Blick nach Dutzenden von verlassenen Städten aussah. Mikrochemische Analysen ausgewählter Proben hatten sie allerdings zu der Ansicht gelangen lassen, dass es sich weniger um Ballungsgebiete handelte als um etwas, das sie vage als »spirituelle Maschinen« bezeichnete: Opferfabriken, die hunderttausend Jahre vor Ankunft der Jungs von der Erde Tag und Nacht, für ein Jahrtausend oder sogar länger, mit reger Betriebsamkeit Veränderungen herbeigeführt oder sie, was wahrscheinlicher war, verhindert hatten.

»In der Nähe des Trakts findet man solche Stätten auf jedem zehnten Planeten«, sagte sie. »Die Traumafront verläuft genau entsprechend der Astrophysik.«

Sie standen auf einer niedrigen Anhöhe, die zu einer seltsam glatten Fläche von etwa zwei Hektar eingeebnet war. Trotz der fauchenden Sommerwinde war sie mit einer dicken Staubschicht bedeckt. Die rundgeschliffenen Reste von Bauwerken ragten aus ihr empor. Hier und dort gab es in den Gassen zwischen den Zikkuraten Reste von Vegetation – Büschel kleiner roter Blumen, Gruppen baumhoher Schattengewächse, unter denen sich Alyssias Leute zu den Mahlzeiten versammelten, um ihre Vorfreude und ihren Optimismus zu zelebrieren. Jeden Tag entdeckten sie etwas Neues. Weiße Wolken türmten sich über den südlichen Bergen am Himmel auf; Rauch stieg von einer nahen Kuppe empor, die anscheinend zu einer anderen Ausgrabungsstätte gehörte. Letztlich, dachte Gaines, ist alles, was man über Ritualopfer sagen kann, nur wieder ein Akt der Aneignung. Es offenbart mehr über einen selbst als über die Vergangenheit.

»Also, was ist hier anders?«, fragte er.

Alyssia Fignall wandte den Blick ab und lächelte bei sich. Dann antwortete sie: »Es hat funktioniert. Sie haben den Planeten verschoben.«

Mit einem Mal sah sie Gaines direkt in die Augen, suchte absichtsvoll Kontakt zu seiner Seele. Ihre eigenen Augen waren vor Ehrfurcht geweitet. »Rig, alle haben sich grundlegend geirrt, was diesen Ort hier angeht. Darum habe ich dich geholt! Vor hunderttausend Jahren haben diese Leute ihren Planeten nur mithilfe von Opfern – Massenstrangulationen von etwa der Hälfte der Bevölkerung, vermuten wir – *zwanzig Lichtminuten* aus seiner Umlaufbahn bewegt. Wir vermuten, dass sie versucht haben, ihn in der Goldlöckchen-Zone zu halten. Es gibt Hinweise auf verstärkte Strahlung des Sterns …« – sie zuckte mit den Schultern –, »… aber ehrlich gesagt nicht stark genug, um etwas zu erklären. Die Texte, die wir gefunden haben, machen den Eindruck, als könnten sie nicht genau erklären, wovor sie sich fürchteten. Wenig später geben sie einfach auf – und verschwinden aus den historischen Aufzeichnungen.«

»Wahrscheinlich haben sie das eine oder andere bereut«, mutmaßte Gaines.

»Nicht so, wie du das wahrscheinlich meinst.«

Schweigend ließen sie die Blicke über die Anhöhe schweifen, dann fügte sie hinzu: »Sie waren eine Art Diapsiden.«

»Alyssia, das ist doch ein Ergebnis.«

»Danke.«

»Was brauchst du?«

Sie lachte. »Finanzierung.«

»Ich kann dir mehr Leute besorgen«, schlug er vor.

Jemand vom Aleph-Projekt rief ihn an. Alyssia rückte aus Höflichkeit ein Stück von ihm ab. Ihre Füße wirbelten braungrauen Staub mit einem großen Anteil an Holzasche und windzermahlenen Knochen auf. Ihre Leute hatten dicke Schichten der gleichen Substanz in den polaren Eiskernen gefunden; dort wurde sie durch Fette zusammengehalten.

Sie war noch immer ganz aus dem Häuschen. An jenem Morgen, als ihr bewusst geworden war, dass sie nach so vielen Jahren Rig wiedersehen würde, hatte sie einen kurzärmeligen Strickpulli aus roter Merinowolle angezogen, der mit einer Reihe kleiner Knöpfe aus Perlmuttimitat an der Schulter schloss; dazu trug sie einen leicht ausgestellten, schenkellangen Rock aus ausgebleichtem, grünem Baumwolldrillich. Ihre schmalen gebräunten Füße vermittelten den Eindruck, dass sie Mitte vierzig war, aber der Sonnenschein und ihre Kleider zelebrierten Überschwang und Jugend. Gaines sah sie mit einer Art gedankenverlorenem Wohlgefallen an, während weit entferntes geisterhaftes Geschehen die Überlichtleitung erfüllte und eine ihm bekannte Stimme sagte:

»Vor etwa einer Stunde kam es zu einer unkontrollierten Verdoppelung der Periode, und wir hatten eine Art Konvulsion in den Hauptgittern. Es ist in einen neuen stabilen Zustand gesprungen.«

»Fragt es immer noch nach der Polizistin?«

»Wie nie zuvor.«

»Sonst noch was?«

Eine peinlich berührte Pause trat ein. Dann: »Es will alles über Hauskatzen wissen. Sollen wir ihm dabei helfen?«

Gaines lachte laut. »Sagt ihm, was ihr wollt.« So viele Jahre dabei, und sie wussten noch nicht einmal, was das Aleph war. Vielleicht programmierten sie einen Computer, vielleicht redeten sie mit einem Gott. Sie waren sich nicht einmal sicher, für wen sie beim EMC arbeiteten. Aber Gaines hatte die komplexe Berufsphilosophie jedes guten Problemlösers. »Machen Sie weiter«, befahl er. »In Situationen wie diesen muss man alle anfänglichen Vorteile nutzen. Später suchen wir uns einen Weg aus den Folgen heraus.« Die meisten Projekte erscheinen unbedeutend: groß oder klein, hübsch billig oder im planetaren Maßstab finanziert, für die wirkliche Welt bleiben sie immer obskur. Andere erblühen, wenn man es am wenigsten erwartet. Sie werden zu etwas Eigenem. Sie nisten sich mitten im Herzen ein.

»Besorg mir ein K-Schiff«, sagte er.

Gebietskripo, fünfter Stock, Ecke Uniment/Poe; ein ruhiger Morgen. Lichtbalken fielen durch die Jalousien und lasteten wie Gewichte auf den Schultern der Polizistin. Schattenoperatoren klebten in den Schatten unter der Decke aneinander. (Ein- oder zweimal die Woche tauchte dort auch der Geist ihres alten Arbeitgebers auf. Die Erscheinung war ihr nicht so nützlich gewesen, wie sie gehofft hatte. Sie bestand lediglich aus einem Gesicht – das Gesicht des alten Albert Einstein, das aussah wie auf einem Foto unter Wasser, die Augen verzerrt, während der Mund sich sinnlos öffnete und schloss – womit er sie anscheinend vor etwas warnen wollte.) Auf ihrem Schreibtisch lagen schwere Stapel von Berichten.

In Saudade City ist die Topologie selbst das Verbrechen. Während der Rest des Planeten nichts Bizarreres zu bieten hat als Vergewaltigung oder Mord, muss die Gebietskripo – als kläglicher menschlicher Versuch, Ordnung in eine Zone zu bringen, die unser Begriffsvermögen übersteigt – sich mit Grenzverschiebungen, plötzlichen Halluzinations-Nebeln und täglichem Schmuggel in das Gebiet und wieder heraus herumschlagen – von Menschen, Memen und unbeschreiblichen Artefakten. Die Assistentin vergrub sich in diesen Rätseln. In der Ferne erklang leises Glockenläuten. Um etwa zwanzig vor zwölf war draußen auf dem Korridor Geschrei zu hören, und man rief sie in die Verhörzimmer im Keller. Vor zwei oder drei Tagen waren dort im Schutze eines erst kürzlich wieder behobenen Nanokamera-Ausfalls Gräueltaten verübt worden. Im fünften Stock wimmelte es von Gerüchten darüber, manche mehr, andere weniger fundiert. »Es riecht nach frischem Fleisch«, berichtete einer; ein anderer sagte, es sei, als wäre in der Station der Krieg ausgebrochen.

In jedem Fall wollte niemand außen vor bleiben. Alarmsignale ertönten. Hausinterne Notfallteams, beschwert mit thermobarischen Handfeuerwaffen und behängt mit Chambers-Munition, grinsten aus jedem Fahrstuhl. Die Assistentin nahm die Treppe. Auf halbem Weg nach unten geschah etwas so Seltsames, dass sie den Keller nie erreichen sollte. Eine Notausgangstür öffnete sich zum vor ihr liegenden hallenden Treppenschacht, und eine Frauengestalt erschien auf dem Treppenabsatz. Sie war groß, kräftig und hatte einen kahlrasierten Schädel. Sie warf einen Blick über die Schulter und beendete gerade einen Satz mit einem Wort, das wie »Pearlant« klang. In diesem Moment hob die Assistentin die Hand. »Stopp!«, rief sie. Ihre Schneiderarbeit sprang an, wollte aber nicht richtig in Gang kommen; stattdessen sah sie die Welt in einem leicht verrutschten Winkel, als wäre sie eine andere, eine Welt, die sich mit blendendem Licht ankündigte, das die Stufen hinabrann. Die Gestalt drehte sich zu ihr um, den Mund zu einem undeutbaren Lachen geöffnet, und flüsterte: »Spring nicht, Liebes!« Halb blind und von unerklärlichem Entsetzen erfüllt sah die Assistentin zu, wie die Gestalt um die nächste Treppenbiegung verschwand. Schritte verhallten. Weiter unten knallte eine Tür zu. Das war alles. Die Assistentin setzte sich schwer atmend hin. Ihr war übel von den Abbauprodukten ihrer überforderten Systeme. Sie waren nicht etwa von außerhalb gestoppt worden, sondern einfach emotional und verwirrt gewesen. Jetzt liefen sie wieder normal.

Die Assistentin verließ das Gebäude und ging später zu *Sharp Cuts*, einem billigen Schneidersalon auf der Straint Street, dessen Besitzer, der nach einem Unfall bei einem Onkel-Sip-Franchise nahe dem galaktischen Zentrum in Saudade gelandet war, nur einen Blick auf sie warf und sagte:

»Für jemanden wie Sie kann ich nichts tun.« Währenddessen gingen seine morgendliche Kundschaft – bestehend aus einem halben Dutzend Gun-Kiddies aus den Strandenklaven am Suicide Point, die einen Wachstumsblocker der mittleren Preisklasse mit der Bezeichnung *7-4eva* hatten haben wollen – zur Hintertür hinaus. Man konnte die Schwermetalle im Blut der Assistentin auf zwei Meter Entfernung riechen, das manipulierte ATP-Transportprotokoll, die Immunsystem-Add-Ons; das genügte, um jeden abzuschrecken. Neben anderen Gaben konnte sie bis in den Bereich von 50 kHz ganz normal hören und Laute im Bereich bis 1000 kHz durch Frequenzaufspaltung und eine Reihe von Überlagerungs- und Verstärkungssystemen so verarbeiten, dass sie zu einem von Hunderten visueller Eindrücke wurden, die sie gleichzeitig wahrnahm. Ihre infrarotempfindliche Haut gab Signale an Biochips weiter, die subdermal auf einem metamateriellen Gewebe abgelegt waren. Solche Schneiderarbeit war bei der Polizei nicht üblich, nicht mal bei der Sportkripo. Auf allen biologischen Skalen war ihr Preter Cœur auf den Leib geschrieben. Man konnte den Tiergeruch der Kämpfe an ihr riechen, die Chemikalien in ihren Tränen. Sie forderte den Schneider dazu auf, hinter seinem Tresen hervorzukommen und trat dicht an ihn heran.

»Versuchen Sie es«, sagte sie.

Er sah in alle Richtungen, nur nicht zu ihr – schaute zum Fenster heraus und in seinem Laden herum. Seine eigenen Hormone waren in einer halb vergessenen Reaktion angesprungen. Er versuchte, sich nicht allzu hilflos zu fühlen. »Ich habe Sie dann und wann draußen auf der Straße gesehen«, bemerkte er. »Dieses Zeug von Ihnen, das ist nicht bloß von der Stange.« Sie lächelte und fragte ihn nach seinem Namen, worauf er antwortete, dass er George hieße. Sie sagte, dass er sich nicht selbst kleinreden solle. Er sei genau der Fachmann, den sie brauche. Sie vermute, dass sie ein Ionenkanalproblem habe.

»Sie sollten zum Preter Cœur gehen«, versuchte er sie zu überzeugen. »Hier schrauben wir nur billiges Zeug ran.« Sie zwang ihn, ihr in die Augen zu sehen. Er ging eine Sechs-Register-Lupe holen, die aussah wie ein Kinderspielzeug aus längst vergangenen historischen Zeiten, und sie sprang auf einen seiner Schneidetische, damit er ihr seine Sonden einführen konnte.

»Das meiste davon verstehe ich nicht«, sagte er nach ein bis zwei Minuten. »Wenn ich Ihnen auf der Straße über den Weg laufen würde, würde ich Angst kriegen und ziemlich verwirrt sein.«

»George, du hast hier drin auch Angst und bist verwirrt.«

»Stillhalten«, mahnte er. »Liebe Güte«, sagte er nach einer weiteren Minute. »Die haben alles über die Amygdala verdrahtet. Tun Sie manchmal Sachen, ohne zu wissen, warum? Weinen Sie viel? Benutzen Sie Metaphern? Wer hat Ihnen das angetan?« Er stocherte in ihren Ionenkanälen herum. »Vergessen Sie, dass ich das gefragt habe.« Dann sagte er ihr, dass sie nun aufstehen könne und sich vielleicht für ein Weilchen unterzuckert fühlen würde. Schlimm würde es nicht sein. »Sie haben Probleme mit der Kv12.2-Expression. Als sie die neuronalen Bahnen für die räumliche Wahrnehmung angepasst haben, haben sie Kv12.2 super empfindlich eingestellt. Das wird immer mal wieder kippen. Der Kalium-Kanal wird dann gedämpft, und dadurch feuern Ihre Nervenzellen viel zu stark.«

Die Assistentin starrte ihn an.

»Es ist schön, wenn du so redest«, sagte sie.

»Die haben eine Kontrollschleife eingebaut, aber jemand wie ich kann so was nicht entknoten. Hören Sie Stimmen, wenn das Problem auftritt? Sprechen Sie irgendwie anders? Sehen Sie seltsame Dinge?«

»Alles, was ich sehe, ist seltsam.«

»Kv12.2 ist ein sehr altes Gen«, sagte der Schneider.

Er wusch sich die Hände an einem Waschbecken im Hinterzimmer. »Selbst Fische haben es. Werden Sie mich töten?«

»Nicht heute, Schätzchen.«

Sie ging, kam aber beinahe sofort wieder.

»He, schau mal, das Tango du Chat ist direkt gegenüber!«, sagte sie, als hätte sie das eben erst festgestellt.

Erneut wurde der Salon von ihrem Raubtiergestank erfüllt. Draußen wärmte die Sonne die schäbigen Fassaden und schien auf die dunkle Leuchtreklame der Bar gegenüber – es handelte sich um eine schwarz-weiße Katze, die auf den Hinterpfoten tänzelte –, während zwei Monas in Bleistiftröcken und Nylonstrümpfen mit Naht hinten an der Kreuzung Straint und Dos Santos tratschten; drinnen gab es nichts als mattgraue Wände und Staub. Ein Geruch nach ranzigen Lipiden hing um die Proteomtanks mit ihren LED-Anzeigen und den zerrissenen Postern von Jahren zurückliegenden Kämpfen, längst toten Kämpfern. Der Schneider, starr und verstört, hielt den Blick angestrengt von ihr abgewandt. Mit einem Mal kippte seine Angst, und er wirkte nur noch deprimiert. »Ihnen ist überall Preter Cœur in den Leib geschrieben«, sagte er, »aber niemand hat seine Signatur hinterlassen. Bei einer Sportkämpferin würde man das nicht so machen. Und Militärzeug haben Sie auch da drin.«

»Also wollen wir mal was zusammen trinken gehen, George?«

»Nein, danke.«

»Doch, das wollen wir«, sagte die Assistentin.

Später, über sich selbst nicht weniger verwundert als über alle anderen, ließ sie ihn in der Bar sitzen, wo er Edith Bonaventura dabei lauschte, wie sie das sentimentale Akkordeonsolo aus *Ya Skaju Tebe* spielte – der beliebteste Song des Jahres 2450. Sie fuhr die Straint Street hinauf, durch etliche Hektar verwahrloste Industriegebiete und zum *Vorplatz*, wo sie ihren 52er Cadillac leise zwischen den bereits dort stehenden Autos parkte, auf dem rissigen, unkrautüberwucherten Zement, in einer langen Kurve am Ereignisgebiet.

Seit dem Mittagessen waren die Wolken abgesackt, und der nachmittägliche Regen brach über Saudade herein. Fünfzig Meter weiter im Zwielicht sah sie Trümmer, die auf durchgebogenem Stacheldraht lasteten. Dahinter befand sich die Landschaft in ständiger Bewegung, als winde sie sich voll Unbehagen, oder als betrachtete man sie durch Wasser, das über eine Fensterscheibe läuft. Weiter entfernt wurden fremdartige Gegenstände durch lautlose, aber starke Zuckungen emporgeschleudert. Zwar hatte man der Kraft, die das bewirkte, viele Namen gegeben, aber sie blieb trotzdem so unverständlich wie die Gegenstände selbst, die mit ihren seltsamen Größenverhältnissen – riesiges Geschirr, gewaltige Schuhe, Tand und Schmuck, Rotkehlchen und Regenbögen, winzige Brücken, winzige Schiffe und winzige Gebäude – so aus jedem Zusammenhang gerissen waren, dass sie weniger wie Gegenstände und mehr wie Bilder erschienen, die ihrerseits als Collage auf einem Bild von schlechtem Wetter über einer Ruinenlandschaft klebten. Sie stiegen empor, schwebten, trudelten wie von den Händen eines riesenhaften, launischen unsichtbaren Kinds in die Luft geworfen. Die Assistentin schüttelte über all das den Kopf. Um sie herum kamen und gingen die Autos; etwas Großes durchbrach die Wolkendecke und sank in der Nähe zu Boden. (Es verursachte einen verstärkten Luftdruck und Hitze, ein Gefühl des Eindringens, den Gestank von Metamaterialien und intelligenten Nanoharzen. Es blieb nur kurz dort liegen, dann war es fort.) Schließlich ließ sie den Motor an und fuhr mit Schrittgeschwindigkeit über den Zement.

Jeden Nachmittag war es das Gleiche: Von überall aus der Stadt trafen Rikschas und Sänften ein, um an diesem Drive-In von Saudades Seele teilzuhaben. Um drei Uhr nachmittags war der Vorplatz gerammelt voll. Die Luft über den Autos war von einem flatternden, verschwommenen Karneval mottenähnlicher Werbebanner erfüllt. Auf den verdunkelten Rücksitzen hatte immer eine ihr Blümchenkleid hochgeschoben, lachte und stöhnte, während ihr Freund sie im üppigen Duft nach Leder in eine Ecke schob. Niemand fürchtete sich mehr vor dem Gebiet. Sie kamen ganz offen hierher, um in seiner Aureole des Unwirklichen zu vögeln. Quantensex, so nannten es die Medien, und angeblich war es sogar gesund. Manche gingen so weit, ihre Fahrzeuge zu verlassen, durch die leeren Straßen und die Trümmerhaufen im Nebel jenseits des Zauns zu spazieren und Souvenirs aufzusammeln.

Das war nicht gerade kriminell. Was sollte sie also machen.

Noch später bollerte R. I. Gaines an ihrer Zimmertür.

Als sie ihm öffnete, lachte er und strich sich mit der Hand über die Kopfhaut. Sein Mantel war auf den Schultern nass – diesmal sah die Nässe echt aus. »He«, sagte er. »Ich hasse diesen Regen, und Sie sicher auch.«

Hinter ihm herrschte reges Treiben im Hafen. Die Lichter und Schatten der einander zutiefst widersprechenden Universaltheorien der verschiedenen Spezies fielen auf den Platz: Drei Schiffe landeten auf einmal, eines davon der *New-World*-Sternenkreuzer *Pantopon Rose* von General Systems, der gerade eine vierwöchige Tour durch Boudeuse, O'Dowd und Fedducia XV hinter sich hatte. Auch Gaines machte den Eindruck, dass er gerade von irgendwo zurückkam. Seine Haut war mehr als nur ein bisschen gebräunt. Er trug ein Tuch aus leuchtend roter Baumwolle um den Hals und hielt einen losen Strauß angestaubter, ebenfalls roter Blumen in der Hand. Ein kleiner, billiger Koffer stand neben seinem Bein auf dem Boden, als hätte er ihn eben abgesetzt. Die Assistentin, die überhaupt keine Meinung zu dem Regen hatte, blieb in der Tür stehen und sah ihn an.

»Erst machen Sie mir die Tür auf«, redete Gaines ihr gut zu, »dann lassen Sie mich rein.«

»Warum?«

Er hielt ihr die Blumen hin.

»Weil ich Ihnen etwas mitgebracht habe.«

Schließlich nahm sie die Blumen entgegen und drehte und wendete sie in den Händen. So ein Rot hatte sie noch nie gesehen; aber die Stängel waren dünn und brüchig, bereits ausgetrocknet. Ein, zwei Blüten fielen zu Boden.

»Ich setze mich aufs Bett«, sagte sie. »Sie können den Stuhl nehmen.«

Gaines bedachte sie mit einem wachsamen Blick. »Haben Sie etwa die Ironie erfunden?«, überlegte er laut. In ihrem Zimmer ließ ein flüchtiges bisschen Physik das Licht – im Gegensatz zu dem Durcheinander am Hafen – verwaschen und weich erscheinen. Gaines stellte seinen Koffer bedachtsam aufs Bett: Als er die Schnallen öffnete, erwachten komplexe Projektionen zum Leben, Radargrün vor samtschwarzem Hintergrund, und wickelten sich in endlosen Schnüren von einem seltsamen Attraktor ab. Dazu enthielt der Koffer einige Meter eines alten, plastikummantelten Kabels und ein paar Bakelit-Kopfhörer, die eindeutig nur zu Vorzeigezwecken dienten. »Schauen Sie mal«, sagte Gaines, »sehen Sie das?«

»Sind Sie diesmal wirklich anwesend?«

»Schauen Sie erst in den Koffer«, erwiderte Gaines, »dann können wir darüber reden.«

Sie sah hinein.

Sofort hatte sie das Gefühl, tausend Lichtjahre weit weg an einen Ort irgendwo draußen in der *Radio Bay* versetzt zu sein, in einen EMC-Außenposten, der so geheim war, dass selbst R. I. Gaines Schwierigkeiten hatte, ihn aufzuspüren. Ihr Blickwinkel veränderte sich rasch, sie schien mit hoher Geschwindigkeit durch den Raum zu trudeln. Die Sicht ruckelte und war voller Störungen. Als das Bild sich stabilisierte hatte, kam es ihr seltsam zusammengesetzt vor, als bestünde es aus übereinandergelegten dreidimensionalen Schichten. Die Assistentin sah Folgendes: einen bebenden grauen Raum voller Echos, der das Gefühl weit entfernter Wände vermittelte, und, in dessen Mitte schwebend, eine einzige, makellose Träne aus Licht, die so hell war, dass sie den Blick abwenden musste. Der Anblick währte nur einen winzigen Moment. Selbst mit ihrer Schneiderarbeit konnte sie ihn nicht verlangsamen. Eine Träne, bewegungslos, doch unentwegt fallend, so hell, dass man sie nicht richtig sehen konnte. Dann senkte sich Dunkelheit herab, die Perspektive kippte ruckartig, und wieder erschien das Bild der Träne. Bei der dritten oder vierten Wiederholung dieses Vorgangs war in ihrem Kopf aus dem Wort »Träne« irgendwie das Wort »Riss« geworden: In diesem Moment verharrte alles, als stellte ein solches Begreifen an sich eine Art Schalter dar.

Sie fühlte sich beschwingt. »Ich weiß nicht, was das war!«, sagte sie. »Wissen Sie es?«

»Es ist etwas, von dem niemand zugeben sollte, dass er davon weiß. Sie nicht«, erklärte Gaines mit einem ironischen Lächeln, »und nicht einmal ich.

Wir bezeichnen es als das Aleph. Wir glauben, dass es sehr alt ist. Als wir es entdeckt haben, hatte sich ihm seit einer Million Jahren niemand auch nur genähert – vielleicht sogar schon länger. Wenn wir ihm Fragen über sich selbst stellen, fragt es nach Ihnen.« Es sei ein mindestens eine Million Jahre altes Artefakt, erklärte er, und das größte Rätsel, das man bisher in der *Radio Bay* entdeckt habe; soweit man verstand, war es etwas Künstliches, eine Maschine, die bis auf den Nanometer genau konstruiert sei und deren Funktion darin bestehe, *ein Stück des Kefahuchi-Trakts selbst aufzubewahren.* »Man sieht es deshalb als eine Reihe von Wiederholungen«, erklärte er, »Weil wir es in Planck-Zeitabständen erfassen. Man kann es nicht länger wahrnehmen, weil es sich bereits in seiner eigenen Zukunft befindet, weil es bereits etwas anderes ist. Die Pause zwischen den Bildern ist die Verzögerung, die eintritt, während das Gerät es von einem Quantum zum nächsten verfolgt.«

Das Aleph, sagte er, läge tief in einem Untersuchungsgerät, das so groß wie ein kleiner Stern sei; und in letzter Zeit frage es vor allem nach ihr. Die Assistentin starrte ihn an und blickte dann auf den Koffer.

»Ist es da drin?«

Gaines schüttelte den Kopf. »Es hat eine Woche lang überlegt, und dann hat es nach einer Fahnderin auf einem Planeten gefragt, von dem noch nie jemand etwas gehört hatte.«

»Ich verstehe nicht, was ich da gesehen habe.«

»Vorerst halten wir es für das Beste, Sie beide voneinander getrennt zu halten.« Er schloss den Koffer. »Angesichts der sonderbaren Umstände.« Dann merkte er an: »Wenn ich ›künstlich‹ sage, will ich damit nicht ausschließen, dass es sich selbst hergestellt hat.« Und fügte noch hinzu: »Es war nicht leicht, Sie mit der Beschreibung, die es uns gegeben hat, zu finden.«

10 · Zum Fluss hinab

Anna Waterman stand früh auf und spazierte durch Wyndlesham Village in die Hügel hinauf. Das Dorf gefiel ihr besser, wenn niemand auf den Straßen unterwegs war. Kurz nach Morgengrauen erwärmte zu dieser Jahreszeit ein weiches, körniges Licht die Ziegeldächer, Feuersteinfassaden und die Gartenwege aus im Fischgrätenmuster verlegten Steinen. Das Einzige, was sich bewegte, war ein Kater.

Hinter der Kirche von Wyndlesham bog sie auf einen matschigen Fußweg ab und folgte den zunehmend steiler ansteigenden Kreidefelspfaden durch die Weißdornbüsche zu den Resten eines weiteren, längst verlassenen Dörfchens, das wie ein Teil der Landschaft als Reihe anheimelnder, ummauerter Mulden dalag, an deren Boden von Schafen abgeweidetes Gras wuchs. Die alten Mauern waren von Holundergestrüpp überwuchert. Was zuerst als Kalksteinsims erschien, durch den der Fußweg eine tiefe Schneise gezogen hatte, erwies sich an den Endstücken überraschend als georgianische Ziegelmauer. Anna liebte dieses eingehegte Gefühl, und sie liebte es, wie die Landschaft sich mit einem Mal wieder zu weiten, grasigen Senken hin öffnete, zu langen Kämmen mit vereinzelten Weißdornbüschen und Felsrosensträuchern darauf. Sie liebte es, wie der Wind alles nach außen hin öffnete und bewegte.

Als sie Western Brow erreichte, war die Sonne bereits herausgekommen. Lärchen stiegen in der klaren Luft auf oder ab wie Fahrstühle; das Meer konnte sie über die Hügel zwar nicht sehen, wohl aber riechen; im Norden erstreckte sich der Low Weald bis London, übersät von Dörfern im morgendlichen Dunst – Streat, Westmeston, St. Johns Without, gefolgt von Wyndlesham selbst, das an einer Biegung der B2112 unweit der Lewes Road errichtet war. Sicherlich war das Dorf inzwischen zum Leben erwacht. Beliebt, weil es in der Nähe der Hügel, aber nicht in ihrem Schatten lag, war Wyndlesham die Sorte Ortschaft, in denen selbst in diesen wirtschaftlich rauen Zeiten jeder einen australischen Schäferhund mit erstklassigem Stammbaum sein Eigen nannte. An den Wänden des *Jolly Tinker* konnte man Reprografien viktorianischer Landarbeiter mit ihrer beeindruckenden Gesichtsbehaarung und ihren Ackergeräten betrachten; aber das nötige Geld, um dort nachmittags etwas trinken zu gehen, hatten nur Verkaufsleiter, leitende Angestellte im Ruhestand und Bankiers jeder Couleur, vor allem Investmentbanker, die vor 2008 zu ihrem Vermögen gekommen waren. Die Schlammspritzer auf ihren Geländewagen waren lediglich Statussymbole; obwohl sie gut reiten konnten, in ihren engen kleinen Jodhpurhosen und ihren glänzenden Stiefeln, stammten sie nicht aus Familien, in denen geritten wurde.

Licht wurde von einem geöffneten Schlafzimmerfenster reflektiert; der Mann, dem das *Dainty Dot's Café & Buchhandlung* gehörte, trat aus seiner Wohnungstür heraus und schüttelte eine Fußmatte aus. Zwei oder drei Ponys galoppierten, von plötzlichem Lebensglück erfüllt, auf einer Koppel umher. Wenn man um acht Uhr an einem so makellosen Morgen auf die Schleppdächer und das bunte Treiben auf der Hauptstraße herabschaute, dann ließ sich schwerlich etwas finden, woran man hätte Anstoß nehmen können. Ein Lieferwagen brachte die beeindruckende Auswahl von französischem Fermier-Käse, der zweimal die Woche noch taunass eingeflogen wurde und für die der Käseladen zu Recht berühmt war. Man sah Wyndlesham an, dass es sich zwar nach vergangenen Werten sehnte, aber schon seit Langem alle Vertreter dieser Werte wegen mangelnder Zahlungskraft aussortiert hatte. Anna kehrte Ditchling Beacon und dem auflandigen Wind den Rücken und spazierte nach Osten. Neben dem breiten, kieselharten, ausgetretenen South Downs Way, der zwischen Western Brow und Plumpton Plain verlief, sah sie ein kleines Feld, voll von jenen braunen Mohnblumen, die sich auch in ihrem Garten angesiedelt hatten.

Hier oben waren die Blumen größer und kräftiger. Anstatt vom Wind niedergedrückt zu werden, schienen sie erst richtig zu gedeihen. Ihre Stängel rieben sich raschelnd aneinander, die Blumen strebten himmelwärts zum Licht. Anna holte ihr Telefon heraus, um sie für Marnie zu fotografieren, aber dann wurde sie nervös und steckte es wieder ein. Staunend berührte sie die kupferfarbenen, folienartigen Blütenblätter. Sie meinte, etwas zu hören, und kniete sich nieder, um zu lauschen. Nichts; zumindest nichts, dessen sie sich sicher sein konnte. Dennoch erzitterte sie. Dann ließ sie sich vom Wind und dem Jubel der Lerchen ins Flachland treiben. Eine Stunde später verließ sie es, nach wie vor mit dem seltsamen Gefühl, dass ihr ein Segen zuteilgeworden war. Sie kam an einer unerwarteten Stelle heraus – offenbar hatte sie sich verlaufen. Langsam stieg sie über steile Kreidefelsen hinab zu wogenden Feuchtwiesen und Tiefweiden, auf denen hier und dort Disteln, Hagebutten und Brombeergesträuch wuchsen. Weiden säumten einen kleinen gewundenen Bach. Der Gesamteindruck wurde lediglich von dem Haus gestört, das an einem Ende der Wiese stand.

Ein Vier-Zimmer-Neubau aus den Neunzigern, der aus widerstandsfähigen blassen Ziegelsteinen bestand und noch immer so wenig verwittert war, dass er wie eine Bauzeichnung aussah. Das Gebäude war niedrig, aber eindeutig kein Bungalow. Es gab eine Veranda, die aussah wie eine Stellfläche für schweres Gerät. Das weiße Gitterwerk, mit dem die Fenster gesichert waren und das aus der Ferne wie aufgeklebt wirkte, segmentierte die Scheiben. Die Sonne glitzerte auf den Solarzellen und den Warmwasserpaneelen, die in das sanft geneigte Dach eingelassen waren. Das Einzige von Charakter, was diesem Haus zu eigen war, lag am anderen Ende des langen, asymmetrischen Gartens: ein paar Bäume, die ursprünglich zu einer älteren, authentischeren Wohnstatt auf dem Grundstück gehört hatten. Eine Ahnung von Leben wurde dem Haus jedes Frühjahr durch die geschäftigen, krächzenden Gespräche der Stare verliehen, die in der Regenrinne nisteten. Ansonsten erinnerte es Anna an ein billiges Spielzeug, das auf einem Teppich herumlag: etwas, das aufgrund der puren, zweckgerichteten Künstlichkeit der bei seinem Bau verwendeten Materialien nicht altern könnte. Wenn es ihr vertraut erschien, begriff sie, dann nur, weil es ihr eigenes Haus war.

»Ich bin mir nicht sicher, ob es mir noch gefällt«, sagte sie an jenem Nachmittag zu Dr. Alpert. »Warum, weiß ich auch nicht.«

Aber sie wusste es sehr wohl. Zu viele Zimmer wie Kästen aus Gipsputz. Zu viele Möbel, die gealtert waren, aber irgendwie nie an Charakter gewonnen hatten. Kleider, die sie nicht mehr trug. Ein Auto, das sie nie fuhr. Es war weniger ein Haus als ein Ort, an dem Dinge verwahrt wurden.

»Jedes Zimmer ist wie eine Schachtel«, klagte sie.

»Sind Sie sich sicher, dass wir hier von Ihrem Haus reden?«

Anna lachte. »Ich habe drei Toiletten«, sagte sie. »Eine im Gästezimmer, eine oben und eine im Erdgeschoss. Wer braucht schon drei Toiletten? Nachts wache ich auf, überlege, welche ich benutzen soll, und würde am liebsten wieder in einer Einzimmerwohnung leben. Ich weiß genau, was für eine ich mir wünsche. Ich male sie mir oft aus.«

Das interessierte Dr. Alpert.

»Erzählen Sie mir, wie Sie sich ihr Zimmer vorstellen.«

»Wieso?«

Weil wir bei dieser Sitzung bisher nicht besonders gut vorankommen und uns genauso gut irgendwo zum Teetrinken hätten treffen können. Weil auf den vielversprechenden Morgen ein nasser Nachmittag gefolgt ist. Weil, dachte sie – während sie den Blick erst aus dem Fenster ihres Sprechzimmers auf die Chiswick Eyot schweifen ließ, dann vor sich auf den Tisch mit der geöffneten Fallakte, einer Vase blassgelber Narzissen und einer Kleenex-Schachtel darauf, Gegenstände, die in ihrer klaren Pfütze wässrigen Lichts aussahen, als würde sich mehr hinter ihnen verbergen – weil die Themse bis an die Straße steht und nichts trostloser ist als Regen über der Flussmündung.

»Weil es interessant ist«, sagte sie. »Ach kommen Sie schon, Anna, das macht doch Spaß!«

»Tja, ich möchte gerne ein Haus aus Holz«, sagte Anna. »Aber nicht wie ein Gartenschuppen, mehr wie ein Strandhäuschen. Und wenn es aus Stein wäre, dann sollte es holzverkleidet sein.« Weiße Holzverkleidung bis auf Schulterhöhe, und darüber graue Farbe. Bodendielen im selben Grauton. Ein ordentlich großes Fenster hinter Vorhängen aus schwerem, cremeweißen Leinen, mit schmalen, vanilleeisfarbenen vertikalen Streifen. Ein ähnlicher Vorhang vor der Tür, gegen den Zug. Keine Bilder an den Wänden. Mehr hatte sie dazu nicht vor Augen. Weiter reichte ihre Fantasie nicht. Natürlich musste es ein Bett und einen Sessel geben, aber die würden nicht viel Platz wegnehmen. Nichts, das sich einem aufdrängte, dachte sie, wobei sie gerne noch eine Tagesdecke und einen Teppich dazu hätte, etwas Buntes, das ins Auge fiel. »Ein oder zwei Regalbretter mit Büchern, aber nicht mehr.« Viele Bücher würden sich vorübergehend in ihrem Zimmer befinden, aber nur wenige würden bleiben. »Wenn ich aus dem Fenster keinen Blick aufs Meer haben könnte, dann würde ich mir einen stillen Garten wünschen, der vielleicht anderen Leuten gehören könnte, die ihn aber nie benutzen. Leuten, die ich kennen würde, aber mit denen ich nichts zu tun hätte. Wenn ich es mir überlege«, sagte sie, »sehe ich den Garten meistens im Herbst oder Frühling vor mir. Im Winter würde ich wohl lieber anderswo sein. An einem warmen Ort.«

Ihr wurde klar, dass sie ihr Gartenhaus beschrieb, oder eine idealisierte Version davon. Sie stellte sich vor, wie sie dort ihren Lebensabend verbrachte. Plötzlich fing sie an zu weinen. Sie konnte einfach nicht aufhören. »Ich komme mir so albern vor!«, sagte sie.

Helen Alpert beobachtete sie ein Weilchen mit einem zufriedenen Ausdruck auf dem harten Gesicht. Dann schob sie ihr die Taschentuchschachtel hin.

»Nehmen Sie sich so viele, wie Sie brauchen«, forderte sie sie auf.

Den restlichen Tag über neigte Anna dazu, aus unerfindlichen Gründen zu weinen; sie weinte auf dem Bahnsteig Clapham Junction und zu Hause vor den Fernsehnachrichten. Erschöpft davon ging sie früh zu Bett und spürte im Traum, wie eine Nadel ihr von innen ins Zahnfleisch stach. Das Gefühl war schwer zu deuten: weniger schmerzhaft, sondern eher bestimmt und zudringlich. Sie wusste, wenn sie über die Nadel nachdachte, würde sie auch noch anderswo eindringen. Dorthin, wo ihre Aufmerksamkeit sich richtete, würde die Nadel folgen. Sie spürte, wie sie in ihre Brust glitt, weit oben; spürte, wie sie ihr Brustbein berührte – nicht hineinstach, es nur berührte – und auf dem Weg nach draußen für einen kurzen Moment am Knochen verharrte. Sie hatte keine Ahnung, warum man ihr das antat, obwohl sie zu wissen glaubte, dass sie selbst die Schuld traf. Speichel füllte ihren Mund, als könne sie die Nadel schmecken – als ob der Geschmack eine mögliche Folge davon war, dass sie sie spürte. Bei diesem Gedanken sammelte sich noch mehr Speichel in ihrem Mund. Sie erwachte im Mondlicht – müder denn je und fest davon überzeugt, dass gerade jemand etwas gesagt hatte – und ging in die Küche hinunter.

»Ich würde alles für eine Nacht voll schöner Träume geben, in denen mich jemand wirklich will«, erklärte sie James dem Kater.

James, der voller Geringschätzung um ihre Beine herumstolzierte, signalisierte, dass er rauswollte. Anna öffnete die Hintertür und sah ihm nach, wie er mit aufgestelltem Schwanz in Richtung der Obstbäume lief.

Eine Minute später schlüpfte sie aus unerfindlichen Gründen in ihre Schuhe und folgte ihm. Er verschwand schon bald zwischen den Ästen des Apfelbaums. »James?« Sie ließ ihn dort zurück, wo er an den kleinen Gängen im Gras lauschte, und ging zum hinteren Zaun, um den Blick über die Wiese am Bach schweifen zu lassen.

Den ganzen Abend lang hatte eine freundliche Wetterlage warme Luft aus Marokko angesogen und wie einen Schal über das südliche England gebreitet: Die Nacht roch leicht nach Zimt und neigte zu plötzlicher Nebelentwicklung. Das Licht des Halbmonds lag über dem Feld wie das Licht auf einem Holzschnitt – vergessen schon vor Annas Jugend –, auf dem die Schatten der Figuren etwas zu stark auf den Boden fielen. Alles wurde durch das harte Mondlicht aufgeraut, vor allem das Gras. Anna, die meinte, einen kleinen, schrägen

Schatten zu sehen, der sich in schnellen flachen Sätzen von einem Distelgestrüpp zum nächsten fortbewegte, verließ den Garten durch das Tor und ging zum Fluss hinab, zu dem sich alles hin erstreckte.

Das Wasser in den kleinen Biegungen zwischen Weiden und Holunderbäumen glänzte schwarz. Jeden Morgen wurde das weiche Erdufer, von Generationen von Enten plattgewatschelt, erneut von reizbaren Labradorhunden aufgewühlt. Anna hatte das Gefühl, lange Zeit dort zu stehen, als würde sie lauschen. Sie zog die Schuhe aus, streifte ihr weißes Nachthemd über den Kopf, und watete, nachdem sie beides in einem Knäuel außer Sicht deponiert hatte, in den Fluss, bis sie den beharrlichen Druck des Wassers an den Oberschenkeln spürte. Liebe Güte, dachte sie. Wer schwimmt nachts alleine? Dr. Alpert hätte das interessant gefunden. Marnie – die sich im Alter von sieben Jahren, als sie nicht mehr gewesen war als eine Ansammlung von sehnigen braunen Gliedern in einem Badeanzug, immer gerne von ihrem Vater durch den Fluss hatte schleppen lassen und deshalb im Sommer immer zu spät zum Essen gekommen war – hätte es als unverantwortlich bezeichnet. Anna machte einen stolpernden Schritt zurück Richtung Ufer, ehe sie es sich wieder anders überlegte, in die Knie ging und sich abstieß, wobei sie darauf achtete, kein Wasser in den Mund zu bekommen. Der Fluss nahm sie auf. Es war wärmer, als sie erwartet hatte, und die Strömung war freundlich und gemächlich. In der Mitte des Flusses reflektierte eine schmale Spur den Himmel; aber die Schatten wirkten massiv, wie eigenständige Objekte. Langsam schwamm sie fünfzig Meter. Nach weiteren dreißig Metern drehte sie sich auf den Rücken; und dann streckte sie die Arme aus, legte die Füße aneinander und ließ sich von der Strömung treiben, an einer Pappel vorbei, zwischen einigen dunklen Häusern hindurch und zum anderen Ende des Dorfes hinaus.

Wyndlesham war von Sternenlicht durchtränkt, aber von seinen eigenen Lastern verdammt: Müll und Hundekacke, fortgeworfene Papiertaschentücher, der trostlose Gummisportplatz mit den knochenweißen Torpfosten, ein Beton-Abflusskanal, ein benutztes Kondom, das an einem Ast über dem Wasser hing, lang gezogene Gärten, aus denen Anna leise Stimmen oder laute Musik hörte. Jenseits dieses bewohnten Bereichs, draußen zwischen Schilfsäumen und langen Feldern, die seicht Richtung Wald anstiegen, war es nicht mehr der Fluss, den sie kannte. Die Strömung wurde stärker. Das Wasser, das offenkundig seine eigenen Pläne hatte, wogte dunkler und schwerer zwischen den Ufern. Anna wurde zwar nicht mitgerissen, aber sie wurde eindeutig schneller, während der marokkanische Wind noch an Wärme gewann; und die Nacht, die ohnehin schon weiß und klar gewesen war, nahm nun eine neon-rosafarbene Tönung an, deren Ursprung sich nicht ausmachen ließ. Erst rosa und dann blau, dann beides und dann keines von beidem, eine Farbe, die so blass und ohne ersichtliche Quelle war wie der Schein einer Neonreklame, die man aus zwei Straßen Entfernung sieht, als würden die Felder selbst sie abstrahlen. Kupferne Mohnblumen ließen im warmen, trockenen Wind nickend die Blüten über das Wasser hängen. Stück für Stück begann sie, Dinge zu sehen. Lange Schatten kleiner Gegenstände, die wie Zeigefinger über den Boden wiesen – Steine, ganz gewöhnliche, Schiefer, gesplittert, noch stehend, in jede erdenkliche Richtung gekippt. Es folgten große, einsam stehende Gestalten, die irgendwie zweidimensional wirkten, sehr ruhig und in seltsam exakten Abständen vom Ufer aufgestellt, als sollten sie Perspektivenverhältnisse veranschaulichen. Ihre Umrisse waren komplex und ließen sich nur als Satyrdarstellungen aus dem 17. Jahrhundert interpretieren, Männer mit Pferdehinterbeinen. Und auch mit Pferdeschwänzen. Wirklich ziemlich groß. Sie hatten die Köpfe im Dreiviertelprofil abgewandt und waren in stilisierten Posen des Lauschens erstarrt. Sie wollten ihr nichts Böses; es war nicht ganz klar, ob sie von ihrer Anwesenheit wussten. Hinter ihnen herrschte rege Betriebsamkeit vor – geschäftige Stadtstraßen, Lärm wie von einer Baustelle, leistungsstarke Scheinwerfer, die einen Horizont abtasteten, der weit zurückgewichen war und noch weiter zurückwich, sehr weit. Anna vermutete, dass das der Ort war, an dem sich alles von Grund auf und unvermittelt ändern würde; wenn man aus dem Wasser stieg und dorthin ging, dann erfuhr man vielleicht Dinge, die man nicht wissen wollte. Weiter oben pulsierten unmerklich die Sterne: Ein gewaltiger, ausgefranster Sternenbogen wurde ins Chaos gezogen und gedrückt, von den schwarzen Funkwinden, über die Michael Kearney so wortgewandt gesprochen hatte, bevor er ins Meer gegangen war. Michael Kearney, der sich vor allem gefürchtet hatte und den man doch durch Sex zu einem beinahe normalen Menschen hatte machen können, sodass er für einen kurzen Moment dazu in der Lage gewesen war, etwas zu empfinden. Hinter jeder Oberfläche, hatte er sie gelehrt, auf allen Ebenen, seien die Dinge zutiefst falsch und unmenschlich: Sobald man hinter eine beliebige Fassade schaue, sähe man sofort, wie falsch alles für uns sei. »Vergiss den ganzen Blödsinn vom anthropischen Prinzip«, sagte er immer wieder. »Nichts von alledem hat sich für uns erschaffen.« Dann hatten seine eigenen Worte ihm Angst gemacht, und er war wieder bereit zum Vögeln gewesen. In diesen Situationen war Anna sich immer wie die Gelassene vorgekommen. »Ich war immer weniger kaputt als er«, sagte sie sich jetzt, während sie zu den Sternen empor und dann zu den Satyren in ihrer unerklärlichen Landschaft schaute. Jeder Einzelne von ihnen schaute aus dem Augenwinkel zu ihr, ein schwacher Schimmer von Schläue, Selbstbewusstsein, Selbstachtung. Jetzt ließ sie sie hinter sich. Nun sahen sie wieder sehr klein aus.

Fünf Minuten später wurde die Nacht kühler und dunkler. Die Felder waren wieder Felder, alles Geheimnisvolle fortgespült. Der Fluss verbreitete sich und floss langsamer, ergoss sich in die Umrisse eines hohen Glases, einer Sektflöte vielleicht. Ein starkes, beständiges Rauschen erfüllte die Nacht. Anna zog sich ans Ufer und lauschte: Es war das Wasser, das weiter vorne über das alte, breitkronige, anderthalb Meter hohe Stauwehr bei Brownlow strömte, gut einen Kilometer außerhalb des Dorfes. Anschließend krümmte der Fluss sich auf der Suche nach einem Weg zwischen den Hügeln hindurch zum Meer ostwärts, verlor das Selbstvertrauen und löste sich schließlich ein paar Kilometer weiter, irgendwo oberhalb von Barcombe Mills, in der Ouse auf. Halb gestrandet saß Anna zufrieden im warmen Uferwasser und ließ ihre Beine von der Strömung tragen, sodass sie, knapp unter der Oberfläche, glitzernd vor ihr auf- und abwippten. Eine kleine graue Motte umflatterte sie. Sie roch Blutbeeren, nachtduftende Sträucher aus einem fernen Garten; stärker war der satte, schwere, pralle Geruch der Tonnen von Wasser, die sich über das Wehr ergossen. Ich fühle mich kein bisschen müde, dachte sie. Sie betrachtete sich selbst mit einer Art liebevollen Belustigung von außen und überlegte, was sie wohl als Nächstes tun würde. Eine oder zwei Minuten später hatte sie die schwierige Überquerung des Gewässers in Angriff genommen, Schritt für Schritt, sich am Wehr festhaltend, während die tosenden Wasser auf sie einstürmten und ihre Ohren mit Rauschen erfüllten. Es war nicht leicht, in dem machtvollen, beständigen Seitwärtsdruck die Beine zu bewegen. Auf halbem Weg ließ sie etwas innehalten. Sie tauchte eine Hand in den glitzernden Strom, der über eine Kuppe schoss – es war, als drückte man gegen die Schulter eines großen, ruhigen Tiers und spürte, wie es den Druck erwiderte. Was hätte sie sonst tun sollen, fragte sie sich später. Wenn man erst einmal erkannt hatte, dass etwas möglich war, was blieb einem dann noch anderes übrig, als es auszuprobieren? Vor Aufregung zu zittern, laut zu lachen, als das Wasser die eigene Hand hin- und herwarf, um anschließend am anderen Ufer aus dem Fluss zu stolpern und in klitschnassen Unterhosen zwei Kilometer am Flussufer entlang nach Hause zu gehen. Sie musste dringend pinkeln. Es war dunkel, und wer sollte sie schon sehen? Sie fühlte sich ruhig und zufrieden, selbst dann noch, als sie mit den nassen Schuhen in der Hand über die Wiese zurückkam und feststellte, dass ihr Gartenhaus erneut brannte. Große, stille orangefarbene und gelbe Flammenzungen leckten in dem gleichen seltsamen Winkel vom Dach empor wie beim letzten Mal. Kein Rauch war zu sehen, auch nicht zu riechen. Das Gartenhaus wirkte höher, als lehnte es sich von ihr fort. Das Hitzeflimmern verlieh ihm eine gedrungene Kegelform, die an eine Windmühle erinnerte. Prachtvolle Funkenregen, die trotz der absoluten Windstille weit verweht wurden, setzten die Kronen der Obstbäume weiter unten in

Brand. Durch das Fauchen der Flammen meinte sie eine Stimme zu hören, die nach ihr rief.

»Michael?«, flüsterte sie. »Bist du das? Bist du hier?«

Es kam keine Antwort, aber Anna lächelte, als hätte sie eine vernommen. Sie ließ ihre Schuhe fallen und breitete die Arme aus.

»Michael«, flehte sie ihn an. »Du kannst jetzt zurückkommen. Dir droht keine Gefahr mehr.«

Aber wenn er es war, dann hatte er so viel Angst wie eh und je, und als Anna durch das Gartentor ging und spürte, wie ihre Gesichtshaut in der Hitze spannte, erlosch das Feuer. Sie stand in der Dunkelheit, erstarrt zwischen einer Bewegung und der nächsten, zwischen einem Gefühl und dem nächsten – bis sie schließlich kurz vor Morgengrauen die Vögel erwachen hörte und zurück ins Haus ging.

11 · Leerer Raum

Von Saudade aus reiste die *Nova Swing* von Da Luz Field auf *Planet X* einem unbekannten Ziel entgegen. Malmend und mampfend bahnte sie sich ihren Weg durchs All. Ihr Rumpf schüttelte sich im Dyne-Fieber. Unten im Hauptfrachtraum lagen die Mortsafes, alt, fremd, keine gute Gesellschaft. Sie waren in eine Art Synchronizität verfallen: Jedes Mal, wenn Liv Hula den Kurs anpasste, drehten sie sich langsam, bis sie sich wieder in ihrer ursprünglichen Ausrichtung befanden. Anscheinend waren sie sich einander bewusst, sagte Liv, obwohl niemand sonst das glaubte; sie wirkten leblos, solange sie sich beobachtet fühlten. Liv weigerte sich, den Frachtraum allein zu betreten. Sie verbrachte ihre Freizeit damit, ans Schiff angeschlossen die internen Überwachungsaufzeichnungen durchzusehen. Derweil sah Irene die Mona aus den Bullaugen und bestaunte die Wunder des Alls. Man hörte sie sagen:

»Weißt du nicht, mein Dicker, dass drei alte Männer mit weißen Mützen um das Schicksal des Universums würfeln?«

Nein, erwiderte der Dicke Antoyne, davon habe er noch nie gehört.

»Sie heißen Koki Futter, Mr. Freiheit und Der Heilige. Und das ist noch nicht alles: Die drei spielen nicht nur um das Schicksal des Universums, sondern auch um das Schicksal jeder einzelnen Person darin.« Je nach Tag gebe es unterschiedlich viele Würfel, und bei jedem Wurf sprächen sie rituelle Worte, zum Beispiel: »Kopf über Zahl!« oder »*Trent douce*«, oder »Seitwärts runter, Baby!«, manchmal jeder für sich, manchmal alle im Chor. Einer oder mehrere von ihnen klatschten dann sarkastisch oder pusteten sich auf die Finger, als hätten sie sich verbrannt. Oder zwei von ihnen grinsten den dritten höhnisch an und sagten: »Jetzt bist du am Arsch, Kleiner«, was zumindest jeder normale Mensch verstehen könne.

»Du hast diese würfelnden Kerle also gesehen?«, erkundigte sich Antoyne.

»In meinen Träumen habe ich sie gesehen, mein Dicker. Und wenn ich das sage, dann solltest du mich dabei nicht auf eben diese Art ansehen, die verrät, dass du mich gleich auslachen wirst. Weil ein Traum nämlich auch eine Art von Wahrheit ist.« Darüber lachte Antoyne, und sie schubste ihn vom Bett. »Sie zahlen und sie spielen, mein Dicker. Und wenn sie jemals aufhören? Tja, dann fallen ihre Gesichter schlaff in sich zusammen. Und die alten Männer weinen.«

Warum denn das, wollte Antoyne wissen.

»Weil«, erklärte sie, »sie dann in dieselbe unbedeutende Schwärze hinausschauen wie du und ich.«

Der Dicke Antoyne sah Irene an und stellte fest, dass er sie liebte. Er wünschte, dass er ihr treuer sein könnte, und sie wünschte sich das auch. Sie sagte: »Das, was sie sehen, ist schön, aber dunkel. Und es ist unmöglich, herauszufinden, was es ist, selbst für sie.«

In diesem Moment ertönten leise Alarmglocken an Bord des Schiffs, und Liv Hulas Stimme kam über die Lautsprecher.

»Wir sind da«, sagte sie.

Allerdings wisse sie nicht, wo »da« sei, fügte sie hinzu.

MP Renokos Koordinaten, ein Strang von Zahlen und Symbolen, die elf Dimensionen zu einem einzigen Punkt im dunklen interstellaren Medium verdichteten, verrieten auf den ersten Blick nichts: Dann sah man einen verwaisten Asteroiden auf den Trakt zutreiben – nach einer ereignislosen Reise von weniger als einer halben Million Jahre würde der ihn verschlucken. »In der Umlaufbahn darum befindet sich ein künstliches Objekt«, konnte Liv Hula bestätigen. Dann fügte sie hinzu: »Es ist ein Wrack.«

Später, als sie einen Raumanzug in die Finsternis lenkte, leuchtete ein einsames Ankerlicht sinnlos vor dem blassgelben Rand des Asteroiden. Daten flackerten über ihr Helmdisplay. »Da rührt sich nichts«, sagte sie. Wie erwartet. Im Innern des Bugs konnte sie ein sehr altes Kernkraftwerk orten. Es war nur schwach abgeschirmt und ganz ohne Kontrollen oder bewegliche Teile konstruiert, eine kompakte Masse wie ein Oklo-Reaktor. Am Heck befanden sich chemische Triebwerke und eine Dynaflow-Antriebseinheit; erstklassige Ausrüstung, die vor weniger als fünfzig Jahren nachträglich angebracht worden war. Es sah aus, als habe jemand versucht, das Wrack zu bergen, indem er in einem Stützpunkt auf dem Asteroiden Ersatzteile hergestellt hatte, und dann aufgegeben, als ein Beschleunigungstest das Schiff in der Mitte durchgerissen hatte. »Mir ist schleierhaft, wie die das überhaupt gefunden haben. Laut der modernen Kosmologie befindet sich der Arsch des Universums, sollte es ihn geben, höchstwahrscheinlich hier.« Ein Klicken ertönte. »Ich nähere mich jetzt dem Riss.« Danach lieferte der Funkkontakt nur noch spärliche Informationen. Auf der *Nova Swing* zeigten die Displays, wie der Datenstrom von ihrer Helmkamera für einen Moment versiegte, gefolgt von einer Reihe undeutbarer Momentaufnahmen von Rumpfplatten, abgerissenen Trägern und plötzlichen Leeren, die ein völlig anderes räumliches Verhältnis zu dem Asteroiden zu implizieren schienen. Das Kabel hatte sich bereits kilometerweit ins All abgerollt. »Tut mir leid«, sagte sie, »ich habe Interferenzen in der Leitung.« Dann: »Ich bin jetzt drin.«

Ein Querschnitt des Wracks hätte ein sprödes, organisch anmutendes Netz von Röhren und Fasern in blassen Blau-, Purpur-, Rosa- und Brauntönen enthüllt. Doch es war finster im Innern. Seltsam schräge Tropfsteine zerteilten die Gänge, die schließlich einer vertrauteren Architektur wichen. »Was auch immer das hier früher einmal war, ein Schiff jedenfalls nicht. Vielleicht war es ein Tier. Die Rohre und Kabel sind per Hand verlegt worden. Selbst der Rumpf ist nachträglich konstruiert. Ich nähere mich jetzt dem Reaktor.« Nach einer langen Pause sagte sie: »Liebe Güte. Löcher.« Fünfzig Millionen Kerzenstärken flackerten in einem unbestimmbaren Hohlraum und warfen die Schatten der Säulen in verstörenden Winkeln an die Wände. »Bekommt ihr das rein?« Sie befand sich in einer Art

Gewölbe. Wohin sie den Blick auch wandte, sah sie absolut gerade, runde Tunnel von einem halben Meter Durchmesser, die durch die uralte organische Materie gebohrt worden waren. Ihre glasige Oberflächenbeschaffenheit verriet die Einwirkung hoher Temperaturen. »Das ist etwas Neues. Es ist etwa zur Zeit des Bergungsversuchs geschehen, oder vielleicht kurz davor. Kacke. Was ist das? *Was ist das?*«

Das Licht tanzte über die Wände und ging dann aus.

Wieder war es still.

»Antoyne? Antoyne? Empfängst du mich? Antoyne, ich bin hier nicht allein.«

Oben in der Pilotenkabine der *Nova Swing* trudelten die Schattenoperatoren mit vor die Gesichter geschlagenen Händen umher und flüsterten:

»Was hat sie jetzt gemacht? Ach, was hat sie jetzt bloß gemacht?«

Ohne nachzudenken verließ der Dicke Antoyne sein Quartier und setzte sich in den Pilotensessel. »Aufnehmen«, befahl er dem System. Als die Kabel sich durch seinen weichen Gaumen bohrten und er ohne Vorwarnung erst niesen und sich dann übergeben musste, fiel ihm wieder ein, dass er geschworen hatte, nie wieder zu fliegen. Die Systeme fielen regelrecht über ihn her, sobald sie das merkten. Während er verzweifelt versuchte, die Navigationssoftware abzuschalten, hatte er einen Moment lang das Gefühl, in zu viele Richtungen auf einmal zu sehen. Alles stank erst nach Gummi, und dann – als das Schiff ihn zu beruhigen versuchte – nach Würgereflexdämpfern und irgendeinem billigen Noradrenalin-Wiederaufnahmehemmer, mit dem er vollgepumpt wurde.

»Scheiße noch mal«, sagte er mit belegter Stimme, »bring mich einfach längsseits.«

pSi-Triebwerke loderten in der Dunkelheit auf. Das Vakuum sah mit einem Mal ionisiert aus. Phasenwechsel liefen in Wellenbewegungen durch ein intelligentes Gas aus Nanomaschinen, Milliarden winziger Kameras ergossen sich wie Fischrogen zwischen die beiden

Schiffe. Der Dicke Antoyne, dessen Verbindung nach wie vor instabil war, blieb blind.

»He, Liv«, sagte er. »Liv?«

Keine Antwort. Dann knackte es in der Leitung, und ein entferntes Geräusch erklang, das wie Gack-Gack-Gack klang, Laute der Galaxis, die mittels Überlicht-Entladungen Selbstgespräche führte.

»Hallo? Antoyne?«

»Scheiße noch mal.«

»Antoyne. Es tut mir leid. Hier ist nichts. Ich habe nur die Orientierung verloren.«

Erschöpft begann Antoyne, die Pilotenverbindung zu lösen. »Willkommen im Club«, sagte er zu Liv Hula.

»Antoyne! Leichen! Leichen!«

Laut den Namen, die über ihren Visieren eingestanzt waren, hatte sie ein Drittel der ursprünglichen Bergungscrew gefunden. Arrangiert wie ein Element in einer Kunstinstallation oder wie eine primitive Wachsfigur in einem Tableau, das beispielsweise den Titel *Todesstelle XIV* oder *Die letzte Expedition* tragen könnte, saß **MENGER** mit gespreizten Beinen und hängenden Schultern an der Wand, der Helm ihres Raumanzugs nach vorne geneigt, die Hände locker auf den Schenkeln ruhend. Wie sich herausstellte, schrieb **SIERPINSKI**, der sich unbequem auf einem Knie niedergelassen hatte, als machte er ihr einen Heiratsantrag, in Wirklichkeit das Wort »Krümmung« auf den Unterarm seines Anzugs. War das vielleicht weniger eine Feststellung, fragte Liv Hula sich, als eine Warnung? »Keiner von beiden hat irgendwelche Verletzungen«, informierte sie die anderen an Bord der *Nova Swing*. Wer von den beiden war zuerst gestorben? Die Frau schien es jedenfalls in genau dem Moment erwischt zu haben, in dem sie aufgegeben hatte. War etwas Fürsorgliches, gar Zärtliches an der Art, in der sich **SIERPINSKI** zu ihr vorbeugte? Der Tunnel, der sich hier verengte und durch marmorierte und stromlinienförmige Säulen in drei Teile geteilt wurde, krümmte sich über ihren Köpfen wie eine erstarrte Welle. Da sie nicht durch die stumpfen Visiere schauen wollte, was aus einer Entdeckung einen voyeuristischen Akt gemacht hätte – weniger aus Angst, dass sie **MENGER** & **SIERPINSKI** sehen würde, als aus Angst, dass sie sie nicht sehen würde, dass die Anzüge sich als leer erweisen würden –, machte sie einen Bogen um sie und setzte ihren Weg fort. Die Verbindung zum Schiff blieb bestehen, doch niemand sagte etwas, bis sie schließlich bemerkte: »Das ganze Wrack wurde immer wieder von außen angebohrt. Schwer zu sagen, wann das geschehen ist.« Je weiter sie sich dem Reaktor näherte, desto mehr Öffnungen fand sie. Hier und da fiel durch eines der Löcher ein gelber Lichtstrahl aus dem Trakt auf Röhren oder ein Kabelbündel; niedrigschwellige ionisierende Strahlung verlieh allem anderen einen bläulichen Schimmer. Sie hörte ihren eigenen Atem, und, leiser, den Dicken Antoyne, der bei dem Versuch, sich aus den Schiffssystemen zu lösen, in die Verbindung schnaufte und keuchte. Noch leiser war die vertraute Überlicht-Interferenz zu hören, die jeder anders beschreibt, die für Liv aber immer nach entfernten Warnrufen klang. »Ich stehe jetzt vor dem Reaktor.« Es war ein hausgroßer Eindämmungsbehälter, um den das ursprüngliche Material des Wracks herumzuwachsen begonnen hatte. Rohre führten in die faserig-kristalline Masse hinein und heraus. »Sie haben Wasser in eine Suspension aus Uran-235 gepumpt. Es hat sich selbst im Fünf-Stunden Takt als superheißer Dampf abgelassen.« Sie warf einen Blick auf ihr Helmdisplay. »Die Verfallsrate deutet darauf hin, dass es zuletzt im Devon der Alten Erde in Betrieb war. Es ist an kein Ausgabegerät angeschlossen. Der Himmel weiß, wozu es gut war. Es hat nicht mehr gemacht, als seine eigene Temperatur um ein paar Hundert Grad ansteigen zu lassen. Vielleicht war es eine Art Habitat für das, was hier ursprünglich gelebt hat.« Auf der *Nova Swing* hörten sie eine ganze Weile nichts. Dann: »Antoyne, ich habe schon wieder das gleiche Geräusch wie eben gehört.« Ein dumpfes Summen, von so niedriger Frequenz, dass es nicht bloß in ihr Nervensystem einzudringen, sondern es zu *ersetzen* schien, begleitet von einem Schwindelgefühl und einem metallischen Geschmack im Mund. Später zeigten die chaotischen

Schwenks ihrer Helmkameras nur bläuliche, verschmierte Streifen. »Ich mache mich auf den Rückweg.« Als sie sich zum Gehen wandte, wurde ihr unzweifelhaft bewusst, dass sie tatsächlich nicht allein war. »Antoyne? Empfängst du irgendwas?« Ihre Bildübertragung riss ab, und für eine oder zwei Minuten konnte man nur Bruchstücke von Sätzen von ihr hören, »glänzend lackiert«, »kuppelförmiger Kopf« und immer wieder: »Antoyne?« Liv schleppte sich und ihre Ausrüstung durch die faserigen Korridore. Sie kam sich vor, als hätte sie sich in einem großen Organ verlaufen. Hinter sich konnte sie spüren, wie das Artefakt sich beharrlich einen Weg gegen die Maserung des bimsteinartigen Materials zu ihr grub, durch eine Wand des Wracks brach, um gleich wieder in der nächsten zu verschwinden. Sie stellte sich vor, dass es 400 Millionen Jahre dort gewartet hatte. Hatte es die Bergungscrew genauso gejagt wie sie?

Obwohl Irene die Mona den Weltraum liebte, fragte sie sich oft, warum es so viele Leute dorthin zog. Ihrer Meinung nach handelte es sich um eine praktisch rein visuelle Erfahrung. Manchmal waren diese wogenden Türme aus Gas, durchtränkt von türkisfarbenem Licht, zerrissen von irgendwelchen Schockwellen, die wahrscheinlich von explodierenden Quasaren oder so stammten, wunderschön. Manchmal erschienen sie auch monströs. Irene bevorzugte warme Städte auf fester Erde, wo die Schaufenster der Retro-Shops und Schneidersalons an Regentagen für jeden Geschmack etwas bereithielten. Sie bevorzugte die Lichter, die Saxofonmusik, die rosa- und purpurfarbenen, wie Motten umherflatternden Werbebanner, die Seelen, die einem so bereitwillig entgegenstrebten. Alles Schwindel, alles wunderschön. Aber gleichzeitig konnte sie nicht ewig zu Hause bleiben. Irgendjemand musste für die Finanzen und das geschäftliche Fortkommen des Unternehmens *Saudade Schwertransporte* Sorge tragen, ganz zu schweigen von der Personalleitung!

»Da wäre ich also«, sagte sie laut zu sich selbst, »draußen zwischen den Sternen und Galaxien, die, das muss ich zugeben, beinahe so bemerkenswert aussehen wie ein neues Paar Minnie-Sittelman-

Fick-mich-Pumps.« Etwa zur gleichen Zeit wurde ihr Name über die Schiffslautsprecher ausgerufen: »Irene, Irene«, gefolgt von einem Gack-Gack-Gack-Laut.

Sie fand Antoyne auf der Couch im Kontrollraum in einer Pfütze von Erbrochenem. Er umklammerte mit beiden Händen das Bündel bunter Pilotendrähte, als hätte er versucht, sich eine Schlange aus dem Mund zu rupfen. Zitternd, die Knie an die Brust gezogen, lag er da. Wenn Antoyne ein Geheimnis hatte, davon war Irene überzeugt, bestand es darin, dass er alleine nicht gut klarkam; aber es gab auch Tage, an denen er nicht mal dann besonders gut klarzukommen schien, wenn er Leute hatte, die auf ihn aufpassten. »Schätzchen«, sagte sie, hob seinen Kopf an und entfernte behutsam die Drähte, an deren goldenen Spitzen sie kleine Klümpchen Gehirnmasse erkennen konnte, »das hier ist nicht dein Job, und außerdem musst du dich dringend mal rasieren.« Antoyne übergab sich erneut und rollte sich von der Beschleunigungscouch.

»Bin ich hier?«, fragte er.

»Ja, Antoyne, du bist hier und alles ist gut.«

Die Bildschirme im Kontrollraum erwachten mit einem Mal wieder zum Leben. Sie zeigten: kurze Lichtblitze, die über gerippte, glitschig aussehende Tunnelwände zuckten; Schatten, durch einen panischen Blick über die Schulter wahrgenommen; irreführende Bilder von den Nanokameras, die das Wrack nun als Gas umhüllten. Alle Bilder wurden bearbeitet, damit sie »echt« aussahen, und trafen als vorgefertigtes Narrativ aus ausgewählten Blickwinkeln ein, ein Software-Psychodrama, in dem Liv Hula sich voranschleppte, umgeben von einer langsamen Explosion aus Kabeln, die während des Bergungsversuchs aus den Wänden gerissen worden waren. Durch ihr Visier konnte man sehen, wie sich ihre Lippen öffneten und schlossen, doch kein Laut drang heraus. Hinter ihr, in guter Bildqualität und doch schwer zu erfassen, kam etwas aus der Tunnelwand hervor.

Irene, die nicht die Absicht hatte, das Schiff in sich hineinzulassen, nahm sich einen Moment Zeit, um die Optionen für den manuellen Filter zu begutachten. Dann rüttelte sie den Dicken Antoyne wach.

»Schätzchen, ich brauche dich.«

Antoyne krabbelte zurück auf die Couch. Er räusperte sich laut.
»Scheiße.«

»Ich würde jetzt auch lieber poppen, ganz ehrlich.«

Antoyne stellte an den Anzeigenreglern herum, gab jedoch schnell
den Versuch auf, sich einen Reim auf das zu machen, was er sah.
»Warum bohrt es überall Löcher rein?«

»Niemand von uns kann das wissen, mein Dicker.«

Liv Hula fand sich an einer Kreuzung wieder, die sie kannte. Der
Tunnel teilte sich hier in drei Gänge auf. **MENGER** kniete fürsorglich über **SIERPINSKI**, schrieb jedoch »Krümmung«, so als dächte
er an etwas ganz anderes. **SIERPINSKI** ihrerseits starrte auf den
Boden, als hätte der sie verraten. Sie waren den Tod gestorben, den
jeder Entradista erwartete, bei der Tätigkeit, die sie sich ausgesucht
hatten, und jetzt warf jeder von ihnen drei oder vier Schatten in diesem Stillleben überhandnehmenden Unglücks. Kurz gesagt, handelte
es sich um die klassische Entradista-Seelenverarsche, an die Liv nur
mit größter Verachtung zurückdachte. »Kommt schon«, konnte man
sie zu den beiden sagen hören, während sie einen Blick über die Schulter riskierte: »Hier ist jeder mitschuldig, Jungs.« Genau vier Minuten und zweiunddreißig Sekunden später rief sie dann: »Verdammt
noch mal, Antoyne, jetzt bin ich wieder im Reaktorraum.« Sie war
müde. Ihre Wahrnehmung war getrübt. Die Luft ging ihr aus. Wenn
sie nicht bald etwas unternahm, dann würde der Raumanzug eine
Notfall-Wirbelsäulenpunktierung vornehmen, ihren Metabolismus
um zwanzig oder dreißig Prozent verlangsamen, einen Überlicht-
Notruf absetzen und auf das Rettungsteam warten. Man würde
sie auf dem Boden sitzend finden, mit herabgesacktem Kopf, breiten Beinen und dem Wort **HULA** übers Visier gestanzt, als weitere
Lachnummer in diesem Zirkus. Hinter dem Reaktor entdeckte sie
die Reste des Bergungsteams, zu einem Haufen zusammengesun-

ken. Ihr Helmdisplay verriet ihr, dass diese Leichen im Gegensatz zu **MENGER** & **SIERPINSKI** hohe Strahlendosen abbekommen hatten. Sie waren mit thermobarischen Handfeuerwaffen ausgerüstet, hatten aber anscheinend nicht versucht, sie einzusetzen. Mit dem Rücken zum Reaktorgehäuse, zu erschöpft, um noch etwas zu unternehmen, beobachtete sie den niedrigen Dosimeter-Alarm, der in ihrem Augenwinkel blinkte, und versuchte einmal mehr, die *Nova Swing* aufzurütteln. »Hallo? Empfangt ihr mich?« nach einer zweiminütigen Pause, in der sie allem Anschein nach nur leise vor sich hin fluchte, rief sie laut: »Himmel noch mal! Der Reaktor heizt sich wieder auf!« Für Liv fiel gelbes Licht durchs Blau. Ein dumpfes Summen war zu hören, weniger ein Geräusch als die Vibration ihres zentralen Nervensystems: ein Moment des Schwindels. Dann trat verstohlen ein Objekt von einem halben Meter Durchmesser und zwei Meter Länge neben ihr aus der Tunnelwand hervor. Es bestand aus einer Art glitschiger, schwarzer Keramik. An den Seiten ließen sich bizarre Reflexionen seiner Umgebung als Kalligrafie blassblauer Spritzer ausmachen. Es glitt auf knapp einem Meter Höhe aus der Wand hervor, augenscheinlich blind, vermittelte dabei jedoch den Eindruck von Intelligenz. Es wusste, dass sie da war. Nun befand es sich neben ihrem Ellenbogen. Als sie den Blick abwandte, stieß es gegen ihren Oberschenkel und drückte dagegen. Ihr ganzer Leib wurde vom Geschmack von Metall erfüllt. Sie drehte den Kopf zur Seite, um nicht gegen ihr Visier zu kotzen. Sonst geschah nichts, abgesehen davon, dass das Artefakt ihr nicht mehr von der Seite wich, als sich durch den leeren Raum auf den Rückweg machte, die stumpfe Schnauze nie mehr als dreißig Zentimeter von ihrer linken Hüftseite entfernt. Sobald sie das Wrack verlassen hatte, kriegte sich die Kommunikationsverbindung wieder ein. Das Erste, was sie hörte, war Antoynes Stimme.

»Himmel noch mal, Liv, wo warst du? Liv, wenn du mich hörst, wir glauben, dass das Ding, das du gesehen hast, das ist, was wir abholen sollen.«

»Fick dich, Dicker.«

Zuerst versuchten sie, das Frachtstück separat zu verstauen, doch es bohrte sich durch die Wände, bis es neben den anderen beiden im Hauptfrachtraum schweben konnte. Auf seiner Oberfläche waren Reflexionen zu sehen, die nicht recht zur Beleuchtung passen wollten. Es wirkte neuer als die beiden anderen. Auf jeden Fall war es weniger verbeult.

»Das ist erste Wahl«, schloss Irene die Mona daraus.

Sie leckte an ihren Fingern und legte dann ihre Hand darauf. Ein winziges elektrisches Kribbeln! Es gefiel ihr, weil es glänzte und wegen der – erst aus der Nähe erkennbaren – leichten, glatten, organischen Abweichungen von der Zylinderform, die sein vorderes Ende auf heitere Art phallisch erscheinen ließen. Der Dicke Antoyne näherte sich dem Ding vorsichtiger, doch obwohl es zuließ, dass er es mit einer Standard-Sechs-Register-Lupe untersuchte, fand er kaum etwas heraus. Er könne nicht sagen, wie alt es sei, erklärte er. Es sei außerirdisch und bestehe aus massiver Keramik, obwohl er tief im Innern winzige Strukturvariationen entdeckt habe, bei denen es sich wohl um Hochtemperatur-Supraleiter handele.

»Wir werden es nie erfahren«, sagte er und deutete damit an, dass es vielleicht jemand anders herausfinden würde.

Liv Hula war immer noch völlig durcheinander und schweißgebadet, ihre Elektrolytwerte jenseits von Gut und Böse, und sie weigerte sich, den Frachtraum zu betreten. Stattdessen hielt sie sich an die Pilotenkabine und ein entschlossenes Rehydrierungsprogramm, kombiniert mit mehreren Gläsern Black Heart auf Eis. Diese Rätsel seien für sie auf eine derart albtraumhafte Art bedeutungsschwanger, erklärte sie, dass sie am liebsten nicht einmal mit den anderen darüber geredet hätte: Allerdings hatte sie ihre Einschätzung über das Alter des Objekts revidiert.

»Ich glaube, das Bergungsteam hat es mitgebracht.«

Was sie jedoch damit vorgehabt hatten, wusste sie nicht zu sagen. Wenn die Gerüchte darüber zutrafen, dass MP Renoko etwa zu jener Zeit damit begonnen hatte, Sandra Shens Observatorium & Die Original-Karma-Pflanze auszuschlachten, hatten sie es vielleicht unbesehen von ihm gekauft, wie es bei illegaler Ware häufig vorkam. Vielleicht handelte es sich um eine Art Bergbaugerät. »Und was das hier betrifft«, sagte sie und hielt dabei ein verschwommenes Bild des Oklo-Reaktors im Wrack hoch, »was sollen wir damit anfangen?« Nachdem es vierhundert Millionen Jahren außer Betrieb gewesen war, hatte dieses grobschlächtige Artefakt nun wieder die Arbeit aufgenommen und pumpte im Fünf-Stunden-Rhythmus aus keinem für Menschen ersichtlichen Grund heißen Dampf ins All. »Ich glaube nicht, dass sie überhaupt etwas miteinander zu tun hatten.«

MENGER & SIERPINSKI suchten von da an Livs Träume heim, die beiden winkten ihr durch ein radioaktives Leuchten zu, die Helme rätselhafterweise leer.

12 · Ich bin nicht Renoko!

R. I. Gaines nahm seinen Koffer und ging.

In den darauffolgenden Tagen versuchte die Assistentin, das Gesehene zu vergessen. Ihre Gewohnheiten waren ihr dabei so wichtig wie eh und je, und so saß sie in ihrem Auto, in ihrem Büro oder aufrecht im Immersionstank auf der C-Street und sah sich selbst dabei zu, wie sie kam. Wo immer ihr Job sie hinführte, dachte sie sich Namen für sich aus. Sie versuchte es mit Ysabeau, Mirabelle, sie versuchte es mit Rosy Glo. Sie versuchte es mit Sweet Thing und Pak 43. Sie war eine polizeiliche Ermittlerin, auf der Straße und in ihrem Auto, wenn sie in den Seitenspiegel schaute, wenn sie links oder rechts blinkte. Tag und Nacht umgab die Stadt sie mit allen Elementen ihres Berufs: Gun-Kiddies, die durch die Schatten streiften, Schneider, die bis zu den Ellbogen im schwarzen Herzen der Menschheit steckten, Waren, die von den Sternen herabgeschmuggelt worden waren; sanfte Ahnungen, leise Verdächtigungen. Sie machte sich Notizen, lieferte Berichte ab. Sie saß an ihrem Schreibtisch, während die Schattenoperatoren wie alte Spinnweben und staubige, unvollständige Hände über das Papier krochen. Sie versuchte es mit Shacklette, Puxie, Temeraire, Stormo! und Te Faaturuma. Sie rief die Uniformierten an und fragte nach Epstein.

»Dieser Frachter, auf dem Sie waren«, informierte er sie: »Der steht schon lange nicht mehr auf dem Carver Field.«

Sie öffnete die Akte der *Nova Swing* auf einem Wandschirm. Ein Bild von Epsteins Gesicht erschien auf einem anderen. »Was ist ein ›Mortsafe‹? Hier heißt es, dass sie einen ›Mortsafe‹ an Bord genommen haben.«

»Sie wissen doch über alles Bescheid«, sagte Epsteins Gesicht an der Wand.

Er hatte den ganzen Morgen bei der Hafenbehörde verbracht und aus einem Pappbecher Kaffee getrunken. Anschließend hatte er sich auf dem Raumhafen selbst umgesehen. »Enka Mercury ist noch da«, sagte er. Sie schwebe nun hoch unter der Decke des Lagerhauses, habe die Farbe von öligem Rauch und Teer und sei durchscheinend wie Seife. Unter dem einen Arm habe sie noch immer die offene Stelle. Und sie sei noch immer tot. Aus der Entfernung sehe der lose Hautfetzen aus wie ein zerrissenes Stück Kleidung. »Wenn man mit der Hebebühne zu Enka hochfährt, dann fällt einem ein Geruch auf, nicht stark, aber unverwechselbar.«

»Sie dreht sich immer noch?«

»Und Toni Reno auch«, bestätigte der Bulle. »Allerdings ist Toni heute anscheinend etwas langsamer geworden. Ich kann Ihnen eine Aufzeichnung davon zeigen.«

Die Assistentin sagte ihm, dass er sich die Mühe sparen könne, und wies ihn an, zu warten, während sie sich die Frachtpapiere ansah. Laut denen bestand die Ladung aus »Vermischtem«. Aufgenommen in Saudade. Abzuliefern in New Miass, auf irgendeinem Felsbrocken namens *Kunene*, hundert Lichtjahre weiter Richtung Trakt. »Das ist ja seltsam«, bemerkte sie. Spediteur, Empfänger und »zu Benachrichtigender« waren ein und dieselbe Person: ein gewisser MP Renoko, der als haftungsbeschränktes Unternehmen namens FUGA-Orthogen auftrat und mit allen Quantenunsicherheiten agierte, die man im Halo erwarten musste – wenn man wusste, wer eine Firma betrieb, wusste man nicht, was sie machte, und umgekehrt. Sie fragte Epstein, was er von der Sache hielte, worauf Epstein erwiderte, dass er keine Meinung dazu habe. Wie sich herausstellte, machte FUGA-Orthogen in erster Linie Geschäfte mit Papier – bis hin zu den Bildern leidlich bekannter toter Stars, Marken, die keinerlei Werbewirkung mehr hatten. Allerdings gehörte ihm auch der Nachlass eines ehemals beliebten Wanderjahrmarkts namens Sandra Shens Observatorium & die Original-Karma-Pflanze: Der Zirkus von Pathet Lao.

»Fünfzig Jahre, nachdem er sie aufgekauft hat«, berichtete die Assistentin Epstein, »bewegt dieser Renoko die Überbleibsel des Zirkus unter dem Deckmantel des Handels durch das Halo.« Sie las weiter. Zu dem Nachlass gehörte anscheinend auch ein HS-HE-Frachter, der vor fünf Jahren über eine dritte Partei an Saudade Schwertransporte wie gesehen verkauft worden war. Die neuen Eigentümer hatten ihn in *Nova Swing* umgetauft.

»Dicker Antoyne«, sagte die Assistentin bei sich, »du hast es wirklich faustdick hinter den Ohren.«

Sie fragte Epstein, ob er jemals auf *Kunene* gewesen sei. Epstein antwortete mit Nein, wies aber darauf hin, dass er wohl nicht allzu weit strandaufwärts läge.

Ohne etwas von dieser flüchtigen Unterhaltung zu wissen, stattete Rig Gaines einem seiner weniger anspruchsvollen Projekte einen Besuch ab. Dieser korrodierte Zylinder – der bei einem Durchmesser von sechs Metern etwa zwanzig Meter lang war, kalt genug, um Schinken darin zu kühlen, im Innern nach Hydrazin und ungewaschenen Füßen roch und Gaines als »der Kahn« bekannt war – flog mit etwas mehr als Schrittgeschwindigkeit Richtung K-Trakt, gesteuert von seinem alten Freund und Verbündeten, Impasse van Sant. Obwohl der Kahn selten etwas Bemerkenswertes zutage förderte, gefiel es Gaines hier. Er verbrachte gern mal einen Morgen auf ihm und trank Giraffe-Bier, während der Pilot ihn auf den neuesten Stand brachte.

Eingedenk der EMC-Kultur cooler Selbstdarstellung – ganz zu schweigen von der Vorliebe seiner Organisation für klassische, profitable Joint-Venture-Strukturen mit Partnern vor Ort – schwieg Gaines sich über seine Zusammenarbeit mit Imps van Sant aus. Als letzter echter Mensch lief Imps den ganzen Tag über in Badelatschen und Cargo-Shorts herum, zu denen er oft ein T-Shirt mit einem Spruch drauf trug, wie zum Beispiel **SIE IST IN DIR DRIN, MANN** oder **YbAlB4**. Hinzu kam, dass er eine Reihe Leiden aus der Mitte des 20. Jahrhunderts kultivierte, von Zahnfleischentzündung bis hin zu trockener Haut und über die Jahre angewachsenen Fettmassen. Diese altmodische Einstellung war es, die Gaines am meisten an Imps mochte: Seine Arbeit war schwerer zu durchschauen. Das Experiment – das vor hundert Jahren in aller Eile gestartet worden war, um fremdartige Materialien in der großen Staubwolke und Expansionswellenfronten an den Rändern des Trakts zu identifizieren – war zur Hälfte missglückt, und die andere Hälfte erzeugte Datenmaterial, das nicht von draußen, sondern von drinnen stammte und van Sants eigenes Tun unablässig in einer Weise kommentierte, die er in seinen Berichten mittlerweile als »Hilfeschrei« bezeichnete. Zeiger tanzten über ihre Zifferblätter, zuckten im roten Bereich, bis die Schattenoperatoren des Kahns murmelnd erwachten:

»Das ist nicht richtig, Liebes«, und: »Das ist zu viel verlangt.«

Als Gaines an diesem Morgen für die wöchentliche Leistungsbewertung eintraf, fand er van Sant, der mit dem Handballen auf eine grün emaillierte Zinkkiste von etwa dreißig Zentimeter Seitenlänge einhämmerte, an der zwei einzelne Okulare an stoffummantelten Gummibändern baumelten.

»Früher konnte ich hier drin etwas sehen.«

»Vergiss das Zeug«, riet ihm Gaines, »und gib mir ein Bier.«

»Man hatte Aussicht auf eine Berglandschaft«, sagte van Sant.

Er förderte einen halben Liter Giraffe zutage und hämmerte dann erneut auf die Kiste ein. »Auf einem Auge Berge, und auf dem anderen etwas anders, was, habe ich vergessen. Moment, nein! Es war ein See. Sah zumindest so aus.«

»Wirklich?«

Gaines hatte seine Zweifel an der Qualität dieser Bilder – und er glaubte auch nicht, dass sie an und für sich einen Informationswert hatten. Das Gerät, das er zum Sonderpreis beim regelmäßigen Ramschverkauf auf *Motel Splendido* erstanden hatte, war auf einen bestimmten Benutzer eingestellt: Es gab eine gewisse Art zu sehen, etwas, das man mit seinem Kopf anstellen musste, wodurch die Kreuzkorrelation hergestellt wurde. Und Imps van Sant konnte noch so angestrengt hineinspähen, er hatte den Dreh einfach nicht raus.

Er war nicht richtig zugeschnitten, obwohl eine gewisse natürliche Verschlagenheit ihm folgende Beobachtung ermöglichte:

»Es kam auf das an, was beide Bilder zusammen ergaben.«

»Mach dir darüber jetzt keine Gedanken«, erwiderte Gaines unbestimmt. »Haben wir diese Woche etwas herausgefunden?«

»Da weiß ich auch nicht mehr als du.«

Sie tranken das Bier und spielten anschließend in den Mannschaftsquartieren Tischtennis mit einem neuen Ball, den Gaines mitgebracht hatte. Da Gaines sich das Spiel selbst ausgedacht hatte und die Regeln und Rahmenbedingungen mit jedem Besuch änderte, gewann er immer. Wenig später stiegen die Kohlendioxidwerte überall auf dem Kahn deutlich an. Alarmsirenen erklangen. Van Sant musste einen Raumanzug anlegen, nach draußen gehen – wo die ständigen Tobsuchtsanfälle der Wahrscheinlichkeiten sich gegenseitig zu Vakuum aufheben – und zweimal mit einem Schraubenschlüssel auf etwas eindreschen. Danach blieb ihnen nichts anderes übrig, als das Gewächshaus abzuwerfen und von vorne anzufangen. Bis dahin war es für Gaines an der Zeit, wieder aufzubrechen.

»Biologie«, sagte er leise lachend. »Wünschst du dir nicht auch manchmal, ohne sie auskommen zu können?«

»Sehr witzig.«

Nachdem sein Freund weg war, saß Impasse van Sant erschöpft und noch halb in seinem Raumanzug da. »Ich hasse es, dort rauszugehen«, sagte er zu sich selbst. »Ich spüre, wie dieses Ding mich beobachtet.« Damit meinte er den K-Trakt. Er wusste, dass Gaines den Trakt in einem anderen Licht sah. Wie jeder andere auch hatte Imps kaum eine Vorstellung davon, welche Rolle genau er in den Plänen seines Freundes spielte: Aber manchmal dachte er, dass Rig deshalb den Kahn aufsuchte, weil er sich nur hier wirklich entspannen konnte. Rig liebte es, draußen im Dunkeln zu sein, weit weg von allem Menschlichen. Van Sant fühlte sich damit alles andere als wohl. Vor einiger Zeit – vielleicht vor zu langer Zeit – war ihm bewusst geworden, wie der Trakt vor ihm im Raum hing, Jahr um Jahr wie ein riesiges brodelndes Gesicht – gehäutet, wund, voll runder Bok-Partikel und Staubstraßen, von kaum erforschten relativistischen Effekten platt gedrückt und gestreckt, von unkenntlichen Gefühlen in Wallung gebracht.

Der Trakt versetzte ihn in ständige Nervosität. Er gab ihm ein Gefühl der Einsamkeit. Sobald er sich sicher war, dass Rig Gaines weg war, öffnete er deshalb eine Reihe von Kommunikationsverbindungen und flüsterte in den leeren Raum:

»He, Schätzchen. Bist du da draußen?«

Heute antwortete niemand.

Die Assistentin buchte einen Flug nach *Kunene*. In einer gebundenen Rotation mit der örtlichen Sonne, sodass eine Seite gefroren war und die andere kochte, bot diese mittelgroße Lokalität ein paar Lichtjahre tief in der *Radio Bay* nur eine bewohnbare Zeitzone, die als »die magische Stunde« bekannt war. Seltene Oxide im Boden hatten der Wirtschaft auf *Kunene* den ersten Anstoß gegeben, aber es waren die immerwährenden und fein abgestuften Sonnenuntergangsbänder der magischen Stunde, die die Investoren anlockten: Ödlande, Geisterstädte und von Wracks übersäte Küstenstreifen verführten Touristen und Public-Relations-Manager gleichermaßen und machten *Kunene* zu einer der ersten Adressen im Halo für alles von Amateur-Hochzeitsholografie über »existenzielle Pornografie« bis hin zu den trendigsten Markenkampagnen.

Jeder, der sich an einem Sonnenuntergang erfreuen kann, wünscht sich, dass er niemals enden würde; auf *Kunene*, so versprachen es die Werbebroschüren, konnte man sich diesen Wunsch erfüllen.

Einen halben Tag lang schaute die Assistentin zu den Bullaugen des Kurzstreckentransporters *Puit Puit Maru* hinaus, sah zu, wie die Dynaflow-Halluzinationen Unterwasserpflanzen gleich vorbeistreiften, und sagte sich: »Ich reise nicht gerne. Mir gefallen diese billigen Plätze nicht.« Niemand saß neben ihr. In der Hafenbehörde von *Kunene* hatte man noch nie etwas von der *Nova Swing* gehört. Aber der Name FUGA-Orthogen kam ihnen dort bekannt vor, und einige der altehrwürdigen Industrien kauften nach wie vor Maschinen von anderen Planeten ein. Weil man hier also überarbeitet war und sich in seinen Leistungen nicht angemessen gewürdigt fühlte, und weil selbst die Polizisten die Nähe der Assistentin scheuten, nachdem sie ihre Identität überprüft hatten, schickte man sie ins Hinterland. Dort – weit weg von den Belichtungs-Resorts und den Ficksafaris, in Richtung des stillstehenden Tages, wo die Landschaft sich unter dem abweisenden grellen Leuchten des Spätnachmittags in Violett und Knochengrau auflöste – war die alte Wirtschaftszone von *Kunene* zu einer Reihe halb verlassener Aufbereitungsanlagen zusammengeschrumpft, die zwanzigtausend Kilometer von Norden nach Süden verlief und sich hier und dort zu Armenstädtchen mit Namen wie Douglas oder Skelton verdichtete. Fünfzig Jahre zuvor, auf der Höhe des Lanthanoiden-Booms, hatten viele dieser Orte ihren eigenen Landeplatz gehabt, und einen solchen suchte sich die Assistentin nun, während ihr Shuttle eine schnell verblassende Ionisierungsspur über den klaren, blaugrünen Himmel zog.

Die Verwaltungseinrichtung bestand aus einer betonierten Fläche von etwa dreieinhalb Hektar, auf der mehrere niedrige Häuserblöcke standen. Blau-weiß gestreifte Markisen knarrten im Wind. Schilder mit abgeplatzter Farbe warben für Waren, die es längst nicht mehr gab. Alles wirkte verlassen: Aber an der Rezeption in einem einstöckigen Gebäude, dessen Architektur auf eine modernistische Garage aus dem Jahre 1959 anspielte, entdeckte die Assistentin einen kleinen, dürren alten Mann, der Golfmütze, Hemd und bronzefarbene Polyesterhosen mit Bügelfalten trug und gelangweilt Entreflex-Würfel auf den polierten Holztisch warf. Tausend ausgebleichte Frachtscheine waren an die Wand gepinnt. Auf einem ausgeschalteten Leuchtschild stand:

PERDIDOS E ACHADOS

»He«, sagte er, »wir haben geschlossen.«

»Ich bin hundert Lichtjahre weit gereist, und das bekomme ich zu hören.«

»Die Zeiten sind eben hart«, sagte der alte Mann. Er warf erneut die Würfel und bekam Weganische Schlangenaugen, den Heerflug und den Wolkenturm. »Nächsten Donnerstag haben wir seit einem halben Jahrhundert geschlossen«, sinnierte er. »Aber wenn Sie etwas mit mir trinken wollen, gibt es gegenüber eine Bar.« Sie lachte.

»Davon träumen Sie, Frauen von einer anderen Welt etwas zu trinken auszugeben?«

»Jeder muss seinen Traum haben«, erwiderte er, »und es stimmt, dass Sie wie meiner aussehen.«

Er habe dieses Büro während der gesamten Zeit des Lanthanoiden-Booms leiten müssen, erklärte er ihr. »Vor mir hat ein Mann namens Renoko diese Arbeit gemacht. Es war genauso gut, wie wenn man eine Mine hätte, nur weniger Arbeit. Damals haben wir anders gelebt.« Er stützte die Ellbogen auf den Tresen und legte die Würfel so nebeneinander, dass sie eine hohe Kombination ergaben. Das Weiße in seinen Augen war vom Alter gestockt. Seine Hände, groß und weich, mit knittriger Haut über den Knöcheln und gepflegten Nägeln, hielten nie still. »Das waren die Mambo-Tage, aber Ihnen muss ich das ja nicht erzählen.«

»Ich bin auf der Suche nach einem Schiff«, sagte die Assistentin.

Zur Antwort nahm er einen grünen Pappkarton von einem Regal und leerte ihn vor ihr aus. Hunderte von Würfeln – manche außerirdischen, andere menschlichen Ursprungs, manche einzeln und manche in Paaren – kullerten über den Tresen. In allen möglichen Farben und aus allen möglichen Materialien, von Knochen bis zu Rubinplastik, glitzerten sie von geheimem inneren Licht und eingebetteter Physik. Er fuhr mit der Hand darüber, und mit einem Mal lagen nur noch Gewinne da. Sie zeigten alle mit der gleichen Seite nach oben. »Was wir verlieren, sind wir selbst«, sagte er, wischte die Würfel in die Schachtel zurück und kippte sie erneut aus. »Ich hab Gepäck und Bilder gesehen. Ein Paket mit rostigen Messern. Einmal etwas, das wie ein Schuh aussieht, aber dann fällt mir auf, dass es lebendig ist. Ich habe verlorene Kinder in Empfang genommen, verlorene Mäntel, verlorene Antiquitäten, einschließlich, wie Sie sehen, diese bunt gemischten Würfel.« Er zuckte mit den Schultern. »Eine Rakete ist zu groß für dieses Büro.«

Die Assistentin legte die Hände auf seine und hielt sie still.

»Haben Sie keine Angst vor mir«, beschwor sie ihn. »Black Heart Rum ist mein Lieblings-Drink, da lasse ich mir Zeit, genieße den Karamelgeschmack. Das Schiff, hinter dem ich her bin, heißt *Nova Swing*?«

Der alte Mann sah sie an.

»Warten Sie hier«, sagte er.

»Verlorene Würfel«, rief sie ihm nach, »bringen dem, der sie findet, Unglück!«

Sie wartete zehn Minuten, zwanzig Minuten.

Hinter dem Tresen hielt er Ordnung: Da waren nur die Schachtel im Regal und die vergilbten Zollpapiere an der Wand. Alles war sauber aufgeräumt. Es gab ein verschlossenes Hinterzimmer; und eine Hintertür, die eine ganz neue Aussicht auf die Wirtschaftszone von *Kunene* bot. Als er nach einer halben Stunde immer noch nicht zurück war, ging die Assistentin vor die Tür, lief umher und rief: »Hallo?«. Kräftiges Nachmittagslicht warf Schatten in die leeren Gassen zwischen den Gebäuden. Ließ man den Blick über die stille Aussicht schweifen, zeigten sich in einer Richtung die Hügel aus seltenen Erden; in einer anderen der rissige Beton des Landeplatzes. Sie war in einem Irrgarten: still und statisch, in jede Richtung sich selbst ähnelnd, der Eindruck zeitweiliger Besiedelung von den Kräften der Wirtschaft und vom geistigen Verfall verewigt. »Hallo?« Verwirrt davon, dass alles gleich aussah, bildete sich ihre Schneiderarbeit ein, dass manche Dinge größer wären als der Raum, den sie einnahmen. Sie schaltete auf den Bereitschaftsmodus um. Ein paar Minuten später überquerte der alte Mann fünfzig oder sechzig Meter vor ihr eine Kreuzung. Er schob etwas Langes, Schweres, Röhrenförmiges vor sich her, stemmte sich dagegen wie gegen einen starken Wind. Sie hörte ihn vor Anstrengung ächzen.

Als sein Blick auf sie fiel, machte er einen angstvollen kleinen Satz. »Ich bin nicht Renoko!«, rief er.

Sein Hemd bauschte sich hinter ihm. Als sie die Kreuzung erreichte, war er verschwunden: Danach sah sie ihn nur noch von Ferne, als winzige Gestalt in dem Irrgarten, wobei seine Versuche zu rennen einen absurd komischen Zeitlupeneffekt erzeugten. Schließlich erklang ein gedämpfter Klagelaut, als hätte sich ganz am anderen Ende der Landebahn etwas Schmerzliches ereignet; im selben Moment kam sie um eine Ecke und fand ihn drei Meter über dem Boden hängend vor, wo er sich in einer langsamen, lockeren Doppelschleife drehte. Seine weiße Mütze war weg. Er lächelte. Er war tot. Was immer er geschoben hatte, war verschwunden.

Eine Fundsache, dachte die Assistentin.

Eine Stimme in ihrem Ohr flüsterte: »Hallo, mein Name ist Pearlant und …«

Ihre Schneiderarbeit sprang unvermittelt an. Alles verwischte sich. Ihre Zielerfassung erschnüffelte bestimmte chemische Substanzen, maßgeschneiderte Kairomone mit ihrem charakteristischen süßen Gestank. Ein Monster wie sie, etwas, das die Schneider mit ihrer unreifen Vorstellung von der Zukunft zusammengebastelt hatten, schoss in zufälligen Ausweichmustern vor ihr davon. Es stank nach HPA-Überaktivität und strahlte Frequenzen ab, die sie erspüren, aber nicht erzeugen konnte – 27 bis 40 gHz, eine Art lokales Überwachungsmedium, das sich in einen ungerichteten Überlicht-Schrei hochlud, dessen Empfänger sich nicht erahnen ließ. Sie duellierten sich vierzig oder fünfzig Sekunden lang zwischen den Häusern, ohne zu einem Ergebnis zu gelangen. Als die Assistentin innehielt, um zu lauschen, erstarrte das Geschöpf und fuhr seine Systeme herunter. Abgesehen davon blieb es in den Schatten, bewahrte sein Bewegungsmoment und drang in ein Gebäude ein, noch während es das vorangegangene zu verlassen schien, rannte eine Tür ein, während es zwanzig Meter weiter in einer zeitverzögerten Explosion von Schindelsplittern aus einer Seitenwand hervorbrach. Es war schneller als sie. Es war wütender. Es hatte keinerlei Versuch unternommen, sie zu identifizieren oder sie in einen Kampf zu verwickeln. Stattdessen schien es sich mit sich selbst zu streiten. Schließlich gab sie auf. Sie lauschte seinen Schritten, die sich wutstampfend entfernten, dorthin, wo die schiefen Wracks der Raumschiffe – Opfer des Preisverfalls sowie der Hochenergie-Astrophysiken draußen in der *Radio Bay* – in die von ungeförderten Erzen durchzogenen Sedimentschichten sanken. Das Geschöpf sprintete zwischen ihnen hindurch, wirbelte ganze Wolken modrigen Erdbodens auf, bis es in zwei oder drei Kilometer Entfernung hinter einer niedrigen Hügelkette verschwand. Es rannte eigentlich nicht so sehr weg, dachte die Assistentin, als dass es darum kämpfte, seine eigenen Reaktionen unter Kontrolle zu halten. Sie kehrte zu der Leiche zurück.

Die Sonne knallte herab. In den Gassen klatschten lose Asbestverkleidungen im ständigen Vier-Uhr-Wind. Der alte Mann lag auf der warmen Luft – ein Arm ausgestreckt, das gegenüberliegende Bein gekrümmt, als machte er vor, wie man kraulte –, eine schwache Andeutung vollkommenen Glücks. Er war wieder etwas höher gestiegen. Sein Lächeln hatte etwas Hintertriebenes, und er schien angestrengt die Augen zu verdrehen, um über seine Schulter zu blicken. Zwei oder drei Würfel umschwebten seinen Kopf. Darüber hinaus hatte er ein Werbebanner angelockt, das von irgendeinem siebzig Kilometer entfernten, semiprofessionellen Fotosafari-Anbieter am Rande der Schattenlichter-Zone hergeweht worden war und nun entgegen seiner trägen, horizontalen Acht um ihn herum flog. »Die ewigen Schatten des Terminators«, teilte es ihm gerade mit, als die Assistentin eintraf, »bieten sowohl Amateure als auch Profis zahllose technische Herausforderungen: Und hat man sich erst einmal mit all ihren Nuancen vertraut gemacht, dann gibt es nichts Schöneres als die Goldene Stunde von *Kunene*, mit all ihren unheimlichen, manchmal verstörenden Stimmungen, die uns so sehr am Herzen liegen.«

R. I. Gaines blieb ein Rätsel für sie.

»Mit einem Schädelradio«, hatte er ihr versichert, »bekommt man fast alle wichtigen Schwingungen rein.« Aber als sie das Gerät begutachtete, das er ihr dagelassen hatte, gewann sie den Eindruck, es mit einem billigen Souvenir zu tun zu haben. Er hatte ihr nicht erklärt, wie man es bediente. Ihre Schattenoperatoren fanden nichts heraus. »Wir helfen gerne, meine Liebe, aber natürlich«, sagten sie: Aber wenn Gaines ein Name war, hatte ihn seit 2267 niemand mehr benutzt, dem Jahr, in das ihre Aufzeichnungen zurückreichten. »Wir helfen ja so gerne«, sagten sie. Derweil erwies sich das EMC als eine einzige Firewall; undurchdringlich. Keine andere Agentur beanspruchte Gaines für sich. Er war ein Mann, der sich kleidete wie jemand aus einem anderen Zeitalter. Er ging durch Wände. Die Assistentin saß in ihrem Zimmer auf dem Bett und hielt das Radiogerät auf Augenhöhe. Der kleine Kinderschädel erwiderte ihren Blick aus seinem Nest aus rotem Samt und umhertreibenden Pailletten.

»Hallo?«, sagte sie.

»He!«, rief das Radio aufgeregt, allerdings mit R. I. Gaines' Stimme.

Kurz darauf entfaltete es sich in einer Art und Weise, durch die es sie in sich aufnahm – obwohl sie es nach wie vor als festen Gegenstand in ihrer Hand spürte. Sie hörte eine Art Musik. Pailletten strömten aus dem Mund des Schädels und durch die Assistentin hindurch in ihr Zimmer, wo sie von Wänden und Boden absorbiert wurden. Das geschah nach und nach. Kurz wurde Gaines in ihr Blickfeld getrieben. Er wirkte nervös. Sie konnte nicht genau erkennen, was hinter ihm vorging, aber sie hatte den Eindruck, dass es in einem sehr großen Raum geschah. »He!«, sagte er erneut.

Dann erklärte er, dass er gerade ein wenig beschäftigt sei.

»Es ist etwas passiert«, sagte die Assistentin zu ihm. Das Schädelradio, das die Luftströme abtastete und von all den grundlegenden Inkonsistenzen des Universums angetrieben wurde, erwärmte sich in ihren Händen auf Körpertemperatur. Am hinteren Ende der Dose war nun mehr zu sehen. Es war weniger knochenartig, als ihr lieb war, und ein fetter kleiner Babykörper hing mit gespreizten Beinen hinein. »Kennen Sie etwas, das Pearlant genannt wird?«

Lange herrschte Stille. »Herrgott noch mal«, sagte Gaines.

Sie erzählte ihm von dem Fall Toni Reno und davon, wie die Besatzung der *Nova Swing* sie angelogen hatte; von dem, was sich in den Lanthanoiden-Ödlanden auf *Kunene* ereignet hatte. Gaines blickte sich um und sagte, als richtete er sich an ein abwesendes Publikum: »Sie verkackeiern mich doch.« In diesem Moment fiel das Feld in sich zusammen, sodass das Schädelradio sich wieder in ein billiges Blechsouvenir verwandelte. Die Assistentin fühlte sich erleichtert. Wenige Augenblicke später betrat Gaines in einem Schwall kalter Luft ihr Zimmer. Er trug Hampton-Khakihosen, einen klassischen Guernsey-Pullover und darüber eine fest gefütterte Daunenjacke in einem öligen Gelb.

»Herr im Himmel«, beschuldigte er die Assistentin, »ist an Ihnen etwa mehr dran, als man auf den ersten Blick sieht? Ich möchte Sie mal fragen: Was führen Sie im Schilde?«

Die Assistentin erwiderte, dass sie überhaupt nichts im Schilde führe.

Gaines seufzte. Er stellte eine Verbindung zum Aleph-Projekt her. »Gebt mir jemanden aus der Eindämmungsabteilung.« Es entstand eine Pause, während der er die Assistentin betrachtete, als beschlösse er gerade, sie nicht zu kaufen. »Mögen Sie Kuchen?«, fragte er sie. »Mir ist nach Kuchen zumute.« Bevor sie sich eine Antwort einfallen lassen konnte, beanspruchte das andere Gespräch wieder seine Aufmerksamkeit.

»Ich weiß«, sagte er. Fünfunddreißig Sekunden lang hörte er angestrengt zu, ehe er der Person am anderen Ende der Leitung ins Wort fiel: »Etwas ist ausgebüxt, und ihr Wichser wisst nicht mal was!« Zu jemand anderem sagte er: »Ja, vielleicht hatte ich mit ihr zu tun.« Darauf folgte eine ausführliche Erwiderung, die ihn allerdings kein bisschen zu beruhigen schien. Die Assistentin ging ans Fenster, um die Leute unten auf der Straße zu beobachten. »Gehen Sie nicht weg«, ermahnte Gaines sie. Der leichte Nachmittagsregen von GlobeTown war bereits abgeklungen. Überall auf der gegenüberliegenden Straßenseite öffneten Dub-Läden und Crêpe-Stände, um die ersten Kunden des Abends abzufangen. Später würden sich die Straßen leeren, das Hafenleben sich selbst ins eigentliche Saudade weiterspülen. Bis dahin lachten die Mädchen und Jungen und küssten sich, umgeben vom Geruch von Essen und Parfüm. Neon leuchtete in der weichen, frischen Luft; während Gaines der Assistentin oben im Zimmer den Rücken zukehrte. Sie blickte gedankenverloren auf die Piktogramme herab, die an der Innenseite ihres Unterarms entlangliefen. Manchmal juckten sie. Manchmal fühlten sie sich an, als bewegte sich wirklich etwas unter ihrer Haut. »Ich weiß nicht«, hörte sie Gaines sagen. »Derzeit weiß niemand irgendwas.« Er unterbrach die Verbindung.

Als er sich wieder zu ihr umdrehte, sagte er als Erstes:

»Eigentlich sollten wir Sie nach dieser Sache gehen lassen, aber wir sind uns einig, dass wir das nicht wollen. Das wäre für uns einfach keine vernünftige Lösung.« Er lächelte. »He«, sagte er. »Mögen Sie nun Kuchen? Ich will schon den ganzen Nachmittag Kuchen essen!« Er ging mit ihr zu einem bekannten Stand mit Backwaren, *Ou Lou Lou's*, oben bei den Bauten der Neuen Menschen nahe der Retiro Street, wo die Straßen brechend voll mit Leuten waren, die Ambient-Tart aßen, Musik hörten und Espresso oder Anislikör aus kleinen Gläsern tranken, während die Neonschriftzeichen und die Lichter der Großstadt in der warmen Luft schimmerten – Liebesbotschaften von den fernen Etablissements auf der Tupolev und Mirabeau, die die ganze Nacht geöffnet hatten.

»Sehen Sie sich das an! Eclair! Sahnehörnchen!« Gaines rieb sich die Hände. »Sie sehen aus wie jemand, der ordentlich Kuchen verdrücken kann.«

»Ich mag nichts mit Sahne drin«, sagte die Assistentin.

Sie lachte. Seit den Ereignissen auf *Kunene* hatte sie noch mehr das Gefühl, nur eine Schauspielerin zu sein, die sich selbst – oder irgendjemanden – spielte. Gaines versuchte, sie zum Tanzen zu bewegen. Sie wusste nicht, wie man tanzt. Den Menschen um sie herum wurde die Situation anscheinend langsam unangenehm, und einige gingen auf Abstand. »Kommt schon!«, rief Gaines ihnen nach. »Wir machen doch nur Spaß.« Die Verbliebenen fragte er, ob sie nicht auch fänden, dass die Assistentin wunderschön sei? »Sehen Sie sie an!«, sagte er. Er trank fünf oder sechs Gläser Likör, aß aber letztlich doch keinen Kuchen. Stattdessen alberte er mit allen möglichen Leuten herum und achtete dabei darauf, dass die Assistentin bekam, was sie wollte. Später, als sie wieder in ihrem Zimmer war, saß er mit gespreizten Knien, die Hände dazwischen locker verschränkt, da und sagte ohne Vorrede:

»Das Problem mit dem Leben ist: Wenn man es falsch anstellt, kann man nicht noch mal von vorne anfangen.«

Es gebe zwei Sorten Menschen, sagte er: Diejenigen, die ihr Leben in dem andauernden Moment des Entsetzens verbrächten, der mit dieser Erkenntnis einhergehe – »sie haben keine Ahnung, wo der Ausgang hin ist, und selbst, wenn sie ihn fänden, könnten sie die Tür nicht öffnen« – und die deshalb ihr Leben damit verbrächten, wild um sich zu schlagen, weil sie nach seinen Worten »völlig verstört sind, sobald sie hören, wie die Tür hinter ihnen ins Schloss fällt.« Die andere Sorte beschließe nach einem kurzen, schmerzhaften Stich, »einem schnellen Blick zurück«, das Beste aus dem zu machen, was als Nächstes geschehen würde, komme, was wolle. »Diese Leute geben nicht auf«, schloss er. »Sie hoffen immer noch auf etwas Gutes.«

Die Assistentin wusste nicht, was sie darauf erwidern sollte. Nichts, was er sagte, fiel in ihren Kompetenzbereich. Nichts davon traf auf jemanden wie sie zu. Sie war sich ohnehin nicht sicher, ob sie ihm glauben sollte. Letztlich sagte sie:

»Sicher können wir in dieser Welt alles sein, was wir sein möchten.«

Eine derart banale Idee tat Gaines ab. »Als ich in dieses Spiel eingestiegen bin«, fuhr er fort, »hatte ich eine kleine Tochter.« Das sagte er, als fände er es erst in eben diesem Moment heraus; oder als handelte es sich um etwas, das er gerade über jemand anders herausgefunden hatte. »Ein kleines Mädchen«, fügte er nach einer kurzen Pause hinzu. Und nach erneutem Innehalten: »Ich war zwanzig.« Das schien seine ganze Geschichte zu sein; jedenfalls hatte er anscheinend nichts weiter zu erzählen. Es machte den Eindruck, als könne er diese Dinge, seit sie sich ereignet hatten, nur noch indirekt wahrnehmen – als könne er sie nicht sehen, aber sie durch sorgfältiges Nachdenken als halbwegs belastbare Schlussfolgerungen aus anderem Datenmaterial ziehen.

Er zuckte mit den Schultern. »Untersuchen Sie diese rätselhaften Todesfälle, wenn Sie möchten«, meinte er, »oder spüren Sie dieser *Nova-Swing*-Rakete nach: Aber ab jetzt ist das ein Teamspiel. Für uns alle. Einverstanden?« Sie hatte keine Ahnung, von wem er redete. Aber ihr fiel auf, dass sein Lächeln mit jedem Likör ein wenig strahlender geworden war. »Kommen Sie mit Ihren Ergebnissen immer zu mir«, empfahl er ihr. »Und sagen Sie dieses Wort nie, nie wieder zu irgendjemandem.« Die Assistentin machte den Mund auf, um sich einverstanden zu erklären, aber noch bevor ein Wort über ihre Lippen gekommen war, marschierte er einfach zum Fenster hinaus, verschwand auf der anderen Seite und ließ sie mit dem Gefühl zurück, dass die Aussicht aus ihrem Fenster aufs Glas gemalt sei. Als ob das Gefüge der Welt eine Art Kunstwerk sei, das nur Gaines und seinesgleichen durchschauten.

13 · Von Hunden gefressen

Direkt neben Anna Watermans Schlafzimmer lag ein Raum, den sie in Gedanken als Selbstmord-Badezimmer bezeichnete – große Spiegel über Spüle und Wanne, während der Rest mit schwarzem Marmorimitat verkleidet war. Die Wände passten zum Boden, und es fiel kein Tageslicht herein. Deckenfluter verbreiteten genug ölig-gelbes Licht, um dabei zu pinkeln. Wenn man aber eines der Dreihundert-Watt-Leuchtelemente einschaltete, hielt man besser die Augen geschlossen, andernfalls bekam man das jämmerliche Wesen zu Gesicht, in das man sich über die Jahre verwandelt hatte – wie es sich drehte, wenn man sich selbst drehte, wie es die Augen zusammenkniff und die Hände gegen das grausame Licht erhob. In einem derart unversöhnlichen Badezimmer wäre es selbst der glücklichsten Frau ein Leichtes gewesen, ihre Jack-Daniels-Flasche am Boden zerschellen zu lassen. In so einem Badezimmer konnte man so viele Rosenblätter verteilen, wie man wollte. Nachdem man sich in sein pfirsichfarbenes Badetuch gewickelt und eine neue Packung handgeschnittener Hanföl-Seife angebrochen hatte, würde man letztlich doch das Wasserglas und die Temazepam-Schachteln neben dem Waschbecken aufstellen oder schweigend auf der zu niedrigen Klobrille hocken, während man überlegte, wo man den ersten Schnitt setzen sollte – anscheinend muss es immer Einschnitte geben, wie auch immer es um das wirtschaftliche oder emotionale Klima bestellt ist.

Irgendein Teil von Anna suchte Trost oder zumindest Vertrautheit im Selbstmord-Badezimmer. Dieser Teil von ihr begrüßte ihn ebenso sehr als Idee wie als Ort, als Schlüsseltheorie über die Welt, die sie seit ihrer frühesten Jugend vertreten hatte, als geistige Zuflucht und gleichzeitig als Ort existenziellen Entsetzens, als etwas, das immer für sie da sein würde: Aber ein Teil ist nicht das Ganze, und um acht Uhr am Morgen nach ihrem Schwimmausflug war der Rest von ihr bereits dabei, das Badezimmer fröhlich zu demolieren.

Marnie fand sie kurz nach dem Mittagessen dort. Sie kroch in einem Putzfrauenoverall unter dem Waschbecken herum, das Haar mit einem Batiktuch zurückgebunden.

»Und, was hältst du davon?«, fragte Anna.

Sie hatte alles aus dem Bad geräumt, was sich bewegen ließ, und es im Schlafzimmer gestapelt. Vereinzelter Erfolg mit der Marmorverkleidung hatte sie dazu ermutigt, eines der größeren Spiegelstücke abzuhebeln; anschließend hatte sie es aus dem Schlafzimmerfenster in ein Blumenbeet geworfen, wo es nun inmitten der kindlich anmutenden Männertreu- und Gänseblümchen lag, noch heil bis auf eine abgesplitterte Ecke. Die Leitungen und Löcher, die bei all dem freigelegt worden waren, hatte sie je nach Stimmung gold- oder silberfarben angemalt. »Später«, sagte sie, »male ich Fische darauf. Und Seesterne. Muscheln. Blasen. So Sachen.« Die größeren Oberflächen hatten bereits den ersten Anstrich hinter sich, bestehend aus dunkelblauer Farbe, die mit Weiß zu einem Azurton aufgehellt war. Sie hatte ihn flott mit der Rolle aufgebracht. Sobald die erste Schicht getrocknet war, wollte sie mehr Weiß auftragen, diesmal in trocken gebürsteten Streifen, damit es wie Gischt aussah. Auf den Wänden deckte es gut genug, aber für die Spiegel brauchte sie noch mehr. »Ich möchte mich an diese grünen und blauen Pastelltöne halten«, sagte sie zu Marnie, »außer für die Details.« Für die hatte sie drei oder vier der kleinsten Pinsel beiseitegelegt, die sie hatte finden können, mit herrlich feinen Zobelhaar-Spitzen. »Aber wenn ich sie irgendwie aufhellen kann, mache ich das.«

Marnie stand in der Tür zum Schlafzimmer und betrachtete wie erstarrt die Haufen von Badetüchern und die zerbrochenen Armaturen; die Einkaufsbeutel voller tropfender Moulton-Brown-Duschprodukte; den zerrissenen schwarzen Müllsack, der zur Hälfte mit dreieckigen Marmorscherben gefüllt war, von denen keine mehr als zehn Zentimeter Kantenlänge hatte. Auf dem eingepassten, braungrauen Berberteppich an der Badezimmertür hatte Anna jede einzelne Farbdose geöffnet, die sich im Haus hatte finden lassen, von kleinen, unangebrochenen glänzenden Emaillefarben bis hin zu Fünflitertrommeln mit Industrie-Lösungsmitteln. All das besah sich Marnie voller Unglauben. Sie suchte sich einen Weg zum offenen Fenster und starrte auf den Spiegel im Blumenbeet hinab. Kurz darauf fuhr sie sich mit der Hand durchs Gesicht und sagte:

»Um Himmels willen, Anna, was machst du da?«

»Ich renoviere, Liebes. Was denkst du denn?« Anna schob sich eine Haarsträhne zurück unters Kopftuch. »Du kannst helfen, wenn du magst.«

»Lass uns einen Tee trinken«, sagte Marnie müde.

Das hielt Anna für eine wunderbare Idee. »Vielleicht kannst du mir auch dabei helfen, diese Taschen voller Zeug runter zu den Mülltonnen zu bringen«, schlug sie vor.

Marnie bestand darauf, dass sie etwas zu Mittag aßen – Käsetoast und Salat – und anschließend einen Spaziergang durch den Garten machten. Sie schnitten ein paar verblühte Rosen. Sie hoben den Spiegel aus dem Blumenbeet und lehnten ihn an die Garage, wo er Marnies Meinung nach fast aussah, als gehörte er dorthin, wie ein Spiegel, der den Raum in einer Ecke irgendeines bekannten Gartens nahe Glyndebourne erweiterte, dessen Name ihr gerade nicht einfiel. Unten beim Gartenhaus sagte sie: »Mir ist aufgefallen, dass du den Mohn ausgejätet hast.« Anna, die sich nicht dazu in der Lage fühlte, ihrer Tochter gegenüber zuzugeben, dass der Mohn einfach über Nacht verschwunden war und dabei einen Streifen so fester, trockener Erde hinterlassen hatte, dass dort auf Jahre nichts wachsen würde, erklärte, dass sie die Blumen tatsächlich ausgegraben habe. »Aber wo hast du sie denn hingetan?«, fragte Marnie. »Auf dem Kompost habe ich sie nicht gesehen.«

»Ach, irgendwohin, Schatz. Ich werde sie schon irgendwo gelassen haben.«

Marnie hakte sich bei Anna unter. Jedes Mal, wenn sie sich dem Haus näherten, lenkte sie sie wieder weg. »Es ist so ein schöner Tag«, sagte sie, oder »diese Farbdünste sind sicher nicht gut für dich«, oder »Ach Mama, riech doch mal!« – wobei sie mit einer begeisterten, ausholenden Bewegung und einem unmissverständlichen Unterton auf die Rosen, die Obstbäume und die Augustluft selbst wies.

Es sei tatsächlich ein wunderschöner Tag, pflichtete Anna ihr vorsichtig bei, und das Mittagessen habe ihr sehr gut geschmeckt; aber jetzt müsse sie zurück an die Arbeit.

»Ich verstehe nicht, warum du das machst«, warf ihr Marnie vor.

»Ich weiß inzwischen überhaupt nicht mehr, warum ich irgendetwas mache«, erwiderte Anna in dem Versuch, Marnie zum Lachen zu bringen. »Ach Liebes, kannst du mir nicht einfach ein bisschen Raum für mich lassen?«

»Wenn du nicht zu weit gehst.«

Jetzt war es an Anna, wütend zu werden.

»Und wie weit darf ich gehen?«, wollte sie wissen. »Dieses Haus hier war immer ziemlich normal, Marnie. Für deinen Vater war das in Ordnung. Es war auch für dich in Ordnung, als du hier aufgewachsen bist. Aber jetzt will ich etwas anderes.« Sie blickte zum Gartenhaus und sah für einen flüchtigen Moment sich selbst, vor dreißig Jahren in einem Badezimmer in West-London, um zwei Uhr morgens. An die Wand gemalte Fische, bernsteinfarbene Seife mit einer Rosenknospe darin, gefangen wie die Vergangenheit einer Fremden – die Vergangenheit, die eines Tages, in der Zukunft, die eigene sein würde. Um die Jahrtausendwende. Ein Dutzend Duftkerzen flackern, mit dem eigenen Wachs auf den Wannenrand geklebt, und werfen die Schatten von Zweigen in mit falschem Grünspan verkrusteten Vasen an die in Tupftechnik gestrichenen Wände. Das Badewasser um die Brustwarzen kühlt langsam ab, aber es ist noch gut erträglich, wenn man sich nicht zu viel bewegt. Zwei Uhr nachts, und die Schritte von Michael Kearney sind auf der Treppe zu hören. Sein Schlüssel dreht sich in Annas Schloss.

»Komm mit, Marnie«, sagte Anna. Sie führte Marnie nach oben und zwang sie, sich das neue Badezimmer anzusehen. »ich will das hier. Ich hatte es einmal, und ich will es wieder.«

»Mama, ich …«

»Ich war jünger als du es jetzt bist, als ich das letzte Mal ein Bade-zimmer hatte, das mir gefiel. Du hast ein hübsches, verlässliches Leben, Marnie, aber ich hatte das nicht. Ich schenke dir nicht mein Haus. Ich schenke dir nicht einfach mein verdammtes Haus und ziehe in irgendeinen Schuppen.«

Eine lange, hilflose Stille schloss sich an. »Anna«, sagte Marnie, »wovon redest du?«

Anna war sich unsicher. Jeder Versuch, es auszusprechen, gab ihr ein Gefühl des Scheiterns ein. Sie bereitete das Haus für Michael vor: Nicht nur der gesunde Menschenverstand, sondern auch eine Art von Schüchternheit hinderte sie daran, das zuzugeben. Im Laufe der nächsten paar Tage malerte sie. Es war harte Arbeit. Letztlich brauch-ten die Wände drei Anstriche und die Spiegel vier. Eines Nach-mittags ließ sie die Farbe trocknen und spazierte durch die Straßen zu einem Pub namens De Spencer Arms, in der Erwartung, sich draußen an ihren Lieblingstisch setzen zu können, um – ein biss-chen windzerzaust und angenehm benommen von der Sonne – den Londoner Rentnern dabei zuzusehen, wie sie ihre Jaguars über den Parkplatz manövrierten. Stattdessen musste sie feststellen, dass der Tisch von einem Jungen und zwei Hunden besetzt war. Der Junge trug ein Arbeitshemd aus Wolle über einem locker sitzenden Pull-over, und darüber eine Donkeyjacke. Seine Jeans saßen eng und waren ein bisschen lang und von den Hacken seiner schwarzen, klo-bigen Schnürstiefel durchgelatscht. Alles an ihm war mit Schlamm oder Farbe bespritzt. Er saß achtlos auf dem Tisch, neben einem großen leeren Bierglas, schlackerte mit den Beinen und pfiff.

»Macht es dir was aus, wenn ich mich setze?«, fragte Anna.

»Soll ich von dem Tisch runter?«, fragte der Junge. »Das ist der sauberste Tisch hier. Darum habe ich mich hierhergesetzt.«

»Deine Hunde sind wirklich schön.«

»Sie tun Ihnen nichts«, sagte der Junge, »die Hunde. Manche Leute behaupten, sie wären gefährlich, aber das stimmt einfach nicht.« Sie standen wachsam neben seinen Beinen, zwei identische Tiere, die die Schnauzen von ihm weg in den Wind hielten. Sie hatten den Körperbau von Windhunden, waren aber etwas kleiner, hatten blassblaue Augen, hier und da langes graues, struppiges Fell und strahlten eine Art kauernde, nervöse Bereitschaft aus. Dann und wann überlief den einen oder anderen ein Schauer. Aufmerksam verfolgten sie jede Bewegung. Wenn der Junge etwas anblickte, blickten sie in dieselbe Richtung, und dann blickten sie zu ihm, um sich Bestätigung für das Gesehene zu holen. »Ich würde mir ja noch was zu trinken holen«, sagte er zu Anna, »aber ich kann diese Schickimickibar da drin nicht leiden. Sie müssen sich keine Sorgen wegen der Hunde machen, die würden nicht mal einem Kind was zuleide tun.«

»Was für Hunde sind das?«

Der Junge bedachte sie mit einem listigen Blick. »Arbeitshunde«, antwortete er. Dann sprach er leiser, als verriete er ihr etwas Vertrauliches. »Meistens bin ich im Dunkeln mit den anderen auf den Feldern, zum Nachtjagen«, sagte er. »Die sind jede Nacht dort unterwegs, mit Taschenlampen und Hunden. Und fiese Hunde haben manche von denen.« Anna sagte, dass sie sich nicht sicher sei, was er meine. Darauf wusste der Junge nichts zu erwidern. Es war so ein fester Bestandteil seines Lebens, erkannte sie, dass er einfach zu viel hätte erklären müssen. Er hatte nicht die geringste Ahnung, wo er anfangen sollte. Sie deutete auf den Pub mit dem hübsch durchgesackten Horshamer Steindach, den Wistarien und dem wilden Wein.

»Ich könnte dir was zu trinken holen«, erbot sie sich, »wenn du da nicht rein willst.«

Der Junge machte ein verbissenes Gesicht. »In solchen Kneipen wollen sie meine Hunde nicht«, sagte er. »Diese fetten Jungs«, fügte er verächtlich hinzu. »Schieben ihre tausend Öcken teuren Fahrräder die Hügel hoch. Sie schieben sie hoch!«

Genau genommen war die Bar voller ehemaliger Grundstücksmakler mit ihren Frauen, die den säuerlichen Geruch der Teppiche ignorierten und so schnell wie möglich Gin Tonic in sich hineinkippten – verdorrte Männer in geräumigen Blazern, unter denen in seltsam unzusammenhängenden Winkeln die Schultern hervorstachen; Frauen, deren Blicke unnatürlich begierig wirkten, die Wangen rot wie die von Fasanen, das Haar chemisch so ausgedünnt, dass es kaum noch als Haar zu bezeichnen war, und brüchig. Anna kaufte ein großes Harvey's Mild für den Jungen und eine Weinschorle für sich selbst. Dann überlegte sie sich, dass sie auch noch eine Packung *Cheese-&-Onion*-Chips wollte. Sie freute sich schon darauf, wieder mit dem Jungen zu sprechen. Vielleicht durfte sie ja die Hunde streicheln. Aber als sie mit den Getränken wieder nach draußen kam, entfernte er sich bereits über den Parkplatz, den Kopf gesenkt, die Schultern angespannt hochgezogen, die Hände in den Taschen. Sein ausholender, lockerer Gang erweckte den Eindruck, als hätte die eine Hälfte seines Körpers nichts mit der anderen zu tun. Die Hunde liefen auf ihren dünnen, zerbrechlich wirkenden Beinen links und rechts so dicht neben ihm her, dass ihre Köpfe beinahe seine Knie berührten. Er drehte sich um und winkte Anna zu.

»Aber dein Bier!«, rief sie. Er winkte ihr nur erneut zu und ging Richtung Wyndlesham davon.

Anna aß die Chips und ließ den Blick an der Krümmung der Downs entlangschweifen. Sie trank erst den Wein und dann das Bier und ließ sich Zeit damit. Beim Wappen auf dem Schild des De Spencer Arms war für jeden etwas dabei – Kreuze, Sparren, Balken. Seine Buntglasfarben erinnerten an Licht, das durch Kirchenfenster fiel. Eine davon war ein seltsam modernes, intensives, elektrisches Blau.

Den ganzen Nachmittag über spazierte der Junge lässigen Schritts die Fuß- und Reitwege um Wyndlesham entlang. Vereinzelte Wäldchen fünfzig Meter jenseits der Gärten hinter den Häusern. Ausgetrocknete Fahrspuren, in denen das nachgewachsene Gras bereits wieder die Farbe von Stroh angenommen hatte. Blendende Sonne auf staubigen Feldern, wo ein paar Zentimeter Erdreich, das bereits im April ausgedörrt gewesen war, über viele Hektar nackten Kalksteinboden verteilt waren. Und dann die Erleichterung beim Anblick einer breiten Grasrinne, die steil zwischen den Birken abfiel. Bussarde in den

Aufwinden und ein temporärer Altar aus Betonblöcken unter der hohen, altmodischen Einbogen-Eisenbahnbrücke bei Brownlow. Er bewegte sich immer auf denselben vier bis fünf Quadratkilometern. Er wartete, bis es dunkel wurde, damit er zu den tief liegenden Feldern zwischen Wyndlesham und Winsthrow hinabsteigen und seine Hunde im Lichtkegel der Taschenlampe laufen lassen konnte. Sie waren ein bisschen zu schwer, seine Hunde, aber gut geeignet für die nächtliche Jagd im Schein der Lampe. Er liebte es, dabei zuzusehen, wie sie sich krümmten und streckten. Und freute sich über Kaninchen, mehr noch über Hasen. »Ein Hase sorgt dafür, dass die Hunde sich richtig langmachen«, sagte er sich. »Bei dem müssen sie wirklich rennen.« Es war ein großartiger Anblick. Dauerte nur ein oder zwei Minuten. Manchmal war er so aufgeregt, dass er alles in Zeitlupe sah, als schwämmen Hase und Hund ekstatisch durch die dunkle Luft. In diesen Momenten war er von ganzem Herzen bei ihnen! Sein Blick bewegte sich schneller, als sie laufen konnten. Er spürte, wie sein Herzschlag seinen ganzen Leib erschütterte. Er konnte sich das Bild jedes einzelnen Hasen vergegenwärtigen, den seine Hunde jemals gefangen hatten, als hätte er eine Festplatte im Kopf. »Das ist ein Anblick«, sagte er, wenn man ihn danach fragte. Er wusste nicht, wie er es diesen Leuten erklären sollte, die Wochenende für Wochenende nichts als ihre Mountainbikes im Sinn hatten.

Die anderen waren heute Nacht nicht draußen auf den Feldern unterwegs, also ging er allein. Gleich als Erstes störten die Hunde einen grauen Hasen auf, der im Lampenlicht die Farbe von Asche hatte. Das hatte der Junge noch nie gesehen. Der Hase schien mit Absicht langsam zu machen und zu warten, bis der Junge ihn sah. Dann waren die Hunde von der Leine und rannten, und alles ging so schnell, dass er mit dem Lichtkegel der Taschenlampe nicht mitkam.

»So etwas habe ich noch nie gesehen«, sagte er zu sich selbst.

Auf dem Heimweg wirkten die Hunde niedergedrückt. Sie waren sich nicht sicher, was sie gefangen hatten. Der Hase war mehr blau als grau, und der Tod hatte keine Spuren an ihm hinterlassen. Obwohl sein Blick leer war, schien er sich doch auf den Jungen zu richten, als er ihn den Hunden abnahm. »Komm schon«, sagte er zu der Hündin, um sie aufzumuntern. »Weiter geht's.« Aber sie hielt sich so dicht bei ihm, dass er ihren Kopf an seinem Bein spüren konnte. Es war kalt in dem Jagdhäuschen, in dem er mit den Hunden lebte, oben hinter Ampney. Als er eintrat, meinte er für einen Moment, eine Art grauen Schimmel auf allem zu sehen. Nachts erwachte er aus einem Traum von der Frau, mit der er am vorigen Nachmittag gesprochen hatte. Er konnte sich an praktisch gar nichts über sie erinnern, und nun beugte sie sich plötzlich über sein Bett, ausgezogen, und flüsterte Worte, die er nicht verstand. Ihr graues Haar hing herab, ihre Brüste waren schmal und weiß und ihre Augen hatten das Blau der Hundeaugen. Ihm gefiel nicht, wie sie versuchte, seine Aufmerksamkeit zu erregen. Davon wachte er auf. Er hatte einen Ständer, eine richtige Latte, die einfach nicht weggehen wollte. Er wollte Sex haben, mit irgendwem. »Ich würde alles poppen«, sagte er zu sich selbst. Inzwischen lagen Schlieren und Pfützen aus Nebel über den Feldern. Weiter weg machte es den Eindruck, als hätte etwas Großes Feuer gefangen, aber er sah es nur aus dem Augenwinkel, und immer wenn er den Kopf drehte, verschwand es. »Sie wollte alles über euch wissen«, zog er die Hunde auf.

Sie drückten sich dicht an ihn und folgten ihm den nächsten Tag über auf Schritt und Tritt, leise und unselbstständig. »Nun macht schon, ihr beiden«, sagte er zu ihnen. »Kriegt euch ein.«

Derweil hatte Anna Waterman den restlichen Nachmittag im De Spencer Arms herumgebracht und war um etwa fünf Uhr zu Hause angekommen. Um sechs hatte sie bereits zweimal bei Marnie angerufen und wirre Nachrichten hinterlassen. »Es tut mir leid, Liebes«, setzte sie an, aber dann fiel ihr nichts weiter zu sagen ein. In gewisser Weise tat ihr überhaupt nichts leid, sie war nur in Panik geraten. »Tja, wie auch immer, ruf mich an.« Die arme Marnie! Danach drehte sie eine Runde mit dem Staubsauger und öffnete alle Fenster, um den Farbgeruch loszuwerden. Später schlich James der Kater auf der Sofalehne auf und ab und drückte immer wieder seinen Kopf an ihr Gesicht, während sie vor dem Fernseher saß. »James«, sagte sie zu ihm, während sie desinteressiert in ihrem Thunfisch mit Ofenkartoffeln herumstocherte, »du bist eine Nervensäge.« Der Kater gab einen keuchenden, knarrenden Laut zur Antwort.

Anna ging früh zu Bett. Sie hatte unruhige Träume, in denen sich ihr neues Badezimmer, das sich nun in der Bahnhofsvorhalle in Waterloo Station befand und die nachmittäglichen Pendler wie eine Horde Fußballfans anlockte, mit Wasser füllte, in dessen azurblauen Tiefen echte Fische glitzerten. Als sie tief in der Nacht erwachte, war sie in ihr nassgeschwitztes Nachthemd verheddert und fest davon überzeugt, dass ein seltsames Licht und eine Hitze, ein pulsierendes Tiefrot und Sonnenblumengelb draußen vor ihrem Fenster, in eben dem Moment, in dem sie die Augen aufgeschlagen hatte, erloschen waren. Mit dem Gefühl, dass jemand zu ihr hineinstarrte, mühte sie sich aus dem Bett hoch und ging zur Hintertür, um hinauszuschauen. Nur der Rasen und die Blumenbeete erstreckten sich in die kühle, milchige, spätsommerliche Dunkelheit. Doch in der Ferne, irgendwo auf der anderen Seite des Flusses, konnte sie das lang gezogene Heulen und Bellen der Hunde hören. Kühle Luft umströmte ihre Knöchel. Dort draußen war alles sehr still. James saß wie eine Illustration mitten auf dem Rasen; er drehte den Kopf zu ihr herum, streckte sich zufrieden, als sie das Haus verließ, und ging davon. Das Bellen der Hunde war nun deutlicher zu hören. Melodisch, aber unerklärlich, losgelöst von allem, was man in einer gewöhnlichen Nacht hätte erwarten können, handelte es sich um ein entferntes und zugleich sehr nahes Geräusch. Es kam nicht von der anderen Seite des Flusses. Es kam aus Annas Gartenhaus.

Ursprünglich in einer Farbe gebeizt, die Tim Waterman als »serbisch Gelb« bezeichnete und die über die Jahre zu einer kaum noch wahrnehmbaren zitronengelben Tönung der Holzfasern verblasst war, stand das Gartenhaus bleich und grau wie ein Strandhäuschen da. Auf dem Boden davor wimmelte es einmal mehr von exotischen Blumen – riesige, fingerhutartige Glocken in durchscheinendem

Pastellbraun und -rosa, die von Hunderten staubweißer Motten um-
flattert wurden. Wie wunderschön!, dachte Anna, obwohl das Bellen der Hunde nun laut und nah klang. In der Schwebe zwischen
Entzücken und Entsetzen näherte sie sich dem Gartenhaus und zog
an der Tür, die erst verklemmt war, dann aber nachgab. Sie hatte
genug Zeit für die Halluzination einer in hohem Gras bedeckten
Hügellandschaft, grell beleuchtet wie das Titelbild eines SF-Romans,
und um eine Stimme sagen zu hören: »Geh weg. Geh weg, Anna!«
Dann waren die Hunde über ihr. Sie waren schwer zu zählen, wie
sie sich drängten und nach ihr schnappten, mit weißen Zähnen und
hängenden Zungen, gestreckte, heiße, muskulöse Leiber, rehbraun
und lila gefleckt. Es war schwer zu erkennen, um was für eine Art
von Hunden es sich handelte. Bevor sie wusste, wie ihr geschah,
wurde sie von dem schieren Gewicht der Tiere und ihrem strengen
Geruch überwältigt. Sie landete auf dem Rücken im Gras, draußen
im Dunkeln, und lachte und schnappte nach Luft, während die Hunde
sie überall ableckten. »Nein!«, rief sie, »nein, wartet!« Zu spät. Schon
war ihr Nachthemd bis auf die Hüften hochgeschoben.

14 · Enantiodromische Zonen

Fast überall im Halo spukt es auf die eine oder andere Art. Seine Gespenster bewohnen viele verschiedene Arten des Raums.

Zwei von ihnen hielten gerade eine kurze Sitzung im Hauptfrachtraum der *Nova Swing* ab. Als Erstes traf die Wesenheit ein, die sich MP Renoko nannte. Obwohl er sich derzeit per Überlichtübertragung vom Kassenautomaten eines Faint Dime auf der Südhalbkugel von *New Venusport* aus steuerte, betrachtete Renoko sich als Menschen; und wenn er durch die Wand des Frachtraums ging, ähnelte er – bis hin zu seinem weißen Stoppelbart, seinem schmuddeligen kurzen Regenmantel und seinen nackten Knöcheln – tatsächlich eben jener Person, die den Dicken Antoyne beauftragt, Irenes Geschäftssinn beleidigt und so heftig mit Ruby Dip über die Natur des Kitsches gestritten hatte. Gleich nach seiner Ankunft inspizierte er die Mortsafes, die ihn mit einer Art fügsamen Lebhaftigkeit begrüßten.

Renoko tätschelte sie wie die Vollblüter, die sie waren, und pfiff auf die unmelodiöse, aber vertraute Art der Jahrmarktsleute. Dann und wann nickte er ermutigend. Zu dem kleinsten der Mortsafes sagte er lachend: »Wie ich sehe, hast du deine alten Gewohnheiten wiederaufgenommen!« Damit breitete er die Arme aus, als könnte er alle drei auf einmal mit ihnen umschließen, und sagte: »Es ist wirklich toll, euch wieder zusammen zu sehen!«

Er machte sich nützlich, indem er mit seinem Atem und dem Ärmel seines Regenmantels hier ein Bullauge abwischte und dort eine Messingapplikation polierte. Doch nach einer Weile ließ er sich unvermittelt in einer Ecke des Frachtraums nieder. Sowohl sein Gesichtsausdruck als auch seine Körpersprache fielen leer in sich zusammen. Er schien sich aufs Warten einzurichten. Die Mortsafes wurden wieder ruhig. Es wäre schwer, Renokos Bewusstseinszustand in dieser Phase wiederzugeben. Er betrachtete sich als menschliches Wesen, aber man konnte nicht von ihm behaupten, dass er wirklich eines war. Erschaffen auf Grundlage einiger weniger Programmzeilen, die sich ihrer selbst als Einzelwesen zum letzten Mal zu den Hochzeiten von Sandra Shens Zirkus bewusst gewesen waren, handelte es sich bei ihm nun in jeder Hinsicht um eine emergente Eigenschaft: nicht die eines einzigen Kassenautomaten oder eines einzigen Diners, sondern um die einer im ganzen Halo vertretenen Kette von Faint-Dime-Diners (die wiederum ein Tochterunternehmen von FUGA-Orthogen war), einschließlich ihrer Großhandels- und Buchhaltungssoftware, ihrer Transport- und Bauabteilungen, ihres Personals und insbesondere deren täglicher Virenlast. Die Ausbreitung einer modifizierten Herpesinfektion unter den Angestellten irgendeines beliebigen Diners trug ebenso viel dazu bei, MP Renoko zu erzeugen, in Gang zu halten und ihm eine Gestalt zu geben, wie der Verlauf einer Ketchup-Nachbestellung oder die Entscheidung, eine neue Zweigstelle zu eröffnen. Derart verschiedene Arten von Ereignissen implizierten ihn, fügten sich zu ihm zusammen oder brachten ihn hervor. In gewisser Weise war er nichts weiter als eine Liste von Anweisungen, die Madame Shen persönlich nach ihrem Abschied vom Zirkus hinterlassen hatte. Aber man kann keine fünfzig Jahre Geschichte ansammeln, ohne selbst eine Art von Identität zu gewinnen. Renoko glaubte manchmal, dass das für irgendetwas garantierte: doch für was, wusste er nicht.

Nach etwa einer Stunde regte sich etwas in der gegenüberliegenden Ecke des Frachtraums. Ein paar blassgrüne Lichtflocken schwebten dicht über dem Boden und verschwanden dann. Als sie wieder auftauchten, trieben sie träge aufeinander zu, umwirbelten einander wie Fliegen an einem heißen Nachmittag, trennten sich wieder und begannen erneut, einander zu umkreisen – bis sie sich schließlich im Verlauf von Minuten zu einer unförmigen, aber erkennbaren Gestalt zusammensetzten. Leicht überlebensgroß, die Schultern knapp zwei Meter über den Bodenplatten, hing die Gestalt wie ein Kompromiss zwischen einem Menschen, einigen Streifen Fleisch und einem verkohlten Mantel da. Sie hatte Arme, aber keine Beine.

»He«, sagte sie leise, worauf die Mortsafes zum Leben erwachten. Sie drängelten sich zusammen und schubsten einander. An ihren Seiten blinkten Leuchtanzeigen in allen Farben. Renoko mochte ihre Alien-Herzen becirct haben – der Neuankömmling erfüllte sie mit einer seltsamen, unmittelbaren, nervösen Energie. Der Frachtraum füllte sich mit einer Mischung elektromagnetischer Stile und Motive, die MP Renoko die Haare zu Berge stehen ließen. Seine Gedanken kehrten aus der unbekannten Ferne zurück, in der sie geweilt hatten. Ein verstohlenes Lächeln huschte über sein Gesicht, das ihn für einen Moment sehr menschlich wirken ließ.

»He«, sagte er. »Lange nicht gesehen.«

»Ich erinnere mich an dich, Mann. Du siehst echt Scheiße aus.«

»Wir sehen beide Scheiße aus«, erwiderte MP Renoko. »Aber du siehst tot aus.«

Ein Lachen. »Wie läuft's sonst so bei uns?«

Renoko deutete mit einer Handbewegung in den Frachtraum. »Recht gut. Wie du siehst, sind wir ein bisschen hinter dem Zeitplan zurück.«

»Weißt du, ich glaube nicht, dass es einen Zeitplan im eigentlichen Sinne gibt.«

Renoko schien es sich in seiner Ecke gemütlich einzurichten. »Ich würde es trotzdem gerne hinter mich bringen«, erwiderte er. »In letzter Zeit fühle ich mich etwas müde.«

»Fünfzig Jahre sind eine lange Zeit, Mann.«

»Könnte man so sagen. Ich freue mich schon auf die Ferien.«

»Leg ein bisschen die Füße hoch«, pflichtete ihm der Neuankömmling bei. »Tauch in den Datenstrom ein.«

Während des Gesprächs hatte er ein Stück Verkleidung an einem der Mortsafes geöffnet. Jetzt beugte er sich vor und steckte Kopf und Schultern hinein. Seine Ellbogen waren noch zu sehen, während er an dem freigelegten Antrieb herumwerkelte. Feldeffekte kräuselten die warme Luft im Frachtraum wie Lichtreflexe auf der Brandung. Alle drei Mortsafes sahen plötzlich verschwommen aus, vernebelten die warme Luft mit Physik. Verschiedenartige melodische Töne waren zu hören, als sie Daten austauschten. MP Renoko beobachtete, wie fremdartige Materie in Form von Symbolen, betörenden Lichtern und Szenen aus seiner eigenen Vergangenheit über die Wände krochen. Ein Großteil des Geschehens ließ ihn noch müder werden, als er es ohnehin schon war. Er massierte sich die linke Hand mit der rechten. Dann erhob er sich langsam und dachte mit einem Mal an den Zirkus im Morgengrauen auf dem Landefeld irgendeines vergessenen Planeten. Jeden Morgen anders, jeden Morgen gleich. Das harte Licht auf Beton, die Luft voll Salz und den Gerüchen von Gebratenem. Eine winzige, chinesisch aussehende Frau mit hochgetürmtem rotem Haar und einem engen, smaragdgrünen Cheongsam, die mit wiegenden Hüften wie eine Fata Morgana durch den Hitzeschleier zwischen den Jahrmarktsbuden hindurchgeht und alle Blicke von Menschen wie Aliens auf sich zieht. »Können Codes Freude am Sex haben?«, fragen die Medien immer. MP Renoko fiel etwas ein, das sich nicht so leicht beschreiben ließ.

»Siehst du sie manchmal?«, fragte er leise, von einem Geist zum andern.

Der Neuankömmling schnaubte überrascht und schüttelte den Kopf. Diese einfache Bewegung übertrug sich auf die baumelnden Fleischstreifen, aus denen seine untere Hälfte bestand, und ließen sie wie einen Rock wirbeln.

»Niemand sieht sie heutzutage mehr, Mann. Sie hat so viel zu tun. Sie arbeitet zum Wohle anderer.«

»Ich dachte nur.«

»Wir haben inzwischen alle viel zu tun.«

Kurz danach war er gegangen, wobei er nur noch sagte: »Ich komme dich später holen, Jack«, was er offenbar lustig fand. MP Renoko, dessen Name niemals Jack oder ähnlich gelautet hatte, lachte pflichtschuldig. Er wartete, bis die Mortsafes sich beruhigt hatten, ehe auch er auf demselben Weg, auf dem er gekommen war, den

Frachtraum verließ. Die Besatzung der *Nova Swing* bekam von derartigen Vorgängen nicht mehr mit, als dass sich zuweilen die Ausfälle der Überwachungssysteme an Bord häuften. Die Crew schlief, aß, poppte und beobachtete durch die Bullaugen die Wunder des Alls, während sie sich langsam ihrem nächsten Ziel näherte: einem Stern des Typs G, der den Navigationsmathematiken als ein elfdimensionales Koordinatenmosaik bekannt war, den Generationen, die in seinem Licht lebten und starben, allerdings als »Scinde Dawk«.

Inzwischen hatten alle wegen allem schlechte Laune. Liv und Antoyne stritten sich darüber, wer die Sauerei im Kontrollraum beseitigen sollte; Irene, die sich langweilte und deren blaue Augen in weite Ferne blickten, stellte sich verschiedene Garderoben in radikalen Rosafarbtönen her, die sie zur Konsternierung der Schattenoperatoren jeweils fünfzehn Minuten lang trug, bevor sie unerklärlicherweise zu weinen begann und sie durch die Gegend schmiss. Achtundvierzig Stunden später fanden die drei sich im Parkorbit des einzigen bewohnten Planeten des Scinde-Dawk-Systems wieder – den in gebundener Rotation befindlichen *Kunene* –, von wo sie die Schattenlichterzone nach einer verlassenen Fabrikstadt absuchten, die Irene auf den Namen »irgend so eine Müllkippe namens Mambo Rey« getauft hatte. Liv Hula schmiss den Rückschub an, machte drei Atmosphärenbremsungen in den oberen Schichten, um Treibstoff zu sparen, und ließ sie dann auf der traditionellen grünen Flammensäule aufsetzen, als die Schiffssensoren Oberflächenaktivität in der Nähe des Landefelds von Mambo Rey empfingen.

»Dicker Antoyne«, sagte sie, »da unten läuft etwas.«

Antoyne wollte wissen, warum sie das ihm sage.

»Schmoll nicht! Schmoll nicht, Antoyne! Ich habe hier verdammt noch mal zu arbeiten! Mein Arbeitsplatz sollte nicht nach anderer Leute Kotze stinken!«

Antoyne vertrat die Ansicht, dass nichts so übel riechen könne wie die Decke, die sie dort drin habe.

»Scheiß auf dich, Dicker Antoyne.«

»Die Wahrheit tut oft weh.«

»Antoyne, manchmal bist du genauso ein Scheißkerl wie Toni Reno.«

Ein trockenes Lachen drang aus den Mannschaftsquartieren.

»Niemand ist so ein Scheißkerl wie Toni Reno«, meinte Irene dazu.

»Dem können wir uns alle aus vollem Herzen anschließen«, räumte Liv Hula ein. »Also, Antoyne«, fuhr sie dann so beschwichtigend wie möglich fort, »hilf mir mal weiter. Ich weiß nicht, was ich da sehe.«

Antoyne wusste es auch nicht. Staub wirbelte in hohem Bogen zwischen den niedrigen Hügeln umher, die den Raumhafen umgaben. An seinem einen Ende konnte er einen lodernden Energiefleck ausmachen. Die Sensoren der *Nova Swing* empfingen Kurzstrecken-Radiowellen, Überlichtübertragungen und eine Art Radar; nichts, worauf man sich einen Reim machen konnte. Noch folgte der Kurs des Objekts irgendeiner Logik. Es erinnerte an einen Funken, der eine unordentlich verlegte Zündschnur entlangraste, oder an irgendein seltsames, in einem wissenschaftlichen Experiment eingefangenes Teilchen, das in unsichtbaren Kraftfeldern umhersauste. Dreißig Meilen weiter verschwand es plötzlich im Ödland. Langsam senkte sich der Staub. Sooft Antoyne die Aufnahme auch abspielte, er konnte einfach nicht erkennen, was dort vorging. Das Objekt war zu klein für ein Fahrzeug. Es war zu schnell für einen Menschen.

»Ich kapier's nicht«, sagte er.

Inzwischen hatten sie aufgesetzt. Irene, die im Alter von vierzehn bereits fünfzig Planeten besucht hatte, erkannte eine Müllhalde, wenn sie sie sah. Niemand wollte nach Mambo Ray, es sei denn, um eine geschickt ausgeleuchtete Holo-Aufnahme von Sex vor einer baufälligen Fertigungshalle zu machen. Es war weniger eine Welt als ein Lifestyle-Artikel. »Habe hier tollen Sex, schade, dass du nicht dabei bist!« Eine Temperatur von 35 Grad Celsius, praktisch keine Luftfeuchtigkeit. Ein metallischer Geschmack erfüllte den Mund: Der Staub seltener Erden, bereits am Zerfallen, kaum dass sie sich aus uralten Gesteinsschichten gelöst hatten, wurde vom Wind über den Beton geweht und sammelte sich vor dem hölzernen Terminalgebäude. Im Zuge ihrer Erosion hatten die umliegenden Tafelberge die Überreste früheren Lebens in diesem Teil des Halos freigegeben – riesige, blanke, kryptische, radioaktive Formen, die weniger nach Knochen und mehr nach Teilen von Bauwerken aussahen. Anderswo im unmerklich abgestuften Verlauf der Schattenlichter-Zone von *Kunene* zogen Rieseninsekten wie Sinnestäuschungen auf langen, zerbrechlichen Beinen den Horizont entlang.

»Lieber Himmel«, sagte Irene, »der Kakerlakenplanet.« Dann beugte sie sich unvermittelt vor und rief: »He! Ich habe einen herzförmigen Stein gefunden!«

Nach einem kurzen Streit mit Liv, die behauptete, dass es sich lediglich um einen Zahn handele, der aus irgendeiner uralten Ablagerung herausgeschwemmt worden sei, hielt sie ihn dem Dicken Antoyne hin. Anschließend machten die Frauen sich auf, um die Snakebite Bar zu finden. Antoyne blickte ihnen nach, während sie über den heißen Beton davontrotteten – lachend und Arm in Arm streitend, ein Bild, das vom grellen, fast unerträglichen Licht des ewigen Nachmittags scharf hervorgehoben wurde. Dann ging er wieder an Bord der *Nova Swing* und untersuchte den Stein genauer. Er war rosafarben, durchscheinend, voller kleiner Blasen, die in einem Netz dunstiger Bruchlagen schwebten. Es war kein Zahn. Er rieb mit dem Daumen darüber und rief dann MP Renoko an.

»Wir sind da«, sagte er.

»Hallo?«, antwortete ihm eine Stimme. »Hallo?«

Die Verbindung war schlecht. Wenn wirklich Renoko dran war, dann klang er, als redete er bereits mit jemand anderem.

»Sind sie dran?«, fragte Antoyne.

»Hallo!«, rief die Stimme. »Einen Moment lang dachte ich, Sie wären weg!«

»Ist da Renoko?«

»Wer ist da? Sind Sie das, Antoyne?«

»Wir können Ihre Waren jetzt entgegennehmen«, sagte Antoyne. Er hatte das Gefühl, mit einem Mal Renokos volle Aufmerksamkeit zu haben. »Hallo?«

»Sie finden uns im alten Fundbüro.«

»Sie sind also hier?«

»Tja«, erwiderte Renoko, »das hängt davon ab, was Sie damit meinen. Ist es für Sie denn notwendig, dass ich dort bin?«

»Ich bin in Mambo Rey«, sagte Antoyne, »wo sind Sie?«

»Antoyne«, unterbrach ihn Renoko. »Die Verbindung ist schlecht, Antoyne. Hallo.« Er hielt erneut inne. »Suchen Sie das Fundbüro«, sagte er. »Dort wird man sich um Sie kümmern.«

»Ich bin hier«, sagte Antoyne. »Wo sind Sie?«

»PERDIDOS Y ACHADOS!«, rief Renoko.

Es folgte eine Wegbeschreibung, dann brach die Verbindung ab. Antoyne schaute sich im Kontrollraum um, in dem es anheimelnd nach Erbrochenem, Frittiertem und Elektrizität roch. Ihm kam die Frage in den Sinn, was Renoko damit gemeint hatte, als er gesagt hatte, er sei »hier«, weshalb er abrupt aufstand und das Schiff von oben bis unten durchsuchte. Er brauchte eine Stunde, um jeden Gang und jede Leiter abzuklappern. Gelegentlich verspürte er das Bedürfnis, noch einmal umzudrehen und auch die Leitungen zu untersuchen. Erst, als er sich vergewissert hatte, dass niemand sonst an Bord der *Nova Swing* war, fühlte er sich sicher genug, um das Schiff zu verlassen.

Tief im Herzen des mehrere Quadratkilometer großen ehemaligen Industriegeländes Mambo Jay, das aus einem sich in merkwürdiger Weise wiederholenden Gitter von Gebäuden bestand, fand er das Fundbüro. Die Tür stand offen. Seit Wochen war hier niemand gewesen. Staub war hereingeweht und hatte sich als dünne Schicht in den Knitterfalten der an die Wände gepinnten vergilbten Frachtbriefe gesammelt. Antoyne rief »Hallo?«, und als er keine Antwort erhielt, setzte er sich zum Warten auf einen Stuhl. Er las einige der Zettel. »*Ambo Danse VI*, komplett abzuliefern, Einzelheiten vor Ort.« Darüber hatte jemand geschrieben: »Fedy will wissen, wo das geblieben ist!« Auf dem Tresen verstreut lagen tausend Würfel, von denen einige schwach von innen leuchteten, wenn man die Hand über sie hinwegbewegte. Antoyne setzte sich, drehte und wendete den herzförmigen Stein und lauschte dem Wind, der draußen herumfuhrwerkte, als sei er nach etwas auf der Suche. Ihm war nicht wohl dabei, einfach nur so dazusitzen. Er schaute sich um und entdeckte ein weiteres Zimmer. Nichts. Er steckte den Kopf zur Hintertür hinaus, deren oberes Scharnier ausgehängt war, blickte in beide Richtungen die Straße entlang. Nichts.

Er öffnete eine Verbindung und sagte: »Hallo!«, doch in der Leitung hörte er nur etwas, das wie das Krächzen weit entfernter Kanarienvögel klang.

»Renoko?«

Als der Nachmittag halb herum war, gab er auf und spazierte durch die Gassen zwischen den Gebäuden. Alles schien im Licht des späten Nachmittags zu schweben, erstarrt und gegrillt. Selbst Antoynes Körper kam nur widerwillig in Gang, mit den Bewegungen eines fetteren Mannes. Der postindustrielle Mambo-Ray-Staat strafte seine Anmaßung Lügen und machte ihn wieder zu einer früheren Version seiner selbst. So war das bei ihm immer. Die Gebäude wirkten allesamt verwahrlost. Einige von ihnen wiesen merkwürdige Beschädigungen auf. Gesplittertes Holz, verbogene Aluminiumverkleidungen. Rissige Asbestplatten, die verstreut herumlagen. Es sah immer aus, als wäre in einer Gasse etwas durch die Wand in ein Gebäude hineingerast und in der nächsten wieder heraus. Antoyne roch den Holzstaub in der Luft. Er streifte umher, bis er sich schließlich am Rande des Geländes wiederfand, wo er am anderen Ende eines unkrautüberwucherten Betonstreifens die Gerippe von Baracken und rostigen Lagerhallen aus der Zeit des inzwischen aufgegebenen Lanthanide-Abbaus sah. Sie erstreckten sich zwischen leeren Verdunstungsteichen und Schrottplätzen, die so versandet waren, dass die uralten Schiffe sich windschief aus einer milchig grauen See zu erheben schienen. Das Licht lag über allem wie eine harzige Schicht.

Antoyne trottete einen staubigen Hang empor und auf der anderen Seite wieder hinunter, reckte den Hals, um am ausgeschlachteten Rumpf eines Creda-Sternenkreuzers emporzublicken, beugte sich durch ein Fabrikfenster im ersten Stock, um einen Platz zum Scheißen zu finden. Manche Leute gehen schon früh im Leben zum Schneider und lassen sich so zuschneiden, dass sie das nicht mehr nötig haben. Antoyne gehörte nicht zu ihnen. Für Antoyne war das Scheißen eine klare Sache, das hatte er seit jeher gesagt: Ihm gefiel das Gefühl. Obwohl man sich manchmal angesichts dessen, was man dabei produzierte, fragte, was in einem vorging. Er hockte sich für ein paar Minuten stöhnend zwischen einige Maschinenteile, bis ihm bewusst wurde, dass noch jemand anders anwesend war. Sehr dicht bei ihm. Vielleicht kniete dieser andere sogar direkt neben ihm, streifte beinahe seine Schulter und stank schlimmer als Antoynes Darmauswurf. Um wen oder was es sich auch immer handeln mochte. Es war von ihm belustigt. Von passivem Entsetzen gepackt, starrte er in eine andere Richtung als die, in der er es vermutete, bis er meinte, dass es fort war. Dann zog er seine Hose hoch und seinen Gürtel zu. Er ging in eine Ecke und übergab sich. Anschließend verließ er das Fabrikgebäude und sah auf das Meer aus Staub hinaus, über dem am Horizont zahlreiche verfallene Hochplateaus schwebten, in der Farbe von Taubenflügeln. Sex, dachte er. Es stank nach Sex. Es waren keine Spuren außer seinen eigenen im Staub zu sehen. Er hatte weder etwas gesehen noch etwas gehört. Auf dem Weg zurück durch das ehemalige Industriegebiet Mambo Jay hatte er einen Blick auf das Ding erhascht, das sie abholen sollten, wie es bewegungslos an einer entfernten Straßenkreuzung schwebte.

Es hatte die Farbe von Knochen, eher gelblich als weiß. Bei näherer Untersuchung stellte sich heraus, dass es fast vier Meter lang war und auf etwa zwei Dritteln der Länge horizontale Rippen aufwies. An einem Ende lief es in eine stumpfe Spitze aus. Es schien aus Porzellan zu bestehen und wies die haarfeinen braunen Krakeleien eines alten Urinals auf. Es war sehr warm, wie man es von einem Ding erwarten konnte, das lange in der Nachmittagssonne gestanden hatte. Antoyne schob es weiter, die Gassen entlang, auf der Suche nach dem Landefeld. Es war keine schwere Arbeit, aber besonders leicht fiel es ihm auch nicht. Bald begegnete er Liv Hula, die mitten auf der Straße stand und zu einer Leiche empor starrte, die etwa anderthalb Meter über ihrem Kopf in der Luft hing. Als der Dicke Antoyne sie erreichte, sagte sie bloß: »Was hältst du davon?«

Antoyne ließ den Mortsafe zum Stehen kommen. Er wischte sich mit dem Handrücken über die Stirn.

»So etwas habe ich noch nie gesehen«, antwortete er.

»Tote kommen ja schon mal vor«, pflichtete Liv Hula ihm bei, »aber sie fliegen nicht.«

Die Leiche stammte von einem schick eingekleideten Alten, mit einem lockeren Hemd über bronzefarbenen Knickerbockern mit Bügelfalte, braunen Schlappen, ohne Socken und mit einer weißen Golfmütze auf dem Kopf. Er hatte ein stilles Lächeln im Gesicht, als wollte er sagen: »Tot zu sein ist für mich keine so ernste Sache, wie Sie denken«, und er schwamm in der Luft, als unterrichte er eine neuartige Meditationsübung, wobei er gemächlich und elegant die Umrisse eines Schmetterlings zog. Zwei oder drei Würfel kreisten in einer lockeren Umlaufbahn um seinen Kopf, und eine ausgebleichte Reklame aus einem der Fick-Hotels weiter in der Schattenlichter-Zone versuchte, ihm eine Unterhaltung über Fotografie aufzudrängen. Ein heißer Wind wehte die Straße entlang. Ansonsten herrschte absolute Stille. Antoyne sagte:

»Es tut mir leid, dass ich mich auf deinen Pilotensessel übergeben habe.«

Er hielt Liv den herzförmigen Stein hin, den Irene ihm gegeben hatte. Sie nahm ihn geistesabwesend entgegen, während sie weiter zu der Leiche emporstarrte.

»Soll ich dir mit dem Ding helfen?«, fragte sie.

Sie gingen ans andere Ende des Mortsafes und stemmten sich dagegen. Zu zweit ließ er sich sehr viel einfacher schieben. Auf halbem Weg über das Landefeld gab Liv ihm den Stein zurück.

»Das würde nichts werden, Antoyne«, sagte sie mit einem sehr direkten Blick.

15 · Zufallstaten in der Kausalkette

Saudade: Eine Art von Herbst. Zumindèst Regen.

Bei der Gebietskripo erzählte man sich, dass es zum Krieg kommen würde. Die Nastischen – die irgendwann Mitte der 2400er einmal für ein oder zwei Tage Verbündete gewesen waren, aber jetzt eine neue Physik und eine Hybrid-Kosmologie besaßen, die die aller anderen ausstach – verließen ihre Stützpunkte in Delta Carinae. Den Gerüchten zufolge hatte das EMC ein neues Schnäppchen im Arsenal, das in eben diesem Moment in einem geheimen Forschungsasteroiden im Schatten des Trakts auf der Grundlage von Alien-Bauplänen entwickelt wurde. Niemand wusste, worum es sich handelte. Man nannte es die »Feldwaffe« oder die »nicht-Abel'sche« Waffe. Derweil schwebte der Geist von Lens Aschemann in einer Ecke in der fünften Etage. Ich habe kein Mitleid mit den Toten, dachte die Assistentin, nicht, wenn sie so hartnäckig sind. Zwei Stockwerke weiter unten wussten es alle: Ohne ihn wäre sie hilflos. Ein Stockwerk weiter oben hieß es, sie habe keinen Charakter. Was die Assistentin von diesen Ansichten hielt, war, wenn sie es überhaupt selbst wusste, nicht bekannt. Sie tat ihre Arbeit. Sie beobachtete, wie Toni Reno und seine Verladerin zu einem Nichts verblassten. Wie Epstein, der dünne Polizist, es ausdrückte, gab es keinen Zeitpunkt, an dem man mit Sicherheit hätte sagen können, »jetzt sind sie weg«, aber nach zehn Tagen war nicht mehr als eine Skizze von ihnen geblieben.

Derweil hatte sie zwar überall im Halo die Hafenbehörden verständigt, aber die *Nova Swing* ging ihr weiterhin durchs Netz, ohne jemals gesichtet zu werden.

Da sie gezwungen war, die weitere Entwicklung dieser Fälle abzuwarten, und ausnahmsweise mal nicht durch das Mysterium namens

R. I. Gaines behindert wurde, ging sie dem Gemetzel im Keller auf den Grund. Sie arbeitete in ihrem Büro, mit Hologrammen, die am Tatort aufgenommen worden waren. Die Opfer, die man aus allen Blickwinkeln betrachten konnte, lagen in dekadenten Posen. Selbst ihr Geruch wurde reproduziert. Achtundvierzig Stunden nach dem Überfall hing noch immer ein leichter Sprühnebel aus Lymphflüssigkeiten in der Luft. Die Schlussfolgerung des Beweisaufnahmeteams: Jemand hatte sie erledigt. Im Anschluss daran versiegte die Suche nach Ursachen in einer Kette der Verwirrung, wobei jede letzte Ursache sich in einem anderen Zusammenhang als Folge erwies, bis alles sich flackernd in Metaphysik verlor. Offenbar handelte es sich um Preter-Cœur-Morde. Das Zimmer war voller Hinweise darauf, darunter die verblassende Signatur von Hormonschaltern und die Wunden, die sich auf biomineralische Waffen zurückführen ließen – selbstschärfende Polykristall-Mosaike, die von Perlmutt abstammten, vielleicht in Form von Fingernägeln?

Die Aufzeichnungen der Nanokameras waren während des eigentlichen Verbrechens so vollständig ausgefallen, dass die Assistentin eigentlich persönlich dort hätte hinuntergehen sollen, und sei es nur, um sich – wie man es im sechsten Stockwerk ausdrückte – mit dem Tatort vertraut zu machen. Aber das tat sie nicht. Sie erinnerte sich daran, was im hinteren Treppenhaus geschehen war. Sie fühlte sich unwohl beim Gedanken an den Keller, den sie nicht einmal in ihrem Cedar-Mountain-Immersionstank auf der C-Street loswurde, wo sie als Hausfrau Joan aus den 1950ern davon träumte, dass in ihrer hell ausgeleuchteten, neuen, luftigen, schlüsselblumenfarbenen Küche ein Baby durch die Wand käme.

Erst stimmte irgendetwas mit dem Anstrich nicht. Die Kanten unter der Decke verfärbten sich matt-oliv, dann erschienen große Flecken auf der Wand, die sich ausbreiteten und schließlich alles bedeckten. Dann fiel ihr auf, dass die sorgfältig arrangierten Anchovis- und Parmaschinkendosen auf den Küchenregalen durch lappige, in Folie gewickelte Sandwiches und angebissenes Obst ersetzt worden waren. Diese Gegenstände verursachten Gefühle von Ekel und

Panik. Jeden Moment konnte ihr Mann Alan hereinkommen und sie sehen! Aber nun hatte die Küche auch gar keine Tür mehr, nur noch einen leeren Durchgang. Durch das Küchenfenster sah man auf einen unkrautüberwucherten Hof, in dem es ununterbrochen regnete. Feuchtigkeit war in die billigen Resopal-Schränke eingedrungen und hatte sie durch faserige, ringförmige Flecken entstellt. Als sie an der Wand emporblickte, sah Joan, dass eine leicht überlebensgroße Vulva wie ein Pilzgewächs aus ihr hervorgetreten war. Die Farben stimmten nicht ganz. Die Schamlippe hatte einen gelbbraunen Farbton und wirkte starr wie ein hölzernes Modell. An der Vulva hing ein Körper, aber nur ein kleiner Teil davon war bislang aus der Wand herausgekommen. Tatsächlich kam er gerade eben zum Vorschein. Joan spürte, dass er möglicherweise Jahre brauchen würde, um sich herauszudrücken. Und während die Vulva eindeutig zu einer Erwachsenen gehörte – es war ihr so peinlich! –, war der dazugehörige Körper sehr viel jünger. Er hatte noch immer den dicken kleinen Bauch und die unterentwickelten Rippenbögen eines Babys. Die Vulva befand sich auf derselben vertikalen Ebene wie die Wand, aber Körper und Gesicht waren gestaucht und lehnten sich in einem anatomisch unmöglichen Winkel von ihr fort.

Überall trat es nahtlos aus der Wand hervor. Von dem Gesicht konnte sie nicht viel sehen, aber es lächelte.

Samstagmorgens machte Joan immer Kuchen. Oft fand ihr Mann sie in der Küche vor, wo sie noch bis zu den Ellbogen im Mehl steckte oder vielleicht auch gerade den Regler ihres neuen Creda-Backofens einstellte. Im Radio lief etwas klassische Musik. Alan liebte ihren Kuchen. Wenn er sie so antraf, legte er immer die Arme um sie, rieb sich ein wenig, schob ihren Rock hoch und konnte dann nicht anders, als abzuspritzen, während er noch versuchte, sich von hinten in ihre reinliche Unterwäsche zu schieben. »Ach«, sagte Joan dann immer. »Es ist so schön mit uns zusammen!« Das war ihr Samstagvormittagritual. Er konnte sie jederzeit überraschen. Sie war immer bereit, und irgendwie doch nie vorbereitet. Doch heute konnte sie nur daran denken, wie peinlich es sein würde, wenn er hereinkäme und die Vulva an der Küchenwand sähe. Und im selben Moment, in dem sie das dachte, kam er herein. Kaum war er da, nahmen die Wände langsam wieder ihre ursprüngliche Farbe an. Es dauerte den ganzen Morgen, aber dann war wieder alles echt. Nachdem sie wie üblich Händchen gehalten und gemeinsam die Wand angestarrt hatten, kam es Joan und Alan eine oder zwei Wochen lang so vor, als wären sie verändert. Sie kannten ein Geheimnis, das anderen verborgen war. Obwohl es ein schreckliches Geheimnis war, gab es ihnen das Gefühl, dass sie den Weg zu einem wissenderen Leben gefunden hatten. Joan sagte bösartige Sachen. Alan schob ihren Rock hoch und fickte sie, bis sie beide rot und wund waren. Dann stellten sie fest, dass all ihre Freunde das Geheimnis ebenfalls kannten, und dass es nur eine Art von Verlust war, den jeder durchmachte.

Die Assistentin fing an, mit dem Kopf gegen die Innenwand des Immersionstanks zu schlagen, und gab jammervolle Laute von sich. Sie hörte sich, aber sie konnte nicht aufhören; die Techniker hörten sie, aber es war noch nicht genug Zeit vergangen, um den Deckel zu öffnen. Später kündigte sie ihr Cedar-Mountain-Abonnement und erhielt eine Entschädigung; diesmal konnte ihr niemand erklären, was schiefgelaufen war.

Panamax IV:

»Bist du nicht genervt von all dem kulturellen Rauschen?«, fragte R. I. Gaines Alyssa Fignall. Sie verbargen sich in einem knochigen Kreuzgang vor der Mittagssonne, knapp zwei Kilometer vom Meer entfernt und ein gutes Stück Weg talabwärts des Hügelkamms. Zwischen den Bögen gab es Schatten, aber auf die ausgetrockneten Springbrunnen in der Mitte, die blassen Rhyolit-Säulen und die braun vertrocknete Vegetation zwischen den Kopfsteinen knallte die Sonne. Sie hatte versucht, ihm zu erklären, wie bunt geschmückt das Kloster einst gewesen sei, bevor die Farbe der Zeit zum Opfer gefallen war. Das hatte seine Vorstellung infrage gestellt, dieser Ort sei kahl, still und unkommunikativ: von beinahe geologischer Ruhe.

»Ich will nur die blanken Steine.« Er zuckte mit den Schultern. »Und vielleicht das Gefühl eines Nachmittags, der niemals endet.«

Sie lächelte. Berührte seine Hand. »Du bist müde, Rig.«

»Ich bleibe noch ein bisschen«, sagte er zu ihr. »Das Schiff trifft frühestens bei Einbruch der Dunkelheit ein. Du kannst mir etwas über deine Opfertriebwerke erzählen.«

»Es sind nicht meine«, erwiderte sie.

Später, als die Luft abkühlte und der Himmel sich von Osten her füllte, prozessierten die Kinder aus der Gegend über den Dorfplatz, als Löwen, Tiger, Bären, geflügelte Feen und andere mythische Bewohner der alten Erde verkleidet.

»Was ist das?«, fragte er.

»Sie spielen eine der alten Legenden von dem hiesigen Fluss nach. Von diesem Punkt an hat er auf mehrere Kilometer Gezeiten. Nach jeder Flut hinterlässt das Wasser ein paar schwarze Holzklumpen am Ufer. Diese Artefakte, vom Alter ebenso durchweicht wie vom Wasser, sind die Geschenke des Flusses an das Land.« Keines der Kinder war älter als vier, aber sie trugen ihre Zauberstäbe und Lamettagirlanden – und die Banner, auf denen etwas in der Art von *Los Ninos de Camapasitas* stand – mit tiefem Ernst. Beobachtet wurden sie von Halo-Touristen in einem bestimmten Alter, größtenteils Frauen in pludrigen kurzen Hosen und Blusen, mit denen sie kontrastierend zu den Kindern wie irgendjemandes Baby aussahen. »»Das hier habe ich euch gebracht‹, sagt der Fluss zum Land. Das Land lehnt ab, ohne, dass es dafür etwas sagen müsste. Dem Fluss ist es gleichgültig. Er versucht es später wieder.«

»Eine komplexe Geschichte.«

»Sie lässt sich nicht gut übersetzen«, gab Alyssia zu.

Die Dunkelheit brach weich und warm herein. Sie aßen in einem der Cafés um den Dorfplatz. Alyssia fand, dass er zu dünn aussehe. Er solle langsamer machen. Ihrer Meinung nach habe Rig immer zwischen den Planeten festgesteckt, zwischen den Kriegen, zwischen widersprüchlichen Lebensweisen; ein sardonischer Blick auf eine Welt, die er nicht ganz verstehe. »Aber die anderen sehen dich nicht so«, sagte sie. »Wir sehen, wie sehr du verletzt worden bist. Wir sehen so deutlich, wie deine Persönlichkeit dich beim EMC gefangen hält, in diesem Konzept ständiger Kriege, die euer Aleph beenden soll. Frag dich mal, warum ihr es so genannt habt, Rig. Das Aleph! Ehrlich, frag dich das doch mal!«

»Die anderen?«, fragte er mit einem breiten Lächeln.

Sie schaute auf ihren Teller. »Ich«, musste sie zugeben. »Ich sehe dich so.«

Nun war es an Rig, über das zu reden, was er als schamloses Geheimnis der Dinge bezeichnete. Er konnte nicht genug davon kriegen, sagte er zu ihr. Aber Alyssia verabscheute solche Phrasen und erwiderte:

»Vielleicht hat es irgendwann genug von dir.«

In eben diesem Moment traf etwas mit einem dumpfen Laut auf die obere Atmosphäre. Ionisierungssprühnebel flackerten wie Wetterleuchten in den Wolken. Alyssia Fignall seufzte. Auch das kannte sie. Jeder kannte es. Ein warmer Wind erfüllte den Platz, und mit ihm kam das K-Schiff *Uptown Six*, direkt aus *New Venusport* in einer verschwiegenen Mission für EMCs knallharte Lévy-Flotte. Im Moment gab es im Halo keine verschwiegenere Operation als R. I. Gaines. Die *Uptown Six*, gerade mal siebzig Meter lang, aber ohne Ladung zehntausend Tonnen schwer, der mattgraue Rumpf mit Beulen und Dellen übersät, senkte ihre stumpfe Schnauze auf den Dorfplatz nieder. Sie roch nach Tarnkappen-Beschichtung, seltsamer Physik und der exotischen dichten Materie, die in dünnen Platinen zwischen den giftigen Verbindungen eingezogen war, aus denen der Rumpf bestand. Wie ein böser Traum hing sie mit der Schnauze nach unten draußen vor dem Café, erfüllt von der Intelligenz ihres Käptens, einem selbstverletzenden Dreizehnjährigen namens Carlo, der den Rest seines Lebens in einem Flüssigkeitstank irgendwo in Hecknähe verbringen würde.

»Da haben wir deinen Herzallerliebsten«, sagte Alyssia.

»Benimm dich.« Er legte den Arm um sie. »Es ist nur eine Mitfahrgelegenheit.«

»Versprich mir, dass du bald zurück bist, Rig.«

Er versprach es ihr. Sie hielten sich lange in den Armen, dann ließ Gaines sie los. Noch ehe er drei Schritte zurückgelegt hatte, war er mit der Dunkelheit verschmolzen. Das Schiff schien ihn aufzusaugen, ohne sich dafür irgendwo zu öffnen: Allerdings führte irgendetwas zu einer kurzen Entladung der Transformationsoptik, sodass der Rumpf in Alyssias Wahrnehmung für einen kurzen Moment zu einer silbrigen, aber zugleich zähen und fötalen Gestalt verzerrte, durch die sie hier und da die Gebäude auf der gegenüberliegenden Seite des Platzes sehen konnte.

»Das gefällt dir doch«, rief sie ihm verbittert hinterher, während sie den Kopf in den Nacken legte, um das Wetterleuchten in den Wolken zu beobachten.

Als sie zehn Minuten unterwegs waren, wurden sie überfallen.

»Feindkontakt«, sagte Carlo sachlich. Es war weniger eine Warnung als eine Frage der Höflichkeit. Noch bevor er die letzte Silbe ausgesprochen hatte, war bereits alles vorüber. Zwei Mittelgewichts-Kreuzer mit stark abgeschirmten Emissionen waren wie Aale in seinen zehndimensionalen Aufmerksamkeitsraum von einem Parsec Kantenlänge geschlüpft und hatten alle möglichen Waffen abgesetzt, bis hin zu einem Substrat-Disruptor, unter K-Kapitänen auch als »Hubbel« bekannt. Als die ihr Ziel um eine Millisekunde oder mehr verfehlten und nur noch schwachen Turbulenzen im örtlichen Quantenschaum vorfanden, ruderten sie hastig zurück – nur um festzustellen, dass die *Uptown Six*, deren Mathematik eine Milliarde taktische und navigatorische Möglichkeiten pro Nanosekunde durchspielen konnte, bereits auf sie wartete.

»Leute«, sagte Carlo, »ihr dachtet, dass ihr euch verstecken könnt. Aber wo ihr auch hinfliegt, ich bin schon da.«

Er setzte selbst eine Kampfvorrichtung ab. »Fliegt vorsichtig und einen schönen Tag auch.«

An Gaines gewandt fügte er hinzu: »Anscheinend sind wir im Krieg.« Er hatte keine Ahnung, mit wem; aber inzwischen hatte er ohnehin das Interesse verloren.

In die sorgfältig deodorierte Luft in den Menschenquartieren der *Uptown Six* projiziert, zeigten die Übertragungen von fünfzehn Planeten in schneller Folge alle Markenzeichen moderner Konflikte: Demonstrationen, unruhige Finanzmärkte, Reihen erstklassiger, schwergewichtiger EMC-Hardware, die überall am *Strand* in den Parkorbits hingen. Nach nicht einmal einer Stunde übertrugen beide Seiten Aufzeichnungen von Gräueltaten, so schnell sie sich fälschen ließen. Die Psychodramen überschlugen sich geradezu. Alle beanspruchten für sich, eine Minderheit zu sein. Alle beschrieben das ihnen zugefügte Unrecht als älter und asymmetrischer. Architektonische Wahrzeichen stürzten in sich zusammen und schleuderten dabei Rauchwolken gen Himmel. Schläfergene, die schon vor drei oder vier Generationen in ganze Bevölkerungsgruppen implantiert worden waren, erwachten zum Leben und zogen ideologischen Wandel wie Seuchen nach sich. Überall am *Strand* wurden unschuldige Abteilungsleiter, Markenmanager und Medienstars plötzlich entführt und durch Provokateure sexuell missbraucht, die selbst keinen Schimmer hatten, warum sie plötzlich derart verroht waren. Bereits zur Mittagszeit flatterten erschöpfte Angriffsreklamen durch die Straßen aller Halo-Hauptstädte. Gaines betrachtete diese Vorzeichen mit einer Art empörten Ungeduld. Abseits der Medienwelt war nicht ein Schuss abgefeuert worden. Außer hier. Nach einer Minute sagte er gedankenverloren:

»Lass sie in Ruhe, Carlo.«

»He, ich habe nicht angefangen.«

»Du weißt, was ich meine.«

»Ja, klar, *zu spät*, Rig. Tut mir leid, dass ich sie bereits getötet habe. Tut mir leid, dass ich es getan habe, um dich zu schützen, und ich von dir nur Scheiße dafür zurückkriege. Und Rig – nein, jetzt hör mir zu, hör mir einfach mal zu, Rig – das war vor zweieinhalb Minuten? Hörst du dich eigentlich reden? Du hackst auf einer Sache rum, die zweieinhalb Minuten zurückliegt? Es tut mir leid, dass ich sie getötet habe, denn eigentlich waren sie sicher nette Leute, aber entschuldige bitte, *sie haben zuerst versucht, uns zu töten*.«

Die *Uptown Six* fädelte sich in eine hiesige Verwirbelung der Radiosignatur einer Dreiergruppe von Neutronensternen ein, und da sie davon ausging, dass sie dort für die nächsten rund zweiunddreißig Minuten und achtundvierzig Sekunden sicher versteckt sein würde, erhöhte das Schiff Carlos Dosis atypischer Antipsychotika; dazu versorgte es ihn mit den nötigen Medikamenten für ein zwanzigminütiges Schläfchen. In der sich anschließenden Stille schaltete Gaines die Nachrichtensendungen ab und konzentrierte sich auf die Bilder, die er von seinem Hauptprojekt erhielt. Er konnte nicht glauben, was er sah. Er stellte eine Überlicht-Verbindung her.

»Was zum Geier geht hier vor?«, fragte er.

Für die Jungs von der Erde änderte sich alles mit der Ankunft am *Strand*. Ab diesem Augenblick war nichts mehr unmöglich. Inmitten des Alien-Treibguts warteten neue Universen, die wie winzige Dimensionen in jedem zurückgelassenen Stück Technik aufgerollt waren. Nachbau wurde das neue Tagesgeschäft. Jeder konnte etwas finden, woraus sich etwas machen ließ, von einem Supraleiter-Experiment in Planetengröße bis hin zu einem Gravitationswellendetektor, der aus einem ganzen Sonnensystem zusammengeschraubt worden war. Man konnte immer etwas noch Größeres entdecken. Am anderen Ende der Skala befanden sich: synthetisierte Viren, neue Proteine, Nanoprodukte bis hinab zu stabilen neutronenreichen Isotopen mit nicht-kugelförmigen Kernen.

Zehn Prozent von dem Zeug funktionierten noch. Bei zehn Prozent davon konnte man wilde Vermutungen darüber anstellen, welchem Zweck es diente. Warum befanden diese Dinge sich dort? All der Aufwand deutete auf eine fünf Millionen Jahre während Epidemie von Panikanfällen hin, die irgendetwas mit dem Rätsel des Trakts zu tun hatten. Jede Form von intelligentem Leben, die hergekommen war, hatte nach einem kurzen Blick die Nerven verloren. Den Jungs von der Erde war das egal, zumindest vorerst. Für sie war der *Strand* ein Interregnum, eine Pause von der Vernunft, ein überschwängliches Abfeiern des sehr Großen und des sehr Kleinen, des sehr Alten und des sehr Neuen, des gewaltigen, außergewöhnlichen, atemberaubenden Moments, in dem sie lebten und zu dessen Erleben sie einander beglückwünschten: des Moments, in dem alles, das zuvor gewesen war, irgendwie mit dem zusammentraf, was noch sein würde, und davon durchtränkt wurde. Es war der Punkt, an dem das Bekannte dem Unkennbaren begegnete, dem Spiegelbild des Verlangens.

Es war, kurz gesagt, die Gelegenheit, zu Geld zu kommen.

2410 AD: Zwei Entradistas von *Motel Splendido* stießen auf ein außerirdisches Forschungsgerät von der Größe eines braunen Zwergs, der wie ein schmutziger Luftballon an irgendeiner Gravitationsanomalie am heißen Rand des Trakts entlangeierte. Ihre Namen waren Galt & Cole. Sie flogen ein einziges Mal vorbei, sahen sich die Sache an und kamen zu dem Schluss, dass es machbar war. Zwei Tage später scheiterte die Tour in einem Kelvin-Helmholtz-Wirbel etwas weiter im Innern. Cole, der vor lauter schrillenden Alarmsirenen nicht klar denken konnte, ging zusammen mit dem Schiff unter; Galt, der vorübergehend durch eine auf elf Millionen Grad Kelvin erhitzte und nur im extremen Ultraviolettbereich sichtbare Gaswolke aller Ambitionen beraubt worden war, schaffte es mit einer Rettungskapsel zurück zu dem Forschungsgerät. Fünf Jahre später erregte sein Überlicht-Notsignal die Aufmerksamkeit eines Macon-25-Langstreckenfrachters, der mit zehntausend Tonnen katatonischer Neuer Menschen, die in seinen Frachträumen wie die Säcke verwertbarer Organe gestapelt waren, um die es sich bei ihnen handelte, nach Beta Hydrae unterwegs war.

Inzwischen war von Galt nur noch Calcium übrig, auf unheimliche Weise beleuchtet. Ein paar Fetzen Stoff und ein glänzender Schädel. Wer konnte schon sagen, wo sein Partner geblieben war? Galt hinterließ eine Autobiografie oder vielleicht auch ein Testament, oder vielleicht nur den Namen, den sie ihrem Grund und Boden hatten geben wollen, auf einen Stein gekritzelt – **PEARLANT**. Sie starben nicht weit von ihrem Vermögen, diese beiden, wie alle Verlierer: Aber der Name hielt sich. Unter der pockennarbigen und schrundigen Oberfläche, unter dem Staub von Gott weiß wie vielen Millionen Jahren, lag das, was man schließlich das Pearlant-Labyrinth nannte.

Zwei Generationen von Entradistas hackten sich ihren Weg hinein. Schon das war eine Geschichte für sich. Verlorene Expeditionen, seltsame Fieberkrankheiten, Todesfälle. Jeder Nebentunnel war voller uralter Maschinerien, die ein feines Gespür für Ungerechtigkeit ausbrüteten. Sie schlugen sich mit Pilzsporen und Einstürzen herum, quälten sich durch Abschnitte in Gängen, die mit nicht-Abel'schen Flüssigkeiten auf Zimmertemperatur geflutet waren, immer getrieben von dem Gefühl, beobachtet zu werden. Schlimmer noch, das Labyrinth, eindeutig selbst eine Art Experiment, war so erlesen fraktal konstruiert, dass der Begriff »Zentrum« hier immer nur eine Ablenkung sein konnte. Der Experimentalraum, durch den die temporalen Anomalien als direkte Reaktion auf Ereignisse tief im Innern des Trakts tickten und auflodern (»Als hätte man es dazu konstruiert, die Zeit dort drin anzuzeigen«, bemerkte jemand), enthielt immer größere Entfernungen, als seine äußere Oberfläche es zuließ. Schließlich gelang es einem Team von Labyrinth-Läufern von FUGA-Orthogen – einer EMC-Tochtergesellschaft, die sich auf Nuklearsprengköpfe spezialisiert hatte und sich von *New Venusport* aus durch den Verkauf von Bergbaugerät finanzierte, das noch ein Stückchen älter als das Labyrinth war –, sich einen Weg in die riesige, schwer zu beschreibende Kammer zu bahnen, die später als der alte Kontrollraum bekannt werden sollte. Nervös und verängstigt verteilten sich ihre Schatten über das absolut flache, allotropische Kohlenstoffdeck. Sie versammelten sich in angemessener Entfernung, öffneten ihre Helme und ließen ihre thermobarischen Werkzeuge fallen. Sie bewunderten das irisierende Flattern des Aleph, das in seiner Wiege aus Magnetfeldern lag. Sie wussten, dass sie auf Gold gestoßen waren.

Fünfzehn Jahre später war Gaines Kommunikationskanal voll von 3D-Bildern dieses Schatzes: Aufgrund der Entfernung – ganz zu schweigen davon, dass sie durch drei im Widerstreit stehende Physiken gereist waren – sahen sie etwas zerkratzt aus.

Etwa zu der Zeit, als er sich mit Alyssia Fignall im Kreuzgang befunden hatte, war das Aleph geplatzt – wie eine Taschennova war es aus dem Nanomaßstab hochgebrodelt, nur um sich zu winden, zu flackern und im letzten Moment zu etwas anderem zu werden. Wo zuvor die Eindämmungsmaschinerie gewesen war, befand sich nur noch das Deck. Darauf lag ein Artefakt unbekannter Herkunft, das aussah wie eine leicht überlebensgroße Frau in einem Kleid aus grauen Metallfasern. Sie war kaum menschlich. Die Frau war weder bei Bewusstsein noch bewusstlos, weder tot noch lebendig. Eine weiße Paste lief ihr aus dem Mundwinkel. Etwas stimmte nicht mit ihren Wangenknochen. Gaines starrte sie an. Die Frau, deren Glieder und Rumpf abwechselnd scharf und unscharf wurden, als sähe man sie durch fließendes Wasser, erwiderte den Blick ausdruckslos, ohne jedes Gefühl und mit starrer Miene. Was immer sie sah, es befand sich nicht in der Kammer. Worauf auch immer sie ihre Anstrengungen richtete, es hatte nichts mit ihm zu tun, nahm aber seinen stillen, erbitterten, entschlossenen, unbestimmbaren Gang, als würde sie niemals begreifen, was mit ihr geschah, und dennoch nie aufgeben. Gaines fand, dass sie wie eine Person aussah, die versuchte, nicht zu sterben.

»Ich halte das nicht für eine besonders hilfreiche Annahme«, sagte sein Leiter vor Ort, ein Mann namens Case, zu ihm. »Damit legst du dich auf Werte fest, wo du sie vielleicht überhaupt nicht haben willst.« Case hatte als ernsthafter Physiker begonnen. Dann hatte ihn eine Zeitverzerrung im Labyrinth innerhalb eines Tages sechzig Jahre altern lassen, worauf er ins Management gewechselt war. Er lebte für seine Arbeit, hatte einen Tatsachenroman über Galt & Cole mit dem Titel »Die dreckigen Sterne« geschrieben und kam, obwohl er nicht besonders einfallsreich war, gut mit multidisziplinären Teams zurecht. »Für mich ist sie weniger eine Person und mehr ein Problem.«

»Wie ist es dazu gekommen?«, fragte Gaines. »Wie kann denn so etwas passiert sein?«

Niemand wollte eine Vermutung äußern.

»Vergiss das Aleph«, sagte Case. »Das Labyrinth selbst ist eine Million Jahre alt. Wir wussten von Anfang an nicht, wozu es gut war; wir wussten noch nicht mal, mit wem von denen wir reden.«

Aufzeichnungen von der Nanoebene zeigten den Feldzusammenbruch als eine Art topologischen Selbstmord. Schon nach Pikosekunden erinnerte das Aleph weniger an eine Träne als an einen sterbenden Gummiball, der sich erst einstülpte und einen albernen Mund bildete, ehe er zu einem nicht mehr darstellbaren Punkt zusammenschnurrte. »Du siehst hier nicht das Ereignis selbst«, gab Case Gaines zu bedenken. »Nur das, was wir erkennen konnten.« Eine volle Nanosekunde nach diesem Kollaps war die Eindämmungsapparatur selbst zu sehen, die zerfloss – das ließ sich auf den Kameras erkennen, die von außerhalb der Anlage Aufnahmen in Echtzeit gemacht hatten – und anschließend zu Licht verdunstete. Aus dem Licht kam das Artefakt zum Vorschein, *doch dieses Erscheinen ließ sich nicht beobachten:* Case hielt das für wichtig. »Egal, welchen zeitlichen Maßstab wir für die Aufzeichnungen wählen, egal, wie langsam wir sie abspielen, es gibt einfach keinen allmählichen Verlauf ohne Bruch.« Erst war das Aleph da, dann war stattdessen die Frau da. Zu diesem Zeitpunkt hatte ihr Ringen schon begonnen. »Nach allem, was wir wissen, ist sie vielleicht in anderer Hinsicht ein Artefakt«, sagte Case. »Eine Illusion, von unserer Methode der Datenerfassung erzeugt.«

»Sie sieht so lebendig aus.«

»Die Leute aus der Xenobiologie haben ihr schon den Namen Pearl gegeben«, sagte Case, um ihm sein Verständnis auszudrücken.

»Was bedeutet das für die Feldwaffe?«

»Die Feldwaffe?« Case sah Gaines an wie einen Übergeschnappten. »Die ist im Arsch. Diese ganze Forschungsrichtung ist im Arsch. Ich glaube nicht, dass es jemals eine Feldwaffe gegeben hat, Rig.« Er blickte an ihm vorbei in die Finsternis des alten Kontrollraums. »Ich glaube, das Labyrinth hatte von Anfang an seine eigenen Pläne.«

»Verraten Sie bloß der Chefetage nichts davon.«

16 · Carshalton Shangri-La

»Ich habe manchmal seltsame Träume«, sagte Anna Waterman ein paar Tage nach ihrer Begegnung mit den Hunden. Weil sie einen Zug verpasst hatte, war sie zu spät zu ihrem Termin bei Dr. Alpert gekommen, aber trotzdem war sie anscheinend zufrieden mit sich selbst. Sie setzte sich sofort und fuhr dann, ohne den Themenwechsel irgendwie einzuleiten, fort: »Wissen Sie, wo ich wohnen würde, wenn ich könnte?«

»Nein, das weiß ich nicht. Wo denn?«

»Ich würde in der überdachten Brücke wohnen, die bei der Clapham Station über die Bahnhöfe führt.«

»Ist es dort nicht vielleicht etwas zugig?«

»Ich würde ein einziges großes Zimmer daraus machen. Hier und dort würde man dann auf ein Stück Teppich, ein paar Stühle oder ein Bett stoßen. Meine Möbel! Die Züge dürfen gerne weiterfahren«, schloss sie, wie man beispielsweise sagte: »Die Vögel dürfen gerne in meinen Garten kommen.« Sie überlegte für einen Moment. »Wegen der Gesellschaft. Aber eine Haltestelle wäre Clapham dann nicht mehr. Das müssten die Leute verstehen.« Sie lächelte und lehnte sich mit ausgebreiteten Armen in ihrem Stuhl zurück, mit der Körpersprache einer Person, die jemandem ein faires Angebot gemacht hat und mit einem Ja als Antwort rechnet.

Helen Alpert lächelte ebenfalls. »Ich dachte«, sagte sie, »Sie wären jetzt zufrieden mit ihrem Haus?«

Anna nickte. »Zumindest weniger unzufrieden«, stimmte sie ihr zu.

Die Ärztin schrieb sich etwas auf. »Und Marnie?«, fragte sie. »Wie kommen Sie mit Marnie zurecht?«

Was das Badezimmer betraf, und die dadurch repräsentierten tiefergehenden Probleme, waren Marnie und Anna zu einer Art vorsichtigem Waffenstillstand gelangt. Marnie hatte am nächsten Tag angerufen, weil sie sich dringend entschuldigen wollte. Zum Dank hatte Anna ihr eine Karte geschickt, auf der ein Königsfischer zu sehen war, der mit einem kleinen silbernen Fisch im Schnabel aus dem Wasser stob. Als Marnie das nächste Mal kam, brachte sie Blumen mit, einen dicken Strauß aus weißen Levkojen, blauem Rittersporn und Sonnenblumen, die sie zusammen schön arrangierten. Eine der Sonnenblumen blieb übrig, also stellte Anna sie in einem Krug in das neue Badezimmer. Jedes Mal, wenn sie aufs Klo ging, spürte sie das Licht und die Wärme, die von ihr ausgingen, und wurde von dem gemächlichen, faulen Glücksgefühl erfüllt, das ihr als Kind so vertraut gewesen war, bevor alles schiefgegangen war. Langsam hatte Anna den Verdacht, das Problem mit Marnie bestünde darin, dass bei ihr niemals wirklich etwas schiefgegangen war.

»Ich bin mir nicht sicher, ob Marnie so erwachsen ist, wie sie glaubt.«

Die Therapeutin ließ eine Pause, für den Fall, dass Anna diese Einsicht noch weiter ausführen wollte, und als nichts weiter zum Vorschein kam, erkundigte sie sich:

»Und die Träume?«

»Die Träume sind ein wahrer Albtraum.«

In den letzten paar Tagen hatte sie alles gesehen. In der Hälfte der Fälle war sie sich nicht einmal sicher gewesen, ob sie gerade schlief. In dem Traum, bei dem sie sich am sichersten war – dem, in dem sie am eindeutigsten geträumt hatte –, hatte sie sich wieder oben in den Downs befunden und sich von schräg oben selbst gesehen: eine Frau, die den leeren Mantel eines Kindes in den Armen trug, als handelte es sich um das Kind selbst. Diese Frau ging aus der Hüfte vorgebeugt und blickte mal nach vorne auf den weißen Kalksteinpfad, dann wieder hinunter auf den Mantel. Ihr Gesichtsausdruck war weder freudig noch nachdenklich. Lerchen sangen. Weißdornbüsche standen in dichten Gruppen unter ihr am Hang. Leute tauchten an langen, ansteigenden Horizonten auf und verschwanden wieder. Winzige blaue Blumen wuchsen im Gras. Ganz langsam verließ sie das Bild und verschwand hinter dem gewaltigen Schattenriss der Downs.

Ein Kind in den Armen: Vielleicht war es ein Traum von Marnie, vielleicht auch nicht. Wenn man sich im Sprechzimmer seiner Therapeutin zu einem solchen Traum bekannte, was gab man damit zu? Man konnte sich nicht sicher sein. Deshalb behielt Anna ihn für sich. Aber ihren Standardtraum konnte sie immer offen und ehrlich erzählen:

Die unbekannte Frau lag auf dem schwarzen Marmorboden in einem weiten, hallenden Raum, in einem Givenchy-Kleid. Sie war sehr alt, veränderte sich nicht, war aber noch nicht ganz sie selbst; im Prinzip war sie eine Person, die darauf wartete, sich zu verändern. Manchmal war eine Art bleiernes Summen zu hören, weniger ein Geräusch und mehr etwas, das im Traum in einen einsickert. Oder ein hohes, entferntes Klingeln aus dem Boden, eine Art Tinnitus im Herzen der Dinge. Manchmal hatte sie das Gefühl, dass ein Publikum zugegen war: Jemand – vielleicht war man es selbst, vielleicht auch nicht – hatte in einem Hotelbadezimmer angefangen, sich die Zähne zu putzen und sich dann die Handgelenke aufgeschnitten, nur um anschließend aufzublicken und ausverkaufte Sitzreihen zu sehen, die sich nach oben in die Dunkelheit erstreckten wie in einem Vorlesungssaal. Das waren die gestörten, aber aus sich heraus begrenzten Bilder, die man Helen Alpert den ganzen Tag lang wie Stöckchen zum Apportieren hinwerfen konnte – dadurch bekamen sowohl Therapeutin als auch Patientin genug Auslauf. Also erfand Anna eine neue Version des Traums, den sie einmal gehabt hatte, als Michael noch gelebt hatte, in dem das erste Falschfarbenbild des Kefahuchi-Trakts – einer neuen astronomischen Entdeckung für ein funkelnagelneues Jahrtausend – sich vom Fernsehschirm zu lösen schien, in der Dunkelheit ihres Bostoner Motelzimmers aufstieg und für eine Weile in der Luft hing wie Schmuck bei einem billigen Zaubertrick, ehe er langsam verblasste. Derweil hatte das Zimmer immense Ausmaße angenommen.

»Wie aufregend!«, rief Dr. Alpert aus. Als Kind – als sie acht und voller Lebensfreude gewesen sei – habe sie diese Bilder so geliebt,

dass sie sich bis heute an den klobigen schwarzen Bildröhrenfern-
seher erinnere, in dem sie sie zum ersten Mal gesehen habe. Es seien
weniger Bilder als Versprechen über die Natur der Welt gewesen, den
Lohn des Lernens.

Anna – die, soweit sie sich überhaupt an dieses Ereignis erinnerte,
etwas anderes in Erinnerung hatte – konnte nur mit den Schultern
zucken.

Für die postmodernen Kosmologen aus Michael Kearneys Generation, die in ihren selbstreferenziellen mathematischen Spielchen
feststeckten und gewohnheitsmäßig Spekulation mit Wissenschaft
verwechselten, hatte sich der Trakt als das erste einer neuen Klasse
von Dilemmata erwiesen: als das sogenannte Penfold-Objekt, die Singularität ohne Ereignishorizont. Für Kearney selbst handelte es sich
schlicht und einfach um ein weiteres Artefakt im 24-Stunden-Nach-
richtenzyklus, Datenmaterial, das behutsam zu Fantasien für den
medialen Konsum zurechtgeknetet worden war, weniger Wissenschaft und mehr Wissenschafts-PR. An dem Tag, an dem die NASA
und die ESA ihre zusammengesetzten Fotos des Trakts präsen-
tierten – riesige hängende Türme wie Schwarze Raucher in einem
Meeresgraben, phosphoreszierende, rosige Fächer und Gastaschen,
Schockwellen mit Aluminiumglanz, die mit Lauten 50 oder 60 Oktaven unter einem mittleren C durch das Gasmedium pflügten, alles
zusammengesetzt aus den Beobachtungen, die ein halbes Dutzend
im Weltraum befindlicher Messinstrumente gemacht hatten, von denen
kein einziges auf der Wellenlänge sichtbaren Lichts operierte –
hatte er sich versteift wie eine Katze, die meint, draußen vor dem
Fenster etwas zu sehen. Dann entspannte er sich ebenso plötzlich
wieder und murmelte: »Fall niemals auf den eigenen Hype rein«,
um später mit einem Grinsen hinzuzufügen: »Genauso gut hätten
sie verkünden können, dass es ein Mann mit Mantel und Zylinder
wäre.«

Eine Generation später fragte Anna in Dr. Alperts Sprechzimmer,
als hätten diese beiden Gedanken etwas miteinander zu tun: »Was
sind Träume überhaupt?«

Ja, was?, dachte die Therapeutin, nachdem Anna fort war. Manchmal konnte sie ihre Klientin kaum fassen. Helen Alpert studierte ihre Aufzeichnungen; lachte; und drückte auf die Abspieltaste des Diktiergeräts, um sich ein oder zwei Sätze anzuhören, die ihr Interesse geweckt hatten.

Ihre Klientin, die immer noch bester Laune war, lungerte derweil noch für einen Moment auf den Stufen zur Praxis herum und sah zu, wie die Flut sich stromaufwärts wälzte wie ein langer, brauner Hund; dann, den ganzen Nachmittag noch vor sich, fuhr sie zweimal Bus und einmal mit dem Zug, bis sie Carshalton erreichte. September, der Gewächshausmonat, wickelte farblose, neblige Fernen um Streatham Vale und Norbury, wo silbrige Regenschauer – die ohne Vorwarnung aus einem wolkenlosen, blaubraunen Dunst fielen – auf dem heißen Pflaster so schnell verdampften, wie sie niedergingen. Nichts verschaffte Erleichterung von der feuchten Wärme. Am anderen Ende träumte Carshalton träge unter seiner Decke aus Nachmittagshitze vor sich hin, während Anna vorsichtig zurück zum Haus am Oaks Park zurückkehrte. Diesmal näherte sie sich aus Richtung Banstead, überquerte den Anger zu Fuß – vorbei am Gefängnis, das unscheinbar wie eine geschlossene Wohnanlage im Wald lag – und betrat das Labyrinth langer Vorstadtstraßen etwa auf halbem Weg zwischen Krankenhaus und Friedhof. Die Nummer 121 war noch immer leer, keine Spur von dem Jungen, der sie bei ihrem letzten Besuch überrascht hatte. Als sie die Klinke der Hintertür herunterdrückte, stellte sie fest, dass sie weder verriegelt noch verschlossen war und sich einfach öffnen ließ. Im Innern teilte die Raumökonomie – unsichtbar wie ein Poltergeist, eine Kraft, die nicht selbst zu agieren schien – das Haus in einzelne Zimmer auf. Hinweise darauf, dass hier noch vor Kurzem Betriebsamkeit geherrscht hatte, waren leicht zu finden: Treppen und Flure rochen nach Putzmittel und frischem Holz. Auf den kahlen Böden lag gelöster Fugenkitt, Stromkabel warteten geduldig in den breiten Staubfächern, die sie über das Parkett gezogen hatten, Leitern und Farbdosen hatten die Plätze gewechselt.

Anna streifte umher, hob hier etwas auf und stellte es dort wieder ab, bis sie schließlich im hinteren Bereich etwas zur Ruhe kam, das einmal ein großes Schlafzimmer gewesen war, geteilt durch eine Rigipswand, die an einem Ende sorgfältig ausgesägt war, um sich dem Erkerfenster einzupassen. Dadurch gewährte die unsichtbare Hand den potenziellen Mietern großzügig die halbe Gartenaussicht – Blumenbeete, die von Goldmontbretien und Erdefeu überwachsen waren, verrottete alte Netze an Stachelbeersträuchern, ein sonnenverbrannter Rasen, auf dem die feuchten, karamellfarbenen Seiten eines Taschenbuchs verstreut lagen. Anna blinzelte in das herabfallende Licht, berührte die ungestrichene Trennwand und fuhr mit den Fingern über den Fenstersims. Spitzer, körniger Staub; Baustaub. In solchen unvollendeten Räumen kann einen nichts verletzen. Das Leben hängt in der Schwebe. Nach einer oder zwei Minuten schob sich ein Tier – ein Hund, gertenschlank, grau gescheckt, mit langem, drahtigem Haar um die Schnauze und über den Pfoten – vom Nachbargarten aus durch die Hecke und schnüffelte zielstrebig an der Rasenkante entlang, wobei er gelegentlich innehielt, um mit den Vorderpfoten Erde fortzuscharren. Anna klopfte ans Fenster. Etwas an dem Hund verwirrte sie. Mit einem Mal pladderte Regen durch den Sonnenschein herab, die weggeworfenen Buchseiten bogen sich unter dem Ansturm der Tropfen sichtlich durch, als bestünden sie aus so schlechtem Papier, dass sie beim Kontakt mit Wasser sofort schmelzen würden. Anna klopfte erneut ans Fenster. Diesmal zuckte der Hund zusammen und warf einen unbestimmten Blick über die Schulter ins Leere. Er schüttelte sich heftig – Tropfen, in denen sich das Licht brach, stoben auf – und rannte davon. Der Regen nahm zu, wurde dann schwächer und zog vorüber.

Draußen auf dem Rasen, wo die Feuchtigkeit sich wie eine nasse Tüte auf ihr Gesicht legte, sammelte Anna so viel wie möglich von dem Buch ein und blätterte die Seiten durch. Es war der Roman, den der Junge ihr empfohlen hatte, *Der verlorene Horizont*. Vielleicht hatte er ihn zerrissen, weil er letztlich doch nicht das Versprechen von einer Welt, die in der unseren verborgen ist, erfüllt hatte. Es gab keine zwei aufeinanderfolgenden Seiten. Anna konnte nur eine ganz grobe Vorstellung von der Geschichte aus ihnen ableiten. Ein abgestürzter Atombomberpilot, vielleicht ein Amerikaner, findet sich in einem verborgenen Land wieder, das ihm letztlich – zusammen mit dem, was seinem Herzen am teuersten ist – wieder genommen wird. Paradoxerweise schien eben dieser Verlust die Vorstellung nahezulegen, dass so ein Land tatsächlich existieren könne. Das Titelbild war in einer Art sorgfältig bemessenen Wut in der Mitte durchgerissen. Anna las: »Die klassische Geschichte von Shangri-La«. Ein Telefon, dessen Signalton ein altmodisches elektrisches Klingeln imitierte, war aus dem Haus zu hören.

Aluminiumfolie – die braun und klebrig aussah, als hätte man auf ihr einen Braten gemacht – hing in Fetzen an der Innenseite des nächsten Fensters. Anna spähte nervös zwischen den Bahnen hindurch und sah das Esszimmer. Dort hatte man bislang keine Verbesserungen vorgenommen, und es gab auch kaum Möbel oder Verzierungen. Zwei aufrechte Stühle. Ein fünfzig Jahre alter ausklappbarer Tisch. Das schwache Licht fing sich wellenartig im grünen Linoleum. Auf dem Tisch stand eine Pressblechdose mit einer Scheibe vorne, die etwa zehnmal zwanzig Zentimeter maß, irgendeine Trophäe, die jemand in den Jahrzehnten der billigen Flugreisen aus Mexiko mitgebracht hatte. Darin war folgendes seltsames Diorama ausgestellt: Ein Gegenstand von der Größe und Form eines Kinderschädels, der in einem Nest aus roter Spitze lag, das aussah, als bestünde es aus den Schnittresten billiger Reizwäsche, vor einem schwarzen Hintergrund (mit einigen verstreuten Pailletten darauf, die vielleicht einen nächtlichen Sternenhimmel darstellen sollten). Ansonsten war nichts zu sehen, mit Ausnahme des aufgerollten Teppichs, der in der Ecke gegenüber von der Tür stand. Obwohl das Telefon anscheinend ganz in der Nähe war, konnte Anna es nicht sehen. Es klingelte noch eine oder zwei Minuten. Dann ertönte ein lautes, verstärktes Klicken, gefolgt von der knisternden elektronischen Stille einer offenen Leitung, und eine klare Stimme, die sagte:

»Mein Name ist Pearlant, und ich komme aus der Zukunft.«

Damit brach die Verbindung ab. Eine dunkle Gestalt erschien in der Tür im Haus, und nach zwei oder drei übellaunig-schweigsamen Versuchen wurde ein Rollstuhl ins Zimmer geschoben. Der Zustand des Darinsitzenden hatte sich verschlechtert, seit Anna ihn vor dem Bahnhof von Carshalton in ein Taxi hatte steigen sehen. Sein einer Mundwinkel war starr hochgezogen. Sein kahler Kopf, der eine tiefe, gleichmäßige Bräunung wie von zehn Tagen an irgendeinem verlassenen Strand in Almería aufwies, war mit glänzenden Geschwüren übersät. Als er hereinkam, saß er aufrecht in seinem Stuhl – er hielt die Fußknöchel überkreuzt und die Knie auseinander, während eine Hand unbewusst eine hieratische Geste auf Brusthöhe vollführte – dann aber fast sofort in seine Gurte aus lockergewebtem Nylon zurückfiel. Sein Kopf sackte schlaff nach rechts – wodurch die Sehnen an seiner Halsseite deutlich hervortraten und sein linkes Ohr sich der weißen Katze auf seiner Schulter darbot, die, als hätte sie auf eben diese Gelegenheit gewartet, ihr Gleichgewicht wiederherstellte; schnurrte; und die Ohrmuschel mit präzisen, zarten Bewegungen ausleckte. Die ganze Zeit, während Anna sich im Haus aufgehalten hatte, war auch er da gewesen, hatte in der Hitze zusammengesackt in einem der anderen leeren Zimmer gesessen, mit hängender, leberfarbener Unterlippe und einem geöffneten blauen Auge. Die Nylongurte wirkten viel zu stabil für die geringen Kräfte aus, die sich mit der Bewegung eines Rollstuhls erzeugen ließen. Der Sitz selbst hingegen wirkte klobig und technisch überkandidelt, wie ein Teil eines längst obsoleten Experiments. Sie wusste, dass sie ihn von Anfang an hätte erkennen müssen. Vielleicht hatte sie das auch. Hatte er sie erkannt? Es ließ sich nicht sagen. Unter ihrem Gedächtnisverlust lagen sorgfältig verpackt die Erinnerungen. Es war das ungedacht Gewusste, immer gut verstaut, eine Selbsttäuschung, die sich hinter einer Selbsttäuschung verbarg. Wie konnte er so sehr gealtert sein? Das Telefon begann erneut zu klingeln, die weiße Katze sprang auf den Tisch und lief hektisch auf und ab. Dort im wässrigen Licht des nicht wiederhergestellten Esszimmers glitzerte die mexikanische Dose wie angelaufenes Silber: Die dunkle Gestalt hinter dem Rollstuhl streckte den Arm aus und nahm sie in die Hand.

Das genügte, um Anna aus dem Garten zu vertreiben. Sie taumelte den Pfad neben dem Haus entlang und rannte von der Nummer 121 fort in die relative Normalität des Vorstadtnachmittags hinein, den sie mit wirren Streifzügen verbrachte, eine lange Straße hin und die nächste wieder zurück, während um sie herum die Hitze klingend vom rissigen Pflaster aufstieg, bis Anna schließlich blinzelnd und verwirrt dicht bei den Carshalton Ponds erwachte. Die High Street lag unbehaglich unter der Sonne, voller Baulöcher – seichte, lieblose Mulden, Produkte zu schwacher Maschinen und halbherziger Pläne, eingezäunt von einem langen Irrgarten aus rot-weißen Absperrungen, die, genau wie die Autos auf den Straßen, an Plastikspielzeuge erinnerten, die man, einer infantilen Ästhetik folgend, aufgeblasen hatte.

Ein Zimmer in der Farbe einer Migräne, dachte sie. Und warum war das Fenster einmal mit Bratfolie zugeklebt gewesen?

Sie brauchte lange, um nach Hause zu kommen. Der Zug – so schlecht gewartet wie alle öffentlichen Transportmittel der Serie von Rezessionen in den 2010ern – blieb mehrfach stehen, hier eine Minute, dort zwei. Dann stand er zwanzig Minuten in einem Bahnhof irgendwo nahe Streatham, und in dieser Zeit spielten ein Mädchen und ein Junge im College-Alter, die sich seit dem Einsteigen heftig geküsst hatten, ein kompliziertes kleines Spiel an der offenen Zugtür. Er sagte immer wieder: »Tja, meine Schöne, wir sehen uns dann.« Sie wartete jedes Mal, bis er ausstieg, um dann – wenn er zwei Meter entfernt auf dem Bahnsteig stehen blieb und sie angrinste – zu lachen und zu sagen: »Das glaubst du echt, was?« Dann lachten sie beide, und der Junge drehte sich halb weg, und sie fingen wieder von vorne an.

»Wir sehen uns dann. Dann überlegen wir uns, wohin damit, das wird ein Spaß.«

»Jedenfalls nicht in die Ecke, da kannst du sagen, was du willst.«

»Ich muss jetzt eh los.«

»Allerdings musst du das.«

Mit einem Mal begannen sich die Türen zu schließen. »Also bis dann, meine Schöne«, sagte der Junge. »Wir sehen uns.«

»Bis dann, mein Schöner«, sagte das Mädchen und drehte sich um. In letzter Minute zwängte sie sich zwischen den Türen hindurch, schaffte es mit Mühe und Not aus dem Zug und schlang die Arme um ihn. Sie taumelten ein paar Schritte über den Bahnsteig Richtung Ausgang, lachten, stießen mit den Hüften aneinander und balgten sich spielerisch. Das Mädchen machte eine Faust und rieb dem Jungen damit über den Kopf. »He!«, rief er.

Als Anna zurück war, war es schon fast dunkel. Schnaken klatschten an die Fenster, sanken herab oder wanderten sinnlos an der Scheibe entlang, fixiert vom Druck ihrer eigenen, papierdünnen Flügel. Der Kater war draußen. Anna füllte ihm Thunfischfutter in den Napf und steckte für sich selbst zwei Ziegenkäse-Spinat-Pastetchen in den Backofen. Während sie warm wurden, rief Anna Marnie an. »Was für ein Tag!«, sagte sie zu Anna. »Es war entsetzlich bei der Arbeit.« Wegen des Morgenverkehrs sei sie eine Stunde zu spät gekommen. »Ganz Clerkenwell stand still.«

»Liebes«, sagte Anna. »Es steht seit zwanzig Jahren still.«

Auf der Suche nach etwas Vergleichbarem, was sie Marnie erzählen konnte, berichtete sie von dem Liebespaar im Zug. »Als sie weg waren«, schloss Anna, »habe ich mich zu den anderen Passagieren umgeschaut, und außer mir hat niemand gelächelt.«

»Wie ging es dir damit?«

»Ich kam mir dumm vor«, antwortete Anna, ohne auch nur einen Moment lang zu überlegen.

»Trotzdem«, sagte Marnie: »romantisch.« Dann erklärte sie, dass sie am nächsten Morgen einen Termin im Krankenhaus hatte. »Es ist nur ein Scan«, sagte sie. »Aber ich dachte mir, vielleicht würdest du ja mitkommen.«

»Natürlich komme ich mit!«, sagte Anna verblüfft.

»Ich gehe davon aus, dass es nichts weiter ist«, sagte Marnie. »Absolut nichts.«

Ein Uhr morgens: Weil sie nicht schlafen konnte, schaltete Anna auf den Nachrichtenkanal, während sie, ohne es sich einzugestehen, auf ein Zeichen davon hoffte, dass Michael Kearney heimgekehrt war. Nichts Offensichtliches, dachte sie. Nur irgendeine beiläufige Bemerkung in einem Bericht über eine wissenschaftliche Konferenz. Ein Hinweis. Doch die Nachrichten vermittelten ihr lediglich das Gefühl, dass es draußen in der Welt keine echten Ereignisse mehr gab – dass alles, was in den »Nachrichten« kam, erst dann wirklich passierte, wenn die Kamera sich auf die kurzen, ruckelnden Szenen richtete. Palmen – die »sich im Abendwind wiegend« aufführten – erwachten unvermittelt, beinahe schuldbewusst zum Leben, sobald der Sender sie vergegenständlichte. In der Satellitenverzögerung, bevor der Kommentator etwas sagte, hörte man eine leise Stimme, die immer wieder etwas sagte, das wie gack-gack-gack klang. Später stand sie in ihrem neuen Badezimmer und flüsterte nervös:

»Bist du da?«, und »es gefällt dir doch, oder? Du hast gesagt, dass es dir gefällt!« Ihre ziellosen Streifzüge durch die Vor- und Schlafstädte South Londons, mit denen sie nach dem Tod von Tim Waterman begonnen hatte und die nach Marnies Auszug noch zugenommen hatten, waren vorüber. Das hatten die nachmittäglichen Ereignisse bewiesen. Nichts war gelöst. Sie konnte sich nach wie vor nicht daran erinnern, was vor all den Jahren geschehen war, in der Nacht, in der Michael ihr seine externe Festplatte anvertraut hatte. Sie stand am Schlafzimmerfenster und kramte in ihrer Handtasche herum. Draußen im Garten kroch blasser Nebel vom Fluss her über die Wiese und zerfloss zwischen den Obstbäumen. Schließlich fand sie die Festplatte und hielt sie wie eine Muschel aus Titan an ihr Ohr, als könne sie ihr verbale Anweisungen geben. »Ach Michael, ich weiß, dass du da bist. Kannst du nicht einfach zurückkommen und mir helfen?«

Keine Antwort; mit Ausnahme der Flammen, die majestätisch und stumm aus dem Gartenhaus vor ihr schossen und sich schwarz wie Holzschnitt-Illustrationen auf Tarotkarten vor dem Himmel abzeichneten.

17 · Korrelationszustände

Als der Kefahuchi-Trakt sich während des Vorgangs ausdehnte, der als »das Ereignis« bekannt werden sollte, kamen Teile von ihm runter, überall auf den Planeten entlang des *Strands*. Ereignisgebiete entstanden, manchmal in Wüsten oder an vereisten Polkappen, manchmal am Meeresgrund: aber oft auch an den Rändern der Städte.

Es handelte sich um Werkstätten des Abnormalen – Zonen, in denen die Physik anscheinend ihre eigenen Regeln vergessen hatte –, die sich mit ihren Ausläufern aus Nebel, Halluzinationen oder halb erhaschten Bewegungen in die wirkliche Welt ausbreiteten. Aus ihrem Innern hörte man verwirrtes Lachen, laute Musik, Maschinengeräusche. Etwas wurde dort drin hergestellt. Altertümliche Gegenstände sprudelten aus ihnen hervor. Sie waren hochenergetisch und hatten immer die falsche Größe: Emaille-Anstecker, billige Ringe, aufziehbare Plastikspielzeuge; Muttern & Nieten, Tassen & Untertassen, Pferde & Karren; Federn, Tauben und schwarz lackierte Dosen, Zauberutensilien in Hausgröße. Sie stoben über die Dächer empor, stürzten zurück und verschwanden. Eine Blaupause entfaltete sich am Himmel, faltete sich dann wieder ein und verblasste. Niemand störte sich an diesen Illusionen, falls es denn welche waren. Aber auch Artefakte und unerklärliche neue Technologien verließen die Ereignisgebiete und suchten auf unserer Seite der Wirklichkeit Halt. Manche von ihnen verfügten über ein Bewusstsein und sahen aus wie Menschen. Sie streiften in den Städten umher und versuchten, sich an das dortige Leben anzupassen. Ab diesem Punkt ging die Sache langsam schief. Das EMC fing an, sich zu interessieren. Stacheldrahtzäune wurden aufgestellt. Wachtürme wurden hochgezogen. Die Gebietskripo und die Quarantänepolizei (im Volksmund als Quapo bekannt) wurden zumindest vorübergehend zu den mächtigsten Polizeibehörden des Halos und standen nur hinter Earth Military Contracts selbst zurück.

Irene und Liv lauschten eine Weile, während der Dicke Antoyne Messner diese jüngeren historischen Entwicklungen erklärte, über die sie ebenso gut im Bilde waren, und sagten dann wie aus einer Kehle:

»Blabla, Antoyne. Was springt für uns dabei heraus?«

»Quarantänearbeit in der Umlaufbahn«, antwortete der Dicke Antoyne, und erzählte ihnen die Geschichte von Andy und Martha.

Andy und Martha lebten auf einem Planeten namens *Taube von Basel*. Andy besaß ein kleines Haus in der Stadt und war Personalmanager für eine der üblichen Firmen; Martha sammelte außerirdische Keramik. Sie hatten einen Sohn, den sie Bobby nannten und der in jenem Sommer acht geworden war, ein schlaues Kerlchen, wenn auch etwas arg anhänglich. Andy stellte eine junge Frau ein, intelligent und von gewöhnlichem Aussehen, um Bobby nachmittags Privatunterricht zu geben. Sie hieß Bella. Sie war immer gut gekleidet, verhielt sich aber etwas unverbindlich, als sei ihr nicht ganz klar, wie ein Haus oder eine Familie funktionierte. Der Gesichtsausdruck, den man bei ihr am häufigsten sah, war gelinde Verwirrung. Bella hatte ein eigenes Zimmer oben unterm Dach. Es lief gut mit ihr. Manchmal traf man sie am frühen Abend auf dem Flur an, wo sie vor sich hinstarrte und überlegte, was sie als Nächstes tun sollte. Aber schon bald hatte sie sich eingelebt, und Bobby lief Martha nun nicht mehr den ganzen Tag hinterher und beklagte sich darüber, dass ihm langweilig sei. Stattdessen saß er still mit Bella da und lauschte andächtig, während sie Probleme der klassischen Harmonischen Analyse im Kopf löste. Sie kamen so schön miteinander aus! Es war, mit Marthas Worten, wahre Liebe, »Bella und Bobby hier, Bella und Bobby da. Immer geht es um Bella und Bobby.« Die beiden waren wirklich unzertrennlich. Aber bald waren sie unzertrennlicher, als einem lieb sein konnte.

Vor Bellas Ankunft hatte der kleine Junge sich nachmittags die Zeit vertrieben, indem er sich ausgezogen und sich selbst im Spiegel betrachtet hatte, bis er einen Steifen bekommen hatte. Er rieb ihn, aber es kam noch nichts raus. Er konnte spüren, wie etwas darin hochkam, aber es kam nicht oben an. Letztlich empfand er nur eine Art Stromschlag, einen kleinen, schmerzhaften Schock. Bella änderte all das. Nach dem Mathematikunterricht ging sie mit ihm nach oben, um ihm das Haar zu frisieren. In diesen Momenten kam eine passive Ruhe über ihn. Er liebte ihren Geruch. Jedes Mal, wenn sie mit der Bürste über sein Haar strich, stemmte sein kleiner Schwanz sich fester gegen seine Hosen. Als Bella ihn versehentlich mit dem Handrücken berührte, schauten sie einander verwundert an. An einem Nachmittag im Winter fand Martha die beiden auf dem Sofa. Es war bitterlich offenkundig, was in dem Zimmer im Gange gewesen war. Bellas Brüste waren nackt. Die Hose des kleinen Jungen stand offen. Ihre Hand lag an seinem Penis. Sie war über ihn gebeugt, und er sah zu ihr auf und knurrte und winselte mit seiner kleinen Jungenstimme, in dem verzweifelten Versuch, zu kommen.

Es war schrecklich genug, dass Martha ihren achtjährigen Sohn dabei überraschte, wie er mithilfe der Aushilfe zu ejakulieren versuchte. Aber es sollte noch Schlimmeres ans Licht kommen. Als sie versuchte, die beiden voneinander zu lösen, zeigte sich, dass sie fest miteinander verklebt waren. Und als Andy nach Hause kam und seine Frau fand, klebte sie ebenfalls an den beiden fest.

Einer von Marthas Unterarmen war in Bellas Kopf eingedrungen. Martha starrte zornig auf ihre Hand, die an der anderen Seite herausschaute. Alles war weich. Alle drei waren von einer dünnen, glitschigen Flüssigkeit bedeckt. Sie versuchten, sich voneinander zu lösen, aber das schien es nur noch schlimmer zu machen. Andy übergab sich. Er rief bei der Quarantänebehörde an. Um zehn Uhr abends am selben Tag waren Bobby, Bella und Martha zu einem ausgewachsenen Ausreißer geworden – durchscheinend, ansteckend, ein Glibber, der zum Teil aus Mensch, zum Teil aus Viren und zum Teil aus Tochtercode direkt aus dem nahe gelegenen Ereignisgebiet bestand. Mit Andys Einwilligung versiegelten die Quarantänebeamten diese Substanz in einem Eisenbehälter von etwa zweieinhalb Meter Länge und einem Meter Tiefe, verschweißt und sich verjüngend, den sie in Bellas Zimmer stehen ließen. Da *Taube von Basel* ein zu geruhsamer Planet für einen eigenen Quarantäneorbit sei, erklärten sie Andy, müsse der Sarkophag – innerhalb einer Woche und durch ein zugelassenes Transportunternehmen – in den von *New Venusport* befördert werden. Sie sprachen Andy ihr Beileid aus und gingen. Andy, wie betäubt vor Kummer und Verwirrung, konnte vor Ort keine Firma auftreiben, die bereit war, so eine kleine Ladung zu verschiffen, und rief bei *Saudade Schwertransporte* an.

»Er will die Reise nicht selbst unternehmen«, erklärte Antoyne. »Er ist ein gebrochener Mann. Das Ganze ist sehr traurig.«

Liv Hula schürzte die Lippen. »Jetzt sind wir also Bestattungsunternehmer?«

»Ich bin über jede Arbeit froh«, erwiderte der Dicke Antoyne. »Außerdem liegt das eh auf unserem Weg.«

So wurde aus der *Nova Swing* ein Quarantänehund, und die Besatzung musste sich das Schiff mit den Überresten von Martha, Bobby und Bella teilen. Sie verstauten den Sarkophag in einer Ecke des Hauptfrachtraums. Inzwischen hatte sein Inhalt sich in eine einheitlich transparente Masse verwandelt, die etwas weniger wog als seine ursprünglichen menschlichen Bestandteile. Es handelte sich um eine Flüssigkeit, die bei Zimmertemperatur supraleitend war und sich eine gewisse Erinnerung an ihren früheren Zustand bewahrte: Beispielsweise war dann und wann der kleine Junge durch das Panzerglasbullauge zu erkennen, halb ausgebildet, wie ein Embryo zusammengerollt und mit den Händen zwischen den Beinen. Der Anblick stimmte Irene traurig. »Ach, sein kleiner Penis«, sagte sie. Sie war völlig außer sich. Nachts erwachte sie und hörte Würfel in den Frachträumen und Korridoren klappern, leises Gelächter, Stimmen. Falls es sich um ein Spiel handelte, hatte Irene daran keinen Anteil. Sie öffnete Türen, fand aber niemals jemanden.

»Es laugt einen aus«, beklagte sie sich bei Antoyne.

Antoyne, der dünner war als je zuvor, ließ sich Bartstoppeln stehen. Er hatte Angst davor, von der Hand in den Mund zu leben. Er befürchtete, aus seiner geordneten Welt herauszurutschen, die für ihn durch Liv und Irene abgesteckt wurde, und wieder in alte Gewohnheiten zu verfallen. Irene fand ihn in letzter Zeit seltsam ausweichend und fragte sich laut, ob er vielleicht an eine andere Geliebte zurückdachte. »Das wäre nämlich in Ordnung«, erklärte sie ihm. »Wir denken alle an unsere früheren Geliebten zurück.« Darauf schaute Antoyne sie ausdruckslos an. Er schien anderer Meinung zu sein. Natürlich handele es sich bei ihr um eine ziemlich lange Liste, räumte Irene ein, weshalb der Einzelne sich mehr anstrengen müsse, um herauszuragen. Mit einem Mal hatte sie eine Vision: eine endlose Reihe von Männern, die alle auf ihre Gelegenheit warteten, vorzutreten und sie einmal mehr zu beeindrucken. Einer glaubte, gut zu tanzen. Ein anderer hielt seinen Schwanz für ziemlich groß, trotzdem würde dieser Schwanz ihr niemals die Tränen in die Augen treiben, wie der Penis des kleinen Jungen es getan hatte. Aber natürlich waren sie nicht wirklich Liebende.

»Antoyne«, fragte sie alarmiert, »was, wenn es in dieser Rakete spukt?«

Er berührte sie am Handgelenk. »In allen Raketen spukt es«, sagte er. »Ich dachte, das wüsstest du.«

Liv Hula konnte über diese naiven Wortwechsel nur lächeln. Während alle anderen schliefen, war sie an das Pilotensystem angeschlossen. Dabei hatte sie gesehen, wie MP Renokos Mortsafes sich um die neue Fracht versammelten, wenn sie sich unbeobachtet wähnten. Sie beschnüffelten den Sarkophag wie Hunde und kamen wahrscheinlich zu dem Schluss, dass er nicht ganz zu ihrer Spezies gehörte. Am fünften Tag, nachdem sie *Taube von Basel* verlassen hatten, kam *New Venusport* in Sicht, ein absolut erdähnlicher Planet, was die Biome, die Militärpräsenz und die Finanzarchitektur anging. Die Quarantänebehörde funkte sie sofort auf allen Wellenlängen an. Automatisierte Warnungen ertönten. Gewaltige Umrisse mit schwach blinkenden Lichtern trieben in der Leere. Antoyne zog den Sarkophag an eine Luftschleuse und überließ ihn dem leeren Raum, wo er in das verborgene allgemeine Durcheinander stürzte und verschwand.

»Das arme kleine Ding«, flüsterte Irene.

»Schatz, da sind zwei erwachsene Frauen mit ihm in dem Sarg«, erinnerte sie Liv Hula. »Frag dich mal, wie die dort gelandet sind.«

Das Leben in Quarantäne: Hundert Meter weiter war ein Mensch in einem Raumanzug zu sehen, der Stahlplatten über eine Luke schweißte; weiter drinnen loderte ein pSi-Antrieb auf, als zwei oder drei Kolosse sich an die örtliche Strömung anpassten. In den stroboskopartigen Blitzen konnte Liv das Gerippe eines Pipeliners ausmachen, zweihundert Jahre alt und fünf Kilometer lang. Sie ließ das Schiff erst ein bisschen weiter ins Getümmel treiben und dann wieder hinaus. Renokos nächstes Frachtstück erwartete sie nur ein paar Hundert Kilometer weiter unten. Als sie sich verabschiedeten, schob sich ein K-Schiff zwischen den Giganten hervor und folgte ihnen, wobei es sich im Flug einmal so dicht an den gekrümmten Rumpf des alten Frachters schmiegte, dass sie im Innern die Abwärme von den internen Prozessen des K-Schiffs spüren konnten, die es in keiner Weise abzuschirmen versuchte. Allein schon mit seinem Signalverkehr hätte es eine ganze Stadt braten können. Sie sollten wissen, dass es da war. Sie sollten wissen, dass sie für das K-Schiff eine Frage darstellten, die es hätte beantworten können, wenn es gewollt hätte; dass es alles konnte, was es wollte. Es blieb während der Hälfte ihres Atmosphären-Bremsmanövers gleichauf mit ihnen, ehe etwas anderes sein Interesse weckte und es abdrehte und davonsauste. Liv, die gespürt hatte, wie der K-Käpten durch die Drähte in ihrem Mund in ihr Gehirn und wieder hinaus gekrochen war, erschauerte.

»Ich hasse diese Dinger«, sagte sie.

Eine Weile war alles still. Dann hörte man leise eine Stimme, die sich inzwischen vier Lichtjahre entfernt entlang des *Strands* befand:

»Tja, ich habe jedenfalls nie ein unfreundliches Wort über *dich* verloren, Schatz.«

Auf der Südhalbkugel von *New Venusport*, drei Uhr morgens: Das alte Gelände von Madame Shen, ein etwa ein Hektar großer Streifen Zement zwischen dem Meer und den Raketenwerften. Für eine oder zwei Minuten nach dem Aufsetzen der *Nova Swing* herrschte Stille. Dann setzten die nächtlichen Geräusche wieder ein, die rege Geschäftigkeit in den Werften, die Maschendrahtzäune klapperten im auflandigen Wind. Antoyne Messner der Dicke stand auf der Ladeplattform und blickte auf die dünne Schicht Nebel auf dem Meer, versetzt mit den Abgasen aus den Werften. Bei Morgendämmerung würde er sich rasch verziehen. Derweil knackten die abkühlenden Triebwerke, und Antoyne genoss die feuchte Luft im Gesicht. Entlang der Krümmung der Bucht standen schindelverkleidete Strandmotels, illegale Kneipen und verlassene Sexläden – Ivy Mike's, das Deleuze Motel, die Palmer Lounge –, deren schlackefarbene Parkplätze voller Sandwehen waren. Wellen grollten vom Horizont heran.

»Sieh mal!«, sagte Liv Hula. »Nein, da!«

Eine Gestalt ging an den Häusern entlang. Vor dem schwachen Leuchten der Wellen war sie nur als Schattenriss erkennbar: Weiblich, hochgewachsen, angefüllt von der unaufgelösten Spannung der stark Zugeschnittenen. Gesichtslos und schweigend lehnte sie für einen Moment an der Fassade des Deleuze Motels, einen Arm gerade von der Schulter weggestreckt, die Handfläche flach an der Wand. Es roch nach Chemikalien. Sie schnupperte im Wind wie ein Hund, blickte aufs Meer hinaus, setzte sich dann ans Ende des Betonfelds und fing an, Sand von einer Hand in die andere rinnen zu lassen. Eine Person, die zu spät zu einer Verabredung kam und es bereut, überhaupt aufgetaucht zu sein.

»Ich kenne diese Frau«, flüsterte Liv, »aber mir fällt nicht ein, woher.«

Antoyne konnte ihr nicht weiterhelfen. Er hatte so viele von dieser Sorte gesehen, in Bars von hier bis zum Kern. Wenn man sich so sehr umgebaut hatte, dann genügte die Körpersprache, um das zweidimensionale bisschen Geschichte, das einem geblieben war, zu erzählen. Man war so sehr mit sich selbst verdrahtet, dass man nicht mehr wusste, was man war. Jede Reaktion war auf Anschlag, jede Oberfläche darauf ausgerichtet, Strahlen aus dem All zu empfangen: Angefertigt, um gut auszusehen und um schnell, selbstsicher und risikofrei einsetzbar zu sein.

»Aber wer weiß schon, welche Hintertür der Schneider offen gelassen hat?«, schloss er.

Liv empfand diese Kritik als wenig hilfreich. »Ich kenne sie irgendwo her«, sagte sie. Und dann: »Schau mal! Antoyne! In den Wellen!«

Zweihundert Meter weiter bäumte sich ein langes, zylinderförmiges Objekt aus dem Meer auf, kippte und rollte durch die salzige Gischt. Innerhalb von drei oder vier Minuten erreichte es den Strand. Es sah aus wie eine Mine aus einem vergessenen Krieg, rostig, dampfend und seltsame schwarze Regenbogen spiegelnd, während es sich überlegte, wo es als Nächstes hinsollte. Die Frau beim Deleuze Motel beobachtete es ebenfalls. Sie stand auf und klopfte sich den Sand von den Händen. Als der Mortsafe sich anschickte, zwischen den Dünen zu verschwinden, rief sie etwas und fing an, ihm in einem Tempo hinterherzurennen, das kein Sterblicher durchhalten konnte. Nach drei oder vier Schritten hatte sie sich in einen Schmierfleck verwandelt. Praktisch sofort kollidierte sie mit einem identischen Fleck, der sich aus seinem niedrigen Versteck zwischen Sand und Strandhafer auf sie gestürzt hatte. Beide stießen ein lautes Kreischen aus. Es sah aus, als wäre sie mit voller Kraft in einen Spiegel gerannt. Jede Bewegung, die sie machte, wurde von ihrem Doppelgänger genau nachgeahmt. Sand stob um sie herum empor, sodass sich unmöglich erkennen ließ, wer wer war. Dann wurde eine der beiden Gestalten plötzlich langsamer und taumelte, die Hände an den Kopf gelegt, verwirrt umher. Sie setzte sich schwer auf den Hintern. Kippte langsam aus der Hüfte nach vorne. Die Überlebende ließ ihre Gegnerin bewegungslos liegen und flitzte zwischen die Dünen davon, wobei sie Strandhafer ausriss und die Küstenvögel aufscheuchte.

»Sie haben sie getötet!«, sagte Liv.

Antoyne legte ihr die Hand auf den Arm. »Das hat nichts mit uns zu tun.«

Eine dritte Gestalt, ein schattenhafter, kleiner alter Kerl in einem kurzen Regenmantel, hatte das Zusammentreffen aus den Dünen beobachtet. Jetzt klatschte er in die Hände und blickte sich dabei um, als appellierte er nach einem lebhaften Preter-Cœur-Kampf ans Publikum. Sein Gesicht war ein weißes Oval. Er schien hell begeistert. Hätte man bei dem Kampf wetten können, hätte er vermutlich eine ordentliche Stange Geld gesetzt. Nach einer oder zwei Minuten näherte er sich der toten Frau, kniete sich neben ihren Kopf und machte sich dort leise lachend zu schaffen. Dann zog er sich ein Stück zwischen die Dünen zurück und wartete so regungslos, dass er kaum noch zu erkennen war, bis die Frau erwachte. »Heilige Scheiße noch mal«, hörten sie sie deutlich fluchen. Sie wälzte sich herum, doch es war schon zu spät, sie kotzte sich mit einer bösartig pinkfarbenen Flüssigkeit voll. Nachdem sie sich aufgerichtet hatte, taumelte sie zum Seiteneingang des Deleuze Motels, über dem in flamingofarbenen Neonbuchstaben das Wort STARLIGHT ROOM blinkte. Über der Schrift waren zwei ineinander verschlungene Palmen zu sehen. Sie lehnte sich an ihren eigenen Schatten auf der abgeplatzten Farbe und übergab sich erneut, wobei sie diesmal besser aufpasste. Dann ging sie hinein. Der Mann in dem Regenmantel hatte sich derweil, ohne sich noch einmal umzublicken, Richtung Meer aufgemacht.

»Dicker Antoyne, das ist so falsch!«

Inzwischen gab es etwas anderes, worüber sich der Dicke Antoyne Gedanken machen konnte. Zu Füßen der *Nova Swing*, gerade außerhalb des grellen Lichts der Ladescheinwerfer, wartete der fünfte Mortsafe auf ihn, still, unaufdringlich und nach Meer riechend.

Er machte sich auf den Weg, um ihn zu holen, und stellte fest, dass es sich wie bei den anderen auch um eine verrostete Blechdose handelte, aus der ihre unbekannte Vergangenheit wie eine materielle Substanz tropfte. Dieses Exemplar hatte jemand mit nicht-trocknender Anti-Radar-Farbe vollgeschmiert, in die anschließend mit einer

Art Schablone eine sinnlose Buchstaben- und Zahlenkette hinein-
geprägt worden war. Es war wärmer als die anderen. Als er den Mortsafe verstaut hatte, stellte er fest, dass Irene von Bord gegangen war.
Liv wusste nicht, wo sie hin war. Sie gingen zu zweit in die Dünen
heraus und riefen nach ihr, aber Irene antwortete nicht. »Du solltest
sie lieber suchen gehen«, sagte Liv zu Antoyne. Dann rief sie ihm
nach: »Sie ist nicht glücklich, Antoyne.« Der Wind wehte nun kräftiger, und der Mond war aufgegangen. Böen peitschten von der
Bucht heran.

Für Irene, die auf einem bäuerlichen Planeten aufgewachsen war,
hatte es von Anfang an viele Fragen gegeben, vor allem zweifelte sie
an ihrer Fähigkeit zum Mitgefühl. Aber wenn man den Vertrag unterschreibt, dann legen die ein Herz aus Gold obendrauf, weil man
dadurch glücklicher bei der Arbeit ist. Gratis. Wirklich, ein solcher
Eingriff kostet nicht viel. Niemand verliert etwas dabei, nicht man
selbst und auch nicht der Kunde. Irene hatte sich dafür entschieden
und es niemals bereut, auch wenn ihr Herz für den Quarantäneorbit vielleicht ein bisschen zu empfindlich war, denn hier und jetzt
auf der Südhalbkugel von *New Venusport*, durch die Geschichte des
kleinen Jungen in dem Sarkophag aufgewühlter, als sie es sich erklären konnte oder durfte, brauchte sie dringend eine Bar, eine Flasche
Black Heart und die Gesellschaft fremder Menschen.

Auf der anderen Seite des Zauns allerdings verschlechterte sich
die Lage nur. Richtung Meer konnte man spüren, wie alle Entfernungen im Nebel größer wurden. Entlang des Strands, vom Lizard
Sex bis zum Metropol, waren die Jalousien geschlossen. Die altmodischen Schilder schlugen im Wind; Rost rann unter der abgeplatzten Farbe hervor. Draußen vor der Kneipe namens 90 Proof & Boys
schmeckte die Luft nach Salz. Ivy Mike*'s* lag still und unbewohnt da.
Der Zirkus war nicht in der Stadt, und es würde bald regnen.

Schließlich hörte sie Stimmen. Der Haupteingang des Deleuze
Motel*s*, gesäumt von Milchglasfenstern und abgeschmirgelten Holz-
tafeln mit schäbigen Werbeplakaten, war mit einem Vorhängeschloss

gesichert. Sie rüttelte an der Tür. Ein trübes gelbes Licht war im Innern zu sehen. »Hallo!« Niemand antwortete. Die Leute im Innern hielten nicht mal in ihrem Tun inne. Deutlich war ein Klappern zu hören, und dann und wann gab es plötzlich eine Art gedämpftes Geschrei. Das gelbe Licht kam und ging, als liefe jemand hektisch damit auf und ab. Irene hörte auch ganz normale Geräusche: Ein Stuhl, der zurückgeschoben wurde, Eis, das in einem Glas klirrte. Sie tätschelte die Tür, als handelte es sich um eine Schulter. »Auch schön«, sagte sie, »du amüsierst dich also da drin.« Sie ging um das Haus herum und fand, unter den rosa- und mintfarbenen Neonbuchstaben, die das Wort STARLIGHT ROOM bildeten, eine weitere Doppeltür, die locker verriegelt war und sich im Wind bewegte. Ohne darüber nachzudenken, legte sie das Auge an den Spalt, wo die Farbe glitschig vom Regen war. Was immer sie im Innern sah, es ließ sie einen erschreckten Satz nach hinten machen, und dann rannte sie so schnell, wie es ein B-Girl nur konnte.

18 · Es ereignet sich in einem Vakuum

An manchen Tagen verschwanden die Schattenoperatoren in dem Moment, in dem das Licht des Sonnenaufgangs sie traf. An anderen flatterten sie ihm entgegen und schwammen entzückt über ihrem Schreibtisch in der Luft. Ihr Verhalten war der Assistentin so undurchsichtig wie das ihre ihnen. Es hatte sie schon vor den Menschen gegeben, man traf diese Lebensform überall an: Aber niemand wusste, was sie gemacht hatten, bevor die Menschen auf der Bildfläche der Galaxis erschienen waren, um sie sich zunutze zu machen, nicht einmal die Schattenoperatoren selbst. Wenn man sie danach fragte, wurden sie schüchtern und nachdenklich.

»Es ist wirklich nett, dass du dich dafür interessierst, Liebes.«

Sie bat sie darum, ihr einige Namen aus den Akten aufzulisten.

Sie warteten mit Magellan, Radtke und Santos auf Nevy Fürstenberg und John K. Matsuda. Sie schlugen den berüchtigten Ephraim Shacklette vor. Und MP Renoko.

»Den«, sagte die Assistentin.

MP Renoko, auch bekannt als *Renoko Productions*, auch bekannt als Dek Echidna, hatte Ende 2400 nach fünf aufeinanderfolgenden Quartalen mit gemischten Ergebnissen damit begonnen, die Bestände von Madame Shens Zirkus abzuwickeln. Von da an konnte man die Spur von Dokumenten von der Südhalbkugel *New Venusports* aus quer durch das Halo verfolgen. Sie führte zu FUGA-Orthogen – bei dem es sich einst um einen blühenden EMC-Ableger mit Anteilen an Schürf- und Bergungsunternehmen gehandelt hatte und das sich jetzt auf ein einziges leeres Fundbüro auf einem öden Planeten im langen Kielwasser des Nischentourismus beschränkte – und versickerte dann in bedeutungslosen kleinen Seitenarmen. Die Geschäfte waren zähflüssig geworden, bis Renoko klammheimlich damit begann, Zirkusbestände zurückzukaufen. Jetzt deklarierte er sie als Schrott und benutzte zu ihrem Transport dasselbe Schiff, das den beliebtesten Wanderzirkus des Halos früher von Planet zu Planet befördert hatte.

»Also, was haben wir hier?«, fragte sie die Schattenoperatoren.

Das konnten sie noch nicht sagen.

Die Assistentin, die nicht mehr erwartet hatte, machte sich auf den Weg nach *New Venusport*. Die Abflughallen waren gerammelt voll mit Leuten, die nach Hause wollten. Was ihr Leben betraf, hatte der Krieg ihren Einsatz erhöht.

Südhalbkugel von NV: Die ganze Nacht über quoll von unten angeleuchteter Rauch aus billigen, schmutzigen chemischen Raketen, die die Fracht in sichere EMC-Umlaufbahnen schleppten. Teilchenjockeys schwitzten unter den geschwärzten Rümpfen der K-Schiffe ihre Strahlungsmedikamente aus. Auf den Raumschiffschrottplätzen krochen leibeigene Neue Menschen – die nicht mal ein paar Lederhandschuhe hatten, ganz zu schweigen von einem Bleianzug – zu Tausenden auf ausrangierten Alcubierre-Warpschiffen herum, die so groß wie kleine Städte waren. Wohin man auch blickte, sah man Maschinen, die sich, wenn ihre Wissenschaft auch nur für eine Sekunde abgeschaltet worden wäre, sofort in einen Brei aus Nanotech und ein paar kollabierende Magnetfelder zurückverwandelt hätten. Ionisierung flackerte in Wolken von Schwefeldioxid und radioaktivem Dampf.

Was von Sandra Shens Observatorium & der Original-Karmapflanze – auch bekannt als der Zirkus von Pathet Lao – geblieben war, ließ sich auf einem drei Morgen großen umzäunten Zementplatz zwischen den Raketensilos und der See finden. Zu einer Seite ragten die Werftmaschinen auf, umkräuselt von übler Physik; auf der anderen Seite lagen Sanddünen, die stetig ihre Seepockenschicht aus verlassenen Umkleidehäuschen, Strandbars und Hotels absorbierten – das Ivy Mike's, das Deleuze Motel, die Palmer Lounge. Von den Zäunen, die im auflandigen Wind klapperten, tropfte Kondenswasser.

Unterhalb der chemischen Signatur der Werften roch die Assistentin nur Salz und Staub. Ihre Schneiderarbeit, der nicht die leiseste Brise entging, empfing Teilchenhunde, verschlüsselte EMC-Kommunikation und den elektromagnetischen Dunst schlecht abgeschirmter Schiffe. Weiter nichts. Dann donnerte ein K-Schiff mit Mach 40 hoch zum Rangierorbit und tauchte die gesamte Umgebung mit seinen Fusionsabfällen in ultraviolettes Licht: Kurz konnte man ein paar Alien-Mohnblumen sehen, die auf dem Boden vor einem Gatter wuchsen und ihre knittrigen metallischen Blüten in der verwirbelten Luft wiegten. Das Zirkusleben, wie man es auf NV kannte. Drüben am anderen Ende der Landebahn stand ein Kurzstreckentransporter mit drei Heckflossen, gedrungen und abgenutzt, noch flimmernd in der Hitze seiner Landung. Die *Nova Swing!*

Eine Weile belauschte sie die interne Kommunikation des Schiffs. Na, na, dachte sie. Ihr habt da drin ja wirklich Einiges zu bereden. Sie hatte es nicht eilig. Sie lächelte in sich hinein und setzte sich nicht weit vom Deleuze Motel hin. Von dort aus beobachtete sie, wie die Meereswellen sich weiß auf leuchtendem Indigoblau brachen, und ließ eine Handvoll Sand durch ihre Finger rinnen. Sie fragte sich, ob sie sich Queenie, Aspodoto oder Tienes mi Corazón nennen sollte. Mexie. Vielleicht auch Backstep Cindy.

Nach einer oder zwei Minuten teilten sich die Säurewolken und gaben den Blick auf Sterne frei, die etwas anders standen, als es ihr vertraut war.

Noch eine oder zwei Minuten später sauste etwas von links nach rechts vor einer brechenden Welle achtzig Meter weit draußen vorbei und schob sich, halb in der Brandung untergetaucht, in die Höhe und an Land. Es handelte sich um einen korrodierten Druckbehälter – röhrenförmig, vielleicht dreimal einen Meter groß und kürzlich mit primitiven Jaumann-Absorbern auf Kunstharzbasis eingeschmiert – mit eingebetteten Schaltkreisen und einer Reihe tiefblauer Leuchtdioden an einer Seite. An einem Ende glitzerte eine einzige Quarz-Steckdose. In einem Universum, das vor Algorithmen überkocht, kann sich alles verhalten, als wäre es am Leben; schwerer ist es, dachte die Assistentin, intelligent zu erscheinen, selbst wenn man es war. Der Mortsafe, wenn es sich um einen handelte, tastete einen Moment lang einen Bogen von zwanzig bis dreißig Grad ab, als versuchte er, sich zu orientieren; dann flog er – ein bis anderthalb Meter über dem Strand schwebend und mit einer wie geölten Trägheit in den Windböen schaukelnd – landeinwärts zwischen die Dünen, Richtung *Nova Swing*.

»Moment!«, rief die Assistentin.

Ihre Schneiderarbeit war schon im roten Bereich, aber etwas sehr viel Näheres als das Schiff war bereits dabei, sie wieder lahmzulegen. Worum auch immer es sich handelte, es war zu schnell für sie. Strukturierte Magnetfelder schoben sich zwischen das aufgemotzte Proteingewebe um ihren Hirnstamm und drückten acht oder neun Millisekunden lang fest zu. Dann ließen sie sie würgend und zappelnd davontaumeln. Sie spürte, wie ihre Füße den Sand aufwirbelten. Krampfartige Anfälle jagten ihr Kaskaden von Nervensignalen über den Kortex. Ihre Körperwahrnehmung fiel aus. Ebenso die Zielerfassung, die autonomen Körperfunktionen. Einfach alles fiel aus. Es war kein typischer Preter-Cœur-Todesstoß. Etwas vom EMC. Kurz, bevor ihr System endgültig den Schirm zumachte, empfingen das IR und ihr aktiver Sonar etwas, bei dem es sich möglicherweise um eine menschliche Gestalt handelte, die sich über sie beugte. Was sie danach noch hereinbekam: den Eindruck einer zuschlagenden Tür; das Gefühl, dass etwas in ihrem Tractus Spinothalamicus gegrillt wurde; ein Geruch wie von ausgelassenem Fett. Bloß Illusionen. Sie verspürte nichts außer einer Art Scham. Nie zuvor war ihr etwas Derartiges widerfahren.

Als sie erwachte, war es noch Nacht. Die Brandung war etwas zurückgewichen. Sie war allein. Der Geruch verbrannten Raketentreibstoffs wehte über die Dünen, und für einen Moment hielt sie ihn ebenfalls für eine synästhetische Illusion, die von dem Kortikalscheiß herrührte, den man mit ihr veranstaltet hatte. Am besten einfach im Strandhafer liegen, zucken und würgen, während die Selbstreparatureinheiten ungerührt über ihr Gehirn krochen. Sie fühlte sich schlechter als je zuvor, seit sie den Tank im Preter-Cœur-Chopshop mit ihrer neuen Laufbahn und ihrem Spezialarm verlassen hatte. Schließlich gelang es ihr, sich aufzurappeln, und sie wankte ins Deleuze Motel, wo sie einen Tanzsaal voller Sandwehen vorfand. Im Kronleuchter brannten noch zwei funzelige Glühbirnen. Hinten an der Bar saßen drei alte Männer mit weißen Mützen und Polyesterhosen, die sie anstarrten. Anscheinend waren sie gerade beim Würfelspielen. Sie hatten einen Kasten Alkopops und zwei oder drei Flaschen Black Heart, den sie pur und ohne Eis tranken.

»In Gottes Namen«, sagte die Assistentin. »Wenn ihr wisst, was gut für euch ist, dann gebt ihr mir was von dem Zeug ab.«

Impasse van Sant war auf der *Carling Line* als eine innerhalb von fünfzig Tonnen tiefgefrorener Handelsgameten eingetroffen. Sperma und Eizellen fielen im Kurs: Nachdem sie zweihundert Jahre lang von Hand zu Hand gegangen waren, oft, um ein wichtigeres Geschäft zu versüßen, wurde van Sant schließlich als potenzieller Landarbeiter aufgetaut. Doch er wurde von beständiger Unrast getrieben, ein im Halo häufiges Phänomen. Vor der Geburt bereits den Göttern des schicksalhaften Flugs und deterministischer aber unvorhersehbarer Bewegung verschrieben, schaute Imps nun in den leeren Raum hinaus und flüsterte:

»Bist du da draußen?«

Keine Antwort. Dann ein Flackern, sehr kurz und schwach. Als Reaktion sortierte das Forschungsschiff Quantenereignisse. Software injizierte ein Breitbandrauschen in das System, pumpte es mittels stochastischer Resonanz in die Geschichte eines vorübergehenden Ungleichgewichts der Vakuumenergie. Daten bauschten sich unvermittelt auf, erreichten ihren Höhepunkt, fielen rasch wieder ab. Die Zahl der Objekte im nahen Raum hatte sich mit einem Mal verdoppelt. Ein halbes Parsec Richtung Zentrum rollte sich etwas wie eine weiße Schwinge ein, sodass es sich für einen kurzen Moment schräg vor der Finsternis abhob, als habe es noch etwas anderes zu erledigen. Er wusste nicht, wie oft sie ihm schon auf diese

Weise entwischt war, bevor er etwas hatte sagen können, ein riesiges, zerbrechliches Waisenkind im Substrat des Universums. Es gab Tage, an denen konnte er allein schon die Möglichkeit nicht ertragen. Heute war solch ein Tag. Beim Biertrinken und Tischtennisspiel mit Rig Gaines mochte er eine Menge Scheiß reden, aber Imps wusste, dass er sich etwas vormachte, wenn er sich einbildete, draußen im All allein zurechtzukommen. Fieberhaft arbeitete er daran, sie wieder einzufangen, und sein Gesichtsausdruck erschien in dem altmodischen Leuchten der Armaturen plötzlich weich und verzweifelt.

»Hallo?«, rief er in die Finsternis hinaus. »Hallo?«

»Hallo.«

Sein Herz pochte wie wild. Er versuchte, sich etwas einfallen zu lassen, um ihr vorheriges Gespräch vorzusetzen; etwas, das ihm ihre Aufmerksamkeit sicherte.

»Was wärst du«, sagte er, »wenn du etwas anderes sein könntest?«

»Eine Sache?«

»Eine andere Sache.«

Sie drehte sich ruhelos im Vakuum. Ihr Schatten fiel auf ihn, elegant, in allen Details, tausend Meter von einer Spitze zur anderen. Manchmal trat sie so auf, in Form von Federn. Bei anderen Gelegenheiten bestand sie aus Plasma, Supraleitern, einem Gewirr von Magnetfeldern, das von Teilchen aller Energiezustände umschwirrt wurde. Immer mal wieder entschied sie sich stattdessen für einen kalten Klumpen Fleisch, der von Zuckungen überlaufen wurde wie ein Mantarochen. Wie um der Problematik solcher Vielfältigkeit und zugleich der Frage selbst Rechnung zu tragen, antwortete sie:

»Ich weiß ohnehin nie, was ich war.«

»Du weißt nicht, was du warst?«

»Ich war etwas, aber ich wusste nicht was, nicht einmal damals.«

Sie überlegte. »Selbst damals war ich irgendwohin auf der Rückreise. Das war vor langer Zeit«, erklärte sie schließlich. »Wenn ich wüsste, was ich damals war, dann würde ich mich dafür entscheiden, das zu sein.«

»Du warst bereits etwas anderes?«

»Ich kann es nicht erklären.«

»Ich war nie etwas anderes als ich selbst. Ich war immer eingesperrt.«

Aber dabei wollte sie ihm nicht weiterhelfen, nicht diesmal. Letztendlich flüsterte sie hoffnungslos: »Wir treffen alle schlechte Entscheidungen.«

In eben diesem Moment ließ eine zufällige Energieentladung das Gesicht des K-Trakts erzittern. Eine zarte Hülle aus etwas – weniger als Gas, mehr als nichts, dunkle Materie wie eine Art gespenstischer Vorhang – dehnte sich in das umgebende Universum aus. »Sieh mal!«, rief sie. »Ist das nicht hübsch?« Sie änderte ihre Position, um besser sehen zu können, wobei ihre Federn mit den hundert Meter auseinanderliegenden Spitzen sich krümmten und auffalteten. Van Sants Kahn wurde von der Schockwelle erfasst, was wiederum Ereignisse nach sich zog, die derart subtil waren, dass kein Instrument sie aufspüren konnte. Sie berührte sein Gesicht sanft wie die Finger einer Geliebten und hinterließ die Verdrahtung in einem Zustand der Verwirrung.

»Jemand ist dort reingeflogen«, hörte er sie flüstern.

»Angeblich.«

»Das ist noch gar nicht lange her. Damals habe ich mich gefragt, ob ich nicht auch hineinsollte.«

Zwanzig Minuten lang wurden sie beide, wenn auch mit unterschiedlichen Ergebnissen, in exotischer Strahlung gebadet. Als die letzten Ausläufer der Schockwelle verebbten, zog sie bereits wieder ruhelos im leeren Raum umher, und er war einmal mehr allein.

Geh nicht!, wollte Imps rufen.

Er hatte so viele Fragen und versäumte es jedes Mal, sie zu stellen. *Wer bist du? Was bist du? Warum sind wir hier draußen, wir beide? Was für einen Charakter hat dein Dialog mit dem Universum? Was passiert als Nächstes? Ist es derart unterschiedlichen Spezies wie uns möglich, miteinander zu poppen?*

Mit Ausnahme von einer wurden ihm selbst alle diese Fragen gestellt, und man hätte sie auch so formulieren können: *Werde ich jemals nach Hause zurückkehren?*

Nichts von alledem spielte eine Rolle, wenn man es mit R. I. Gaines zu tun hatte. Was immer Rig tat, es ließ vermuten, dass das eigentliche Geschehen anderswo stattfand. Ein anderes Reich der Möglichkeiten wurde parallel zu diesem aktiv erforscht. Gaines' Beweggründe lagen so sehr im Dunkeln – selbst innerhalb der EMC-Hierarchie existierte keine Dokumentation seiner Projekte –, dass letztendlich nur der eigene Anteil an einer seiner Operationen beschrieben werden konnte (der aus eben diesem Grund schwerlich als »Beitrag« bezeichnet werden konnte, weil man keine Ahnung hatte, wozu man einen Beitrag leistete). Jedes Mal, wenn Imps außerirdische Besucherin auftauchte, zwang sie ihn dazu, sich nicht etwa zu fragen, warum Rig Gaines ihn hier draußen mitten im Nirgendwo haben wollte, sondern welche Facette seiner sogenannten Persönlichkeit ihn dazu veranlasst hatte, sich überhaupt erst bereit zu erklären, hierherzukommen.

Wenn sie an Tagen wie diesen wieder fort war und dabei das Licht in van Sants Kopf angelassen hatte, zeigten ihm seine Geräte nichts außer seiner eigenen, zurückgelassenen Vergangenheit: ein Lévy-Flug nach dem anderen in den leeren Raum. Ihm blieb kein Trost außer seinem langen, langsamen Ringen darum, seinen eigenen Kurs zu verstehen. Das und der Trakt. Weil der Trakt sich näherte, dachte Imps: Er holt langsam auf und erreicht das wirkliche Universum. Der erste Bereich, den er überspülen würde, war der *Strand*. Derweil war Imps van Sant davon überzeugt, ihm näher zu sein als jeder andere lebende Strandgutjäger: was bedeutete, dass der Trakt als Erstes über ihm zusammenschlagen würde.

Weit entfernt, in dem Tanzsaal im Deleuze Motel, saß die Assistentin und kam langsam wieder zu Kräften. Sie trank im Fass gereiften Rum aus der Flasche und sah zu, wie die Alten einander beim Schiffsspiel übervorteilten – sie rückten ihre weißen Mützen zurecht, schüttelten mit knappen, ökonomischen Gesten die Manschetten ihrer förmlichen Hemden zurecht, flüsterten »Na, na, na« oder »*jetzt* bist du am Arsch«. Nach Meinung der Alten nahm der Abend seinen gewünschten Gang: Dann und wann legte jemand den Kopf schief, um auf das Meer zu lauschen, beugte sich vor und versicherte der Assistentin mit schwarzen Augen, die leer wie Rosinen blickten, dass der Abend ja wirklich seinen gewünschten Gang nehme. Würfel klapperten, rollten umher und verteilten außerirdisches Glück, wenn die Reibung sie zum Liegen brachte. Ein schwacher Geruch von Erbrochenem zog durch die kalte Luft, und der Assistentin wurde klar, dass er von ihr ausging. Um drei Uhr morgens herrschte draußen Ebbe. R. I. Gaines kam vom Meer her herein.

»Wow!«, sagte er. »Das Schiffsspiel! Rückt mal!«

Die Alten blinzelten ihn an wie Eidechsen. Sie rückten. Sie mussten zugeben, dass etwas an dem, was er mit den Knochen bewerkstelligte, sie interessierte. Schon bald nahmen sie ihm sein Geld ab und er ihnen ihres. »Es ist ein Umverteilungssystem«, schlug er vor. Sie einigten sich darauf, dass das gegenwärtige Spiel tatsächlich Umverteilung heißen sollte. Die Assistentin beobachtete das Geschehen für eine Weile aus der Ferne, ehe sie zur Tür ging. Der Wind wehte von der See her. Bald würde der Morgen dämmern. Gaines, der sie nun zum ersten Mal zu bemerken schien, sprang auf und geleitete sie zurück in den Saal. Er machte eine Geste, die die salzfleckigen Wände, den Kronleuchter mit seinen beiden Glühfunzeln und das staubige Schild hinter der Bar einschloss.

»Manchmal sind Sie wirklich schwer zu finden«, sagte er.

Die Assistentin zuckte mit den Schultern. Sie hielt ihm den Rum hin. »Also«, sagte sie, »wollen wir zu mir gehen und uns zusammen auf mein Bett setzen?«

Er bedachte sie mit einem nachdenklichen Blick.

»Das Aleph fragt nicht mehr nach Ihnen. Wir haben uns gefragt, ob Sie wohl etwas darüber wissen.«

»Ich wusste von Anfang an nicht, wovon Sie reden.«

Gaines grinste. Er hielt die Flasche hoch und betrachtete das Etikett. »Black Heart«, las er ab. »Mit der Süße der Karibik.«

Die Assistentin blickte auf ihren Arm herab. Nichts tat sich dort.

»Ob es wohl an der Zeit ist, Sie beide miteinander bekannt zu machen?«, überlegte Gaines laut.

Die Sache war die, dass er sich einfach nicht entscheiden konnte. Er war vor Kurzem vom Aleph gekommen, wo unerwartet viel los gewesen war; die intelligenten Displays hatten sich flackernd in dem glänzenden Diamantboden gespiegelt, und es hatte nach Ionisierung und Bauarbeiten gerochen. Case' Leute entwickelten neue Eindämmungsprinzipien. Es war für sie alle eine hochriskante Zeit. Sie hatten keine Ahnung, womit sie es zu tun hatten. Als Gaines eintraf, stritten die anderen sich gerade darüber, ob sie zugunsten der Optik einen dicken Kabelstrang hier drin haben wollten oder eher eine Übertragung per komprimiertem Strahl, was halt die schnelle und schlampige Lösung sei. Es herrschte eine für professionelle Arbeit giftige, aber geschäftige Stimmung. Der Grund dafür war, erklärte Case gegenüber Gaines, dass Pearl früh am selben Morgen damit begonnen hatte, RF-Impulse auszusenden.

»Planvoll ist das nicht, soweit wir erkennen können.«

»Was ist es dann?«

Case zuckte mit den Schultern. »Zufallsrauschen ist es auch nicht gerade«, erwiderte er.

»Ich bin beeindruckt. Gibt es noch etwas, das ihr Jungs nicht wisst?«

»Rig, wir tun hier unser Bestes«, sagte Case müde.

Sein Bildgebungsteam wartete mit einem Hologrammdisplay auf, auf dem die Frau geschmeidig um jede Achse rotierte, sodass sie wie eine Reihe virtueller Falschfarbenfotos einer Statue aussah, die allerdings durch irgendeine Interferenz vor Ort getrübt wurden. Versuche, diese Störung zu beseitigen, hatten lediglich dazu geführt, dass sie nun wie eine Darstellung im Jugendstil aussah, die Falten ihres Kleides in starken, aber inhaltsleeren Wölbungen erstarrt, die Kraft und Energie vermittelten. Ihre Augen wurden in derselben Farbe wie ihr Gesicht dargestellt, ohne Pupillen oder Lider. »Nachdem wir das aufgenommen haben, habe ich eine Feldtomografie-

Einheit um sie herum bauen lassen«, sagte Case. »Vergiss es. Das war, als schaute man in Perlmutt hinein.« Soweit es Röntgenstrahlen betraf, war sie durch und durch massiv. »Positronenemission bringt auch nicht mehr. Wir haben beschlossen, es nicht mit Neutronen zu versuchen, für den Fall, dass sie eine entfernte Ähnlichkeit mit einem menschlichen Wesen aufweist.«

»Sie sieht aus, als würde sie fallen«, sagte Gaines. »Im Fall gefangen.«

Ihr Körper war so stark gekrümmt, dass sie nur mit den oberen linken Rippenbögen den Boden berührte. Ihr rechtes Bein war etwa dreißig Grad über die Horizontale gehoben, das andere war leicht aus dem Knie heraus fortgebogen; beide Beine waren so weit auseinander, wie ihr Kleid es zuließ. Ihre Füße waren nackt. Die Arme, die sie zu beiden Seiten des Kopfes ausgestreckt hatte, waren Richtung Decke gekrümmt; ihre Hände waren geöffnet, die Handflächen wiesen nach außen, die Finger krümmten sich und entspannten sich in Zeitlupe. Das Kleid flatterte steif, als hinge es in einer starken Luftströmung, die durch den Boden des Kontrollraums wehte. Das Gesamtbild war das einer Person, die aus großer Höhe seitwärts fällt.

»Wie nah kann ich ran?«, fragte Gaines.

»So nah du willst«, antwortete Case.

In Gaines' Augen hatte sie die innere Konzentriertheit einer sehr kranken Person. Als er flüsterte: »He, wie geht dir? Was gefällt dir nicht an dir selbst?«, sah sie bloß durch ihn hindurch, verrenkte sich langsam und versuchte, das Gesicht voll Angst und Wut, ihre Position um die Achse ihres Falls herum zu verändern. Er trat vor und kniete sich vor sie, bis zwischen ihrem und seinem Gesicht nur noch fünfundfünfzig Zentimeter waren. Näher heranzugehen brachte er nicht über sich – schon jetzt hatte er das Gefühl, jemandes Privatsphäre in unangebrachter Weise zu verletzen, oder sogar Schlimmeres zu tun. Er hatte damit gerechnet, den Wind zu spüren, der ihr Kleid zum Flattern brachte, aber im Gegenteil war die Luft um sie herum sehr still.

»Ich spüre die Hitze, die sie abstrahlt«, sagte er zu Case.

»Andere meinen, eine Stimme zu hören«, sagte Case, »die zu weit entfernt ist, um einzelne Worte zu verstehen. Oder sie riechen etwas, möglicherweise Parfüm. Wir glauben, dass alle versuchen, dieselbe Wahrnehmung zu beschreiben, aber bislang ist niemand nahe genug herangekommen, um es herauszufinden. Du bist schon weiter als die meisten.«

»Und zuvor ist ihr eine Art Paste aus dem Mund gekommen?«

»Hin und wieder«, sagte Case. Was die RF-Übertragungen anging, fügte er hinzu, die seien sehr schwach. In sehr begrenztem Umkreis. »Wenn es irgendeinen Empfänger gab, hat sie ihn bereits erreicht. Er befindet sich im Labyrinth.«

»Himmel noch mal, Case. Haben wir auch nur die geringste Ahnung, wo sie herkommt?«

Case wirkte belustigt.

»Nein«, antwortete er. »Noch etwas: Manchmal gibt es eine Zuckung. Dann tröpfelt etwas aus ihr heraus – was es auch ist, es gelingt uns nicht, etwas davon aufzufangen –, und sie verschiebt sich viel und verblasst teilweise. Für einen Moment sieht sie dann wie eine sehr viel ältere Frau aus. Die Sache hier ist alles andere als erledigt.«

19 · Jeder macht mal einen Fehler

»Sieh dir mal all die Frauen an«, sagte Anna Waterman.

Neun Uhr morgens, und das Wartezimmer der Radiografie-Station im St.-Narzissus-Krankenhaus in Farringdon war voll von ihnen, in ihrer Angst schrieben sie fortlaufend Textnachrichten. Die Daumen huschten mit rasender Geschwindigkeit über die Tasten ihrer Telefone; sie vermieden es standhaft, aufzublicken, für den Fall, dass sie damit etwas über ihre jeweilige Notlage verraten hätten. Das Wartezimmer kam ihnen dabei entgegen. Eigentlich handelte es sich eher um die stilisierte Version eines Wartezimmers – ein kleiner postmoderner Scherz über Reihen von Stühlen vor Wänden – mit Polstern in ruhigen, warmen Blaugrau-Tönen, Deckenflutern, die wie weiße Porzellantassen aussahen und sauberen kleinen runden Tischen, auf denen die landläufigen Ausgaben von Immobilien- und Klatschmagazinen lagen, die keiner mehr las. An den Wänden hingen gerahmte Schattenrisse einer Katze, die, wenn man sie aus einem bestimmten Winkel ansah, zweidimensionalen Querschnitten des Tiers ähnelten; ein Witz, den sich die Radiologen von St. Narcissus und der hauseigene Künstler gemeinsam ausgedacht hatten. Aber unter der Oberfläche dieses Witzes war noch all das da, worauf er sich bezog, und wenn man aufblickte, sah man an den Deckenkacheln einen Fleck, der je nach Stimmung entweder wie die Karte einer fernen Insel oder wie jemandes Tumor aussah.

»Da verraten sie sich«, sagte Anna, die Krankenhäuser hasste.

Marnie lachte.

»Die Deckenfluter gefallen mir richtig gut«, sagte sie, und fügte hinzu: »Ma, ich muss nur mal kurz eine SMS schicken.«

»Deckenfluter mag doch wohl niemand, oder?«

»Ma …«

Der Arzthelfer unterbrach sie. »Sie haben einen IUV-Termin, oder?«, brüllte er Anna an.

»Wie bitte?«, sagte Anna. »Ich bin nicht die Patientin.«

»Sie haben doch Ihre Nieren machen lassen, oder? Letzte Woche? Hören Sie, wären Sie so nett, dieses Merkblatt für mich zu lesen, während Sie warten?«

»Wieso? Können Sie es nicht selbst lesen?« Sie warf einen Blick auf den Zettel und sah die Worte: »Bitte melden Sie sich sofort an der Rezeption der Radiologie«, und wiederholte mit bedeutungsschwangerer Sorgfalt, jedes einzelne Wort betonend: »Ich bin nicht die Patientin.«

Während des sich anschließenden Wortwechsels wurde Marnie aufgerufen. »Ich brauche nicht lange«, versprach sie. »Setz dich doch einfach hierhin, wo du fernsehen kannst.«

»Komm mir bloß nicht damit.«

Während sie wartete, blätterte Anna in den Zeitschriften. *Ein Zuhause, das Sie sich nicht leisten können* wartete mit gestochen scharfen Fotografien von Häusern in Surrey und Perthshire auf. In alten Ausgaben von *Meins* und *Hol's dir* konnte sie sich über Kleidung, technische Spielereien und insbesondere über die bevorzugten Operationen der Oberschicht informieren. Der acht Jahre alte männliche Erbe einer der größeren Hedgefond-Gruppen aus den 2010ern hatte die Familienchirurgen dazu gebracht, ihm für einen Monat die Gebärmutter einer »unbekannten ostasiatischen Spenderin« einzusetzen; während seine Mutter, die ihre Haut genetisch so hatte verändern lassen, dass wunschgemäß dunkelgraue Daunenfedern aus ihr sprossen, zufrieden verkündete, dass sie nun den Look habe, »den ich mir schon immer gewünscht habe«, so als hätte sie die Behandlung selbst daheim durchgeführt. Sie sah ein wenig wie ein Porsche aus. Mutter und Sohn lächelten matt zwischen den Textspalten hervor, zutiefst beglückt von sich selbst. Die Septemberausgabe des *Wachturms* versprach derweil Trost für die älteren Mitbürger. Anna starrte angewidert auf das Heft. Dann schlief sie ein – sie war die ganze Nacht wachgewesen – und träumte von Sex. Marnie weckte sie wenig später, und sie gingen über die Straße zu einem Carluccios-Café, um Cioccolata Calda mit Pfeilwurz zu trinken, seit ihrem achten Lebensjahr eines von Marnies Lieblingsgetränken. Anna bestellte sich ein Mandelcroissant, aber statt Mandelpaste befand sich ein flüssiger, nicht besonders schmackhafter Vanillepudding darin.

»Tja, ich bin froh, dass ich das hinter mir habe«, sagte Marnie. Sie legte ihre Hand auf Annas. »Danke, dass du mitgekommen bist«, sagte sie. »Ehrlich.«

»Kannst du mir noch mal sagen, was für eine Art Scan das war?«

Marnie nahm die Hand weg. Sie sah am Boden zerstört aus. »Du könntest wenigstens versuchen, etwas von meinem Leben mitzubekommen.«

»Wahrscheinlich hast du es mir gesagt, aber ich habe es wieder vergessen.«

»Anna«, sagte Marnie. »Ich habe das Gefühl, dass du überhaupt kein Gefühl für die Realität hast.«

»Wenn du dich immer noch über die Sache mit dem Badezimmer ärgerst …«

»Damit hat es überhaupt nichts zu tun.«

»Marnie, jeder macht mal einen Fehler.«

»Es geht nicht um das Badezimmer.«

»Worum denn dann?«

Marnie wandte sich ab und sah zum Fenster hinaus. »Ich bin krank, und du fängst Streit mit dem Arzthelfer an.«

»Er war herablassend zu mir.«

»Ich bin krank«, erwiderte Marnie stur. »Wenn es mir gut ginge, hätte ich keinen Scan machen lassen.«

»Du meintest doch, es wäre nichts weiter.«

»Es ist auch nichts weiter. Da bin ich mir sicher. Aber darum geht es überhaupt nicht. Ich sage dir, dass du dir keine Sorgen machen sollst, und das nimmst du einfach so hin?« Marnie machte eine wegwerfende Geste. Plötzlich schob sie ihren Stuhl zurück. »Anscheinend leben wir nicht mehr in derselben Welt, Anna.« Sie stand auf und verließ das Café.

Nachdem sie gegangen war, saß Anna noch eine Weile mit den Händen im Schoß am Tisch. Sie wusste nicht, was sie jetzt tun oder denken sollte. Draußen vor dem riesigen Fenster des Carluccis strömte Regen durch den Sonnenschein und verwandelte Farringdon – man hätte meinen können, zum ersten und zum letzten Mal – in einen romantischen Film über sich selbst. Die Menschen eilten lachend vorbei. Anna beobachtete sie, bis der Regen aufhörte. Auf der gegenüberliegenden Straßenseite wechselte blinkend die Anzeige in dem Schild eines Optikers: Daran blieb ihr Blick hängen. Als die Kaffeemaschine zischte, drehte ihr Kopf sich in deren Richtung. Sie belauschte die Leute am Nebentisch. Andere gingen zu den Türen hinaus und kamen herein. Eine oder zwei Minuten lang rannte ein Kleinkind lachend und quietschend hinter ihr umher. Anscheinend werden die Leute nie erwachsen oder verändern sich, dachte sie. Nach etwa einer halben Stunde kehrte Marnie zurück und sagte, dass es ihr leidtäte, und dann ging sie wieder los, zur Arbeit. Anna nahm die U-Bahn nach Waterloo Station und war mittags zu Hause.

Zum Mittagessen ging sie raus in den Garten und stellte fest, dass sich die Beete vor dem Gartenhaus in ihrer Abwesenheit erneut mit Pflanzen gefüllt hatten. Diesmal waren sie größer. Dicke, leuchtend grüne, gummiartige Stängel mit Blüten, die an Posaunen oder Tiffany-Lampenschirme erinnerten, wiegten sich fast wie aus eigener Kraft im Sonnenschein. Zu Füßen dieses Dickichts sprossen die nicht-irdischen kupferfarbenen Mohnblumen; und zwischen deren Stängeln lagen glitschige kleine Organe in Rosa und Pastellblau wie die, die der Kater jede Nacht hereinbrachte. Kleine Vögel flogen zwischen den Pflanzen auf, in allen Farben, nur nicht einfarbig – Vögel aus einem Kindermalbuch, die Anna mit auf die Seite gelegten Köpfen beobachteten. Das Gartenhaus selbst schien in seltsam verzerrter Perspektive nach oben von Anna fortzufallen; seine Wände lehnten aneinander, als hätte man sie dort locker abgestellt und dann einfach vergessen, heruntergekommene gelbe Platten, die wie gezeichnet aussahen und vor einem viel zu blauen Himmel aufragten. Sie zog die Tür auf wie jemand, der fest entschlossen ist, den Dingen auf den Grund zu gehen, doch im Innern fand sie nur einen ganz gewöhnlichen Gartenschuppen vor – staubig, heiß, voller langsam aufplatzender Kartons, mit Schichten von Spinnenweben und einer Art archäologischem Zeitmaßstab. Gartengeräte. Unbenutztes. Sachen von Tim oder Marnie, Zeichen der Moden und falschen Entscheidungen längst vergangener Tage: hier ein aufgerolltes Poster, so brüchig, dass man es nie wieder entrollen konnte; dort eine kleine Gliederpuppe, die Beine so zurechtgebogen, dass sie an eine Vegas-Tänzerin erinnerten. Mit einem Mal kotzte sie all das an. Sie konnte damit ebenso wenig anfangen wie mit Marnies rätselhaftem Verhalten bei Carluccis. Sie ging mit ihrem Mittagessen zurück ins Haus, warf es in den Müll und ging stattdessen ins De Spencer Arms. Dort begegnete sie dem Jungen mit den Hunden, aber ohne seine Hunde. Er saß, die Arme um ein Knie geschlungen, an einem Tisch so weit weg von dem eigentlichen Gebäude wie möglich. Neben ihm lag seine zerknüllte Donkeyjacke.

»Wenn ich dir etwas kaufe«, sagte Anna, »trinkst du es dann diesmal?«

Früher Nachmittag im De Spencer Arms. Warmer Sonnenschein. Ein leichter Wind, der die Düfte von Ginster und Salz vom anderen Ende der Downs herantrug und platt gedrückte Chipstüten zwischen den Tischen draußen umherwirbelte. Der Parkplatz war leer. Lerchen hingen in der Luft wie Aufziehspielzeuge, schwirrten umher und gaben melodische Töne von sich, stiegen unvermittelt auf und sausten wieder herab, ohne dabei einem erkennbaren Plan zu folgen. Drinnen gab es nichts als den typischen Nachmittag an einem Wochentag: ein ranziger Geruch nach verschüttetem Fett im Teppich, frittiertem Käse und Gemüse, Bierdünsten aus grauer Vorzeit; der Irrsinn der Langeweile in den blauen Augen des Collies hinter der Theke. Ein Paar in zueinanderpassenden dunkelblauen, zweireihigen Anzügen posierte am künstlichen Kaminfeuer, als wäre es Oktober, wobei man die Frau in erster Linie an ihrer Statur und daran, wie ihr Hintern hervorstand, erkannte. Sie trug Ohrringe, die wie kleine Wagenräder aussahen und ein zu einer Fliege geknotetes Band, und sie wirkte wie eine amerikanische Komikerin in einer Slapstick-Komödie aus den Fünfzigern. »Ich habe es ihm am Niagara gesagt«, erklärte sie gerade, als Anna eintrat, »wie ich es ihm schon in Datchet gesagt hatte.« Sie sahen aus wie eine Reiseleiterin. Die übliche Warnung vor dem Älterwerden, dachte Anna.

Vorsichtig trug sie die Getränke nach draußen.

»Diesmal habe ich uns beiden Harvey's gekauft. Das letzte hat mir geschmeckt. Wo sind deine schönen Hunde? Ich hatte mich darauf gefreut, sie wiederzusehen.«

»Sie sind tot, die Hunde.«

»Tot?«

»Verendet«, sagte der Junge. »Manche sagen, das ist der Lauf der Dinge, aber damit sollen die mir nicht kommen.«

»Du bist doch sicher untröstlich!«

Er schien einen Moment lang nachzudenken. Dann zuckte er mit den Schultern. »Sehen Sie dort drüben? Über dem Western Brow? Ein Bussard.« Er lachte kurz. »Der führt etwas im Schilde, der Mistkerl.« Er trank die Hälfte seines Biers in einem einzigen, langen Zug. »Die da unten in den Feldern sagen, es wäre meine eigene Schuld, aber damit sollen die mir nicht kommen.«

»Das verstehe ich nicht.«

Der Junge zuckte mit den Schultern. »Warum sollten Sie auch?«, erklärte er. »Aber sie waren gute Nachtjäger, diese Hunde.«

Anna wartete darauf, dass er noch mehr sagte, doch anscheinend war er fertig. Sie saßen im Sonnenschein, halb peinlich berührt, halb kameradschaftlich, und dann kaufte Anna ihnen noch etwas zu trinken. Die Downs lagen im goldenen Licht. Etwas am langsamen Übergang des Nachmittags in den Abend, an den länger werdenden Schatten vor Streat Hill, ließ die Dinge näher erscheinen, als sie es waren. Auch entfernte Geräusche wirkten lauter. Alles wirkte präsenter. Hinter ihnen füllte sich der Parkplatz langsam mit Londonern: Single-Männer, die ihre Sportwagen und italienischen Motorräder zwischen die schlecht eingeparkten Geländeautos quetschten; Touristen, die hier einer Freizeitaktivität nachgingen und in ihrer Radfahr-, Wander- oder Vogelbeobachterkleidung aus den Downs kamen. Sechs Frauen, von denen eine Kniehosen und braune Wildlederstiefel mit Fransen trug, trafen gemeinsam auf makellos aussehenden Pferden ein. Zwei von ihnen gingen in die Kneipe, um Getränke zu holen. Anna beobachtete den Jungen.

»Erzähl mir vom Nachtjagen«, sagte sie.

Er überlegte. »Es muss richtig schön dunkel sein«, sagte er schließlich.

Sie sah, wie schwer es ihm fiel – wie sehr seine Gefühle alles vernebelten. Wie beschreibt man etwas, mit dem man so innig vertraut ist? Er war zu dicht dran. Er musste darum ringen, seine Empfindungen von der Praxis zu trennen, die nötige Distanz einzunehmen, ohne dabei all die Feinheiten verschwimmen zu lassen; und jetzt waren auch noch seine Hunde tot. »Und man braucht eine gute Taschenlampe, eine alte Lightforce oder etwas in der Art. Die bekommt man gebraucht. Außerdem braucht man eine Batterie, die sich gleichmäßig entlädt. Die Leute unten auf den Feldern wissen das alles, sie reden immer darüber, was für Lampen man sich besorgen muss. Die reden immer gleich von Millionen Kerzenstärken.« Er dachte einen Moment lang nach. »Ich beachte das alles nicht groß«, gab er zu, als überrasche ihn das selbst. »Es gefällt mir, wenn die Hunde dem Licht hinterherrennen.«

»Du jagst mit deinen Hunden Kaninchen?«, fragte Anna.

Er sah sie an, als hätte sie nicht mehr alle Tassen im Schrank, als hätte sie etwas so Banales gesagt, dass er nicht wusste, was er darauf erwidern sollte. Gleichzeitig war er erleichtert: Immerhin war damit ein Anfang gemacht. »Kaninchen, Füchse«, sagte er. »Alles Mögliche.« Bis zum letzten Mal, als er mit den Hunden losgezogen sei, habe er Hasen bevorzugt. Jetzt habe er nichts mehr für sie übrig. »Es muss richtig schön dunkel sein, und ein bisschen windig.«

»Man spürt das Tier mit dem Licht auf?«, sagte sie. »Und dann lässt man die Hunde zum Jagen auf es los? Das kommt mir grausam vor.«

»Ich wüsste nicht, was daran grausam wäre«, sagte er.

»Aber es wird getötet?«, fragte Anna. »Man tötet das Tier?«

Ihr kam es grausam vor. Doch für den Jungen ging es um das Licht, das Licht und die Jagd: Nichts sei damit vergleichbar, einen Hund von der Leine zu lassen und zuzusehen, wie er dem Licht hinterherrenne. »Es ist einfach nur das Aufregendste, was man sich vorstellen kann!«, sagte er. Es sei ihm nicht mal besonders wichtig, ob er etwas fing. Jedes Kaninchen könne ein oder zwei Meter Abstand von einem Hund gewinnen, eine Flucht aushandeln. »Eh man sich's versieht, sind sie in der Hecke verschwunden.« Er könne es ihr zeigen, wenn sie wolle. »Bevor die Hunde gestorben sind, habe ich Videos von ihnen gemacht.« Er deutete mit einer unbestimmten Geste Richtung Wyndlesham. »Ich bewahre sie dort drüben auf.« In der Hütte, in der er wohne, hinter Ampney. Es sei nicht weit. »Ich kann sie Ihnen zeigen!«, sagte er.

Das überraschte sie beide. Sie starrten einander an, verblüfft über so viel Nähe. Dann wandte der Junge sich ab.

»Wenn Sie möchten«, fügte er in einem anderen Tonfall hinzu.

Halb sechs: In einer Stunde würde das De Spencer Arms wieder rappelvoll sein. Der abschüssige Biergarten hinter dem Gebäude würde sich mit Menschen füllen, die Schulter an Schulter in der warmen Dunkelheit standen. Unablässig würde man nervöses Gelächter und narzisstisches Geblöke hören. Wenn die Kneipe schloss, würden sich die Downs bereits schwarz gegen die Sterne stemmen. Sie würden alles absorbieren und kein Echo zurückwerfen. Anna hob ihr Glas und betrachtete die drei Zentimeter Bier, die noch am Boden standen.

»In Ordnung«, sagte sie.

Die Hütte, ein länglicher, eingeschossiger Holzbau, der einmal die unverheirateten männlichen Bediensteten für die örtlichen Fuchsjagden beherbergt hatte (eine Institution, die zu ihren Hochzeiten als »das Ampney« bekannt gewesen war), stand mitten auf einem Feld neben einigen Ziegelsteinparcours und einem überwucherten, kopfsteingepflasterten Platz. Eigentlich handelte es sich eher um einen Schuppen, in dem es zum Nachmittag hin bereits kalt wurde, der nackte Zementboden nach Jahrzehnten ausgetreten. An einem Ende befand sich eine Küche, am anderen eine Abstellkammer voller rostiger Bettgestelle und in Plastik eingeschweißter Supermarkt-Paletten mit Hundefutter. Dazwischen gingen fünf oder sechs leere Zimmer von einem schmalen, fensterlosen Flur ab, der von einer einzigen Zwanzig-Watt-Birne erhellt wurde. Seine wenigen Habseligkeiten hatte der Junge in die Küche geräumt, wo es relativ warm war. Auf zwei Regalbrettern standen Müslipackungen und Dosen mit Baked Beans und fünfprozentigem Lagerbier. Ein einzelnes Bett stand in einer Ecke an der Wand. »Ich brauche nicht viel«, sagte er. »Ich hatte nie viel übrig für Sachen.« Es gab einen Petroleumofen, aber keinen Kessel. Seinen Tee machte er mit dem lauwarmen Wasser, das direkt aus einem uralten Boiler an der Wand über der Spüle kam, und seine Miete zahlte er direkt an »die unten auf den Feldern«, die die Hütte bei irgendeiner bargeldlosen Transaktion erworben hatten, die er nicht begriff, und die manchmal ein Bett in eines der anderen Zimmer zogen und dort übers Wochenende schliefen.

»Billig ist es«, sagte er.

Der einzige moderne Gegenstand in der Küche war ein nachgerüsteter Laptop aus den frühen 2000ern, der über eine Lüsterklemme an die Glühbirnenfassung an der Decke angeschlossen war. »Es ist alles hier drin«, sagte er in einer Art schüchtern-ironischem Tonfall. »Mein ganzes Leben.« Er war ebenso stolz auf die Maschine wie auf seine Youtube-Videos. Diese ruckeligen, schlecht ausgeleuchteten Momentaufnahmen, aufgezeichnet mit einem kleinen Camcorder, hatten überhaupt nichts Grausames an sich, es war nur schwer, sich einen Reim darauf zu machen. In einem schwarzen Rechteck tauchte eine helle Ellipse auf, ein zitternder Lichtfleck, der unvermittelt wieder verschwand. Für einen Moment war eine Hecke zu sehen, ein Streifen hohen Grases auf einem Feld, ein seltsam schief stehender Zaunpfahl. Etwas lief im Zickzack durchs Licht. Etwas anderes drehte sich immer wieder und verschwand plötzlich in einer Hecke. Am Ende jedes Videos war der Junge zu sehen, der mit einem ätherischen Lächeln im Gesicht tote Kaninchen an den Ohren hochhielt. Einmal scheuchten die Hunde ein Reh auf, das sie anstarrte und dann langsam aus dem Bild ging. Einige der Videos hatte er mit zeitgenössischer idyllischer Musik unterlegt, andere mit dreißig Jahre altem Death Metal. Sie anzusehen versetzte ihn einmal mehr in inneren Aufruhr, so wie eine flüchtige Witterung früher seine Hunde. Er ließ sich neben Anna aufs Bett plumpsen. Einen anderen Sitzplatz gab es nicht. Sie spürte, wie er vor Erregung zitterte. »Wie findest du es?«, fragte er sie. »Wie findest du das!«

Als sie ihren Widerwillen erst einmal überwunden hatte, langweilte Anna sich. Sie war froh, als er den Computer ausschaltete und sie mit einem halb zaghaften, halb verschlagenen Lächeln hinunterdrückte. »Komm, ich ziehe dir die Jeans aus«, sagte sie. Sie lachte. »Die könnten mal gewaschen werden.« Und später: »Das tut mir ein bisschen weh.« Anscheinend ohne sie zu hören, machte er weiter, und bald hatte sie es vergessen, so, wie man das Quietschen und Knacken des Bettes oder die Leute, die draußen auf dem Flur vor einem Hotelzimmer kommen und gehen, vergisst. Überhaupt nur zu vögeln war ein Segen. Er war nicht Tim Waterman, aber er war auch nicht Michael Kearney, und er wurde so schnell wieder hart wie die meisten Jungen.

Anna schlief ein. Als sie erwachte, war es kalt in der Hütte, und der Junge stand nackt am Fenster und blickte nach draußen, zum Dorf jenseits der Felder. Das Licht verblasste langsam. Erste Nebelfetzen hingen über dem Fluss. Er hatte fürs Erste genug, das sah sie. Sein Rücken, der weißer und schmaler war, als sie es erwartet hatte, wirkte verwundbar und wie von innen erleuchtet. Anna betrachtete ihn eine oder zwei Minuten, ehe sie ihre Kleider einsammelte und sich wieder anzog. Als ihr der richtige Zeitpunkt gekommen schien, sagte sie:

»Ich brauche jemanden, der ein bisschen Arbeit für mich erledigt.«

Der Junge machte eine Bewegung, die ein Schulterzucken oder auch ein Zusammenzucken sein mochte. Er sei nicht auf der Suche nach Arbeit, erklärte er. Er habe genug zu tun.

»Um was für Arbeit geht es denn?«, fragte er.

Es sei nicht viel, erwiderte sie. Nur ein wenig Streichen.

Solche Arbeit habe er schon genug, sagte der Junge.

»Ich brauche jemanden, der sich mal mein Badezimmer ansieht«, sagte Anna. »Ich wohne nicht weit von hier. Wenn du im Laufe der Woche mal vorbeikommst, dann könntest du das für mich erledigen.«

Er bewegte erneut die Schulter und sah dabei weiter aus dem Fenster. »Ich habe mich echt wohlgefühlt mit diesen Hunden von mir, vor der Sache mit dem grauen Hasen.« Anna, die »mit den grauen Haaren« verstand, hatte keine Ahnung, was er meinte. »Das hat alles ruiniert. Bis dahin konnte ich mit ihnen reden.« Als sie bereits im Gehen begriffen war, drehte er sich um und sagte: »Ich komme dir helfen? Ich komme dich besuchen?«

Anna berührte ihn lächelnd am Arm. »Zieh dir was an«, sagte sie. »Es ist kalt hier drin.«

Die Fahrspur draußen hatte sich mit Nebel gefüllt, aber wenn man direkt nach oben blickte, konnte man die Sterne sehen. Anna wandte sich Richtung Wyndlesham und ging so zügig wie möglich. Ein- oder zweimal hob sie ohne besonderen Anlass die Arme in die Luft oder lächelte. Sie fragte sich, was wirklich aus den Hunden geworden war. Diese wunderbaren Tiere. Vielleicht hatte er sie verkauft. Vielleicht war er sie einfach leid gewesen. Ich kann mir beim besten Willen nicht vorstellen, was Marnie von ihm hielte, dachte sie; obwohl es sie ohnehin nichts angeht. Sie suchte ihr Telefon, konnte es aber nicht finden. Unvermittelt blieb sie stehen, schlug sich beide Hände vor den Mund und lachte. Ich bin aber auch eine, dachte sie. Als sie sich umblickte, schien die Hütte wie freischwebend in der zunehmenden Dämmerung zu hängen. Alles, was es darstellte, war inzwischen Geschichte. Seit dem Bankenkollaps 2007 war das Stallgebäude selbst – das John Ampney im späten 18. Jahrhundert aus den heimischen Ziegeln und Dachpfannen errichtet hatte, und das damals nicht dazu gedacht gewesen war, die Jagdgesellschaft zu beherbergen – der fallenden wirtschaftlichen Konjunktur nachgefolgt: Erst hatte es ein piekfeines Bürogebäude werden sollen, dann ein »Schießhaus« für Paintball-Spiele; dann hatte es ein Jahrzehnt lang immer mal wieder jemand in Beschlag genommen und wieder aufgegeben; bis es sich schließlich die örtlichen Behörden unter den Nagel gerissen hatten, als die Gemeinden Kent und Sussex darum gerungen hatten, der Tausenden von chinesischen Wirtschaftsflüchtlingen, die in den alten Cinque Ports strandeten, Herr zu werden. Danach hatte man es dem Verfall überlassen.

Zu Hause warteten mehrere Nachrichten von Marnie – »Mum, ich habe versucht, dich anzurufen, aber dein Handy ist schon wieder aus. Mum? Mum, bitte geh ran« – und eine von Helen Alpert, in der sie Anna an ihren Termin am nächsten Morgen erinnerte. Anna, die am Verhungern war, machte sich Baked Beans auf Toast. Während die Bohnen warm wurden, ging sie auf und ab und aß dabei Scheiben von Quittengelee mit kalten Linsen, die sie hinten im Kühlschrank gefunden hatte. Sie nahm den alten Kater in die Arme und drückte ihn auf eine Weise an sich, die er noch nie gemocht hatte. »James, James, ach James«, sagte sie. »Was *treibst* du denn nur?« Dann gönnte sie sich eine halbe Flasche Calvet Prestige Rouge und schlief in der Folge vor dem Fernseher ein.

Als sie erwachte, war es spät. Der Kater war wieder draußen unterwegs. Sie trank ein Glas Wasser und ging ans Fenster. Nichts regte sich beim Gartenhaus. Aber was für Träume sie gehabt hatte! Barfuß trat sie auf den Rasen hinaus und grub die Zehen in den feuchten Boden, um wach zu werden. »James!«, rief sie. Ein breiter Strahl weißlichen Lichts kam von irgendwo hinter dem Haus hervor – wie die Scheinwerfer eines Wagens, der in die Auffahrt biegt und einem entgegenkommt, aber still, wie erstarrt. Oder wie von einer riesigen geöffneten Tür: ein Licht, irgendwie rechteckig und scharf abgeschnitten, das irgendetwas enthüllen wollte, wobei es sich in diesem Fall um die Tausenden von aufgeschreckten Katzen handelte, die ohne einen Laut über die Feuchtwiese auf Annas Haus zuströmten. Jede Einzelne war entweder schwarz oder weiß. Sie ergossen sich in den Garten, beim Gartenhaus gabelte sich der Strom, und dann kamen sie auf Anna zu, der sie nicht mehr Beachtung als den Gartenmöbeln schenkten. Immer mehr von ihnen tauchten auf, als wären sie eine statistische Rechenaufgabe, und ohne, dass ihr Strom langsamer wurde oder ausdünnte, kamen aus der Wiese und verschwanden hinter dem Haus. Anna, völlig ratlos, wusste nicht, welche Rolle sie selbst in diesem Geschehen hatte: Ihr war völlig unklar, was sie dabei empfinden sollte. Erst wich sie erschreckt zurück und kletterte auf den Gartenzaun. Dann watete sie mitten in den Strom von Katzen hinein und stand da, während ihr Tränen der Verzückung über das Gesicht liefen und sie den Fluss um sich spürte, die Wärme der Leiber, und auch einen dichten, staubigen, aber nicht unangenehmen Geruch – bis das Licht schließlich von alleine erlosch und der Garten wieder leer war. Einen Moment lang stand sie da, wischte sich durch die Augen und lachte. Dann ging sie wieder ins Haus und hinterließ eine Nachricht auf Dr. Alperts Mailbox: »Helen, ich möchte unsere Gespräche eigentlich nicht weiter fortsetzen. Eigentlich möchte ich lieber wieder selbst die Verantwortung für mich übernehmen.«

Ihrer Tochter hinterließ sie eine ähnliche Nachricht. »Ich weiß nicht genau, ob ich es erklären kann. Ich mache mir einfach nicht mehr so viel Arbeit wie früher.« Sie suchten nach Worten. »Ich habe heute Abend eine Menge Katzen im Garten gesehen!« Da das den Tatsachen nicht besonders nahe zu kommen und auch keinen echten Eindruck von ihrem sonstigen Tag zu vermitteln schien, fügte sie hinzu: »Außerdem habe ich jemanden kennengelernt, Marnie, aber ich weiß nicht, ob du ihn mögen wirst.«

Sie legte das Telefon weg und suchte Michael Kearneys Festplatte. Nachdem sie sie aus dem Müll unten in ihrer Handtasche ausgegraben hatte, lag sie nun auf der Küchenanrichte wie ein Zauberei. Ihr abgenutztes, fettig spiegelndes Gehäuse verwandelte ganz gewöhnliches Küchenlicht auf magische Weise in Jahre der Schuld. Anna Waterman hatte keine Ahnung, ob der alte Mann in South London wirklich Brian Tate war. Sie würde damit leben müssen, dass ihre Erinnerungen an die Skandale um Michaels Tod und Tates Fall im Nebel versunken waren; dass ihr Ringen mit Michael – genau wie ihr Ringen mit sich selbst – zunehmend an Bedeutung verlieren würde. Ihr war inzwischen klar, dass man der Vergangenheit ab einem gewissen Alter nichts weiter schuldig war, als sie als Vergangenheit anzuerkennen. Michael konnte sich zum Teufel scheren, falls er dort nicht ohnehin schon war. Morgen würde sie mit der Festplatte nach Carshalton fahren und auf die eine oder andere Art die Verantwortung für die auf ihr enthaltenen Daten abgeben; und damit wäre das dann erledigt.

20 · Moderne Lumineszenz

»Es kam aus dem Nichts.«

»Nichts kommt aus dem Nichts.«

»Haha. Was ist es?«

»Hier steht: ›Inhalt biologisch‹.«

Der Tank war vor Kurzem hohen Temperaturen ausgesetzt gewesen und anschließend eine Lichtminute vor dem Bug der *Nova Swing* in den leeren Raum geschleudert worden, wo er in einem sich verflüchtigenden Schaum aus Nullpunkt-Energie und unbrauchbarer Materie gehangen hatte, bis der Dicke Antoyne ihn an Bord geholt hatte. Er war zerkratzt und zernarbt, verlor rasch an Farbe und durchlief dabei eine Palette von Weihnachtsrot über einen hellen Pflaumenton bis hin zu einem Mattgrau, das an ein Stück Militärtechnik erinnerte. Ein Großteil der Außenhülle war verdampft; die verbliebenen Armaturen ergaben keinen Sinn, es sei denn, es handelte sich um das Innenleben eines anderen Geräts. Als es weit genug abgekühlt war, dass man es berühren konnte, löste Antoyne die Nieten um das Bullauge.

»Leuchte mir mal.«

Liv Hula hielt das Licht in seine Richtung. »Aus dem Nichts!«, wiederholte sie. »Ich wäre fast dagegengeflogen.« Sie war ganz aus dem Häuschen, bis sie sah, was sich im Innern befand.

Aus der Mitte der Wirbelsäule kamen Kabel heraus. Die Haut war straff über den Schädel gespannt, wie die gegerbte oder konservierte Haut einer Sumpfleiche. Kein Fleisch war über den darunterliegenden Knochen zu erkennen. Die welken Lippen waren von den großen, unregelmäßigen Zähnen zurückgewichen. Die Augen, blutunterlaufen und käferartig hervortretend, starrten aus schwarz geränderten

Höhlen. Etwas stimmte nicht mit seinem Haar. Der Rest war schwer zu erkennen. Im Tank schwappte träge das Proteom – dreißigtausend Proteinarten, warm wie Spucke.

Liv wandte sich angewidert ab.

»Das ist kein Alien«, sagte sie. »Es ist ein K-Käpten.«

Für sie handelte es sich dabei um eine Metapher für den Zustand von Himmelspiloten überall in der Galaxis: Dissoziation, Halluzination, schwere chirurgische Eingriffe, das Aufgeben der Menschlichkeit zugunsten einer Lebensweise, so wertlos, dass es zum Lachen war.

»Wirf ihn zurück«, riet sie ihm.

Antoyne wollte damit gar nicht erst anfangen. Dieses Lied kannte er zur Genüge. Um das Thema zu wechseln, sagte er: »Ich glaube fast, dass ich den Kerl kenne.«

Liv sah ihn erneut an: zuckte mit den Schultern.

»Die sehen doch alle gleich aus. Skoliose. Pseudo-Polio. Die Hälfte der Organe fehlt, und alles ist voller Drähte.« Und als Antoyne laut überlegte, welche unvorstellbaren Kräfte dieses Exemplar hier aus seinem Schiff gepustet haben mochten: »Geh nicht davon aus, dass es sich um einen Mann handelt. Mehr als die Hälfte treten ihren Dienst als Mädchen an. Das ist die Magersucht-Alternative für intelligente Zwölfjährige.«

Antoyne hielt die Taschenlampe hierhin und dorthin. Es war wie bei einem Schiffswrack unter Wasser. Schlammteilchen schwebten durch den Lichtstrahl.

»Ist es schon tot?«, rief Irene die Mona aus den Mannschaftsquartieren.

Sie waren dreißig Lichtjahre weit von allem entfernt, draußen in der Leere beim Trakt selbst. Ihr großer Streit, der immer noch weiterging, während Antoyne das Bullauge wieder festschraubte, drehte sich um die Frage, ob sie den Tank durch Zufall gefunden hatten oder ob es sich um ein weiteres Stückgut aus MP Renokos Frachtbrief handelte. Dass sie diese Frage nicht zu entscheiden vermochten, war, so Liv Hula, ein deutliches Zeichen dafür, wie sonderbar ihr Sinn für die Wirklichkeit mittlerweile war. Eine ganze Weile standen sie da und argumentierten hin und her, bis sie schließlich den Frachtraum verließen. Sobald sich das Schott hinter ihnen schloss, entlud sich mit Hochgeschwindigkeit Code aus dem K-Tank – ein Zirpen und Stammeln, seltsame Folgen einfacher Rechenaufgaben, Bruchstücke gewöhnlicher Sprachen, rätselhaft und doch einfühlsam –, als versuchte sein Insasse, Kontakt aufzunehmen, wisse aber nicht, wie. Das erregte die übrigen Gegenstände im Frachtraum über die Maßen, sie blinkten ihm Erwiderungen zu, brummten unterhalb der Hörschwelle und strahlten kurze ionisierte Blitze ab. Nach etwa einer Stunde schien der Neuankömmling – dessen barocke Rippenbögen und Klumpen geschmolzener Zulaufrohre ihn wie einen mit Elfen-, Einhorn- und Drachenstuck verzierten Kindersarg aussehen ließen – sich zu beruhigen.

»Wir sollten ihn einfach in die nächste Sonne schmeißen«, sagte Liv.

An dem Tag, an dem man seinen Dienst als K-Schiff antritt, hat man seit achtundvierzig Stunden nichts gegessen. Man bekommt seine Injektionen, und innerhalb von vierundzwanzig Stunden hat man massenweise künstlichen Pathogene und maßgeschneiderte Enzyme im Blut. Man hat Symptome von multipler Sklerose, Lupus und Schizophrenie. Man wird festgeschnallt. Im Laufe der nächsten drei Tage nehmen die auf Nanomech installierten Schattenoperatoren einem das sympathische Nervensystem auseinander, und unaufhörlich werden dabei Abfallstoffe über den Darm ausgeschwemmt. Sie pumpen einen mit einer Paste voll, Fabriken im Zehn-Mikrometer-Maßstab, Proteinfarmen und Metabolismusmonitoren. Sie entkernen einem die Wirbelsäule. Man bleibt die ganze Zeit wach, mit Ausnahme der kurzen Momente, in denen sie den K-Code selbst einführen. Viele Rekruten überstehen das nicht. Aber wenn man es schafft, dann wird man vorne im Schiff in den Tank geschraubt. Inzwischen hat man nur noch wenige innere Organe. Man ist blind und taub und wird von einer Welle der Übelkeit überrollt. Sie haben einem das Gehirn aufgeschnitten, damit es die als »Einstein-Kreuz« bekannte Hardware-Brücke annimmt. Über die verbindet man sich mit der Schiffsmathematik. Bald wird man dazu in der Lage sein, in jeder Sekunde bewusst Petabytes von Daten zu verarbeiten: Aber man wird nie wieder laufen. Man wird nie wieder jemanden berühren oder berührt werden, nie mehr Sex haben. Man wird nie wieder etwas nur für sich selbst tun. Man wird nicht mal mehr für sich selbst scheißen.

Man unterschreibt in einem wohltemperierten Privatzimmer: Trotzdem wird es einem einfach nicht warm. Man verabschiedet sich von seinen Eltern. Bekommt Brechmittel, ob man nun etwas gegessen hat oder nicht. Dann folgten eine oder zwei Stunden Wartezeit, bevor sie mit den Injektionen anfangen. Vor vierzig Jahren – als sie bibbernd auf einer Bettkante gesessen und sich in eine Plastikschüssel erbrochen und dabei versucht hatte, ein Krankenhaushemd um ihren Leib festzuhalten, das hinten ständig offen hing – war Liv Hula klar geworden, dass sie sich zwar für das Einstein-Kreuz entscheiden, diese Entscheidung aber niemals wieder rückgängig machen konnte. Also hatte sie die Schüssel sorgsam abgestellt, sich wieder angezogen ohne ein Wort mit irgendjemandem zu sprechen, und war zu ihrem Leben zurückgekehrt.

Überall, wo sie in der Folge hielten, redeten die Leute vom Krieg. Eine Provokation folgte auf die nächste. Zu jeder Rhetorik gab es eine Gegenrhetorik, jede Geschichte revidierte sich selbst. Unruhen brachen in den Städten des Halo aus. Draußen nahe *Panamax IV* überfielen zwei unidentifizierte Kreuzer ein hilfloses K-Schiff. Der Zwischenfall zog Konsequenzen nach sich: Die Jungs von der Erde hatten einen Bock geschossen, nastisches Kriegsgerät donnerte in den bekannten Raum. Die feindlichen Manöver draußen bei Coahoma und den Red Revenues waren nicht die stümperhaften, halbherzigen Abenteuer, als die sie das EMC darstellte: Vielmehr wiesen sie ein Muster auf, eine kalte, technische Intelligenz. Sie setzten geschickte neuartige Überfalltaktiken ein und übten dabei für eine große Offensive. In gewisser Weise war es das perfekte Psychodrama des Verrats. Ganze Sternensysteme verdampften innerhalb eines halben

Tags. Es gab erste Flüchtlingsströme. Irene starrte auf die Nachrichten und fand sich als Märtyrerin wieder, hilflos ihrem Mitgefühl und den einer Erholung dienlichen Stimmungsschwankungen ausgeliefert. Gerade sagte sie noch: »Ich kann einfach nie genug davon bekommen, von unseren Abenteuern auf den kosmischen Winden und Strömen des Alls!«, und im nächsten hieß es dann: »In jedem von uns schlägt ein schwarzes Herz, Antoyne.«

Was sie auf *New Venusport* so verstört hatte, wollte sie nicht sagen.

Der Dicke Antoyne hatte sie eine Meile abseits des Deleuze Motels gefunden, wo sie am Ende einer Fußspur über den festen, nassen Sand taumelte. Es war die Stunde vor Morgengrauen. Sie hatte ihre Tasche und einen ihrer besten Schuhe verloren. Ihr Gesicht und ihre Hände waren kalt und salzverkrustet. Von Gefühlen übermannt, die er selbst nicht begriff, versuchte er, den Arm um sie zu legen. Aber obwohl Irene den Gesichtsausdruck einer Person hatte, die jede sich bietende Hilfe annehmen würde, wich sie nur zurück.

»Antoyne, nein«, sagte sie.

Zurück an Bord der *Nova Swing* blieb sie für sich. Selbst in der Sicherheit des leeren Raums konnte sie nicht schlafen. Am Strand, vor Antoynes Eintreffen, hatte sie versucht, sich Madame Shens Zirkus zu seinen besten Zeiten vorzustellen: Musik, Alien-Shows, Marzipan, weiße Fracks, frischer Sonnenschein zwischen den Buden auf der Straße. Lachende und poppende Menschen auf eben dem Sand, auf dem jetzt Irene stand! Aber sie konnte nicht vergessen, wie sie sich in die Hosen gemacht hatte, als sie die Geheimnisse des STARLIGHT ROOMS erblickt hatte, wo die drei abscheulichen Gesellen Koki Futter, Mr. Freiheit und der Heilige mit ihren weißen Mützen gesessen und gewürfelt hatten; und als ihr wunderbarer, warmer Mann sie gefunden hatte, hatte sie bereits Nackenstarre davon gehabt, immer angestrengt den Blick von diesem entmutigenden Ort abgewandt zu halten. »Ändere die Regeln oder ändere dein Glück«, sagte sie zu Liv Hula, »an etwas anderes habe ich nie geglaubt.« Die Vergangenheit sei vergangen. Nur die Gegenwart könne die Zukunft beeinflussen, und mit der Zukunft könne man immer ins Geschäft kommen: So habe sie die Dinge seit jeher gesehen. »Aber Liv, jetzt wird mir klar, dass man sich jedes Mal, wenn man sich umentscheidet, nur selbst hinters Licht führt!«

Jetzt blieb ihr nur noch der Schluss, dass eine langfristige Perspektive, mit ihrem Gleichklang aus Leere und Zukunftsangst, sich als ebenso zerrüttend erwiesen hatte wie das Leben in den Tag hinein, das einen von innen aushöhlte, indem es einen dazu zwang, alles zu vergessen, was man letzte Woche noch gewusst hatte. Sie sei müde, sagte sie. Sie wolle nach Hause zurück. Vielleicht würde sie sich besser fühlen, wenn sie ihr altes Zuhause sehen könne.

Liv Hula sagte, dass sie ihr dabei helfen könne.

Perkin's Rent IV, seinen Bewohnern als *New Midland* bekannt, war für den Anbau von Rüben, Kartoffeln und einer lokalen Kürbissorte geeignet, die das ganze Jahr lang unter Plastik gezogen wurden. Das Geld, für das die Menschen auf *New Midland* arbeiteten, kam von anderen Planeten. Auf dem Hauptkontinent gab es dicht beieinander eine Handvoll Freihandelszonen – Präzisionsfertigungsanlagen, die mit metallischen Gläsern arbeiteten. Sie bezogen ihre Arbeitskräfte aus Ortschaften mit fünfzig- bis fünfundsiebzigtausend Einwohnern, in denen zweimal jährlich durchgeführte Erhebungen ein beruhigend hohes Vorkommen zwanghaften Verhaltens nachwiesen. Ideologisch herrschte hier eine Art Jantegesetz. Die einzige andere Möglichkeit, sich auf *New Midland* seinen Lebensunterhalt zu verdienen, bestand darin, für den Geisterzug zu arbeiten.

Diese Kette aufgegebener Schiffe, jedes davon zwischen einem und dreißig Kilometern lang, hing dicht aneinandergereiht in einem Kometenorbit, der bis halb zum nächsten Stern reichte. Die verkrusteten Rümpfe waren von einem staubigen, glanzlosen Grau. Wem auch immer sie früher gehört hatten, er hatte sie hier geparkt und war verschwunden, bevor sich auf dem Planeten Erde erste Proteine gebildet hatten. Von außen ähnelten sie Asteroiden – kartoffelförmig, hantelförmig, schlagseitig und löchrig. Im Gegensatz dazu schimmerten ihre schneckenhausförmigen Innenräume wie Perlmutt, was die Orientierung dort erschwerte. Sie waren so sauber und leer, als ob nie etwas in ihnen gelebt hätte. Immer mal wieder stürzte ein kleiner Abschnitt des Geisterzugs in die Sonne oder versank Schiff um Schiff in dem Gasriesen des Systems. Die Bewohner von *New Midland* beuteten ihn wie jede andere Ressource aus. Niemand wusste, wozu die Schiffe gut waren, oder wie sie hergelangt waren, oder wie man sie bediente; also wurden sie in Stücke geschnitten und eingeschmolzen, um sie anschließend über Zwischenhändler an eine Firma in den Zentralwelten zu verkaufen. So war ein ganzer Wirtschaftszweig entstanden, und es war die einfachste, geradlinigste Vorgehensweise. Sie wurden von innen nach außen aufgeknackt. Die Ausgeschlachteten zogen Wolken von Schrott an, die in unvorhersehbarer Weise dahintrieben: Schlacke, bedeutungslose innere Bauteile, die aus Metallen bestanden, die niemand haben wollte oder auch nur kannte, Abfallprodukte der automatischen Schmelzöfen. Um die übrigen fuhrwerkten geschäftig die Industrie-Arkologien und futuristischen Blasenwelten – Fabriken, Raffinerien, Sortieranlagen, Raumschiffdocks, an denen rund um die Uhr etwas los war.

Liv Hula schlüpfte weit über der Ebene der Ekliptik ins System, um sich einen Trümmergürtel als Versteck auszusuchen. Was sie dabei sah, veranlasste sie, ihren Entschluss zu ändern.

»Antoyne, schau dir das an.«

»Was?«

»Hier hat es ein Gefecht gegeben. Vor vielleicht einem halben Tag?«

Der Geisterzug war entgleist. Anstelle der Fabriken war da nun ein komplexer Metalldampf, durch den alles von Klümpchen geschmolzenen Aluminiums bis hin zu ganzen Erzmühlen trudelte. Noch immer gab es Schockwellen, die sich hier und dort zu zarten, quecksilberfarbenen Schleifen verdichteten. Unter dem Ansturm der Notrufe waren die Kommunikations-Relais kollabiert – Transpondersignale von Raumanzügen und Rettungskapseln, Funkrinnsale, die wie die Luft aus angestochenen Quartieren tröpfelten, die knisternden Stimmen der bereits Toten, die die Leitungen mit intimer, sachlicher Panik erfüllten. Sie sagten das, was die Toten immer sagen: »Niemand außer mir ist übrig.« Gerade versuchten sie noch, sich intellektuell mit ihrem Problem auseinanderzusetzen, und schon in der nächsten Minute flehten sie darum, gerettet zu werden. Den Geisterschiffen war es nicht besser ergangen: Sie trudelten umher, aufgerissen wie wasserfleckige Illustrationen der Fibonacci-Spirale. Einige der Größeren, die durch Treffer von hoch entwickelten Geschossen beschleunigt worden waren, eierten auf interessanten neuen Flugbahnen davon. Mehrere Bruchstücke mit Durchmessern von fünfzig Metern oder mehr hatten den Weg auf die Oberfläche von *New Midland* gefunden.

Was zur Folge hatte, dass die Freihandelszonen jetzt Kleinholz waren. Thing Fifty, die kleine Küstenstadt, an die Irene sich noch so gut erinnerte, hatte den Tag damit begonnen, sich von der Druckwelle einer Fünfzig-Megatonnen-Denotation wegzulehnen, die etwa zweihundert Kilometer landeinwärts in zwölf Kilometer Höhe stattgefunden hatte. Ein heißes blaues Licht hatte sich über den Himmel ausgebreitet. Es war so heiß, dass die Menschen meinten, ihre Haare hätten Feuer gefangen. In dieser Phase neigten sich Zäune, Bäume, Häuser, Lagerhallen von geringer Dichte, Strommasten und Pfeiler alle ordentlich zur Seite. Eine halbe Stunde später brodelte der Ozean über, spülte die Trümmer fort und häufte sie in den seichten Tälern am Stadtrand auf. Als die *Nova Swing* eintraf, war Thing Fifty weniger ein Ort als eine Liste von Baumaterialien.

Liv Hula setzte in der Vorstadt auf, und sie gingen zu Fuß umher, während Irene versuchte, ihr altes Haus wiederzufinden. Die Trümmer erinnerten an einen Haufen ausgeschütteter Pappkartons. Alles war von gleichem Wert – in Ästen verhedderte tote Tiere, Wasser, das durch verborgene Gräben und Bäche zurück ins Meer gurgelte, Plastikstühle. Zu ihren Füßen tausend Scherben von zerbrochenen Kacheln; in einiger Entfernung entwurzelte Gartensträucher und gesplitterte Rundhölzer; dahinter, in einer seltsamen Umkehrung der Perspektive, gekippte, ineinandergerutschte Häuser, die wirkten, als trieben sie noch immer dahin. Oberhalb der Hochwassermarke waren die Straßen voller weicher Spielzeuge. Dann und wann sah man eine einsame Gestalt in der Ferne; oder ein Hund streifte durch die Straßen und beschnüffelte alles voller Begeisterung, als erwartete er jeden Moment, wieder mit dem Altbekannten vereint zu werden. Alles war ineinander verstrickt. Alles stank nach Abwässern und Meer. Es gab keinen Grundriss. Man wusste nicht, welchen Dingen man Wert beimessen sollte. Das ölige Licht schien nicht von der Sonne zu kommen und vom Dunst zerstreut zu sein, sondern vielmehr aus den Trümmern selbst hervorzusickern. Irene saß auf dem Bordstein und ließ den Blick über all das schweifen. Dann zog sie die Knie an die Brust, schlang die Arme darum und weinte.

»Jetzt komm schon, Liebes«, sagte Liv. »Ich sehe ja deine ganze Ausstattung.«

Irene wischte sich über die Augen. Sie versuchte zu lachen. »Die haben im Halo doch eh alle schon gesehen«, flüsterte sie.

Sie nahm die Hand des Dicken Antoyne und legte sie sich an die Wange, um sie dann plötzlich wieder wegzuschieben. Ihre Haut war fahl, ihre Miene diffus, als wäre ihre Persönlichkeit aus ihrem Gesicht herausgewaschen worden. All die Dinge, die sie an dieser Stadt vermisste, waren fort. Sie waren überhaupt niemals hier gewesen. Sie waren nicht in die jüngste Katastrophe entschwunden, sondern schon vor Jahren in Irene selbst. Die Vergangenheit war nicht real, aber sonst hatte sie nichts; so fühlt man sich, wenn das eigene Leben ins Straucheln gerät. Sie stand auf und zog sich den Rock glatt. »Ich gehe einfach in das Haus hier«, sagte sie.

»Irene!«

Es war ein Gebäude, das sich mitten in dem komplizierten Unterfangen befand, sich in seinen eigenen Vorgarten zu knien. Fenster mit zerbrochenen Scheiben gaben den Blick auf Zimmer frei, in die das Licht in neuen, unerwarteten Winkeln einfiel. Irenes Laune hellte sich auf, als sie eine ungeöffnete Flasche Cocktail-Mix fand. Sie fing an, Gegenstände in die Raummitte zu ziehen, wo sie sie genauer in Augenschein nehmen konnte. »Seht mal!«, sagte sie, als wären Liv und Antoyne bei ihr im Haus. »*Seht* doch mal!« Sie schauten einander mit verzogenen Mienen an und zuckten mit den Schultern, keiner schlauer als der andere. Von drinnen hörten sie das Scharren von Irenes Füßen. Sie hörten, wie sie murmelnd Selbstgespräche führte, während sie das kaputte Klo benutzte. »Leute, wenn ihr Lust habt, könnt ihr mir helfen«, rief sie. »Oder wollt ihr etwa keinen …« – sie sah auf das Flaschenetikett – »… *Kyshtym Cream?* Das Zeug ist gut!« Als sie schließlich herauskam, hatte sie beide Arme voll mit Kleidern, Kinderspielzeugen und Hausrat.

»Und seht euch das hier an!«, sagte sie. »Nach all den Jahren!«

Es war ein *Mein-Erstes-Mal*-Kleid für Kleinkinder, im traditionellen Neotenie-Rosa.

»Genau so eins hatte ich auch.«

Liv starrte sie ungläubig an und schüttelte den Kopf. »Irene«, fragte sie, »ist das wirklich dein altes Haus?«

»Könnte sein«, sagte Irene. »Ja, das könnte sehr gut sein.«

»Wenn es das nämlich nicht ist …«

»Die wollen diesen Kram nicht, Liv«, sagte Irene. »Du solltest mal sehen, in welchem Zustand die sind. Also wirklich.«

Auf dem Weg zurück zum Schiff war sie weiter in Hochstimmung, aber ihre Laune verschlechterte sich schlagartig, als die Wirkung des Kyshtym Cream nachließ. Ausgebreitet in ihrer Kajüte wirkten das Repro-Radio, die Falschfarbenhologramme des Kefahuchi-Trakts und die Sammlung gusseiserner Auflaufpfannen weniger lustig als vor Ort. »Katastrophen-Chic«, sagte sie. »Was meint ihr?« Antoyne meinte gar nichts dazu. Sie seufzte. »Antoyne, langweilen wir uns nun schließlich doch miteinander?« Da er auch diese Frage nicht beantworten konnte, wurde er aufmerksam, aber sehr still. Mit dem Daumen vergrößerte Irene das Loch in der Naht eines Kakerlaken-Kuscheltiers und fragte ihn dann so plötzlich und tieftraurig, ob er fände, dass das Leben die Sache wert sei, dass er sie nur unbeholfen umarmen und stur erklären konnte:

»Dein Leben ist, was du daraus machst.«

»Ich glaube, genau darum geht es mir, Antoyne.«

Geschichte ist Blödsinn, so glauben die Jungs von der Erde.

Der Engel der Geschichte schaut vielleicht zurück, aber für den Sturm, der ihn in die Zukunft bläst, macht diese Haltung keinen Unterschied. Kein Wunder, dass er ein so überraschtes Gesicht macht!

Diese Philosophie trieb sie in den letzten Jahrzehnten des 21. Jahrhunderts dazu, sich blind in den Dynaflow-Raum zu werfen, ohne die geringste Ahnung, wie man dort navigierte, in Vehikeln aus eigenartig primitiven Materialien. Sie hatten keine Ahnung, wo ihr erster Sprung sie hinführen würde. Beim zweiten Sprung hatten sie keine Ahnung, von wo sie losgeflogen waren. Beim dritten hatten sie keine Ahnung, was »wo« bedeutete.

Es war ein schwieriges, aber kein unlösbares Problem. Innerhalb von einem oder zwei Jahrzehnten hatten sie mithilfe der Tet-Kearno-Gleichungen einen elfdimensionalen Algorithmus aus dem Jagdverhalten von Haien abgeleitet. Damit stand ihnen die Galaxis offen. Überall fanden sie die archäologischen Spuren jener Völker, die das Problem vor ihnen gelöst hatten – KIs, Hummergötter, Echsenmenschen aus den Tiefen der Zeit. Sie hatten eine steile, erfüllende Lernkurve bei der Aneignung neuer Wissenschaften. Alles wartete nur darauf, dass man es in den Griff bekam, daran roch, es aß. Die abgegessenen Schalen warf man über die Schulter. Die unheimliche Schönheit dabei bestand darin, dass man sich bereits auf die nächste Sache stürzen konnte, noch bevor die vorangegangene ihren Reiz verloren hatte.

Aber obwohl die menschliche Spezies als Ganzes sich schon bald ganz gut zurechtfand, hatte sie immer noch keinen Schimmer, wo sie eigentlich stand: sodass auch in den Tagen von Irene der Mona das Paradigma für individuelle Fortbewegung ein blinder, wenn auch nicht ganz zufälliger Sprung blieb. Bevor sie das Mona-Paket gekauft und damit so viel Erfolg hatte, war Irene auf fünfzig verschiedenen Welten gewesen.

Im Alter von dreizehn Jahren war sie bereits hochgewachsen und knochig gewesen. Sie vögelte wahnsinnig gerne, hatte aber einen ungelenken Gang und große Füße. Damals frisierte sie sich das Haar so wie alle, in lackierten Kupferwellen, von einer derartigen Komplexität, dass man mit ihnen das Testsignal von Radio Universum empfangen konnte. Wenn sie lächelte, sah man ihr Zahnfleisch; und als sie an Bord jener Rakete ging, blickte sie nicht einmal zurück. Sie arbeitete sich durch den *Schwan* und raus in den Stevenson-Abschnitt. Dann ging es weiter nach Lila y Flag, L'Avventura, McKie und La-Fuma RSX, wo sie ein bisschen auflief und erst mal ein Jahr zusammen mit einem süßen Alienjungen von *Du bist es wert* verschnaufen musste. Da kaufte sie sich dann das Paket, wobei sie sich – unter den Hunderten von Monroes im Angebot – für die weichgezeichnete Marilyn entschied, die Cecil Beatin 1956 im Ambassador Hotel in Schwarz-Weiß aufgenommen hatte. Mit einem Mal war sie einen Meter siebzig groß, von lebhafter und empfindsamer Natur, hatte seidenweiches, blondes, leicht zu pflegendes Haar, das immer nach Pfefferminzshampoo roch. Anschließend fiel ihr das Reisen leichter: Ihr innerer und äußerer Weg schienen zusammenzupassen. Sie war so glücklich! Von *Magellan* nach *O'Dowd*, von *Pixlet* nach *Oxley*; die *Entdeckungen*, die *Vierte Zone*, die *Tausend Träume von Stellavista;* von *Massive 49* nach *Menieres Welt; Tregetour, Charo, Entandiodroma, Max Party, Gay Lung und Ambo Danse. American Polaroid, American Diner, American Nosebleed. Oxi, Krokodil, Waitrose 2* und *Santa Muerte.* Inzwischen enthielt ihr Koffer: Tampons, vierzehn Paar hochhackiger Schuhe, das Kleid aus gelber Kunstseide mit Pseudo-Jugendstil-Mustern, in dem sie ihr Zuhause verlassen und das sie danach nie wieder getragen hatte. Dieses Mädchen hatte eine süße Art zu lachen. Wenn sie betrunken war, verkündete sie: »Ich liebe Schuhe.« Sie folgte einem zwei Wochen lang überall hin, um anschließend jemand anderem zu folgen, bis sie sich wie Kleingeld über das Halo und hinein in die *Radio Bay* verteilt hatte. Dort, wo die Sterne des *Strands* wie eine Klippe über dem Nichts abfielen, fiel auch sie, mit einem Lachen im Gesicht und die Arme weit allem entgegengestreckt.

Wenn man Irene darum bat, ihre liebste Erinnerung zu beschreiben, dann holte sie einen kleinen Holo-Würfel von etwa drei Zentimeter Kantenlänge hervor …

Vier Uhr morgens, unter einem seltsamen graublauen Neon. Raues Gelächter. Dreieinhalb Minuten eines B-Girl-Lebens. Wer auch immer diese Bilder einfangen hatte, er hatte bereits eine lange Nacht hinter sich. Schatten flackerten, die Kamera zielte planlos hierhin und dorthin. Die Perspektiven waren einfallsreich. Irene stand erst mit dem Rücken zur Kamera, die Füße fest in der Gosse. Man konnte sie sagen hören: »Kinny, nimm das weg! Ach Kinny, du Nervensäge!« Sie hatte das Kleid schon ganz oben und den Tanga schon ganz unten, bevor sie zu pissen begann, kippte jedoch nach zwanzig Sekunden langsam nach vorne auf die Straße und fing an, sich gleichmäßig und entspannt auch aus dem anderen Ende zu entleeren. Dampf stieg in die kalte Luft auf. Nachdem sie sich etwa eine Minute lang übergeben hatte, wurde sie anscheinend bewusstlos. Sie neigte sich noch etwas weiter nach vorne, drückte den Steiß durch und das Gesicht auf die Straße, um dann, nach einer oder zwei Minuten der Balance, zur Seite zu kippen und sich in Fötalhaltung zusammenzurollen. Ihr Hut fiel ihr vom Kopf und kullerte fröhlich hin und her. Die Kamera versuchte, ihm zu folgen, dann ertönte erneut Gelächter, und alles wurde schwarz.

»Ich weiß, dass das sehr sentimental ist«, erzählte sie dem Dicken Antoyne gerade. »Aber ich habe diesen Hut geliebt. Und den Bolero, mit den kleinen Satinschleifen.« Solche Kleider waren eigentlich überhaupt keine Kleider, versuchte sie ihm zu erklären: Sie waren Semiotik in Aktion. »Party-Semiotik in Aktion.« Sie seufzte und legte ihre Hand auf seine. »Es war eine wunderbare Welt, und manchmal – wie zum Beispiel jetzt, mit dir und mir in unserem gemütlichen kleinen Schiff, mit all den neuen Ornamenten – ist sie es immer noch.« Sie hatte auf diesen Bildern so viel Spaß gehabt, dass sie sich an nichts erinnerte. »Manchmal bin ich mir nicht mal sicher, ob ich das bin!«

Darüber müsse er lachen, sagte der Dicke Antoyne. »Jeder verdient mal etwas Spaß«, fügte er hinzu. »Das Leben ist schon hart genug.«

Er lächelte und schloss ihre Finger über dem kleinen Würfel.

»Gib gut darauf acht«, sagte er.

21 · Jeder ist für irgendjemanden ein VIP

Zwischen Radia Marelli und der Tupolev Avenue fiel Regen auf die Zentrale für Verbrechenstourismus, mit ihrer Aussicht auf ein kurzes Leben. Luft und Neonlicht waren von einer immerwährenden Körnigkeit. Jeder Angehörige des mittleren Managements auf der Nordhalbkugel von *New Venusport* wusste von den Absturzkneipen auf Saudade. Die Aussicht, in diesen Kneipen etwas Gesetzeswidriges anzustellen – eine Nahtoderfahrung, für die man gerne sein Geld auf den Tisch legte – zog sie in Scharen von ihren Sternenkreuzern; übertroffen wurde der Andrang nur noch von den Preter-Cœur-Besuchern an einem warmen Sommerabend. Ihre Ehefrauen kamen wegen der Sensorium-Pornos. Man erkannte sie an ihren honigfarbenen Pelzmänteln und ihrem aschblonden Haar. Sensorium-Pornos wurden live aus Alien-Gehirnen übertragen, die versuchten, menschlichen Sex zu verstehen, oder auch den Sinn und Zweck ganz gewöhnlicher Gegenstände oder Ereignisse aus der Menschheitsgeschichte, wie beispielsweise eines »Lesezirkels« oder eines Spiegels. Der Spiegel gehörte zu ihren Lieblingsproblemen. Die EMC-Ehefrauen – für die alles verwirrend war und die weniger etwas nachspielten als eher die Regie bei der gleichen Vorstellung von Hilflosigkeit führten, die sie selbst ihr ganzes Leben lang gegeben hatten – fuhren auf die Kluft zwischen Kognition und Wahrnehmung ab. Das, was Sensorium-Porno für die Kunden interessant machte, war, dass man die Welt mit seiner Hilfe »endlich aus einem anderen Blickwinkel« betrachten konnte. Neugierig trafen sie mit der Creda Line ein und gingen als Junkies wieder. Es war ein vergiftetes Geschäft.

Die Assistentin stand mit dem dünnen Bullen Epstein in der Tupolev-Seitenstraße, in der Toni Reno seine sterbliche Hülle abgeworfen hatte. Sie betrachteten Tonis Leiche. Epstein hatte sie vor einer halben Stunde angerufen und gesagt: »Sie haben ein Problem.«

Seit seinem Tod war Toni Epsteins Reflexionsindex auf fast dem gesamten elektromagnetischen Spektrum, einschließlich des sichtbaren Lichts, um fünfundachtzig Prozent gesunken. Selbst bei gutem Wetter war er daher kaum noch zu erkennen. Inzwischen zog er täglich eine Menschenmenge an, die teilweise aus Touristen auf dem Weg zu den Spielhallen in der Llubichik Street bestand und teilweise aus seinen Anhängern – zwölf- und dreizehnjährigen Jungen, denen Echtzeit-Updates über seinen Zustand direkt in die Köpfe gesendet wurden. Toni war überall bekannt. Je mehr er verblasste, desto mehr Leute kamen, um ihn sich anzusehen. Sie imitierten seine dunkelblaue Sadie-Barnham-Arbeitsjacke und kauften Schuhe, die genau wie die von Toni Reno aussahen. Manchmal brachen zwischen ihnen und den Vorbeikommenden Streitigkeiten aus. Oder die Fans stritten unter sich darüber, was Toni ihnen bedeutete, was für eine Art Vorbild er in Wirklichkeit war. Zwei von ihnen, die vor lauter Hingebung Selbstmord begangen hatten, hatten inzwischen ihre eigene Anhängerschar. Die uniformierte Polizei betrachtete diese Aktivitäten aus der Entfernung, teilte Epstein der Assistentin mit, denn es handelte sich dabei entweder um Handel oder um Religion, und beides stand in Saudade unter staatlichem Schutz.

»Er ist also immer noch da«, sagte die Assistentin.

»Er ist noch da«, antwortete Epstein.

»Wo liegt also unser Problem?«

»Wir haben kein Problem.«

»Was dann?«

»Sie sind diejenige, die ein Problem hat.«

Die Assistentin stellte einige ihrer Einblendungen um und musterte die Leiche. Abgesehen davon, dass sie immer schlechter zu sehen war, war sie auch weitere fünf Meter zum verregneten Himmel aufgestiegen. Manche meinten, dass Toni nun langsamer rotierte, andere sahen das nicht so. Epstein positionierte sich, wenn auch nicht ohne Vorbehalte, im letzteren Lager. Er hatte sogar Geld darauf gewettet. Die Assistentin meinte, einen schwachen Verwesungsgeruch wahrzunehmen, der ungefähr aus dem Raum heraussickerte, den Toni nun einnahm; vielleicht dreißig Moleküle pro Kubikmeter Luft.

»Was für ein Problem?«, fragte sie.

Anstelle einer Antwort lotste Epstein sie in das Gebäude, von dem aus sie den toten Schieber zum ersten Mal begutachtet hatten.

»Erinnern Sie sich an dieses Haus?«, fragte er.

Sie bejahte.

»Tja, wie sich herausgestellt hat, handelt es sich um einen Sensorium-Salon. Und in diesem Zimmer hier – nein, hier drüben, da drin – haben sie einen vogelartigen Alien, dem sie einen Zugang in den Kopf gebohrt haben. Er ist auf die übliche Art verdrahtet, in erster Linie, um sich ganz normales Zeug anzuschauen, einen Kleiderbügel, ein paar Nadeln, derlei Kram eben. Aber jetzt kommt's.«

»Was?«

»Etwa für eine Stunde am Tag lassen sie ihn auf die Straße schauen. Unsere Experten spielen also ab, was von seinem Kopf noch geblieben ist, lassen es von einem Operator decodieren und stellen fest, dass das Material den Zeitraum von Toni Renos Tod abdeckt.«

Epstein bedachte die Assistentin mit einem durchdringenden Blick, um dann, als sie nicht reagierte, fortzufahren: »Dieses Alien war in eben dem Moment am Fenster, in dem Toni in der Gasse auftauchte.« Reno war aus Richtung des freien Raumhafens gekommen, so zeigten es die sichergestellten Aufzeichnungen. Man konnte ihn rennen sehen. Dann, als er auf Höhe des Hauses war, griff ihn jemand an, direkt vom Eingang im Erdgeschoss her. »Toni wirft einen Blick über die Schulter. Wie man sieht, ist er so außer sich, dass er es sogar versäumt, seine Frisur in Ordnung zu halten. Er fürchtet sich vor etwas, das wir nicht sehen können. Eine Frau erhebt sich so schnell vom Boden, dass sie kaum zu sehen ist, und schießt Toni mit einer Chambers-Pistole in die Achselhöhle. Aus einem bestimmten Blickwinkel sieht es aus, als käme sie *aus* dem Boden.«

»Und?«

Er lächelte.

»Und die Frau sind Sie«, sagte er.

Die Assistentin starrte ihn ohne zu antworten an. Ihre Nase fing den Geruch von Vogelfedern auf, modrig und kräftig. Sie erinnerte sich, wie das Alien auf dem Bett gelegen und hilflos zu ihr emporgeschaut hatte, umgeben von Haufen seiner eigenen Federn, flüsternd: »Ich *bin* hier. Ich *bin*.« Sie hatten ihm ein Loch in den Kopf gebohrt. Was für ein Ort, um sein wunderliches Leben zu beenden, dachte sie. Als dächte sie über Beweismaterial nach, dessen Feinheiten Epstein entgehen mussten, trat sie ans Fenster und blickte auf die Straße hinunter. Wenn sie die richtige Kombination von Einblendungen abrief, konnte sie Toni Reno sowohl in seinem jetzigen Zustand betrachten als auch in dem, in dem er sich befunden hatte, als man sie das erste Mal in die Gasse gerufen hatte, die von der Tupolev Street abging. Sie warf einen Blick auf ihren Unterarm, über den die Ideogramme in Chinaschwarz und Karminrot flossen, fest und wohldefiniert in der körnigen Verbrechenstourismus-Luft. Es regnete wieder, doch nahm der Regen keine Notiz von dem schwebenden Mann. Er fiel durch ihn hindurch. Epstein kam näher und stellte sich neben sie, sodass auch er auf die Straße hinunterschauen konnte.

»Ich will mit all dem nichts zu tun haben«, sagte er. »Das Videomaterial geht direkt in ihr Büro, und meine Leute halten den Bericht zurück.«

Als sie nicht antwortete, sondern ihn nur mit ihrem schiefen kleinen Lächeln bedachte, wusste er, dass das hier der schwierigste Teil seines Tages war. Selbst die Abteilungsleiter in der fünften Etage der Gebietskripo hatten Angst vor ihr. Sie sagten, dass sie keine Persönlichkeit habe, kein Mitgefühl, dass sie die Menschen nicht verstünde. Epstein wusste, dass all das der Wahrheit entsprach. Was von nun an aus ihm werden würde, hing davon ab, wie geschickt er den Rückzug von seiner Entdeckung antreten konnte.

»Ich bin bloß eine Uniform«, betonte er. »Das ist Ihre Angelegenheit.«

Dem widersprach die Assistentin nicht.

Überall im Halo brachen die Allianzen zusammen. Zunehmende Krisenerscheinungen in Pentre De, Uswank und Frand-Portie wuchsen sich zu offenen Kampfhandlungen aus. Der Krieg war überall, und er gehörte jedem Einzelnen und ließ sich, wo immer es einem passte, in den überfüllten Terminkalender quetschen. Sieben-Sekunden-Ausschnitte bis hin zu dreiminütigen Dokumentationen. Konzentrierte Debatten, eingebettete Medien. Der Schlagabtausch zwischen verschiedenem Kriegsgerät in der Kleineren Magellan'schen Wolke vierundzwanzig Stunden live oder eine Zusammenfassung des gesamten Feldzugs – einschließlich interaktiver Karten der EMC-Finte gegen Beta Carinae – vom ersten Tag an. Tiefer gehende Reportagen gab es zu: »Wie der Puls-Gamma-Krieg nach Cassiotone 9 kam«; »Die ständige Bedrohung durch Gravitationswellen-Lasing«; und »Wir möchten wissen, was Sie anders gemacht hätten!« Die Leute waren hin und weg davon. Das Simulacrum des Krieges zwang sie ganz in die Gegenwart, wo sie ihre Lebensängste schärfen und als Aufregung interpretieren konnten. Gleichzeitig kroch der echte Krieg unter dem Mantel der Berichterstattung durch den Halo, bis er *Panamax IV* bedrohte.

Rig Gaines, der sich mit einem Mal nicht mehr wohl mit den Vorgängen fühlte, ganz zu schweigen von seiner Rolle dabei, flog mit der *Uptown Six* zu Alyssa Fignalls archäologischem Projekt, in der Hoffnung, sie davon überzeugen zu können, den Planeten mit ihm zu verlassen, bevor zwangsläufig alles den Bach runterging. Was ihm aber nicht sehr aussichtsreich erschien.

Das Wetter war heiß, und ihr Heim leer. In dem Kreuzgang fand er einen von ihr hinterlassenen Zettel: »Rig, wenn es anfängt zu regnen, passiert hier etwas Wunderbares.« Es sah nicht nach Regen aus. Die Steine fühlten sich heiß an. Die Hitze schien weniger eine Folge der Sonneneinstrahlung als sich zwischen den acht Rhyolit-Säulen um den Springbrunnen herum selbst zu erzeugen und emporzusprudeln. Gaines saß den ganzen Nachmittag dort und wartete auf Alyssia, während er zusah, wie das Gleißen über die glatten, ovalen Kopfsteine wanderte. Um vier Uhr zog sich der Himmel zu. Nach ein paar bombastischen, aber lautlosen Blitzen machte es erst den Eindruck, als bliebe es dabei. Aber um fünf goss es in Strömen.

»Lieber Himmel, Alyssia«, sagte Gaines. Er machte sich auf, um sie zu suchen, und war sofort durchnässt.

Der Marktplatz war leer bis auf ein paar Kinder, die lachend vor ihm herumrannten und dabei aufgeregt »La Cava! La Cava!« riefen. Er folgte ihnen auf den überdachten Markt, der ebenfalls verlassen war. Überall im Halo verkauften die Leute einander gewöhnliche Dinge, von leeren Flaschen bis hin zu Ledergürteln. Hier boten die Stände Abtropfschalen und Schuhe feil, und dreißig Zentimeter große Hologramme von sehr dicken Kindern in Spitzenkleidern. Des Weiteren Brotlaibe, wie große, glatte Steine am Strand. Außerdem Fleisch. Streifen, Schnüre und Scheiben von Fleisch. Lange, dünne Scheiben Fleisch, aufgehängt wie durchscheinende Duschvorhänge und säuerlich nach Eisen riechend. »He, Kinder«, rief Gaines, der die Kleinen gerade nicht entdecken konnte. »La Cava!«, riefen sie. Der Markt war ein düsteres, verwirrendes Labyrinth. Ein Arbeitercafé bot Sesos Rebosadas an, sautiertes Hirn, das man im Stehen aß. Seine Nase war erfüllt von dieser Vorstellung, bis die Kinder ihn auf der anderen Seite wieder ans Licht führten und ein neuer Geruch sich in den Vordergrund drängte. Regen ergoss sich von der Kante des Marktdachs. Die Kinder winkten ihn weiter. Gaines stand eine Weile da und schaute nach draußen, doch mit einem Mal erschien es ihm ebenso unmöglich, sich zu bewegen, wie das Geschehen auf dem zweiten, kleineren Platz zu beschreiben, das sich ihm nun darbot.

Er stand einen Meter tief unter Wasser. Die Kanalisation war übergelaufen. Hüfttief im fauligen Wasser, durch das allerlei Abfälle von Fäkalien bis hin zu zertrümmerten Vorratskisten trieben, hatten sich die Menschen zum Tanzen versammelt. Ihre Kleider klebten ihnen stinkend und durchweicht am Leib. Sie wateten und sangen in Gruppen, hoben die Beine weit und beugten sich vor, um einander mit verdünnter Scheiße nass zu spritzen, als wäre es ein Nachmittag am Strand. Manche knieten darin. Manche knieten weder, noch standen sie, sondern lehnten aneinander, klammerten sich am anderen fest und poppten in aller Öffentlichkeit. Gaines kannte sich eigentlich aus in der Welt, aber auf so etwas war er nicht vorbereitet. Er sah Alyssia mitten unter ihnen, wie sie lachte und ihm zuwinkte. Die Kinder zerrten grinsend an seinen Händen. Gaines hielt mit aller Kraft dagegen und riss sich schließlich los. Als er über den Markt davonrannte, meinte er, ein tiefes Donnern irgendwo tief unter seinen Füßen zu hören.

Es regnete noch acht Stunden. Gaines wollte nicht schlafen. Er verbrachte die ganze Nacht in dem Kreuzgang, an einen Überlicht-Router angeschlossen, den er in der Umlaufbahn hinterlassen hatte. Dann, als der Regen aufhörte und die Sonne herauskam, saß er am Springbrunnen, bis die morgendliche Hitze ihn auszudörren begann. Kurz nach zehn kehrte Alyssia Fignall zurück. Sie sah müde, aber sauber und glücklich aus. Und sie war voller Energie. »Rig, du wirst hier ja gegrillt.« Lachend nahm sie ihn beim Arm. »Komm rein, frühstücken. Ich habe Brot auf dem Markt gekauft.«

Gaines schüttelte den Kopf.

»Was ist denn los?«

Als er nicht antwortete, ließ sie seinen Arm los. »Ich wusste es. Ich wusste es! Rig, *so feiern sie ihre Verbundenheit mit der Welt.*« Sie habe sich darauf gefreut, ihn wiederzusehen, aber er begreife überhaupt nichts. Bei der Ortschaft handele es sich um eine weitere Art von spiritueller Vorrichtung. Wie solle sie es erklären? Unter dem Markt läge eine Kette von Kalksteinhöhlen. Das sei typisch für Karstlandschaften. Das Wasser, das von den nahen Hügeln herabflösse, fülle dieses System innerhalb einer Stunde nach Einsetzen des Regens, aber sobald das Wasser einen gewissen Stand erreiche, öffne sich eine Art Luftschleuse. »Das System läuft ebenso schnell leer, wie es sich füllt. Die Abwässer rauschen davon. Der Regen wäscht alles sauber, und anschließend feiern sie ein wunderbares Fest in der Stadt, mit Feuerwerk und Essen. Alle sind sauber und frisch und tragen ihre besten Kleider. Erst sind sie schmutzig, und dann wieder sauber, Rig, verstehst du das nicht?«

Sie zog erneut an seinem Arm, aber er rührte sich nicht vom Fleck.

»Wie unterscheidet sich das von dem, was die ursprünglichen Bewohner vor hunderttausend Jahren getan haben, dort oben auf dem Hügel, wer sie auch waren? Wie unterscheidet es sich von deinem Scheißkrieg?

Na komm schon, Rig, was ist der Unterschied?«

Gaines starrte sie an. Vor anderthalb Jahren hatte sie ihm geschrieben: »Die Vogelrufe hier werden immer seltsamer. Ich sitze da und zähle die Säulen um den Springbrunnen, während die Touristenschiffe sich über mir in den Himmel hieven, wie Koffer voller billiger Souvenirs. Ich liebe es so. Ach Rig, bitte komm!«

»Ich muss mich bloß um diesen Anruf kümmern«, sagte er.

Alyssia bedachte ihn mit einem mörderischen Blick, auf den er mit seinem typisch unbestimmten Lächeln antwortete. »Offensichtlich unterscheiden wir uns da ziemlich«, sagte er. »Anscheinend bist du enttäuscht.« Mit einem Mal richtete er seine ganze Aufmerksamkeit auf seine Kommunikationsverbindung. »Wie bitte? Was meint ihr damit, ›schon wieder verändert‹?« Als er die Person am anderen Ende der Leitung abgewimmelt hatte, startete die *Uptown Six*, die sich seit ihrer Ankunft am L2-Punkt von Panamax herumgedrückt hatte, kurz ihr Fusionstriebwerk und fiel aus der Umlaufbahn herab, um zwanzig Meter über dem Gebäude lautlos zum Halt zu kommen. Alyssia starrte verständnislos zu dem Schiff empor und blickte dann zu Gaines.

»Bring dieses dreckige Ding hier weg«, sagte sie. »Ich will es nicht in meiner Nähe haben. Nicht ausgerechnet heute.«

Sie ging ins Haus.

Gaines bewahrte immer noch ein Hologramm von Alyssia im Alter von vierzehn auf, in dem sie die Uniform irgendeiner EMC-Jugendbewegung trug und ihn immer anlachte, immer versuchte, eine Verbindung herzustellen. Zwanzig Stunden, nachdem sie sich geweigert hatte, *Panamax IV* zu verlassen, stand er im PEARLANT-Kontrollraum und wusste nicht weiter. Die Aktivität hatte stark nachgelassen. Seit seinem letzten Besuch hatte Cases Team, besiegt von uralter, labyrinthischer Physik, das Eindämmungsprojekt aufgegeben: Stattdessen hatte es in der Mitte des Raums ein Zelt aus hauchzartem blauem Halogenlicht aufgestellt, um das herum sich Trauben von Spezialisten sammelten, um nachdenklich die Gestalt zu betrachten, die sich nun darin befand.

Pearl war am Ende ihres langen Falls, von der Morgendämmerung bis zum Abendtau. Sie lag auf der Seite auf dem allotropen Kohlenstoffdeck, ein Knie erhoben, die obere Hälfte ihres Körpers aus der Hüfte gebeugt und auf den Ellenbogen gestützt. In ihrem Mundwinkel war ein Rest von einer Substanz zu sehen, die wie Zahnpasta aussah und ihr etwas Menschliches verlieh. Auf dem Weg nach unten war etwas mit ihr passiert, was dazu geführt hatte, dass sie jetzt zum Teil wie eine Frau in einem fünfhundert Jahre alten Metallic-Kleid mit Rüschen aussah und zum Teil wie eine Katze. Die jeweiligen Teile wechselten jedes Mal die Plätze, wenn Gaines blinzelte: Manchmal war der ganze Oberkörper falsch, manchmal nur ein Arm oder Bein. Gliedmaßen, Haut, Skelett, nichts passte zusammen – die katzenhafte Gesichtsstruktur mit der langen Schnauze unter dem Fleisch der Frau, und wieder andersherum. Gleichzeitig lagen ihre Augen – wenn es gerade Menschenaugen waren – hinter einem Schleier der hypnotischen Ruhe, ja sogar Belustigung, als stelle sie eine Frage, auf die es keine Antwort gab, oder als habe man sie auf eine sehr kultivierte Art leicht bekleidet angetroffen, an der sich alle Beteiligten erfreuen konnten. Während das Katzenfell das Licht an den Bildrändern einfing und den Blick auswärts ins Flüchtige, Verwirbelte und letztlich in die Durchsichtigkeit leitete.

Es war schwer, diese Chimäre nicht als Aussage zu verstehen – als Bild oder Statue, als Ausschnitt aus einem der verlorenen religiös-kulturellen Pantheons der Alten Erde. Obwohl sie auf den ersten Blick starr erschien, wand und bewegte sich die Gestalt tatsächlich langsam, in dem Bemühen, weder das eine noch das andere zu werden, sondern beide Darstellungsweisen gleichzeitig aufrechtzuerhalten. Die pure Willensanstrengung, deren Zeuge er war, verschlug Gaines die Sprache. Er hatte das Gefühl, etwas zu sehen, das zu sehen niemand imstande sein sollte, das verborgene Chaos, das der Wirklichkeit voranging, die Anstrengung, komplex zu bleiben angesichts der Kräfte des Universums, die alles schlüssig und eindeutig machen wollten. Jenseits der Arena, in der dieser Kampf stattfand – jenseits der Knoten von Beobachtern mit ihren viel zu fantasielosen Physiken, ihren gescheiterten Intuitionen –, verdünnte sich das Licht rasch zu einem Grauton; weiter oben zu einer Finsternis, die den Eindruck grenzenlosen Raums erzeugte, vor dem sich so folgerichtig seltsame Ereignisse wie dieses entfalten konnten.

Gaines stand kopfschüttelnd da, und Case fragte ihn: »Was meinst du jetzt?«

»Ich meine überhaupt nichts«, sagte Gaines.

»Was sich sagen lässt«, bot Case an: »Das hier ist nicht das Aleph. Aber das Aleph ist immer noch da.«

»Woher weißt du das?«

»Wir haben das Datenmaterial noch einmal von einem Operator durchgehen lassen. Er hat Folgendes gefunden: Fünfzig Minuten vor der ersten Zuckung hat das Aleph angefangen, sich mit dem Labyrinth zu verbinden …« – Case rief ein holografisches Schema ab, dass die sechs-vier-fünftel-dimensionale Topologie des Labyrinths darstellen sollte –, »… insbesondere mit Sektor VF14/2b, einer Struktur von Tunneln, die mit hochgeladenen supraleitenden Flüssigkeiten geflutet sind.«

»Ich erinnere mich an VF14«, sagte Gaines, der sich zu erinnern meinte, dass er 2422 oder 2423 mit Emil Bonaventuras Truppe dort durchgekommen war. »Emil glaubte, dass sie auf den Trakt ausgerichtet sei.« Nicht, dass sie besonders viel Zeit zum Nachdenken gehabt hätten. Die Tunnel hatten einen Durchmesser von gut fünfzehn Metern gehabt, waren gekachelt und nasskalt wie ein stillgelegter U-Bahn-Schacht gewesen und hatten sich in Richtungen gekrümmt, die keinen Sinn ergaben. Hier und dort war das Zeug wie Wasser. An anderen Stellen fraß es sich in ihre Exkursionsanzüge oder floss durch sie hindurch, oder es umschwappte sie wie warmer Speichel. Er erinnerte sich nur noch daran, wie Johnnie Izzet Blut in das Kopfteil seines Anzugs gekotzt und jemand anders gerufen hatte: »Verfickte Scheiße!« Johnnies Blut gerann im selben Moment, in dem es auf sein Visier traf, als habe es seinen Körper bereits in einem Übergangsstadium verlassen. Dann wimmelte es im Tunnel mit einem Mal von ionisierender Strahlung und von etwas, das wie Musik klang, aber keine sein konnte. Jede Richtung war die falsche Richtung. Hinter ihnen, wo sie nichts sehen konnten, bewegte sich etwas. Emil und Rig und zwei weitere Männer versuchten, Johnnie wegzuziehen, aber er war tot, bevor sie hundert Meter weit gekommen waren. »Er glaubte, dass sie vielleicht dazu dient, hier drin die Zeit zu messen.«

»Nicht um sie zu messen, wie sich herausgestellt hat«, sagte Case. »Um sie zu manipulieren. Das Aleph sitzt seit einer halben Million Jahre hier. Es hat eine interessante Physik, die sich deutlich von unserer unterscheidet …«

»Ist ja ganz was Neues.«

»Aber es hat nichts mit ihr angefangen, bis es Pearl hergebracht hat. Wir sind uns nicht sicher, ob es auf sie gewartet hat, sich auf die Suche nach ihr gemacht hat oder durch Zufall auf sie gestoßen ist.« Er deutete auf die Überlagerung, ein Zustand, der sich vor ihren Augen mit seiner tiefsitzenden Ablehnung von Identität herumschlug. »Wollte es, dass das geschah? Wir vermuten, dass nicht. Was du hier siehst, ist nicht das Aleph. Es ist auch nicht die Frau. Die beiden bringen irgendetwas Drittes hervor.«

Gaines, der noch immer Johnnie Izzets verdunkeltes Visier vor sich sah und die Musik der nicht-Abel'schen Zustände bei Raumtemperatur hörte, zwang sich zu sagen:

»Wie passt die Katze ins Bild?«

Einen Moment lang wirkte Case verwirrt.

»Ach die«, sagte er. »Wir vermuten, dass es sich bei ihr nicht wirklich um eine Katze handelt. Genauso wenig, wie es sich bei ihr wirklich um eine Frau handelt. Du verstehst?«

»Ich dachte, die Physik lässt sich nicht auf Metaphern ein.«

»Das Problem ist Folgendes: Dieses Ding, was auch immer es ist, weist alle Anzeichen einer emergenten Eigenschaft auf. Es ist nicht vollständig, aber es handelt bereits selbstbestimmend. Es ist bereits auf freiem Fuß. Es ist wieder im Labyrinth und bedient die VF14/2b-Anomalien wie eine Maschine. Es ist auf irgendeinem Kausalketten-Abenteuertrip und löst sich dabei von dem ab, was du oder ich uns unter der Zeit vorstellen.«

»Warum?«, fragte Gaines.

»Weil ihm an seiner Vergangenheit etwas nicht gefällt.«

»Sich neu zu erfinden hat noch nie so schwer ausgesehen«, meinte Gaines dazu. Er hatte den Verdacht, dass man ein ziemlich geringes Selbstwertgefühl haben musste, um sich so etwas anzutun. »Was wäre, wenn wir diese Polizistin herbringen?«, schlug er vor.

Case tat seinen Unglauben durch ein Kopfschütteln kund.

»Wenn du das tust, dann halt mich da raus«, sagte er. Dann lachte er.

»Inzwischen haben sich die Spielregeln so sehr verändert, dass ich bezweifle, dass überhaupt etwas passieren würde, weißt du? Seit deinem letzten Besuch hat es nicht mehr nach ihr gefragt. Es interessiert sich jetzt für anderes.«

Nachdem sie eine Einigung getroffen hatten, überließ die Assistentin alles Weitere Epstein und fuhr den ganzen Tag lang in ihrem Cadillac durch die Stadt. Seltsame Kräfte waren am Werk. Sie konnte sich an jeden erinnern, den sie getötet hatte, nicht aber an Toni Reno. Schließlich, um Mitternacht oder etwas später, tauchte sie mit George dem Schneider am Arm im Tango du Chat auf. George sah ein wenig unpässlich aus, aber er ließ zu, dass sie ihm mehrere Drinks kaufte, und hörte ihr wirklich gut zu. Es war still im Tango du Chat. Für heute Abend gab es keine Musik mehr. Edith Bonaventura, der der Laden gehörte, saß hinter der Theke und las in einem der Tagebücher ihres Vaters. Leute kamen auf einen letzten

Drink herein, aber sobald sie die Assistentin sahen – die Black-Heart-Rum und Geißfuß mischte und dabei jeden auf ihre verrucht-belustigte Art ansah –, gingen sie unverrichteter Dinge wieder raus.

Um etwa halb drei fragte sie George:

»Meinst du, jemand wie ich könnte vergessen, jemanden getötet zu haben?«

Sie fing an, ihm von all den anderen Dingen zu erzählen, die sie nicht über sich wusste. Mit George zu reden, sagte sie, sei für sie wie mit einem Arzt zu reden. Es war eine Erleichterung. »Jemand wie du weiß alles über jemand wie mich.«

George wusste nichts, abgesehen davon, dass sie in ihrer gegenwärtigen Gestalt aus einem Chopshop-Tank im Preter Cœur gekommen war. Nur begriff er nicht, wer sonst noch damit zu tun gehabt hatte. Die Sportkripo? Das EMC? Was sie auch ursprünglich gewesen sein mochte, dachte er, von diesem Punkt an waren die Karten zu ihren Ungunsten gezinkt. Irgendein Haufen Scharlatane hatte sie zu einem grausamen Witz umgeschrieben. Vierzehnjährige Kodierer und Schnittjungen, auf Wachstumshormonen einer einheimischen Lemurenart hängen geblieben. Er konnte sich den Geruch ihres frittierten Essens und ihres *Café électrique* vorstellen. Radio Retro, *Ihr Sender zu den Sternen*, plärrte rekonstruierte Oort-Country-Klänge durch die Werkstatt, während sie sie aufmotzten, ein zweites Nervensystem aus selbstorganisierenden Nanofasern einzogen, ihre Reflexe auf Hochtouren brachten, überlegten, ob sie ihr einen Radar einbauen sollten und bereits Wetten auf Kämpfe mit ihr abschlossen, für die sie zu illegal war. Sie würde sich nie wieder daran erinnern, wer sie einmal gewesen war.

»Ich würde mal raten«, sagte er zu ihr, »du warst bei deiner Geburt bereits dreißig, zweiunddreißig?«

»He«, sagte sie. »Dafür mag ich dich, George.«

Nach einer zweijährigen Abkühlphase, um festzustellen, ob man sie immer noch als Mensch bezeichnen konnte, habe man sie zu all den anderen laufenden Psychodramen auf die Bühne gelassen, berichtete sie. »In meinem Fall zu den Ermittlern und denen, gegen die ermittelt wird.« Ihr Tonfall wurde theatralisch. »All die, George, die in den Schatten wandeln. Alle, die eine Waffe tragen. Erst die Sportkripo, dann die Gebietskripo. Es fiel mir nicht leicht, mich dort zurechtzufinden, aber schon bald stellte ich die Ordnung wieder her. Man ging davon aus, dass ich ziemlich erfolgreich sein würde.« Sie trank noch einen Schluck Rum. »George, was ist meine Belohnung?« Sie grinste ihn an. »Abwichsen im Twink-Tank. Wöchentliches Abwichsen«, sagte sie. »Sehr exklusiv.«

»Wenn du erst mal aus dem Tank raus bist, verbringst du den Rest deines Lebens mit dem Versuch, wieder reinzukommen.«

Davon wisse sie nichts, sagte sie. »Aber man sieht schnell, dass jeder Kontext einen weiteren Kontext drumherum hat, und noch einen um den herum.«

Das ließ ihr keine Ruhe, und sie musste lachen. Ein paar Minuten später ließ sie den Genschneider mit seinem Drink zurück und ging dorthin, wo die Straßenwölbung ihren Cadillac gegen den Bordstein hatte rollen lassen. Das weiße Verdeck aus Lederimitat war glitschig vom Nieselregen. Sie stieg mit den bedachtsamen Bewegungen eines jeden Betrunkenen ein. Dann ließ sie den großen, zuverlässigen V8-Motor an, saß da und schaute auf die Straint Street. Radio anmachen, dachte sie. Die Nacht war gelb. Die enge Straßenperspektive löste sich vor ihren Augen phosphoreszierend unter den Neonschildern auf – Strait Cuts, New-Nueva-Cuts, das Ambiente Hotel – bis hin zum Ereignisgebiet. Sie würde diese Nacht ausklingen lassen wie schon so viele andere, beim Ereignisgebiet unter den Sternen des Kefahuchi-Trakts, während sie den Blick über den öden Vorplatz und die einsamen Liebhaber schweifen ließ, die sich auf den Rücksitzen von Autos abmühten, Autos, die genauso aussahen wie ihres; dort, wo die Physik noch seltsamer war als sie selbst: was es ihr ermöglichte, sich für ein Stündchen auszuruhen. Grenzgebiete seien ihre Stärke, hatte sie vor George dem Schneider geprahlt. Sie selbst war ein Grenzgebiet.

»In dem Moment, in dem mir das klar geworden ist, wusste ich, dass ich mir einen Namen suchen musste.«

Im Halo ist ein Name alles. Ohne einen Namen ist man niemand. Sie hatte es mit Fortunata versucht, mit Ceres, Mad Cyril und Berenike. Sie war Queenie Kay gewesen, Ms. Smith, Das Geschäft, Laster, Moder, Miranda, Calder & Arp und Washburn-Gitarre. Sie hatte es mit Mani Pedi versucht, mit Wellness Lux, Lost Lisa, Fedy Pantera, REX-ISOLDE, Ogou Feray, Restylane und Anicet. Sie war Jet Tone, Justina, Pantopon Rose, die Kleptopastische Fantastische, Lauren Bacall, Avtomat und das kleine Mädchen gewesen, das alles zerbrechen konnte. Sie hatte es mit »Frankie Machine« und Mord GmbH, Markov-Eigenschaft, Elise, Ellis und Elissa versucht. Sie war Elissa Mae, Ruby Mae, Lula Mae, Ruby Tuesday, Mae West und May Day gewesen. Sie war Die Eine, Die Einzige, Das Zwei-Dollar-Radio und Flamingo Layne gewesen. Einen Tag lang war sie Eine Angehörige der Hochzeitsgesellschaft gewesen. Dann Spanky. Dann Misty. Hanna Reitsch, Jacqueline Auriol, Zhang Yumei, Helen Keller, Christine Keeler, Olga Tovyevski. KM, LM, M3 im Orion. Ihr gefiel »Sabiha Gökçen«, aber sie war sich nicht sicher, wie man es aussprach. Ein Name taugt nichts, wenn die Leute nicht wissen, wie sie ihn aussprechen sollen. Sie war Pauline Gower gewesen, James Newell Osterberg und Celia Renfrew-Marx. Emmeline Pankhurst. Irma X. Colette. Mama Doc. Dot Doc. Wagte sie es, sich »The Blister Sisters« zu nennen? Die Beste Maschine der Welt?

Kurz, nachdem sie mit diesen Gedanken im Kopf losgefahren war, verließ George das Tango du Chat, lehnte sich an eine Wand und erbrach sich. Er wischte sich über den Mund und sah den kleiner werdenden Cadillac-Rücklichtern nach. Dabei fragte er sich, ob sie ihn wohl jemals in Ruhe lassen würde.

22 · Das Nicht-Sehen-Gatter

Nachdem die drängenden Anrufe ihrer Tochter sie aus einem abscheulichen Traum geweckt hatten, ließ Anna Waterman sich zu einer letzten Sitzung bei Helen Alpert überreden.

Die Therapeutin hatte einen Großteil des Morgens damit zugebracht, sich mit einem Citroën-Bauteillieferanten in Richmond herumzustreiten, und war überrascht und erfreut, als ihre Klientin mit Milchkaffees in Pappbechern und Mandelcroissants für sie beide eintraf. Hatte Anna seit ihrem letzten Besuch abgenommen? Vielleicht nicht, fand Helen Alpert; vielleicht lag es nur an ihrer veränderten Körperhaltung. »Das ist sehr aufmerksam von Ihnen, Anna«, sagte sie, obwohl sie nach acht Uhr morgens nie Kaffee trank.

Anna hingegen schämte sich. Sie kam sich vor, als machte sie mit jemandem Schluss. Bevor sie den Kaffee gekauft hatte, hatte sie eine halbe Stunde auf der Hammersmith Bridge gestanden, missmutig ins braune Wasser gestarrt, ein paar Leute beim Rudern lernen beobachtet und versucht, ihren Widerwillen zu überwinden, der Therapeutin gegenüberzutreten. Danach wirkte das sanft ausgeleuchtete Sprechzimmer mit den Schnittblumen wie ein Hort des Friedens, und Helen Alpert empfing sie so freundlich, dass sie nicht wusste, wo sie beginnen sollte. Seit Jahren, erklärte sie, habe sie in einer Art Winterschlaf gelegen. Das schiene nun vorbei zu sein. Im Laufe der letzten Monate habe das Leben sie aus einem Schlummer erweckt, den sie nicht hatte aufgeben wollen, und sie gezwungen, wieder an ihm teilzuhaben.

»Das ist es, was mir so gar nicht gefallen hat.«

»Niemand mag das«, pflichtete die Therapeutin ihr bei.

»Nein, aber die Leute wollen es trotzdem.«

»Anna, ich finde es interessant, wie Sie das ausgedrückt haben, dass das Leben Sie ›zwingt‹, wieder an ihm teilzuhaben. Was genau meinen Sie damit?«

»Beispielsweise, dass es Marnie nicht so gut geht.«

»Es tut mir leid, das zu hören.«

»Ich habe festgestellt, dass ich froh darüber war. Ich weiß, dass das komisch klingt.« Nachdem sie Marnie in die Verhandlungen eingebracht hatte, war Anna sich unsicher, wie viel Raum sie ihr zugestehen sollte. »Wie dem auch sei, es ist an der Zeit, dass sich mal jemand um sie kümmert.«

»Haben Sie das Gefühl, dass Marnie schon zu lange die Elternrolle spielt?«

»Und noch etwas ist geschehen«, sagte Anna, »etwas, worüber ich lieber nicht reden möchte.«

Die Therapeutin lächelte. »Das ist ganz allein Ihre Sache.«

In Anbetracht der Umstände empfand Anna das als billige Stichelei. »Eigentlich möchte ich einfach nur mein Leben leben«, hörte sie sich mit etwas mehr Nachdruck sagen, als sie beabsichtigt hatte.

»Das will jeder. Was fehlt Marnie denn?«

»Sie lässt diese Scans machen.«

Daran schloss sich ein Moment des Schweigens an, in dem Dr. Alpert mit einer ihrer Gelstifte herumspielte und vermittelte, dass sie auf nähere Erläuterungen wartete. Anna überlegte, ob sie den Besuch im St. Narzissus beschreiben sollte – die Frauen, die durch das System an ihre Symptome gekettet waren und durch ihre Handys an ihr Leben; den einfältigen Rezeptionisten; den krebsförmigen Fleck an der Decke –, aber sie zog es vor, die Interpretationsrunde zu vermeiden, die unausweichlich darauf gefolgt wäre und an der teilzunehmen sie sich aus purer Höflichkeit genötigt gefühlt hätte. Stattdessen sagte sie: »Ich wollte mein Leben niemals analysieren, ich wollte einfach nur Teil davon sein.« Ihr wurde klar, dass diese Worte den Charakter einer Wette oder einer Erhöhung des Einsatzes hatten. »Nicht etwa«, revidierte sie die Aussage, bevor Helen Alpert sie aufnehmen konnte, »dass ich nie eine Meinung zu mir selbst gehabt hätte. Natürlich habe ich die. Hören Sie«, sagte sie. »Die Sache ist die, Helen – ich weiß, dass Sie mich da verstehen werden –, ich habe jemanden kennengelernt. Einen Mann.« Sie lachte. »Tja, eigentlich eher einen Jungen. Ist das nicht schrecklich? Michael ist tot, aber ich fühle mich wieder lebendig, und das will ich auch sein. Lebendig.«

Ein solches Maß an Verdrängung erfüllte das Herz der Therapeutin mit zaghafter Bewunderung. »Das ist ja wunderbar«, sagte sie, obwohl klar sein musste, dass sie ganz und gar nicht dieser Meinung war. Sie fragte sich, warum sie sich überhaupt die Mühe machte. Sie streckte die Hand über den Schreibtisch und legte ihre Hände über die von Anna. »Sagen Sie mir, was Sie letzte Nacht geträumt haben, dann sage ich Ihnen, warum Sie nicht aufhören dürfen, hierherzukommen. Noch nicht.«

»Wissen Sie was, ich habe letzte Nacht überhaupt nichts geträumt«, sagte Anna. »Ist das nicht komisch?«

Eine halbe Stunde später begleitete Helen Alpert ihre Klientin zur Tür, wo sie sich verabschiedeten, beide eifrig darauf bedacht, einander zu versichern, wie sehr sie die andere vermissen würden. Während Anna zügig und ohne zurückzublicken durch die Chiswick Mall Richtung Hammersmith ging, überquerte Helen die Straße und lehnte sich auf die Mauer am Fluss. Es war ein sonniger Morgen, aber die Luft hatte etwas Schneidendes: Es war September, Zeit, sich einzugestehen, dass das Spiel aus war. Die Themse führte Niedrigwasser, dessen verdrossenes Dahinschwappen verriet, dass bald die Flut kommen würde. Zwei oder drei Stockenten, die aussahen, als wollten sie sich im Schlamm quakend und zankend einen schönen Morgen machen, hoben plötzlich ab und flogen nach Westen, wobei sie langsam an Höhe gewannen, bis sie hinter den Bäumen am gegenüberliegenden Ufer verschwanden.

Wieder drinnen legte sie die Waterman-Akte beiseite; dann entschied sie sich anders, blätterte sie wütend durch und machte sich eine Reihe neuer Notizen. Die Klientin, deren Persönlichkeit in der Adoleszenz stecken geblieben sei, habe sich für die Dauer ihrer Ehe mit Tim Waterman als Erwachsene ausgegeben. Zu welchem Zweck? Sie habe dadurch im Endeffekt das Abjekte an ihrem Leben zusammen mit ihrem ersten Mann ausradiert, bliebe ihm jedoch verhaftet, und damit auch dem ungedacht Gewussten. Warum ließ sie ihre Tarnung nun fallen? Was die Bedeutung des sich wiederholenden Traums anging: Andere Träume schienen diagnostisch von eben so großem Wert zu sein und stellten darüber hinaus alle nötigen Werkzeuge zu ihrer Entschlüsselung selbst bereit. Das Hauptproblem war natürlich Michael Kearney. Helen Alpert konnte sich nicht vorstellen, dass man einerseits unfähig sein konnte, einen Mann zu vergessen, während man sich andererseits nicht an ihn erinnern konnte. Annas Selbsttäuschung schien sich geschickt und hartnäckig in die wirkliche Welt ausgebreitet zu haben: Die Spärlichkeit von Kearneys Biografie – Mathematiker, Selbstmord, ein nebliges Etwas in jedem Leben, das mit dem seinen in Berührung kam – verlieh ihm etwas Unscharfes.

Allerdings stellte die Therapeutin fest, dass sie sich heute mehr für Brian Tate interessierte, der – nachdem er sich selbst die Rolle des Gehilfen, des bescheidenen Experimentators, des Ackergauls für die Ideen seines genialen Freunds gegeben hatte – beruflichen Selbstmord begangen hatte, um beim großen Finale von Kearneys Psychodrama nicht außen vor zu bleiben. Der große Unterschied zwischen den beiden Männern war folgender: Dr. Alpert wusste genug über Tates späteres Leben, um ihn aufzuspüren. Sie hatte sogar eine Adresse, irgendwo tief im lieblichen Walthamstow, dem Kokon der Nordlondoner Akademiker-Mafia. Die Akte blieb den ganzen Morgen über auf ihrem Schreibtisch. Sie nahm sie mit in ihr Lieblingsrestaurant, dem *Le Vacherin* in Acton Green, wo sie einmal mehr las, während das Mittagessen seinen befriedigenden, unvermeidlich wiederkehrenden Gang nahm – Entenei-Kokotte an Hasenteller an Backpflaumen-Armagnac-Tart – und die Tische um sie herum sich leerten. »Wissen Sie«, sagte sie zu ihrer Kellnerin und stellte beim

Aufblicken überrascht fest, dass es bereits zwei Uhr mittags war, »ich glaube, ich hätte gerne die Rechnung.«

Schon bald war sie auf dem Weg nach Walthamstow. Wenn er auffindbar war, ließ Brian Tate sich vielleicht zum Reden bringen – über Kearney, über die Ereignisse jener Zeit, über die ursprüngliche Anna. Sicher, es war unethisch, Kontakt zu ihm aufzunehmen. Sie musste auch zugeben, dass sie dabei war, einen unvermuteten Aspekt ihrer eigenen Persönlichkeit aufzudecken. Bis jetzt hatte sie darauf geachtet, ihr Leben von dem ihrer Klienten abzupuffern, und sie war stolz darauf, dass sie auch angesichts von Fehlschlägen bislang immer dazu in der Lage gewesen war, ihre Fälle abzuschließen, ohne sich in sie zu verstricken.

Um drei Uhr nachmittags türmte sich dicke, schwüle Luft in der Carshalton High Street. Die Morgenfrische war längst einer gewittrigen Hitze gewichen, deren Ursprung sich nicht ausmachen ließ. Anna Waterman lief hektisch auf und ab und versuchte, die unausweichliche Begegnung aufzuschieben.

Sie blätterte die antiquarischen Bücher im Oxfam-Laden durch; eine Weile stand sie neben der künstlichen Kaskade im Grove Park, wo das Wasser mit einem Geruch wie von modrigen Vogelfedern verdunstete. Schließlich, unter dem Vorwand, etwas zu Mittag essen zu wollen, betrat sie einen Pub bei den Weihern und bestellte sich ein großes Bier. Der Geschmack rief die Erinnerung daran wach, wie der Junge über ihr gelegen hatte, so steif und nervös, den Blick nach innen gekehrt. Ihr Nachmittag mit ihm war weniger eine Erinnerung als ein einziger, nahtloser Ansturm von Empfindungen, die nun zurückkehrten – ein Schaudern, das jeder kennt, doch keiner benennen kann –, und sie musste auf und ab gehen und die Poster an der Wand über der Theke betrachten, nur um etwas zu tun zu haben. Der Club Chat Noir. Der Aviator-Club. Eine Dampfzugmaschinen-Rallye im Oktober; im Dezember der chinesische Zirkus. Dann gab sie sich auf, setzte sich in eine Ecke und ließ den Nachmittag in den Abend übergehen. Die Menschen gingen ein und aus und sagten Dinge wie: »Ich werde damit nicht fertig, man hat von mir erwartet, dass ich überhaupt nicht lebe.« Sie schnappte das Wort »Patent« oder vielleicht »latent« auf; und dann ein entschiedenes »Kontrakte«; oder vielleicht war es auch ein »Kontakte«. Im Fernseher über der Theke lief ein europäisches Fußballspiel. Der Barmann, der Anna gerade ihr drittes Young's-Bier zapfte, sah mit leerem Blick auf und dann beiseite.

Zierbalken, Struktur-Deckenputz und Teppichboden mit Blumenmuster haben schon jeweils für sich eine – wenn auch noch weitgehend unerforschte – angstlindernde Wirkung: Um sieben Uhr war es ihr gelungen, ihre unangenehme Begegnung mit Dr. Alpert zu vergessen und sich genug zu sammeln, um sich dem Haus Nummer 121 zu stellen.

Als sie den Pub verließ, herrschte bereits Feierabendbetrieb. »Er kann kein Steak essen«, rief jemand, »davon kriegt er Hämorrhoiden!« Gelächter.

Abseits des Stadtzentrums waren die Straßen in ihr fremd erscheinende Luft gehüllt – Luft, die die Nacht wärmte und gelb färbte, ohne sie dabei zu verwandeln. Man rechnete damit, Zikaden zu hören und einen Blick auf seinen eigenen Schatten auf einer runden Gipsputzmauer zu erhaschen, hinter der Palmen oder Palisanderholzbäume ein geschlossenes Anwesen umgaben. Aber es war nichts zu entdecken außer gewöhnlichen Stechpalmen und schmutzigem Kieselraupputz, und auf den moosbewachsenen Auffahrten unzuverlässige englische Sportwägen aus den Siebzigern oder auch ein Landrover mit engem Radstand, den sich mal jemand für eine geplante Weltreise zwischen Schulabschluss und Studium gekauft hatte; irgendein spätpubertäres Projekt, das vor fünfzehn Jahren unter einer grünen Plane verschwunden war, als die globalisierten Ökonomien, denen die Dienstleistungen ausgegangen waren, die sie einander verkaufen konnten, nur noch mit ihrem eigenen Niedergang beschäftigt waren.

Anna ging auf die Rückseite des Hauses und hielt dabei die Festplatte empor wie einen Passierschein. Sie fand das große Fenster schwach erleuchtet vor, als befände die Lichtquelle sich irgendwo anders im Haus. Als sie das Gesicht ans Glas drückte, sah sie, dass alles genauso war wie beim letzten Mal: welliges grünes Linoleum; ein zusammengerolltes Stück Teppichboden in einer Ecke gegenüber von der Tür; und auf dem Tisch die kleine mexikanische Blechdose mit einem verkleinerten menschlichen Schädel in einem Nest aus scharlachrotem Spitzenstoff. Ein altes Sofa, locker bedeckt mit etwas, bei dem es sich vielleicht einmal um Baumwoll-Chintz gehandelt hatte, stand nun vor dem Tisch. Darauf saßen zwei Frauen, klein, gedrungen und in Schwarz gekleidet, beide mit identischen Harrods-Einkaufstüten auf den Knien. Anna hörte ihre Stimmen, verstand aber nicht, was sie sagten. Nach ein paar Minuten erschien eine unscharfe Gestalt in der Tür und schob einen Rollstuhl herein. Es war der Junge, der ihr *Der verlorene Horizont* hatte geben wollen.

Brian Tate sah schlimmer denn je aus. Sein Oberkörper, der sich nicht mehr aus eigener Kraft halten konnte, war in das Nylonnetz des Rollstuhls gesackt; sein Kopf – kahl, mit Geschwüren übersät und zerbrechlich wirkend, als wäre der Schädelknochen in den Jahren, seit Michael Kearney ihn der zum Scheitern verurteilten Interpretation ihres Datenmaterials überlassen hatte, dünner geworden – war weit auf die Seite gerutscht und ruhte auf seiner linken Schulter. Sein Mund stand offen. Ein Auge war geschlossen, das Augenlid herabgezogen, die Wange darunter eingefallen; während das andere, blau wie ein Vogelei, wach zur Wand, zum Fenster, zu der mexikanischen Dose mit dem sonderbaren Inhalt schaute, je nachdem, in welche Richtung es gerade zeigte. Sein Blick war lebendig und konzentriert, aber er kam lediglich aus dem Auge, das nicht unbedingt mit einem anderen Teil seiner selbst in Verbindung stand. Auf seinem Schoß lag eine fettige braune Papiertüte. Der Junge stellte den Rollstuhl an den Tisch, mit der Vorderseite zum Sofa. Sorgfältig stellte er die Bremse fest, drückte Tate einen Motorradhelm aus den Sechzigern und eine Skibrille auf den Kopf – was ihn einige Anstrengung kostete – und setzte sich anschließend im Schneidersitz auf den Boden.

»Also«, sagte er im Plauderton. »Hier ist er.«

Die Frauen nahmen das schweigend zur Kenntnis, teilnahmslos und gelangweilt wie Patientinnen in einem Zahnarztwartezimmer. Auf dem Sofa war nur noch wenig Platz, aber es war dem dritten dort Sitzenden, einem kleinen Mann in den mittleren Jahren mit leuchtend rotem Haar, gelungen, sich zwischen sie zu quetschen. Er rutschte herum und lächelte in alle Richtungen, als habe es sich bei der Sache eben um ein freundliches öffentliches Gerangel gehandelt. Mit seinem dreckigen Pelz, seiner Alkoholikerhaut und seiner heiseren, ganz persönlichen Art zu atmen sah er wie jemand aus, dessen Lebensentscheidungen ihn schon bald nach draußen, ins Stadtzentrum von London führen würden, wo er die Shaftesbury Avenue entlanghumpeln und rufen würde: »Ich falle auseinander!«, während er den Touristen seine Nekrose am Hals vom Krokodil-Spritzen zeigte. »Schaut mal hier, ich falle auseinander!«

Zwei oder drei Minuten lang sahen die drei Brian Tate an – wobei sie weniger seine Anwesenheit zur Kenntnis nahmen, dachte Anna, sondern mehr in irgendeiner Weise seine Existenz bestätigten –, dann machten sie sich ohne ein Wort zu sagen und ohne jedes Anzeichen davon, dass sie einander überhaupt bemerkten oder eine gemeinsame Absicht verfolgten, an ihren Kleidern zu schaffen. Die Frauen schlugen ihre Röcke hoch und schoben sich vor, um die Beine breitzumachen: Der Mann fummelte angestrengt am Hosenstall seiner engen Levis herum. Kleider raschelten, ein oder zwei Seufzer ertönten. Sie alle begannen zu masturbieren. Zwei oder drei Minuten später waren sie immer noch damit beschäftigt und starrten mit absolut leeren Mienen geradeaus. Anna bildete sich ein, sie durch das Glas riechen zu können. Es war ein stechender, sämiger Geruch, nicht unangenehm, aber auch nicht besonders schön. Gleichzeitig begannen Brian Tates leberfleckige Hände, die braune Papiertüte auf seinem Schoß zu befingern, und holten einen halb aufgegessenen doppelten Cheeseburger mit Bacon daraus hervor. Diesen brach Tate in Stücke, wobei er sorgfältig Brötchen und Fleisch voneinander trennte, und hielt die Stücke hoch, wobei er vor sich hin nickte und einen Punkt in der Luft oberhalb der mexikanischen Dose anlächelte.

»Es kommt«, sagte der Junge plötzlich mit erstickter Stimme. Die anderen schwiegen – höchstens war eine kaum wahrnehmbare Beschleunigung ihrer Bemühungen zu bemerken. »Es kommt!«

Die Frauen auf dem Sofa stöhnten. Der rothaarige Mann quiekte und schnappte nach Luft. Irgendwo weit weg klingelte ein Telefon. Die mexikanische Dose, die mit einem Mal von innen erleuchtet war, stieß eine Wolke feiner weißer Asche aus, die sich im Zimmer verteilte. »Mein Name«, sagte eine Stimme, die aus der Dose drang. »Mein Name ist …« Dann: »Ist da jemand?« Brian Tate versuchte angestrengt, zu antworten, aber keine Worte kamen aus seinem Mund.

Er hatte eine Hand in die Aschewolke gesteckt und schien die Überreste des Cheeseburgers zur Begutachtung jemandem hinzuhalten, den Anna nicht sehen konnte. Nach einem kurzen Moment löste sich das Glastürchen an der Dose von seinen Scharnieren, und Tates weiße Perserkatze brach aus ihr hervor. Sie schnappte sich den Cheeseburger, sprang auf seine Schulter und fing an zu essen. Darauf verstärkten die Frauen ihre Bemühungen deutlich, stöhnten, spannten sich an, rieben sich angestrengt und versetzten das Zimmer mit ihren Aktivitäten in einen Zustand, in dem es sowohl dimensionslos als auch voller Möglichkeiten erschien. Ein Schimmern verzerrte die Luft um das Sofa: Der Junge sprang auf und stieß den Rollstuhl heftig und ohne jede Logik in eine bestimmte Richtung – parallel zu einer Achse, die der Raum nicht aufwies, dachte Anna –, und mit einem Mal wirbelte er auf einer seltsam spiralförmigen Bahn davon. Tate und seine Katze sausten mit davon und wurden immer kleiner, beschleunigten dabei, bis sie in eine obere Zimmerecke verschwanden. Die Gestalten auf dem Sofa verstummten. Ihr Wille hatte sich verflüchtigt, ihre Kleidung war durcheinander und ihre Schultern mit Asche bedeckt, als wären sie Opfer eines Bombardements. Sie rollten sich in Fötalhaltung zusammen. Mit einem lauten Knall bildete sich ein Riss im Fenster, der von einer Seite bis zur anderen reichte, und die Scheibe fiel zu Annas Füßen ins Blumenbeet. Der Junge steckte den Kopf heraus und sagte: »He, warum sind Sie nicht reingekommen!« Er steckte seinen Penis in seine Jeans zurück, wie eine Rolle aus weichem, hellem Polierleder. Anna erschauderte unglücklich. Sie rannte auf die Straße hinaus und starrte wütend zurück auf das Dach der 121. Was hatte sie zu sehen erwartet? Sie war sich nicht sicher. Vielleicht Brian Tate und seine Katze, die in einen milchigen Wolkenhimmel trudelten, durch den man dann und wann zwei oder drei unbestimmbare Sterne erkennen konnte, den einzigen Beweis für den unbegrenzten Raum, in dem wir zu leben glauben.

Sie erinnerte sich nun wieder an alles, aber es bedeutete nichts.

»Es reicht mir, Michael«, sagte sie, als wäre Kearney wirklich von den Toten zurückgekehrt und stünde neben ihr, wie sie vor dreißig Jahren vor demselben Haus nebeneinandergestanden hatten, nach ebenso seltsamen und aufrührenden Ereignissen: »Mir steht das alles bis hier.«

Sie erwischte den Siebenundzwanziger von Carshalton Beeches in die Innenstadt. Die Bahnen hatten wegen Bauarbeiten Verspätung. Frachtzüge rumpelten durch Clapham: Zementpulver, dichter und wirklicher als der Ort selbst oder die Menschen, die mit ihren in folienumwickelten Polstermöbeln oder ihrer Katze im Katzenkorb vorbeikamen. Anna schaute sich um und wünschte sich, dass sie ihrer Fantasie davon, dort zu leben, niemals Ausdruck verliehen hätte: Im Licht der Quecksilberdampflampen war es nur ein ganz gewöhnlicher Bahnhof. »Ich würde es gut finden, wenn die Züge weiter führen«, hatte sie zu Helen Alpert gesagt. »Und sei es nur wegen der Gesellschaft.« Es war nur ein weiterer schlechter Witz auf Kosten der Therapeutin gewesen, ein weiterer Versuch, ihre Aufmerksamkeit zu erhaschen. Ein Mann in einer gelben Sicherheitsweste lief herum und hielt gelegentlich inne, um in das erleuchtete Fenster des Bahnhofscafés zu schauen, als wären die darin befindlichen Gegenstände – Tassen, Kuchen, Schränke, Papierservietten – nicht ganz gewöhnlich und einfach zu erkennen, leicht als Dinge zu interpretieren. Ansonsten war kaum jemand unterwegs.

Ihre Bahn brauchte lange. Die Räder sandten ein klagendes Quietschen über die Wäldchen und leeren Weiden. Als sie fünfunddreißig Minuten nach Mitternacht endlich zu Hause war, hörte sie eine Nachricht von Marnie ab: »Mum, bitte verschwinde nicht einfach so, ohne mir davon zu erzählen. Na ja, und sonst, wie lief's heute Morgen?« Anna saß mit runtergezogener Unterhose auf dem Klo; sie zog die Schuhe aus und kratzte sich die Fußsohle. Als Marnie Ende der Nuller-Jahre zur Schule gegangen war, hatten Mobiltelefone sie so verwirrt, dass sie partout keines hatte haben wollen, obwohl das Handy bereits damals ein Eckpfeiler der Jugendkultur gewesen war. Was war seitdem bloß mit ihr schiefgelaufen? »Wie dem auch sei, ich will erfahren, wie das alles lief!«

Anna hatte keine Ahnung, wie sie die Vorgänge interpretieren sollte, deren Zeugin sie in Carshalton geworden war. Gleichzeitig schien es auch keine Möglichkeit zu geben, sich einen Reim auf ihre eigene Geschichte zu machen. Wenn der eigene Verstand auf eine gewisse Art beschaffen ist, dann kann man letztendlich nicht mal das Gewöhnliche vom Bizarren unterscheiden. Deshalb findet man sich dann im Alter von achtzehn mit dem Gesicht nach unten auf dem Badezimmerboden wieder, wo man das Spiegelbild der eigenen Poren in den Fliesen betrachtet. Und wenn man sich dann anschließend eine dysfunktionale Persönlichkeit als Retter sucht, ist man etwa selbst schuld? Wer konnte so was wissen? Wichtiger noch, die Vergangenheit kann man nicht wieder in Ordnung bringen – man kann sie nur hinter sich lassen. Die Menschen, einschließlich der Toten, verlangen immer zu viel von einem. Sie war es leid, für andere den Botenjungen zu spielen. »Ich habe mein Bestes gegeben«, dachte sie, »und jetzt lasst mich in Ruhe.« Nachdem sie so lange so wenig Interesse aufgebracht hatte, wollte sie nun einfach leben. Für den Anfang öffnete sie die Türen und Fenster im Erdgeschoss, und dann eine Flasche Rotwein. Sie warf die Festplatte in den Wertmüll.

Wenn sie Marnie anriefe, würden sie einander nur anschreien. Da sie das lieber vermeiden wollte, ging sie mit der Flasche zum Sofa …

… und wühlte sich dann fast sofort wieder durch Schichten des stillen Chaos ins Bewusstsein zurück, um festzustellen, dass James der Kater ihr ins Gesicht starrte und dabei kehlig knurrte, auf eine Art, die nach irgendetwas zwischen Behagen und Vereinnahmung klang. Sie war nackt. Ohne sich daran zu erinnern, war sie irgendwann aufgewacht, hatte die Türen geschlossen und war ins Bett gegangen. »Runter da, James …«, sagte sie, rollte sich von ihm weg und erhob sich von der extragroßen Federmatratze. Sie brauchte unbedingt etwas zu trinken. »Wir gehören nicht mal zur selben Spezies.« Obwohl sie sich nicht unmittelbar dessen bewusst war, ging ihr Traum weiter.

Sie lag auf der Seite auf einem schwarzen Glasboden in ihrem Versace-Kleid und mit langen schwarzen Handschuhen, den Oberkörper auf einen Ellenbogen gestützt. Sie verwandelte sich nicht von einer Frau in ein Tier oder von einem Tier in eine Frau. Sie mochte nicht im Übergang sein, aber sie steckte auch in keiner Weise zwischen diesen beiden Zuständen »fest«: Vielmehr war sie vollauf damit beschäftigt, beide Zustände zugleich einzunehmen. Obwohl sie den Eindruck hatte, nicht ganz Anna zu sein, war sie anscheinend auch nicht ganz etwas anderes: Sie fühlte sich über entscheidende Paradox- oder Konfliktpunkte verschmiert und verwaschen, wie auf einem Gemälde von Francis Bacon. Ihr Erwachen störte diese harte, undankbare Arbeit der Überlagerung in keiner Weise (sie stellte sich vor, wie sie zu Marnie sagte: »Irgendjemand muss es machen, Liebes«) und verringerte auch kaum ihre Wahrnehmung davon. Es machte die Sache nur noch schlimmer, dass sie unbewusst, implizit, und ununterbrochen stattfand. Dass sie sich wie ein Kommentar auf ihr Leben anfühlte, der aus irgendeiner Quelle in ihrem Innern hervorsprudelte, deren Existenz sie sich nicht eingestehen wollte. Als sie halb aus dem Zimmer war, drehte sie noch einmal um und umarmte den Kater. »Es tut mir leid, es tut mir leid, es tut mir leid«, sagte sie zu ihm. »James, wenn du einen Rat von mir willst, du solltest nie als gescheiterter Selbstmörder enden. Das wird man dir immer vorhalten. Sogar du selbst wirst es dir immer vorhalten.«

James ließ sich von ihr die Treppe hinuntertragen. Sobald sie die Hintertür öffnete, sauste er in die Nacht hinaus, nur um wenige Minuten später mit einer neon-schimmernden Niere im Mund zurückzukehren. Sie war vielleicht siebenmal fünf Zentimeter groß, auffällig drall und von einem satten Hellblau, mit einer durchscheinenden Haut darüber, die zugleich fest und nachgiebig wirkte. James kauerte sich auf die Arbeitsplatte und bohrte die Zähne hinein, wobei er heftig durch dieselbe Seite seines Munds atmete. »Ach, um Himmels willen«, sagte Anna und wandte sich ab, um nicht zu sehen, wie die Niere platzte. »Ich mache die Tür zu.« Aber ein langer Blitz weichen Lichts ließ sie in der Tür erstarren, verwandelte sie in eine Silhouette und warf ihren Schatten an die gegenüberliegende Wand. Kein Donner ertönte. Eine Welle feuchter Hitze wogte in die Küche. Das Wetter war im Umschwung und hätte eher zu einem anderen Land gepasst: eine dicke tiefhängende Wolkenschicht, der Geruch statisch geladenen Wassers mit Regenpickeln darauf. Die Katze blickte auf und dann wieder auf ihre Beute hinab.

»Hallo?«, flüsterte Anna. »Hallo?« Sie spähte in den Garten hinaus. Er streckte sich von ihr fort, in die Länge gezogen, zu schmal. Die Luft flimmerte vor Hitze. Lautlose und doch katastrophale Lichtveränderungen ließen das weit entfernte Gartenhaus erkennen.

»Es brennt schon wieder«, dachte Anna. »Immer das Gleiche.«

Diesmal trat es als eine ganze Reihe von Gebäuden auf: Es war eine Windmühle der Downs aus dem 16. Jahrhundert, eine Schindelhütte, die aussah wie aus einem Dickens-Roman entsprungen, geteert wie ein umgedrehtes Boot an Land, und eine palladianistische Narretei, die auf heidnischem Grund in sich zusammenfiel. Diese Gebäude lösten einander langsam in einem sich verschiebenden Blickfeld ab. Sie ragten hoch auf oder schrumpften zusammen, als würden sie näher rücken und sich entfernen. Jedes neue Gebäude hatte nicht nur seinen eigenen Architekturstil, sondern auch seine eigene Darstellungsweise, vom scharfen Fotostil bis hin zu St.-Ives-Impressionismus, von der Risszeichnung bis hin zur Modellbau-Streichholzgotik. Eben war es noch der Holzschnitt eines Gartenhauses gewesen, mit starren Flammen; im nächsten Moment schien es aus dick mit dem Daumen aufgetragener Ölfarbe zu bestehen.

Anna holte Kearneys Festplatte aus der Wertstofftonne und ging dann leise barfuß in den Obstgarten hinaus. Sie war sich nicht mehr sicher, wie alt sie war.

»Wer immer du bist«, sagte sie ganz sachlich, »ich weiß nicht, was du willst.«

Wie zur Antwort durchlief das Gartenhaus einige weitere Versionen seiner selbst, verwandelte sich nacheinander in eine Tarotkarte (der Turm, immer im Einsturz begriffen, immer brennend, Zeigefinger und Vorbote eines Lebens im Übergang); ein klassisches Feuerwerk aus einer verblassten Kindheit, ein in rotes und blaues Papier gewickelter »Vulkan«, der rosafarbenes Licht, Rauch, Funkenregen und dicke Lavatropfen ausspie; und ein durchhängendes Jahrmarktszelt mit Borten am Dach und vielen bunten Wimpeln. Hinter dem Zelt stiegen Zeichentrick-Flaschenraketen knisternd in die Luft, explodierten und ließen Gegenstände herabregnen, die beim Niedergehen unpassende Geräusche von sich gaben – Plastikgeschirr, das glockenhellen Klang erzeugte, eine Lokomotive vom Ende des 19. Jahrhunderts, die die sehnigen Laute von Taubenflügeln in einer leeren Fabrikhalle ausstieß –, und noch im Fall zusammenschnurrten und verschwanden. Die Gegenstände rochen nach Leder, Frost, Zitronenbaisertorte; sie rochen nach Vorstreichfarbe. Sie rochen nach Pears-Seife.

Anna näherte sich dem Gartenhaus, bis die Haut ihrer Stirn in der Hitze spannte. In diesem Abstand kam das Gartenhaus wieder zur Ordnung. Es kehrte wieder in seinen vertrauten Zustand zurück. Dann sprudelte eine dichte Fontäne kleiner Objekte aus dem Blumenbeet empor, aus der Tür heraus, hob das Dach ab und man konnte darin Tausend Glühwürmchen, nassen Schnee im Licht von Autoscheinwerfern, herabregnende Edelsteine und gekochte Bonbons, emaillierte Broschen und Buntglassplitter erkennen. Lichterketten und Glasperlen, glitzernde Christbaumkugeln. Kleine mechanische Spielzeuge – Käfer, nostalgische Blechschwimmer, springende Kängurus, alle angetrieben von verrosteten Federwerken aus der ersten großen Phase der chinesischen Industrialisierung. Mehrfarbige Jonglierbälle. Tausend Werbekugelschreiber. Tausend billige Navigationssysteme, die nicht mehr funktionierten. Glocken und Gürtel. Vögel, die tatsächlich pfeifen konnten; Vögel, die sangen. Eine Million winziger elektronischer Bauteile und uralte Leiterplatten, als hätte man alle Transistorradios der Welt hier begraben, und dazu – wie eine Art Grabbeigaben! – die leisen Musiken und Stimmen aus *Ein Stündchen frei*, *Für die Frau* und *Reise ins All*, all das Zeug, was früher im Fernsehen gelaufen war. Ein Nebel aus Verbrauchsgütern. Der ganze Müll eines Lebens, des eigenen oder eines fremden.

Anna Waterman, geborene Selve, verharrte ein oder zwei Schritte vor der Tür zum Gartenhaus. Sie legte den Kopf schief und lauschte.

»Hallo?«, sagte sie.

Und sie sagte: »Ach, was ist denn jetzt schon wieder?«

Alles war sehr ruhig und still und roch nach dem Hotelbadezimmer, als sie eintrat und zu fallen begann. Überrascht ließ sie die Festplatte los. Im selben Moment schoss James, der schwarz-weiße Kater, zwischen ihren Beinen hindurch. Alle drei, die Frau, das Tier und die Daten, fielen gemeinsam aus dieser Welt. Grelles Licht und Finsternis, die sich stroboskopartig zu plötzlicher Stille vereinten, und Dinge, die sich geschäftig abschalteten, entlang des gesamten elektromagnetischen Spektrums.

23 · Herzgeräusche

MP Renoko – jene geheimnisvolle Software-Wesenheit, bei der es sich den Gerüchten zufolge um das einzige Überbleibsel von Sandra Shens Zirkus handelte – war kürzlich von einer Inspektion der wichtigeren Quarantäneorbits überall im Halo zurückgekehrt.

Er war müde, aber zufrieden. Mit diesen Besuchen, die interessant waren, aber notwendigerweise heimlich vonstatten gingen, war sein Beitrag geleistet. Die Ware war an ihrem Platz, der Klient im Frachtraum des Schiffs verstaut, das sie als *Nova Swing* bezeichneten, und nun, da seine Rolle bei diesen Ereignissen sich ihrem Ende zuneigte, unternahm er einen letzten Spaziergang unten am Meer, knapp zwei Kilometer von der Stelle entfernt, wo früher der Zirkus gestanden hatte, auf der Südhalbkugel von *New Venusport*. Weit weg vom Motel und der Strandbar schien die ganze Welt aus Gischt und Sonnenschein zu bestehen. Das Wasser schlug tosend an den steilen Strand, der übersät war von kühlschrankgroßen Felsbrocken und sich sonnenden Männern und Frauen, die wie faule Eidechsen mit leerem Blick in die vor ihnen aufstiebende Gischt starrten. Die riesigen Wellen, sagte MP Renoko, hätten ebenso gut Teil eines Hologramms sein können, so wenig Beachtung schenkten die Leute ihnen.

»Man fragt sich«, sagte er zu dem Gespenst an seiner Seite, »warum sie so wenig gesunden Menschenverstand haben.«

»Sieh doch mal!«, sagte das Gespenst, das eine Frau war. »Da!«

Sie schlug mit dem Hacken auf das Brett und beugte sich vor, um etwas davon loszureißen. Nachdem sie den Seetang davon entfernt hatte, erwies der Gegenstand sich als alte, runde Münze mit einem kleinen eckigen Loch in der Mitte, die seltsamerweise noch glänzte und kein bisschen angelaufen war. »Unten zwischen den Felsen weben die Spinnen ihre Netze«, sagte sie. »Kaum einen Meter von der Brandung entfernt! Sie erbeben jedes Mal, wenn eine Welle heranrollt, und das Gefühl der Anspannung, mit dem uns das erfüllt, lässt sich nicht in Worte fassen.« Sie zuckte mit den Schultern. »Und trotzdem gibt es jedes Jahr wieder Netze und Spinnen.«

Die Münze wurde hochgeworfen und drehte sich für einen kurzen Moment glitzernd in der Luft.

»Kopf oder Zahl?«, fragte das Gespenst.

»Du konntest schon immer besser streiten«, räumte Renoko ein. »Ich weiß, dass man nicht sagen soll: ›Ich denke.‹ Ich sollte sagen: ›Ich werde gedacht.‹«

Sie nahm ihn beim Arm und bedachte ihn mit ihrem leisen, orientalischen Lächeln.

»Das solltest du«, sagte sie. »Ich kann nicht lange bleiben. Zurück zum Zirkus? Oder weiter zum Diner?«

»Ich bin bereit, überall hinzugehen.«

Unter den einen Kilometer entfernten Klippen dampfte und tanzte das Meer. Niemand wusste, warum. Es hatte etwas mit der Temperatur zu tun. Mit nicht ganz alltäglichen physikalischen Vorgängen. Gischt hing in dreihundert Meter langen Regenbogenvorhängen voll seltsamer Farben in der Luft: hauchzartes Rosa, Limettensorbet, sonderbar blaumetallisches Licht, durch das man die verzückt herabstoßenden und kreisenden Möwen sehen konnte. Ganz am Rande der darüberliegenden Klippe, sich die äußerst vormenschliche Fremdartigkeit der Wohnstätten dieses Planeten zunutze machend, stand ein zwanzigmal mal sechs Meter großes Diner im O'Mahony-Stil, das den Namen *Mann Hill Tambourine* trug, von seiner Klientel – gereizten höheren Angestellten aus den Raketenwerften entlang der Küste – allerdings schlicht »das Tamburin« genannt wurde. Tagsüber kreisten die Möwen, dann und wann herabstoßend, über seinem Art-déco-Dach aus Edelstahlkacheln. Nachts strebte das Tamburin den Wellen entgegen, als sehne es sich danach, abzustürzen und die See mit dem ihm eigenen mintgrünen und tiefroten Flackern und mit dem mosaikartigen Widerschein seines Stahldachs zu grüßen. Ab sieben Uhr abends waren die Tische verlassen. Niemand ging zum Essen ins Tamburin. Stattdessen drückten sich die Leute an die Scheiben zum Meer, wo Artverwandte einander in dieser bislang noch unübertroffenen Phase des Universums riefen.

»Wenn man allein hier ist«, sagte Renoko, »dann kann man Stimmen in der Brandung hören.«

Es verblüffte ihn, wie müde er war.

Kurz nach diesen Ereignissen kam es zu einem seltsamen Vorfall an Bord der *Nova Swing*. Die Lichter in den Kajüten flackerten. Das Dynaflow-Triebwerk knirschte, fiel kurz aus, sprang wieder an und hinterließ einen weißen Fleck im Leben der Besatzung, der etwa den Auswirkungen eines leichten ischämischen Schlaganfalls entsprach.

Unten im Hauptfrachtraum durchlief eine Welle die Decksplatten, als könne auch Materie einen Schlaganfall erleiden. Licht und Dunkelheit verwischten sich. Die Mortsafes stießen aneinander wie vertäute Boote. Der Deckel des K-Tanks sprang mit einem Schlag auf und fiel scheppernd herunter, sodass man das Proteom sehen konnte, schmutziges, schwappendes Salzwasser bei Nacht. Der Insasse des Tanks brach daraus hervor, ein ausgemergelter Erdenmann mit herausgewachsenem Irokesenschnitt und einigen Schlangentätowierungen, dessen Körper vom Zwerchfell abwärts einem verkohlten und in Fetzen hängenden Mantel ähnelte. Seine Wirbelsäule war an neurotypischen Energiepunkten verkabelt. Vom Schwindel des abgebrochenen interstellaren Flugs musste der halb Ertrunkene sich übergeben. Panisch blickte er sich im Frachtraum um, sah die versammelten Mortsafes. Proteom lief an ihm herab, stank nach Pferdeleim, ausgelassenem Fett, faulem Eiklar. Was auch immer er geträumt hatte, jetzt war es weg. Er war an eine nicht-elektronische Anwesenheit im Universum nicht gewöhnt; es war schon eine ganze Weile her, dass es ihn in dieser Form gegeben hatte. Er blickte an sich hinunter.

»Himmel noch mal, Renoko«, beschwerte er sich bei der leeren Luft. »Ich habe keine Beine. Scheiße, davon hast du mir nichts erzählt.«

Er begann damit, sich die dicken Gummikabel aus der Wirbelsäule zu rupfen. Vergeblich versuchte er, sich mit den Händen das Proteom abzuwischen.

»Kacke«, sagte er.

Der Zustand des K-Tanks beeindruckte ihn anscheinend. »Erinnere mich daran, dass ich das nächste Mal auf die leichte Tour mitkomme«, sagte er. Er wandte sich an die Mortsafes: »Hat jemand von euch Taschentücher oder so was?«

Was hielten sie von dieser Vorstellung?

Sie waren zufrieden damit. Sie waren Aliens. Sie hatten inzwischen zwei klaustrophobische Wochen im Frachtraum 1 der *Nova Swing* mit seinen schwarz-gelben Warnstreifen, den klappernden Werkzeugschranktüren und den Aufforderungen, bei der Arbeit mit Plasma Vorsicht walten zu lassen, verbracht. Ihnen war klar, wo sie sich befanden, und auch warum. Sie machten das nicht zum ersten Mal. Die Arbeit für Sandra Shen hatte mindestens einige Hundert Jahre des Reisens von weit entfernten Orten erfordert. Sie hatten entscheidende Funktionen beim Abwickeln ihres Observatoriums & der Original Karma-Pflanze erfüllt. Sie hatten vernünftige Welten, ihr Zuhause und ihre Familien hinter sich gelassen, um Teil des Veränderungsmotors dieser pseudochinesischen Frau zu werden. Genau wie Sandra Shen arbeiteten sie zum Wohle anderer. Sie waren zufrieden mit dem verbrannten Mann, weil sie auch mit dieser Arbeit zufrieden waren.

Die *Nova Swing* nagte einen langen Gang zwischen den Sternen hindurch, und ihre zum Untergang verdammte Besatzung schaute hinaus, sodass ihre Gesichter mal gleichzeitig, mal einzeln an den Bullaugen sichtbar wurden. Auf mehreren Welten war die Polizei hinter ihnen her. Die Begründung: Artefaktschmuggel. Möglicherweise Quarantäneverletzung. Sie wurden im Zusammenhang mit dem Tod eines Saudade-Mittelsmanns gesucht, der unter dem Namen »Toni

Reno« arbeitete. Am *Strand* entlang schlichen sie von Welt zu Welt. Nachdem sie den übel zugerichteten K-Tank an Bord genommen hatte, hatten sie in aller Stille Zwischenstopps auf *Ziegenauge* und dem *Invertierten Schwan* eingelegt; sie waren durch den leeren Raum zwischen der *Radio Bay* und dem Trakt selbst gestürzt; waren vierundsiebzig Stunden lang mit abgeschalteten Systemen bei stark verschlüsselten Koordinaten in der berüchtigten Oort'schen Wolke dXVII-Channing getrieben. An keinem dieser Orte war MP Renoko aufgetaucht. Und dann, als sie es gerade aufgegeben hatten, steckte er plötzlich den Kopf durch die Wand der Besatzungsquartiere und sagte zum Dicken Antoyne, als knüpfe er direkt an eine Unterhaltung an, die sie im *Naturschutzgebiet Ost-Ural* auf *Vera Rubins Welt* begonnen hatten:

»Jeder ist sein eigenes evolutionäres Projekt, Dicker Antoyne!«

Antoyne sagte: »Lieber Himmel.«

»Wer ist denn der kleine alte Drecksack?«, erkundigte sich Irene. Sie musterte Renoko von oben bis unten, ihre Augen waren dunkel vor Spott. »Ach, du bist das«, sagte sie dann. »Antoyne, geh von mir runter.« Es war nicht Renokos Kinnbart, der sie anwiderte; es war nicht mal sein Pädophilen-Look aus den 1960ern, der zugegebenermaßen halbwegs schick aussah. Sie hatte den Eindruck, dass er beständig etwas in der Hinterhand behielt. Vielleicht nicht bloß etwas: Alles. »Komm rein«, lud sie ihn ein und rückte sich die Kleider über der Hüfte zurecht. »Wir haben deine Fracht bedeutungsloser Spielzeuge.«

»Das habt ihr sehr gut gemacht«, sagte Renoko.

»Das zieht hier nicht, Renoko. Das Einzige, was hier zieht, ist das hier …« – sie machte das allgemein anerkannte Zeichen für Geld – »… und anschließend kannst du verduften und deine rostigen Blechröhren gleich mitnehmen.« Irenes Körpersprache verriet, dass man ihr, wenn man von unbekannten Kräften getrieben wurde, am besten nicht zu nahe kam.

Antoyne legte ihr die Hand auf den Arm. »Warum musste Toni Reno sterben?«, fragte er Renoko. »Das verstehe ich nicht.«

Renoko lachte verwirrt.

»Das waren wir nicht«, sagte er.

Erneut hielt Irene die Hand vor ihm auf. »Tja, wir waren's auch nicht.«

»Danke für die Information«, erwiderte Renoko und wandte sich wieder an Antoyne. »Ich bereite alles vor.«

Er blinzelte, und sein Gesicht zog sich durch die Wand zurück. Er hatte nicht etwa das Geld gemeint, aber das sollte Antoyne nicht wissen. Kurz bevor sein Gesicht verschwand, fügte es noch hinzu: »In den nächsten paar Stunden habt ihr vielleicht ein paar Kommunikationsprobleme. Macht euch deshalb nicht verrückt.« Unten im Frachtraum 1, wo er als Nächstes materialisierte, fand er den verkohlten Mann dabei vor, wie er mit einem vierhundert Jahre alten Schweißbrenner einen der Mortsafes bearbeitete. Überall flogen Funken. In der Hitze und dem Licht wirkte dieser schäbige Raum wie die Schmiede Gottes. Renoko sah ein oder zwei Minuten lang beeindruckt zu und sagte dann: »Arbeitest du mit Metall-Aktivgas?«

Der verkohlte Mann schob seine Schutzbrille zurück und schüttelte den Kopf.

»Inertgas«, sagte er. »Kennst du dich damit aus?«

»Gar nicht«, gestand Renoko. »Aber ich sehe wahnsinnig gerne dabei zu.«

Der verkohlte Mann nickte. Das bekomme er dauernd zu hören, brachte sein Nicken zum Ausdruck, aber das Kompliment sei trotzdem willkommen. Nicht jeder kann schweißen. Nachdem sie ihre gemeinsame Begeisterung einen Moment lang schweigend gewürdigt hatten, sagte er: »He, was für einen Scheißkörper hast du mir da besorgt!«

»Es ist dein eigener«, bemerkte Renoko.

»Ich kann mich nicht daran erinnern, so etwas mit ihm gemacht zu haben.«

»Er wird seinen Zweck erfüllen«, sagte Renoko. »Sie sagt, dass du jederzeit beginnen kannst. Die anderen stehen im Quarantäneorbit für dich bereit.«

Der verkohlte Mann kratzte sich den Irokesenschnitt. »Wenn nicht jetzt, wann sonst?« Trotzdem schien er Vorbehalte zu haben. Doch dann zuckte er mit den Schultern, lachte und gab Renoko einen Klaps auf den Rücken. »He, also ist sie letztendlich doch bei dir vorbeigekommen, um sich zu verabschieden, *la Chinoise?*«

Renoko lächelte. »Ja, letztendlich schon.«

»Dann geht es dir gut?«

»Mir geht es gut«, bestätigte Renoko.

»Das ist gut«, sagte der verkohlte Mann. Er griff mit einer Hand in Renokos Kopf.

»Oh!«, machte Renoko. Er hatte etwas ganz Besonderes gesehen.

»Sie gibt für alle ihr Bestes.«

Renoko sank zurück und ließ sich seufzend an der Außenwand herabrutschen, bis er saß, und verlor sich dann aus den Augen. Es war ein unheimliches Gefühl. In meinem Fall, ermahnte er sich einmal mehr, wäre es falsch zu sagen: »Ich denke.« Ich sollte immer sagen: »Ich werde gedacht.« Und dann wurde er es nicht mehr. Er wurde nicht mehr gedacht. Solange die Jungs von der Erde allerdings zu Mittag aßen, würde ein winziger Teil von Renoko weiterleben, eine fraktale Erinnerung in der Faint-Dime-Datenbank – *fange Licht ein & verbreite es Licht aller Art schwaches Licht durch gewelltes Glas scharfkantiges Licht von Spiegelungen auf gepresstem Chrom hauchzartes neonrosafarbenes Licht diffus an der Decke Resopal in fantastischen Pastelltönen Art-déco-Kannelierung aus gepresstem Chrom hinter der Theke Böden mit Schachbrettmustern mit eigenartigem Glanz helles Limettensorbetlicht auf jedem rosafarbenen Kunstlederstuhl alles perfekt gepresst zu perfekten Zuckerfarben wie Süßigkeiten jedes einzelne absolut perfekt und absolut mit sich identisch & absolut genauso wie jede andere dieser sonderbaren metallblauen Plastikbänke* – weniger als Panne, sondern eher als Resonanz, als Überrest eines Programm-Dauergasts, der sich ein- oder zweimal im Jahr in Form einer Auflistung ästhetischer Möglichkeiten an einem Kassenautomaten irgendwo im Halo selbst zum Ausdruck bringt, besonders gerne aber im »Tamburin« auf *New Venusport.*

Vierzig Sekunden später füllte sich der Hauptfrachtraum mit Licht.

Die interne Kommunikation schmierte ab. Oben im Kontrollraum waren alle Armaturen von Fehlersignalen blockiert. »Annehmen!«, sagte Liv Hula zu der Pilotenverbindung. Nichts. Sie stopfte sich die Drähte mit der Hand in den Mund. »Amehmhm!« Zu spät. Sie waren zur Hälfte drinnen und zur Hälfte draußen, als die Verbindung einfror. Liv schob sich die Kabel rein, bis sie blutete, aber das System wollte sie nicht aufnehmen. Stattdessen wurde sie aus ihrem Leib gerissen und trat einen langen, identitätslosen Übergang an.

Als ihre Wahrnehmung zurückkehrte, sah sie die Dinge durch einen Schwarm externer Kameras. Autoreparatur-Medien rasten am messingfarbenen Rumpf entlang wie Staub über eine heiße Straße. Die Heckmontage schob sich pulsierend ins Bild. Ausleger, Fusionskapseln, die avocadoförmige Ausbuchtung, in der sich die Dynaflow-Triebwerke befanden: Man konnte die Sterne hindurchsehen. Von irgendwo dort unten, wo einmal Frachträume und Motoren gewesen waren, bog sich ein unregelmäßiger, wässrig aussehender Strom von Plasma in die Dunkelheit hinaus, bereits eine astronomische Einheit lang und gekrümmt wie ein Piratensäbel. Liv war übel. Verbunden über einen Klumpen Golddraht, der halb mit ihrem Gaumensegel verschmolzen war, konnte sie nur noch Schalter umlegen. »Antoyne? Hallo?« Niemand antwortete. Im Schiffsinnern wurde es nach und nach dunkel in den Maschinen- und Frachträumen, auf den Niedergängen, in den Belüftungsschächten, auf den Treppen. Wer weiß, was man zu sehen bekäme, wenn man die falsche Tür durchschritt? Liv war bei Bewusstsein, aber blind. Die Monitore im Kontrollraum waren von etwas erfüllt, das wie grau auf grau gedruckte Risszeichnungen aussah – eine Art leuchtender Dunkelheit, die sich dort befand, wo zuvor ihr Raumschiff gewesen war. Dort war nichts, aber es strahlte ein starkes Gefühl des Geordneten aus.

»Himmel, Antoyne«, sagte sie. »Mit was für einem Scheiß hast du dich da wieder eingelassen?«

Niemand hörte sie.

Antoyne war gerade voller Behagen am Kacken. Irene, die Renoko etwa so weit traute, wie sie ihn werfen konnte, hatte sich einen leichten weißen Raumanzug angezogen, ihren Lieblings-Fukushima-Hi-Lite-Selbstlader aus dem Waffenschrank geholt und war mit einem durchsichtigen runden Helm unter dem Arm auf dem Weg von den Besatzungsquartieren zum Hauptfrachtraum. Gitterstufen lehnten sich in expressionistischen Winkeln in die atmosphärische Notbeleuchtung; in den hinteren Niedergängen funktionierte die Schiffsgravitation nicht mehr zuverlässig. Eine Kommunikationsverbindung gab es nicht. Es ließ sich nur schwer feststellen, wo oben und unten war. Irene sah mit ihrem dicht anliegenden Anzug, ihrer entschlossenen Miene und ihrem seidigen blonden Haar allerdings ziemlich gut aus. »Hier unten ist es höllisch heiß«, sagte sie. »Hallo?«

Sie legte das Ohr an die Tür zum Frachtraum.

»Wow«, sagte sie. »Liv? Antoyne? Ich höre etwas!« Sie legte ihren Helm und den Hi-Lite auf den Boden, öffnete die Tür und trat hindurch.

In dem Moment, in dem Liv Irenes seltsame Schreie hörte, tauchten die fehlenden Bereiche des Schiffs wieder auf. Antoyne hatte überhaupt nicht mitbekommen, dass Teile davon gefehlt hatten. Sich die Hosen hochziehend betrat er den Kontrollraum, und zusammen liefen er und Liv durch die *Nova Swing*, wobei sie immer wieder hastig Treppen hinunterpolterten, um Blasen im Zerfall befindlicher Physik auszuweichen. Das Schiff setzte sich um sie herum neu zusammen. Der gesamte Rumpf geriet in Schwingung. Die Tür zum Hauptfrachtraum öffnete sich einen Schlitz weit und ließ eine vertikale Scheibe zitronengelben Lichts hindurch. Im Innern war eine unzumutbare Verwandlung teilweise vollendet. Es gab schräge Schatten, Geräusche wie Kirchenmusik, ein Funkeln auf allem, eine Stimme, die »Scheiße!« sagte. Antoyne wandte entschlossen den Blick von all dem ab und griff gleichzeitig mit einem Arm hinein. Er musste sich strecken, und eine Weile tastete er ziellos umher, aber schließlich bekam er Irene am Knöchel zu fassen und zog sie heraus.

»Antoyne«, flüsterte sie mit einer Art verwirrten Sachlichkeit, »das Universum ist nicht das, wofür wir es halten.« Sie griff mit einer weichen Hand nach Liv Hula und erklärte nachdrücklich: »Nichts von alledem ist für uns erschaffen worden!« Dann wand sie sich in Antoynes Armen, um ihm in die Augen sehen zu können: »Schau nicht hin! Schau nicht hin!«

»Er hat nicht hingeschaut«, versicherte ihr Liv.

Sie war sich nicht sicher, ob er hingeschaut hatte oder nicht. Ihr Gaumensegel blutete, wo sie die Pilotenverbindung herausgerissen hatte. Sie spürte, dass dort eine Menge loses Gewebe hing. Manchmal hatte Liv das Gefühl, bereits vor hundert Lichtjahren gestorben zu sein, auf dem geheimnisvollen Asteroiden. Seither drehten sich ihre Albträume darum, dass sie von Bergungsteams entdeckt wurde, am Schnittpunkt zweier Korridore von leicht ionisierender Strahlung umspült, einen unleserlichen Namen über das Visier ihres Raumhelms geprägt. Tag um Tag lag sie, direkt in das Innenleben der Hardware eingestöpselt, im Beschleunigungssessel, wo es ihr immer zu kalt war, und überprüfte die internen Überwachungsdaten. Etwas stimmte dort unten nicht seit dem Moment, in dem sie für Renoko zu arbeiten begonnen hatten, aber jedes Mal, wenn sie ein weiteres Artefakt einsammelten, wurde es schwieriger, das Leben an Bord des Schiffes zu beobachten. Sie hatte keine Ahnung, ob die *Nova Swing* in ihrem gegenwärtigen Zustand auf sich selbst aufpassen konnte.

»Die Mortsafes!«, schrie Irene. »Die Mortsafes!«

Liv Hula knallte die Tür zum Frachtraum zu und wich vorsichtig zurück, wobei sie Irenes Selbstlader in beiden Händen hielt.

Sie zogen Irene zurück in die Mannschaftsquartiere. Den ganzen Weg lang stand sie kurz davor, durchzudrehen, sie halluzinierte und schrie. Angekommen brachte sie den Dicken Antoyne dazu, ihr ihre neuesten Kleider anzuziehen und sie zu einem Bullauge zu bringen. Sie fanden nicht die kleinste Verletzung an ihr, aber sie entglitt ihnen so schnell, dass man regelrecht spüren konnte, wie ihr Selbst an einem vorbei in den leeren Raum rutschte.

»Diese Sterne! So wunderschön!«, sagte sie und schloss die Augen. Ihre Haut hatte einen bleifarbenen Glanz. Antoyne, dessen Arm sich komisch anfühlte, seit er ihn in den Frachtraum gesteckt hatte, schaute auf sie hinab und kam zu dem Schluss, dass sie bereits tot war. Aber nach einer Weile lächelte sie und sagte: »Antoyne, versprich mir, dass du dir keinen Cultivar von mir holst. Wenn ich sterben muss, dann will ich für immer tot sein, hier und jetzt an diesem absolut wirklichen Ort.« Darüber schien sie einen Moment lang nachzudenken. Dann ergriff sie seinen Arm und sagte: »He, und ich will, dass du dir jemand Neues suchst! Natürlich will ich das! Wir sollten in diesem Leben niemals allein sein, Antoyne, weil es das ist, wozu Menschen da sind, und du wirst noch viel Liebe erfahren. Aber Schatz, ich will, dass du mich verlierst. Verstehst du das?«

Antoyne, der sich bereits taub von alledem fühlte, sagte, dass er es verstünde.

»Gut«, sagte sie.

Sie seufzte und lächelte, als sei ihr eine Last von der Seele genommen. »Schau dir die Sterne dort draußen an«, forderte sie Antoyne einmal mehr auf. Und fuhr dann mit einem für ihn unverständlichen Themenwechsel fort. »So viele Schuhe, wie man essen kann!« Sie zog sich mit den Händen an seinen Schultern hoch, um sich im Mannschaftsquartier umzublicken.

»Ach Liv«, sagte sie. »Und unsere herzallerliebste Rakete!«

Antoyne spürte, wie er zu weinen anfing. Und dann weinten sie alle drei.

24 · Pulsfolge

Um zehn vor vier am Morgen suchte die Assistentin das Ou Lou Lu's auf der Retiro Street auf, eine Lokalität, die sie erst seit Kurzem in ihre nächtlichen Runden miteinbezog. Dort trank sie einen Espresso, wobei sie die Tasse mit beiden Händen hielt und tief in Gedanken zur Musik des Bürgersteigs tanzte, wie R. I. Gaines es ihr beigebracht hatte, und nach dem Aufblitzen der ersten Ausläufer der Morgendämmerung über der Stadt Ausschau hielt. Als sie sichtbar wurden, fuhr sie zurück in die Straint Street, um mit ihrem Freund und Vertrauten, dem Genschneider George, zu sprechen. Der feine Regen war wie Nebel. Der Cadillac rollte die Straint Street entlang, den 1000-PS-Motor bereits abgeschaltet, und kam leise draußen vor Sharp Cuts zum Stehen. Die Assistentin, nennen wir sie die Pantopon Rose – hochgewachsen, mit weißblondem Stoppelschnitt, im Besitz jener Art von körperlicher Größe und achtlos gutem Aussehen, die das ganz natürliche Ergebnis radikalster Schneiderarbeit sind –, trat auf den Bürgersteig.

»He, George!«, rief sie.

Keine Antwort. Ihr Gesicht nahm einen verwirrten Ausdruck an. Die Tür stand weit offen, und der Regen wehte von der Straße hinein.

Sie konnte die Schiffswerften riechen. Aus den Fabriken hörte sie die Frauen der Frühschicht. Das Licht war gelblich; das Keramikgehäuse der Reaktionspistole, die sie nun hervorzog und neben ihrem Schenkel hielt, stach darin deutlich hervor. In einem Moment war sie noch draußen gewesen, im nächsten war sie drinnen, still und reglos, in den Raum lächelnd. Der Chopshop war anscheinend leer. Dennoch hatte sie nicht das Gefühl, allein zu sein. Etwas verbarg sich in den Infrarot-, Hochfrequenz- und aktiven Sonarbereichen.

Es war nah. Sie hörte den Atem einer Ratte zwei Zimmer weiter, aber das war es nicht. Etwas befand sich bei ihr im Raum. Es war unrein in dem Sinne, dass es nicht hierherpasste. Es war die Sorte Ding, die nicht passte, und wenn man das nicht begriff, dann hatte man bereits seinen ersten Fehler gemacht. Sie konnte es nicht riechen, aber sie wusste, dass es einen Geruch hatte. Sie konnte es nicht orten, aber sie wusste, dass es irgendwo war. Dann ertönte ein Flüstern, mit dem sie beinahe gerechnet hatte, die belustigte Stimme aus einer leeren Ecke:

»Mein Name ist Pearlant …«

Die Assistentin feuerte eine Runde aus der Chambers ab, genau dorthin, wo ihre Systeme die Stimme verorteten. Ein leiser, hustender Aufprall war zu hören, und rosafarbenes und graues Feuer loderte in der Ecke des Ladens auf. Hitze spritzte bis zu ihr zurück. Umspült von ihr – dem warmen Flackern der Geometrie, gefolgt von Dunkelheit – erkannte sie ein bewegtes Objekt. Es war ein Ablenkungsmanöver. Es war überall im Raum. Es war überall um sie herum mit …

mein Name	Pearlant mein
Name ist	ist Pearla
mein	e Pe rla

… und dem tiefen, charismatischen Lachen von etwas, das man rundum erneuert hatte.

Wenn es zurückschoss, war sie tot. Es war da und wieder nicht da; da und wieder nicht da. Und dann war es direkt vor ihrer Nase. Hochgewachsen, mit weißblondem Stoppelschnitt. Mit der lässigen Körpersprache einer Person, die siebzig Kilometer rennen und per Sonar sehen kann. Eine Person, bei der selbst die Pisse unmenschlich war.

Es war sie selbst.

Es war weg. Es war direkt neben ihr, aber außer Reichweite. Einen Moment lang hing alles in der Schwebe, dann fiel es.

»Himmel!«, schrie die Assistentin. Sie reizte ihre Schneiderarbeit voll aus und war schnell genug, eine Runde auf einen verwischten

Streifen in der Tür abzuschießen. Die Schüsse fauchten wie eine wütende Katze und peitschten über die Straße. Als die Assistentin nach draußen kam, stellte sie fest, dass sie auf ihr eigenes Auto geschossen hatte. In den Fenstern des Tango du Chat spiegelten sich bereits Flammen, die seltsam unbewegt erschienen, wie ausgeschnitten, oder wie Flammen in einem alten Buch. Erschreckte Trinker schauten heraus. Sie waren noch nicht einmal so weit, sich zu ducken. Die Assistentin hörte jemand laufen, aber die Person beeilte sich nicht und war bereits drei Straßen weit entfernt. Das war etwas, worüber man sich später in seinem Zimmer Gedanken machen konnte, wenn man sich daran erinnerte, wie einen aus dreißig Zentimeter Entfernung ein zorniges Gesicht angestarrt hatte, das genau wie das eigene aussah – das zuließ, dass man es in fünf einander überlagernden Falschfarben-Einblendungen betrachtete, die Zähne gefletscht und einen mit der eigenen, perfektionierten lässigen Arroganz anlachend – und sich eingestand, wie weit einem alles entglitten war. Man würde es in etwa so ausdrücken müssen, dachte sie:

Aber niemand ist schneller als ich!

Wieder im Chopshop sah sie ein paar Fetzen orangefarbenen Lichts von dem brennenden Cadillac zwischen den Brettern vor den Fenstern hindurchschlüpfen, von wo aus sie kaum die staubigen Ecken, die Ballerposter und die abgeschalteten Proteom-Tanks erreichten. Wenn man Licht als verkohlt beschreiben konnte, dachte die Assistentin, dann würde es wohl so aussehen, wie es den nackten Kunstharzboden erleuchtete und die offenen Augen der Leiche erkennen ließ. Sie kniete sich nieder. George war vor einer Stunde durch eine tiefe Stichwunde unter seiner rechten Achselhöhle ausgeblutet. Es sah aus, als hätte ihn jemand aus dem Boden zu seinen Füßen attackiert – als hätte dieser Jemand die ganze Nacht dort auf der Lauer gelegen, absolut still im photonenhungrigen Dunkel des schmutzigen Bodens, um ihn dann von unten anzufallen und ihm eine Hand, die Finger zu einem Kegel versteift, tief in die Achselhöhle zu rammen. Er sah beinahe entspannt aus, als sei das Schlimmste, was er sich ausmalen konnte – das, wovor er am meisten Angst gehabt hatte –, endlich geschehen und habe ihn so im selben Zug, in dem es seine Befürchtungen bestätigte, von ihnen befreit.

»George«, flüsterte sie. »Mein armer George.«

Sie stellte sich vor, dass die Pantopon Rose vielleicht etwas in dieser Art gesagt hätte. Wenn George am Leben gewesen wäre, dann hätte die Assistentin ihn um folgende professionelle Meinung bitten können: »Wie kann jemand wie ich so sehr zittern?«

Fünfzig Lichtjahre entfernt am *Strand* tat das EMC-Spezialteam für verschwiegene Operationen einem Freund einen Gefallen. Die Lévy-Flotte bestand aus einem Dutzend Schiffen, die es mit allem aufnahmen. Sie setzte der psychopathischen Konformität des üblichen K-Schwarms ein großes Nein! entgegen. Stattdessen lockten sie ihre wechselnden zehn- bis dreizehnjährigen Angehörigen mit Anteilen an Militaria-Sammlerstücken der Alten Erde. Ihre gegenwärtige Mission mochte der Jugend von heute seltsam, sogar un-hip erscheinen: Bis man sich klarmachte, dass vor hunderttausend Jahren verfickte telepathische Reptilien von Jenseits der Grenzen des Universums auf *Panamax IV* gewohnt hatten. Das machte die Sache interessant.

Die Abriegelung des Planeten hätte es normalerweise erforderlich gemacht, dass ein Schiff der Flotte am L2-Punkt wartete und von dort die Operationen der anderen koordinierte. Doch angesichts des Chaos auf *Panamax IV* schien das nicht ratsam. Es gab mindestens vier Konfliktparteien, den Schwarm selbst nicht mitgezählt, und es wurde an mehreren Schauplätzen gekämpft, von fünf Lichtjahren weit draußen im Nachbarsystem – das als Alpha 5 Flexitone katalogisiert war – bis in die unteren Schichten des Parkorbits von Panamax. Die schweren EMC-Geschütze beharkten sich in Echtzeit mit der nastischen achten Flotte und hatten dabei schon einen nahen Gasriesen in Brand gesetzt. Zwei Dutzend denebianische Tauschschiffe beuteten die Rohstoffe der örtlichen Sonne aus. Einheimische Dissidenten machten ihre Scramjets scharf und flogen sie direkt aus der Fabrik in Teilumlaufbahnen; während ein Alcubierre-Schlachtschiff mit Bauchschuss – die *Daily Deals & Huge Savings*, die von einer Freibeuterbesatzung neuer Menschen unter der Leitung von zwei Schatten-Boys bemannt war, welche sich den Namen »Fermion-Joe« teilten – versuchte, es per Atmosphärenbremsung auf die Planetenoberfläche zu schaffen. So kam es, dass die Hälfte des Lévy-Schwarms, einschließlich der *Whiskey Bravo*, *Pizza Night*, *Fat Mickey from Detroit* und *Uptown Six*, sich bei Geschwindigkeiten unterhalb von Mach 2 mitten in einer Atmosphäre wiederfand – eine Umgebung, die niemand besonders mochte – und dabei nicht nur den feindlichen, sondern auch den eigenen Schiffen den Luftraum streitig machte. Die andere Hälfte, die zwischen Flexitone und der Oort'schen Wolke von *Panamax IV* aufgereiht war, erzeugte Interferenzen und vollführte all die üblichen, pikosekundenschnellen Spielzüge in aufgerollten Dimensionen, wobei die Schiffe in den 3D-Raum herein- und wieder hinausschlüpften, je nachdem, was die Umstände verlangten.

»… auf Kollisionskurs, vier Grad über der Ekliptik, zwei Lichtjahre entfernt.«

»Ich habe ihn.«

»Ruhig. Habe Kontakt. Ruhig, ruhig …«

»Genau unter euch, *Fat Mickey*.«

»Wir haben alle seine Stützpunkte eingenommen.«

Als R. I. Gaines die Manöver der Flotte beobachtete – die ihn in gewöhnlicher Zeit in Form von kaum mehr als aufblitzenden bunten Klecksen vor einem Holobild des leeren Raums erreichten, als leise Stimmen in einer Überlicht-Leitung, als historische Aufzeichnung von Ereignissen, die sich vor einer Million Nanosekunden eine astronomische Einheit weit entfernt abgespielt hatten –, war er zunehmend beeindruckt von deren Gelassenheit und Kompetenz. Dort draußen gab es so viel Arbeit für sie, dass sie beinahe peinlich berührt wirkten. Die leisen Rhythmen und Betonungsmuster ihrer Feuerwechsel machten die Sprache wieder zu einem verlässlichen Mittel. Kontrastierend dazu erklärten die Kriegsberichterstattungs-KI, deren Kommentare von den Piloten selbst über kommerzielle

Router ausgegeben wurden: »Die Lévy-Flotte erhält keine Verschnauf-pause. Die würden diese Jungs auch nicht wollen. Sie *wollen* arbeiten.«

»Lévy-Flotten sind zum Arbeiten *hier*«, sagte Peat Teeter zu Tanky LaBrom. »Sie *fühlen* sich besser, wenn sie arbeiten.«

Sie waren nach jedwedem Maßstab zu spät dran. Alyssia Fignalls Ausgrabung auf der Hügelspitze war vor ihrer Ankunft vaporisiert worden. Auch ihr Haus trieb in der ölig-schwarzen Schmiere, die von großen thermobarischen Feuergefechten erzeugt wurde. Die Fontäne, die Steinbögen, die langen, kühlen Räume und die leuch-tend grauen Schatten des Bogengangs: All das war dahin, und Alys-sia vielleicht ebenso. Unter ihm lag nun seine letzte Chance, sie zu finden.

Die Stadt war gealtert, seit Gaines sie das letzte Mal gesehen hatte, wie das Foto einer Ruine, die langsam mit dem Küstenstreifen ver-schmolz. Irgendwo stromaufwärts war ein Damm gebrochen und hatte innerhalb einer Stunde eine Million Tonnen Wasser durch La Cava gedrückt. Das Karstsystem war eingestürzt, und die Stadt war hinterhergefallen. Er wusste nicht, wie dort unten jemand hätte überleben sollen. Aber dem K-Käpten Carlo war es gelungen, die *Uptown Six* bis auf fünfzehn Meter an die graubraune Turbulenz heranzulenken, weshalb Gaines ihm seinen Respekt erwies, indem er noch den letzten Winkel im Gestein absuchte. Rechts und links von ihnen zuckten andere Teile des Schwarms nervös in der Luft und versuchten, nicht zusammenzustoßen. Sie flogen so tief, dass sie Spritzer aus den Fluten abbekamen. Etwas an ihnen sah falsch aus – sie wirkten wie Henker bei einer Geburtstagsfeier, die sich auf-fällig für das Körpergewicht oder die Halsmuskeln der übrigen An-wesenden interessierten –, aber sie gaben sich viel Mühe, zu hel-fen, eine Verhaltensform, die alles andere als natürlich für sie war. Das Tageslicht kam und ging unvermittelt und ohne erkennbare Ur-sache. Gammastrahlen erhellten den Himmel über der Gegend, fetz-ten eine Hügelkuppe weg oder zogen einen kilometerlangen Graben; dann wurde es schnell wieder dunkel. In solchen Momenten erzit-terten die K-Schiffe und nahmen die Jagd auf. Ihre Umrisse verschwanden, als ihre Tarnfunktionen ansprangen, und mit einer Art trägen Wildheit fuhren sie die Waffen aus. Mit Gamma-Beschuss waren sie vertrauter.

»Ein Riesenchaos hier unten«, bemerkte Carlo. Dann warnte er eines der anderen Schiffe. »Tanky, du hast mich immer noch hinterm Steuerbord-Heck. Nähern uns auf zehn Meter. Bleib dran.«

Gaines beobachtete, wie der treibende Schrott auf dem Weg Richtung Meer von Brücken und Gebäuden abprallte. »Hier ist nichts mehr«, musste er sich eingestehen.

»Himmel noch mal, Rig, das tut mir wirklich leid«, sagte Carlo. »He, wir können noch weiter runter! Wie wäre es, wenn wir noch weiter runtergehen?«

»Bring uns hier raus, Carlo.«

Carlos schaltete den f-Ram-Antrieb ein. Überall um die *Uptown Six* herum loderten die Triebwerke der anderen Schiffe auf. Die Lévy-Flotte stellte sich aufs Heck und stieg mit Mach 40 durch die Wolken radioaktiver Asche auf. Ein paar kurze Augenblicke verharrte sie im Parkorbit, den Blick ein letztes Mal nach unten gekehrt. Irgendwer dort oben – jemand, der nicht besonders weit weg war und Zugriff auf erstklassiges Kriegsgerät hatte – hatte die Beherrschung verloren: *Panamax* war am Arsch, wie Tany LaBrom es ausdrückte. Hochleistungs-Röntgengeräte zersägten den Mantel des Planeten, vaporisierten dabei etwa die ersten fünfzig Meter sofort und schmolzen den Rest nach und nach ein. Oberflächenmerkmale, die höher als ein paar Hundert lagen, hatten sich bereits in eine Art geologische Paste verwandelt, deren jahrmarktsrote Kante sich über die Reste der Landschaft schob wie eine Zunge, die einem die Lippen teilt. Plattentektonische Aktivitäten waren im Gange. Die Atmosphäre rauschte und zischte von heißen Gassen. Gaines starrte nach unten und wünschte, dass er seine Tochter so verstanden hätte, wie sie ihn verstanden hatte. Er erinnerte sich noch daran, wie sie gesagt hatte: »Rig, diese Leute waren so alt!«, und wünschte sich, dass es dort unten nur noch einen einzigen Flecken unverbrannter Erde gäbe. Während er über Alyssia nachdachte, schaltete der nastische Kreu-

zer – der sich nun auf der anderen Seite des Planeten und in nur
15 000 Metern Höhe befand – sein Gravitationstriebwerk ein und
bohrte sich in den weicher werdenden Mantel. Die Physik drehte
durch. Eine gewaltige Ausbuchtung formte sich unter der *Uptown Six*.

»Verdammte Kacke, Leute«, sagte Carlo, »der kommt bis zu uns
durch.«

Das wollte die Lévy-Flotte auf keinen Fall verpassen.

Impasse van Sant war der Überzeugung, dass man aus einem Kühlschrank stammen und sich dennoch eine eigene Identität erschaffen
könne: Das Problem ist nur, dass man sich niemals verortet fühlt.
Tag für Tag hing er im leeren Raum und fragte sich weniger, warum
er nichts von zu Hause hörte, sondern wo sein Zuhause gewesen
war. Er wusste, dass ein Krieg im Gange war, aber er wusste nicht,
auf wessen Seite er sich schlagen sollte. Das gab ihm ein einerseits
das Gefühl, unwirklich zu sein, und machte ihn andererseits nos-
talgisch. Wie kann man nostalgische Gefühle für etwas haben, das
man nie besessen hat? Er erwischte sich dabei, zu denken: Wow, ein
Krieg zu Hause! Das muss echt ein Erlebnis sein, wenn einem alle
Gewissheiten so unter den Füßen weggezogen werden. Dann und
wann empfing er Bruchstücke von Aufzeichnungen. Schiffswracks,
die langsam durchs harte Licht trudelten; lange Ansichten von Planeten, von denen er noch nie etwas gehört hatte. Kinder, die vor
einem schwarzen Hintergrund sangen. Eine Schlagzeile, die schlicht
lautete:

KRIEG

Bei dem Gedanken daran, dass andere Menschen diese zutiefst
humanisierende Erfahrung machten, dass sie alles verloren, was
ihnen etwas bedeutete, alles, was sie zu denen machte, die sie waren,
wurde ihm warm ums Herz – wie von den Worten »Weihnachten«
oder »Aufwachsen«. Der Großteil von Imps' Nachrichten kam aus
dem K-Trakt, in Form von Datenmaterial, das er nicht entschlüsseln
konnte, und es handelte sich nur dann um echte Neuigkeiten, wenn
man sich für Hochenergiemagnetfelder interessierte. Darüber dachte

er gerade nach, als der Schatten seiner Freundin auf ihn fiel. Ein Monitor genügte nicht, um sie zu zeigen: Sie hing hochauflösend über drei davon verteilt und ließ ihre Schwungfedern vom K-Trakt mintblau und rosarot einfärben.

»He«, hauchte Imps.

»Was willst du«, sagte sie.

»Du siehst heute wunderbar aus.«

»Du sendest jede Frequenz. Du rufst mich hervor. Du starrst in die Finsternis, bis du mich dort findest. Was willst du von mir?«

Imps überlegte.

Er war der Meinung, dass er zu ihr sagen sollte: »Tage, an denen wir nicht miteinander reden, sind für mich Scheißtage«, oder »ich glaube, du bist auch einsam«, aber beides war zu nah an der Wahrheit. Also beschloss er, das Nächstbeste zu sagen, was ihm in den Sinn kam. Manchmal legte er Listen von den Orten an, von denen er vielleicht gekommen war. Ihm gefiel zum Beispiel der Klang von *Acrux*, *Adara*, *Rigil Kentaurus* und besonders der von *Mögliche Wälder*. Aber *Motel VI* war sein Lieblingsname. Wenn er es richtig verstanden hatte, war das Motel-Leben nicht sonderlich fordernd. Es war sehr viel dichter am Geschehen als der leere Raum, aber trotzdem angenehm am Rande. Es klang nach einem guten Kompromiss zwischen dem, was er derzeit erlebte, und einer Art vollwertiger Menschlichkeit. Er wollte sich hineinleiten lassen. Er hatte sich eine Broschüre mit dem Titel *Mobil zu Hause in der Galaxis* heruntergeladen, in der auch Behausungen enthalten waren, die auf der klassisch modernen Hamburger-Bude basierten – ganz in Neon-Pastelltönen und geripptem Pressaluminium – vor Sonnenuntergängen und morgendlichen Bergen. Er zeigte ihr einige davon.

»Hilf mir, heimzukehren.«

»Du bist doch von selbst hierhergekommen.«

»Bin ich das?«

Sie überlegte. »Und jetzt willst du wieder dorthin zurück, wo du hergekommen bist?«

»Ich bin schon zu weit gegangen«, sagte er.

»Du dachtest, dass du das hier wolltest.«

»Der Gruppendruck hat mich hergebracht. Es wäre zu schlimm gewesen, die Missbilligung meiner Freunde zu erdulden.«

Rig und Emil und Fedy von Gang, die geschäftig an den Geheimnissen der *Radio Bay* meißelten; Ed Chianese, der sich den Gerüchten zufolge in ein K-Schiff eingestöpselt und in den Trakt geschossen hatte, das Dümmste, was man sich einfallen lassen konnte. Die Entradistas, die Himmelspiloten wie Billy Anker und Liv Hula. Leute, die ihren Schiffen Namen wie *Blind by Light* oder *Hidden Light* oder *500 % Light* gaben, oder irgendeinen anderen Namen, der das Wort »Licht« enthielt. Leute, die einen Zettel neben dem Bett, eine Nachricht im Parkorbit hinterließen: Ausgebrannt, wir sehen uns. Die von Anfang an falsch verdrahtet waren. Deren Triebwerke von harter Röntgenstrahlung kochten. Die mit unstillbarem Durst auszogen und reich oder verrückt zurückkehrten, im Schlepptau ein Raumschiff aus einer anderen Galaxie. Raketenjockeys, die mit dem Halo auf du und du waren. Imps zuckte mit den Schultern. Er entschuldigte sich und holte sich ein Bier. Als er wieder bei seinem Stuhl ankam, war sie immer noch da, und er sagte: »Seit dreißig Jahren bin ich hier draußen, und jetzt stelle ich fest, dass ich nie so war wie die anderen. Puh! Was soll das? Imps, du willst zurück, dein Zuhause finden? Aufhören, im Finstern nach Dingen zu stochern, die nie jemand verstehen wird?«

»Du bist schon zu weit gekommen«, sinnierte sie.

Van Sant wusste nicht, ob sie ihm damit zustimmen wollte oder nicht. Als er erneut den Blick zum Monitor hob, war sie verschwunden.

Sie war zwei Tage fort, und als sie zurückkehrte, starrten sie einander nur weiter in einer Art anhaltenden Verwirrung an – ehrlich von seiner Seite, dachte Imps, und wütend von ihrer.

»Was ist?«, fragte er.

Ein weiterer Bildschirm erwachte zum Leben und erzeugte Bilder vom Krieg. Nackte Leiber im Vakuum, so lange Reihen von K-Schiffen, dass sie in der Schwärze verschwanden. Ein ganzer Planet mit einem Loch darin. Chaotische Szenen von Flüchtlingen. Touristen, die vor einer Woche hier vorbeigekommen waren, auf dem Weg in die Schattenlichter-Zone von *Kunene*, um Fickvideos zu drehen, fanden sich jetzt verdreckt und übernächtigt in genau der Abflughalle wieder, von der sie so hoffnungsvoll aufgebrochen waren. Oder man machte Bilder von ihnen, wie sie, immer noch in der gerade angesagten, ungefärbten und bequemen Mode, hundert Lichtjahre von ihrem Ausgangspunkt entfernt, ängstlich einen gecharterten Kurzstreckentransporter verließen, um sich in temporäre Städte kutschieren zu lassen, welche bereits voll mit Flüchtlingen, Medienleuten, Vertretern von Hilfsorganisationen und dysfunktionalen Heranwachsenden waren, die sich ein Jahr freigenommen hatten und die es nun aus Gründen, die sie nicht verstanden, zu diesem Inferno zog.

»Überall im Halo verlieren die Menschen ihre Lebensweise«, flüsterte van Sant. Damit meinte er: »Ist das nicht ein Glück?«

Sie verstand es anders.

»Ich erinnere mich an all die Schrecken, die du siehst«, sagte sie. Dann fuhr sie fort: »Ich habe Schlimmeres getan.« Und schließlich: »Ist es richtig, so viel über sich selbst nachzudenken?«

Imps fasste das falsch auf; er fühlte sich verletzt. »He, ich habe darauf geachtet, dir Fragen zu stellen! Du hast behauptet, dass du dich nicht erinnerst!« Aber sie trieb bereits wieder davon, drehte sich weiß und schmal an der absoluten Krümmung des Vakuums ein. »Haben wir gerade unseren ersten Streit?«, rief Imps ihr nach. Die Antwort kam zu leise bei ihm an, um sie zu verstehen, als sei sie nicht nur aus dem hiesigen Raum geschlüpft.

Nachdem sie den Toten gefunden hatte, blieb die Assistentin noch eine Stunde bei Sharp Cuts. Sie war sich nicht sicher, wie sie weiter vorgehen sollte. Einmal oder zweimal erhob sie sich von Georges Seite, um zwischen den Brettern vor den Fenstern hindurch auf die Straße zu schauen. Schließlich rief sie Epstein an, den dünnen Bullen. Sie wolle ihn nicht zu nah an diesem Problem dran haben, sagte sie, aber sie könne etwas Hilfe gebrauchen. Epstein sagte, das ginge schon in Ordnung, aber er habe gehört, dass ihr schon bald an anderer Stelle die Gefallen ausgehen würden. Die Uniformierten trafen ein, um die morgendlichen Trinker zu verscheuchen und das Cadillac-Feuer zu löschen. Wenig später schleppten sie die ausgebrannte Karosserie ab.

»Ich habe diese Maschine geliebt«, sagte die Assistentin gedankenverloren.

Die vierte Etage an der Ecke Uniment/Poe schickte ihr ein neues Dienstfahrzeug. Sie bugsierte George auf den Beifahrersitz und fuhr ihn quer durch die Stadt zu ihrem Zimmer am Raumhafen in GlobeTown. »Das ist wirklich kein gutes Auto«, sagte sie zu ihm, als sie an der *Church on the Rock* vorbeikamen. »Schau dir die Kirche an, George.« Bei jeder Kurve sackte Georges Oberkörper zur einen oder anderen Seite weg. Letztendlich fuhr sie mit einer Hand und hielt ihn mit der anderen aufrecht. Obwohl es für jemanden wie sie nichts Besonderes war, eine Leiche durch die Gegend zu fahren, gab es ihr immerhin etwas zu tun. Etwas, womit man sich voll und ganz beschäftigen konnte. »George, du bist zu leicht zu tragen«, sagte sie lachend. »Du solltest besser essen, wirklich. Weniger Drogen nehmen.« Sie trug ihn zwei Treppenabsätze hoch und legte ihn auf ihr Bett. Dann zog sie ihn aus, wusch ihn mit einem feuchten Handtuch, wobei sie besondere Sorgfalt auf das geronnene Blut unter seiner Achselhöhle verwendete, und deckte ihn zu. »So«, sagte sie. »Siehst du?« George sah in sich zusammengefallen aus, wie er so dalag und zur Decke starrte.

Unten auf der Straße spielte jemand *Ya Skaju Tebe* in Moll und dehnte dabei die Pausen etwas zu sehr. Es war was Sentimentales fürs Volk, Musik, zu der man Dinge aufgab, Musik für Kriegszeiten. Sternenkreuzer, die man in Truppentransporter umgewandelt hatte, kamen und gingen am Hafen. Das bunte Licht, das sie verströmten, kreiste über die Wände im Zimmer der Assistentin und hinterließ kleine, rubinrote aktive Flecken, die wie lebende Tattoos umherkrochen. Drei Arten von Psi-Rückstoß trafen hintereinander auf

Georges ausgemergeltes Gesicht, und einen Moment lang sah es aus, als würde er gleich etwas sagen, obwohl er tot war.

So verharrten die Dinge, bis es dunkel wurde. George sah aus, als würde er vielleicht sprechen. Die Assistentin saß auf der Bettkante und wartete darauf, etwas zu hören. Dann kam R. I. Gaines durch die Wand herein, die Kampfanzughosen halb auf den dünnen, sonnengebräunten Waden hochgekrempelt.

Darüber trug er seinen typischen kurzen, leichten Regenmantel, dessen Ärmel er in ähnlicher Weise bis zu den Ellenbogen hochgeschlagen hatte. Er trug eine Leinen-Umhängetasche mit braunen Lederverschlüssen, aus der der Griff und ein Teil des Abzugs einer Chambers-Pistole herausragten. Seine Füßen waren nackt. Er sah müde aus. »Ach, hallo«, sagte er zu der Assistentin, als habe er nicht damit gerechnet, sie hier anzutreffen. Sie sahen einander an, und er sagte: »Schädelradio.« Sie verbrachten einige Minuten damit, ihre Besitztümer zu durchsuchen. Nachdem sie das Radio gefunden hatte, gelang es ihm nicht, es zum Laufen zu bringen. Er kniete sich hin und knallte es auf den Boden, bis das Glas zerbrach und der Babyunterkiefer herausfiel. Ein paar weiße Flocken trieben umher. »Muss reichen«, sagte er und begann eine Unterhaltung, die von seiner Seite mit den Worten beendet wurde: »Sie wissen, dass es hier draußen fast so ist, als befänden wir uns in einer wirklichen Welt. Vielleicht sollten Sie sich das auch einmal überlegen.« Er warf das Radio in eine Ecke. »Die von der Führungsebene«, sagte er zu der Assistentin, »was soll man bloß mit denen machen?« Als Nächstes fiel sein Blick auf den armen toten George, der mit bis zum Kinn gezogenen Laken zur Decke starrte.

»Was ist das?«

»Ich habe ihn getötet«, sagte sie. »Ich weiß nicht wie.«

»Jeder macht mal Fehler.« Gaines untersuchte die Leiche. »Haben Sie versucht, Sex mit ihm zu haben?«

»Es ist am anderen Ende der Stadt passiert.«

Gaines, der eine Fehlfunktion vermutete, nahm ihre Hand und redete ihr gut zu, sich ans Fenster zu stellen, wo er die Daten begut-

achten konnte, die über ihren Unterarm liefen. Sie waren noch sichtbar: Aber in diesem Licht schwächten sich das gotische Schwarz und
das Chinarot zu einem blassen Grau und Orange ab, und ihre Haut
nahm die Farbe alten Elfenbeins an. Er beschnüffelte ihre Handfläche und ließ sie dann los. »Sie haben ein Kv12.2-Expressionspro-
blem«, sagte er. »Epilepsie.« Sie starrte auf ihre Hand hinab und hob
dann den Blick, um Gaines ins Gesicht zu sehen – als wolle sie die
zwischen ihnen gewechselten Worte als emotional und nicht als diagnostisch verstehen, dachte er. Nach einer Weile fragte sie:

»Möchtest du dich aufs Bett setzen und reden?«

»Sie sind wirklich irgendjemandes Projekt«, sagte er.

Wer von ihnen war die Chiffre? Sie saßen auf dem Bett, mit George
dem Schneider hinter ihnen, und starrten beide an die Wand. Gaines
war nach *Panamax IV* erschöpft, und mit einem Mal bestand die
einzige Szene aus seinem Leben, an die er sich erinnern konnte, aus
ihm und Emil Bonaventura im PEARLANT-Labyrinth, wie sie irgendeinen toten Entradista hinter sich herzogen, dessen Helmvisier
zentimeterdick mit den Überresten seiner eigenen Lungen bedeckt
war. Nach einem Weilchen legte er den Arm um ihre Schultern.

»Sie werden etwas für mich tun müssen«, sagte er.

25 · Tiefflieger

Sie setzten Irene im All aus, sodass sie für immer durch den unglaublichen Müll des *Strands* schweben konnte, den sie so liebte.

Ohne sie waren die beiden anderen schon bald niedergeschlagen und richtungslos. Das Leben war wie eine dünne Brühe am Boden eines Trogs. Die Kommunikation versagte. Lügen kehrten wieder ein. Die Überlicht-Medien brachten nur Nachrichten vom Krieg, und jede Lichtveränderung erinnerte sie an bessere Zeiten in ihrem Leben. Keiner von ihnen konnte das Schiff fliegen. Liv ging zu Antoyne und sagte: »Mein Mund ist beschädigt, aber meinem Verstand geht es noch schlechter.« Antoyne zuckte mit den Schultern: Er selbst konnte es unmöglich tun. Um sich zu trösten, vögelten sie miteinander, und das stellte sich als Riesenfehler heraus. Die *Nova Swing* hing mitten im Nirgendwo. Als sie die Dynaflow-Triebwerke abfeuerte und sich selbst einen Kurs setzte, zurück nach Saudade, wo alles begonnen hatte, waren sie beinahe erleichtert, dass man ihnen die Entscheidung aus der Hand genommen hatte.

Weiterhin mieden sie den Hauptfrachtraum. Stattdessen schliefen und schliefen sie und lebten jeder für sich mit ihren Schuldgefühlen wegen Irene. Aber als das Schiff erst einmal unterwegs war, konnte der Grad der unbewussten Aktivität sich nur erhöhen: Antoyne träumte, dass er wieder fett wäre, fett und hart wie ein Gürteltier, oder wie ein halbes Bierfass. Er träumte, er wäre tot. Liv träumte von Geistern. Manchmal schien ein zerrissener Mantel durch die schlecht ausgeleuchteten Niedergänge des Schiffs zu flattern (ironisch gestand sie sich ein, dass in diesem Traum der Mantel ontologisch die Oberhand gewonnen hatte: Liv selbst kam sich in ihm wie der Spuk vor). Bei anderen Gelegenheiten handelten ihre Träume von ihren großen Zeiten im Hotel Venedig auf *France Chance* ...

Zwischen dem Meer und der Stadt, einen Steinwurf entfernt vom Sport-Raumhafen, stand das Venedig – mit seinen hohen Fenstern ohne Vorhänge, seinen ruhigen, heruntergewirtschafteten Zimmern und den nackten, hellen Fußböden aus Eichenholz, in denen sich immer das Morgenlicht fing – fünf Jahre lang ein beliebter Anlaufpunkt von Raketenjockeys überall aus dem Halo. Draußen vor dem alten Hotel herrschte vierundzwanzig Stunden am Tag Karneval: schlecht Angemalte, schlecht Frisierte, schlechte Ideen. Manche bauten sich in Schuppen entlang des Flugfelds ihre eigenen Raumschiffe. Drinnen konnte man den denkbar schönsten Piloten antreffen, neunzehn Jahre alt, der um vier Uhr nachmittags an einer leeren Theke schlief, und ihn schon bald auf sein Zimmer hinten im vierten Stock begleiten. Am nächsten Morgen erwachte man dann allein und lächelnd und wickelte sich in eine rosafarbene Zellstoffdecke, die man später stahl und für den Rest seines Lebens aufbewahrte, und man ging ans Fenster und lauschte dem illegalen Überschalldonner, der von der See heranrollte, wenn die zurückkehrenden Hypertaucher beim Wiedereintritt niedrige Atmosphärenbremsungen vollzogen.

Ein paar Stunden zuvor waren diese Nussschalen mit Alien-Antrieben durch die Chromosphäre von *France Chance* getrudelt (mittels eines virtuellen Wasserstoff-Alpha-Filters in makellosen, copyrightgeschützten Bildern aufgenommen). Jetzt waren die Jungs, die sie flogen, fest entschlossen, als Erste auf weniger als zweihundert Meter über dem Meeresspiegel bei zwanzigtausend Stundenkilometer abzubremsen. Und dabei herrschte die zerbrechliche, absolute Gewissheit: Auch das hatte man schon getan, und man bekam immer noch nicht genug davon und würde es wieder und wieder tun, bis man nicht mehr dazu in der Lage war. Später würde man herausfinden, dass der eigene wunderhübsche Pilot der legendäre Ed Chianese war und dass man mit ihm um den Preis für den größten Blödsinn des Jahres konkurrierte.

Dank diesem Traum wurde Liv endlich klar, wo sie den Insassen des K-Tanks schon einmal gesehen hatte. Noch immer ganz benebelt rief sie Antoyne an, der sich seit drei Tagen weigerte, das Mannschaftsquartier zu verlassen, unablässig *Ya Skaju Tebe* spielte und mit den Händen Erdbeereis aß.

»Hör mal, Dicker Antoyne. Wir müssen in den Frachtraum.«

Aber Antoyne wollte sich nicht fügen.

Wände, geschwärzt von blütenförmigen Flecken; Panzerwände, die nicht von Explosionen oder gar durch Hitze verformt waren, sondern durch einen erzwungenen Wechsel zwischen unnatürlichen physikalischen Zuständen; überall geschäftige, selbsttätige Reparatur-Einheiten; dort unten hatte jemand auf den falschen Knopf gedrückt, dachte Liv.

Ein Rumpfabschnitt war durchsichtig geblieben. Es handelte sich um eine Wand aus Nichts. Geisterhaftes Licht aus einer Ecke des Trakts zog den Frachtraum in die Länge, sodass er mehr wie ein Außen- als wie ein Innenraum erschien. Diese Illusion wurde noch verstärkt durch die Unordnung, in der sich die Mortsafes befanden. Unter diesen Umständen war es schwer, sie zu zählen. Sie lagen in eine Art Ferne hinein übereinandergestürzt, wie durchgerostete Boiler auf einem Schrottplatz. Irgendwo dazwischen wurden Dinge repariert, aber wo genau, ließ sich nicht erkennen. Ein stotterndes Geräusch erfüllte die Luft. Funken stoben auf und regneten herab, hinterließen goldene Bögen vor den Augen der Beobachter und tanzten über das Deck, während sie sich zu einem dunklen Kirschrot abkühlten. Große Schatten zuckten über den Rumpf.

Alles roch nach Schimmel oder Brot, und nach MP Renoko, der wie eine Holzmarionette aus alten Zeiten im nicht nachlassenden, wenn auch unzuverlässigen Schein des Schweißbrenners lag, die Kleider verkohlt, den linken Arm in einem seltsamen Winkel in den Schoß gebettet. Eine Seite seines Gesichts war ihm in die Höhlung des Schlüsselbeins getropft und hatte dabei die Beschaffenheit von geschmolzenem Plastik angenommen. Die andere Seite zeigte ein skeptisches Grinsen, ein anerkennendes Funkeln im Auge, als wäre Renoko gerade erst gestorben – oder als lebte er noch, wolle aber aus irgendeinem Grund lieber nicht mit ihnen reden. In dieser Umgebung war selbst die Anwesenheit eines toten Menschen tröstlich. Liv stellte sich neben ihn und spähte in den Funkenregen.

»Du kannst jetzt rauskommen, Ed«, rief sie.

»*Liv? Liv Hula?*«

Seit Wochen hatte sie ihm dabei zugesehen, wie er ziellos durchs Schiff gewandert war, wenn er glaubte, dass alle schliefen. Jetzt schwebte er mit einem glücklichen Lächeln und ausgebreiteten Armen auf sie zu. Im Laufe der Jahre hatten sich ihre Erinnerungen an ihn abgenutzt. Sie waren glatt gerieben und hatten nur noch wenig Ähnlichkeit mit der Erscheinung, die er in diesen Ausläufern seines Lebens bot. Aber das Halo ist von vorne bis hinten das reinste Kuriositätenkabinett: Warum sollte es bei Ed Chianese anders sein? Er zog die zerfransten Lappen und Bänder seiner geschmorten inneren Organe hinter sich her.

»Bist du das Liv? Liebe Güte!«

Als sie nicht antwortete, wirkte Ed unglücklich: Als habe er zwar ihren richtigen Namen gewusst, sie aber trotzdem mit jemand anderem verwechselt. Zum Beispiel mit einer neueren Verehrerin. Er richtete den Blick auf einen Punkt ein Stück links von ihr und sagte:

»Es tut mir leid.«

»Was denn?«, fragte sie. »Was ist mit dir passiert, Ed?«

»Nur die üblichen Verschleißerscheinungen.«

»Das sehe ich.« Und als er darauf nichts erwiderte: »Ich habe angerufen, aber du hast dich nie gemeldet.« Die Gesprächslücke, die sie ließ, wollte auch er nicht füllen. »He!«, versuchte sie es. »Ich habe gehört, dass du ein K-Schiff entführt und in den Trakt geflogen hättest!«

»Das ist Jahre her«, sagte Ed, als wolle er sich dafür entschuldigen, einmal Teil der Vergangenheit gewesen zu sein. »Das hätte jeder gekonnt.«

»Ach Quatsch, Ed. Niemand kehrt von dort zurück.«

»Ich schon«, erwiderte er in einem so reuigen Tonfall, dass sie ihm sofort glaubte. »Ich wollte nicht – wenn man erst einmal da gewesen ist, tut man alles, um zu bleiben –, aber hier bin ich.« Nach kurzem Überlegen fügte er hinzu, als sei er fest entschlossen, einen fairen und ausgewogenen Bericht abzugeben: »Genau genommen hat das K-Schiff mich entführt.«

»Und jetzt entführst du also die *Nova Swing*.«

»So heißt sie heutzutage?« Er blickte sich unbestimmt um. »Netter Name.«

»Ein billiger Name, Ed«, sagte Liv. »Deshalb gefällt er dir ja.«

Sie sagte: »Was meinst du mit ›heutzutage‹? *Bist* du Ed Chianese?«

»Wer sonst wäre wohl derartig im Arsch?«

»Da hast du wohl recht, Ed.«

Irgendwo zwischen den übereinanderliegenden Mortsafes setzte sich das MIG-Schweißgerät wieder in Gang. Oder vielleicht war es auch etwas anderes. Jedenfalls stieg eine Funkenfontäne auf, die so hell war, dass der Trakt dahinter zur Unsichtbarkeit verblasste. Ein Geräusch war zu hören, wie von zahlreichen schläfrigen Fliegen. »Ist hier noch jemand drin?«, fragte Liv. Mit einem Mal packte Ed sie bei den Schultern. Sein seltsamer, nicht unangenehmer Geruch, der mehr nach Ozon als Halal roch, erfüllte den Raum zwischen ihnen. »Raus hier!«, sagte er.

Sein Griff tat ihr weh. »Scheiße, Ed!«, sagte Liv. Aber obwohl sie strampelte und gegen ihn ankämpfte, und obwohl er gewissermaßen nicht ganz da war, bereitete es ihm keine Schwierigkeiten, sie zur Tür nach draußen zu zerren. Liv, die angestrengt versuchte, über die Schulter zu blicken, sah etwas Wunderschönes und Seltsames, das inmitten der Funken Gestalt annahm. »Was ist das? Ed, *was ist das?*«

»Sieh nicht hin!«, sagte er und schob sie raus.

Die Tür schloss sich hinter ihr und öffnete sich dann wieder. Eds Kopf kam heraus, weiter unten als erwartet.

»Lass uns bald mal miteinander reden«, sagte er.

»Die Mühe müssen wir uns gar nicht erst machen«, erwiderte Liv, die meinte, eine Frauenstimme hinter ihm aus dem Frachtraum gehört zu haben. »Ich scheiß auf dich, Ed«, rief sie.

Es kam keine Antwort.

»Und auf deine Geschichten scheiß ich auch. Und darauf, dass du mehr weißt als wir, und dass unser Leben plötzlich Teil von irgendeinem komischen Geschäft von dir ist. Unsere Freundin ist tot, und was du mit diesem Schiff für einen Scheiß veranstaltet hast, kommt uns auch nicht grade gelegen.«

Das Schlimmste war nicht, dass so große Teile von ihm fehlten oder dass der Rest aussah wie Stücke halb gegarten Fleisches auf einem Markt draußen kurz vor Feierabend. Das Schlimmste war auch nicht, dass er sich anscheinend nur teilweise dessen bewusst war, wer sich mit ihm im Raum befand. Das Schlimmste war, dass dreißig Jahre vergangen waren. Auf einer solchen Strecke entwickeln sich die Leute fast ausnahmslos mit aller Macht zum simpelsten Ausdruck ihrer selbst. Und in der Zwischenzeit wächst man aus ihnen heraus. Das Einzige, was Ed von sich behalten hatte, war das schwache Grinsen, das auf seine Lippen trat, wenn er wusste, dass man ihn ertappt hatte. Im Hotel Venedig und noch für etwa ein oder zwei Monate danach hatte sie dieses Lächeln als etwas Nettes aufgefasst. Inzwischen, so sah sie, benutzte er es nur noch, um seinen Einsatz nicht erhöhen zu müssen. Warum hatte sie nicht damit gerechnet?

Sie kehrte zu den Kajüten zurück und erklärte die Lage. »Hör mal, Antoyne«, sagte sie. »Wir müssen ihn loswerden.«

Antoyne, der stark nach Black Heart roch, grunzte nur. Wie Irene oft vorhergesagt hatte, passierte jedem letztendlich mal etwas Neues; aber Antoyne kam nicht gut mit Rückschlägen egal welcher Art klar. Er hatte viel Gewicht verloren, außer über den Bauchmuskeln, wo sich seine Ernährung von Erdbeereis in Form eines krebsgeschwulstähnlichen Klumpens niedergeschlagen hatte. »Ed ist nicht mehr der, den wir kannten«, sagte sie. Doch genau genommen verhielt es sich mit diesem Problem umgekehrt. Ed – der Liv hatte sitzen lassen, weil sie vor ihm die Photosphäre von *France Chance* erreicht hatte; der Dany LeFebre unten auf *Tumblehome* zum Sterben zurückgelassen hatte; der, als er sich selbst ebenso leid gewesen war wie jeder andere, fünfzehn Jahre im Twink Tank damit verbracht hatte, sich irgend so einen Kleinkinder-Krimischeiß reinzuziehen, wie ihn die Immersionsmedien am laufenden Band ausspucken – war genau der Mann, den sie kannten. »Antoyne, wach auf! Er ist kein Mensch mehr. Er hat irgendeinen Plan, bei dem er nicht die geringste Rücksicht auf uns oder sonst jemanden nimmt. Wach auf!« Antoyne öffnete die Augen und betrachtete Liv eine Weile mit einem Anflug von Interesse. Dann rülpste er, wandte sich ab und fing an zu weinen. Danach, das wusste sie aus jüngster Erfahrung, würde es ihr nicht mehr gelingen, seine Aufmerksamkeit zu erregen, und wenn sie ihn noch so viel schüttelte.

»Antoyne, du nutzloser Drecksack!«, sagte sie zu ihm.

Aus seinem Leben mit sich selbst wusste Antoyne, dass diese Bezeichnung zutraf. Später, als Liv wieder hoch in den Kontrollraum gegangen war, wälzte er sich herum, kotzte ein bisschen, wusch sich am Waschbecken in der Ecke und ließ den Blick durch die Kajüte und über Irenes verteilte Unterwäsche schweifen: Party-Semiotik in Aktion. Ihr kleiner Videowürfel spielte eine Wiederholungsschleife ab, der Ton klang kratzig und billig und wie von weit weg. Im Kopf hörte er ihre echte Stimme, die sagte: »Es war eine wunderschöne Welt«, und dann: »Antoyne, du musst mich verlieren.« Nachdem er sauber gemacht hatte, ging er in den Frachtraum, lehnte sich in die Tür und sagte:

»So.«

Mit einem »He« nahm Ed seine Anwesenheit zur Kenntnis. Er wischte sich die Finger an einem öligen Lumpen ab. »Da ist ja der Pizzalieferant! Was bin ich dir schuldig?«

Antoyne zuckte mit den Schultern. »Sehr witzig.«

»Du bist …« – Ed schnippte mit den Fingern – »… der Dicke Anthony. Stimmt's?«

»Das war vor Jahren. So werde ich nicht mehr genannt.« Er sah Ed an. »Was zum Geier hast du diesmal mit dir gemacht?«, fragte er.

Ed grinste. »Das hier? Ich bin mir nicht sicher. Gefällt es dir? Ich habe es mir im Trakt geholt.«

»Ich habe schon gehört, dass du dort warst.«

»Dicker Anthony, du solltest dort auch hin, solange du noch kannst.« Ed erklärte, dass er nicht wisse, wie er es beschreiben solle. Es sei das ganz große Ding. Da drin gebe es von allem elf Dimensionen. »Die Wesenheiten, die ihn betreiben, haben ein gewaltiges Charisma.« Sie hätten überall die Finger mit drin und würden sich bestens amüsieren. »Dicker Anthony, es ist einfach so verdammt anders da drin. Weißt du?«

»Wenn es so gut ist«, bemerkte Antoyne missmutig, »warum bist du dann nicht dort geblieben?«

»Kehr mit mir dorthin zurück.«

»Wie bitte?«

»Kehr mit mir dorthin zurück. Nichts von alledem ist wirklich, wenn man erst einmal im Trakt war. Komm mit mir, und sieh selbst.«

Ed konnte den Leuten seinen schlimmsten Albtraum verkaufen, mit Wackelkamera bei schlechtem Licht aufgenommen. Ob Guss oder Genuss, es war immer ein Eintauchen, im Zweifelsfall episch, und in vielen Fällen kehrte nur Ed zurück. Einen Moment lang fragte sich Antoyne, welche Entscheidung er wohl treffen würde. Dann sagte er:

»Warum sollte ich mir das zumuten, Ed?«

Das Universum existierte weiter. Die *Nova Swing* pflügte hindurch, ächzend unter der Belastung. Antoyne raffte sich auf und entwöhnte sich über einen langen, trüben Nachmittag hinweg vom Pfefferminzeis. Er legte Irenes Unterwäsche zusammen und verstaute sie, und anstelle dieses verzweifelten Schreins für sie baute er einen anderen aus den Gegenständen, die sie auf *Perkin's Rent* geborgen hatte. Darin brannte er Weihrauch ab, doch schon nach wenigen Tagen hörten er ihre Stimme, die ihm sagte, dass er sich nicht wie ein Vollidiot aufführen solle. »In diesem Leben macht man sich sein Leben selbst, Antoyne.«

Ed Chianese verbrachte seine Zeit derweil im Frachtraum und arbeitete an den Mortsafes. Wesenheiten kamen und gingen, während er sich dort unten zu schaffen machte. Manche sahen wie Engel aus, andere wie Operatoren. Man wollte nicht nah genug an sie heran, um den Unterschied zu erkennen.

Liv Hula, die zur Passagierin an Bord ihres eigenen Schiffes geworden war, döste im Beschleunigungssessel vor sich hin, während draußen das Halo vorbeizog, durch Physik und Krieg zu betörend futuristischen Mustern zertrümmert. Die Nachrichten waren weiterhin schlecht. Ed kam zu allen möglichen Tageszeiten hereingeschwebt, hing eine Weile da und starrte auf die Außenmonitore. Das machte sie wahnsinnig.

»Kannst du dich nicht mal hinsetzen oder so?«

»An dem Tag, an dem du das erste Mal dieses Schiff betreten hast«, sagte er, »hast du überflüssigen Code im Navigationssystem entdeckt. Du konntest nicht herausfinden, wozu er gut war.«

Sie starrte ihn an. »Woher weißt du das?«

Er zuckte mit den Schultern.

Sie erinnerte sich an das erste Mal, als sie im Pilotensessel Platz genommen hatte. Nach all den Jahren, in denen sie kein Raumschiff geflogen hatte, hatte sie sich dabei so frei gefühlt, auch wenn es nur darum ging, die Nanofasern zu schlucken und eine Bestandsaufnahme des Schiffes zu machen:

Elektronische Infrastruktur. Antriebsarchitektur. Kommunikationsschaltkreise, einschließlich eines alternden Überlicht-Uplinkers, auf dem aus unbekannten Gründen Echtzeit-Bilder ausgewählter Quarantäneorbits zu sehen waren, die zwischen drei und tausend Lichtjahren Entfernung entlang des *Strands* lagen. Ansonsten gab es noch Navigations-Bibliotheken, Frachtpapiere, Treibstoffquittungen und Parkscheine. »Ihr habt fünfzig Jahre Fledermausscheiße da drinnen. Außerdem wurde mit dem Code früher etwas betrieben, was meine Schneiderei nicht kapiert.«

Nachdenklich musterte sie Ed. »Ich habe es weggescheucht«, sagte sie. »Ich wollte nicht, dass es nachts irgendwem den Arsch hochkriecht. Vor allem nicht mir.«

Ed rief eine Innenkamera auf.

»Siehst du den ganzen Kram, den ihr in euerm Frachtraum angesammelt habt?«, sagte er. »Das ist ein Antrieb. Die *Nova Swing* ist das einzige Schiff in der Galaxis mit der nötigen Software, um ihn zu verwenden. Das ist es, was du entdeckt hast.«

Sie seufzte ungeduldig.

»Sag mir einfach, warum du zurück bist, Ed. Vielleicht kann ich dir helfen.«

»Ich bin zurückgekommen, um das Volk zu befreien.« Vielleicht in dem Versuch, die ganze Galaxis zu umfassen, machte Ed eine Geste, die nichts verdeutlichte. »Hier draußen wird es übel.« Dieser Krieg, erklärte er, sei der große Krieg. »Darauf haben sie hundertfünfzig Jahre lang zugesteuert.« Er werde einen ernsthaften Zusammenbruch der EMC-Infrastruktur zur Folge haben. Er würde bedeuten, dass niemand mehr endlosen Fortschritt erwarten durfte. Ganz im Gegenteil. Auf lange Sicht mochte das sogar eine gute Sache für die Jungs von der Erde sein. »Sie können von Grund auf neu anfangen, mit einem interessanteren Ansatz.« Derweil würden die Dinge sich verschlimmern, bevor sie wieder besser werden könnten.

»Vielen Dank für diese Prophezeiung, Ed.«

»Ich war einmal ein Prophet«, sagte er, »aber das habe ich längst hinter mir gelassen.« Einen Moment lang sah er zu, wie das Dynaflow-Medium vorbeiströmte. »Ich wünschte, ich könnte mit dem Dicken Anthony reden«, sagte er unvermittelt. »Aber er geht mir aus dem Weg.«

»Sein Name ist Antoyne, und er ist ein anständiger Kerl. Damals, zu den Glanzzeiten, hat er dich geliebt und bewundert, wie wir alle. Ich war ganz genauso. Du warst verrückt und schön, und das war es, was wir wollten. Wenn du uns darum gebeten hättest, Helden zu sein, wären wir dir überall hin gefolgt. Aber es ist wie bei *France Chance*, Ed, man gewinnt oder verliert jedes Mal, wenn man Gas gibt. Erinnerst du dich daran?« Sobald er zu einer Antwort ansetzte, fuhr sie fort: »Und jetzt? Du bist der Einzige, der je aus dem Trakt zurückgekehrt ist, tolle Leistung. Aber was hast du von dort mitgebracht? Vielleicht bist du an einer guten Sache dran, vielleicht steckst du auch tiefer in der Scheiße als je zuvor.« Sie lächelte; ihr Lächeln vermittelte, dass sie ihm dabei nicht helfen konnte. »Du kannst das Schiff haben. Ich glaube nicht, dass einer von uns beiden es nach dem, was hier geschehen ist, noch möchte, und wir können uns leicht ein anderes besorgen.«

Eines Tages nicht allzu lange danach schaute sie zu einem Bullauge heraus und sah, dass sie sich wieder im Quarantäneorbit von *Saudade* befanden.

Der Planet drehte sich unter ihnen wie ein riesiges Schwungrad. Positionslichter flackerten vor dem Bug. Überall um sie herum befand sich eine außerplanetarische Lagerhalle für das Unnennbare: eine Millionen Tonnen Stoffe, die zur Hälfte aus Proteinen und zur anderen aus Code bestanden, die Überreste menschlicher Interaktion mit Mathematik. Sie ging an die Bordsprechanlage und sagte: »Ed, das ist die falsche Umlaufbahn. Der Parkorbit ist weiter unten. Brauchst du vielleicht Hilfe?« Aus dem Frachtraum antwortete ihr Schweigen. »Ed?« Als sie unten ankam, stellte sie fest, dass der Rumpf wieder seine alte Form angenommen hatte und die Mortsafes ordentlich aufgereiht waren.

Sie wirkten so ausgedient wie eh und je. »Was glotzt ihr Wichser so?«, fragte sie. Wie zur Antwort teilte ihre Reihe sich plötzlich und gab den Blick auf Ed Chianese frei, der zusammengekauert auf dem Deck saß, während eine sehr kleine Chinesin mit gespreizten Knien dort hockte, wo einmal sein Hintern gewesen war. Ed hatte das Gesicht auf den Boden gedrückt, sie ihren smaragdgrünen Cheongsam auf die Hüfte hochgeschoben. Ihre Haut war sehr weiß. Man konnte sich nicht sicher sein, was zwischen den beiden vorging, aber weiße Flocken, so groß wie Kleidermotten, schienen sich aus ihrer kleinen, elfenbeinfarben glänzenden Vulva zu ergießen.

»Ed?«

Ed war anscheinend zu beschäftigt, um zu antworten. Die Frau, wenn es sich denn um eine Frau handelte, kicherte und blickte zu Liv. Liv wandte sich ab und rannte, bevor man sie dazu zwingen konnte, genauer hinzusehen, mehr zu verstehen. Sie hatte das Gefühl, dass von diesem Augenblick an ihr Leben davon abhängen würde, das, was sie dort gesehen hatte, nicht zu interpretieren. Es würde davon abhängen, dass sie sich an nicht mehr als ein Blinzeln erinnerte, eine Zigarette, ein Lächeln sehr roter Lippen. Ed holte sie draußen auf dem Niedergang ein.

»Himmel noch mal, Liv. Du könntest wenigstens anklopfen.«

»Bring uns nach Saudade City runter«, sagte Liv. »Und dann verpiss dich.«

Eine Stunde später standen sie zu dritt auf der Ladeplattform und ließen den Blick über den feuchten Zement der Carver Fields zur Hafenbehörde und zur Stadt selbst schweifen. Es regnete. Der neue Tag war mit gebrauchtem Licht vollgeschmiert; ein Licht, das man als auf seinem Weg von der Retiro Street zur Church on the Rock bereits vorgenossen bezeichnen konnte. Im Verbrechenstourismus-Viertel hatten die Hotel-Neonanzeigen noch nicht endgültig Feierabend gemacht, verblassten aber zu Pastellversionen ihrer selbst. Ed Chianese lehnte sich über das Geländer der Ladeplattform. Seine in Fetzen hängende untere Körperhälfte raschelte leise im Wind.

»Seid ihr euch sicher, dass ihr mich nicht begleiten wollt?«

Liv förderte ein Lächeln für ihn zutage. »Du bist durch eine Wand zu viel gegangen, Ed. Sieh dir doch mal an, in welchem Zustand du bist.«

»Ich habe mich daran gewöhnt, ein Leben zu haben«, war die einzige Antwort, die Antoyne einfiel.

Als Ed fort war, blieben die beiden auf dem Zement zurück und reckten die Hälse, als die *Nova Swing* auf ihrem Rauchschweif ächzend zurück in den Quarantäneorbit stieg. Sie sahen zu, bis das Schiff nur noch ein verblassender grüner Schimmer unter den Wolken war. »Diese alten Scheißtriebwerke!«, sagte Liv Hula.

»Aber sie war ein Schiff.«

»Sie war ein Hund, Antoyne.«

Sie lachten, und dann wandten sie sich Richtung Saudade City. Eine neue Erregung erfüllte die Straßen, Flüchtlinge und Militärpolizei drängten sich in ihnen. Blitze zuckten – ein K-Schiff, das den Himmel zerteilte und Donner hinter sich herzog! Sie nahm seinen Arm, schob ihn unter den ihren und hielt in an ihrer Seite fest. So war sie immer mit Irene gegangen.

»Wohin jetzt?«, fragte sie.

»Irgendwohin, wo der Krebsnebel ein Hauptgericht ist und kein Reiseziel.«

26 · Echsenmenschen aus den Tiefen der Zeit

Die *Uptown Six* nahm die Dynaflow-Autobahn halb durch das Halo. Es war eine schnelle und unkomplizierte Reise. Von innen betrachtet ähneln Dynaflow-Felder einem menschlichen Wesen – ein unschönes Origami, das zu einer Ziehharmonika eingefaltet ist und mehr enthält, als möglich oder ratsam erschien. Träumt das Universum so von sich selbst? Aale, die in seichten Gewässern durch ein samtiges Medium zucken? Spritzer bunten Lichts, die mit einem Mal von der unvorstellbaren Belastung, überhaupt nicht wirklich zu existieren, seitlich verzogen wurden? Die Assistentin, die selbst eine ähnliche Belastung verspürte, saß voll Unbehagen am Bullauge in den Menschenquartieren und versuchte, dieses Phänomen zu verstehen.

»Ich reise nicht gerne so«, sagte sie zu den Schattenoperatoren. »Mit diesen Fischen draußen vor dem Fenster.« Das Essen auf der *Uptown Six* schmeckte ihr nicht, und Carlos tiefergelegte Vicente-Fernandez-Musik, die sich allzu sehr auf traditionelle Ranchera-Stilelemente verließ, gefiel ihr auch nicht. Wenn er die Musik abstellte, gefiel ihr das Geräusch nicht, das die Klimaanlage ihrer Meinung nach machte und das niemand sonst hören konnte. Jedes Mal, wenn das Schiff den Kurs wechselte, sagte sie: »Soll das so klingen?« Ihr Problem war nicht das Reisen an sich. Ihr Problem war, dass sie sich außerhalb von Saudade einfach nicht wohlfühlte. Die Schattenoperatoren – die besessen von allem Neuen und Dysfunktionalen waren und sich deshalb schon jetzt eingehend mit ihr beschäftigten – nahmen die grauen, leicht durchscheinenden Gestalten von Trauerweibern an, rieben sich die dürren, von der Arbeit rauen Hände und beknieten sie:

»Möchtest du vielleicht etwas anderes zu essen, Liebes?«

Die Kajüte füllte sich kurzzeitig mit dem Duft von Veilchen und Vinolia-Seife.

»Können wir dir eine Decke holen?«

Eine oder zwei Stunden nach Beginn ihrer Reise öffnete R. I. Gaines die Überlicht-Leitungen, um sich wieder mit den galaktischen Ereignissen vertraut zu machen. Doch stattdessen schlief er ein und träumte, dass er sich umgeben von Flüchtlingen in einem Raumhafen befände. Sie ähnelten Menschen, zugleich aber auch einem Schwarm von Fledermäusen oder Heuschrecken – oder sogar einem Schwarm von Schattenoperatoren, deren unersättlichem Sehnen eine ähnliche Traurigkeit anhaftete. Sie waren immer im Werden, doch sie veränderten sich anscheinend nie. Gaines saß mit in den Schoß gelegten Händen an einem Tisch. Eine oder zwei Minuten lang lief ein Kleinkind kreischend und lachend hinter ihm auf und ab. Er wusste nicht, was er tun oder denken sollte. Werbebanner flatterten wie Motten über ihm: Sein Blick folgte ihnen. Die Leute kamen und gingen durch die Terminaltüren: Sein Kopf wandte sich in ihre Richtung. Er lauschte den Ansagen der Lautsprecher und begriff, dass er buchstäblich nicht er selbst war. Er war jemand, den er kannte, aber er wusste nicht mehr, wer. Schließlich wurde seine Flugnummer aufgerufen, und er stand auf und ging durch das Tor.

Während Gaines sich mit diesen Problemen herumschlug, worum auch immer es sich handelte, versuchte Carlo – der sich am heutigen Tag durch seine Medikamente angenehm gedämpft fühlte – die Assistentin zu sich in den Pilotentank zu locken. Obwohl sie interessiert zu sein schien, wollte sie, selbst, nachdem sie den Deckel gehoben hatte, nur in einem Immersionskunstwerk namens *Joan 1956* Sex haben. Anscheinend kam darin ein altes Auto vor, und etwas, das sie als »taillierte Baumwoll-Unterwäsche« bezeichnete. Doch das entmutigte Carlo nicht.

»Ich bin so verdammt verliebt«, sagte er zu Gaines, als dieser erwachte.

Inzwischen befanden sie sich unter der Schulter des Trakts und trudelten durch einen dreißig Lichtjahre tiefen Schacht zwischen ultraheißen Gaswolken. Schon bald füllte Galt & Coles großer Fund die Bildschirme, nicht ganz Planet und nicht ganz Maschine: eine geologische Irrenanstalt, die Anteile von beidem hatte, mit der Gravitationssignatur eines Schutthaufens niedriger Dichte aber Mohr-Coloumb-Werten, die einem die Tränen in die Augen trieben. Er war porös wie ein Schwamm und ließ sich doch von keiner Kraft in Stücke reißen. Seine von Kratern bedeckte Oberfläche wies eine einheitliche orangerote Farbe auf, die ein wenig zu blass aussah, um Rost zu sein. Darüber wogten Schatten in tiefem Kobalt und seltsam anmutende Staubflüsse.

»Wieder daheim«, sagte Gaines.

»Behalt den Himmel im Auge, Carlo«, sagte er, als sie das Schiff verließen.

»Heutzutage muss man nicht mehr durch das Labyrinth laufen«, erklärte er der Assistentin. Aber er ging trotzdem mit ihr rein. Ein Teil von ihm musste es immer noch vorführen.

Zu Anfang war es noch eine zerfaserte, verhackstückte Erfahrung gewesen, ein Raum, in dem schlechtes Licht und noch schlechtere Topologie flackerten. Bohrtunnel, die eben noch klein und gewunden gewesen waren, verwandelten sich im nächsten Moment in riesige, gerade Gänge, ebenso angefüllt mit neu entstandenen Geräuschen wie Echos, sodass man das eine nicht vom anderen unterscheiden konnte. »Schlimmer noch«, erzählte Gaines der Assistentin, während er sie führte, »sie haben ihre Natur verändert.« In einem Moment waren sie mit glänzenden Keramikplatten gekachelt gewesen, und im nächsten war alles von einer organisch wirkenden Faser überzogen. Man war entweder in einem Blutgefäß oder wartete auf einen Zug, oder man hatte das Gefühl, dass man als Flüssigkeit zwischen Glaswänden dahinströmte: Es war eine Archäologie, die alles erahnen ließ und auf die nichts wirklich zutraf. »Es ging gar nicht um die Frage, was man hinter der nächsten Ecke finden würde«, sagte Gaines, »sondern darum, dass man schon um die nächste Ecke war, bevor man wusste, dass es sie gab.« Das habe – zumindest zu

Beginn – dazu geführt, dass das Labyrinth ihnen eher wie ein Zustand als wie ein System erschienen sei. Die Gegenstände darin seien ihnen abstrakt vorgekommen.

»Was ist das, worin ich laufe?«, fragte die Assistentin.

Gaines hielt inne. »Das ist Wasser. Bloß Wasser.«

Unsicher senkte er den Blick.

»Hier ist es noch relativ sicher«, sagte er. »Früher verschwanden manchmal ganze Bereiche einfach so. Wenn man sie verlor, waren sie das eine, und wenn man sie wiederfand, etwas ganz anderes. Unter solchen Umständen musste man sich klarmachen, dass die eigene Wahrnehmung bruchstückhaft ist, nicht der Raum selbst. Auf irgendeiner Ebene existiert ein ordnendes Prinzip, aber man wird nie eine Bestätigung dafür finden. Es wird sich immer dem Zugriff entziehen. Und dann, gerade, wenn sich niemand mehr selbst über den Weg traut, findet jemand den Weg durch eine Todesfalle, und die Expedition stößt ein bisschen weiter vor.« Alle Expeditionen, erzählte er ihr, seien auf die eine oder andere Art gescheitert, aber jede habe ihren ganz eigenen Charakter gehabt: Und wenn es für eine Weile danach ausgesehen habe, als entspräche dieser Charakter dem erforschten Bereich, dann sei das das Beste gewesen, was man habe erwarten können. »Man lernt, damit umzugehen. Wir waren absolute Kolonialisten. Immer im Hintertreffen. Immer in der dünnen Scheibe der Gegenwart.

Wer es gebaut hat?«, sagte er, als hätte sie ihn danach gefragt. Er zuckte mit den Schultern. »Woher soll ich das wissen? Echsenmenschen aus den Tiefen der Zeit. Die haben sich eine Weile überall im Halo herumgetrieben, sogar auf Müllhalden wie *Panamax IV* findet man ihre Spuren.«

Die Assistentin erschauerte.

Schon beim Verlassen der Oberfläche hatte sie gespürt, wie ihre Schneiderarbeit sich regte. Jetzt warf sie einen Blick in den Gang zurück, der an eben dieser Stelle von braunem Licht erfüllt war und in dem eine alte Monoschiene lag.

»Hier ist noch etwas außer uns«, sagte sie.

»Das glauben die Leute oft.« Das Labyrinth, erklärte Gaines, biete eine perfekte Akustik für stehende Wellen: Bei etwa neunzehn Hertz würden diese im Allgemeinen Gefühle des Schreckens, Panikanfälle, visuelle Fehlleistungen und Halluzinationen erzeugen. »Und bei zwölf kotzt man einfach nur noch.«

Einen knappen Kilometer weiter veränderte die Architektur sich plötzlich, und sie befanden sich in primitiven, rechtwinkligen Gängen, die durch den Basalt getrieben waren. Als die Jungs von der Erde eintrafen, hatte es hier seit hunderttausend Jahren kein nennenswertes Licht gegeben. »Wir bezeichnen es als KMP«, sagte Gaines. »Kulturelles Minimum von Pearlant. Plötzlich sieht man die Werkzeugspuren. Diese Bereiche sind vielleicht die ältesten, die man in den Fels gebohrt hat, noch bevor es sich hier angesammelt hat, als es noch Teil von etwas anderem gewesen ist. Oder vielleicht hat ihre Zivilisation auch nur für eine Weile den Halt verloren. Oder diese Bereiche erfüllten einen religiösen Zweck. Hier unten gibt es keine nennenswerte Physik, aber dafür Wandkunst. Sehen Sie mal.« Er trat an etwas, das wie eine Reihe von Basreliefs aussah, auf denen drei modifizierte Reptilien zu sehen waren, die komplexe Ritualkleidung trugen. Eines davon strangulierte gerade ein viertes Wesen, das duldsam auf einer Art Steinbahre lag.

»Diese Typen waren uns eine Million Jahre voraus, aber sie hatten immer noch Mühe damit, sich rational zu verhalten. Ich glaube nicht, dass sie es jemals wirklich geschafft haben. Das Aleph war eines ihrer Projekte.«

Er nahm erneut ihren Arm. »Sind Sie bereit? Es ist hinter der nächsten Tür.«

Auf Saudade erhielt Epstein, der dünne Bulle, telefonisch die Anweisung, sich zu einem der unter Verschluss stehenden Lagerhäuser am freien Raumhafen zu begeben. Es war zwanzig nach vier am Morgen. Genau zwei Minuten zuvor war die Leiche von Enka Mercury verschwunden. Die Aufzeichnungen der Nanokameras zeigten ein durchscheinendes, fischfarbenes Bild von Enka – durch das man gerade so die geriffelten Metallwände des Lagerhauses erkennen konnte –, die plötzlich durch ein Nichts ersetzt wurde. Egal, wie viele Schnitte man setzte, es war kein Übergang zu finden. In einem Augenblick hielt Enka noch durch – mit einem Gesichtsausdruck, der, soweit man ihn sehen konnte, noch genauso entschlossen war wie zu Anfang, dem Ausdruck einer Person, die gestorben war, aber niemals aufgegeben hatte –, und im nächsten war sie weg.

Epstein starrte in die leere Luft der Lagerhalle, als hoffte er, mit seinem gesunden Menschenverstand mehr zu erreichen als mit der Technik. Dann ging er die Gasse entlang, die von der Tupolev Street abzweigte, und kam gerade rechtzeitig an, um zu sehen, wie Toni Reno seiner Verladerin ins Vergessen folgte. Es war ein kalter, nasser Morgen, auf der Tupolev herrschte kaum Verkehr, und das Licht kroch von der Seite heran. Da der Krieg die Libido der Leute in Beschlag nahm, war Tonis Fanklub verschwunden. Auf dem Bürgersteig standen allerdings noch ein paar Dreizehnjährige herum, deren sorgfältig asymmetrische Kappen aus schwarzem Haar und deren handgefertigte Fantin-&-Moretti-Schnürstiefel regendurchweicht waren.

»Toni hat nie jemandem etwas zuleide getan«, beklagte sich einer von ihnen an Epstein gewandt. »Warum musste ihm so etwas zustoßen?«

»Keine Ahnung, Junge«, sagte Epstein.

»Siehst du?«, sagte der Junge zu seinem Freund, als wäre Epstein überhaupt nicht da. »Genau das meine ich.«

Er verscheuchte sie. Rief bei der Wache an, um Meldung zu erstatten. Versuchte, die Assistentin an den Apparat zu bekommen, aber an der Ecke Uniment/Poe hielt man mit ihrem Verbleib hinterm Berg. Schließlich zuckte er mit den Schultern und vergaß die Sache. Es gab diesen Monat kaum ernsthaften Verbrechenstourismus, aber in und um die neuen Flüchtlingssammelstellen auf den Placebo Heights und im White Train Park beschäftigten verwirrend altmodische Vergehen – einfache Prügeleien, ganz direkte Essens- oder Gelddiebstähle – die Uniformierten sechzehn Stunden am Tag. So etwas war völlig neu. Sie würden neue Theorien entwickeln müssen.

Während Epstein sich nützlich machte, hielt das Halo den Atem an und stürzte in den Spiegel. Die Chefetagen waren zu Kriegszeiten ganz verliebt in sich selbst. In den Firmenenklaven – die als kleine Marktflecken mit Namen wie Saulsignon, Burnham Overy oder Brandett Hersham, mit Steinkirchen, Feuchtwiesen unter blauem, vom Regen reingewaschenem Himmel, perfekter Windfrische und Ponys auf der grünen Wiese eingerichtet waren – kam einem der Krieg wie etwas Echtes, Erwachsenes vor, ein Fall, auf den einen das eigene Wertesystem und die Erziehung vorbereitet hatten. Obwohl man offensichtlich ein paar Opfer würde bringen müssen.

Andere Bevölkerungsgruppen waren weniger überzeugt. Alyssia Fignall, die es auf die letzte Fähre von *Panamax IV* geschafft hatte, bevor der Krieg den Planeten erreicht hatte, landete zusammen mit dreihundert Familien in einem Flüchtlingslager auf dem Alum Rock. Es war ein kleines Lager, bestehend aus einer Fläche von vier oder fünf Morgen mit Zelten auf einer Landzunge unter windgepeitschtem Nieselregen. Vom Zaun aus konnte man Rübenfelder sehen, die sich landeinwärts erstrecken. Am frühen Nachmittag versammelten sich erschöpft aussehende Frauen zwischen den Zelten, um ihre wenigen Informationen auszutauschen. Niemand im Lager durfte eine Überlicht-Verbindung benutzen oder sich auch nur einklinken, weshalb niemand viel wusste. Niemand hatte eine Ahnung, wann man sie hier wegholen würde.

»Viele Gerüchte«, sagte die Frau zu Alyssia, »aber keine Raketen.« Das war offenbar ein geflügeltes Wort.

An ihrem ersten Tag lag sie nach der Zusammenkunft auf dem Rücken in ihrem Zelt, lauschte dem Regen, dem Lärm eines Mannes, der eine Holzpalette mit einer Hippe zerlegte, den Rufen von Jungs, die einen Ball durch anderer Leute Behausungen kickten. Sie schloss die Augen und versuchte, ein bisschen zu dösen, während die Familie nebenan eine Mauer aus Heuballen zwischen ihnen errichtete, langsam und sorgfältig. Die Eltern redeten dabei unablässig und geduldig mit ihrer dreijährigen Tochter, die anscheinend krank war, sich aber trotzdem alle Mühe gab, zu helfen.

Es war ein Ausdruck der Entschlossenheit – eine Sprache, die wahrscheinlich weniger an Alyssia gerichtet war als an die Lage, in der sie sich befanden. Eine Reaktion auf die Unstrukturiertheit der Welt, in der sie alle sich wiedergefunden hatten.

»Ich gehe jetzt kochen!«, rief die Frau, als es dunkel wurde.

Alyssia streifte in dem Versuch umher, Leute kennenzulernen und Neuigkeiten zu erfahren. Dann versuchte sie, das Lager zu verlassen, wurde jedoch am Zaun abgewiesen. Eine Woche später war sie immer noch dort, inmitten der Abfälle, der flatternden, schlecht aufgebauten Zelte, der Feuer, die nach Sonnenuntergang mit beißendem Rauch brannten, der unvermittelten, wilden Schreie und hässlichen, halbmelodischen Laute, die die Banden von Heranwachsenden ausstießen. Inzwischen roch ihr Leib, oder vielleicht auch ihre Kleidung, oder einfach alles dort nach Plumpsklo. Es gab Gerüchte darüber, dass niemand repatriiert und stattdessen das ganze Lager umgesiedelt werden würde. Sie drückte ein Loch in die Wand aus Heuballen und fragte die Frau nebenan, ob sie ihr mit dem Kind behilflich sein könne. Während der folgenden Monate dachte sie oft an Rig und überlegte, ob es ihm wohl gut ginge. Sie wusste, dass es ihm gut ging. Immerhin war er Rig.

Draußen in der Nähe des Kefahuchi-Trakts selbst drehten die Nachrichten sich nicht um den Krieg.

Daily Deals & Huge Savings' Zusammentreffen mit *Panamax IV* war ein gefundenes Fressen für die Medien. Nachdem man die Rechte an rund tausend Planeten weiterverkauft und die Geschichte mit einer Reihe von Kommentaren und Halbwahrheiten aufgepeppt hatte, waren ihr drei wohlverdiente Minuten im Rampenlicht vergönnt. Die ursprüngliche Kollision hatte etwa 200 Millionen Trillionen Erg Energie erzeugt, das Äquivalent einer Explosion von fünf oder sechs Gigatonnen konventioneller Sprengstoffe. Als die *Daily*

Deals & Huge Savings aus dem Eisenkern hervorgebrochen war, hatte ein Rückstoß von weiteren rund fünftausend Gigatonnen einen Tunnel wie einen Lichtstrahl durch die überhitzten Atmosphärengase und Krustentrümmer getrieben. Obwohl der letztendliche Energieausstoß, als der Kern des Planeten selbst in den örtlichen Raum herausplatzte, alles andere als unberechenbar war, hatte er in menschlichen Begriffen solche Ausmaße, dass genaue Zahlen bedeutungslos wurden. Aber Ereignisse mit bedeutungslos großem Energieausstoß gehören im Trakt zum Tagesgeschehen. Die Eruptionen der in seinem Zentrum befindlichen, unabgeschirmten Singularität – wenn es sich denn tatsächlich um eine handelte – sind so gewaltig, dass sie in den sie umgebenden Gasen Druckwellen erzeugen, die sich als Schall manifestieren.

Dieser gewaltige Aufschrei, der durch die Millionen Kubik-Parsec großen Hohlräume im umgebenden Gas hallt, ist der Graswurzel-Journalismus des Trakts; die Schleifen und Krakel, die die Schockfronten hinterlassen, sind seine Überschriften. Für Imp van Sants Instrumente bestand die Neuigkeit also nicht in der Zerstörung von *Panamax IV*. Sie bestand vielmehr in einer Reihe disharmonischer und komplexer Ächzlaute 60 Oktaven unter dem mittleren C.

»Scheiße«, sagte Imps, der noch nie etwas Derartiges gehört hatte.

Manchmal wird einem die eigene Situation überdeutlich. Seltsame Kräfte sind am Werk. Imp nahm die Kopfhörer ab und hämmerte damit auf die Armaturen, bis das Bakelit brach; der Trakt schien ihn einfach nur weiter anzubrüllen, wie ein riesiges Gesicht, dessen Ausdruck sich nicht in menschlichen Begrifflichkeiten beschreiben ließ. Zorn, Euphorie, Verzweiflung – und sogar, meinte er, eine Art gewaltiger, fremdartiger Elternliebe. Es war all das und nichts von alledem. Was die Physik betraf: Da hatte niemand die geringste Ahnung. Einige meinten, dass es die Physik der Frühzeit des Universums war, die nach wie vor in einer leckenden Tasche ihren Gang nahm, eine Zyste, die sehr, sehr langsam platzte – die richtige Physik, aber nicht zur richtigen Zeit. Imps wusste es nicht. Er wollte es nicht wissen. Für ihn war es die Physik eines Gesichts. Er wandte sich von der Konsole ab und rieb sich die Augen. Dachte über eine Dusche und ein Bier nach. Gerade mühte er sich aus seinem Sessel hoch, da hörte er ein Wispern aus dem kaputten Kopfhörer. Er griff danach.

»Hallo?«

George der Genschneider lag dort, wo die Assistentin ihn in ihrem Zimmer in GlobeTown zurückgelassen hatte, die Laken liebevoll bis an sein Kinn hochgezogen. George war tot, aber damit war er nicht allein. Raumschiffe erleuchteten die warme Luft im Zimmer, der Psi-Rückstoß ihrer fremdartigen Wissenschaft schrieb sich immer wieder auf den Wänden ein – in wirbelförmigen Farbschichten wie Graffiti –, die Gedanken und Gefühle von jedem, der hier vor seiner Ankunft das Zeitliche gesegnet hatte. Spendeten diese Landkarten, Schmetterlinge und anderen halb vollendeten Zeichnungen von Gegenständen fremder Welten ihm Trost? War er sich der Straße weiter unten bewusst, die wie eine Glasanemone vor dem Hintergrund des nächtlich ansteigenden Nahrungsgradienten erblühte? Rokit-Dub-Basslines, die sich wie Wellen über die Stadt ausbreiteten? Die Bars und Nuevo-Tango-Läden, die nach und nach öffneten und mit ihren pulsierenden Fassaden einen Sog ausübten? Selbst wenn er es war, ist all das doch nur kulturelles Geplapper. Wenn die Toten etwas wollen, dann ihre Ruhe vor alledem.

Obwohl sie nie einen Namen gehabt hatte, war die Assistentin es gewohnt, jemand zu sein. Die Leute hatten beispielsweise Angst vor ihr, in der vierten Etage der Wache Ecke Uniment/Poe Street, auf der Straint oder der Tupolev Street, am Imbissstand auf dem Bürgersteig der Retiro Street. Die Assistentin war es gewohnt, an Orten wie diesen mit ihrem Auftreten etwas auszulösen. Hier war es anders. Alle waren beim EMC. Sie redeten und liefen herum, offenbar ohne dabei einen Gedanken an sie zu verschwenden. Sie war nur irgendeine Person, die zusammen mit Rig Gaines hier eingetroffen war. Wenn sie kamen, um mit ihm zu reden, beachteten sie die Assistentin nicht. Ihre Chemie wirkte bei ihnen nicht so, wie sie bei Epstein oder ihrem Freund George wirkte. Beispielsweise kam ein Mann namens Case auf sie zu und sagte:

»Ist sie das? Lieber Himmel.«

Case sah aus, als habe er länger gelebt, als gut für ihn war. Er war hochgewachsen und machte den Eindruck, dass er einmal einen kräftigen Körperbau gehabt hatte. Jetzt ging er vornübergebeugt und stützte sich unbeholfen auf zwei Stöcke. Ihm fehlten beide Hüftgelenke. Er hätte sich wiederherstellen lassen können wie jeder andere auch, aber nun hatte er es schon zu lange so gelassen, sei es aus Achtlosigkeit oder sogar aus einer Art verkehrter Eitelkeit heraus, und inzwischen gefiel ihm sein gekochter, haarloser Look. Dicke Adern wanden sich über seine Hände, die Haut darüber war glänzend und schlaff. Sein brauner Kopf wirkte zu groß für den Hals. Seine Unterlippe, die die Beschaffenheit einer geschmorten Leber hatte, hing in erschöpfter Überraschung darüber, dass er immer noch am Leben war, herunter. Er stand vor der Assistentin und starrte sie gleichzeitig gierig und mit einem seltsamen Mangel an Interesse an, als erinnerte er sich zwar wohl an Frauen, sein Körper aber nicht. Er flüsterte vor sich hin. Nach einer Weile beugte er sich vor und tippte ihr fest auf den Unterarm.

»Rig hat mir erzählt, dass Sie Kv12.2-Expressionsprobleme haben«, sagte er.

»Redet der mit mir?«, fragte sie Gaines.

»Wir könnten Ihnen da helfen«, sagte Case. »Das ist nur ein kleiner Designfehler. Verstehen Sie? Im Endeffekt haben Sie Epilepsie.« Als sie nicht antwortete, fragte er Gaines: »Versteht sie überhaupt ein Wort?«

»Schätzchen, vielleicht könntest du mal aufhören, mich anzuhecheln«, sagte die Assistentin.

Case sah sie blinzelnd an.

»Ich habe nie gesunden Menschenverstand von dir erwartet, Rig«, sagte er zu Gaines, »aber diese Sache ist wirklich saublöd. Du hast keine Ahnung, was passieren wird, wenn wir das tun.«

Gaines zuckte zur Erwiderung mit den Achseln. Auf die eine oder andere Art würden sie wohl etwas Wissenschaftliches dabei herausholen, mutmaßte er. Diese fade Vermutung entwickelte sich zu einem Streit, in den Case' Mitarbeiter mit einfielen. Alle redeten gleichzeitig. »Wissenschaftlich?«, rief Case einmal. Er hielt beide Stöcke in einer Hand, um mit der anderen abfällige Gesten machen zu können. »Mit der Wissenschaftlichkeit ist es vorbei. Sie ist erledigt, seit du und Emil hier reinmarschiert seid!«

Allseitiges Gelächter.

»Ich mag diese Leute nicht«, sagte die Assistentin laut.

Alle hörten auf zu reden.

Gaines nahm sie am Arm. »He«, sagte er. »Das ist schon in Ordnung, wirklich.« Sie standen da und sahen einander an, während Case und sein Team sie anstarrten. Rig bedachte ihn mit einem ganz besonders ironischen Lächeln, und während er noch lächelte, sagte er zu jemandem, der in der Nähe stand:

»Wir bekommen hier doch sicher einen Kaffee?«

Der Kerl antwortete, dass er ihnen natürlich welchen holen könne, wenn sie wollten. Es gäbe ganz normalen mit Milch oder ganz normalen ohne.

»Sie müssen nicht hier bei uns bleiben«, sagte Gaines zu der Assistentin, als der Kaffee eintraf. »Sehen Sie sich um. Schauen Sie sich alles an.« Anschließend ließ er sie in einem für sie unvertrauten Maße mit sich allein zurück.

Der Raum war so groß wie eine Abflughalle. Es war es dunkel, aber hier und dort gab es Inseln der Aktivität. Fahrzeuge fuhren herum, manche davon ziemlich schwer. Etwa in der Mitte hatte man etwas im Licht starker Lampen isoliert. Es bewegte sich sporadisch, wie eine Naturerscheinung, aber sie konnte nicht erkennen, worum es sich handelte. Sie suchte sich einen Platz zum Hinsetzen, spreizte die Beine weit und lächelte ein paar von Case' Leuten an, bis sie den Blick abwandten. Sie dachte über Namen für sich nach: Bruna, Kyshtym, Korelev R-7 und »Der Engel des Parkorbits«. Sie blickte auf ihren Unterarm: Er empfing keine Daten. Derweil brachten Case'

Leute neue Geräte, die sie in dem Lichtkreis aufstellten. Worum auch immer es sich handelte, es sagte der Assistentin nichts.

Außerhalb des beleuchteten Bereichs befanden sich einige Standard-Chopshop-Vorrichtungen – ein brandneuer Proteomtank, emailliert in der Farbe eines Kühlschranks aus dem Jahre 1953, ein Schneidetisch und Operationsbesteck. All das beunruhigte sie nicht. Als sie ihren Kaffee ausgetrunken hatte, führte Gaines sie dort hinüber und sagte: »Warum sehen wir uns nicht mal Ihre Anfälle an, während wir warten? Na kommen Sie, rauf auf den Tisch.« Sie legte sich auf den Tisch und ließ zu, dass er ein paar Sonden an neurotypischen Punkten einführte. Eine davon glitt weit oben in ihren Brustkorb. Sie spürte, wie sie einen Moment lang gegen ihr Brustbein drückte, ehe sie sich vorbei zwängte. Das Gefühl war schwer zu deuten: Nicht so sehr schmerzhaft als vielmehr bestimmt und eindringend. Schon bald verspürte sie eine angenehme Wärme und Lethargie, und alles schien von ihr abzurücken, als habe sie nichts mit der Welt zu schaffen. »Das ist wunderbar so«, sagte Gaines zu ihr, »entspannen Sie sich einfach. Scheiße«, fügte er dann an jemand anders gewandt hinzu. »Diese Kerle, wer auch immer das war! Schauen Sie sich das an. Und das.« Er berührte etwas, und Farben flatterten durch ihren Kopf wie kleine Vögel. Sie hörte sich selbst Lachen. »Ups«, sagte Gaines. »Falscher Schalter. Hat Ihnen das gefallen?« Sie schmeckte Metall, und dann schienen in ihr zwei oder drei Werkstätten zu öffnen. Gaines machte sich in einer davon an die Arbeit. Später traf Case ein und warf ebenfalls einen Blick auf sie.

»Ich will ihn hier nicht«, sagte sie.

»Ist schon gut«, sagte Gaines. »Das geht in Ordnung.«

»Ich will, dass du mich jetzt aufweckst«, sagte die Assistentin.

Gaines beugte sich vor, und sie sah ihn lächeln.

»Sie kommen in Ordnung«, sagte er.

»Wirst du mich strangulieren?«

»Sie kommen in Ordnung.«

Danach war sie anscheinend nie ganz bei Bewusstsein. Sie bekam mit, was geschah, aber es hatte nichts mit ihr zu tun. »Wussten Sie, dass Sie eine 27 bis 40 Gigahertz-Radaroption haben?«, sagte Gaines. Seine Stimme kam nun aus ihrem Innern, mit einem deutlichen Echo, als wären sie wieder in den Tunneln. »Kurzstrecken-Nahbereichsüberwachung. Nicht übel. Soll ich sie anschalten?« Er schaltete sie an, worauf sie alles im Kontrollraum durch einen Grauschleier wahrnahm. Case' Leute rollten den Tisch in die Mitte des Raums, unter das hellste Licht, und ließen ihn dort stehen. Angenehm benebelt lag sie da, von innen durch den 27 bis 40 gHz-Radar erleuchtet, den Gaines angelassen hatte. Sie konnte verfolgen, wie die Leute kamen und gingen, doch den Kopf konnte sie nicht bewegen. Schließlich drehten sie den Untersuchungstisch einmal um seine Achse und machten etwas mit den Sonden, das ihre natürlichen Sinne wieder anspringen ließ. Die Assistentin sah nun, was im Licht der Lampen lag und warum man sie hergebracht hatte.

Zwei oder drei Tage zuvor, nachdem eine kleinere Zuckung die Eindämmung aufgerissen hatte, hatte das Objekt, das Case' Team als »Pearl« oder »die Perle« kannte, wieder zu fallen begonnen. Dieser Vorgang – bei dem es sich weniger um eine Bewegung als vielmehr um einen Versuch handelte, in einem statischen Medium Bewegung zum Ausdruck zu bringen – wirkte ebenso eigensinnig wie stilisiert. Ihre Körpersprache, dachte Gaines, war die eines anhaltenden Kampfes gegen Umstände, die niemand sonst verstehen durfte. Case war anderer Ansicht.

»Scheiß drauf«, sagte er. Es sei klug, im Kopf zu behalten, dass die fallende Frau weder fiel noch eine Frau war. Das Ding dort war ein Monster, einfach eine Fehlinterpretation der Daten. Der hilflose Versuch der Instrumente, zu erraten, was tatsächlich vorging. »Ganz wie das Universum selbst, handelt es sich um eine unnütze Analogie für einen nicht darstellbaren Zustand«, sagte er lachend. Das führte zu einem Streit der beiden Männer über die ursprüngliche Natur des Aleph. Case glaubte, dass sie sich auch in dieser Beziehung getäuscht hatten.

»Es enthielt nie ein Bruchstück des Trakts«, sagte er.

»Was dann?«

»Es enthielt den ganzen Trakt. Das tut es immer noch.«

Sobald sie die Polizistin außer Gefecht gesetzt und in Position gebracht hatten, brachte das Aleph-Team ihnen das letzte benötigte Gerät. Von einem Moment zum anderen glänzend oder verschwommen, bestand es vorerst noch aus einer Material-Grütze – Kohlenstoff-Nanofasern, nicht-Abel'sche Supraleiter, die auf Raumtemperatur gehalten wurden, sich schnell weiterentwickelnde KI-Schwärme, die auf Pikotech liefen. Als Nächstes wurde ein Operator eingebracht. Er nahm die Gestalt eines jungen Mädchens an, dünn und gebräunt, vielleicht acht Jahre alt, mit den dunkelblauen kurzen Hosen und dem kurzärmeligen Aertex-Hemd eines nie endenden Feriensommers im St. Steven's Withy oder Burnam Agnate, das Gaines an seine Tochter im selben Alter erinnerte. Das fiel dem Operator schnell auf.

»Ach Rig!«, sagte er, nahm seine Hände und lachte zu ihm auf. Seine Füße waren nackt. »Was hast du denn diesmal für uns!«

Er blinzelte. Harsches weißes Licht ergoss sich aus seinen Augen, seinem Mund und seiner Nase. Dann schien er sich in einen Funkenregen aufzulösen und in die Maschine einzudringen. Melodische Klänge drangen heraus. Eine einzelne Stimme sagte: »Seltsame Kräfte sind hier am Werk.«

»Herrgott noch mal, Case«, sagte Gaines. »Legen wir endlich los.«

Case' Leute drückten auf die Brustwarze.

Einen Moment lang geschah nichts. Dann sprang die Polizistin von dem Tisch, taumelte drei Schritte weit und versuchte, ihre Schneiderarbeit einzuschalten. Was immer Gaines mit ihr gemacht hatte, schaltete sie wieder ab.

Sie stieß einen wütenden Schrei aus und versuchte es erneut, und wurde erneut wieder abgeschaltet. Bildaufnahmen zeigten, dass sie dieses Verhalten zwei oder drei Mal innerhalb eines Zeitraums von fünf Sekunden durchlief, während die Aufräumsysteme der Assistentin neue Nervenbahnen um die von Gaines errichteten Blockaden legten. Ihre Lernkurve war beeindruckend, erreichte jedoch bald ihr Maximum: Innerhalb von zwei Minuten gelang es ihr zwar, für Zeiträume von bis zu zwölf Sekunden zu übersteuern, aber ihr Bewegungsrepertoire – und ihre Reichweite – waren stark eingeschränkt. Die Panik trieb sie mehrmals durch dieses Repertoire, sodass man das Subjekt bei folgenden Handlungen beobachten konnte: vom Schneidetisch springen (einmal); auf den Boden kauern, den Kopf rasch hin und her bewegen und dabei aktive Sonargeräusche zwischen 200 und 1000 kHz ausstoßen (dreimal); anderes Zielsuchverhalten (zweimal); sich der Perle vor ihr bewusst werden (zweimal); eine weiße Flüssigkeit erbrechen (einmal); die Hände hochreißen und etwas Unverständliches rufen (viermal); sich nach links drehen und drei Schritte rennen (viermal); sich nach links drehen und vier Schritte rennen (viermal); unvermittelt abbremsen (jedes Mal); und schreien (jedes Mal).

Jemand lachte.

»Lassen Sie das«, sagte Case.

Übersteuerte Bewegungen stellten sich als der übliche Schmierstreifen dar. Die Kühlsysteme waren überfordert, wodurch die Körpertemperatur des Subjekts mit 43,3° leicht über der vorgesehenen Betriebstemperatur lag; Kortisol-, Androstendion- und Estradiol-Werte stiegen steil an. Nach dem vierten Durchlauf gab es eine Abfolge zielloser Armbewegungen. Das konnte niemand erklären.

Die Perle blieb derweil die ganze Zeit stabil. Zu sehen als Falschfarben-Anzeige, flatterten die Falten ihres metallischen Kleids in einem nicht wahrnehmbaren Luftzug. Sie war von blassen Lichtbrechungen umgeben, die das Bild – das nun etwa doppelte Lebensgröße hatte – kräuselten, als befände es sich unter Wasser. Ihr Gesicht wirkte einmal menschlich und dann wieder mehr wie ein Katzengesicht. Nach ein paar Minuten verschob sich der Brechungsindex, wie bei einem Sprung des Energiezustands. Gleichzeitig erwachte das wichtigste Untersuchungsgerät zum Leben: Teile des Labyrinths begannen sich neu auszurichten; eine knirschende Vibration des Bodens war zu spüren. Hologramm-Risszeichnungen flackerten. Erdbebendetektoren registrierten plattentektonische Verschiebungen. »VF14/2b erwärmt sich«, verkündete jemand und fing an, Phasenraumdaten herunterzurattern. Case' Operator sagte mit ruhiger Stimme: »Da ist etwas Gewaltiges in den Tunneln.« Das Licht der Deckenlampen verdunkelte sich und wurde rötlich. »Vielleicht müsst ihr mich abziehen«, sagte der Operator.

Dann rief er: »Seht, dort! Im Labyrinth! Die Tiefen der Zeit!« Danach war nichts mehr von ihm zu hören.

Derweil öffnete und schloss die Perle den Mund und wedelte in einer Art knochenlosen, verblüfften Panik mit den Armen über dem Kopf. Anscheinend fiel sie jetzt schneller. Tausende kleiner Gegenstände stürzten mit ihr mit, als würde die Luft selbst sich ihrer entledigen, glühende Funken oder Buntglasscherben, die beim Aufprall kullerten und klackerten wie Entreflex-Würfel. Parfümwolken – billig, altertümlich und seltsam sexuell, ein Geruch, wie man ihn von der Pierpoint Street um vier Uhr morgens kannte – wogten durch den alten Kontrollraum. Als würden diese Vorgänge sie entmutigen, ermüdete die Polizistin sichtlich. Sie unternahm einen letzten Versuch, Gaines' Verhaltensblockaden zu durchbrechen, und hob dann die linke Faust an den Mund und biss sich in die Knöchel. Sie blickte über die Schulter zu ihm.

»Hilfe!«, rief sie (einmal).

Dann sprang sie in die Perle und verschwand. Anschließend verschwand auch die Perle, und es wurde dunkel.

»Du lieber Himmel«, sagte Gaines in die Stille hinein.

Er überlegte gerade, wie er Abstand von dem Projekt gewinnen und es hinter sich lassen konnte, als er die große weiße Blume aus Licht sah, die langsam erblühte, und die Stimmen und Geräusche hörte, die zumindest für ihn wie die Stimmen und Geräusche von etwas klangen, das, wie er bei sich dachte, *eintraf*, worauf er wie alle anderen Anwesenden zum rückwärtigen Ausgang der Anlage rannte, der fragwürdigen Sicherheit des dahinterliegenden Labyrinths entgegen; im allgemeinen Gedränge wurde der alternde Case, der seine beiden Stöcke verloren hatte, niedergetrampelt.

Aspodoto, Tienes mi Corazón, Backstep Cindy: im Halo ist ein Name alles. Ohne einen Namen ist man ein Niemand. Fortunata, Ceres, Berenike. Queenie Key, Calder & Arp, Washburn-Gitarre. Mani Pedi, Wellness Lux, Fedy Pantera, REX-ISOLDE, Ogou Feray, Restylan und Anicet …

Als Anna Waterman durch den Gartenhausboden und in das Aleph fiel, war es kurz vor Morgengrauen an einem nassen Septembermorgen in London. Welche Zeit es gerade für das Aleph war, hätte sich nicht so leicht feststellen lassen.

Der Raum, durch den sie fiel, war von einer verwirrenden Farbe, wie die Dunkelheit einer windigen Nacht. Er war zu offen, um ein Tunnel zu sein und zu eng, um etwas anderes zu sein. Seine Grenzbedingungen gestatteten es ihr, sich zu überschlagen; sie gestatteten es ihr nicht, die Wände zu berühren. Der Himmel zog sich schnell zu einem nahezu unsichtbaren Punkt über ihr zusammen. Eine Weile leistete ihr der Kater Gesellschaft. Er machte beim Fallen ein lustiges Gesicht. Dann schien er auf Anna zuzutreiben, wobei er die Luft mit den Vorderpfoten durchknetete und laut schnurrte; danach verloren sie einander aus den Augen.

»James, du Plagegeist«, sagte Anna.

Weiter oben sackte etwas ab, als würde das Gartenhaus, das diesmal richtig brannte, langsam einstürzen. Ein Regen von kleinen Dingen fiel klappernd zu ihr herab, in tiefen Wein- und Bernsteinfarben oder durch den Fahrtwind zu einer gelben Glut angefacht, die an das Haar von Barbiepuppen erinnerte. Diese heißen Puppen, brennenden Kohlen und geschmolzenen Pillenfläschchen schienen sehr viel schneller zu fallen als Anna; als sie sie einholten, passten sie sich für einen Moment ihrer Geschwindigkeit an, sodass sie das Gefühl hatte, die Hand ausstrecken und sie berühren zu können; dann beschleunigten sie wieder und waren schon bald außer Sicht. Sie wusste, im Leben konnte man auf verschiedene Arten zu Fall kommen: Krank werden. Zur Sünderin werden. Schwanger werden. Fraglos hatte sie all das getan, oder es war ihr widerfahren. Sie malte sich aus, wie sie erklärte: »Mein Fall war sehr ausgedehnt, und einen Großteil der Trümmer, die ich glaubte hinter mir gelassen zu haben, nahm ich im Fall mit mir mit.« Sie wandte sich an den Kater. »Benenne dein *Genießen*.«

Im Fallen war sie sich des Umstands bewusst, dass ihre Arme langsam und schlaff umherwedelten. Sie ruderte mit den Beinen. Das Gefühl zu fallen ähnelte sehr dem, Wasser zu treten, dachte sie: Je mehr man sich abmühte, desto weniger Kontrolle hatte man. Das Herz schlug schneller, und alle Anstrengungen waren vergebens. Man hatte nur das Gefühl, um so schneller zu ertrinken. Es war ein Fehler, diesen Gedanken zuzulassen. Als Kind muss man vor allem unterscheiden können, ob man dem Schlaf oder dem Tod anheimfällt. Lange, bevor sie der Magersucht anheimgefallen war oder Miltons Worte über den Fall vom Morgen bis zum betauten Abend gelesen hatte oder Michael Kearney zum Opfer gefallen war, hatte Anna sich davor gefürchtet, dem Schlaf anheimzufallen. Sobald ihr das bewusst geworden war, fing sie an, sich zu wehren. Es folgten absehbare Momente der Panik, allseitiges Flackern und Summen, beklemmende Lichtblitze, nach denen sie sich in einem hallenden Raum wiederfand, dessen Natur sie nur schwer hätte beschreiben können.

Er war sehr hoch; er war gleichzeitig dunkel und hell. Er erinnerte sie an ein Restaurant, in dem sie und Marnie oft Mittagessen gegangen waren und das sich im Gebäude eines aufgegebenen Kraftwerks in Wapping befand. Ein Gefühl des Entsetzens suchte sie heim. Obwohl sie ein wenig sehen konnte, wusste sie nicht, was sie sah. Überall um sie herum waren Leute. Sie gestikulierten und glotzten sie an, versuchten, ihre Gesichter dicht vor das ihre zu schieben. Ihre Münder öffneten und schlossen sich, und doch war es Anna, die sich vorkam wie der Fisch im Aquarium. Sie begutachteten sie.

»Wie nah kann ich heran?«, fragten sie einander, und: »Haben wir eine Ahnung, wo sie herkommt?«

»Wir haben überhaupt keine Ahnung.«

Gelächter.

»Sie sieht aus, als würde sie fallen. Als wäre sie im Fall erstarrt.«

»Ich glaube, diese Vermutung hilft uns nicht gerade weiter, Gaines.«

Genau genommen fühlte Anna sich, als hätte sie jemand dabei erwischt, wie sie im Nachmittagsverkehr an der Waterloo Station ihr Geschäft verrichtete. Auf leicht Übelkeit erregende Art war ihr die Anwesenheit des Katers James bewusst, so nah, dass sie ihn nicht richtig ins Auge fassen konnte. Es war peinlich. Obwohl sie sich nicht ganz wie Anna vorkam, kam sie sich auch nicht ganz wie etwas anderes vor. Etwas stimmte nicht mit ihren Wangenknochen. Sie fühlte sich an mehreren entscheidenden Stellen verschmiert und instabil, wie ein Gemälde von Francis Bacon. Gleichzeitig hatte sie das Gefühl, als würde etwas Riesiges an einem höchst unangemessenen Punkt ihres Körpers in sie eindringen. Was ihren Zustand so unmöglich machte, war die Natur dieses Etwas.

Es handelte sich um ihr eigenes Leben.

Sekhet, Süße. Matty. Mutti. Roses, Radtke, Emily-Misere. Girl Heartbreak! & Imogen. L1 Dominette. Ich ziehe in die eine Richtung und sie in die andere. Diese Frau wird niemals ein Teil von mir sein. Ich sage, fall alleine. Fall alleine, du Miststück. Nicht in meiner Nähe. Hier drin ist noch etwas außer uns beiden, sagt sie, etwas Drittes & Viertes und Fünftes. Hier stinkt es nach Katze, du schmutziges Tier. So kommen wir nie dort an, wohin wir unterwegs sind. Mein Name ist. (Ysabeau, Mirabelle, Rosy Glo, Süße & Pak 43. Shacklette, Puxie, Temeraire. Stormo!, Te Faaturuma.) Ich stürze ins Gartenhaus & rufe das Falsche. Niemand hört zu …

In Saudade City wurde der Fall Toni Reno schließlich als »ungelöst« zu den Akten gelegt.

Nicht viel später befand sich Epstein, der dünne Bulle, mit einer Uniformierten namens Grills auf Patrouille. Es war eine milde Nacht. Leichter Regen. Auf der Tupolev Street herrschte weniger Verkehr als sonst. Die B-Girls, die in ihren zuckergussfarbenen Mambo-Pumps an der Ecke Johnson Street/Chrome Street standen, machten heute keine guten Geschäfte. Drüben bei den Kämpfen im Preter Cœur war auch nicht viel los. Von den Placebo Heights bis zum Trichter, von der Retiro Street bis zur Beasley Street blieben ganze demografische Zielgruppen zu Hause.

GlobeTown, 2 Uhr morgens: Epstein und Grills fanden Zeit, über den Krieg zu sprechen. Grills glaubte, dass er eine dauerhafte Veränderung der Gesellschaft zur Folge haben könne. Der Verbrechenstourismus, sagte sie, sei völlig zusammengebrochen; außerdem gebe es durchweg weniger illegale Schneiderarbeiten, Maultier-Gaunereien, Sensorium-Pornos und andere Persönlichkeits-Hacks. Doch in Epsteins Augen war der Krieg bloß eine weitere Schicht eines bitteren Kuchens – der davon verursachte Schwund werde durch den wachsenden Markt für gefälschte Identitätschips, Essensmarken und Wuchermieten aufgewogen. Die Persönlichkeitskriminalität mochte zurückgehen, aber dafür nehme der Schmuggel jedes Jahr um siebzehn Prozent zu. Nachdem sie darüber eine Weile nachgedacht hatte, mutmaßte Grills, dass es in den kommenden Monat sehr viel mehr Überstunden bei Demonstrationseinsätzen geben würde; dem konnte Epstein nur zustimmen, und dabei beließen sie es. Plötzlich erschien hoch über ihnen ein weißer Blitz am Himmel, lautlos, doch sehr hell, hochmodern. Epstein hielt sich die breite Hand über die Augen.

»Ist das ein Angriff?«

»Ich glaube nicht«, sagte Grills. »Ich habe schon mal einen Angriff gesehen, und da gab es …« – sie suchte nach den richtigen Worten – »… mehr davon.«

Achthundert Kilometer über ihren Köpfen verschwanden K-Schiffe aus der Umlaufbahn, nur um praktisch sofort wieder in einer anderen zu erschienen. Der leere Raum knisterte unter ihren Nachrichten. Vor einer Minute hatten sie noch über Herden rostiger Schiffsrümpfe gewacht; jetzt starrten sie in eine Leere. Zehn Millionen metrische Tonnen psychophysischer Schmiere, eingeschweißt in Behältnisse von der Größe eines Sarges bis hin zu der eines ansehnlichen Asteroiden, waren verschwunden. Die Nachrichten waren voll davon. Irgendeine neue, wilde Physik hatte den Himmel erleuchtet und innerhalb weniger Nanosekunden vor aller Augen Saudades gesamten Quarantäneorbit wie Schmutzwasser abgelassen. Die Quarantänepolizei stand vor einem Rätsel. Alle anderen waren aus dem Häuschen. Überall in GlobeTown kamen sie aus den Kneipen und Nueva-Tango-Schuppen gerannt, um in den Regen hochzustarren. Epstein und Grills, beide froh, dass etwas los war, sorgten für Ordnung. »Hier gibt es nichts zu sehen«, mahnten sie die Leute; doch auch sie starrten zum Himmel.

»Den Scheiß wollte doch eh keiner«, bemerkte Grills und verlieh damit dem allgemeinen Gefühl der Erleichterung Ausdruck, das sich im Laufe der nächsten Stunden verbreiten sollte.

Zwei oder drei Straßen weiter, in einem Wohnblock, der so dicht am Raumhafen der Konzerne war, dass seine Geometrie sich jedes Mal, wenn ein Schiff eintraf, leicht veränderte, liefen die Dinge recht gut für George den Genschneider.

Er sah vielleicht ein wenig aufgequollen aus. In seinem Innern hatte sich einiges verändert. Wenn man ihn schließlich fand, würde es angeraten sein, ihn nicht zu bewegen. Und natürlich war er tot: Somit hatte er nur noch sehr wenig Halt in der Welt. Aber er hatte immer noch etwas, das sich als Fußabdruck in dem alten Zimmer der Assistentin beschreiben ließe. Zumindest nach dem Maßstab des Augenblicks. Wenn man das Zimmer als etwas hätte sehen können, das sich über zweihundert Jahre erstreckte, wäre George, genau wie all die anderen, die Zeit in ihm verbracht hatten, Teil einer Art dunklen Rauchs gewesen. Sie mochten sich noch so sehr anstrengen, in einem bestimmten Zeitrahmen eine Identität für sich festzulegen, in einem anderen wurde sie ihnen wieder genommen.

Sie sahen sich selbst als Personen, doch eigentlich ähnelten sie eher Geistern oder Werbebannern – allem, was Schwärme bildet.

… Lucky Pantera, Bruna, Kyshtym, Korelev R-7, »Der Engel des Parkorbits«. Janice. Jenny. Geraldine. Du verdammtes Drecksding. Fickst in mir rum. Raus da! & komm nicht rein! Der Oktober fällt auf den November. West-London zieht sich um sich selbst zusammen & erscheint für eine Sekunde tröstlich. Dann kommt Michael herein & und es gibt eine Rauferei. Marnie, sieben Jahre alt: »Es ist Hundekacke in einer Papiertüte & er hat sie angezündet.« Du bist keine Kamera, aber du bist mit jeder deiner Handlungen eine Beschreibung der Gegenwart. Wir stürzen in die dunkle Straße & töten jemanden. Mein Name!, ruft sie. Wir töten erneut jemanden …

Tausend Lichtjahre entfernt von zu Hause durchlief die Assistentin derweil ihre eigene Verwandlung. Es war ein schneller und schlampiger Vorgang. Die Welt zersetzte sich zu Pixeln, umströmte sie wie Aale und setzte sich um sie herum wieder zusammen. Sie blickte wie durch getöntes Glas, oder von einer stark dissoziierten Warte aus, nach draußen in ein Zimmer.

Ein Teil von ihr war eine Million Jahre alt und so groß wie ein brauner Zwerg; andere Teile ließen sich zumindest für den Moment nur als »etwas anderes« beschreiben. Sie war weder bei Bewusstsein noch bewusstlos, weder tot noch lebendig. Ablagerungen sickerten ihr aus dem Mundwinkel. Wenn man sie gefragt hätte, wie es ihr ginge, hätte sie geantwortet: »Ausgedünnt.« Tiefe Schatten hingen oben unter der Decke. Ein Geräusch wie ein Tinnitus war zu hören. Leute kamen und gingen in der falschen Geschwindigkeit, in Gruppen und verschmiert wie animierte Statistiken. Einige von ihnen waren Menschen, mit denen die Assistentin zuvor gesprochen hatte. Einige von ihnen schoben Regale mit Geräten herum. Niemand beachtete sie. Sie konnte nichts machen, außer darauf zu warten, dass ihnen auffiel, was hier vorging, darauf zu warten, dass die Situation sich stabilisierte, und sie dazu ermutigen, mir mir in Verbindung zu treten. Sie war geduldig und ruhig. Sie mochte keinen Namen haben, aber immerhin konnte sie sich ausweisen.

»Gebietskripo, Saudade City«, wiederholte sie bei jeder Gelegenheit. »Uniment Street, Ecke Poe Street. Fahndungsbüro in der vierten Etage.«

Jemand sah sie aus sehr kurzer Entfernung an.

»Gaines?«, sagte er, hob die Stimme und neigte den Kopf fast horizontal in ihr Blickfeld. »Das hier interessiert Sie vielleicht. Sie fragt nach etwas.«

»Es gibt eine Datenspitze bei VF14/2b«, rief jemand anders.

Die Assistentin war auf dieser Spitze aufgespießt. Die Spitze hatte sie durchbohrt, und sie hatte die Spitze durchbohrt. Es ließ sich nicht beschreiben, was mit diesen beiden Dingen geschehen war.

»Es wiederholt immer wieder diese Adresse.«

»Adresse?«

»Es fragt nach einer Ermittlerin von irgendeiner Hinterwäldlerpolizei am anderen Ende des Halos.«

… Es ist, als würde man sich selbst immer & immer wieder in einem einzigen Satz inszenieren. Dieses Miststück nähert sich schnell, aber sie wird nie so schnell sein wie ich. Ich rufe meine Warnung, sie wollen nicht hören, also töte ich sie erneut. Ich kann die Sprache nicht hören, in der sie miteinander reden. Weißt du, wie es ist, wie ich zu sein, man befindet sich in einem unbenennbaren Zustand. Er ist jedes vorhergehenden Zusammenhangs entbunden. Diese Freiheit! Liebe Güte, wenn man so ist wie ich, dann ist nicht mal die eigene Pisse menschlich …

Anna Waterman konnte mit ansehen, wie eines Abends im Jahre 1999 die Seife vom Badewannenrand rutschte.

Eine weiße Gestalt kniete im abkühlenden Badewasser, während eine weitere Gestalt sie von hinten umschlungen hielt. Gelächter. Das Wasser spritzte herum, und das Bad gab heftige, aber kummervolle Laute von sich.

Da sie nicht daran gewöhnt war, derart in ihrem eigenen Leben herumzuschleichen, fand Anna die Einzelheiten überraschend: Nicht so sehr an sich, sondern mehr, weil es überhaupt welche gab. Es war in gewisser Weise aufregend, seinen eigenen nackten Körper von sich weggehen zu sehen oder sich selbst lachend sagen zu hören: »Also, was sollen wir *essen*?« Aber alles war von der falschen Klarheit, die auch gewissen Fotografien anhaftet. Wie sich herausstellte, konnte sie aus ihrem neuen Blickwinkel jede Oberfläche bis in den mikroskopischen Bereich wahrnehmen; und doch blieb all das bedeutungslos. Auch die Fakten waren anders. Der Mann in der Badewanne, den sie beispielsweise immer als Michael in Erinnerung gehabt hatte, erwies sich als Tim. Wie peinlich. Alles war genauso, aber letztlich ganz anders. Man konnte zählen, wie viele Sorten Zahnpasta es im Badezimmer gab, was in einer Sex-Erinnerung normalerweise nicht an erster Stelle steht. Sie konnte jeden Aspekt des Ereignisses betrachten, und der benachbarten Ereignisse, und aller anderen Ereignisse ihres Lebens. Eine Generation später flossen sprudelnde Wassermassen über die Brownlow-Wehr; Ponys rannten über ein Feld, als habe man sie soeben freigelassen; Lerchen stiegen und fielen über den South Downs gen Boden wie Fahrstühle, ständig in Betrieb; genau zur gleichen Zeit konnte Anna sich selbst beobachten, wie sie ruhig und befriedet in der Zeit, die man inzwischen die Nullerjahre nannte, an ihr Küchenfenster klopfte.

»Marnie«, rief sie, »du ungezogenes Kind! Lass den Schlauch in Ruhe!«

Marnie im Alter von sechs. Anna, die für Tim aufräumte. Anna, die endlich allein mit ihrem Leben war und den Blick hinaus über die Felder ins Juni-Zwielicht schweifen ließ, während sie ihr viertes Glas Pinot Noir trank. Sie rief den Kater nach Hause: »James, du alter Dummkopf. Was hast du jetzt entdeckt?« Sie sah sich zu, wie sie sich unter den Weiden auszog, ihre Schuhe versteckte und bei Mondlicht in den Fluss watete. Aber diese Szenen, die sie hell und präzise wie durch Brillenglas wahrnahm, erinnerten sie bloß an ihre gegenwärtige Zwangslage. Während sie sich dabei beobachtete, wie sie im Garten auf und ab ging – eine saubere, puppenhafte, leicht beschleunigte Gestalt, die Tag für Tag in wechselndem Licht zu sehen war und sich unausweichlich auf ihren eigenen Fall zubewegte –, überlegte sie, wie die Situation sich retten ließe. Sie konnte zu jedem dieser Momente eine Verbindung herstellen. Sie konnte ein Mitspracherecht in ihrer eigenen Vergangenheit haben.

Alles, was falsch war, rührte von dem Gartenhaus her.

Was, wenn Anna nicht fiele?

… Sie versucht ununterbrochen, ihren Namen zu sagen, darüber zu reden, wie ihr die Liebe ihrer Eltern schon früh in ihrem Leben abhanden kam, »Sie haben mich in irgendeiner Weise gedemütigt, bevor ich fünf war.« Sie war ein kleines, freundliches, nervöses Mädchen, das gerne früh aufstand und spät zu Bett ging. Sie hatte zu viel Angst, wenn sie allein war und zu viel Angst, wenn sie in Gesellschaft war. Ich war mit einer anderen Person zusammen am glücklichsten. Ich habe hier Dinge gesehen, die du niemals glauben würdest: Männer mit sechzig Zentimeter langen Schwänzen …

Überall im Halo, mal verstohlen, mal mit einem fanfarenartigen Energieausstoß, leerten sich die Quarantäneorbits. Die Berichte waren widersprüchlich. Es war ein Durcheinander.

Dreihundertfünfzig Meter über Mas d'Elies wurde ein Regen kurzlebiger exotischer Vakuum-Ereignisse gesichtet, die den gewöhnlichen Quantenschaum wie Perlen in einer Handvoll schwarzer Spitze durchsetzten. Solch unmerkliches Feuerwerk, das seinen Ursprung tief in der Körnung des Universums selbst hatte, kannte man normalerweise nur in Zusammenhang mit den fremdartigsten Alien-Antriebssystemen …

Fünfundzwanzig Ficktouristen von Keks-Varley III behaupteten, dass sie ein »Feuerrad« am Nachthimmel über *Kunene* beobachtet hätten. Mit bloßem Auge war es drei Stunden lang zu sehen gewesen, ehe es in eine Reihe nordlichtartiger Entladungen zerfiel und hinterm Horizont verschwand. Während dieser Phase wurde keine

Aktivität im Quarantäneorbit beobachtet; allerdings wurde er kurz darauf für alle Instrumente unsichtbar …

Vom grellen Licht beschienen wie schmutzige Eisringe um einen Methanriesen, war der gewaltige Orbit um Mycenae seit Jahren ein Reiseziel für sich, das Touristen von so fernen Planeten wie Bell Laboratories und Anaïs-Anaïs anzog. Als größte Ansammlung von Toten im ganzen Universum brach er im Laufe eines Tages auseinander, um sich kurz darauf unmittelbar außerhalb der Heliohülle des Systems neu zu formieren; von dort ergoss er sich als breiter, langsamer Strom in den interstellaren Raum. Die K-Schiffe, die wie Königsfischer in ihn ein- und wieder auftauchten, fanden nichts; Erscheinung und Wirklichkeit stimmten nicht überein …

In der Kälte und Dunkelheit über *New Venusport* verschwanden die Schiffsrümpfe einer nach dem anderen wie ersterbende Kerzenflammen. Als Letztes verabschiedete sich die kleine Nussschale mit Bobby, Martha und dem als Bella bekannten Ausreißer-Code. Der kleine Junge, der sich nicht an viel erinnerte, vermutete, dass sein gegenwärtiger Zustand eine Phase sei, die jeder einmal durchmachen musste. Das Leben, das abwechselnd verlockend und unerklärlich war, hatte ihm bereits demonstriert, wie seltsam es sein konnte. Eines war sicher, dachte Bobby: Die meisten Sachen hatte man nach einem Jahr hinter sich. Die Frau wusste es besser. Seit den Ereignissen in ihrem Zimmer war Bella in gewisser Weise sie alle drei gewesen. Die Vorstellung, etwas wissen zu können, hatte sie schon lange zuvor aufgegeben: Für sie war der Sarkophag ebenso rätselhaft wie der Eingangsflur eines Hauses. Martha derweil schwankte zwischen Panik und Resignation und wartete auf die Auflösung.

… Sechzig Zentimeter lang und nicht ganz steif, es war schwer zu glauben, dass so ein Ding in irgendjemanden eindringen können soll. Es ähnelte eher einer Fahne als einem Schwanz, etwas, womit man der Welt zuwinkt. Jet Tone, Justine, Pantopon Rose, die Kleptoplastische Fantastische, Avtomat, das kleine Mädchen, das alles zerbrechen konnte. Frankie Machine und Mord GmbH. Die Markov-Eigenschaft. Ich nehme

Fisch, sagt der andere. Geh nicht ins Gartenhaus! Ich kann etwas mit meinem Kopf machen, aber obwohl alles mögliche Feuer fängt & Blumen sprießen, passiert sonst nichts. So einen Schwanz kannst du behalten, den will ich hier nicht haben. Mir gefallen ihre Beine besser. Kleine Jungs, die lieben meinen Gestank, aber sie haben Angst. »Ist es das, was du willst, Schatz?« …

Wie in allen bösen Träumen gab es körperliche Zustände, die der Assistentin versagt waren: In diesem Fall handelte es sich um alles, was sie bis dahin unter Bewegung verstanden hatte.

Gleichzeitig eröffneten sich ihr großzügige Bewegungsspielräume in anderen Richtungen. Durch die Physik von VF14/2b lag ihr »Leben« – worum auch immer es sich gehandelt haben mochte – jetzt in allen Punkten und entlang aller Achsen offen vor ihr ausgebreitet. Schon bald kehrte sie mühelos und wiederholt in ihre eigene Vergangenheit zurück …

Saudade City an einem nassen Freitagabend. Im Keller des alten Gebietspolizei-Gebäudes an der Ecke Uniment/Poe Street bedienten zwei Agenten und ein Kabeljockey einen Klienten. Die Assistentin sah ihrem früheren Selbst dabei zu, wie es sich in die Kellertür lehnte, von der Energie und Wärme des Verhörs angezogen, und erlebte dabei das, was bei jemandem wie ihr einem Gefühl der Kameradschaft am nächsten kam. »Jungs«, hörte sie sich das Verhörteam aufziehen, »das müssen wir unbedingt wiederholen!«

Sie wartete, bis sie gegangen war, und betrat dann den Raum. »Hallo«, sagte sie, »mein Name ist Pearlant …« Sie gafften sie verwirrt und mit heruntergeklappten Kinnladen an.

Südhalbkugel, *New Venusport*. Sie folgte sich selbst auf das Jahrmarktsgelände, wo die leeren Motels vom leichten Regen, den der auflandige Wind herbeitrug, glänzten. Sie hatte es nicht eilig, doch sobald sie ihr früheres Selbst auf jene bestimmte Art rufen hörte, den Möwenschrei »Moment!«, war der Augenblick gekommen. Aus dem Sand aufspringen. Durch das getunte Gewebe um den Hirnstamm hineingreifen. Drücken. Zurücktreten. Sollten die Kv12.2-Expressions-

probleme doch den Rest erledigen – Anfälle pflanzten sich kaska-
denartig über den Kortex fort, die autonomen Funktionen versagten
eine nach der anderen. Das sollte sie lange genug lahmlegen, damit
sie mit ihr reden könnte. »Hör mal, Schatz, hör mir zu: Spring nicht!«
Sie versuchte, ihre eigene Aufmerksamkeit zu erwecken, doch stattdessen löste sie eine eingebaute EMC-Abschaltautomatik aus. Das
würde jemand am nächsten Morgen ziemlich peinlich sein.

Wo sie auch hinging, war es das Gleiche ...

Toni Reno riss den Mund auf und begann zu schwitzen, als sie
sich von jenseits der Zeit auf ihn stürzte – er glaubte, auf dem neuesten Stand der Technik zu sein, doch das erwies sich als Irrtum.
George, der arme Genschneider in seinem kleinen Geschäft, angezogen und zugleich entsetzt von den künstlichen Kairomonen in
ihrem Schweiß, überwand schließlich seine Angst, umfasste dankbar ihre Titten und fiel im Dunkeln zu ihren Füßen zu Boden. Nur
eine oder zwei Wochen zuvor war aus Enka Mercurys Achsel Gewebe hervorgeplatzt wie schmutzige Kapokfasern. Die Assistentin
hatte einfach kein Glück bei diesen Leuten, und bei sich selbst in
gewisser Weise sogar noch weniger. Sie existierte in der Vergangenheit: Sie war dort wirklich vorhanden. Aber als Kommunikations-
strategie konnte das niemals funktionieren: nicht für jemanden wie
sie. Dafür war sie einfach nicht gemacht. All diese Leute schienen
nicht zu begreifen, dass sie mit ihnen reden wollte, dass sie ihnen
wirklich etwas zu sagen hatte. Sie konnte ihre Wut auf diejenigen,
die sie gemacht hatten, nicht kontrollieren, sie konnte ihre Wut
über das, was Gaines ihr angetan hatte, nicht kontrollieren, und sie
konnte ihre Wut auf sich selbst nicht kontrollieren. Derweil konnten
ihre Opfer ihre Angst nicht kontrollieren. Es war eine giftige Mixtur.
Diesen weichen Zielen – denen sie mit einer sorgfältigen, geschick-
ten, katzenartigen Gedankenlosigkeit auflauerte und sie zerstückelt,
aufgeschlitzt, in den geschneiderten, aber chaotischen Raumzeit-Strö-
mungen von VF14/2b baumelnd zurückließ – hatte sie nichts außer
der lebenslänglichen Hilflosigkeit von etwas künstlich Hergestelltem
zu bieten. Sie versuchte, jeden Menschen aus ihrer Vergangenheit

vor dem Bevorstehenden zu warnen: Doch letztendlich war absehbar, dass ihr Beitrag immer nur in einer Leiche und einem Flecken körniger, dunkelbläulicher Luft bestehen konnte, in dem die Schatten im falschen Winkel fielen, weil die normale Physik dort nicht mehr gültig war. Sie erreichte lediglich, dass sie zum Gegenstand ihrer eigenen Ermittlungen wurde, zu dem Rätsel, das sie niemals lösen konnte.

Diese Verabredungen mit sich selbst, die sie einhielt – Südhalbkugel *New Venusport*; die verlassene Fabrikstadt Mambo Rey, *Kunene*; das Treppenhaus bei der Gebietskripo, Ecke Uniment/Poe Street, wo das Licht schillernd auf die Stufen fiel wie auf einem Kirchengemälde der Alten Erde; was hatte sie damit letztendlich erreicht? Nichts. Wie sich herausstellte, mochte sie sich nicht einmal selbst. Sie hatten keinen Bezug zueinander. Sie waren einander zu ähnlich. Die Geschwindigkeit und Perfektion der jeweils anderen überraschten sie so sehr, dass sie nur negativ aufeinander reagieren konnten. Sie rieben sich zu sehr an ihrer Verstocktheit. Auf *New Venusport* hatte sie die Oberhand über dieses Miststück gewonnen. Später fragte sie sich angesichts der Leiche des armen George, ob sie zu weit gegangen war.

Sie erinnerte sich, ihn in schöneren Zeiten gefragt zu haben: »Tötet jemand wie ich zu leichtfertig?«

… Er hat meinen Kopf aufgemacht und eine Hand hineingelegt. Es war so sanft. Ich bin völlig dahingeschmolzen. Danach ist es leicht, sich umzubringen, es ist das ungedacht Gewusste, Zahnpasta im Mundwinkel, Spiegelbilder auf einem Boden aus Marmorimitat. Aber wenn man seinen eigenen Blickwinkel aufgibt, verliert die Welt so rasend an Zusammenhalt, erweist sich als so unbegreiflich, dass man nichts davon hat. Schild an einer Apotheke: FA Seltsam. FA Seltsam, Allerdings. Das verstehe ich nicht, sagte Michael. Warum solltest du?, fragte ich. Warum solltest du es überhaupt verstehen?

Annas früheres Selbst wurde von dem Gartenhaus angezogen, weil die Hitze, die sie von dort spürte, ihre eigene war. Dort drin war sie wütend. Sie war näher an ihrer eigenen Oberfläche. Ihre Aufmerksamkeit war leichter zu erregen. Aber eine Einflussnahme erwies sich als schwieriger als schlichtes Übersehen …

Sommer. Nacht. Das Gefühl, dass ein Sturm herannaht. Unvermittelt wie eine Bauzeichnung hockt das Waterman-Haus heiß und atemlos im Flusstal. Es war ein seltsamer, einsamer Tag. Anna Waterman blickt auf ihre Hände herab. Sie ruft den Kater. »James, du alter Dummkopf!« Um neun klingelt das Telefon. Sie hebt in der Erwartung ab, ihre Tochter Marnie zu hören, doch niemand meldet sich. Gerade, als sie den Hörer auflegen will, hört sie ein elektronisches Knacken, und eine Stimme ruft aus weiter Ferne: »Geh nicht da rein! Geh nicht ins Gartenhaus!« Im Laufe der nächsten halben Stunde lodern Flammen aus dem Gartenhaus, und sie sieht sich selbst – eine Frau schwer einschätzbaren Alters, die ein blumenbedrucktes Dreißigerjahre-Kleid trägt – aus der lautlosen Feuersbrunst auf sich zurennen. Die Miene dieser Frau ist bestürzt. »Geh weg!«, ruft sie. »Geh weg von hier!«

Ein paar Tage später erwacht Anna, die nach einer zerrüttenden Sitzung bei Dr. Helen Alpert in Chiswick immer wieder unvermittelt in Tränen ausbricht, bei Mondlicht und marokkanischer Luft mit dem Gefühl, dass gerade jemand etwas gesagt hat. Sie geht in den Fluss, und mit einem Mal ist die Welt etwas Unbekanntes und Unbegreifliches. Alles ist so voller Rätsel, als sie in jener zauberhaften Nacht zu Fuß nach Hause geht und feststellt, dass das Gartenhaus einmal mehr brennt! Sie hat das sichere Gefühl, durch das Brausen der Flammen eine Stimme zu hören. Die Stimme ruft ihren Namen, aber Anna kann nur antworten:

»Michael? Bist du das?«

So ging es jedes Mal, wenn Anna versuchte, Verbindung aufzunehmen. »Anna!«, rief sie. »Hör mir zu! Geh nicht ins Gartenhaus!« Aber Anna war so begriffsstutzig. Dauernd war sie mit sich selbst beschäftigt. Es war unmöglich, ihre Aufmerksamkeit zu erregen, und deshalb wurde man so ungeduldig, man musste immer wieder »Anna! Anna!« rufen, bis man heiser war. Es war fast schon albern.

Dazu schien es auch noch physikalische Begrenzungen zu geben. Die Vergangenheit ließ sich deutlich erkennen, aber man hatte das Gefühl, nur von weit weg mit ihr zu interagieren. Manchmal gelang es Anna überhaupt nicht, zu sprechen, sodass sie sich in anderer Weise bemerkbar machen musste, beispielsweise durch das Wetter oder durch einen Schwall emotional aufgeladener Gegenstände. Es kam ihr vor, als habe das Universum, das sie nun bewohnte, einen Hirnschaden erlitten und verwechsele nicht etwa verschiedene Sinne, sondern verschiedene Energie- und Materiezustände. Sie war auf eine Art Synästhesie der Praxis zurückgeworfen; auf den Einsatz von Theater, Metaphern, Symbolen und Emotionen. Obwohl sie alles versuchte, blieb sie ein Epiphänomen ihres eigenen Lebens, eine Gestalt, die per Rauchzeichen von einem fernen Hügel traurige Neuigkeiten übermittelte. Des Nachts verwandelte sie das Gartenhaus in ein Leuchtfeuer, aber ihr früheres Selbst begriff nicht, was sie ihr sagen wollte. Sie ließ ein gutes Dutzend kupferfarbener Mohnblumen in der Morgensonne aus den Downs sprießen, aber die Sprache der Blumen funktionierte einfach nicht so gut wie die Sprache der Sprache, und nach einer Weile erkannte Anna, dass sie mit ihren Bemühungen alles bloß noch schlimmer machte.

Gleichzeitig bog ihr Körper sich so stark durch, dass nur ihre linken oberen Rippenbögen noch den Boden berührten. Ihr rechtes Bein war etwa dreißig Grad über die Horizontale erhoben, das linke leicht angewinkelt. Ihre Füße waren nackt. Ihre zu beiden Seiten ausgestreckten Arme bogen sich zur Decke; ihre Hände waren geöffnet, die Handflächen wiesen nach außen, die Finger ballten sich langsam zur Faust und entspannten sich dann wieder. Aus dieser verkrampften, unbequemen Perspektive musste sie in einen blendenden Säulengang aus Licht starren, über eine glänzend schwarze Oberfläche voller Spiegelbilder. Sie trudelte in diesen Raum hinein und gleichzeitig durch ihn hindurch. Alles roch nach Elektrizität. Die Leute schoben seltsame Geräte umher. Oder sie traten dicht an sie heran und redeten über sie, als sei sie gar nicht anwesend. »Wir erwischen es in der Planck-Zeit«, sagten sie zueinander. »Länger kann man es nicht sehen, weil es sich bereits in seiner eigenen Zukunft befindet, weil es bereits etwas anderes ist.« Sie sagten: »Wie passt die Katze dazu?«

Gelächter. Dann:

»In der Xenobiologie nennt man sie bereits Perle.«

Es war genau wie in einem verdammten Krankenhaus. Sie hasste diese Leute, zu welcher schaurigen Welt auch immer sie gehörten. Schlimmer noch: Über einen Zeitraum hinweg, bei dem es sich um Sekunden oder um Jahre handeln mochte, wurde ihr bewusst, dass noch jemand mit ihr dort drin gefangen war. Manchmal spürte Anna, wie ihre Knochen übereinanderschabten, so wenig Raum war für sie beide. Es war nicht James der Kater, obwohl sie wusste, dass auch er sich in ihr drin befand, umherpirschte und ihre Beweggründe mit seinen eigenen überlagerte. Ein wachsendes Gefühl der Anspannung und Eingesperrtheit verdrängte alles andere aus ihren Gedanken, und ihre Versuche, sich mit ihrem früheren Selbst zu verständigen, kamen zum Erliegen. Sie hörte eine entfernte, aber deutlich vernehmliche Stimme in ihrem Kopf. Sie tobte und klagte. Um wen – um was – auch immer es sich handelte, sie beide stürzten gemeinsam, ohne Ende. Sie waren sich einander bewusst. Alles verwandelte sich in ein dumpfes Ringen um den Körper oder das, was sie als Körper auffassten …

… Ich würde mir Liebe wünschen, wenn ich wüsste, was das ist. Man kann das als Patch bekommen, oder mehr als eine Art App. Es ist eine Stimmung, sehr ökonomisch, sehr gefühlvoll, das Liebes-Patch, das man sich bei Onkel Sip für den Samstagabend holt. Mary Rose, Rose von Marokko, Rose von Mexicali, Rose von Tralee, Rose Sélavy, Immordino, Gianetta, Ona Lukoszaite. Dr. Alpert meint, es gäbe Hinweise auf eine Reihe kleinerer Schlaganfälle, nichts, was einem Sorgen machen müsste. Habe ich das Gedächtnis verloren, damit ich meine Erinnerungen verlieren kann? So ausgedrückt erscheint das nicht nur möglich, sondern ganz gewöhnlich …

Allein im Kahn, von langen, sanften Gravitationswogen in den Windschatten des Kefahuchi-Trakts gezogen, riss Impasse van Sants Kontakt zur Leitung seines kleinen Projekts ab. Zusammen mit Rig Gaines verlor Imps die letzte Verbindung zu dem, was man mit viel Humor als Menschheit hätte bezeichnen können. Da niemand ihn überwachte, ließ er seine Forschungsarbeit schleifen und sah stattdessen zu, wie der Krieg sich in den Halo-Medien selbst führte:

Zu Nova-Bomben umfunktionierte Sterne. Zu Logikbomben umfunktionierte Gehirne. Heimatlos umherziehende Planetenbevölkerungen. Gammajets, die sich bei 50 Millionen Grad Kelvin duellierten. Steuerlos treibende Schlachtschiffe, durchlöchert und unbewohnt, in Wolken rosigen Gases. K-Schiffe, die in all dem aufflackerten und wieder verschwanden, in Zeitfenstern, die sich niemand vorstellen konnte, in Bewusstseinszuständen, die sich niemand ausmalen konnte, gesteuert durch Mathematiken, die niemand verstand. In Ermangelung von Gaines' Geheimwaffe konnte das EMC nicht die Spielregeln vorgeben, weshalb es bereits Boden an eine lockere Koalition von Aliens verloren hatte, deren Motive unklar blieben und deren Namen alle mit x endeten. Van Sant vermutete, dass diese fieberhafte Energieaufwendung nur zu einem schlimmen Ende führen konnte: Die Jungs von der Erde, die für einen makellosen Augenblick durch Psychodramen voller Blut, Risiken, Schrecken und *He, einmal selbst das Opfer sein!* ans Äußerste getrieben wurden, würden sich bald schon wie Kinder verzweifelt wünschen, dass man sie wieder heimholte. Selbst das machte sie zu Menschen: im Gegensatz zu Imps, der sich zeit seines Lebens nicht nur als losgelöst betrachtet hatte, sondern auch als jemand, der in unfairer Weise durch seine Losgelöstheit geschützt war.

In diesem Moment öffnete sich die Leere hinter ihm wie ein riesiges Tor. Sie war voller Schiffe. Es waren Hunderte von Millionen, eine Flotte von Lichtern, die von überall entlang des *Strands* hierhergekommen waren. Sie strömten aus dem fernen Sektor 47 herbei, aus der Da-Silva-Wolke und der Mokite-Bank, sammelten sich für einen Moment zwischen den chaotischen Attraktoren und Gravitationsströmen der *Radio Bay* und ergossen sich dann Richtung Kefa-huchi-Trakt. In der Vergrößerung sah man, dass es Schiffe jeder Größe und jeden Alters gab, von klobigen Raumzeitverzerrern bis zur Ein-Mann-Kapsel aus dem Vorjahr. Was sie gemeinsam hatten, war der Zustand, in dem sie sich befanden. Ihre Rümpfe waren zerbeult, verrostet und halb zerlegt, aber von brandneuen Schweiß-nähten bedeckt. Sie zogen Wolken intelligenter Reparatur-Vorrichtungen hinter sich her. Vorneweg raste ein einzelner Dreiflossen-Dynaflow-HS-HE-Frachttransporter, fassförmig, messingfarben, hier und dort durch Teilchenabrieb dumpf glänzend und an anderen Stellen von Vogelkacke überzogen, als habe er die letzten vierzig Jahre auf dem Hangar irgendeines freien Raumhafens gestanden. Am Bug hatte jemand in zwei Meter hohen Buchstaben die Worte SAU-DADE SCHWERTRANSPORTE aufgeprägt, und kleiner darunter: *Nova Swing*. Der Raum ums Heck war von ionisierender Strahlung in erbarmungslosem Violett vernebelt, durch die man eine unbekannte Anzahl Außenbordmotoren sehen konnte, die in engen, komplexen und nur teilweise sichtbaren Umlaufbahnen um das Schiff flogen, Umlaufbahnen, die an und für sich die Antriebstopologie bildeten.

»Scheiße auch«, fragte sich Imps, »was geht hier vor?«

Wie eine Statistikaufgabe näherten sie sich, unablässig und ohne weniger zu werden, entströmten der Finsternis und teilten sich um das Forschungsschiff, von dem sie kaum mehr Notiz nahmen als von der Leere selbst. SAUDADE SCHWERTRANPORTE, dessen Rumpf unter einem herannahenden katastrophalen Ereignisses erbebte – ein Phasenwechsel, der Sprung in den nächsten stabilen Zustand –, richtete sich auf das Herz der Singularität aus, die sich als Reaktion darauf zu bewegen schien und in Echtzeit in hochenergetischen Photonenentladungen zu brodeln begann. Die Alien-Triebwerke umflogen das Schiff immer schneller und erzeugten dabei seltsame, glatte Impulse, die sich dem Beobachter nicht als Licht, sondern als Ton, als Geruch, als Geschmack im Mund, als Vibration der Wände, als ständiges und ständig leiser werdendes Echo im Gefüge der

Dinge darstellte. Die Flotte verharrte für einen Moment, hing als Schattenriss da, ehe sie sich in den Trakt stürzte.

Nachdem sie verschwunden war, wirkte das Vakuum noch einen Moment lang bewohnt. Dann war da wieder nichts. Imps van Sant starrte durch die Okulare seiner überholten Geräte. In das Versagen jeder Erklärung vertieft, wusste er nicht, wie er sich zu den Ereignissen, deren Zeuge er geworden war, positionieren sollte. Mannomann, dachte er. Was waren das für Kerle? Sie waren ihm vorgekommen wie vom Wahnsinn Getriebene, die alles zurückwiesen, was er vielleicht als menschlich bezeichnet hätte. Das gab ihm das Gefühl, einsamer denn je zu sein. Darüber dachte er gerade nach, als der leere Raum ihm etwas zuflüsterte.

»Hallo?«, sagte er.

Sie hing dort draußen, einen Kilometer lang und sauber wie eine Silbermöwe über einem windigen Strand. Man sah sie an und schmeckte Salz, Eis, Jod. Eine Sekunde lang war man ganz in sich selbst.

»Ich kann sein, was immer ich will«, sagte sie, »aber das will ich nicht. Ich will genau das sein, was ich bin.«

Und als van Sant keine Antwort einfiel, fuhr sie fort:

»Woran erinnerst du dich am besten?«

»Ich erinnere mich an überhaupt nichts«, sagte er. »Ich war kein gewöhnliches Kind.«

Er kramte zwischen den leeren Bierdosen, kaputten Tischtennisbällen und Repro-Wichsmagazinen aus den 1970ern herum, die einen Haufen um seinen Pilotensessel bildeten, bis er schließlich eine Immobilienbroschüre fand. »Ich erinnere mich an überhaupt nichts, aber ich möchte in so etwas wohnen.« Er hielt ein Bild hoch, sodass sie es sehen konnte, ein Sandra-Shen-Tableau mit dem Titel *Airstream-Anhänger an der Salton Sea, 2001.* »Oder in so etwas«, sagte er; das Bild zweier japanisch aussehender Leute, die in der Brandung vögelten. Sie trägt ein Hochzeitskleid. Im Hintergrund Berge. »Das hier gefällt mir auch ziemlich.« Ein Holzhaus mit einem Steg, der auf einen See hinausgeht: drei braune Pelikane, die nach Fischen tauchen. Und dann sein Lieblingsbild, die Eisdiele in Roswell, New Mexico, auf der Alten Erde. Neonpastellfarbene Mint- und Rosatöne vor leicht mattierten Aluminiumsäulen: ein heiliges Zwielicht auf dem Parkplatz.

»Das wäre genau das Richtige«, sagte Imps.

»An etwas Derartiges erinnere ich mich nicht«, sagte sie. Und fügte dann fast sofort hinzu: »Was wärst du, wenn du etwas anderes sein könntest?«

»Eine Sache?«

»Ja.«

»Dann wäre ich weg von hier.«

»Ich will nach Hause«, sagte sie. »Lass uns bald anfangen.«

In eben diesem Moment erblühte in einer Ecke vom Hauptschirm des Kahns, wie bei einer Halluzination während einer neurologischen Störung, eine weiche weiße Explosion, wie ein Wattebausch oder eine Sporenwolke. Sie war nicht sehr ergiebig und befand sich weniger als einen Lichttag entfernt in Richtung *Radio Bay*. Nicht ganz so weit draußen wie Imps van Sant, aber weit genug. »He!«, sagte er. »Was ist denn das?« Einen Moment lang dachte er, der Krieg habe sie eingeholt. Doch bei näherer Betrachtung erwies das Etwas sich bloß als aufgegebenes Forschungsgerät, das, nachdem es eine Million Jahre ins Nichts gestarrt hatte, verrückt geworden war und sich in die Luft gesprengt hatte. So dicht am Trakt geschah das dauernd. Was war der *Strand* schließlich anderes als ein Aufbewahrungsort für verblassende Erinnerungen?

… Ich sagte, du hast dein Leben zu einer Beschreibung des jetzigen Augenblicks gemacht, das warme Neon von Pizza-Huts und Kneipen, vom leichten Regen verwaschen und sich in jeder seichten Pfütze wiederholend; sie sagte, sie könne eine Ratte zwei Zimmer weiter atmen hören, das glaube ihr niemand. Sie sagt: Was ist denn überhaupt Zeit? Komm mir nicht damit, ich weiß, was Zeit ist. Was auch immer du machst, du Miststück, komm mir nicht damit. Die Nacht ist gekommen. Es geht darum, ein Mem zu sein. Ich blinke in RF, Radar und der Fledermausscheiß bei 27–40 gHz, bekomme sofort eine Antwort

aus den Dünen, halte auf das Sonarsignal zu & da ist sie: Das ist das Liebes-Patch, Baby, das Liebes-Patch. In dieser Welt sind wir die Überreste unserer eigenen Menschlichkeit. Spring nicht!, rufe ich. Ich rufe ihr zu: Das Gartenhaus! Ich rufe: Setz das alles nicht in Gang! Werde nicht ein Teil davon! Sie hört mich nicht. Letztlich können wir sowieso nur töten. Elise, Ellis und Elissa, die Blister Sisters. Elissa Mae. Ruby Mae. Lula Mae. Ruby Tuesday. Mae West und May Day. Sie ist die Eine, Zwei-Dollar-Radio, Flamingo Layne. KM, LM, KLF. Eine Angehörige der Hochzeitsgesellschaft. Spanky. Misty. Die beste kleine Maschine der Welt. Hanna Reitsch, Jacqueline Auriol, Zhang Yumei, Olga Tovyeski. M3 im Orion. »Sabiha Gökçen«. Pauline Gower und Celia Renfrew-Marx. Irma X. Colette. Mama Doc. Sfascamenta. Mein Name ist Pearlant! Mein Name ist Pearlant, und ich komme aus der Zukunft! Vergiss es Schatz, sagt sie zu der anderen. Bitte versuch, etwas gelassener zu bleiben. Immerhin sind wir am Leben. Das ist nicht viel, aber es ist besser als to

28 · Lay Down Your Weary Tune

Nachdem man die freiwillige Feuerwehr des Bezirks Wyndlesham zu einem Haus in der Coldmorton Lane gerufen hatte, aus dem bei Sonnenaufgang Rauch aufgestiegen war, kam sie mit einem Pumpwagen, der noch vom Beginn des 20. Jahrhunderts stammte, und einem noch älteren Mercedes-Leiterwagen (bei dem es sich um die Spende eines Liebhabers aus der »besseren Gesellschaft« handelte und den man vom Rand irgendeines Feldes in Südfrankreich geborgen und liebevoll restauriert hatte), und fand die Hausherrin, eine fünfzig- oder sechzigjährige Frau, nackt und mit einem unerklärlichen Lächeln auf den Lippen, halb in dem Holzhäuschen am Ende ihres Gartens liegend vor. Sie war tot. Als man sich anschickte, das Feuer zu löschen, stellte man fest, dass das Gebäude, ein Bretterschuppen, etwa so alt war wie der Leiterwagen, zwar in seltsam chaotischer Weise in sich zusammengestürzt war – als wäre es von kurzen, wirbelnden, räumlich stark begrenzten Windböen geschüttelt worden –, allerdings offenbar nie gebrannt hatte. Die Trümmer waren nicht heiß. Nicht verkohlt. Es roch nicht verbrannt. Das, was sie bei ihrem Eintreffen für verstreute Glut gehalten hatten, erwies sich als der Inhalt des Schuppens, haufenweise bunte Alltagsgegenstände, herausgeplatzt aus den feuchten Pappkartons, als das Dach eingestürzt war.

Die Polizei, die Notärzte und der Hausarzt der Verstorbenen trafen alle gleichzeitig ein. Inzwischen war der Leiterwagen in seine Garage in der aufgegebenen Landwirtschaftsschule in Pumpton zurückgekehrt; derweil tuckerte der Hauptmann – ein derb wirkender Kerl aus Yorkshire namens Weatherburn, mit kurz geschnittenen grauen Haaren, dreißig Jahren Erfahrung und einem ganz eigenen

Sinn für Humor – mit dem Pumpwagen vor dem Haus herum, in dem Versuch, ihn zurück auf die Coldmorton Lane zu bugsieren, ohne dabei den Rasen zu zerfurchen. Weatherburn steckte den Kopf aus dem Fenster der Fahrerkabine und sagte zu dem Arzt: »Was auch immer der Anrufer beobachtet hat, ein Feuer war es nicht.«

»Sind Sie sicher?«

»Normalerweise erkennen wir einen Brand, wenn wir ihn sehen.«

Der Arzt grinste weiß und verzichtete auf eine Antwort. Er war es bereits leid, das Dröhnen des Dieselmotors zu überschreien.

Nur wenig später rollte er seine gepuderten Nitrilhandschuhe ab und erklärte den anwesenden Polizisten: »Ein Schlaganfall. Ein schwerer.« Jeder in seiner Praxis kannte Anna Waterman.

»Was ist das da, in ihrer Hand?«

Nachdem sie den Gegenstand ihrem Griff entwunden hatten, erwies er sich als eine externe Festplatte mit glänzendem Titangehäuse und einem Anschluss, den man nur noch in Museen zu sehen bekam. Sie reichten sie herum und rieben mit den Fingern über eine Reihe tiefer Rillen an einer Ecke. Derweil legten die Notärzte die Leiche auf einen Rollwagen und schoben ihn unter Mühen über den Rasen, wobei sie Spuren in der tauweichen Erde hinterließen. Der Arzt blickte ihnen nach. »Sie war eine nette alte Frau«, sagte er zu niemandem im Besonderen. »Ein bisschen verrückt, wie die meisten ihrer Generation.« Mit einem Mal niedergeschlagen beugte er sich über den Zaun des Obstgartens und ließ den Blick über die Wiese zu einigen Nebelfetzen schweifen, die über dem Fluss zerfaserten. Er war dreißig Jahre alt. Annas hohes Alter machte ihm zu schaffen. Sie hatte eine Welt gesehen, die noch stolz auf ihre Zukunft gewesen war, eine Zukunft wie ein Strom von Seifenblasen, genau wie die damalige Wirtschaft. Hinter ihm sackten die Überreste des Gartenhauses mit einem Mal in sich zusammen. Ein Staubwölkchen stieg auf, und aus dem Innern drangen leise Kratzgeräusche.

»Ich glaube, da ist ein Tier drin«, sagte einer der Polizisten.

»Dann retten Sie es lieber schnell«, riet der Arzt, ohne sich umzudrehen. Er lachte. »Ich sehe hier keine Gesundheitsprobleme.« Er

überließ die Sache der Polizei und ging zum Haus, um den Tod offiziell zu erklären und die Tochter anzurufen.

Als Marnie Waterman eintraf, fand sie eine Nachricht von ihm vor.
In präziser und sorgfältiger Handschrift wurde darin erklärt, wie
Marnie weiter verfahren solle. Darüber hinaus hatte der Arzt eine
Broschüre mit dem Titel *Was tun, wenn jemand stirbt* hinterlassen.
Sie faltete den Zettel einmal in der Mitte und dann noch einmal. Niemand schien zu wissen, was mit dem Gartenhaus passiert war, ganz
zu schweigen von dem Kater. Sie beobachtete die Polizisten, die noch
immer hüfttief in den Trümmern standen und nach ihm riefen wie
Leute, die nicht besonders viel Erfahrung mit Haustieren hatten. Als
sie angehalten hatte, um den Krankenwagen in die schmale Gasse
zwischen Cottishead und Wyndlesham zu lassen, war sie nicht auf
die Idee gekommen, dass ihre Mutter sich darin befinden könnte.

»Ach Anna«, sagte sie, als habe Anna sie irgendwie enttäuscht.

Diese Worte wiederholte sie immer wieder still bei sich, in den
verschiedensten Tonfällen, den ganzen Morgen über – bei ihrem
Gespräch mit der Polizei, während sie nach Lewe fuhr, um ihre Mutter im Leichenschauhaus zu identifizieren, beim Ausfüllen von For-
mularen, während sie alles regelte. »Ach Anna.« Es war weniger herablassend, als es klang. Es war ein ungläubiges Murmeln.

Nach vier Stunden stand sie erneut am Rande des Gartens, wo
sie, mit ihren Gedanken allein in der Sonne, dem gleichen Irrtum
erlag wie die Feuerwehrleute – obwohl sie meinte, vor dem Gartenhaus nicht etwa glühende Scheite zu sehen, sondern eine Illustration
aus einem altmodischen Kinderbuch. Darauf waren Fässchen und
messingbeschlagene Kisten zu sehen, die ihren Inhalt – sicherlich
»Schätze«? – über den Boden einer vom Meer glattgespülten Höhle
verteilten, in deren Halbdunkel salzige Kiesel sich nur schwer von
hühnereigroßen Edelsteinen und Seetangbüschel sich nur schwer
von wertvollem, exotischem Tuch unterscheiden ließen.

Eine verwaschene Überblende verwandelte dieses semiotische
Warenhaus in etwas ihr Verständliches: Geplatzte Umzugskartons,

einige davon zwanzig Jahre alt und voll Krimskrams, den zu vergessen ihr beinahe schon gelungen war. Die Sammlung alter Land- und Seekarten, die ihrem Vater gehört hatte, Vorhänge, die Anna einfach nicht hatte wegwerfen wollen. Weihnachtsbaumschmuck. Eine noch eingepackte Hornby-Modelleisenbahn. Ein Böller. Buntes Plastikgeschirr, das zu klein für ein Picknick und zu groß für Spielzeug war. Zauberutensilien, die Marnie mit sieben gesammelt hatte, als sie fest entschlossen gewesen war, eine Bühnenmagierin zu werden; falsche Lakritzschnecken, eine »Röntgenbrille«, Handschellen, die man nicht wieder abbekam. Da war die dunkelrot lackierte Dose, in die man eine Billardkugel tat, die man dann nicht wiederfand, obgleich man sie rumpeln hörte. Da war die Tasse, an deren Boden sich ein Gesicht spiegelte, das sich als das eines anderen erwies. Da war das Valentinsherz, das dank seiner Liebesdioden erglühte. Kinderkram aus Billigkunststoff, Federn und Latex, ursprünglich lauter triviale Dinge, die heute hohen Sammlerwert besaßen.

»Ich weiß nicht mehr weiter«, sagte Marnie zu sich selbst.

Während sie in Lewes gewesen war, hatte die Polizei die Suche nach dem Kater James aufgegeben und sich anderen Pflichten zugewandt. Marnie war erleichtert. Das Treiben dieser Leute war ihr zur Last gefallen, gerade an einem Tag wie diesem, an dem sie selbst nicht über besonders viel Energie verfügte. Hätte sie ihnen eine Tasse Tee anbieten sollen? Erwartet hatten sie es anscheinend nicht.

James war bereits ein alter Kater. Sie hatte ihn nie besonders gemocht, aber ihre Eltern hatten sie mit sanftem Nachdruck dazu gedrängt, sich ein Haustier zu halten. Es schien, dass sie sie im Alter von dreizehn dazu hatten ermutigen wollen, eigene emotionale Bande auszubilden, etwas so sehr zu lieben, wie sie einander liebten, die ersten Schritte auf dem Weg zur Verwandlung in Ihresgleichen. Marnie war zwar nicht ganz so begeistert gewesen, hatte sich aber bereitwillig gefügt; doch James, der sich als feindselig und stur erwiesen hatte und selbst schon als kleines Kätzchen wie besessen gewesen war, erlöste sie schnell von ihren Mühen. Sie hatte ihn von Anfang an beneidet und ihn dann in gewisser Weise einfach vergessen. Wenn er nun verschwunden war, dann handelte es sich dabei nur um eine weitere Abwesenheit in einer Geschichte von Abwesenheiten. All dies – der Kater, der sich im Stillen sein Reich im langen Gras und den Disteln im Obstgarten und am Fluss eingerichtet hatte, dann der Tod von Tim, jetzt der Tod von Anna – ließ das Leben für einen Moment so unheilvoll erscheinen, dass sie nur noch wie erstarrt dasitzen konnte. Oben im Haus klingelte das Telefon; aber als sie endlich rangehen konnte, hatte der Anrufer bereits aufgegeben. Um nicht nichts zu tun, spielte sie die Nachrichten auf Annas Anrufbeantworter ab. Eine stammte von einem Innenausstatter, dessen Angebot für das Badezimmer ihr ziemlich teuer vorkam, bei einer anderen handelte es sich um einen der vielen gescheiterten Versuche eines automatischen Werbedienstes; eine dritte Nachricht stammte von Marnie selbst. Sie hatte sie spät am gestrigen Abend hinterlassen, in einem so erschöpften Tonfall, dass sie die Stimme kaum als ihre eigene erkannte.

»Mum, ich habe Neuigkeiten von meinen Tests.«

Das verbliebene halbe Dutzend Anrufe kam von Annas Therapeutin. Die Nachrichten klangen dringend. Marnie wollte sie gerade zurückrufen, da hörte sie ein Geräusch aus der Küche. Es war der Kater, der seinen Futternapf mit der Schnauze über die Kacheln schob.

»James!«, sagte sie. »Ach James!«

Gefangen im naiven, aber wirkungsvollen Übertragungs-, Gegenübertragungs-, Projektions- und Identifikationsnetz ihrer Klientin – und durch Annas Bruch mit ihr aufgewühlter, als sie es zugeben wollte – hatte Helen Alpert zum ersten Mal am vorangegangenen Abend auf dem Heimweg von Walthamstow aus angerufen.

Niemand ging ran. Sofort mutmaßte sie, dass das mit der schlechten Verbindung zu tun haben musste. Sie hielt ihren Citroën am Rande der A406, irgendwo auf dem langen, seit dem Schnellstraßenbau auf den Hund gekommenen Streifen zwischen Brent Cross und Neasden, und fuhr noch etwa zwanzig Meter weiter durch den brausenden Verkehr, bis sie sich sicher war, dass sie Empfang hatte.

Ein Taxifahrer hielt neben ihr und öffnete ohne zu fragen die Motorhaube ihres Autos, da er offenbar davon ausging, dass sie technische Probleme hatte, um ihr anschließend immer wieder anzubieten, sie irgendwo hinzufahren. Nachdem sie ihn überredet hatte, sie in Ruhe zu lassen, saß sie etwa eine halbe Stunde erschöpft auf dem Rücksitz, als habe sie letztlich doch aufgegeben und sich den Luxus gestattet, Fahrgast zu sein. Als sie schließlich sicher in Richmond angelangt war, hatte sie erneut angefangen, Anna anzurufen, dreimal innerhalb von fünf Minuten. »Anna, ich habe Ihnen etwas mitzuteilen, das Sie sicher veranlassen wird, Ihre Meinung zu ändern. Können wir nicht noch einmal darüber reden? Rufen Sie mich an, wenn Sie nach Hause kommen!« Bis spät abends blätterte sie ihre Notizen über den Fall durch. Bei dem Versuch zu begreifen, an welchem Punkt sie ihre Regeln gebrochen hatte, schlief sie ein.

Jetzt war es vier Uhr nachmittags. Draußen vor ihrem Sprechzimmer hatte der Strom der Themse sich umgekehrt: geflutet vom Gezeitenschlamm war sie über die Promenade an der Kreuzung Chiswick Lane getreten. Sonnenlicht, abgeschwächt und weich gezeichnet von der wie flüssigen Luft, wurde von den Papieren zurückgeworfen, die chaotisch auf ihrem Schreibtisch ausgebreitet lagen, fiel auf ihre Lieblingsvase und die Blütenblätter der Gladiolen. Dr. Alpert versuchte zu lesen. Sie schrieb: »Anna glaubt, dass …«, aber zu mehr konnte sie sich nicht durchringen. Am Seitenrand des neurologischen Berichts entdeckte sie mehrmals ihren Namen in ihrer eigenen Handschrift, als hätte ihn jemand geschrieben, der ein Anagramm zu lösen versucht. Sie glaubte, dass es nicht die Unorganisiertheit dieser Antworten war, die sie in solche Nervosität versetzt hatten.

Sie nahm ihr Telefon in die Hand.

»Anna«, begrüßte sie Annas Anrufbeantworter. »Hören Sie, ich habe aufregende Neuigkeiten. Gestern bin ich Brian Tate besuchen gegangen. Er lebt noch. Er lebt im selben Haus in Nordlondon. Er unterrichtet seit dreißig Jahren in einer Schule in Walthamstow Physik. Natürlich wollte er mit mir nicht über das Geschehene reden.

Das ist nur zu verständlich. Aber ich könnte mir vorstellen, dass er mit Ihnen redet. Anna, ich glaube, es würde Ihnen wahnsinnig guttun, mit jemandem zu reden, der Michael kannte …«

Ein dumpfes Rappeln war am anderen Ende der Leitung zu hören, und eine halb vertraute Stimme fragte: »Hallo? Hallo? Wer ist da?«

»Anna«, sagte die Therapeutin. »Ich bin ja so erleichtert! Ich dachte …«

»Hier spricht nicht Anna«, sagte die Stimme, »ich bin ihre Tochter.« Einen Moment lang sagte sie nichts. »Es tut mir leid, aber Anna ist tot.«

Helen Alpert starrte ihr Telefon an.

»Liebe Güte«, sagte sie. Sie wusste nicht, was sie hinzufügen sollte. »Liebe Güte, das tut mir ja so leid. Spricht da Marnie?« Sie konnte sich nicht erinnern, ob Anna noch eine andere Tochter hatte. Alles, woran sie sich über Annas Beziehung zu Marnie erinnerte, waren deren elegante unbewusste Symmetrien. Anna, die sich die Tochter als eine gescheiterte Erwachsene zurechtkonstruierte, hatte Marnies Sexualität früh entschärft, indem sie ihr die wenig attraktive Rolle der unerfüllten Helferin aufgedrängt hatte; das hatte Marnie später dazu ermuntert, ihre Mutter wie ein ältliches Kind zu behandeln, dessen narzisstische Forderungen ihr zur Last fielen. »Es tut mir sehr leid, das zu hören«, sagte sie erneut.

»Es war ein Schlaganfall«, sagte Marnie und fügte nach kurzem Schweigen hinzu: »Gibt es etwas? Ich bin derzeit sehr beschäftigt.«

»Nein, nein. Ist nicht wichtig.«

»Schicken Sie mir doch bitte Ihre Rechnung, ja?«, sagte Marnie.

Helen Alpert sagte, dass sie das tun würde.

Mit sechs Jahren wollte Marnie Waterman bereits verheiratet sein. Sie ging davon aus, dass es mit einundzwanzig für sie so weit sein würde, als unausweichliche Folge dieses Geburtstags. Darüber hinaus würde sie Pferde haben und Auto fahren. Eine weitere unausweichliche Folge: Sie würde groß sein. Obwohl sie keine Vorstellung davon hatte, wie sie herbeizuführen sei, stand diese Zukunft für sie bereit, als etwas Traumhaftes, Unverrückbares. Mit sieben sagte sie zu jedem, der sie fragte: »*Sicher* doch werde ich reisen.« Mit zehn Jahren fügte sie in Gedanken ein Bild von sich selbst in rosafarbenen Satin-Ballettschuhen hinzu; das behielt sie aber aus Schüchternheit für sich. Etwa zu dieser Zeit brach die chinesische Wirtschaft zusammen und riss alles mit sich. Die Medien nannten es den »perfekten Sturm«. Wie die meisten anderen Väter in Wyndlesham hatte Tim Waterman schon ein oder zwei Jahre zuvor die Fenster verrammelt. Sie gehörten zu den Familien, die Glück gehabt hatten, erklärte er, als Marnie dreizehn war: Trotzdem fielen damals eine ganze Reihe Dinge aus ihrer Zukunft heraus. Außerhalb von Wyndlesham war die Stagflation allgegenwärtig wie ein Graffiti. Das Ölfördermaximum war erreicht. Niemand wusste, womit man die nächste Blase aufpusten sollte. Der Finanzsektor, der verblüfft feststellen musste, dass das Geld ebenso postmodernisiert worden war wie alles andere auch, ließ sich vom Staat fügsam die Flügel stutzen. Auf der Suche nach Erklärungen lasen die Bankiers vierzig Jahre zu spät Baudrillard. Bonuszahlungen fielen flach. Einige wenige aus dem Fußvolk bekamen Jobs in den verbliebenen Industriezentren, wo der Wettbewerb hart war. Familien wie die von Marnie fuhren noch immer überall mit dem Auto hin, ersetzten ihre Rover und Audis aber nicht mehr jährlich durch Neuwagen; und obwohl sie weiterhin ein gutes Einkommen hatten, kam es ihnen vor, als würde das Geld knapp. Erwachsene mussten ihre Vorstellungen von Erfolg neu bestimmen; Kinder mussten früher erwachsen werden. Manche verärgerte das. Am oberen Ende der Mittelklasse klaffte die soziale Schere sichtlich auseinander. Mit einem Mal konnten es sich die Eltern leisten, im Käseladen von Wyndlesham einzukaufen oder eben nicht: Für die Kinder aus Marnies Jahrgang war das prägend. In ihren letzten Teenagerjahren revidierte Marnie den Inhalt ihrer Zukunft, aber sie ging nach wie vor davon aus, dass sie sich selbst herbeiführen würde. Derweil sah ihr Vater langsam müde aus, und dann starb er ohne Vorwarnung an Bauchspeicheldrüsenkrebs. Glücklicherweise hatte er die Familie auch vor diesem Ereignis abgeschirmt. Im Alter von neunzehneinhalb kam Marnie mit der Bahn nach Hause zur Beerdigung – es war eine lange, zermürbende Reise durch eine Landschaft aus leeren Industriegebieten und verlassenen Parkhäusern – und stellte fest, dass Anna traurig, aber auch ausgelassen war. Sie sprachen darüber, wie frei sie sich fühlte, aber wie sich herausstellte, hatte sie ebenfalls keine Pläne gemacht. Die ganze Zeit hatte Marnie an einer guten Universität erfolgreich studiert, aber als ihr einundzwanzigster Geburtstag kam, stellte sich heraus, dass sie trotzdem nicht verheiratet war; gegen Ende ihres Abschlussjahrs nahm sie ein Stellenangebot von einer der damals aufkommenden Gegenseitigkeitsgesellschaften an.

Als sie nun auf all das zurückblickte, hatte sie den Eindruck, dass ihr bisheriges Leben fordernd, aber zufriedenstellend gewesen war. Frauen, die nur zehn Jahre älter als sie waren und die man dazu ermutigt hatte, bis zu ihrem dreißigsten Lebensjahr Jugendliche zu bleiben, hatten den Übergang aus der liquiden Welt nicht geschafft. Sie wirkten spröde und zerbrechlich, wenn sie hatten, was sie wollten, und verwöhnt und verbittert, wenn sie es nicht hatten. Die Jüngeren, die darum kämpften, nicht in Eastbourne oder Hastings, den Wohngebieten der Unterschicht, zu landen, waren schlicht und einfach aufgerieben. Marnie hingegen war mit achtundzwanzig ihre eigene Herrin. Obwohl man mit Geld nicht mehr ernsthaft Karriere machen konnte, verschaffte die »neue Ökonomie« – vorsichtig, vereinfacht und deutlich in den kooperativen Bereich verlagert – ihr Sicherheit. In ihrem letzten Studienjahr war sie alleinerziehende Mutter geworden, und so suchte sie sich ein kleines Mietshaus weit abseits der chaotischen Vorstädte; ihr Arbeitgeber bezahlte bis zu Enny Maes fünftem Lebensjahr für ihren Hortplatz und anschließend für eine gute Schule. Marnie konnte sich eine Krankenversicherung leisten. Dann und wann traf sie sich mit Enny Maes Vater, einem Mann namens William. Ein- oder zweimal im Jahr unterhielten sie sich ernsthaft. Sorgfältig erarbeiteten sie Pläne, die es dem kleinen Mädchen ermöglichen sollten, jede Zukunft, die es für sich anstrebte, auch zu verwirklichen. Anna, die in Enny Mae eine Konkurrentin erkannte, hatte nie großes Interesse an ihr gezeigt; Marnie hatte gelernt, die beiden nicht zusammenzubringen, um Streitereien und Wutanfällen vorzubeugen.

So hatten die Dinge bis zu diesem Morgen gelegen.

Marnie legte nach ihrem Gespräch mit Helen Alpert auf, starrte aus dem Fenster des Hauses in der Coldmorton Lane, das nun wohl ihr gehörte, und fragte sich, was wohl als Nächstes passieren würde. Nach dem Aufwachen hatte sie es gar nicht erwarten können, Anna ihre Testergebnisse mitzuteilen. Mit einem Mal konnte sie wieder glücklich sein, nach all den unerklärlichen Angstzuständen der vorangegangenen Nacht (in der die Erleichterung darüber, krebsfrei zu sein, irgendwie vom Schrecken einer völlig neuen Zukunft verdrängt worden war – eine Zukunft deren fester Bestandteil nun die Möglichkeit einer Krebserkrankung war): Doch irgendwie war Anna ihr wieder entwischt und war bis zum Ende geschickt ihrer Rolle als abwesender Elternteil treu geblieben. Marnie fühlte sich schwerelos. Es war zu früh, um Enny Mae von der Schule abzuholen; um weiteren Veränderungen in seinem gewohnten Leben vorzubeugen, hatte der Kater hastig aufgegessen und sich unterm Kleiderschrank versteckt. Marnie spülte Annas Geschirr vom Abendessen im Waschbecken – es gab einen Geschirrspüler, aber sie konnte sich nicht überwinden, ihn anzuschmeißen –, um anschließend im Wohnzimmer umherzustreifen. Anna hatte noch Bücher. In diesen spielte das Selbst eine große Rolle: dreißig Jahre alte Selbsthilfebücher, Romane über Frauen, die zu sich selbst finden, ein Fotoband mit dem Titel *Events of the Self*, sogar Bücher von einem Mann, der sich Self nannte. Sie schaltete den Fernseher ein – es kamen nur Nachrichten darüber, dass die Inder Pakistan erneut besetzt hatten –, schaltete ihn wieder ab.

Zehn bis fünfzehn Minuten später sah sie jemand im Garten herumlungern. Es war ein etwa sechzehnjähriger Junge, der etwas kleiner war als Marnie und eine enge graue Jeans trug, die er sich auf die Unterschenkel hochgekrempelt hatte. Sein weißes T-Shirt war zu klein für ihn, auf den schwarzen Schnürstiefeln hatte er ausgehärtete Spritzer und Kleckse gelben und rosafarbenen Lacks. Er hatte einen kleinen Hund dabei, eine Art langbeinigen Terrier, sandfarben, mit kurzem, struppigem Fell und ungepflegten Ohren. Junge und Hund standen mitten auf dem Rasen. Sie beide schienen fasziniert von den Trümmern des Gartenhauses.

Marnie klopfte ans Fenster.

»Entschuldigung, kann ich Ihnen helfen?«

Er schien sie nicht zu hören. Marnie ging raus auf den Rasen und näherte sich ihm festen Schritts von hinten. »Entschuldigung!«, rief sie erneut, vielleicht etwas lauter als beabsichtigt. »Dürfte ich Sie vielleicht fragen, was Sie hier machen?«

Er zuckte überrascht zusammen. Sein Gesicht war irgendwie wund, als lebte er oben in den Downs, wo ständig ein stürmischer Wind blies. Seine Arme waren sehnig und zäh. »Ich weiß nicht, was Sie denken«, sagte er, »aber ich bin hier, um ein paar Arbeiten für eine Frau zu erledigen, die hier wohnt.« Er sah Marnie erwartungsvoll an, und als sie keine Antwort gab, half er ihr aus: »Sie ist eine ältere Frau. Sie lebt hier schon seit Jahren. Einkaufen geht sie in Wyndlesham.« Er zuckte mit einer Schulter, gleichgültig oder vielleicht auch vor Unbehagen. »Manche mögen sie, manche nicht. Sie braucht jemanden, der ein paar Dinge für sie erledigt.«

»Was für Dinge?«

Es sei nicht viel, erwiderte der Junge: nur dies und das malern.

»Ich wohne ganz in der Nähe«, sagte er. »Sie meinte, ich könnte das für sie erledigen, wenn ich vorbeikomme.«

»Hier gibt es nichts zu tun. Hier hat niemand irgendwelche Aufträge für dich.«

Der Junge versuchte, sich einen Reim auf ihre Worte zu machen. Marnie erkannte, dass für ihn alle Bedeutung in den Worten lag, losgelöst von Körpersprache und Tonfall. »Sie kauft unten in Wyndlesham ein«, sagte er, als erkläre das alles. »Sie trinkt gerne Harvey's.« Er wischte sich mit dem linken Unterarm übers Gesicht. Sein Hund bellte plötzlich, ein kleiner, aber scharf abgehackter Laut, der wie der Schrei eines weniger bekannten Tiers durch den Garten hallte.

»Meine neue Hündin hier«, sagte er zu Marnie, »die habe ich von den Leuten weiter unten auf dem Gut. Manche behaupten, sie wäre gefährlich, aber das stimmt nicht, da bin ich mir sicher.« Die Vorderbeine versteift, das kleine, struppige Gesicht witternd in den Wind gehoben, wirkte der Hund zu klein, zu gehorsam, um eine Gefahr für irgendjemanden zu sein. Dann und wann blickte er zu Marnie oder dem Jungen auf, um sich Bestätigung zu holen für das, was er sah. Ja, wollte Marnie erklären: Das *ist* Gras. Das ist ein Rasen. Und das ist ein Baum mit einer Taube darin. Und das, was einmal das russisch anmutende Gartenhaus meines Vaters war, ist ein Holzhaufen: Stimmt genau. Heute Morgen ist meine Mutter gestorben. Typisch für sie, dass sie ohne etwas am Leib gestorben ist, halb in dem russischen Gartenhaus und halb draußen liegend, und dass die Feuerwehr sie gefunden hat. Das verrät eine Menge über sie. Ich weiß nicht, dachte sie plötzlich, was Enny Mae dazu sagen wird.

»Sie müssen sich wegen der Hündin keine Sorgen machen«, sagte der Junge. »Sie würde nicht mal einem Kind etwas zuleide tun.«

»Was für ein Hund ist sie?«

Der Junge bedachte sie mit einem verschlagenen Blick. »Ein Arbeitshund«, sagte er. »Hier wohnt eine ältere Frau, sie heißt Anna. Sie meinte, dass ich ein paar Dinge für sie erledigen sollte.«

»Hier gibt es keine Arbeit«, sagte Marnie. »Ich weiß nicht, wer du bist, aber was auch immer du von ihr wolltest, hier findest du es nicht.«

Sie fügte hinzu: »Niemand lebt hier außer mir.«

Der Junge blinzelte: »Sie müsste hier aber irgendwo wohnen«, sagte er. Und dann akzeptierte er die Situation mit einem Mal und ging mit großen Schritten über den Rasen davon. Er hielt den Kopf zwischen die Schultern gezogen, und sein Rumpf wirkte zusammengedrückt und angespannt, aber sein Gang hatte etwas Lockeres, Ausholendes. Es machte den Eindruck, als hätten die obere und die untere Hälfte seines Körpers wenig Erfahrung miteinander. Der Terrier folgte ihm kläffend und tollend. Dann und wann zwickte er den Jungen spielerisch in die Ferse, um seine Aufmerksamkeit zu erregen. Oben beim Haus blieb der Junge stehen und machte sich an dem Riegel der Gartentür zu schaffen. »Wenn ich hier arbeiten darf, benutze ich auch nicht die Toilette«, versprach er. »Ich gehe runter ins Dorf.« Marnie, die keine Ahnung hatte, wie sie das verstehen sollte, gewann den Eindruck, dass sie sich in einem Maße missverstanden, das nur an ihr liegen konnte. *Sie trinkt gerne Harvey's.* Sie wollte lieber nicht darüber nachdenken, wo oder wie ihre Mutter den Jungen kennengelernt hatte.

»Warte!«, rief sie. »Moment mal.«

Wenn er Arbeit wollte, dann konnte er sich genauso gut um den Schlamassel kümmern, den Anna in ihrem Badezimmer angerichtet hatte. Kräftig genug sah er aus.

Als Helen Alpert am nächsten Morgen erwachte, stellte sie erschreckt fest, dass sie von Anna Watermans Träumen geträumt hatte. Sie schmiss eine einzige, abgewetzte Mulberry-Reisetasche hinten in ihren Citroën, sagte für die nächste Zeit alle Termine ab und schloss ihre Praxis. Um vier Uhr am selben Nachmittag hatte sie Benzinmarken für zwei Wochen verbraucht und befand sich in Studland, an der Küste von Dorset. Dort angekommen stellte sie fest, dass der Traum sich trotz des Seewinds, des Salzgeruchs und der Silbermöwen, die durch die turbulenten Luftströme über den Great-Harry-Klippen schlüpften, nicht abschütteln ließ.

In ihrem Traum waren all ihre Besitztümer aus dem altertümlichen Sekretär verschwunden, den sie darin benutzte, dafür fand sie in den hintersten Schubladen und auch auf den kompliziert angeordneten kleinen Regalbrettern Gegenstände, die der Dieb im Austausch hinterlassen hatte. Diese schlaffen, eingewickelten Sandwiches und halb gegessenen Obstteile jagten ihr ebenso viel Angst wie Ekel ein. Sie fürchtete sich davor, dass er jeden Moment zurückkehren konnte. Das Zimmer selbst war heruntergekommen und halb offen – das Erdgeschoss und wahrscheinlich das einzige Geschoss eines ausgeweideten Hauses, das während irgendeiner langen, gemächlichen Krise, einem Versagen des menschlichen oder politischen

Selbstvertrauens, weiter benutzt wurde. In den Durchgängen befanden sich keine Türen. Die Fenster waren zwar intakt, doch es fehlten die Vorhänge. Es regnete ununterbrochen. Die Feuchtigkeit war in die Möbel eingedrungen – bei denen es sich vor allem um billige furnierte Schränke und Regale handelte, deren Lack von der Sonne und vom Gebrauch ausgebleicht war –, und die Wände waren von faserigen, schuppigen, ringförmigen Flecken übersät. Als Helen neben einem Durchgang an der Wand emporblickte, sah sie, dass eine leicht überlebensgroße Vulva wie ein Pilzgewächs aus ihr hervorgetreten war. Die Farben stimmten nicht ganz. Die Schamlippe hatte einen gelbbraunen Farbton und wirkte starr wie ein hölzernes Modell. An der Vulva hing ein Körper, aber nur ein kleiner Teil davon war aus der Wand herausgekommen. Tatsächlich kam er gerade eben zum Vorschein. Sie spürte, dass er möglicherweise Jahre brauchen würde, um sich hindurchzudrücken. Und während die Vulva eindeutig zu einer Erwachsenen gehörte, war der dazugehörige Körper sehr viel jünger. Er hatte noch immer den dicken kleinen Bauch und die unterentwickelten Rippenbögen eines Babys. Die Vulva befand sich auf derselben vertikalen Ebene wie die Wand, aber Körper und Gesicht waren gestaucht und lehnten sich in einem anatomisch unmöglichen Winkel von ihr fort. Überall trat es nahtlos aus der Wand hervor. Von dem Gesicht konnte sie nicht viel sehen, aber es lächelte. In ihrem Traum gab Helen einen kreischenden Laut von sich, der von einem entsetzlichen Gefühl des Kummers und Entsetzens erfüllt war. Sie konnte sich hören, aber sie konnte nicht aufhören.

All das gehörte so offensichtlich zusammen, dachte sie: der Verlust oder der Austausch ihrer Sachen, das verfallene Gebäude, das den Elementen ausgesetzt, aber immer noch benutzbar war, der Körper, der sehr langsam nahtlos aus der Wand hervortrat. Beim Erwachen hatte sie ein Gefühl räumlicher Verwirrung erlebt; einen Großteil des Morgens hatte sie noch neben sich gestanden. Selbst jetzt, als sie über das titanfarbene Wasser der Studland Bay blickte, auf dem ein kleines weißes Boot dem grauen Horizont entgegentuckerte, hatte sie das Gefühl, noch nicht wieder ganz bei sich zu sein. Sie fühlte sich, als hätten sich irgendwo in ihr drin lebenswichtige Teile abgelöst. Sie spürte, dass ein Teil ihrer Persönlichkeit zerbrochen war – vielleicht schon vor langer Zeit –, dass sie aber niemals erkennen würde, was für ein Teil.

Später, im Hotelrestaurant, belauschte sie den leitenden Angestellten eines Pharmakonzerns dabei, wie er seinen Freunden von seiner kürzlichen Reise nach Peru berichtete. Eigentlich unterhielt er sie weniger, als dass er ihnen eine Reihe von Anweisungen gab, dachte sie. Sorgfältig wies er darauf hin, dass er einen Flug bei KLM gebucht habe, weil er dadurch einen Zwischenstopp zum Tauchen habe einlegen können: Seine Gesprächspartner würden vielleicht den direkteren Weg bevorzugen. Einmal angekommen, gab es gewisse Dinge, für die sie auf keinen Fall bezahlen sollten. Was die Ruinen anging, die Sicht sei leider schlecht gewesen, aber »als Entschädigung«, weil sie ihnen nicht die erwartete Aussicht hatten bieten können, hätten die Einheimischen ihm und seiner Freundin etwas Besonderes gekocht. »Dafür haben sie natürlich kein Geld verlangt.« Dr. Alpert starrte ihn in offener Abscheu an, bis er es bemerkte, und zwang ihn dann, den Blick abzuwenden. Sein Name war, soweit sie es mitbekam, Dominic. Mit seinen vierzig Jahren klang Dominic noch immer wie ein BWL-Student, der seinem Vater nacheiferte. Er wirkte wie ein Überbleibsel aus einem anderen Zeitalter; und das Gleiche galt für seine Freunde mit ihrer Freizeitkleidung von Boden Wear und ihrer freundlichen, bestimmten Art. Und das Gleiche galt für sie selbst, dachte sie. Sie hatte immer ein paar Stiefel im Citroën: Sie würde ein oder zwei Tage in den Downs wandern gehen – mindestens bis nach Corfe, vielleicht sogar bis Purbeck Hills und Lulworth Cove. Sie würde wandern, bis es ihr besser ging. Aber erst würde sie Pharma-Dominic von seinen Freunden loseisen, mit ihm hochgehen und so lange mit ihm vögeln, bis sie einander tief in der Nacht unter Tränen eingestanden, welche Art von Leben sie inzwischen alle führten.